청구야담 상

문학동네

한국
고전
문학
전집

022

청구야담 ^상

이강옥 옮김

문학동네

머리말

　나는 야담 연구자로 자처하며 살고 있었지만 야담집을 대표하는 『청구야담』을 완역할 엄두를 내지는 못했다. 2012년 초가을 장효현 교수의 전화를 받았다. 학교 산책로를 걷고 있을 때였다. 그분은 대뜸 나야말로 『청구야담』을 완역할 학자라며 문학동네 편집위원회의 결정을 알려왔다. 압량벌의 스산한 기운을 느끼며 한 시간 내내 고민했다. 도래할 고난이 또렷이 예견되는데 그 길을 가야 할 것인가.

　처음에는 그 일을 마다하려 했지만 야담 연구자로서의 책임과 회향이란 말이 점점 나를 짓눌렀다. 마침내 그 일을 내 생애 마지막 과업으로 삼겠다고 결심했다. 그로부터 7년이 흘렀다. 홀로 이본을 대조하며 한 글자 한 글자 한자를 입력하느라 눈이 많이 아팠고 어느덧 어두워졌다. 한 땀 한 땀의 번역은 수고, 번뇌, 욕됨을 맞고 넘어서야 하는 일이었으니 간절한 수행의 과정이었다고 해야 마땅하다.

　이렇게 버클리대본 『청구야담』을 최초로 완역해내니 가슴이 울렁인다. 이로써 나를 살아가게 해준 야담에 대한 작은 보답을 한 것 같아 다소 마음이 놓인다. 그동안 많은 분들로부터 가르침과 도움을 받았다. 그분들이 없었다면 이 거대한 책은 세상에 나오지 못했을 것이다. 우전雨田 신호열辛鎬烈 선생님의 청정한 존안이 떠오른다. 사간동과 성산동에서 선생님은 아둔한 제자가 한문에 눈을 뜨도록 가르쳐주셨다. 그 눈으로 이 책을 만들었다. 번역의 착수를 이끌어주신 장효현 교수를 비롯해 문학동네 한국고전문학전집 편집위원인 심경호, 정병설, 류보선 교수께 감사드린다. 한문 원문의 상당 부분을 이양해주신 정명기 교수의 동지적 선의를 되새긴다. 언제나 동학으로서 따뜻하게 격려해주시고 동양본 복사본을 기꺼이 보내주신 김준형 교수께 감사드린다. 『청구야담』 6책본과 규장각본의 주해를 하신 이월영, 시귀선, 김동욱, 정명기, 최웅, 이재홍, 이상덕, 김규선 등 여러 학자의 노고에 경의를 표한다. 그리고 이승현 연구원에게 감사드린다. 그는 내가 막다른 골목에 이르러 망연자실하고 있을 때, 지금까지 누구도 시도하지 못했던 표문과 계문 번역에 큰 도움을 주었다.

긴 시간 동안 이 책의 번역과 윤문·교정 과정에서 정성을 다 베풀어주신 문학동네 편집자들의 노고를 기억한다.

이 책은 이야기판 구연 야담의 구술 언어와 기록된 한문 야담의 직역 언어, 오늘날 민중의 일상언어가 원만하게 회통하도록 한없이 고치고 다듬은 것이다. 야담을 연구하는 학자도 이 시대 민중도 유익하고 편하게 이 책에 다가가기를 바란다. 야담 읽기가 우리 민중에게 위로가 되고, 지도가 되고, 세상과 자기를 성찰하는 계기가 되기를 기대한다.

2019년 여름
삼성산을 바라보며
이강옥

머리말 _5

【 권1 】_15

오래된 은혜를 갚고 해마다 옷가지를 보내다 | 음사를 철거하고 비단을 불태우다 | 음낭에 자물쇠를 채워 친구를 희롱한 평안감사 | 한밤에 삶은 돼지를 싸서 친구 집을 찾아가다 | 의남이 물가에서 유철을 부르다 | 할미가 환란을 염려하여 손녀를 소실로 바치다 | 황룡 꿈을 꾸려고 지성으로 잠을 자다 | 사간장을 잘 외워 임금을 감동시키다 | 아낙의 매를 맞고 생명을 건진 홍우원 | 암행어사 여동식이 꽃을 옮겨 접목하다 | 이름난 점쟁이에게 물어 억울한 옥살이를 면하게 하다 | 서도 재물을 많이 실어보내 대장부임을 과시하다 | 길지로 정한 땅 석함 속에서 고기가 헤엄치다 | 꿈에 용이 나타나 치마폭을 가득 채우다 | 충성스러운 여종이 임형수에게 부탁하여 주인 원수를 갚다 | 평안감사가 꿈을 통해 자기 전생을 알다 | 베옷 입은 노인의 임진왜란 예언 | 호남 무변이 세 시신 장례 지내주는 음덕을 베풀다 | 효부에 감동한 장인이 묘석을 세워주다 | 지사가 어리석은 아이 말을 듣고 명당을 정하다 | 의리를 말하여 도적떼를 양민으로 만들다 | 도둑이 부자에게 소멸과 생장의 원리를 설교하다 | 남한산성을 지나면서 오랑캐의 침략을 예언하다 | 금성 원이 되어 김가를 때려죽이다 | 가난한 선비가 속임수로 벼슬을 얻다 | 기생의 편지 덕에 장원급제한 여정승

【 권2 】_195

양승선이 북관에서 기이하게 짝을 만나다 | 이안눌이 정월 대보름날 밤 아름다운 인연을 맺다 | 가야산 고운 선생이 손자며느리를 맞이하다 | 거인도에 간 상인이 겨우 목숨을 건지다 | 정북창이 악한 기운을 살피고 재액을 없애주다 | 김생이 아들을 모아 생업을 일으키다 | 동대문 밖을 지나가던 스님이 아버지를 알아보다 | 소낙비 소리 듣고 아들을 얻은 약 거간꾼 | 유상이 길거리 말을 듣고 명의가 되다 | 이생이 두신에게 권하여 덕을 베풀게 하다 | 권술로 사나운 도적을 잡은 구담 | 오물음이 해학으로 인색한 사람을 풍자하다 | 나무꾼 아이 집안을 위해 김우항이 중매를 하다 | 보물 기운을 알아차린 허생이 오동 화로를 얻다 | 김대갑이 옛 주인을 위해 정성을 다하다 | 박민행이 통제사를 위해 돈을 흩다 | 절부 이씨가 조용히 의리를 지키다 | 박경태가 비분강개하여 공을 세우다 | 탄금대에서 시신을 거두다 | 연광정에서 정충신이 임기응변하다 | 현명한 며느리의 예견으로 전란을 피하다 | 뛰어난 식견을 가진 기생이 남편을 공신으로 만들다 | 처의 말을 들은 선혜청 서리가 아름다운 이름을 보존하다 | 가난한 선비가 현명한 부인을 얻어 가업을 이루다 | 임경업이 산중에서 녹림객을 만나다 | 가난한 선비가 학현의 풍수가를 방문하다 | 권사문이 비를 피하다가 기이한 인연을 맺다 | 이동고가 피씨 청지기를 위해 좋은 사윗감을 구해주다 | 음덕을 베푼 선비 수명을 연장하다 | 노비 박씨가 가업을 이루어 충성을 다하다 | 기생 추월이 늙어서 옛일을 이야기하다 | 절부가 궁지에서 높은 의리를 보이다

【 권3 】_383

전동흘이 재상감을 알아보다 | 이무변이 궁지에서 아름다운 사람을 만나다 | 거사가 명혈을 잡아주어 아름다운 처를 얻게 하다 | 지혜로운 여종이 남편을 골라 큰 보물을 얻다 | 궁지에 몰린 김승상이 의로운 기생을 만나다 | 조풍원이 사립문에서 옛친구를 찾다 | 송씨 양반이 궁지에서 옛 종을 만나다 | 베풀기 좋아하는 김생이 후에 보답을 받다 | 해서 원이 시신을 감추어 은혜를 갚다 | 지사가 명혈을 점지해 은덕을 갚다 | 신인이 가난한 선비를 불쌍히 여겨 궤짝 속 은을 빌려주다 | 재상이 은인을 좋은 고을 원님으로 정해 은혜를 갚다 | 과거 보러 가던 장생이 바다에 표류하다 | 축원을 들은 재상이 옛일을 기억하다 | 묘소 정비하는 날 제성주가 현몽하다 | 권정읍이 무당에게 내려 사랑을 이야기하다 | 풍월 읊은 선비, 형장을 받다 | 음분으로 가난한 홀아비가 복을 얻다 | 노래 높이 부르는 양상호걸 | 정절 규수 길정녀, 강포한 자에게 저항하다

【권4】_561

아내에게 회초리질을 한 선비가 이웃 사람을 교화하다 | 소장수와 가난한 스님
이 현명한 판관을 만나다 | 옛 주인을 겁박한 종들이 형을 받다 | 궁핍한 선비가
탄환 상인을 만나 죽음을 면하다 | 호남 선비가 점을 믿고 여인을 탐하다 | 기생
의 말을 들은 패륜아가 급제하다 | 부인의 꾸중을 듣고 쓴 노진재의 편지 | 나주
여인이 신문고를 쳐 남편의 억울함을 호소하다 | 옛 습관대로 강물 속에서 곰과
싸우다 | 수풀 속 소가 누운 곳에 명혈을 정하다 | 늙은 훈장이 태를 빌려 아들을
낳다 | 시골 무변이 대신 목숨을 바치다 | 늙은 과부가 은 항아리를 파내어 집안
을 이루다 | 현명한 어머니가 자식에게 의병을 일으키게 하다 | 새벽마다 불상에
치성 드린 결실 | 밥 먹을 때마다 민어르신을 불러 은덕을 칭송하다 | 양반 아이
가 짚둥우리 안에 거꾸로 매달리다 | 향변이 통제사를 따라간 뒤 | 통인이 원의
뺨을 때려 내쫓다 | 유감을 품은 가난한 무변이 재상의 가슴에 올라타다 | 평안
감사가 옛이야기를 털어놓은 흉악한 중을 잡다 | 전라감사가 옥사를 다시 살펴
원한을 풀어주다 | 최창대가 급제하고 사랑의 언약을 어기다 | 차천로가 흥에 겨
워 그림 병풍에 제시를 쓰다 | 무과에 응시한 선비가 말로써 시관을 굴복시키다
| 홀아비 양반이 농간을 부려 이웃집 과부를 얻다 | 박문수가 시골 선비를 속이
고 급제하다 | 사명을 받은 이상서가 기생을 두고 다투다

염의사가 금강산에서 신승을 만나다 | 관찰사 오윤겸이 영랑호에서 설생을 만나다 | 여막 옆의 효감천과 호랑이 | 아버지 목숨을 늘리려는 정성이 하느님을 감동시키다 | 금 항아리를 얻고 두 부인이 서로 양보하다 | 산삼을 캔 두 약장수가 함께 죽다 | 천 금을 희사한 홍순언의 의기 | 두 처를 얻은 권진사의 복된 인연 | 가난을 편하게 여기며 십 년간 『주역』을 읽다 | 우스개 잘하는 사람이 잠깐 부처 살다 | 문유채가 출가하여 벽곡하다 | 채선비, 발분하여 힘써 공부하다 | 시골로 물러난 정광성이 복을 누리다 | 목소리를 듣고 죽을 때를 아는 사람 | 음사를 부수니 귀신이 목숨을 구걸하다 | 관가 마당에서 짖어댄 의로운 개가 주인에게 보답하다 | 관서 관찰사가 기생을 말에 태워 보내다 | 청주 원이 권모술수로 도둑을 잡다 | 박도령이 혼수를 얻으려고 표문을 지어 바치다 | 전 벼슬아치 정현석이 옛 동료에게 희문을 지어 바치다 | 병에 연운이 있는 걸 알아 좋은 약을 처방하다 | 가인을 잃고 박복이라 탄식하다 | 자기 몸을 다 맡긴 여협이 목숨을 버리다 | 지혜로운 여종, 사람을 알아보고 남편감을 고르다 | 이후종이 효행과 의리를 다하다 | 덕원령이 바둑판에서 이름을 날리다 | 택당이 스님을 만나 『주역』의 이치를 말하다 | 이진사가 병을 앓고 오묘한 도를 깨닫다 | 차천로가 병풍 뒤에서 백운을 부르다 | 한석봉이 흥을 타고 병풍에 물을 뿌리다 | 산골 백성이 남의 축문을 읽다 | 재상이 매화의 발을 움켜잡다 | 어릴 적 약속으로 첨사 자리를 얻다 | 과거 볼 때마다 꿈속에서 장원을 키우다 | 열여섯 살 낭자와 아름다운 인연을 맺다 | 작은 시회를 만들어 사륙시 짓기를 명하다

【 일러두기 】

1. 이 책은 미국 버클리대학교 극동도서관에 소장된 버클리대본『청구야담』한문본을 완역했다.
2. 버클리대본『청구야담』은 '『청구야담』상·하, 아세아문화사, 1985'로 영인되었다. 이 영인본의 6권은 버클리대본이 아니라 국립중앙도서관본의 2권이다.
3. 고려대학교 해외한국학자료센터(http://kostma.korea.ac.kr)에서 열람할 수 있는 버클리대본『청구야담』이 완전하여 참조했다.
4. 이 책에서 비교한『청구야담』이본과 약칭은 다음과 같다.

　　규장각 한글본 → 규장각본
　　가람문고본 한문본 → 가람본
　　서울대 고도서본 한문본 → 고도서본
　　성균관대 도서관본 한문본 → 성균관대본
　　고려대 도서관본 한문본 → 고려대본
　　영남대 도남문고본 한문본 → 도남본
　　국립중앙도서관본 한문본 → 국도본
　　동경대 도서관본 한문본 → 동경대본
　　일본 동양문고본(서벽외사 해외수일본 갑) → 동양본
　　미국 버클리대학 극동도서관본(서벽외사 해외수일본 을) → 버클리대본

5. 그 외 참고한 야담집은 다음과 같다.

　　『국역 학산한언』1·2, 김동욱 옮김, 보고사, 2006.
　　『계서야담』, 유화수·이은숙 역주, 국학자료원, 2003.
　　『금계필담』, 김종권 교주, 명문당, 1985.
　　『기문총화』,『한국야담자료집성』6, 고문헌연구회, 1987 영인.
　　『동야휘집』,『原本 東野彙輯』상·하, 보고사, 1992 영인.
　　『동패락송』,『동패락송』외 5종, 아세아문화사, 1990 영인.

『18세기 조선 인물지』, 이규상 지음, 민족문학사연구소 한문학분과 옮김, 창비, 1997.

『삽교집』 하, 아세아문화사, 1986 영인.

『양은천미』, 보고사, 1999.

『어우야담 원문』, 신익철·이형대·조융희·노영미 옮김, 돌베개, 2006.

『일사유사』, 회동서관, 1922.

『잡기고담』, 『한국야담자료집성』 12, 고문헌연구회, 1987 영인.

『차산필담』, 『한국야담자료집성』 8, 계명문화사, 1978 영인.

『천예록』, 『교감 역주 천예록』, 정환국 역, 성균관대학교 출판부, 2005.

『청야담수』, 『한국야담자료집성』 4, 고문헌연구회, 1987 영인.

『학산한언』, 『한국문헌설화전집』 8, 태학사, 1981 영인.

권
1

오래된 은혜를 갚고 해마다 옷가지를 보내다

교리校理 이 아무개는 스무 살 무렵 장인의 임소任所인 청주에 머무르고 있었다. 화양동현재 충북 괴산의 명승지인 화양동 구곡(九曲). 우암 송시열이 은거했던 곳으로 경치가 빼어나다을 유람하고 돌아오는 길에 누이의 집을 들르고자 했다. 누이의 집까지는 수십 리가 남았는데 배가 고파왔다. 가까운 곳에는 주점도 없었다. 사방을 둘러보니 저멀리 한 촌가가 보였다. 잠시 쉬면서 요기나 하려고 가서 문을 두드렸다. 젊은 주인이 나와 맞이해주었는데 무척 반가워하는 얼굴이었다. 섬돌에서 내려와 아무개를 맞이하고는 넙죽 절을 하더니 말했다.

"늙으신 할머니께서 방에 계시는데 뵙기를 청하나이다."

아무개는 그 말을 듣고 몹시 당황했지만 속으로 생각했다.

'저는 늙었고 나는 젊으니 꺼릴 게 없지. 또 그가 만나고자 하는 걸 보면 반드시 특별한 일이 있기 때문일 거야.'

젊은 주인을 따라 들어가보니 일흔 살쯤 되는 노인이 기다리고 있었다. 이 아무개가 절을 하니 노인은 반갑게 맞이해 대접하며 말했다.

"나리는 저동현재 서울 중구에 있는 동 이서방님 아니십니까?"

"그렇습니다만."

"저희 집은 귀댁으로부터 참으로 잊기 어려운 은혜를 입었습니다. 오늘 이렇게 만난 일은 우연이 아닌 것 같습니다."

그러고는 며느리를 불러내 인사드리게 하고서 처연하게 말했다.

"저는 이곳에 대대로 사는 양반입니다. 어느 해 우리 바깥양반이 추노하는 일로 대구에 가서 노비들을 잡아오는데 관례대로 그곳 원님에게 의탁했지요. 그 원님이 바로 귀댁의 할아버지였습니다. 그런데 우리 바깥양반이 갑자기 병에 걸려 돌아가셨지요. 홀로 객관에 머물렀던지라 주위에 아는 사람이 아무도 없었는데, 귀댁의 할아버지께서 몸소 염습을 해주시고 지극한 정성을 들여 수의와 관도 마련해주셨습니다. 사용했던 명주 비단 한끝을 잘라내 사용한 물건들을 낱낱이 기록하여 우리 집으로 보내주시기도 했지요. 그리고 온 힘을 다해 천릿길 운구까지 해주셨으니 세상에 이같이 드물고 절절한 은혜가 어디 있겠어요? 친척이나 친구 사이에서도 이 같은 일을 바랄 수 없는데 하물며 평소 안면조차 없는 사람에게 어찌 바라겠습니까? 이승과 저승이 감동하고, 산 사람과 죽은 사람 누구도 섭섭한 마음이 없었습니다. 하늘 같은 은혜를 입었어도 보답할 길이 없어 한평생 뼈에 새겨두고 잊지 않았지요. 그뒤로 저와 며느리는 한마음으로 누에를 기르고 실을 자아 베를 짜서 만드는 대로 일 년에 한 번씩 한 해도 거르지 않고 보내 구구한 정성을 표시했습니다.

그러다가 제 아들이 세상을 떠나 집안일을 맡아볼 사람이 없어지자 연락이 끊겨버렸습니다. 그러나 변변찮은 정성이라도 굳게 맺었으니 스스로 그만둘 수는 없었습니다. 해마다 보내던 것을 전할 수 없어졌지만 포기할 수도 없었습니다. 상자를 따로 마련해 해마다 옷을 보관해온 지도 오래되었답니다. 일찍이 댁이 저동에 있다는 말을 듣고 마음에 새겨 잊지 않았지요. 손자가 장성하기를 기다리며 연락이 이어지기를 기대했습니다.

청주 고을 원님의 사위가 된 저동 이서방이 화양동으로 행차한다는 소문을 듣고 마음이 두근거렸습니다. 조금 전 수레가 이곳에 당도하니 자연스레 마음이 움직여 감히 뵙기를 청했던 것입니다. 오늘 이렇게 뵈었으니 이는 하느님이 만나도록 이끌어주신 덕분일 것입니다."

노인은 감격을 이기지 못해 눈물을 줄줄 흘렸다. 이윽고 하룻밤을 묵고 가라고 한사코 붙잡았다. 아침저녁으로 소를 잡고 닭을 삶아 대접하니 진수성찬이 끊이지 않았다.

다음날 돌아가려 하자 노인이 상자 몇 개를 건네주었다. 그것은 그동안 해마다 모아두었던 모시 등속이었다. 지극한 정성과 은혜에 보답하려는 마음이 사람을 감동시키기에 충분하여 감히 사양할 수 없었다. 말한 마리에 가득 싣고는 돌아가 장인에게 사연을 고했다. 장인 역시 그 정성을 가상히 여겨 아전을 보내 안부를 물었다. 그리고 젊은 주인에게는 좌수 첩향청의 우두머리인 좌수에 임명하는 발령장을 내려 영광을 누리게 해주었다.

그뒤로도 그 집에서 해마다 사람을 시켜 예전과 다름없이 베를 보내왔고, 그 손자들 또한 종종 찾아왔다고 한다.

償宿恩歲送衣資

李校理某, 弱冠時, 往留其外舅淸州任所, 觀華陽洞, 歸路, 將欲歷省其妹, 而家在數十里之外. 時適氣[1]乏而近處無酒店, 四顧彷徨, 見一庄[2]戶, 在於前村相望之地. 欲爲蹔憩療飢之計, 往叩其門, 有一妙少主人, 出應,

---

1) 氣: 가람본에는 '飢'로 표기. '飢'가 맞음.
2) 가람본에는 '之'가 더 나옴.

頻³⁾有款洽之色. 下階迎上, 納頭便拜, 坐訖, 仍請曰: "家有老祖母在堂, 請謁行次⁴⁾矣." 某聞甚⁵⁾惝怳, 而心又自度曰: '彼是老人, 我則⁶⁾少年, 似無所嫌, 且其請見者, 必⁷⁾非尋⁸⁾常事' 故遂從少年而入, 其老人年可七⁹⁾十. 李某遂拜見, 老人欣然迎接曰: "行次非苧洞李書房耶?" 曰: "然矣." 老人曰: "賤家於貴宅, 實¹⁰⁾有難忘之恩, 今日之事¹¹⁾, 誠非偶然." 又招出其子婦, 與之相見, 仍悽然曰: "我乃此處土班也. 某年家長¹²⁾, 以推奴事, 往大邱得送, 例托於本倅, 而本倅卽尊王考也. 俄而偶然嬰疾, 終至不救, 單身客舘, 四顧無親, 尊王考躬檢襲斂, 衣衾棺槨, 全數辦備, 極其精美. 所用紬緞, 剪出一端, 各記入用之物, 以示家人¹³⁾, 以至千里運柩, 出力全當, 世豈有¹⁴⁾如許罕絶之恩¹⁵⁾乎? 雖親戚知舊之間, 猶不敢望其如此, 况素昧一鄉人¹⁶⁾乎? 幽明俱感, 存沒無憾¹⁷⁾, 受恩如天¹⁸⁾, 圖報無地, 此生此世, 鐫骨不忘. 自此以後, 姑婦同心, 躬勤蠶織, 絲枲綿布, 隨其所成, 一年一伻, 歲以爲常, 以表區區之¹⁹⁾誠矣. 間遭家兒之喪, 幹家無人, 通信路絶, 而寸誠耿結, 不能自

---

3) 頻: 동양본에는 '顑'로 표기. '頻'가 맞음.

4) 行次(행차): 나이나 지위, 신분 따위가 높은 사람.

5) 甚: 동양본에는 탈락.

6) 則: 동양본·가람본에는 '是'로 표기.

7) 가람본·성균관대본에는 '是'가 더 나옴.

8) 尋: 동양본에는 탈락.

9) 七: 동양본·가람본·성균관대본에는 '八'이 더 나옴.

10) 實: 동양본에는 탈락.

11) 事: 동양본에는 탈락.

12) 長: 동양본·가람본·성균관대본 등에는 '丈'으로 표기.

13) 以示家人: 가람본에는 '家人示之'로 표기.

14) 有: 동양본에는 탈락.

15) 之恩: 성균관대본에는 '少恩'으로, 가람본에는 '大恩'으로 표기.

16) 人: 동양본에는 탈락.

17) 憾: 성균관대본에는 '感'으로 표기.

18) 天: 동양본에는 '此'로 표기.

19) 之: 동양본에는 탈락.

已. 年例所送, 雖不得傳[20]致, 亦不敢自廢, 別置箱篋, 逐年儲留[21]者, 亦已久矣. 曾聞宅之居苧洞, 故刻心不忘, 待孫兒之長成, 擬卽續信矣. 向聞本倅之甥, 苧洞李書房, 作華陽[22]之行, 心切傾鬖, 俄者貴駕之來臨, 自然心動, 敢請邀見. 今日之拜, 有若皇天湊合而成者." 不勝憾[23]愴, 泫然泣下. 仍苦挽一宿, 宰牛烹鷄, 朝夕之心, 佳味盛饌, 殆無虛時. 明日告歸, 出數箱以付之, 卽年年所儲苧布之屬也. 其切至之誠, 圖報之心, 有足以感人, 不敢辭焉. 滿載一駄而歸, 語其事於舅. 其舅亦嘉[24]其誠, 遂遣吏饋問, 成給座首帖, 以榮[25]其少年. 其後歲必專伻, 一如前日, 其孫亦種種來訪云.

20) 傳: 동양본에는 '專'으로 잘못 표기.
21) 留: 국도본·가람본·성균관대본에는 '有'로 표기.
22) 동양본에는 '洞'이 더 나옴.
23) 憾: 동양본·가람본·성균관대본에는 '感'으로 표기.
24) 嘉: 동양본·가람본·성균관대본에는 '住'로 표기.
25) 成給座首帖, 以榮: 동양본에는 탈락.

음사를 철거하고 비단을 불태우다

완남군[1]의 집안은 대대로 부유했으나 맏아들이 일찍 죽었고, 손자와 증손자도 이름을 날렸지만 모두 오래 살지 못했다. 자손이 희귀하여 그 집안은 귀신에게 아첨하고 굿을 하여 치성을 드렸다. 다락방을 신사神舍로 삼고 봄가을에 음식을 마련해 제사를 지냈다. 옷을 지어두고 집에 명주나 비단을 갖고 들어올 때는 반드시 한 폭을 찢어 신사 앞에 걸게 했다. 여러 대에 걸쳐 이런 일을 일상적으로 하고 그만두지 못하니 재산이 점점 축나게 되었다.

집안에는 두 세대에 걸쳐 늙은 과부만 있었다. 손자가 장성해 호중湖中, 충청도 지역에서 배필을 구하니, 판서 권상유[2]의 딸이었다. 신부가 시

1) 완남군(完南君): 이후원(李厚源, 1598~1660). 자는 사심(士深). 호는 우재(迂齋). 병자호란 때 척화를 주장했고, 1657년에 우의정이 되어 북벌계획을 추진했다. 잡록집인 『국창쇄록菊窓瑣錄』을 편찬하기도 했다.
2) 권상유(權尙遊, 1656~1724): 예조판서와 이조판서 등을 지냈고 학식이 뛰어났다. 권상하(權尙夏)의 동생이다.

집와 시어머니를 뵌 지 사흘 만에 시어머니는 살림을 모두 신부에게 맡겼다.

하루는 늙은 계집종이 들어와 권부인에게 알렸다.

"아무 날은 집안 귀신에게 굿하는 날입니다. 쓸 돈을 미리 주셔서 준비하도록 해주십시오."

권부인이 물었다.

"그건 어떤 귀신이란 말이냐? 무슨 일로 기도를 드리느냐?"

계집종이 답했다.

"이 귀신을 모시는 일은 선대부터 해왔죠. 해마다 봄가을에 두 번 제물을 마련해 제사를 지냈습니다. 치성을 드리면 집안이 평안하고 그러지 않으면 재앙이 연이어 일어나니 그만둘 수가 없답니다."

"한 번 제사를 지내는 데 들어가는 비용이 얼마나 되는가?"

권부인이 물으니 계집종은 부인이 새로 들어와 이전에 있었던 일을 알지 못하리라 생각하고 일일이 셈을 늘려서 대답했다.

권부인이 말했다.

"올해는 더욱더 후하게 대접할 것이니, 온갖 제물을 다른 때보다 세 배 이상 마련하거라."

그 셈대로 돈을 내어주니 계집종이 크게 기뻐하며 나갔다. 늙은 시할머니가 소식을 듣고는 매우 근심하며 탄식했다.

"우리 집안이 전부터 귀신에게 치성 드리느라 가세가 점점 기울었다. 시골 여자라면 낭비하지 않고 아껴 쓰겠거니 해서 호중의 여자를 들였는데 오히려 세 배나 늘리다니! 이렇게 세상 물정에 어두우니 우리 집안 망할 날이 얼마 남지 않았구나!"

제삿날이 되어 깨끗이 청소하며 음식을 차려놓고 옷도 넉넉하게 준비했다. 권부인은 정갈하게 옷을 차려입고 직접 한글로 제문을 지었다. 첫머리에 사람과 귀신은 뒤섞여 살 수 없다 하고서는 자기가 시댁에 들어와 관례를 바꾸려 한다고 했다. 이번에 성대하게 바치는 마지막 제사를 올려 그동안의 은혜에 감사를 드리고 이제 보내드리고자 한다고 썼다.

다른 사람을 시켜 제문을 읽게 하려 하니 모두 두려워하며 감히 읽지 못했다. 부인이 몸소 향을 사르고 꿇어앉아 제문을 다 읽었다. 그리고 앞뒤로 쌓여 있던 옷과 비단 등을 모조리 꺼내 마당 가운데 쌓고는 계집종들에게 말했다.

"이 물건들을 모두 태우면 귀한 물건을 마구 버리는 셈이니 그럴 수는 없다. 오래되지 않아 입을 만한 옷을 나부터 먼저 입겠다. 나머지는 너희도 모두 입도록 해라."

그러고는 일일이 여러 계집종에게 나눠주었다. 너무 오래되어 썩은 것들은 태워버리려고 불을 가져오라 하니, 모두 두려워 서로 얼굴만 바라볼 뿐 명을 듣지 않았다. 부득이 부인 스스로 불을 가져왔다.

늙은 시할머니가 이 소식을 듣고는 몹시 놀라고 두려워하며 급히 사람을 보내 말렸다. 부인은 듣지 않고 계집종을 보내 말을 전했다.

"설사 재앙이 내린다 해도 제가 다 감당하겠습니다. 시댁을 위해 이 폐단만은 영원히 없애버리겠습니다."

다른 노비들도 줄지어 달려와 한사코 말렸지만 부인은 끝까지 듣지 않았다. 마침내 물건들을 모두 태우고 남은 재는 깨끗이 치워 울타리 밑에 묻었다.

비단과 명주를 불태울 때는 비린내와 노린내가 코를 찌르니 계집종들이 서로 바라보며 떠들썩하게 말했다.

"귀물鬼物이 다 타버리는구나!"

그후로 집안이 평안해지고 재앙에 대한 걱정도 사라졌다 한다.

撤淫祠火燒錦緞

完南家仍世富厚, 而長子早世, 孫曾仕宦顯達, 而俱未享年, 子孫³⁾稀貴, 故其家, 自前⁴⁾, 媚鬼禱賽, 惟謹. 以內樓爲神舍, 春秋兩節, 備饌餌而祀之, 又製⁵⁾衣服而藏之, 布帛紬緞之入于門者, 亦必裂一幅, 而掛之神前, 累世 爲常, 而不敢廢, 以是財産漸耗. 家中只有兩代老寡婦人. 時有孫兒漸長, 當擇婚配⁶⁾於湖鄉, 娶權判書尙遊之女. 于歸見姑, 纔過三日, 姑夫⁷⁾人捨中 饋之勞, 悉以家務委之新婦. 一日老婢入告權夫人曰: "某日, 卽家中賽神之 日也. 應用物力, 預先上下⁸⁾, 可以措備矣." 權夫人曰: "此何神也, 而何事祈 禱⁹⁾也?" 老婢曰: "此神之祈, 已自先代, 已春秋兩度, 備物行事, 祈之則家 內平安, 否則災禍轉生, 不可廢也." 權夫人曰: "然則一番神祀, 諸般所入, 當用幾何?" 奴婢, 意謂夫人新入, 未諳前例, 一一增數以對, 權¹⁰⁾夫人曰: "今年則另加優¹¹⁾厚, 凡百所入, 三倍於前日可也." 遂依數出給, 老婢大喜 曰¹²⁾去. 其老大姑¹³⁾夫人聞之, 大加憂歎曰: "吾家從前以賽神, 家力漸耗, 意謂鄉中婦女, 似或惜費節用, 故結婚於湖中, 今反三倍加之, 迂闊如此, 吾家之¹⁴⁾蕩敗無日矣." 及其日¹⁵⁾, 灑掃陳設飮食, 衣服極其豐備, 夫人澡潔

---

3) 孫: 동양본·국도본·가람본·성균관대본에는 '姓'으로 표기.
4) 自前: 동양본에는 탈락.
5) 製: 동양본에는 '制'로 표기.
6) 當擇婚配: '當婚擇配'로 표기해야 함.
7) 夫: 성균관대본에는 '婦'로 표기.
8) 上下: 이두식 표기로서, 미리 정한 시기마다 생활비나 식량 등을 일정한 액수로 대어주는 것을 뜻한다.
9) 禱: 동양본에는 탈락.
10) 權: 동양본에는 탈락.
11) 優: 동양본에는 '攫'로 잘못 표기.
12) 曰: 국도본·동양본에는 '而'로 표기. '而'가 맞음.
13) 姑: 동양본에는 탈락.
14) 之: 동양본에는 탈락.
15) 及其日: 동양본에는 탈락.

盛服, 以諺書自製16)祭文, 頭辭則槩以人神不可雜糅爲主, 其下則以夫人新入舅17)家, 思變前規, 盛供厚幣, 行以終祭, 告以謝遣之意, 使他人讀之, 皆懼18)㤼不敢讀, 夫人乃親自焚香, 跪讀畢, 其前後所藏置衣服錦緞之屬, 盡數撤出, 積于中庭, 謂婢輩曰: "此物盡爲燒火, 則暴殄天物, 不可爲也. 其中, 年未久而可以穿着者, 自吾先服之, 其餘, 汝輩亦19)皆衣之." 遂一一分給諸婢, 其最久而腐敗者, 幷將燒之, 使人取火以來, 擧皆懼㤼, 面面相顧, 無一聽令20), 不得已自取火以來, 老夫人聞之, 大驚懼, 急使人挽之, 夫人不聽, 使婢子回告曰: "設有災禍, 吾可自當, 爲舅家, 永除此弊." 婢使絡繹21)奔來, 苦苦力挽而終不聽, 遂盡燒22)之, 淨燒23)其灰, 埋之屛處. 其錦緞之焚也, 臊羶之臭, 觸鼻. 婢僕輩, 相顧駭24)噪曰: "鬼物盡燒矣." 自是, 家中妥帖25), 亦無灾患.

16) 製: 동양본에는 '制'로 표기.
17) 舅: 동양본에는 '其'로 표기.
18) 懼: 동양본에는 '惧'로 표기.
19) 輩亦: 동양본에는 탈락.
20) 擧皆懼㤼, 面面相顧, 無一聽令: 동양본·국도본에는 '老夫人聞之, 相顧, 無一聽令'으로 표기.
21) 繹: 동양본에는 '繹'으로 표기.
22) 燒: 동양본·가람본·성균관대본에는 '焚'으로 표기.
23) 燒: 다른 이본에는 '掃'로 표기. '掃'가 맞음.
24) 駭: 동양본에는 '該'로 표기.
25) 帖: 국도본·동양본에는 '貼'으로 표기.

음낭에 자물쇠를 채워 친구를 희롱한 평안감사

옛날 두 선비가 있었으니 어릴 때부터 친했다. 한 사람은 일찍 급제해 중요한 벼슬을 두루 거쳤다. 다른 한 사람은 불우하여 살림살이가 가난했기에 딸의 혼인날이 정해졌는데도 돈이 없어 혼수를 마련할 길이 없었다. 마침 친구가 평안감사 벼슬을 하고 있어 아내가 남편에게 말했다.

"혼인날이 다가오는데 우리 손에 땡전 한푼 없으니 평안도 감영에라도 가서 혼수를 얻어오셔야 하지 않겠어요?"

선비는 아내의 말을 따라 감사 친구를 찾아가 딸 혼인을 시키려 하는데 손쓸 대책이 없어 괴로우니 좀 도와달라고 했다. 그러자 친구가 아랫사람에게 명해 깨끗한 숙소를 골라주고 급사給事, 조선시대 함흥부나 평양부 등에 두었던 종8품 토관직. 여기서는 손님 시중을 도맡아 하는 사람와 관동官童, 관아에서 심부름하는 아이을 정해 성찬을 베풀게 했다. 친구도 날마다 숙소를 드나들며 그윽하게 정담을 나누었다.

하루는 선비가 말했다.

"혼인날이 점점 다가오니 속히 가봐야겠네."

친구는 극구 말렸다. 그러고는 몰래 한 비장裨將에게 지시해 얼굴이 예쁘고 교태가 있는 기생을 뽑아서 이러이러하도록 했다.

여러 날을 일없이 머물고 있던 선비는 정말 무료했다. 날마다 앞쪽 창문을 열고서 오가는 사람들을 구경했다. 어느 날 문득 맞은편 집에 소복을 입은 젊은 여인이 사립문을 살짝 열고서 몸은 숨기고 얼굴만 반쯤 드러낸 채 옥같이 하얀 손을 저으며 새끼 고양이를 부르는 게 아닌가. 자태가 고왔고 목소리도 가늘고 부드러웠다.

선비가 여인을 한번 보고 넋을 빼앗겨 관동을 불러 물었다.

"저 집은 누구 집인가?"

"소인의 누이 집입니다."

"네 누이는 언제 과부가 되었는가?"

"작년에 과부가 되었습니다."

"내가 네 누이를 한 번 보았는데도 혼이 다 빠진 듯하다. 오늘 저녁에 네 누이를 데려다줄 수 있겠는가?"

관동이 그러겠다며 나갔다. 그날 저녁 과연 기생을 데리고 왔다. 선비가 무척 기뻐하며 동침하자고 했다. 그녀는 온갖 꾀를 내어 자리를 피했다. 선비가 강제로 겁탈하려 하자 그녀가 말했다.

"먼저 서방님 하물下物, 남자의 생식기을 보고 싶습니다."

선비는 욕정이 불붙은 듯해 다른 것을 돌아볼 겨를이 없었다. 기생의 말대로 바지춤을 내려 하물을 꺼내 보여주었다. 그녀는 왼손으로 그것을 주무르면서 오른손으로는 몰래 가져온 자물쇠로 음낭을 잠가버렸다. 그러고는 곧바로 일어나 도망쳤다.

선비는 혼자 궁리해봤지만 자물쇠를 풀 방법이 떠오르지 않았다. 그곳에 온 지도 여러 날이 되었지만 혼수는커녕 친구에게 속아 온 감영의 웃음거리가 되었으니 분노를 이기지 못했다. 앉아서 날이 밝기를 기다렸다가 곧바로 서울로 떠났다. 음낭을 당기는 통증 때문에 기다시피 하여 간신히 도착했다. 곧바로 집안으로 들어가니 아내가 만면에 기쁜 표정을 지으며 맞이하고 위로해주었다.

"천릿길을 어떻게 다녀오셨어요?"

선비는 더욱 분한 기운이 일어났다.

"내가 옛정만 믿고 어리석게도 구걸을 하러 떠났다가 혼수를 얻기는커녕 이상한 병만 얻어왔어."

그리고 계속 신음하며 끊임없이 친구를 욕했다.

아내가 말했다.

"당신은 몰랐나요? 며칠 전 평안도 감영에서 물품을 실은 말이 여러 마리 왔어요. 자세한 건기件記, 사람이나 물건 목록을 적은 기록도 적혀 있더라고요. 혼수를 성대하게 마련해주었는데 빗자루나 족집게 등 자질구레한 물건까지 갖춰놓지 않은 게 없었어요. 그런데도 당신이 그걸 모르다니요? 감사님의 은덕이 비할 데가 없는데 무슨 까닭으로 화내며 이렇게 욕을 하세요?"

그러고는 건기를 꺼내 보여주었다.

바라던 것보다 훨씬 더 많은 혼수를 보고 선비는 기뻐했다. 이에 노여움을 풀고 웃음 지으며 말했다.

"혼수는 이제 갖춰졌지만, 난처한 일이 있으니 이를 어찌하면 좋겠는가?"

아내가 그 이유를 묻자 선비는 그녀를 좁은 방으로 데려가 사정을 자세히 이야기해주고는 자기 물건을 꺼내 보여주었다. 아내가 박장대소했다.

"건기 중에 남는 열쇠 하나가 있어 이상하게 여겼지만 까닭을 알 수 없었지요. 바로 이걸 위한 것이었군요. 감사님께서 혼수를 갖춰 보내주신 것도 감사한데 이 일까지 해결하게 해주셨으니 더욱 감사해야겠네요."

아내는 열쇠를 가져와 자물쇠를 열어주었다.

鎖陰囊西伯弄舊友

昔有二士[1], 自少相善, 而一則早登科第, 歷敭名宦, 一則落拓不遇, 家計
亦貧, 女婚定日, 而無財可辦. 適其友人, 方莅西藩, 其室人, 語其丈夫曰:
"婚日漸迫, 而手無分錢, 何不往浿營, 求得婚需而來也?" 其士人, 依其言,
往見西伯, 言其將過女婚, 而苦無措手之策, 願有以扶助也. 監司命下人,
擇淨潔下處, 又定給事[2]官童, 備盛饌而待之. 日日出來, 情談款洽, 其[3]士
人曰: "婚期漸迫, 可以速去矣." 監司苦[4]挽之, 暗囑一[5]裨[6], 擇妓中有容色
妖態者, 教以如此如此. 士人多日淹留, 政爾無聊, 日開前窓, 以觀往來之
人[7], 忽見對門家, 有年少素服之女, 小開門扉, 隱身而立, 半露其面, 出玉
手, 而呼猫兒, 姿態嬌妙, 聲音嫩軟, 其士人一見脫魂, 招官童而問之曰:
"此是何許人家?" 官童曰: "小人之妹家也." "汝之妹, 何時爲寡?" 官童曰:
"上年爲寡." 士人曰: "我一見, 神魂飛蕩, 汝於今夕, 可以招來否?" 厥童應
諾而去. 其夕, 果然招來, 其士人大喜, 要與同宿, 而厥女百計謀避, 其士人
直欲强逼, 厥女曰: "請先觀書房主下物." 士人慾火如熾, 他不暇顧, 惟妓言
是聽, 解下袴衣, 出以[8]示之, 厥女以左手, 摩挲之, 以右手, 潛持小鎖, 挾陰

---

1) 士: 동양본에는 '人'으로 표기.
2) 事: 동양본에는 '使'로 표기. '使'가 적절함.
3) 其: 동양본에는 탈락.
4) 苦: 동양본·성균관대본·가람본에는 '固'로 표기.
5) 一: 동양본에는 '其'로 표기.
6) 裨: 국도본·성균관대본·가람본에는 '婢'로 되어 있지만 '裨'가 맞다. 규장각본에는 계략을
꾸미는 부분이 없다.
7) 人: 동양본에는 잘못 탈락.
8) 以: 동양본에는 '而'로 표기.

囊而鎖之, 卽翻身逃去⁹⁾. 士人自思無計可脫, 來此多日, 婚需已不得, 又見欺於¹⁰⁾監司, 貽笑於一營, 不勝忿怒之氣. 坐¹¹⁾待天明, 直發京行, 而陰囊牽痛, 艱辛匍匐而歸, 直入內舍, 其室內, 喜色滿面, 迎慰¹²⁾之曰¹³⁾: "千里跋涉, 何以往還?" 其士人忿怒之氣, 益加激發, 答曰: "吾恃舊日之情, 忘¹⁴⁾作求乞之行, 婚需一無所得, 反得奇疾而來也¹⁵⁾." 仍作呻吟之聲, 又大罵監司不已, 其室內¹⁶⁾曰: "君豈不知¹⁷⁾乎? 日前自浿營, 輸送數三駄¹⁸⁾封物, 細錄件記, 盛具婚需, 至於刷鑷微細之物, 無不畢具, 君豈不知乎? 其監司之恩德, 無比, 何故忿怒罵如此?" 仍出示件記. 於是, 士人大喜過望, 回怒作笑. 又曰: "婚需則已備矣, 第有難處之事, 此將奈何?" 室內問其故, 士人携室內入挾¹⁹⁾房, 細述其委折, 仍出以示之, 其室內不覺²⁰⁾拍掌大笑曰: "件記中, 有空開金一箇, 心切²¹⁾怪之, 而莫知其故, 果然爲此故也. 其監司之備送婚需, 不爲不感, 惟此事, 尤極感謝."²²⁾ 取來開金以啓其鎖.

---

9) 去: 국도본에는 '出'로 표기.
10) 於: 버클리대본에는 없지만 '於'가 탈락된 게 분명하므로 넣었다. 국도본과 동양본에는 있다.
11) 坐: 버클리대본에는 '於坐'로 표기되어 있는데, 이 '於'는 각주 10)의 '於' 자리로 가야 한다.
12) 慰: 성균관대본에는 '謂'로 잘못 표기.
13) 曰: 동양본에는 잘못 탈락.
14) 忘: 동양본·성균관대본에는 '妄'으로 표기. '妄'이 맞음.
15) 也: 동양본에는 '耳'로 표기.
16) 內: 국도본에는 '人'으로 표기.
17) 국도본에는 '之'가 더 나옴.
18) 輸送數三駄: 동양본에는 '數三駄輸送'이라 잘못 표기.
19) 挾: 동양본에는 '夾'으로 표기.
20) 不覺: 동양본에는 탈락.
21) 切: 동양본에는 '竊'로 표기.
22) 국도본·성균관대본·가람본에는 '故'가 더 나옴.

한밤에 삶은 돼지를 싸서 친구 집을 찾아가다

옛날에 아버지와 아들이 한집에 살았다. 아들은 친구 사귀는 것을 좋아해 날마다 나가서 친구들과 놀았는데 나가면 반드시 취해서 돌아왔다. 간혹 밤을 새우기도 하고 심지어 며칠 동안 밖에서 지내기도 했다. 어쩌다 나가지 않으면 친구들이 몰려와 신발이 집안에 가득했다. 술잔과 그릇이 여기저기 널렸으며 웃음소리와 떠드는 소리로 왁자지껄했다.

하루는 아버지가 물었다.

"어떤 사람들이냐?"

"모두 절친한 친구들입니다."

"친구 얻기란 천하에 어려운 일인데 이렇게 많단 말이냐? 모두가 너를 알아주고 네 마음을 알아주는 사람들이란 말이냐?"

"뜻이 같고 생각이 합치되어 금란[1]과 같고 금과 재물로 통하니, 재앙

---

1) 금란(金蘭): "사람이 마음을 같이하면 그 예리하기가 쇠를 끊을 만하고, 마음을 함께하는 말은 그 향취가 난과 같다(人同心, 其利斷金, 同心之言, 其臭如蘭)." 『역경』에서 유래한 말로, 친구 사이의 사귐이 단단하고 지극함을 아름답게 나타낸 말이다.

과 난리를 당했을 때 서로 힘이 되어줍니다."

그러자 아버지가 말했다.

"그러냐? 그럼 내 한번 시험해보겠다."

하루는 아버지가 돼지를 잡아 삶아서 털을 뽑아내 하얗게 만들고는 그걸 짚자리에 쌌다. 새벽종이 울리자마자 아들에게 짚자리를 짊어지게 하며 말했다.

"너와 가장 친한 친구 집으로 가보자."

그 집에 이르러 문을 두드렸다. 한참 뒤 사람이 나와 물었다.

"자네 이리 깊은 밤에 무슨 일로 왔나?"

아들이 말했다.

"내가 불행히도 사람을 죽였다네. 형편이 매우 급하게 되어 시체를 지고 이렇게 왔다네. 부디 나를 좀 도와주게나."

그러자 친구는 겉으로 매우 놀라는 모습에 측은히 여기는 얼굴을 했다.

"그래, 일단 들어가 도모해봄세."

하지만 식경을 서서 기다려도 친구는 다시 나오지 않았다. 불러도 대답이 없었다. 거절하는 뜻이 분명했다. 아버지가 탄식하며 말했다.

"네 절친한 친구가 이 모양이냐?"

아들은 그곳을 떠나 다른 친구를 찾아갔다. 또 친구에게 말했다.

"내가 오늘 새벽에 사람을 죽였다네. 사태가 급한지라 이렇게 갑자기 찾아왔다네. 자네와 함께 일을 도모했으면 한다네."

친구는 다른 일로 핑계를 대고 거절했다. 아들은 다시 그곳을 떠나 다른 친구를 찾아가서 전과 같이 말했다. 그러자 친구가 꾸짖으며 말했다.

"이는 큰 사건인데 나에게까지 화를 입게 하려는가? 더이상 말하지 말고 어서 떠나게! 꾸물거리다간 나도 연루될 걸세."

짚자리를 짊어지고 서너 집을 더 찾아갔지만, 모두 얼굴을 마주하려고도 하지 않았다. 아버지가 말했다.

"네 친구란 게 이 정도밖에 안 되느냐? 내게 친한 친구 한 명이 있다. 아무 동에 살고 있는데 못 본 지 십 년이나 되었다. 일단 거기로 가보자."

그 집으로 가서 문을 두드리고는, 아들이 친구들에게 말한 것과 똑같이 말했다. 그러자 그 사람이 깜짝 놀라며 말했다.

"일단 여기 머물게나. 곧 동이 트고 사람들이 나타날 걸세."

급히 이끌어 자기 집으로 들어가 몸소 도끼와 삽 등을 꺼내 침실의 온돌을 파서 시체를 감추려 하며 말했다.

"자네도 나를 도와 힘을 합치세. 꾸물거리면 사람들이 볼 걸세."

아버지가 웃으며 말했다.

"괜히 놀라지 말게. 온돌도 부술 필요가 없다네."

짚자리로 싼 것을 가리키며 말했다.

"저건 돼지이지 사람이 아니라네."

이어 그간의 일에 대해 한바탕 상세히 이야기해주었다. 그러자 친구도 삽을 던지고 웃었다. 서로 손을 잡아 이끌고 방으로 들어갔다. 술 여러 병을 사오고 돼지도 썰어 먹으며, 여러 해 동안 쌓인 회포를 풀었다.

얼마 뒤 작별을 고하며 말했다.

"언제 또 만날 수 있을지 모르겠네. 서로 통하는 것은 한 점 영서[2]밖에 없네그려."

그러고는 아들을 데리고 집으로 돌아왔다. 아들은 매우 부끄러워하며 다시는 친구 사귀는 것에 대해 이야기하지 못했다.

---

2) 영서(靈犀): 영서일점(靈犀一點)에서 온 말. 당나라 이상은(李商隱)은 시에, "몸에 채색 봉황의 한 쌍 날개는 없지만, 마음에는 신령한 무소뿔 한 점의 밝음이 있어라(身無彩鳳雙飛翼, 心有靈犀一點明)"라 했다. 무소뿔 위에는 무늬가 있어 양쪽 뿔이 서로 감응한다고 한다. 그래서 영서 혹은 영서일점이란 마음과 마음이 서로 잘 통함을 뜻한다.

裹蒸豚中夜訪神交

古有一人父子, 同宮而居者. 其子喜結交, 日出門, 與友遊, 出必醉飽而
返, 或經宿不還[3], 甚至留連數日. 或時不出, 則交朋四會, 履舄盈門, 杯盤
狼藉, 嬉笑諠[4]聒. 一日其父問之曰: "是皆何如人乎?" 其子曰: "是皆切友
也." 其父曰: "友者天下之至難而若是多乎? 且[5]皆是汝知己知心之人乎?"
曰: "志同意合, 契托金蘭, 金財相通, 而禍亂[6]相資者也." 其父曰: "然乎?
我將試之." 一日, 其父宰猪烹之, 刮其毛而白之, 裹以草席. 曉鍾纔罷, 使其
子擔之, 謂其子曰: "且往汝所最信友之家." 至其家, 剝啄其門. 久之, 其人[7]
出來問曰: "汝以深夜, 緣何來訪?" 其子語[8]曰: "吾不幸殺人, 勢甚窮急, 今
負尸來此, 幸爲我善處之." 其友人, 外示驚動之狀, 嗟憐之色, 且曰: "諾, 入
且圖之." 立食頃, 仍不出來, 呼之不應, 顯有訑訑之意. 其父嘆[9]曰: "汝之切
友, 皆如是乎?" 去而之他, 又告其友曰: "吾今曉[10]殺人, 勢急[11]輒來, 與汝
謀[12]." 其友辭以[13]有故. 又去而之他, 告其友如前, 其友咤之曰: "此何等大
事, 而欲移禍於我耶? 勿復言速去! 遲則將連累我." 凡[14]擔而走之三四家,
率皆不見容接. 其父曰: "汝友止此乎? 吾有相親一人[15], 居在某洞, 而不見
已十年矣, 第往觀之." 遂往叩其人之門, 而告其人如其子之告其友者之爲

---

3) 還: 동양본에는 '返'으로 표기.
4) 諠: 국도본·고대본·동양본·가람본에는 '喧'으로 표기.
5) 且: 고대본에는 '此'로 표기.
6) 亂: 동양본에는 '難'으로 잘못 표기.
7) 其人: 동양본에는 잘못 탈락.
8) 語: 동양본에는 탈락.
9) 嘆: 동양본에는 '歎'으로 표기.
10) 曉: 국도본·고대본·동양본·가람본에는 '晩'으로 표기.
11) 急: 고대본에는 잘못 탈락.
12) 汝謀: 동양본에는 '其謀汝'로 표기.
13) 以: 고대본·가람본에는 '而'로 표기.
14) 凡: 성균관대본에는 '又'로 맞게 표기.
15) 人: 국도본·성균관대본·가람본에는 '友'로 표기.

矣[16]. 其人大驚曰: "且止, 天方向曙矣. 人跡將散." 急携入家中, 親取[17]斧鋸之屬, 欲毀臥室之堗而藏之, 顧曰: "君亦助我并力, 若遲則人將見之[18]." 其人笑曰: "毋用浪驚, 堗不必毁[19]也." 指席裹者曰[20]: "豬也, 非人也." 因將其事, 細述一場. 其友人, 亦投鋸而笑, 相與携手入房, 市酒數甁, 切其猪而啖之, 敍其積年阻隔[21]之懷. 少焉告別曰: "不知何日更接淸範, 而兩地相通, 只有靈犀一點." 云云. 因率其[22]子歸家[23]. 其子[24]大慚悔[25], 不敢復交友云.

16) 爲矣: 동양본·성균관대본·가람본에는 '事'로 표기.
17) 取: 동양본에는 '持'로 표기.
18) 之: 고대본에는 '矣'로 표기.
19) 毀: 동양본에는 '壤'로 표기.
20) 曰: 고대본에는 잘못 탈락.
21) 隔: 동양본에는 '闋'으로 표기.
22) 其: 동양본에는 탈락.
23) 其子歸家: 국도본·고대본에는 탈락.
24) 고대본에는 '子'가 더 나옴. 잘못 들어간 것임.
25) 悔: 동양본에는 탈락.

의남이 물가에서 유철을 부르다

　철산 지인知印 이의남李義男이 고을 원을 따라서 상경했다. 때마침 화창한 봄날이라 강변의 경치를 구경하면서 울적한 마음을 풀려 했다. 원에게 알리고는 용산으로 갔다. 높은 언덕에 올라 돛단배들이 오르내리는 풍경을 감상했다. 갑자기 피곤이 몰려와 잠시 앉아 잠이 들었다. 꿈에 한 노인이 편지 한 통을 주며 말했다.

　"내가 우리집을 떠나온 지 오래되었습니다. 집안사람들이 내 소식을 듣지 못했으니 나를 위해 이 편지를 우리집에 전해주시오."

　의남이 물었다.

　"어르신 댁은 어디 있습니까?"

　"우리집은 아무 산 아래 큰 연못 속에 있소이다. 연못가로 가서 '유철兪鐵'을 세 번 부르면 물속에서 사람이 나올 것이오. 그에게 이 편지를 전해주시오."

　의남이 그러겠다 하고는 잠에서 깨어났다. 문득 바라보니 편지 한 통이 옆에 놓여 있어 매우 놀라고 기이하게 여겼다. 그 편지를 보자기에 넣어 가지고 돌아왔다. 며칠 뒤 원을 모시고 관아로 돌아온 의남은 그날로 말미를 얻어 자기 집에는 들르지도 않고 곧바로 아무 산 아래 큰 연못가로 갔다. 유철을 세 번 부르니 갑자기 연못 물이 용솟음쳤다. 과연 물속에서 사람이 나와 말했다.

"당신은 누구신데 나를 불렀습니까?"

의남이 사연을 말하고 편지를 건넸다. 그 사람이 말했다.

"결정을 내리기까지 조금만 기다려주시오."

그러고는 몸을 돌려 물속으로 들어갔다. 잠시 뒤 다시 나와서 말했다.

"수부水府, 물을 맡아 다스리는 신의 궁전에서 부르십니다. 들어가십시다."

"내가 어떻게 물속으로 들어간단 말입니까?"

"눈을 감고 내 등에 업히기만 하면 아무 염려 없을 겁니다."

의남이 그 말대로 하니, 물결이 저절로 열리고 몸이 물기에 젖지 않았다. 두 귀에는 바람소리만이 들렸고 물소리도 매우 세찼다.

이윽고 그 사람은 언덕 위에 이르러서 의남을 내려주고 눈을 떠보라 했다. 백사장 언덕 위에 붉은 대문이 우뚝 서 있었다. 그 사람이 말했다.

"여기서 잠시만 기다리십시오. 내가 먼저 가서 알리겠습니다."

곧바로 다시 나와 들어가자고 청했다. 여러 중문을 지나니 화려한 누각이 우뚝 나타났다. 계단으로 올라가니 비녀도 꽂지 않은 젊은 여인이 반갑게 맞이했다.

"제 아버지께서 집을 떠나신 지 오래되었지만 소식을 듣지 못했습니다. 이렇게 소식을 전해주시니 정말 감사합니다. 아버지의 편지에 당신과 결혼하라는 가르침이 있습니다. 당신의 뜻은 어떠한가요?"

의남은 기뻐하며 허락했다. 그녀가 또 말했다.

"저는 용녀龍女입니다. 그래도 꺼리지 않는지요?"

의남이 그녀의 아리따운 용모를 보고 대답했다.

"무슨 거리낌이 있겠습니까?"

의남은 거기서 사흘간 머물렀는데 마련해준 음식 모두 진기하지 않은 것이 없었다. 목욕을 하게 하고 옷을 만들어주었는데, 무슨 비단인지 알 수는 없었으나 휘황찬란했다.

사흘 동안 잠자리를 같이하고 물 밖으로 나가려 하니 여인이 말했다.

"어찌 이렇게도 서둘러 돌아가려 하나요?"

"말미 기한이 지났으니 벌을 받을까 걱정되어 부득불 나가보지 않을 수 없습니다."

"관가에서 어떤 일을 맡고 있나요?"

"지인입니다."

"지인은 어떤 복장을 하나요?"

"긴 옷 위에 쾌자快子, 소매가 없고 등솔기가 허리까지 트인 옛 전투복를 입습니다."

여인이 즉시 상자를 뒤적여 특별한 비단을 꺼냈다. 옷을 만들어 입혀주면서 부탁을 했다.

"앞으로 꼭 자주자주 들러주세요."

마침내 유철을 불러 태워다주게 했다.

의남은 원래 원의 총애를 받던 지인이었다. 약속한 기한이 지났는데도 돌아오지 않자 원은 의남의 집에 물어보았다. 집에서는 의남이 상경한 뒤로 집에 들른 적이 없어 간 곳을 모른다고 했다. 원이 크게 성내며 엄중하게 그 아버지를 가두고는 날마다 의남은 언제 돌아오느냐고 다그쳤다. 그 어머니도 황송스럽고 두렵기도 하여 하루도 거르지 않고 밖으로 나가 아들을 찾아다녔다. 엿새째가 되어서야 비로소 의남이 어느 산 아래에서 나타나니 어머니가 맞이하며 말했다.

"관가의 명이 엄하고 시급한데 어디 갔다가 이리도 늦게 온단 말이냐! 네 아버지가 감옥에 갔고 우리도 너를 기다린 지 벌써 여러 날이 지났다. 무거운 벌을 받을지도 모르니 어서 들어가 원님을 뵙거라!"

의남도 매우 두려워하며 곧바로 관가로 달려가 마당에 엎드렸다. 관노비가 "이의남이 돌아왔습니다"라고 외치니 원이 크게 기뻐하며 문을 열고 내다보았다. 옷이 지극히 화려하고 기이하니 결코 인간세상에서 만든 것이 아니었다. 심히 의심스럽고 이상야릇한 마음이 일어나 화를 내고 책망할 겨를이 없었다. 마침내 원은 의남을 마루 위로 불러들여 가까이 오게 하고는 물었다.

"말미를 얻어 어딜 갔느냐? 입고 있는 옷은 어디서 난 것이냐?"

의남은 감히 숨기지 못하고 일일이 바른대로 고했다. 원이 기이하게 여기고는 더이상 의남을 책망하지 않고 또 물었다.

"네 아내는 용녀이니 아름답고 고운 모습이 볼만하겠지. 얼굴을 한번 구경하고 싶은데 보도록 해줄 수 있겠느냐?"

"삼가 가서 의논해보겠나이다."

의남이 다시 연못가로 가서 유철을 불렀다. 전처럼 유철이 나와 의남을 등에 싣고 들어갔다. 의남은 용녀에게 원이 보고 싶어한다고 전했다. 용녀가 처음에는 심히 난색을 보이다가 말했다.

"땅의 주인께서 보고자 하신다니 감히 거역할 수 있겠어요? 아무 날에 연못가에 와주세요."

의남이 돌아와 보고하니 원은 크게 기뻐했다. 그날이 되자 연못가에 큰 장막을 치고 위의를 갖추었다. 읍의 향임鄕任, 이교吏校, 노령奴令, 그리고 늙고 젊은 백성들도 원이 용녀를 구경하러 온다는 소문을 듣고 하나같이 읍을 비우고 보러 가니 산과 들을 가득 메웠다.

연못가에 도착한 원은 자리를 정하고서 의남에게 물속으로 들어가 용녀를 불러오라 했다. 의남이 물속으로 들어가 용녀에게 밖으로 나가기를 청하니 그녀가 물었다.

"평상복을 입을까요, 융복戎服, 철릭과 주립으로 된 옛 군복을 입을까요?"

의남이 돌아와 원에게 물었다. 원은 융복 입은 미녀의 아름다움이 더욱 각별할 것 같아 융복을 입고 오라 분부했다. 의남이 돌아가 원의 뜻을 전하니 용녀가 대단히 난처해하며 한참 생각에 잠기다가 말했다.

"성의 주인께서 그리 분부하시니 어쩔 수 없지요."

의남이 돌아와 보고하니 원에서부터 읍의 백성들에 이르기까지 천하절색 미녀를 구경하고자 파도 가운데를 뚫어져라 바라보았다.

갑자기 물이 끓어오르는 듯하더니 머리에 있는 뿔이 솟아올랐다. 영락없는 황룡 한 마리였다. 물 위로 몇 자나 떠오르니 두 눈이 번갯불 같고 몸의 비늘은 날아 움직이는 듯했다. 원은 예상치도 못한 광경을 보게 되자 놀라서 두 손으로 눈을 가리고 엎어졌다. 옆에서 바라보고 있던 사람들도 놀라지 않는 자가 없었다. 그 모습을 본 용녀는 걱정이 되어 즉시 물속으로 들어가버렸다. 관리와 백성들도 모두 멋쩍어져 돌아갔다.

그뒤로 의남은 이따금씩 말미를 얻어 갔으나 원은 괴이하게 여기지 않았다. 몇 달이 지나고 때는 유월이었다. 가뭄이 날마다 심해졌다. 원이 여러 번 기우제를 지냈지만 비는 한 방울도 내리지 않았다. 그 와중에 용이라면 쉽게 비를 내리게 할 수 있으니 용녀에게 청하면 비를 얻을 수 있을 거란 생각이 들었다. 의남을 시켜 청해보도록 하니 용녀가 말했다.

"비를 내리는 것이 용의 일이기는 하나 상제의 명이 있어야 해요. 지금은 상제의 명이 없으니 어렵네요."

의남은 백성들이 비를 간절히 바라고 있고 관의 명령도 엄하다며 간곡하게 부탁했다. 그러자 용녀가 말했다.

"그렇다면 법을 시행하지 않을 수 없겠군요."

마침내 융장戎裝, 싸움터로 나아갈 때의 차림을 갖춰 입고 손에는 작은 병과 버드나무 가지 하나를 쥐고서 나서니 의남이 부탁했다.

"법을 시행하는 광경을 보고 싶으니 함께 갑시다."

용녀는 또 사양했다.

"용은 공중을 날아갑니다. 당신은 인간에게서 태어난 사람이니 어찌 구름을 탈 수 있겠어요?"

의남이 그래도 계속 간청하니 용녀가 마지못해 말했다.

"그럼 제 겨드랑이 아래 비늘을 단단히 잡고 절대 놓지 마세요."

용녀는 의남을 겨드랑이에 끼고 공중으로 솟아올랐다. 구름을 일으키고 우레를 치면서 버드나무 가지로 병 안에 들어 있는 물 세 방울을 뿌렸다. 의남이 굽어보니 구름 아래가 바로 철산 땅이었다. 벼가 타들어가고 밭과 논이 쩍쩍 갈라진 것이 안쓰러워진 의남은 물 세 방울로는 부족하다고 생각했다. 겨드랑이 아래에서 몰래 손을 빼어서는 용녀가 쥐고 있던 물병을 뒤집어 물을 모두 부어버렸다. 용녀가 깜짝 놀라며 의남에게 말했다.

"얼른얼른 나가세요. 장차 대재앙이 일어날 것입니다!"

의남이 멍하니 그 까닭을 몰라 물었다.

"무슨 일이오?"

"처음부터 이런 일이 있을 것 같아 당신이 따라온다 했을 때 거절했던 거예요. 무릇 수부의 물 한 방울은 사람 세상에선 일리一犁, 쟁기로 땅을 파는 깊이만큼 빗물이 스며드는 것의 비가 된답니다. 이곳의 물 세 방물이면 충분했습니다. 이제 물병의 물 전부를 엎질러버렸으니 그 피해를 어찌 다 말할 수 있겠습니까! 나는 하늘에 죄를 지었습니다. 앞으로 내게 천벌이 내릴 것이니 당신은 어서 떠나세요. 당신이 오늘의 정을 잊지 않는다면 내일 백각산白角山 아래로 가서 내 머리를 거두어 묻어주세요."

의남은 어쩔 수 없이 밖으로 나갔다. 산 위에서 일망무제一望無際의 평평한 모래벌판만을 망연자실 바라볼 따름이었다. 읍 안으로 들어와도 밭과 논의 형체를 찾을 수 없었다. 읍 안 사람들의 말에 따르면, 지난밤 삼경에 큰비가 쏟아졌는데 물동이를 엎어놓은 듯했을 뿐만 아니라 하천둑까지 터진 듯 순식간에 평지가 물에 잠겨 수심이 한 장丈도 더 되었다 했다. 산과 구릉이 무너져 언덕과 골짜기를 구분할 수 없게 되었다.

그제야 의남은 크게 뉘우쳤다. 다음날 백각산 아래로 가보니 정말로 용의 머리가 떨어져 있었다. 그걸 안고 돌아와 모래흙을 깨끗이 씻어냈다. 홑옷에 싸고 나무상자에 넣어 백각산 아래에 묻어주고는 통곡하고 돌아왔다.

義男臨水喚兪鐵

鐵山知印李義男, 隨其倅, 由行上京. 適値春和, 欲玩景江邊, 疎暢幽鬱, 告于[1]其倅, 出遊龍山, 就高皐處, 玩帆檣上下之景, 忽覺困憊思睡, 坐而假寐[2], 夢一老人, 持一封書而來授之曰: "余離家已久[3], 家人不聞消息, 幸爲我傳此書于吾家." 義男曰: "翁家在何處?" 翁曰: "吾家在某山下大澤中, 往澤畔, 三呼兪鐵, 則自有人, 從水中出來, 以此書傳之." 義男許諾而覺, 忽見一封書在坐傍[4], 大驚異之. 遂藏囊中而歸. 不多日, 本倅還官陪來, 卽日告由而出, 不到渠家, 直往某山下澤邊, 呼兪鐵三聲, 忽見池水沸湧, 果有人, 從水中出來曰: "汝是何人, 何故喚我?" 厥童爲傳來意, 以封書[5]給之. 其人曰: "少留以待發落." 遂飜身入水, 少頃復出來謂曰: "自水府見召, 請入去." 厥童曰: "吾何能入水?" 其人曰: "第瞑目而負於[6]吾背, 則自無慮矣." 厥童遂從其言, 水波自開, 身不沾濕, 而兩耳只聞風, 水聲洶湧. 已而[7]抵岸上, 其人卸負, 而請開目. 白沙岸上, 朱門屹然, 其人曰[8]: "少待於此, 吾當先通

---

1) 于: 고대본에는 잘못 탈락.
2) 而假寐: 동양본에는 '寐而'로 표기.
3) 已久: 동양본에는 '久矣'로 표기.
4) 傍: 국도본·고대본·가람본에는 '房'으로 잘못 표기.
5) 封書: 국도본·고대본·동양본·가람본에는 '書封'으로 표기.
6) 於: 고대본·가람본에는 잘못 탈락.
7) 已而: 고대본·가람본에는 '而已'로 표기.
8) 曰: 국도본·고대본·가람본에는 잘못 탈락.

矣." 旋卽復出曰: "請入矣." 歷入數重門, 彩閣[9]魁傑, 升階而上, 有年少未[10]筓之[11]女, 欣然迎接曰: "吾父久離家鄕, 未聞消息, 傳通音信, 極爲感謝. 家父書中[12], 有與君結婚之敎, 未知君意如何?" 厥童[13]喜而許之, 其女又[14]曰: "我是龍女, 得無所嫌乎?" 厥童見其美色, 答曰: "何嫌之有?" 遂留三日, 所進飯殽[15], 無非奇珍, 又使沐浴, 製給衣服, 不知何名錦緞, 輝煌燦爛. 仍與之, 同寢三日, 欲爲出來, 厥女曰: "何遽[16]歸也?" 厥童曰: "受由[17]過限, 恐有罪責, 不得不出去矣." 厥女曰: "君在官家, 見帶何任?" 曰: "知印矣." 曰: "知印之服色何如?" 曰: "長衣之上服快子矣." 厥女卽披[18]箱, 出一別錦鍛, 裁縫而[19]衣之, 又囑之曰: "日後須頻頻入來也." 遂呼兪鐵, 使之負出. 義男自是[20], 本倅寵愛之知印也, 由限已過, 久不還現, 問於其家, 則告以上京還來, 初不歸家, 不知去處. 本倅大怒, 嚴囚其父, 日督還現, 其母不勝惶懼[21], 日出路上, 而訪問之. 第六日, 始出[22]某山下來, 其母迎謂曰: "官令嚴急, 汝往何處而遲滯若是! 汝父囚繫, 吾之等候, 亦[23]多日矣. 汝必受重責, 速速入現!" 義男亦甚惶懼, 直入走, 伏於官庭, 官隷告曰: "李義男現身矣." 本倅大喜, 開戶下視, 則所着衣服, 極其華異, 決非人間之所製, 心

---

9) 閣: 다른 이본에는 '閤'으로 표기.
10) 未: 국도본·고대본·가람본에는 '朱'로 잘못 표기.
11) 之: 동양본에는 탈락.
12) 中: 국도본·고대본·가람본에는 탈락.
13) 고대본에는 '而'가 더 나옴. 불필요함.
14) 又: 국도본·고대본·가람본에는 탈락.
15) 殽: 가람본·성균관대본에는 '饌'으로 표기.
16) 遽: 국도본·가람본에는 '處'로 잘못 필사. 고대본에는 '遽'가 잘못 탈락.
17) 由: 국도본·고대본·가람본·성균관대본에는 '留'로 잘못 표기.
18) 披: 성균관대본에는 '搜'로 표기.
19) 而: 국도본·고대본·동양본·가람본에는 '以'로 표기.
20) 自是: 일사본과 가람본에도 '自是'로 표기되어 있지만, 고도서본에는 '原來'로 표기되어 있다. 의미상 '原來'가 맞다.
21) 懼: 동양본에는 '悚'으로 표기.
22) 出: 국도본·고대본·동양본·가람본에는 '自'로 표기.
23) 嚴急, 汝往何處而遲滯若是! 汝父囚繫, 吾之等候, 亦: 동양본에는 탈락.

甚疑怪, 未暇發怒責之, 遂令陞[24]堂, 進前而[25]問曰: "汝於受由之後, 直往何處? 所着衣服, 是從何處出?" 厥童不敢隱諱, 一一直告, 其倅亦異之, 竟不之責焉. 又曰: "汝妻旣[26]是龍女, 則想必美麗可觀, 欲一見其面, 汝能使我見之否?" 厥童曰: "謹當往而議之." 又往澤畔, 呼兪鐵, 出又如前, 背負而入, 以主倅欲見之言[27], 傳于[28]龍女, 龍女初甚持難, 乃曰: "地主欲見, 何敢拒逆? 請於某日, 來臨澤邊." 厥童還告, 主倅大喜, 乃於其日, 大設帳幕於澤邊, 大張威儀而來. 邑中鄉人吏校, 奴令老少, 聞官家往看[29]龍女, 一幷[30]空邑而出, 漫[31]山遍野. 主倅到澤邊[32]坐定, 送[33]知印入水, 招龍女出來. 厥童入水, 請龍女出現, 龍女曰: "以平服乎? 以戎服乎?" 厥童來稟告主倅, 主倅意謂美[34]女戎裝, 則姸態尤別, 以戎服出現分付之, 厥童還傳主倅之意, 龍女大段持難, 沈吟半晌, 仍曰: "城主分付, 旣如此, 無可奈何." 厥童還告[35], 主[36]倅以下, 至於邑村百姓, 莫不注目波中, 擬睹絶代美色. 俄而水波沸盪, 頭角聳出, 卽一黃龍, 出水上[37]數尺許, 眼目閃電, 鱗甲飛動. 主倅不意撞見, 不覺驚駭, 以雙手掩目而伏, 觀光諸人, 亦無不驚駭. 龍女見其景狀愁絶, 仍卽入水宮[38], 官吏百姓, 擧皆無聊而歸. 其後厥童間間告由,

24) 陞: 동양본에는 '升'으로 표기.
25) 進前而: 국도본·가람본에는 '而進前'으로 표기. 고대본에는 '而'가 탈락.
26) 旣: 고대본에는 탈락.
27) 言: 고대본·성균관대본·가람본에는 '意'로 표기.
28) 于: 국도본·고대본·가람본에는 '於'로 표기.
29) 看: 동양본에는 '見'으로 표기.
30) 幷: 동양본에는 '倂'으로 표기.
31) 漫: 고대본·가람본·성균관대본에는 '滿'으로 표기.
32) 邊: 동양본에는 '畔'으로 표기.
33) 送: 국도본·고대본·가람본·성균관대본에는 탈락.
34) 美: 고대본에는 '戎'으로 잘못 표기. 가람본·성균관대본에는 '龍'으로 표기.
35) 국도본·고대본·동양본·가람본에는 '自'가 더 나옴.
36) 主: 국도본·고대본·가람본·성균관대본에는 '本'으로 표기.
37) 上: 고대본에는 잘못 탈락.
38) 宮: 국도본·고대본·동양본에는 탈락.

而主倅不之怪焉. 數月之後, 時當六月, 旱乾日甚, 主倅屢行祈禱, 不得點雨, 意謂龍能行雨, 若請於龍女, 則可以得雨, 使厥童往請之, 龍女曰: "行雨雖龍之所爲, 有上帝之命然後, 可以行焉, 今無帝命難矣." 厥童屢以民情之渴望, 官令之嚴峻, 力請之, 龍女[39]: "然則不得不一[40]往施法矣." 遂具戎裝, 手持一小瓶一楊枝而出, 厥童曰: "欲觀其施法, 請與偕往." 龍女又辭曰: "龍則行于空中, 君則人間凡胎, 何以乘雲?" 厥童猶懇請不已, 龍女不得已乃曰: "然則緊着於吾腋下鱗甲中, 固執鱗, 愼勿放手也." 遂以腋挾之, 騰空而去, 興雲發雷[41], 以楊枝點瓶中水三點而灑之. 厥童俯視雲下, 卽鐵山地也. 悶其禾稼焦焚, 田畓乾坼, 三點水, 太不足, 從腋下, 潛出手, 急掣龍女持瓶之水, 盡覆全瓶, 龍女大驚, 謂厥童曰: "速速出去[42], 大禍將至矣!" 厥童茫然不知其故曰: "何故也?" 龍女曰: "始慮其然故, 拒君不隨來, 夫水府一點之水, 卽人間一寸[43]之雨, 三點[44]水已足, 今乃盡倒全瓶, 其害可勝言哉! 我得罪於天, 天罰將至[45], 速速出去, 如不忘[46]今日之情, 明日須往白角山下, 收吾頭而埋之." 厥童不得已出來. 自出山, 目見茫然平沙, 一望無際, 至邑中, 一無田畓之形. 聞邑中之人言, 昨夜三更, 大雨暴注, 不啻飜盆, 有若[47]河決, 霎時之頃, 平地水深丈餘, 山陵崩汰, 岸谷無辨云, 始乃大悔懊焉. 明日尋往白角山下, 果有龍頭落下, 遂抱而[48]歸, 淨洗沙土, 以單衫裹之, 以木函盛之, 埋之於白角山下, 痛哭而歸.

---

39) 曰: 국도본·고대본·가람본·성균관대본에는 탈락.
40) 一: 국도본·고대본·가람본·성균관대본에는 탈락.
41) 雷: 동양본에는 '電'으로 표기.
42) 去: 고대본에는 잘못 탈락.
43) 一寸: 고대본·가람본·성균관대본에는 '一犂'로 표기. '一犂'가 맞음.
44) 고대본·가람본에는 '之'가 더 나옴.
45) 국도본·고대본·가람본·성균관대본에는 '矣'가 더 나옴.
46) 忘: 고대본에는 '忠'으로 잘못 필사.
47) 若: 국도본·고대본·동양본·가람본·성균관대본에는 '如'로 표기.
48) 抱而: 국도본·고대본·가람본에는 '而抱'로 잘못 필사.

할미가 환란을 염려하여 손녀를 소실로 바치다

옛날에 한 재상이 있었는데 부부가 해로했다. 그 집에는 열일고여덟 살쯤 되는 여종이 살았는데 용모가 밉지 않고 성품이 순박하며 착해 부인이 총애했다. 그러나 재상은 틈만 나면 여종을 범하려 했고 여종은 따를 수 없었다. 어느 날 여종이 울면서 부인에게 말했다.

"쇤네는 죽고만 싶습니다. 대감이 자꾸 쇤네를 원하니, 명을 따르지 않으면 결국 대감의 형장 아래에서 죽게 될 것이고, 명을 따르면 자식처럼 길러주신 마님의 은혜를 입은 쇤네가 마님의 눈엣가시가 될 것입니다. 죽는 것 말고는 다른 길이 없으니 강물에 몸을 던져 죽겠습니다."

부인은 그 마음을 불쌍히 여겨 백은과 청동비녀, 귀걸이 등을 옷가지와 함께 싸주며 말했다.

"더이상 여기에 머물지 말거라. 사람으로 태어나서 어찌 헛되이 죽으려 하느냐? 이 물건들을 가지고 네가 가고 싶은 곳으로 가거라. 이것들을 생활 밑천으로 삼거라."

부인은 새벽종이 울리기를 기다렸다가 몰래 문을 열어 보내주었다.

여종은 재상의 집안에서만 지냈기에 문밖 길을 알 리 없었다. 보자기를 안고서 어디로 갈지 몰라 망설이다가 곧바로 대로를 따라 남문 밖으로 나가니 나루가 점점 가까워졌다.

막 동이 트려는데 말방울소리가 뒤에서 들려왔다. 돌아보니 한 장부가 다가와 앞에 서서 물었다.

"이리 이른 새벽에 처녀는 혼자 어딜 가시오?"

"슬프고 원통한 일이 있어 강에 빠져 죽으러 갑니다."

"헛되이 죽기보다는 나와 함께 사는 것이 어떻소? 내 아직 장가를 들지 않았다오."

여종은 그냥 그러기로 했다. 장부는 여종을 말에 태우고 가던 길을 계속 갔다.

그로부터 몇 년이 지나니 재상 부부는 죽고 그 아들도 죽었다. 손자는 이미 장성했지만 집안이 몰락해 생계를 꾸려갈 방도가 없었다. 손자는 문득 선대의 노비들이 곳곳에 흩어져 살고 있다는 사실을 떠올렸다. 추노推奴, 외거 노비를 찾아가서 몸값을 받던 일. 주인은 조상의 노안(奴案)에 의거하여 종의 자손에게서 몸값으로 공포(貢布)를 받았다를 해오면 생계를 꾸려갈 자산을 얻을 수 있을 것 같았다.

마침내 혼자 길을 떠났다. 먼저 아무 곳으로 가서 여러 사람을 불러모아놓고 호적을 내보이며 말했다.

"당신들은 모두 내 선대의 노비들이오. 오늘 몸값을 받으러 왔으니, 머릿수와 남녀의 수를 정확하게 계산해 바치도록 하시오."

노비들은 입으로는 그러겠다고 했지만 마음속으로는 불량한 생각을 품었다. 방 하나를 정해서 양반을 거처하게 하고는 저녁밥을 대접했다. 그리고 그날 밤에 모여서 양반을 죽이기로 작정했다. 양반은 그것도 모르고 곤히 잠들었다. 밤이 깊었는데 갑자기 창밖에서 수많은 사람의 목소리와 발소리가 들려왔다. 잠결에도 의심이 일어나 가만히 들어보았다. 누가 문을 열고 먼저 들어갈 것인가를 두고 서로 미루고 있었다. 그제야 실상을 깨달은 양반은 매우 놀라고 겁이 났다.

조용히 일어나 북쪽 벽을 차서 뚫고 뛰쳐나갔다. 노비들이 칼과 망치, 몽둥이 등을 들고 방안에서나 부엌 뒤에서 나와 쫓아왔다. 도망쳐 살아날 길이 없는 듯했는데, 울타리 낮은 곳이 있어 뛰어넘었다. 그때 갑자기 호랑이 한 마리가 나타나 양반을 물고 갔다. 노비들은 양반이 호랑이에게 물려가자 서로 쳐다보며 기뻐했다.

"우리가 손을 쓰지도 않았는데 호랑이가 그놈을 물어갔으니 어찌 하늘의 뜻이 아니겠는가? 걱정거리가 완전히 사라졌구나!"

호랑이는 양반을 물고 갔지만 그의 옷 뒷깃을 물고는 몸을 들어올려 등에 실었을 뿐이었다. 하룻밤 동안 몇 리나 갔는지 몰랐다. 한 곳에 다다르자 멈춰 서서 양반을 내려주었다. 몸에 상처는 전혀 나지 않았지만 정신이 나가 있었다. 이윽고 정신이 들어 눈을 뜨고 주위를 돌아보니 큰 마을 여염집 문 앞 우물가였다. 호랑이는 양반 옆에 쭈그리고 앉았다. 먼동이 트니 우물가 집의 사람이 물을 길러 문을 열고 나왔다. 어떤 사람이 땅 위에 누워 있고 큰 호랑이가 그 곁을 지키는 걸 보고는 깜짝 놀라 달려 뛰어들어가면서 호랑이가 나타났다고 연이어 외쳤다.

그 집안의 늙은이와 젊은이가 일제히 몽둥이를 들고 나왔다. 호랑이는 여러 사람이 몰려오는 것을 보고서야 일어나 하품을 하고는 천천히 자리를 떴다. 그 집 사람들이 누워 있는 사람에게 물었다.

"당신은 누구이시고, 또 무슨 연고로 이곳까지 왔소? 호랑이는 왜 당신을 지키며 떠나지 않았소?"

양반이 일의 전말을 이야기해주니 사람들이 모두 감탄하고 기이하게 여겼다.

그 집 할미도 나왔는데 양반의 용모를 알아보고 안채로 들어오라 청했다.

"어릴 때 성함이 아무개 아니신지요?"

양반이 크게 놀라 대답했다.

"그렇습니다만 할머니께서는 어떻게 제 아이 때의 이름을 아십니까?"

할미가 자세히 말해주었다.

"제가 어릴 적에 낭군님 댁의 종으로 있으면서 마님으로부터 큰 은혜를 받았지요. 오늘까지 이렇게 살아 있는 것이 마님의 은덕 아닌 것이 없습니다. 제 나이 일흔이 되었지만 하루라도 그 은혜를 잊은 적이 없었지요. 다만 한양과 이곳의 거리가 아득히 멀어 그곳 소문을 들을 수 없었답니다. 오늘 뜻밖에도 낭군님이 이곳에 오셨으니 이는 하느님이 저에게 옛 은혜를 갚게 하신 것입니다!"

마침내 할미는 여러 아들과 손자를 불러 '이분이 우리의 상전이시니 모두 현신現身, 아랫사람이 윗사람에게 예를 갖추어 자신을 보이는 일하라'고 했다. 또 북창을 열고는 여러 며느리를 불러 일일이 현신케 했다. 성찬을 갖춰 바치고 새 옷도 지어 입혀 며칠을 머물게 했다.

할미의 아들들은 건장하고 호탕하며 오만하고 풍채도 좋았다. 거기다 재산도 많으니 한 고을을 호령하는 자들이었다. 갑자기 생각지도 않게 어머니가 일개 떠돌이 걸인을 상전이라 부르게 하고 자기들을 그 종으로 삼게 하니 분기가 탱천했다. 시골 사람들 사이에서도 수치스러운 일이 되었다. 그렇지만 어머니의 성격이 엄하여 그 뜻을 감히 어기지는 못하고 마지못해 일단 명을 따랐다.

양반이 할미에게 말했다.

"내가 집을 떠나온 지 오래되었네. 하루빨리 돌아가야겠네. 모름지기 내가 빨리 돌아가도록 해주게나."

그러자 할미는 "며칠 더 머문다고 무슨 일이야 생기겠습니까?" 하고 밤이 깊어지기를 기다렸다. 아들들이 잠에 곯아떨어진 것을 확인하고 나서 양반의 귀에다 대고 속삭였다.

"낭군님께서도 우리 아들들의 기색을 보셨지요? 저놈들이 제 명이라 마지못해 겉으로는 순종하는 척하지만 그 마음은 헤아릴 수가 없답니다. 도련님이 단신으로 돌아가신다면 도중에 반드시 화를 입게 될 것입니다. 쇤네에게 한 가지 계획이 있으니 따라 하시겠습니까?"

"무슨 계획인가?"

"쇤네에게 손녀 하나가 있습니다. 나이는 열여섯 살이고 얼굴도 예쁩니다. 아직 혼처를 정하지 않았는데 손녀를 낭군님께 드리려 합니다. 어떠신지요?"

양반은 갑자기 이 말을 듣고 황당하기도 하여 대답을 하지 못했다.

"쇤네의 말을 따르시면 살아서 돌아가실 수 있지만, 따르지 않으시면 분명 목숨을 보존하시기 어려울 것입니다. 제가 옛 주인님의 은혜를 잊지 못해 이런 계획을 꾸몄건만 어찌 들어주시지 않습니까?"

그러자 양반이 허락했다. 다음날 할미가 아들들을 불러 말했다.

"내가 아무개를 상전님께 바치려 한다. 너희는 오늘밤에 혼구婚具를 마련해라. 명을 어기면 가만두지 않을 테다."

아들들은 한마디도 하지 못하고 예예 하며 물러났다. 그날 저녁 방 한 칸을 수리해 신혼방으로 만들어 양반을 들여보냈다. 예쁘게 화장한 손녀도 들어가니 드디어 혼인이 이루어졌다. 다음날 아침 일찍 할미는 들어가 문안인사를 올리고, 또 아들들을 불러서 말했다.

"상전님은 내일 댁으로 돌아가시고 손녀도 당연히 따라간다. 안장 올린 말 한 필, 가마 끌 말 한 필, 짐 실을 말 여러 필을 어서 준비하고 가마도 빌려놓아라. 아무개와 아무개는 상전님을 모시고 상경했다가 상전님의 편지를 받아서 돌아와 무사히 도착하셨다는 걸 나에게 알려야 하느니라."

아들들은 명을 따라 분주히 모든 것을 다 마련했다. 마침내 한양으로 출발했다. 침구와 옷, 약간의 엽전까지 실었다. 양반은 편안하게 무사히 도착해서는 편지를 써서 돌아가는 편에 부쳤다.

그뒤 해마다 사람을 보내 안부를 물어왔는데 할미가 죽을 때까지 계속했다.

老媼慮患納小室

昔有一宰相, 內外偕老, 而有一童婢, 年十¹⁾七八²⁾, 容色不麤, 性又醇良, 夫人寵愛之. 宰相常³⁾欲近幸, 厥女不承從, 泣告夫人曰: "小人將死矣. 大監屢欲以小人薦枕, 若不從命, 則畢竟死於大監刑杖之下, 若從命, 則小人蒙夫人子育之恩, 何忍爲眼中釘乎? 一死之外, 更無他道⁴⁾, 將欲往投江水而死." 夫人憐其志, 捐出白銀靑銅簪珥之屬, 幷與渠之衣服, 裹一袱⁵⁾而與之曰: "今無以在此, 人生又何可空死? 持此物, 往投汝所欲去之處, 以此資生." 待曉鍾纔罷, 潛開門出送之. 厥婢養於宰相家內舍, 未省出門行路, 持此袱裹, 不知所向, 直從大路而行, 出南門, 漸近津頭. 時天色方曙, 聞有馬鈴聲, 從後而⁶⁾來, 見有丈夫, 近前而問曰: "汝是何處⁷⁾女兒, 如此早晨, 獨往何處?" 厥女曰: "我有悲寃之事, 將欲投江而死." 其人曰: "汝⁸⁾其浪死, 吾未娶妻⁹⁾, 與吾居生何如?" 厥女許之, 遂馱之馬上而去. 其後幾年, 宰相內外俱歿, 其子亦已死. 其孫已稍長矣, 家計剝落, 無以資生¹⁰⁾, 忽思先世奴

1) 十: 국도본·고대본·가람본·성균관대본에는 잘못 탈락.
2) 八: 동양본에는 탈락.
3) 常: 고대본에는 잘못 탈락.
4) 道: 국도본·고대본·가람본·성균관대본에는 잘못 탈락.
5) 袱: 국도본·고대본·동양본·가람본·성균관대본에는 '褓'로 표기.
6) 而: 고대본에는 탈락.
7) 處: 가람본에는 '許'로 표기.
8) 汝: '與'로 표기해야 함.
9) 妻: 동양본에는 '處'로 잘못 표기.
10) 生: 국도본·고대본·동양본·가람본·성균관대본에는 '活'로 표기.

婢, 散在各處者多, 若作推奴之行, 則可得要賴之[11]資. 遂單身發行, 先往某處, 招致諸漢, 示以戶籍曰: "汝輩皆吾先世之奴屬也. 吾今[12]收貢次下來, 須從汝輩[13]人口男女之數, 一一備出!" 厥漢輩, 口雖應諾, 心懷不良, 定一房而居之, 備夕飯而[14]待之, 將於其夜, 聚黨而謀殺之, 其班則[15]不知而困眠矣. 忽於半夜[16], 聞窓外[17]有多人聲跡, 心窃疑之, 潛聽之, 則以開戶先入, 互相推諉. 始乃覺之, 大生驚怵, 潛身起來, 蹴倒北壁而出, 厥漢輩, 或持刀劍, 或持椎杖, 或從房中, 或從廚後, 而逐來. 其班無計逃[18]生, 遂超越短籬, 忽有一虎, 突前捉去. 厥漢輩, 見其人爲虎所捉去, 相顧大喜曰: "不勞吾輩之犯手, 自爲虎狼所瞰, 豈非天哉? 永無患矣!" 其虎雖捉[19]其人而去, 只啣其衣後領而飜其體, 負背上, 半夜之間, 不知走幾里, 往投一處, 掀飜墮地. 其人肌膚, 則雖不傷, 而精神昏窒, 已而驚魂小甦, 開睫周視, 則乃一大村中井邊, 人家大門之前[20], 而其虎尙蹲坐其傍, 天色向曙矣. 井邊家人, 將欲汲水, 開門而出, 忽見何許人, 僵臥地上, 又有大虎守其傍, 大驚走入[21], 連呼聲有虎, 其家人老少, 一齊持杖而出. 虎見衆人齊來, 始起身欠伸, 徐徐而去, 始問[22]僵臥之人口[23]: "汝是何人, 緣何到此, 斑寅[24]又何故, 相守[25]不去也?" 其人始述顚

11) 之: 동양본에는 탈락.

12) 吾今: 동양본에는 '今吾'로 표기.

13) 汝輩: 고대본·가람본·성균관대본에는 탈락.

14) 而: 국도본·고대본·동양본·가람본에는 '以'로 표기.

15) 則: 국도본·고대본·가람본에는 잘못 탈락.

16) 半夜: 국도본·고대본·가람본·성균관대본에는 '夜半'으로 표기.

17) 窓外: 동양본에는 탈락.

18) 逃: 고대본·가람본·성균관대본에는 '圖'로 표기.

19) 국도본·고대본·가람본에는 '去'가 더 나옴.

20) 前: 일사본은 '前', 국도본·고대본·가람본에는 '外'로 표기.

21) 入: 국도본·고대본·가람본에는 잘못 탈락.

22) 問: 가람본에는 '聞'으로 표기.

23) 口: 버클리대본만 '口'이고 나머지 국도본·고대본·동양본·일사본·고도서본·가람본·성균관대본에는 '曰'로 표기. '曰'이 맞음.

24) 寅: 고대본·가람본에는 '虎'로 표기.

25) 국도본·고대본·가람본에는 '而'가 더 나옴.

末, 人皆嗟異之. 其家老母, 亦出來, 相見認其人容貌, 請其人入內舍, 語之曰: "子非兒名某氏者耶?" 其人大驚曰: "吾果26)是也. 老媼何以知之27)?" 老媼逐細述: "兒時爲某宅婢子, 受恩於夫人, 今日如此居生, 莫非夫人之德, 吾年今28)七十, 何日忘之? 但京鄕落落, 聲聞莫憑, 今日郎君, 意外到此, 此天使之報舊恩也!" 逐遍呼諸子諸孫, 諭以此是吾上典, 汝輩一一現身, 又拓北窓, 招諸子婦, 一幷29)現身, 備盛饌而進之, 製新服而衣之, 挽留數日. 老媼諸子, 皆是壯健傑騖, 有風力, 財産富饒, 行號令於一鄕者, 今忽不意, 其母以一介流乞之人, 稱之以上典, 使渠輩, 盡爲其30)奴屬, 憤怒撑中, 又爲鄕中之羞恥. 然其母性嚴, 諸子莫敢違其志, 不得不31)黽勉從令. 其班謂老媼曰: "吾離家已久, 可以急歸, 須爲我俾得速還." 老媼曰: "姑留數日, 亦何妨耶?" 待夜深後, 見諸子輩睡熟32), 屬耳而言曰: "郎君不見諸子輩氣色乎? 渠輩雖以吾命, 不得不外面順從, 其心不可測也. 若單身33)歸去, 則必致中路非常之禍, 我有一計, 郎君其能從之否?" 其班曰: "何計也?" 老媼曰: "我有一孫女, 年近二八, 亦34)頗有姿色. 尙未定婚, 欲以此女, 納于郎君, 則何如35)?" 其班猝聞此言, 愭怳不能答. 老媼曰: "從吾言, 則可以生還, 不從吾言, 則必致非命之禍. 我不忘舊主之恩爲計至此, 郎君何不聽之?" 其班許之. 明日老媼召諸子輩, 言之曰: "吾以孫女某也, 納于某上典, 汝於今夜, 整辦婚具, 無敢違忤." 諸子輩不做一聲, 唯唯而退. 其夕修理一房, 爲新婚

---

26) 果: 국도본·고대본·가람본·성균관대본에는 탈락.

27) 고대본에는 '老'가 더 나옴. 잘못 필사된 것임.

28) 年今: 고대본에는 '今年將'으로, 가람본에는 '今年'으로 표기.

29) 幷: 동양본에는 '倂'으로 나옴.

30) 其: 국도본·고대본·가람본·성균관대본에는 탈락.

31) 不: 국도본·고대본·가람본·성균관대본에는 잘못 탈락.

32) 睡熟: 고대본에는 '熟睡'로 잘못 표기.

33) 身: 동양본에는 잘못 탈락.

34) 亦: 동양본에는 '亦'이 탈락.

35) 何如: 국도본·고대본·동양본·가람본·성균관대본에는 '如何'로 표기.

之房, 使其班入處, 艶粧其孫女入送, 遂成婚焉. 翌早老嫗入見問安, 又召
諸子輩, 語之曰: "上典主, 明將還宅, 孫女又當率去, 騎馬一匹, 轎馬一匹,
卜馬數匹, 斯速備待, 轎子亦爲借來. 汝輩某某, 陪行上京, 受上典主書札
而來, 使吾知平安行次之奇." 諸子輩[36], 奔走應命, 一齊辦備, 遂治發上京,
衾枕衣服, 如干錢兩, 幷載一馱[37], 一路無事, 平安得達, 其班作書, 付其回
便. 其後, 每年一伻, 限老嫗終身.

36) 輩: 동양본에는 탈락.
37) 馱: 고대본에는 '汰'로 잘못 표기.

황룡 꿈을 꾸려고 지성으로 잠을 자다

참판 이진항[1]은 젊었을 적에 반드시 과거에 합격하리라 마음먹었다. 용꿈을 꾸면 꼭 급제한다는 말을 듣고 반 칸짜리 협실을 수리하고 청소했다. 그 안에 들어가 거처하면서 집안일에 일절 간섭하지 않고 손님도 만나지 않았다. 변소에 가는 일 외에는 하루종일 밖에 나가지 않았으며, 아침저녁 밥도 작은 창문으로 들이고 내가도록 했다. 그러고는 밤낮 용만 생각했다. 용의 형체를 떠올리고, 용의 머리와 뿔을 떠올리고, 용의 비늘과 껍데기를 떠올리고, 용의 발톱과 이빨을 떠올렸다. 용이 사는 곳, 용이 좋아하는 것, 용의 변화 등을 생각했다. 마음으로 상상하고 그려내기를 한순간도 쉬지 않았다.

사흘째 되던 날 처음으로 꿈을 꾸었다. 큰 황룡 한 마리를 붙잡아 오른쪽 팔뚝에 동여매는데, 용이 워낙 몸체가 크고 힘이 센지라 온 힘을

---

1) 이진항(李鎭恒, 1721~미상): 본관은 전주(全州)다. 1753년 정시 문과에 병과로 급제했다. 1776년 혜경궁에게 존호를 더하고 높일 때 대거(對擧) 승지를 맡았다. 1784년 한성부우윤 재직 시절 관부에서 풍악을 울린 일 등을 단속하지 못했다는 이유로 관직을 박탈당했다.

다해 겨우 동여맬 수 있었다. 그러다 문득 깨어나보니 꿈이었다. 힘을 많이 쏟아서인지 온몸이 땀범벅이 되었다. 이진항은 글재주가 있는 사람으로 이 꿈을 얻고는 크게 기뻐했다. 그뒤로 용 자字가 들어간 문구 중에서 과거시험 제목이 될 것 같으면 경經, 사史, 잡기雜記를 막론하고 다 모았다. 그러던 어느날 정시庭試, 조선시대에, 나라에 경사가 있을 때 대궐 안에서 보던 과거가 열린다고 했다. 과거시험 며칠 전, 이진항은 직접 지전紙廛, 종이와 가공품을 파는 가게으로 가서 상인에게 상등품 종이를 앞에 쌓아놓게 했다. 오른손은 소매 안에 넣고 왼손으로 일일이 가리다가, 그중에서 가장 좋은 것을 골라 오른손으로 뽑아냈다.2) 그리고 '형제는 한몸과 같으니 동생이 과거시험에 쓸 종이를 내가 어찌 함께 골라주지 않을 수 있겠나? 내가 급제하지 못한다 하더라도 동생이 급제한다면, 내가 급제한 것과 무슨 차이가 있겠는가?' 하고 생각했다. 그래서 앞서 했던 방식에 따라 왼손으로 뒤지고 오른손으로 뽑아내, 종이 두 장을 갖고 돌아왔다.

마침내 동생과 함께 과거장에 입장했다. 잠시 뒤 성균관원이 임금이 지정한 과거의 글제를 받들고 나오니, 인의引儀, 의식에서 식순에 따라 구령을 외치는 일을 맡아보던 종6품 문관 벼슬가 사배四拜를 창唱했다. 과장을 가득 메운 사람들이 모두 대臺 위를 올려다보았다. 두루마리를 펴서 걸었는데, '초룡주장'3)이라는 글제였다. 과장을 가득 메운 응시자들이 도무지 글제를 해석하지 못하고 왔다갔다하며 서로 탐문을 하느라 떠들썩했다. 이진항만 홀로 그 출처를 알았다. 생각에 집중하고 편안하게 앉아 고부체古賦體로 일필휘지해 답안을 완성했다. 형제가 차례로 답안을 바쳤다.

---

2) 오른손은 소매~오른손으로 뽑아냈다: 한글본에는 "왼편 손은 소매 속에 감추고, 우수로 종이를 가리다가 가장 상품을 가리어 이에 좌수로 뽑아내고"라 하여 왼손과 오른손이 한문본과 반대로 되어 있다. 우리 선조들이 어느 쪽 손이 행운을 가져온다고 생각했는지를 알 수 있는 흥미로운 대목이다.
3) 초룡주장(草龍珠帳): 당 담소(曇霄)가 포도곡(葡萄谷)에서 이식해 심은 포도 이름. 『유양잡조酉陽雜俎』에 관련 고사가 실려 있다.

방榜이 나자 승정원 하인이 합격자를 호명했다. 상위 네 사람 중 두세 사람의 이름이 불렸는데도 자기 이름이 나오지 않자 몹시 초조해졌다. 바로 뒤 동생의 이름이 먼저 불렸다. 자기는 비록 급제하지 못한다 하더라도 동생이 이미 급제했으니 한이 될 게 없다고 여겼다. 그런데 이윽고 자신도 호명되었다. 이번 과거의 합격자 여섯 명에 형제가 나란히 들어가 경월卿月,『서전書傳』에서 유래한 말로, 내관으로 높이 올라간 사람의 대열에 오르게 된 것이다.

그래서 늘그막에 후배들에게 권하기를 치성을 드려 꼭 용꿈을 꾸라고 했다 한다.

夢黃龍至誠發宵寐

李叅判鎭恒, 少時必欲做⁴⁾科, 而聞夢龍, 則必得科, 乃修掃半間挾室, 入處其中, 家務不許相干, 賓客不許相通, 便旋之外, 終日不出, 朝夕之飯, 亦自穴窓中出納, 晝宵所思, 無非龍也. 思其形體, 思其頭角, 思其鱗甲, 思其爪牙, 以至於龍之所居, 龍之所嗜, 龍之所變化, 以心想像, 以心指劃, 無一息間斷. 至於第三日, 始得一夢, 挐一大黃龍, 纏于右臂, 龍體大而力壯, 大費氣力, 艱辛纏繞之, 忽然自覺, 乃一夢也. 勞力過多, 遍體⁵⁾流汗. 李丈自是實才, 得此夢而大喜, 凡龍之文字, 可合科題者, 無論經史雜記⁶⁾, 無數做得. 忽然庭試有命, 科前數日, 親往紙纏, 命纏人, 出上等好品紙, 積置于前, 右手藏于袖⁷⁾間, 以⁸⁾左手, 一一飜閱⁹⁾, 擇其最好

---

4) 做: 고대본에는 잘못 탈락.
5) 體: 국도본·고대본·가람본·성균관대본에는 '身'으로 표기.
6) 記: 국도본·고대본·동양본·가람본·성균관대본에는 '說'로 표기.
7) 袖: 고대본·가람본에는 '手'로 잘못 필사.
8) 以: 고대본·가람본에는 잘못 탈락.
9) 閱: 국도본·고대본·가람본에는 잘못 탈락.

者, 乃出右手而拔出[10]. 又思: '兄弟卽一身, 弟之正草, 吾何不幷擇? 吾不登第, 而弟若登第, 則與吾登第, 何間焉?' 遂如前法, 左手蘸之, 右手拔之, 携二張而歸. 遂與季氏, 同入場中. 少頃成均官員, 奉御題而出來, 引儀唱四拜, 滿場之人, 皆屬目於臺上矣. 及展掛, 以草龍珠帳命題, 滿帳[11]擧子, 都不識解題, 往來探問, 不勝其紛紜. 李丈適獨知其出處, 乃專意安坐, 以古賦體, 一筆揮成, 兄弟兩券, 次第投呈. 及其榜出, 院隷呼名, 四出爲首, 二三人, 已爲呼上, 自家名字[12], 尙不出來, 心甚燥悶. 少焉先[13]呼其季氏[14]名字, 自念己雖不得, 弟已登第, 亦何恨焉. 俄而自家名字, 繼又出來, 一榜六人, 兄弟聯叅, 幷登卿月之列. 老來乃向後生輩, 必勸其致誠龍夢焉.

10) 국도본·가람본에는 '之'가 더 나옴.
11) 帳: 국도본·고대본·가람본에는 '場'으로 표기. '場'이 맞음.
12) 字: 국도본·고대본·가람본·성균관대본에는 탈락.
13) 先: 국도본·고대본·가람본·성균관대본에는 잘못 탈락.
14) 季氏: 고대본·가람본·성균관대본에는 '季氏' 부분이 잘못 탈락.

사간장을 잘 외워 임금을 감동시키다

　교리校理 유한우兪漢寓는 젊었을 적에 호방해 무엇에도 얽매이지 않았다. 학장색學掌色, 관학 장색(館學掌色), 관학의 잡다한 일을 처리하는 사람으로서 전강[1]을 보려 했다. 어느 날 밤 사간장斯干章, 『시경』 소아(小雅)편의 이름을 외우고 급제하는 꿈을 꾸다 깨어났다. 그때 동임洞任이 와서 내일 전강이 있다는 소식을 전했다. 유한우는 크게 놀라고 또 기뻐했다. 자리를 박차고 일어나 옆에서 자고 있던 종을 발로 차서 깨우고는 명했다.

　"어서 큰 사랑채에 가서 관대와 사모를 가져오너라!"

　"큰 사랑채 문은 이미 닫혔고 나리께서 이미 취침하셨는데요."

　"그래도 청지기를 불러 얼른얼른 가져오너라!"

　마침내 종이 그것들을 가져왔다. 또 큰집 정승 댁에 종을 보내 어사화를 가져오게 했다. 자기는 관대를 입고는 가는 노끈으로 어사화를 모자

---

1) 전강(殿講): 조선시대에 경학의 쇠퇴를 막고자 시작한 시험. 성균관 유생과 생원 진사, 문벌가 자제 중에서 학식이 많은 사람을 대궐에 모으고, 임금이 몸소 삼경이나 오경에서 찌를 뽑아 외우게 했다.

에 묶어서 썼다. 두 사람에게 자기 겨드랑이를 껴붙들고 뜰을 왕래하게 하며 진퇴進退, 벼슬아치가 임금을 비롯한 윗사람 앞으로 나아갔다 물러나는 행위하는 동작을 하게 했다.

그의 아버지가 깨어나 정신이 몽롱한 가운데 사람들 떠드는 소리를 들었다. 놀라서 청지기를 불러 물었다.

"밤이 깊었는데 이게 무슨 소리냐?"

"서방님이 신은新恩, 과거에 새로 급제한 사람 놀이를 하고 계십니다."

"이놈이 또 괴상한 짓을 벌였구나!"

아들을 불러 호되게 꾸짖었다.

"이게 무슨 꼴이냐! 무슨 괴상한 소리를 내고 있는 것이냐?"

유한우가 꿈의 조짐과 내일 과거를 시행한다는 명이 내린 것을 언급하며 대답했다.

"이번 과거에는 반드시 급제할 것 같기에 기쁨을 이기지 못하고 신은 놀이를 했습니다."

아버지가 버럭 화를 내며 꾸짖었다.

"네놈 몰지각한 꼴이 파락호破落戶, 재산이나 세력이 있는 집안의 자손으로서 집안의 재산을 몽땅 털어먹는 난봉꾼에 가깝구나! 평생 책상을 마주해서 글 한 자 읽지 않고 어처구니없게 놀아나며 세월만 보낸 놈이 과거에 합격하기를 바라다니! 그래도 일단 『시경』의 사간장이라도 외워보도록 해라."

유한우가 사간장을 낭송했는데 마지막 장은 마저 외울 수가 없었다. 그러자 아버지가 다시 꾸짖었다.

"이러고도 과거에 급제한다고 말하겠느냐? 사모관대나 빨리 벗어놓고 방으로 돌아가 잠이나 자거라. 내일 과거에는 절대 응시하지 말거라!"

유한우는 예예 하고 물러났다.

다음날 새벽 유한우는 몰래 과거장으로 들어갔다. 그리고 꿈속 일을 친구 한두 명에게 이야기하니 모두 물었다.

"자네는 정말 사간장을 다 읽고 들어왔는가?"

"마지막 장은 다 외우지 못했다네."

"그러면 지금이라도 책을 펴서 한번 읽어보지 그러나."

"꿈이 영험하지 않으면 그만이고, 영험하다면 사간장을 다 외우지 않는다 해도 반드시 저절로 깨달을 이치가 있을 것이네. 어찌 그걸 꼭 읽을 필요가 있겠는가?"

여러 친구가 모두 힘써 권했지만 유한우는 끝내 듣지 않았다.

드디어 외워야 할 장章이 나왔는데 과연 사간장 '태인점지'²⁾라는 구절이었다. 유한우는 혼자 더욱 기뻐하며 자부심을 갖고 마침내 그 구절을 거침없이 외웠다. 마지막 장에 점점 가까워지자 임금이 손으로 책상을 치면서 크게 칭찬했다.

"잘한다! 잘한다! 다 외울 필요도 없다. 어서 찌를 거두도록 하라."

그래서 마지막 장을 외우지 않고서도 순통³⁾으로 사제賜第, 임금이 특명을 내려 과거에 급제한 사람과 똑같은 자격을 주던 일되었다.

아침에 아버지는 아들이 과거에 응시했다는 말을 듣고 근심과 탄식을 그치지 못했는데, 방성榜聲, 방군(榜軍)이 방을 전하기 위해 크게 보고하는 소리을 듣고는 온갖 의심과 염려가 들었다. 유한우가 대궐에서 나와 집으로 돌아왔다. 집안 문객들이 밖으로 나와 영접했다. 유한우는 말 위에 올라탄 채 그 면면을 손가락질하며 말했다.

"내가 사간장 마지막 장을 외우지 못했어도 과거에 급제했노라!"

---

2) 태인점지(泰人占之): 『시경』 사간장 구절은 '태인점지(泰人占之)'가 아니라 '대인점지(大人占之)'다. 집을 새로 짓고 편안히 잠을 자다 곰과 뱀 꿈을 꾸었는데, 대인(大人), 즉 성인(聖人)의 해몽법으로 그 꿈의 길흉을 점쳤다는 뜻이다.

3) 순통(順通): 책을 잘 외우고 그 내용에 통달했음을 뜻한다. 강경 시험에서 채점 등급은 통(通), 약(略), 조(粗), 불(不)로 나뉘었다. 책을 완전히 외우고 내용에 통달한 경우를 순통이라 했다.

誦斯干雄講動天聽

俞校理漢寓, 少時豪放不羈, 以學掌色, 觀日次殿講. 一夜夢遇斯干章占科, 而方覺之際, 洞任來告: "明日殿講有命矣." 俞校理大驚喜, 蹶然起坐, 蹴起在傍睡者曰[4]: "速上大舍廊, 持冠帶紗帽來!" 其人曰: "大舍廊門, 已緊閉, 進士[5]主已就枕矣." 俞校理曰: "雖然呼廳直, 速速持來!" 其人遂持來, 又送人[6]於其大家政丞家, 持賜花來. 於時衣章服, 以細繩縛賜花於帽而着之, 使二人挾腋, 中庭往來, 作進退狀. 其大人曉睡朦朧之中, 忽聞人喧聲, 呼傔人驚問曰: "今已夜深, 是何人聲[7]?" 其[8]傔曰: "書房主作新恩之戲矣." 其大人曰: "此兒又作怪矣!" 招其子, 大責之曰: "此何貌[9]樣, 是何怪[10]聲?" 俞校理, 乃以夢兆及明日科令, 對曰: "此科似可必做, 故喜不自勝, 果作呼新恩之戲矣[11]." 其大人忿罵曰: "汝是歿[12]知覺, 近破落之人! 平生不曾對案看一字, 優遊虛浪, 謾[13]度時日而何可望科乎? 然第誦斯干詩." 俞校理, 乃朗誦, 至末章, 不能成誦, 其大人又罵曰: "如此而乃曰做科乎? 須速脫帽帶, 還舍就睡, 明日亦勿赴擧也!" 俞校理唯唯而退. 翌曉乃潛身入場, 遂以夢中事, 語一二知舊, 皆曰: "君果熟讀而入來否?" 俞校理曰: "末章吾未能盡誦矣." 其友曰: "胡不開卷一讀也?" 俞校理曰: "夢若無靈則已, 如[14]不然, 雖不盡誦, 必有自曉之理, 焉用讀爲?" 諸友[15]皆力勸, 而終不聽. 及出

---

4) 曰: 국도본·고대본·가람본에는 잘못 탈락.

5) 士: 다른 이본에는 '賜'로 표기.

6) 人: 국도본·고대본·가람본·성균관대본에는 잘못 탈락.

7) 何人聲: 국도본·고대본·가람본·성균관대본에는 '人聲何也'로 표기.

8) 其: 국도본·고대본·가람본·성균관대본에는 탈락.

9) 貌: 고대본에는 '模'로 표기.

10) 怪: 국도본·고대본·가람본에는 '人'으로 표기.

11) 矣: 동양본에는 '耳'로 표기.

12) 歿: 동양본·국도본·가람본에는 '沒'로 표기. '沒'이 맞음.

13) 謾: 동양본에는 '漫'으로 표기.

14) 如: 동양본에는 탈락.

15) 국도본·고대본·가람본에는 '之'가 더 나옴.

講章, 乃斯干詩[16]泰人占之[17]句也. 兪校理, 尤獨喜自負, 遂突誦, 看看至
末章, 上以御手拍案, 大加稱賞曰:"善哉善哉! 不必盡誦, 速爲收栍." 乃不
誦末章, 而以純通賜第. 其大人朝來, 聞其赴科, 憂[18]歎[19]不已, 忽聞榜聲,
疑慮百端. 兪校理自闕出來, 望家而歸, 其門客之屬, 方出門迎接, 兪校理
自馬上, 以手面面指示曰:"吾雖不知斯干末章, 而今乃占科云矣!"

---

16) 斯干詩: 동양본에는 탈락.
17) 泰人占之: '大人占之'로 바꿔야 함.
18) 憂: 국도본·고대본·가람본에는 '優'로 잘못 표기.
19) 歎: 동양본은 '嘆'으로 표기.

아낙의 매를 맞고 생명을 건진 홍우원

상서尙書 홍우원[1]이 과거에 급제하기 전, 동협東峽, 경기도 동쪽과 강원도에 간 적이 있었다. 날이 이미 저물었는데 점사店舍는 멀리 있었고 서둘러도 역참에 도달할 수가 없었다. 마침 길가에 집 몇 채가 있는 마을이 있었 다. 사정을 말하고 하룻밤 묵고 가기를 청하니 주인이 허락했다. 그 집 에는 노부부와 젊은 며느리가 살았다. 저녁밥을 먹고 나서 시아버지가 홍우원에게 말했다.

"집안 제사가 있어 오늘밤 타처에 가게 됐습니다. 어린 며느리 혼자뿐 이니 우리집도 잘 지켜주시고 편안히 주무십시오."

며느리에게는 이렇게 당부했다.

"우리가 출타하니 집에 너 혼자서라도 손님을 잘 대접해드려야 하느

---

1) 홍우원(洪宇遠, 1605~1687): 조선 숙종 때의 문신. 호는 남파(南坡). 1645년 별시문과로 급 제했다. 1660년 1차 예송(禮訟) 때 서인 송시열이 주장하는 기년제의 잘못을 주장하다 파직되 었다. 1676년에 예조판서가 되었으나 1680년 경신대출척으로 파직되고 명천(明川)으로 유배, 이어 문천(文川)으로 이배되었다가 그곳에서 죽었다.

니라."

그리고 노부부는 문을 나섰다.

젊은 며느리는 알겠다고 하고 문을 잠그고 들어왔다. 한방에서 함께 자게 되어 며느리는 손님에게 아랫목을 양보했다. 자기는 윗목에 앉아 등잔불을 켜고 실을 자았다. 홍우원이 며느리를 보니 시골 여자였지만 자못 아름다웠다. 마침 시어른도 안 계신데 함께 자게 되었으므로 한번 유혹해보려 했다. 깊이 잠든 척하며 며느리 옆으로 굴러가 한 발을 그녀의 무릎 위에 얹었다. 며느리는 먼길 걸어오느라 피곤해 그런가보다 하고 홍우원의 발을 양손으로 공손히 들어서 내려놓았다. 잠시 뒤 또 발을 며느리의 무릎에 올렸다. 며느리가 전과 같이 발을 내려놓았다. 홍우원은 그 뜻을 알아차리지 못하고 그녀가 강하게 거부하는 것은 아니라 여겼다.

그래서 또 발을 올렸다. 그녀가 비로소 홍우원이 자기에게 흑심을 품고 있다는 것을 깨닫고는 그를 불러 깨웠다. 홍우원은 깊이 잠든 척하다가 여러 번 부르자 비로소 하품을 하고 기지개를 켜며 희미한 목소리로 대답했다. 그녀가 홍우원을 일어나 앉게 하고는 따졌다.

"책 읽는 양반이라면 의리를 알아야 할 텐데 어찌 남녀가 유별해야 한다는 걸 모르나요? 시부모님께서 나가시며 손님은 양반이기에 의심하지 않고 집을 지켜달라 부탁하셨지요. 그런데도 깊은 밤중에 몰래 불미스러운 마음을 품었으니 양반 행실이 어찌 이럴 수 있습니까? 모름지기 문밖으로 나가서 회초리를 찾아오세요."

홍우원이 이 말을 듣고 부끄러움을 이길 수 없었다. 얼굴이 온통 빨개져서는 마지못해 문밖으로 나가 회초리를 찾아왔다. 그녀가 바지를 걷고 서라고 명했다. 홍우원이 어쩔 수 없이 명에 따랐다. 그녀는 열 몇 대를 때리고 훈계했다.

"내일 시부모님께서 오시면 자세한 사정을 다 말씀드릴 테니 다시는 헛된 생각을 하지 말고 편안히 주무세요."

그러고는 계속해서 실을 자았다.

다음날 돌아온 노부부는 손님에게 편안하게 잤는지 물었다. 홍우원은 할말이 없었다. 며느리가 밤사이 있었던 일을 이야기했다.

시아버지가 말했다.

"내가 네 정절을 알기에 혼자 남겨 손님을 대접하게 했다. 젊은 남자가 여색을 보고 마음이 움직이는 것은 이상한 일이 아니다. 부드럽고 완곡하게 말씀을 드려 안 된다는 뜻을 보이면 될 것을, 네가 어찌 감히 회초리로 양반의 종아리를 때린단 말이냐!"

그러고는 회초리로 며느리를 수십 차례 때렸다. 그리고 홍우원에게 말했다.

"촌 여자가 무지해 양반께 욕을 보였으니 황송하기가 그지없습니다."

홍우원은 더욱 부끄러워져 고마움을 표하고 떠났다.

그날도 수십 리를 가니 날이 저물었다. 가까운 곳에 주막도 없어 또한 촌가로 가서 하룻밤 묵고 가기를 청했다. 그 집에는 부부 둘만 있었다. 저녁을 먹고 나서 주인 남자가 말했다.

"소인이 마침 급한 일이 생겨 십 리쯤 떨어진 곳에 가야 합니다. 내일 아침 일찍 돌아오겠으니, 손님께서는 편안히 주무십시오."

그러고는 처에게 손님을 잘 대접하라 부탁하며 떠났다. 여자는 문을 닫고 방으로 들어왔다. 그 방은 칸막이로 아래위가 나뉘어 있었다. 여자는 아랫간에서 자고 홍우원은 윗간에서 자게 되었다. 홍우원은 어젯밤 일을 교훈 삼아 다시는 비뚤어진 생각을 가지지 않았다. 밤이 깊어지자 여자가 홍우원에게 말했다.

"윗간이 매우 차가울 텐데 춥지 않으세요? 아랫간으로 옮겨와 저와 함께 주무시는 게 어떠할지요?"

홍우원은 춥지 않다고 대답했다. 여자가 서너 차례 들어오라 했지만 끝내 듣지 않았다. 여자의 하는 짓을 관찰하니 반드시 문을 열고 들어올 듯했다. 홍우원은 등을 문짝에 바짝 대고 밀어서 그녀가 들어오지 못하도록 했다. 과연 여자는 이리저리 뒤척이며 문지방까지 다가왔다. 온갖 방법으로 유혹하다 끝내는 문을 열고 들어오려 했지만 여의치 않았다. 마침내 버럭 화를 내고 욕설을 퍼부었다.

"젊은 사내가 여자와 같은 방을 쓰는데도 정욕 한 점조차 없다니 고자 아닙니까? 어찌 이리도 재미를 모르신단 말이에요?"

와자지껄하게 더러운 욕설을 하며 "손님 아니면 남자가 없는 줄 알아요?" 했다. 발을 들어 앞쪽 창문창을 걷어차고 나가더니 어떤 총각을 이끌고 들어왔다. 한참 음탕한 짓을 하더니 끌어안고 깊은 잠에 빠졌다.

얼마 안 있어 남편이 돌아와 곧바로 그 방에 들어갔다. 한칼에 남녀를 죽이고 나와서는 홍우원이 있는 방 문밖에 서서 낮은 목소리로 말했다.

"손님 주무십니까?"

"누구십니까?"

"소인은 이 집 주인입니다. 문 좀 열어주시겠습니까?"

홍우원은 그가 흉악한 일을 저지른지라 매우 두려웠지만 한편으로 생각하니 자신은 잘못한 일이 없기에 다른 우려할 일이 있을까 하고 문을 열어 들어오게 했다. 남자는 여러 번 절하고 칭찬하며 말했다.

"나리께서는 정말 대인군자이십니다. 젊은 남자 중에 깊은 밤 밀실에서 젊은 여자와 칸막이를 사이에 두고 자면서도 정욕이 일어나지 않는 사람이 몇이나 되겠습니까? 저 여자의 평소 행실을 보니 의심스러운 부분이 많았지만 증거를 잡지 못했습니다. 어제 보니 나리의 풍모가 뛰어나서인지 여자가 흠모하는 뜻을 두는 것 같았습니다. 소인이 일부러 출타한다 하고는 창밖에 숨어서 몰래 살피고 있었습니다. 과연 여자는 음탕한 마음으로 나리를 유혹했습니다. 그러나 나리께서는 꿋꿋이 응해주지 않았지요. 여자는 정욕을 이겨내지 못하고 이웃 총각을 불러와 동침했습니다. 소인이 그 행동에 분을 참지 못하고 한칼에 그들을 찔러 죽였

지요. 만일 손님께서도 확고한 의지 없이 여자에게 유혹당하셨다면 소
인의 칼날을 면치 못하셨을 겁니다. 지금까지 많은 사람들을 봐왔지만
손님 같은 진정한 대인군자는 없었습니다. 이제 이곳에 머무를 수 없게
되었습니다. 날이 밝기 전에 소인과 함께 어서 도망치셔야 합니다."

마침내 함께 문을 나섰는데 몇 걸음 가다가 남자가 말했다.

"소인이 한 가지 잊은 일이 있습니다. 집에 불을 지르고 오겠습니다.
여기서 조금만 기다려주십시오."

그러고는 몸을 돌려 돌아갔다. 홍우원은 그 남자를 기다릴 이유가 없
어서 혼자 먼저 가버렸다. 몇 리쯤 가다가 머리를 돌려 바라보니 멀고
먼 곳에 화염이 하늘 높이 솟고 있었다.

그뒤 홍우원은 과거에 급제해 강원감사가 되었다. 관할지로 가다가
길을 고쳐 닦는 백성 하나가 빗자루를 들고 서 있는 모습을 보고 불러
앞으로 오게 했다. 수레를 세우고는 물었다.

"너는 나를 모르겠느냐?"

"소인이 어찌 알겠나이까?"

"아무 해의 이러이러한 사건을 기억하지 못한단 말인가?"

남자가 비로소 깨닫고 말했다.

"소인이 어찌 그 일을 기억하지 못하겠습니까?"

홍우원이 감영으로 돌아와서 남자를 불러 대접하니, 남자는 찬탄해
마지않았다. 홍우원은 그에게 후한 하사품을 주어 보냈다.

洪尙書受挺免刃

洪尙書宇遠, 於未第時, 作東峽之行, 日勢已晚, 而店舍稍遠, 無以趲程
及站, 路傍偶有數家村, 言其事情而請留宿焉, 主人許之. 其家有老翁姑及
一少婦, 夕食後, 老翁謂客曰: "爲看一家祥祭, 今夜將往他處, 少婦獨在,

望須看檢守家, 而善爲安寢焉." 謂其子婦曰: "吾輩出他, 汝獨在家, 必善待客主." 遂與老嫗出門而去, 少婦應諾, 閉門而入, 遂同寢一室. 其婦讓客主, 宿於下炕, 渠則坐於上炕, 張燈而績絲[2]. 洪見其婦, 雖是村女, 頗有姿色, 又値其舅姑不在, 而與之同室, 意欲挑之, 假托睡困所爲, 轉就其婦之傍, 試以一足, 加于其婦之膝, 其婦認以遠路[3]行役眠困所致, 謹以兩手, 輕擧而下之. 少間又以足復加婦膝, 其婦又如前下之. 洪則未悟[4]其意, 意謂其婦不甚牢拒, 又以足加之, 其婦始覺其洪之有意於己也[5]. 呼客主而覺之, 洪佯以睡深樣, 屢呼而後, 始欠伸而微答, 其婦使之起坐, 而數之曰: "兩班讀書知義理, 豈不識男女之有別乎? 翁姑出去, 謂客主以兩班, 而信之無疑, 勤托守家, 乃於深夜之中, 暗懷不美之心, 兩班之行, 豈如是乎? 須出戶外, 覓得夏楚而來!" 洪聞言, 不勝愧板, 滿面通紅, 不得已出戶覓來, 其婦請褰袴而立, 洪又不得已, 唯令是從, 其婦乃撻十數戒之曰: "明日舅姑歸來, 當細陳委折, 更勿生妄念, 而安寢焉." 仍又績絲如前. 翌日老翁嫗還來, 問客主安寢與[6]否, 洪無辭可答, 其婦乃以夜間事告之, 老翁曰: "吾知汝之貞烈, 故獨留接客, 而年少男子, 見色而動心者, 亦不是怪事, 委曲其辭, 開陳其不可之意, 固可也. 汝何敢撻楚兩班乎?" 遂取其楚, 撻其婦數十, 向洪而語曰: "村女無知[7], 使兩班受辱, 不勝惶悚."[8] 洪不勝羞愧, 稱謝而去. 其日又行幾十里, 値日暮違店[9], 又尋一村舍而寄宿焉. 其家只有一夫一妻,

2) 동양본에는 '之'가 더 나옴.
3) 遠路: 고대본·가람본에는 '路遠'으로 잘못 표기.
4) 悟: 고대본에는 '寤'로 잘못 표기.
5) 也: 국도본·고대본·가람본에는 탈락.
6) 與: 국도본·고대본·동양본에는 잘못 탈락.
7) 無知: 국도본에는 '知無'로 잘못 표기.
8) 遂取其楚, 撻其婦數十, 向洪而語曰: "村女無知, 使兩班受辱, 不勝惶悚.": 가람본에는 탈락.
9) 店: 국도본·고대본·동양본·가람본에는 '站'으로 표기.

夕後, 其主人告曰:"小人適有緊關事, 將往十許里[10]地, 明早[11]當還, 請客主善爲安寢焉." 又囑其妻, 以善待客主而出去. 其女閉門而入房. 其房卽上下間而間有障子, 其女宿於下間, 洪則宿於上房. 洪懲於昨夜事, 更無邪念矣. 夜深後, 厥女呼客主曰:"上間甚疎冷, 客主得無寒乎? 須移處下間, 而[12]與我同宿[13]如何?" 洪答[14]以不寒, 厥女數三次請入, 而終不聽. 觀其女所爲, 必有開戶出來之慮, 以背緊帖於門扇而鎭之, 俾不得推出. 果然厥女轉輾, 至於門閾, 百般[15]誘說, 終欲推門而不得, 乃大怒譏罵曰:"年少男兒, 與女子同房, 而無一點情慾, 無乃宦者乎? 何其沒風味若是乎?" 狼藉醜辱, 喃喃不已曰:"雖非客主, 豈無他人?" 遂擧足, 推躙[16]前窓而出去, 携何許總角而來, 爛熳行淫[17], 仍卽相抱而熟睡. 少頃其夫還來, 直入其房, 一刀幷殺其男女, 仍卽出來, 立於洪之寢房之外, 低聲呼曰:"客主就寢[18]乎?" 洪曰:"汝是何人?" 厥漢曰:"小人卽此家之主人也, 請開門." 洪見厥漢行凶之事, 心甚恐怖, 而又思, 身無所犯, 寧有他虞, 遂開門使入, 厥漢百拜稱讚曰:"行次誠大人也! 凡年少之人, 於深夜密室之中, 與少女, 隔壁伴宿, 而不爲情慾所動者, 能有幾人? 小人屢見厥女之行, 多有可疑, 而未促[19]眞贓, 昨見行次儀表之出常, 厥女有歆慕之意, 故小人故托出他, 潛伏窓外[20], 以伺察焉. 果然厥女, 以淫情挑行次, 而行次堅執不應, 厥女不勝情慾, 乃

---

10) 許里: 고대본·성균관대본에는 '里許'로 표기.
11) 早: 고대본에는 '朝'로 표기.
12) 而: 국도본·고대본·가람본·성균관대본에는 '而'가 탈락.
13) 宿: 고대본·가람본·성균관대본에는 '寢'으로 표기.
14) 答: 고대본에는 잘못 탈락. 가람본에는 "洪答以不寒"을 "洪答曰不寒矣"으로 표기.
15) 般: 국도본·고대본·가람본·성균관대본에는 '端'으로 표기.
16) 躙: 국도본·동양본·가람본·일사본에는 '攦'으로 표기. '攦'이 맞음.
17) 爛熳行淫: 국도본·고대본·가람본에는 탈락.
18) 寢: 국도본·고대본·가람본에는 '枕'으로 표기.
19) 促: 버클리대본에만 이렇게 표기되어 있고, 대부분의 이본은 '捉'으로 표기했다. '捉'이 맞다.
20) 外: 국도본·고대본·동양본·가람본·일사본에는 '後'로 표기.

招隣居總角[21], 與之同宿[22], 故小人慎其所爲, 一刃刺殺之, 若非行次之牢確不撓, 爲厥女[23]所迷, 則必不免小人之刀[24]矣. 吾見多矣, 未有若行次之眞[25]正大人也. 今不可在此, 迨天未明, 與小人, 急速逃走." 遂相隨而出門, 行至數步, 厥漢又曰: "小人有一忘却事. 請燒其家而出來, 請行次, 少留待之." 旋卽回身入去, 洪謂以待厥漢無義, 遂獨自先去, 行[26]里許, 回首視之, 則遠遠地, 火光亙天. 其後登科爲江原監司, 行部之路, 見一治道之民, 擁箒而立, 使召之前來, 駐車而問曰: "汝知我乎?" 厥漢對曰: "小人何以識得?" 曰: "汝記某年如是如是之事乎?" 厥漢始乃覺得曰: "小人果記之耳." 洪使之還營後來待, 稱道不已. 厚遺而遣之.

21) 隣居總角: 고대본·가람본·성균관대본에는 '童健壯者'로 필사.
22) 宿: 고대본·가람본·성균관대본에는 '寢'으로 표기.
23) 동양본에는 '之'가 더 나옴.
24) 刀: 국도본·고대본·가람본에는 '刃'으로 표기.
25) 眞: 국도본·고대본·가람본·성균관대본에는 '直'으로 표기.
26) 국도본·고대본·가람본·성균관대본에는 '數'가 더 나옴.

암행어사 여동식이 꽃을 옮겨 접목하다

참판 여동식[1]이 경상우도慶尙右道 암행어사였을 때다. 진주에 이르러 어쩌다가 종자從者들과 헤어지게 되었다. 날이 저물었는데 마땅히 투숙할 곳도 없었다. 때마침 길옆에 한 초가집이 있어 문을 두드렸다. 주인이 나왔는데 양반이었으며 아직 관을 쓰지 않은 젊은이였다. 이곳에서 묵어갔으면 하는 뜻을 전하자 젊은이는 곤란해하는 기색 없이 허락했다. 젊은이는 여동식을 방안으로 모셔 정성껏 대접하고는 자기 누이를 돌아보며 저녁밥을 지어 올리라 했다. 밤이 되자 젊은이는 윗간에서 손님과 함께 자고 누이는 아랫간에서 잤다.

말과 행동, 대화하는 것을 살펴보니 젊은이의 사람 됨됨이가 기특했다. 남매가 같은 방을 쓰면서도 예의에 따라 남녀가 분별을 하는 것이 엄격했다.

속으로 가상하게 여기고는 물었다.

"이미 나이가 들었는데 어찌 장가를 들지 않는가?"

"가난하니 다른 집들이 혼인을 원치 않습니다. 앞마을 부잣집과도 혼인 말이 오고갔지만 역시 제가 가난하다는 이유로 약속을 어기고는 다른 부잣집과 혼약을 맺었습니다. 내일이 바로 혼례일이지요."

"누이도 아직 혼처가 없는가?"

"마찬가지로 혼처가 없습니다."

어사는 이 남매가 혼기를 놓치고 있는 것이 안타까웠다. 또 가난하다고 혼약을 깨뜨린 앞마을 부자가 괘씸했다.

다음날 곧바로 그 집으로 가서 밥을 구걸했다. 대문이 거대하고 뜰도 엄청나게 넓었다. 차일을 높이 치고 음식도 성대하게 차려 알록달록한 병풍으로 둘러싸서는 신랑이 오기만을 기다리고 있었다. 빈객들은 마루를 꽉 메웠고 종들은 마당에 가득찼다. 솥과 조그마한 밥상, 그릇 등이 벌여져 있었다. 삶고 지진 어육으로 성찬을 갖춰 차례대로 마루로 올렸다.

그때 갑자기 걸객이 소란을 피웠다. 주인이 종들을 불러 그를 쫓아내라 했다. 잠시 쫓겨나갔다 다시 들어온 어사는 크게 외쳤다.

"이처럼 성대한 잔치에 음식을 흐르는 물처럼 낭비하면서도 어찌 굶주린 가난한 사람의 배 한번 불려주지 못한단 말인가?"

계속 소리를 지르며 섬돌 아래까지 다가가니 주인이 몹시 귀찮은 듯 종에게 명령해 한 상 간단히 차려주라고 했다. 마시다 남은 잔에 찬술을 붓고 그릇 몇 개를 올려 소반을 차려주었다. 그사이 어사는 재빨리 마루로 올라가 빈객들의 끝자리를 비집고 들어가서는 양반을 박대한다며 욕을 했다. 주인은 버럭 화를 내며 다시 종들을 시켜 어사를 끌어내렸다.

그때 마침 어사가 있는 곳을 찾던 한 역졸이 문 앞에 이르렀다. 어사가 언뜻 보고는 눈을 깜박깜박했다.

역졸이 크게 소리쳤다.

"암행어사 출또요!"

그 소리가 나자마자 사람들이 모두 놀라 흩어지며 머리를 감싸쥐고 쥐새끼처럼 숨거나 문밖으로 도망쳤다.

신랑이란 사람도 때마침 도착했다가 이 광경을 보고는 말을 돌려 급히 달아났다. 어사의 종자들이 차츰 모여들었다. 어사는 윗자리에 앉아 집주인을 잡아들여 뜰아래 꿇어앉히고는 죄를 따졌다.

"너는 한 고을의 거부로 큰 잔치를 벌여놓고는, 걸식하는 사람에게 한 상 차려주는 것이 네게 무슨 대단한 손해를 입힌다고 걸식자들을 쫓아냈느냐? 여러 차례 간곡히 구걸하니 그제야 다른 사람들이 먹다 남긴 음식으로 형편없이 박대했지. 또 마루에 올라가니 구박하며 끌어내기까지 하더구나. 이게 무슨 도리이며 인심이 어찌 이럴 수 있단 말이냐? 너는 건넛마을 도령과 혼약을 해놓고도 그가 가난하다는 이유로 혼기에 임박해서 혼약을 저버리고 다른 사위를 맞이하려 했다. 어찌 이런 것이 영남의 돈후한 풍속이란 말이냐? 오늘 이미 날을 잡았고 또 혼례 자리도 준비되었다. 어서 신랑의 의복과 흰말, 청사초롱을 마련하고 건넛마을 도령을 맞이해 초례를 치르도록 하라!"

거기다 가마 하나를 보내 도령의 누이도 태워 왔다. 집주인에게 활옷을 준비하게 하고 도망쳤던 신랑을 서둘러 불러와 또 그 집에서 초례를 올리게 했다. 어사는 두 혼례가 끝나는 것을 보고 자리를 떴다.

집주인이 욕먹는 것을 본 읍 사람들은 다들 통쾌하게 여겼다. 또 도령 남매를 위해 어사가 선처를 잘해주었다고 칭찬했다.

呂繡衣移花接木

呂厼判東植, 爲嶺南右道御史, 行到晉州, 偶與從人相失, 且値日暮, 無可投宿處, 適有一茅屋在路傍者, 往叩之, 有人出應, 乃班族, 而未冠者. 告其寄宿之意, 厥童無難色而許之, 邀入房中而款待之, 回語其妹, 備夕飯而進之. 夜則與客同寢上間, 其妹則寢於下間. 觀其言語動作與之酬酌, 則爲人可愛, 男妹同室, 內外截嚴, 心異之, 問曰: “年旣長矣[2], 而何故未娶?” 對曰: “以家貧之故, 人皆不願. 前村富翁[3]家, 曾有醮婿之議[4], 亦以[5]貧寠之故, 今忽背約, 更結婚[6]於他處富家, 將以明日過婚[7]矣.” 又問: “汝妹, 亦有定婚處否?” 答曰: “亦無定婚處矣.” 御史旣憐此兒男妹之過時失婚, 又憤前村富漢之嫌貧退婚. 明日直[8]往其家, 乞飯焉. 門閭高大, 堦庭廣濶, 高張遮日, 盛設鋪陳, 圍以彩屛, 方等待新郞之來, 而賓客滿堂, 奴僕盈庭, 羅列金鼎, 盤床器皿之屬, 烹飪魚肉, 備設盛饌, 以次進於堂上. 此際忽聞乞客之聲, 主人喚奴子, 逐出之, 御史乍出旋入, 高聲大呼: “如此盛會, 飮食若流, 而何不使飢餓窮困者, 一飽腹乎?” 連聲而進于堦[9]下, 主人甚苦之, 命奴子, 畧備一床而給之, 奴子乃以殘盃冷酌, 草草數器, 盛一小盤而待[10]之. 於焉之頃[11], 倏上廳上, 側[12]身於諸客之末, 又以薄待兩班之意, 多小[13]詬罵[14].

2) 矣: 고대본·가람본에는 탈락.
3) 翁: 국도본·고대본·동양본·가람본에는 탈락.
4) 議: 동양본에는 '儀'로 잘못 표기.
5) 以: 고대본·가람본에는 탈락.
6) 婚: 국도본에는 '昏'으로 잘못 표기.
7) 婚: 동양본에는 '昏'으로 잘못 표기.
8) 直: 고대본·가람본에는 '卽'으로 표기.
9) 堦: 고대본·가람본에는 '階'로 표기.
10) 待: 국도본·고대본·가람본·성균관대본에는 '進'으로 표기.
11) 頃: 국도본·고대본·가람본·성균관대본에는 '間'으로 표기.
12) 側: 동양본에는 '厠'으로 표기.
13) 小: 국도본·동양본에는 '少'로 표기.
14) 罵: 동양본·가람본에는 '罸'로 표기.

主人大怒, 又使奴[15]子, 牽出之. 適於此時, 驛卒一漢, 尋御史所在, 來到門前, 御史瞥見, 以目[16]瞬之, 驛卒遂高聲大呼曰: "御史道出道矣!" 一聲纔出, 滿座[17]驚散, 抱頭鼠竄, 塡門而逃. 所謂新郎, 適又[18]來到, 見此風色, 亦回馬而急遁[19]. 諸從人, 又次次來會, 御史遂據上座[20], 拿入家主, 跪于庭下, 數之曰: "汝以一邑之[21]巨富, 旣設大會, 一床盛饌, 何損於汝, 而汝令逐出之, 至於屢度懇乞, 而乃以衆人所食之餘, 草草薄待, 又至於上廳, 驅迫牽出, 安有如許道理如許人心[22]? 汝始議婚於越村某道令, 嫌其貧寒, 臨期背約, 更招他婿, 是豈嶺南敦厚之風耶[23]? 今旣筮日, 醮席亦設, 速辦新郎服色, 白馬紗籠, 往迎越村道令, 速行醮禮!" 又送一轎, 駄來其處子, 又命家主, 備給華衣, 速招退去新郎, 又行醮禮於其家, 坐見兩婚, 禮[24]畢而去, 一邑莫不快其家主之見辱, 而稱其道令男妹, 善爲區處焉.

---

15) 奴: 고대본에는 잘못 탈락. 동양본에는 '婢'로 표기.
16) 目: 고대본에는 잘못 탈락.
17) 座: 고대본에는 '堂'으로 표기.
18) 又: 국도본·고대본·가람본에는 '于'로 잘못 표기.
19) 遁: 국도본·고대본·동양본·가람본·성균관대본에는 '逃'로 표기.
20) 座: 동양본에는 '堂'으로 표기.
21) 之: 국도본·고대본·동양본·가람본·성균관대본에는 탈락.
22) 국도본·고대본·가람본에는 '乎'가 더 나옴.
23) 耶: 동양본·가람본에는 '邪'로 잘못 표기.
24) 禮: 고대본에는 '姻'으로 표기.

이름난 점쟁이에게 물어 억울한 옥살이를 면하게 하다

전주 읍내에 한 과부가 살았다. 어느 날 밤 어떤 사람이 그 집에 몰래 들어가 과부의 머리를 잘라갔다. 날이 밝았는데도 과부의 집이 인기척도 없이 적막한 걸 이상하게 여긴 이웃은 집안으로 들어가서 방문을 열어보았다. 과부의 머리는 잘려나가 없어졌고 방바닥에 피가 낭자했다. 이웃은 크게 놀라 고발장을 제출해 관가에 알렸다. 고을 원이 가서 시신을 조사해보니 정말 고발장의 내용과 다름없었다. 없어진 머리를 찾으려 핏자국을 살펴보니 문밖에 혈점이 있었다. 혈점을 따라가보니 서쪽 담장 아래에서 그쳤다.

서쪽 집에 들어가 두루 살펴보니 그 집 담장 아래에 과부의 머리가 떨어져 있었다. 깊은 밤에 변이 일어났고 구석진 곳이라 집주인조차 알지 못한 것이다. 그러나 원은 집주인의 짓이라 판단하고 집주인을 결박하고 가혹하게 고문했다. 주인은 이치를 따지며 억울함을 호소했지만 원은 한마디도 들어주지 않았다. 혹독한 신문이 거듭되고 몇 달이나 삼엄하게 갇혀 있었으니 주인은 죽을 지경이었다.

주인에게는 두 아들이 있었다. 그들은 아버지의 억울함을 참을 수 없었다. 반드시 흉악한 범인이 있다고 확신했지만 그자를 색출할 길이 없어 서로 의논했다.

"봉산[1] 땅 유운태가 나라에서 알아주는 점쟁이라는데 가서 물어보자."

복채와 노자를 넉넉하게 마련해 말 한 마리를 끌고 봉산 점쟁이 유운태의 집을 찾아갔다. 사정을 자세히 말하고 범인을 잡아 아버지의 억울함을 풀어주기를 간곡히 청하며 복채를 내놓았다. 점쟁이가 말했다.

"오늘은 이미 늦었으니 내일 날이 밝으면 점을 쳐주겠소."

다음날 맑은 새벽, 점쟁이는 깨끗하게 씻고 도포를 입고서 마루에 올라 앉았다. 화로에 불을 지피고 상 하나를 앞에 두었다. 큰 병풍으로 둘러싸고는 그 안에서 향을 피우고 주문을 외우니 점괘 하나를 얻었다. 한참 동안 풀이를 하고는 나와서 두 사람을 불렀다.

"지금 당장 고향으로 돌아가되 집에 들어가지 말고 곧바로 서남쪽 샛길로 가시게. 칠십 리쯤 가면 왼편으로 갈라진 오솔길이 나올 걸세. 그 길을 따라가면 아래쪽에 수십 이랑의 삼밭이 나타날 것이고, 그 아래로 수십 보를 가면 몇 칸짜리 오두막집이 있을 걸세. 낮에는 삼밭에 몸을 숨기고 있다가 날이 저물면 그 집 울타리 뒤에 잠복하게. 반드시 알 만한 일이 있을 것이네."

두 아들은 그 말을 따라 급히 돌아가 집에는 들르지 않고 곧장 서남쪽 길로 칠십 리쯤 달려갔다. 과연 길 왼편에 아주 좁은 지름길이 있었다. 그 길로 걸어가니 과연 삼밭이 나왔고 삼밭이 끝나는 곳에 초라한 외딴집이 있었다.

---

1) 봉산(鳳山): 황해도에 있는 봉산. 전주 옆 고산(高山)의 옛 지명도 봉산이다. 고산은 전주와 6킬로미터 정도 떨어져 있다. 작중 아들들이 유운태를 만나려고 노자까지 마련하는 걸 보면 전주 바로 옆 고산을 지칭한다고 보기는 어렵다.

두 아들은 좀 떨어진 산기슭에 말을 매두고 삼밭 안에 숨었다. 날이 저물기를 기다렸다가 그 집 울타리 밖에 엎드려 울타리 틈 사이로 집안을 살폈다. 한 사나이가 화롯가에 앉아 불을 밝히고 신을 삼고 있었고 아내는 방 가운데서 등잔불을 걸어두고 실을 잣고 있었지만, 서로 아무 말도 하지 않았다. 두 사람은 울타리에 귀를 대고 정신을 집중해 말소리를 엿들으려 했다. 한참 뒤 사나이가 일어나 하던 일을 멈추고 불을 끄고 방으로 들어가면서 아내에게 기뻐하며 말했다.

"이제 걱정 안 해도 되겠다. 아무개가 나 대신 고문을 여러 번 당해 거의 죽게 되었다지."

이 말을 들은 두 사람은 울타리를 젖히고 뛰어들어갔다. 사나이를 끌어내 단단히 결박하고는 말을 끌고 와 말 등에 태웠다. 떨어지지 않도록 여러 번 묶고는 말을 빨리 몰아 관가 뜰로 가서는 외쳤다.

"소인 아버지의 억울함을 뼈저리게 느꼈는데 이제야 그 흉악한 놈을 잡아왔나이다!"

고을 원은 놀라면서도 반가워했다. 즉시 사나이를 잡아 가두라고 명령했다. 위엄을 갖춰 엄하게 신문하니 매를 한 대도 때리지 않았는데 낱낱이 죄를 고백했다.

"소인은 이웃집에 살던 피장皮匠, 짐승의 가죽으로 물건을 만드는 사람이나이다. 과부를 흠모해 여러 번 유혹했지만 응해주지 않았지요. 그래서 화가 치밀어 과부를 죽였습니다. 그 머리를 서쪽 집으로 던져 죄를 뒤집어씌우려 했습니다. 이제 모든 게 탄로났으니 더이상 여쭐 말이 없나이다."

이에 옥안獄案, 재판의 조서이 이루어졌고 서쪽 집 주인도 풀려났다.

訪名卜寃獄得伸

全州邑內有一2)寡婦, 一夜之間, 不知何3)人, 潛入其家, 斷寡婦之頭. 其
隣人4)怪其日晏, 而寡婦之家, 寂無動靜, 入其家, 開戶見之, 則寡女果死,
而血流5)滿地, 無其頭矣. 隣人輩6)大驚, 發狀告官, 本倅出來檢尸, 果如狀
辭. 尋其頭去7)處, 見血痕, 點滴8)出於戶外, 從其血點, 而推尋之, 則至於西
墻下而止焉. 乃入其西家, 遍搜之, 則其家西墻下, 寡婦之頭落9)焉. 盖變出
於深夜之中, 而地是幽僻之處, 其家主人, 亦未之覺焉. 於是謂以其家之所
爲, 結縛家主, 嚴刑究問, 其人據理稱寃, 而主倅一不回聽, 累加毒訊, 閱月
嚴囚, 將至死境. 其人有二子, 不勝其寃, 以爲此10)必有兇犯者, 而無路11)
覓得, 相與議曰: "吾聞鳳山劉雲泰, 國之名卜, 盍往問之?" 遂厚齎卜債及
路費, 牽一匹馬, 尋往鳳山劉卜之家, 細陳情由, 請得正犯, 而雪其父寃, 遂
進卜債, 劉卜曰: "今日已晚, 明曉當卜." 其翌淸晨, 劉卜盥洗12), 着道袍, 出
坐廳上13), 爇火於爐, 置一案於前, 又以大屛圍之, 處其中, 焚香告祝而占
之, 旣得卦, 又良久解之, 乃出召謂二人曰: "汝以今時, 急歸本鄕, 勿入汝
家, 直向西南間路七十里許, 左邊有分岐細路, 從此而去, 則其下有麻田數
十畝, 其下數十步, 有數間草屋, 晝則隱身14)於麻田, 昏後潛伏於其家籬後,

<hr>

2) 一: 고대본·가람본에는 잘못 탈락.
3) 국도본·고대본에·가람본·성균관대본에는 '許'가 더 나옴.
4) 人: 국도본·고대본·가람본·성균관대본에는 탈락.
5) 血流: 국도본·고대본·가람본·성균관대본에는 '流血'로 표기.
6) 輩: 고대본·가람본에는 탈락.
7) 頭去: 국도본에는 '去頭'로 잘못 필사.
8) 고대본에는 '於'가 더 나옴. 잘못 필사된 것임.
9) 落: 고대본에는 잘못 탈락.
10) 此: 국도본·고대본·가람본에는 잘못 탈락.
11) 路: 동양본에는 잘못 탈락.
12) 洗: 국도본·고대본·가람본·성균관대본에는 '手'로 표기.
13) 上: 국도본·고대본·가람본에는 탈락.
14) 身: 고대본에는 잘못 탈락.

則[15]必有可知之事." 其人依其言, 急歸, 不入其家, 直向西南路上而走行
七十里許, 路左, 果有微徑, 遂由此而行, 果有麻田, 麻田盡處, 果有孤村斗
屋. 其人乃繫馬於遠遠[16]山邊, 隱於麻中, 待黃昏後, 潛進其籬下, 自籬隙
窺之, 則男漢在壚上, 明火而織屨, 其妻在房中, 懸灯[17]而繰絲, 幷無所言.
二人一向, 屬耳籬邊, 聚精潛聽. 良久厥漢起身, 收恰[18]所業, 滅火而入房,
喜謂其妻曰: "今則無患矣. 某也[19]替當屢經刑訊, 今將死矣." 二人聞此言,
撤籬踴躍而入, 曳出厥漢, 緊加結縛, 牽來其馬[20], 馱厥漢於馬背, 又屢回
纏結, 俾無墮落, 疾驅而還入訴官庭: "小人痛父非辜, 今捉兇身而來矣!"
主倅亦驚喜, 卽命捉入厥漢, 施威嚴問, 不下一杖, 箇箇承服曰: "小人卽
其隣居皮匠也. 慕悅其寡婦, 屢次挑之, 寡婦不應, 故憤而殺人[21], 擲其頭
於西家, 欲爲嫁禍之計[22]. 今已綻露, 無辭可達矣." 於是獄案成矣. 遂放西
隣之家主.

15) 則: 고대본에는 탈락.
16) 遠: 동양본에는 탈락.
17) 灯: 국도본·가람본·일사본에는 '燈'으로 표기.
18) 恰: '拾'으로 표기해야 함.
19) 也: 국도본·고대본·가람본에는 탈락.
20) 馬: 고대본에는 탈락.
21) 人: 동양본·가람본에는 '之'로 필사함.
22) 計: 국도본·고대본·가람본·성균관대본에는 '矣'가 더 나옴.

서도 재물을 많이 실어보내 대장부임을 과시하다

옛날 한 선비가 과거를 보러 반촌^{泮村, 조선시대 성균관 근처의 마을을 이름. 지금의 명륜}동에 갔다. 집주인은 때마침 다른 곳에 나갔고 아내 혼자 있었다. 사방을 둘러보니 아무도 없어서 음탕한 마음이 일어났다. 그녀를 잡아 끌어당기며 정을 통하자고 간절히 말했다. 그녀는 주인과 손님의 도리 때문에 차마 소리를 질러 거절하지 못하고 억지로 하자는 대로 했다.

얼마 뒤 남편이 대문을 지나 마루에 올랐다. 방문을 열고 들어오려 하자, 선비는 급히 여인의 치마로 그녀의 몸을 덮었다. 그러고는 남편을 돌아보며 눈을 깜박하고 손을 내저었다. 남편은 선비의 뜻을 헤아린 듯 문을 닫고 물러나며 중얼거렸다.

"나같이 노숙한 사람이 어찌 다른 사람의 기색을 살피지 못하겠는가?"

그러고는 대문을 나서서 어디론가 가버렸다. 선비는 꺼릴 것이 없어져 마음대로 즐겼다. 볼일이 끝나자 선비는 바깥채로 나가 머물렀고, 여인은 이웃집으로 갔다. 그사이 남편이 돌아왔는데, 아내가 오는 것을 보고는 맞이하며 말했다.

"당신 그사이에 어디 갔다 이제야 집으로 돌아오는 것이오?"

"옷감을 만드는 데 이웃 사람 손을 빌리러 갔지요. 마침 그 사람이 다른 곳에 나가 있어서 돌아올 때까지 기다리느라 늦었어요."

남편은 이상하게 여기지 않았고 더이상 다른 말도 하지 않았다.

얼마 안 있어 선비는 급제했고 몇 년 뒤 평안감사가 되었다. 남편이 크게 기뻐하며 말했다.

"감영에 가서 재물을 좀 구해오겠소."

여인이 웃으며 말했다.

"당신이 간들 무슨 물건을 얻어올 수 있겠어요?"

남편이 성을 내며 말했다.

"내가 얻어오지 못하는데 당신은 얻어올 수 있단 말이오?"

"내가 가면 반드시 얻어올 수 있습니다."

남편은 아내의 말을 듣지 않고 말을 빌려 타고 떠났다. 감영에 다다라서 감사를 찾아갔으나 별로 반가운 기색이 아니었고 창고지기를 시켜 밥이나 주라 했다. 다음날은 노자를 주며 어서 돌아가라 했다. 남편은 분하고 또 분했다. 아내를 볼 면목이 없었다. 작별 인사도 하지 않고 달려와 집에 도착하자마자 큰 소리로 감사 욕을 했다. 분노가 솟구쳤다. 아내가 맞이하며 물었다.

"무슨 물건을 얻어왔어요?"

남편은 감사가 옛날 안면을 무시하고 냉담하게 군 사실을 모두 이야기했다. 그러자 아내가 웃으며 말했다.

"내가 말하지 않았나요? 당신이 백번 간다 해도 아무것도 얻어오지 못할 거라고 말이에요. 내가 가야만 얻어올 수 있어요."

남편이 화를 내며 대꾸했다.

"그렇다면 당장 내일 가보시오!"

다음날 그녀는 행장을 마련해 평양의 감영으로 떠났다. 문지기를 시켜 들어가게 해달라고 부탁하니 즉시 불러들였다. 그녀가 섬돌을 올라가 절을 하니 감사는 그녀를 보고 방으로 들어오게 했다. 멀리 오느라 수고했다고 위로하고 안채로 들여보내 정성껏 대접했다.

며칠을 머물고 여인이 떠나려 했다. 감사는 옛정을 잊지 않고 안채에서 침실로 불러들여 옛날 인연을 이었다. 그러고는 행하지行下紙, 주인이 아랫사람에게 내릴 물건의 항목을 적는 종이를 가져오게 해서 돈 수천 냥과 면, 명주, 무명, 민어, 조기, 참기름 등 항목을 손수 써내려갔다. 무릇 관서 지방에서 나는 물건 중에 빠진 것이 없었다. 감영 창고지기에게 명령해 고마雇馬, 시골 관아에서 민간으로부터 징발해 쓰던 말를 내어 물건들을 실어주게 했다.

짐을 실어놓은 말이 여러 마리였다. 앞 짐을 실은 말이 먼저 반촌 앞길에 도착해서 평안감사 반촌 주인댁이 어디 있는지 물으니 길 가던 사람이 알려주었다. 곧바로 그 문으로 들어가자 뒤따르던 짐들도 속속 도착했다.

마지막 말에는 여인이 타고 있었다. 풀어놓은 짐들이 마당에 가득한지라 허물어진 집을 가히 채울 만했다. 그걸 본 남편은 한편으로 크게 놀라고 다른 한편으로 크게 기뻐했다. 갖가지 물건을 차례대로 정돈해 적당한 곳에 들이고는 조용히 아내에게 물었다.

"나는 아무런 물건도 얻어오지 못했는데, 당신은 이렇게나 많은 물건을 얻어왔으니 그 까닭이 뭐요?"

아내가 웃으며 말했다.

"당신은 아무 해 사또께서 과거를 보러 이곳에 와 안방에서 운우지락雲雨之樂을 나누던 일을 기억하세요?"

남편이 한참 생각하다가 갑자기 깨닫고는 외쳤다.

"맞아, 맞아! 다만 그때 누워서 위를 쳐다보고 있던 사람이 누군지는 몰랐단 말이야!"

그녀가 웃으며 말했다.

"그때 그 사람이 바로 나였지요!"

남편이 더욱 놀라며 혀를 차고 탄식했다.

"그때 누워 있던 사람이 당신이었다는 걸 알았다면 내가 어찌 눈감아주기를 백 번만 했겠소? 또 오늘 얻은 것이 이 정도에 그쳤겠소?"

그들은 서로 바라보며 크게 웃었다.

誇丈夫西貨滿馱

昔有一士人, 因科事, 入泮村, 則主人適出他, 獨有其妻在焉. 時適四顧無人, 陰慾發動, 挽執厥女, 懇求歡焉. 厥女以主客之誼, 不忍發聲拒之, 黽勉從之. 俄而其夫自門入來, 經陞廳上, 開戶欲入, 其生急以厥女之裳, 覆厥女之身, 回顧其夫, 點眼而揮之, 其夫會意, 遂閉門[1]而退曰: "我是老熟之人, 豈不察人之氣色乎?" 遂出大門而去. 於時更無所嫌, 盡意行樂而罷, 士人出居[2]外舍, 厥女往投隣家. 少焉其夫又來, 見其妻入來, 迎謂曰: "汝於其間, 往何處而今始歸家?" 其妻曰: "我以裁衣次, 欲倩[3]手於隣人而裁之, 其人適出他, 少待其歸, 所以遲滯矣." 其夫不以爲怪, 更無他言. 未幾士人登第, 又幾年, 爲平安監司, 厥漢大喜曰: "今將往營, 乞馱矣." 厥女笑之曰: "如君下去, 何物得來?" 厥漢怒曰: "吾不能得來, 則汝往可得乎?" 其妻曰: "吾往則[4]必可得矣!" 厥漢不聽其言, 遂貰馬騎去, 到營現身, 監司見之, 別無喜色, 使營庫給飯, 明日出給路資[5], 使之速還, 厥漢大生忿怒又忿, 無

---

1) 門: 국도본·고대본·가람본에는 잘못 탈락. 성균관대본에는 '戶'로 표기됨.
2) 居: 국도본·고대본·가람본·성균관대본에는 '去'로 잘못 필사.
3) 倩: 성균관대본에는 '借'로, 가람본에는 '請'으로 표기.
4) 則: 국도본·고대본·가람본·성균관대본에는 잘못 탈락.
5) 資: 고대본·동양본·가람본·성균관대본에는 '費'로 표기.

面見[6]妻. 遂不辭而走, 纔入家, 大聲呼罵[7], 忿氣勃勃, 厥妻迎謂曰: "得何物而[8]來?" 厥漢備述其冷落, 無舊日顔面之意, 厥妻笑曰: "吾固不言之乎? 君則雖百番下去, 無所得, 吾必下去然後, 方可得來." 厥漢忿答曰: "汝言旣如此, 明日須下去!" 厥女自治行具, 下浿營, 使門者入通, 卽時[9]召入. 厥女陞堦[10]上拜見, 巡相見之, 使之入房, 慰其遠來之意, 又入送內衙, 使之款待. 留幾日, 厥女請欲辭去, 巡相不忘舊日之情, 自內舍, 召[11]入寢室, 以續舊緣, 命納行下紙, 大筆手題錢文幾千兩, 其外綿紬, 白木, 民[12], 石魚, 油淸[13]之屬, 凡係關西所産者, 無物不備. 命營庫裨, 出顧馬[14]輸送之. 馬凡幾駄, 前駄, 先到浿中前路, 問平安監司宅[15]浿主人家, 路人指示之, 遂直向其門而入, 從後諸駄, [16]陸續盡來, 最後駄女人而[17]來. 解卜滿地, 可謂塞破屋子. 厥漢刱[18]見之, 一以爲大駭, 一以爲大喜. 次第收拾諸物, 各各區處, 從容問其妻曰: "吾下去而[19]不得一物, 汝下去而得貨財, 若是夥然, 是何故也?" 厥女笑曰: "君不記某年之時, 使道爲觀科, 入來於此內房, 作雲雨之會乎[20]?" 其夫尋[21]思良久, 怳然大覺曰: "是矣是矣, 第未知其時

6) 가람본·성균관대본·고대본에는 '其'가 더 나옴.
7) 고대본·가람본에는 '曰'이 더 나옴. 불필요함.
8) 而: 국도본·고대본·가람본·성균관대본에는 잘못 탈락.
9) 時: 고대본에는 잘못 탈락.
10) 堦: 고대본에는 '階'로 표기.
11) 召: 동양본에는 잘못 탈락.
12) 民: 고대본·가람본에는 '魚'가 더 나옴. '魚'가 들어가야 말이 통함.
13) 油淸: 국도본에는 '淸油'로 표기. '淸油'가 맞음.
14) 顧馬: 고마(雇馬)를 말함.
15) 宅: 동양본에는 '宅'이 탈락. '宅'이 없으면 뜻이 더 뚜렷함.
16) 국도본·고대본·가람본·성균관대본에는 '遂'가 더 나옴.
17) 而: 고대본·가람본·성균관대본에는 탈락.
18) 刱: 고대본·성균관대본에는 '初'로 표기.
19) 而: 국도본·고대본·가람본·성균관대본에는 잘못 탈락.
20) 乎: 고대본·가람본·성균관대본에는 '矣'로 표기.
21) 尋: 국도본·고대본·가람본·성균관대본에는 '深'으로 표기.

仰臥[22]者誰也!" 厥女笑曰: "故是我也!" 厥漢又驚悟, 嘖嘖嗟[23]歎曰: "若知其時汝在下, 則吾豈不百番瞬目, 而今日所得, 又豈但止於此耶?" 遂相與大笑.

---

22) 국도본·고대본·동양본·가람본·일사본에는 '其下'가 더 나옴.
23) 嗟: 고대본에는 잘못 탈락. 가람본에는 '長'으로 필사.

길지로 정한 땅 석함 속에서 고기가 헤엄치다

판서 이정운[1]의 할아버지 아무개[2]가 젊었을 때 산속 절에서 책을 읽고 있었다. 때는 한겨울, 눈이 내리고 추위가 혹독했다. 한 떠돌이 스님이 야윈 몸에 다 해진 옷을 입고 찾아와서는 절의 스님에게 저녁밥을 구걸했다. 스님은 밥을 주었지만 다음날 쫓아내려 했다. 이씨 양반이 그를 불쌍히 여겨 절에 있던 스님에게 말했다.

"혹한인데 저 스님이 얇은 옷에 굶주리기까지 했으니 얼어죽을까 염려스럽소이다. 양식은 내가 댈 테니 며칠 더 머물게 했다가 날이 좀 풀리면 보내는 것이 좋겠소이다."

마침 이씨 양반은 새 옷으로 갈아입었으므로 벗어두었던 옷을 떠돌

---

1) 이정운(李鼎運, 1743~?): 본관은 연안(延安). 1769년(영조 45) 정시문과에 병과로 급제했다. 검열·정언·지평 등을 거쳐 1781년(정조 5) 충청도 암행어사가 되고, 1784년 서장관으로서 사은사 박명원(朴明源) 등과 함께 청나라에 다녀왔다. 1796년 충청도 관찰사, 이듬해 함경도 관찰사, 1800년 형조판서가 되었다. 시호는 정민(貞敏)이다.
2) 할아버지 아무개: 이정운의 할아버지는 이춘정(李春挺)이다.

이 스님에게 주어 입게 했다. 그뒤 날이 좀 풀리고 추위가 가시자 스님을 산에서 내려가게 했다. 스님은 무수히 감사해하며 떠나갔다.

그로부터 몇 년 뒤, 이씨 양반이 상을 당했다. 막 성복³⁾을 했는데 한 스님이 찾아와서 조문을 청했다. 상주는 조문을 받았지만 그가 누구인지 몰랐다. 스님이 말했다.

"상주님께서는 소승을 모르시겠습니까?"

"모르겠습니다."

"어느 해 아무 절에 걸식하러 왔던 중이 생각나시는지요? 소승이 그 중이옵지요. 그때 밥과 옷을 주신 은혜를 입어 예상⁴⁾의 굶주린 귀신이 될 뻔한 것을 모면했답니다. 하늘같이 높은 은혜에 감동해 언제나 가슴에 새겨두고 반드시 조금이라도 보답하려 했지요. 때마침 상주께서 상을 당하셨다는 소식을 들었는데 평소에 묏자리를 정해놓지 않으셨으리라고 생각했습니다. 소승이 풍수지리를 대강 아는지라 가장 길한 땅을 골라 조금이나마 은혜에 보답하려 합니다. 상주께서 몸소 가실 필요도 없습니다. 소승이 일단 가서 길지를 정해두고 오면 그때 함께 가셔서 아예 결정하는 게 어떠하실지요?"

그 말에 상주는 어렴풋했던 기억이 뚜렷해졌다. 스님이 은혜에 감동해 꼭 보답하고자 하니 정성을 다하여 길지를 구해줄 듯도 했다. 그 말대로 일단 가서 길지를 정하게 했다. 며칠 뒤 스님은 묏자리 한 곳을 정하고 돌아와서는 함께 가보자 했다. 상주는 스님을 따라가서 그곳을 살

---

3) 성복(成服): 부모의 죽음을 기정사실화하고 상주가 본격적인 상주 구실을 하기 전에 좌단·우단의 소복도 벗고 정식으로 상복을 갖추어 입는 것. 상주를 포함한 산 자들이 망자와의 가족관계에 따라 상복을 입는데 이를 '성복'이라 한다.

4) 예상(翳桑): 상음(桑陰)이라고도 한다. 춘추시대 진(晉)나라 영첩(靈輒)이 예상에서 굶주릴 때 조순(趙盾)이 음식을 주었다. 그뒤에 영첩은 진나라 영공(靈公)의 갑사(甲士)가 되었다. 영공이 조순을 죽이려 하자 영첩은 진나라를 배반하고 위나라를 도와 조순은 죽음을 면할 수 있었다.

펴보았다. 그곳은 평지 논밭 사이에 있었고 땅의 형세도 마음에 들지 않아 마음속에서 의심이 일어났다. 그러나 상주는 자기가 풍수를 알지 못하고, 또 스님의 말을 전적으로 믿기로 했으므로 안목이 없는 자신이 선택할 수는 없다고 여겼다. 스님의 말에 따라 택일하고 터를 닦았다. 그러자 친척부터 이웃 마을 하급 일꾼에 이르기까지 모두가 그 자리를 비방했다. 수풀이 황량하고 어지러우며 돌이 이처럼 많은 곳을 묏자리로 정하는 일은 어이없다며 웅성거렸다. 상주는 스님의 말을 전적으로 믿으려 했지만 여러 사람이 모여서 비방을 하니 의심하고 걱정하는 마음도 없지 않았다. 결국 스님을 조용한 구석으로 이끌고 가 물었다.

"내가 스님의 말씀을 믿고 따르려 했지만 저렇게 많은 사람이 다들 비방을 해대니 시끄러워 못 살겠습니다. 나는 밝은 지견이 모자라니 여러 사람의 의견을 무시할 수도 없어요. 이를 어떡하면 좋겠습니까?"

스님이 잠시 깊이 생각해보더니 말했다.

"소승의 지극한 정성에 어찌 조금이라도 소홀함이 있겠습니까마는, 그런 말들이 떠도니 상주님이 이처럼 말씀하시는 것도 이상하지 않습니다. 그곳이 길지라는 분명한 증거를 보시면 묏자리로 쓰실 수 있는지요?"

"거참 좋은 말씀이오."

그 무렵 무덤의 구덩이를 다 파고 곧 축회築灰, 시체를 묻기 전 무덤의 구덩이 주변을 석회로 다지는 것하려 하고 있었다. 스님은 상주와 함께 구덩이 안으로 들어갔다. 구덩이의 창을 단단히 닫아 바람 한 점도 들어오지 못하도록 했다. 구덩이의 바닥을 약간 파니 아래쪽에 네모반듯한 석함이 보였다. 스님이 손으로 석함 뚜껑 한 귀퉁이를 들어올려 촛불로 비추어 살펴보았다. 석함에는 맑은 물이 가득했는데, 그 안에서 금붕어 세 마리가 헤엄치고 있었다. 상주는 그걸 보고 깜짝 놀랐다. 급히 뚜껑을 닫고는 전과 같이 복구하고 흙을 파낸 곳을 단단히 다졌다. 구덩이의 창을 열고 나와서는 더이상 잡담을 하지 못하게 하고 축회하도록 했다. 많은 사람이 이런 모습을 보고 다시는 감히 다른 말을 못했다. 이윽고 구덩이를 완성했다.

스님이 떠나가면서 상주에게 말했다.

"소승은 상주님의 은덕에 감동해 최고의 길지를 찾아드려 상주님께서 복을 받으며 지위가 높고 귀해지게 해드리고자 했습니다. 불행히도 좋은 기운이 조금 새어나가버렸습니다. 사십 년 뒤면 좋은 기운이 다시 모일 것입니다. 그때는 운이 트이고 복이 와서 급제자 세 명이 나와 크게 현달할 것입니다."

그로부터 사십여 년 뒤, 이씨 양반의 손자 삼 형제가 모두 급제했다. 승운升運은 벼슬이 옥당玉堂에 이르렀고, 정운鼎運과 익운益運은 모두 정경正卿에 이르렀다.

占吉地魚遊石函

李判書鼎運之祖父某, 於少日, 讀書山寺. 時値大冬, 雪寒嚴酷, 有一雲遊之僧, 鶉衣鵠形, 乞食於寺僧, 寺僧饋之夕飯, 其翌欲逐之, 李班憐之, 謂寺僧曰: "當此嚴寒之時, 無衣飢餓之僧, 必有凍死之慮, 粮米則[5]吾自備給, 須加留數[6]日, 待日氣稍解, 送之爲可." 李班適換授新衣, 其所脫衣服, 並[7]出而衣之, 待日寒稍弛[8], 使之下山, 其僧無數稱謝而去. 其後幾年, 李班遭故, 纔成服, 有一僧來, 請弔喪, 主人[9]受弔, 而未知誰[10]也. 僧曰: "喪制主

5) 則: 고대본·가람본·성균관대본에는 잘못 탈락.
6) 數: 국도본·고대본·동양본·가람본·일사본·성균관대본에는 '幾'로 표기.
7) 並: 국도본·고대본·가람본에는 '幷'으로 표기.
8) 弛: 고대본·가람본에는 '施'로 잘못 표기.
9) 국도본·고대본·가람본에는 '而'가 더 나옴.
10) 知誰: 국도본·동양본에는 '之識'으로, 고대본·가람본·성균관대본에는 '知識'으로 표기.

知小僧乎?" 曰: "不知也." 僧曰: "喪制主, 倘思某年某寺乞食僧事乎? 小僧
卽其僧也. 伊時得蒙推食解衣之恩, 得免翳桑之餓鬼, 感恩如天, 銘在心肝,
必欲一次報效矣. 適聞喪制主遭艱之報, 想無山地之素定者. 小僧粗識風水
之術, 欲擇極吉之地, 以爲一分報恩之地, 不必喪制主親行, 小僧當走, 一
遭初占而來矣. 伊後與小僧偕往, 而完定如何?" 喪人聞[11]其言[12], 怳然大
覺, 以爲渠旣感恩, 必欲求報, 則似當盡誠求之, 依其言, 使往初占. 數日後,
其僧占一處而來, 要與同往, 喪人乃與僧, 俱往看審, 則乃平地田野之間,
局格亦似不合, 心竊疑之, 而旣不解堪輿, 又專恃[13]此僧之言, 則不可以俗
眼取舍也. 遂一從僧言, 擇日開基. 於是無論族戚隣里下及役[14]軍, 擧皆訾
毁, 以爲林樾荒亂, 山石犖确, 如此山地, 不可定窆云云. 喪人雖專恃僧言,
而衆毁叢集, 不無疑慮之意. 遂引僧靜僻處, 問之曰: "吾雖恃師言, 決意用
之, 而其奈衆口皆毁, 不勝喧聒, 吾旣乏明知的見, 實無以排衆議而用之,
此將奈何?" 其僧尋[15]思良久曰: "小僧之至誠, 豈或泛忽, 而人言旣如彼,
喪制主之如是爲言, 亦[16]無怪矣. 雖然如明見吉地之明驗, 則可以用之乎?"
喪人曰: "可勝言哉." 其時穿壙已畢, 將始築灰矣. 其僧遂與喪人, 入其壙
內, 緊閉掩[17]壙[18]窓, 不使點風入內, 破其壙底小許, 則下有石函方正, 僧
乃以手, 微擧其上盖一隅, 以燭斜照而窺之, 則澄水滿函, 金鮒數三尾, 遊
泳其中. 喪人見之大駭, 遂急閉之, 仍復依前, 堅[19]築其破土, 仍開掩壙窓

---

11) 聞: 동양본에는 '問'으로 잘못 표기.
12) 言: 고대본·가람본·성균관대본에는 '說'로 나옴.
13) 恃: 국도본·고대본·가람본·성균관대본에는 잘못 탈락.
14) 役: 고대본에는 '後'로 잘못 표기.
15) 尋: 국도본·고대본·가람본·성균관대본에는 '深'으로 표기.
16) 亦: 동양본에는 탈락.
17) 掩: 동양본에는 탈락.
18) 고대본·가람본·성균관대본에는 '已'가 더 나옴. 불필요하게 덧붙여졌음.
19) 堅: 고대본·성균관대본에는 '緊閉'로, 동양본에는 '緊'으로, 가람본에는 '堅'로 표기됨.

而出來, 使之除雜談築灰. 諸人等, 見如此擧動, 遂不敢復言, 仍[20]爲完
空[21]矣. 其僧辭去時, 謂喪人曰: "小僧感喪制主之恩德, 擇極[22]吉地, 必欲
於喪制主身發福, 見其榮達矣. 不幸吉氣少[23]洩, 當於四十年後[24], 吉氣復完
聚然後, 始可發福, 當出三科, 而崇顯矣." 其後四十餘年, 李之孫兄弟三人,
皆登科, 升運官至玉堂, 鼎運益運, 皆至正卿.

20) 仍: 고대본에는 잘못 탈락.
21) 空: 국도본·고대본·가람본·성균관대본에는 '築'으로 표기.
22) 極: 동양본에는 잘못 탈락.
23) 少: 동양본에는 '小'로 표기.
24) 後: 고대본·가람본·성균관대본에는 잘못 탈락.

꿈에 용이 나타나 치마폭을 가득 채우다

해풍군 정효준[1]은 나이가 마흔세 살이었는데도 아주 가난해 의탁할 곳이 없었다. 세 번이나 아내를 여의었는데, 딸 셋만 두었을 뿐 아들이 한 명도 없었다. 영양위[2]의 증손으로서[3] 본가 조상들을 받들 뿐 아니라 노릉[4]과 현덕왕후 권씨[5], 노릉왕후 송씨[6] 등 신주 삼위를 모셨다. 그러나 제수조차 장만할 수 없었다.

---

1) 정효준(鄭孝俊, 1577~1665): 본관은 해주(海州). 시를 잘 지었고 변려문에도 능했으나 과거에는 여러 번 낙방했다. 만년에 소과에 합격했다. 광해군 때 폐모론에 반대하는 상소를 올렸다. 인조반정 이후 효릉참봉이 되었다. 다섯 아들이 모두 과거에 급제해 관직을 받았으므로 김수항이 추천해 1663년 판돈령부사 벼슬을 받았다.
2) 영양위(寧陽尉): 정종(鄭悰, ?~1461). 문종의 딸 경혜공주(敬惠公主)의 남편. 세조 즉위 뒤 1461년 모반을 꾀했다는 이유로 능지처참되었다.
3) 증손으로서: 정확한 계보는 영양위 정종(鄭悰), 정미수(鄭眉壽), 정승휴(鄭承休), 정원희(鄭元禧), 정흠(鄭欽), 정효준(鄭孝俊)이다.
4) 노릉(魯陵): 단종(端宗). 1455년 수양대군에게 왕위를 물려주고 나서 1457년 노산군으로 강등되었다.
5) 현덕왕후(顯德王后) 권씨(權氏): 문종의 비이며 단종의 어머니. 화산부원군(花山府院君) 권전(權專)의 딸.

집에 있으면 근심 가득 마음이 어지러워 매일 이웃에 사는 병마절도사 이진경[7]의 집으로 가서 노름으로 소일했다. 이진경은 판서 이준민[8]의 손자인데 그때 당하관堂下官 무관으로서 날마다 해풍과 같이 노름을 한 것이다.

하루는 해풍이 문득 말을 꺼냈다.

"내가 간절히 할말이 있는데, 자네가 곧이들어주겠나?"

"자네와 내가 이리도 친한데 따르기 어려운 청이 어디 있겠는가? 얼른 말해보게나."

해풍이 한참 머뭇거리다가 말했다.

"우리 집안은 여러 대 제사를 지내야 할 뿐 아니라 지존至尊의 신위도 받들어야 한다네. 그런데 내가 홀아비로 사는데다 아들도 없으니 틀림없이 제사가 끊길 것이네. 이 어찌 기막힌 일이 아니겠는가? 자네가 아니라면 내가 어찌 입을 열 수 있겠는가? 부디 내 사정을 불쌍히 여겨 나를 자네의 사위로 삼아줄 수 없겠는가?"

이진경은 얼굴을 붉히고 화를 냈다.

"자네, 진담인가 농담인가? 내 딸은 올해 열다섯인데, 어찌 오십이 다 된 자네가 짝으로 삼는단 말인가? 자네 말은 망언이네, 망언! 다시는 이같이 몰지각하고 말도 안 되는 이야기를 입 밖에 내지 말게."

해풍은 부끄러운 얼굴빛을 띠고 멋쩍게 물러났다. 그 이후로 다시는 그 집에 가지 않았다.

---

6) 노릉왕후(魯陵王后) 송씨(宋氏): 단종의 비 정순왕후(定順王后). 판돈령부사 송현수(宋玹壽)의 딸. 그녀의 능은 사릉(思陵)이다. 남양주군 진건면 사릉리에 있다. 1698년 단종의 복위가 이루어지면서 같이 추복(追復)되어 능으로 승격되었다.

7) 이진경(李眞卿, 1576~1642): 본관은 전의(全義). 양주목사, 제주목사를 역임. 경상남도 진주에 그의 선정을 기념하는 비가 있다.

8) 이준민(李俊民, 1524~1590): 좌승지, 병조판서, 의정부좌참찬 등을 지냈다. 동인과 서인의 붕당이 심해지자 이를 염려하면서 당론을 조정하고자 했던 이이(李珥)를 따랐다. 1584년 이이가 죽자 당인들이 그를 공격했으나 이에 강경하게 맞서 주장을 굽히지 않았다.

십여 일이 지난 밤, 이진경은 잠이 들었다. 꿈속에서 마당이 떠들썩하더니 먼 곳으로부터 경필驚蹕, 임금이 거둥할 때 경호하기 위해 통행을 금하는 일하는 소리가 들려왔다. 관복 입은 사람이 들어와 말했다.

"대가大駕, 임금이 타는 수레가 그대 집에 행차했으니 즉시 나와 맞이하라."

이진경이 허둥지둥 섬돌을 내려와 마당에 엎드렸다. 조금 있다가 나이 어린 왕이 면류관을 쓰고 대청 위에 올랐다. 이진경에게 앞으로 다가오라 하고 교시를 내렸다.

"정 아무개가 그대 딸과 혼인하려 하는데, 그대 뜻은 어떠한가?"

이진경이 일어났다가 다시 엎드려 절하고는 대답했다.

"임금님께서 가르침을 내리시는데 어찌 감히 거역할 수 있겠나이까? 다만 소신의 딸아이가 아직 열다섯 살도 안 되었는데 정 아무개는 서른 살이나 많으니 어떻게 배필이 될 수 있겠나이까?"

"나이가 많고 적음을 비교하고 계산할 필요가 없느니라. 반드시 성혼시키는 것이 좋겠다."

그러고는 궁으로 돌아갔다. 황당해하다 깨어난 이진경은 즉시 일어나 안방으로 들어갔다. 아내 역시 촛불을 밝히고 앉아 있었다.

"새벽이 되지도 않았는데 뭐하러 들어오세요?"

이진경이 꿈속 일을 이야기해주니 아내가 말했다.

"제 꿈도 그랬는데 참 이상한 일도 다 있네요."

"이는 우연한 일이 아닐테니 앞으로 어찌하면 좋겠소?"

"꿈은 허황한 것이니 어찌 믿을 것이라 하겠어요?"

십여 일이 지나서 이진경은 또 꿈을 꾸었다. 임금이 또 수레를 타고 찾아왔는데, 안색이 좋지 않은 듯했다.

"전에 하교한 것을 그대는 왜 아직도 받들어 행하지 않는가?"

이진경이 황급히 몸을 굽혀 사죄하며 말했다.

"삼가 마땅히 잘 헤아려 행하겠나이다."

이진경이 잠에서 깨어나 아내에게 말했다.

"꿈이 또 이와 같으니, 이는 필시 하늘의 뜻인가보오. 하늘의 뜻을 어기면 큰 재앙이 내릴까 두렵소. 앞으로 어찌하면 좋겠소?"

"꿈이 그렇더라도 그건 아니 될 일입니다. 우리가 사랑하는 딸자식을 가난뱅이의 네번째 아내로 만든단 말입니까? 하늘이 정하든 사람이 정하든 죽어도 따를 수 없어요!"

이진경은 그뒤로 몹시 걱정스럽고 두려워 잠자고 먹는 일이 편치 않았다.

십여 일이 흐르고, 또 꿈에 임금이 수레를 타고 나타나 말했다.

"지난번 그대에게 하교한 것은 하늘이 정해준 인연이었기 때문만은 아니다. 그 사람은 큰 복을 가져다줄 것이니 네게 해는 끼치지 않고 이로움만 줄 사람이다. 내가 누차 하교했음에도 끝내 거역했으니 이게 무슨 도리인가? 앞으로 큰 화를 내리겠노라!"

이진경이 두렵고 무서워서 일어났다가 다시 엎드리며 대답했다.

"삼가 성교를 받들겠나이다."

임금이 또 교시했다.

"이는 네 탓이 아니다. 전적으로 네 처가 완고하여 내 명을 받들지 않은 탓이니 당장 그 죄를 다스리겠노라!"

그러고는 처를 잡아오라는 명을 내렸다.

삽시간에 형구를 크게 늘어놓고 아내를 잡아왔다. 임금이 죄를 따졌다.

"너의 가장은 내 명령을 따르려 했는데도, 너 혼자 어렵다며 명을 받들지 않으니 이게 무슨 도리냐?"

그리고 형벌을 집행하라 명하고 네다섯 대 매질을 했다. 이진경의 아내는 두렵고 무서워서 애걸했다.

"어찌 감히 명을 어기겠습니까? 삼가 가르침을 받들겠나이다!"

마침내 벌 주기를 멈추고 궁으로 돌아갔다.

이진경은 놀라서 깨어나 안방으로 들어갔다. 아내가 꿈속 일에 대해 이야기했다. 무릎을 어루만지며 앉아 있는 것을 보니, 무릎에 매 맞은 흔적이 남아 있었다. 부부가 크게 놀라고 두려워했으며 서로 의논해 결정을 내렸다. 다음날 해풍에게 요즘 왜 놀러오지 않냐며 초대의 뜻을 전하니 해풍이 곧 찾아왔다. 이진경이 맞이하며 말했다.

"자네 지난번 그 일 때문에 나를 외면하느라 오지 않았는가? 내가 지금까지 천번 생각하고 만번 헤아려봐도, 내가 아니면 이 세상에 자네의 곤궁을 해결해줄 사람이 없다네. 비록 내 딸의 평생을 그르친다 하더라도 결단코 자네 집으로 시집을 보내기로 했지. 내 뜻은 이미 정해졌으니 어찌 다른 의논이 필요하겠는가? 사주단자는 서로 요청할 필요 없이 이 자리에서 쓰는 게 좋겠어."

그리고 대나무 조각 한 폭을 주며 사주단자를 쓰게 했다. 이어 앉은 자리에서 달력을 뒤적여 좋은 날을 고르고 서로 굳게 약속을 하고서 사주단자를 보냈다.

다음날 아침 딸이 일어나 부모에게 말했다.

"지난밤 꿈이 참 이상했어요. 아버지 노름 친구 정생이 갑자기 용으로 변해 저에게 '너는 내 아들을 받으라!'라고 말했습니다. 제가 치마폭을 벌려서 새끼 용 다섯 마리를 받았는데, 그것들이 치마폭에서 구물구물 했지요. 주고받을 때 새끼 용 한 마리를 땅에 떨어뜨렸는데, 목이 부러져 죽었습니다. 참 이상도 하지요?"

부모가 이야기를 듣고는 기이하게 여겼다.

이진경의 딸은 정씨 가문으로 시집가 해마다 아이를 낳았다. 아들도 다섯을 낳았다. 모두 장성해 차례로 과거에 급제했다. 일남과 이남은 판서에 이르렀고 삼남은 대사간, 사남과 오남은 옥당 벼슬을 했다.[9] 맏손자도 해풍이 살아 있을 때 급제했고, 그 사위들 또한 급제했다.

해풍은 아들 다섯이 모두 등과했기에 품계가 한 단계 올라가 아경亞卿

이 되었다. 구십여 세까지 살았으며 손자와 증손자까지 가득했으니, 그 성대한 복록은 세상에 비할 바가 없었다.

다섯째 아들이 서장관으로 연경에 갔다가 돌아오는 길에 책문^{柵門, 청나}_{라 만주 봉황성(鳳凰城)의 문. 여기서 국경 무역이 이루어졌다}을 나오지 못한 채 죽어 관 속 시신으로 돌아왔다. 이때 해풍이 살아 있었으니, 과연 꿈속 일이 맞아떨어졌다. 그 부인은 해풍보다 삼 년 먼저 죽었다.

해풍이 곤궁할 때였다. 오랜 친구의 집에 갔는데 마침 한 술사가 있었다. 다른 사람들은 자기 앞날에 대해 물었지만 해풍만은 아무것도 묻지 않았다. 주인이 "저분이 관상을 보는 방법이 신이하니 물어보지?" 해도, 해풍은 "빈궁한 사람이 관상을 봤자 무슨 이로움이 있겠나?"라고 대답할 뿐이었다. 술사가 눈여겨 자세히 들여다보더니 말했다.

"저분이 누구신지 모르지만 지금은 비록 저리 곤궁해도 앞으로 복록은 무궁할 겁니다. 처음에 곤궁했다 나중엔 형통해져 오복을 두루 갖추게 될 것입니다. 이 자리에 있는 그 누구도 저분에 미치지 못할 것입니다."

그뒤 과연 그 말대로 된 것이다.

해풍이 첫번째 장가를 갈 때였다. 혼인예식을 올린 저녁, 꿈에서 어떤 사람의 집으로 들어갔는데, 마루 위에 차려놓은 것이 모두 혼례식을 위한 것이었다. 그러나 신부가 없었다. 깨어나 의아해했는데 과연 아내를 여의었다. 재혼날 밤, 꿈에 또 그 집으로 갔다. 그 모습이 전의 꿈과 같았지만 신부가 강보에 싸여 있었고, 또 아내를 여의었다. 세번째 혼례식날 저녁, 또 꿈에서 그 집으로 들어갔다. 상황은 전의 꿈과 같았으나, 포대기 속 신부가 열 몇 살 정도로 자라나 있었다. 그리고 또 아내를 여의었다. 네번째 장가를 들어 이씨 집안으로 가 신부를 보니 지난날 꿈에서

9) 일남과 이남은~벼슬을 했다: 실제로 정효준은 다섯 아들을 두었는데, 장남인 정식(鄭植)은 정4품 필선, 차남인 정익(鄭栻)은 정2품 판서, 3남인 정석(鄭晳)은 종2품 참판, 4남인 정박(鄭樸)은 정3품 승지, 막내인 정적(鄭積)은 정4품 장령을 지냈다고 한다.

봐오던 아이였다. 무릇 일이 모두 이미 정해져 있어서 그랬던 것이다. 이진경의 꿈속에서 명령을 내린 임금은 단종이었다 한다.

現宵夢龍滿裳幅

海豊君鄭孝俊, 年四十三, 貧窮無依, 喪妻者三, 而只有三女無一子. 以寧陽尉之曾孫, 本家奉先之外, 又奉魯陵及顯德王后權氏, 魯陵王后宋氏三位神主, 而無以備香火. 在家愁亂, 每日從遊於隣居李兵使眞卿10)家, 以賭11)博爲消遣之資. 李卽判書俊民之孫也. 時以堂下武弁, 日與海豊賭12)博矣. 一日海豊猝然而言曰: "吾有衷曲之言, 君其信聽否?" 李曰: "君與吾, 如是親熟, 則有何難從之請乎? 第言之." 海豊囁嚅良久, 乃曰: "吾家非但累世奉祀, 且奉至尊之神位, 而吾今鰥居無子, 絶祀必矣. 豈不憐悶乎? 如非君, 則吾何可開口? 君其憐悶我情勢, 能13)以我爲女婿14)乎?" 李乃勃然作色曰: "君言眞乎假乎? 吾女年今十五, 何可與近五十之君作配乎? 君言妄矣! 絶勿更發此沒知覺必不成之言可也15)!" 海豊滿面16)羞愧, 無聊而退, 自此以後, 更不往其家矣. 其後十餘日之夜, 李兵使就寢矣. 昏夢中, 門庭喧撓, 遠遠有警蹕之聲, 一位官服者入來曰: "大駕幸于君家, 須卽出迎!" 李慌忙下階17), 俯伏于庭, 已而少年王者, 端冕珠旒18), 來臨于19)大廳之上,

---

10) 眞卿: 국도본·고대본·동양본·가람본·성균관대본에는 '進慶'으로 표기. 일사본은 '進慶'으로 쓴 것을 '眞卿'으로 고쳤음. '眞卿'이 맞음.
11) 賭: 고대본에는 '睹'로 잘못 표기.
12) 賭: 고대본에는 '睹'로 잘못 표기.
13) 能: 동양본에는 탈락.
14) 婿: 국도본·고대본·동양본·가람본·일사본·성균관대본에는 '壻'로 표기.
15) 也: 국도본·고대본·가람본에는 '矣'로 표기.
16) 面: 국도본·고대본·가람본에는 잘못 탈락.
17) 階: 동양본에는 '堦'로 표기.
18) 端冕珠旒(단면주류): 다아한 면류관과 구슬로 장식한 면류관 끈.
19) 臨于: 국도본에는 '臨于'가 두 번 나옴. 잘못하여 중복 필사.

命[20]李近前而教曰: "鄭某欲與汝結親, 汝意如何?" 起伏而[21]對曰: "聖教之下, 焉敢違咈? 而但臣之女, 年未及笄, 鄭是三十年長, 何可作配乎?" 教曰: "年齒多少, 不須較計, 必須成婚可也." 仍還宮. 李乃悅惚而覺, 卽起入內[22], 則其妻亦明燭而坐, 問曰: "夜未曉, 何爲入來?" 李以夢中事言之, 其妻曰: "吾夢亦然, 大是怪事." 李曰: "此非偶然之事, 將何以爲之?" 其妻曰: "夢是虛境, 何可信之云矣?" 過十餘日後, 李又夢, 大駕又臨, 而玉色不豫曰: "前有所下教者, 汝何尙今不奉行乎?" 李惶蹙而謝曰: "謹當商量爲之矣[23]." 覺而言于其妻曰: "此夢又如是, 此必是天意也. 若逆天[24], 則恐有大禍矣, 將若[24]之何?" 其妻曰: "夢雖如此, 事則不可成! 吾何忍以愛女作寒乞人四室乎? 此則無論天定與人定, 死不可[25]從矣!" 李自此以[26]後, 心甚憂恐, 寢食不安矣. 過十餘日後, 大駕又現于夢曰: "向所下教於汝者, 非但天定之緣, 此乃多福之人也, 於汝無害而有益者也. 余屢次下教而終是拒逆, 此何道理? 將降大禍!" 李乃惶恐, 起伏而對曰: "謹奉聖教矣." 又教曰: "此非汝之所爲, 專由汝妻之[27]頑, 不奉命, 當治其罪!" 仍下教拿入, 霎[28]間[29]大張刑具, 拿入其妻, 數之曰: "汝之家長, 欲從吾命矣[30], 汝獨持難而[31]不奉命, 此何道理?" 乃命加刑, 至四五杖而止, 李妻惶恐而哀乞曰: "何敢違越? 謹當奉教矣[32]." 仍停刑而還宮. 李乃驚覺而入內, 則其妻以夢中事

---

20) 命: 고대본·가람본에는 '令'으로 표기.
21) 而: 국도본·고대본·가람본에는 '以'로 표기.
22) 內: 국도본·고대본에는 '來'로 잘못 표기.
23) 矣: 동양본에는 '矣'가 탈락.
24) 若: 고대본·가람본에는 '如'로 표기.
25) 可: 고대본·가람본에는 '可'가 탈락.
26) 以: 고대본·동양본·가람본에는 '之'로 표기.
27) 妻之: 국도본·고대본·가람본에는 '之妻'로 잘못 필사.
28) 국도본·고대본·가람본에는 '時'가 더 나옴. 더 나오는 것이 맞음.
29) 間: 고대본에는 탈락.
30) 矣: 고대본에는 '而'로 표기.
31) 而: 고대본에는 탈락.
32) 矣: 동양본에는 탈락.

告33)之, 捫膝而坐, 膝有刑杖痕. 李之夫妻34)大驚恐, 相與議35)定36), 而翌日請37)海豊曰: "近日何久不來?"云, 則海豊卽來矣. 李迎謂曰: "君以向日事, 自外38)而不來乎? 吾近日千思萬量, 非吾則此世無濟君之窮困, 吾雖誤却吾女之平生, 斷當送歸于君家矣. 吾意已決, 寧有他議? 柱單不必相請, 此席書之, 可也." 仍以一幅簡給而書之, 仍於座上, 披曆而涓吉, 丁寧相約而送之. 翌日之朝, 其女起寢, 而言于其母曰: "夜夢甚奇. 嚴君之贐39)友鄭生, 忽化爲龍, 向余而言曰: '汝受吾子!' 吾乃開裳幅而受小龍五箇, 蜿蜿蚰蚰40)於裳幅之上, 授受之際, 一小龍落于地, 折項而死, 豈不可怪乎?" 父母聞其言而異之. 及入鄭門, 逐年生産, 産41)純男子五人, 皆長42)成, 次第登科, 一男二男, 位至判書, 三男位至43)大司諫, 四男五男, 俱是玉堂, 長孫又登第44)於海豊之生前, 其婿又登第. 海豊以五子登科加一資, 位至亞卿, 享年九十餘, 孫曾滿前, 其福祿之盛, 世所罕比. 其第五男, 以書狀赴燕, 回路未出柵, 而作故, 以其柩還, 時海豊尙在, 果符夢中之事. 其夫人先海豊三年而歿. 海豊窮時, 適於知舊之家45), 逢一術士, 諸人皆問前程, 海豊獨不言, 主人曰: "此人相法神異, 何不一問?" 海豊曰: "貧窮之人, 相之何益?" 術士熟視曰: "這位是誰? 今雖如是困窮, 其福祿無窮, 先窮後通, 五福俱全

---

33) 告: 고대본에는 '言'으로 표기.
34) 夫妻: 국도본·고대본·가람본에는 '妻夫'로 잘못 필사.
35) 議: 동양본에는 탈락.
36) 議定: 국도본·고대본·가람본에는 '定議'로 표기.
37) 請: 국도본에는 잘못 탈락.
38) 外: 고대본에는 '畏'로 잘못 표기.
39) 贐: 일사본·국도본·고대본·가람본에는 '博'으로 필사. '博'이 맞음.
40) 蚰蚰: 동양본에는 '蜒蜒'으로 표기.
41) 産: 고대본·성균관대본에는 잘못 탈락.
42) 長: 동양본에는 탈락.
43) 至: 고대본에는 '止'로 잘못 필사.
44) 第: 고대본에는 탈락.
45) 家: 고대본에는 탈락.

之人, 座上之⁴⁶⁾人, 皆不及."云矣. 其後果符其言. 海豊初娶時, 醮禮之夕,
夢入一人之家, 則堂上排設, 一如⁴⁷⁾婚娶之儀, 但無新婦, 覺而訝之. 喪妻
而再娶之夜, 夢又入其家, 則又如前夢, 而所謂新婦, 未免襁褓, 又喪妻. 三
娶之夕, 又夢入其家, 則一如前夢, 而稱以新婦襁褓之兒, 年近十餘歲而稍
長矣, 又喪妻. 及四娶李氏門, 見新婦, 則向來⁴⁸⁾夢見之兒也. 凡事皆有前
定而然也. 李兵使夢中下敎之君上, 乃是端廟云.

46) 之: 고대본·동양본·가람본·성균관대본에는 탈락.
47) 一如: 고대본에는 탈락.
48) 來: 고대본·성균관대본에는 '日'로 표기.

충성스러운 여종이 임형수에게 부탁하여 주인 원수를 갚다

교리校理 금호錦湖 임형수는 젊었을 적에 소탈하고 기품이 있었으며, 호탕하여 어디에도 얽매이지 않았다. 말 타고 활 쏘는 것을 익혔고, 책 읽기를 좋아해 문장력도 뛰어났다. 어느 날 과거를 보러 한양 길에 올랐다. 친구 둘과 말고삐를 나란히 하고 가는데, 중도에 흰 휘장을 내린 가마가 뒤따라왔다. 가마 뒤에는 열여덟아홉 살쯤 되어 보이는 여종이 따르고 있었는데 얼굴이 자못 예뻤고 땋은 머리가 발뒤꿈치까지 내려왔으며 몸매가 간드러졌다. 그녀는 가마를 따라오다 말 앞을 지나가서는 금호 쪽을 돌아보았다. 한 마장오 리나 십 리가 못 되는 거리쯤 가더니 또 뒤돌아보았다. 두 친구가 웃으며 말했다.

"우리 셋 중 자네 용모만 특출하지도 않은데, 저 여자가 자네만 여러 번 돌아보니 무슨 까닭일까?"

금호가 말했다.

"나도 알 수가 없네."

앞에는 큰 마을이 있었는데, 가마는 그 구불구불한 길로 들어갔다. 금호가 두 사람에게 말했다.

"자네들 저 앞 점사에 먼저 가서 기다려주게나. 나는 내일 날이 밝으면 따라가겠네."

두 사람이 웃고 꾸짖기도 하며 말했다.

"사대부가 과거 길에 여자에게 혹해 일행을 버리고 중도에 길을 바꾸다니. 이 같은 일이 어디 있단 말인가?"

금호는 웃기만 할 뿐 대꾸하지 않았다. 사내종을 재촉해 말을 몰았다. 구불구불한 길가 동네에 이르니 솟을대문이 나타났다.

문 안으로 들어가 말에서 내렸다. 말을 기둥에 묶어두고 섬돌 위로 올라갔다. 방문은 닫혀 있었고 마루에는 먼지가 가득했다. 일단 자리에 앉아 있으니 이윽고 여종이 돗자리와 화구火具를 들고 안채에서 나왔다. 행랑방에 돗자리를 펴고 앞에 화구를 놓고는 금호에게 방안으로 드시라고 청했다. 금호가 웃음 지으며 말했다.

"너는 내가 따라올 줄 어찌 알고 이것들을 마련해놓았느냐?"

여종도 웃으며 대답했다.

"제가 세 번이나 돌아보았는데, 오시지 않을 리가 있겠습니까?"

그리고 말을 이었다.

"담배를 피우고 계시면 저녁밥을 준비해 오겠습니다. 저녁을 먹고 나서 설거지까지 마치고 오겠습니다."

얼마 뒤 정말로 저녁밥을 내왔고 밥을 다 먹자 상을 들고 나갔다. 잠시 있다가 다시 나와 방 한구석에 앉았더니 갑자기 눈물을 뚝뚝 흘렸다. 금호가 이상하게 여겨 그 까닭을 물었다. 그녀가 눈물을 거두며 대답했다.

"제 주인님은 집안 형편이 어려웠지만 아무 년에 모 댁 따님에게 장가를 드셨습니다. 어느 날 부인이 근행勤行, 시집간 딸이 친정 부모를 뵈러 가는 일을 하고 돌아오던 길이었는데, 돌풍에 가마 휘장이 걷혔지요. 때마침 완악한 중놈이 부인의 미모를 엿보고 외람되게도 음탕한 마음을 품고 가마를 쫓아왔습니다. 부인을 강제로 욕보이고 주인님까지도 살해했지요. 그뒤로 중놈이 자주 왕래하고 있으니, 분하고 원통하지만 한 여자의 몸으로는 어찌할 방법이 없습니다. 힘있는 선비를 암암리에 구해 복수를 도모하고자 했으나 그럴 만한 인물을 만나지 못했지요. 좋은 활과 굳센 화살을 몰래 구해놓고 기다린 지도 오래되었습니다."

"세 사람이 함께 갔는데 하필이면 왜 나를 골랐느냐?"

"어르신의 풍모가 강건하여 이 일을 족히 도모할 수 있을 것 같았기 때문이지요."

"중놈은 지금 어디 있느냐?"

"저 방안에서 낭자와 놀아나고 있습죠."

금호가 즉시 화살을 활시위에 걸고 여종을 시켜 앞에서 인도하게 했다. 문안으로 따라 들어가 어두운 곳에 몸을 숨기고 엿보니 촛불이 환히 켜져 있었다. 중놈은 옷을 풀어젖히고 가슴을 드러내고는 술에 취해 벽에 기대 있었다.

금호는 온 힘을 다해 활시위를 끝까지 당겨서는 쏘았다. 화살이 중놈의 가슴에 명중했다. 중놈은 외마디 비명을 크게 한번 지르고는 그대로 쓰러졌다. 부인도 쏘려 하니 여종이 말리며 말했다.

"소행은 비록 저러하지만 그래도 제 상전입니다. 제 손에서 죽게 할 수는 없으니 스스로 죽게 해주십시오. 그리고 버려두고 떠나는 게 좋겠습니다."

그 말에 금호도 쏘지 않고 여종과 함께 밖으로 나왔다. 여종이 금호에게 말했다.

"소인은 어르신을 따라가서 첩이든 종이든 되고 싶습니다. 어떤 명이라도 따르겠습니다."

황급히 행장을 꾸려 급히 문밖으로 나갔다. 여자와 함께 말을 타고 반리쯤 갔을 무렵 그녀가 말했다.

"잊어버린 일이 하나 있습니다. 집으로 다시 가서 불을 지르고 오겠습니다."

그러고는 다시 가니 금호는 말을 멈추고 기다렸다. 얼마 안 있어 집쪽에서 불빛이 사방으로 일어나 연기와 화염이 하늘을 찔렀다. 여자는 곧 돌아왔다. 다시 전처럼 같이 말을 타고 내달려 점사에 이르렀다. 동행했던 두 친구가 맞이하다가 여자를 데려오는 것을 보고는 조롱하고 꾸짖으며 말했다.

"과거를 보러 가면서 여자를 끼고 오다니 불길함이 막대하도다!"

금호는 웃을 뿐 대답하지 않았다.

마침내 상경해 객점에 묵었고 여종을 내간에 머물게 했다. 과거 용품들을 정돈해서 과거장에 들어가 과거를 치르고 장원급제했다. 삼일유가 三日遊街 후 그녀를 데리고 고향으로 돌아와 모친을 만나 뵈었다. 모친은 사연을 듣고 크게 칭찬하고 감탄했다. 그녀의 사람 됨됨이가 비천한 사람 같지 않아 첩으로 삼도록 허락했다. 여인은 온순하고 선량하고 공손했을 뿐 아니라 총명하고 지혜롭기까지 했으니 모친이 몹시 사랑해주었다. 서로 더불어 화목하고 즐겁게 살다가 일생을 잘 마쳤다.

復主讐忠婢托錦湖

錦湖林校理亨秀, 少時磊落有氣節, 豪爽不羈, 駎[1]馬習射, 好讀書能文章. 一日觀科上京, 與同接二人, 聯鑣而行, 中路見一素轎[2]從後而來. 轎下[3]童婢, 年可帳[4]十八九, 頗有容色, 編髮至踝, 標致裊娜, 隨轎冉冉而來,

---

1) 駎: 국도본·고대본·동양본·가람본·일사본에는 '馳'로 표기.
2) 素轎: 국도본·가람본·일사본에는 '素帳轎'로 표기.
3) 下: 가람본에는 '前'으로 표기.
4) 帳: 앞 '素帳轎'의 '帳'이 이곳으로 잘못 들어갔음.

突5)過馬前, 回顧6)見錦湖, 行過一馬場, 又一顧7)見, 二同伴相嘲曰: "吾輩
三人同行, 君之容貌, 非獨表出, 而厥女偏於君, 屢次顧, 何也8)?" 錦湖曰:
"吾亦不知."9)見前當大村, 其轎子, 入於曲巷中. 錦湖謂二人曰: "君輩須先
往前店, 以待之. 我則明曉, 當追及矣." 二人或笑或罵曰: "士大夫科行, 忽
惑10)於一女子, 棄其同行, 中道改路, 寧有如許人事乎11)?" 錦湖笑而不答,
促奴子驅馬, 追到委曲巷中, 見一高柱大門, 遂入門下馬, 繫馬於廊柱,
陞階而上, 則房門閉鎖, 塵埃滿廳, 姑爲入坐, 俄而厥童婢, 一手持一立席,
一手持火具, 自內而出, 鋪席于行廊, 房中置火具于前, 請錦湖入處房中,
錦湖笑曰: "汝安知我之必隨汝來, 而設此具也?" 厥女亦笑曰: "我三次顧
見, 而豈有未12)來之理乎?" 且曰: "先吸南草, 將備夕飯以來, 姑待之, 夕
飯13)後, 盤器等屬, 洗滌收殺, 而出來矣." 少焉果進夕飯, 持床而入. 少頃果
出來, 坐房之一隅, 忽泫然泣下. 錦湖怪而問之, 厥女收淚對曰: "吾上典,
家勢孤單, 某年娶某宅婦女, 一日婦人覲行, 歸路, 忽然急風捲轎之帳, 適
有一頑僧, 窺見娘子之美, 猥生淫慾, 隨轎而來, 以强力逼辱娘子, 遂殺上
典. 此後頻數往來, 心切悲寃憤痛, 而14)量一女子無計可施, 陰15)求有力之
士, 以圖復讐之擧16), 而不逢其人, 潛求良弓勁矢, 待之久矣." 錦湖曰: "然
則三人同行, 何故偏顧我也?" 厥女曰: "見行次形貌壯健, 足辦此事故也."

5) 突: 국도본·고대본·가람본에는 탈락.
6) 顧: 고대본·가람본에는 '觀'으로 표기.
7) 顧: 고대본에는 '馬場'으로 잘못 표기. 가람본에는 '觀'으로 표기.
8) 顧何也: 국도본·고대본·가람본에는 '顧見何也'로 표기.
9) 見: 앞의 '顧見何也'에서 '見'이 탈락되어 이곳으로 잘못 들어갔음.
10) 惑: 가람본에는 '感'으로 표기.
11) 乎: 고대본에는 '乎'가 잘못 탈락.
12) 未: 고대본·동양본·가람본·일사본에는 '不'로 표기. '不'이 맞음.
13) 飯: 고대본에는 '盤', 가람본에는 '盈'으로 잘못 표기.
14) 성균관대본에는 '自'가 들어가 있음. '自'가 들어가는 게 자연스러움.
15) 陰: 동양본에는 '陰'이 잘못 탈락.
16) 擧: 고대본·가람본·성균관대본에는 '計'로 표기.

錦湖曰: "厥僧今安在?" 厥女曰: "見[17]在房中, 與娘子戲謔." 錦湖卽加矢于弦, 使厥婢前導指示, 隨而入門, 隱身於暗處, 而窺見之, 則明張燭火, 披衣露胸, 半醉依壁而坐[18]. 錦湖彎弓滿殼, 極力射去, 正中厥僧之胸膛, 厥僧大叫一聲, 驀然仆地. 又欲更射其女人, 厥婢挽止曰: "所行雖如此, 亦吾之上典, 不可自吾手殺之, 且當自斃, 不如棄之而去." 錦湖遂止, 與厥婢出來, 厥婢謂錦湖曰: "小人願隨行次而去, 爲妾爲婢, 唯命是從." 忙收行裝, 急出門外, 與厥女[19]幷騎而行, 到半里許, 厥女曰: "我有所忘事, 更到其家, 放火而來." 遂下去. 錦湖駐馬而待之, 俄而見其家, 火光四起, 烟焰騰天, 而厥女旋卽回來. 遂依前幷馬, 行[20]趨到前店, 二同行出迎, 見携一女子而來, 又相與嘲罵曰: "今爲觀科[21], 而行挾一女而來, 不祥莫大矣." 錦湖笑而不答. 遂携與上京, 留於旅店, 留置厥婢[22]於內間, 整飭科具, 入場觀光, 遂擢嵬[23]科, 遊街三日後, 携厥女而還鄉, 與夫人相見, 夫人聞之, 大加稱嘆[24]. 觀其爲人, 不似卑賤之人, 遂許與作妾. 厥女溫良恭遜, 性又聰慧, 夫人遂大愛之, 相與和樂, [25]以[26]終平生.

---

17) 見: 고대본·가람본·성균관대본에는 '現'으로 표기.
18) 坐: 성균관대본에는 '坐者僧'으로 표기.
19) 女: 고대본·가람본·일사본·성균관대본에는 '婢'로 표기.
20) 行: 국도본·고대본·동양본·가람본·일사본에는 탈락.
21) 觀科: 국도본에는 '科觀'으로 잘못 표기.
22) 婢: 고대본·가람본·성균관대본에는 '女'로 표기.
23) 嵬: 고대본에는 '魁'로 표기.
24) 嘆: 고대본·동양본에는 '歎'으로 표기.
25) 고대본에는 '氤氳之氣灑灑', 가람본에는 '氤氳之氣融融' 부분이 더 나옴.
26) 고대본·가람본에는 '爲'가 더 나옴.

평안감사가 꿈을 통해 자기 전생을 알다

  옛날에 한 중신重臣이 있었는데 어릴 적부터 자기 생일날 밤마다 평소 알지 못했던 곳의 어떤 집으로 가는 꿈을 꾸곤 했다. 꿈속에서는 백발의 노부부가 머리를 감고 목욕을 하고서 새 옷으로 깨끗이 갈아입었다. 풍성하고 정갈한 음식을 상 위에 차리고 옆에 의자를 놓은 것이 마치 제사를 지내는 대청의 모습 같았다. 자기는 의자에 앉아서 음식을 배불리 먹는데, 그럴 때마다 노부부는 상 아래에서 밤새 통곡했다. 해마다 이러하니, 비록 꿈속에서 겪은 일이지만 햇수가 오래된지라 마을 거리 모습, 집의 크기, 담장 둘레, 수목의 밀도, 심지어 문의 방향과 마루의 넓이, 돌계단의 굴곡조차 모두 눈앞에 펼쳐져 있는 듯 또렷하게 기억났다. 비록 남에게 이야기하지는 않았지만 마음속으로 언제나 괴이하게 여겼다.

  나중에 평안감사가 되어 임지로 가는 길이었다. 감영에 조금 미치지 못한 부내部內의 한 마을을 보니 유난히 눈에 익었다. 이곳은 해마다 꿈속에서 간 곳과 조금도 다르지 않았다. 감사는 전배前陪, 벼슬아치가 행차할 때나 상관을 알현할 때 앞을 인도하던 관리나 하인를 멈추게 하고 교유서敎諭書와 절월節越 등을 길가에 두고는 혼자 말을 타고 마을로 들어갔다. 과연 거기에 집이 하나 있는데 꿈속에서 본 것과 똑같았다.

감사가 그 집으로 들어가니 공방아전이 마루 위에 자리를 폈다. 온 마을 사람들은 놀라서 사라졌다. 그 집 노부부는 영문을 몰랐고 숨을 겨를도 없었다. 감사가 마루 위에 앉아 주인 부부를 나오게 했다. 노부부가 나와서는 황송해 어쩔 줄 몰라 하며 마당 아래 엎드렸다. 감사는 그들에게 마루 위에 올라와서 얼굴을 들어보라 했다. 과연 꿈속에서 통곡하던 노부부의 얼굴 그대로였다. 연세가 몇이고 자식과 손자는 있는지 물었다. 노옹이 말했다.

"아들 하나가 있지만 요절한 지 오래되었습죠."

몇 살 때 요절했느냐 물으니 노옹이 대답했다.

"열다섯 살에 죽었습니다. 그 아이는 나면서부터 영특해 총명함이 다른 아이들보다 뛰어났습니다. 상놈의 일에 묻히게 하는 게 참으로 안타까워 서당에 가서 공부를 하게 했습죠. 그러니 보는 족족 외워 문리가 날마다 나아졌습니다. 위아래를 막론하고 온 고을 사람이 칭찬을 금치 못했지요. 하루는 평안감사님이 임지로 가는 행렬을 보고는 한숨을 쉬며 '사내대장부라면 평안감사는 해야지!'라고 탄식했습니다. 이날 이후로 병들어 누워 신음하더니 병세가 점점 위중해져 아무 년 아무 달 아무 일에 죽었나이다.[1] 소인은 슬픔을 이기지 못해 해마다 그날이 되면 간소하게나마 소찬을 마련해 제사를 지내주나이다."

감사가 들어보니 그 아이가 죽은 연월일이 자기가 태어난 연월일과 똑같아 더욱 기이하게 여겼다.

"임지에 도착한 뒤 부를 테니 꼭 오시오."

이렇게 늙은 부부에게 부탁하고 떠났다. 감영에 도착한 지 사흘 후, 감사는 노부부를 불러 음식을 후하게 대접하고 자기가 꿈속에서 본 일들을 이야기해주었다. 그리고 감영 근처에 집 한 채를 사들여 노부부를 거기 거처하게 하고 논도 사주었다. 노부부에게 아들이 없기에 제위답^祭 位畓, 추수한 것을 제사 비용으로 쓰기 위해 마련한 논을 마련해 본부 작청^{作廳, 군아에서 구실아치가} ^{일을 보던 곳}에 맡기고 노부부가 죽은 뒤에 제사를 지낼 비용으로 삼았다. 이후 작청에서 제사를 지내주도록 했다.

감사는 그뒤로 더이상 꿈을 꾸지 않았다.

驗異夢西伯識前身

昔有一重臣, 自兒時, 每以其生日之夜, 夢至於平生所未識何地何家, 而 有白頭老夫妻, 沐髮浴身, 精着新衣, 以豊潔庶羞, 陳於床上, 傍有交椅, 有 若祭廳之狀, 而自家輒坐椅上, 飽喫庶羞, 老人內外, 則達夜痛哭於床下. 每年如是, 雖夢中經歷, 行之旣久, 巷之深淺, 家之大小, 墻垣之周遭, 樹木 之疎密, 至於門戶向背, 廳事濶狹, 塔砌屈曲, 歷歷森列於眼中, 雖未嘗向 人²⁾說道, 而心常疑怪. 後爲平安監司, 到任之路, 未知³⁾營少許, 適見部內 一巷, 甚慣⁴⁾於眼, 與年年夢往之地, 毫無差爽, 監司遂異之, 駐前陪敎諭書

---

1) 하루는 평안감사님이~일에 죽었나이다: 아이가 평안감사의 행차를 보고 탄식하다 죽는 과 정에 약간의 비약이나 탈락이 있었을 것으로 짐작된다. 비슷한 이야기가 『금계필담錦溪筆談』 에 실려 있는데, 이 과정이 좀더 실감나게 서술되어 있다. 『금계필담』에는 늙은 부부 대신 기 생인 어머니만 등장한다. 어머니가 아들의 죽음을 회상하는 부분 일부를 옮긴다. "순사또가 도 임하는 위엄을 보고 돌아와 소첩에게 말했지요. '나도 자라면 평안감사가 될 수 있겠지요?' 그 러기에 첩이 말했습니다. '얘가 헛말을 하는구나! 넌 바탕이 미천해 공명이 최고로 이루어진 다 해도 이방이나 호방 이상이 될 수 없다. 어찌 감히 감사가 되기를 바란단 말이냐?' 그러자 아이가 분해하며 말했죠. '남아가 이 세상에 태어나 평안감사도 못 된다면 뭣 하러 산단 말 입니까!' 그러고는 시름시름 앓아 병이 깊어갔습니다. 온갖 말로 타일렀으나 끝내 마음을 바 꾸지 않고 몇 달 뒤 마침내 죽었습니다(見巡使道到任威儀, 歸語妾曰: "兒亦長成, 亦可爲平安監司 乎?" 妾曰: "兒妄矣! 汝本賤生, 功名極不過吏戶旁營吏, 安敢望監司乎?" 兒聞此言, 奮然曰: "男兒生世間, 不作平安監司, 生亦何爲?" 因厭厭沉病, 雖開諭萬端, 終不改, 竟至數月而亡)."
2) 人: 국도본·고대본·가람본에는 잘못 탈락.
3) 知: 버클리대본만의 오류임. 다른 이본들은 모두 '至'로 표기함.
4) 慣: 국도본·가람본에는 '貫'으로 표기.

節越[5]等屬於路上, 獨自單騎, 向其巷而入, 果有一家, 恰符夢中之見. 遂入其家, 工房[6]鋪, 陳設於廳上, 一洞駭散持[7]. 其家老夫妻, 莫曉其故, 奔竄不暇. 監司坐於廳上, 招主人老夫妻出來, 老夫妻不勝惶悚, 俯伏於庭下, 監司使之升廳擧顔, 果是夢中號哭之人也. 遂問年歲幾何, 有子與孫[8]否, 其[9]翁曰: "有一子, 夭已久矣." 問: "幾歲夭促耶?" 對曰: "十五歲亡, 而其兒生而穎悟, 聰明超出羣輩, 埋沒於常業, 實爲可惜, 故送于學房, 使之受業, 則一覽輒記, 文理日進, 一鄕上下, 莫不稱贊. 一日見平安監司到任之行, 喟然歎曰: '大丈夫, 當作平安監司矣!' 自是日, 病臥呻吟, 漸漸沈重, 於某年某月某日化去, 小人不勝悼惜, 每於是日, 畧備小饌, 而祭之矣." 監司聽之, 其兒亡年月日, 卽自家生年月日也. 尤大異之, 謂老夫妻曰: "到任後, 當招汝, 須卽來現也." 仍爲到營三日後, 招其老夫妻, 厚饋之, 告夢中之事, 買一家舍於營門近處, 以處之, 又買沓, 以給之, 且以[10]老夫妻之無子, 買一區祭位[11]沓, 付之本府作廳, 以爲老夫妻身後祭祀之需, 而自作廳備行. 自此以後, 不復夢[12]矣.

5) 越: 다른 이본은 '鉞'로 표기. '鉞'이 맞음.
6) 버클리대본에만 여기 들어가야 할 '持'가 탈락되고, '一洞駭散' 다음에 잘못 들어갔음.
7) 持: 잘못 들어갔음.
8) 孫: 국도본·고대본·동양본·가람본에는 탈락.
9) 其: 국도본·고대본·동양본·가람본·일사본에는 '老'가 더 나옴.
10) 以: 국도본·고대본·가람본에는 탈락.
11) 祭位: 고대본에는 탈락.
12) 고대본·가람본에는 "焉"이 더 나옴.

베옷 입은 노인의 임진왜란 예언

첨지 김윤신金潤身은 술사 남사고[1]와 친했다. 남사고의 집에 갈 때마다 베옷 입은 노인이 남사고와 마주앉아 술수를 논하고 있었다. 노인이 "푸른 옷과 나막신이면 나랏일을 알 수 있을 것 같소이다"라 하면 남사고가 한참 생각하다가 "그렇소이다" 하고 대꾸했다. 노인이 또 "머지않아 병화가 있을 것이니, 난여鸞輿, 임금이 타는 수레. 난조(鸞鳥)의 울음소리와 비슷한 소리가 나는 방울을 단다고 하여, '난여'라 이르게 되었다가 궁궐을 떠나는 액을 당할 것이요, 서쪽 변방에 이르고 나서야 옛 도읍을 회복할 수 있을 것이오" 하면 남사고가 또 한참 생각하다가 "그렇소이다" 하고 대답했다. 노인이 마침내 "두 번 다시 한강을 건너지 못하겠소이다" 하니 남사고가 더욱 깊이 생각하고서 "과연 그러하겠군요"라 했다.

옆에 있던 첨정[2]은 그 말을 들었지만 무슨 뜻인지 알 수 없었다. 얼마

---

1) 남사고(南師古, 1509~1571): 본관 영양(英陽). 호 격암(格庵). 역학·풍수·천문·복서·관상의 비결에 도통했는데, 1575년의 동서분당, 1592년의 임진왜란 등을 알아맞혔다고 한다.

안 있어 푸른 옷과 나막신이 세상에 유행했다. 우리나라에는 옛날부터 나막신이 없었는데, 임진왜란 직전에 처음으로 나막신이 생겨 신분을 가리지 않고 모두가 신었다. 기자箕子가 흰옷을 입고 동쪽으로 오고 나서부터 우리나라 사람들은 모두 흰옷을 입었으나, 임진왜란 직전에 흰옷을 금하자 모두 푸른 옷을 입었다.

임진년 여름 왜구가 깊숙이 침입해왔다. 선조대왕은 서울을 떠나서 용만龍灣, 조선시대 의주(義州)에 머무르다 왜구를 평정하고 나서야 서울로 돌아올 수 있었다. 베옷 입은 노인의 예언이 과연 맞았다.

정유년에 왜구가 다시 움직여 북을 두드리며 북상하니 서울이 크게 동요했다. 이때 경리經理 양호3)가 우리나라에 와서 주둔하고 있었다. 선조대왕이 양호를 대동하고 남대문 누각에 올라 조정 신하들과 함께 적을 방어할 계책을 의논했다. 첨정이 음사蔭仕, 과거를 거치지 않고 조상의 공덕으로 맡은 벼슬로 말단 관리가 되어 어가御駕를 따라와 말석에 있었다. 피곤해 얼핏 잠이 들었는데 비몽사몽간 갑자기 크게 소리질렀다.

"두 번 다시 한강을 건너지 못하지!"

모든 신하가 놀라며 이상하게 여겼고 임금도 놀라서 물었다.

"이 무슨 소린고?"

그를 불러 어탑 가까이 오게 하고는 물었다.

"조금 전 '두 번 다시 한강을 건너지 못하지'란 소리가 무슨 뜻인고?"

이에 첨정은 전날 베옷 입은 노인에게 들었던 말을 상세하게 일일이

2) 첨정(僉正): 원문에는 '첨지'로 쓰여 있으나, 문맥상 '첨지'로 특진되기 전인 '첨정'이 맞다. 첨정(僉正)은 조선시대 정3품 당하아문(堂下衙門) 중 시(寺)·원(院)·감(監) 등의 이름이 붙은 관아에 속한 종4품직이다.
3) 양호(楊鎬): 허난성 출생. 1597년 정유재란 때 경략조선군무사(經略朝鮮軍務使)로 총독 형개, 총병(摠兵) 마귀(麻貴), 부총병 양원(楊元) 등과 함께 참전했다. 울산에서 벌어진 도산성(島山城) 전투에서 크게 패했는데 이를 승리로 보고했다가 들통나 파면되었다. 1618년 청나라가 명나라를 침략하자 다시 기용되어 랴오둥 등을 점령해 다스렸으나 사르후 전투에서 크게 패하고 사형되었다.

알리고 거듭 아뢰었다.

"이미 거쳐온 일로 보건대, 노인의 말은 털끝만큼도 틀림이 없나이다. 두 번 다시 한강을 건널 수 없다는 말도 반드시 징험이 있을 것이옵니다."

임금이 그 말을 듣고는 기쁜 소식을 전했다며 즉시 벼슬의 품계를 건너뛰어 첨지 벼슬을 내렸다. 얼마 안 있어 양호가 보낸 장군 마귀가 충청도 직산 소사평에서 왜구를 만나 철기로 돌격하여 격파하고 영남 해변까지 추격해갔다. 두 번 다시 한강을 건너지 못하리라는 말이 과연 징험이 있었던 것이다.

料倭寇麻衣明見

金僉知潤身, 與術人南師古相親. 每往[4]南家, 則有麻衣老人在座, 與南相對論術, 老人曰[5]: "靑衣木履, 國事可知." 南思之良久曰: "然矣." 老人又曰: "不久必有兵禍, 鑾輿有離宮之厄, 至于西塞而後, 方可恢復舊都矣." 南又思良久曰: "然矣." 末又言: "再不渡[6]漢江." 南沈思移時曰: "果然矣." 僉知[7]在傍聽之, 而不能解得矣. 未久靑衣木履, 盛行于世, 盖我國古無木履, 至壬辰前, 始有木履, 上下通着, 自[8]箕子, 白衣東來之[9]後, 我國皆着[10]白衣, 至壬辰前, 禁白衣, 皆着靑衣故也. 至壬辰夏, 倭寇深入, 宣祖大王, 遂作去邠之行, 駐輦于灣上, 及平定, 駕還舊京, 麻衣老人之言, 果幷[11]驗矣. 至丁酉, 倭兵再動, 鼓行北上, 京師大震. 時楊經理鎬, 來在我國, 宣祖大王與楊經理, 出

---

4) 每往: 동양본에는 잘못 탈락.
5) 曰: 고대본·가람본에는 잘못 탈락.
6) 渡: 국도본·고대본·가람본에는 '到'로 잘못 필사.
7) 知: 국도본·고대본·동양본·가람본·일사본에는 '正'으로 표기.
8) 自: 고대본에는 '白'으로 잘못 표기.
9) 之: 고대본에는 탈락.
10) 着: 고대본·가람본·일사본에는 잘못 탈락.
11) 幷: 고대본에는 '屛'으로 잘못 표기.

御[12)]南大門樓上, 與朝臣共議[13)]禦賊[14)]之策, 僉正[15)]時以蔭仕, 微官隨駕在末班, 身困假睡, 似夢非夢, 遽大聲[16)]呼曰: "再不渡漢江!" 擧朝皆驚怪, 上亦驚問曰: "是何聲也?" 遂命招[17)]其人, 近榻前問之曰: "俄者再不渡漢江之聲, 是何聲也?" 僉正遂將前日所聞於麻衣老人者, 詳細一一陳達, 仍曰: "老人之言, 以[18)]已過者觀之, 無毫髮差爽, 今者再不渡漢江之說, 亦必有驗矣." 上聞之, 以爲喜報, 卽超資拜僉知. 未久經理所遣麻將軍貴, 遇倭于忠淸道稷山素沙坪, 以鐵騎突擊破之, 追至于嶺南海邊, 再不渡[19)]漢江之說, 又果驗矣.

---

12) 御: 동양본·일사본·국도본·성균관대본에는 '於'로 잘못 표기.
13) 議: 국도본·고대본·동양본·가람본·일사본에는 '論'으로 필사.
14) 賊: 국도본·고대본·가람본·일사본에는 '敵'으로 표기.
15) 僉正: '僉知'와 '僉正'이 혼용되고 있음.
16) 大聲: 국도본·고대본·가람본에는 '聲大'로 표기.
17) 招: 국도본·고대본·가람본에는 잘못 탈락.
18) 以: 국도본·고대본·가람본에는 탈락.
19) 渡: 국도본·고대본·가람본에는 '到'로 잘못 필사.

호남 무변이 세 시신 장례 지내주는 음덕을 베풀다

호남[1] 땅에 한 무변武弁, 무관이 젊어서 무과에 급제했다. 집이 좀 넉넉해 첫 벼슬은 손에 침 뱉듯 쉽게 얻을 수 있으리라 여겼다. 해마다 가벼운 옷에 살진 말을 타고[2] 다른 말에는 오로지 짐만 가득 싣고 한양으로 올라와서는 부자들과 친분을 맺고 권세 있는 집안과 사귀기도 했다. 그러나 간교한 무리에게 사기를 당하고 떠돌이패에 속아서 헛구멍만 팠을 뿐 성과를 거두지 못했다.

일 년, 이 년, 가산을 조금씩 소모해 논밭까지 팔게 되었다. 사오 년이 지나서는 낭패를 당해 벼슬할 생각을 접고 귀향해서 농사짓는 데 전념하려고도 했다. 그러자 집안사람들이 그를 꾸중하고 마을 사람들도 책

---

1) 호남: 동양본을 제외한 대부분의 이본은 '영남'으로 표기했으나, 제목에 '호무(湖武)'라 쓰여 있고, 작품 말미에 주인공이 자기를 '전라도 모 읍' 출신이라고 소개하고 있으며, 또 '호남'에서 가족을 데려오니, 주인공을 호남 출신으로 보는 것이 맞다.
2) 가벼운 옷에 살찐 말을 타고: '경의비마(輕衣肥馬)'를 번역한 말로, 호사스러운 차림새를 말한다.

망했다. 천금의 재산을 탕진하고도 벼슬 한 자리를 얻지 못했다며 사람들이 그를 비웃고 조롱하니 귀가 따가울 지경이었다.

무변은 한편으로 부끄럽고 또 한편으로는 분통이 터졌다. 그래서 남은 논밭을 모두 팔아 돈 수백 꿰미를 만들어 말에 싣고서 한양으로 떠났다. 벼슬 얻을 계획을 세우되, 이번에도 벼슬을 얻지 못하면 여관에서 늙어 죽을지언정 영원히 집으로 돌아가지 않으리라 스스로 맹세했다.

충청도 경계에 이르러 날이 저물었는데 점사까지 가려면 아직 멀었다. 어디선가 한 조각 먹구름이 일어나더니 순식간에 하늘로 솟아올라 다른 구름에 붙었다. 폭우가 쏟아지고 천둥과 번개가 번갈아 쳤다. 어쩔 줄 몰라 하고 있는데 멀리 수풀 사이에 집 한 채가 어렴풋이 보였다. 말을 달려 그 집 사랑으로 곧바로 들어가서 주인에게 묵고 갈 것을 청하자 주인이 허락했다.

화롯불에 옷을 말리고 짐을 정리했다. 저녁밥을 먹고 나서 주인과 이 이야기 저 이야기를 나누는데 어느덧 밤이 깊었다. 갑자기 먼 곳에서 여인이 슬퍼 우는 소리가 들려왔다. 너무나도 처절한지라 놀라서 주인에게 물었다.

"이게 무슨 통곡소리인가요?"

"몇 년 전, 여기서 한 마장쯤 떨어진 곳에 한 양반 집안이 내려와 살기 시작했지요. 노부부에게 미혼의 아들딸이 있었는데, 너무 가난해 남의 집 날품팔이를 해서 생명을 부지해갔답니다. 며칠 전 갑자기 노부부가 함께 죽고 아들 역시 따라 죽으니 딸 혼자 남게 되었습니다. 친척도 없고 재산도 없으니 시신 세 구를 아직 염습하지도 못했지요. 아까 그 소리는 딸의 통곡소리입니다."

그 말을 들은 무변은 측은한 마음을 누를 수 없었다. 날이 밝아오기를 기다렸다가 그 집을 찾아갔다. 인적이 없어 적막한데 처녀가 안에서 응대했다.

"이리 누추한 집에 누가 찾아오셨습니까?"

이윽고 처녀가 나와서 접대를 했다. 무변이 보니 처녀는 비록 굶주림에 시달리며 슬픈 일을 거듭 치르고 쑥대머리에 얼굴에는 때가 끼었으며 옷은 제 몸을 다 가릴 수 없을 정도였지만 타고난 수려하고 고상한 자태는 감출 수 없었다.

무변은 곡절을 상세히 물어보고는 행장 속 돈을 꺼내 종에게 주며 베와 무명, 관을 사오게 했다. 그리고 시신을 거두어 염습하고서 집 뒷마당에 깊이 묻어주었다. 그러고는 처녀에게 물었다.

"성이 같든 다르든 어딘가에 친척이 있소?"

처녀가 대꾸했다.

"제 외가에 성이 아무이고 이름이 아무인 분이 어느 고을에 살고 계시기는 하지요. 그러나 여자 혼자 몸으로 그곳까지 갈 수가 없답니다. 오늘 대인의 은덕을 입어 부모님의 시신을 매장하게 되었으니 지극한 한을 풀었습니다. 다른 무슨 소원이 있겠습니까? 죽는 일 이외에 다른 길은 없겠지요."

무변이 말했다.

"그렇지 않소이다. 내가 가마와 말을 빌려서 아무개 집으로 보내줄 테니 염려하지 마시오."

무변은 종을 시켜 가마를 사고 말 한 마리를 빌려와서 떠날 준비를 했다. 처녀를 가마에 태우고 자기는 따라 걸어서 아무 고을 아무개 집에 도착했다. 일의 전말을 자세히 이야기해주고는 처녀를 그 집에 맡겼다.

행낭을 살펴보니 돈 십여 꿰미가 남아 있었다. 말을 팔아서 돈 오륙십 냥을 얻었다. 걸어서 산을 넘고 물을 건너 고생고생해서 한양에 도착했다. 여관에 머무르며 전에 친하게 알던 사람들을 찾아다녔다. 그러나 그들조차 그의 빈궁한 꼴을 보고는 무정히 냉대했으니 힘을 써 벼슬을 주선해줄 사람이 있었겠는가?

무변은 활 쏘는 재주가 모자랐고 취재^{取才, 조선시대에 인재를 뽑기 위해 시행한, 과거}도 거론할 경우가 아니었다. 또 그를 끌어줄 연줄도 없으^{이외의 특별 채용 시험}니 검의^{檢擬, 인재를 골라서 관직의 후보자로 추천하는 일}도 기대하기 어려웠다. 다만 사람들을 따라가 병조판서에게 명함만 내밀고³⁾ 한차례 사정을 아뢰어 부탁하고 돌아왔을 뿐이다.

그해를 이같이 보내고 다음해도 이와 다르지 않으니 어느덧 오륙 년이 흘러갔다. 약간 있던 여비는 이미 바닥을 보였다. 먹는 것일랑은 여러 해 동안 주인과 손님의 의리를 내세워 외상으로 먹을 수 있었지만, 의복만은 얻어 입을 수가 없었다. 낙향하고자 해도 돌아갈 면목이 없었고 노잣돈을 마련할 수도 없었다. 누각에 올랐는데 누가 사다리를 치워버린 꼴이라 진퇴유곡에서 빠져나올 도리가 없었다.

다시 한번 더 병조판서를 직접 뵙고 원통한 사정을 아뢰고자 했다. 하지만 병조판서가 때마침 사정이 생겨서 명함을 받아보지도 않으니 손님으로 아뢸 길도 보이지 않았다. 그때 병조판서의 아버지 동지공^{同知公}이 팔순을 넘겼지만 기력이 아직도 왕성해 뒷사랑에 계시다는 소문을 들었다. 무변은 궁지에 몰려 돌아갈 곳도 없어 그 노인과 교제할 계책을 세웠다. 그러나 매우 엄하게 문을 지키고 있고 다니는 길이 서로 어긋나 하루종일 방황했지만 역시 어찌할 수가 없었다.

날이 어두워져 대문 안의 뜰이 고요해지기를 기다렸다. 사람들이 다 사라진 것을 확인하고 나서 번개같이 대문 안으로 들어가 빈 행랑 안에 몸을 숨겼다. 동지공이 거처하는 사랑은 더욱 깊은 곳에 있어 그곳으로 가는 문과 길조차 알아내기가 어려웠다. 사람이 사라진 틈을 엿보아 몰래 살피니 새로 지은 담이 있는데 그리 높아 보이지는 않았다. 이미 화살을 활시위에 걸었으니 쏘지 않을 수 없다고 생각했다. 몸을 날려 담장

---

3) 병조판서에게 명함만 내밀고: 조선시대에 병조판서가 무관의 벼슬 추천을 주도했다.

을 뛰어넘어 들어갔다. 어두운 곳을 힐끗 보니 그곳이 바로 사랑이었다. 촛불 켜진 방안은 밝은데 사람의 소리가 들리지 않아 적막했다. 잠시 후 방문이 열리고 사람 발소리가 들리는 듯했다.

때는 삼경이라 달빛은 마당을 반쯤 비추고 있었다. 무변은 깊고 어두운 곳에 몸을 숨기고 엎드려 살폈다. 얼굴이 번드르르한 백발노인이 지팡이를 짚고 내려와서 마당과 계단 사이를 배회했다. 무변은 그가 동지 공이 틀림없다고 판단하고 별안간 뛰쳐나가 마당가에 엎드렸다. 노인은 뜻밖에 그를 맞닥뜨려 깜짝 놀라서 물었다.

"너는 뭐하는 사람인가? 무슨 까닭으로 이곳까지 왔느냐? 필시 좀도둑 무리로다!"

무변이 모르는 체하며 말했다.

"소인은 전라도 아무 읍에 살며 무과에 급제하고 아직 벼슬길에 오르지 못한 사람 아무개입니다. 과거에 급제한 지 몇 년이 되었는데도 촌록寸祿, 아주 적은 녹봉도 받아보지 못하고 한양을 오가느라 가산만 탕진했습니다. 부모를 섬기고 처자식을 보살피는 것도 뜻대로 되지 않았지요. 고향을 버리고 부모 곁을 떠난 지 벌써 몇 해가 지났습니다. 고향으로 돌아가고 싶은 마음 간절하지만 노잣돈을 마련할 길조차 없었습니다. 객점에서 빌어먹고 있으니 그 어렵고 고달픈 사연을 어찌 다 말할 수 있겠습니까? 가만히 들어보니 대감이 자리에 오르신 뒤로 공도公道를 크게 넓혀 누명을 써서 억울하거나 오래도록 벼슬이 오르지 않은 사람들을 모두 구제해주셨다 했습니다. 소인도 일단 사정이라도 하소연해보려 했습니다만 문을 매우 엄하게 지키고 있으니 명함을 드릴 수도 없어 그걸 가지고 배회한 지가 며칠이나 되었습니다. 사정이 절박한지라 만 번 죽어 마땅할 계획을 세웠습니다. 감히 담을 넘어와 몸을 드러내 보이는 일을 저질렀으니 죽을죄를 지었나이다. 정말 죽을죄를 지었으니 죽이시든지 살리시든지 오직 명을 기다릴 따름입니다!"

노인은 입을 다물지 못하다가 웃으며 말했다.

"자네, 내 아이를 만나보고자 왔구먼. 지금은 이미 밤이 깊어 나갈 수가 없으니 나를 따라오게나."

노인이 다시 방으로 들어가니 무변도 따라 들어갔다. 노인은 전부터 잠이 없어 밤을 보내기를 무척 어려워했다. 사람들은 모두 잠들고 혼자 무료하게 앉아 있던 차 뜻밖에 무변을 만나게 된 것이었다. 노인은 무변의 내력과 가문에 대해 물어보았다. 한바탕 이야기가 끝나자 술과 안주를 대접했다. 어느덧 날이 밝아와 무변은 인사를 하고 물러나려고 말했다.

"종종 와서 모시고 싶지만 출입이 무척 어려워 제 마음같이 할 수는 없겠습니다."

노인이 말했다.

"왜 하필 나가려 하는가? 나는 후미진 뒷방에 있는지라 하루종일 옆에 사람이 없어 적막함을 견디기 어렵다네. 이곳에 작은 방 하나가 있으니 그대는 여기에 며칠 머물면서 소일하는 것이 어떻겠나?"

무변은 속으로는 매우 기뻤지만 짐짓 불안하고 불편해하는 모습을 보였다. 그러자 노인은 더 간곡히 만류했다. 그날부터 무변은 그곳에서 자고 먹었다. 바둑을 두기도 하고 장기도 두었다. 병조판서가 올라왔을 때는 작은 방으로 피해 있게 했다. 밤낮으로 모시고 앉아서 때때로 옛이야기를 들려주기도 했다.

하루는 노인이 물었다.

"자네는 한양과 지방 각지를 분주하게 다녔으니 필시 겪은 일도 많고 보고 들은 것도 많을 테지. 그 이야기를 한번 들어보고 싶네."

그래서 무변은 자기가 과거에 급제하고 나서 벼슬을 얻고자 논밭을 팔았던 일 등을 일일이 자세하게 이야기해주었다. 도중에 시신 세 구를 묻어주고 처녀를 구해준 일은 처음부터 끝까지 상세히 이야기해주었다. 노인은 이야기를 듣고 그를 가상히 여기며 기특해했다.

그뒤로 아침저녁 음식이 전보다 훨씬 좋아졌다. 다음날 병조판서가 올라왔다. 노인이 무변을 불러 예를 올리지 말고 병조판서를 뵙도록 했다. 병조판서도 시신을 묻어준 일을 상세히 물어보고는 무변에게 말했다.

"요사이 내가 몸이 좀 불편해 손님을 만나기가 몹시 어려운 까닭에 명함을 받지 못했다네. 허다한 무변을 문 앞에서 기다리게 할 뿐 품은 뜻을 말할 기회를 주지 못했으니 참으로 불안했겠지. 그대는 초면이어도 구면과 다름없으니 이제부터는 편한 차림으로 나를 만나게나."

무변은 황송해서 감히 그럴 수 없다고 했다.

며칠 뒤 노인이 무변에게 말했다.

"나를 따라오게나."

동헌을 지나 계단을 오르고 복도를 걸어가서는 몇 번 돌아서 어느 방에 이르러 자리를 잡고 앉았다. 무변은 노인의 뜻을 알 수 없어 황당함을 억누를 수 없었다. 갑자기 여종이 문을 열고 말했다.

"주인마님이 나오십니다."

무변은 놀라움과 당혹감을 금치 못했다. 황급히 일어나 뒤로 멈칫멈칫 물러나려 하니 노인이 말했다.

"놀라지 말고 편안히 앉아 있게나."

무변은 더욱 당황했지만 도망칠 수도 없었다. 다만 손을 마주잡고 머리를 수그린 채 몸을 웅크리고 꿇어앉아 있을 뿐이었다.

성대하게 단장한 부인이 문으로 들어와서 무변에게 절을 올렸다. 무변은 더욱더 황공하여 어찌할 바를 몰랐다. 허둥지둥 자리에서 일어나 답례로 절을 했을 뿐 감히 눈을 돌려 쳐다볼 수가 없었다.

부인이 말했다.

"대인께서는 소녀를 모르시겠나요? 대인은 아무 년 아무 군에서 있었던 일을 기억하지 못하시나요? 그때 대인의 은덕을 입어 부모님의 시신을 안장할 수 있었고 소녀의 몸도 선처를 얻었으니 재생再生의 깊은 은혜를 새겨두고 잊지 않았습니다. 그러나 나이가 어리고 마음이 조급해 생각이 두루 미치지 못했습니다. 대인의 거주지와 성함을 알아두지 못한 것이지요. 자나깨나 보답하고픈 생각이 들었지만 계신 곳과 성함을 알 수 없으니 보은의 길이 끊겨 은혜를 저버린 허물이 참으로 컸습니다. 다행히도 하늘의 신령들이 함께 도와 기회를 마련해주셔서 이 기이한 만남이 이루어졌습니다. 은혜에 보답하려는 소원이 조금이나마 이루어졌으니 이제는 죽어도 눈을 감을 수 있겠습니다."

무변이 이 말을 듣고 비로소 깨달았다. 부인은 바로 아무 군의 처녀였던 것이다.

병조판서는 아내를 잃고 몇 해가 지난 뒤 호남에서 아내를 맞았는데 바로 그 처녀였다. 처녀는 시집오고 나서 집안사람들에게 늘 그 일을 이야기했다. 하지만 그 사람이 누구인지 몰라 보답할 길이 없음을 매번 한스러워했던 것이다. 동지공과 병조판서는 그 이야기를 익히 듣고 드높은 의기에 감탄하던 차에 무변의 이야기를 들으니 부절符節처럼 꼭 맞았다. 그래서 그 일을 부인에게 전하고는 나와서 절을 하고 은인을 대접하게 한 것이다.

그로부터 음식과 옷이 매우 풍성해졌다. 담장을 사이로 두고 집 한 채를 사들였다. 무변으로 하여금 호남에서 가족들을 데려와 한집에서 살게 했다. 가산과 노비도 모두 마련해주었다. 마침내 무관에게는 선전관宣傳官을 제수했다.

병조판서도 만나는 사람에게마다 이 이야기를 해주었으니 조정의 재상마다 감탄하고 칭찬하지 않는 이가 없었다. 서로 돌아가며 무변을 추천하니 차차 승진해 벼슬이 아장亞將에까지 이르렀다고 한다.

葬三屍湖武陰德

嶺南一武弁, 少年登科, 家資稍饒, 謂初仕唾手可得, 每年旅遊京洛, 衣輕策肥, 又必滿駄輸來, 以爲結識豪貴, 納交權門之地, 見欺於奸騙之徒, 受詐於流浪之輩, 惟虛實[4]之是鑽, 無實效之可言. 一年二年, 家産漸耗, 斥賣庄[5]土, 四五年之後, 狼貝[6]歸鄉, 方欲斷絶[7]仕宦之念, 專意農作[8]之事, 家人誚之, 鄉里責之, 以爲空破千金之産, 不得一命[9]官, 羣譏衆嘲之, 不勝恥耳. 其武弁一邊羞愧[10], 一邊憤痛[11], 盡將所餘田畓, 賣作數百貫錢, 復駄錢上京, 更爲求仕之計而不得仕, 則寧老旅邸, 永不還家, 自誓於心. 行到忠淸道境, 日色垂暮, 前店尙遠, 而黑雲一片, 自何而起, 頃刻之間, 上天同雲, 暴雨[12]大注, 雷震[13]交作, 政甚罔措之際, 遙見一村庄, 隱映[14]於樹木之間. 遂驅馬尋路, 而往投直入舍廊, 與主人敍話, 仍請寓宿, 主人許之, 遂燎其衣服, 收其行李[15]. 夕飯之後, 仍與主人, 此談彼說, 不覺夜深, 忽聞遠遠地, 有婦人哭聲, 甚悽絶, 驚問主[16]曰: "此何哭聲耶[17]?" 主人曰: "此去一馬場地, 數年前, 有一班來寓, 只有老夫妻及未婚子女在焉. 家計甚貧, 爲人傭賃, 以延性命, 忽於數日前, 其老夫妻皆死, 其子亦爲化去, 只餘一

---

4) 實: 국도본·고대본·가람본·동양본·일사본·성균관대본에는 '寶'로 표기되어 있는데, '寶'가 맞음.

5) 庄: 국도본·고대본·가람본·성균관대본에는 '田'으로 표기.

6) 貝: 다른 이본에는 '狽'로 표기. '狽'가 맞음.

7) 斷絶: 고대본에는 '絶斷'으로 표기.

8) 農作: 동양본에는 '作農'으로 표기.

9) 命: 다른 이본들에는 '命' 다음에 '之'가 들어 있으나, 버클리대본에는 '之'가 '羣譏衆嘲' 다음으로 잘못 옮겨가 있다.

10) 一邊羞愧: 고대본·가람본에는 '羞愧一邊'으로 표기.

11) 一邊憤痛: 고대본·가람본에는 '憤痛一邊'으로 표기.

12) 雨: 고대본에는 잘못 탈락.

13) 震: 고대본에는 '雨'로 표기.

14) 映: 국도본에는 '暎'으로 표기.

15) 李: 동양본에는 '裝'으로 표기.

16) 主: 고대본에는 '人'이 더 나옴.

17) 耶: 고대본·가람본·성균관대본에는 '也'로 표기.

女, 旣無族戚, 且無資産[18], 三尸未殯, 此必是此[19]女子之哭聲也." 武弁聞之, 不勝矜惻, 待天明, 委往其家而訪焉[20]. 寂無人跡, 只有一女子在內應之曰: "如此窮巷, 誰人來訪?" 仍出來接待. 武弁見其女子, 雖飢餓所困, 重以哀慽, 蓬頭垢面, 衣不掩體, 其天生資質之秀麗閑雅, 有不得掩者. 因細探委折, 出自己行裝中錢兩, 使自家奴子[21], 貿布木, 買[22]棺槨, 斂之襲之, 次第深埋於其家後園, 又問其女子曰: "無論同異姓, 或有族戚, 居在某地者乎?" 女子曰: "某之外族, 姓某名某者, 居在[23]某鄕某坊, 而單身女子, 無以就身, 今幸賴大人之恩德, 得埋父母之體, 至恨畢矣. 更何所願? 只有一死之外, 更無他道!"云云. 武弁曰: "不然, 我當貰轎貰馬, 陪送于某家, 願勿慮焉." 遂使其奴, 買轎貰一馬, 治行具, 坐女子于轎中, 自作陪行, 訪某鄕某坊某家, 細[24]說首尾, 付女子于其家. 仍檢其行資, 只餘十餘貫. 乃賣馬得錢五六十兩, 徒步跋涉, 間關上來, 留寓於旅店, 往尋向日新[25]知人, 見其貧窮之狀, 待之皆冷落無情, 誰肯出力周旋? 每當都目, 旣乏調弓之才, 取才非所可論. 又無蟠木之容[26], 檢擬又無可望, 只得隨衆納唦, 一次陳情於兵判而歸. 今年如是, 明年如是, 倏忽之頃, 掩過五六年, 如干盤纏, 已盡罄竭. 食則以多年主客之義, 姑[27]以外上得食, 而至於衣服, 無以得着. 欲爲下去, 而非但無面還鄕, 路費[28]實亦難辦, 眞所謂登樓去梯, 進退維谷, 計無所出.

---

18) 産: 국도본·고대본·가람본·성균관대본에는 '生'으로 표기.
19) 此: 고대본·가람본에는 '此'가 잘못 탈락.
20) 焉: 고대본·가람본에는 '爲'로 잘못 표기.
21) 子: 국도본·고대본·가람본에는 '者'로 표기.
22) 買: 동양본에는 잘못 탈락.
23) 在: 고대본에는 탈락.
24) 細: 고대본에는 탈락.
25) 新: 국도본·고대본·동양본·가람본에는 '親'으로 표기. '親'이 맞음.
26) 蟠木之容(반목지용): 반목은 구불구불해서 쓰임새가 없는 것이지만 옆을 잘 다듬어 쓰이게 한다. 쓰일 수 없는 사람을 좌우에서 잘 추천하여 등용되게 한다는 뜻이다. 『사기』〈추양전 鄒陽傳〉에 나온다.
27) 姑: 성균관대본·가람본에는 '始'로 잘못 표기.
28) 費: 고대본에는 '備'로 잘못 표기.

方欲一番, 往見兵判, 洞陳情寃, 而兵判適有事故, 不見名啣, 客無路通謁²⁹⁾際, 聞兵判之大人同知公, 年過八旬, 氣力尙旺, 方在後舍廊. 武弁窮無所歸, 又生納交於其老人之計, 而門禁至嚴, 蹤³⁰⁾跡岨峿, 盡日彷徨, 亦無奈何. 遂遲待昏後, 門庭少³¹⁾寂, 瞰其無人, 閃入大門之內, 隱身於虛廊之中, 而所謂同知公所處之廊, 尤爲深邃, 門逕亦難的知. 又瞰無人之隙, 窺視則有一垣新築, 不甚高峻, 自念以爲矢在弦頭, 不得不發. 遂拚援而上, 踰越而入, 暗暗地窺覘, 則卽是舍廊, 而房中燭火明熒, 寂無人譁³²⁾. 少焉房門乍啓, 似有人跡聲, 時夜三更, 月色半庭, 厥弁隱身幽暗之處, 狙伏而探視, 則一有³³⁾老人, 韶顔白髮, 扶筇而下, 徘徊於庭砌之間, 厥弁以爲此必是同知公也. 遂瞥地突出, 俯伏於庭畔, 其老人撞見於不意之³⁴⁾中, 喫了一驚, 問: "爾何人, 而何故至此, 必是穿窬之徒也!" 厥弁佯若不知曰³⁵⁾: "小人卽全羅道某邑居, 出身某也. 登科幾年, 未沾³⁶⁾寸祿, 棲屑京鄕, 家産蕩敗, 仰事俯育, 不得如意, 離親棄鄕, 今且幾年, 切³⁷⁾欲還鄕, 而路需無辦備之道, 乞食旅店, 艱楚萬狀, 竊伏聞大監自莅任以來, 大恢公道, 寃屈沈滯者, 擧皆振拔, 小人竊欲一次陳情, 而門禁至嚴, 通刺無路, 抱刺徊³⁸⁾徨, 亦旣屢日矣. 情勢窮迫, 出萬死之計, 敢作踰垣之行, 有此呈身之擧, 死罪死罪, 殺之活之, 唯命是俟."云云. 其老人啞然而笑曰: "君似欲見吾兒而來矣. 第今夜深, 無以出去, 隨我上來也." 遂轉入房, 厥弁亦隨入. 老人自來無眠,

29) 고대본에는 '之'가 더 나옴.
30) 蹤: 고대본·가람본에는 '踪'으로 표기.
31) 少: 동양본에는 '小'로 표기.
32) 譁: 고대본에는 '聲'으로 표기.
33) 一有: 국도본·고대본·동양본·가람본·일사본에는 '有一'로 필사. '有一'이 맞음.
34) 之: 동양본에는 탈락.
35) 曰: 동양본에는 잘못 탈락.
36) 沾: 국도본·고대본·동양본·가람본·일사본·성균관대본에는 '霑'으로 표기.
37) 切: 고대본에는 '窃'로 표기.
38) 徊: 고대본에는 '回'로 잘못 표기.

消夜極難, 人皆就睡, 獨坐無聊之際, 意外見此弁, 遂問其來歷班閥, 話了
一場, 饋以酒肴, 天將明方³⁹⁾欲⁴⁰⁾辭退, 且曰: "切欲⁴¹⁾種種來待, 而出入極
難, 將不得如誠."云云. 其老人曰: "何必出去⁴²⁾? 吾僻在後舍, 終日無人, 不
勝寂寥, 此有挾房, 君須留連此若干日, 以爲消遣之地, 如何?" 厥弁心切⁴³⁾
喜之, 而佯作不安非便之狀, 其老人苦挽之. 自是厥弁, 宿於斯, 食於斯, 或
博焉, 或某⁴⁴⁾焉. 兵判上來之時, 則使之避於挾房, 晝夜侍坐, 或說古談. 一
日其老人問曰: "君奔走京鄕, 必多經歷, 亦多⁴⁵⁾有目覩⁴⁶⁾耳聞者, 願一聞
之." 厥弁遂將自己決科以後, 求仕賣田之事, 一一細述, 且將中路埋三屍及
救處女之事, 從頭至尾, 說了一通, 其老人聽之, 甚娓娓, 頗有異⁴⁷⁾之之意.
自是朝夕饋食之節, 顯勝於前. 其翌兵判上來, 其老人招出武弁, 使之除禮
現謁後, 兵判又將埋屍之事, 詳細詰問, 又謂武弁曰: "近日因身微恙, 接應
頗難, 故果不納刺, 致使⁴⁸⁾許多武弁, 俟候門庭, 有懷莫陳, 極爲不安矣. 君
則可謂一面如舊, 從今以往, 以平服來見我也." 厥弁自稱惶悚不敢. 其後數
日, 其老人謂武弁曰: "第隨我來." 由軒而堦從複道, 回轉數次, 至一房坐
定, 厥弁不曉其意, 惝荒莫定. 忽女婢啓戶曰: "夫人抹樓主出來矣." 厥弁尤
不勝驚惑, 倉黃起身, 逡巡欲退, 其老人曰: "勿爲驚動, 姑爲安坐." 厥弁轉
益疑惶, 而⁴⁹⁾逃遁不得, 只得拱⁵⁰⁾手, 俯首惶蹙危坐. 其夫人盛粧入門⁵¹⁾,

---

39) 明方: 국도본·고대본·가람본에는 '方明'으로 표기.
40) 국도본·고대본·가람본에는 '爲'가 더 나옴.
41) 切欲: 고대본·가람본에는 탈락.
42) 고대본·가람본에는 '耶'가 더 나옴.
43) 切: 동양본에는 '竊', 일사본에는 '㘦'로 표기. '竊' 혹은 '㘦'이 맞음.
44) 某: 고대본·동양본·가람본·일사본에는 '碁'로 표기.
45) 亦多: 국도본·고대본·가람본에는 잘못 탈락.
46) 覩: 동양본에는 '睹'로 표기.
47) 異: 고대본에는 '意'로 잘못 표기.
48) 使: 국도본·고대본·가람본에는 잘못 탈락.
49) 而: 고대본에는 잘못 탈락.
50) 拱: 고대본·가람본에는 '招'로 잘못 표기.
51) 門: 고대본에는 '問'으로 잘못 표기.

向厥弁行拜禮, 厥弁尤極惶恐, 不知所爲, 皇忙起答拜, 唯謹不敢遊目仰視.
夫人曰: "大人不識小女乎? 大人不記某年某郡某事乎? 伊時得蒙大人之
德, 父母身體, 得以安葬, 小女身世, 亦得善處, 恩深再生, 銘佩不忘, 而年
淺心忙, 智慮未周, 未及記其居住姓名矣. 圖報一念[52], 寤寐如結, 而旣不
知姓名居住[53], 報恩無階, 辜負實多. 何幸天神共佑, 事機湊會, 有此奇遇,
庶遂圖報之願, 自今以往, 死可以瞑目矣." 厥弁聞之, 始覺其夫人卽某郡之
處女也. 盖兵判喪配, 去年後, 娶於[54]湖鄕, 卽其處女也. 于歸之後, 常對其
家人, 說此事, 而不知其人[55], 欲報無路, 每以爲恨. 其同知公及兵判, 熟聞
其言, 嗟嘆[56]高義之際, 得聞厥弁之言, 如合符節, 遂以此事, 傳于夫人, 使
之出拜, 待以恩人. 自是其供饋衣服之節, 極爲豊盛. 買一家舍於隔墻之地,
率來武弁之家屬於湖南, 使之入處, 家産及男奴女僕[57], 皆爲辦買, 遂拜厥
弁爲宣傳官. 且兵判逢人輒說, 滿朝宰相, 莫不歎[58]賞, 轉相吹噓. 次次升
轉, 官至亞將云[59].

---

52) 而年淺心忙, 智慮未周, 未及記其居住姓名矣. 圖報一念: 고대본·가람본에는 이 부분이 '而不知其
人' 부분에 나옴.
53) 姓名居住: 동양본에는 '居住姓名'으로 필사.
54) 於: 국도본·고대본·동양본·가람본에는 '于'로 표기.
55) 而不知其人: 고대본·가람본에는 '而其時年淺心忙, 智慮未周, 最恨未及記其居住姓名矣. 圖報一念,
寤寐如結'로 표기.
56) 嘆: 고대본·동양본에는 '歎'으로 표기.
57) 男奴女僕: 동양본에는 '奴僕'으로만 표기.
58) 歎: 국도본·동양본·가람본에는 '嘆'으로 표기.
59) 고대본·가람본·성균관대본에는 '云' 부분에 '福祿並臻 無窮享壽矣'이 더 나옴.

효부에 감동한 장인이 묘석을 세워주다

윤씨 부인은 어떤 벼슬을 한 아무개의 딸로 참판 유한소[1]의 손자며느리가 되었다. 유씨 집안에 시집온 지 얼마 안 되어 과부가 되었는데, 그때 나이가 겨우 열여덟 살이었다. 다른 형제자매나 조카가 없어 혈혈단신이었다. 하루는 문득 이런 생각을 했다.

'시댁 양대兩代의 묘지에 비석도 상석도 없다. 집안일을 주관하는 사람도 없는데 만일 내가 하루아침에 죽게 된다면 부탁할 곳도 없어질 거야. 내가 살아 있을 때 이 일을 하지 못한다면 죽어도 눈을 감지 못하지. 그러나 살림이 바닥난지라 재원을 마련할 길이 없구나.'

마침내 바느질과 길쌈 등 날품을 파는 데 뜻을 두고 부지런히 일했으며 잠시도 생각이 흐트러지지 않았다. 사십 년 동안 푼돈을 모아 돈꾸러미를 만들었고 돈꾸러미가 밭두렁처럼 쌓여 거의 천금에 이르렀다. 그

---

1) 유한소(兪漢蕭, 1718~1796): 1740년 증광문과(增廣文科)에 급제했고 서장관으로 중국에 다녀와서 동부승지, 병조참의(兵曹參議), 형조참판(刑曹參判), 대사헌, 예조참판(禮曹參判)을 역임했다. 함경도 관찰사로 나갔다가 임지에서 별세했다.

러나 일을 주선하는 사람이 없는 것이 걱정이었다.

하루는 고종사촌 동생이자 아무 벼슬을 하는 김 아무개가 찾아왔다. 부인이 이 일에 대해 이야기하자 김이 말했다.

"비석에 새길 글과 글씨는 있습니까?"

"있다네. 비석에 새길 글은 아무 당의 아무개 어르신이 지어주셨고, 글씨는 친척 아무개 삼촌이 써주셔서 받아놓고 기다린 지가 몇 년이나 되었지. 그러나 나에게 맏아들이 없고 양자로 들인 손자도 나이가 어려 일을 잘 알지 못한다네. 여자의 몸으로 의탁할 다른 사람이 없는 것을 한스럽게 여기고 있다네. 오라비 집안에는 틀림없이 사람이 있겠지? 나를 위해 이 일을 성사시켜줄 수 없겠는가?"

김 아무개는 그 정성에 감동했다.

"누이의 효성이 사람을 감동하게 하네요. 제가 모든 힘을 다해 도와드리겠습니다. 우리 집안에 아무개 주부主簿라는 사람이 있습니다. 평소 이런 일에 익숙하고 사람됨이 부지런하고 착실해 일을 맡길 수 있을 겁니다. 그에게 일을 도맡긴다면 제가 직접 검사하는 것보다 조금도 못하지 않을 겁니다."

"그렇다면 정말 좋지. 모름지기 나를 위해 힘써 부탁해주게나."

김 아무개는 집으로 돌아가자마자 그 사람을 불러놓고 술을 권하면서 자세히 말했다.

"내 간절한 일이 있어 자네에게 번거로운 부탁을 하고자 하니 들어주겠나?"

그 사람이 말했다.

"들어줄 만한 일을 어찌 감히 사양하겠습니까?"

"나에게 일찍 홀로 된 외종사촌 누이가 계시네. 참판 유 아무개 어른의 손자며느리일세. 시댁이 몹시 가난해 조상의 무덤 여러 곳에 상석과 묘비를 세울 여유가 없었다네. 또 일을 주관할 자손도 없으니 누이가 그걸 한스럽게 여기셨지. 누이는 바느질삯을 모아 이제 큰일을 할 수 있게 되었지만 일을 맡길 만한 사람이 없어 걱정하고 계신다네. 나에게 이 같은 말을 하기에 내 그 효성에 감동해 자네에게 간청하는 것이라네. 자네가 내 일이라고 여기고 착실히 감독해서 그 아름다운 일을 성사시켜주겠나?"

그 사람은 말을 다 듣고서 몇 차례 탄식하더니 말없이 눈물을 흘렸다. 김 아무개가 이상히 여겨 까닭을 물으니 눈물을 거두며 대답했다.

"저희 집안은 유씨 댁에 결코 잊어서는 안 될 은혜를 입었습니다. 유 참판께서 관북 관찰사로 계실 때 제 선친이 막하幕下에 있었지요. 아버지는 갑자기 돌림병에 걸려 일어나시지 못하게 되었습니다. 병이 들었을 때부터 유참판께서는 거리낌없이 자주 살펴봐주시고 약이 되는 음식 등도 직접 관리하셨습니다. 마침내 다시는 살아날 수 없는 지경에 이르자 염습을 하고 이불을 덮어 입관하기까지 몸소 점검해 단속하시기를 극진히 하셨습니다. 그러다 결국 당신도 전염되어 돌아가시게 됐으니 세상에 어찌 이 같은 은인이 또 있겠습니까? 감동이 저승과 이승에 맺혀 마음속 깊이 새겨두고 언제나 이 집안을 위해 온 힘을 다 바쳐 은혜의 만분의 일이나마 보답하고자 했습니다. 하지만 그 집안 자손들이 몰락해 소재지를 알 수가 없었습니다. 방금 말씀을 들으니 다시금 슬퍼져 저도 모르게 눈물을 흘렸습니다. 저는 이 집안의 일을 위해서라면 물불에 뛰어드는 것도 피하지 않을 텐데, 하물며 이처럼 작은 일에 어찌 온 힘을 다하지 않겠습니까?"

김 아무개가 말했다.

"일이 맞아떨어진 것이 정말 우연이 아닐세. 이제 내 누이가 평생의 소원을 이루게 되었고 자네 역시 보은의 길을 얻었네. 이건 하늘이 이리 되도록 시킨 게야. 반드시 그 집으로 가서 내 말을 내간內間에 전하고 선대의 일 역시 상세하게 말해주게나. 그리고 온 힘을 다해 보살펴 일을 성사시켜주게."

그 사람이 그렇게 하겠다고 대답하고 즉시 그 집으로 가서 양손자 유씨를 만났다. 그리고 은혜를 입고 잊지 못한 일을 말하고 또 김 아무개의 말을 전했다. 부인도 듣고는 무척 기뻐하며 말했다.

"일이 매우 기이하니 어찌 하늘의 뜻이 아니겠어요?"

마침내 그에게 비석 세우는 일을 모두 맡겼다. 그 사람은 한편으로 보은의 중요성을 생각하고 다른 한편으로는 정성스러운 효성의 간절함에 감동해 자기 일처럼 여겼다. 말을 빌리는 돈과 노자를 스스로 마련해 왕래하고 객지에 묵기도 하면서 정성과 힘을 다해서 처음부터 끝까지 검사하고 감독했다.

또 모든 장인에게 부인이 빈손으로 집안을 꾸려온 정성에 대해 이야기해주었다.

"이런 효부는 옛날에도 보기 드물었을 것이네. 이런 사연을 듣고 감동하지 않을 사람이 어디 있겠는가? 자네들도 떳떳한 마음을 지녔다면 어찌 감동하는 뜻이 없겠는가? 보통 하는 일처럼 여기지 말고 모름지기 도와준다는 뜻으로 제반 공사 비용을 절반으로 해주게나."

장인들도 역시 감동한 얼굴로 감탄하며 말했다.

"말씀이 참으로 옳습니다. 소인들이 효부 집안의 일에 어찌 돈의 많고 적음을 논하겠습니까? 모두 반값만 받겠습니다."

마침내 두 무덤 앞에 비석을 세우고 세 무덤 앞에는 상석을 설치했다. 그러자 부인이 말했다.

"오십 년 소원이 오늘 아침에야 비로소 이루어졌습니다. 이제는 죽어서 눈을 감을 수 있겠습니다."

그로부터 몇 년 뒤, 부인의 손자가 점점 자라 젊은 나이에 급제했으니 바로 유진오俞鎭五다. 부인도 병 없이 그 영화로움을 보게 되었다. 이는 부인의 지극한 효성이 하늘을 감동시켜 이룬 경사라 하겠다.

立墓石工[2]匠感孝婦

尹氏夫人, 某官某之女, 而兪叅判漢蕭之孫婦也. 歸兪氏, 未幾爲寡, 年
纔二九, 無他同氣及諸侄, 只子子單身[3]. 一日忽自度曰: '舅家兩代, 諸山墓
表床石俱不備, 而家事無主管之人, 吾若一朝溘然, 則付托無處, 苟不能逮
此不死而爲之, 則死亦目不瞑矣. 然家計剝落, 辦財無路.' 遂刻意於針線紡
績之賃, 孜孜勤勤, 一念不懈, 垂四十年, 積累分錢, 聚貫成緡, 聚緡成陌,
至于今 幾[4]爲[5]千金, 而憂其幹事之無人. 一日其内從娚某官金某來見, 夫
人遂語以此事. 金曰: "有文與筆乎?" 夫人曰[6]: "有之. 文則某黨某丈撰之,
筆則某親某叔書之, 受置以待, 亦多年月, 而吾無長子, 螟孫年幼, 未解事,
我一婦人, 又無外人之可託[7]者, 方以是茹恨, 君家門下, 想必有人矣, 能爲
我成此事否?" 金某欽感其誠曰: "姊氏誠孝, 令人感激[8], 敢不極力助之? 吾
家有一人焉, 稱某主簿者, 素嫺於此等事, 且爲人勤實, 可任此等事, 若使
此人董役, 則少不減於吾之躬檢也." 夫人曰: "然則甚好, 須爲我勤託也[9]."
金某歸家, 卽地招來, 飮以數盃酒, 細說曰: "吾有緊切事, 方欲仰煩於君,
君其肯從否?" 其人曰: "如可聽者, 安敢逃辭?" 金某曰: "吾有早媚外從姊,
兪叅判某丈之孫婦也. 其舅家貧甚, 先山諸處, 床石表碣, 皆未遑焉. 且無
子孫之可主張者, 夫人以是爲至恨, 積儲針線之賃, 經營大事, 而方嘆[10]無
可任事[11]者, 爲言於我, 我感其誠孝[12], 轉懇於君, 君能視以吾事, 着實董

---

2) 工: 동양본에는 '共'으로 잘못 표기.
3) 身: 고대본에는 탈락.
4) 幾: 국도본·고대본·가람본·성균관대본에는 탈락.
5) 爲: 동양본에는 탈락.
6) 曰: 국도본에는 잘못 탈락.
7) 託: 국도본·고대본·동양본·가람본에는 '托'으로 표기.
8) 感激: 고대본·동양본·가람본·일사본에는 '激感'으로 잘못 표기.
9) 也: 동양본에는 탈락.
10) 嘆: 고대본·동양본에는 '歎'으로 표기.
11) 事: 국도본·고대본·가람본에는 잘못 탈락.
12) 誠孝: 동양본에는 '孝誠'으로 표기.

役, 以成其美否?" 其人聽訖, 噓唏數聲, 涕流13)潸潸. 金某怪問之, 其人卽
收淚而對曰: "吾家於兪宅, 果有難忘之恩, 兪叅判之按節關北也. 吾之先
親, 曾居幕任, 忽得染疾, 仍不復起. 自始病之時, 兪叅判, 不顧忌諱, 頻頻
審視, 藥餌之節, 亦爲察飭, 及至不救, 襲斂衣衾, 以至入棺, 親檢飭, 靡不
用極, 畢竟轉14)染, 至於捐館, 世豈有如此恩人乎? 感結幽明, 銘在心肝, 每
欲爲此家, 效力以圖萬一之報, 而其家子孫零替, 不知15)在16)何處, 今聞此
言, 悲感如新, 不覺涕零, 吾於此家事, 雖當水火, 亦固不避, 況如此微細17)
事, 寧不盡力?" 金某曰: "事之輳合, 誠不偶然. 今則吾姊可遂平生之願, 君
亦得報恩之路, 此天使之然也. 須往其家, 以吾言, 通於內間, 先世事亦詳
言之, 極力看檢, 以成其事." 其人曰: "諾", 卽往其家, 尋見兪兒, 言其受恩
不忘18)事, 且傳金班之言19), 夫人聞之, 亦爲欣然曰: "事甚奇異, 豈非天
哉?" 遂以立石事, 一以委之. 其人一以思報恩之重, 一以感誠孝之切, 認同
渠事, 馬貰行資, 幷皆自辦, 往來留連, 殫竭誠力, 自初至終, 極意檢督. 且
語諸工匠等, 以夫人赤手經紀之誠曰: "如此孝婦, 前古罕睹20), 苟21)聞此
言, 人孰不感? 汝等亦具彜心, 豈無激勸22)之意乎? 不可視同尋常, 須以扶
助之意, 諸般工價, 一幷折半可也." 工匠等, 亦無不動容, 欽嘆23)曰: "所言

<hr>

13) 流: 국도본·가람본·성균관대본에는 '淚'로 표기.
14) 轉: 고대본·성균관대본에는 '傳'으로 표기.
15) 知: 고대본·성균관대본에는 '至'로 잘못 표기.
16) 在: 고대본·가람본·성균관대본에는 탈락.
17) 微細: 동양본에는 '細微'로 나옴.
18) 고대본·가람본·성균관대본에는 '之'가 더 나옴.
19) 言: 동양본에는 '人'으로 잘못 표기.
20) 睹: 고대본에는 '覩'로, 가람본에는 '賭'로 표기.
21) 苟: 동양본에는 탈락.
22) 勸: 고대본·가람본에는 '動'으로 표기.
23) 嘆: 고대본·동양본에는 '歎'으로 표기.

誠是, 小人等於孝婦家事[24], 豈可論價文之多少乎? 皆受半價[25]." 遂堅[26] 表石於二墓, 設床石於三墓, 夫人乃曰: "五十年志願, 今朝始遂, 從此死可 瞑目矣." 其後幾年, 其孫漸長, 少年登科, 兪鎭五也. 夫人尙無恙, 及見其榮 華, 此由夫人誠孝感天, 以致吉慶也.

24) 事: 동양본에는 '事'가 잘못 탈락.
25) 價: 고대본·가람본·성균관대본에는 '額'으로 표기.
26) 堅: 동양본에는 '立', 가람본·일사본·성균관대본에는 '竪'로 표기.

지사가 어리석은 아이 말을 듣고 명당을 정하다

옛날 어떤 선비가 있었다. 친지 중에 풍수를 잘 아는 사람이 있었는데 몹시 가난해서 오랫동안 선비에게 의지해 생계를 이어왔다. 선비가 병이 들어 곧 죽을 지경에 이르자 아들들에게 말했다.

"내가 죽고 나서 아무개를 찾아가 묏자리를 구해달라 하면 반드시 나를 위해 명당을 골라줄 게다."

이 말을 마치고 죽었다. 성복成服하는 날 형제 셋이 의논했다.

"아버지가 남기신 말씀이 이와 같으니 가서 간청해보자."

맏상제가 말과 안장을 갖춰 아무개에게 갔다. 아버지의 말씀을 전하고는 함께 가서 묏자리를 구하자고 청했다. 아무개는 평소 사귀어온 정분을 이야기하며 말했다.

"이렇게 와서 청하지 않더라도 내 이미 자네 아버지 초상 소식을 들었으니 어찌 가서 묏자리를 구해주지 않을 수 있겠나? 그러나 오늘은 사정이 있어 몸을 일으킬 수가 없네. 내일 내가 혼자 가보겠네."

맏상제가 그 말을 믿고 돌아갔다. 다음날 아침부터 기다렸으나 저녁이 되도록 오지 않았다. 다음날 동생을 시켜서 말을 타고 가보게 하니 아무개의 말은 전과 같았다. 내일은 반드시 가겠다고 해서 하는 수 없이 허탕 치고 돌아와서 다음날을 기다렸다. 그러나 또 전날과 같이 오지 않았다. 다음날 막냇동생이 가서 청해도 아무개는 전날과 같이 끝내 오지 않았다. 이에 삼 형제는 분통을 터뜨리고 욕설을 하며 말했다.

"그 사람의 뼈는 그의 아버지가 만들어주었지만 살은 우리집에서 붙여준 것이다. 천하에 이같이 의리 없고 막돼먹은 인간이 어디 있을까! 이제는 더이상 청하지 말자. 다른 지사地師, 풍수설에 따라 좋은 집터나 묏자리를 찾아주는 사람를 구하는 길 말고는 달리 방법이 없겠다."

이런 말들을 주고받았다.

집에는 나이가 겨우 열대여섯 살 정도 된 종이 있었다. 성품이 어리석고 게을러 그에게는 어떤 일도 맡기지 않았다. 아침저녁으로 주인이 먹고 남은 밥을 먹고 계절에 맞는 옷도 입지 못했다. 밤에는 방에 들어가 자는 것도 허락받지 못해 매일 부뚜막 옆에서 잠을 잤다. 남루하고 혐오스러워 사람으로 쳐주지도 않았다. 때마침 마루 아래에 있다가 주인 형제들이 지사를 욕하는 말을 듣고는 자청하며 말했다.

"소인이 가서 모셔 오겠습니다."

주인이 버럭 화를 내며 크게 꾸짖었다.

"우리 세 사람이 연이어 가서 간곡히 청해도 오지 않은 사람인데, 네가 어찌 청해서 오게 할 수 있단 말이냐!"

다른 종을 시켜 그를 쫓아내니 그 종이 말했다.

"그렇지만 소인이 가면 반드시 청할 수 있습니다."

누누이 간청하니 막냇동생이 말했다.

"저 종이 가서 청을 한다면 그 사람도 욕을 보게 되는 셈입니다. 시험 삼아 보내서 결과를 살펴본다 해서 문제될 게 있겠습니까?"

그러자 형들도 허락했다.

종은 작은 쇠를 갈아 뾰쪽한 칼을 만들어서는 항상 주머니 속에 넣고 다녔다. 종은 안장을 올린 말을 끌고서 떠났다. 아무개 집 문에다 말을 매어두고 문 안으로 들어가 불렀다.

"생원님 계십니까?"

"어디서 왔는가?"

"모 댁에서 왔습죠."

아무개가 그 말을 듣고 생김새를 살펴보니 전날 모 선비 댁에서 익히 보던 종이었다. 이어서 물었다.

"무엇 때문에 왔는가?"

"생원님께 청을 하러 왔습죠."

아무개가 크게 화를 내며 말했다.

"네 주인이 안 오고 네가 와서 나에게 청을 한단 말인가? 난 절대 갈 수 없다!"

종이 계단 위로 올라가서 청했다.

"제발 가십시다."

아무개가 더욱 심하게 욕을 했다. 종이 가자고 거듭 청하다가 갑자기 방안으로 들어가서 또 여러 차례 청을 했다. 그래도 아무개는 움직이지 않았다.

종이 돌연 앞으로 나아가 아무개를 발로 차 넘어뜨렸다. 가슴팍에 걸 터앉아서는 왼손으로 아무개의 목을 누르고 오른손으로는 주머니칼을 꺼내 찌르는 시늉을 하며 크게 꾸짖었다.

"너의 살가죽과 뼈는 네 부모가 주신 것이라 할지라도 살은 모두 우 리 주인댁이 붙여준 것이다. 배은망덕이 어찌 이와 같을 수 있느냐? 너 같은 놈은 죽여도 아까울 것 없다!"

아무개는 일어나보려 했지만 무겁기가 태산 같아 움직일 수 없었다. 몹시 두렵고 겁이 나서 억지웃음을 지으며 말했다.

"자네 정성이 이와 같으니 내 어찌 안 가보겠는가? 가세, 가세"

종이 일어나 칼을 주머니에 집어넣었다. 그러고는 말을 끌고 와서 어서 가자고 했다. 아무개는 마지못해 말에 올랐다. 길가에 장사지내는 사람이 있었는데 종이 아무개에게 물었다.

"저 묘지는 어떻습니까?"

아무개가 말했다.

"쓸 만하다."

종이 말했다.

"생원님은 뭘 안단 말입니까? 묏자리로는 비록 좋지만, 지금 조상의 묘 윗자리에 자손의 묘를 쓰고 있으니 흉하기 그지없습니다. 어찌 가서 그걸 말해주지 않습니까?"

"네가 그걸 어찌 아는가?"

"일단 가보면 알 수 있습니다. 이는 집안의 큰일이니 어서 가서 구해준다면, 그 또한 좋은 일 아니겠습니까?"

그러고는 말을 몰아 산으로 향했다. 아무개는 종에게 이미 겁을 먹었는지라 마지못해 산으로 올라가 상주에게 조문을 했다. 하지만 조상의 묘 윗자리에 자손의 묘를 쓰고 있다는 말만은 차마 할 수가 없었다. 옆에 있던 종이 말을 하라고 계속 채근했다. 그때는 천회天灰, 관 위를 다지는 석회를 벌써 절반이나 쌓고 있었다.

아무개가 하는 수 없이 말을 하니 상주는 크게 놀라며 반신반의했다. 아무개가 힘주어 말하니 그제야 함께 무덤 조성지로 가서 석회를 걷어내고 횡대橫帶, 관 위를 덮는 것를 열어보았다. 과연 위아래가 거꾸로 되어 있었다. 즉시 다른 금정[1]을 내려 새 무덤구덩이를 파서 장사지내게 했다. 떠

---

1) 금정(金井): 무덤을 만들 때, 구덩이의 길이와 너비를 재기 위해 쓰는 틀. 나무로 만들며, 모양은 '정(井)' 자다. 땅바닥에 놓고 그 안으로 땅을 파서 구덩이를 만든다.

나려 하니 상주가 은덕에 크게 감사하며 한사코 붙잡았다. 아무개는 갈 길이 매우 바빠 머물 수 없다며 하산했다. 집에서 십 리쯤 떨어진 곳에 이르러서 종이 말했다.

"장지는 어느 곳에다 정하려 합니까?"

"자네 집 뒤쪽이 쓸 만하지."

"절대 안 됩니다. 집 앞에 큰 연못이 있습니다. 그 연못 안에 있는 작은 섬으로 정하는 게 좋습니다."

"연못의 물은 어떡할 텐가?"

"아무튼 그곳으로 정하세요."

아무개는 집으로 들어가 곡을 하고는 종의 말에 따라 연못 안 섬을 묘지로 정했다. 상제들은 매우 놀랐다. 아무개도 마음속으로는 무척 당황하고 겁도 나서 종을 데리고 병풍이 쳐진 곳으로 가서 말했다.

"네 말에 따라 연못 가운데에다 장지를 정하긴 했지만, 연못 물이 저같이 많은데 어찌 장사지낼 수 있겠는가?"

종이 대답했다.

"걱정 마세요, 걱정 마세요."

장사 치를 날을 정했다. 장사 치를 날이 다가오자 아무개는 한밤중에 몰래 나가서 살펴보았다. 연못이 갑자기 말라서 물이 한 방울도 남아 있지 않았다. 아무개는 크게 놀라며 이상하게 여겼다. 마침내 못가를 깎고 메워서 평지로 만드니 형세가 과연 좋아졌다. 하관을 마친 날 밤에 종이 아무개에게 말했다.

"주인댁에서 반드시 후한 폐백을 줄 것인데 일절 받지 말고, 대신 나를 달라고 청해서 데리고 가는 게 좋겠어요."

다음날 주인은 과연 선물을 후하게 주었지만, 아무개는 모두 받지 않고 그 종을 달라고만 했다. 주인은 일을 하지 않는 종을 처리하기 어려웠는데 마침 그 말을 듣고는 기꺼이 허락했다.

이리하여 아무개는 종을 데리고 돌아갔다. 종이 아무개에게 말했다.

"이제부터 남에게 장지를 정해줄 때는 반드시 나와 함께 가요. 내가 말을 채찍질하다 갑자기 발을 멈추게 하는 곳에 무덤 자리를 정하도록 하세요."

아무개는 그 말에 따랐다. 가는 곳마다 종의 말대로 하니 얼마 지나지 않아 큰 복이 찾아왔다. 그로 인해 얻은 수입도 많은지라 십 년이 지나서 큰 부자가 되었다.

하루는 종이 갑작스럽게 작별을 고했다. 아무개가 깜짝 놀라며 말했다.

"네가 우리집에 온 지 십 년이나 되었다. 정이 매우 두터워졌는데, 오늘 이렇게 이유도 말하지 않고 떠나간다니 무슨 까닭이냐?"

종이 말했다.

"지금은 갈 곳이 있어 더이상 여기에 머물러 있을 수 없어요. 생원님이 죽기 전에 다시 와서 장지를 정해드리겠습니다."

그러고는 작별하고 떠났다. 몇 년 후, 문득 다시 찾아와 말했다.

"생원님 죽을 날이 얼마 남지 않아 생원님의 장지를 정해드리러 왔습니다."

그러고는 아무개와 함께 멀지 않은 곳으로 가서 사방의 산을 가리키며 말했다.

"이쪽은 청룡靑龍, 주산(主山)에서 왼쪽으로 갈라져나간 산맥이 되고, 저쪽은 백호白虎, 주산에서 오른쪽으로 뻗어나간 산맥가 됩니다. 저곳은 안산案山, 집터나 묏자리 맞은편에 있는 산이 되니 모 방향으로 좌향坐向, 집터나 묏자리 등을 등진 쪽에서 앞으로 바라보이는 방향하세요."

"이곳을 쓰면 어떻게 되는가?"

"아들 셋이 나올 것인데 틀림없이 대단히 귀하게 될 것입니다."

또 앞산의 한곳을 정해 부인의 묘지로 삼게 하며 말했다.

"이곳을 쓰면 선물을 많이 받아 잘살아갈 수 있을 것입니다."

그러고는 떠나갔다.

아무개 집에는 나이 어린 여종이 있었다. 여종은 어머니가 돌아가시자 권조權厝, 좋은 묘지를 구할 때까지 임시로 장사를 지내는 것만 해두었다. 여러 해 동안 재물을 모아서는 그 종이 오기를 기다려 명당을 얻으려는 생각에서였다. 주인과 종이 함께 가서 묏자리를 잡으려고 산을 살필 때 여종은 나물 광주리를 들고 몰래 뒤따라가서 수풀 사이에 숨어 종이 가리키는 곳들을 일일이 기억해두었다. 그러고 나서 다른 곳에 사는 친척 서너 사람을 불러와 준비해둔 돈 오십 냥을 주고 석회와 식량을 급히 마련해오게 했다. 어머니의 시신을 무덤에서 파내 종이 점쳐준 곳에다 이장하고 즉시 도망쳐버렸다.

여종은 자기가 노비이기에 귀한 자식을 낳을 수 없으니 반드시 양반 집에서 배우자를 얻어야 한다고 생각했다. 마침내 어떤 곳으로 가서 남의집살이를 했다. 나이가 들어 주인이 그녀를 시집보내고자 하니 그녀가 말했다.

"저는 비록 지금은 천하나 본디 양반이었으니 상민과는 혼인할 수 없습니다. 양반 가문에 시집가기를 원합니다."

때마침 이웃에 향반鄕班, 시골에 살면서 여러 대 동안 벼슬을 못하던 양반인 홍총각이 나이 삼십이 되어도 장가를 들지 못하고 있었다. 주인이 홍총각에게 말했다.

"자네 아내를 얻고 싶은가? 나에게 수양딸이 있네."

이리하여 여종과 짝을 지어주었다. 여종이 아들 셋을 낳자 남편 홍에게 서울로 올라가서 살자고 했다. 홍이 물었다.

"아는 사람 하나 없는 서울에서 어떻게 살아간단 말이오?"

"그렇긴 해도 하늘은 녹 없는 사람을 낳지 않는 법이니[2] 생계를 꾸려갈 길이야 어찌 없겠어요?"

마침내 가족을 이끌고 상경해 온갖 일을 다 하면서 생계를 꾸려갔다.

어느덧 수십 년이 지나 세 명의 아들이 차례로 과거에 급제해 집안이 부귀해졌다.

어느 날, 밤이 깊어지자 어머니는 종들을 모두 물러나게 하고 세 아들을 불러서 집안 내력을 일러주었다.

"나는 모처 아무개 양반의 종이었단다. 너희는 비록 귀하게 되었지만 모름지기 옛 주인의 은혜를 잊어서는 안 되느니라."

이날 밤 도둑이 집안에 들어와 주인이 잠들기를 기다리며 창밖에서 귀를 기울이고 있었다. 마침 이 말을 듣고서 도둑은 생각했다.

'자잘한 물건을 훔쳐가는 것보다 차라리 옛 주인집에 알리는 게 낫겠다. 추노推奴, 도망간 종을 찾아오는 일를 하게 하여 소득의 절반을 얻어먹자.'

드디어 아무개 양반 집을 찾아가서 일일이 상세하게 이야기해주고는 말했다.

"곧바로 추노를 하신다면 필시 죽임을 당하기 쉽습니다. 우선은 노주奴主의 말을 발설하지 마시고 친척의 의리로 가서 보시다가 동정을 잘 살피고 나서 말씀하십시오."

주인은 그 말에 따라 여종의 집을 찾아가서는 친척이라 하고 그 집 주인 어머니 뵙기를 청했다. 그녀는 첫눈에 옛 주인의 아들을 알아보았다. 짐짓 기뻐하는 체하며 곧바로 불러 말했다.

"우리 오라버니, 그동안 어디 계시다가 오시는 겁니까?"

그러고는 후하게 대접하고 아들들을 불러서 절을 올리도록 했다. 며칠 머물게 하고 물건들을 푸짐하게 주어 보냈다.

애당초 아무개가 죽고 그 아들들이 종이 점지해준 곳에다 매장하려 했지만, 어떤 사람이 먼저 매장을 하고 봉분을 우뚝 세워놓았기에 어쩔

---

2) 하늘은 녹(祿)~않는 법이니: 『명심보감』에 "하늘은 녹 없는 사람을 내지 않고, 땅은 이름 없는 풀을 기르지 않는다(天不生無祿之人, 地不長無名之草)"는 구절이 있다.

수 없이 점지해준 앞산에다 장사를 지낸 것이었다. 그뒤 그 아들들은 부
귀해진 여종의 집에 의탁해 평생을 보냈다 한다.

定佳城地師聽痴[3]僮

昔有某士有親知, 能風水, 而家甚貧窮, 資賴於某士也多年. 一日, 某士
病將死, 謂其子曰: "我死之後, 往見某也, 懇請求山, 則必爲我擇吉地." 言
訖而死. 成服之日, 兄弟三人, 相與議曰: "父親遺托[4]如此, 盍往求之?" 第
一喪人, 遂具鞍馬, 往見某也, 傳其父言, 請往求山, 則某也說其平日情誼,
仍曰: "雖不來請, 旣聞汝父之喪, 吾豈不往求山地乎? 雖然今日, 則有故,
無以起身, 明當自往." 其喪人信之而還. 翌日自朝企待, 而至暮不來. 明日
又使其弟, 輔[5]馬而往, 某也之言, 一如前[6]日, 謂於明日當往, 不得已虛還,
其翌待之, 又如前日, 而又不來, 其明又使季弟往請焉, 某也之言, 又如前
日, 而竟不來. 於是兄弟三人, 憤嘆[7]罵辱[8]曰: "渠之骨, 雖渠父作之, 渠之
肉, 吾家之所傳也. 天下安有如許無義無狀之人[9]? 今不可復請, 別求地師
之外, 更無術矣." 酬酢之際, 家有一僮, 年纔十五六, 愚騃惛懶, 全不任事,
朝夕食主人之餘, 衣不以時, 而夜不許入房, 每就竈口而宿[10], 襤褸[11]龍鍾,
不以人類數之. 適在堂下, 聞主人兄弟憤罵地師之言, 自請曰: "小人請往邀

---

3) 痴: 국도본·고대본·동양본·가람본·일사본에는 '癡'로 표기.
4) 托: 동양본에는 '託'으로 표기.
5) 輔: 고대본·성균관대본에는 '備'로 표기.
6) 如前: 국도본에는 '前如'로 잘못 표기.
7) 嘆: 고대본·동양본에는 '歎'으로 표기.
8) 辱: 국도본·고대본·가람본에는 잘못 탈락.
9) '乎'가 들어가야 함.
10) 宿: 성균관대본에는 '居'로 표기.
11) 襤褸: 동양본에는 '藍縷'로 잘못 표기.

來矣." 主人發怒大叱曰: "吾輩三人, 連往委[12]請而不來者, 爾安得請來!" 使他奴逐出之, 厥童曰: "雖然小人往, 則當請來." 屢言懇請, 其[13]季弟曰: "若使彼僮[14]往請, 則於彼亦爲辱矣. 試送觀之, 亦何妨乎?" 其兄許之. 厥僮[15]常磨一[16]小鐵, 作一尖刀, 藏置囊中, 遂輜[17]馬牽去. 繫馬於某也之門, 入門呼之曰: "生員主在乎?" 某也問曰: "汝自何來?" 答曰: "自某宅來也." 聞其言而觀其貌, 則卽前日某士家中熟見之僮也. 仍問曰: "何爲來也?"曰: "請生員主而來矣." 某也大怒曰: "汝主不來而汝來請我乎? 吾不得往矣!" 厥僮升階[18]上, 請曰: "請往[19]矣." 某也高聲大叱, [20]仍罵辱喪主. 厥僮聽若不聞, 又升廳上曰: "請生員主往矣." 某也又加叱辱, 厥僮[21]又再三請行. 仍又倐入房中, 又請行數三, 某也終不動. 厥僮突然前進, 踢倒某也, 據胸膛而坐, 左手扼某也之[22]喉, 右手抽囊中之刀, 擬刺而大罵曰: "汝之皮骨, 雖汝父母之所生, 汝之肌膚, 皆吾宅之所傳, 汝何忍背恩若是乎? 如此之漢, 殺之何惜?" 某也欲起, 而重如太山, 動他不得, 大生懼怵[23], 仍作强笑曰: "汝之情[24]誠如此, 吾安[25]不往? 往矣往矣." 厥僮[26]乃起, 藏刀於囊[27], 牽馬

---

12) 委: 국도본·고대본·동양본·가람본·일사본에는 '屢'로 표기. '屢'가 맞음.
13) 其: 동양본에는 탈락.
14) 僮: 고대본·가람본·성균관대본에는 '童'으로 표기.
15) 僮: 고대본·가람본·성균관대본에는 '童'으로 표기.
16) 一: 동양본에는 탈락.
17) 輜: 고대본·성균관대본에는 '備'로 나옴.
18) 階: 동양본에는 '堦'로 표기.
19) 往: 동양본에는 '來'가 더 나옴.
20) 동양본에는 '曰'이 더 나옴. 잘못 덧붙여졌음.
21) 僮: 고대본에는 '童'으로 표기.
22) 之: 고대본·가람본에는 잘못 탈락.
23) 怵: 고대본에는 '劫'으로 표기.
24) 情: 다른 이본에는 '精'으로 표기. '精'이 맞음.
25) '敢'이 들어가야 함.
26) 僮: 고대본에는 '童'으로 표기.
27) 국도본·고대본·동양본·가람본·성균관대본에는 '中'이 더 나옴. '中'이 들어가야 함.

而來, 請速行, 某也不得已騎來. 路傍見有[28]葬人[29]者, 厥僮謂某也曰: "彼所葬山地何如?" 某也曰: "可用矣." 厥僮曰: "生員有何所知[30]乎? 山地則雖好, 今則倒葬, 凶莫大焉, 何不往見而言之乎[31]?" 某也曰: "汝何以知之?" 曰: "第往觀之, 則可知[32]矣. 此人家大事, 速往救之, 不亦一善事乎?" 仍驅馬向山, 某也旣慴於厥僮, 遂不得已上去, 弔其喪主, 不忍發倒葬之說, 厥僮在傍, 連促發言. 其時築天灰, 已過半矣. 某也不得已言之, 喪主大驚, 將信將疑, 某也力言之, 遂偕往役處, 撤其天灰, 啓其橫帶而見之, 則果然上下倒置. 卽敎以下一金井, 開新壙以葬而去, 其喪主大致感德, 苦挽之, 某也曰: "吾行甚忙, 不可留也." 遂下山來, 未至家十里許, 厥僮謂曰: "葬地欲[33]定於何處乎[34]?" 某也曰: "汝宅之後, 可用矣[35]." 厥僮曰: "不可不可[36], 家前有大陂池, 池中有小島, 以此爲定." 某師曰: "有池水奈何?" 厥僮[37]曰: "雖然, 必以此定之." 遂入弔哭, 依厥僮言, 定以池中島, 喪人輩大駭之, 某師心甚慌忙, 携厥僮, 就屛處謂曰: "雖從汝言, 定以池中, 池水如彼, 何以安葬乎?" 厥僮曰: "勿慮勿慮." 遂擇吉[38]營葬, 葬日已迫矣. 夜半某也, 潛出往視, 則池忽沽[39]涸, 無一點水, 大驚異之. 遂刓削池岸, 塡爲平地, 局勢果好, 乃行窆焉. 其夜, 厥僮謂某也曰: "主家必將厚幣[40], 一切勿受, 必以吾爲請, 率去, 可也." 明日主人, 果厚贈遺之, 皆不受, 唯曰: "以彼僮見遺." 主

28) 有: 고대본·가람본에는 잘못 탈락.
29) 葬人: 고대본·가람본에는 '人葬'으로 표기.
30) 知: 국도본·고대본·가람본·성균관대본에는 '之'가 더 나옴.
31) 乎: 국도본·고대본·가람본·성균관대본에는 '乎'가 탈락.
32) 知: 국도본·고대본·가람본·성균관대본에는 '之'가 더 나옴.
33) 欲: 동양본에는 탈락.
34) 乎: 고대본에는 탈락.
35) 矣: 고대본·가람본에는 '也'로 표기.
36) 不可不可: 국도본·고대본·가람본에는 '不可'.
37) 僮: 고대본에는 '童'으로 표기.
38) 吉: 국도본·고대본·가람본·성균관대본에는 '日'로 표기.
39) 沽: 국도본·고대본·동양본·가람본·성균관대본에는 '枯'로 표기. '枯'가 맞음.
40) 厚幣: 고대본에는 잘못 탈락.

人方以彼僮之不事, 事爲難處, 樂聞而許之. 遂携厥僮而辭歸, 厥僮謂某也[41]曰: "此[42]後爲人求山之時, 必與我[43]偕往, 以我主[44]馬箠頓脚處, 爲定[45]穴, 可也." 遂從其言, 到處必依言[46]言用之, 不久皆大發福, 所得甚多. 行之十年, 遂致富焉. 一日, 厥僮忽辭去, 某師大驚曰: "汝來吾家十年, 情義甚篤, 今忽無端辭去何也?" 厥僮[47]曰: "今有去處, 不可住矣, 生員主臨歿時, 吾當自來, 占獻山地矣." 仍卽辭去. 幾年後, 忽自來現曰: "今則生員主喪日不遠, 故欲擇生員主身後之地而來矣." 遂與某也, 往一不遠處, 指示四山曰: "此爲靑龍, 此爲白虎, 此爲案山, 以某方爲坐向." 某也曰: "用之則如何?" 曰: "生三子, 必大貴矣." 又占前山一處, 爲夫人葬地曰: "用於此, 則可捧賂遺而資生矣." 仍辭去. 某也家中有一童婢, 其母死[48]而權厝, 累[49]年營財, 將欲待厥僮[50]之來[51]而得吉地. 方其主與厥僮[52]偕往, 看山之時, 携菜筐而潛隨, 隱身林木之間, 厥僮[53]所指示處, 一一詳識. 招來他處所居親戚數三人, 出給所備錢五十兩, 急急貿灰辦粮, 拙[54]其母尸, 移葬于厥僮[55]所占處, 仍卽亡去. 自度渠爲人私婢, 無以生貴子, 必欲擇配於班族, 遂往

41) 某也: 고대본에는 잘못 탈락.

42) 此: 고대본·가람본에는 '從今以'로 표기.

43) 我: 고대본·가람본에는 잘못 탈락.

44) 主: 국도본·고대본·동양본에는 '立'으로 나옴. '立'이 맞음.

45) 定: 원문에는 '遂從其言, 到處必依' 다음에 들어가 있음. 원문이 잘못 필사된 것임. 다른 이본에는 바르게 필사됨.

46) 言: 국도본·고대본·동양본·가람본에는 '其'로 표기. '其'가 맞음.

47) 僮: 고대본에는 '童'으로 표기.

48) 死: 동양본에는 탈락.

49) 累: 고대본·동양본·가람본에는 '厚'로 표기.

50) 僮: 고대본에는 '童'으로 표기.

51) 之來: 동양본에는 탈락.

52) 僮: 고대본에는 '童'으로 표기.

53) 僮: 고대본에는 '童'으로 표기.

54) 拙: 국도본·고대본·동양본·가람본·일사본·성균관대본에는 '掘'로 표기. '掘'이 맞음.

55) 僮: 고대본에는 '童'으로 표기

某處, 爲傭賃焉. 年旣長[56], 其主人欲嫁之, 厥女曰: "我今雖窮賤, 本是班族, 不可與常漢結婚[57], 願得班族而嫁之." 其隣適有鄕班洪總角,[58]三十而未娶者, 仍語之曰: "君欲娶妻乎? 我有收養女焉." 仍與厥女作配, 生三男, 厥女仍請洪上京居生, 洪曰: "白地京城, 何以生活?" 厥女曰: "雖然, 天不生無祿之人, 豈無生活之道乎?" 遂撤家上京, 多般拮据以之資生. 於[59]焉數十載, 三子次第登科, 門戶富盛. 一日夜深後, 其母悉屛婢屬, 招其三子, 詳言家世[60]之顚末曰: "我本是某處某班之婢也. 汝輩雖貴, 須勿忘舊主之恩." 是夜盜入家中, 方待主人之睡, 屬耳窓外, 適聞此言, 自思曰: "與其偸去些少之物件, 毋寧往告其舊主之家, 使之推奴而分食其半." 遂尋往某處某班之家, 一一詳細言之, 且曰: "直爲推奴之行, 則必當見殺, 今不可直發奴主之說, 須先以親戚之義[61], 往見, 觀其動靜而言之." 其主遂從其言, 而往叩親戚之誼, 請見主人之母, 厥女一見, 卽認其舊主之子, 佯喜而直呼之曰: "吾甥[62]兄, 從何處而[63]來乎?" 厚待之, 招諸子, 使拜見之. 留數日, 厚贈遺而遣之, 當初某也死後, 其子欲葬厥僮[64]所占處, 則不知何人, 已先葬之, 墳形隆然, 不得已遂葬於其前山所占處. 其後其子, 仍依於其富貴之家, 以終其平生云.

56) 長: 고대본에는 '葬'으로 잘못 표기.
57) 婚: 국도본·고대본·가람본·성균관대본에는 '嫁'로 표기.
58) 고대본·성균관대본에는 '年'이 더 나옴. '年'이 들어가야 함.
59) 於: 국도본·고대본·가람본·성균관대본에는 '於'가 잘못 탈락.
60) 世: 고대본·동양본·가람본·성균관대본에는 '勢'로 표기. '姓'이 맞음.
61) 義: 동양본·국도본에는 '誼'로 표기.
62) 甥: 고대본·가람본·성균관대본에는 '甥'으로 표기.
63) 而: 고대본·동양본·가람본·성균관대본에는 탈락.
64) 僮: 고대본에는 '童'으로 표기.

의리를 말하여 도적떼를 양민으로 만들다

영남에 한 진사가 있었는데 문장과 지략으로 도내에 칭찬이 자자해서 모두 도원수 감이라 했다. 어느 날 어둑어둑할 무렵 때마침 혼자 앉아 있는데, 어떤 사람이 준마를 타고 건장한 종을 거느리고 와서는 인사를 건네며 말했다.

"나는 만 리 밖 섬에 살고 있소이다. 우리 무리가 수천 명은 되지요. 천성이 불행하여 남의 남은 물건을 취하고 남이 쌓아놓은 재물과 음식과 옷을 사용합니다. 모두 남의 물건에 의지해 살아가는 셈이지요. 우리를 지휘하고 통솔하던 분으로는 대원수 딱 한 분이 계셨는데 돌아가셔서 장례를 겨우 끝냈습니다. 청유^{青油, 옛날 장수의 장막. 여기서는 대원수가 집무하던 곳을 가리킴}가 갑자기 비니, 마치 용이 죽자 호랑이가 가버린 것[1]과 흡사합니다. 삼천 무리가 산만해지고 기율도 없어져 농사도, 장사도 못하니 살아

---

1) 용이 죽자~가버린 것: "용이 죽자 호랑이가 떠나가니 온갖 변괴가 일어나네(龍亡虎逝, 變怪百出)"라는 한유의 글귀에서 따온 것이다.

갈 길이 막막해졌습니다. 그러던 중 족하^{足下}께서 불세출의 지혜를 쌓아 사람을 구제할 재주가 있으시다는 소문을 듣고서 오늘 내가 이렇게 왔소이다. 다름이 아니라 오직 족하를 맞이해 대원수의 자리에 앉히고자 하는데 족하의 뜻은 어떠하신지요? 혹시라도 주저하신다면 입막음은 손바닥 뒤집기보다 쉽지요."

그러고는 긴 칼을 뽑아 바짝 다가서서 위협을 하는 것이었다. 진사는 생각했다.

'사족 출신인 내가 도적의 두목이 된다는 것은 치욕이 아닐 수 없다. 그러나 장사의 칼에 죽기보다는 잠시 몸과 이름을 욕되게 할지라도 눈앞의 화를 모면하고 또 흉악한 무리를 교화한다면, 이 또한 임기응변으로 중용을 얻는 게 아닐까?'

마침내 제안을 흔쾌하게 받아들였다.

그러자 그 사람은 자기를 '소인'이라 지칭했다. 창밖에 있던 종에게 밖에 매어둔 말을 끌고 오라고 명령했다. 본래 두 마리 말을 끌고 와서는 한 마리만 밖에 매어두었던 것이다. 진사에게 말에 오르라 청하고는 말고삐를 나란히 해서 출발했는데 빠르기가 회오리바람 같았다.

잠시 후 바닷가에 도착하니 크고 붉은 배 한 척이 기다리고 있었다. 말에서 내려 배에 올랐다. 배는 나는 듯 빠르게 달렸다. 한 섬에 이르러 배에서 내렸다. 성곽과 누각이 완연 감영의 병영 같았다. 그런 다음 가마에 올라앉으니 앞뒤에서 호위를 했다. 큰 대문 안으로 들어가 대청 가운데에 있는 의자에 앉았다. 무리 수천 명이 차례대로 알현했다. 예를 마치자 큰 탁자 위에 차와 음식이 올라왔다.

다음날 아침 조사^{朝仕, 아침마다 벼슬아치가 상관에게 인사를 드리는 일}가 끝나고, 처음에 선비를 찾아왔던 우두머리 군관이 꿇어앉아 조용히 말했다.

"이제 재력이 다 고갈되었습니다. 어떤 처분을 내리시겠습니까?"

진사는 이러이러하라고 지시했다.

그때 전라도에 만석꾼 한 사람이 있었다. 그의 조상이 묻힌 무덤이 삼십 리 떨어진 곳에 있었는데, 그곳을 지키고 금양禁養, 수목 벌채, 분묘 설치, 농지 개간, 흙과 돌의 채취 등을 금지하고, 소나무를 비롯한 수목 육성에 힘쓰는 것하는 것이 재상가에서 하는 정도와 다를 바 없었다.

하루는 한 상제喪制가 산지기를 찾아왔는데, 상복 입은 두 사람과 지관地官 두 명이 그 뒤를 따랐다. 안장 얹은 말과 수행하는 종들이 아주 건강해 보였으니 틀림없이 큰 집안이 묏자리를 구하러 가는 행차인 듯했다. 산지기가 내려와서 물어보자 서울 사는 아무개 댁 행차인데, 상제는 이미 교리가 되었고 상복 입은 자들도 모두 이름난 선비라 했다.

일행은 잠시 쉬었다가 함께 묘 뒤로 올라갔다. 제일 높은 무덤 뒤쪽에 나침반을 놓아 구덩이를 팔 땅을 잡고 손가락으로 가리키기도 하고 의논하기도 하다가 표시를 해두고 내려왔다. 그들은 자리를 잡고 행갑行匣, 여행용 상자에서 편지지 네다섯 장을 꺼내서 붓을 휘둘러 편지를 썼다. 그러고는 즉시 한 종에게 명령해 이를 모 읍과 감영에 전하고 일일이 답장을 받아오라 했다. 상제는 산지기를 부르고서 말했다.

"우리 집안 묏자리는 아까 앉았던 곳으로 정했네. 그 묏자리가 모 댁의 산소이고 또 자네가 모 댁의 산지기란 사실을 모르는 바 아니네. 그러나 산을 쓰고 못 쓰고는 저쪽과 우리 쪽 세력의 강하고 약함에 있으니 자네가 알 바 아니지. 장사지낼 날을 모일로 정했으니 술과 음식을 준비해주게. 먼저 삼십 금을 줄 테니 이것으로 쌀을 구해 술을 빚어놓고 기다려주게나."

그러고는 즉시 말을 달려 사라졌다. 산지기는 거절하고자 했지만 어쩔 수 없었다. 곧바로 산 주인 댁으로 달려가 사실을 알렸다. 산 주인이 웃으며 말했다.

"그자가 비록 힘있는 집안이라지만 내가 막는다면 어찌 감히 무덤을 쓸 수 있겠는가? 그자가 장례를 지내는 날에 내가 이리저리할 테니 너희는 다른 곳에 나가지 말고 기다리고 있어라."

그날 아침이 되자 산 주인은 집안 장정 칠백여 명과 풍문을 듣고 모인 사방 십 리 안 소작인 오륙백 명을 거느리고는 각각 새끼줄 하나와 몽둥이 하나를 지니게 하고 산소로 향했다. 온 산 온 들판이 백의행군白衣行軍으로 덮였다. 산 위에 멈추고는 집에서 빚어온 술을 마시게 하며 진을 치고 기다렸다. 하루종일 아무것도 보이지 않았는데 삼경이 지날 즈음, 저멀리 횃불 만여 개가 넓은 들판 끝에서부터 이어져왔다. 상엿소리가 하늘을 찌르니 그 기세는 군사 만 명이 몰려오는 듯했다. 서로 바라다보이는 거리이지만 뚜렷이 볼 수는 없는 곳에다 상여를 내려놓았다. 산 위에 있는 군사들이 모두 일어나 신발을 신고 몽둥이를 들고는 용기를 북돋우고 팔을 뽐내며 기다렸다. 한나절이 지나니 시끌벅적한 소리가 점차 줄어들고 불빛도 사라져 마치 사람이 없는 듯했다. 산 위에 있는 군사들이 이를 이상하게 여기고는 급히 내려가 살펴보게 했다. 과연 사람이 한 명도 없고 불은 모두 나뭇가지 하나에 네다섯 개씩 달린 횃불 뿐이었다. 이 사태를 급히 보고하니 산 주인은 크게 깨달은 바가 있어 외쳤다.

"우리집 재산과 곡식을 모두 잃어버렸구나!"

대군을 이끌고 급히 달려가보니 다행스럽게도 다친 사람은 없었지만 집안 재물은 남은 게 없었다. 이는 동쪽을 친다고 해놓고 서쪽을 치는 원수의 전략이었던 것이다.

진사는 재물을 모두 약탈해 오고, 다음날 술을 빚고 소를 잡아 도적들을 실컷 먹였다. 이번에 얻은 재물과 창고 안의 재물을 꺼내 앞마당에 쌓아두었다. 셈을 잘하는 사람으로 하여금 많고 적음을 계산해 삼천 명에게 나눠주도록 하니 각 사람에게 백여 금씩 돌아갔다. 진사는 이에 전령傳令 한 장을 돌아가며 보게 하고는 타일렀다.

"사람이 짐승과 다른 이유는 오륜五倫과 사단四端이 있기 때문이다. 너희는 교화가 미치지 못하는 곳에 사는 완고한 백성으로 바다 가운데 있는 섬에 숨어 살면서 부모와 이별하고 나라를 떠났다. 일하지 않고 입고 먹으며 약탈해서 삶을 도모하고 남의 물건 빼앗는 것을 업으로 삼으니, 불러모은 무리가 몇 명인지 알 수 없고 재앙을 일으켜온 햇수가 몇 년인지 알 수 없다. 내가 이곳에 온 것은 너희를 도와 악행을 저지르기 위해서가 아니라, 너희를 교화해서 착한 사람으로 돌아가게 하기 위해서다. 비록 잘못이 있다 하더라도 그것을 고치는 일은 귀하다. 지금부터 얼굴을 바꾸고 마음을 새로이 하여 동서남북 각각 고향으로 돌아가 부모를 봉양하고 산소를 지키며 성인聖人의 교화에 목욕재계하고 낙민樂民의 영역으로 돌아간다면, 어찌 바다 위 불한당과 비교할 수 있겠는가? 또한 나눠준 재물은 한 집안의 재산이 될 만하니 어찌 농사짓거나 장사할 밑천이 없다고 걱정할 필요가 있겠는가?"

이에 무리가 일시에 머리를 조아리고 감사해하며 말했다.

"꼭 분부대로 하겠나이다."

그중 명령을 따르지 않는 한두 놈은 즉시 군령으로 목을 베었다. 성곽과 집을 불지르며 삼천 무리를 이끌고 바다를 건너 육지로 나와서는 모두 고향으로 돌려보냈다.

진사 자신은 조용히 집으로 돌아왔는데, 집을 떠난 지 한 달 반 만이었다. 인근에 사는 사람들이 와서 물으면 그사이 한양을 다녀왔다고 대답했다 한다.

諭義理輩盜化良民

嶺南一進士, 以文章智謀, 爲一道所稱, 皆許[2]以都元帥材目[3]. 一日初

---

2) 許: 고대본에는 잘못 탈락.
3) 目: 고대본·가람본에는 '囚'으로 잘못 표기.

昏, 適獨坐, 有一人, 乘駿馬, 率健奴而來, 與主人敍話曰:"吾在海島萬里
之外, 其徒數千, 而天性不幸, 取人贏餘之物, 用人堆積之財之食之衣, 皆
資他人之物, 而指揮管領, 只有大元帥一員, 今遭喪變, 襄禮纔畢, 靑油遽
空, 殆同龍亡而虎逝. 三千徒黨, 散無紀律, 不農不商, 生涯無路. 及聞主人
蘊不世之智, 有濟人之才[4], 今吾來此, 非爲他也, 爲邀足下, 坐大元帥之位,
未知意下何如[5]. 苟或咨且[6], 則滅口在於反手!"遂拔長劍, 促膝而[7]威劫
之, 主人自思曰:'吾以士族淸類, 投身盜賊之魁, 非不羞辱, 而與[8]其滅性於
壯士之劍, 不若暫辱身名, 一以免目前之禍, 一以化凶徒之習, 不亦權而得
中者耶?'遂快諾之. 厥客卽稱小人, 於窓外[9]分付來隷曰:"牽來外繫[10]之
馬."盖有二馬之來, 而一則繫外矣. 請其人上馬, 聯轡而出, 疾如飄風, 俄
頃[11], 已到於海口, 有大紅船一隻備待矣. 下馬乘船, 船疾如飛, 遂抵一島,
下舟陞陸, 城廓樓閣, 宛一[12]監兵營樣矣. 自此, 坐之[13]於肩輿, 前後擁護
而入一大門之中, 坐於大廳中交椅上, 數千徒衆, 以次現謁, 禮畢進茶啖一
大卓. 明日朝仕後, 初來者以行首軍官, 從容跪[14]告曰:"見今財力罄竭, 未
知處分如何?"主將遂分付如此如此. 其時全羅道有萬石君一人, 先塋在於
三十里之[15]地, 守護禁養, 無異卿相家. 一日一喪制行次, 入于山直家, 而
後有服者二人地官二人, 鞍馬僕從, 極其豪健, 必是巨室[16]求山之行也. 山

---

4) 才: 국도본·고대본·가람본·성균관대본에는 '材'로 표기.
5) 何如: 국도본·고대본·동양본·가람본·일사본·성균관대본에는 '如何'로 표기.
6) 咨且: 국도본·고대본·동양본·일사본·성균관대본에는 '趑趄'로 표기.
7) 而: 동양본에는 탈락.
8) 與: 고대본에는 '性'으로, 성균관대본에는 '寧'으로 잘못 표기.
9) 於窓外: 고대본에는 반복됨. 잘못된 반복.
10) 外繫: 국도본·고대본·가람본·성균관대본에는 '繫外'로 표기.
11) 頃: 고대본에는 '傾'으로 잘못 표기.
12) 一: 성균관대본에는 '如'로 표기.
13) 之: 성균관대본에는 탈락.
14) 跪: 국도본·고대본·가람본·성균관대본에는 '詭'로 잘못 표기.
15) 之: 동양본에는 탈락.
16) 室: 동양본에는 '家'로 표기.

直自下問之, 則京居某宅行次, 而喪制主已行校理, 服者亦皆名士云. 小憩後, 一行齊上墓後, 放鐵於最上塚腦後一金井地, 指點[17]評論, 置標而下來. 坐定後, 行匣中出大簡[18]四五張, 揮洒修書, 卽令一奴, 傳于某某邑及監營, 一一受答以來, 招山直謂曰: "宅新山定於俄坐之地, 非不知彼墓之爲某宅山所, 汝之爲某宅墓奴, 而禁山與否, 用山與否, 在於彼此之强弱, 非汝[19]所知, 葬日擇在某日, 而酒飯當爲豫備, 先給三十金, 以此先爲貿米[20]釀酒而待之." 遂卽地馳去, 山直雖欲[21]拒之, 無可奈何. 卽馳告緣由於山主宅, 山主笑曰: "彼雖勢家, 吾若禁斷, 則何敢用之? 當於彼葬之日, 如是如是, 汝輩勿爲出他以待之." 至是日早[22], 主人率家丁七百餘名, 方十里內民丁作者, 擧皆聞風而會者, 亦爲五六[23]百人矣. 各持一索一杖, 向山所而來, 滿山遍野, 便一白衣行軍. 領之於山上, 飮之以彼家所釀之酒, 結陣而待之, 終日無所見. 至三更末, 遙見萬餘炬, 從大野, 陸續而來, 柩歌喧天, 勢若萬畢[24]之驅來, 停柩於相望而不可見之地. 山上軍擧皆納履荷杖, 鼓勇奮臂以待. 一餉之後, [25]喧嘩[26]漸息, 火光亦滅, 稍稍若無人. 山上軍大疑之, 急使覘之, 則果虛無一人, 而火則皆一枝四五頭炬[27]也. 忙報是狀, 山主大悟曰: "吾家財穀, 盡爲見失矣!" 率大軍, 急急馳還, 則家內人命, 幸無所傷, 財物則[28]蕩盡無餘, 此是元帥聲東擊西之謀也. 其財物盡爲劫[29]來後, 明日釀酒

17) 點: 동양본에는 '撣'로 표기.
18) 가람본·성균관대본에는 '紙'가 더 나옴.
19) 국도본·고대본·가람본·성균관대본에는 '之'가 더 나옴.
20) 米: 가람본에는 '來'로 표기.
21) 欲: 국도본·고대본·가람본·성균관대본에는 잘못 탈락.
22) 早: 성균관대본에는 '旦'으로 표기.
23) 六: 고대본·성균관대본에는 탈락.
24) 畢: 국도본·고대본·동양본·가람본·일사본에는 '軍'으로 표기. '軍'이 맞음.
25) 고대본·가람본에는 '彼'가 더 나옴.
26) 嘩: 국도본·고대본·동양본·가람본·성균관대본·일사본에는 '譁'로 표기.
27) 炬: 동양본에는 탈락.
28) 則: 국도본·고대본·가람본·성균관대본에는 탈락.
29) 劫: 고대본·가람본에는 '刧'으로 표기.

殺牛, 大犒群³⁰⁾徒, 幷今行所得及庫中財物, 積聚於前庭, 卽令掌籌者, 計其多寡, 分屬於三千人, 各名之下, 皆爲百餘金許矣. 將軍乃以一張傳令, 輪示曉諭之曰: "人之異於禽獸者, 以其有五倫四端, 而汝輩以化外頑氓, 隱伏海島, 離親去國, 遊手衣食, 以劫掠爲生, 剽奪爲業, 嘯聚徒黨, 凡不知幾人, 搆災³¹⁾積孼, 亦不知幾年矣. 余之來此, 非爲助爾爲惡, 將欲化爾³²⁾歸善人. 雖有過, 改之爲貴, 從今以往, 革面革心, 東西南北, 各歸故鄕, 父母焉³³⁾養之, 墳墓焉³⁴⁾守之, 浴於聖人之化, 歸於樂民之域, 則其與海上明火賊何如哉? 矧又所分之物, 足以當中人一家産, 則於農於商, 何患無資乎?" 於是衆徒, 一時叩頭稱謝曰: "誠如分付"云云. 其中一二漢, 不遵令者, 卽以軍令斬之, 燒其城郭室屋, 領三千徒衆, 涉海出陸, 各送於其道其鄕, 自家則從容還家. 離家之久, 一朔半矣. 隣近之人來問³⁵⁾, 則答以間作京行云云.

30) 群: 국도본·고대본·동양본·가람본·일사본에는 '羣'으로 표기.
31) 災: 고대본에는 '灾'로 표기.
32) 고대본에는 '爲'가 더 나옴.
33) 焉: 고대본에는 '爲'로 표기.
34) 焉: 고대본·가람본·성균관대본에는 '焉'이 탈락.
35) 국도본·고대본·가람본·성균관대본에는 '者'가 더 나옴.

도둑이 부자에게 소멸과 생장의 원리를 설교하다

영남에 한 사족이 있었는데 대대로 부자여서 백여 만금의 재물이 있었다. 터 잡고 사는 곳은 삼면이 석벽으로 둘러싸여 있었고, 앞으로는 큰 강이 동구 밖을 가로지르고 있었다. 거느리는 행랑채만 해도 이백여 집이나 되었다. 이 사람은 백만 재물을 쌓아두고 있었지만 대대로 시골에 살아왔다. 사돈 간 친인척도 모두 향반이어서 서울에는 일면식 있는 친척조차 없었다. 그래서 서울의 권세 있는 집안과 관계를 맺고 싶었지만 그럴 길이 없었다.

때마침 그 무렵, 이웃 읍 울산의 원이 상을 당하여 그 생질인 박교리校理라는 자가 읍에 와서 모든 장례 절차를 주관했다. 이날 강 밖 모래사장에서 준마를 타고 건장한 종들을 거느린 한 행차가 배를 타고 강을 건너왔다. 뭍에 올라서는 가볍게 나는 듯 바람처럼 달려가 대문 밖에 이르렀다. 말에서 내려 당에 오르니 집주인이 옷을 갖춰 입고 맞이했다. 존함이 어떻게 되시며 무슨 일로 오셨냐고 물으니 객은 자기가 울산 원의 생질이라고 대답했다.

"오늘 초상을 당해서 상여는 모레 나가는데, 자고 갈 장소를 살펴보니 이곳보다 나은 곳이 없습니다. 종들이 묵는 숙소 두어 채에서 상여 행렬이 하룻밤 자고 갈 수 있도록 허락해주실는지요?"

주인은 오래전부터 권세가와 관계를 맺어 급할 때 도움을 받고자 했다. 이제 재력도 들이지 않고 그렇게 할 수 있는 적당한 기회를 얻었으니 어찌 바라던 바가 아니겠는가? 흔쾌히 허락하니 객이 거듭 감사해하며 날짜를 약속하고서 작별 인사를 하고 떠났다.

그날이 되자 주인은 우두머리 종에게 분부해 큰 집 서너 채를 비우고 뜰과 집안을 깨끗이 청소하고 창호도 새로 바르게 했다. 상여꾼이 쉴 곳과 양반이 묵을 곳, 병풍과 장막이며 접대할 음식까지 차질 없이 준비시켰다. 그러고는 아들, 조카 들과 의관을 갖춰 입고 기다렸다.

초저녁이 되자 정말로 상여 행렬이 들어왔다. 방상시[1]가 앞장섰는데, 관을 따르는 행렬의 절반 이상이 인근 읍 수령들이라 했다. 상여를 호위하는 감영과 병영의 비장들은 사립紗笠, 명주실로 싸개를 해서 만든 갓을 쓰고 무관의 청색 복장을 갖춘 채 백마를 타고 좌우로 나눠 섰다. 장정들이 수호하고 안장 얹은 말들이 둘러싸니 강변 이십 리 나무다리를 꽉 메웠다. 이미 큰 배 십여 척을 준비해두었기에 즉시 강을 건널 수 있었다. 물건을 차려놓은 곳에 상여가 멈추자 곡성이 천지를 진동했다. 이윽고 박교리는 종 대여섯 명을 거느리고 말을 달려왔다. 주인에게 정중히 인사를 올리고는 말했다.

"두터운 배려를 받아 관을 편하게 운반했습니다. 높으신 의기를 어떻게 다 갚겠습니까."

"비용 들 것도 없는 일을 두고 어찌 수고롭다 할 수 있겠습니까?"

---

1) 방상시(方相氏): 의식에서 악귀(惡鬼)를 쫓는 역할을 하는 나자(儺者)의 하나. 황금빛 네 눈과 방울이 달리고 곰 가죽을 씌운 큰 탈을 쓰고, 붉은 웃옷에 검은 치마를 입으며, 창과 방패를 들고 있음.

대화가 채 끝나지도 않았는데 안채에서 급히 들어와보라는 전갈이 왔다. 생질이 들어가니 부인이 발을 동동 구르며 말했다.

"큰일났습니다. 종들이 하는 말을 들으니 상여에는 애초에 관 같은 건 실리지도 않았고 들어 있는 게 모두 무기라 하니 이를 어쩌면 좋습니까?"

주인은 그제야 깨달았으나 일이 이 지경에 이르렀으니 정말 어찌할 도리가 없었다. 그저 너그럽게 위로하고 사랑으로 나오니 박교리가 물었다.

"주인장의 안색을 보니 근심과 두려운 빛이 가득하십니다. 혹 걱정거리라도 생겼습니까?"

주인이 대답했다.

"어린 아이놈이 위급한 병에 걸렸지요. 다행히 금방 나았습니다."

박교리는 미소를 지으며 말했다.

"주인장의 도량이 좁으시군요. 오늘 내가 원하는 바는 재물 중에서 가벼운 것에 불과하오. 토지와 사람, 가축, 집, 곡식 등은 그대로 남아 있소이다. 오늘 잃어버린 게 사소하진 않지만 몇 년 안에 저절로 채워질 텐데 어찌 그리도 심각하게 근심하시오. 게다가 재물이란 천하의 공기公器라오. 쌓는 자가 있으면 반드시 쓰는 자가 있고, 지키는 자가 있으면 가져가는 자가 있게 마련이지요. 당신 같은 사람은 쌓고 지키는 자라 하겠고, 나 같은 사람은 쓰고 가져가는 사람이라 하겠지요. 줄어들고 자라는 이치와 비고 차는 것이 호응하는 것은 조화의 상도라오. 주인장 역시 조화에 기대는 존재지요. 그러니 어찌 자라나기만 하고 줄어들지 않으려 하며, 채우기만 하고 비우지는 않으려 하오? 사태를 일찍 알아차렸으니 어두운 밤에 소란을 피워 사람을 다치게 하고 생명을 해칠 필요는 없지요. 주인장이 먼저 안으로 들어가서 아녀자들을 한방에 모이게 하는 게 좋겠소."

주인은 어찌할 도리가 없음을 알고 박교리가 시키는 대로 했다. 그리고 다시 나와서 말했다.

"가르쳐주신 대로 했습니다."

박교리가 다시 주인에게 말했다.

"주인장께서 평생 끔찍이도 아끼시던 물건이 있을 테지요. 그건 미리 말씀해주시면 함께 잃어버리는 일이 없도록 하지요."

주인은 칠백 금을 주고 새로 산 청나귀를 가장 아낀다 했다.

어느새 수령, 비장, 상제, 상복 입은 자, 행자行者, 곡비哭婢, 상여꾼, 마부 등 모두가 소매 좁은 군복으로 갈아입고 무기를 들고서 바깥마당에 늘어섰다. 몇 천 명인지도 모를 사나이 모두 신수가 건장하고 기력이 대단해 보였다. 박교리가 명령을 내렸다.

"너희는 안으로 들어가서 은화, 옷, 그릇은 물론이고 가체, 비녀, 팔찌, 구슬과 옥, 비단 등 각 방의 물건을 모두 끌어내라. 단, 부녀자들이 모여 있는 방에는 비록 억만금 재물이 있다 하더라도 부디 가까이 가지 말거라. 재물이 중요하나 명분은 더욱 엄중하니, 만약 명령을 어기는 자가 있으면 반드시 군율대로 처리하겠다."

또 청나귀에는 손대지 말도록 경계하고는 주인에게 말했다.

"거느리고 들어가서 난잡해지지 않도록 하시구려."

주인은 먼저 어머니가 거처하는 방으로 도적들을 안내했다가, 큰며느리 방, 작은며느리 방, 막내며느리 방, 손자며느리 방, 첩 방, 제수 방, 서부庶婦 방, 큰딸 방, 작은딸 방, 긴 골방, 짧은 골방, 큰 벽장, 작은 벽장, 동쪽 다락, 서쪽 다락, 앞 곳간, 뒤 곳간 등으로 안내했다. 도적들은 방방곡곡의 물건을 샅샅이 뒤져서 찾아내 바깥마당에다 쌓았다. 바깥사랑으로 나가서 큰사랑, 중간사랑, 아랫사랑, 뒷사랑, 중간 별당, 뒷별당에 있는 물건들도 남김없이 쓸어냈다. 무려 억만금이나 되는 재물을 삼백 필 건장한 말에 싣고는 일시에 나는 듯이 강을 건너 달아나버렸다.

박교리는 떠나지 않고 주인과 자리를 같이하며 마주앉아 새옹의 화복[2]으로 위로하고 도주의 취산[3]으로 비유하고서는 길게 인사를 올리고 작별하며 말했다.

"나 같은 객을 한 번 보았는데도 이렇게 불행해졌으니, 불행을 두 번 만나는 일은 원치 않을 테지요. 이제 한 번 헤어지면 다시 만날 기약이 없구려. 바라건대 주인장은 순리를 좇아 진중珍重하시고 다복多福하시기 바라오. 그리고 서울의 사대부와 교제할 생각일랑 다시는 하지 마시오. 이번에 박교리란 자와 사귀어서 도대체 무슨 이득이 있었소?"

이에 말에 올라타서는 또 주인을 돌아보며 말했다.

"물건을 잃은 사람은 으레 뒤쫓는 행동을 하지요. 그러나 그런 짓은 하나도 이로울 게 없소이다. 부디 주인장은 상투적인 방법을 따르다가 후회하는 일이 없도록 하시오."

거듭 신신당부를 하니, 주인이 말했다.

"예예, 어떻게 감히 그런 짓을 하겠습니까?"

마침내 강을 건너 말을 달려 날아갈 듯이 떠나가니 간 곳을 알 수가 없었다. 조금 뒤 수백 가구의 하인들이 모두 모여들어 한숨을 쉬며 위로하고 혀를 차며 분통을 터뜨렸다. 과연 뒤쫓는 일을 두고 왁자지껄 의논하더니 앞다투어 나와 주장을 내세웠다.

"그놈들은 바다에서 노는 무리이니 분명 육로로 달아날 리가 없지요. 여기서부터 아무 해문海門까지는 몇 리이고 아무 해구海口까지는 몇 리이

---

2) 새옹(塞翁)의 화복(禍福): 새옹은 북방 변경 지역에 살았던 노인으로, 고사 '새옹지마(塞翁之馬)'에 나온 사람이다. 북방에 사는 노인의 말이 달아났다가 얼마 뒤 다른 준마 한 마리를 데리고 돌아왔다. 새옹의 아들이 그 말을 타다가 떨어져 절름발이가 되었지만 그로 인해 전쟁에 나가지 않게 되어 목숨을 보전했다. 인생의 길흉화복은 늘 바뀌어 변화가 많다는 뜻이다.
3) 도주(陶朱)의 취산(聚散): 도주는 중국 춘추시대 월(越)나라 재상 범려(范蠡)를 일컫는다. 벼슬을 그만두고 도(陶) 땅에서 살았기에 '주공(朱公)'이라 일컬었다. 십구 년 동안 세 번이나 막대한 재물을 모았는데 두 번은 가난한 친지들에게 나눠주었다고 한다.

니, 빠른 걸음으로 따라가면 따라잡지 못할 리 없습니다. 우리 육백여 명이 좌우로 무리를 나누어 아무 포 아무 해변으로 날듯이 갈 수 있을 것입니다. 하물며 아무 대촌大村은 아무 해구에 있고, 아무 대촌은 아무 포구에 있습니다. 저들이 비록 수천 명의 무리라 한들, 우리가 어찌 패하고 돌아오겠습니까?"

그러나 주인은 단호하게 금지했다.

그중 일을 좀 안다는 우두머리 종 십여 명이 번갈아 아뢰었다.

"적장이 추격하지 말라고 신신당부한 것은 오로지 우리를 위협하려고 한 짓이죠. 쇤네들 육백 장정이 공연히 억만금 재물을 잃어버리게 했으니 이렇게 원통한 일이 어디 있겠습니까? 처음에 맞붙지 못한 건 전혀 예상치 못한 채 만났기 때문이었습니다. 지금 뒤를 쫓는 일은 이미 준비한 것이니 무엇이 두렵겠습니까? 포구는 여기서 멀지 않고 포구 마을은 매우 크죠. 정말로 한번 추격하면 못 잡을 이유가 없습니다. 만일 잡지 못하더라도 패할 리는 없습니다. 엎드려 하소연하니 생원님, 소인들에게 모두 다 맡겨 일을 주선할 수 있도록 해주세요."

여러 사람의 의견이 벌떼처럼 일어나니 주인으로서도 억누를 수가 없었다.

그때였다. 집 뒤에 있는 소나무, 대나무 수풀 속에서 장부 천여 명이 함성을 지르며 나타나 사랑의 뜰로 나는 듯 달려오더니 발로 차고 밀치고 밟고 주먹질하고 머리털을 움켜잡아 당기고 머리를 때렸다. 난데없이 장정 육백 명이 마치 흙으로 만든 개와 기와로 만든 닭처럼 부서지고, 말라비틀어진 쥐나 썩은 새 새끼처럼 꺾였다. 그 기세가 비바람이 어지럽게 날리는 것 같고 빠르기는 우레와 벼락이 치는 것 같았다. 순식간에 모조리 밟아 뭉개고 나서 일시에 강을 건너가버리니 또 간 곳을 알 수가 없었다.

거의 천 명이나 되는 종들이 하나도 빠짐없이 땅에 엎어졌다. 눈이 뽑힌 놈, 팔이 부러진 놈, 코피 흘리는 놈, 뇌가 터져나온 놈, 옆구리가 꺾인 놈, 이빨이 빠진 놈, 귀가 떨어져나간 놈, 뺨이 부은 놈, 머리통이 깨진 놈, 다리를 저는 놈, 뼈가 어긋난 놈, 살갗이 찢어진 놈, 숨이 급한 놈, 기절한 놈, 눈을 멍하니 뜨고 정신이 나간 놈, 쓰러져서 일어나지도 못하는 놈 등 각양각색 성한 놈이 하나도 없었다. 그러나 죽은 사람 역시 없었다.

다음날 정신을 차리고 잃은 물건을 챙겨보니, 남은 것은 하나도 없었고 마구간의 청나귀 역시 보이지 않았다.

다음다음 날 새벽녘 문득 나귀 울음소리가 강 건너 나루에서 들려왔는데 귀에 익은 소리였다. 주인이 크게 놀라 급히 사람을 시켜 나가보게 했다. 잃어버린 청나귀가 은 안장과 청실 굴레를 하고 강가에 우뚝 서 있었다. 큰 그물망 속에는 피가 줄줄 흐르는 사람의 머리가 담긴 채 안장 앞쪽 왼편에 걸려 있었고, 말굴레 오른편에는 편지 한 통이 비스듬히 걸려 있었다. 겉봉에는 '강벽리에서 은혜를 널리 베풀어주신 집사님께江壁里普施案執事' '월출도에서 안부 묻습니다月出島候狀'라 적혀 있었고, 봉투 안에는 이런 글이 들어 있었다.

며칠 전에 두 차례 건너가 깨우쳐준 건 오랜 계획에서 나왔지만, 상황이 몹시 바빠 부드럽게 이야기하지 못했습니다. 뜻하지 않은 환란으로 재물을 잃어버리고 나서 어떠하신지요? 재물을 잃은 것에 대해서는 귀하의 넓은 아량으로 가슴에 품지 말아야 했습니다. 작별할 때 당부했던 말을 귀담아듣지 않아 마침내 종들이 다쳤습니다. 창랑을 스스로 초래한 것이니[4] 누구를 탓하고 누구를 꾸짖겠습니까? 제 마음속에 감사하게 새

---

4) 창랑(滄浪)을 스스로 초래한 것이니: 굴원의 「창랑가滄浪歌」에 나오는 말로, 길흉과 영욕은 모두 자업자득이라는 뜻이다.

겨두고 있는 게 있습니다. 집사님의 삼백 바리 재물을 섬으로 수송해서 우리가 일 년 쓸 것을 충당하게 되었으니 감사하고 감사합니다.

청나귀는 온전히 되돌려드립니다. 안장에 걸려 있는 물건은 명령을 어긴 자의 머리이니, 살피시길 바랍니다. 불비不備, 나머지 예는 다 갖추지 못했다는 뜻으로, 편지 끝에 쓰는 상투어.

모년 모월 모일 녹림객綠林客, 호걸스러운 도둑 배拜

주인이 이를 보자 재물을 잃어버린 것에 대한 분노는 얼음이 풀리고 눈이 녹듯 사라져 가슴속이 막힌 데 없이 시원해졌다. 간혹 다른 사람이 위로하면 도적을 만났다는 말은 한 번도 하지 않고 항상 이렇게 말했다.

"금세今世의 호걸남자를 만났습니다. 강산이 가로막혀 다시 만나볼 길이 없으니 항상 그리워한답니다."

그러면서 슬픈 표정을 지었다 한다.

語消長偸兒說富客

嶺南一士族, 以世富有百餘萬金[5]財. 所居基址, 三面皆石壁, 前則大江橫帶於洞門外. 所率廊下二百餘家矣. 此人雖積百萬之財, 而以屢世鄕居, 連査姻親, 皆是鄕班, 京洛則初無一面之親, 欲結一有勢之家, 而實無其路. 適其時, 隣邑蔚山倅喪出, 其甥姪朴校理者來到邑府, 靷行諸節, 親自主張. 是日自江外沙場, 一行次, 以駿馬健奴, 招舟渡江, 旣渡之後, 下舟登陸, 輕揚飄番[6], 瞥眼之頃, 已至於大門之外, 遂下馬陞[7]堂, 主人整衣冠迎接. 仍

---

5) 金: 국도본·고대본·가람본에는 탈락.
6) 番: 다른 이본에는 '畓'으로 표기. '畓'이 맞음.
7) 陞: 동양본에는 '升'으로 표기.

問尊啣伊誰, 所來何幹, 客對以蔚山倅之甥侄: "今遭喪變, 靷行在8)三明, 較其宿站, 要不出此, 幸許借二三奴舍, 以容一夜喪行否?" 主人久欲締結一勢家, 以爲緩急之交矣. 今當適會, 不費財力, 豈非所望? 遂快許之. 客感謝再三, 約日告別而去. 及是日, 主人分付首奴, 曠三四大屋子, 洒掃庭宇, 塗褙窓戶, 擔軍歇所, 兩班下處, 屛帳之設, 供饋之備, 無不畢具, 與諸子侄, 整衣冠以待之. 初昏喪行果入來, 方相氏先導, 隨柩行次, 太半隣邑守令, 而監兵營護喪裨將, 以紗笠靑天翼, 乘9)白馬, 分立於左右, 人丁擁護, 鞍馬簇匝, 充塞於江上二十里木道, 已10)備十餘巨艦11), 臨江卽渡, 停柩於排設之所, 卽聞哭聲動地, 而已12)朴校理者, 率五六從者, 馳馬入來, 高揖主人曰: "多蒙盛念, 利13)稅柩行, 層雲義氣, 何以相酬?" 主人答14)曰: "不費之事, 何足曰勞?" 酬酢未了, 自內急邀生員主入來, 生員入去, 則內君跳足曰: "大事出矣! 卽聞婢僕之言, 所謂喪輿15), 初不載柩, 皆是兵器云, 此將奈何?" 主人遂大悟, 事已到此, 誠無奈何. 遂寬慰之, 出來外堂, 客問之16)曰: "卽見主人眉宇, 滿帶憂懼之色, 無或有憂患耶?" 主人曰: "有小兒急病, 幸卽差安." 客微笑曰: "主人量狹矣. 吾今17)所欲, 不過財之輕便者, 土地人畜, 家舍粮穀自在, 今者所失, 雖云不些, 數年之內, 自當充滿, 何必深憂? 且財物天下公器, 有積之者, 則必有用之者, 有守之者, 則亦有取之者, 如君, 可謂積之者守之者, 如我, 可謂用之者取之者, 消長之理, 虛實之應, 卽

---

8) 在: 고대본·성균관대본에는 '第'로 잘못 표기.

9) 乘: 국도본·고대본·가람본·성균관대본에는 잘못 탈락.

10) 已: 동양본에는 탈락.

11) 十餘巨艦: 고대본·가람본·성균관대본에는 '數十餘'로 표기.

12) 而已: 국도본·고대본·동양본·가람본·일사본에는 '已而'로 표기.

13) 利: 국도본·고대본·가람본·성균관대본에는 '安'으로 표기.

14) 答: 국도본·고대본·가람본에는 잘못 탈락.

15) 喪輿: 고대본에는 잘못 탈락.

16) 之: 동양본에는 탈락.

17) 吾今: 국도본·고대본·동양본·가람본에는 '今吾'로 표기.

造化之常, 主人翁, 亦造化中[18]一寄生也, 豈欲長而不消, 實而不虛耶? 事
已早覺, 不必以昏夜作鬧以至傷人害命. 幸主人先入[19]内庭, 使婦女共集一
房也." 主人已知沒可奈何, 依指揮奉行, 出而告曰: "如敎矣." 客更謂主人
曰: "主人應有平生偏愛之物, 此則早言之, 無使渾失也." 主人以七百金新
買靑驢言之. 於焉之頃, 守令, 裨將, 喪人, 服人, 行者, 哭婢, 擔軍, 馬夫, 皆
換着狹袖軍服, 持軍物, 簇立於外庭, 已不知幾千丈夫, 而箇箇身手健壯,
人人氣力驍勇, 客乃下令曰: "汝輩須入內室, 諸房所在之物, 無論銀錢衣服
器皿, 髢髻釵釧珠玉錦繡之屬, 一幷搬出, 而但婦女所聚[20]之房, 雖有億萬
金財, 愼勿近也. 財物雖重, 名分至嚴, 若有違令者, 必用軍律!" 又誡以勿
取靑驢[21]之意. 且謂主人曰: "領率入去, 毋致亂雜也." 主人遂領入群[22]徒,
爲先大室內所居房, 與其他長婦房, 介婦房, 季婦房, 孫婦房, 小室房, 弟婦
房, 庶婦房, 大女房, 小女房, 長狹房, 短狹房, 大壁欌, 小壁欌, 東狹樓,
西[23]狹樓, 前庫舍, 後庫舍, 房房曲曲之物, 一一搜出, 積之[24]於外庭, 又出
來外舍[25], 大舍廊, 中舍廊, 下舍廊, 後舍廊, 中[26]別堂, 後別堂所在[27]物,
又皆無餘盡取. 無慮爲億萬萬金, 以三百匹健[28]馬駄之, 乃一時飛奔渡江.
領袖者, 則留與主人[29]分席對坐, 慰之以塞翁之禍福, 譬之以[30]陶朱之聚
散, 長揖作別曰: "如我之客, 一見已極, 不幸再逢, 非所可願, 今此一別, 更

---

18) 中: 국도본에는 잘못 탈락. 고대본·가람본·성균관대본에는 '之'로 표기.
19) 先入: 고대본에는 잘못 탈락.
20) 聚: 국도본·고대본·가람본·성균관대본에는 '在'로 표기.
21) 勿取靑驢: 동양본에는 '靑驢勿取'로 표기.
22) 群: 국도본·고대본·동양본·가람본에는 '輩'으로 표기.
23) 西: 동양본에는 '小'로 잘못 표기.
24) 之: 국도본·고대본·가람본에는 탈락.
25) 舍: 고대본에는 '舍'가 탈락. 동양본에는 '廊'이 더 나옴.
26) 中: 동양본에는 탈락.
27) 국도본·고대본·가람본에는 '之'가 더 나옴.
28) 健: 국도본·고대본·가람본에는 탈락.
29) 主人: 고대본·가람본에는 잘못 탈락.
30) 以: 국도본·고대본·가람본에는 '而'로 잘못 표기.

會無期, 唯望主人, 達理順懷, 珍重多福, 愼勿復生結交[31]京華士大[32]夫之
念也. 今番所謂朴校理者, 有何所益乎?" 及上馬, 又顧語[33]主人曰: "失物
之人, 例有追踵之擧, 此則無一利益[34], 幸主人毋[35]用俗套, 以致後悔." 再
三申申, 主人曰: "唯唯, 不敢不敢!" 遂越江, 飛馬而去, 不知去處. 少頃數
百家奴僕畢集, 咻咻致慰, 咄咄起憤, 果以追踵之意, 爛熳相議, 交謁更進
曰: "此必是海浪之徒, 無從陸之理, 此拒[36]某海門爲幾里, 某海口爲幾里,
急步追之, 宜無不及, 吾儕六百餘[37]名, 左右分隊, 飛赴於某浦某海之濱,
況某大村在某海口, 某大村在某浦邊, 彼雖累千徒衆, 吾豈有敗歸之理乎?"
上典大禁之, 其中首奴知事者, 十餘漢交謁更白曰: "賊將之[38]申托勿追者,
都[39]出於威脅也. 以小人六百壯丁, 公然見失億萬金財, 寧不大憤? 初頭
不[40]能接, 當以其不虞之遭, 而至若追踵, 則已有豫備, 何畏之有? 況浦口
不遠, 浦村甚大, 誠一追之, 宜無不獲, 萬一不獲, 必無見敗, 伏乞生員主,
一任小人輩, 周旋如何?" 衆論蜂起, 上典亦不能禁止. 忽於家後, 松竹[41]之
林, 遽有千餘丈夫, 發喊而出, 飛集於外堂之庭, 蹴之擠[42]之, 踏之拏之, 扶
鬐焉, 打腦焉, 瞥眼之頃, 六百奴丁, 碎之如土犬瓦鷄, 之拉[43]如枯鼠腐
鄒[44], 勢若風雨之飜紛, 疾如雷霆之馳驟, 瞬息之間, 擠夷踏平, 一時渡江,

---

31) 結交: 국도본·고대본·동양본·가람본에는 '交結'로 표기.
32) 大: 국도본·고대본·동양본·가람본에는 탈락.
33) 語: 동양본에는 '謂'로 표기.
34) 利益: 동양본에는 '益利'로 잘못 표기.
35) 毋: 고대본·가람본에는 '無'로 표기.
36) 拒: '距'로 표기해야 함.
37) 餘: 동양본에는 탈락.
38) 之: 국도본·고대본·가람본에는 잘못 탈락.
39) 都: 고대본에는 '徒'로 잘못 표기.
40) 不: 고대본에는 잘못 탈락.
41) 松竹: 고대본에는 '竹松'으로 표기.
42) 擠: 국도본·고대본·가람본에는 '臍'로 잘못 표기.
43) 之拉: 국도본·고대본·동양본·가람본에는 '拉之'로 표기. '拉之'가 맞음.
44) 鄒: '雛'로 표기해야 함.

又不知去處. 卽見近千奴僕, 一一僵仆於地, 拔目者, 折臂者, 鼻血者, 坼腦者, 折脅者[45], 拉齒者, 落耳者, 浮頰者, 碎頭者, 蹇脚者, 違骨者, 裂皮者, 氣急者, 窒塞者, 直視而喪魂者, 僵臥而不起者, 形形色色, 無一人不傷, 而實無一箇物故之弊. 其翌收拾驚魂, 周攷失物, 則無一存者, 而樻上靑驢, 亦又見亡. 其再明之曉, 忽有驢鳴之聲, 出於越江津頭, 而聲甚慣耳. 主人大驚, 急使往觀, 則所失靑驢, 以白銀鞍靑絲勒, 兀然獨立於江頭, 而鞍前以巨繩網, 盛一血淋漓頭, 掛於左邊, 且有一封書, 斜掛於馬勒之右, 皮封曰: '江壁里普施案執事, 月出島候狀.' 裏面曰: '月[46]前再渡趍晤[47], 出於許久經營, 而勢甚忙迫, 未能穩話, 謹[48]未審動止, 不瑕有損於不虞之患耶? 財帛之喪, 竊[49]料以執事洪量, 宜無有介于懷, 而[50]不有臨別贈言, 竟致奴僕之傷, 滄浪自取, 誰尤[51]誰咎, 所可銘感者, 以執事三百馱輕寶, 輸之爲海島中一年之糧, 多謝多謝, 貴驢奉完, 而馬鞍所懸之物, 卽犯令者也. 幸相考之如何. 不備. 年月日. 綠林客拜.' 主人見此, 失物之憤, 氷消雪瀜, 未或有胸中滯介[52], 而人或以慰, 則未嘗以逢賊答之, 輒曰: "今世[53]見傑男子, 而江山眉睫, 無由更睹[54], 尋常眷戀." 頗有怊悵云.

45) 者: 동양본에는 탈락.
46) 月: 고대본·동양본·가람본에는 '日'로 표기. '日'이 맞음.
47) 晤: 동양본에는 '悟'로 표기.
48) 謹: 국도본·고대본·동양본·가람본에는 '第'로 표기.
49) 竊: 고대본에는 '切'로 잘못 표기. 가람본에는 '窃'으로 표기.
50) 而: 동양본에는 '矣'로 표기.
51) 尤: 고대본에는 '怨'으로 표기.
52) 介: 국도본·고대본·동양본·가람본에는 '芥'로 표기.
53) 世: 고대본에는 잘못 탈락.
54) 睹: 국도본·고대본·동양본·가람본·성균관대본에는 '覩'로 표기.

남한산성을 지나면서 오랑캐의 침략을 예언하다

선전관 박진헌^{朴震憲}은 평구촌^{平邱村, 평구역(平丘驛), 지금의 경기도 남양주 삼패동}에 살았다. 젊었을 때 문장에 능했고 무예에도 뛰어났다. 가난하게 살면서 어머니를 모셨는데, 매일 아침이면 활과 화살을 갖고 나가 반드시 꿩을 잡아와서 어머니께 반찬으로 올렸다.

하루는 꿩을 발견하고 활을 쏘았는데, 꿩이 화살을 맞은 채 날아가다 숲속에 떨어졌다. 박생이 가서 보니 꿩은 없고 화살이 책 한 권 위에 떨어져 있었다. 이상하게 여겨 책을 펴보니 거기에는 하도[1]와 낙서[2]의 이치가 상세히 적혀 있었다.

집으로 돌아와 그 이치를 따져 탐구했다. 그로부터 사람의 가난과 출세나 일의 길흉을 미리 알았는데 부절이 꼭 들어맞는 것처럼 정확했다.

---

1) 하도(河圖): 중국 복희씨(伏羲氏) 때 황하에서 용마(龍馬)가 지고 나온 그림으로, 역괘(易卦)의 기초가 되었다 한다.
2) 낙서(洛書): 중국 하(夏)나라의 우왕(禹王)이 홍수를 다스렸을 때 낙수(洛水)에서 나온 거북이 등에 쓰여 있던 글. 홍범구주의 기원이 되었다 한다.

광해조의 간흉 이이첨[3]은 박생과 성이 다른 오촌 당숙이었다. 권력을 독점해서 일을 꾸미는 기세가 하늘을 찌를 듯했다. 매번 박생을 불러 자기 아들들과 함께 과거 공부를 하라고 했다. 박생은 그럴 때마다 웃으며 그러겠다 하고는 끝내 가지 않았다. 다른 사람이 그 까닭을 물으면 다음과 같이 대답했다.

"이이첨은 간사하고 흉악해서 오래지 않아 큰 살육전에 빠질 것이오. 만일 그 집에 드나든다면 큰 화가 미칠까 걱정되기 때문이죠."

그뒤로도 이이첨은 여러 번 박생을 유혹하며 말했다.

"네가 등과한다면 문형[4]과 전장[5]은 틀림없이 네게 돌아갈 것이다."

또 길흉화복의 설로 박생에게 공갈을 하기도 했다. 그러자 박생은 화가 두려워 공부를 포기하고 무과에 급제했다. 이이첨의 아들들과 공부하고 싶지 않았기 때문이었다. 벼슬이 선전관에 이르러서는 주춤하며 더이상 오르지 않았다.

승지 이지무[6]는 급제하기 전에 친구 참봉 윤 아무개와 함께 광릉光陵 재실齋室에서 책문策問 짓는 공부를 하고 있었다.

하루는 박생이 이지무가 있는 재실을 찾았다. 이지무는 박생의 조카

---

3) 이이첨(李爾瞻, 1569~1623): 광해군이 즉위하자 예조판서에 올랐다. 광해군의 형 임해군에게 역모 혐의를 씌워 강화도에 위리안치하고 사사(賜死)했으며, 광해군의 조카 진릉군(晉陵君)도 같은 방법으로 제거했다. 1613년 서양갑과 박응서(朴應犀)를 사주해서, 인목대비의 아버지 김제남이 영창대군을 왕으로 추대하는 역모를 꾀한다고 자백하게 해서 계축옥사를 일으켰다. 영창대군을 강화도에 안치하여 죽게 하고 김제남을 사사했다. 1617년 정인홍과 함께 폐모론(廢母論)을 주장하여 이듬해 인목대비를 유폐했다. 1623년 인조반정이 일어나 광해군이 폐위되자 참형되었으며 그의 세 아들도 모두 죽임을 당했다.
4) 문형(文衡): 대제학(大提學)의 별칭이다. 대제학이라도 문형의 칭호를 얻으려면 홍문관대제학(弘文館大提學), 예문관대제학(藝文館大提學), 성균관대사성(成均館大司成) 등을 역임해야 했다. 문형은 바로 이들 삼관의 최고책임자이자 실무자로서 당대의 관학계(官學界)를 공식적으로 대표하는 자리였다. 유림(儒林)과 사원(詞苑)이 모두 문형의 지도에 속했기에 조선시대 문과 벼슬 중 문형에 오르는 것을 최고의 영예로 여겼다.
5) 전장(銓長): 조선시대에 문·무관의 인사 행정을 담당했던 이조·병조의 판서를 이르던 말. 무관보다는 문관의 인사권이 중시되어 이조판서의 비중이 특히 더 컸다.

뻘 되는 사람이었다. 이지무는 박생이 오는 걸 보고는 급히 일어나 계단 아래로 내려가 말했다.

"선전 숙부님 오셨습니까?"

그러고는 맞이하며 마루에 오르게 했다. 윤 아무개는 박생이 무인인 걸 깔보고 드러누워 일어나지도 않았다. 박생은 이지무를 어린아이처럼 대하며 물었다.

"책문은 몇 수나 지었는가?"

"겨우 대여섯 수 지었습니다."

그러고는 그것을 꺼내 보여드렸다.

박생이 다 훑어보고 말했다.

"이게 첫번째 지은 것이고 저건 두번째로 지은 것이구나."

그리고 세번째, 네번째, 다섯번째, 여섯번째로 지은 것을 낱낱이 다 말해주었다. 이어 이지무의 앞날을 점쳐주었다.

"너는 올가을 증광시에 반드시 합격할 것이다."

그러자 이지무가 대꾸했다.

"숙부님의 재능으로 대장의 자리에 오르신다면 반드시 큰 공훈을 세울 것입니다."

"그건 불가능한 일이지! 내 운명은 너무나 사나워 큰 직책을 맡을 수가 없다. 만약 훌륭한 장군이 있어 나를 좌막^{佐幕, 감사(監司)·유수(留守)·병사(兵使)·}으로 삼아 계책을 돕게 한^{수사(水使) 따위를 따라다니는 관원의 하나로 비장(裨將)을 가리킨다}으로 삼아 계책을 돕게 한 다면, 그건 아마 성공할 수 있을 게다."

─────

6) 이지무(李枝茂, 1604~1678): 1635년 증광문과에 병과로 급제했다. 1655년 장령과 필선을 역임하다가, 서장관으로서 동지겸사은사(冬至兼謝恩使)로 청나라에 다녀왔다. 귀국 후 금립군이 청나라에 체류하고 있을 때, 국가의 허락을 받지 않고 정문(呈文)을 작성해서 딸의 소환을 청나라 조정에 주청한 일이 조정에 알려졌다. 이에 연루되어 관직을 박탈당하고 사대문 밖으로 쫓겨났다.

윤 아무개가 그 말을 듣고는 깜짝 놀라 일어나서는 공경을 표하며 자기 잘못에 대해 용서를 빌었다. 그러고는 자기가 지은 책문을 보여주니 박생이 말했다.

"정말 재주 있는 인물일세. 우리 조카가 따라갈 수 없을 정도야."

그리고 그의 앞날도 점쳐주었다.

"급제는 우리 조카보다 조금 늦을 걸세."

그해 가을 과연 윤 아무개는 과거에 낙방하고 이지무는 합격했다. 삼년 뒤 윤 아무개도 합격했다 한다.

그뒤 갑술년1634년(인조 12)과 을해년1635년(인조 13) 사이에 박생이 다른 사람과 함께 남한산에 올랐다가 크게 놀라며 말했다.

"이곳은 빼앗길 성이네. 얼마 안 있어 나라에 큰 병화가 있을 것이며, 임금이 타신 수레가 피란해 이곳에 이를 걸세."

그러고는 임금이 포위당했다가 성에서 나가게 될 거라고 분명히 말했다.

"그때를 만나서 나를 도원수로 삼으면 능히 적을 막아낼 수 있을 텐데, 나는 틀림없이 그전에 죽을 걸세. 설사 죽지 않는다 하더라도 세상에는 나를 알아줄 자가 없지."

그러면서 한참 동안 탄식했다.

병자년 겨울에 이르러 과연 그의 말이 맞았음이 드러났다. 박생은 그보다 몇 달 앞서 이미 죽었다 한다.

過南漢預筭虜兵

朴宣傳震憲, 居在平邱村. 少時能文章, 又善武藝, 窮居奉母, 每朝持弓矢而出, 必射雉而歸, 以供親饌矣. 一日遇雉射之, 雉帶箭衝起, 飛落于叢薄[7]間, 朴往見之, 雉則不見, 矢着在于一部冊上. 朴異之, 披視之, 卽詳論河圖洛書數者. 遂歸家, 推究其理, 自是之後, 凡人之[8]窮達, 事之吉凶, 無不前知, 如合符節. 當光海朝, 凶人李爾瞻, 卽朴之異姓五寸叔也. 專權用事, 勢焰熏[9]天, 每招致朴, 使與其諸子, 同做科工, 朴笑諾而退, 終不往. 人[10]或問其故, 則曰: "李奸凶也, 未久必陷大戮, 若出入[11]其門, 恐及於大禍." 其後爾瞻, 累誘之曰: "使汝登科, 文衡銓長, 是汝倘[12]來物." 又以禍福之說, 恐喝之, 朴懼禍, 遂棄儒業, 登武科, 盖不欲與爾瞻諸子同工也. 官至宣傳, 蹭蹬不顯. 李承旨枝茂, 未第時, 與友人尹㸐奉某, 做策工於[13]光陵齋室. 一日朴歷訪李于齋所[14], 盖李卽朴之族侄[15]也. 見其至, 遽起下階曰: "宣傳叔主來矣?" 迎入升堂, 尹以朴是[16]武人, 輕視之, 臥而不起, 朴待李如小兒, 問曰: "汝做策幾首?" 李曰: "僅[17]五六首." 仍出以[18]示之, 朴覽畢曰: "此是汝第一做, 此是汝[19]第二做." 其餘第三[20]第四[21]第五第[22]六, 無不歷歷言之. 仍推筭李命曰: "汝必捷今秋[23]增廣科矣." 李曰: "以我叔主[24]之才, 若任大將, 必建大勳業矣." 朴曰: "不可[25]! 吾命道甚奇, 不可當大任. 若得

---

7) 薄: 고대본·가람본·성균관대본에는 '林'으로 표기.

8) 之: 고대본·가람본에는 '之'가 탈락.

9) 熏: 국도본·가람본에는 '重'으로, 고대본·성균관대본에는 '衝'으로 표기. '衝'이 맞음.

10) 人: 국도본·고대본·가람본·성균관대본에는 '人'이 탈락.

11) 出入: 국도본에는 '入出'로 잘못 표기.

12) 倘: 국도본·고대본·가람본·성균관대본에는 '當'으로 나옴. '當'이 맞음.

13) 於: 동양본에는 탈락.

14) 所: 고대본·가람본에는 '室'로 표기.

15) 侄: 국도본에는 '姪'로 표기.

16) 是: 국도본·고대본·가람본에는 잘못 탈락.

17) 僅: 동양본·가람본·국도본에는 '堇'으로 표기.

18) 以: 국도본·고대본·가람본·성균관대본에는 '而'로 표기.

19) 汝: 동양본에는 탈락.

20) 국도본·고대본·가람본에는 '做'가 더 나옴.

21) 고대본·가람본에는 '做'가 더 나옴.

22) 第: 고대본·가람본에는 탈락.

23) 必捷今秋: 국도본·고대본·가람본·성균관대본에는 '今秋必捷'으로 표기.

24) 主: 국도본·고대본·동양본·가람본에는 탈락.

25) 不可: 고대본·가람본에는 잘못 탈락.

一良將, 而使我爲佐幕贊劃, 則庶幾成功也." 尹聞之, 始瞿[26]然[27]大驚起, [28]而致敬謝其前過, 遂出示其策, 朴曰: "眞實才也. 非李佺[29]所及." 又籌其命曰: "登科則稍後於李佺[30]矣." 是秋尹果見屈, 而李登第, 後三年, 尹亦登第云. 其後, 甲戌乙亥間, 與人登南漢山, 大驚曰: "此出降城也. 未久國有大兵禍, 鑾輿必播遷到此." 仍言受圍出城事甚分明曰: "當其時, 使吾爲都元帥, 可以禦敵, 而吾死必在其前, 設使吾不死, 世無知我者." 嗟惋久之. 至[31]丙子冬, 其言果驗, 而[32]朴則先數月已死云.

<hr />

26) 瞿: 고대본·가람본에는 '懼'로 표기.
27) 瞿然(구연): 깜짝 놀라는 모양.
28) 고대본에는 '而致驚起' 부분이 더 나옴.
29) 佺: 국도본·일사본에는 '姪'로 표기.
30) 佺: 국도본·일사본에는 '姪'로 표기.
31) 至: 고대본·가람본에는 잘못 탈락.
32) 而: 국도본·고대본·가람본에는 '言'으로 잘못 표기.

금성 원이 되어 김가를 때려죽이다

연산군 폐첩^{嬖妾, 아양을 떨어 귀여움을 받는 첩}의 오라비 김가는 호남 나주에 살았다. 그는 누이의 세력을 믿고 멋대로 위세를 부렸다. 남의 논밭을 약탈하고 노비를 빼앗아갔으며, 돈과 곡식, 소와 말까지도 자기 물건인 양 사용했다. 자기에게 순종하면 살려주고 거역하면 죽였다. 그런데도 도내 사람들은 모두 두려워할 뿐 누구도 감히 어쩌지 못했다.

도내에 수령이 새로 부임하면 먼 거리에 있는 자는 이십 일 안, 그다음은 십오 일, 그다음은 십 일, 오 일 안에 김가를 알현해야 했다. 가까운 읍에 부임했으면 삼 일을 넘기지 않아야 했으며, 본읍 수령은 부임한 날 바로 와서 알현해야 했다. 연명延命, 고을 원이 감사(監司)를 찾아가 처음 인사를 드리는 의식은 늦출 수 있어도 이 기한은 감히 어기지 못했다.

김가는 걸음이 빠른 종 세 명을 데리고 있었는데, 그들은 하루 반이면 서울에 도착할 수 있었다. 만약 마음에 들지 않는 수령이 있으면 김가는 즉시 누이에게 알려 벌을 주거나 파면시켜버렸다.

눌재訥齋 박상[1]이 분통을 이기지 못해 나주 목사를 자원했다. 임지에 도착해서는 닷새가 지나도 김가를 알현하지 않았다. 그러자 김가의 건달이 와서 호장戶長, 이방吏房, 수형리와 좌수座首를 잡아갔다. 박공이 듣고는 즉시 장교, 형리, 관노, 사령 및 읍내 건장한 장정 등 백여 명을 김가 집으로 보내 집을 둘러싸게 하고는 명령했다.

"김가 놈을 잡아오지 못하면 대신 죽을 줄 알라!"

한참 뒤 김가 놈을 묶어서 데려왔다. 박공은 한편으로 감영에 보고하고 다른 한편으로는 큰 몽둥이로 김가의 무릎을 치니, 열 대도 안 맞았는데 죽어버려서 즉시 그를 끌어냈다.

감사는 보고를 받고 크게 놀란 나머지 도사都事를 급히 보내 김가를 구하려 했다. 하지만 도사가 도착했을 때는 이미 일이 끝난지라 어쩔 수가 없었다.

박공은 인끈을 풀어버리고 말에 올라타 급히 떠났다. 노령을 넘어 천원川院에 이르자 갑자기 마음이 바뀌었다. 큰길을 버리고 왼쪽 길을 택해 곧바로 흥덕興德 쪽으로 향했다.

애초에 박공이 김가를 잡아갈 때 걸음이 빠른 종 하나가 하루 반 만에 서울로 들어가서 김가의 누이에게 보고했다. 그녀가 즉시 연산군에게 알렸다. 연산군은 크게 노여워하며 즉시 금부도사로 하여금 사약을 갖고 가서 박공을 사사하도록 했다.

이때 서울에 살던 박공의 조카가 이 소문을 듣고는 급히 소렴小殮, 운명한 다음날에 하는 일로서 시신을 베로 싸서 묶어 입관하도록 준비하는 절차에 필요한 물건들을 사서 남쪽으로 바삐 말을 달려 내려갔다. 그는 금부도사 일행보다 앞서 천원에 도착해 나주 하인을 만나 박공이 흥덕 쪽으로 갔음을 알게 되었다. 즉시 뒤를 쫓아가니 고부古阜 읍내에서 박공을 만날 수 있었다.

---

1) 박상(朴祥, 1474~1530): 중종 때의 문신. 연산군 대에 문과에 급제하여 목사를 지냈다. 청백리로 유명했으며, 문장이 뛰어났다.

조카는 사약 내린 일에 대해서는 차마 바로 이야기하지 못하고 짐짓 이렇게 말했다.

"숙부님이 김가 놈을 엄중하게 다스렸다는 말을 듣고는 장차 화가 미칠 것 같아 구해드리고자 왔습니다."

박공은 일이 그렇게 빨리 알려진 것이 이상해서 조카가 소문을 들은 날짜를 물어보았다. 과연 김가가 죽은 지 하루 반이 지난 뒤였다. 함께 서울로 올라가다 조카는 중간에서 먼저 말을 달려 성안으로 들어가 박공의 친구들을 만나서 사정을 상세하게 알렸다. 여러 친구는 앞다투어 술을 마련해서 강 밖으로 나갔다. 박공을 맞이해 한강 시골집에 몰래 숨기고는 날마다 술을 마시고 취하게 해서 정신을 흩트려놓았다.

한편 금부도사는 나주로 달려갔다가 박공이 이미 상경했다는 소식을 들었다. 임금께 계啓를 올리게 하고 자기는 급히 말 머리를 돌려 추격했지만 따라잡지 못했다.

서울에 이르니 중흥한 세력이 의거를 일으켜 반정反正을 끝낸 상태였다. 즉시 박공에게 부제학 벼슬이 내려졌지만, 박공은 숙취에서 깨어나지 못해 반정이 일어난 것도 몰랐다. 성안으로 들어가 사은하니 임금께서 인견引見하셨다. 공이 우러러보며 말했다.

"천안天顔께옵서 하직 인사 올릴 때와 같지 않사옵니다."

옆에서 반정이 일어난 사실을 알려주었다. 그러자 공은 대궐 문을 나가서 그날 바로 고향으로 돌아갔다 한다.

宰錦城杖殺金漢

燕山朝嬖妾之甥, 姓金者, 居在湖南之羅州. 恃其妹勢, 大張威福, 攘取人田畓, 橫奪人[2]奴婢[3], 至若錢穀牛馬. 用若己物. 順之者生, 逆之者死, 一道惴惴, 人莫敢誰何. 道內守令之新到任者, 遠道則二十日內來謁, 其次十五日, 又其次十日五日, 而近邑則不出三日, 本倅則當日來謁, 延命則雖或遲滯. 而此期則不敢違越. 家畜如飛善步者三奴, 一日半, 能入京, 守令如有不如[4]意者, 卽報于其妹, 或罪或罷. 朴訥齋祥, 不勝憤痛, 自求[5]爲羅[6]牧, 到任五日, 不往見, 金漢潑皮, 推捉三[7]公兄及座首. 朴公聞之, 卽發將校刑吏官奴使令及邑內壯健人幷百餘人, 使之圍[8]繞其家, 分付曰: "若不捉致金漢, 則當死." 良久縛以致之, 朴公一邊報于監營, 一邊以大杖打其膝, 未及十杖卽死, 卽昇出之, 監司見其報, 大驚急令都事, 往救之, 至則已無及矣. 朴公解其印綬, 急跨馬登程, 行踰蘆嶺, 至川院, 忽心動, 捨其大路, 遂取左路, 直向興德而行. 當初朴公之捉致金漢也, 其奴善步[9]者一人, 一日[10]半入京[11], 報于其妹, 其妹卽通于燕山, 燕山大怒, 卽發遣禁府都事, 持藥物, 使之賜死. 時朴公之姪[12]在京者, 聞有是命, 急貿小斂諸[13]具, 疾馳南下, 先於禁都之行, 行到川院, 逢羅州下人, 知朴公由興德路行, 卽往追之, 及於古阜邑內, 不忍直言賜藥事, 紿曰: "聞叔父重治金漢, 禍將不測, 故欲來救耳." 朴公怪其速知, 詳問其所聞日子, 果是金漢死後一日半也. 遂與同行上[14]京, 其姪自中路, 先馳入城, 見公之親友, [15]詳言曲折, 諸親

2) 人: 고대본에는 잘못 탈락.
3) 奴婢: 동양본에는 '婢奴'로 표기.
4) 如: 국도본·고대본·가람본에는 잘못 탈락.
5) 求: 국도본·고대본·가람본에는 '救'로 잘못 표기.
6) 羅: 국도본·가람본·성균관대본에는 '羅州'로 표기.
7) 三: 고대본에는 '之'로 잘못 표기.
8) 圍: 동양본에는 탈락.
9) 步: 고대본에는 '報'로 잘못 표기.
10) 日: 동양본에는 '夜'로 표기.
11) 京: 고대본에는 '城'이 더 나옴.
12) 姪: 국도본·고대본·가람본에는 '侄'로 표기.
13) 諸: 동양본에는 잘못 탈락.
14) 上: 국도본·고대본·동양본·가람본·일사본·성균관대본은 '向'으로 표기.
15) 고대본·가람본에는 '皆'가 더 나옴.

友¹⁶⁾爭持酒, 出迎于江外, 潛爲仍¹⁷⁾置于漢江村舍, 日日歡飮, 使之醉倒昏
迷. 都事馳往羅州, 聞朴公已上京, 一邊馳啓, 急回馬追之, 未及. 至京, 中
興諸公, 已謀擧義反正矣. 卽拜¹⁸⁾朴公爲副提學, 公宿醉未醒, 不知已爲反
正矣. 入城謝恩, 上引見, 公仰瞻曰¹⁹⁾: "天顔與辭朝時不同矣." 左右告以反
正事, 公出闕門, 卽於是日歸鄕云.

---

16) 友: 동양본에는 탈락.
17) 仍: 국도본·고대본·동양본·가람본·성균관대본에는 '引'으로 표기. '引'이 맞음.
18) 拜: 국도본·동양본·가람본·성균관대본에는 '拜'로 표기. '拜'가 맞음.
19) 曰: 고대본에는 잘못 탈락.

가난한 선비가 속임수로 벼슬을 얻다

옛날에 한 양반이 있었는데 글을 못 짓고 글씨도 형편없었으며, 집안 또한 가난했다. 때때로 과거에 응시했지만 자기 힘으로 치른 적이 없었다. 친구 뒤를 따라다니다 남은 글이나 글씨를 얻어 시권試券, 답안지으로 바쳤을 따름이었다.

요행히도 소과小科 향시鄕試에 합격했다. 회시會試 치를 날이 점점 다가오는데 자기가 쓴 글과 글씨로는 가망이 없을 것만 같았다. 그러나 그냥 앉아 있기만 할 수도 없어 정초正草, 과거 답안지 종이 한 장을 가지고 혼자 과거장으로 들어갔다. 사방을 둘러봐도 아는 사람이 없었다. 글과 글씨를 빌릴 수 없을 것 같아서 이리저리 돌아다니기만 했다.

그때 관서 지방 거벽巨擘으로 나라에 이름이 난 사람이 다른 이를 대신해 글을 지어주려고 과거장에 들어와 있는 것을 보았다. 선비는 일찍이 다른 자리에서 그를 본 적이 있었다. 즉시 접接, 과거에 응시하는 유생들의 구역으로 가서 인사를 나누고는 말했다.

"엄숙한 과거장에 함부로 들어오셨습니다. 내가 한마디만 하면 일이 예측할 수 없게 되겠지요."

거벽과 그에게 글을 지어달라고 부탁한 사람이 온통 붉어진 얼굴로 당황해 두려워하며 몸을 벌벌 떨었다. 선비가 또 말했다.

"시 한 수를 정성을 다해 잘 지어주신다면 말하지 않겠습니다."

그러자 거벽은 붓을 잡고 일필휘지해서 잠깐 사이에 시 한 수를 지어주었다.

이렇게 속임수를 써서 글을 얻긴 했지만 글씨를 써줄 사람이 없었다. 시권을 들고 배회하다가 때마침 글씨는 잘 쓰지만 글은 잘 짓지 못하는 자가 글 잘 짓는 사람과 솜씨를 교환하기로 약속했다가, 시간이 임박했는데도 그자가 나타나지 않아 붓만 잡고 안절부절못하고 있는 모습을 보았다. 선비는 또 그 자리로 가서 초면 인사를 나누고 낭패당한 처지를 위로해주었다. 그러고는 자기가 글은 잘 짓지만 글씨를 못 쓰니 자기와 솜씨를 교환하자며 갖고 있던 시를 보여주었다. 글씨에 능했던 자는 비록 글을 잘 짓지는 못했지만 과거문의 체격體格은 알아볼 줄 알았기에 그 시를 보고는 잘 지은 글임을 금방 알아챘다. 그는 매우 급해 어찌할 바를 모르던 차에 다행히도 기회를 얻은지라 그렇게 하자고 했다. 그는 시권을 펼쳐서 먹을 갈아 붓을 휘둘러 쓰면서도 거듭 선비를 돌아보면서 말했다.

"내가 온 정성을 다해 잘 베껴드릴 테니, 당신도 그동안 반드시 온 뜻을 다해 시 한 수를 지어놓고 기다리시오."

선비는 그러겠노라 하고, 초지草紙, 글의 초를 잡는 데 쓰는 종이를 꺼내서는 초고를 쓰는 것처럼 재빨리 썼다가 묵권[1]을 찍어 다른 사람이 판독하지 못하게 만들었다. 시권을 다 베끼자 즉시 말아서 갖고 가서는 남몰래 지은

---

1) 묵권(墨圈): 문장의 마디가 끊어지고 새로운 마디가 시작되거나 새로운 주석이 시작되는 첫머리에 찍는, 검은 바탕의 둥글거나 네모난 점.

시문의 초고 한 장을 글씨에 능한 사람에게 던져주었다.

"시권을 제출하고 올 테니 잠시만 기다려주시오."

그러고는 시권을 들고 곧바로 대臺 위쪽으로 가서 일부러 금줄 안으로 들어갔다. 시관試官과 군사들이 이를 보고서 법을 어겼다며 어서 잡아오게 했다. 선비가 군인들에게 돈을 주며 말했다.

"내가 접으로 돌아가겠다 하더라도 그 말을 안 들어주겠다는 듯 그냥 밖으로 내쫓아주시게. 잠시도 내가 과거장에 머무르지 못하게 해주게나."

군인들은 이미 뇌물을 받았고 또 시험관의 지시가 매우 엄하니, 어찌 잠시라도 지체할 수 있겠는가? 선비를 앞에서 끌고 뒤에서 안아 밀치며 바삐 몰아냈다.

선비가 일부러 군인들에게 애걸하는 시늉을 하며 말했다.

"내게 천만번 긴요한 일이 있으니 잠시만 풀어주게나. 우리 접으로 잠시 갔다가 돌아오겠네."

군인들이 어찌 그 말을 따르겠는가? 네 번 다섯 번 무수히 애걸해도 한결같이 단호하게 거절했다. 마침내 그 접을 지나쳐갈 때 선비가 멀찌감치 떨어져 있는 글씨 잘 쓰는 사람에게 말했다.

"일이 이 지경이 되었으니 나로서도 어쩔 도리가 없소."

이로써 선비는 과거장 밖으로 나갈 수 있었다.

방이 붙었는데 과연 선비가 장원으로 합격했다.

선비는 소과에 급제하여 벼슬에 뜻을 두게 되었지만 세력도 없고 도와줄 사람도 없었다. 별다른 뾰족한 수가 없었다.

그 무렵 때마침 이조판서가 나이 삼십이 다 된 외아들을 잃고는 바보가 된 듯 미쳐버린 듯했다. 이후로 벼슬길에 대한 욕심을 버리고 오직 공인으로서 해야 할 일만 하는 시늉을 하고 있었다. 진사는 속으로 또 꾀를 내어 이조판서의 아들에 대해 세밀하게 조사했다. 나이와 성품, 글재주와 학식, 평소 같이 지내던 사람, 공부한 곳, 유람한 곳 등을 일일이 상세하게 알아두었다. 그러고는 남산 아래에 글 잘 짓는 선비를 찾아가 제문祭文 한 통을 지어달라고 간곡히 부탁했다. 제문에는 지극한 애통함이 담겨 있었다. 모처에서 서로 알게 됐고 아무개 집에서 함께 공부했으며, 어느 절에서 책을 같이 읽었다는 내용이 다 들어가 있었다. 나이가 몇 살 차이 나지만 정분은 아교와 옻칠처럼 단단했다고 썼다. 대대로 사귀어온 정이라 칭찬하고는 그 집안이 대대로 쌓아온 미덕을 다 기술해서, 읽는 자가 한 번만 봐도 제문의 대상이 나이는 몇이고 누구의 자손인지를 알 수 있게 했다.

전奠, 장례 전 영좌(靈座) 앞에 간단한 술과 과일을 차려놓는 예식으로 올릴 닭과 술을 준비해서 이조판서가 공무를 보러 가 집을 비운 사이 그 집으로 갔다. 종들과 청지기들을 시켜 영위靈位를 모셔놓는 자리의 문을 열게 하고 전을 차렸다. 술을 따르고 꿇어앉아 제문을 읽는데 흐느끼느라 소리를 제대로 내지도 못했다. 이어서 대성통곡을 하며 오랫동안 애통해하다가 떠났다.

그날 저녁 이조판서가 돌아와 안방으로 들어가니 부인이 말했다.

"아까 모 동의 아무개라는 선비가 왔어요. 죽은 아이의 절친한 친구라며 전을 차려놓고 제문을 지어 읽고는 반나절 동안이나 통곡하다 돌아갔습니다."

이조판서가 매우 이상하게 생각하고는 그 제문을 가져와 읽어보니 여러 편 여러 폭에 수백 행이 넘었고 글과 글씨도 매우 아름다웠다. 그래서 탄식하며 말했다.

"우리 아이가 이처럼 아름다운 선비와 절친한 친구로 지냈는데, 내가 어찌 알지 못했던가? 대대로 이어진 문벌을 보니 행세를 하며 잘살아온 유서 깊은 양반집이구나. 나이가 사십에 가까워 마침 벼슬을 하기에도 적합하구나. 재상이 집에 없는 틈에 그 자식의 영전에 전을 올린 것을 보니 지조 또한 높이 살 만하다."

마침내 도목정사에서 많은 사람을 제치고 벼슬에 추천해주었다. 선비는 비로소 벼슬을 하게 되었다.

窮儒詭計得科宦

昔有一班族, 不文不筆, 家且貧婁. 時或赴擧, 而不能自設一接, 只從親
友之後, 得餘文餘筆, 而呈劵矣. 僥倖得一監解, 會圍[2)]漸迫, 而旣無文筆,
無以觀光, 然難於坐停[3)], 乃携一張正草, 單身入場, 四顧無親, 借述借筆,
亦無其路, 政爾彷徨, 忽見關西巨擘, 有名於國中者, 爲人借述, 冒入場[4)]屋,
曾有一面於他坐[5)]矣. 卽往其接, 敍寒喧畢, 卽曰: "莫重場屋, 無難冒入,
吾[6)]若一言, 事當不測." 其巨擘及主人, 滿面發赤, 惶怵戰栗[7)], 其士乃曰:
"詩一首, 盡意善做, 爲[8)]先給我, 則我當不言矣." 其巨擘乃操紙[9)]揮毫, 頃
刻製出以給之. 文則雖幸詭計得之, 又無以寫呈, 方抱劵周回之際, 適有能
筆, 而短於文者, 與人相約換手, 而臨期狼狽, 操筆苦吟. 又乃就其座, 先敍
前日未一見之語, 次[10)]慰同接狼狽之事, 且言自家有文無筆, 要與換手, 仍
示自家所持之詩, 其能筆者, 雖不能善文, 猶能知科文體格[11)], 取見其詩,
則果善做者也. 方甚罔措, 猶幸得此, 遂許之. 仍展劵, 磨墨揮毫寫之, 頻頻
回顧曰: "我則當致誠善寫, 須於其間, 盡意做出一首詩以待也." 其人曰:
"諾." 遂出草紙, 若出草樣, 颯颯書之, 仍又墨圈, 使他人莫可辨識, 待寫劵

---

2) 會圍(회위): 회시(會試). 소과의 초시에 합격한 사람이 볼 수 있었던 복시. 여기에 합격한 사
　람이 대과에 응시할 수 있었다.
3) 停: 고대본·가람본·성균관대본에는 '定'으로 표기.
4) 場: 국도본·고대본·가람본은 '墻'으로 잘못 표기.
5) 坐: 동양본에는 '座'로 표기.
6) 吾: 고대본에는 '當'이 더 나옴.
7) 栗: 고대본·동양본·성균관대본에는 '慄'로 표기.
8) 爲: 동양본에는 탈락.
9) 紙: 국도본·고대본·가람본·성균관대본에는 '筆'이 더 나옴.
10) 次: 고대본·성균관대본에는 '且'로 잘못 표기.
11) 體格: 고대본·가람본·성균관대본에는 '格体'로 표기.

畢, 卽爲捲持, 仍投暗草一張於能書人曰: "呈券後, 吾當卽還, 姑待之." 遂
抱券, 直[12]向臺上, 故爲躍入於綱內, 試官及軍士輩見之, 以爲犯法, 使之
速速押出, 其士人以錢兩授軍人曰: "吾雖欲還入接中, 愼勿[13]聽之, 只顧逐
出, 俾不得一刻留連於[14]場內." 軍人旣受其賂, 又試官分付至嚴, 豈欲暫時
徐緩? 前引後擁, 忙忙逐出, 其士人, 故作哀乞樣於軍人曰: "吾有萬萬緊關
事, 幸少緩, 俾吾還入吾接." 軍人輩那裡[15]肯從? 四次五次, 無數懇求, 而
一向牢拒. 遂過其接而出來之際, 遙語能書人曰: "事[16]旣到此, 無可奈何."
云云. 仍爲出場, 及其榜出, 果得嵬捷. 某士旣得小科之後, 又生筮仕之意,
而無勢力, 無拚援[17], 莫可奈何. 適其時, 吏判新喪其近三十獨子, 如癡如
狂, 無意榮途[18]而黽勉行公. 某進士, 心生一計, 細探吏判之子, 年歲性稟,
才華文識及平日交遊之爲某某, 做工於何處, 遊覽於何處, 一一詳知, 往懇
於南山下文章之士, 搆出祭文一通, 極其哀痛, 備言相識於某處, 同做於某
家, 伴讀於某寺, 年歲則差以幾年, 交分則厚似[19]膠柒, 稱以世誼, 而備述
渠家世德, 俾人之見之者, 一按可知爲年歲幾何, 誰之子孫, 仍備鷄酒之奠,
瞰吏判之赴公, 躬往其家, 使奴傔輩, 開几筵門[20], 設奠斟酒, 跪讀祭文而
嗚咽[21]不成聲, 仍又放聲大哭, 哀痛良久而去. 其夕吏判自公而退, 入內則
其夫人曰: "俄有一士, 稱以某洞某進士, 稱以亡兒之切友, 具奠爲文, 痛哭
半晌而去." 云云. 吏判大異之, 取其祭文, 而見之則連篇屢幅, 殆過數百行,

---

12) 直: 고대본·성균관대본에는 '卽'으로 표기.
13) 勿: 국도본·고대본·가람본·성균관대본에는 '出'로 표기.
14) 於: 고대본·가람본·성균관대본에는 탈락.
15) 裡: 국도본·고대본·가람본·성균관대본에는 '裏'로 표기.
16) 事: 국도본에는 탈락.
17) 援: 동양본에는 '緩'으로 잘못 표기.
18) 榮途: 벼슬길. 고대본·가람본·성균관대본에는 '途'이 '道'로 표기.
19) 似: 국도본·고대본·동양본·가람본·성균관대본에는 '若'으로 표기.
20) 門: 국도본·고대본·가람본·성균관대본에는 잘못 탈락.
21) 咽: 국도본·고대본·가람본·성균관대본에는 '呼'로 잘못 표기.

而文筆[22]俱極佳[23], 嘆[24]曰: "吾兒有如此切友佳士, 而吾何以不得知乎? 觀其世閥, 則乃是故家班族, 且年近四旬, 政合筮仕, 且瞰宰相之不在家, 而奠于其子之靈筵者, 其志操, 尤可尙." 遂於都政, 排衆檢擬, 得以筮仕焉.

기생의 편지 덕에 장원급제한 여정승

정승 여성제[1]는 경전을 공부하여 급제했다. 회시會試에서 강講, 배운 글이나 들은 말을 선생이나 시관 앞에서 외우는 일을 하는 날 들어가 강석에 앉아 있었다. 강지講紙, 과거에서 강서(講書) 시험을 볼 때 쓰는 종이가 장막 속에서 나왔는데, 칠대문[2]이 쓰여 있었다. 『주역』부터 시작해 『시경』『서경』『논어』『맹자』『중용』까지 모두 순통純通, 책을 잘 외우고 그 내용을 잘 파악함하여 14분[3]을 얻고, 『대학』에 이르렀다. 『대학』은 관례상 조粗를 청하기에, 12분 반이면 급제를 하게 되어 있었다.

---

1) 여성제(呂聖齊, 1625~1691): 1650년 생원이 되고, 1654년 정시문과(庭試文科)에 장원으로 급제했다. 1684년 병조판서가 되었고 이조판서를 지낸 뒤 1688년 우의정이 되었고 영의정까지 역임했다.
2) 칠대문(七大文): 강경시(講經試)에서는 사서삼경에서 각각 한 대문(大文)을 뽑아 암송하게 했는데, 그것이 칠대문이 되었다.
3) 분(分): 과거시험이나 향교시험 평가 점수 단위. 성적 등급은 통(通), 약(略), 조(粗) 등이 있는데 분으로 환산하면 통은 2분, 약은 1분, 조는 반 분이다. 위에서 『대학』을 제외한 6대문에서 모두 '통'을 했으니, 6×2 = 12분이다. 그런데 『주역』의 통(通)은 다른 경전의 갑절인 4분으로 계산해주었으니 도합 14분이 된다.

여정승은 다른 사람들처럼 조를 청하지 않고 반드시 순통을 하여 16분을 받고 싶었다. 그러나 강장講章, 시관이 지정해준 경서의 한 장(章)을 보았지만 아무리 생각해봐도 기억이 나지 않았다. 시관이 여러 번 재촉해도 입을 열 수가 없었다. 부득이 꾀를 내 뒤가 급하다고 했다. 시관은 위군衛軍 한 명을 따라가게 해서 혹시나 있을 부정행위에 대비했다.

여정승은 변소에 앉아 똥을 누는 시늉을 하며 무수히 생각을 해보았지만 끝내 기억이 나질 않았다. 그래서 위군과 한담이라도 나누고자 위군에게 물었다.

"너는 어느 고을에서 온 군졸이며 언제 상경했는가?"

"소인은 모 읍 사람으로 아무 달에 올라왔죠."

여정승이 듣고는 반가워하며 말했다.

"모 읍에 아무개라는 기생이 있는데 혹시 아는가?"

"예, 알지요. 소인이 상경할 때 그 기생이 편지를 써서 '상경해서 모름지기 여생원 댁을 찾아가 이 편지를 전해주시오'라며 신신당부했죠. 그러나 모 댁이 어느 동에 있는지 몰라 아직 전하지 못하고 있습니다. 서방님께서 혹 여서방 댁을 아시나요?"

여정승이 또 반가워하며 물었다.

"그 편지 어디 있는가? 내가 바로 그 여서방이다."

"아직 제 주머니 속에 있죠."

그러면서 편지를 꺼내주었다.

여정승의 아버지가 모 읍 원으로 있을 때 여정승이 관아 자제로서 한 기생을 좋아하게 되었던 것이다. 여러 해가 지났어도 여전히 정을 잊지 못하고 있던 차 반갑게 편지를 받아서 보니 과연 그 기생의 글씨였다.

봉함을 뜯어 펴보았더니 종이를 가득 채운 긴 편지에 절절한 정담이 쓰이지 않은 데가 없었다. 여정승은 강장을 기억해내는 일은 제쳐두고 기생의 편지를 세세히 감상하느라 거의 한나절을 보냈다. 너무 늦어지는 것을 이상하게 여긴 시관이 다른 위군을 보내 살펴보게 했다. 위군은 여정승이 자잘한 글씨가 가득 쓰인 종이를 손에 들고서 몸을 일으킬 뜻이 전혀 없는 것을 보고는 즉각 시관에게 보고했다. 시관은 크게 의심하며 여정승을 잡아오게 했다. 여정승은 어쩔 수 없이 강석에 다시 들어갔다. 시관이 노여워하며 꾸짖었다.

"뒤가 급하다는 핑계로 나가서 주머니 속 기록을 몰래 보다니! 과장은 매우 엄격한데, 선비의 행동이 지극히 괴상하구나. 앞서 낸 강장은 이제 쓸 수 없으니 마땅히 다른 장을 출제하겠다."

그래서 서리에게 강장을 도로 들이도록 했다. 여정승은 짐짓 민망하고 다급한 모습으로 무수히 애걸했다.

"간신히 생각의 실마리를 풀어내 막 응하려는 찰나에 갑자기 강장을 바꾸려 하시니, 시관께서는 어찌 차마 할 수 없는 일을 하려 하십니까?"

시관은 여전히 노여워하며 꾸짖고는 강장을 바꿔서 냈다. 그리고 강송을 끊임없이 재촉하니, 여정승이 이때부터 줄줄 외웠다.

처음 강장은 우연히 기억나지 않은 것이었지만 그 나머지 장을 어찌 못 외우겠는가. 마침내 한결같은 말씨에 높은 소리로 갑자기 강송해가니 자리에 가득 앉은 사람들이 잘한다고 칭찬했다. 그래서 순통하여 장원으로 합격했다. 그뒤 관직이 의정議政에까지 이르렀다 한다.

呂相托辭登大闈

呂政丞聖齊, 治經及第也. 當會講之日, 入坐講席, 講紙自帳中出來, 書七大文. 遂自周易, 至詩書論孟中庸[4], 幷皆純通, 爲十四分, 次當大學, 大學例多請粗, 爲十四分半, 則卽爲及第也. 呂相不欲隨衆請粗, 必欲純通,

而準十六分. 見其講章, 方張5)周思, 而漠然不記. 試所屢度催促, 而終不得
開口. 不得已心生一計, 自稱後急, 試官令衛軍一名, 眼6)同率去, 以爲防奸
之地. 呂相坐於溷上, 强作放便之狀, 無數思念, 終不能通, 只與衛軍打閒7)
話, 問衛軍曰: "汝是他8)鄕之軍, 而何時上京耶?" 衛軍曰: "小人是某邑之
人, 某月上番9)矣." 呂聞而喜之曰: "某邑有妓名某10)者, 汝知之乎?" 衛軍
曰: "小人果知之, 小人上來時, 某妓裁書付托曰: '汝上京後, 須尋訪呂生員
宅, 傳納此書.' 申勤付托11), 而小人不知其宅在於某洞, 尙不得傳矣. 書房
主, 或知呂書房宅乎?" 呂相又喜而問曰: "其書安在? 吾卽呂書房矣!" 衛軍
曰: "尙在囊中." 搜出以呈. 盖呂相大人宰其邑時, 呂以衙子弟, 眄一妓, 雖
於年久之後, 尙未忘情, 欣然受書而見, 果厥妓12)書也. 遂坼封展開滿紙長
書, 無非切切情談, 講章究思, 排却一邊, 遂13)持妓札, 細細玩來, 殆過半晌.
試官怪其太遲, 又使他衛軍, 往察之, 衛軍見呂相手持滿紙細書者, 無意起
身, 卽以實狀入告試官, 試官大疑之, 連使促來, 呂相不得已復入講席14).
試官怒呵之曰: "假托便急而出去, 暗考囊中所記, 科場至嚴, 士習極駭, 前
出講章, 今不可用, 當出他章." 使書吏還入講紙, 呂相佯爲悶迫之狀, 無數
哀乞曰: "艱辛思繹, 僅僅記得, 而今欲應講之際, 忽換講章, 試所何15)爲此
不忍爲之事乎?" 試官連加怒叱, 換出講章, 又連促講誦, 呂相自是雄講. 俄

4) 中庸: 고대본·가람본에는 '庸學'으로 표기.
5) 張: 극도본·성균관대본·가람본에는 '將'으로 표기.
6) 眼: 성균관대본에는 '按'으로 표기.
7) 閒: 고대본·가람본에는 '閑'으로 표기.
8) 他: 국도본·고대본·동양본·가람본·일사본에는 '何'로 표기. '何'가 맞음.
9) 上番: 지방의 군인이 서울로 번(番)을 서러 올라가는 일.
10) 고대본에는 '邑'이 더 나옴. 잘못 들어간 것임.
11) 托: 동양본에는 '託'으로 표기.
12) 妓: 동양본에는 '女'로 필사.
13) 遂: 고대본·가람본에는 '手'로 잘못 필사.
14) 試官大疑之, 連使促來, 呂相不得已復入講席: 국도본·고대본·가람본·성균관대본에는 잘못 탈락.
15) 고대본에는 '忍'이 더 나옴.

者一章, 偶未得記[16], 其餘他章, 豈有不通之理? 遂一口氣, 高聲突誦, 滿座
稱善. 遂得純通而嵬捷, 其後官至[17]議政.

16) 得記: 국도본·고대본·동양본·가람본·성균관대본에는 '記得'으로 표기.
17) 고대본·가람본에는 '領'이 더 나옴.

권
2

양승선이 북관에서 기이하게 짝을 만나다

　승지 양 아무개는 역마살이 있어 말 한 필에 심부름하는 아이 한 명을 데리고 멀리 북관을 유람했다. 백두산을 올라갔다 돌아오는 길에 안변安邊을 지나게 되었다. 정오 무렵이 되어 점사에서 말에게 먹이를 먹이고자 했으나 집집마다 모두 문이 잠겨 있었다. 이리저리 돌아보니 길가에서 수십 보쯤 떨어진, 시내와 바위가 어우러진 곳에 작은 농가가 있었다. 닭이 울고 개가 짖었다. 그 집 앞에 이르자 열대여섯 살쯤 되어 보이는 어린 낭자가 문까지 나와 응접하면서 어디서 오셨느냐고 물었다.

　"먼길을 왔는데 점사의 문들이 모두 닫혀 있더구나. 이 댁에서 말에게 먹이를 좀 먹이고 가려 하는데 주인은 어디 가셨는가?"

　그러자 낭자는 "점사 주인들과 모두 아랫마을 계모임에 가셨지요"라하며 부엌으로 들어가서는 말죽 한 통을 내와 말에게 먹여주었다.

　날씨가 더워 양공은 나무 아래서 윗옷을 벗었다. 그러자 낭자는 나무 아래에다 대자리를 깔아주고 다시 부엌으로 들어갔다.

조금 뒤 낭자가 밥을 준비해 내왔다. 산채와 들나물이 몹시 정갈했다. 양공은 낭자의 응대가 세심하고 민첩하며 행동거지가 온화하고 정숙한 걸 보고는 매우 기특하게 여겼다. 갑작스레 손님을 접대하는데도 모든 것이 조리가 있었다. 그래서 낭자에게 물었다.

"내가 말 먹이만을 청했는데, 내 밥까지 차려주니 어찌 그런 마음을 내었느냐?"

"말이 이미 지쳐 있으니 사람인들 배가 고프지 않겠습니까? 어찌 사람을 천대하고 짐승을 귀하게 대하겠습니까?"

낭자의 나이를 물으니 열여섯이라 했다. 부모에 대해 물으니 촌사람이었다. 떠나면서 밥값을 주려 하자 고사하며 받지 않고 말했다.

"손님 접대는 사람의 집에서 마땅히 해야 할 일이지요. 만약 그에 대한 대가를 받으면 풍속이 아름다워지지 않을 뿐 아니라 부모님의 엄한 꾸중을 면치 못한답니다. 감히 받을 수 없습니다."

그래서 양공은 부채 머리에 다는 향 한 매를 주었다. 낭자가 꿇어앉아 받았다.

"이는 어르신이 주시는 것이니 어찌 감히 사양할 수 있겠습니까?"

양공이 더욱 감탄하며 말했다.

"머나먼 촌집 어느 노인네가 이같이 뛰어난 아이를 낳았는가!"

그러고는 집으로 돌아왔다.

몇 년 뒤 어떤 사람이 찾아와 계단 아래에서 절을 하고는 말했다.

"소인은 안변 모 촌에 사는 사람입니다. 영감님께서는 모년 모시에 우연히 누추한 저희 집을 지나시다가 소인의 여식에게 향을 주신 일이 있으신지요?"

양공은 한참 동안 골똘히 생각해보았다.

"과연 그런 일이 있었지."

그러자 그가 말했다.

"소인의 여식이 그때부터 다른 데로 시집가지 않으려 하고 영감님 댁으로 와서 기추箕箒의 일쓰레받기와 빗자루를 받드는 일. 처나 첩이 남편을 섬기는 것을 하며 늙어 죽으려 하고 있습니다. 스스로 말하기를 '여자의 행실에서, 남에게서 예물贈物, 증정하는 물건을 받은 이상 어찌 다른 곳으로 시집가겠는가!'라 하니 이렇게 천릿길도 마다하지 않고 왔습니다."

양공이 웃으며 말했다.

"머리 하얀 내가 어찌 젊은 낭자에게 뜻을 가져 그리했겠소? 다만 그 아이가 어여쁘고 영민해서 기특했고 또 밥값을 받지 않으려 하기에 달리 줄 것도 없어 향을 떼어준 것이오. 설사 우리집에 온다 하더라도 내가 하루아침에 죽어버리면 젊은 낭자의 꽃다운 나이가 아깝지 않겠소? 돌아가서 내 뜻을 전하고 잘 타일러 사위를 정해 시집보내시오. 다시는 주책없는 생각을 하지 마시오."

그가 돌아갔다가 또다시 와서 아뢰었다.

"온갖 방법으로 타일러도 죽기로 맹세하니 부득불 데리고 왔습니다. 영감님께서 알아서 처리해주십시오."

양공은 고사했지만 어쩔 수 없어서 마침내 웃으며 받아주었다.

양공은 군자다운 사람이었다. 수십 년 동안 홀아비로 살았지만 여색을 가까이 하지 않고 거문고와 독서를 즐기고 산수를 유람했다. 소실이 들어온 뒤로도 그녀가 멀리서 온 뜻을 위로했을 뿐 조금도 연연해하는 기색을 보이지 않았다.

어느 날 새벽 사당에 가서 알현하고 안방으로 들어가보았다. 뜰과 방이 깨끗하게 청소되어 있었다. 음식은 정결했으며 그릇마다 반듯이 정리되어 있어 가지런했다. 며느리에게 물었다.

"전에는 우리집이 아침저녁을 자주 거르고 온갖 일이 거칠고 어수선해 잘 다스려지지 않더니, 요즘에는 집안 모습이 달라지고 나에게 마련해주는 맛있는 음식도 부족하지 않으니 어찌된 일인가?"

며느리가 대답했다.

"안변 작은 마님은 바느질과 방적은 남은 시간에 하시고, 집안을 다스리고 주선하는 일을 주로 하시는데 결코 범상한 분이 아닙니다. 닭이 울면 일어나 하루종일 부지런히 일하시니, 요즘 집안 모습이 조금 여유 있게 된 것은 모두 그 덕이랍니다. 또 그 성품이 돈독하고 행실을 삼가니 여사女士의 풍모가 있으신 듯합니다. 칭찬을 다 하자면 입이 모자랄 정도입니다."

양공은 그 말에 마음이 움직여 그날 저녁 소실을 불러 수작을 해보았다. 그윽하고 정숙한 자태가 빼어날 뿐 아니라 현숙하고 명민한 지혜가 옛날 사람에게 부끄럽지 않을 정도였다. 이때부터 그녀를 매우 애지중지했다.

소실이 두 아들을 연이어 낳으니 외모가 단정하고 나이보다 영리했다. 아들이 여덟아홉 살 되었을 때였다. 소실이 집을 지어달라 하고는 거기에서 따로 거처했다. 또 자하동[1] 길 근방에다 고대광실을 지어달라 했다. 하루는 성종 임금이 자하동에 행차해 꽃구경을 하고 돌아가다 폭우를 만났다. 빗줄기가 삼나무같이 굵은지라 인가로 피해 들어갔다. 마당과 집안이 깨끗하게 청소되어 있고 꽃향기가 가득했다. 임금은 그곳이 누구 집인가 물었다. 시종관이 사실대로 대답했다.

갑자기 용모가 빼어나게 아름다운 두 아이가 옷과 두건을 단정하게 하고 앞으로 나와 절을 올렸다. 임금이 묻자 양 아무개의 소실 자식이라 답했다. 임금은 그들을 한번 보고는 선풍도골仙風道骨이라 칭찬했다. 학업에 대해 물으니 옛날의 신동에 부끄러울 바 없었고, 문필도 물 흐르듯 해 모두 드높은 품격이 있었다. 운을 불러 시를 짓게 하니 거침없이 대

---

1) 자하동(紫霞洞): 지금의 서울 종로구 청운동 창의문 아래 북악산 기슭.

답하는지라 임금이 몹시 기뻐했다.

이윽고 비를 피해 처마 밑에 있던 종사관들이 모두 서로를 쳐다보며 수군거렸다. 임금이 왜 그러느냐 물으니 대답했다.

"주인집에서 음식을 올리려 하는데 감히 여쭙지 못하고 있다 합니다."

임금이 그리하라고 명했다. 진수성찬이 아주 정갈하게 차려져 있었다. 모든 종사관도 접대했다. 임금은 그리 짧은 시간 동안 음식을 마련한 일을 기특하게 여겨 넉넉히 상을 내렸다. 그리고 두 아이를 궁궐로 데려가서 기쁜 얼굴로 동궁에게 말했다.

"내가 오늘 두 신동을 얻었으니 너를 보필할 신하로 삼게 하겠다."

임금은 두 아이에게 춘방가함[2] 벼슬을 내려 대궐에서 오래도록 머물게 했다. 아이들이 동궁과 나이도 비슷하니 그들에 대한 임금의 총애는 비할 데가 없었다.

그뒤로 소실은 거처를 옮겨 다시 본가로 들어가 여생을 마쳤다. 장남은 양사언[3]으로 호는 봉래蓬萊이고 벼슬이 안변부사에 이르렀으며, 차남은 양사준[4]이었다.

楊承宣北關逢奇耦

楊承旨某, 有遊覽之癖[5], 一馬一僮, 遠遊北關, 登白頭山, 回路歷安邊,

---

2) 춘방가함(春坊假啣): 춘방(春坊)은 세자시강원의 별칭. 가함(假啣)은 임시 직함.
3) 양사언(楊士彦, 1517~1584): 본관은 청주(淸州). 명필로 유명한 문인. 돈녕주부(敦寧主簿) 양희수(楊希洙)의 아들. 삼 형제 모두 재주가 뛰어났다. 안변군수로 나가 일을 잘 처리해 통정대부가 되었다.
4) 양사준(楊士俊 1521~?): 호는 풍고(楓皐). 양사언의 아우. 1547년 증광문과(增廣文科)에 급제해 첨정을 지냈다. 1555년 을묘왜변이 일어났을 때 종군하여 칠언율시 「을묘막중작乙卯幕中作」과 가사 「남정가」를 남겼다.
5) 癖: 성균관대본에는 '僻'으로 표기.

向午, 將欲秣馬於店舍[6], 家家盡鎖門扇[7], 彷徨回顧, 路邊數十[8]步許, 溪岩
窈窕中, 有一小庄, 鷄犬相聞. 遂至庄前, 有一小娘, 年可十五六, 應門而問
客從何來. 答曰: "遠行之人, 見店門盡鎖, 故將欲喂馬而去, 汝家主人, 何
處去乎?" 娘曰: "與店人盡往後洞楔[9]會矣." 仍入廚下, 出馬粥一筒[10]飼之.
楊公因天氣向熱, 解衣樹下, 娘鋪簞席於樹下, 還入廚下, 俄而備飯而來[11],
山菜野蔬[12], 極其精[13]楚. 楊公見其應對詳敏, 擧止溫淑, 心甚異之, 且猝
辦接客, 皆有條理, 問娘曰: "吾但請喂馬, 而並與人饋之何也?" 娘曰: "馬旣
憊矣, 人何不飢? 豈可賤人而貴畜乎?" 仍問其年, 則十六, 問其父母, 則村
人也. 臨發計給烟價, 則固辭不受曰: "接賓客, 人家應行之事, 若受價, 則
非但風俗不美, 將未免父母之嚴責矣. 不敢受也." 楊公末乃給扇頭香一枚,
娘跪而受之曰: "此則長者所賜, 豈敢辭也?" 楊公尤爲嗟歎[14]曰: "遐土村
家, 何物老嫗, 生此寧馨兒[15]乎?" 仍還家, 數年後, 有人來拜於階[16]下曰:
"小人安邊某村人也. 某年某時, 令監偶過陋室, 有贈香於小媳之事乎?" 楊
公沈思良久曰: "果有是事." 某[17]人曰: "小媳一自其後, 不欲適他, 願訪令
監宅, 終老於箕箒之役, 自言'女子之行, 受人贈物, 何可他適?'云, 故[18]不
遠千里而來耳." 楊公笑曰: "吾白頭矣. 豈有意於小娘而然? 特愛其妍秀敏

---

6) 舍: 고대본·가람본에는 잘못 탈락.

7) 扇: 고대본·동양본·가람본·해동야서·성균관대본에는 '扉'로 표기. '扇'가 맞음.

8) 數十: 고대본·가람본·성균관대본에는 '十餘'로 표기.

9) 楔: '契'로 표기해야 함.

10) 筒: 고대본·동양본·가람본·해동야서·성균관대본에는 '桶'으로 표기. '桶'이 맞음.

11) 而來: 동양본에는 '米'로 잘못 표기.

12) 蔬: 동양본에는 '蔌'으로 표기.

13) 精: 고대본에는 '淸'으로 나옴.

14) 歎: 국도본·동양본·가람본에는 '嘆'으로 표기.

15) 寧馨兒(영형아): '영형(寧馨)'은 '이와 같은'의 뜻이다. '영형아'는 '이와 같은 아이' 혹은 '뛰어난 아이'라는 뜻이다.

16) 階: 고대본에는 '堦'로 표기.

17) 某: 고대본에는 '其'로 표기.

18) 국도본·고대본·가람본·성균관대본에는 '小人'이 더 나옴.

給, 且不受烟價, 故無物可贈, 解香而贈之. 假使歸吾家, 吾若朝暮逝, 則小娘之芳年, 豈不可惜乎? 汝歸喩[19]吾意, 擇婿而嫁之, 更勿起妄念." 其人辭歸, 又復來現曰: "百般解諭[20], 而以死自誓, 故不得不率來, 惟令監諒處之." 楊公固辭之不得, 笑而受之. 楊公君子人也, 鰥居數十年, 不近女色, 琴[21]書自娛, 遨遊山水, 小室入來後, 一次慰勞其遠來之意[22]而已, 少無繾綣之色. 一日晨謁家廟, 入內室, 見戶庭房闥灑掃, 精潔飲食, 器皿井井, 有條理, 問其子婦曰: "前日吾家, 朝夕屢空, 凡百皆蕪穢不治, 近日則凡百頓改前觀, 且吾甘旨之供, 頗不乏焉, 何以致此[23]?" 子婦答曰: "安邊小室入來後, 針線紡績[24], 猶是餘事, 治家幹辦, 決非凡人, 鷄鳴而起, 終日孜孜, 近日家樣之稍饒, 良以此也. 且其性行淳謹, 有女士[25]之風, 讚不容口." 楊公感其言, 當夕招小室酬酢, 則非但幽閒貞靜之態, 逈出常品, 賢淑明敏之識, 無愧古人, 自此甚愛重之. 連生二[26]子, 形貌端正, 穎悟夙成. 二子年至八九歲, 時小室忽請築室各居, 且願治第于紫霞洞路傍高大門閭. 一日, 成廟幸紫霞洞, 賞花歸路, 遇暴雨, 雨脚如麻, 避入一家, 庭宇蕭洒, 花卉馨香. 上問誰家, 從官以實對. 俄而有兩小[27]兒, 衣帽鮮明, 容貌妍秀, 進拜於前, 自上問之, 則楊某小室子也. 上一見, 稱仙風道骨, 叩其學業, 則無愧於古之[28]神童. 筆翰如流, 皆有標格, 呼韻賦詩, 應口輒對, 上大喜之. 已而從官皆避雨簷廡下, 相顧囁嚅, 上問何爲而然也, 對曰: "主家欲進饌, 而不敢云

19) 喩: 해동야서에는 '諭'로 표기.
20) 諭: 국도본·고대본·가람본·해동야서에는 '喩'로 표기.
21) 琹: 국도본·동양본·가람본·성균관대본에는 '琴'으로 표기.
22) 之意: 국도본·고대본·가람본·성균관대본에는 탈락.
23) 고대본·가람본·해동야서에는 '乎'가 더 나옴.
24) 績: 국도본·고대본·가람본·성균관대본에는 '織'으로 표기.
25) 女士: 고대본에는 '士女'로 표기.
26) 二: 고대본·가람본·성균관대본에는 '三'으로 잘못 표기.
27) 小: 동양본에는 탈락.
28) 之: 고대본·가람본·성균관대본에는 '人'으로 잘못 표기.

耳." 上邃命進之, 珍羞妙饌, 極其精備, 而並與從官, 而接待之. 上甚訝其猝辦, 賞賜頗優, 仍率兩兒還宮, 喜謂東宮曰: "吾今行得二神童, 爲汝輔弼之臣也." 因除春坊假啣, 使之²⁹⁾長在闕中. 盖與東宮年相若也, 寵遇無比. 其後小室³⁰⁾撤家, 還入大家以終老焉. 其長兒楊士彦號東³¹⁾萊, 官至安邊府使, 其次兒楊士俊也.

29) 고대본에는 '職'이 더 나옴.
30) 小室: 국도본·고대본·가람본에는 탈락.
31) 東: '蓬'으로 표기해야 함.

이안눌이 정월 대보름날 밤 아름다운 인연을 맺다

동악 이안눌[1]이 장가를 든 직후 대보름날 밤에 운종가를 쏘다니다가 취했다. 입동[2] 앞길을 지나가다 길가에 드러누워 잠이 들어버렸다. 그때 갑자기 종들이 몰려와서는 "신랑이 취해서 여기에 누워버렸네!"라며 와자지껄 떠들다가 부축해서 그 집 신혼방으로 데려갔다. 그는 여전히 인사불성이었다.

신혼방에는 화촉이 밝혀져 있었고, 이공은 신부와 동침했다. 다음날 새벽, 잠에서 깨어나보니 처가댁이 아닌 엉뚱한 사람 집의 방이었다. 그

---

1) 이안눌(李安訥, 1571~1637): 호는 동악(東岳). 동년배인 권필, 선배인 윤근수·이호민 등과 동악시단(東岳詩壇)이란 모임을 만들었다. 1599년 문과에 급제하여 여러 언관직(言官職)을 거쳐 예조와 이조의 정랑으로 있었다. 1601년 서장관으로 명나라에 다녀온 뒤 성균직강(成均直講)으로 옮겨 봉조하를 겸했다. 홍주목사, 동래부사, 경주부윤, 함경도 관찰사, 예조판서, 충청도도순찰사, 형조판서 등을 역임했다. 도학(道學)보다는 문학에 힘썼다. 특히 시 짓기에 주력해서 문집에 4379수라는 방대한 양의 시를 남겼다.
2) 입동(笠洞): 종로구 종로2가, 종로3가, 관철동, 관수동에 걸쳐 있던 마을이다. 갓을 취급하는 갓전이 있었으므로 붙여진 동네 이름으로 갓전골, 갓전마을, 입전골, 삿갓골 혹은 벙거지골이라고도 불린다.

는 여기가 누구 댁이며 자기가 어떻게 여기에 오게 되었는지 신부에게 물었다. 신부는 더욱 의아해하며 도리어 반문했다. 서로 착오가 생긴 것에 경악했다. 그 집안은 혼행 혼례를 올린 지 삼일째였다. 그 집 신랑 역시 밤놀이를 나갔다가 돌아오지 않았다. 그때 이공이 그 집으로 잘 못 들어갔고 종들은 자기 집 신랑으로 오인해 그를 부축해서 들인 것이었다.

이공이 신부에게 물었다.

"이 일을 어찌하면 좋단 말이오?"

그러자 신부가 말했다.

"이 일은 제 꿈의 조짐과도 그대로 맞는 것 같아요. 이 역시 연분일 것입니다. 여자의 도리로 말하자면 저는 죽어야만 마땅합니다. 그러나 저는 여러 대 역관을 지낸 가문의 무남독녀랍니다. 제가 죽으면 부모님이 늙어서 의탁할 곳이 없어지니 차마 죽을 수는 없지요. 부득이 권도를 따르겠습니다. 제가 소실이 되어 낭군님을 모시고자 합니다. 또 늙으신 부모님을 봉양하며 천수를 다 누리게 해드리는 게 어떻겠습니까?"

"나도 고의로 범한 게 아니요, 그대도 난잡하게 좋은 것이 아니니 권도를 따라도 무방하겠소. 다만 우리집에도 늙은 부모님이 계시고 또 집안 가르침이 매우 엄격합니다. 내 나이 스무 살도 안 되었고 과거에 급제도 못한 초립 서생으로서 소실을 둔다는 게 어려운 일 아니겠소?"

그러자 신부가 말했다.

"어렵지 않습니다. 혹시 낭군님의 이모나 고모 댁에 저를 맡길 곳이 없으신가요?"

"있긴 있소만."

"그렇다면 지금 당장 일어나 저와 함께 가십시다. 그 댁에 저를 맡겨 두시고 양가가 알지 못하게 하세요. 낭군님은 머지않아 반드시 급제할 것이니, 급제하기 전에는 맹세코 서로 얼굴을 보지 말아요. 급제하면 양가 부모께 이실직고해서 단란하게 함께 사는 게 어떨지요?"

그는 그 말에 따르기로 했다. 소실이 과부인 공의 이모 댁에 몸을 의탁하고는 그 집 바느질을 도우니 둘은 모녀처럼 서로 의지하게 되었다.

한편 신부집 사람들이 아침에 일어나보니 신랑신부가 사라져 간 곳을 알 수 없었다. 크게 놀라고 괴상하게 여기며 신랑집으로 가서 살펴보고는 비로소 신부가 잘못된 신랑과 함께 사라진 것을 알게 되었다. 이에 그 사실을 비밀에 부치기로 했다. 신부가 갑자기 병에 걸려 죽었다고 알리고 가짜 염을 하여 허장[3]을 치렀다.

그는 일단 일을 처리하고서 다시는 소실의 얼굴을 보지 않고 밤낮으로 열심히 공부했다. 문장이 크게 나아지니 몇 년 안 돼서 아주 좋은 성적으로 급제했다. 그러자 비로소 노부모에게 알리고 소실을 데려왔다. 소실의 집에도 알리려 하니 소실이, "저희 부모님께서 반드시 믿지 않으실 거예요" 하며 신혼 때 받은 붉은 비단 금령衾領, 이불 장식을 내주며 말했다.

"이것을 신표로 삼으세요. 이 비단은 옛날 먼 윗대 선조께서 북경에 가셨을 때 황제로부터 하사받으신 것이에요. 천하에 둘도 없는 희귀한 비단인데 우리집에서 대대로 간직해왔지요. 신혼 때 그것으로 금령을 만들었는데, 이걸 보여드리면 반드시 믿으실 거예요."

마침내 그 말에 따랐다.

달려와서 딸을 본 노부모는 희비가 교차했다. 이공을 보고는 재상이 될 그릇이라 흐뭇하게 여기며 그간의 사연을 자세히 물었다. 그리고 탄식하며 말했다.

"이건 하늘의 뜻이지! 이제 우리 노부부가 뒷일 부탁할 곳을 얻었네!"

---

3) 허장(虛葬): 오랫동안 생사를 모르거나 시체를 찾지 못하는 경우에 시체 없이 그 사람의 옷가지나 유품으로써 장례를 치름. 또는 그 장례.

다른 자녀가 없어 집안 재물과 노비, 논밭과 집을 모두 맡기니 이공은 장안의 갑부가 되었다.

그 소실은 현명하고도 지혜가 있어 재산을 관리하고 남편을 받드는데 모두 범절이 있었다.

이공의 집안은 지금까지 부자로 일컬어지는데 그 입동 저택이 바로 이공이 취한 채 들어간 집이다. 소실 자손 역시 번성했다고 한다.

李尙書元宵結芳緣

東岳李公安訥, 新娶後, 上元夜聽從於雲從街, 醉過笠洞前路, 臥睡路傍, 俄而婢僕輩來譁曰: "新郞醉倒於此!" 仍扶入其家新房, 而公渾不省矣. 洞房華燭與新婦同寢, 翌曉睡覺, 則別人之室也, 非聘家也. 公問新婦此是誰家, 吾何以到此, 新婦疑之, 反詰之, 相與錯愕. 盖其家新行婚禮之三日也, 其新郞亦聽鐘夜遊, 仍爲不來, 東岳誤入此家, 而婢輩亦誤認其家新郞而扶入者也. 公問新婦曰: "何以處事則好也?" 新婦曰: "吾亦有夢兆之符合, 此亦緣分也. 以婦女之道言之, 吾辦一死可矣. 然吾以屢世譯官家無男獨女也, 吾死父母老無依托之所, 不忍於此, 不獲已從權事君願爲小室. 且奉養老親以終天年何如?" 公曰: "吾非故犯也, 君非亂奔也, 從權無妨. 而但家有老親, 庭訓甚嚴, 吾年未弱冠, 且未登第, 以草笠書生畜小室, 豈不難哉?" 新婦曰: "無難也. 君之姨姑之家, 或有置我之所乎?" 曰: "有之." 曰: "然則今急起, 與我偕行, 置我於其家, 使兩家莫知之. 君不久必登第, 未第前, 誓不相面, 登第後, 實告于兩家老親以爲團聚之地如何?" 公如其言, 區處於其寡居姨母家, 助其針線, 相依如母女焉. 新婦家, 朝起視之, 新郞新婦, 不知去處, 大驚怪, 往探新郞家, 始知與假郞偕逃, 遂秘其事, 假稱以新婦暴疾不起, 假斂虛葬矣. 東岳一自區處之後, 更不接面, 晝夜勤工, 文章大進, 不幾年, 登高科, 始告老親, 率來小室. 又欲通小室家, 則小室曰: "必不信也." 出給新婚時紅緞衾領曰: "以此爲信, 此錦, 在昔, 遠祖入燕時, 皇帝所賜也. 天下所無之異錦, 吾家有之, 以爲新婚時衾領, 見此則必信." 遂依其言. 老父母來見女, 悲喜交至, 且見李公, 宰相器也. 詳問[4]其始終, 歎[5]曰: "天也! 吾老夫妻後事有托矣!" 無他子女, 以其家貲[6]奴婢田宅, 悉付之, 長安甲富也. 其小室, 賢而有智, 治産業奉巾櫛, 皆有閨範. 李公家至今, 以富稱. 其笠洞第宅, 乃醉入之室也. 小室子孫, 亦繁衍云.

---

4) 問: 동양본에는 '聞'으로 표기.
5) 歎: 동양본·동경대본에는 '嘆'으로 표기.
6) 貲: 동양본에는 '貨'로, 해동야서에는 '皆'로 표기.

가야산 고운 선생이 손자며느리를 맞이하다

고령에 김생이란 사람이 살았다. 그는 평생 집안사람이나 재산과 관련된 일에 관여하지 않았고 시골에 살면서 다른 사람들과 어울리지도 않았다. 드나드는 것을 좋아해서 사방으로 떠돌며 여행을 해서 안 가본 곳이 없었다.

어느 날 김생이 나갔다 돌아와서 집사람과 자제들을 모아놓고 말했다. 어제 지리산에서 남주[1] 노인을 만났고 오늘은 가야산에서 고운 선생[2]과 은밀히 만났다는 것이었다. 자식들조차 터무니없다며 믿지 않았다.

---

1) 남주(南趎): 조선 중종 때 장원급제해 전적(典籍) 벼슬까지 지냈다는 실존 인물이다. 그에 관한 이야기가 신선 설화로 전한다. 그는 도인에게 수련술을 배우고 나서 대과에 급제했는데, 기묘사화에 연루되어 곡성(谷城)으로 유배되었다. 그곳에서 살며 많은 이적을 일으키다 서른 살의 젊은 나이로 죽었다 한다. 염습해서 입관했는데 관이 너무 가벼운 듯해 열어보았더니 비어 있었다. 밭 가는 사람이 공중에서 풍악소리가 들려 쳐다보니 남주가 말을 타고 흰구름 속으로 가고 있었다 한다. 박지원의 『열하일기』와 이수광의 『지봉유설』에도 그의 일화가 전한다.
2) 고운 선생(孤雲先生): 최치원(崔致遠, 857~?)의 자. 신라 말기의 문인 학자. 중국에서 문장으로 이름을 떨쳤고 신라로 귀국해서는 시무책 10조를 올리는 등 현실 혁신에 힘썼다. 그러나 한계를 절감하고 산으로 들어가 여생을 마쳤다 한다.

하루는 갑자기 이렇게 말했다.

"모레 고운 선생이 손자며느리를 보는데 나를 초대했으니 안 가볼 수가 없구나."

아들이 물었다.

"고운 선생이 지금까지 살아 있다는 게 말이 안 되는데 무슨 손자가 있단 말입니까? 누구 집 규수를 며느리로 데려온단 말입니까?"

"신부는 성주 이진사 아무개의 손녀지. 올해 나이 열여섯이야."

아들은 속으로 의심이 더욱 일어났다. 소위 이진사란 분은 지식과 학문과 덕행으로 도내에서 유명하고 또 자기와도 친숙한 사이였다. 아들은 너무 황당하다고 여긴 나머지 그 진위를 확인하고 싶었다. 다음날 중요한 일이 있다고 핑계 대고 이진사 집을 방문해서 묵으며 초례를 치르는지 잘 살펴보았다.

그날이 되었는데도 이진사 집은 적막할 뿐 어떤 움직임도 없었다. 식전이라 주인과 객이 마루에 앉아 수작을 하고 있었다. 갑자기 여종이 다급히 나와서 이진사 아들에게 알렸다.

"서방님 빨리 들어와보세요!"

이진사가 말했다.

"무슨 일인가?"

"작은아씨가 앉아서 길쌈을 하다가 갑자기 기절해 인사불성이 되었어요!"

이진사 부자가 크게 놀라 급히 일어나서 안으로 들어갔다. 김생이 바깥에서 살펴보니 안방에서는 허둥지둥하고 있을 따름이었다.

잠시 뒤 이진사가 나와서 말했다.

"김석사^{碩士, 벼슬이 없는 선비를 높여 부르는 말}, 혹시 기가 막히는 증상에 대해 아는 바가 있소?"

"나이가 어려 아직 겪어보지 못했습니다. 확실하지는 않지만 청심환을 쓰면 아마 좋아질 것입니다."

이진사가 들어갔다가 금방 다시 나왔다.

"그대가 들어가 기 막힌 사람을 살펴보면 되살릴 방법이 떠오르지 않을까? 지금 사경을 헤매고 있으니 남녀 분별을 따질 때가 아니지!"

김생이 즉시 들어가 병자를 살펴보았다. 이미 손을 쓸 수 없는 지경에 이르러 얼굴만 보고 나왔다. 주인집이 슬픔에 휩싸여 경황이 없는 듯해 더이상 머물지 않고 곧바로 돌아왔다.

그날 저녁 과연 아버지도 돌아왔다. 아들이 절을 하고 물었다.

"오늘 고운 선생의 연회에는 편하게 잘 다녀오셨습니까?"

"그래, 잔치에 가서 배불리 먹고 돌아왔다."

"신부는 어땠습니까?"

"고운 선생이 아주 기뻐하며 손님들에게 자랑했지. '우리 손자며느리가 바둑을 잘 두어서 내가 소일을 할 수 있게 되었네'라고."

아들이 다시 물었다.

"혹시 신부의 얼굴을 자세히 보셨습니까?

"가마의 발이 반쯤 걷혀 있어 문안으로 들어올 때 잠시 보았지. 얼굴에 흉터가 있더구나. 눈썹 사이에 사마귀도 있었고."

아들이 들어보니 과연 자기가 본 이진사 손녀딸의 얼굴과 똑같았다. 그래서 더욱 이상하게 여겼다.

그 밖에도 김생에게는 매우 허황한 일이 참 많았으니, 시골 사람들은 그를 미친 사람으로 취급했다. 그가 병들어 죽자 보통 하는 것처럼 입관하고 장례를 치렀다. 관을 옮기는데 마치 어린아이의 관처럼 가벼웠다. 집안사람들이 이상한 생각이 들어 관을 열어봤더니 염을 한 옷과 이불만 있고 시체는 간 곳이 없었다. 평소 입던 옷과 덮던 이불로 다시 염을 하여 허장을 했다.

伽倻山孤雲聘孫婦

高靈有金生者, 平生不治家人產業, 居鄕未嘗與人交遊. 好出入, 浮遊四方, 無處不到. 歸家後, 輒與家人子弟語: "昨日與南赴老人, 相會於智異山, 今日與孤雲先生, 穩敍于伽倻山"云. 雖子[3]弟輩, 皆以爲虛謊, 不信之[4]矣. 一日忽[5]曰: "再明日則孤雲娶孫婦, 速余預宴, 不可不往會矣." 其子曰: "孤雲之尙今在世, 固未可知, 第未知有何孫, 娶婦於誰家耶?" 父曰: "其新婦家卽星州李進士某孫女, 年今十六歲兒也." 其子心中尤以爲疑. 所謂李進士, 以知識學行, 有名於道內之人, 渠亦親熟間也. 不勝惝慌, 欲驗其眞否, 其翌稱有所幹, 往訪李進士家留宿, 觀其醮禮與否. 當其日, 李進士家, 寂無動靜, 食前主客坐堂酬酌, 忽者女婢急出, 通于李進士之子曰: "書房主急入來!" 李進士曰: "緣何故也?" 婢曰: "小阿只氏, 俄坐紡績, 忽地昏倒不省矣!" 李進士[6]父子大驚, 急起身入內, 金生[7]自外探之, 則其內間動靜, 極爲遑遑, 少頃李進士出來曰: "金碩士或知氣塞之症乎?" 金曰: "年少未經歷, 不敢知之而急用淸心丸, 則似好矣!" 李進士乍入旋出曰: "君或入見氣塞, 則有可回甦之方否? 今當死境, 男女之別, 何足言乎?" 金生卽爲入見病, 則已無及矣. 詳見容貌之如何, 仍卽出來, 而主家悲遑, 不可暫留, 卽爲回來. 其暮厥父果入來, 其子拜問曰: "今日孤雲先生宴會, 平安行次乎?" 曰: "果叅宴飽食而歸矣." 其子曰: "其新婦如何[8]云耶?" 曰: "孤雲滿面喜色, 對客誇張曰: '吾之孫婦, 善着棋, 吾可以消[9]遣.'云云." 其子曰: "或見其新婦之面目乎?" 曰: "轎簾半捲, 入門之時, 瞥見則面有瘢痕, 眉間有黑痣矣." 其子

3) 子: 동경대본에는 '山'으로 잘못 표기.
4) 信之: 동양본·동경대본에는 '之信'으로 잘못 표기. 해동야서에는 '之'가 탈락.
5) 忽: 동양본·해동야서에는 탈락.
6) 進士: 동양본·동경대본·해동야서에는 잘못 탈락.
7) 生: 동양본·동경대본·해동야서에는 잘못 탈락.
8) 如何: 동양본에는 '何如'로 표기.
9) 消: 동양본에는 '銷'로 표기.

聞之, 果與李[10]女, 恰恰符合矣, 其子益疑異之. 其外金生頗多虛浪之事, 鄕中每以狂客待之. 及其病死, 依例入棺, 襄禮時運棺, 則輕輕如小[11]兒棺, 家人甚疑慮, 啓棺視之, 則只斂衣衾而已, 身體不知去處. 遂以常時藝衣衾, 改斂虛葬云.

10) 동양본·동경대본·해동야서에는 '進士之'가 더 나옴.
11) 小: 동양본·동경대본에는 '少'로 잘못 표기.

거인도에 간 상인이 겨우 목숨을 건지다

청주 상인이 미역을 구입하고자 제주도로 갔다. 어떤 남자가 땅을 짚고 뒤뚱뒤뚱 다가와 배 아래에 이르러서는 손으로 배 모서리를 잡고 뛰어올랐다. 그 남자는 백발에 비해 젊어 보였는데 다리가 없었다. 상인이 물었다.

"영감님은 어찌하여 두 다리를 잃었습니까?"

"내가 소싯적 바람에 표류를 했는데 그때 물고기에게 두 다리를 잃었지요."

"자세한 이야기를 듣고 싶군요."

그러자 그가 사연을 이야기해주었다.

"그때 표류하다 한 섬에 이르렀습니다. 바닷가에 높은 문이 달린 큰 집이 있었어요. 배에는 스무 명 남짓 타고 있었는데 여러 날 표류하는 바람에 배가 몹시 고프고 목도 말랐지요. 일제히 배에서 내려 그 집으로 들어갔어요. 그 집에 사람 하나가 있었는데 키가 수십 장丈. 한 자[尺]의 열 배. 약 3미터이고 허리는 십여 아름은 될 것 같았지요. 얼굴은 검고 눈은 깊이 파인 고리 같았어요. 그가 하는 말은 당나귀 새끼 소리 같아 알아들을 수가 없었지요.

우리가 입을 가리키며 마실 것을 청하자 그놈은 말도 없이 바로 대문을 굳게 닫아걸었지요. 그러고는 뒷마당으로 가서 땔나무 한 짐을 가져와 마당 가운데 쌓아두고는 불을 붙였습니다. 바야흐로 불기운이 거세지니 갑자기 우리 무리 가운데로 달려와 키가 가장 큰 총각을 잡아 곧바로 불속으로 던져넣고는 구이를 만들어 씹어먹는 것이었어요. 우리는 그걸 보고 경악하고 혼비백산해 온몸의 털이 거꾸로 섰습니다. 우린 서로 얼굴만 바라보며 죽을 순간을 기다렸어요. 그놈은 먹던 걸 다 먹고 마루로 올라가 단지를 열어 마음껏 마셨는데 분명 술이었을 것입니다. 그걸 다 마시고서는 난잡한 소리를 냈지요. 잠시 뒤 검은 얼굴이 다 붉어지더니 취해서 마루 위에 드러누워버리더군요. 코고는 소리가 천둥 같았지요.

우리는 도망칠 꾀를 냈습니다. 대문을 열려 하니 문 한 짝이 거의 세 간間, 길이의 단위. 한 간은 여섯 자로, 약 1.8미터에 해당한다은 되었습니다. 높기도 하고 무겁고 두꺼워 온 힘을 다했지만 꼼짝도 하지 않았지요. 담장을 뛰어넘으려 해도 서른 장은 족히 되어 그것도 불가능했어요.

우리 몸은 솥 안의 물고기요, 도마 위의 살코기가 된 셈이었습니다. 서로 통곡만 하고 있는데 한 사람이 문득 꾀를 냈지요.

"우리 일행 중 칼 가진 사람이 저놈 취해 있을 때 두 눈을 찌르고 그 뒤로 목구멍을 찌르는 게 어때요?"

우리 모두 말했지요.

"그럽시다. 죽기는 매한가지라 실패하더라도 무슨 손해가 있겠소?"

일제히 마루로 올라가 그 두 눈을 먼저 찔렀습니다. 그놈이 큰 소리를 지르며 일어나 손을 휘둘러 우리를 잡으려 했지만 이미 앞은 보이지 않았지요. 그놈이 동쪽으로 쫓아오면 우리가 서쪽으로 피하니 우릴 잡을 길이 없었지요. 우리는 모두 흩어져 뒷마당으로 도망쳤습니다. 거기 나무 울타리 안에 양과 돼지 오륙십 마리가 있었지요. 우리가 양과 돼지를 모두 쫓아내니 그것들이 온 집안으로 흩어졌습니다. 그놈은 마당 아래에서 손을 휘저으며 사방으로 우리를 찾아다녔지만 우리는 끝내 한 명도 잡히지 않았지요. 우리가 양과 돼지와 한마당에 뒤섞여 있었으니, 그놈이 잡은 것은 양 아니면 돼지였지요.

그때 그놈이 대문을 활짝 열어젖히고는 양과 돼지를 밖으로 내보내기 시작했습니다. 우리는 양이나 돼지를 등에 지고 다가갔지요. 그놈은 손으로 만져보고는 양이나 돼지라 생각하고 모두 밖으로 보내주더군요. 그래서 모두 밖으로 나올 수 있었습니다.

우리는 급히 배 위로 올라갔어요. 잠시 뒤 그놈이 바닷가에 나타나서 큰 소리를 지르기 시작했지요. 그러자 거인 세 놈이 모퉁이에서 나타났어요. 한 걸음이 오륙 간은 되었지요. 그들이 배 앞에 잠시 서더니 배 모서리를 잡는 것이었습니다. 우리는 도끼를 들어 온 힘을 다해 그 손가락을 찍었습니다. 그리고 재빨리 노를 저어 갔지요.

바다 가운데로 다 나왔는가 했는데 또 고약한 바람을 만나 배가 암초에 부딪혔습니다. 배가 산산조각이 나버리더군요. 배에 타고 있던 사람들은 모두 빠져 죽고 오직 나만 운좋게도 부서진 배 조각을 잡아 헤엄쳐갔지요. 그때 고약한 물고기에게 물려 두 다리를 잃었습니다. 그러나 다행히도 집으로 돌아올 수는 있었습니다. 지금도 그때 광경을 떠올리기만 하면 가슴이 두근거리고 이가 시렵고 뼛속까지 떨립니다. 이게 다 내 팔자가 사납기 때문이겠지요."

이윽고 길게 한숨을 내쉬면서 탄식했다.

大人島商客逃殘命

淸州商人, 以貿藿事, 入於濟州, 有一人着地盤旋而來, 當船則以手躍把
船閾而跳入, 白髮韶顔, 無脚男子也. 商人問曰: "翁胡然而無兩股[1]乎?" 曰:
"吾少日飄風時, 兩脚爲魚所食故也[2]." 曰: "請問[3]其詳." 曰: "漂泊於一島,
則岸上有高門大屋, 故船中二十餘人, 屢日漂流之餘, 腹空喉渴, 一齊下船,
入去厥家, 則家中有一人, 長過數十丈, 腰大十餘圍, 黧黑其面, 深環其目,
其言語似驢[4]子聲, 不可解曉. 吾等指口而請飮, 厥者無一言, 而直向大門,
牢閉之, 入後庭, 持柴木一負, 堆積場中爇火, 火勢方熾, 忽突入吾輩叢中,
捉其最長一箇總角, 直投火中, 炙喫之. 吾等見之, 不勝驚心, 魂飛魄散, 毛
髮惴[5]悚, 只得面面相顧, 而待死. 厥者盡喫後, 又上軒開甕痛飮, 必是酒也.
飮後爲胡亂之聲, 少頃黑面盡赤, 仍醉臥軒上, 鼻息如雷. 吾等爲逃出計,
欲開大門, 則[6]一隻之大, 幾爲三間, 而高且重厚, 盡力開之, 不可動搖, 墻
垣高, 可三十丈, 亦難超越, 伊時身世, 如釜中魚俎上肉, 相與痛哭. 忽一人
出計曰: '吾行中, 有刀者[7], 乘其爛醉, 刺其兩目, 從後刺喉如何?' 吾等曰:
'然矣. 死則一也, 敗亦何妨?' 一齊上軒, 先刺其兩目, 厥者大聲而起, 揮手
欲捉, 而渠旣失明, 東走西避, 無以捉得. 吾等盡散, 入後庭, 則一柵, 有羊
豚五六十頭矣. 吾等追逐羊豚, 遍散一家, 厥者下庭揮手, 四面追尋, 吾等
終不得捉一焉. 盖其時羊豚與吾等, 渾於一場, 厥者所捉[8], 非羊則豚也. 於
時厥者[9], 向大門開之, 出送羊豚, 吾輩背負一箇羊豚而出, 則厥者以手摩

---

1) 股: 동양본에는 '脚'으로 표기. '脚'이 맞음.
2) 也: 동양본·동경대본·해동야서에는 '耳'로 표기.
3) 問: 동경대본·동양본에는 '聞'으로 표기.
4) 驢: 다른 이본에는 '驪'로 표기. '驢'로 표기하는 게 맞음.
5) 惴: 동양본·해동야서에는 '凜'으로, 동경대본에는 '憻'으로 표기.
6) 則: 동경대본에는 '前'으로 잘못 표기.
7) 者: 동양본·동경대본·해동야서에는 '子'로 잘못 표기.
8) 捉: 동경대본에는 '得'으로 표기.
9) 所捉, 非羊則豚也. 於時厥者: 해동야서에는 탈락.

之, 認以羊豚, 必出送之, 故盡得出來. 急急[10]上船, 少頃厥者立于岸上, 忽作大叫, 俄而三箇大漢, 自一隅來, 一擧足, 幾五六間, 暫時來立船頭, 手着船闑, 吾等以斧, 盡力斫其指, 急急[11]搖櫓而來. 中流畢竟, 又遇惡風, 船觸一岩, 盡爲破碎, 舟中之人, 皆渰死, 唯吾一人, 幸得船片而來, 遊泳時, 又爲惡魚所囓, 竟失兩脚, 幸至本家. 伊時光景, 至今思之, 餘悸[12]尙存, 齒冷而骨顫, 都是八字之凶惡." 仍長吁發嘆云.

10) 急急: 동경대본에는 '忽忽'로 표기.
11) 急急: 동경대본에는 '忽忽'로 표기.
12) 悸: 동경대본에는 '悖'로 표기.

정북창이 악한 기운을 살피고 재액을 없애주다

북창 정렴[1]이 그 동생 고옥古玉 정작鄭碏과 함께 어느 곳을 지나다가 한 집의 기운을 보고는 "아, 저 집 참 애석하다!"라 했다. 그러자 동생이 대꾸했다.

"형님은 어찌 그리 경솔하십니까? 아무 말 없이 지나가는 게 나았겠습니다. 그러나 일단 말을 내뱉으셨으니 어찌 차마 그냥 지나가겠습니까?"

"네 말이 옳다."

그래서 북창은 동생과 함께 그 집으로 들어가 하룻밤을 지내고는 그 주인에게 말했다.

"우리가 이 댁에 들어온 이유는 주인에게 없애야 할 액운이 있기 때문입니다. 주인께서는 제 말을 기꺼이 따르겠습니까?"

주인이 말했다.

---

1) 정렴(鄭碏, 1506~1549): 조선 중기의 학자로, 호는 북창(北窓)이다. 부친 정순붕이 을사사화의 주역이 되자 이를 적극 말리다가 뜻을 이루지 못하자, 포천현감 직을 버리고 경기도 양주에 은거했다. 화담 서경덕의 수제자인 박지화와 아주 친했고 고경명, 남사고 등과도 교유했다.

"명한 대로 따라야겠지요."

북창이 말했다.

"참숯 오십 석을 오늘 안으로 마련해오시오."

주인이 그 가르침대로 했다. 북창이 참숯을 마당에 쌓아두고 불을 붙이게 하고는 가운데 큰 나무 궤짝을 올려놓았다. 그때 온 집안사람들과 동네 사람들이 모두 모였다. 주인집 아들은 나이가 열 몇 살이었는데 역시 무리에 섞여 구경하고 있었다. 북창이 즉시 그 아이를 잡아서는 나무 궤짝 속으로 던져넣고 뚜껑을 덮어버렸다. 주인집 사람들이 놀라고 두려워 통곡하니 그 광경이 참혹하기 짝이 없었다. 그러나 북창은 얼굴빛이 조금도 달라지지 않았다. 종들을 크게 꾸짖으며 빨리 다 태우라고 재촉했다. 주인도 어찌할 바를 모르고 또 말릴 방도도 없어 참혹해하고 애석해할 따름이었다. 모든 게 다 타버리자 북창은 궤짝을 열어보게 했다. 큰 구렁이가 타버리고 형체만 남아 있었다. 북창이 몸소 구렁이 재를 뒤적여서 낫의 끝부분을 찾아내 주인에게 보여주며 말했다.

"이 물건을 알아보겠나요?"

주인이 대답했다.

"예, 알아보지요. 제가 십 년 전에 연못을 파서 물고기를 길렀지요. 그런데 물고기들이 자꾸 줄어드는 게 이상해 살펴보니 큰 구렁이 한 마리가 물고기들을 잡아먹고 있었지요. 제가 분통이 터져 큰 낫을 하나 만들어 휘둘러서 그 구렁이를 없애려 했습니다. 어느 순간 구렁이를 찍었는데 낫 끝도 부러지고 구렁이 역시 죽어갔지요. 이 쇳조각이 바로 그 낫 끝 아닐까요?"

그러고는 종을 불러 창고 안에 보관해둔 낫을 가져오게 했다. 쇳조각을 대어보니 조금의 오차도 없었다.

북창이 말했다.

"주인의 아들에게 그 구렁이의 독이 심어진 것이지요. 복수를 노리고 있었으니 만약 몇 달 더 지났더라면 귀댁은 망측한 변을 당했을 겁니다. 그러나 그 악한 기운이 먼저 드러났기에 우리가 차마 그냥 지나칠 수 없어 이런 조치를 취한 것입니다. 이제는 아무 염려하지 않아도 될 것입니다."

그러고는 작별하고 떠났다.

鄭北窓望氣消災[2]厄

鄭北窓礦, 與其弟古玉礎, 過一處, 至一家望氣曰: "惜哉, 彼家也!" 古玉曰: "兄主何其率爾也? 嘿而經過, 可也, 而今旣發言, 則豈忍虛過哉?" 北窓曰: "君言是矣!" 遂與其弟入其家, 經宿後, 北窓語其主人曰: "吾輩之入來者, 有所除厄於主人, 主人能從吾言否?" 主人曰: "唯令是從." 北窓曰: "白炭五十石, 今日內收來也[3]." 主人依敎, 北窓使之積于庭燃火, 其中置一大木槽, 其時渾家, 與洞人咸聚, 而主人之子, 年方十餘歲, 亦在衆中觀光焉. 北窓卽捉其兒, 投[4]擲木槽中盖之, 伊時主人擧家, 皆驚惶號慟, 光景慘絶, 北窓少[5]不動色, 大叱奴子, 急急燒盡[6], 主人罔知所措, 已無及矣, 慘惜而已. 盡燒後, 北窓使開槽視之, 乃一大蟒燒存性也. 北窓親毀燒蟒, 得一鎌數寸鐵, 示主人曰: "能知此物乎?" 主人曰: "知之. 吾十年前, 鑿池養魚, 魚畜漸消, 故怪而視之, 則有一大蟒呑噬[7], 吾爲之憤, 鑄大鎌揮之, 欲除厥蛇矣. 忽觸蛇, 折其端, 而蛇亦斃矣. 此鐵得非其鐵乎?" 仍呼奴子, 自庫中持鎌而來, 合之則無差焉. 北窓曰: "主人之子, 乃厥蛇之種毒, 欲爲報讐, 若過數月, 則主人之家, 遭罔測之變, 而其惡氣先現, 故吾輩不忍虛過, 有此擧措, 此後更無慮矣." 仍爲作別而去云.

---

2) 災: 동양본에는 '灾'로 표기.
3) 也: 동경대본에는 탈락.
4) 投: 동양본에는 탈락.
5) 少: 동경대본에는 '小'로 표기.
6) 盡: 동양본·동경대본·해동야서에는 '燼'으로 표기.
7) 噬: 동경대본에는 '嚼'로 표기.

김생이 아들을 모아 생업을 일으키다

　김모는 임피臨陂 사람으로 그 읍의 공생1)이었다. 이역吏役에서 일찍 물러나 물건 파는 상인이 되어 인근 읍의 장시를 두루 돌아다녔다. 나이가 젊고 풍류도 많아 가는 곳에서마다 여자를 범하고, 그때마다 임신을 시켰다. 낳는 아이마다 모두 아들이었다. 이런 까닭에 한 번 관계를 맺은 여자라도 반드시 관가에 알려서 혼인 문서를 만들어두었다. 전후로 낳은 아들을 헤아려보니 모두 여든세 명이나 되었다. 이십여 년이 흘러 장성한 아들도 있고 아직 그렇지 못한 아들들도 있었다. 그들은 한 번도 아버지에게 의지하지 않았고 태반은 어머니의 도움으로 성취를 이루었다. 스스로 준비해서 부인을 얻은 아들도 있었다.
　갑을 양년의 흉년2)에 김생은 파락호破落戶, 일정한 벼슬 없이 몰락한 사람가 됐고

---

1) 공생(貢生): 교생(校生). 조선시대에, 향교에 다니던 생도. 원래 상민(常民)으로, 향교에서 오래 공부하면 유생(儒生)의 대우를 받았으며, 우수한 자는 생원 초시와 생원 복시에 응할 자격을 얻었다.
2) 갑을 양년의 흉년: 갑술년(1814)과 을해년(1815)에 있었던 큰 흉년.

나이도 많이 들었다. 하루는 자기가 낳은 아들을 모두 불러모았다. 오지 않은 아들도 있었지만 온 아들만 해도 칠십여 명이나 되었다. 다 모이자 그들을 이끌고 김제와 만경 사이 넓은 땅으로 데려갔다. 거기에다 긴 행랑 모양으로 백여 칸 집을 지어 칠십여 명 아들이 칸마다 거처하게 했다. 아들들은 각각 장기를 살려 농사를 짓거나 다른 생업을 일삼았다. 자리를 짜는 놈, 신을 삼는 놈, 질그릇을 굽는 놈, 대장장이 일을 하는 놈 등 갖춰지지 않은 게 없었다.

　김공 부부는 편안히 앉아서 밥을 얻어먹게 되었다. 그 들판은 어영청 둔전[3]으로 오랫동안 버려져 있던 곳이었다. 이른 봄철을 맞아 김생은 아들들을 이끌어 힘써 개간하고 메밀을 먼저 파종해서 여름에 육칠백 석을 거두었다. 다음해에는 보리, 콩, 팥 등을 심어 가을에 거의 천여 석을 거둬들였다. 또 그다음 해에는 논을 만들어 벼를 심어서 가을에 전년의 두 배나 더 수확했다. 이같이 삼 년을 하니 집재산이 점차 넉넉해졌다. 김생은 어영청으로 직접 가서 그동안 버려진 밭을 개간한 사실을 대장에게 알렸다. 그리고 헐값으로 도지[4]를 얻어 영원히 마름^{지주를 대리해 소작권을 관리하는 사람}이 되는 문서를 만들었다.

　계속 경작을 해서 먹으니 그로부터 십여 년 뒤까지도 아들을 낳고 손자를 낳았다. 인구가 점차 늘어나 김씨 촌은 수백 호나 되는 큰 마을이 되었다. 앞으로 얼마나 더 번창할지 헤아릴 수가 없다.

---

3) 둔전(屯田): 변경이나 군사 요지에 주둔한 군대의 군량을 마련하기 위해 설치한 토지. 군인이 직접 경작하는 경우와 농민에게 경작시켜 수확량의 일부를 거두어가는 두 가지 경우가 있었다.
4) 도지(賭地): 일정한 대가를 주고 빌려 쓰는 논밭이나 집터. 도지권의 대가로 생산물의 25~33퍼센트를 소작료로 물던 조선 후기의 정액제 소작 형태다.

金貢生聚子授工業

臨陂金某, 卽本邑貢生也. 早退吏役, 以行貨之商, 周遊近邑場市. 年頗
妙少, 又多風流, 到處犯色, 犯則必娠, 生則必男, 以是之故, 雖一時所犯之
女, 必呈官立旨而行, 計其前後所生之子, 合爲八十三人. 至二十餘年後,
或有成[5]者, [6]而其成長者, 亦未嘗有賴於厥父, 太[7]半自其母所成就, 或渠
自準備而娶婦. 及當甲乙之歉[8], 金也依舊破落, 年且衰暮, 一日盡招集其
所生者[9], 則或來或不來, 所會者, 爲七十餘人矣. 盡數會合後, 率往于金堤
萬頃二邑之間大坪, 作舍爲長行廊樣百餘間, 而每間隔間, 盡區處七十餘
子, 各以長技, 畊且爲業, 有織席者, 有捆屨者, 以至陶冶工匠, 無不必[10]具,
厥父夫妻安坐而食. 其坪乃御營廳屯田, 年久陳廢者也. 及其開春, 金也率
其衆子, 勤力開墾, 先種蕎麥, 當夏收六七百石. 翌年或麥, 或豆太, 秋穫近
千石. 又其翌年, 乃作畓種稻, 當秋所收, 尤倍於前. 如是三年, 家産漸饒,
金也乃親詣御營廳, 以陳田開墾事, 告于大將, 以歇數作賭, 永爲舍音, 立
旨成出, 至今耕食. 後十有餘年, 生子生孫, 人口漸盛, 其金村爲數百戶大
村[11], 來頭之繁, 又不知其幾許云.

---

5) 者: 동양본·동경대본·해동야서에는 '長'이 더 나옴.
6) 동양본·해동야서에는 '或有未成長者' 부분이 더 나옴. 이 부분이 있어야 문맥이 통함.
7) 太: 동경대본에는 '大'로 잘못 표기.
8) 歉: '歉'으로 표기해야 함.
9) 者: 동양본·동경대본·해동야서에는 '子'로 표기. '子'로 표기하는 게 뜻이 더 분명함.
10) 必: 동양본·동경대본·해동야서에는 '畢'로 표기. '畢'로 표기하는 것이 맞음.
11) 村: 동양본에는 '邨'으로 표기.

동대문 밖을 지나가던 스님이 아버지를 알아보다

서울 근교에서 한 서생이 점술가에게 평생의 운수를 보았는데, 자궁[1]에 대해서는 '동문에 날이 지는데, 산승이 뒤를 따르네日暮東門, 山僧隨後'라 했다. 서생이 그 뜻을 상세히 물으니 점술가가 말했다.

"비결秘訣이 이러하니 나도 그 뜻은 알 수 없습니다"

어느 날 서생이 일이 있어 동대문 밖 교외로 나갔다가 돌아오는 길이었다. 동대문에 미치지 못했는데 갑자기 큰비가 쏟아부었다. 비를 피하느라 길가 집에 들어가 문 옆에 우두커니 서 있었다. 비는 그치지 않았는데 벌써 날은 저무니 이리저리 오가며 어쩔 줄 몰라 했다. 그때 갑자기 안에서 이런 말이 흘러나왔다.

"어디서 오신 행차인데 문밖에 서성이고 계신가요? 비가 이리 내리니

---

1) 자궁(子宮): 십이궁(十二宮)의 하나로, 사람의 생년월일과 생시를 별자리에 배당(配當)한 것. 십이궁에는 명궁(命宮), 형제궁(兄弟宮), 처첩궁(妻妾宮), 자궁, 재백궁(財帛宮), 질액궁(疾厄宮), 천이궁(遷移宮), 노복궁(奴僕宮), 관궁(官宮), 전택궁(田宅宮), 복덕궁(福德宮), 부모궁(父母宮) 등이 있다. 그중 '자궁'은 자식과 관련된 사항을 말해준다.

비록 남자 없는 집이지만 하룻밤 주무시고 가도 괜찮습니다. 염려 마시고 들어오세요."

서생은 형편이 절박한지라 어쩔 수 없이 안으로 들어갔다. 젊은 여인이 혼자 있으니 그날 밤을 함께 잤다. 물어보니 그 여인은 훈련도감 포수의 아내였는데, 남편은 숙직을 하러 들어가서는 돌아오지 않고 있었다.

서생이 아침에 일어나 손톱을 깎다가 칼에 베였다. 피 닦을 것을 달라하니 여인은 해진 버선 한 짝을 주었다. 서생은 버선에다 피를 닦고 그것을 처마 사이에 꽂아두고는 돌아왔다.

그뒤 십오륙 년이 지났다. 친구 몇 명과 꽃구경 버들 구경을 하러 동대문 밖으로 갔다가 돌아오는 길에 옛날 하룻밤을 잤던 그 집을 지나치게 되었다. 서생이 그 집을 가리키며 여인을 만나 즐겼던 옛일을 이야기해주니 서로 떠들썩하게 웃으며 걸었다. 그때 뒤에서 따라오던 한 사미승이 그 이야기를 듣고는 쫓아와서 급히 절을 올리며 말했다.

"행차께서는 잠시만 머물러주세요."

그러고는 서생의 옷자락을 끌고 집으로 들어갔다. 함께 가던 친구들은 그 까닭을 알지 못하고 그냥 먼저 돌아갔다.

서생은 사미승에게 이끌려 그 집으로 함께 들어갔다. 한 여인이 마루에서 내려와 그를 맞이했다. 가만히 보니 옛날 함께했던 그 여인이었다. 오랜 세월 동안 소식도 없다가 어렵게 상봉하니 기쁨을 이기지 못했다. 그녀가 서생을 마루 위로 모시고는 사미승에게 말했다.

"이 양반을 이렇게 만난 것이 어찌 하늘의 도움이 아니겠느냐? 성의에 감동해서 마침내 천륜天倫을 잇게 하셨구나!"

서생이 이상하게 여겨 물었다.

"그게 무슨 말씀이오?"

"서방님이 그날 하룻밤을 주무시고 가신 뒤 제가 임신을 하여 아들을 낳았습니다. 저는 속으로 서방님의 아들인 줄 알았지만, 저 아이는 자기가 포수의 아들인 줄로만 알았지요. 열 살이 되었을 때였어요. 제가 아이 머리를 빗기면서 저도 모르게 아이 이마를 문지르며 말했죠.

'양반은 역시 다른 사람과 물이 다르단 말이야.'

그러자 아이가 고개를 돌려 물었지요.

'제가 우리 아버지의 아들이 아니고 양반의 아들이란 말입니까? 제발 저를 낳아주신 아버지가 누구인지 가르쳐주세요!'

내가 실없는 말을 했다 하니 저 아이는 울며 아무것도 먹으려 하지 않았지요. 그리고 매일 제 말의 근본을 캐니 제가 어쩔 수 없이 옛일을 상세히 이야기해주었죠. 그 이야기를 듣자 아이는 머리를 깎고 스님이 되어 생부가 계신 곳을 찾아다녔습니다. 오늘 결국 만나게 되었으니 이 야말로 천륜에서는 도망갈 수 없다는 이치이며 하늘이 성의에 감동한 게 아니겠습니까?"

또 말했다.

"서방님께서는 옛날 손톱 깎을 때의 일을 기억하시나요?"

"기억하고 있소. 내가 그때 떨어진 버선에다 피를 닦고 그 버선을 처마 사이에다 꽂아두었는데, 아직도 그게 거기에 있을까?"

그러고는 일어나 처마 사이에서 그걸 찾아냈다. 그러니 더욱더 의심할 여지가 없었다.

마침내 함께 돌아가 사미승은 머리를 기르고 다시 속인이 되어 뜻한 바를 이루었다.

이로 보건대 점술가의 설을 믿지 않을 수 없다 하겠다. 서생은 자식이 없다가 자식을 얻었고 사미승은 아버지가 없다가 아버지를 찾았으니, 그것은 하늘이 정해놓은 운명이었던 것이다.

過東郊白衲認父

洛下有一書生, 推命于術家, 至於子宮, 題之曰: '日暮東門, 山僧隨後'云
云. 生詳問其解, 術者曰: "於訣若此, 吾亦不解其意也." 生有事於東郊, 歸
路未至興仁門, 大雨暴注, 仍避入路傍閭舍, 獨立門側, 雨下不止, 日又暮,
彷徨罔措. 忽自內有言曰: "何許行次, 久留門外? 雨勢若此, 雖是無男丁之
家, 一夜暫宿, 亦自不妨, 勿以爲嫌入來"云云. 生勢既困迫, 遂入其內, 只有
一年少女人. 仍與之同宿. 問之則乃都監砲手之婦, 而其夫入直未歸云. 朝
起剪爪, 爲刀所割, 求其洗血之資, 厥女以一弊襪子給之, 生拭血後, 挿其
襪于簷間而歸矣. 伊後十五六年[2], 與友數三人, 做花柳之行于東郊, 歸路
過年前所宿之[3]家, 生指其家, 語其年前邂逅探花之事, 相與喧笑而來. 背
後有一沙彌隨來聞之, 卽來急拜曰: "行次願暫止留!" 遂執裾引入, 同行諸
客, 莫知其由, 遂皆先歸. 生爲厥僧所挽, 同入其家, 則下堂迎之之女, 乃昔
日所眄者也. 久阻之餘, 雖是依俙相逢, 不覺欣倒, 厥女迎生上堂, 謂僧
曰[4]: "遇此兩班, 豈非天哉? 誠意所感, 竟得天倫也!" 生怪之問曰: "主人之
言, 是何說乎?" 女曰: "書房主向來一宿後, 因有娠生男, 吾則心知爲書房
主之子, 而渠則認以砲手之子矣. 至十歲時, 吾爲渠梳頭時, 偶然撫頂曰:
'兩班之水, 與他自別.'云, 則其兒回頭問之曰: '吾非吾父之子 而爲兩班之
子乎? 願指所生之父焉!' 吾漫漶說之, 則彼涕泣不食, 每究其言根, 吾迫不
得已詳說昔年之事矣. 渠自聞其語, 落髮爲僧, 出訪所生父云. 今焉得遇,
豈非天倫之莫逃, 而誠意之所感哉?" 又曰: "書房主向來剪爪時事, 能記之
否?" 生曰: "知之矣. 吾於伊時, 拭血于弊襪, 挿于簷間矣, 尙今在乎?" 仍起
巡簷索之, 尤無疑焉. 遂偕歸, 養髮成俗, 以至成就. 由是觀之, 術家之說,
亦不可不信, 生之無子而有子, 僧之無父而得父, 已有天定於其間矣.

<hr>

2) 동양본·해동야서에는 '後'가 더 나옴.
3) 之: 동양본·해동야서에는 탈락.
4) 曰: 동경대본에는 잘못 탈락.

소낙비 소리 듣고 아들을 얻은 약 거간꾼

장동壯洞, 지금 서울의 효자동의 약주릅약재를 사고파는 일을 중개하는 사람은 늙도록 홀아비로 살면서 자식과 집도 없이 약방을 전전하며 먹고 자는 일을 해결했다. 영조께서 육상궁에 행차하신 사월 어느 날, 소낙비가 퍼부어 도랑물이 넘쳤다. 임금 행차를 구경하러 나온 사람들이 비를 피하려고 약방으로 몰리니 방안과 처마 밑은 사람들로 빽빽했다.

이때 약주릅도 방안에 있다가 문득 이렇게 말했다.

"오늘 내린 비가 내가 소싯적 새재를 넘던 때의 비 같구려!"

옆에 있던 사람이 물었다.

"비에 어찌 고금古今이 있단 말이오?

"그때 가히 웃을 만한 일이 있어 지금까지 잊지 못하고 있지요."

옆 사람이 말했다.

"사연을 들을 수 있을까요?"

"모년 여름이었지요. 왜황련[1]이 떨어져 내가 빠른 걸음으로 동래부에 가서 사오려 했지요. 정오 무렵에 새재를 넘는데 점사를 지나 외진 곳에 이르자마자 갑자기 소낙비가 쏟아져 지척을 분간할 수가 없더라고요. 우왕좌왕 비 피할 곳을 찾다가 산기슭에 초막집이 있는 걸 발견하고 곧바로 달려들어갔죠. 거기에 한 노처녀가 있었소. 내가 우선 옷을 벗어 짰는데, 처녀가 옆에 있으면서 피하지도 않더군요. 갑자기 마음이 동해서 관계를 가졌지요. 처녀도 난색을 보이지 않더군요. 조금 뒤 비가 그치길래 나는 처녀가 사는 곳도 묻지 않고 떠나버렸지요. 오늘의 비가 정녕 그때의 비와 같아서 생각이 났던 것입니다."

갑자기 처마 밖에서 평두건平頭巾을 쓴 아이가 곧장 마루로 올라왔다. 그리고 이렇게 물었다.

"조금 전 새재의 비 이야기를 하신 분이 어느 분이신가요?"

옆 사람이 그를 가리키자 그 아이는 즉시 절을 올리고 말했다.

"오늘에서야 비로소 아버지를 만나게 되었으니 하늘이 준 행운입니다."

옆에서 지켜보고 있던 사람들이 모두 의아해했다. 약주릅 역시 이상하게 여겨 물었다.

"그게 무슨 말이냐?"

그 아이가 말했다.

"아버지의 몸에 표식이 있다고 들었습니다. 잠시 옷을 벗어 보여주시겠습니까?"

옷을 벗으니 아이가 뒤쪽 허리 아래를 살폈다. 아이는 더욱 의심할 여지가 없다는 생각으로 말했다.

"우리 아버지가 틀림없습니다."

모여 앉은 사람들이 말했다.

"그 이유를 좀 들어보자."

1) 왜황련(倭黃連): 일본산 황련. 황련은 깽깽이풀의 뿌리로, 한약재로 쓰인다.

"제 어머니께서는 젊었을 적 초막집을 지키고 계셨지요. 비가 내리던 날, 길손과 한 번 일을 치르고 나서 바로 임신하시어 저를 낳으셨답니다. 제가 점점 자라나 말을 배우게 되었는데, 이웃 아이들은 모두 아버지가 있어 아버지를 부르는데 저는 아버지라 부를 아버지가 안 계셨지요. 그래서 어머니께 자세히 물었더니 어머니께서 말씀해주신 이야기가 아까 아버지께서 하신 이야기와 똑같습니다. 또 그때 어머니께서 언뜻 보셨다는데, 아버지 왼쪽 볼기에 검은 사마귀가 하나 있다고 하셨지요. 저는 그 말씀을 듣고 열두 살 때부터 집을 떠나 아버지를 찾아 팔도를 두루 돌아다녔습니다. 서울에도 세 차례나 들어왔답니다. 오늘로 육 년이 되었는데 다행히도 아버지를 만나게 되었습니다. 하늘이 도와주셨으니 어찌 천만다행한 일이 아니겠습니까?"

이어 아버지에게 말했다.

"아버지께서는 이제 더이상 서울에 머무실 필요가 없습니다. 바라건대 저와 함께 가십시다. 제가 마땅히 온 힘으로 농사를 지어 봉양하겠습니다. 어머니께서도 지금까지 수절하고 계시고 외가 또한 가난하지 않으니, 아침저녁 끼니 걱정을 하실 필요도 없습니다."

같이 그 광경을 보고 있던 사람들이 혀를 내두르며 다 기이한 일이라고 감탄했다. 약방 주인도 내실에 있다가 이야기를 듣고 나와서 말했다.

"아무개가 아들을 만났다고 하니 세상에 어찌 이같이 희귀한 경사가 있을까? 주위 사람의 마음도 이렇게 뛸 듯이 기쁜데 하물며 당사자의 마음은 어떻겠나?"

그러고는 아들과 함께 떠나라고 권했다.

약주릅도 기쁘기는 하지만 오래 살던 서울을 졸지에 떠나려 하니 슬픈 마음도 없지 않았다. 또 노잣돈도 걱정되었다. 아이가 말했다.

"걱정하지 마세요. 제 행랑 속에 돈이 좀 있습니다."

사람들이 전부 따라가라고 힘써 권하면서 행랑 속에 가지고 있던 돈을 모아주니 오륙 냥은 되었다. 주인 역시 십여 냥을 주었다.

약주릅은 날이 개자 여러 사람과 작별을 고하고 아들과 함께 떠났다. 그는 집도 생기고 아내도 생기고, 아들도 얻고 먹을 것도 걱정하지 않게 되어 유유자적하게 일생을 보냈다고 한다.

聽驟雨藥商得子

壯洞藥儈, 老而鰥居, 無子無家, 輪廻藥肆而宿食. 時英廟方幸毓祥宮, 時當四月, 驟雨注下, 溝渠漲流, 觀光諸人, 避雨於藥肆, 房室簷[2]廡, 彌滿簇立. 藥儈時在房中, 忽言曰: "今日之雨, 若吾少時踰鳥嶺時雨也!" 傍人曰: "雨豈有古今哉?" 曰: "其時有可笑事, 故尙今不忘." 傍人曰: "可得聞乎?" 曰: "某年夏, 倭黃連[3]乏絶, 吾以急步, 將貿於萊府. 日午越鳥嶺, 纔過鎭店, 無人之境, 驟雨急注, 咫尺難分, 彷徨圖避之際,[4] 山崖有一草幕, 直向入去, 有老[5]處女在焉. 爲先脫衣澣之, 而處女在傍不避, 忽焉心動, 仍與狎焉. 處女亦無難意. 少焉雨止, 故不問其女之居住, 而卽來矣. 今日之雨, 政如其時之雨, 故偶爾思之矣." 俄而自檐外有一平頭兒, 直上軒, 問: "俄者言鳥嶺雨者, 是誰座也?" 傍人指之, 厥童卽拜曰: "今始得父, 天幸也!" 許多傍觀, 無不疑怪, 藥儈亦異之曰: "是何說也?" 厥童曰: "卽聞父親身上有標, 暫請脫衣也." 乃脫衣, 見腰下後, 厥童尤以爲無疑曰: "眞是吾父也!" 座中曰: "願聞其由." 兒曰: "吾之母親, 兒時守幕, 一經雨中行人後, 因[6]有胎[7]以生吾, 吾漸長, 至學語, 隣兒則有父呼之, 吾則無父可呼, 故詳問于吾母

---

2) 簷: 동경대본에는 '詹'으로 표기.
3) 連: 고대본·가람본·성균관대본에는 탈락.
4) 고대본·성균관대본에는 '見'이 더 나옴. 더 나오는 것이 맞음.
5) 老: 고대본·가람본·성균관대본에는 탈락.
6) 因: 동경대본에는 '仍'으로 표기.
7) 고대본·가람본에는 '氣'가 더 나옴.

親, 吾母親所言, 一如俄者父親之言, 且聞其時暫見左臀, 有一黑痣云矣. 吾一聞其言, 自十二歲, 離家尋父, 周廻八路, 三入京城, 今爲六年, 而幸而得父, 天之所使, 豈非萬幸?" 仍[8]謂其父曰: "父主不必久在於京, 願與偕往. 吾當力稽奉養. 且母親方在守節, 而以其親家之不貧, 似無朝夕之憂矣." 一時觀者, 無不嘖嘖稱奇. 藥肆主人, 方在內, 聞而出來曰: "某也得子[9]云, 世間豈有如此稀貴慶[10]之事乎? 其在親知之心, 猶尙聳喜, 況當者之心, 尤如何哉?" 亦勸與子同去. 藥債[11]喜則喜矣, 久留京中, 猝地離去, 不無怊悵之意. 又以盤纏爲憂. 其兒曰: "勿慮, 自有行[12]中如干錢矣." 衆人皆力勸隨去, 皆收囊中所有, 助給之, 爲五六兩, 主人亦給十餘兩. 雨晴後, 仍別諸人, 而與其子同行, 有家有妻, 有子有食, 優遊以[13]終身云.

8) 고대본에는 '乃'로 표기.
9) 子: 고대본에는 '此'로 잘못 표기.
10) 국도본·고대본·동양본·가람본·해동야서·성균관대본에는 '買'가 더 나옴.
11) 債: 국도본·고대본·동양본·가람본·해동야서에는 '儈'로 표기. '儈'가 맞음.
12) 고대본·성균관대본에는 '橐'이 더 나옴.
13) 以: 고대본·가람본에는 '以'가 탈락.

유상이 길거리 말을 듣고 명의가 되다

지사知事, 한 관아의 수관(首官) 다음가는 벼슬 유상1)은 소싯적 의술로 이름을 날렸다. 재주는 꽤 있었지만 신묘한 경지에 이르지는 못하고 있었다. 때마침 책실 자격으로 영남 관찰사를 따라가 여러 달을 머물렀다. 그러나 하는 일이 별로 없어 무료하기만 해서 관찰사를 뵙고는 돌아가겠다고 했다. 관찰사는 즉시 허락하고 타고 갈 노새와 그것을 끌어줄 종을 마련해주었다.

금호강을 건너고 우암창2)에 못 미쳤을 때 종이 똥을 누고 오겠다며 고삐를 유상에게 넘겼다.

"이 노새는 매우 잘 놀라 날뛰니 조심해서 단단히 잡고 계십시오."

---

1) 유상(柳瑺): 이름은 유상(柳相), 유상(柳尙)으로 쓰기도 한다. 의학에 밝았는데, 특히 천연두를 잘 치료했다. 1683년 숙종의 천연두를 치료해 동지중추부사에 제수되었다. 1699년 세자의 천연두를 완치해 지중추부사에 오르고, 1711년 왕자를 치료해서 합천군수를 거쳐 삭령군수에 제수되었다. 저서로『고금경험활유방古今經驗活幼方』1권이 있다.
2) 우암창(牛岩倉): 조선시대 서울에서 동래에 이르는 길에 있던 역참 중 하나. 그 인근 역참을 순서대로 들어보면 다음과 같다. 연향역(延香驛)-고리곡(古里谷)-장천(丈川)-동명원현(東明院峴)-우암창-금호강(琴湖江)-대구부(大丘府)-오동원(梧桐院)-팔조령(八助嶺)-청도군(淸道郡).

유상이 우연히 채찍을 들어올렸다가 노새를 한 번 내리치게 되었는데, 노새가 놀라 내닫기 시작했다. 산을 넘고 개울을 건넜지만 그 기세를 막을 수가 없었다.

유상이 바짝 정신을 차리고 안장을 단단히 잡아서 다행히 땅에 떨어지지는 않았다. 노새는 잠시도 멈추지 않고 하루종일 달려나갔다. 지나치는 곳마다 산과 계곡의 험한 길이었다. 날이 저물 무렵 고개 하나를 넘어서는 어느 집 앞에 멈추었다. 집안의 노인이 그 아들을 불러 말했다.

"손님이 노새를 타고 오셨다. 노새를 끌어다 잘 먹여라. 손님께도 저녁을 준비해드려라."

하루종일 어지럽게 시달린 유상은 다행히도 노새가 멈추어 정신을 수습할 수 있었다. 노새에서 내려 마루로 올라가 주인과 인사를 나누었다. 그리고 노새가 내달려온 사정을 이야기해주었다.

잠시 뒤 저녁밥이 나와 요기를 하고는 피곤하던 차에 누워서 잠을 자려 했다. 주인은 문지방 안쪽에 앉았고 유상은 문지방 밖에 앉았다. 깜박이는 등불을 사이에 두고 마주하면서도 아무 말이 없었다. 순간 밖에서 발소리가 났다. 주인이 창을 밀며 말했다.

"왔는가?"

"왔습니다."

주인은 긴 칼을 가지고 나가면서 말했다.

"주인이 없다고 이 노인의 책을 봐서는 안 되네."

그러고는 순식간에 사라졌다. 유상이 심히 이상하게 여겼다. 아랫방으로 가서 보니 벽 근처에 장막이 드리워 있었는데 바람에 장막이 저절로 걷혔다. 뚜렷하게 보이지는 않았지만 읽을 만한 책이 있는 것 같았다. 주인의 말이 매우 근엄하기는 했지만 한번 읽지 않을 수가 없었다.

일어나서 장막을 걷어보니 상자와 선반을 가득 채운 것은 모두 의학에 관한 책이었다. 이것저것 뽑아 마구 읽고 있는 사이, 밖에서 발소리가 들렸다. 즉시 책들을 다시 넣어두고 물러와 앉았다. 얼마 뒤 주인이 문안으로 들어와 유상을 바라보며 말했다.

"젊은 사람이 무척 무례하구나! 어른의 서적을 마음대로 꺼내 보다니!"

유상이 말했다.

"제 죄를 압니다. 제 죄를 압니다."

그러고는 주인이 칼을 가지고 나간 일은 무엇이었는지 물어보았다. 주인이 말했다.

"때마침 강릉 친구가 원수를 갚아달라 해서 잠시 나갔다 왔다."

이어서 함께 잠을 잤다. 첫닭이 울자 주인이 그 아들을 불러 말했다.

"노새에게 먹이는 먹였는가?"

유상도 일어나 앉았다. 곧 아침밥이 나왔다. 밥을 다 먹자 주인이 말했다.

"어서 떠나라. 잠시도 더 머물러서는 안 된다."

유상이 노새에 올라타니 주인 아들이 노새를 한 번 채찍질했다. 그러자 노새가 어제처럼 치닫기 시작했다. 정오 무렵 광주 판교에 이르렀다. 액정서의 종 십여 명이 길가에 나와 소리를 질렀다.

"유서방 이제 오십니까?"

유상은 연일 노새 위에서 시달렸고 어젯밤에는 눈도 붙이지 못했다. 정신이 혼미해 취한 듯 얼이 빠진 듯 노새 위에 올려놓은 진흙 인형 같았다. 홍의[3]를 입은 자가 노새 앞으로 다가와 말했다.

"행차께선 혹 유상 서방님 아니십니까?"

"무슨 연유로 물으십니까?"

"전하께서 몹시 위중하셔서 유서방님을 모셔 진맥을 받으려 합니다.

---

3) 홍의(紅衣): 각 전(殿)의 별감과 묘사, 전궁(殿宮), 능원의 수복이 입던 붉은빛의 웃옷.

소인들에게 강을 건너가 기다리고 있으라고 명령하셨습니다."

이는 임금이 병중에 있는데 신인이 꿈에 나타나서는, "이름이 유상이라는 의원이 영남 땅에서 노새를 타고 올라오고 있다. 급히 강변으로 사람을 보내 모셔오라. 그러면 임금의 병환은 만에 하나도 걱정할 필요가없을 것이라!" 했기 때문이었다.

유상이 대답했다.

"그렇소. 내가 유상입니다."

홍의의 무리가 크게 기뻐하며 그를 호위해 이끌었다. 유상이 노새 위에서 자세히 물어보니 이렇게 알려주었다.

"전하께서는 천연두를 앓고 계시는데 막 흑함[4]이 생기셨습니다."

유상이 집으로 돌아가 공복으로 갈아입고 대궐로 들어가는 길에 동현銅峴, 지금 울지로 1가와 2가의 중간을 지나갔다. 한 할미가 천연두를 앓았던 아이를 업고 길가에 서 있었다. 할미 곁에 있던 사람이 물었다.

"이 아이의 천연두가 매우 위험하다는 소문을 들었는데, 어떻게 탈없이 이렇게 나으셨습니까?"

할미가 말했다.

"이 아이는 흑함 때문에 일곱 구멍[5]이 모두 막혀서 숨도 쉴 수 없었지. 속수무책 죽기만을 기다리고 있었는데 다행히 지나가던 스님을 만나 시체탕柿蔕湯, 감꼭지를 달인 약을 썼어. 그러고 나서 일곱 구멍이 모두 통하게 되어 이제는 완전히 나았어. 어제는 마마신을 보내드렸네."

유상이 말을 세우고 들어보니 시체탕을 운운했는데, 그것은 어젯밤 산중에서 본 책에도 있는 내용이었다. 임금을 뵙고 증세를 진맥하니 아까 할미가 업고 있던 아이의 천연두와 같은 증세였다. 그래서 시체탕 처

---

4) 흑함(黑陷): 천연두에 걸려 생긴 발진이 곪을 때 고름집 속에서 피가 나고 빛깔이 검어지는 증상.
5) 일곱 구멍: 사람 얼굴에 있는 귀, 눈, 코의 각 두 구멍과 입의 한 구멍을 가리킨다.

방을 내드렸다. 때는 4월로, 감꼭지는 내의원이라도 구하기가 어려웠다. 그때 남촌에 한 선비가 있었는데, 한 칸 집을 지어 '무기당無棄堂, 아무것도 버리지 않고 보관하는 집'이라 이름을 걸고는 천하의 쓸모없는 물건들, 가령 못 쓰는 빗자루나 깨진 바가지까지 모두 거두어 보관하고 있었다. 무기당에서 감꼭지 한 말을 구해와 시체탕 한 첩을 달여드렸더니 임금의 병환이 나았다. 유상은 명의로 이름을 날리게 되었다.

이로 보면, 노인과 할미 모두 이인異人의 무리일 것이다. 노새가 달아난 것이나 신인이 꿈에 나타난 것이나, 하늘이 그렇게 되게 하지 않은 것이 없으니, 기이하고 기이하구나.

聽街語柳醫得名

柳知事瑺[6], 少時[7]以醫術名於世. 頗有才, 而未得其妙境, 適隨嶺南[8]伯, 以冊室下去, 屢朔留連, 無所事爲, 甚無聊, 請於巡相而告歸, 嶺伯許之, 卽以所騎騾子幷牽給之. 柳渡[9]琴[10]湖江, 未及牛岩倉, 牽奴以放屎爲言, 授轡於柳曰: "此騾甚驚突, 必操心堅坐也!" 柳偶然擧鞭一打, 厥騾果大驚奔馳, 騰山超溪, 勢不可遏, 柳則牢着精神, 堅執鞍子, 幸不墮地. 厥騾少不停足, 終日馳突, 所向, 盡是山溪崎嶇之路. 日將暮, 忽踰一嶺, 立於一家堂前, 堂中老人呼其子曰: "有客騎騾[11]來矣! 牽[12]入善喂! 且備客子夕飯." 柳終

---

6) 瑺: 국도본·고대본·동양본·가람본·해동야서·성균관대본에는 '相'으로 표기.
7) 時: 고대본·가람본·성균관대본에는 '事'로 잘못 표기.
8) 南: 성균관대본에는 탈락.
9) 渡: 국도본에는 잘못 탈락. 동경대본에는 '到'로 표기.
10) 琴: 국도본·고대본·동양본·해동야서에는 '㻶'으로 표기.
11) 騾: 동양본에는 탈락.
12) 牽: 가람본에는 '駐'로 표기.

日昏瞀之餘, 幸此騾子之駐[13]足, 收拾精神[14], 下騾升堂, 與主人敍寒喧, 仍言騾子奔馳之狀, 少頃飯出, 療飢後, 仍困憊臥眠, 主人坐於閾內, 柳則坐於閾外, 一燈耿耿, 主客相對嘿然, 俄有跫音於外, [15]主人拓[16]窓曰: "來乎?" 曰: "來矣!" 主人携長劒而出曰: "無以主人之無也, 長者書冊, 勿爲看之!" 倏爾而去, 柳心甚疑怪, 柳更看下房, 近壁垂帳, 迎風自開, 隱隱若有所可觀, 主人之言, 雖甚謹嚴, 可不一次涉獵哉? 遂起立披帳, 則盈箱滿架, 盡是醫書. 柳亂抽之[17], 繙閱之際, 自外有人跡聲, 卽還挿卷, 而退坐. 少頃主人入門回顧柳曰: "少年太無禮, 長者書籍, 唯意取見乎!" 柳曰: "知罪知罪!" 仍問其持劒出入之事, 主人曰: "適有友於江陵, 要我酬怨, 故俄者暫出而來也!" 仍與柳就寢. 鷄初鳴, 主人呼其子曰: "騾子喂之乎?" 柳亦起坐, 須臾飯至. 喫了主人曰: "須速發, 勿爲逼[18]遛[19]也!" 柳起身騎騾, 則主人之子, 亦一鞭打了, 如昨超逸馳突. 當午至廣州板橋, 掖隸十餘, 連絡路次呼聲曰: "柳書房來乎?" 柳是時連日馬上橫馳, 且去夜不得接目, 精神昏迷, 如醉如呆, 騾子背上, 一箇泥塑人也. 一紅衣, 當騾前問曰: "行次非柳瑞[20]柳[21]書房主乎?" 柳曰: "緣何問也?" 答曰: "上候極重, 方招柳書房主入診, 卽令小人等渡江而俟之矣!" 盖聖候中, 有一[22]神人現夢曰[23]: "柳醫名瑞[24]

13) 駐: 동양본에는 '住'로 표기.
14) 神: 국도본·고대본·동양본·가람본·해동야서에는 '魂'으로 표기.
15) 국도본에는 '主'가 더 나옴. 불필요함.
16) 拓: 동경대본에는 '推'로 표기. 뜻이 통함.
17) 之: 국도본·고대본·동양본·가람본·동경대본·해동야서에는 '而'로 표기.
18) 逼: '逗'로 표기해야 함.
19) 遛: 고대본에는 '留'로 표기.
20) 柳瑞: 국도본·고대본·동양본·동경대본·해동야서에는 '柳相'으로 표기. 가람본에는 '相'으로 표기.
21) 柳: 고대본에는 탈락.
22) 一: 고대본·가람본에는 탈락.
23) 고대본에는 '有'가 더 나옴.
24) 瑞: 국도본·고대본·동양본·가람본·동경대본·해동야서에는 '相'으로 표기.

者, 方自嶺南騎驛上來, 須急送人于江邊而招來, 則聖候萬無一慮故云[25] 也."柳曰:"吾是柳璿[26]也."紅衣輩大喜, 相率扶護, 柳於馬上細問, 曰[27]: "大殿以痘患, 方在黑陷"云云. 柳還家, 服公服, 入闕之路, 過銅峴, 有一嫗, 背負新經痘兒而立於街上, 在傍一人見而問曰:"此兒之痘, 所聞極重云, 何 以無頉出場?"嫗曰:"此兒以黑陷, 七竅盡爲一殼, 呼吸不通, 束手而待盡, 幸逢過去僧, 用柿蔕湯後, 七竅盡通, 今至夬[28]蘇, 昨日送神矣."柳駐馬聽 之, 柿蔕湯[29]云云, 昨夜山中所見書, 亦有之. 於是入侍診候, 則與俄者嫗 所負兒痘同證[30]也, 遂出柿蔕湯. 時當四月, 柿蔕雖內局難得. 是時南村有 一措大, 作一間房, 揭號以無棄堂, 天下無用之物, 雖弊箒破瓢, 俱收幷畜, 柿蔕一斗, 亦得來於無棄堂中, 進一貼奏效, 聖候平復. 柳璿[31]遂以名醫擅 名. 由是觀之, 一翁一嫗, 皆是異人之類, 而驛子之超逸, 神人之感夢, 莫非 天使之然也. 異乎異乎[32]!

25) 故云: 국도본·고대본·동양본·가람본·동경대본·해동야서에는 '云故'로 표기.
26) 璿: 국도본·고대본·동양본·가람본·동경대본·해동야서에는 '相'으로 표기.
27) 曰: 국도본·동양본·성균관대본에는 '則'으로 표기.
28) 夬: 동양본에는 '快'로 표기.
29) 後, 七竅盡通, 今至夬蘇, 昨日送神矣. 柳駐馬聽之, 柿蔕湯: 고대본·가람본에는 잘못 탈락.
30) 證: 동양본에는 '症'으로 표기.
31) 璿: 국도본·고대본·동양본·가람본·동경대본·해동야서에는 '相'으로 표기.
32) 異乎: 동경대본에는 탈락.

이생이 두신에게 권하여 덕을 베풀게 하다

　서산瑞山 동암銅岩 이씨는 무인 집안 중 큰 집안이었다. 그 몇 대조 선조 중에 후덕한 군자가 있었다. 가을날 대청에 앉아 타작을 감독하고 있었는데, 일산日傘을 쓴 풍채 좋은 관원 한 사람이 문 쪽으로 오고 있었다. 자세히 보니 작고한 친구였다. 친구가 들어와 자리를 잡고 인사를 하자 이생이 물었다.

　"자네는 모년에 이미 황천객이 되었는데 오늘 위풍을 크게 떨치며 이렇게 오다니, 자네 아직 인간세상에 있는가?"

　"내가 인간세상을 떠난 지 오래되었네. 죽고 나서 명부冥府에서 벼슬을 하게 되었지. 오늘은 서신[1]차사西神差使로 호남 땅으로 가는 길이네. 내포[2]에 이르러 평소 정이 생각나 그냥 지나치지 못하고 잠시 들렀다네."

　"자네가 이미 천연두를 다스리는 벼슬아치가 되었으니 평소 관대하

---

1) 서신(西神): 두창 혹은 천연두를 옮기는 신. 두창 귀신 혹은 호귀마마라고도 했는데, 중국에서 왔다고 생각해 서신이라 했다. 흔히 양자강 남쪽에서 왔다는 뜻으로 강남사령(江南司令)이라고도 불렀다.

고 후덕한 자네의 성품으로 보아 악착같이 일을 하지는 않겠지? 무릇 남의 집 귀한 자식, 아비 없거나 어미 없는 자식, 영리한 자식, 장래가 촉망되는 자식 들은 비록 용서하기 어려운 사연이 있다 하더라도, 정성을 다해 용서하고 살려주어 덕을 베푸는 게 좋겠어. 정말 그래주게나!"

두신痘神은 몇 마디 주고받고서 홀연 떠나가며 말했다.

"돌아가는 길에 또 들르겠네."

마당 가득히 타작을 하던 사람들은 아무도 그를 보지 못했으니 이생 혼자만 보고 이야기를 나눈 것이었다. 동짓달이 되자 과연 두신이 또 들렀다. 말과 수레에 실은 것이 제법 많았다. 이생이 한참 이야기를 나누다가 따라온 사람들을 보니 그중에 나이가 열두세 살쯤 되는 남자아이가 있었다. 골격과 용모를 보니 귀한 집 아이인 것 같았고 장래가 촉망되는 상이었다. 그러나 등에 지고 있는 짐이 무거워 고통스러운 표정이 역력했다. 이생이 물었다.

"저 아이는 누구 집 아들인데 저렇게 고생을 하는가?"

두신이 대답했다.

"저 아이는 호남 모읍 김씨 집 아이인데 사정이 불쌍하고 가련하기는 하지만, 우리 실정이 워낙 안 좋아 어쩔 수 없이 잡아가는 것이네."

이생이 말했다.

"그 이유나 들어봄세."

"저 아이는 형제가 없는 외동이지. 삼대 과부의 자식이기도 하고. 그 집도 가난하지 않고 나 역시 측은히 여겨 시통始痛, 천연두가 돋기 전에 일어나는 신열과 그 외 병증부터 낙가落痂, 천연두나 헌데가 다 나아서 딱지가 떨어지는 일. 또는 그 딱지에 이르

---

2) 내포(內浦): 충남 서해안 지역으로 바닷물이 육지 깊숙이 들어왔다 하여 붙은 지명이다. 서산, 홍성, 예산, 태안, 당진 등지를 통칭한다.

기까지 순한 병만 주고 별 잡탈 없이 떠나려 했네. 그런데 송신[3]하는데 선물이 너무 많았다네. 저승의 관례상 하나도 남김없이 다 수송하지 않을 수가 없어. 일행 중에 다른 말이 없고 또 짐을 질 사람도 없으니, 부득불 저 아이를 짐꾼으로 잡아가게 되었다네."

이생이 말했다.

"참 안타깝네그려. 자네가 어찌하여 이와 같이 차마 하지 못할 짓을 하게 되었는가? 저 아이 집에서는 두신이 무사히 나가주시는 것에 감사해서 보답하는 마음으로 선물을 풍성하게 올렸지. 그런데 그 선물을 받고서 오히려 아이를 잡아가니 자네의 인자하지 못함이 어찌 이리도 심한가? 우리집에 말 한 필이 있으니 지금 당장 주겠네. 아이 짐을 대신 지게 하고 아이는 본가로 보내줄 수 있겠나?"

두신이 대답했다.

"그렇게 하세. 무슨 어려움이 있겠나?"

그러자 이생은 마구간에서 말 한 필을 끌고 왔다. 잠시 뒤 말이 죽었다. 두신은 아이가 지고 있던 물건들을 말 등에 옮기고 아이는 보내주었다. 이어서 작별 인사를 하고 떠나니 홀연 보이지 않았다.

몇 달 뒤 이생이 한가롭게 앉아 있는데, 부인이 탄 가마가 문안으로 들어왔다. 이생이 이상하게 여겨서 물으니 전라도 모읍 김생가의 안사람이라 했다. 그 까닭을 물으니 이렇게 답했다.

"저희 집 아이가 주인댁의 은택을 입어 다행히 회생했습니다. 바라건대 이 댁에 몸을 의탁해 함께 살려고 아이를 데려왔습니다."

이생이 말했다.

"어떻게 그 일을 이리도 훤하게 아시오?"

---

3) 송신(送神): 두신을 보내줌. 마마가 나은 지 십이 일 만에 짚으로 말 모양을 만들어 두신이라 하고 강남으로 보내던 일.

"우리 아이가 무사히 천연두를 겪고 송신을 했는데 갑자기 기가 막혀 죽었습니다. 초빈[4]을 하고 며칠이 지났는데 초빈에서 연기 같은 기운이 일어났지요. 가서 파보니 염을 했던 줄이 모두 풀어지고 아이가 갑자기 일어나 앉아서는, 두신이 서산 동암 이생원님 댁에 들어가 말을 주고받은 일과 우리 아이 대신 말을 보낸 일을 역력히 이야기해주었습니다."

그 어머니와 할머니가 이공의 은덕에 깊이 감격하여 뼈에 새겨 잊지 못했다. 아이를 데려오고 집안의 온 물건을 다 옮겨와 의탁할 곳으로 삼았다 한다.

이생은 개울을 사이에 두고 인접한 곳에 집을 마련해주고 아이에게는 이씨 성을 주었다. 그 후예들이 번성해서 오늘날 큰 가문이 되었다. 이에 따라 동암 이씨에는 천좌川左와 천우川右 두 파가 생겼다 한다.

勸痘神李生種德

瑞山銅岩李氏, 武弁大家. 其幾代祖, 有厚德君子一人. 秋日坐廳上, 看檢打稻[5], 有一張盖, 好官員望門而來, 見之則乃是平日友人作故者也. 入座敍寒喧, 李問曰: "兄某年, 已作泉下人, 今日大張威儀而來, 然則兄尙在於人間乎?" 彼官曰: "吾已謝人間久矣. 死後入仕於冥府, 今以西神差使, 將向湖南, 路適出於內浦憂過, 兄弟[6]念平日情誼, 不可虛度, 故暫歷入矣." 李曰: "君旣爲痘疫之官, 以君平時寬厚之性, 似不爲齷齪之事, 而凡於人家[7]貴重子, 孤寡子, 穎悟子, 有長遠之兒, 雖有難救之端, 曲恕圖生, 以爲

---

4) 초빈(草殯): 사정상 장사를 속히 치르지 못하고 시신을 방안에 둘 수 없을 때, 마당의 뜰이나 헛간 등에 관을 놓고 이엉 따위로 그 위를 이어 눈비를 가릴 수 있도록 덮어두는 일. 또는 그렇게 덮어둔 것.
5) 稻: 동경대본에는 '租'로 잘못 표기.
6) 弟: 동양본·해동야서·동경대본에는 '第'로 표기.
7) 家: 동경대본에는 '間'으로 표기.

種德之地, 至可至可!” 數語畢, 倏爾而去, 語李曰:“回路又當歷入矣.” 滿場
打稻之人, 俱不得見, 而唯李獨見, 而相語矣. 及當仲冬, 痘神果爲入來, 其
卜駄輜重頗多, 李與語娓娓, 見有隨從人, 年[8]可十二三歲男子, 骨格容貌,
頗有貴家兒樣子, 亦有長遠之相, 而背負重卜, 顯有苦楚之色. 李問曰:“彼
兒誰家子, 而如彼辛苦乎?” 痘神曰:“彼兒卽湖南某邑金姓家兒, 情境雖甚
矜憐, 事勢實涉無奈, 不得已捉去矣!” 李曰:“願聞其由.” 痘神曰:“彼兒無
他兄弟, 只一箇身, 又是三世寡婦之子, 其家不貧, 吾亦矜之, 施以順類[9],
自始痛至落痂, 別無難頉而得出場矣. 及其送神, 賂物豊多, 地府之例[10],
不可不盡數輸去, 而行中無他空驉, 又無可負者, 故不得已彼兒以負卜軍捉
去矣.” 李曰:“惜哉! 兄何爲如是不忍乎? 彼旣感神之無事出場, 欲報之心,
豊其賂遺, 旣受其賂, 而又捉此兒, 何其不仁[11]之甚耶? 吾家有馬一匹, 今
將奉給, 可以替兒之負而還送于本家乎?” 神曰:“諾, 何難之有?” 李公於是,
牽一廏馬來, 少頃馬死矣. 痘神將彼兒所負之物, 移駄于馬, 而還送其兒,
仍爲辭去, 倏然不見. 過數朔後, 李生適閑[12]坐, 忽一內行轎子, 入于其門,
李公驚怪問之, 答曰:“全羅道某邑金生家內行.”云. 叩其故, 曰:“家兒以主
人宅德澤, 幸得回甦, 願爲托身於宅, 以爲同居, 故如是率來.”云, 李生曰:
“何以明知其如是乎?” 對曰:“其兒無事經痘送神後, 忽然氣塞而死, 草殯
矣. 過數日後, 自草殯有氣如烟, 往而掘之, 則斂束盡解, 兒忽起坐, 詳說痘
神歷入瑞山銅岩李生員家酬酢之事, 及以馬替兒之事, 歷歷言之.” 其母與
祖母, 深感李公之德, 銘骨難忘, 率其兒[13], 全家搬移, 以爲依託[14]之所云

8) 年: 동양본에는 탈락.
9) 類: 동양본에는 '流'로 표기.
10) 例: 동경대본에는 '禮'로 표기.
11) 仁: 동경대본에는 '忍'으로 표기.
12) 閑: 동양본·해동야서에는 '開'으로 표기.
13) 兒: 동양본에는 '家'로 표기.
14) 託: 동양본·동경대본·해동야서에는 '托'으로 표기.

云. 李生主管其家, 安接于隔川一家, 其兒仍以李字爲姓. 其後裔繁盛, 今
爲大族, 是以銅岩李氏, 有川左川右二族云.

권술로 사나운 도적을 잡은 구담

남양南陽 구담具紞은 젊었을 적에 용맹이 남달랐고 담력과 지력이 있었다. 노래를 잘하고 술을 좋아했으며 풍채도 빼어났다. 무과에 급제해 상의주부1)가 되었지만, 당시 재상으로 있던 사람의 뜻을 거슬러서 벼슬을 잃고 십여 년 동안 울적하게 뜻을 이루지 못하고 지냈다.

정조 때 양양襄陽의 사나운 도적 이경래李景來는 엄청난 힘에 담력과 지략까지 갖추고 무리를 이루어 동에 번쩍 서에 번쩍하니 관군도 잡을 수가 없었다. 마치 해서海西의 임꺽정의 변과 유사했다. 임금은 구담의 용맹에 대해 들으시고 즉시 그에게 선전관2) 벼슬을 내리고 밀지를 주며 가서 도적을 잡아오게 했다. 출발하기 전에 임금이 이렇게 주의를 주었다.

---

1) 상의주부(尙衣主簿): 상의원(尙衣院)의 종6품 낭관 벼슬. 상의원은 동반(東班) 소속의 정3품 관아로서 국왕과 왕비의 의복을 만들어 바치고 궁중의 금은보석을 관장했다.
2) 선전관(宣傳官): 선전관청에 속해 왕의 시위(侍衛)·전령(傳令)·부신(符信)의 출납과 사졸의 진퇴를 호령하는 형명 등을 맡아본 일종의 무직승지(武職承旨) 구실을 한 무관이다. 9품부터 정3품 당상관까지 있었다.

"그대가 금오랑과 암행어사를 겸하도록 할 테니 적을 체포했을 때 편의종사[3]하라. 노잣돈은 군문에 은밀히 명해서 많고 적음을 따지지 않고 주도록 하겠다. 만약 도적을 체포하지 못하고 돌아온다면 마땅히 군율로 다스리겠다."

구담은 명을 받들고 물러갔다. 집에는 팔순 노모가 계시니 사정이 막막해 탄식했다.

"사나이가 이 세상에 태어나 어찌 몰락하여 지내기만 하겠는가? 올해에 이 도적을 잡아 커다란 금인金印, 장군이 쓰는 도장. 고귀한 사람의 도장을 얻겠다!"

마침내 떠나가면서 변시진卞時鎭과 동행하니, 변시진은 도적의 동태를 살펴서 체포를 잘하는 포도부장이었다. 또 서울 파락호인 총각 임완석林完石도 얻었는데, 하루 삼사백 리를 걸을 수 있기에 신행태보神行太保라고 불리는 자였다.

몰래 떠날 준비를 하는데 모두 광대 복장이었다. 화려한 옷과 진귀한 보물을 넣은 전대는 완석이 짊어졌다. 발걸음이 양양 땅에 이르렀는데, 마침 구담의 숙부 세적世績이 임금의 특지를 받들고 뒤따라 내려와 양양 원으로 있었다.

구담은 숙부와 은밀히 의논해서 종적을 숨기고 산속 정자로 들어가 책객冊客, 지방 수령이 문서나 회계 따위를 맡기기 위해 데리고 다니는 사람을 자처했다. 날마다 향리 무리와 활을 쏘고 주지육림에 빠져 돈을 물 쓰듯 했다. 그리하여 향리와 관속들의 마음을 얻고 나서 그 동정을 살폈다. 그중 별감 한 사람이 풍채가 좋고 이야기도 잘하며 지략도 있어 시골에서 힘을 쓰고 있었다. 구담은 이 사람과 친분을 맺어 그를 심복으로 만들었다.

하루는 서로 술을 마시다 밤이 깊었다. 술이 오르자 구담은 갑자기 원

---

3) 편의종사(便宜從事): 무슨 일을 미리 정해서 그에 따르게 하는 것이 아니라, 그때그때 형편에 따라 융통성 있게 일을 처리하게 하는 것.

손으로 별감의 소매를 잡고 오른손으로 칼을 빼 그의 가슴을 찌르려 했다. 별감은 놀라고 당황해 어쩔 줄 몰라 하며 얼굴색이 흙빛으로 변했다.

"왜 이러십니까? 대체 무슨 일입니까?"

구담이 말했다.

"나는 임금님의 명을 받들어 종적을 감추고 와서 경래를 잡으려는 사람이다! 처음부터 네가 경래인 줄 알았다! 너는 잔말 말고 내 칼을 받아라!"

별감이 말했다.

"소인은 절대 경래가 아닙니다. 진짜 경래는 근처에 있습니다. 제가 알려드릴 테니 제발 무고한 제 목숨만은 살려주십시오."

구담이 물었다.

"적은 어디에 있느냐?"

"얼마 전까지 경내에서 살았는데 신관 사또가 내려오셨다는 소문을 듣고는 낌새를 알아차리고 떠났습니다. 금강산에 은신을 했는데 그가 간 곳을 확실히 알고 있습니다."

"어찌 아는가? 너도 공모자가 아니냐?"

"공모자라 하신다면 정말 억울합니다. 단지 그와 친숙한 까닭에 그 종적을 정확히 알게 되었습죠."

구담이 물었다.

"잘 들어보아라. 그가 비록 용력이 있다 해도 어찌 잡히지 않겠느냐? 네가 만약 적을 따라가면 온 가족이 몰살당할 것이다. 나를 따라서 그를 잡아 큰 공을 세우는 것이 낫지 않겠는가?"

순리順理와 역리逆理로 타이르니 그가 예예 하며 명을 들었다. 구담이 또 말했다.

"지금 너를 놓아주겠다. 이 기밀을 누설하면 먼저 너부터 잡아들일 것이다."

그러니 또 예예 했다. 그래서 특별히 놓아주었다.

다음날 변시진, 임완석과 함께 종적을 감추고 금강산으로 들어갔다. 서울 광대 구명창具名唱이라 자칭하며 변시진에게 북을 두드리게 하고 가는 곳에서마다 영산조[4]를 불렀다. 옷을 화려하게 입고 진귀한 보물들을 흩어서 각 절의 스님과 유산객에게 나누어주니 산중에 이름이 떠들썩했다.

구명창의 노래를 들으려고 사람들이 구름처럼 몰려왔다. 구담이 두루 살펴보았지만 끝내 경래의 얼굴은 발견하지 못했다. 별감이 경래의 용모를 상세히 살펴 파기把記, 군사나 죄인 등의 몸을 검사해 그 특징을 적은 기록를 주었기에 산의 안팎을 두루 다니며 무리를 몰래 살펴보았지만 경래는 없었다. 비로봉에 올라 하늘에 축원하고는 통곡하며 내려왔다. 장안사에서 하루를 묵는데 밤이 깊어 창으로 달빛이 들어왔다. 이리저리 뒤척이면서 잠을 이루지 못하다가 신선루神仙樓로 걸어갔다. 산 아래 초막집에서 어렴풋이 등불이 새어나왔다. 문득 심장이 뛰었다. 가서 보니 한 스님이 혼자 앉아 있다가 구담이 들어오는 것을 보고는 급히 어떤 물건을 무릎 아래에다 감추었다. 구담이 들어가 앉아서 스님과 말을 주고받았다. 스님이 말했다.

"어떻게 해서 명창이 되셨나요?"

구담이 무릎 아래 물건을 보려고 손으로 스님을 밀치며 말했다.

"스님은 내가 명창인지 어떻게 알아보셨소?"

스님이 벌러덩 뒤로 나자빠지자 반쯤 만들다 만 큰 신발 한 짝이 눈

---

4) 영산조(靈山調): 〈영산회상곡靈山會上曲〉. 석가모니가 설법하던 영산회상의 불보살을 노래한 악곡. '영산회상 불보살'의 가사를 붙여 부른 간단한 악곡에서 시작해 상영산, 중영산, 세영산, 가락덜이, 삼현도드리, 하현도드리, 염불도드리, 타령, 군악의 순서로 나누어지고 줄풍류나 대풍류로 연주하는 향악에 딸린 기악곡으로 다듬어졌다. 『악장가사』에 전한다.

에 들어왔다. 구담이 스님을 결박하고 말했다.

"이게 이경래의 신발이렷다! 너는 경래가 있는 곳을 아는구나! 이실 직고하라!"

별감이 경래의 발이 크다고 이야기해주었기에 알아챌 수 있었던 것이다. 스님이 놀라서 굴복했다. 구담이 말했다.

"만약 나와 함께 경래를 잡으면 큰 상이 내려질 것이요, 경래를 숨긴다면 스님은 칼끝의 혼이 될 것이오. 둘 중 어느 쪽을 선택하겠소?"

스님이 말했다.

"명령대로 따르겠습니다."

"나는 임금님의 명을 받들고 왔소. 어떡하면 이 도적놈을 잡을 수 있겠소?"

스님이 대답했다.

"오늘밤 소승을 만나신 건 하늘의 뜻인가봅니다. 마땅히 적을 잡을 방법을 말씀드리지요. 경래는 일찍이 명창의 소리를 듣고 싶어했는지라 모레 이 초막집으로 오기로 약속했습니다. 또 짚신을 만들어달라 부탁해서 소승이 이 짚신을 만들고 있었는데 아직 완성하지는 못했지요. 경래가 오면 소승이 노래를 청하겠습니다. 경래는 평소 술을 좋아합니다. 술을 계속 권하면서 그가 취하기를 기다려 체포하면 반드시 일이 성사될 것입니다."

마침내 결박을 풀어주고 그를 심복으로 삼았다. 그날 밤 임완석을 양양으로 보내서 용맹하고 사나운 교졸 사오십 명을 뽑아 밤사이에 데려오도록 했다. 다음다음 날이 되자 각자 변복을 하고 장안사의 각 요충지를 지키게 했다. 또 임완석으로 하여금 독한 소주 두 병을 가져와 초막집에서 술을 팔게 했다.

그날 과연 경래가 왔다. 초막집 스님이 구담을 초청해 노래를 부르게 했다. 구담은 첫 노래로 권주가와 장진주[5]를 불렀다.

경래는 혀를 내두르며 칭찬을 아끼지 않았다. 구담은 한편으로는 노래를 하고 또 한편으로는 임완석에게 술을 사오게 하여 권하니 경래가 더욱 그 소리를 즐겼다. 한 잔 한 잔에 술이 취하니 취기 오른 눈은 이미 몽롱해졌다. 그래도 계속 권하니 사양하지 않고 마셨다. 이윽고 경래가 취해서 잠들려 하자 구담이 소매 속에 감춰두었던 철퇴로 온 힘을 다해 그를 내리쳤다. 경래는 워낙 뛰어나게 용맹한 자라 취중에서도 초막집 밖으로 뛰어나가 동분서주했다. 이때 각처를 지키고 있던 사람들이 소리를 지르며 서로 호응하니, 경래는 정신이 어지러워져 어디로 가야 할지 몰랐다.

구담은 급히 옷을 바꿔 입고 구경하는 무리 속으로 들어가 있다가 경래가 도망가는 쪽으로 뒤따라가 숨었다. 또 가지고 있던 철퇴로 경래를 저격해 다리를 부러뜨렸다. 파수 보던 교졸들을 불러 일제히 경래를 결박하려 했는데 새끼줄이 여러 번 끊어졌다. 철퇴로 경래의 양쪽 팔을 내리치고 나서야 비로소 결박할 수 있었다. 많은 관군을 징발해 함거檻車, 죄인을 호송하는 데 쓰던 수레로 도적을 호송해 서울로 가서 죽였다.

초막집 스님과 별감에게는 상을 내렸다. 복명復命, 명령 받은 일을 처리하고 그 결과를 보고함하는 날 곧바로 당상6) 선전관에 제수되었다. 그는 임금의 명을 잘 받들었기에 승전承傳의 직임에 오래 있었으며 여러 주, 군의 수령을 역임했다. 정조께서는 장차 그를 크게 쓰려고 하셨는데, 경신년에 승하하셨다. 구담은 밤낮으로 통곡했는데, 슬픔이 지나쳐 병을 얻어 죽고 말았다.

---

5) 장진주(將進酒): 송강 정철이 지은 「장진주사將進酒辭」를 가곡 5장 형식으로 부른 노래 곡조.

6) 당상(堂上): 정3품 상계(上階) 이상의 벼슬. 당상 벼슬아치들은 인사권과 군사권 등 중요 권한을 독점했고, 국정을 입안하고 집행했다. 여러 특권이 주어지는 자리라 당상관이 될 수 있는 길은 제한적이었다.

捕獷賊具名唱權術

具南陽䊸, 少時驍勇過人有膽略[7], 善唱歌好飮酒, 風神俊秀[8]男子也. 登
武科, 爲尙衣[9]主簿, 忤時宰, 落仕潦倒十餘年, 鬱鬱不得志. 正廟朝襄陽獷
賊李景來, 大有膂力, 亦有膽智, 嘯聚徒黨, 東西閃忽, 官軍不能捕, 有若海
西林居正之變. 自上聞具[10]䊸之勇力, 卽除宣傳官, 授密旨, 使之往捕, 臨
行戒之曰: "以汝兼帶金吾郞暗行繡衣, 捕賊之際, 便[11]宜從事. 治行盤纏,
密諭軍門, 不計多少, 助給之. 若失捕而來, 則當施軍律!" 䊸奉命而退, 家
有八十老母, 情事茫然而已[12], 嘆曰: "男兒生世, 豈能長事淪落哉? 今年得
此賊, 取金印如斗大. 遂往見, 捕校卞時鎭與之同行, 卞是善譏捕者也. 又
得京中破落戶總角林完石, 此則日行三四百里, 號稱神行太保者也. 暗暗治
行, 皆是倡優服色, 華麗之衣, 珍寶之物, 藏之槖中, 使完石負之. 步行至襄
陽境, 時䊸之叔父世績爲襄陽倅, 追後下來, 特旨也. 䊸與其叔父密議藏
蹤[13]跡, 自稱冊客, 入處山亭, 日與吏鄕輩射帿, 酒肉淋漓, 用錢如水, 盡得
吏鄕官屬之心, 察其動靜. 其中別監一人, 好風儀, 善談論, 頗有方略[14], 權
鄕也. 䊸締結此人, 作爲心腹之交, 一日相與飮酒, 夜深酒酣, 䊸忽左手把
其袖[15], 右手拔劍, 欲揕其胸, 別監驚惶罔措, 面如土色曰: "是何事也! 是
何事也!" 䊸曰: "吾無他! 奉命藏踪而來, 將譏捕景來賊矣! 始知汝是景來
也! 汝勿多言受我劍!" 別監曰: "小人果非景來! 眞景來在於近處, 當措[16]

7) 略: 국도본·고대본·가람본·동경대본에는 '畧'으로 표기.
8) 고대본·동양본·가람본·동경대본에는 '美'가 더 나옴.
9) 성균관대본에는 '院'이 더 나옴.
10) 具: 동양본에는 '其'로 잘못 표기.
11) 便: 고대본·성균관대본에는 '使'로 잘못 표기.
12) 而已: 국도본·고대본·동양본·가람본·동경대본·성균관대본에는 '已而'로 표기.
13) 蹤: 고대본·동경대본에는 '踪'으로 표기.
14) 略: 국도본·고대본·가람본에는 '畧'으로 표기.
15) 袖: 동경대본에는 '手'로 표기.
16) 措: '指'가 맞음.

示矣! 願活無辜之命!"統曰: "然則賊安在?"答曰: "日前來住[17]境內, 聞新官家下來, 見幾[18]而去, 隱身於金崗[19]山中, 的知其去向矣." 曰: "何以的知? 汝非同謀者乎?"答曰: "同謀則誠至寃, 而但親熟, 故的知其踪跡[20]矣." 統曰: "汝試聽之. 渠雖有勇力, 豈不見捕乎? 汝若從賊, 闔門被誅, 曷若從我設捕, 爲大功勞之人乎?"曉諭順逆, 其人唯唯聽命. 又曰: "今放送汝, 汝若漏洩此機, 則當先捕汝!"又唯唯, 特放送之. 翌日與卞校林童, 藏踪入金剛山, 自稱以京中倡優具名唱. 使卞時鎭擊鼓[21]. 到處唱靈山調. 華其衣[22]. 散其珍寶之物. 施於各寺僧及遊山人. 由是名動山中. 聞具名唱唱調, 人皆雲集. 統遍察之, 終不見景來之面. 盖因別監詳探景來之容貌疤記, 故遍踏內外山, 於[23]衆中, 陰察之, 終不得焉. 登毗盧峰祝天, 仍痛哭而下, 宿長安寺, 夜深, 月色入窓, 耿耿不寐, 步出神仙樓, 見山底草幕[24], 燈火微明, 心忽動, 遂往見之, 一僧獨坐, 見統之入來, 急藏一物於膝底, 統入[25]坐, 與僧酬酌, 僧曰: "何其名唱也?"統欲觀其膝底物, 以手推僧曰: "僧何以知名唱乎?"僧齁臥時[26], 見一大草鞋半造者, 統遂結縛其僧曰: "此是李景來之鞋也. 汝知景來所在處, 從實直告!"盖因別監, 聞景來足大之說故也. 僧驚服之, 統曰: "若與我, 捕景來, 則賞賜大矣, 諱之, 則爲劍頭之魂, 於斯兩者, 何擇焉?"僧曰: "唯令是從." 統曰: "吾乃奉命而來, 何以則捕此賊也?"僧曰: "今夜逢小僧, 乃天也. 當告以捕賊之術. 景來嘗欲聽名唱之聲, 約以再明

---

17) 住: 동양본·성균관대본에는 '往'으로 표기.
18) 幾: 동양본·성균관대본에는 '機'로 표기.
19) 崗: 동양본·국도본·가람본에는 '剛'으로 표기. '剛'이 맞음.
20) 跡: 고대본·동경대본에는 '迹'으로 표기.
21) 擊鼓: 고대본·가람본·성균관대본에는 '鼓擊'으로 잘못 표기.
22) 성균관대본에는 '服'이 더 나옴.
23) 於: 고대본·가람본·성균관대본에는 잘못 탈락.
24) 국도본·고대본·동양본·가람본에는 '中'이 더 나옴.
25) 入: 고대본·가람본에는 잘못 탈락.
26) 時: 고대본에는 '時'가 잘못 탈락.

日, 來此草[27])幕. 又請造草鞋, 故小僧造此鞋, 未及成矣. 景來若來, 則小僧
請來唱調矣. 且景來是平生[28])嗜酒者也. 連勸酒, 待其沈醉後捕之, 無不濟
矣." 遂解其結縛[29])爲心腹. 卽夜送林童於襄陽, 使之罔夜發送猛悍之校卒
四五十人, 再明日, 各自變服, 把守長安寺各處要害之地. 又持來峻味燒酒
兩瓶, 使林童賣酒於草幕. 再明日景來果來, 草幕僧招紞唱調, 紞初發聲,
卽唱勸酒歌將[30])進酒, 景來嘖嘖稱善. 紞買林童[31])之酒, 一邊唱, 一邊勸,
景來喜其聲, 一盃一[32])盃復一盃, 卽醺然[33]), 而醉眼已朦朧, 連勸之, 不辭
而飮. 俄而景來醉欲睡, 紞[34])袖藏鐵槌[35]), 奮擊之. 景來本是絶倫之勇也,
醉中跳出草幕外, 東奔西走, 時各處把守, 呼聲相應, 景來精神恍惚, 莫適
所向. 紞急變[36])服, 雜於觀光人中, 跟向景來奔走之處, 以鐵槌[37])潛身狙擊
之, 折其脚, 景來被縛, 呼把守校卒, 一齊來縛之際, 縛索屢絶. 又以鐵槌[38]),
擊其兩臂然後, 始就縛. 多發官軍, 檻車送至[39])京城[40]), 戮之. 賞其草幕僧
及別監. 復命之日, 卽除堂上宣傳官. 善於傳命, 故長帶承傳之任, 屢歷州
郡. 上將大用之, 庚申正廟昇遐, 紞晝夜號慟[41]), 哀毁成病而死.

---

27) 草: 동양본에는 '草'가 잘못 탈락.
28) 平生: 국도본·고대본·가람본에는 '生平'으로 잘못 표기.
29) 結縛: 국도본·고대본·동양본·가람본에는 '縛結'로 표기.
30) 將: 고대본에는 '長'으로 잘못 표기.
31) 고대본에는 '買'가 더 나옴.
32) 一: 고대본에는 잘못 탈락.
33) 醺然(훈연): 술이 취한 모양.
34) 紞: 고대본에는 잘못 탈락.
35) 槌: 국도본·고대본·동양본·가람본·해동야서에는 '椎'로 표기.
36) 變: 고대본·가람본에는 '變'이 잘못 탈락.
37) 槌: 국도본·고대본·동양본·가람본·해동야서에는 '椎'로 표기.
38) 槌: 국도본·고대본·동양본·가람본·해동야서에는 '椎'로 표기.
39) 至: 고대본·성균관대본·가람본에는 '之'로 표기.
40) 城: 동경대본에는 '師'로 표기.
41) 號慟: 동경대본에는 '呼痛'으로 표기.

오물음이 해학으로 인색한 사람을 풍자하다

서울에 오씨 성을 가진 사람이 살았다. 그는 옛날이야기 잘하기로 세상에 이름을 날려서 재상가를 두루 돌아다녔다. 오이나물을 즐기기에 사람들이 그를 오물음吳物音이라 불렀다. '물음'이란 익힌 나물을 뜻하고, '오吳'와 '외[瓜]'가 음이 비슷하기 때문이었다.

그 무렵 한 연로한 종친이 있었는데 아들이 넷이었다. 재물을 모아 부자가 되었지만 천성이 인색해 남에게 주는 것이 없었고 자식들에게도 재산을 나눠주지 않았다. 친구들이 재산을 나주어주라고 권하면, "나에게도 다 생각이 있다네"라고 답하면서도 세월만 보내고 차마 재산을 나눠주지는 못했다.

하루는 종친 앞에 오물음을 초대해 옛날이야기를 해달라 부탁했다.

오물음이 한 가지 계책을 생각하고 이야기를 지어 말했다.

"장안에 갑부 이동지李同知라는 사람이 있었지요. 장수하고 부귀한데다 아들까지 여럿 두었기에 사람들이 좋은 팔자라 했습니다. 다만 소싯적 가난하던 시절 마음의 상처를 입어, 살림을 잘 다스려 부자가 되고 나서도 인색함이 심성에 배어 자손이나 형제에게조차 뭐 하나 주는 게 없었지요. 그가 죽음을 앞두고 보니 세상만사가 모두 허망한데, 자기는 재물 재財 자 한 글자에만 얽매여 거기서 벗어나지 못했음을 깨달았습니다. 병중에 생각하니 이제 와서 어찌할 수도 없었지요. 이에 아들들을 불러 유언을 했습니다.

'내가 고생하며 재산을 모아 갑부가 되었다. 지금 막 황천길을 가려 하는데 아무리 생각해봐도 무엇 하나 가져갈 방도가 없구나. 전날 재물에 인색했던 일들이 후회막급이다. 붉은 깃발 펄럭이고 상엿소리가 처량하다. 텅 빈 산에 나뭇잎 떨어지고 황량한 들판에 밤비가 흩날릴 때 엽전 한푼 쓰려 한들 어떻게 얻을 수 있을까? 내 죽고 염해서 입관할 때 두 손에 악수握手, 염을 할 때 시신의 손을 싸는 형겊를 쓰지 말고, 관 양쪽에다 구멍을 한 개씩 뚫어 좌우 손을 밖으로 내어서 길가 사람들에게 보여주거라. 그리하여 비록 재물이 산과 같이 많아도 빈손으로 돌아간다는 걸 사람들이 알게 하라.'

그러고는 문득 숨을 거두었지요. 그가 죽고 나서 아들들이 그 가르침을 감히 어기지 못해 그대로 했지요. 소인이 아까 길에서 상여 행렬을 만났는데 그 양손이 관 밖으로 나온 걸 보고 괴이하게 여겨 물어보니 이동지의 유언 때문이라 하더군요. 아! 사람이 죽기 전에 그 말이 착해진다 했으니 과연 그렇겠지요."

종친 노인이 그 이야기를 듣고는 자기와 은근히 비슷한 이야기라 조롱하는 뜻이 있음을 알았다. 하지만 그 말이 이치에 맞는지라 그 자리에서 깨닫고 오물음에게 후한 상을 주었다. 다음날 아침 여러 아들에게 비로소 재산을 나눠주고 종친과 옛친구들에게 보물을 다 흩어주었다. 그러고 산에 있는 정자로 들어가 거문고와 술로 즐기니 죽을 때까지 재물의 이로움에 대해 말하지 않았다 한다.

대개 노인이 말 한마디에 문득 깨닫는 것도 쉽지 않다. 그러나 오물음

은 골계에 뛰어난 인물로, 순우곤[1]이나 우맹優孟, 중국 초나라의 이름난 배우의 세
상에 태어났어도 어찌 그들만 못했겠는가?

諷吝客吳物音善諧

京中有吳姓人, 善古談名於世, 遍謁卿相家. 性嗜瓜熟菜, 故人以吳物
音呼之, 盖物音者熟物之方言也. 吳者瓜之俗名, 音相似也. 時有宗室年
老, 而有四子, 積財致富, 而性吝, 秋毫不以與人, 亦不分資[2]於諸子. 親
友勸之則答曰: "吾且有商量." 遷延歲月, 忍不能與之. 一日招吳物音, 使
之古談, 吳心生一計, 做出一古談, 談曰: "長安甲富有李同知者, 壽富貴
多男子, 人稱好八字. 但少也, 傷於貧, 治産爲富家翁, 而吝癖根於心性,
雖子侄兄弟, 無一箇物賜與. 及其臨死也, 世間萬事, 都是悠悠, 只有一財
字, 眷戀不能捨去. 病中思之, 無可奈何. 乃呼諸子遺言曰: "吾積苦聚財,
雖至甲富, 今將發黃泉之行, 而百計思之, 無一箇持去之道, 前日吝財之
事, 悔之莫及, 丹旗一發, 輓歌凄凉, 空山落木, 夜雨荒阡, 雖欲用一葉錢,
得乎? 吾死後, 棺斂也, 不施握手於兩手, 棺之兩傍, 各穿一穴, 出其左右
手以示路上人, 使知吾有財如山, 空手而歸." 乃奄然而逝. 死後諸子不敢
違敎, 如其戒[3]. 小人俄遇其輅行於路上, 見其兩手之出棺外, 怪而問之,
乃李同知之遺言也, 儘乎! 人之將死, 其言也善!" 宗室老人, 聽其談, 隱
然逼於己, 而有嘲弄之意, 然其言則達理也, 卽席頓悟, 厚賞吳. 翌朝, 遂
分財於諸子, 盡散其寶貨於宗族故舊, 入處山亭, 琴酒自娛, 終身不言財

---

1) 순우곤(淳于髡, 기원전 385~305): 익살과 말 많은 것으로 유명했던 전국시대 제(齊)나라
의 학자. 초(楚)나라가 쳐들어왔을 때 조나라의 병사를 이끌고 제나라를 구했다고도 한다. 그
의 변론은 『전국책戰國策』과 『사기史記』 등에 기록되어 있다.
2) 資: 동양본·해동야서에는 '賞'로 나옴.
3) 戒: 동양본에는 '計'로, 동경대본에는 '戒'로 표기. '戒'가 맞음.

利. 盖老人之一言頓悟也, 自不易, 而吳乃滑稽之類也, 使出於淳于髡優孟之世, 則何渠不若耶?

나무꾼 아이 집안을 위해 김우항이 중매를 하다

안동의 권 아무개는 경학과 덕행으로 관찰사의 천거를 받아 휘릉랑徽
陵郎. 휘릉은 조선 인조의 계비 장렬왕후(莊烈王后)의 능으로 양주에 있다. 랑은 참봉으로 종9품 벼슬 벼슬
을 하고 있었다. 나이는 육십이고, 집은 부유했으나 근래 부인을 잃었
다. 안으로는 문안에서 맞아줄 아이가 없고 밖으로는 가까운 친척도 없
었다.

이때 재상 김우항[1]이 휘릉 별검으로 있었다. 때마침 능에 일이 있어
권공과 함께 재소齋所에서 숙직하게 되었다.

하루는 능군이 범초[2]한 사람을 잡아왔다. 권공이 이치를 따져 꾸짖고
태형을 내리려 했다. 노총각 나무꾼은 눈물을 줄줄 흘리면서 아무 말도
하지 않았다. 권공이 그 기색을 살펴보니 상민은 아닌 것 같았다. 어디
사람이냐고 물으니 총각이 답했다.

---

1) 김우항(金宇杭, 1649~1723): 회양부사, 전라도 관찰사를 지내면서 선정을 베풀었다.
1713년 우의정이 되었고 신임사화로 노론 4대신이 화를 입자 항소했다.
2) 범초(犯樵): 능 주변의 일정 영역에서는 나무를 베지 못하게 했는데, 그것을 어긴 일.

"말씀드리기가 부끄럽습니다. 소생은 잠영지족簪纓之族, 여러 대를 이어 높은 벼슬을 해온 집안의 후예로 일찍 아버지를 여의었습니다. 노모는 연세가 칠십이시고, 누이가 있는데 나이가 서른다섯이나 되어서 시집을 못 갔습니다. 소생도 서른인데 장가를 못 들었고요. 저희 남매가 나무하고 빨래를 해서 모친을 봉양하고 있습니다. 그러나 저희 집이 화소火巢, 능의 화재를 방지하기 위해 해자 밖에 설치한 공터에 가깝고 또 오늘 추위가 엄청났습니다. 그래서 멀리까지 가서 나무를 할 수 없어 이렇게 범초를 저질렀습니다. 죄를 알겠습니다, 제 죄를 잘 알겠습니다."

그러고는 다시 눈물을 흘렸다.

권공이 그 우는 모습을 보고는 갑자기 측은지심이 일어나 김공에게 말했다.

"불쌍합니다! 그 사정을 고려해 특별히 사면해주는 것이 어떻겠습니까?"

김공이 웃으며 말했다.

"그렇게 하죠."

권공이 총각에게 말했다.

"네 사정을 듣고 보니 가련해 특별히 풀어준다. 앞으로 다시는 죄짓지 마라."

그러고는 쌀 한 말과 닭 한 마리를 주었다.

"이것을 가지고 가서 노모를 잘 봉양하거라."

총각은 감사 인사를 올리고 돌아갔다. 그러나 며칠 뒤 또 범초를 하다가 잡혀왔다. 권공이 크게 꾸짖으니 총각이 목놓아 통곡했다.

"성대히 베풀어주신 은덕을 저버렸으니 두 가지 죄를 한꺼번에 저질렀습니다. 노모가 춥다고 하시는데 눈이 쌓여 나무하는 길을 찾을 수 없었고 그렇다고 그냥 있을 수도 없었습니다. 그렇지만 이번에는 정말 면목이 없습니다."

권공이 또 측은지심을 느꼈다. 미간을 찌푸리며 한참을 있는데 차마 태형을 가할 수가 없었다. 옆에 있던 김공이 미소를 지으며 말했다.

"한 마리 닭과 한 말 쌀로는 감화시킬 수 없나봅니다. 아주 좋은 방법이 하나 있는데 제 말대로 해보시겠습니까?"

권공이 이야기 들어보고자 하니 김공이 말했다.

"노인장께서 아내를 여의시고 자식도 없으니 총각의 누이를 후실로 맞이하시는 게 어떠십니까?"

권공이 흰머리를 긁적이며 말했다.

"제가 늙기는 했지만 아직 힘은 쓸 만하지요."

김공이 그 뜻을 헤아리고 총각을 가까이 불러서 말했다.

"저 권참봉은 충직하고 인정 많은 군자이시네. 살림도 풍족한데 아내를 여의어 자식이 없으시지. 자네 누이가 혼인할 시기가 지났는데도 시집을 가지 않았지. 범절이 어떤지 알 수는 없지만 저분과 짝이 되면 자네 집이 영원히 의탁할 곳을 얻는 셈이니 어찌 좋은 일이 아니겠나?"

총각이 답했다.

"집에 노모가 계시니 제가 함부로 허락할 일은 아닙니다. 마땅히 가서 의논해보겠습니다."

그러고는 갔다가 다시 와서 말했다.

"가서 노모께 말씀드리니 '우리 집안은 대대로 벌열閥閱이었는데 오늘날 바닥으로 쇠락했다. 전대前代라면 못할 일이지만, 시집가지 않는 것보다는 낫지 않겠는가?' 하시며 울면서 허락하셨습니다."

김공이 반가워하며 힘써 권하고 날을 잡아 혼수를 장만했다. 양가를 도와 빨리 예를 올리게 했다.

과연 그녀는 명가의 후예라 여자 중에서도 현명한 부인이었다.

하루는 권공이 김공에게 와서 말했다.

"그대가 힘써 주선해주었기에 이같이 좋은 배필을 얻었습니다. 제 나이 이미 육십이니 더이상 무얼 구하겠습니까? 이제 영영 고향으로 돌아가니 작별 인사를 드리려 왔습니다."

김공이 물었다.

"부인을 데리고 가면 그 집 사람들은 어떻게 하려고요?"

"함께 갑니다."

"참 좋습니다."

이어 술잔을 주고받으며 작별했다.

그로부터 이십오 년이 지났다. 김공은 당상관이 되어 안동수령으로 가게 되었다. 관아에 도착한 다음날이었다. 한 백성이 명함을 들고 알현을 청했다. 전 참봉 권 아무개였다. 김공은 한참 만에야 휘릉에서 그와 동료로 있을 때의 일을 기억해냈다. 나이를 계산해보니 여든다섯 살이었다. 황급히 맞이해서 보니 머리는 백발이지만 얼굴은 동안이었다. 지팡이도 짚지 않고 부축도 받지 않고서 가볍게 들어와 앉았는데 그 모습이 신선 같았다. 악수를 하고 그동안의 회포를 풀면서 술과 음식을 내와 정성껏 대접했다. 먹고 마시는 것도 평소와 다름이 없었다.

권공이 말했다.

"오늘 이 백성이 원님께 절을 올리게 된 일은 하늘의 뜻인가봅니다. 저는 원님께서 혼인을 주선해주신 덕에 늦게 좋은 배필을 얻어 아들 둘을 연이어 낳고 지금까지 해로하고 있습니다. 두 아들은 시문을 조금 배우고 성균관에서 기예를 다투어 소과에 연달아 합격했습니다. 내일이 도문[3]하는 날입니다. 때마침 원님께서 이 고을에 부임하셨으니 몸소 오셔서 보지 않으시렵니까? 백성이 급히 뵙기를 청한 것은 바로 이 때문입니다."

---

3) 도문(到門): 과거에 급제하여 백패나 홍패를 받아서 집으로 돌아오는 일. 이날 대체로 잔치를 베푼다.

김공은 축하해 마지않았고 흔쾌히 가겠다고 했다. 권공이 감사해하며 나갔다.

이튿날 김공은 기생과 악대를 이끌고 술과 안주를 갖추어 일찍 출발했다. 거처하는 곳을 보니 시내와 산이 수려하고 꽃과 대나무가 우거진 가운데 누각들이 은은히 비치니 진정 산속의 좋은 집터였다. 주인이 계단을 내려와 맞이하자 주변 사람들이 따라 움직이고 빈객들도 운집했다.

곧 두 신은 新恩, 새로 과거에 합격한 사람이 도착했는데 복두⁴⁾를 쓰고 앵삼⁵⁾을 입은 풍채가 사람을 감동시켰다. 앞뒤로 나란히 백패⁶⁾를 세우고 쌍나팔 소리가 드높이 낭랑하게 울렸다. 담처럼 둘러싸고 있던 구경꾼들이 모두 권공의 복에 감탄했다.

김공이 신은을 연이어 불러 나이를 물으니 맏이는 스물네 살이고 둘째는 스물세 살이었다. 권공이 다시 아내를 맞이한 다음해와 그 다음해에 연달아 얻은 아들이었다. 그들과 말을 나눠보니 용모는 봉황과 고니요, 문장은 옥인지라 가히 난형난제였다. 김공이 감탄해서 입을 다물지 못하니 권공이 기뻐하는 얼굴빛을 앉은 자리에서도 볼 수 있었다. 권공이 옆에 있던 한 노인을 가리키며 말했다.

"이 사람을 아시겠습니까? 옛날 휘릉에서 범초했던 사람입니다."

그 나이를 계산해보니 쉰다섯 살이었다.

마침내 음악을 연주하게 하니 더욱 흥겨워졌다.

권공이 하룻밤 머물기를 청했다.

"이 백성이 맞이한 오늘의 경사는 모두 원님이 베풀어주신 것입니다. 원님께서 때마침 누추한 저희 집에 오신 것도 사람의 힘만으로 될 일이

---

4) 복두(幞頭): 과거 급제자가 홍패(紅牌)를 받을 때 쓰는 관. 사모(紗帽)와 비슷하지만 앞턱이 없이 밋밋하고 위가 편평하고 네모지다.
5) 앵삼(鶯衫): 조선시대 연소자가 생원이나 진사 시험에 합격했을 때 입는 연두색 예복.
6) 백패(白牌): 소과에 급제한 생원이나 진사에게 주는 증서. 흰 종이에 검은 글씨로 썼음.

아닙니다."

하룻밤을 묵으면서 화기애애하게 이야기를 나누었다. 다음날 아침 권공이 술과 안주를 올리고는 곁에 앉았다. 권공은 할말이 있는 듯했지만 머뭇머뭇 말을 꺼내지 못했다. 김공이 물었다.

"무슨 할말이 있소?"

권공이 비로소 말했다.

"노처가 언제나 원님께 결초보은하고픈 소원이 있었습니다. 다행히 누추한 곳에 와주셨으니 존안尊顔에 한번 절을 올린다면 지극한 소원을 이룰 수 있을 것입니다. 여자가 체면을 생각하지 않고 다만 보은의 마음만을 가졌으니 부디 이상하게 생각하지 말아주시기 바랍니다. 원님께서 잠시 내실로 들어가셔서 절을 받아주셨으면 하는데 어떠하신지요? 원님께서 노처에게 주신 덕은 천지와 같고 은혜는 부모와 같사오니 거리낄 게 있겠습니까?"

김공이 마지못해 내실로 들어가니, 마루 위에 자리를 깔아두고 맞이했다. 노부인이 나와서 절을 하는데 감격에 사무쳐서 하염없이 눈물을 흘렸다. 또 두 젊은 부인이 화장을 곱게 하고 성대히 차려입고는 뒤이어 나와 절을 하니 그 며느리들이었다. 세 부인이 모두 조용히 모시고 앉았는데 흠모하는 빛이 얼굴에 넘쳤다. 마침내 진기한 반찬이 가득한 밥상을 올렸다.

또 권공이 김공에게 협방 앞을 한번 보라고 청했다. 머리가 육칠 세 어린아이처럼 새까맣고 더부룩한 사람이 창문 문지방을 잡고 서 있었다. 모난 눈동자가 빛났지만 사람을 멍하니 바라보기만 하니 정신이 있는 듯도 없는 듯도 했다. 권공이 가리키며 말했다.

"원님은 이 사람을 알아보시겠습니까? 범초했던 사람의 모친이랍니다. 올해 아흔다섯 살인데 입속으로 하는 말이 있으니 원님께서 자세히 들어보십시오."

김공이 들어보니 다른 소리가 아니라 "김우항에게 정승을 내려주세요, 김우항에게 정승을 내려주세요"라는 말이었다. 이십오 년 동안 하루도 빠짐없이 축원을 했으니 아직도 입에서 그 소리가 끊이지 않은 것이었다. 지극한 정성이 어찌 하늘을 감동시키지 않겠는가? 김공이 듣고는 몸을 떨면서 웃었다. 그러고는 여러 사람들과 작별하고 관아로 돌아왔다.

그뒤 과연 김공은 재상에 올랐다.

숙종 임금 때 김공은 내의원 도제[7]가 되었는데 임금의 명을 받고 연잉군[8]의 병환에 대해 문안을 드렸다. 연잉군은 영조 임금이 왕위에 오르기 전에 책봉 받았던 호다. 평생 벼슬한 행적에 대해 말씀을 드리다가 이야기가 권참봉의 일에 이르렀다. 김공이 그 전말을 이야기하자 영조가 듣고 매우 기이하게 여겼다. 왕위에 오르고 난 뒤 식년시에 급제한 사람에게 증서를 주던 날 우연히 방목榜目, 고려시대와 조선시대 과거 합격자 명부 중에서 안동 진사 권 아무개를 발견했다. 바로 권공의 손자였다. 임금께서 특별 교지를 내리고 말씀했다.

"돌아간 재상 김우항이 말했던 권 아무개의 일은 몹시 희귀한 일이었다. 지금 그 손자가 소과에 오르니 이는 우연이 아니다. 특별히 재랑齋郎, 각 능(陵), 묘(廟), 사(社), 궁(宮)의 참봉을 통칭하는 말을 제수해 그 조부의 일을 잇게 하라."

영남 사람들이 이 일을 영광스럽게 여기니 모든 일은 권공과 김공이 인자하고 후덕했기에 일어난 것이다.

---

7) 도제(都提): 도제조. 육조의 속아문·군영 등 중요 기관에 설치한 정1품 관직이다. 의정(議政)이나 의정을 지낸 사람을 임명했으나 실무에는 종사하지 않았다.
8) 연잉군(延礽君): 영조. 숙종의 넷째 아들. 1721년 세제(世弟)로 책봉됨.

憐樵童金生⁹⁾作月姥

安東權某, 以經學行誼, 登道剡¹⁰⁾, 筮仕徽陵郎. 時年六十, 家富饒, 新喪
配, 內無應門之童, 外無朞功之親. 時金相宇杭爲本陵別檢, 適有陵役, 與
之合直齋所. 一日, 陵軍捉犯樵人以納, 權公據理責之, 將答罰之, 樵人老
總角也, 涕泣漣漣, 無辭可白, 權公察其氣色, 決非常漢也. 問汝何許人也,
總角曰: "言之慽矣. 小生簪纓¹¹⁾後裔早孤, 老母今年七十, 有一妹, 年至
三十五, 尙未嫁, 小生年¹²⁾三十, 未有室, 娚¹³⁾妹樵汲以奉養, 家近火巢¹⁴⁾,
而今當極寒, 不能遠樵, 故有此犯樵, 知罪知罪." 仍又涕泣, 權公見其涕泣,
忽生惻隱之心, 顧謂金公曰: "可矜哉! 其情特赦之何如?" 金公笑曰: "無
妨!" 權公曰: "聞汝情理可矜, 故特放之, 更勿犯罪!" 賜一斗米, 一隻鷄曰:
"以此歸養老親¹⁵⁾." 總角感謝而去. 數日後, 又見捉於犯樵, 權公大責之, 總
角大¹⁶⁾聲痛¹⁷⁾哭曰: "辜負盛德, 固知兩罪俱犯¹⁸⁾, 而不忍老慈之呼寒, 積雪
之中, 且無樵採¹⁹⁾之路! 今則擧顔無地²⁰⁾." 權公又生惻隱之心, 縮眉良久,
不忍答治. 金公在傍微哂²¹⁾曰: "隻鷄斗米, 不能感化, 第有好樣道理, 果依
我言否?" 權公²²⁾"願聞其說", 金公曰: "老人喪配而無子, 總角之妹, 娶爲繼

---

9) 生: 동양본에는 '相'으로 표기.
10) 道剡(도섬): 관찰사의 천거.
11) 簪纓(잠영): 높은 벼슬아치가 쓰는 쓰개의 꾸밈이란 뜻으로 높은 지위를 일컬음.
12) 年: 고대본·가람본·성균관대본에는 탈락.
13) 娚: 국도본·고대본·가람본·해동야서에는 '男'으로 표기.
14) 巢: 성균관대본에는 '燒'로 표기.
15) 親: 성균관대본에는 '母'로 표기.
16) 大: 해동야서에는 '先'로 표기.
17) 痛: 국도본·고대본·동양본·가람본·해동야서에는 탈락.
18) 兩罪俱犯: 동경대본에는 '再犯'으로 표기.
19) 樵採: 고대본·동경대본에는 '樵採'을 '採樵'로 표기.
20) 擧顔無地: 고대본·성균관대본에는 '無地可免'으로, 가람본에는 '無地'로 표기.
21) 哂: 고대본·가람본·성균관대본에는 '笑'로 표기.
22) '曰'이 들어가야 함.

室何如?”權公[23]埒其白鬚曰:“吾雖老矣, 筋力尙可爲也!”金公揣其意, 遂招總角近前曰:“彼權僉奉, 忠厚君子也. 家計饒足, 喪配而無子, 汝之妹氏, 過年未嫁, 未知凡節之如何, 而與之作配, 則汝家永有依托, 豈不好哉?”總角曰:“家有老母, 不敢擅許, 當往議焉.”去而後[24]返曰:“往告老母, 則老母曰:‘吾家世世閥閱, 今至衰替之極, 雖前世未行之事, 不有愈於廢倫耶?’泣而許之.”金公喜之, 遂力勸之, 涓吉辦需, 助力於兩家, 急急成禮, 果是名家後裔, 女中賢婦也. 一日, 權公來見金公曰:“賴君之力勸, 得此良配. 吾年已六十, 更何所求? 永歸故鄕, 故[25]來別矣.”金[26]問:“夫人旣率歸, 則其家眷, 何以區處乎?”答曰:“幷率去矣.”[27]公曰:“大善哉!”仍酌酒相別. 後二十五年, 金公始得緋玉, 出宰安東. 到官翌日, 有一民, 納刺請謁, 乃前僉奉權某也[28]. 金公良久, 始記得徽陵伴僚事, 而計其年紀, 則八十五歲也. 急爲邀見, 童顏白髮, 不杖不扶, 飄然入座, 望之若神仙中人. 握手敍阻[29]懷, 設酒饌款待, 飮啖如常, 權公曰:“民之得拜城主於今日[30], 天也! 民賴城主勸婚, 晚得良耦, 連生二子, 至今偕老, 而二子稍學詩文, 戰藝於[31]南省[32], 聯擢司馬, 明日卽到門日也. 城主適莅此府, 豈可無下臨之擧耶? 民之急急請謁者, 良以此也.”金公慶賀不已, 快許之, 權公謝去[33]. 明日金公携妓樂, 備酒饌, 早往之. 見其居, 溪山秀麗, 花竹翳如, 樓榭隱暎[34], 眞山

23) 公: 국도본에는 ‘公’이 잘못 탈락.
24) 後: ‘復’으로 표기해야 함.
25) 국도본에는 ‘故’가 더 나옴.
26) 고대본·가람본·성균관대본에는 ‘公’이 더 나옴.
27) 고대본·동양본·가람본·해동야서·성균관대본에는 ‘金’이 더 나옴.
28) 某也: 고대본에는 잘못 탈락.
29) 阻: 고대본·가람본·성균관대본에는 탈락.
30) 拜城主於今日: 동경대본에는 ‘拜於城主’로 표기.
31) 於: 동양본·해동야서에는 탈락.
32) 南省(남성): 성균관을 말함.
33) 去: 동경대본에는 ‘之’로 표기.
34) 暎: 고대본에는 ‘映’으로 표기.

林好家居也. 主人下階³⁵⁾迎之, 遠近風動, 賓客雲集. 俄而兩新恩來到, 幞頭罵衫, 風彩動人, 前後雙立, 白牌雙笛寥亮, 觀者如堵, 咸咨嗟³⁶⁾權之福力. 金公聯呼新來, 問其年, 則伯二十四歲, 季二十三歲, 權公之續絃, 翌年又翌年, 連得雙玉也. 與之酬酌, 容貌則鸞鵠也, 文章則琬琰也, 可謂難兄難弟. 金公歆羨³⁷⁾不已, 老主人之喜色, 可掬座間. 權公指在傍一老人曰: "城主知此人乎? 此是昔年徽陵犯樵人也!" 計其年, 則五十五也. 遂設樂以娛之, 主人仍請留宿曰: "民之今日之慶³⁸⁾, 皆城主之賜也. 城主之³⁹⁾適臨蓬蓽, 天與之, 非人力也." 遂止宿穩話, 翌朝權公進酒饌侍坐, 口欲言, 而囁嚅, 不敢發端, 金公問曰: "有所欲言乎?" 權⁴⁰⁾乃言曰: "老妻平日爲城主有結草之願, 而幸臨陋地, 一拜尊顔, 則至願遂矣. 女子之不思體面, 只有感恩之心, 容或無怪, 願城主暫入內室⁴¹⁾受拜, 恐未知如何? 且城主之於⁴²⁾老妻, 德如天地, 恩猶父母, 何嫌之有?" 金公不得已入內, 軒上設席迎坐, 老婦人出拜於前, 感極而悲, 涕淚⁴³⁾汍⁴⁴⁾瀾. 又見兩少婦, 凝粧盛飾, 隨後而出拜⁴⁵⁾, 其子婦也. 三婦人, 皆默然侍坐, 其愛戴之意, 溢於顔色. 遂進滿盤珍饌. 權公又請城主於夾房前見, 年可六七歲稚兒, 髮漆黑鬖鬆, 手執窓闑而立⁴⁶⁾, 方瞳瑩然, 黯黯視人, 精神若存若無. 權公指之曰: "城主知此人乎? 此是犯樵人之慈親也, 今年九十五歲, 而其口中有聲, 城主試細聽之!" 金聽

---

35) 階: 고대본에는 '堦'로 표기.
36) 咨嗟: 고대본에는 '咨'로, 성균관대본에는 '嗟歎'으로 표기.
37) 羨: 동경대본에는 '歎'으로 표기.
38) 之慶: 고대본에는 '慶賀'로, 가람본에는 '慶'으로, 성균관대본에는 '慶賀'로 표기.
39) 之: 동경대본에는 탈락.
40) 동경대본에는 '公'이 더 나옴.
41) 室: 동양본·해동야서에는 '堂'으로 표기.
42) 於: 국도본에는 탈락.
43) 淚: 동양본에는 '泪'로 표기.
44) 汍: 동양본에는 '汎'으로 표기.
45) 고대본·가람본·성균관대본에는 '於前'이 더 나옴.
46) 立: 동경대본에는 '入'으로 표기.

之, 則非他聲也, 卽金宇杭拜政丞, 金宇杭拜政丞[47)]之語也! 二十五年祝願如一日, 尙今口不絶聲, 至誠安得不感天乎? 金公聽之, 犂然而笑, 遂辭諸人還衙. 其後金公拜相. 肅廟朝以藥院都提, 擧承命往視延礽君患候, 延礽英廟潛邸時封號也. 說其平生宦蹟, 語及權僉奉事, 敍其顚末, 英廟聞, 甚奇之. 及登極後, 式年唱榜日, 偶見榜目中安東進士權某, 乃是權公之孫也. 自上特敎曰: "故相臣金宇杭語權某之事, 甚[48)]稀貴事也. 今其孫, 又擢[49)]司馬, 事不偶然, 特除齋郞, 使之繩武其祖." 嶺人榮之. 盖權金[50)]深仁厚德, 有以致此也.

47) 金宇杭拜政丞: 동양본에는 탈락.
48) 甚: 고대본에는 탈락.
49) 擢: 국도본·고대본·동양본·가람본·동경대본에는 '捷'으로 표기.
50) 金: 성균관대본에는 '公'으로 표기.

보물 기운을 알아차린 허생이 오동 화로를 얻다

허생許生은 방외인方外人, 세속적 규범에 얽매이지 않고 자유롭게 살아가는 사람이다. 집이 가난하고 몰락해도 글 읽기만 좋아해서 집안 살림을 돌보지 않았다. 책상 위에는 『주역』 한 권만 놓여 있었는데, 끼니가 떨어져도 개의치 않았다. 그 아내가 길쌈을 해서 생계를 이어갔다.

하루는 허생이 안방에 들어가보니 아내가 민머리에 수건을 쓰고 앉아 있었다. 끼닛거리를 마련하고자 머리털을 자른 것이었다. 허생이 한숨을 쉬며 탄식했다.

"내 뜻한 바 있어 십 년간 『주역』만 읽으려 했다. 하지만 오늘 아내가 단발을 한 걸 본 이상 차마 그대로 있을 수 있겠는가?"

그러고는 부인에게 약속했다.

"내 나갔다가 일 년 뒤에 돌아오겠소. 그동안 연명이나 하면서 머리를 기르시오."

그러고는 의관을 갖춰 입고 집을 나섰다. 개성의 갑부 백부자를 찾아가서 천 금을 빌려달라 하니 백부자도 허생을 한번 보고는 비상한 인물임을 알아보고 허락했다. 허생은 천 금을 가지고 평양으로 떠났다.

명기 초운楚雲의 집으로 가서는 날마다 술과 고기를 사서 호방하고 젊은 한량패와 진탕 놀아대다가 돈을 탕진했다. 다시 백부자를 찾아가 말했다.

"내게 큰 장삿거리가 생겼으니 다시 삼천 금만 빌려주시려오?"

백부자가 또 허락했다. 허생이 또다시 초운의 집으로 가서 집을 꾸며주었다. 녹색 창에 붉은 다락을 만들고, 주렴과 비단 방석으로 장식하고는 날마다 술판을 벌이고 풍악을 연주하며 즐겼다. 그러다 돈이 다 떨어지자 또 백부자를 찾아가 말했다.

"다시 삼천 금을 빌려주겠소?"

백부자가 허락했다. 초운의 집으로 가서는 북경 시장의 명주 보배와 기이한 비단으로 초운을 즐겁게 해주고 나니 돈이 다 떨어졌다. 또 백부자를 찾아가 말했다.

"이제 삼천 금만 더 있으면 성사될 것 같소. 당신이 믿어줄지 걱정이오."

백부자가 말했다.

"그게 무슨 말입니까? 만금을 더 드린다 해도 아깝지 않습니다."

그러고는 돈을 주었다.

초운의 집으로 가서 좋은 말 한 마리를 사서 마구에 매어놓고 전대纏帶를 만들어 벽에 걸어두었다. 기생들을 불러와 질탕하게 놀면서 전두[1] 비용을 많이 뿌려 초운의 비위를 맞추었다.

그러느라 돈이 다 떨어졌다. 허생이 적막하고 처량한 태도를 보이며 초운을 시험했다. 초운은 물과 같은 성질이라[2], 이제는 허생이 싫어져

---

1) 전두(纏頭): 비단을 머리에 감아준다는 뜻으로 화대(花代)를 말함.
2) 물과 같은 성질이라: 물이 어디든지 낮은 곳으로 흐르듯, 초운도 어떤 사람이든지 돈만 있으면 따라간다는 뜻이다.

서 날마다 젊은 패와 어울리며 허생을 제거할 궁리를 하고 있었다. 그 낌새를 알아차린 허생이 어느 날 초운에게 말했다.

"내가 장사를 하려고 이곳에 왔지만, 만금을 모두 탕진해 이제 빈주먹뿐이라네. 곧 떠나려고 하니 어찌 간절히 그리운 마음이 없겠는가?"

초운이 말했다.

"오이가 익으면 꼭지는 떨어지고, 꽃이 시들면 나비가 드물어지죠. 연연해할 게 뭐가 있나요?"

"내 재산 전부를 소금항鎖金巷, 금을 녹이는 골목. 돈을 마구 쓰는 유흥지에 집어넣고 오늘 영영 떠나려네. 이별 선물로는 무얼 주겠나?"

"당신 원하시는 것을 드리리다."

허생이 앉은 자리 위에 있는 오동로[3]를 가리키며 말했다.

"저걸 갖고 싶다네."

초운이 웃으면서 "그게 뭐가 아깝겠어요?" 하고 주니, 허생이 그 자리에서 오동로를 산산조각내어 전대에 담아서 준마를 타고 하루 만에 개성에 이르렀다. 백부자를 만나서 "일을 이루었다오!" 하고는 전대 속 물건을 꺼내 보여주었다. 백부자가 고개를 끄덕였다.

허생은 다시 전대를 가지고 말을 달려서 회령에 이르렀다. 개시[4]에 전을 벌이고 앉아 있으니 어떤 호인해人 상인이 부서진 오동로를 보고는 혀를 끌끌 차며 "바로 이것이야! 그래 이것이야!" 하고 값을 흥정했다.

"이건 값을 매길 수 없는 보물입니다. 십만 금을 드릴 테니 약소해도 제발 저에게 파십시오."

허생은 그를 한참 쳐다보다가 승낙했다.

교역을 끝내고 돌아온 허생은 백부자에게 십만 금을 돌려주었다. 백

---

3) 오동로(烏銅爐): 오동으로 만든 화로. 오동은 검은빛이 나는 구리. 적동(赤銅)이라고도 한다.
4) 개시(開市): 장이 선다는 뜻. 회령에는 대외 무역을 위한 장이 섰다.

부자가 깜짝 놀라 까닭을 물으니 허생이 이렇게 말해주었다.

"전에 보신 조각난 화로는 구리가 아니라 구리와 금의 합금이었다오. 옛날 진시황이 선약을 캐어 오라고 서불을 동해로 보낼 때 내탕고^{內帑庫,} _{임금에게 필요한 재물을 넣어두는 곳}간에서 오금로를 내어주었소. 이 화로에 약을 달 이면 온갖 병을 다 낫게 할 수 있다고 했다오. 그러나 서불이 바다 가운 데서 오금로를 잃어버렸는데 그걸 왜인이 얻어 국보로 삼았소. 임진왜 란 때 왜장 평행장⁵⁾이 그것을 가지고 왔소. 그가 평양을 점령하고 있다 가 밤중에 도망치는 바람에 그걸 다시 잃어버렸다오. 그것이 명기 초운 의 집에 남아 있게 된 것이오. 내가 그 기운을 보고 찾아내 마침내 만금 과 바꾼 셈이오. 호인 상인은 서역 사람인데 그것을 보고 값을 매기기 어렵다 한 것은 실로 맞는 말이오."

백부자가 또 물었다.

"화로 하나 정도야 만금까지 안 주더라도 쉽게 얻을 수 있을 텐데 어 찌 그리도 거듭 수고를 들였소?"

"그것은 천하의 지극한 보물이라오. 신물이 깃든 것이니 큰돈이 아니 면 얻을 수 없소."

그러자 백부자는 "당신은 정말 신인^{神人}이십니다!" 하며 허생에게 십 만 금을 모두 돌려주는 것이었다. 허생이 껄껄 웃으며 "어찌 나를 작게 보시오? 내 집에는 서까래와 들보뿐 아무것도 없지만, 내가 책 읽는 것 을 즐기니 이번 일은 특별히 한번 시험해본 것일 따름이라오"라며 사양 하고 가버렸다.

백부자가 놀라고 기이하게 여겨 그 발자취를 따라가봤다. 그의 집은 자각봉^{紫閣峰, 서울의 남산을 말함} 아래 초가집이었는데, 방안에서는 책 읽는 소 리만이 낭랑하게 들려왔다.

---

5) 평행장(平行長): 소서행장(小西行長). 임진왜란 때 조선을 침략한 일본군의 장수.

백부자가 그 사람 됨됨이를 알고는 매월 초하루 이른 새벽이면 쌀부대와 돈꾸러미를 문안으로 넣어주어 허생이 근근이 매달 생계를 꾸려가게 했다. 허생은 웃으며 받았다.

재상 이완李浣이 대장이 되어 임금으로부터 중대한 임무를 받고 북벌 계획을 도모하기 위해 인재를 발탁하고 있었다.

허생이 현명하다는 소문을 듣고 어느 날 저녁 미복微服을 하고 찾아갔다. 천하의 일을 논하다가 가르침을 청하니 허생이 말했다.

"공이 오실 줄 알았소. 공이 대사를 도모하니 내가 제시하는 세 가지 계책을 따르겠소?"

"감히 그 계책을 듣고 싶습니다."

"지금 조정에서는 당인黨人들이 권세를 부려 만사를 뒤흔드니, 공은 돌아가 당파를 없애고 인재를 골고루 등용하라고 임금께 말씀드릴 수 있소?"

"능히 하기 어렵다오."

"군軍으로 뽑힌 사람에게 다시 군포를 거두는 것이 이 나라 백성들의 근심과 고통이 되고 있소. 공은 능히 호포법6)을 실시하여 비록 경상卿相의 자제라도 피하지 못하게 만들 수 있겠소?"

"그런 일 역시 어렵소이다."

"우리나라는 바다의 동쪽 가에 있어 비록 물고기와 소금이 풍부한 이로움은 있지만 양식 비축이 넉넉하지 못하여 일 년을 지탱하기가 어렵다오. 삼천 리도 안 되는 땅에서 예법에 구애되어 겉치레에만 힘쓰는 형편이니, 능히 나라 사람들로 하여금 모두 호복胡服을 입도록 할 수 있겠소?"

"그 역시 어렵소이다."

---

6) 호포법(戶布法): 신분의 귀천을 가리지 않고 매호당 일률적으로 포(布)를 거두는 법.

그러자 허생이 소리를 버럭 질렀다.

"네가 시의時宜, 시대에 적합한 방침를 모르고 망령되게도 대사를 도모한다고 떠벌리니 도대체 무슨 일을 할 수 있단 말이냐? 속히 물러가라!"

이완은 땀이 나 등이 흥건히 젖었다. 다시 오겠다 하고는 열없이 물러났다. 다음날 아침에 가서 보니 텅 빈 집만 쓸쓸하게 남아 있었다.

識寶氣許生取銅爐

許生者, 方外人也. 家貧落魄, 好讀書, 不事家人産業, 床頭只有周易一部. 雖簞瓢屢空, 不以爲意, 其妻紡績織紝以奉之. 一日入內, 妻斷髮裹頭而坐, 以供朝夕之具. 許生喟然嘆[7]曰: "吾十年讀易, 將以有爲也. 今忍見斷髮之妻乎?" 遂約其妻曰: "吾出外一年而歸, 苟延縷命, 且長其髮." 彈冠而出, 往見松京甲富白姓者, 請貸千金, 白君一見, 知其爲非常人, 許之. 許生齎千金, 西遊箕城, 訪名妓楚雲家, 日辦酒肉, 與豪客少年, 專事遊蕩, 金盡. 復往見白生曰: "吾有大販, 復貸三千金乎?" 白君又許之. 又往雲娘家, 乃治第, 綠窓朱樓, 珠簾錦席, 日置酒, 笙歌自娛, 金盡. 又往見白君曰: "復貸三千金乎?" 白君許之. 又往雲娘家, 盡買燕市名[8]珠寶佩奇錦異緞, 以媚雲娘, 金盡. 又往見白君曰: "今有三千金, 可以成事, 而恐君不信也." 白君曰: "惡是何言也? 雖更貸萬金, 吾不足惜也!" 又許之. 又往雲娘家, 買一名駒, 置之櫪上, 造纏帶, 掛之壁上, 遂大會諸妓, 跌宕遊衍, 散金於纏頭之費, 以適雲娘之意, 金盡. 許生又[9]作寂寞凄凉之態, 以試娘, 娘水性也[10], 已生厭意, 日與少年, 謀所以去許生者, 許生猜得其意, 一日謂娘曰: "吾所以

7) 嘆: 동양본에는 '歎'으로 표기.
8) 名: 동양본 등 다른 이본에는 '明'으로 표기.
9) 又: 동양본 등 다른 이본에는 '故'로 표기.
10) 也: 동양본에는 탈락.

來此者, 販商也. 今萬金已盡, 張空拳而已, 吾將去矣, 能無眷戀乎?" 娘曰: "瓜熟蒂落, 花謝蝶稀, 何戀之有?" 許生曰: "吾之財, 盡入於鎖[11]金巷矣. 今將永別, 汝以何物贈行乎?" 娘曰: "唯君所欲." 生指座上烏銅爐曰: "此吾所欲也." 娘笑曰: "何惜之有?" 生遂於席上, 片片碎之, 納于纏帶, 騎名駒, 一日, 馳至松京, 見白君曰: "事成矣!" 出示纏帶中物, 白君頷之. 許生携纏帶, 騎名駒, 馳至會寧, 開市列肆而坐, 有賈胡一人閱碎銅, 嘖嘖曰: "是也是也!" 請論價曰: "是無價寶也. 十萬金雖少, 願請交易!" 許生睨視良久, 諾之. 遂交易而歸, 見白君以十萬金還之, 白君大驚, 問其所以然, 許生曰: "向者碎銅, 非銅也, 乃烏金也. 昔秦始皇, 使徐市採藥東海上, 出內帑[12]金烏[13]爐以贐之, 煎藥於此爐, 則百病奏效. 後徐市失於海中, 倭人得之, 以爲國寶. 壬辰之亂, 倭酋平行長持來行中, 據平壤, 方其宵遁也, 失之亂兵中, 此物遺在名妓楚雲家, 故吾望氣而尋之, 以萬金易之, 賈胡乃[14]西域人也, 其無價之論, 乃確論也. 白君曰: "取一爐, 雖非萬金, 亦且容易, 何其勤勞再三乎?" 許生曰: "此天下至寶也. 有神物助焉, 非重價, 則莫可取也?" 白君曰: "君神人也!" 盡以十萬金, 還付之, 許生大笑曰: "何其小覰我乎? 吾室如懸磬[15], 讀書樂志, 今此之行, 特一小試耳." 遂謝[16]去. 白君驚異之, 尾其跡[17], 其家乃紫閣峰下一草屋也, 屋中琅琅, 有讀書聲而已. 白君知其人, 每月初吉早晨, 以米包錢緡置之其門內, 僅繼一月之用, 許生笑而受之. 李相公浣爲元戎, 受託寄之重, 圖伐燕之計, 訪人材[18], 聞許生之賢, 一夕

---

11) 鎖: 동양본 등 다른 이본에는 '銷'로 맞게 표기.
12) 內帑(내탕): 내탕고(內帑庫). 동양본에는 '中'이 더 나옴.
13) 金烏: 동양본에는 '烏金'으로 표기.
14) 乃: 동양본에는 탈락.
15) 懸磬(현경): 집이 마치 경쇠를 매단 것과 같다. 집이 가난하고 텅 비어 서까래와 들보만 보인다는 뜻이다. 경(磬)은 쇠로 만든 기역 자 모양 악기로, 궁중악에서 쓰는 편종의 일종.
16) 謝: 동양본·해동야서에는 '辭'로 표기.
17) 跡: 동양본에는 '迹'으로 표기.
18) 材: 동양본·고도서본에는 '才'로 표기.

微服往見之, 論天下事, 願安承敎, 許生曰: "固知公之來也. 公欲擧大事,
依我三策否?" 李公曰: "敢問[19]其說." 許生曰: "今朝廷, 黨人用事[20], 萬事
掣肘, 公能歸奏九重, 破黨論用人材[21]乎?" 李公曰: "不能." 又曰: "簽軍收
布爲一國生民之愁苦, 公能行戶布法, 雖卿相子弟, 不使謀避乎?" 李公曰:
"此事亦難矣哉!" 又曰: "我國東濱于海, 雖有魚鹽之利, 蓄積不敷, 穀不支
一年, 地不過三千里, 而拘於禮法, 專事外飾, 能使一國之人, 盡爲胡服乎?"
李公曰: "亦難矣哉!" 許生厲聲曰: "汝不知時宜, 妄張大計, 何事可做? 斯
速退去!" 李公汗出沾背, 告以更來, 無聊而退. 翌朝視之, 蕭然一空宅而已.

---

19) 問: 동양본에는 '聞'으로 표기.
20) 용사(用事): 일을 마음대로 한다는 뜻. 즉, 권세를 부린다는 뜻. 事는 고도서본에 '權'으로
표기.
21) 材: 동양본·해동야서에는 '才'로 표기.

김대갑이 옛 주인을 위해 정성을 다하다

위장衛將, 조선시대에 오위(五衛)의 군사를 거느리던 장수 김대갑金大甲은 여산礪山, 지금의 전라북도 익산 사람이다. 열 살 때 고변[1]이 있어 부모를 모두 잃고 집안이 몰락하자 화를 피해 서울로 도망갔다. 우두커니 의지할 데가 없어 거지 행각을 하며 돌아다니다가 마음속으로 생각했다.

'대갓집에 들어가 내 한 몸을 의탁해야겠다.'

그러고는 정승 민백상[2]의 안국동 집을 찾아갔다. 자기 신세가 어렵고 고독하다는 것을 말하고 거둬달라고 간청했다. 대갑의 풍채와 얼굴

---

1) 고변(蠱變): 고(蠱)는 약물로 몰래 사람을 해치는 것. 고변은 약물로 사람이 죽는 변을 당한다는 뜻이다.
2) 민백상(閔百祥, 1711~1761): 1740년 증광문과에 을과로 급제. 1745년 동지사의 서장관으로 연경(燕京)에 다녀와서 백두산 동쪽 오랑캐 등등기(鄧鄧磯)의 침입을 경계하는 상소를 올렸다. 1748년 경상도 관찰사가 되었으며, 3년 뒤 대사성으로 돌아와 곧 대사간이 됐다. 이때 신임사화에서 화를 입은 인물의 신원을 주장하고, 가해자인 소론 일파의 처벌을 극론하다가 거제도에 유배됐다. 그뒤 곧 소환되어 부제학과 대사헌을 역임하고, 1757년 평안도 관찰사가 되었으며 이어 이조판서, 호조판서가 되었다. 1760년 우의정이 되었으나 사도세자의 평양 밀행에 대한 책임을 지고 영의정 이천보, 좌의정 이후 등과 함께 자결했다고 한다.

을 본 민공은 그가 비록 초췌하지만 말이 자못 상세하고 민첩하기에 가련히 여기고 거둬주었다. 그는 천한 일을 마다하지 않았으며 비질하고 물 뿌리는 일 등을 부지런히 했다.

때때로 민공 집안 자손들이 글 읽는 것을 몰래 엿들었다. 대갑은 한 번 보면 모두 외워버렸다. 또 글짓기와 글씨 쓰기를 익히되 묘법을 잘 따라 썼다. 민공이 그 재주를 기특하게 여겨 집안 손님들로 하여금 그를 가르치게 하니 어린 나이인데도 영리하고 성숙해서 어디를 가나 어긋나는 법이 없었다.

이후에 한 당거[3]가 대갑의 관상을 보고는 깜짝 놀라 민공에게 내보내라고 권유했다. 민공이 물었다.

"그게 무슨 말이오?"

"저 아이는 이미 고변의 독에 중독되었어요. 오래지 않아 불길한 조짐이 있을 것이니 그 해로움이 주인댁에게까지 미칠 것입니다."

민공이 말했다.

"저 아이가 궁지에 몰려 나에게 의지해왔는데, 어찌 차마 쫓아낼 수 있겠소?"

그뒤에 그 사람이 다시 와서 더욱 강권했지만 민공은 끝내 듣지 않았다. 그가 말했다.

"공의 후덕은 충분히 재앙을 물리치고 사람을 살릴 만합니다. 제 술법을 한번 시험해보시지요. 황촉 삼십 쌍과 백지 열 권, 향 서른 봉과 백미 열 말을 마련해 저 아이에게 주고 깊은 산중 외딴 절로 들어가 분향하고 게송을 외우게 하세요. 서른 밤을 기도하고 나서야 영원히 환란을 없앨 수 있을 겁니다."

민공이 그 말을 따랐다. 대갑은 산속으로 가서 삼십 일 동안 고요히

---

3) 당거(唐擧): 전국시대 양(梁)나라의 관상 잘 보던 사람. 관상 보는 사람을 뜻함.

앉아 눈도 붙이지 않고 기도를 올리고는 돌아와 공을 뵈었다. 공이 다시 관상쟁이를 불러 대갑의 관상을 보게 했다. 그가 말했다.

"이제는 염려 없습니다."

그뒤로 대갑은 민공의 집에서 이십여 년을 살았다. 민공이 평양감사로 가게 됐는데 대갑을 비장으로 데려갔다. 돌아올 무렵 감영 창고에 남은 돈이 만여 금이나 됐다. 대갑이 민공에게 처분할 곳을 묻자 민공이 답했다.

"내가 돌아가는 행장을 씻은 듯이 한다는 건 너도 알지 않느냐? 어찌이 돈으로 허물을 만들겠느냐? 네가 적당히 처리하거라."

대갑도 고사했지만 어쩔 수 없어 물러나 생각했다.

'내 정수리로부터 발뒤꿈치까지 터럭 하나도 모두 공이 주신 것이다. 오늘 또 크나큰 재물을 주시는구나. 내 장차 꾀할 일이 있지.'

떠나는 날 대갑은 병을 핑계 대고 강가에서 하직을 했다. 공이 고개를 끄덕였다.

대갑은 북경 시장의 물건들을 사서 배에 가득 싣고 남쪽으로 내려와 강경 시장에서 모두 다 팔아 수만 금을 벌었다.

마침내 석천石泉 옛집을 찾아가니 쑥대만 눈에 가득 들어왔다. 개간해서 집을 짓고 나무를 심고 연못을 팠다. 앞 들판의 좋은 땅 수천 경頃을 구입해 도주와 이돈[4]의 기술로 다스려서 천 석을 채우자 그만두었다. 사람들이 그를 천석꾼이라 불렀다.

이에 한숨을 쉬며 탄식했다.

"천애고아가 된 내가 화의 그물을 벗어나 천석꾼의 집에 살게 된 것은 다 누구 덕분인가?"

서울로 가서 보니 민공의 집안은 이미 몰락해 있었다. 대갑은 통곡했

---

4) 도주(陶朱)와 이돈(猗頓): 도주와 이돈은 옛날 중국 부자의 이름이다.

다. 그뒤로 대갑은 무릇 민공 집안의 혼인이나 초상에 필요한 물건이나 귀양을 갔을 때 필요한 재화 등 크고 작은 것들을 마련해주지 않는 경우가 없었다. 여든다섯 살에 죽을 때까지 이를 중단하지 않았다.

민공의 지감知鑑과 대갑의 재량이야말로 소위 '이 공公이 있어 이 객客이 있다'는 말에 들어맞는다고 하겠다.

金衛將恤舊主盡誠

金衛將大甲, 礪山人也. 年十歲, 父母俱沒[5], 家有蠱變, 闔門淪歿[6]. 大甲避禍, 走京城, 伶仃無依, 行乞於市, 心語曰: '將入一大家, 得庇吾身.' 往見閔相公百祥於安國洞第, 自言身世之窮獨, 願依托焉. 閔公見其形貌, 雖憔悴, 言語頗詳愍[7], 憐而許之. 大甲不避廝役掃灑唯謹, 時從閔公家子姪學書, 必潛聽之, 一覽輒記誦, 又習翰墨, 模倣妙法, 閔公奇其才, 使家客教誨之, 甫成童, 穎悟夙成, 無適不宜. 後有一唐擧[8], 見之錯愕, 勸[9]閔公使之出送, 公曰: "何謂也?" 其人曰: "其人已中蠱毒, 非久將有不吉之兆, 害及主家." 閔公曰: "彼窮而依我, 安[10]忍逐之?" 後其人更來, 力勸之, 公終不聽. 其人曰: "公之厚德, 足以强災而活人, 第試吾術. 備黃燭三十雙, 白紙十束, 香三十炷, 粮米十斗, 使彼兒, 往深山僻寺, 焚香誦偈, 三十夜以禳之然後, 可以永無患矣." 公[11]如其計. 大甲往山中, 凡三十日, 靜坐不交睫, 禳畢, 還見公. 公更邀相人以觀之, 其人曰: "無慮矣." 仍留公第, 同過二十年. 閔公

5) 沒: 동양본에는 '歿'로 표기.
6) 歿: 동경대본·가람본·해동야서에는 '沒'으로 표기.
7) 愍: 동양본·동경대본·해동야서에는 '敏'으로 표기. '敏'이 맞음.
8) 해동야서에는 '之術者'가 더 나옴.
9) 동양본에는 '其'가 더 나옴.
10) 安: 동양본에는 '何'로 표기.
11) 公: 동양본에는 탈락.

爲箕伯, 以幕賓率去, 臨歸, 時營廩所餘爲萬餘金, 稟其區處, 公曰: "吾歸橐如洗, 君之所知. 豈以此物累之哉? 君自爲之." 大甲固辭不得, 退而思之曰: '吾頂踵毛髮, 皆公之賜也! 今又畀之以巨貨, 吾將有計.' 臨發稱病, 告辭於江頭, 公頷之. 大甲乃貿燕市之物貨, 滿載船中, 浮海而南, 盡賣[12]於江景[13]市, 得數三萬金. 遂訪石泉故宅, 蓬蒿滿目, 拓而起舍, 種樹鑿池, 買[14]良田數千頃於野前, 治陶朱猗頓之術, 課至滿千包而後止, 人以千石翁稱之. 乃喟然歎[15]曰: "吾以孤危之踪, 得免禍網, 以至居家致千石, 是誰之賜乎?" 西入長安, 閔公家已零替矣. 哭之慟. 凡閔公家, 婚喪之需, 遷謫之費, 大小營辦, 無不繼給, 年至八十五, 而至死不替. 盖閔公之知鑑, 金老之幹才, 可謂 '有是公, 有是客矣.'

---

12) 賣: 해동야서에는 '買'로 잘못 표기.
13) 景: 동양본에는 '鏡'으로 잘못 표기.
14) 賣: '買'의 오기. 동양본·해동야서에는 '買'로 맞게 표기.
15) 歎: 동양본에는 '嘆'으로 표기.

박민행이 통제사를 위해 돈을 흩다

　동지同知 박민행朴敏行은 일찍 고아가 되어 의탁할 곳이 없어서 동현銅峴, 구리개 약국에서 분주하게 일을 거들며 지냈다. 그때 나이가 열다섯 살이 었다.

　어느 날 발 사이로 나귀를 타고 지나가는 한 소년을 보았다. 민행이 그 집까지 따라갔다. 그는 상공 이장오[1]였다. 민행이 그를 따르겠다고 하자 이공은 힐끔 보고는 내력도 묻지 않고 그를 받아주었다. 그뒤로 이 공은 온갖 일을 민행에게 위임했다. 그는 민행이 부잣집 규수를 처로 맞 이하게 해주었는데, 그 처는 부잣집에서 가장 사랑하는 딸이었던지라 가산과 혼수를 아주 넉넉하게 가져왔다. 민행은 졸지에 부자가 됐지만 재물을 대단하게 여기지 않고 지푸라기 보듯 보았다.

　민행은 부인을 맞이하고서 날마다 도박판을 떠돌며 호걸들과 교분을

---

1) 이장오(李章吾, 1714~?): 무신. 선전관, 사과 등을 거쳐 1755년 총융사가 됐고 이어 금위 대장을 지내고 훈련대장이 됐다. 1776년 민가를 약탈한 혐의로 교동(喬桐)에 충군됐다가 진 도(珍島)에 위리안치되고, 뒤에 장성에 이배됐다가 1780년 풀려났다.

맺었고 바다와 산악을 유람하며 방탕하고 무절제하게 생활했다. 이공의
집안사람들이 온갖 비방을 다 퍼부었지만 이공은 따져 묻지 않고 처음
처럼 민행을 대접했다. 집안사람들이 다들 괴이하게 여겼다.

얼마 안 있어서 이공은 별천^{別薦, 벼슬을 예외적으로 따로 천거하는 것}으로 금군별
장이 되었다. 영조 을해년¹⁷⁵⁵이었다. 통제사[2]를 국청^{鞠廳[3]}으로 잡아 올
리려고 특별히 임금이 직접 이공을 통제사로 임명하고 바로 그날 급히
내려보내서 전 원수^{元帥}를 잡아오게 했다. 이공은 성밖으로 나오자마자
자기 집에 알렸다.

"민행을 불러 어서 행장을 갖추고 나를 따르게 하라!"

이때 이공 집에는 빈객이 구름같이 많았는데 모두 혀를 차며 말했다.

"위태롭고 의혹에 가득찬 시절에 공께서는 왕명을 받아 상황을 예측
할 수 없는 곳으로 부임하게 되었는데 오직 파락호 하나만 데리고 가려
하시니 어찌 그리 세상 물정을 모르십니까?"

이공은 그런 말에 귀기울이지 않고 마침내 민행을 데리고 갔다. 통영
에 이르러서는 전 통제사를 칼을 씌워 압송했다. 이때 통영의 민심이 흉
흉해져 모두 아침저녁 목숨을 보존하지 못할까 두려워했다. 관청의 출
납부는 구름처럼 쌓여 있고 기밀인 일이 많았다. 민행은 들어가서는 비
밀스러운 계획을 세우고 나와서는 온갖 일을 다 처리했다. 전 통제사의
출납 장부를 조사해서 사오만 금을 찾아내 이공에게 보고했다.

"이 돈을 어떻게 처리할까요?"

"네 편의대로 처리하거라."

민행이 그렇게 하겠다며 물러났다. 민행은 그날 밤 세병관에 큰 잔치
를 베풀고는 소를 잡아 병사들을 먹이는 데 돈을 다 썼다. 또 각 청^廳과

---

2) 통제사(統制使): 충청, 전라, 경상 삼도의 수군(水軍)을 지휘하는 관직. 통영(統營)에 본부가
있었다. 삼도통제사(三道統制使).
3) 국청(鞠廳): 조선시대 때 역적 등의 중죄인을 신문하기 위해 임시로 설치하던 관청.

마을의 오래된 포흠逋欠, 관청의 물건을 사사로이 써버림과 폐단을 물어 모두 시정하
고 배상해주며 말했다.

"이는 통제사의 교시다."

군민들과 아전들이 모두 기뻐하며 환호하는 소리가 우레 같았다. 민
심은 바로 그날로 평정됐다. 들어가 보고하니 이공은 그냥 고개만 끄덕
일 뿐이었다. 드디어 위기를 넘기고 안정을 되찾으니 그 위엄이 삼도에
떨쳤다.

이공은 임기를 무사히 채우고 돌아가고, 민행은 뛰어난 막료로 그 이
름이 세상에 널리 알려졌다. 이는 모두 이공의 지감知鑑과 민행이 품은
포부가 아름답게 짝을 이룬 것이라 하겠다.

朴同知爲統帥散財

朴同知敏行, 早孤無依托, 於銅峴藥局奔走供給4), 時年十五. 一日從簾
間窺視, 則一少年騎驢而過, 朴君踵至其家, 乃李公章吾也. 願從之, 公一
見許之, 不問其來歷, 每事委任焉. 又使之娶室於富家, 其妻乃富家鍾愛之
女也. 家産粧奩, 太豊侈, 朴君猝富, 而不以爲泰, 視之如草芥. 自娶室之後,
日遊賭賽之場, 結交豪傑之士, 周遊海嶽, 放蕩無節, 李公家人, 積謗朋興,
公不問之, 待之如初, 家人莫不怪之. 居無何, 李公別薦, 驟至禁軍別將, 時
英廟乙亥也. 統制使, 出於鞠招, 特於帳前, 除李公爲統制使, 當日促送前
帥拿來, 李公卽出城, 報其家曰: "招朴敏行, 速裝隨我!" 時李公賓客如雲,
皆咄咄曰: "今公受命於危疑之際, 將赴於不測之地, 而獨與破落戶一人偕
去, 何其迂闊也?" 李公皆不聽, 竟爲率去, 赴統營, 械送舊使, 時營中洶洶,

---

4) 給: 국도본·동양본·해동야서·고도서본에는 '役'으로 표기. 고대본에는 '給'이 잘못 탈락.

人心自懼⁵⁾, 若不保朝夕, 而簿書雲委, 機務旁午. 朴君入替⁶⁾密計, 出治庶
事, 又勘舊使之簿櫛之得四五萬金, 入告主將曰: "此物何以區處乎?" 李公
曰: "唯君便宜." 朴君唯唯而退, 卽夜設大宴於洗兵館, 搥⁷⁾牛饗士, 盡散其
金. 且詢各廳各里宿逋舊瘼, 盡爲厘革, 償之曰: "此是使家指⁸⁾敎也." 軍民
胥悅歡⁹⁾聲如雷, 人心卽日妥帖. 入告之, 李公頷之而已. 遂轉危爲安, 威振
三道. ¹⁰⁾滿瓜而歸, 朴君以名幕, 聞¹¹⁾於世. 盖李公之知¹²⁾鑑, 朴君之蘊抱,
可謂兩美匹合矣.

---

5) 懼: 국도본·고대본에는 '惧'로 표기.
6) 替: 고대본·동양본·해동야서에는 '贊'으로 표기.
7) 搥: 국도본·고대본·동양본·해동야서·고도서본에는 '椎'로 표기.
8) 指: 고대본·가람본에는 '之'로 잘못 표기.
9) 歡: 고대본에는 '懽'으로 표기.
10) 고대본에는 '遂'가 더 나옴.
11) 聞: 국도본에는 '鬪'로 잘못 표기.
12) 知: 고대본에는 '知'가 잘못 탈락.

절부 이씨가 조용히 의리를 지키다

절부 이씨는 충무공의 후예로 병마절도사 민공의 손자며느리가 됐다. 그러나 초례를 지내고 자기 집으로 돌아간 신랑이 죽어버렸으니 이때 겨우 열다섯 살을 넘긴 나이였다. 절부는 온양의 할머니 댁에 있었고 남편 집은 청주였다. 부고가 오자 통곡을 하고는 마실 것조차 입에 대지 않았다. 부모가 가엽게 여기고 위로했으며 주위 사람들도 이 절부 곁을 살뜰히 지켰다.

하루는 이렇게 청했다.

"제가 남의 아내가 되어 붕성지통[1]을 당했으니 살아도 죽은 것만 못해 죽기를 스스로 맹세했습니다. 그러나 다시 생각해보니 시가에 조부모님이 살아 계시고 시부모님도 달리 봉양할 사람이 없습니다. 제가 신

---

1) 붕성지통(崩城之痛): 남편을 잃은 아픔. 춘추시대 제 장공(齊莊公)이 거(莒)를 공격할 때 기량식(杞梁殖)이 전사했는데 기량식의 처가 성 아래에서 시체를 바라보며 통곡하자 10일 만에 성이 무너졌다고 한 데서 만들어진 말.

행례²⁾도 올리지 않았는데 불행히도 지아비가 죽어 초상과 제사를 주관할 사람조차 없습니다. 이런데도 헛되이 죽는다면 그것은 남의 며느리 된 자의 도리가 아닙니다. 제가 가서 곡을 하고 초상을 치른 후에 시댁 집안에서 양자를 얻어 시가의 대가 끊어지는 애통한 일이 없도록 하겠습니다. 그것이 제가 해야 할 일 아니겠습니까? 제발 빨리 행장을 꾸려 주십시오."

그 말을 들은 부모는 딸이 비록 어려도 말이 바르고 이치에 맞다 여겨 장차 그 말을 들어주려 했지만 여전히 자결할까봐 걱정이 되어 시간을 끌었다. 절부가 말했다.

"의심하지 마세요. 제 마음은 이미 정해졌답니다."

울기도 하고 호소하기도 하니 부모가 성의를 가상하게 여겨 청주로 가는 행장을 갖춰주었다.

어리고 나약한 아녀자가 시가로 들어와 시부모를 효성스럽게 받들고 정성을 다해 제사를 주관했다. 가산을 다스리고 비복들을 이끄는 데 넉넉한 조리가 있으니 이웃 마을 친척들도 모두 현명한 며느리라고 칭찬했다.

삼 년이 지나자 시댁 집안으로부터 양자를 얻으려 했다. 직접 거적자리를 갖고 가서 간절히 청해 비로소 양자를 얻어왔다. 선생을 두고 양자를 힘써 가르쳤고, 며느리를 얻어 들였다. 그로부터 십여 년 뒤, 시조부모와 시부모가 모두 돌아가시자 예에 맞게 장례를 치렀는데 슬퍼함이 지나칠 정도였다. 집 후원에 삼대의 무덤을 만들고 석물을 갖추었다.

하루는 새 옷을 지어 입고 아들, 며느리와 함께 무덤에 가서 성묘하고 청소를 했다. 돌아와서는 집안의 사당을 배알했다. 집안을 깨끗이 치우고 방 가운데에 앉아 아들 내외를 불러서 집안일을 일일이 전해주며 말

---

2) 신행례(新行禮): 혼행(婚行). 혼인할 때, 신랑이 신부집으로 가거나, 신부가 신랑집으로 가는 일.

했다.

"너희 내외는 이미 장성해 충분히 제사를 받들고 빈객을 접대할 수 있게 되었고 나는 노쇠했으니 너희는 집안일 맡기를 사양하지 말거라. 절약해서 쓰고 검소함을 숭상하며 부지런히 살도록 해라."

밤이 깊어지자 아들과 며느리가 물러갔다. 부인은 남편의 부고를 듣고 달려갔을 때 가져온 작은 병 속 독약을 몇 모금 마시고 곧 기절했다. 아들과 며느리가 급하게 연락을 받고 와 급히 들어가보니, 곁에 있는 작은 병에서 약이 줄줄 흘러나오고 있었고 절부는 이불과 요를 펴고 그 위에 옷을 곱게 차려입은 채 누워 있었다. 이미 어찌할 도리가 없었다.

아들 내외가 가슴을 치고 발을 동동 구르면서 보니 큰 종이 두루마리가 요 앞에 놓여 있었다. 펼쳐보니 유언장이었다. 일찍이 혹독한 아픔을 겪은 일을 쓰고, 가법家法과 옛 자취를 기록했으며 이어서 집안 다스리는 법도를 이야기했고 노비와 전답·문권 있는 곳 등을 세세하게 빠짐없이 다 기록해두었다.

마지막에는 다음과 같이 썼다.

"내가 부음을 들은 날 죽지 않은 것은 차마 민씨의 대가 끊긴 채 의지할 곳 없는 시부모만 남겨두고 갈 수 없었기 때문이다. 이제 나는 내 책임을 다했고 뒤를 부탁할 사람도 얻었으니 어찌 한순간이라도 구차하게 목숨을 연명하겠는가? 이제 돌아가 지하의 낭군을 만나보련다."

아들은 초상을 치르고 절부를 선친의 묘에 합장했다. 남긴 가르침에 따라 가도家道를 잘 닦으니 원근의 사림이 글을 쓰고 서로 알려 위로부터 정려旌閭가 내려지도록 했다.

아, 열녀가 절개를 지키며 죽는 일은 예부터 많았지만 부녀자의 도리를 다하고 부모에게 효도하며 끊어질 대를 이어주기를 이 절부같이 간절하게 한 경우는 없을 것이다. 또한 집안일을 일일이 잘 정돈해 처리하고 조용히 죽음을 맞이했으니 진정 절부이고 절부로다!

李節婦從容取義

李節婦, 忠武公3) 後裔也. 嫁爲閔兵使孫婦, 纔過醮禮, 新郎還家不淑, 時
節婦年纔勝笄. 依其祖母在溫陽, 而夫家在淸州, 訃來哭之, 水漿不入口,
父母憐而慰之, 左右防守甚嚴. 節婦一日請曰: "吾爲人婦, 而遭此崩城之
痛, 生不如死, 以死自誓, 更思之, 媤家有祖父母, 舅姑無他奉養之人, 而余
未新禮矣, 且家夫不幸早死, 而送終祭奠4), 亦無人主管, 吾徒死, 則非爲5)
人婦之道也! 吾將奔哭, 治喪後, 乞螟蛉6)於族人家, 使緦7)家無絶嗣之歎8),
吾之責, 顧不在此乎? 願速治行." 父母聞其言, 年雖幼少, 辭正理順, 將從
之, 猶慮其自經9), 猶豫久之. 節婦曰: "無疑也. 吾已一定於心矣." 且泣且
訴, 父母嘉其誠意, 遂治行往淸州. 以年少藐然之婦女, 入其家, 事舅姑以
孝, 奉祭奠10)以誠, 治産業御婢僕, 綽有條理, 隣里親戚, 咸稱賢婦. 而過三
年而11)後, 乞嗣於族人家, 躬行席藁, 哀懇始得來, 置師傅勤敎之, 娶婦入
門. 其後十餘年, 其祖父母舅姑, 皆以天年終, 以禮葬之, 哀毀踰制. 治三代
墳山於家後園, 備置石物. 一日, 製新衣服之, 與其子及婦, 同上墳山省掃,
回至家中, 謁家廟, 洒掃室宇, 回坐房中, 招其子內外, 區處家內事傳之曰:
"汝內外, 年旣長成, 足以奉祭祀接賓客, 吾且衰矣, 汝其無辭, 節浮費, 尙儉
素, 勉之勉之." 夜深子及婦, 各退去, 婦人乃出奔哭時持來一小瓶毒藥, 飮
數器, 須臾氣絶. 急報于子及婦, 蒼黃入見, 則傍12)有一小瓶盛藥, 藥汁淋

---

3) 고대본·가람본에는 '之'가 더 나옴.
4) 送終祭奠(송종제전): 장사(葬事)와 제사(祭祀). 송종은 장사에 관한 온갖 일이고, 제전은 의
　식을 갖춘 제사와 의식을 갖추지 않은 제사를 통틀어 일컫는 말이다.
5) 爲: 고대본·가람본에는 '爲'가 잘못 탈락.
6) 螟蛉(명령): 양자(養子).
7) 緦: 다른 이본에는 '媤'로 표기. '媤'가 맞음.
8) 歎: 동양본에는 '嘆'으로 표기.
9) 經: 동양본에는 '剄'으로 표기. '剄'이 맞음.
10) 祭奠: 국도본에는 '奠祭'로 잘못 표기.
11) 而: 국도본·고대본·동양본·가람본·해동야서에는 '而'가 탈락.
12) 傍: 고대본에는 '旁'으로 표기.

漓, 舖衾褥, 正衣裳而臥, 已無及矣. 其子內外, 擗踊之際, 見一大紙軸, 在
於褥前, 展視之, 乃遺言也. 先敍其早羅[13]凶毒之痛, 次敍家法古蹟, 次敍
治家之規, 次錄臧獲田畓文券所在纖悉無漏, 末乃言: '吾之不死於聞訃之
日者, 不忍閔氏之絶嗣, 且念父母之無依, 今則吾責盡矣, 托付得人矣, 豈
可一刻苟延縷命耶? 將歸見家君於地下矣." 其子治喪, 祔葬於先君之墓,
遵遺敎, 克修家道, 遠近士林, 發文相告, 上徹[14]㫌閭. 嗚呼烈女之節死, 從
古何限, 而其盡婦道孝父母繼絶存亡, 未有若此之烈烈也, 且區處家事, 從
容就死, 眞節婦哉! 眞節婦哉!

---

13) 羅: 다른 이본에는 '罹'로 표기. '罹'가 맞음.
14) 徹: 동양본에는 '撤'로 잘못 표기.

박경태가 비분강개하여 공을 세우다

남해南海 박경태[1]는 이성夷城, 함경남도 갑산의 옛 이름. 이산(夷山)이라고도 한다 사람이다. 총각 때부터 말달리고 활 쏘는 것을 잘했다. 남보다 힘이 세고 임협[2]을 좋아해 작은 예절에 얽매이지 않았다. 곤궁한 사람을 보면 반드시 도와 주었고 의롭지 못한 자를 보면 반드시 때리고 모욕했으므로 마을 사람들은 그를 '주가곽해朱家郭解[3]'라 일컬었다. 장성해서는 용모가 웅장해졌고 술 마시기를 좋아하고 이야기도 잘했다. 책을 읽고 대의를 깨닫고는 충성과 절개를 자부했다.

읍내의 포수들을 모아 말했다.

"너희는 하늘을 아는가?"

---

1) 박경태(朴慶泰): 조선 무신. 갑산 출신. 서른여섯 살 때 무과에 급제, 1728년 아오지(阿吾地) 만호에 임명되어 부임 도중 청주에서 이인좌의 난이 일어났다는 소식을 듣고 돌아와 도원수 오명항 휘하에서 종군하고 안성·죽산 싸움에서 공을 세웠다.
2) 임협(任俠): 약자를 돕고 강자를 물리치는, 정의감 있는 용맹스럽고 호협한 사람.
3) 주가곽해(朱家郭解): 주가와 곽해는 중국의 협객으로, 젊어서 건달 노릇을 했으나 점차 덕을 닦아 협기(俠氣)로 민중의 기대를 받았다.

"알지요."

"하늘이 내려주신 것이 무엇인지 아는가?"

"하늘이 생명을 주시지 않았다면 우리가 어찌 태어났겠습니까?"

"임금은 하늘 대신 하늘 노릇을 하시는 분이다. 임금이 안 계신다면 어찌 살아가겠는가? 사람이 짐승과 다른 점은 충효를 아는 것이다. 이 것을 알지 못한다면 어찌 사람이라 할 수 있겠는가? 지금 마천령 이북 밖은 난리의 고통을 알지 못하고 안은 번다히 세금 걷는 일이 없어 부자父子 형제가 먹는 밥과 마시는 물은 모두 임금이 내려주신 것이다. 그러나 한줄기 강물 건너에는 오랑캐가 있다. 만약 하루아침에 예측 못한 변이 일어나면 너희는 능히 나라를 위해 충성을 다하고 죽을 수 있겠는가?"

무리가 모두 공의 뜻에 감격하여 발을 구르며 말했다.

"오직 명령대로 따르겠습니다."

마침내 위급한 때가 닥치면 한 방면을 도맡을 요량으로 백 명을 비밀리에 임명해두었다. 이는 그의 천성이 시킨 것이었다.

무과에 급제해 아오지[4] 만호가 되었다. 임지로 떠나려는데 모두 금의환향한다고 말했다. 이때 무신역변[5]이 일어나 청주 이인좌의 소식이 세간을 떠들썩하게 했다. 영남과 관서關西. 마천령 서쪽의 지방 지방에서도 반란군이 덩달아 일어나니 위아래가 도망쳐 숨고 놀라 떨며 어찌해야 할 바를 몰랐다.

양주에 도달한 박공은 이 소식을 듣고 곧바로 말을 달려 서울로 돌아

---

4) 아오지(阿吾地): 함경북도 경흥(慶興) 북부의 읍. 두만강 연변과 만주에 접해 있다.

5) 무신역변(戊申逆變): 1728년 이인좌(李麟佐, ?~1728)가 일으킨 난. 이인좌는 영조가 즉위해 소론이 실각하자 소론의 불평분자를 규합해 무력에 의한 정권 쟁탈을 도모했다. 상여에 무기를 싣고 청주로 잠입하여 충청도병마절도사 이봉상(李鳳祥)을 죽이고 대원수를 자칭했다. 이인좌는 죽산 싸움에서 관군에 대패해 서울로 압송된 뒤 처형당했다.

가 군문軍門에 알현을 청했지만 받아주지 않았다. 때마침 순무사6) 오명항이 출병하자 크게 소리를 지르며 말 앞으로 뛰어들어가서 자신을 변방의 장수 직에서 해임하고 선봉에서 부대 하나를 거느리게 해달라고 청했다. 말을 하면서 눈물을 흘리고 풀쩍풀쩍 뛰기까지 하니 둘러서서 보고 있던 군사들도 모두 놀라 어깨를 들먹였다.

순무사가 그를 장하게 여겨 허락하고 한 초哨, 군 편제의 하나로 백 명가량이다의 군사를 주어 앞서게 했다. 행군이 안성에 이르러 적과 대치했다. 박공은 말을 채찍질해 가서 적군이 아직 진을 정비하지 못한 것을 보고 곧바로 공격하니 중군도 따라서 공격했다.

적이 크게 무너져 죽산으로 달아나니 승세를 타고 추격해 격파했다. 공이 전후로 베어 죽인 자가 수백 명이었다. 옷이 피투성이가 되고 말은 앞으로 나아가지도 못했지만 기상은 더욱 군세어졌다. 이인좌는 궁지에 몰려 마침내 사로잡혔다. 그를 서울로 압송하려는데 압송자를 구하기 어려웠다. 군사들이 모두 박공이 아니면 안 된다며 그를 '만부부당지용萬夫不當之勇, 만 명의 사나이도 당해내지 못하는 용맹'이라 불렀다.

포로를 데리고 서울에 당도하니 임금이 인정문까지 나와 그를 맞이하며 말했다.

"너는 북방 구석진 곳의 무변으로서 능히 임금을 위하는 정성을 알았으니, 그 충성스러움과 용맹스러움이 가상하도다."

궁중 귀인에게 명해 그에게 술과 음식을 대접하게 했으니 특별한 일이었다. 난이 평정된 뒤 박공은 원종공신原從功臣 일등 훈勳에 올랐고 갈파葛坡, 동관潼關, 장기長鬐, 남해南海 등에서 수령을 역임했다. 수령으로 있을 때는 청렴하고 삼가며 백성을 사랑했고 유교의 예를 지키고 무예를 닦았으며 충신을 표창하고 효자에게 정려를 내렸으니 경내가 숙연해졌다.

6) 순무사(巡撫使): 조선시대에 반란과 전시(戰時)의 군무(軍務)를 맡아보던 임시 벼슬.

임기를 마치고 고향으로 갔는데 집에 '불고⁷⁾'라는 편액을 붙여 그 뜻을 드러냈다.

마침내 속세에 발을 끊고 강호에서 살다가 생을 마무리할 생각을 했다. 뒤에 암행어사가 포계⁸⁾하니 임금이 가선대부_{嘉善大夫, 종2품 품계}를 내리고 삼대를 추증했다.

나이 팔십일 세에 세상을 떠나니 자손들이 모두 그 업을 이어받아 관북 지역의 대족을 이루었다.

朴南海慷慨樹功

朴南海慶泰, 夷城人也. 自在編髮⁹⁾, 善騎射, 膂力過人, 喜任俠, 不拘¹⁰⁾小節. 見人窮困, 必周之, 不義, 則必毆辱之, 鄕里以朱家郭解目之. 及長狀貌雄奇, 好飮酒, 善談論, 讀書通大義, 以忠貞自負. 聚邑中砲手, 而謂之曰: "若知夫天乎?" 曰: "知之." 曰: "知天之賜乎?" 曰: "非天, 何以生乎?" 曰: "人君者代天而天者也. 非君, 何以爲生? 人之所以異於禽獸者, 知忠與孝也. 人不知此, 何以爲人? 今北關外, 忘兵革之苦, 內無賦稅¹¹⁾之繁¹²⁾, 父子兄弟, 粒食水飮, 皆君之賜也. 今虜隔一帶水, 若有一朝不虞之變, 若等能爲國效忠而死乎?" 衆皆激於公義, 踊躍曰: "唯令是從." 乃陰署百人爲臨不虞, 當一面之計, 盖天性然也. 登武科, 爲阿吾地萬戶, 將行, 人皆稱錦衣還

---

7) 불고(不顧): 돌아보지 않는다는 뜻으로, 자기가 한 일에 대해 당당한 태도로 미련을 갖지 않겠다는 의지를 나타낸 말이다.

8) 포계(襃啓): 관찰사나 어사가 선정을 하는 고을 원을 표창하도록 보고하는 것.

9) 編髮(편발): '머리를 땋아 늘이다' 또는 '땋아 늘인 머리'. 옛날에는 남녀 모두 혼인하기 전까지는 머리를 길게 땋아 늘였다. 혼인하면 남자는 머리를 위로 올려 상투를 틀었고, 여자는 머리를 뒤로 틀어올려 비녀를 찔렀다. 즉, 편발은 아직 혼인하지 않았음을 뜻한다.

10) 拘: 동양본에는 '苟'로 잘못 표기.

11) 稅: 고대본에는 '勢'로 잘못 표기.

12) 繁: 성균관대본에는 '弊'로 표기.

鄉. 時値戊申逆變, 淸州賊報至, 道路喧播, 嶺南關西, 又起兵, 上下奔竄震驚, 莫適所向. 朴公行到楊州, 聞報直馳, 還京城, 謁於軍門, 皆不納之. 適巡撫使吳命恒出師, 卽大呼躍入, 馬前請解邊將, 願居先鋒, 得當一隊. 淚隨言下, 仍曲踊距踊[13], 將士環而視者, 莫不聳肩. 巡撫使壯而許之, 給一哨兵, 使爲前軍. 行到安城, 與賊對陣, 公策馬, 望賊軍未整, 而掩擊之, 中軍繼之[14]. 賊大潰走竹山, 遂乘勝追破之. 公前後所斬數百人, 血濺衣袍, 馬不能前, 而氣益壯. 獜佐勢窮, 爲人所擒, 方押赴京城, 而難其人, 軍中僉曰: "非公莫可." 號稱萬夫不當之勇. 領俘到京, 上引見于仁政門敎曰: "爾以北鄙武弁, 能知向上之誠, 忠[15]勇可尙." 命中貴人饋酒饌, 異數也. 亂定叅原從一等勳, 歷官乫坡潼關長鬐南海, 其居官, 淸愼愛民, 禮儒修武, 褒忠旌孝, 境內肅[16]然. 瓜歸鄉閭[17], [18]扁其堂曰: "不顧." 以表其志. 遂斷踪風塵, 倏然有江湖之想, 若將終身. 後繡衣褒啓, 命加嘉善, 追榮三代. 年八十一而逝, 子孫皆繼其業兟兟焉. 爲關北大族焉.

13) 踊: 국도본·동양본에는 '踴'으로 표기.
14) 之: 국도본·고대본·가람본·성균관대본에는 '至'로 표기.
15) 誠, 忠: 동양본에는 '忠誠'으로 바꿔 표기.
16) 肅: 동양본에는 '蕭'로 표기.
17) 閭: 국도본·고대본·동양본·가람본·성균관대본에는 '廬'로 표기.
18) 고대본·성균관대본에는 '而'가 더 나옴.

탄금대에서 시신을 거두다

김여물[1]은 승평昇平 김류[2]의 아버지다. 집에 종 한 명이 있었는데 먹는 양이 엄청나게 많았다. 다른 종들에게는 칠 홉의 쌀을 주었으나 이 종에게는 특별히 한 되를 주었다. 그래서 다른 종 모두 원망의 말이 많았다.

김공은 의주 임소에서 체포되어 의금부에 투옥됐다. 임진왜란이 일어나자 백의종사白衣從事하여 공을 세워 속죄하라는 특명을 받았다. 순변사 신립[3]의 종사관이 되어 행장을 갖추고 출정하려 할 때 여러 종을 마당에 불러놓고 물었다.

"누가 나를 따라서 출전하겠느냐?"

---

1) 김여물(金汝㘹, 1548~1592): 1591년 의주목사로 있을 때 서인인 정철의 당으로 몰려 파직·투옥됐다. 그러다 임진왜란이 일어나자 임금의 명을 받고 신립과 충주 방어에 나섰다. 김여물은 조령의 지세를 이용한 방어 작전을 주장했지만, 신립이 이를 반대하고 충주와 달천(㺇川)을 등지고 배수진을 쳤다가 적군을 막지 못하고 탄금대 아래로 투신 자결했다. 영의정에 추증됐다.
2) 김류(金瑬, 1571~1648): 1617년 폐모론 때 참여하지 않아 탄핵을 받고 낙향했다. 서인으로 1623년 이귀와 함께 군사를 일으켜 대북(大北) 정권을 타도하고 인조를 등극시켰다. 이것이 인조반정이다. 정사공신 1등으로 승평부원군으로 봉해졌다.

쌀 한 되를 받았던 종이 따라갈 것을 자청하며 말했다.

"소인은 평소 쌀을 한 되나 얻어먹었는데 난리를 당해서 어찌 남의 뒤에 서겠습니까? 나머지 종들은 다 진사님승평 김류이 피난하는 행렬을 따라가고자 합니다."

이때 아들 승평은 어렸기 때문이다. 그 종은 마치 즐거운 곳으로 가기라도 하는 듯 말을 채찍질해 앞서 달렸다.

탄금대 아래 배수진에 이르니 개미 같은 왜병들이 물이 밀려오듯 진을 쳤는데 모두 짧은 몽둥이 같은 것을 가지고 있었다. 푸른 연기가 일어나면 선 자리에서 고꾸라져 죽지 않는 사람이 없었으니 관군들은 그제야 그것이 조총鳥銃인 줄 알았다. 순변사가 전에 북관에서 니탕개尼湯介를 토벌할 때는 무장한 기병으로 짓밟으니 적들이 마른나무 꺾어지듯, 썩은 나무 부러지듯 했다. 그런데 이제 조총을 보니, 출중한 영웅도 무예를 써볼 겨를 없이 패해 쓰러지는 것이었다.

이때 김공은 군복을 입고 왼팔에는 결습4)을 하고 각궁角弓, 쇠뿔이나 양뿔 등으로 만든 활을 들었으며 칼을 차고 등에는 화살통을 멨다. 오른손으로는 초고도 없이 장계5)를 써나갔는데 붓에서 획획 소리가 났다. 글은 조리 있고 아름다웠다. 즉시 그것을 발송하고 또 그 아들 김류에게도 편지를 썼다.

"삼도에서 징발한 병사가 한 사람도 오지 않으니 우리에겐 죽음만이

---

3) 신립(申砬, 1546~1592): 1567년 스무두 살로 무과에 급제했으며, 선전관을 거쳐 도총부도사·도사·진주판관·평안도병마절도사·한성부판윤 등을 역임했다. 임진왜란이 일어나자 삼도도순변사(三道都巡邊使)로 임명되었다. 싸움터로 떠날 때 선조가 검을 하사하면서 격려했다. 출전할 때 김여물을 특별히 요청해 데리고 갔다. 김여물은 조령에 진지를 구축하자고 건의했지만 신립은 탄금대 근처에 달천을 뒤에 두고 배수의 진을 쳤다. 김여물과 함께 적진에 돌진해 단신으로 싸우다 힘이 다하여 항복하는 대신 강물에 몸을 던졌다.
4) 결습(決拾): '결'은 활 쏘는 사람이 왼손 엄지손가락에 끼우는, 뼈나 뿔로 만든 반지다. '습'은 가죽으로 만드는데, 왼쪽 팔뚝에 착용해 팔뚝을 보호한다.
5) 장계(狀啓): 지방에 내려간 벼슬아치가 임금께 올리는 일종의 보고문.

있을 뿐이다. 나라를 위해 죽는 곳, 그곳이야말로 사내대장부가 죽기에 진실로 마땅한 자리이다. 다만 나라의 은혜에 보답하지 못했는데 품은 뜻이 재가 되어야 하니 하늘을 우러러 한숨을 내쉴 따름이다. 집안일은 네가 있으니 더이상 말하지 않겠다."

편지를 다 쓰고는 말을 달려가 칼을 빼들고 싸우다가 어지러워진 진중에서 죽었다. 공이 있는 곳을 놓친 종이 달천 쪽으로 도망가다가 탄금대 아래쪽을 돌아보니 탄환이 비 오듯 했다. 탄식하며 말했다.

"내가 죽기를 꺼려 공의 은혜를 저버린다면 사나이가 아니다."

단창을 가지고 적진을 헤쳐 들어갔다가 왜적에게 쫓겨나기를 세 번이나 했다. 몸에 수십 군데 상처를 입었지만 끝내 탄금대 아래에서 공의 시신을 찾아 짊어지고 나왔다. 산 구석진 곳에 염해두었다가 마침내 선영으로 옮겨 장사를 치렀다.

아! 종과 주인의 의리가 끝이 있겠는가마는 어찌 이 종의 충성과 용맹만 하겠는가! 선비는 자기를 알아주는 사람을 위해 죽고, 여자는 자기를 사랑해주는 남자를 위해 얼굴을 꾸민다 했는데, 이 종이 사지死地를 평지平地같이 본 것이 어찌 한 되 쌀 때문이었겠는가? 의기義氣에 격동했기 때문일 것이다. 무릇 종을 부리는 도는 의로 맺어 은혜로 감동시키는 것으로, 평소 주인을 위해 죽겠다는 마음을 얻고 나서야 위급할 때 의지할 수 있으니 김공이야말로 그 도를 얻은 사람이라 하겠다. 조정에서 선비를 기른 지 백년인데, 나라가 어지러운 때를 당해 충성을 떨치고 강개히 대적한 사람이 없었으니 김공의 종에게 부끄럽지 않을 수 있겠는가?

彈琴[6]臺忠僕收屍

金公汝岉, 昇平金相[7]盉[8]之大人也. 家有一僕, 食量頗大, 諸僕皆給七合
料米, 此僕則特給一升料米, 諸僕皆有怨言. 金公自義州任所, 逮械[9]金吾,
當壬辰倭亂, 特命白衣從事, 將功贖罪, 以巡邊事[10]申砬從事, 束裝將發,
招諸僕, 立庭下曰: "諸[11]從吾出戰?" 一升僕自請從行曰: "小人平居, 食一
升料米, 臨亂安可在人後乎? 餘僕皆願從進士主避亂之行[12]." 時昇平小成
故也. 遂策馬前驅, 如赴樂地. 及彈琴[13]臺下背水陣, 倭兵如蟻, 屯如潮湧,
皆持一短杖, 靑烟乍起, 人無不立死者, 官軍始知其鳥銃. 巡邊使, 昔在北
關, 討尼湯[14]介, 以鐵騎蹴踏之, 如摧枯拉朽, 今[15]忽見鳥銃, 一出英雄, 無
用武之地, 遂敗衂焉. 時[16]金公着軍服, 左臂掛決拾[17]角弓, 佩劒負羽, 右
手書狀啓, 不起草立寫之, 鳴毫颯颯, 詞理俱美, 卽地封發. 又書寄其胤昇
平書曰: "三道徵兵, 無一人至者, 吾輩唯有死耳. 男兒死國, 固其所耳[18].
但國恩未報, 壯心成灰, 只有仰天噓氣而已. 家事惟汝在, 吾不復言." 書畢
馳馬奮劒, 竟死於亂陣中. 僕失公之處, 退走獺川邊, 回頭[19]彈琴[20]臺下,
飛丸如雨, 嘆曰: "吾愛死而負公恩, 非夫[21]也." 持短槍披陣而入, 爲倭所

6) 琴: 고대본에는 '琹'으로 표기.
7) 金相: 고대본에는 잘못 탈락.
8) 盉: 국도본·고대본·동양본·해동야서에는 '𥑭'로 맞게 표기.
9) 械: 고대본·가람본에는 '戒'로 잘못 표기.
10) 事: 성균관대본을 제외한 다른 이본에는 '使'로 맞게 표기.
11) 諸: 국도본·고대본·동양본·가람본·해동야서에는 '誰'로 맞게 표기.
12) 동양본에는 '也'가 더 나옴.
13) 琴: 국도본·고대본에는 '琹'으로 표기.
14) 湯: 고대본에는 '陽'로 잘못 표기.
15) 今: 고대본에는 '金'으로 잘못 표기.
16) 時: 동양본에는 탈락.
17) 拾: 동양본에는 '十'으로 표기.
18) 固其所耳: 고대본·가람본·성균관대본에는 '固所願也'로, 동경대본에는 '固其所矣'로 표기.
19) 頭: 국도본·고대본·동양본·해동야서·가람본·성균관대본에는 '顧'로 표기.
20) 琴: 고대본에는 '琹'으로 표기.
21) 夫: 성균관대본에는 '人', 동경대본에는 '丈夫'로 표기.

逐, 三退三進[22], 身被數十創, 竟得公屍於臺下, 負而出, 收斂於山僻處, 畢
竟返葬於先塋. 噫! 奴主之義何限, 而豈有若此僕之忠且勇哉? 士爲知己者
死, 女爲悅己者容, 僕之視死如平地, 豈爲一升米哉? 激於義[23]氣也! 夫御
僕之道, 義以結之, 恩以感之, 平日得其死力然後, 緩急可恃, 金公得其道
者也! 夫朝廷養士百年, 當其板蕩之時, 無奮忠敵愾之心者, 能不有愧於金
公之僕哉?

22) 進: 고대본에는 '陣'으로 잘못 표기.
23) 義: 동양본에는 '意'로 잘못 표기.

연광정에서 정충신이 임기응변하다

금남錦南 정충신[1]이 선사포宣沙浦 첨사[2]로 처음 제수되어 재상들에게 하직 인사를 드렸다. 한 늙은 재상이 은근한 정성을 보이며 말했다.

"자네는 큰 그릇이라 앞으로 어디까지 출세할지 헤아리기 어렵네. 자네가 아직 가정을 꾸리지 못한 걸로 아네. 내가 첩에게서 딸을 하나 낳았는데, 자네가 소실로 삼아 건즐巾櫛[3]을 받들게 하는 것이 어떤가?"

금남은 그 배려에 감동하며 제안을 받아들였다. 늙은 재상이 말했다.

"그렇다면 남의 이목을 번거롭게 할 필요 없이 떠나는 날 홍제 다리

1) 정충신(鄭忠信, 1576~1636): 임진왜란이 일어나자 광주목사 권율 밑에서 종군했다. 1621년 만포첨사(滿浦僉使)로 국경을 수비하면서 여진족과 접촉하고 나서 장차의 우환에 대비해야 한다고 주장했고, 1623년(인조 1) 안주목사 겸 방어사를 겸임했다. 다음해 이괄의 난 때는 도원수 장만의 전부대장(前部大將)으로 반군을 진압한 공으로 진무공신 일등에 책록됐고 금남군(錦南君)에 봉해졌다. 이어 평안도병마절도사 겸 영변대도호부사를 지냈고 1627년 정묘호란 때 부원수로 종군했으며, 1630년 가도(椵島)의 유흥치(劉興治)가 의주에 침입했을 때 역시 부원수로 출전해 물리쳤다. 포도대장·경상도병마절도사를 지냈다.
2) 첨사(僉使): 병마 또는 수군 첨절제사의 약칭이며 서반 종3품이다.
3) 건즐(巾櫛): 수건과 빗. 여자가 남의 아내나 첩이 됨을 겸손하게 이르는 말.

근처에서 기다리겠네."

금남이 행장을 꾸리고 출발해 홍제 다리 근처에 이르니 과연 가마 하나가 보였다. 행장을 산뜻이 차린 가마가 가뿐히 오더니 선사포로 가는 행차인지 물었다. 금남이 부인을 맞이해보니 몸집이 매우 크고 말하는 것도 재미가 없었다. 속았다고 자탄했지만 그때는 이미 어쩔 수 없었다. 억지로 동행해 선사포에 이르러서는 음식만 장만하게 했을 뿐 그녀를 돌아볼 마음이 전혀 없었다.

어느 날 저녁 영문에서 기밀 관문(關文[4])이 도착했기에 열어보니 이렇게 적혀 있었다.

'상의할 군무가 있으니 성화같이 달려오시오.'

바삐 저녁밥을 먹고 소실에게 작별을 고하자 소실이 말했다.

"영감께서는 이번 행차에 무슨 일이 있을지 알고 계시나요?"

"알지 못하오."

"대장부가 이런 난세를 당하여 나아갈 때 일의 기미를 미리 알지 못한다면 일을 어찌 처리하려 하십니까?"

금남이 그 말을 듣고 기이하게 여겨 캐물으니 소실이 말했다.

"반드시 이런 일이 있을 텐데 그러면 이러저러하게 응하세요."

그러면서 붉은 비단으로 만든 철릭을 꺼내주었는데 금남이 입어보니 몸에 딱 맞으므로 매우 놀라 기이하게 여겼다. 말을 달려 영문에 이르니 순사가 주위 사람들을 물리치고 말했다.

"지금 중국 사신이 돌아가는 길에 이 성에 머물면서 은 만 냥을 요구하고 있네. 들어주지 않으면 감사의 목을 베겠다 한다네. 일은 급한데 만 냥 마련하기도 어려우니 백번 생각해도 그대가 아니면 응변하기 어려울 것 같아 이렇게 오시게 했다네."

---

4) 관문(關文): 조선시대에 상급 관청에서 하급 관청에 시달하던 공문서.

금남이 밖으로 나와 연광정練光亭에 앉았다. 영교營校 중 영리한 자를 불러서 귓속말을 한참 했다. 그리고 영리하고 요염한 기생 네다섯 명을 골라 중국 사신들의 수청을 들게 했다. 기생들이 노래하고 거문고를 연주하니 술잔이 낭자해졌다. 다시 영교를 불러서 귓속말을 했다.

"지금 은을 내어오지 못하면 순사께서 죽임을 당하고 온 성 사람도 어육이 될 것이니, 너희도 죽게 된다. 너희는 나가서 성안 집집마다 화약을 꽂아놓아라. 연광정 위에서 대포를 세 번 쏘면 불을 붙이도록 하라."

영교들이 명을 받들고 물러갔다가 얼마 뒤 들어와 보고했다.

"모두 꽂았습니다."

갑자기 대포 소리가 한 번 나니 여러 기생이 중국 사신 옆에 있다가 소문을 몰래 듣고는 깜짝 놀라 오줌 누러 간다는 핑계를 대고 하나둘 나가서 각자 집으로 달려가 소문을 전했다. 잠깐 사이에 온 성 사람들 모두가 소문을 듣게 되었다. 아버지와 어머니를 부르고 처자식을 이끌고 다투어 성밖으로 나가니 시끌벅적한 소리가 천지를 진동했다.

중국 사신은 처음에 포성을 듣고 매우 의아하게 여기다가 시끌벅적한 소리에 놀라 일어나 사정을 탐문했다. 영교 한 사람이 대답했다.

"선사포 첨사가 이리저리하라 했는데 이제 대포 한 번만 더 쏘면 온 성이 잿더미가 될 겁니다요."

중국 사신은 정신이 아찔하고 다급해져 신도 신지 못하고 연광정으로 쫓아가서 금남의 손을 잡고 살려달라 애걸했다. 금남은 이치에 따라 그를 꾸중했다.

"상국上國, 작은 나라로부터 조공을 받는 큰 나라은 부모의 나라요, 사신은 조명5)을 전하는 사람이오. 연로沿路의 신하들이 정성스레 열심히 접대하는데도

---

5) 조명(詔命): 임금의 명령을 일반에게 알릴 목적으로 적은 문서. 조서(詔書). 여기서는 명나라 황제의 조서.

전례없는 은을 요구하니, 진실로 이는 이루기 어려운 일을 요구하는 것이오. 성안 사람들은 죽기는 매한가지라 차라리 잿더미 속에서 함께 죽으려 한다오."

중국 사신이 말했다.

"내 목숨은 어르신 손에 달렸소이다. 당장 계단 아래 말을 대령시키고 타자마자 떠나겠소이다. 밤새 쉬지 않고 달려서 삼일 안에 압록강을 건너겠소이다. 제발 대포를 멈춰주시오."

"사신께서는 무례했으니 나는 당신을 믿지 못하겠소이다."

그러고는 포수를 불러대니 중국 사신이 금남의 허리를 안고 천 번 만 번 애걸하고 또 울부짖으며 따라다니는지라, 마침내 어쩔 수 없다는 듯 허락하고는 말을 재촉해 빨리 떠나라 했다. 중국 사신 일행은 무한히 감사해하며 일제히 말에 올라타 바람처럼 번개처럼 달려갔다. 과연 삼일 안에 압록강을 건너니 순사는 크게 기뻐하며 잔치를 열고 감사를 표했다.

이로 말미암아 금남이 세상에 이름을 떨쳤다. 금남은 집에 돌아오고 나서 모든 일을 소실에게 물었고 소실을 신사神師로 대우했다.

練光亭錦南應變

鄭錦南忠信, 初除宣沙浦僉使, 歷辭諸宰, 一老宰慇懃[6]致款曰: "吾知君大器也, 其進不可量, 且知君尙無室家, 吾側室有女, 與君爲小室, 使奉巾櫛何如?" 錦南感其意許之, 老宰曰: "然則不必煩人耳目, 發行之日, 待於弘濟橋頭." 治行啓發, 至橋頭, 見一轎馬, 行具[7]鮮明, 翩翩而來, 問宣沙行

---

6) 慇懃: 고대본에는 '殷勤'으로 잘못 표기.
7) 具: 고대본에는 '且'로 잘못 표기.

次, 錦南遂迎見其婦人, 軀殼甚大, 言語無味, 錦南自歎[8]其[9]爲見欺[10], 然
亦難排却, 黽勉同行到鎭, 主饋而已, 頓無顧念之意. 一夕營門秘關來到,
垤見之曰: '有軍務相議事, 星火馳進.'云云. 遂促飯而喫, 入別小室, 小室
曰: "令監知今行有何事耶?" 曰: "不知." 小室曰: "丈夫當此亂世, 去就之際,
不能預料事機, 何以濟事必[11]乎?" 錦南奇其言, 探問之, 小室曰: "必有如許
事, 應變之節, 如是如是." 仍出紅錦緞天翼, 着之品製適中, 錦南甚驚異之.
馳到營下, 則巡使辟左右言曰: "今天使回路, 逗遛[12]此城, 討白銀萬兩, 若
不聽施, 則梟首道伯云, 事繫[13]罔措, 物亦難辦, 百爾思量, 非君則無以應
變, 故請來矣."[14] 於是錦南出坐練光亭, 招營校之伶俐者附耳語良久, 旋
卽[15]選營妓慧艶者[16]四五人, 使之隨聽, 或歌或棨,[17] 盃[18]酒狼藉. 又招營
校附耳語曰: "今不出銀, 巡相被死, 滿城魚肉, 夫[19]等死耳. 汝出往城內,
家家揷火藥, 練光亭上, 放砲三聲, 衝火之." 營校奉令而退, 已而入告曰:
"盡揷矣." 俄而放砲一聲, 諸妓在傍, 竊聽之, 大恐佯託[20]小避, 稍稍出去,
各傳其家, 須臾滿城皆知, 呼爺喚孃, 挈妻携子, 爭出城外, 喧聲動地. 天使
初聞砲聲, 甚訝之, 及聞喧撓之聲, 驚起探問, 營校一人對曰: "宣沙[21]浦僉

---

8) 歎: 국도본·고대본·가람본에는 '嘆'으로 표기.
9) 自歎其: 해동야서에는 '心中以'로 표기.
10) 해동야서에는 '於勸婚'이 더 들어가 있음.
11) 必: 국도본·고대본·동양본·가람본에는 탈락. 해동야서에는 '事心'이 탈락.
12) 遛: 고대본에는 '留'로 표기하고, 가람본에는 '遍'으로 표기.
13) 繫: 국도본·고대본·동양본·가람본에는 '係'로 표기.
14) 동양본에는 '聽其言 果如小室之言' 부분이 더 나옴.
15) 旋卽: 국도본·고대본에는 '旋卽' 부분이 탈락.
16) 者: 국도본·고대본·가람본에는 잘못 탈락.
17) 棨: 국도본·가람본에는 '琴'으로 표기.
18) 盃: 동양본·가람본에는 '杯'로 표기.
19) 夫: 동양본에는 '汝'로 옳게 표기.
20) 託: 국도본·고대본·가람본에는 '托'으로 표기.
21) 沙: 고대본에는 '使'로 잘못 표기.

使, 若此若此, 若又放砲, 則滿城[22]將爲灰燼矣." 天使神魂慌錯[23], 忙不及
履, 走到練光亭, 握錦南手, 乞活殘命, 錦南據理責之曰: "上國父母之邦也.
使臣來宣詔命也. 沿路陪臣, 恪勤接待, 而責出無例之銀, 固是行不得之政,
一城之人, 死則死耳, 無寧共死於灰燼中也[24]. 天使曰: "吾之命, 懸於大爺
之手! 當立馬於階下, 上馬卽[25]行, 罔夜疾馳, 三日內, 當渡鴨綠江, 願停一
砲." 錦南曰: "天使無禮, 吾不之[26]信焉!" 連呼砲手, 天使抱錦南腰, 千乞萬
乞, 號[27]哭隨之, 不得已, 遂許之. 使之促馬急發, 天使一行, 無限感謝, 一
齊上馬, 風馳雷[28]邁, 果於[29]三日內渡江. 巡使大喜, 設宴以謝之. 由是錦
南名振一世. 錦南辭歸本鎭, 每事輒問於小室, 待以神師焉.

22) 滿城: 동경대본에는 '萬姓'이라 잘못 표기.
23) 錯: 고대본·가람본에는 '措'로 잘못 표기.
24) 灰燼中也: 고대본에는 잘못 탈락. 성균관대본에는 '天使之乎'로 표기.
25) 卽: 고대본·가람본에는 '直'으로 표기.
26) 之: 고대본·가람본·국도본에는 '知'로 잘못 표기.
27) 號: 고대본에는 '呼'로 표기.
28) 雷: 국도본·고대본·동양본·가람본에는 '電'으로 표기.
29) 於: 고대본에는 '江'으로 잘못 표기.

현명한 며느리의 예견으로 전란을 피하다

영남 어느 군에 한 선비가 있었다. 마흔이 넘어서 외아들을 잃고 혼이 나가 어리석은 듯 미친 듯 실성한 사람 같았다.

하루는 마루 위에 앉아 있는데 지나던 길손이 들어와 이야기를 나누다 주인의 기색이 참담하고 행동거지가 이상한 걸 보고는 그 까닭을 물었다. 주인이 이렇게 대답했다.

"내가 한 달 전에 외동아들을 잃었지요. 참담함이 지극해 마음을 가누지 못하고 있습니다."

길손이 물었다.

"선산이 어디에 있는지요?"

"집 뒤에 있습니다."

"제가 산의 이치를 조금 아니 한번 보고 싶습니다."

주인이 그를 데리고 가서 보여주었다. 길손이 말했다.

"이 산이 끼치는 해로움이로군요!"

"그런들 길지를 어디서 구한단 말입니까? 또 설사 구한다 한들 소 잃고 외양간 고치는 격이니 죽은 아이에게 무슨 도움이 되겠습니까?"

"마을에 들어올 때 마을 입구에 보아둔 곳이 하나 있습니다. 얼른 면례細禮, 무덤을 옮기고 다시 장사지내는 예를 올리면 아들을 낳을 수 있을 겁니다."

"우리 부부 나이가 근 오십이 되었고 단산斷産한 지도 오래되었습니다. 지금 이장한다 한들 어찌 대 이을 아들을 바랄 수 있겠습니까?"

길손이 거듭 힘주어 권하니 주인이 마음을 바꾸어 면례를 행했다.

몇 달이 지난 뒤 선비는 처를 잃었다. 이미 외아들을 잃고 이제 처까지 잃게 되니 비통함과 처참함이 전보다 몇 배나 더 심했다. 홀아비로 살면서 자식도 없으니 집안일을 주관할 사람이 없었다. 그래서 장례를 치르자마자 즉시 후처를 얻었다.

전의 길손이 또 찾아와서 물었다.

"그사이 아내를 여의시고 후처를 얻으셨나요?"

"그렇습니다. 그대 말을 듣고 경솔하게 대사를 행했다가 처까지 잃었으니 가볍지 않은 낭패를 보았습니다. 그대는 무슨 면목으로 다시 찾아왔습니까?"

길손이 웃으며 말했다.

"전에 면례를 행한 것은 오로지 아들을 낳기 위해서였지요. 상처喪妻의 애통함이 없다면 뒷날 아들 얻는 기쁨이 어찌 생기겠습니까?"

그러고는 며칠 머물다가 주인에게 말했다.

"아무 날 밤에 합방하면 필히 아들을 낳을 것입니다."

길손은 떠나면서 약속했다.

"아무 달에 아들을 낳을 텐데, 그때 다시 오겠습니다."

주인이 그 말을 듣고 따라 하니 과연 아들을 얻었다.

길손이 기약한 날 다시 와서 말했다.

"주인께서는 득남하셨나요?"

"그렇습니다."

길손은 자리를 잡고 먼저 신생아의 사주를 보고 말했다.

"이 아이는 반드시 장수하고 탈이 없을 겁니다. 그 혼처도 내가 소개하겠습니다."

주인은 그냥 위로하는 말이라 여기고 믿지 않았다. 아이가 차츰 성장해 십사오 세에 이르렀다. 길손이 그동안 오지 않다가 문득 다시 찾아와서 말했다.

"댁의 아드님이 잘 자랐나요?"

주인이 즉시 아들을 불러서 길손을 뵙게 했다. 길손이 말했다.

"아직 정혼은 안 하셨겠지요?"

주인이 대답했다.

"아직 정혼하지 않았습니다."

길손이 떠나면서 사주단자를 청하며 말했다.

"옛날에 제가 중매하겠다고 한 약속을 기억하시죠?"

주인은 길손의 말이 매번 들어맞았기에 길손에게 사주단자를 써서 주었다. 얼마 안 있어 길손이 또 연단[1]을 전했다. 주인은 길손이 지금까지 보여준 성실함을 믿게 되었기에 조금의 의심도 하지 않았다. 문벌이 어느 정도인지, 규수가 어떠한지도 묻지 않았다. 혼구를 갖추어 길손과 동행해 하루를 가서 점점 깊은 계곡으로 들어갔다. 주인이 길손을 돌아보며 물었다.

"당신이 나를 어찌 이렇게 속일 수가 있습니까?"

"댁과 무슨 원한이 있다고 내가 속이겠습니까?"

마침내 한 집에 이르렀다. 산 겹겹 길을 도는 높은 봉우리 위에 몇 칸 안 되는 떳집이었다. 그날이 바로 성혼成婚하는 날이었다. 마당 가운데

---

1) 연단(涓單): 연길(涓吉). 전통 혼례에서, 사주단자를 받은 신부집에서 신랑집에 택일단자를 보내던 일. 혹은 택일한 것의 기록.

멍석이 깔려 있고 노인 한 사람이 나와서 접대하니 사돈 되는 분이었다. 주인은 마음이 심히 불쾌해 거기까지 간 것을 후회했다. 그렇지만 길손은 자리에 앉아 수작을 하며 조금도 싫어하거나 부끄러워하는 기색을 보이지 않았다. 주인도 어쩔 수 없이 폐백을 바치고 초례를 행하고 나서 신부를 살펴보았다. 용모는 평범했으며 누추하고 촌스러워 볼 것이 없었다.

잠시 뒤 노인과 길손이 신랑의 아버지에게 말했다.

"대사가 다행히도 순조롭게 이루어졌습니다. 여식이 이제 시가를 얻게 되었으니 친정에 있을 필요가 없습니다. 저희 집은 가난해서 먼길 보낼 여비가 없답니다. 오늘 사돈께서 데려가심이 어떨지요?"

신랑 아버지는 거절할 이유도 없어 길손이 타고 왔던 말에 신부를 태워 데리고 왔다. 위아래 온 집안사람은 신부의 용모를 보고는 놀라고 탄식했다. 모두 능멸하고 박대하는 태도를 보였다. 신부는 조금도 얼굴색을 달리하지 않고 다만 방안에만 있으면서 집안일에는 간여하지 않았다. 그러나 친가의 소식을 앉아서 훤히 알았으니 시부모가 그것을 기이하게 여겼다.

하루는 시부모가 이렇게 상의해왔다.

"우리도 이제 많이 늙어서 미곡의 출입과 전답의 경작을 관리하기가 버거워요. 아이 내외에게 다 맡기고 우리는 앉아서 여생을 즐겁게 보내는 게 좋지 않겠소?"

그러고는 집안을 다스리는 모든 범절을 아들 내외에게 맡겼다. 며느리는 조금도 싫어하거나 마다하지 않았다. 직접 마루 아래로 내려가지는 않았지만 종이 밭 갈고 여종이 베 짜는 것을 지휘하고 부리는 데 정연한 법도가 있었다. 흐릴지 맑을지, 바람이 불지 비가 내릴지, 날씨도 예측했다. 그러니 종들이 쌀 한 되나 옷감 한 자도 감히 속이지 못했다. 그렇게 수삼 년이 지나자 가산이 점차 불어났다. 시댁과 이웃 마을 사람들이 놀라고 기이하게 여기며 비로소 현명한 며느리임을 알게 됐다. 시부모도 며느리를 애지중지했다. 그제야 길손 역시 비범한 사람인 줄 알게 되었다.

하루는 며느리가 시아버지에게 말했다.

"아버님 연세가 벌써 칠순이 되셨습니다. 이제 여생을 무료하게 지내실 게 아니라 날마다 마을 친지들과 모여 잔치를 즐기십시오. 매일 잔치 음식과 술은 제가 준비해 올리겠습니다."

시아버지도 좋아했다.

"나도 오래전부터 그런 소원을 품었으니, 오늘 네 말이 어찌 기쁘지 않겠느냐?"

이로부터 날마다 이웃 마을 여러 노인을 모으니 신발이 어지럽게 널리고 웃음으로 왁자지껄하며 술자리가 낭자하고 음식은 물 흐르듯 했다. 하루 이틀 그렇게 보내던 것도 어언 사 년이 흐르고 나니 집에는 한 뙈기 땅도 남지 않고 가산도 탕진했다.

며느리가 시부모에게 말했다.

"이제 가산을 탕진하고 남은 땅도 없으니 이곳에서는 오래 살 수가 없습니다. 바라건대 저희 친정 동네로 이사를 가시면 자연스레 풍족해지실 겁니다."

시부모는 며느리를 전적으로 믿어 크고 작은 일을 막론하고 며느리의 말이라면 따르지 않는 일이 없었다.

"우리는 이제 늙었다. 지금까지 집안일은 모두 네 말대로 했으니, 좋은 방법이 있거든 모두 너에게 맡길 테니 네 뜻대로 해라."

이에 며느리는 남은 가산과 약간의 땅을 모두 팔아서 온 집안사람과 노비를 거느리고 친정 동네로 이사를 갔다. 도착하니 전날 중매를 서주었던 길손이 이미 와서 기다리고 있었다.

거기서 며느리가 가산을 잘 경영하니 재력이 점차 넉넉해졌다. 그러나 시부모는 산중에 오래 살다보니 울적함을 이기지 못하고 고향 생각이 났다. 이에 며느리가 청해 함께 산에 올랐다. 산 아래에서 수레 소리가 들려왔다. 시부모가 놀라 물었다.

"이것이 무슨 소리인가?"

"세상에는 지금 전쟁이 일어났습니다. 팔도는 왜적들로 가득차 있답니다. 지금 모 읍에 전투가 벌어져 이런 소리가 들리는 것입니다."

시아버지가 물었다.

"우리 동네는 어떻게 되었는가?"

"우리가 살던 집은 이미 불에 타 재가 됐습니다. 동네 사람들은 혹은 도망가고 혹은 죽기도 해서 가까운 지역은 모두 어육이 됐습니다."

시아버지가 말했다.

"그렇다면 너는 난리가 일어날 줄 알고 그 기미를 보고 이곳으로 들어온 것이냐?"

"비록 미물이라도 모두 천기天機를 알고 비바람을 피하거늘 사람으로서 어찌 그걸 모르겠습니까?"

시부모가 말했다.

"기이하다, 우리 며느리! 정말 대단하다, 우리 며느리!"

그뒤로 다시는 옛 땅을 연모해 돌아갈 마음을 내지 않았다. 산으로 들어온 지 팔구 년이 지난 후에 가족들을 데리고 다시 나갔다. 며느리가 가산을 잘 다스리고 농사도 지어 다시 집안을 일으켰다. 아들을 낳아 며느리를 들이니 그 자손들이 지금 영남에 번성하고 있다 한다.

避禍亂賢婦異識

嶺南某郡, 有一士人, 年至四十餘. 有獨子遭憾[2], 心魂遁喪, 如癡如狂, 便一喪性人也. 一日坐於堂上, 有過客入來與之言, 客見主人氣色, 慘然擧止殊常, 問其故焉. 主人曰: "吾月前, 遭獨兒之慽, 慘怛³⁾之極, 不知爲懷也." 客曰: "君之先山, 在於何處?" 曰: "在家後也." 客曰: "某粗解山理, 願一見焉." 主人與之往看, 客曰: "此山之害也!" 主人曰: "吉地於何可得? 雖得之, 殆同失牛改牢, 何益於死者乎?" 客曰: "入洞口時見有一處可意者. 須急急行緬禮, 則可以生子矣!" 主人曰: "吾夫妻年近五十, 斷産已久, 今雖移窆, 何望嗣續乎?" 客再三力勸, 主人動於客言, 遂行緬禮. 過數月後, 士人喪配, 其士人遭慽, 緬禮之後, 又當妻喪, 悲悼凄楚, 倍蓰於前. 鰥居而且無子, 家無主管之人, 過葬後, 卽爲繼娶, 向日過客, 又來問曰: "其間喪配再醮乎?" 主人曰: "然矣. 過聽君言, 輕行大事, 又當妻喪, 可謂狼狽非細矣! 以何面目, 又此來訪乎?" 客笑曰: "向之緬禮, 專爲生子, 不有向日叩盆之哀, 豈有他時弄璋之慶乎?" 仍留數日語主人曰: "某夜內寢, 必生男子." 臨發留期曰: "某月生男, 伊時吾復來見矣." 主人聽其言, 果得生男, 客如期又來曰: "主人生男乎?" 曰: "然矣." 坐定, 先見新生兒四柱曰: "此兒必長壽無恙矣. 其婚處, 亦吾自居媒矣." 主人認以慰藉之言, 不之信也. 其兒稍長, 至十四五歲, 其客積年不來, 忽自來到曰: "子弟善養否?" 主人卽⁴⁾出見之, 客曰: "定婚否?" 主人曰: "尙未有定耳." 臨發卽請柱單曰: "年前居媒之約, 尙能記得否?" 主人以客言多有所中, 遂書給柱單. 不久客又傳涓單, 主人旣信其客之始終誠實, 少無疑慮, 不問門閥之如何, 閨秀之如何, 遂治婚具, 與客同行. 行一日, 漸入深谷中, 主人顧客曰: "君何欺之甚也?" 客曰: "與君有何嫌怨, 而欺之乎?" 竟至一家, 則山回路轉⁵⁾高峯上, 數間茅屋而已. 其日卽成⁶⁾婚日, 而場中果有鋪席有一箇老人出來接待, 乃所謂查頓者也. 主

---

2) 遭慽(조척): 자식이 부모보다 먼저 죽는 참척을 당함.

3) 怛: 동경대본에는 '慘'으로 표기.

4) 동양본·해동야서에는 '呼'가 더 나옴.

5) 山回路轉(산회노전): 산이 겹겹이 두르고 길이 구불구불함.

6) 成: 동양본·해동야서에는 탈락.

人心甚不快, 悔其來, 而[7]客則在座酬酢, 少無嫌愧之色, 主人不得已納幣醮禮後, 見新婦之樣, 容貌凡百[8], 孤陋鄕闇, 萬不成樣. 少頃其老人及客, 言[9]於新郎之父曰: "大事幸而順成, 女息旣已有家, 則不必在於親庭, 且吾家貧, 實無遠路治送之望, 尊須於今日率去也." 新郎之父, 無計防遮, 以客所騎馬, 載其新婦而來, 渾家[10]上下, 見其新婦之樣, 無不駭嘆, 皆有蔑視薄待之意. 新婦少不變色, 只居一房, 不敢干與家事, 然而其親家信息, 坐而知之, 舅姑以是爲異. 一日舅姑相議曰: "吾輩今則老矣. 米穀之出入, 田畓之耕作, 無以管檢, 專付於兒子內外, 吾之內外, 坐以[11]享之, 以終餘年, 不亦可乎?" 於是治家凡節, 專付於子之內外, 新婦少不嫌[12]讓. 身不下堂, 而奴耕婢織, 指揮使役, 井井[13]有規, 陰晴風雨, 無不預知, 升米尺布, 不敢欺隱, 數三年間, 家産漸興. 於是一室與隣里, 莫不驚異之, 始知爲賢婦, 舅姑亦愛重之. 始知其過客亦非凡人也. 一日新婦語其舅曰: "春秋今已七旬矣. 不必塊居無聊. 日與洞中親知相會燕樂, 則當日盃盤之供, 子婦當備待矣." 舅曰: "吾之願久矣. 今汝言之, 豈不好哉?" 自是以後, 日會隣里諸老, 履舃交錯, 戲笑爛熳, 盃盤狼藉, 飲食若流, 一日二日, 於焉四年之久, 家無片土, 産業蕩盡, 新婦語其舅姑曰: "見今家産, 蕩敗已無餘地, 此處則不可久居, 幸望搬移于吾之親家洞內, 則自然[14]優足矣[15]." 其舅專信新婦, 事無大小, 一從無違, 答曰: "吾今老矣. 家事一聽於汝, 若有好道理, 則任汝爲

7) 而: 동양본에는 탈락.
8) 凡百(범백): 온갖 것. 혹은, 상례(常例)를 벗어나지 않는 보통의 언행. 여기서는 후자의 뜻으로 쓰였다.
9) 동양본에는 '及'이 더 나옴.
10) 家: 동양본·동경대본·해동야서에는 '室'로 표기.
11) 以: 동양본·동경대본·해동야서에는 '而'로 표기.
12) 嫌: 동양본·동경대본·해동야서에는 '謙'으로 잘못 표기.
13) 井井(정정): 질서정연한 모양. 조리가 정연한 모양.
14) 然: 동양본·동경대본에는 '致'로 표기.
15) 自然優足矣(자연우족의): 해동야서에는 "自有生理之優足矣"로 표기.

之." 新婦於是盡賣家産, 與如干薄庄, 渾眷奴屬, 移接於其親家洞里, 則向日居媒之客, 已待來[16]矣. 新婦來此以後, 經紀産業, 財力漸裕. 其舅姑久居山中, 不勝鬱紆, 有懷土之意, 新婦請與登山, 山外有彭輷之聲, 其舅姑驚問曰: "此何聲也?" 新婦曰: "世有干戈[17], 倭賊彌滿八路. 今戰于某邑, 故有此聲也!" 其舅曰: "吾洞則如何?" 曰: "吾之所居家, 已爲火燼, 一洞人或逃或死, 近境盡爲魚肉矣!" 其舅曰: "然則汝先知其有亂, 見幾[18]而入此中耶?" 新婦曰: "雖微物皆知天機避風雨, 可以人而不知乎?" 其舅姑曰: "異哉婦兮! 奇哉婦兮!" 伊後則更無戀歸之心. 入山八九年後, 率眷出來, 新婦治産業農, 又爲成家, 生男娶婦, 其子孫至今繁盛於嶺南云[19].

16) 待來: 동양본에는 '來待'로 표기. '來待'가 맞음. 동경대본에는 '來'가 탈락.
17) 干戈(간과): 전쟁.
18) 幾: 동양본에는 '機'로 표기. '機'가 맞음.
19) 동양본·해동야서에는 '云'이 더 나옴.

뛰어난 식견을 가진 기생이 남편을 공신으로 만들다

광해光海 말, 평양에 한 기생이 있었는데 나이는 열예닐곱 살쯤 되었다. 몸가짐을 정결히 하여, 의시[1]의 자태도 보이지 않고 천유[2]의 행실도 하지 않았다. 기생이 비록 천한 신분이기는 하지만 한 지아비를 섬기며 일생을 보내야 한다고 생각했다. 평양 감영 본부의 비장들과 책객들이 그 자색에 반해 매번 가까이하고자 했지만 절대 받아주지 않았다. 형벌로 몽둥이질을 하고 부모에게 칼을 씌워 옥에 가두기도 했으나 기생은 끝내 달라지지 않았다. 그래서 영읍의 위아래가 모두 그녀를 괴물이라 불렀다.

그 부모가 남편 될 사람을 구해올 때마다 기생은, "지아비는 백년손님이니 제가 스스로 고르겠어요"라고 말했다. 이 말이 퍼지자 원근의 남자들이 풍문을 듣고 몰려들었다. 잘생긴 자, 풍채 좋은 자, 돈 많고 호탕한

---

1) 의시(倚市): 의시문(倚市門), 혹은 의문매소(倚門賣笑)의 준말. 문에 기대서서 웃음을 판다는 말로 기생이 남자를 유혹한다는 뜻이다.
2) 천유(穿踰): 담장 구멍을 뚫고 보거나 담장을 넘어가 음탕한 짓을 하는 것.

자 등이 아침저녁으로 몰려왔지만, 그녀는 하나같이 물리치고 받아주지 않았다.

기생이 하루는 대동문 누각에 앉아 있다가 문밖으로 땔나무를 짊어지고 가는 노총각을 발견하고는 아버지를 불러 말했다.

"저 사람을 우리집으로 꼭 불러와주세요."

그 아버지가 총각을 보고 한심해져서 딸을 꾸중했다.

"네 마음은 참 이상도 하구나. 네 미모를 사모하지 않는 사람이 없잖느냐? 위로는 사또 본관의 별실이 될 수 있을 것이고, 그다음으로는 호장과 책객의 수청을 들 수 있을 것이며, 그 아래로는 아무 댁 서방, 아무 댁 서방을 얻을 수 있을 텐데, 모두를 물리치고 저 천하에 흉악하고 한심한 거지를 얻고자 한단 말이냐? 이게 무슨 심보냐?"

그러나 그녀의 성정을 이미 알고 있기에 아버지도 어찌할 수 없어서 결국 그 사람을 불러와 지아비로 삼게 했다. 어느 날 그녀가 남편에게 말했다.

"우리가 여기서 오래 살 수 없습니다. 함께 서울로 올라가 일을 한번 벌여봐요."

마침내 서울로 함께 올라가 서문 밖에 주점을 열었다. 색주가로 장안 제일이 되니 성 안팎의 호탕하고 부귀한 사내가 모두 다 몰려왔다. 그때 주당 대여섯 명이 와서 술을 마시곤 했는데, 그녀는 돈이 있고 없고를 따지지 않고 요구하는 대로 술을 갖다 바쳤다. 술빚이 많았지만 한 번도 다 갚은 적이 없었다. 남편이 간혹 그 주당들이 염치가 없다는 말을 하면 그녀는, "뒷날 많이 갚아주면 되는데 어찌 그런 말씀을 하십니까?" 하고 받아주었다. 그 주당들이란 묵동墨洞 김정언金正言, 이좌랑李佐郎의 무리였다. 그녀가 김정언에게 조용히 말했다.

"이 동네에는 낯선 분들이 많아요. 그래서 남촌으로 옮겨가서 살까 해요. 진사님이 거기서 주인 노릇을 해주세요."

"그거 좋지! 그동안 우리도 술 마시려고 먼 데까지 오는 게 힘들었네. 자네가 가까이 와준다면야 우리가 반드시 주인 노릇을 잘할 걸세!"

그녀가 묵동으로 이사를 갔다. 하루는 김정언을 보고 말했다.

"저희 남편은 일자무식으로 언문도 못 읽죠. 술빚도 엉터리로 기록할 때가 많아요. 진사님께서 어린 학동들 가르치듯이 가르쳐주시면 선생님 대접으로 하루 술 한 병을 올리겠습니다."

"그러세. 내일부터 식전에 책을 들려 보내게나."

그녀가 남편에게 『통감』³⁾ 제 몇 권을 사오게 하고 그 중간에 표를 붙이며 말했다.

"당신 이 책을 끼고 김정언 댁으로 가세요. 가르침을 청할 때 선생께서 첫 장부터 가르치려 하면 꼭 표시해둔 장부터 가르쳐달라 하세요. 그분 말을 절대 따르지 마세요!"

남편이 부인 말을 듣고 다음날 아침 책을 끼고 배우러 갔다. 김정언이 말했다.

"『천자문』인가? 『유합』⁴⁾인가?"

"『통감』 제4권입니다."

"이 책은 자네 수준에 맞지 않아! 천자문을 가지고 오게나!"

"이미 갖고 왔으니 이 책을 배우고 싶습니다."

그러자 김정언이 말했다.

"이것도 글은 글이지. 못 배울 것도 없지."

그러고는 첫 장부터 가르치려 했다. 그러자 남편이 표 붙인 곳을 펼쳐

---

3) 『통감通鑑』: 송나라 휘종 때 강지(江贄)가 사마광이 지은 『자치통감』을 간추려서 엮은 역사서로, 50권 15책이다. '소미통감(小薇通鑑)'이라고도 한다. 『자치통감』은 294권의 방대한 분량이다.
4) 『유합類合』: 조선시대의 한문 학습서. 성종 때 서거정(徐居正)이 지었다. 각 글자마다 음과 훈을 달았다.

보이며 말했다.

"표를 붙인 곳부터 배우고 싶습니다."

"반드시 첫 장부터 가르치겠다!"

남편이 끝까지 말을 듣지 않고 표 붙인 장을 고집했다. 김정언은 분을 이기지 못하고 책으로 그를 후려치며 말했다.

"천하에 어리석은 놈이구나! 도무지 그 마누라 말만 듣는구먼!"

남편이 크게 원망하며 돌아가서는 아내에게 말했다.

"앞으로 김정언에게는 술을 주지 마시오. 동냥은 주지 않으면서 쪽박까지 박살내는 꼴이라오!"

부인이 빙그레 웃으며 말했다.

"당신 인물이 잘났다면 어찌 그 같은 욕을 당했겠습니까?"

잠시 뒤 김정언이 찾아와서는 그녀의 손을 잡고 말했다.

"너는 사람이냐, 귀신이냐?"

"우리 같은 무리도 때만 얻으면 양반 되는 것이 불가능한 일은 아니겠죠?"

"잠시 기다려보게!"

그러고는 술을 따르라 해서 마셨다.

그녀가 통감에 표를 붙였던 곳은 곽광이 창읍왕을 내보내는 대목[5]이었다. 김정언은 승평부원군[6]이고 이좌랑은 연양[7]이었다.

그녀는 인조반정 계획이 성공할 것을 헤아려 알고는 통감 제4권을 가져가 그 뜻을 먼저 시험해본 것이었다. 김정언 역시 그녀가 자기들의

---

5) 곽광(霍光)이 창읍왕(昌邑王)을 내보내는 대목: 전한(前漢) 사람인 곽광은 무제의 유지를 받들어 대사마대장군(大司馬大將軍)으로서 소제(昭帝)를 도왔으며, 다음 창읍왕이 음란하므로 그를 폐위시켜 선제(宣帝)를 세웠다. 조선의 인조반정을 암시한다.
6) 승평부원군(昇平府院君): 김류(金瑬, 1571~1648). 1617년 폐모론 때 참여하지 않아 탄핵을 받고 낙향했다. 서인(西人)으로 1623년 이귀와 함께 군사를 일으켜 대북(大北) 정권을 타도하고 인조를 등극시켰다. 이것이 인조반정이다. 정사공신 1등으로 승평부원군으로 봉해졌다.

모의를 이미 짐작하고 있다는 것을 알았다.

며칠 뒤 김정언을 비롯한 여러 공이 과연 반정을 이루었다. 공을 논할 때 무엇보다 먼저 평양 기생의 술빚 이야기를 꺼내니 모든 사람이 찬동했다. 그녀 남편의 이름을 물으니 아는 사람이 없었다. 김정언이 말했다.

"내가 듣기로 그 사람 기축년생이라더군. 육갑[8]의 한자로 이름을 지으면 매우 안 좋다 하니 기起 자와 축築 자로 이름을 짓는 게 어떻겠는가?"

모두 좋다고 했다.

기축[9]을 삼등 훈에 기록하고 한성좌윤에 제수했다. 기축은 마침내 병조참판이 되었다 한다.

---

7) 연양(延陽): 이시백(李時白, 1581~1660). 아버지는 연평부원군(延平府院君) 귀(貴)이며, 동생이 호조판서를 지낸 시방(時昉)이다. 성혼·김장생의 문인이다. 1623년 인조반정 때 아버지와 함께 가담해 정사공신(靖社功臣) 2등으로 연양군(延陽君)에 봉해졌다. 병자호란 때 척화를 주장했다. 1650년(효종 1) 우의정에 이어 좌의정이 됐고 연양부원군(延陽府院君)에 봉해진 뒤 1655년 영의정이 됐다.
8) 육갑(六甲): 육십갑자(六十甲子). 천간(天干)의 갑(甲)·을(乙)·병(丙)·정(丁)·무(戊)·기(己)·경(庚)·신(辛)·임(壬)·계(癸)와 지지(地支)의 자(子)·축(丑)·인(寅)·묘(卯)·진(辰)·사(巳)·오(午)·미(未)·신(申)·유(酉)·술(戌)·해(亥)를 순차로 배합해 예순 가지로 늘어놓은 것.
9) 이기축(李起築, 1589~1645): 어릴 때부터 무예를 닦아 1620년(광해군 12) 무과에 급제했다. 1623년 인조반정 때 선봉장으로 장단에서 군사를 이끌고 입성했으며, 인조 즉위 뒤 익사공신 삼등에 책록되고 금군장에 임명됐다. 1636년 병자호란 때 금군장으로서 인조를 남한산성으로 호종했다. 어영별장으로 성 남쪽을 지키면서 분전했고, 청군이 성 동쪽에 침입하자 힘을 다해 독전(督戰)하여 물리쳤다. 그 공으로 완계군(完溪君)에 봉해졌다. 1637년 소현세자가 청나라 선양에 볼모로 갈 때 따라갔다가 3년 뒤 병 때문에 귀국했다. 그뒤 삼척첨사·장단부사 등을 지냈고 한성부판윤에 추증됐다. 이로 보면, 이 작품에 등장하는 이기축은 실존 인물과 무관하다 하겠다.

策勳名[10]良妻明鑑

光海末, 平壤有一妓女. 年十六七, 貞潔持身, 無倚[11]市之態穿踰之行.
以爲妓雖賤物, 當守一夫以終身. 營本府裨將冊客, 悅其姿色, 每欲近之,
而萬不聽從, 以至刑之杖之, 枷囚父母, 而終不變移, 營邑上下, 無不稱之
以怪物焉. 其父母, 每求其作夫者, 厥妓曰: "夫者百年之客, 吾自擇之." 此
言一播, 遠近聞風而來者, 莫非美男子[12]好風身豪富之類, 日夕盈門, 而厥
女一幷不許之. 一日, 厥妓[13]坐大同門樓, 見門外有負柴老總角, 呼其父語
之曰: "必邀致吾家也." 其父見之, 不覺寒心, 責之曰: "汝之心情, 異常矣!
汝之姿色, 莫不慕悅, 上可以爲使道本官別室, 中可以爲戶裨冊客之隨廳,
下不失某家郎某家郎, 而一幷不願, 欲得天下凶惡寒乞兒者, 是何心?" 腸
然旣知其女之性情, 雖以其父之威, 亦無可奈何. 乃邀厥童而作夫. 伊後,
厥女謂其夫曰: "吾輩不可久駐[14]於此. 願與君上京作産業也." 遂與之上京,
設酒店於西門外, 以色酒家爲長安第一, 城內外豪貴之徒, 無不輻湊. 其時
有酒徒五六人往來飮之, 厥女不計價之有無, 必如令進排, 酒債夥然, 一未
備償, 其酒徒, 或言以無廉, 則女曰: "後日多償, 則好矣[15]! 何必乃爾?" 其
酒徒, 卽墨洞金正言李佐郎輩也. 厥女從容言於金正言曰: "此洞自多生疎
者. 將[16]移南村而居[17], 惟望進賜主作主人也." 金曰: "好矣! 吾輩之遠來飮
酒, 亦爲良苦, 爾若近來, 則吾輩必善作主人也!" 厥女仍移于墨洞. 一日,
見金正言, 言[18]曰: "吾之夫, 目不識丁, 亦不解諺文. 至於酒債之記錄, 每

10) 名: 동양본에는 '功'으로 표기.
11) 倚: 동양본에는 '依'로 표기.
12) 子: 고대본에는 탈락.
13) 妓: 고대본·가람본에는 '女'로 표기.
14) 駐: 국도본·고대본·동양본·가람본·동경대본·해동야서에는 '住'로 옳게 표기.
15) 矣: 고대본에는 '爾'로 표기.
16) 將: 고대본에는 '自'로 잘못 표기.
17) 居: 고대본·동양본에는 '去'로 표기. 해동야서에는 탈락.
18) 言: 동경대본에는 탈락.

多質質, 幸望進賜主, 以蒙學敎之, 則當待以先生, 一日一壺酒進排矣." 金曰: "好矣. 自明日, 食前挾冊送之也." 厥女使其夫, 買通鑑第幾卷, 帖[19]標其中間曰: "君挾此冊, 往金正言宅, 請敎時, 先生必欲自初張敎之. 君則必以此標張請敎, 毋從其言也!" 其夫依其言, 翌朝挾冊往學, 金正言曰: "千字乎? 類合乎?" 曰: "通鑑第四卷矣." 金曰: "是不當於汝! 須持千字文以來!" 厥者曰: "旣已持來, 願學此冊!" 金曰: "此亦文也, 亦何妨乎?" 自初張敎之, 則厥者以手開帖[20]標處曰: "願學此帖[21]標處." 金正言曰: "必以初張敎之!" 厥者終不聽, 以標張固執, 金正言不勝憤, 以卷打擲曰: "天下不出漢也! 都聽其妻之言也!" 厥者大怨而歸, 語其妻曰: "此後勿給金正言酒也! 糧且不給, 而瓢亦破矣!" 婦菀[22]爾而語曰: "君之人物, 若善出, 則豈有此辱?" 少焉, 金正言來, 執厥女手曰: "汝人耶? 鬼耶?" 女曰: "如吾者類, 得時爲兩班, 亦不[23]可乎[24]?" 金曰: "且俟[25]之!" 仍呼酌酒, 蓋其所帖[26]標處, 乃霍光送昌邑王事[27], 而所謂金正言, 卽昇平府院君也. 李佐郎, 卽延陽也. 厥女攄得其反正議將成故, 故將通鑑第四卷, 先試其意, 而昇平亦已知厥婦之[28]已料自己所謀之事也. 數日後[29], 昇平諸公, 果反正, 及其論功時, 先以平壤妓酒債言之, 諸議莫不僉同, 詢其夫之名, 無有知者, 昇平曰: "吾聞厥者己丑生也. 以六甲名之, 則太不雅, 以起字築字, 作名何如?" 僉曰: "諾." 錄於三等勳, 卽除漢城左尹, 終爲兵曹參判云云.

19) 帖: 국도본·고대본·동양본·가람본·동경대본·해동야서에는 '貼'으로 표기.
20) 帖: 국도본·고대본·동양본·가람본·동경대본·해동야서에는 '貼'으로 표기.
21) 帖: 국도본·고대본·동양본·가람본·동경대본·해동야서에는 '貼'으로 표기.
22) 菀: 국도본·가람본·해동야서에는 '堯'으로 표기. '堯'이 맞음.
23) 亦不: 국도본·고대본·동양본·가람본에는 '不亦'으로 옳게 표기.
24) 爲兩班, 亦不可乎: 해동야서에는 '爲兩不班亦可乎'로 잘못 표기.
25) 俟: 동양본·해동야서에는 '竢'으로 잘못 표기.
26) 帖: 국도본·고대본·동양본·가람본·해동야서에는 '貼'으로 표기.
27) 事: 고대본에는 '事'가 더 나음. 착오임.
28) 之: 국도본·고대본·가람본에는 탈락.
29) 後: 국도본·고대본·가람본에는 잘못 탈락.

처의 말을 들은 선혜청 서리가 아름다운 이름을 보존하다

어느 재상집의 청지기가 수십 년 힘을 써서 마침내 선혜청[1] 서리 자리를 얻으니 급여가 두둑했다.

그의 아내가 남편에게 말했다.

"오늘 같은 날이 오려고 우리가 여러 해 떨고 굶주리며 그렇게 고생을 했나봐요. 지금부터 더 절약하지 않고 재산을 탕진하면 다시는 희망이 없을 겁니다. 옷과 음식, 날마다 쓰는 걸 다 아껴 가산을 넉넉하게 불려야겠어요."

남편도 맞장구를 쳤다.

"그래야지!"

그러고는 봉급을 꼬박꼬박 아내에게 갖다주었다.

이와 같이 칠팔 년 동안 낡은 옷을 입고 거친 밥을 먹었지만 살림이

---

1) 선혜청(宣惠廳): 조선 후기 대동법(大同法)에 의해 대동미(大同米)와 포(布), 전(錢)의 출납을 맡아보던 관청이다. 호조(戶曹)와 함께 국가의 재정을 관장했다.

늘지는 않았다. 다른 서리들은 맛있는 것을 먹고 사치스러운 옷을 입으며 화려한 집에다 기생까지 두고서 날마다 행락을 일삼는데도 가계가 늘어났다. 그걸 본 서리는 아내가 집안을 단속하는 데 소홀하다며 불평했다. 그러나 아내는 대꾸하지 않았다.

가계는 날이 갈수록 기울기만 했다. 하루는 더욱 걱정이 되어 서리가 아내를 준엄하게 꾸짖었다.

"내가 좋은 자리에서 오래 일하면서도 구차하고 가난하게 살며 방탕하게 생활하지 않았으니 부자가 되어야 마땅한데 도리어 빚에 쪼들리고 있으니 이게 누구 탓이란 말이오?"

아내가 물었다.

"빚이 얼마나 돼요?"

"수천 금은 있어야 모두 갚을 수 있을 것이오."

"근심하지 마세요! 제가 그릇과 비녀, 귀고리 들을 팔아서 갚을게요. 그리고 오늘로 서리 일을 그만두세요."

"그만두면 장차 생계를 어떻게 꾸려간단 말인가?"

"걱정 마세요. 저에게 묘안이 있답니다."

남편은 아내 말대로 서리 일을 그만두었다.

하루는 아내가 남편에게 사람을 모아 오게 하고는 마루 앞으로 나가 앉아서 마루 아래를 가리켰다. 거기에 수만 냥이 쌓여 있었는데 낱낱이 다 동전이었다.

아내가 말했다.

"제가 칠팔 년 동안 고생해 모은 것입니다."

돈꿰미를 만들어 돈을 보관하고는 남편에게 동쪽 교외의 농장을 구입하도록 했다. 좋은 밭, 기름진 논을 사서 산을 등지고 물을 바라보는 자리에다 터를 잡았다. 뒤쪽에는 과수원을 만들고 앞쪽에는 채마밭을 만들었으니 완연히 「낙지론」[2]에서 말한 배치였다. 이 모든 게 아내가 시킨 그대로였다.

그뒤로 남편은 농사에 힘쓰고 아내는 길쌈을 열심히 하니 즐거움이 더할 바 없었다. 남편에게는 서울에 발을 디디지 말도록 당부했다.

몇 년 뒤 선혜청 서리 십여 명이 공금을 포탈했다고 당상堂上, 아전들과 서리들이 상관을 호칭하는 명칭이 임금께 아뢰니 모두 함께 죽임을 당하고 가산도 몰수당했다. 이 사람들 모두가 전날 화려한 집에서 행락을 일삼던 자였다.

아! 선혜청 서리의 아내는 일개 아녀자이지만 지혜롭게 가업을 이루고 검소한 덕을 숭상해 그 지아비로 하여금 아름다운 이름을 보존하게 했다. 만일 사대부가의 남자로 태어났다면 급류용퇴³⁾를 온전하게 해냈을 것이다. 저 벼슬아치들은 아껴 쓰고 백성 사랑하는 도는 생각지 않고 오로지 사치와 탐욕의 풍조만 숭상했다. 늙어 죽음에 임박할 때까지 자기 한몸을 망치고 집안의 화를 부르고도 그만둘 줄 모르니, 그 지혜와 어리석음의 거리가 어찌 삼십 리만 될까?

聽良妻惠吏保令名

宰相家一傔人, 積勤數十年, 始得惠聽吏, 厚料布竇也. 吏之妻與夫相約曰: "多年飢寒之苦, 政爲此日得力, 若不從儉, 以致蕩産, 則更無餘望, 衣服飲食, 日用之節, 惟尙撙節, 以饒産業可乎?" 夫曰: "諾!" 所捧⁴⁾皆付于其妻. 如是七八年, 惡衣惡⁵⁾食而産業終不敷焉. 其吏見他吏之甘其食美其服, 貯妓女於華屋之中, 日事行樂, 而家計日富, 反責其妻之疎於治家, 妻不答

---

2) 낙지론(樂志論): 후한 말의 정치가 중장통(仲長統)이 지은 글로, 이상적인 전원생활을 그려놓았다.
3) 급류용퇴(急流勇退): 벼슬아치가 한창 잘 뻗어나갈 때 용기 있게 물러나는 것.
4) 捧: 동양본에는 '俸'으로 표기. '俸'이 맞음.
5) 惡: 동양본·동경대본·해동야서에는 '淡'으로 표기.

之. 家計日敗去益甚, 一日大患之, 峻責其妻曰: "吾以厚窠之任, 長事苟艱, 不敢遊蕩, 致富尙矣, 反困於債, 是誰之咎也?" 妻問: "債錢幾何?" 曰: "數千金, 可以盡償矣!" 曰: "休慮! 吾將盡買6)器皿簪珥之屬 以赦之, 今日自退吏任也!" 夫曰: "自退後, 將何以料生乎?" 妻曰: "休慮! 吾將有妙計也!" 夫如其言自退. 一日使其夫, 募人以來, 出坐廳前, 指示廳底, 有錢數萬, 皆葉葉散錢也. 妻曰: "此吾七八年, 積苦所聚也." 仍作貫積貯之, 乃使其夫, 求買郊庄於東郊7)之外, 良田美沓, 背山臨流, 果園樹後, 場圃築前, 宛一樂志論排置, 皆其妻之指使也. 夫治稼穡, 妻治紡績, 樂莫樂焉. 使其夫, 更不投足於京市. 數年後, 惠吏十餘人, 以欠逋公錢, 堂上筵奏之, 幷施刑戮之典, 籍沒家産, 皆向日行樂於華屋者也. 噫! 惠吏之妻, 一女子也. 智以成業, 儉以尙德, 使其夫, 保終令名. 若使生爲士夫男子, 則急流勇退, 不足多讓也. 其視仕宦之人, 不思節用愛民之道, 專尙侈奢貪濁之風, 鐘鳴漏盡, 終至於滅身禍家而不知止, 其智愚相懸, 奚啻三十里也.

---

6) 買: 동양본·동경대본·해동야서에는 '賣'로 표기. '賣'가 맞음.
7) 郊: 동양본·동경대본에는 '郭'으로 잘못 표기.

가난한 선비가 현명한 부인을 얻어 가업을 이루다

한 가난한 선비가 아내를 잃고는 학동 십여 명을 모아 가르치며 생계를 이어갔다. 얼마 뒤 먼 지방의 여인을 아내로 다시 맞이했다. 부인이 시집와보니 담 안이 쓸쓸하고 한 섬 양식도 없었다. 가장은 배고픔을 견디며 책만 읽을 뿐 집안 살림을 돌보려 하지 않았다.

선비의 당숙 중에 무장武將이 있었다. 부인이 그에게 천 금을 빌려서 살림 밑천으로 삼자고 하니 선비가 한참 웃음을 짓다가 말했다.

"그가 빌려주려 하겠소? 또 나는 평생 남에게 그런 말을 해본 적이 없소."

부인이 남편의 당숙에게 직접 편지를 썼다.

'원컨대 천 금을 빌려주시면 일 년 뒤에 꼭 갚겠나이다.'

당숙 집안 자손들과 부녀자들이 모두 빈정댔다.

"신부가 시집온 지 불과 며칠도 안 됐는데 친척에게 천 금을 빌려달라 하니 정말 몰지각한 여자로구나!"

모든 사람이 시끄럽게 꾸짖었지만 당숙은 이렇게 말했다.

"그렇지 않다! 내가 전에 신부를 보니 녹록한 여자가 아니었다. 또 편지에 천 금을 쉽게 말하니 가히 그 큰 뜻을 봄직하구나."

그러고는 답서를 써서 흔쾌하게 허락했다.

부인이 돈을 받아 다락에 숨겨두니, 선비는 놀라면서도 부인에게 맡겨두고 그 동정을 살펴볼 뿐이었다.

부인은 집에는 부릴 만한 종이 없는 걸 알고 학동들을 초대해 떡을 먹여주었다. 돈을 주어 비단 전에서 비단을 사오게 해서 각각 비단 주머니를 만들어 차게 했다. 학동들이 모두 감동해 시키는 일마다 종과 다름없이 했다.

드디어 학동들에게 돈 몇 푼씩을 주고는 성 안팎 약방과 역관 집으로 가서 감초를 사오게 했다. 이렇게 수삼 월이 지나니 감초가 동이 나 그 값이 다섯 배나 뛰었다. 즉시 감초를 팔아서 삼사천 금을 벌었다. 집을 사서 솥을 걸고 노복들을 세우니 하루아침에 가산이 넉넉해졌다.

당숙에게 편지를 보내고 천 금을 갚으니 그 집에서 다들 크게 놀랐다. 일 년을 기한으로 했는데 반년도 지나지 않아 갚았기 때문이다. 전에 꾸짖고 조롱하던 사람들도 모두 현명한 부인이라고 칭찬했다. 당숙도 아주 기특하게 여기고는 찾아와서 새집을 구경하고 천 금을 돌려주며 재산을 모으는 자산으로 삼게 하려 했다. 그러자 신부가 말했다.

"이 세상에 사람으로 태어나 입고 먹는 것에 근근이 만족하고 향리 친척들이 착한 사람이라 일컫는다면 그것으로 만족할 뿐 어찌 부자가 되려 하겠습니까? 또 부자는 여러 사람이 다 꺼리니 제가 정말 원치 않습니다."

고사하며 받지 않았다.

부인은 길쌈을 부지런히 하고 집안을 다스리는 데 힘썼다. 부부가 해로하고 자손이 영달하니 한 번도 궁핍하지 않았다 한다.

得賢婦貧士成家業

一士人, 家貧喪配, 聚學童十餘人教之, 日後乃續絃於遐鄉, 其婦人入其家, 則環堵蕭然, 無甔石之資[1], 其家長忍飢讀書而已, 不治產業. 其夫堂叔, 有武將者, 夫人勸其家長, 貸出千金以爲治産之道, 家長微哂曰: “豈肯爲貸乎? 且吾平生不向人說道此等事也.” 其婦親自裁書於夫堂叔: ‘願貸千金, 限以一年還償.’ 堂叔家子侄婦女皆曰: “新婦入夫家, 不過幾日, 請貸千金於至親, 誠是沒知覺無人事!” 衆誚[2]誼[3]藉, 堂叔曰: “不然! 吾向見此新婦, 則非碌碌女子也. 且一書, 千金容易發說, 其志亦可觀.” 遂答書, 快許之. 夫人受錢藏置於樓中, 家長見之駭然, 姑且任之, 而觀其動靜矣. 夫人見家無尺童尺婢可使者, 乃招致學童輩, 饋以餅餌之屬, 給錢, 使之貿錦緞於立廛, 縫出錦囊, 使學童各佩之, 羣[4]童皆感服, 凡有使喚, 無異僮[5]僕. 於是各給錢兩, 分往城內外藥肆及諸譯官家, 貿取甘草而來, 如是數三月, 甘草垂[6]乏, 而價踊五倍矣. 卽又散賣之, 收[7]錢三四千金, 買屋子備釜鼎立婢僕, 一朝饒足. 又裁書於堂叔, 還償千金, 其家大驚, 蓋一年之限, 尙未滿[8]半載矣. 向之[9]誚譏之人, 咸稱賢婦, 堂叔大奇之, 來見新舍, 欲還送千金, 以爲致富之資, 新婦辭曰: “人生斯世, 衣食纔足, 鄕里親戚, 稱善人足矣. 安[10]用富爲? 且富者衆之所忌, 吾固不願也.” 固辭不受. 敏於紡績, 勤於治家, 夫婦偕老, 子孫榮顯, 未嘗窘乏云.

1) 無甔石之資(무담석지자): 담석(甔石)은 담석(儋石)으로도 쓰는데, 한두 섬 소량의 곡식이나 돈을 뜻한다. 담석의 곡식도 없었다는 말은 가난하다는 뜻이다.
2) 衆誚: 동경대본에는 ‘衆人誚讓’으로 표기.
3) 誼: 동양본·해동야서에는 ‘喧’으로 표기. 동경대본에는 ‘讓喧’으로 표기.
4) 羣: 동양본·해동야서에는 ‘群’으로 표기.
5) 僮: 해동야서에는 ‘童’으로 표기.
6) 垂: 동경대본에는 ‘盡’으로 표기.
7) 收: 동경대본에는 ‘得’으로 표기.
8) 滿: 동양본에는 잘못 탈락.
9) 之: 동경대본에는 ‘者’로 표기.
10) 安: 동경대본에는 ‘焉’으로 표기.

임경업이 산중에서 녹림객을 만나다

장군 임경업은 젊었을 적 달천鍵川에서 살며 말달려 사냥하는 것을 업으로 삼았다. 하루는 월악산 기슭에서 칼 하나를 들고 사슴을 쫓다가 어느새 태백산 산중에까지 이르렀다. 날이 저물고 길도 끊어졌는데 수풀은 울창하고 바위 골짜기가 가팔라 어쩌할 바를 모르고 걱정했다. 때마침 한 나무꾼을 만나 길을 물으니 산등성이 아래 인가를 가리켰다.

임경업이 그 말에 따라 산등성이를 넘어가보니 과연 큰 기와집이 나타났다. 주변에 다른 집들은 없었다. 임경업은 곧바로 대문 안으로 들어갔다. 날은 이미 어두워졌는데 사람소리 하나 안 들리는 텅 빈 집이었다.

하루종일 산행을 하느라 몹시 피곤했는데 방 한 칸이라도 발견해서 잘 수 있게 되어 다행이었다. 옷을 벗고 홀로 누워 있는데 창밖에 불빛이 나타났다. 괴이한 생각이 들었다. 도깨비 아니면 나무 요괴일 것 같았다. 문득 사람이 문을 열고서 물었다.

"이 방에서 주무시오? 요기는 했소?"

임경업이 불을 내려 비춰보니 아까 그 나무꾼이었다.

"아직 못했습니다."

나무꾼은 방안으로 들어와 벽장을 열고 술과 고기를 꺼내주며 말했다.

"이거 다 드시오."

배가 무척 고팠던 임경업은 그걸 다 먹었다. 그러고는 나무꾼과 이야기를 나누었다. 그런데 이야기하던 도중에 나무꾼이 벌떡 일어나서 벽장을 다시 열고 긴 칼 하나를 꺼냈다. 임경업이 말했다.

"그게 무슨 칼이오? 나를 찌르려는 것이오?"

나무꾼이 웃으며 대답했다.

"아니로소이다. 오늘밤 볼만한 일이 있는데 당신 겁나지 않겠소?"

"두려울 게 뭐가 있겠소? 보고 싶습니다."

이날 밤 자정이 되기 전에 나무꾼은 칼을 차고 임경업과 함께 집안으로 들어갔다. 문은 겹겹이고 누각은 침침했다. 구불구불한 길을 따라가니 등불 그림자가 못을 비추고 못 가운데에 문득 높은 누각이 나타났다. 누각 위에 웃음소리가 난만했다. 두 사람이 마주보고 앉아 있는 모습이 창에 비쳤다.

나무꾼이 못가의 높은 나무를 가리키며 말했다.

"당신은 이 나무 위로 올라가 앉아 있으시오. 모름지기 허리띠로 나뭇가지에다 몸을 단단히 묶고 절대 소리를 내지 마시오."

임경업이 나무 위로 올라가 하라는 대로 몸을 묶고 앉았다. 나무꾼이 몸을 일으켜 단번에 누각 안으로 들어갔다. 세 사람이 함께 앉아 마시고 혹은 이야기를 나누었다. 얼마 뒤 나무꾼이 어떤 남자에게 말했다.

"이미 약속을 했으니 오늘 승부를 결판내는 게 어떠냐?"

"좋다."

둘은 함께 일어나 문을 열고 나가서는 못 위로 솟아올랐다. 곧 사람의 모습은 보이지 않고 다만 공중에서 섬광이 빛나고 도환[1]소리만 들려왔다. 이렇게 한참이 지났는데 나무 위에 있던 임경업은 한기가 뼛속까지 스며드는 걸 느꼈다. 머리카락이 모두 쭈뼛 서서 가만히 있을 수가 없었다. 그때 무엇인가가 땅 위로 떨어지는 소리가 들려왔다. 소리를 들어보니 나무꾼의 목소리였다. 그러자 한기와 전율이 조금 누그러졌다. 정신이 드는 것 같았다. 임경업이 내려가니 나무꾼은 임경업을 끼고 누각 안으로 날아올랐다. 거기에는 체발[2]을 구름처럼 한 어여쁜 미인이 있었다. 아까는 희희낙락했는데 지금은 처량한 모습을 하고 있었다. 나무꾼이 꾸짖었다.

"너같이 하찮은 계집이 이 세상에서 크게 쓰일 인재를 해쳤으니 네 죄를 알렸다?"

그러고는 임경업에게 말했다.

"당신같이 조그만 담력과 용기를 가진 사람이 반드시 세상에 나아갈 필요는 없지 않겠소? 오늘 당신에게 저 여자와 이 집을 드리겠소. 한가하고 고요한 산속에서 공명을 잊고 여생을 보내는 게 어떠하오?"

임경업이 말했다.

"주인장, 오늘밤의 일은 도무지 뭐가 뭔지 모르겠소이다. 바라건대 상세히 들어보고 나서 당신의 말을 따르겠습니다."

"나는 평범한 사람이 아니라 녹림호객綠林豪客,'녹림'은 도둑,'호객'은 호방한 사람이라오. 여러 해 동안 겁탈을 일삼아 재산을 많이 모았지요. 온 골짜기에 세운 이런 집들이 팔도마다 다 있고 집에는 반드시 미녀 한 명씩을 두었죠. 팔도를 돌아다니며 가는 곳에서마다 즐거움을 만끽해왔는데 뜻밖에 저 여자가 틈을 타서 아까 죽임을 당한 남자와 몰래 간통을 하고는

---

1) 도환(刀環): 칼자루 끝에 붙은 직경 5cm 정도의 둥근 고리. 두 손가락을 걸어서 상대를 찌를 때 힘을 준다.
2) 체발(髢髮): 다리. 월자(月子). 옛날 여자들이 원래 머리털에 덧붙여 넣은 머리털.

도리어 나를 해치려 한 게 한두 번이 아니었지요. 그래서 내가 어쩔 수 없이 아까와 같은 조치를 한 것이오. 비록 저 사람을 죽이긴 했지만 차마 저 여자까지 어찌 죽일 수 있겠소? 이 골짜기와 저 여자를 모두 당신께 주려 한 것이 바로 이 때문이라오."

임경업이 말했다.

"저 남자의 성명은 무엇이고 어느 곳에 살았습니까?"

"저 역시 어영청이나 훈련도감의 대장감이지요. 남대문 안 절초장折草匠, 담배 써는 일을 하는 사람이라오. 어둠을 타서 왔다가 새벽이 되면 돌아가는 걸 내가 알아차린 지 오래됐지만 남자가 여자를 탐하고 여자가 담을 넘는 걸 모두 다 책망할 수만은 없어 삼가 피해주었지요. 그러나 저 사람이 요악한 것에 유혹되어 반드시 나를 죽이고서야 그만두려 했소이다. 오늘밤 이 거사가 어찌 내 본심에서 우러난 것이겠소?"

그러고는 일장통곡을 하며 말했다.

"아깝도다! 쓸 만한 사나이를 내 손으로 죽이다니!"

또 임경업에게 말했다.

"당신도 잘 생각해보시오. 당신의 담력과 꾀, 재주와 용기를 보면 역시 쓸 만한 인재라고 할 수 있소이다. 그러나 만약 일단 세상에 나가면 장차 반쯤 올라갔다가 반쯤 고꾸라지는 사람이 될 것이니 그건 천운의 소관이지 당신 뜻대로 되는 게 아니오. 헛된 수고만 할 뿐 드러날 공은 없을 게요. 모름지기 내 말을 따라 이 골짜기에 터전을 두고 한평생을 보내기 바라오."

그러나 임경업은 한결같이 머리를 흔들었다. 그러자 나무꾼이 말했다.

"끝났네! 다 끝나버렸어! 당신이 허락하지 않으면 이 요망한 여자를 두었다 어디에 쓰겠소?"

즉시 칼을 한 번 휘둘러 여자의 머리와 몸통을 갈라서 못 가운데로 던져버렸다. 그리고 누각에서 내려갔다. 짚자리로 마당에 죽어 있는 남자의 시신을 싸서 역시 못 가운데로 던졌다.

다음날 임경업에게 말했다.

"당신이 공명에 뜻을 두었으니 내가 만류하기 어렵소이다. 남자가 세상에 나가려 하는데 검술을 모르면 안 되오. 여기 며칠 머물면서 조잡한 것이라도 대략 배워 가시오."

임경업은 엿새 동안 머물면서 칼 쓰는 법을 거칠게나마 배웠다. 그러나 신묘한 변화의 기술은 다 깨치지 못했다 한다.

林將軍山中遇綠林

林將軍慶業, 少時居於薲川, 以馳獵爲事. 一日, 逐鹿於月岳山側, 手持一劍行, 行至於太白山中, 日將夕, 而路且窮, 叢薄鬱密, 岩壑側仄[3], 政爾愁悶, 忽逢一樵夫問路, 樵夫指越崗下人家, 林公從其言, 越崗而視, 則果有一大瓦家, 而傍無他村落. 於時林公直入大門, 則日已昏黑, 絶無人響[4], 乃一空舍也. 林公終日山行, 氣甚憊茶, 幸得一間房, 以爲宿所, 解衣獨臥, 忽於窓外有火光, 心甚疑怪[5], 以爲不是魍魎, 必是木妖, 俄有人, 開門而問曰: "君止宿[6]於此房乎? 果得饒[7]飢乎?" 林公火下見之, 則乃俄者樵夫也. 答曰: "未也." 樵夫入房, 開壁欌, 出酒肉以給之[8]曰: "必盡喫也." 林公腹甚虛乏, 喫盡, 仍與樵夫, 數語未了, 樵夫忽起, 復開壁欌, 出一長劍, 林公曰: "是何物[9]也? 欲試於吾耶?" 樵夫笑曰: "否也. 今夜有可觀, 君能無怖[10]

---

3) 仄: 국도본·가람본에는 '反'으로 잘못 표기.
4) 響: 고대본·가람본·성균관대본에는 '聲'으로 표기.
5) 怪: 고대본·가람본·성균관대본에는 '誖'로 표기.
6) 宿: 고대본에는 '宿'이 잘못 탈락.
7) 饒: 성균관대본에는 '療'로 표기.
8) 之: 국도본·고대본·동양본·해동야서·가람본·성균관대본에는 탈락.
9) 物: 국도본·고대본·동양본·해동야서·가람본·성균관대본에는 '劒'으로 표기.
10) 怖: 고대본에는 '佈'로 잘못 표기.

否?" 林公曰: "何畏之有? 請觀之." 時夜未半, 樵夫携劒, 與林公向裡邊去, 門戶重重, 樓閣沈沈, 逶迤進去, 忽燈影照池, 池中有一高閣, 燈影乃閣中燈影也. 其樓上[11)笑語爛熳, 暎牕[12)所照, 乃二人對坐也. 樵夫指池邊亭亭[13)之樹曰: "君必上坐於此樹, 須以帶及腰帶, 緊緊纏身於樹枝, 幸勿出聲也." 林公乃上樹, 如敎纏身而坐矣. 樵夫踊身一躍, 躍入閣中, 三人同坐, 或飮或語, 少頃樵夫謂何許男子曰: "今日旣有約矣! 以爲決雌雄如何?" 彼曰: "諾." 同起開門而出, 超躍[14)池上, 而已[15)不見其人, 空中但見[16)閃爍[17)刀環聲. 如是者良久, 林公在樹上, 只覺寒氣逼骨, 毛髮俱竦, 不能按住. 忽有何物墮地聲, 聞其語, 卽樵夫[18)聲[19)也. 伊時寒慄[20)少解, 精神稍生, 林公下來, 樵夫乃掖[21)挾林公[22), 飛上閣中, 中有鬌髮如雲嬋娟美娥, 俄者戲笑, 今焉凄悵. 樵夫罵之[23)曰: "以汝么麼之女, 害此世上大用之材[24), 汝罪汝亦知之乎?" 又謂林公曰: "君以畧干膽勇, 不必出現於世. 吾今許君以如彼之色如是之屋, 山中閑[25)靜之地, 謝絕功名, 以送餘年如何?" 林公曰: "主人今夜之事, 都未可知, 願得詳聞而後, 唯君言是從耳." 樵夫曰: "吾非常人, 乃是綠林豪客也. 屢年劫[26)掠, 多得財産, 如此屋子, 全堅排置者, 道道有

---

11) 上: 동양본에는 '中'으로 표기.
12) 牕: 국도본·고대본·동양본·가람본에는 '窓'으로 표기. 해동야서에는 '悤'으로 잘못 표기.
13) 亭亭: 성균관대본에는 '亭子'로 표기.
14) 躍: 동양본에는 '糧'으로 표기. 해동야서에는 '騰'으로 표기.
15) 而已: 국도본·고대본·동양본·가람본·동경대본에는 '已而'로 표기.
16) 見: 국도본·고대본·동양본·해동야서·가람본·동경대본에는 '聞'으로 표기. 의미상 '聞'이 맞음.
17) 爍: 가람본·성균관대본에는 '㸑'으로 표기.
18) 고대본에는 '之'가 더 나옴.
19) 聲: 해동야서에는 탈락.
20) 慄: 국도본·고대본·동양본·해동야서·가람본·동경대본에는 '栗'로 표기.
21) 掖: 동양본·해동야서·가람본·동경대본에는 '腋'으로 표기.
22) 林公: 고대본에는 잘못 탈락.
23) 之: 국도본·고대본·동양본·해동야서·가람본에는 탈락.
24) 材: 고대본·가람본·동경대본에는 '才'로 표기.
25) 閑: 동양본에는 '閞'으로 표기.
26) 劫: 고대본·가람본·동경대본에는 '刦'으로 표기.

之, 家必置一箇美女, 而周遊八道, 到處行樂, 不意彼女, 乘隙潛奸[27]於俄者所死男子, 反欲害我者, 非止一再, 故吾不得已, 有俄者擧措也. 雖殺彼客, 豈忍更殺彼珠[28]乎? 以此丘堅及彼珠[29], 專以許君者, 良有以也." 林公曰: "彼男子姓名爲誰? 住在何處?" 曰: "彼亦兩局[30]大將材[31], 南大門內折草匠也. 乘昏而來, 當曉而去, 吾知[32]已久, 而男子之探[33]花, 女子之踰垣, 不必盡責, 吾謹避之, 渠爲妖媚之所誘, 必欲殺吾乃已, 今夜此擧, 豈吾本心哉?" 仍一場痛哭曰: "惜哉! 可用之男兒, 自吾[34]手殺之也!" 又謂林公曰: "君且思之. 君之膽略[35]材[36]勇, 亦可謂可用之材[37], 而若一出世路, 則將爲半上半[38]下之人, 天運所[39]關, 必不能如意, 徒勞而已, 無功可顯, 須一從吾言, 而據此全堅, 以度平生也." 林公一向掉頭. 於是樵夫曰: "已矣已矣! 君若不肯, 則留此妖姬, 安用哉?" 卽旋劒一揮, 斷彼姝[40]之頭幷其身, 卽投于池[41]中, 卽下閣以草席, 裹場中所死男子尸[42], 亦投池中. 其翌日, 又謂林公曰: "君旣有意功名, 不可挽留. 然男子出世, 劒術不可不知, 須留此幾日, 粗學糟粕而去也." 林公遂留六日, 粗得使劒之法, 而其神妙變化之術, 未得盡透云.

---

27) 奸: 다른 이본에는 '奸'으로 표기. '奸'이 맞음.
28) 珠: 국도본·동양본·해동야서·동경대본에는 '姝'로, 고대본·가람본에는 '妹'로 표기.
29) 珠: 국도본·동양본·해동야서·동경대본에는 '姝'로, 고대본·가람본에는 '妹'로 표기.
30) 兩局(양국): 어영청과 훈련도감.
31) 材: 고대본·가람본에는 '才'로 표기.
32) 국도본·고대본·동양본·해동야서·가람본에는 '之'가 더 나옴.
33) 探: 국도본·고대본·동양본·해동야서·가람본·동경대본에는 '貪'으로 표기.
34) 自吾: 고대본에는 '吾自'로 잘못 표기.
35) 略: 국도본·고대본·동양본·가람본·동경대본에는 '畧'으로 표기.
36) 材: 국도본·고대본·가람본에는 '才'로 표기.
37) 材: 국도본·고대본·가람본에는 '才'로 표기.
38) 半: 국도본·고대본·동양본·해동야서·가람본·동경대본에는 '落'으로 표기.
39) 所: 동양본에는 '可'로 잘못 표기.
40) 姝: 고대본·가람본에는 '妹'로 표기.
41) 국도본·고대본·동양본·해동야서·가람본에는 '水'가 더 나옴.
42) 尸: 고대본에는 '屍'로 표기.

가난한 선비가 학현의 풍수가를 방문하다

풍수가 이의신[1]이 산의 맥을 찾느라 북관부터 능선을 쫓아오다가 양주 송산松山에 이르렀다. 산의 맥은 거기서 멈추어 녹아 엮이고 둥글게 안아주어 큰 명당자리를 이루고 있었다. 이의신은 하루종일 산행을 하느라 배가 무척 고팠다. 산 아래에 떳집이 있어 문을 두드리고 밥을 좀 달라 하니 막 상을 당한 사람이 문밖으로 나와 흰죽 한 그릇을 주었다. 이의신이 그 성의에 감동하며 말했다.

"주인께서는 언제 상을 당하셨소? 장례는 지냈습니까?"

주인이 말했다.

"막 성복을 해서 장례까지는 아직 생각해보지 못했습니다."

그 언사가 구슬프고 처량해 이의신은 갑자기 연민을 느꼈다. 그래서 물었다.

---

1) 이의신(李懿信): 광해군 시대의 풍수가. 한양 지기(地氣) 쇠퇴설을 주장하면서 교하(交河, 지금의 파주시 교하)로 수도를 옮길 것을 주장했다.

"상주님이 가난해 뜻에 맞는 산지를 아직 못 구했겠군요. 제가 산을 보는 눈이 조금 있는데 지금 한 곳을 알려드릴 테니 그곳을 쓰겠습니까?"

"그러면 얼마나 좋겠습니까? 어찌 가르침을 따르지 않겠습니까?"

이의신은 상주와 함께 아까 보아둔 곳으로 가서 혈[2]을 잡아주고 좌향[3]을 알려주며 당부했다.

"이곳에 산소를 쓰신 뒤로는 상주님 댁의 모든 일이 조금씩 잘 풀릴 겁니다. 그러다 십 년이 지나면 반드시 면례緬禮, 무덤을 옮기고 다시 장사지내는 예에 대한 논의가 있을 겁니다. 그때는 꼭 저를 찾아오세요. 성안 서학재[4] 이 서방이 접니다."

상주는 그 말에 따라 하관을 했다. 이의신의 말처럼 그로부터 집이 점차 부유해져 기와집을 크게 짓고 산을 잘 가꾸고 비석 등도 세웠으니 그 모양이 향반과 달랐다.

십 년 뒤 한 나그네가 찾아와 인사를 나누고는 이렇게 물었다.

"개울 건너 저 산소가 주인댁 신산新山이 맞나요?"

"그렇습니다만."

"이 산은 명혈이긴 했지만 십 년이 지났기에 지금은 기운이 다했습니다. 어찌 빨리 면례를 행하지 않습니까? 늦어지면 반드시 화가 있을 겁니다."

주인이 이 말을 듣고 전에 왔던 이의신의 말을 떠올렸다. 그 나그네를 집에 머물게 하고 다음날 즉시 상경해서 곧바로 서학재를 찾아가니 과연 이의신이 살고 있었다. 그 사람이 찾아온 이유를 말하니 이의신은,

---

2) 혈(穴): 맥 중에서 가장 생기가 몰린 곳을 혈이라고 하며, 좋은 땅의 지기가 모인 곳이다. 그렇기 때문에 묏자리, 집터, 마을 터 등으로 적합하다.
3) 좌향(坐向): 묏자리나 집터 등의 등진 방위에서 정면으로 바라보이는 방향을 말한다.
4) 서학재: 서학현(西學峴). 지금의 서울 태평로 조선일보사 자리. 조선시대 중등교육 과정인 사학(四學) 가운데 하나인 서학이 있었던 곳 부근의 고개를 일컫는다.

"내가 이미 알고 있었소이다" 하고는 함께 내려갔다. 이의신이 나그네와 함께 산으로 올라갔다. 이의신이 먼저 물었다.

"왜 면례를 해야 한다고 생각하오?"

"이곳은 엎드린 꿩의 형상이오. 꿩은 오래 엎드릴 수 없지요. 십 년이 지나면 어디론가 날아갈 형국이니 그래서 그런 말을 했소이다."

이의신이 웃으며 말했다.

"그대의 소견이 평범하지 않긴 합니다. 그러나 하나만 알고 둘은 모르는 것이라오."

그러고는 앞 봉우리를 가리키며 말했다.

"저게 개고개[狗峴]지요."

또 뒤 봉우리를 가리키며 말했다.

"저건 매부리꾼 봉우리[應師峰]지요."

또 앞개울을 가리키며 말했다.

"이건 고양이내[猫川]라오. 지형이 이와 같이 서로 호응하니 꿩이 비록 날아가려 해도 그게 가능할까요?"

나그네가 아무 말도 못하고 물러나며 말했다.

"선생의 높은 안목에 미칠 수가 없습니다."

그뒤 송산 이씨가 크게 창성했다 한다.

李措大學峴訪地師

　　風水客李懿信, 將尋山脉, 自北關逐龍, 以至楊州松山, 山脉止於此, 而融結環抱爲名穴大地. 李終日山行餒甚, 山下有茅屋, 叩門呼飢, 則有一新喪人, 出門[5]饋以白粥一椀, 誠意可感, 李曰: "主人何時遭艱, 而已[6]過襄禮

5) 동경대본에는 '迎之'가 들어가 있다.

否?"主人曰:"成服纔過, 襄禮經營, 未及留意矣." 言辭悽惋[7], 李忽生矜悶
之心, 問曰:"然則喪主必是家貧, 不能如意求山, 吾略有山眼, 今指一處,
喪主其能用之乎?"喪人曰:"幸莫大矣. 敢不依敎?"李仍與喪主, 詣俄者所
見處, 占穴及坐向以給曰:"用山後, 喪主家, 凡百稍饒, 若至十年, 則必有
緬禮之議, 伊時必須訪我. 於城中西學峴李書房卽我也."其後喪人, 果依其
言完窆. 後一如李師之言, 家計漸[8]饒, 大起瓦屋, 治山立石等節, 有非鄕班
樣矣. 過十年後, 有一過客入來寒暄畢, 先問:"越溪彼山所, 果是主家新山
乎?"主人曰:"然矣."客曰:"此山乃是名穴, 而今到十年, 運已盡矣. 何不緬
禮? 若遲則必有禍矣!"主人聽罷, 忽想向來李師之言, 留其客家中, 其翌卽
爲上京, 直向西學峴訪之, 則李師果在矣. 其人告其由, 李師曰:"吾固已知
矣."仍與同來, 與其過客上山, 李先問曰:"何故緬禮乎?"客曰:"此伏雉形
也. 雉不得久伏, 若過十年, 則勢將飛去, 故如是言之矣!"李師笑曰:"君之所
見, 亦非凡矣. 然徒知其一, 未知其二."仍指前峰曰:"此狗峴."指示[9]後峰曰:
"此鷹師峰."又指前川曰:"此猫川, 地形如是相應, 雉雖欲飛, 其可得乎?"客
因無語而退曰:"師之高眼, 果非所及."云云. 其後松山李氏, 大爲昌盛.

6) 已: 동경대본에는 '曾'으로 표기.
7) 惋: 동양본·해동야서에는 '婉'으로 잘못 표기.
8) 漸: 동경대본에는 '稍'로 표기.
9) 示: 동양본·해동야서에는 탈락.

권사문이 비를 피하다가 기이한 인연을 맺다

남문 밖 도저동桃渚洞 권사문斯文이 성균관에 출입했는데 하루는 승보[1]
를 보려고 꼭두새벽에 성균관 쪽으로 가다가 길에서 소낙비를 만났다.
마른 땅에서 신는 건혜乾鞋에다 모자조차 없어 아래위가 다 젖었다. 길가
초가집 처마 아래로 비를 피했지만 비는 쉽게 그치지 않았다. 진퇴양난
이 되어 혼잣말을 했다.

"불이 있으면 남초南草, 담배라도 피우련만······"

그때 머리 위쪽에서 창문 여는 소리가 들려 올려다보니 젊은 부인이
불을 내주었다.

"어떤 양반이 남초 불 걱정을 하시나요? 불을 내드리니 남초를 태
우세요."

권생이 불을 받아 남초를 태웠다. 잠시 후 또 창 안에서 부인이 말했다.

"비가 이처럼 그치지 않으니 음습한 곳에 오래 서 계시지 마세요. 서

---

1) 승보(升補): 조선시대 성균관 유생들의 학업의 진전을 평가하던 시험. 승학시.

먹서먹하게 여기지 마시고 잠깐 들어와 앉았다 가세요."

마침 꽤 심란했던 권생은 스스로도 거리낄 게 없다고 여겨 문을 열고 들어갔다. 부인을 보니 나이는 스물네다섯 살쯤 되었고 소복을 정결하게 입고 있었다. 용모가 단정하고 말과 행동거지도 조용하고 꼼꼼하며 민첩했다. 서로 이야기할 때는 조금도 부끄러워하는 기색이 없었다.

얼마 뒤 비가 갰다. 권생이 일어나니 그녀가 말했다.

"오늘 과거장을 지나면 반드시 날이 저물고 성문이 닫혀 댁으로 돌아가기 어려울 거예요. 돌아오시는 길에 우리집으로 다시 오세요."

"그러지요."

시험이 끝나고 그 집으로 가니 여인이 저녁상을 차려서 기다리고 있었다. 저녁을 먹고 자려는데, 청년 권생이 밤에 나이 어린 미녀를 만난 데다 또 주위에 아무도 없어 풍정風情이 일어나니 어찌 밤을 그냥 보낼 수 있겠는가? 마침내 동침을 했는데 그녀는 별로 기쁜 빛을 보이지 않고 다만 한숨을 쉬고 처연해할 따름이었다. 권생이 그 까닭을 물어도 끝내 속마음을 털어놓지 않았다.

이렇게 왕래한 지 몇 달이 지났다. 하루는 그 집으로 들어가려는데, 한 노인이 금관자2)에다 창의3)를 입고 문턱에 걸터앉아 있었다. 권생이 의아하게 여겨 머뭇거리며 감히 들어가지 못했다. 노인이 그를 보고 몸을 굽혀 예를 표시하며 말했다.

"행차는 도저동 권서방 아니십니까? 방황하지 마시고 들어가십시다."

들어가서는 이렇게 말했다.

"서방님이 우리집을 왕래하는 걸 제가 이미 알았죠. 그러나 제가 가게를 지키느라 생업에 파묻혀 집안에 있을 수가 없었습니다. 오늘에서야

---

2) 금관자: 금으로 만든 관자. 정2품, 종2품 벼슬아치가 달았다. 여기서 노인은 벼슬아치가 아니라 금관자를 달 자격은 없었지만, 돈이 있어 과분한 장식을 한 셈이다.
3) 창의(氅衣): 벼슬아치가 평상시에 입던 옷옷. 소매가 넓고 뒤 솔기가 갈라져 있다.

비로소 문안을 올리니 결례가 많았습니다."

권생이 물었다.

"부인은 당신과 어떻게 되십니까?"

"며느리이죠. 제 아들이 열다섯에 이 며느리를 얻었지만 첫날밤을 못 치르고 죽었지요. 며느리는 올해로 스물네 살이 되는데 혼인을 했지만 음양의 이치조차 알지 못하니 제가 언제나 불쌍히 여겨 마음을 놓지 못 하고 있었지요. 무릇 천지 사이에 태어나면 비록 미물이라도 다 그 음양 의 이치를 알게 마련인데, 유독 저 아이만 알지 못해 제가 매번 개가를 권유했지요. 그러나 저애는 항상 자기가 만약 다른 곳으로 시집가면 이 늙은이가 의탁할 곳 없는 신세가 된다며 끝끝내 말을 듣지 않았지요. 그 러구러 팔구 년을 한결같이 정절을 지켰습니다. 서방님이 왕래하시는 일도 저애가 이미 다 말해주었고, 저 역시 그 소원 이룬 게 기뻐 한번 뵙 기를 원한 지가 오래되었습니다. 오늘 이렇게 상봉하게 되었으니 심히 늦은 감이 있습니다."

이로부터 권생은 거리낌없이 왕래했다.

그뒤 권생은 아내를 잃고 초종장사 물건을 각전各廛에서 외상으로 얻 어 썼으나 미처 갚지 못했다. 한참 뒤, 돈을 마련하여 각전으로 가서 외 상을 갚으려 하니 각전 사람들이 말했다.

"전날 모동 아무개 동지同知가 돈을 갖고 와서 댁의 외상값을 모두 갚 고 갔습니다."

그로부터 삼 년이 지나 동지 노인이 병들어 죽으니 염습 등의 절차를 권생이 다 처리해주고 교외에 묻어주기까지 했다.

졸곡이 겨우 지났는가 싶은데 여인의 안색이 갑자기 처참하게 변했다. 권생이 속으로 매우 수상하게 여기고 조용히 물었다. 그녀가 말했다.

"제가 이 세상에 태어나 음양의 이치를 모른다며 시아버지께서는 일 찍이 그걸 알게 하려 하셨지요. 서방님을 맞이한 것도 그런 사연 때문이랍니다. 음양의 이치를 이미 알았으니 바로 그날 죽어도 여한은 조금도 없었습니다. 그러나 가만히 생각해보니 시아버지께는 다른 자녀가 없어 오직 일개 여자인 저에게 의지할 따름이었지요. 제가 만약 죽는다면 시아버지의 신세가 지극히 불쌍해지기에 몰래 참고 오늘에까지 이르렀습니다. 이제 시아버지께서도 천수를 누리고 세상을 뜨셨고 장례와 매장까지 다 끝났으니 저에게 다시 무슨 소망이 있어 이 세상에 오래 머물겠습니까? 이제 서방님과 영원히 작별하렵니다."

권생이 경악하여 여러 방법으로 타일렀지만 끝내 마음을 돌릴 수는 없었다. 마침내 여인은 권생이 자리를 비운 틈에 스스로 목을 매달아 죽었다 한다.

權斯文避雨逢奇緣

南門外桃渚洞權斯文, 遊於升庠[4]. 一日, 以升補之行, 曉頭入泮中[5], 路遇驟雨, 乾鞋無帽, 上沾下濕, 避雨於路邊草家簷[6]下, 雨久不止, 進退爲難, 自言曰: "有火則南草可吸." 俄頃頭上有推窓[7]聲, [8]見之則有一年少婦人, 出一條火曰: "何許兩班, 憂此南草火乎? 今出送火, 幸須吸草焉." 權生受而燃草. 少頃又牕[9]內, 婦人言曰: "雨勢若此不止, 不必久立於陰濕之地, 勿爲鉏鋙[10], 暫入坐也." 權生方甚愁亂, 亦自不妨, 推門而入, 見其婦人, 年可二十四五歲, 素服精潔, 容貌端正, 言辭擧止, 雍容[11]詳敏, 與之言, 少無

---

4) 升庠(승상): 승학(陞學). 성균관의 별칭.
5) 泮中(반중): 성균관을 중심으로 그 근처에 있는 동네를 일컬음. 반촌(泮村).
6) 簷: 동양본·해동야서·동경대본에는 '檐'으로 표기.
7) 窓: 해동야서에는 '牕'으로 표기.
8) 해동야서에는 '擧頭'가 들어가 있음.
9) 牕: 동양본·해동야서·동경대본에는 '窓'으로 표기.
10) 鉏鋙(서어): 서먹서먹해하고 탐탁해하지 못함.
11) 雍容(옹용): 마음이 화락하고 조용함.

羞澁之色. 少焉雨晴, 權生起身, 厥女曰: "今經場中[12], 必日暮門閉, 無以
還宅, 歸路歷入如何?" 權生曰: "諾." 經場後, 仍入厥家, 則果具夕饌, 以待
之. 仍喫止宿, 權是少年, 夜逢年少美女, 且無傍人, 風情所動, 豈肯虛度?
仍與交媾, 厥婦別無喜色, 但爲獻歔[13]凄然而已. 權問其故, 厥婦終不吐懷.
如是往來, 將至數月. 一日欲入其家, 則有一老人, 金圈[14]敝[15]衣, 踞坐門
閾, 權意頗疑怪, 춥且[16]不敢入, 其老人見之, 鞠躬施禮曰: "行次非桃洞權
書房主乎? 何爲彷徨不入乎?" 遂與之入曰: "吾知書房主之往來吾家, 而吾
以廛人[17], 汩沒生涯, 不得在家, 今始問安, 所失多矣!" 權曰: "然則主婦於
君爲何如親乎?" 老人曰: "吾之子婦也. 吾子十五娶此婦, 未及合禮而死.
此婦今年爲二十四, 雖得成婚, 尙未知陰陽之理, 尋常矜惻, 不忘于心. 凡
生天地之間, 雖微物, 皆知其理, 而渠獨不知, 故每勸其改嫁, 則渠言渠若
他適, 老漢身世, 無所依歸, 終不肯從, 今到八九年, 一向守節矣. 書房主向
日往來之事, 渠已言及, 吾亦喜其遂願, 願一見之者久矣. 今日相逢, 亦甚
晩矣!" 自是之後, 權生無碍往來. 一日, 權生喪妻, 其初終物件, 以外上得用
於各廛人, 而未及報, 久後備錢而往親[18]各廛計給, 則各廛人等曰: "日前某
洞某同知, 帶錢而來, 宅之外上, 盡[19]數報償而去." 云云. 其後過三載, 某同
知病死, 其襲斂等節, 權生親自經紀, 埋於郊外. 纔[20]卒哭, 厥女忽顏色悽
慘, 權生意頗殊常, 從容探問, 厥女曰: "吾旣生於世間[21], 不識陰陽之理,

12) 場中(장중): 과거장 안.
13) 獻歔: 동양본·동경대본에는 '噓唏'로, 해동야서에는 '嗟唏'로 표기.
14) 金圈(금권): 금관자(金貫子).
15) 敝: '敵'으로 표기해야 함.
16) 춥且: 동양본·해동야서에는 '趑趄', 동경대본에는 '趑趄'로 표기.
17) 廛人(전인): 가게에서 물건을 파는 사람.
18) 往親: 동양본·해동야서·동경대본에는 '親往'으로 표기. '親往'이 맞음.
19) 盡: 동경대본에는 '沒'로 표기.
20) 동양본·해동야서·동경대본에는 '過'가 더 나옴. '過'가 들어가는 게 맞음.
21) 間: 동경대본에는 '上'으로 표기.

而媤父亦嘗勸之, 故向邀書房主者此也. 旣知陰陽之理, 則卽日滅死, 萬萬無恨, 而竊念媤父[22]無他子女, 只依吾一介女子, 若吾一死, 則媤父身世, 極爲矜憐, 隱忍至此. 今則媤父以天年下世, 葬埋已畢, 吾復何所望, 而久住於世乎[23]? 從此與書房主永訣矣." 權生不勝驚愕, 萬段[24]諭釋[25], 終不回心, 竟於權生不在之間, 自縊而死云[26].

22) 동양본에는 '之'가 더 나옴.
23) 乎: 동양본·해동야서에는 '耶'로 표기.
24) 段: 동양본에는 '端'으로 표기.
25) 諭釋: 동경대본에는 '慰勞'로 표기.
26) 동양본·해동야서에는 '云'이 더 나옴.

이동고가 피씨 청지기를 위해 좋은 사윗감을 구해주다

재상 이동고[1]의 청지기 중에 피皮씨 성을 가진 사람이 있었다. 여러 해 동안 일을 시켜도 언제나 조심해서 별다른 문제를 일으키지 않았기에 동고는 그를 무척 아꼈다. 피씨에게는 다른 자손은 없고 다만 딸 하나가 있었다. 피씨는 매번 동고에게 말했다.

"소인에게 딸 하나가 있죠. 앞으로 데릴사위를 얻어 말년을 의탁할까 합니다. 신랑감 얻는 일에는 오로지 대감님의 분부만 따르겠습니다."

동고가 고개를 끄덕였다. 그러나 피씨의 딸이 열여섯 살이 되었는데도 사윗감을 골라주시는 말씀이 없었다. 동고가 하루는 대궐에서 돌아오자마자 피씨를 불러 말했다.

"오늘 아침 드디어 사윗감을 찾았으니 어서 불러와야겠다!"

그러고는 즉시 하인을 불러 말했다.

---

1) 이동고(李東皐): 이준경(李浚慶, 1499~1572)을 가리킴. 동고는 호. 1565년 영의정에 올랐다. 임종 때 붕당이 있을 것이니 이를 타파해야 한다는 유차(遺箚)를 올렸다.

"너 지금 육조 거리 한성부로 가보거라. 그 앞에 총각 하나가 빈 가마니를 덮고 앉아 있을 것이다. 그를 반드시 데리고 오너라."

하인이 즉시 가서, 이정승 대감 분부라며 함께 가자고 하니 그 총각이 "정승 대감이 무슨 일로 나를 부른단 말이오?"라고 하며 단단히 사양하고 가지 않으려 했다. 하인이 위협하고 공갈했지만 끝내 움직이지 않았다. 마지못해 돌아와 사정을 보고하니 대감이 말했다.

"틀림없이 그럴 줄 알았지."

다시 기수旗手 몇 사람을 보내 결국 데려왔다. 동고가 물었다.

"너는 아내를 얻고 싶지 않은가?"

총각이 대답했다.

"소인은 아내를 얻는 데에는 관심이 없습니다."

동고가 여러 번 권하니 총각이 그제야 수긍했다.

피씨가 옆에서 총각을 보니 남루하고 맥빠진 일개 거지에 지나지 않았다. 해괴함을 억누를 수 없었지만 대감의 분부라 어쩔 수 없었다. 총각을 그 자리에서 맞이해 행랑으로 데려가 몸을 씻게 하고 새 옷을 입혔다. 대감이 피씨에게 말했다.

"날을 따로 잡지 말고 바로 내일 혼례를 올리자. 만약 며칠이라도 늦으면 이 사람을 잃을 것이다."

피씨는 대감을 전적으로 믿어 그 말에 따랐다. 다음날 초례를 치르고 혼인을 성사시켰다. 온 집안사람이 입을 가린 채 비웃고 모욕하고 침을 뱉는 등 못하는 짓이 없었다. 그래도 총각은 조금도 부끄러워하지 않았다.

아내를 얻고 나서는 망건도 쓰지 않고 버선도 신지 않은 채 방밖으로 한 발자국도 나가지 않았다. 밤낮 잠만 자니, 사람들이 게을러서 아무 쓸모도 없는 놈이라고 욕했다.

이렇게 삼 년이 지났다. 하루는 사위가 일어나자마자 세수를 하고 망건을 쓰며 옷차림을 바르게 하고 앉았다. 온 집안사람이 모두 놀라 이상하게 여기며 말했다.

"오늘은 무슨 일로 빗질하고 세수까지 했는가?"

"오늘 대감께서 반드시 오셔서 나를 찾으실 것입니다."

집안사람들이 다 웃어넘겼다.

조금 뒤 문밖에서 벽제[2]하는 소리가 갑자기 들렸다. 정말로 대감이 문안으로 들어와서 피씨에게 물었다.

"네 사위는 어디 있는가?"

곧바로 방으로 가서 사위의 손을 잡고 말했다.

"앞으로 어떡하면 좋으냐? 어찌해야겠는가? 너만 믿는다."

피씨의 사위가 말했다.

"천운이니 어떻게 하겠습니까?"

"그래도 너는 반드시 네 처가 식구들을 구제할 것이니 그때 우리 식구들도 함께 구해다오."

사위가 말했다.

"보아하니 일의 형편이 어떻게 될지 확실하게 말씀드리기는 어렵겠습니다."

몇 마디 이야기를 나누고 나서 대감은 즉시 떠나갔다.

이로부터 집안사람들은 모두 이상하게 여겼다. 대감이 그와 같이 대접하니 사위는 틀림없이 비범한 사람일 것이라 짐작했다. 그뒤로 사위에 대한 대접이 전보다 조금 나아졌다.

어느 날 저녁, 피씨가 대감 댁에서 돌아와 막 문안으로 들어가려는데 사위가 급히 불렀다.

"장인어른! 옷 벗지 마시고 그대로 대감 댁으로 가셔서 대감님 임종

---

2) 벽제(辟除): 지위가 높은 사람이 행차할 때, 구종(驅從), 별배(別陪)가 잡인의 통행을 금하던 일.

을 지키십시오!"

피씨가 말했다.

"내가 방금 이불과 베개를 깔아드리고 왔다. 대감께서는 저녁 진지를 드신 후에 앉아서 담배를 피우며 손님과 이야기를 나누고 계셨는데, 그게 무슨 말이냐?"

"여러 말씀 마시고 빨리 가보십시오, 빨리요! 조금이라도 지체하시면 미치지 못하십니다."

피씨는 의심스럽기도 하고 괴이하기도 했지만 즉시 돌아가서 대감의 침실로 들어갔다. 대감의 가래 끓는 소리가 들려왔다. 피씨가 들어오는 것을 본 대감은 눈을 뜨고 바라보며 겨우 목소리를 냈다.

"네가 갔다가 어떻게 알고 다시 왔는가?"

"소인의 사위가 말해주어 믿기지 않았지만 그냥 와보았습니다. 무슨 까닭으로 대감님의 병환이 잠깐 사이에 이렇게 위급해졌습니까?"

대감이 고개를 끄덕이기만 하고는 다시 말했다.

"네 사위는 이인異人이다. 그가 말하면 네 뜻과 관계없이 모두 따르고 어기지 말거라."

그러고는 세상을 하직했다. 이로부터 피씨는 사위가 세속 밖에서 재주와 덕행을 감추고 살아가는 무리임을 알게 되어 전보다 더 존경하고 믿었다.

동고가 죽은 지 십여 년이 지났다. 사위가 갑자기 장인에게 청했다.

"제가 처가에 들어오고 하는 일이 아무것도 없었습니다. 이제 장인께서 수천 금만 마련해주신다면 장사를 해보겠습니다."

피씨는 좋다고 하며 수천 금을 얻어주었다. 사위가 그걸 갖고 떠났다가는 육칠 개월이 지나서 빈손으로 돌아와 말했다.

"일이 잘되지 않았습니다. 이번 행차에 낭패를 보았습니다. 다시 오륙천 금을 마련해주신다면 이번에는 반드시 장사를 잘해보겠습니다."

피씨가 또 돈을 마련해서 주었다. 일 년이 지나자 사위가 또 빈손으로 와서는 말했다.

"이번에 또 낭패를 보았습니다. 장인어른 뵐 면목이 없습니다. 하나 장인어른 집과 논밭과 세간을 모두 팔아 제게 주신다면 마땅히 장사를 크게 일으켜 전날의 손실을 보충하겠습니다."

피씨는 몹시 허황되다는 생각이 들기는 했지만 대감이 임종할 때 한 부탁도 있고 해서 집안사람들이 거듭 비방하고 다른 사람들이 비웃는데도 돌아보지 않았다. 한결같이 사위의 말에 따라 가산과 시골 논밭을 모두 팔아서 주고, 자기는 남의 집을 빌려 거처했다.

일 년쯤 지나자 사위가 또 빈손으로 와서 말했다.

"낭패를 당해 장인어른께서 주신 돈을 모두 잃었습니다. 부디 대감님 댁 서방님을 만나도록 해주십시오. 돈을 얻어 다시 장사를 시작하고 싶습니다."

피씨가 사위와 함께 대감 댁으로 가서 서방님을 만나 오륙천 냥을 청했다. 동고의 아들은 그 말을 듣고 당장 허락하고 돈을 마련해주었다. 그러나 사위는 이번에도 전과 같이 빈손으로 돌아와서 대감 댁 집과 시골 농막까지 모두 팔아 돈을 빌려달라 했다. 동고의 아들은 돌아가신 아버지의 유언을 생각하며 어려워하는 표정도 짓지 않고 군말 없이 허락하고는 모두 팔아 돈을 주었다.

그뒤 칠팔 개월 만에 사위가 돌아왔다. 처음 돈을 가져간 이후로 흐른 시간을 헤아려보니 거의 칠팔 년이 되었다. 사위가 하루는 피씨와 동고의 아들을 만나 말했다.

"양가 재산을 모두 제 손으로 탕진했습니다. 오늘 더이상 아뢸 말씀이 없습니다. 하나 일이 이미 이 지경에 이르렀으니 양가 식구 모두 저와 함께 시골로 내려가 생계를 도모하는 게 어떠신지요?"

모두 "좋네" 했다. 그래서 좋은 날을 택해 양가 식구들이 일제히 길을 떠났다. 소와 말을 준비해 짐을 싣기도 하고 사람이 타기도 하며 동문을 향해 나아갔다. 여러 날 길을 가니 산골짜기에 이르렀다. 바위가 험하고 수목이 울창해 길이 끊어지고 산이 막아섰다. 천 길이나 깎아 세운 듯한 높은 봉우리가 앞을 막았으니 발을 디디고 올라갈 틈도 없었다.

일행이 여기에 이르자 타고 왔던 소와 말을 풀어서 보내주었다. 양가 식구들은 산기슭에 주저앉아 서로 바라보고 눈물만 흘릴 따름이었다. 조금 뒤 석벽 위에서 비단으로 된 새끼줄 수백 가닥이 내려왔다. 사위는 걸려 있는 비단 줄을 단단히 잡고서 양가 식구가 올라가도록 했다.

올라가보니 산 아래쪽에 평평한 들판과 드넓은 광야가 끝없이 펼쳐져 있었다. 기와집 수십 채와 띳집 수백 칸이 있었다. 닭과 개의 소리가 들려오니 조그만 군읍 하나를 이루었다.

일행은 기와집 두 군데에 각기 나누어 거처했다. 쌀을 비롯한 곡식과 베와 비단, 솥과 그릇 등 생활에 필요한 물건이 모두 다 갖춰져 있었다. 그제야 사위가 전에 가져갔던 돈은 다 이 농장을 만드는 데 썼음을 알았다.

두 집안이 봄에 경작하고 가을에 거두며 남자는 김을 매고 여자는 베를 짰다. 바깥세상 소식은 듣지 않고 산속에서 사는 재미에 빠졌다.

그러나 동고의 아들 둘은 경화세족[3] 재상가 자제인데 하루아침에 후미진 시골로 내려와 문을 나가도 갈 곳이 없어졌다. 언제나 고향을 그리워하는 마음 때문에 울적하고 근심스러운 모습이었다.

사위가 그들을 이끌고 높은 봉우리로 올라가서 한 곳을 가리키며 말했다.

"서방님, 저기 개미 같은 것이 보입니까? 저게 모두 왜구입니다. 지금 바깥세상에는 한창 난리가 일어났습니다. 올해 사월에 왜구가 우리나라

---

3) 경화세족(京華世族): 대대로 서울 도성 안에 살며 권력과 재력을 누린 가문.

를 크게 침략해서 백성들은 거의 다 어육이 되었죠. 서울까지 침범했으니 임금께서는 지금 용만龍灣, 의주(義州)의 옛 이름에 어가를 머무르게 하고 있습니다. 이러한 겨를에 댁이 서울에 있었더라면 능히 보존할 수 있었겠습니까? 소인은 본래 세상에 나가려 하지 않았습니다. 그러나 우연히 한번 나갔다가 마침 대감을 만났지요. 대감께서 친히 혼인을 주선하시니 소인이 달아나 숨기가 어려웠습니다. 결국 혼인을 하게 되었고, 대감님께서 또 누추한 곳까지 몸소 오셔서 국운을 걱정하며 가족을 부탁하셨지요. 그리하여 소인은 몇 년 전부터 여러 해 동안 이 한 구역의 무릉도원을 만들어놓은 것입니다."

동고의 아들과 피씨는 그 말을 듣고서야 비로소 훤히 깨닫는 것이 있었다. 그리고 대감에게는 멀리까지 보는 신안神眼이 있었음을 알게 되었다.

어느덧 팔구 년이 지나 사위가 동고의 아들에게 말했다.

"서방님은 영원히 여기서 살고자 하십니까?"

"바라건대 이곳에서 살며 세월을 보내려 한다네."

"아니 됩니다. 서방님이 이곳에 영원히 사신다면 자손들이 어김없이 평범하고 속된 촌백성이 될 겁니다. 그러면 대감님이 조정에서 세우신 사업들이 영원히 사라져버릴 테니 비통한 일 아니겠습니까? 이제 왜구도 모두 물러갔고 나라 안이 조용해졌습니다. 다시 세상으로 돌아가시는 게 좋겠습니다."

피씨가 말했다.

"나는 다른 자녀가 없고 다만 자네 부부뿐일세. 그리고 나는 늙었으니 여기서 인생을 마무리하고 싶다네."

사위가 말했다.

"그러면 그리하시지요."

그러고는 동고의 식구들을 거느리고 곧바로 산을 나가 충주 읍내 남산 아래에 이르러서는 말했다.

"이 땅이 터가 좋습니다. 후세에 반드시 곡식이 쌓일 것이고 자손들도 번창할 겁니다. 계속해서 과거에 급제하고 벼슬을 누릴 것이니 영원히 이곳에 거처를 마련하시고 다른 곳으로 옮겨가지 마십시오."

그러고는 작별 인사를 하고 떠나갔는데, 그뒤 사위가 어떻게 되었는지 아무도 모른다 했다.

李東皐爲傔擇佳郎

東皐李相之傔, 有皮姓者, 多年使役, 謹愼無他, 李相亦親愛之. 皮傔無他子姓[4], 而只有一介[5]女息[6], 每白東皐曰: "小人只有一女, 將得贅婿, 以爲晩年依托[7]之計, 郎材專望大監之分付矣." 東皐頷之, 而皮女年方二八, 終無指敎之說. 一日, 自闕歸家[8], [9]卽呼皮傔曰: "今朝始得婿材, 必速招來!" 卽呼下人曰: "汝今去六曹街京兆府前, 有一總角, 掩空石[10]而坐者, 必須招來也!" 下人卽去, 以李政丞大監分付, 欲爲招來, 厥童曰: "政丞大監, 招吾何幹?" 固辭不來, 下人威脅恐喝, 終不動, 不得已將此緣由回告, 大監曰: "吾知其必如[11]是也." 又遣旗手數人招之[12], 東皐分付曰: "汝欲娶妻乎?" 厥童曰: "小人無意於娶妻也." 東皐再三勸, 厥童始應諾. 皮傔從傍見

---

4) 姓: 동경대본에는 '侄'로 표기. '侄'이 자연스러움.
5) 介: 국도본·고대본·동양본·동경대본·가람본·동경대본에는 '箇'로 표기.
6) 息: 동양본·동경대본·파수편·가람본에는 '媳'으로 표기.
7) 托: 국도본·동양본·가람본에는 '託'으로 표기.
8) 歸家: 고대본·가람본에는 '家來'로 표기.
9) 고대본에는 '而'가 더 나옴.
10) 石: 성균관대본에는 '席'으로 표기. 둘 다 뜻이 통합.
11) 如: 고대본에는 잘못 탈락.
12) 之: 동양본·동경대본·해동야서에는 '來'로 표기.

之, 藍縷[13]龍鍾, 卽一乞人也. 不勝駭然, 然大監旣爲分付, 不得已卽地邀
去廊底, 洗滌其身, 衣以新衣. 大監分付皮傔曰: “不卜日, 以明日過婚, 若
遲數日, 必將失之!” 皮傔專信大監, 一從其言, 以翌日, 行醮禮成婚, 擧家
莫不掩口, 笑之侮之唾之, 更無餘地, 厥童少不爲愧[14]. 一自娶妻後, 不巾
不襪, 不出房外一步, 晝宵以眠爲課, 人皆以懶漢無用目之. 如是三年, 一
日, 皮婿忽起, 盥洗着網, 正衣冠而坐, 渾室皆驚異曰: “今日胡然而梳洗
也?” 曰: “今日大監[15], 必當來臨訪我矣!” 擧室無不笑之, 少頃門外, 忽有
辟除聲, 大監果入門, 問曰: “汝婿安在?” 直入越房, 握手語曰: “將何以爲
之? 將何以爲之? 專恃汝矣!” 皮婿曰: “天運也, 奈何?” 大監曰: “然則汝必
救濟汝之妻眷, 伊時吾之家眷, 亦必同爲救濟.” 皮婿曰: “且看來頭, 事勢之
如何, 不可質言矣.” 數語[16]後[17], 大監卽去[18]. 自是之後, 一室之人, 無不[19]
異之, 以爲大監如是[20]待之, 必非凡人也. 其後接待, 稍優於前. 一夕, 皮傔
自大監宅歸, 方入門, 其婿急呼曰: “岳丈勿脫衣, 卽去大監宅, 以終大監殞
命!” 皮傔曰: “吾今盡鋪衾枕而來, 大監[21]進夕進支後, 吸南草而坐, 與客談
話, 是何言也?” 婿曰: “勿多言! 急去急去! 少遲則不及矣.” 皮傔不勝疑怪,
卽爲還去, 入大監寢房, 則大監痰響出矣. 大監見皮傔入來, 開眼視之, 纔
出聲曰[22]: “汝何以知之, 而旣去復來也?” 曰: “小人之婿言之, 故不信而來
矣. 大監之病患, 未知何故, 俄頃之間, 如是猝劇乎?” 大監頷之, 又曰: “汝

13) 藍縷: 고대본·동양본·동경대본·가람본에는 '艦褸'로, 해동야서에는 '纜縷'로 표기.
14) 愧: 국도본·고대본·동양본·동경대본·가람본·해동야서에는 '媿'로 표기.
15) 大監: 고대본에는 잘못 탈락.
16) 語: 고대본·동양본·가람본·해동야서·성균관대본에는 '談'으로 표기.
17) 後: 동경대본에는 '畢'로 표기.
18) 去: 동경대본에는 '起身回去'로 표기.
19) 無不: 국도본·고대본·동경대본·가람본에는 '不無'로 표기.
20) 如是: 국도본·고대본·가람본에는 잘못 탈락.
21) 大監: 국도본·고대본·가람본에는 잘못 탈락.
22) 曰: 고대본·가람본에는 잘못 탈락.

婿異人也. 凡有所言, 汝皆曲從而無[23]違也." 仍卽下世, 自是皮傔, 始知其
婿爲物外韜晦[24]之類[25], 其尊信, 倍於前矣. 東皐死後十餘年, 其婿忽請其
岳丈[26]曰: "吾自入于尊門, 無所事爲[27], 幸望丈人, 以數千金備給, 則將欲
販賣也." 皮傔曰: "好矣." 得給數千金[28], 皮傔[29]持去, 過六七朔, 空手而來
曰: "事不順成, 今行狼狽[30], 若又備給五六千數, 則當爲善販矣." 皮又備
給, 過一年後, 又爲空來曰: "今又狼狽, 無面見岳丈, 然岳丈家舍田土什[31]
物, 盡賣以給予[32], 則當圖大興販, 以補前失[33]." 皮傔雖甚虛浪, 旣有大監
臨終之托[34], 不顧家人交譏及他人嗤笑, 一從渠言, 盡賣家産鄕庄, 以給之,
借人屋子而居焉[35]. 過一年許, 其婿又空來曰: "岳家[36]所給錢, [37]盡爲狼狽
見失, 幸望使我, 見大監宅書房主, 欲爲得錢, 更爲興販矣." 皮傔遂與偕往
大監宅, 見書房主, 又請五六千兩錢, 東皐子聞言, 卽諾備給, 則又如前空
來, 又請其[38]家庄鄕庄[39], 盡數斥賣, 以貸爲言. 李生亦念其大人之遺托[40],
無一言苦色而諾之, 盡賣以給之[41]. 伊後七八朔而來, 自初運錢, 計其年數,

23) 無: 고대본에는 잘못 탈락.
24) 韜晦(도회): 재덕을 감추어 숨김.
25) 物外韜晦之類: 동경대본에는 '異人'으로 표기.
26) 岳丈: 동양본에는 '丈人'으로 표기.
27) 爲: 동양본에는 탈락.
28) 金: 동양본에는 잘못 탈락.
29) 傔: 동양본·동경대본에는 '婿'로 표기. '婿'가 맞음.
30) 狽: 동양본·해동야서에는 '貝'로 표기.
31) 什: 동양본에는 '汁'으로 잘못 표기.
32) 予: 국도본·고대본·동양본·동경대본·가람본·성균관대본에는 탈락.
33) 국도본·고대본·동양본·동경대본·가람본·해동야서·성균관대본에는 '矣'가 더 나옴.
34) 托: 동양본에는 '託'으로 표기.
35) 焉: 국도본·고대본·동양본·동경대본·가람본에는 탈락.
36) 岳家: 동양본·해동야서에는 '岳丈家'로, 동경대본에는 '岳丈宅'으로 표기.
37) 국도본·고대본·동양본·동경대본·가람본·해동야서에는 '又'가 더 나옴.
38) 고대본·동양본·동경대본·가람본·해동야서에는 '宅'이 더 나옴.
39) 庄: 성균관대본에는 '産'으로 표기. '産'이 자연스러움.
40) 托: 국도본·동양본·가람본에는 '託'으로 표기.
41) 之: 국도본·고대본·동양본·가람본에는 탈락.

則幾爲[42]七八年矣. 一日, 會皮傔與東皐子語曰: "兩家財産, 盡爲蕩敗於吾手, [43]到今無辭[44]可白, 然事已至此, 幸望兩家家眷, 與吾同去[45]鄕中, 以爲資生如何?" 皆答曰: "諾." 遂卜日, 兩家家屬, 一齊起程, 備牛馬, 馱之騎之, 向東門出去, 累日作行, 行到峽中, 岩石崎嶇, 樹木蔚鬱, 路盡山窮, 高峰當前, 削立千仞, 無着足拚援處, 一行到此, 解送所騎牛馬, 兩家家眷, 下坐山下, 只得相顧涕泣而已. 少焉自石[46]壁上, 下四練數百條, 皮婿於是, 勸使兩家家[47]眷, 盡把那掛匹練而上, 上則其山之下, 平原廣野, 一望無際, 有瓦家數處, 又有茅屋數百[48]間, 鷄犬之聲[49]相聞, 奄成一小郡邑[50]. 二所瓦屋, 各爲分處, 米穀布帛, 釜鼎器用[51], 凡日用[52]什物, 無不備具. 於是始知皮婿, 向日運錢, 爲排置此庄之計也. 兩家[53]春耕[54]秋穫, 男耘女織, 不聞世外之消息, 坐享[55]山中之滋味[56]. 然東皐子二人, 素是京華宰相家子弟也. 一朝窮鄕, 出門無適, 每有懷土之念, 顯示鬱悒之狀, 婿携而上高峰, 手指一處曰: "書房主不見彼如蟻者乎? 皆是倭酋也! 世外方出亂離, 今年四月, 倭虜大入我國, 生靈盡爲魚肉, 至犯京都, 大殿今駐興龍灣, 如是之際, 宅在京城[57], 則其能保存乎? 小人本不欲出世矣. 偶爾一出, 適逢大監, 親

---

42) 爲: 국도본·고대본·동양본·동경대본·가람본·해동야서에는 '爲'가 탈락.

43) '則'이 들어가야 함.

44) 辭: 고대본·가람본·성균관대본에는 '事'로 잘못 표기.

45) 去: 동양본에는 '居'로 잘못 표기.

46) 石: 고대본·가람본에는 탈락.

47) 家: 동양본·해동야서에는 탈락.

48) 고대본에는 '百'이 더 나옴.

49) 聲: 고대본에는 탈락.

50) 邑: 동양본에는 탈락.

51) 用: 동경대본에는 '皿'으로 표기. '皿'이 맞음.

52) 凡日用: 고대본에는 잘못 탈락.

53) 兩家: 고대본·가람본에는 '兩家眷'으로, 성균관대본에는 '兩家家眷'으로 표기.

54) 耕: 고대본·동양본·동경대본·가람본에는 '畊'으로 표기.

55) 享: 동양본에는 '亨'으로 잘못 표기.

56) 동양본에는 '然'이 더 나옴.

57) 宅在京城: 동경대본에는 '宅若在於京城'으로 표기.

自議婚, 小人逃遁不得, 竟至婚娶. 大監又親臨鄙所, 憂以國運, 託以家眷, 故小人自年前, 積年經營, 排置此一區桃源矣[58]." 東皐子與皮傔聞之, 始怳然大覺, 益知大監之有神眼遠識矣[59]. 居然爲八九年, 皮婿謂東皐子曰: "書房主欲永居此土乎?" 曰: "願居此中, 以送歲月也." 曰: "不然. 書房主若永居此中, 子孫必爲凡民村氓, 大監立朝事業, 終歸泯滅, 豈非傷痛哉[60]? 今則倭奴盡遁, 國內乾淨, 不如還出世上矣." 皮傔則以爲: "吾無他子女, 只有君[61]內外, 則吾今老矣. 願終於此中." 婿曰: "此則然矣." 遂率東皐[62]家率, 直爲出山, 到忠州邑內南山底曰: "此基地甚好, 後世必有積栗, 且子孫繁[63]盛, 科宦連聯[64], 永爲奠居, 勿[65]爲他移也." 仍爲辭去, 後[66]不知其所終云.

---

58) 동양본에는 '吾之所以爲此者 以報先大監知遇之恩也' 부분이 더 나옴.
59) 矣: 국도본·고대본·동양본·동경대본·가람본·해동야서·성균관대본에는 '也'로 표기.
60) 哉: 국도본·고대본·동양본·동경대본·가람본·해동야서·성균관대본에는 '乎'로 표기.
61) 君: 고대본에는 탈락.
62) 고대본에는 '子'가 더 나옴.
63) 繁: 고대본에는 탈락.
64) 聯: 국도본·고대본·동양본·동경대본·가람본·해동야서·성균관대본에는 '綿'으로 표기.
65) 勿: 동양본에는 '忽'로 잘못 표기.
66) 後: 동양본에는 탈락.

음덕을 베푼 선비 수명을 연장하다

남윤묵[1]의 장남 남씨가 어영청 군관이 되어 여러 해 열심히 일을 하다 봉산 둔전을 감독하는 사람이 되어 나갔다. 그가 타작하는 마당에서 한 총각을 보았다. 총각은 농사일을 하고 있었지만 용모나 행동거지를 보아하니 양반 족속이 틀림없었다. 속으로 매우 불쌍히 여겨 그 내력을 물어보니 본래 양반가 신申씨 자손이라 했다. 연안延安에서 살다가 몇 해 전에 흉년을 만나 집안사람들이 뿔뿔이 흩어지고 자기 혼자만 그곳에 머물게 되었다는 것이었다.

남씨가 그 말을 듣고 더욱 불쌍히 여겨 둔감을 하는 삼 년 동안 특별히 잘 보살펴주었다. 양반 집안에 장가를 들게 도와주고 가장 기름진 논밭을 가려 농사를 짓게 해주었다. 가정을 이루고 나서 산업을 일으키게 하니 신씨 총각도 이로 말미암아 용모가 나아졌다. 그뒤로 총각은 가을

---

1) 남윤묵(南允黙): 다른 이본에는 '남모(南某)'라고 되어 있으나 『청구야담』 동양본과 『계서야담』 등에는 남윤묵(南允黙)으로 되어 있어 이를 따랐다.

마다 올이 가늘고 고운 무명 한 필과 무명실 몇 근을 가지고 왔다. 그러면 남씨도 후하게 물건을 주어 보냈다.

어느 날 남씨가 전염병에 걸려 계속 땀을 흘렸다. 청년처럼 건장한 남씨였지만 열병으로 몹시 위험한 상태가 되어 온 집안사람이 바야흐로 속광[2]을 하려 했다. 그런데 반나절이나 기절해 있던 남씨가 갑자기 긴 숨을 내쉬면서 몸을 뒤척이더니 말했다.

"이상하다!"

옆에 있던 집안사람들이 신기하게 여겨 물었다.

"무엇이 이상하단 말입니까?"

남씨는 미음을 달라 해서 몇 모금 마시고는 일어나 앉아 말했다.

"내가 두 귀졸에게 끌려 거창한 관아 같은 곳에 이르렀다. 누대가 높고 화려하며 사령도 많고 인간세상에서 보지 못한 것들도 있었지. 두 귀졸은 나를 문밖에 서 있게 하고는 들어가더군. 이윽고 관원인 듯한 사람이 안에서 나와 물었다.

'서울 사는 남생이 아니십니까?'

'그렇습니다만.'

그러자 그 사람이 이렇게 말하더군.

'나는 봉산 모 촌의 신 아무개의 조부입니다. 암울한 곳에서 그대가 베풀어주신 은혜에 힘입어 제 손자는 아내를 얻고 가정을 이루게 되었지요. 유명의 길이 달라 보답할 길이 없었습니다. 오늘 그대의 연한이 다 차서 명부가 차사를 보내 잡아왔으니 내가 구슬을 머금어 은혜를 갚거나 결초보은할 때인가봅니다. 아까 부중府中에서 그대의 수명을 늘리는 조치를 해두었고 이제 인간세상으로 다시 보내드립니다. 그대는 반

<hr>

2) 속광(屬纊): 속굉(屬肱)이라고도 한다. 죽음에 임박한 사람의 인중에 솜 따위를 대어 그 움직임을 보고 죽음을 확인하는 일을 말한다.

드시 조심하여 돌아가십시오.'

그러고는 즉시 문지기를 불러 편안하게 보내주라고 분부하더군. 그 사람은 곧 명부의 관인 같으니, 오늘 내가 환생한 건 다 신 아무개의 조부 덕이구나."

이윽고 땀을 흘리니 무사히 살아났다. 그뒤로 더 마음을 써서 신씨 총각을 후대했다.

施陰德南士延命

南某³⁾之長子某, 爲御營軍官, 積年勤仕, 出監鳳山屯田, 打稻場有一總角, 雖執農役, 容貌行止, 乃是班種, 心甚矜之, 叩其來歷, 則本是班家申氏子. 居于延安, 年前以歉荒, 渾家流離, 散之四方, 渠之一身, 今在此境云. 南生聞其言, 甚矜惻之, 三年往監, 別爲斗護, 助婚而娶于班族. 又擇給上上田畓, 使之農作, ⁴⁾得成家, 俾⁵⁾作産業, 申童由是, 稍成貌樣矣. 伊後申童, 每秋以細⁶⁾木一匹⁷⁾, 綿絲數斤持來, 則南亦厚報而送之. 一日, 南忽得運氣⁸⁾, 方其出汗之際, 以少年壯, 熱症甚危重, 擧家方營束⁹⁾纊之策, 昏絶半晌, 南忽長歔而飜身曰: "異哉!" 一室以爲神奇, 從旁問曰: "胡爲而謂異也?" 南索米飮, 飮數呷後, 起坐謂之曰: "吾爲二鬼卒所驅去, 忽當一好官府, 則樓臺之宏麗, 使令之衆多, 有非人世之所睹¹⁰⁾者. 二鬼卒使立於門外而入去, 俄有人似是官員貌樣, 自內出問曰: '子非京居之南某乎?' 曰: '然

3) 某: 동양본에는 '生允黙'으로 표기.
4) 동양본·동경대본·해동야서에는 '俾'가 더 나옴.
5) 俾: 동양본·동경대본·해동야서에는 탈락.
6) 細: 동양본에는 '紬'로 표기.
7) 匹: 동양본·동경대본·해동야서에는 '疋'로 표기.
8) 運氣(운기): 전염되는 열병.
9) 束: 동양본에는 '續'으로 잘못 표기.
10) 睹: 동양본에는 '賭'로 잘못 표기. 해동야서에는 '覩'로 표기.

矣.' 其人曰: '我則鳳山某村申童某之祖父也. 冥冥之中, 感君之施恩於孫
兒, 以至娶婦成家, 而幽明路殊, 末由酬報, 今君年限箄滿, 自冥府送差捉
來, 卽吾含珠結草時也. 俄者府中, 已有變通, 今此還送人間, 君須愼重出
去也.' 卽招閽者分付按送, 其人則似是冥府官人也. 今吾還生, 莫非某也祖
父之德矣." 仍爲出汗, 而無事出場. 此後於申童, 尤加意厚待焉.

노비 박씨가 가업을 이루어 충성을 다하다

첨지 박언립朴彦立은 연양[1] 이공의 처가 노비다. 외모가 사납게 생겼고 힘이 장사였다. 한 끼에 쌀 한 되 밥을 먹어도 언제나 양이 모자란다 했다. 먼 시골에서 올라왔을 때부터 일을 시키면 매번 배가 고프다며 게으름을 부릴 뿐 일을 잘하지 못했다. 가끔 밥을 충분히 주면 먹자마자 바로 나가서 땔나무를 통째로 뽑아 산처럼 짊어지고 왔다. 가난한 주인집은 그 배를 채워줄 수 없었고 또 그 흉악한 모습이 두려워 내보내려 했다. 그러나 언립은 수긍하지 않고 말했다.

"상전 댁 사환使喚이 부족한데 어찌 떠나갈 수 있겠습니까?"

얼마 안 있어 바깥주인이 전염병으로 죽자 홀로된 안주인과 어린 딸이 통곡할 따름이었다. 언립도 통곡을 끝내고는 안주인에게 말했다.

"마님, 망극하시겠지만 지금 의지할 수 있는 친척조차 없지 않으니

---

1) 연양(延陽): 이시백(李時白)의 시호. 아버지는 연평부원군(延平府院君) 이귀(李貴)다. 1623년 아버지와 함께 인조반정에 가담하여 정사공신(靖仕功臣) 이등 연양군에 봉해졌다.

까? 초종 대사大事를 준비하려면 한시가 급한데 어찌 통곡만 하고 있겠습니까? 집안의 물건 중 팔 만한 것들을 다 소인에게 주시면 잘 처리해서 초상의 때를 맞추도록 하겠습니다."

안주인이 옷과 그릇 등을 모두 내주었다. 언립은 즉시 돈이 될 만한 것을 추려서 시장으로 달려가 팔아 염습할 재료들을 모두 마련했다. 또 좋은 목재를 구입해 짊어지고 가서 관곽장이를 불렀다. 관곽장이는 언립이 큰 판자 네 개를 한꺼번에 짊어지고 온 것을 보고 깜짝 놀라서 꼼짝도 못하고 따라가서 정성을 다해 관을 짜주었다. 이웃 부녀들의 품을 사서는 장례를 치르는 데 필요한 옷들도 일시에 짓게 했다. 하나하나 다 정성스레 마련해서 입관하고 성복했다.

다시 이름난 지사地師를 수소문해 찾아갔다. 집안의 혈혈단신 가련한 사정을 이야기하고 대구大具를 주며 가까운 곳에 묏자리를 정해달라 부탁했다. 지사가 그러겠다고 하자 언립은 그를 말에 타게 하고 자기는 고삐를 잡았다. 지사는 한 곳에 이르러 혈처穴處를 가리키면서 찬탄했다. 그러자 언립이 그 용의 형세를 가리켜가며 산언덕과 물이 따뜻하게 감싸주지 못하기에 묘소로는 적당하지 않다고 대꾸했다. 말이 너무나 명백해서 지사는 크게 놀라고 부끄러워했다. 그 형색이 사납고 모질어 보여 욕을 당할까봐 걱정되었다. 그래서 다른 곳으로 가서 평소 몰래 점찍어두었던 곳을 알려주었다. 언립이 오랫동안 그곳을 살펴보고는 이렇게 말했다.

"이곳은 근근이 쓸 만하네."

그러고는 돌아가 안주인께 보고하고 택일하여 하관했다. 언립은 장례에 필요한 물품을 마련하고 묏자리 쓰는 일을 모두 주관해 조금도 섭섭한 구석이 없게 했다. 이로부터 안주인은 집안의 크고 작은 일을 처리할 때 언립의 말을 따랐다.

장례가 모두 끝나자 언립이 안주인에게 말했다.

"마님, 초상 치르느라 살림살이가 더 어려워졌습니다. 더이상 서울에서 살기가 어려울 것 같습니다. 시골 농장으로 가서 몇 년 농사를 짓다가 여유가 조금 생기면 돌아오는 게 좋겠습니다."

안주인이 그러기로 했다.

먼 시골로 이사를 간 언립은 농사 이치에 밝았을 뿐 아니라, 힘이 세고 부지런했다. 논밭에 퇴비를 주고 흙을 비옥하게 만드는 수완이 보통 농사꾼에 비할 바가 아니었다. 그러니 수확량도 다른 땅의 열 배는 될 듯싶었다. 또 이웃 사람들이 그를 두려워하면서도 좋아하지 않을 수 없어 앞다투어 일을 도와주었다.

오륙 년 사이에 집이 점차 부유해지자 언립이 말했다.

"아기씨가 이제 비녀 꽂을 나이가 되었으니 마땅히 혼처를 구해야겠습니다. 시골에는 합당한 곳이 없으니 서울 모동 모댁의 친척 아저씨에게 부탁하는 게 좋겠네요. 소인 역시 일찍이 몇 차례 뵌 적이 있습니다. 마님께서 구혼의 뜻을 편지에 담아주시면 소인이 가서 전하겠습니다."

안주인이 그 말에 따라 편지를 써서 주고, 먹을 것도 후하게 보내주었다. 언립이 상경해 모댁을 찾아가 뵙고 신랑감을 구한다는 뜻을 말씀드렸다. 그 댁 주인은 당시 명관名官이었는데 선물이 후한 것에 감동해 진심으로 구해보겠다고 약속했다. 그러나 아무리 둘러봐도 합당한 곳을 찾을 수가 없었다.

마침내 언립이 향기 나는 배 한 짐을 사서 배를 파는 행상 노릇을 하기로 했다. 성 안팎 사대부가를 두루 돌아다니며 좋은 신랑감을 몰래 찾으려 했다. 그러다가 서소문 밖 한 집에 이르렀다. 집의 문과 담이 무너져 있었으니 그 가난함을 알 만했다. 한 총각이 칼을 꺼내 껍질을 깎아서 배 몇 개를 연이어 먹고는 십여 개를 더 꺼내 소매 속에 넣으며 말했다.

"배맛이 참 좋네요. 내가 지금은 돈이 없으니 뒷날 다시 오세요."

언립이 그 모양을 보고 기개가 범상치 않음을 느꼈다. 기쁨에 겨워 수재에게 물었다.

"여기가 누구 댁이오?"

"이평산李平山, 이귀(李貴) 댁이지요. 그분이 제 가친입니다."

언립이 명관 댁으로 돌아와 물었다.

"서소문 밖 이평산 댁 도령이 아주 훌륭합니다. 인연으로 소개받아 청혼하면 매우 좋겠습니다."

명관이 말했다.

"이평산은 나와 친한 분이지. 그 아들은 장성했는데도 방탕하게 놀며 학업에 힘쓰지 않으니 사람마다 싫어해. 그런 까닭에 아직 혼처를 정하지 못하고 있었는데 어찌 그 아들을 택하려 하는가?"

언립이 청하기를 고집하니 명관도 어쩔 수 없이 이평산 댁으로 기별을 보냈다. 전하기를, 규수의 집이 제법 튼실하고 규수도 아주 현숙하다고 했다. 아들의 혼처를 정하지 못해 걱정하고 있던 평산은 매우 기뻐하며 즉시 혼인날을 잡았다.

언립은 서울에 집 한 채를 정해두고 시골로 내려가서 안주인에게 정혼한 사실과 혼인날 잡은 것을 말씀드렸다. 그러고는 가족들을 다 이끌고 상경하자고 청했다. 안주인이 그 말에 따라 상경해 딸의 혼례를 마쳤다.

연양은 소년 시절 행동이 호탕하기도 하고 제멋대로여서 사람들이 다 멀리했는데, 유독 언립만이 그를 기특하게 여겨 칭찬을 아끼지 않았다. 광해조 계해년에 연평延平, 이귀를 말함이 김승평金昇平 등 여러 사람과 한창 반정을 논의하다가 언립이 비록 천한 신분이기는 하나 기발한 인재임을 알고는 연양을 보냈다. 연양은 언립을 으슥한 방으로 데려가서 거사에 동참하기를 권하며 일이 잘될지 안될지를 물어보았다.

그러자 언립이 말했다.

"신하로서 임금을 정벌하는 것, 그걸 권장하는 건 진실로 어렵지요. 그러나 윤리가 이미 허물어져 나라가 장차 망할 것이니 그걸 권장하지 않기도 역시 어렵네요. 다만 거사를 함께하는 여러 공의 인물 됨됨이가 어떠한지 알 수가 없군요."

연양이 언립을 집에 머물게 하고 일을 함께 도모하는 사람들을 다 모았다. 언립이 두루 살펴보고는 공에게 말했다.

"이분들은 모두 장상將相의 인재이니 일이 거의 이루어질 것 같습니다. 하나 소인은 들어가고 싶지 않습니다."

언립은 즉시 인사하고 떠났다. 떠난 지 한 달이 되어도 간 곳을 알 수가 없었다. 연양도 추측조차 할 수 없어 무척 걱정했다.

그러다가 어느 날 언립이 다시 나타나 알현하고는 말했다.

"소인이 나갔다 온 건 만일 있을지 모를 위급함을 대비하기 위해서였습니다. 바다 가운데로 들어가 피할 수 있는 섬 하나를 구했습니다. 땅이 비옥하고 물고기와 소금이 풍족하니 가히 세상을 피해 살 만합니다. 일이 순조롭지 않게 되면 상전을 모시고 들어갈 수가 있습니다. 강가에 배 한 척을 대고 있다가 만에 하나 일이 위태로워지면 공과 소인의 상전이 함께 떠나는 게 어떨지요?"

이공이 그러자고 했다.

반정이 일어나자 연평 삼부자[2]는 일시에 공신에 봉해지고 날로 부귀해졌다. 그러자 언립이 갑자기 떠나겠다 했다.

"소인은 이제 상전 댁에 진 빚을 다 갚았습니다. 저도 나이가 들어 늙었으니 곧 영영 돌아가려 합니다. 부디 대감님은 처가댁을 친가처럼 생각해주십시오. 상전 댁은 제사를 받들 아들이 없으니 외손봉사의 예를 따라 제사가 그치지 않도록 해주십시오. 잘 계십시오. 잘 계십시오."

연양이 놀라 물었다.

---

2) 연평 삼부자: 아버지 이귀(延平府院君), 장남 이시백(延陽府院君), 삼남 이시방(李時昉, 延城君).

"자네가 어디로 돌아간단 말인가?"

"소인이 비록 비천한 몸이긴 하지만 편히 몸둘 곳은 있답니다. 이 세상에 오래 머물진 않을 겁니다. 그런데 소인에게는 혈육이 하나 있습니다. 오직 바라는 건 대감님께서 그애를 좀 잘 거두어주십사 하는 것입니다. 대감님 댁 묘지기 일을 하면 어떠한지요. 소인의 소원은 이것뿐입니다."

그러고는 작별하고 물러났는데 그뒤로 어떻게 되었는지는 아무도 몰랐다.

成家業朴奴盡忠

朴僉知彦立者, 延陽李公聘家奴也. 狀貌獰悍, 膂力絶倫, 一食一升, 常患不足. 始自遠鄕來, 雖備使役, 每稱飢乏, 懶不事事, 若一善飯, 則出而取柴拔木, 全株擔負如山. 主家貧乏, 無以充其腸, 且畏其獰狀, 乃放之, 彦立不肯曰: "上典宅使喚不足, 何可去乎?" 未久其外上典, 染病不起, 獨有孤孀稚女, 號擗而已. 彦立哭之慟訖, 告于內上典曰: "廳下³⁾雖罔極, 旣無至親之可恃者. 初終大事, 片時爲急, 豈但哭泣耶? 凡家間什物, 有可斥賣者, 幸付此奴, 可以經紀治喪, 庶可及時矣!" 主母乃盡出衣服器皿付之, 彦立卽揀取其可獲錢者, 走市得錢, 盡貿襲斂之具, 又買板材精好者, 幷爲擔負, 往召棺槨匠, 匠人見其負四大板, 大懼, 卽隨而至, 盡心治棺. 又倩⁴⁾諸隣婦女, 一時裁縫送終之具, 一一精辦, 卽入棺成服. 又訪問地師之有名者, 告以喪家惸子可矜之狀, 進以一大具, 且請占山於近地, 地師許之. 彦立進一

---

3) 廳下: 동경대본에는 '下'로 표기함. 해동야서에는 서술 문장이 많이 달라졌지만 주인마님은 '秣擾下'로 지칭됨.
4) 倩: 동경대본에는 '請'으로 표기.

馬, 自鞁[5]之, 地師至一處, 占穴稱道, 彦立指其龍勢, 案對[6]砂水之疵[7], 謂以不合, 言甚明白, 地師大驚慚. 又見形貌猛悍, 慮其[8]逢辱, 乃往一處, 告其素所[9]秘占之地, 彦立周視良久曰: "此地僅[10]可用也." 歸告主母. 擇日行窆, 其葬需山役, 渠皆主張[11], 俾無少[12]憾焉. 主母自此, 凡家事巨細, 一聽彦立之言矣. 葬畢, 又告主母曰: "主家喪敗貧困, 更難京居, 請往鄕庄, 治農數年, 待其稍饒, 可以復還." 主母然之, 乃搬移下鄕, 彦立明於農理, 而又强壯勤孜, 其糞田之方, 化土[13]之法, 非比常農, 土之所出, 比他十倍. 且鄕隣莫不畏, 而愛之, 助役趂事, 如恐不及. 五六年間, 家計漸饒, 彦立乃告曰: "阿只氏, 年方及笄, 當求婚處, 而鄕中則無可合處, 勢將求之京中某洞某宅是宅之戚叔, 而小人亦曾數次謁見, 廳下, 若裁給一札, 言及求婚之意, 則小人當卽往傳納矣." 主母依其言, 作書付之, 且厚致饋遺, 彦立上京, 謁某宅告之故, 而求郎材, 其家乃當朝名官[14]也. 感其贈[15]遺之厚, 許以盡心求之, 而顧無可合處, 彦立乃買得香梨一擔, 自行梨商, 遍行城內外士夫家, 陰察郎材, 行至西小門外一家, 門墻頹圮, 有一總角秀才, 拔刀削皮, 連啖數顆, 又取十餘顆, 納之袖中曰: "梨則好矣. 吾今無價, 後日更來!" 彦立視其狀貌, 氣槩大不凡常, 不勝其喜, 問秀才曰: "是誰氏之宅?" 答曰: "此李平

---

5) 鞁: 동양본에는 '控'으로, 동경대본에는 '扶'로 표기.

6) 案對(안대): 풍수에서 혈 앞에 펼쳐지는 경관을 조안(朝案) 또는 안대라 한다.

7) 案對砂水之疵(안대사수지자): 주변의 사수(砂水, 산언덕과 물)가 혈(穴)을 따뜻하게 감싸 안 아주는 것을 순(順)이라 하여 길하게 생각하는데, 사수가 등을 돌리고 무정한 모양이면 역(逆) 이어서 불길하다는 것.

8) 其: 동경대본에는 '以'로 표기.

9) 所: 동경대본에는 '稱'으로 표기.

10) 僅: 동양본·동경대본에는 '董'으로 표기.

11) 主張: 동경대본에는 '周章'이라 잘못 표기.

12) 少: 동경대본에는 '所'라 표기.

13) 化土(화토): 습지의 갈대 등이 썩어서 된 흙으로, 매우 끈기가 있으며 습도가 높고 부드러 워 분재 등에 쓰인다. 여기서는 흙을 기름지게 만든다는 뜻으로 쓰였다.

14) 官: 동경대본에는 '宦'으로 표기.

15) 贈: 동경대본에는 '賑'으로 잘못 표기.

山宅, 而李平山卽我之家親也." 彦立乃往名官宅, 告主君曰: "西小門外李
平山家郞材極佳, 因緣紹介, 而請婚甚好." 名官曰: "李平山卽[16]吾所親[17].
其子已長成, 而放逸不學, 人皆憎之, 以此而尙未定婚, 焉用此子乎?" 彦立
固請之. 名官乃通于李平山, 且言其家頗實, 閨秀甚賢, 李方患婚處之未定,
聞此大喜, 卽爲涓吉. 於是彦立定一家舍於京中, 仍又下鄕, 告主母以定婚
涓吉之由, 又請盡眷上京, 主母依其言上京, 過行女婚焉. 延陽少年豪儁,
行多跅弛, 人多不取, 彦立獨奇之, 稱詡不離口. 及昏朝, 癸亥延平與金昇
平諸人, 方議反正, 聞彦立雖賤, 大是奇才, 乃使延陽, 延之深室, 要與同事,
且問事之可否成敗, 彦立曰: "以臣伐君, 勸之固難, 而彛倫已斁, 國家將亡,
不勸亦爲[18]難. 但未知同事諸公之爲人如何耳." 延陽乃留彦立於家, 會集
同事諸人, 彦立得以遍看謂公曰: "此皆將相之材, 事庶手[19]濟, 而奴則不願
入矣." 卽辭去. 去後月餘, 不知去處, 延陽莫之測, 深慮之. 一日來謁曰: "小
人此去, 猶慮其萬一之危, 走入海中, 求得一島可避世處, 土地魚鹽饒足,
可以避世, 事如不諧, 可陪上典閤室入處, 具一船於江上, 事若有危, 願公
與小人上典, 同爲出臨若何?" 李公許之. 及反正改紀, 延平三父子, 一時疏
封, 富貴隆赫, 彦立忽告歸曰: "小人於上典宅, 已盡了債, 今則年老, 將永
歸矣. 唯望大監視聘宅如親邊, 上典宅無他奉祀, 以外孫奉祀例, 無使香火
有闕, 幸甚幸甚." 延陽驚問曰: "汝今安歸乎?" 曰: "小人雖卑賤, 自有小人
安身之所, 不可久留於世矣. 然而小人有一塊血肉, 唯望大監善視之. 必以
爲矣宅之[20]墓下守塚之任如何? 小人所願如是而已." 仍卽辭退, 不知所終.

16) 卽: 동양본에는 탈락.
17) 동양본에는 '也'가 더 나옴.
18) 爲: 동양본·동경대본에는 탈락.
19) 手: 동양본·동경대본에는 '乎'로 표기. '乎'가 맞음.
20) 之: 동양본·동경대본·해동야서에는 탈락.

기생 추월이 늙어서 옛일을 이야기하다

추월秋月은 공산公山, 지금의 공주 기생이다. 가무와 고운 얼굴로 상방[1]에 뽑혀 이름값이 최고가 되니 풍류배가 앞다투어 흠모했다. 화려한 자리에서 이름을 날린 지 수십 년이 흘렀다. 늙어서는 매번 평생 세 가지 웃을 일이 있다고 이야기했다.

추월이 이판서 댁에 있을 때였다. 요란한 생황소리에 잡가를 부르고 현줄도 급하게 굴려 소리가 어지러워졌을 무렵, 한 재상이 들어왔다. 풍모가 단정하고 곁눈질도 않으니 얼핏 봐도 정인군자임을 알 수 있었다. 그가 주인 대감과 인사를 나누고서 노래를 해달라고 청했다. 그러면서 흔쾌히 놀다가 헤어졌다. 이 자리에는 금객琴客 김철석金哲石, 가객歌客 이세춘李世春, 기생 계섬桂蟾과 매월每月 등이 함께했다.

며칠 뒤 종이 와서 아무개 대감이 부른다 했다. 여러 사람이 급히 대령했는데, 가객과 금객, 여러 기생이 따라갔다. 가보니 전에 이판서 댁

1) 상방(尙方): 상의원(尙衣院)의 별칭. 왕의 의복과 대궐 안의 재물을 맡아보던 관청.

에 왔던 그 대감이었다. 문안을 드리자 단정히 앉아 있던 대감은 추월을 마루로 올라오게 하고 부드러운 얼굴로 대해주지도 않고서 곧바로 "노래를 불러라"라고 했다. 추월은 도무지 흥이 나지 않았지만 부르기는 했다. 초장에서 다음 장으로 넘어가 곡이 채 끝나기도 전이었다. 대감이 노기를 띠면서 모두 아래로 끌어내리게 하고 말했다.

"전에 이판서 댁 잔치에서는 풍악과 노래가 시원해서 들을 만했는데, 오늘은 낮고 가늘고 느려 싫증내는 기색이 완연하구나. 흥취라고는 하나도 없어. 내가 음률을 모른다고 이러는가!"

영악한 추월이 그 뜻을 금방 눈치채고 사죄했다.

"잔치가 막 시작하여 소리가 그렇게 낮고 가늘게 되었습니다. 죄송하고 죄송합니다. 한 번만 더 기회를 주신다면 구름을 뚫고 들보를 흔드는 소리를 금방 내도록 하겠습니다."

대감은 특별히 용서한다며 화를 풀고는 다시 부르도록 했다. 기생과 가객들이 서로 눈짓을 하고 자리로 나아가서는 바로 우조[2]로 잡가를 불렀는데 높은 소리를 크게 내어 어지러이 부르짖고 난잡하게 화답하니 곡조가 전혀 이루어지지 않았다. 그런데도 대감은 무척 즐거워하며 부채로 책상을 두드렸다.

"좋다, 좋아! 노래란 응당 이래야 하는 거지!"

노랫소리가 조금 주춤해져 잠시 쉬게 되었다. 술과 안주를 내와 먹게 했는데 거친 술에 건포가 전부였다. 요기가 끝나자 곧바로 말했다.

"모두 물러가라!"

그래서 인사를 하고 돌아왔다.

또 하루는 한 하인이 찾아왔다.

---

2) 우조(羽調): 산조에 쓰이는 악조와 판소리에서 쓰이는 악조를 모두 가리킨다. 장중하고 꿋꿋한 느낌을 주며, 흔히 느린 진양조장단에 맞춰 부른다.

"우리 댁 나리께서 불러오라신다!"

무수히 성화를 부리기에 금객, 가객 들과 함께 따라가보니 동대문 밖 연미동[3]의 초가집이었다. 사립문을 들어가니 단칸방에 바깥 마루도 없이 흙섬돌만 있었고 그 흙섬돌 위에 짚자리 한 닢이 깔려 있을 뿐이었다. 그 위에 앉아 줄을 고르고 노래를 불렀다.

주인은 폐포파립[4]에 얼굴도 혐오스러웠다. 탕건을 쓰고 시골사람 몇몇과 방안에 마주앉았는데 음관陰官에 불과했다. 노래 몇 곡이 끝나자 주인이 손을 저어 중지시키며 말했다.

"별로 들을 게 없구나!"

그러고는 탁주 한 잔을 주기에 마시니 물러가라고 해서 돌아와버렸다.

또 한번은 여름날 세검정 연회에 참석했다. 재자, 명사들이 운집하여 맑은 물, 흰 돌 사이에 잔치 자리를 펼쳐두고 가무를 하니 구경꾼들이 담을 쌓았다. 그때 옷이 초라하고 꼴이 초췌하며 떠돌이 거지 꼴을 한 촌사람이 멀리 연융대鍊戎臺 아래에서 추월을 유심히 보고 있었다. 추월이 이상하게 생각하고 있는데 그가 손짓으로 불렀다. 일단 가보았더니 그가 이렇게 말했다.

"나는 창원 상납上納 아전이네. 자네의 향기 나는 이름을 익히 들은지라, 오늘 다행히도 만나보니 이름이 헛되지 않음을 알겠네."

그러고는 허리춤에서 돈 한 꾸러미를 꺼내 주었다. 추월이 속으로 웃으며, '천하의 어리석은 사내가 바로 너로구나' 하면서도 부드러운 낯으로 거절했다.

---

3) 연미동(燕尾洞): 서울 동대문 밖 관왕묘(關王廟) 부근 동망봉(東望峰) 밑에 있던 마을. 연미정동(燕尾亭洞).
4) 폐포파립(弊袍破笠): 해진 옷과 부서진 갓이란 뜻으로, 초라한 차림새를 비유적으로 이르는 말.

"명분 없는 물건을 어찌 받을 수 있겠습니까? 특별히 주시는 뜻은 감사합니다. 받지 않아도 받은 거나 다름없습니다."

그는 기어코 주려 했지만 추월은 끝내 받지 않고 입을 가리며 돌아섰다.

대감의 몰풍류와 음관의 무취미, 상납 아전의 큰 어리석음, 이 세 가지가 추월이 평생 잊지 못하는 것이라 했다.

秋妓臨老說故事

秋月, 公山妓也. 以歌舞姿色, 選入尙方, 聲價最高, 風流輩爭慕之, 擅名繁華之場, 數十年[5]久矣[6]. 及其老也, 每自言平生有三可笑事. 一時[7]在李尙書家, 笙歌喧轟之時, 唱雜詞絃轉, 而聲正繁, 適有一宰相入來, 風樣[8]端正, 目不邪視, 可知其爲正人君子也. 與主人大監敍寒喧畢, 仍使唱歌, 盡歡而罷, 時琴客金哲石, 歌客李世春, 妓桂蟾梅月等偕焉. 後數日, 有一皂隸來言, 某大監見招, 諸人急急來待, 遂與歌琴客諸妓往焉. 卽向日李宅來過之大監也. 大監設席端坐, 問安訖, 使之陞廳, 頓無賜顔之意, 直曰: "唱歌!" 雖無興致, 第唱之, 初章二章曲未終, 大監氣色盛怒, 使之一幷猝下曰: "汝輩向日李宅之宴, 絃歌寥亮可聽, 今則低微而緩細, 顯有厭色, 一無興趣, 以吾之不解音律而然歟?" 秋月慧黠, 已曉其意, 謝曰: "初筵之聲, 偶爾低微, 知罪知罪! 若更試之, 憂雲繞樑之聲, 頃刻頓生矣!" 大監特賜寬恕, 使之更唱之, 妓客相與瞬之, 入座直發羽調雜詞, 大聲高唱, 胡叫亂嘖, 全無曲調, 大監大樂之, 以扇拍案曰: "善哉善哉! 歌不當若是耶?" 歌聲少歇,

---

5) 동양본에는 '之'가 더 나옴.
6) 동양본에는 '矣'가 탈락.
7) 時: 동양본에는 '則'으로 표기. '則'이 맞음.
8) 樣: 동양본·해동야서·동경대본에는 '儀'로 표기.

暫爲休息, 出酒肴以饋之, 薄酒乾脯而已. 療飢訖, 直曰: "退去!" 遂辭歸.
一則一皀隷來告曰: "吾宅進賜, 使之招來矣!" 咆喝無數, 遂與琴歌[9]客隨
往, 則東門外燕尾洞有草屋. 入柴門則單間房無外軒, 只有土階, 土階之上,
設草席一立, 使坐其上, 而絃歌之. 主人則弊袍破笠, 面目可憎者, 着宕巾,
與鄕客數人對坐房中, 蔭官也. 歌數闋, 主人揮手止之曰: "無足聽也!" 饋以
濁酒一盃, 飮訖曰: "退去!" 遂辭歸. 一則暑月往洗劒亭宴會, 才子名士, 雲
擁霧集, 設盃盤於淸流白石之間, 歌舞之筵, 觀者如堵. 一鄕人, 衣服不楚
楚, 形容憔悴, 有若流丐行色, 遙在練[10]戎臺下, 注目視之, 秋月怪之. 其人
又以手招之, 第往見之, 則曰: "吾乃昌原上納吏也. 飽聞香名, 今幸邂逅,
名不虛得也." 仍探腰後, 出一緡錢[11]與之, 秋月心笑曰: '天下愚男子, 汝
也.' 和顔而辭曰: "無名之物, 何可受也? 特給之意, 感謝感謝, 視不受如
受." 其人固與之不受, 遂掩口而歸. 宰相之沒風致, 蔭官之無意趣, 鄕吏之
太愚痴, 是余平生未忘云.

9) 琴歌: 동양본에는 '歌琴'으로 표기.
10) 練: 동양본·해동야서·동경대본에는 '鍊'으로 표기. '鍊'이 맞음.
11) 동양본에는 '特'이 더 나옴.

절부가 궁지에서 높은 의리를 보이다

절부 이씨는 이성夷城, 함경남도 갑산(甲山)의 옛 이름. 이산(夷山)이라고도 함의 양가良家 여자다. 열여섯 살에 같은 마을 황일청黃一淸에게 시집갔다가 열일곱 살에 과부가 되었다. 시부모는 그녀가 젊고 자식도 없어 재가시켜주려 했지만 그럴 때마다 이씨는 죽어도 재가는 하지 않겠다고 맹세했다. 그렇게 십 년을 수절하니 이웃 사람들이 모두 찬탄했다.

이성 지방의 풍속을 보면 여자들이 절개를 숭상하지 않았고, 교활한 불량소년들은 재주와 용모를 갖춘 과부가 있다는 소문을 들으면 반드시 무리지어 와서 겁탈을 했다. 여자들도 막을 방도가 없다며 언제나 그러려니 하고 넘어가기 일쑤였다. 그러나 이씨에 대해서만은 그 절의가 높다 하며 감히 겁탈할 마음을 내지 못했다.

그 군에 한필욱韓必彧이란 홀아비가 있었다. 평소 이씨의 재색을 탐내 문밖에서 엿보고 배회하기 일쑤였다.

하루는 필욱이 불량배 십여 명과 함께 이웃집에서 밤 깊도록 술을 마시다 술이 오르자 말했다.

"오늘밤 황가 여자를 취하면 어떨까?"

무리가 모두 손을 젓고 머리를 흔들며 말했다.

"그 사람은 절개 곧은 여인이오. 욕만 먹지 뜻대로 못할 것이오."

필욱이 대꾸했다.

"그렇지 않아. 오늘 황가 사람들이 모두 출타하고 노약자만 남아 있네. 맹수가 교활한 토끼를 잡듯이 우리가 황가 여자를 겁탈하면 절개가 높다 한들 무슨 힘을 쓸 수 있겠나?"

그러나 무리는 다들 따르지 않으려 했다. 필욱이 크게 화를 내며 말했다.

"내 명을 어기는 자가 있으면 그놈부터 먼저 치겠다!"

무리가 결국 따를 수밖에 없었다. 이날 밤 삼경 무렵, 이씨의 집을 둘러쌌다가 문을 따고 난입했다. 침실에 있던 이씨는 놈들이 다가오자 피할 수 없음을 알고 태연히 웃음 지으며 말했다.

"이미 마음을 결정했어요. 좋은 일일수록 천천히 해야 하는 법입니다. 어찌 이렇게 억지를 부리고 서두르시나요?"

필욱이 크게 기뻐하며 소리질렀다.

"일이 이뤄졌으니 요란스레 굴지 마라!"

그러고는 돌아서 들어갔다. 이씨는 보이지 않고 등불도 꺼져 있었다. 촛불을 밝혀보니 이씨가 있긴 있었는데 비단줄에 목을 걸고 있었다. 필욱은 당황해 겁이 나서 울타리를 넘어 도망쳤다.

새벽에 돌아온 시부모는 목을 맨 이씨를 발견하고는 놀라서 통곡했다. 틀림없이 한가 놈 짓이라 짐작하고 관가 문 앞으로 가서 통곡하며 고발했다. 태수 역시 놀랐다. 불쌍히 여기는 마음에 약을 내려주었지만 이미 어쩔 수 없는 지경이었다.

필욱과 무리는 모두 잡혀왔다. 필욱은 감영에 보고하여 때려죽였고 다른 무리는 죄의 경중에 따라 귀양 보냈다.

조정에 아뢰니 조정은 이씨에게 정문旌門을 내렸다.

節婦當難辦高義

節婦李氏, 夷城良家女也. 年十六, 嫁同里黃一淸, 十七而寡居, 舅姑憐其少無子, 欲嫁之, 輒以死自誓, 十年守節, 隣里咸稱歎[1]之. 夷城之風, 婦女不尙名節, 又多傑點[2]惡少, 聞有才貌早寡者, 則必聚徒掠之, 而其女亦以爲無妨, 往往以爲常, 獨於李氏, 則以其節義之高尙, 不敢生意. 郡[3]有鰥夫韓必或者, 素慕李氏之才色, 每睥睨於門外, 彷徨不能去者屢矣. 一日, 必或與無賴數十人, 夜飮隣舍, 酒酣必或起曰: "今夜取黃家婦何如[4]?" 衆皆搖手掉頭曰: "此節婦也! 徒取辱, 必無成矣!" 必或曰: "不然. 今日黃家盡出外, 只有老弱守之[5], 以吾輩劫之, 如猛獸之攫狡兎, 安所用其節哉?" 衆不從, 必或大怒曰: "有違者, 必先擊之!" 衆遂從之. 是夜三更, 圍其第, 斬門而入, 李氏在寢室, 欲逼之, 李氏知不免, 怡然笑曰: "吾意已決矣. 好事自可紆徐, 何必如是迫隘耶[6]?" 必或大喜出而呼[7]曰: "事已妥帖, 無用喧擾!" 仍卽旋入, 則李氏不在, 燈亦滅矣. 擧火燭之, 則李氏在, 而帛橫於頸矣. 遂慌怯[8], 越重籬而逃走. 其舅姑曉歸家, 見李氏婦自縊[9], 大驚慟, 意必是韓哥之所爲, 哭官門而告之, 太守亦驚而憐之, 賜之藥, 已無及矣. 遂捉致韓必或及同謀者, 韓則報營而打殺之, 其黨則分輕重, 散配之. 聞于朝, 而旌褒之[10].

<hr>

1) 歎: 동양본에는 '嘆'으로 나옴.
2) 傑點(걸힐): 약삭빠르고 교활함.
3) 郡: 동양본에는 '群'으로 잘못 표기.
4) 何如: 동양본에는 '如何'로 표기.
5) 守之: 동양본에는 '者'로 표기.
6) 耶: 동양본·동경대본·해동야서에는 '乎'로 표기.
7) 呼: 동양본·동경대본에는 '號'로 표기.
8) 怯: 동양본·동경대본에는 '㥘'으로 표기.
9) 縊: 동양본에는 '縊'로 잘못 표기.
10) 동양본에는 '云云'이 더 나옴.

권
3

전동흘이 재상감을 알아보다

통사統使 전동흘[1]은 전주 읍내 사람이었다. 풍채와 골격이 빼어나고 지략이 심오한데다 감식력까지 있었다. 재상 이상진[2]은 당시 그 이웃 읍에서 혼자 홀어머니를 봉양하며 살았다. 외롭고 고달프게 살아 집안에는 서까래와 들보뿐이고 가을에도 약간의 곡식조차 없었다. 너무나 빈궁하니 부모를 섬기는 일조차 어려웠다. 그러나 언변과 풍모가 제법 볼만했고 공부도 밤낮 그치지 않고 열심히 했다.

1) 전동흘(田東屹, 1609?~1705): 실제 성은 '전(田)'이 아니라 '전(全)'이다. 1651년 무과에 급제했다. 용맹이 뛰어나 당시 북벌을 추진하던 효종의 눈에 들어 중용되었으며, 여러 관직을 거쳐 1656년 평안도 철산부사를 지냈다. 전하는 말로는 그가 부사로 있을 당시 억울하게 죽은 장화·홍련의 혼령을 만나 그들의 원한을 풀어주었다고 한다. 전라남도우수사, 경상남도좌병사, 황해도병마절도사, 함경남도병마절도사, 포도대장을 역임했다.
2) 이상진(李尙眞, 1614~1690): 본관은 전의(全義), 호는 만암(晩庵). 1645년 별시문과에 병과로 급제, 현종 때 이조참판·대사간·대사헌을 역임했다. 1680년 이조판서에서 우의정으로 승진하고 중추부판사로 옮겼다. 1689년 기사환국으로 종성(鐘城)에 유배된 뒤 북청(北靑)·철원(鐵原) 등지에 이배되었다가 풀려나와 고향 부여(扶餘)에서 죽었다. 1695년 청백리에 녹선(錄選)되고 전주의 장보사원(章甫祠院), 북청(北靑)의 노덕서원(老德書院)에 배향되었다. 저서에 『만암유고晩庵遺稿』가 있다.

동흘은 어렸지만 이공의 사람 됨됨이를 흠모해서 정성을 다해 그와 사귀니 마침내 생사를 함께할 친구가 되었다. 언제나 급할 때 재물과 곡식을 나눠주었고 이공도 진정으로 고맙게 여겼다.

어느 해 시월 말, 동흘이 이공에게 말했다.

"자네 용모를 보면 결국 부귀를 누릴 형상이네. 아직 시운時運이 오지 않아 이렇게 빈곤하니 모친 봉양하고 아랫사람들 거느리기가 쉽지 않은 게지. 내가 계획이 하나 있으니 자네는 내 말만 따르게나."

마침내 쌀 다섯 말과 누룩 몇 장을 가져와 이공에게 주며 말했다.

"이것으로 술을 빚게. 술이 익거든 나에게 연락하고."

그 말대로 이공은 술이 익자 동흘에게 알렸다. 동흘이 이웃 사람들을 두루 불러서 말했다.

"이 선비가 지금은 빈한하지만 뒷날 재상이 될 거요. 이분이 홀어머니를 모시고 아침저녁 끼니를 잇기 어려워 살아가기가 막막해요. 그래서 농사일을 시작하려고 하는데 버드나무와 상수리나무 말뚝이 필요하오. 당신들이 이 술을 마시고 각자 말뚝을 한 척 반 길이로 만들어서 오십 개씩 가져와 도와주면 고맙겠소."

사람들은 모두 영문을 알지 못했으나 평소 동흘을 믿었고 이공도 소중하게 여겨왔는지라 하나같이 승낙을 했다. 동흘이 술을 내와 이백여 명에게 먹였다.

며칠 뒤, 모두가 버드나무와 상수리나무 말뚝을 요구한 수만큼 가져오니 수만 개는 되었다. 동흘이 그것들을 소와 말에 모두 싣고 이공과 함께 건지산乾芝山 기슭 시장3)으로 갔다. 그곳은 동흘의 땅이었다. 동흘과 이공은 종들과 함께 풀을 베어내고 땅을 고르고 나무 말뚝을 꽂았다.

---

3) 시장(柴場): 국가에서 각 관아에 땔나무를 하도록 지정한 장소. 권세가들이 사사로이 점유하거나 개간하지 못하게 했다.

키가 한 척 몇 촌쯤 되었다. 동흘이 이공에게 말했다.

"내년 봄에는 조를 심을 수 있겠어."

과연 다음해 봄, 얼음이 녹자 동흘은 조생^{早生} 조 종자를 가져와 심으려고 이공을 데리고 건지산 기슭으로 갔다. 나무 말뚝을 뽑아내고 구멍마다 조 일고여덟 개씩을 넣고 새 흙을 가져다 구멍을 메우고 덮었다. 여름이 되자 구멍에서 조 싹이 자라났는데 매우 크고 무성했다. 그중 가는 줄기들은 모두 솎아내고 서너 개만 남겼다. 풀이 자라면 베어내어 깨끗하게 해주니 결실을 잘 맺어 이삭이 몽둥이만했다. 타작을 해서 오십여 석을 얻었다.

이공은 크게 기뻐했고 금방 부자가 되었다. 이는 모두 버드나무와 상수리나무에서 나온 영양 좋은 진액이 땅속 한 척 정도 아래로 스며들어 땅기운을 완전히 새롭게 해주었기 때문이다.

겨울 동안 눈 녹은 물과 빗물이 구멍 속으로 들어가 나무 말뚝에서 나온 비옥한 진액과 섞여 땅을 깊이 적시니, 조가 무성하게 자란 것이다. 종자를 땅속 깊이 심어 항상 윤기를 머금을 수 있었고 바람이나 추위도 걱정할 필요가 없었다. 종자를 풀뿌리 아래쪽에 심어 풀뿌리로부터 떨어졌으니 풀이 그 땅의 힘을 빼앗아가지 못했다. 그러니 결실이 큰 것은 당연한 이치였다. 동흘은 가히 농사짓는 이치를 터득한 사람이라 하겠다. 이공도 바로 가계가 넉넉해져서 어머니를 봉양하는 데 걱정이 없어진 것을 기뻐했다.

그러던 어느 날 부엌에서 불이 일어나 집 전체로 번졌다. 때마침 사나운 바람이 불어 불은 엄청나게 거세져 끌 수가 없었다. 쌓아둔 곡식들은 모두 재로 변해버려 한 톨도 남지 않았다. 이공은 자기 운명이 기박해 하늘이 조를 먹을 복도 내려주시지 않는다고 통탄했다. 모자가 서로 부둥켜안고 통곡할 따름이었다.

동흘이 말했다.

"천도天道는 아득하여 헤아리기가 어렵다네. 자네의 기개와 풍모를 보면 결코 굶어죽을 사람이 아닌 듯한데, 하늘이 오늘 이런 재앙을 내린 건 너무 가혹하네. 곡식 한 톨조차 남겨주시지 않은 건 무슨 까닭인지! 내 눈구멍만 있지 눈알이 없는 것이더냐!"

탄식하고 아파했다.

때마침 경과慶科 정시庭試, 조선시대에 나라에 경사가 있을 때 대궐 안에서 보던 과거가 있었다. 동흘이 이공에게 말했다.

"자네, 서울로 올라가 과거를 보게나. 복마僕馬, 하인과 말와 양식은 내가 마련해줄 테니 걱정 말게."

이공이 양식을 갖고 상경했다. 이때 이공의 친척 숙부 중에 유명한 벼슬아치가 있었는데 이공이 찾아가니 아주 잘 대접해주었다. 그리고 이공의 문장을 살펴보고는 말했다.

"체재가 정결하고 자구가 청신한데도 아직 초시조차 합격하지 못했다니 참 늦구나! 이번 과거에는 마땅히 힘써 노력해보거라."

그러고는 과거 볼 도구들을 마련해주었다.

이공은 과거장에 들어가 스스로 짓고 써서 금방 시권을 제출했다. 과연 단번에 장원이 되었다. 숙부가 응방[4]할 물건들도 마련해주니 조정에서 영예를 얻었다. 곧 청선[5]에 뽑혀 한림[6]과 옥당[7]의 벼슬을 지내고 명망이 높아졌다. 어머니를 서울로 모셔와 비로소 가도를 이루었다.

그때 동흘 역시 무과에 급제했는데, 이공은 동흘을 초대해 사랑에 거

---

4) 응방(應榜): 과거에 급제한 자의 명단을 발표한 뒤에 임금이 급제자에게 사개(賜蓋)와 사화(賜花)하고 급제자는 잔치에 참석하는 것. 삼일유가라고도 한다.
5) 청선(淸選): 적당한 물건이나 인물을 바르게 고름. 또는 그 물건이나 인물.
6) 한림(翰林): 조선시대 예문관의 봉교(奉敎)·대교(待敎)·검열(檢閱) 중 특히 검열을 통칭한다. 승정원 주서(注書)와 함께 사관(史官)으로 왕을 가까이에서 모신 벼슬.
7) 옥당(玉堂): 홍문관의 별칭. 또는 홍문관의 부제학 이하 교리(校理)·부교리·수찬·부수찬 등 홍문관의 실무를 담당하던 관원을 총칭함.

처하게 하면서 함께 살았다.

이공이 동흘에게 말했다.

"그대는 나와 신교神交를 맺은 친구네. 처음부터 처지와 문벌을 따지지 않고 지냈으니 지금 문무文武 간 체통을 지킬 필요가 있겠는가?"

그러고는 다른 사람들이 있는 데서도 존칭을 쓰지 않고 대등하게 대하고 서로를 구분하지 않았다.

한번은 이공의 옥당 동료 몇 명이 와서 이야기를 시작하는데, 동흘이 일어나 자리를 피하려 했다. 이공이 소매를 끌어당겨 그대로 있게 하니 동흘이 절을 올리고 자리에 앉았다. 이공이 동료들에게 말했다.

"이 사람은 나의 지기지우라네. 지혜와 재주가 빼어나니 요즘 찾기 어려운 사람이지. 뒷날 반드시 스스로의 힘으로 나라에 크게 쓰일 사람이네. 형들은 그저 그런 무변으로 보지 말고 마음 깊이 받아주게나."

여러 동료가 동흘을 살펴보니 신수가 헌걸차고 풍모도 당당했다. 모두 서로 보며 감탄해 한번 찾아오라고 일렀다. 그뒤 동흘은 일일이 그들을 찾아가서 절을 올렸다. 동흘의 뛰어난 말솜씨와 당당한 의론이 사람을 놀라게 하고 감동시켰다. 사람들이 앞다투어 칭찬하고 조정에서 동흘을 천거하니 그 벼슬이 서반 정직正職, 사족 이상의 신분에 한하여 임용되는 문무 관직에 이르렀다. 선전관으로 여러 번 방진方鎭, 지방의 지역 방위 단위으로 부임해 갔는데 백성 다스리는 데 부지런하며 성실했다. 군사 부리는 데도 능숙하니 그 이름이 날로 알려져 온 조정에 칭찬이 자자했다. 병수사와 통제사까지 역임하니 나이가 팔십이 넘었다. 자손들이 자못 많았는데 아들, 손자 들이 연이어 무과에 급제했다. 마침내 우리나라에서 가장 현달한 무반 가문을 이루었다 한다.

田8)統使微時識宰相

田統使東屹, 全州邑內人也. 風骨秀傑, 智略9)沈深, 亦有鑑識. 時李相國尚眞, 居在邑隣, 獨奉偏母, 惸然塊處, 室如懸磬10), 秋無甔石11), 窮貧之極, 菽水難繼, 而言論風儀, 綽有可觀. 又勤勤做工窮, 晝夜吃吃不輟. 東屹年雖少, 常奇李公之爲人, 傾身納交, 定爲刎12)頸之友, 常分其財穀, 以周其急, 李公亦深感之. 忽於初冬末, 東屹告李公曰: "公之形貌, 終當富貴, 而時運末到, 貧困如此, 上奉下率, 無以濟拔, 吾有一計, 公但依吾言行之." 遂歸取五斗米麵13)子數圓, 授李公曰: "以此釀酒, 酒熟則卽通于我!" 李公如其言, 釀旣熟, 告于東屹, 東屹乃遍召隣人, 告之曰: "李措大, 今雖貧寒, 乃後日14)宰相也. 家奉偏親, 朝夕屢空, 無以爲生, 今欲從事田疇, 經紀生理, 而所需者柳檊木錐也. 爾輩須飮此酒, 每人但取柳檊木錐, 長一尺半五十介, 以助之爲可!" 諸人莫曉其意, 然素信東屹, 又重李公, 皆齊聲應諾, 東屹乃出其酒, 飮二百餘人. 數日後, 皆取柳檊錐如其數, 可爲數萬餘介, 東屹出牛馬盡馱之, 與李公同往乾芝山下柴場, 柴場乃東屹土也. 刈草淨盡, 東屹與李公及奴僕輩, 遍挿木錐入地, 可尺數寸許, 東15)屹謂李公曰: "明春可以種粟16)也." 乃其翌年春17), 凍解之後, 東屹乃取早粟18), 種幾斗, 携李公往乾芝山下, 拔其錐, 每穴下種七八粒, 又取新土, 略下穴中以覆之. 及

---

8) 田: 고도서본에는 제목을 '全田統使微時識宰相'이라 하여 전동흘의 성을 '전(全)'으로 표기했다. '전(全)'이 맞다.
9) 略: 동양본에는 '畧'으로 표기.
10) 懸磬(현경): '磬'으로 표기해야 함. 집이 마치 경쇠를 매단 것과 같다. 집이 가난하고 텅 비어 서까래와 들보만 보인다는 뜻이다. 경(磬)은 쇠로 만든 기역 자의 악기.
11) 甔石(담석): 얼마 안 되는 곡식.
12) 刎: 동양본에는 '勿頁'로 잘못 표기.
13) 麵: 동양본에는 '麪'으로 표기. '麪'이 맞음.
14) 後日: 동양본에는 '日後'로 표기.
15) 東: 동양본에는 탈락.
16) 粟: 동양본에는 '栗'으로 잘못 표기.
17) 其翌年春(기익년춘): 동양본은 '翌春'으로 표기.
18) 粟: 동양본에는 '栗'으로 잘못 표기.

夏, 粟[19]苗之出穴中者, 甚碩茂, 乃拔去其細者, 只留三四莖, 草生則刈淨之. 及結實, 穗大如錐, 打之出五十餘石. 李公大喜, 猝然成富家翁. 此皆柳櫟之汁素沃, 而入地尺許, 則土氣全, 而又新矣. 經冬雨雪之汁, 且流入穴中, 與錐之沃汁融合, 而深漬則粟[20]可苗茂. 種之入地也, 深則常帶潤氣, 故旣不畏風, 又不畏寒, 且種入草根之底, 去草根遠, 則草不能分其土力, 故結實碩大, 此當然之理也. 東屹可謂深曉農理者也. 李公方喜家計之稍贍, 而養親之無憂矣. 忽一日火生竈堗, 延及室宇, 適又大風起, 火烈風猛, 撲滅不得, 積貯之粟, 并入灰燼之中, 無一留者. 李公自歎窮命, 天不見助, 無食粟之福. 母子相扶, 一場慟哭而已. 東屹曰: "天道杳茫, 姑未可料也. 李措大氣宇狀貌, 決非窮死者, 而今者天災孔酷, 不遺粒米, 此何故也? 豈吾有眼而無珠耶?" 心竊歎傷. 時適有慶科庭試, 東屹乃謂李公曰: "公試入京觀光[21]. 僕馬資粮, 吾當辦備, 須勿爲慮焉!" 李公乃以其資上京. 時李公之戚叔有名宦者, 李公往見之, 戚叔待之甚厚, 徵其功令文字, 見之喜曰: "體裁精潔, 句作淸新, 尙未得一番初試, 亦云晩矣. 今科則須努力觀之." 遂助給試具, 及入場屋, 自作自書, 早早呈券, 果一擧嵬捷. 戚叔爲辦應榜之具, 遂延譽於朝中, 卽入淸選, 歷翰林玉堂, 聲望[22]甚藹蔚. 乃輦母入京, 始成家道. 其時東屹亦已登武科矣. 李公乃招致東屹, 置之外舍, 與同起居, 且謂東屹曰: "君與我神交也. 門地班閥, 初非可論, 文武間體禮, 又何必用也?" 雖在衆人廣坐[23]之中, 無爲倣恭, 待以平交, 無間彼此. 俄而玉署僚友數人, 來會倣話, 東屹欲起避之, 李公挽袖止之, 東屹乃拜現之衆座. 李公謂諸僚曰: "此是吾知己之友也. 智慮材力, 拔出儕類, 非今世之人物. 日後

19) 粟: 동양본에는 '栗'으로 잘못 표기.
20) 粟: 동양본에는 '栗'으로 잘못 표기.
21) 觀光(관광): 과거를 보러 감.
22) 望: 동양본에는 '名'으로 표기.
23) 坐: 동양본에는 '座'로 표기.

國家, 必藉其力, 將大用之人也. 兄輩必無以尋常武弁視之, 深爲結納焉."
諸僚見東屹, 身手赳赳, 狀貌堂堂, 皆相顧獎詡, 使之尋訪, 東屹乃遍往拜
之. 俊辯偉論, 令人驚動, 諸人競相吹噓, 延譽廟堂, 遂通列于西班正職. 由
宣傳官, 多踐方鎭, 治民勤幹, 馭戎諳練, 聲名赫翁, 擧朝稱賞[24]. 自兵水使,
至統制使, 年過耆艾, 子孫[25]衆多, 而其子其孫, 繼登虎榜[26], 遂爲東方武
班之顯閥云爾[27].

24) 賞: 동양본에는 '賀'로 표기.
25) 孫: 동양본에는 '姓'으로 잘못 표기.
26) 虎榜(호방): 무과(武科).
27) 爾: 동양본에는 탈락.

이무변이 궁지에서 아름다운 사람을 만나다

인조 때 황해도 봉산 땅에 이씨 성을 가진 무변이 있었다. 재산에 여유가 있고 성격도 활달했다. 남에게 베풀기를 좋아하며 남을 잘 믿고 의심하지 않았다. 사정이 급하다는 사람이 있으면 가진 것을 다 주고도 아까워하지 않았다. 이 때문에 가계가 소모되어 집안을 지탱하기 어려운 지경에 이르렀다. 그러나 그의 풍채와 골격이 당당하고 아름다워, 보는 사람마다 장차 그가 영달할 것이라 기대했다. 벼슬도 선전관[1]에 이르렀다. 그러나 어떤 일에 연루되어 관직을 잃고 낙향하니 여러 해가 지나도록 전조[2]의 추천을 받지 못했다.

무변이 하루는 아내에게 말했다.

"무변이 시골에 박혀 있기만 하면 벼슬이 찾아와주지 않지. 집안이 이

---

1) 선전관(宣傳官): 선전관청에 소속된 관직. 정3품부터 종9품까지 있었다. 뒤의 내용으로 보아, 이때는 6품 벼슬을 하고 있었다.
2) 전조(銓曹): 문관의 인사 전형을 맡은 이조(吏曹)와 무관의 인사 전형을 맡은 병조(兵曹)를 일컫는 말.

리 가난하니 하루아침에 구렁에 뒹굴 것만 같아 통탄스럽기만 하구려. 남은 전답을 모두 팔면 사백여 냥[3]은 받을 것이니 그걸 가지고 서울로 가서 벼슬을 구해보겠소. 구하면 살 것이요, 구하지 못하면 죽을 것이오. 이미 뜻을 정했다오."

아내도 허락했다. 논밭을 모두 파니 과연 사백 냥이 되었다. 백 냥은 아내에게 주어 생계를 꾸려가게 하고 삼백 냥을 가지고 상경했다. 건장한 종에 잘생긴 말을 탔으니 제법 남의 이목을 끌었다. 벽제 주막에 이르러 하룻밤을 묵게 되었다. 종이 말먹이를 마련하고 있는데 털벙거지를 쓰고 옷도 산뜻하게 차려입은 사람이 한동안 집안의 눈치를 보다가 쑥 들어와서는 종 무리와 말을 주고받았는데 종들도 반겼다. 어디서 오느냐고 물으니 답했다.

"나는 병판 댁 사환이라오."

무변이 그 말을 몰래 듣고는 급히 불러 물어보니 역시 똑같이 대답했다. 무변이 매우 반겼다.

"내가 벼슬을 구하러 상경하던 길인데 병판을 만나 뵙는 것이 소원이다. 네가 병판 댁에서 신임을 받는 종이라니 나를 위해 다리를 놓아줄 수 있느냐? 그런데 여기는 무슨 일로 왔는가?"

"소인은 병판 댁 수노首奴인데, 상전 댁 노비들이 평안도 땅에 많아 공물을 거둬 오라는 명을 받잡고 오늘 떠나왔습지요."

무변이 탄식했다.

"너 같은 사람을 만나기가 쉽지 않은데 이렇게 어긋나고 말았구나. 어찌하면 주선할 계책을 마련할 수 있을까?"

"그건 어렵지 않지요. 함께 서울로 들어가시지요. 소인이 상전의 명을

---

3) 사백여 냥: 여기서 돈을 나타내는 단위로 금(金)이 쓰였다. 조선 후기 화폐단위로 금 1냥이 지금 돈으로 약 5만 원으로, 사백여 냥은 이천만 원 정도로 추산된다.

받잡고 하직 인사하고 물러난 지는 여러 날 되었지만 길일을 택하느라 오늘에야 출발했습니다. 그러나 오늘 출발한 줄은 상전도 모르시죠. 지금 다시 돌아가 진사님을 주선해드리고 나서 출발해도 늦지 않을 겁니다. 그런데 행중에 몇 냥이나 갖고 계시는지요?"

"삼백 냥은 되지."

"근근이 쓸 만은 하겠군요."

그러고는 함께 서울로 들어갔다. 그자는 무관을 위해 병판 댁 가까이에 있는 여관을 잡아주었다. 그자는 여관 주인에게 잘해주라고 부탁했다. 무변은 여관 주인이 평소 종을 잘 아는가보다 짐작하고는 더욱 믿었다.

그자는 귀가하여 며칠 동안 오지 않았다. 무변은 사기를 당한 것 같아 매우 의심하며 근심했다. 그러다 얼마 뒤, 그자가 다시 찾아오니 무변은 한고조가 도망쳤다고 여겼던 소하蕭何를 다시 얻은 것처럼[4] 기뻐했다.

"왜 며칠 동안 오지 않았는가?"

"진사님을 위해 벼슬 도모하는 일을 창졸간에 할 수야 있겠습니까? 한 곳에 지름길을 뚫었는데 매우 요긴한 자리라 백 냥은 쓰셔야겠습니다."

무변이 다급하게 물으니 그가 말했다.

"병판께 누님 되시는 분이 홀로되어 모동에 사시는데 대감께서 극진히 생각하시지요. 누님이 하시는 말씀은 뭐라도 다 들어주십니다. 소인이 진사님 일을 그 댁에 아뢰자 안주인께서 백 냥을 요구하시데요. 좋은 벼슬을 바로 그 자리에서 얻을 수 있는데 백 냥이 아까우신지요?"

"오로지 벼슬을 얻고자 가져온 돈인데 다시 물어 뭐하겠나!"

---

4) 한고조(漢高祖)가 도망쳤다고~얻은 것처럼: 한신(韓信)이 처음 한고조에게 와서 인정을 받지 못했다. 한신이 도망을 하자 소하가 한신을 잡으러 갔다. 이때 한고조는 소하도 도망친 줄 알고 매우 걱정했다. 그런데 소하가 한신을 데리고 돌아와 한고조가 아주 기뻐했다.

즉시 전대를 꺼내 셈을 치러주었다. 종 무리가 의심하며 말했다.

"나리께서 친히 가시지 않고 저자에게 그냥 부탁하시니 어찌 속이지 않으리라 장담하십니까?"

"그가 병판 댁 하인인 것은 분명하다! 어찌 이리도 사람을 믿지 못할까!"

다음날 그자가 와서 말했다.

"안주인 마님께서 백 냥을 받고 매우 기뻐하시며 즉시 대감께 말씀을 전하셨습니다. 산정散政, 도목(都目) 이외에 임시로 관직을 발령하거나 교체하는 일 때 자리가 있거든 필히 수망首望, 1위로 추천하는 것에 넣어달라 부탁하시니 대감께서 허락하셨죠. 그런데 말이 무거운 분이 곁에서 도우면 일이 더욱 확실해지는 법이지요. 모 동의 아무개 관리께서 평소 대감과 친분이 든든하신데 그분 말씀이 있으면 반드시 따라줄 겁니다. 오십 냥만 던져주시면 틀림없이 기뻐하며 큰 힘을 실어주시겠지요."

무변은 일이 더욱 그렇겠다고 하며 그 일도 도모해보라 했다. 그자가 갔다가 싱글벙글하며 돌아와 말했다.

"과연 기꺼이 그렇게 해주시겠다 하더군요!"

무관이 또 오십 냥을 주었다.

그자가 또다시 와서 알렸다.

"대감께서는 소실을 두셨는데 국색으로 그 소실을 매우 아끼신답니다. 소실이 아들을 낳았으니 더욱 기특하게 여기시지요. 그 아이의 돌이 얼마 남지 않았는데 돌상을 성대하게 차리려 하지만 모아둔 돈이 없어 매우 걱정하고 계시지요. 오십 냥만 드리면 일을 십분 완전하게 할 수 있겠습니다."

무변이 또 오십 냥을 내주었다. 그자가 돈을 가지고 갔다가 곧 돌아왔다.

"소실께서 과연 크게 기뻐하시고 온 힘을 다해 주선해주기로 약속하

셨습니다. 아침이나 저녁에 진사님께 좋은 벼슬이 내려올 것입니다. 그
저 가만히 앉아서 기다리기만 하십쇼. 그런데 무관의 관복은 말쑥해야
하는 법이니 오십 냥을 들여 마련해두시는 게 좋겠습니다."

"그래, 그것이야말로 없으면 안 되지!"

그자에게 오십 냥을 주며 관복을 갖추어 오라 했다. 얼마 안 있어 모
립毛笠, 무인이 쓰던 털벙거지과 철릭天翼, 무인의 정식 복장, 광대廣帶, 무인의 군복 허리에 두르던
띠, 오화烏靴, 무신이 신던 검은 가죽신, 황금대구黃金帶鉤, 띠를 매는 금으로 만든 쇠 등을 일시
에 마련해왔다. 모두 아주 눈부시고 화려했다. 무변은 마치 자기가 제갈
량을 얻은 유비라도 된 양 매우 기뻐했다. 처음에 의심하던 종들도 모두
기꺼워하고 좋은 벼슬자리가 반드시 내려오리라 믿으며 고개를 빼고
기다렸다.

무변은 곧 복색을 차려입고 명함을 품고서 병판 댁으로 갔다. 병판을
뵙고 자신의 이력과 형편을 모두 아뢰며 애걸했다. 병판은 고개를 끄덕
일 따름이었다. 알현할 기회를 주지 않은 것은 아니지만 끝내 동정하는
말은 한마디도 해주지 않았다. 무변은 병판이 으레 그러는 것이라고 생
각했다. 그뒤로 또다시 갔지만 다른 무변들과 줄을 서서 문안인사를 드
렸을 뿐, 병판은 남달리 관대한 기색을 보이지 않았다. 매번 정목政目, 벼슬
아치의 임명과 면직을 적은 기록이 나오면 간신히 빌려다 보곤 했으나 자기 이름자
는커녕 비슷한 이름조차 찾을 수 없었다.

무변은 마음이 초조했다. 그래도 그자의 환심을 사야 할 것 같아 그
자가 올 때마다 주머닛돈으로 고기와 술을 사서 마음껏 먹고 취하게 해
주었다. 마지막 남은 오십 냥도 거의 다 쓰고 말았다. 무변은 너무나 걱
정이 되어 그자에게 물었다.

"네 말이 아직 효험이 없으니 무슨 까닭인가?"

"대감께서 어느 날이고 진사님을 잊겠습니까마는 진사님보다 훨씬
더 많은 돈을 바친 사람들이 있어 그들부터 빨리 처리해주셔야 합니다.

진사님 차례가 어찌 쉽게 오겠습니까? 하나 그런 분들이 거의 다 벼슬을 얻었으니 후일 산정에는 진사님을 모 직에 넣어주겠다 하셨습니다. 이 자리는 매우 좋은 자리이니 기다려보십시오.”

또 정목이 나왔는데 이번에도 기다리던 소식은 없었다. 그자가 와서 하는 말이, “아무개 관리와 병판 누님께서 대감께 간곡히 청을 넣으셔서 이번에는 반드시 벼슬을 얻을 줄 알았습니다. 그런데 갑자기 대신이 아무개를 청탁하는 바람에 받아들일 수밖에 없었습니다. 그에게 빼앗겼으니 어쩌겠습니까? 그러나 6월 도목정사가 머지않았습니다. 모 사某司의 자리는 돈 씀씀이가 매우 풍족하니 소인이 이미 누님 댁과 아무개 관리, 그리고 소실로 하여금 대감께 함께 청하도록 해서 흔쾌히 허락을 받아둔 상태입니다. 이번에는 결코 실수가 없을 것이니 기다려보옵소서.”

무변은 반신반의하면서도 다시 기다려보지 않을 수 없었다. 돈은 이미 다 쓰고 없었다. 대정大政 날이 되자 종과 주인이 아침 일찍 일어나 눈알이 빠지도록 소식을 기다렸다. 해가 높이 떠 정오에 이르고 정오를 지나 석양이 되었다. 이조와 병조의 도정이 이미 끝났으나 무변의 성명은 들려오지 않았다. 그자는 그림자도 보이지 않았다.

무변이 크게 상심하고 실망했다. 종들조차 비웃고 수군대며 한탄하니 그 소란함을 견딜 수가 없었다. 무변은 아무 말도 없이 그자가 다시 나타나기만을 기다렸다. 그러나 전날에는 하루가 멀다 하고 오던 자가 그뒤로는 삼일이 지나도 오지 않았다. 그제야 무변은 몹시 의심스러워져 주인을 불러 말했다.

“병판 댁 수노가 요 며칠 오지 않으니 웬일이냐? 네가 가까운 사이이니 불러올 수 없겠는가?”

“그자는 본래 모르는 사람입니다. 그가 병판 댁 수노라는 사실은 진사님께서 더 잘 알고 계시잖아요? 소인은 실제로 그자를 모른답니다. 자칭 병판 댁 하인이라 하고 진사님께서도 병판 댁 하인이라 하시니 소인도 그런 줄로만 알고 있었죠. 제가 그를 어찌 알겠습니까?"

"네가 그자의 집은 잘 아느냐?"

"모릅니다. 진사님이 더 가까우시면서 왜 진작에 그 집을 알아두지 않으셨나요?"

"그럴 생각을 못했구나!"

그뒤로 그자는 발길을 끊고 나타나지 않았다. 무변이 가만히 생각해보니 가산을 다 처분한 돈을 도둑놈에게 완전히 쓸어 바친 것이었다. 집안의 종사宗祀가 끊기고 허다한 식구들을 구렁텅이로 몰아가게 되었다. 겨레붙이와 이웃은 물론 처자와 어린 종들조차 그를 원망하고 노여워하며 꾸짖고 책망할 테니 무슨 말로 해명하겠는가. 또 평생 자신의 걸걸한 성격을 생각할 때 어찌 비렁뱅이로 구차하게 살아갈 수 있을 것인가. 백번 생각해도 그냥 죽어버리는 것이 마음 편할 것 같았다. 마침내 목숨을 버리기로 결심했다.

이튿날 아침 일찍 일어나 곧장 한강으로 달려갔다. 의관을 벗어던지고 크게 몇 번 고함을 질렀다. 그러고는 강물 속으로 뛰어들었다. 강물이 등과 배에 닿자 오싹해져서 자기도 모르는 사이에 몸을 웅크리고 물러났다. 우두커니 서서 가만히 생각해보니 스스로 죽기란 참으로 어려운 고로 남에게 맞아 죽는 게 낫겠다 싶었다.

그다음날 아침, 술을 잔뜩 마시고 만취했다. 비단옷에 오화를 신고 금구金鉤, 금으로 된 띠쇠를 띤 팔척장신이 우뚝 서서 큰 걸음으로 뚜벅뚜벅 종로로 나아갔다. 사람마다 깜짝 놀라서는 신인神人이 나타났다고 보았다.

무변은 무리 중에서도 몸집이 크고 인상도 험상궂으며 힘깨나 쓸 것 같은 놈에게 달려들어 발길로 세게 차버렸다. 그자는 꿱 소리를 지르며 자빠지더니 곧바로 일어나 부리나케 달아나버렸다. 그자를 쫓아갔지만 따라잡지 못했다. 무변은 몹시 개탄했다. 또 무리 중에서 자기를 이길 것 같은 자를 골라서는 다가갔다. 그 앞에 우뚝 버티고 서서는 눈을 부라리니 그 모습은 영락없는 미치광이였다. 눈이 닿는 곳마다 모두 무너지듯 흩어져 도망치니 종로 거리가 텅 비어 한 사람도 남지 않았다. 무변은 남에게 맞아 죽으려 했지만 남들이 오히려 무변에게 맞아 죽을까 봐 두려워하니 어떻게 죽을 수 있겠는가?

날이 벌써 저물었다. 한숨을 크게 쉬며 돌아왔다. 밤이 되어 누워도 잠은 오지 않고 오직 죽을 생각뿐이었다. 문득 이런 생각이 들었다.

'남의 안방으로 들어가 그 처첩을 희롱하면 반드시 맞아 죽을 수 있겠지!'

다음날 아침 또 술을 마시고는 무관 복장을 하고 큰길을 거닐었다. 새로 꾸민 집을 발견하고 중문으로 곧바로 들어갔다. 막는 자가 없었다. 마침내 안마루로 돌입하니 한 젊은 부인이 혼자 앉아 있었다. 나이는 이십이 조금 넘어 보였는데 화용월태의 미인이었다. 구름 같은 머리를 빗고 있었는데 무변을 보고도 놀라는 기색이 없었다.

"누구시길래 남의 집 내실에 함부로 들어오나요? 미친 사람인가요?"

무변은 대꾸하지 않고 바로 마루로 올라가 여인의 손을 잡고 머리도 끌어안고 입까지 맞추었다. 그래도 여인은 굳이 거부하지 않았다. 옆에서 욕하는 사람이 하나도 없었다. 무변이 매우 이상하게 여겨 물었다.

"네 남편은 어디 갔는가?"

"남편은 왜 물어요? 세상에 무슨 이런 일이 다 있나요? 술에 취해 미친 사람이니 따질 가치도 없지만 그래도 세상에는 법이 있어요. 얼른 나가세요!"

"어쨌든 네 남편 있는 곳을 말해보거라. 사실 난 진짜로 취한 게 아니라 사정이 있어 마지못해 이런 짓을 하는 것이다."

"도대체 사정이란 게 무엇인가요?"

"내가 전에는 선전관을 지냈다. 도둑놈에게 속아서 가산을 탕진하고는 죽기로 결심했지. 그러나 스스로 죽을 수가 없어 남에게 맞아 죽으려고 여러 짓을 했지만 끝내 처리해주는 사람을 만나지 못했다. 지금도 네 남편이 없는 모양이니 또 죽기가 어려워졌구나! 앞으로 어찌하면 좋단 말인가!"

그러면서 계속 탄식하기만 하니 여인이 깔깔 웃으며 말했다.

"정말 미쳤군요. 세상에 어찌 이처럼 죽으려고 하는 사람이 있을까요? 공께서는 무반으로 청환[5] 벼슬을 하시고 이만한 풍채까지 지니셨는데 그런 분이 어찌 헛되이 죽으려고만 하시나요? 저 역시 부득이한 사정이 있어 다른 곳으로 시집가려 하고 있었습니다. 홀연 공을 만나게 되었으니 이게 하늘의 뜻 아니겠어요?"

무변이 그 사정을 물으니 여인이 자기 이야기를 들려주었다.

"첩의 남편은 본래 역관이었답니다. 본처가 있었는데 첩의 미색에 대한 소문을 듣고는 저를 소실로 삼은 지 사 년이 지났습니다. 처음에는 한집에 같이 살게 했는데 본처가 사납고 질투가 워낙 심해서 노쇠한 그 양반이 분란을 감당할 수가 없었죠. 그래서 이 집을 사서 첩을 옮겨 살게 했습니다. 그 양반이 처음에는 왕래하고 숙식도 하여 사랑하는 마음이 없는 건 아니었지요. 그러나 본처의 질투를 두려워하여 얼마 전부터는 발길이 뜸해졌어요. 여종 몇 명하고만 집을 지키고 있을 뿐이니 과부로 사는 것과 다를 바 없어졌죠. 작년에는 우두머리 역관으로 북경을 갔는데 일이 지체되어 일 년이 지나도록 돌아오지 않고 있어요. 소식조차 묘연하니 언제 돌아올지 모르고 독수공방 형체와 그림자가 서로 위로하며 지내고 있답니다. 먹고 입는 건 걱정 없지만 세상살이가 삭막하고 봄바람 가을달에 슬프게도 스스로를 불쌍히 여길 따름입니다. 종년들도 단속하는 사람이 없어지자 잇달아 도망가버리고 오직 늙은 종 하나와

---

5) 청환(清宦): 조선시대에 학식과 문벌이 높은 사람에게 시키던 규장각, 홍문관, 선전관청(宣傳官廳) 따위의 벼슬. 지위와 봉록은 높지 않으나 뒷날에 높이 되는 사람들이 거쳐가는 자리였다.

서로 의지하지만 그 역시 집에 붙어 있질 않네요. 제 신세가 이처럼 쓰라리고 고달프답니다. 인생이 얼마나 길다고 그 늙어빠지고 돌아보지도 않을 사람을 기다리고, 또 사나운 본처의 가혹한 질투를 받아야 하나요? 여름낮 겨울밤을 규방 안에서 홀로 울어야 하는 이런 사정과 도둑놈에게 사기를 당하고 죽으려 해도 죽지 못하는 사정이 뭐가 다르겠어요? 스스로 생각해보면 저의 몸은 사족과는 다르니 헛되이 말라죽을 이유는 없다고 봐요. 정녕코 다른 길을 도모하려던 차에 이 기이한 만남이 이뤄졌으니 하늘이 분명 우리 두 사람을 불쌍히 여기셨나봐요. 제가 기꺼이 당신을 따르겠으니 당신도 너무 염려하지 마세요."

여인의 이야기를 듣고 있으니 무변은 처음에는 측은한 마음이 일었다가 점차 반가운 마음이 생겨났다.

"자네 말이 좋긴 하다마는 돌아봐도 돌아갈 곳이 없네. 그러니 그냥 죽는 길밖에 없지."

"대장부답지 못하군요. 우리 만남은 우연이 아닌데 어찌 편하고 순조로운 길이 없겠어요? 제발 스스로를 아껴 평생을 그르치지 마세요."

그러고는 일어나 안으로 들어가서 주안상을 차려왔다. 손수 술을 따라 권하니 무변은 이미 여인의 얼굴에 반했고 또 그 말에 감동했기에 권하는 대로 받아 마셔 취했다. 술이 거나해지자 여인을 이끌고 침실로 들어갔다. 그림 병풍, 비단 이불, 화문석, 수놓은 베개에서 벌과 나비가 꽃을 탐하듯 견권[6]한 정이 극치에 이르렀다. 마른 풀에 비가 내리는 듯, 죽은 재에 다시 불이 붙는 듯하니 서로의 기쁨을 가히 알 만도 했다.

그날부터 무변은 그 집에서 머물며, 죽고 사는 것은 하느님께 맡겼다. 여인도 남편의 집과 인연을 끊고자 했기에 두려워하거나 꺼릴 것이 없었다. 좋은 옷과 아름다운 음식으로 무변을 받드니 여위었던 그의 얼굴

6) 견권(繾綣): 남녀 간에 정이 들어 떨어지지 못하는 것.

이 날로 윤택해졌다. 밤이 되면 와서 자고 아침이 밝아오면 나가 논 지 어느덧 한 달이 지났다. 죽으려는 생각은 점차 사라지고 사는 즐거움이 도리어 커졌다.

그러나 여인에 대한 소문을 덮기는 어려웠다. 이윽고 역관이 귀국하게 되어 서신이 먼저 당도했다. 여인은 무변에게 피하여 떠나라 했지만 무변은 부끄러워 돌아갈 수 없었다. 느릿느릿 돌면서 결정을 못하고 있는데 역관은 벌써 고양 주막에 이르렀다. 그 집 식구들은 채비를 하고 나가서 역관을 맞이했다. 역관이 아내에게 물었다.

"소실은 왜 안 왔소?"

"그년에게 딴사람이 생겼으니 당신과는 무슨 상관을 하겠어요?"

역관이 놀라서 그 까닭을 물으니 본처는 소문을 자세히 알려주었다. 역관은 화가 산처럼 치솟아 술상을 밀치고 서둘러 준마에 올라탔다. 날카로운 칼을 들고 말을 달려서 당장 한칼에 남녀를 벨 기세였다. 대문을 박차고 뛰어들면서 소리를 질렀다.

"어떤 도적놈이 우리집에 들어와 내 여자를 훔친단 말인가? 어서 나와 내 칼을 받으렷다!"

갑자기 방문을 열어젖히고 나오는 사람이 있었다. 관복이 찬란하고 용모는 신선과 같았다. 그는 옷깃을 풀어젖히고 가슴을 내밀고서는 껄껄 웃으며 말했다.

"내가 오늘에서야 비로소 진짜 죽을 곳을 얻었구나. 당신, 내 가슴을 찔러주시오!"

무변은 의기가 편안하고 여유가 있어 조금도 동요하는 빛이 없었다. 역관이 얼굴을 들어 그 모습을 보고는 자기도 모르게 몸을 떨었다. 그리고 두려워했다. 마치 후경이 양무제를 보듯[7] 기가 질려 입을 헤벌리고 얼빠진 사람처럼 우두커니 서 있다가 한마디도 하지 못했다. 그저 탄식하는 소리를 몇 번 내고는 칼을 내던지며 말했다.

"집과 계집과 재산 모두 당신 마음대로 하시오!"

그러고는 총총히 떠나가며 돌아보지도 않았다. 여인이 벽장에 숨어서 그 모습을 몰래 엿보고 있다가 나와서 무변에게 말했다.

"용렬한 사람이 무슨 일인들 하겠어요? 그러나 빨리 떠나는 게 좋을 것 같네요."

여인은 누각 위로 뛰어올라가서 궤짝 하나를 들고 왔다. 그 속에는 천은天銀, 품질이 제일 좋은 은 삼백 냥이 들어 있었다.

"제 친정아버지도 부자였지요. 이건 제가 시집을 때 아버지께서 주신 거예요. 제가 몰래 깊이 감춰둬서 그 사람도 모른답니다. 아버지도 돌아가신 지 오래되어 더불어 살아갈 사람이 없었는데 오늘 다행히도 주인을 만났네요. 이것으로 한밑천 삼을 수 있을 거예요."

또 농 하나를 들고 나왔다. 열어보니 그 속에는 금, 옥, 구슬, 머리꾸미개, 잡다한 패물, 그리고 비단에 수를 놓은 옷 몇 벌이 들어 있었다.

"이 역시 수백 냥은 될 겁니다. 잘 놀리기만 한다면 부자 못 된다고 걱정할 필요 없겠지요. 종과 말에 냉큼 실으라고 시키지요."

다음날 새벽 무변은 종 둘과 함께 말 두 마리에 짐을 가득 실었다. 말 위에 여인을 태우고 자기는 뒤를 따랐다. 봉산 쪽으로 바삐 가니 역관도 감히 따라오지 못했다. 역관의 본처도 그들이 떠나는 것을 다행스럽게 여기며 오히려 다시 돌아올까봐 걱정했다. 따라가 잡아오겠다는 사람이 있어도 만류하며 잠이나 자게 했다.

무변은 밑천으로 팔았던 땅을 모두 사들였다. 또 돈을 잘 굴려 몇 년 만에 부자가 되었다. 다시 상경하여 벼슬을 구했는데 전날의 실수를 교

---

7) 후경(侯景)이 양무제(梁武帝)를 보듯: 후경은 양나라 무제의 신하였는데 반란을 일으켜 왕성을 함락시켰다. 이때 후경이 무제를 대면하게 되었는데 감히 무제의 얼굴을 바로 보지 못하고 땀이 흘러 얼굴을 덮었다고 한다.

훈으로 깊이 삼아 아주 주도면밀하게 일을 처리했다. 출육[8]을 하고 차차 승진하여 여러 차례 웅진雄鎭, 진영(鎭營) 중에서 큰 곳을 거치니 절도사[9]에 이르렀다. 그는 그 여인과 함께 살며 많은 복록을 누렸다 한다.

李節度窮途遇佳人

仁祖朝, 海西鳳山地, 有一武官姓李者. 饒於財, 而性甚豁達, 喜施與, 信人不疑, 有告急者, 傾儲無所惜, 以此家計耗敗不可支. 然風骨偉麗, 見者皆以榮達期之. 仕至[10]宣傳官, 坐事失職, 鄕居累年, 銓曹久不檢擬. 一日李謂其妻曰: "武弁鄕居, 官不自來, 而家貧如此, 實恐一朝塡壑, 寧不可歎? 所餘庄土, 賣可得四百餘金, 以此入京求官, 得則生, 不得則死, 我意已決矣." 妻亦許之. 遂盡賣田土, 果得四百餘[11]金, 留百金付妻謀生, 以三百金上京, 健僕駿騎, 頗動人目. 至碧蹄店止宿, 僕方治馬食, 忽有一漢着氈笠, 衣服新鮮, 始則窺視, 俄而入來, 與僕輩語, 意頗懇款, 僕輩悅之. 問所從來, 曰: "兵曹判書宅使喚蒼頭也." 李微聞其言, 亟召問之, 對如前, 李大喜曰: "吾方求仕上京, 所望者兵銓, 汝果是兵判[12]宅信任奴僕, 則其能爲我, 居間周旋否? 且汝之來此何幹?" 其人曰: "小人爲兵判宅首奴, 上典家庄[13]穫[14], 多在西關[15], 今方受命收貢膳, 故今日發去耳." 李歎[16]曰: "得爾不易, 而有

<hr>

8) 출육(出六): 6품에서 나간다는 뜻이니, 6품 벼슬에서 5품 벼슬로 승진하는 것을 말한다.
9) 절도사(節度使): 각 지방에 두어 군대를 지휘하던 종2품의 무관. 병사(兵使)와 수사(水使)를 가리킴.
10) 至: 동양본에는 '爲'로 표기.
11) 餘: 동양본에는 탈락.
12) 兵判: 동양본에는 '兵曹判書'로 표기.
13) 庄: 동양본에는 '藏'으로 표기. '藏'이 맞음.
14) 庄穫(장확): 장확(藏穫). 장(藏)은 남자 종, 확(穫)은 여자 종.
15) 西關(서관): 평안도.
16) 歎: 동양본에는 '歎'으로 표기.

此交違, 何以則有周旋之策耶?"曰: "此不難, 請與之同入京中. 小人受命, 辭出已累日, 而[17]擇吉發行, 故今始出來, 上典未必知之. 今復還爲進賜周旋後, 發行亦未晚也. 但未知行中所持者幾何?"曰: "三百."曰[18]: "董[19]可用之." 遂隨而歸, 爲李定一館舍, 傍近兵判家, 囑主人善待之. 李以爲主人素知此漢, 益信之. 其漢歸家數日不來, 李謂以見欺, 大爲疑慮, 已而來見, 李喜極如漢王之得亡何, 問: "數日何爲不來?"曰: "爲進賜圖官, 豈可倉卒耶? 有一處蹊逕甚緊, 而當用百金." 李急問之, 厥漢曰: "兵判有姊氏, 寡居在某洞, 大監極念之, 所言必從, 小人以進賜事, 告于厥宅, 則内主要得百金, 美官可立致, 進賜能無吝乎?"李曰: "此金之用, 專爲此, 更何問?"卽出囊, 計數而付之, 僕輩疑之曰: "進賜不親往, 徒付此漢, 安知非詐耶?"李曰: "其爲兵判宅奴, 則明矣! 何可不信人如此?"翌日厥漢來曰: "内主得金甚喜, 卽送言于大監, 懇以散政有當窠, 必首擬毋泛, 大監諾之. 然必有言重者, 傍助然後, 事益牢固矣! 某洞有某官, 素爲大監親重, 有言必從, 又以五十金投之, 則必喜可大得力." 李深以爲然, 令圖之, 厥漢來有喜色曰: "果樂聞矣!"李又付五十金. 厥漢又來告曰: "大監有小室, 國色絶愛之, 生男甚奇, 懸弧[20]不遠, 欲厚設具, 而無私儲, 甚憂之. 若又進五十金, 則事可十分完全矣." 李又以五十金出給, 厥漢持去, 卽還曰: "姬果大喜, 言當竭力周旋, 進賜好官, 非朝卽夕, 當坐[21]俟之. 然武官供仕官服, 不可不精備, 且以五十金貿辦則可矣." 李曰: "此斷不可已!"仍以金托厥漢, 貿易辦備, 匪[22]久毛笠帖梩[23]廣帶烏靴黃金帶鉤, 一時致之, 而皆極光麗, 李大喜自以爲得

---

17) 而: 동양본에는 탈락.
18) 曰: 동양본에는 탈락.
19) 董: 동양본에는 '僅'으로 표기.
20) 懸弧(현호): 옛날에 사내아이가 태어나면 뽕나무로 만든 활을 문 왼쪽에 걸어놓았다는 데서, 사내아이가 태어남을 이르는 말. 여기서는 아이가 이미 태어나 있기에, 돌을 뜻한다.
21) 동양본에는 '而'가 더 나옴.
22) 匪: 동양본에는 '非'로 표기.
23) 梩: 다른 이본에는 '裡'으로 표기. '裡'가 맞음.

一諸葛亮. 雖僕輩之始疑者, 皆大信之, 欣欣然顒望瞠仕之必至. 李旣具服着, 卽懷刺, 詣兵判家登謁, 備具履歷情勢, 告訴哀乞, 兵判頷之而已, 非不假借, 終無一言矜惻, 李以爲此不過兵判之常事. 其後復往, 亦不免同諸武逐隊問安而已, 無賜顔款接之意. 聞有政目, 則必艱辛覓見, 而渠之名字, 少無疑似者, 心甚焦躁, 而務悅厥漢之心, 來則出其囊錢, 買肥肉大酒, 任其醉飽, 餘存者五十金, 幾盡消瀜. 李頗悶之, 問厥漢曰: "汝言久無驗, 何也?" 曰: "大監何日忘進賜, 而奈有所納者, 加於進賜, 則尤爲緊, 進賜何以得叅? 然此輩得意者已多, 聞後日散政, 大監將擬進賜某職, 此極腴官, 試俟之." 及政目出, 又無聞, 厥漢來見曰: "某官及內主, 力請於大監, 可必得, 忽有大臣, 託以某人, 不容不施, 爲其所奪, 當奈何? 然六月都政不遠, 某司之職, 財用甚饒, 小人已白於內主, 某官及小室, 合請於大監, 已得快諾, 此則決不失矣! 且俟之." 李半信半疑, 而不敢不重待. 財力已罄盡矣. 及至大政, 奴主早起待報, 望眼欲穿, 而日高至午, 過午至晡矣. 吏兵批已畢, 而李之姓名, 寂無聞, 厥漢亦無聲影, 李大恨失心, 僕輩之訕議恨歎[24], 不勝其騷耳, 李不能出聲氣, 猶望此漢之復至, 而前之日日來者, 今過三日不至, 李始大疑之, 招主人曰: "兵判宅首奴, 近日不來何也. 汝旣情熟, 何不招來?" 主人曰: "此本素昧之人也! 其爲兵判家首奴, 進賜明知之耶? 小人實不知之. 第以渠自稱兵判家奴子, 而進賜又謂兵判之奴也, 小人以此信其爲兵判家奴子, 實則吾安知之?" 李曰: "汝旣親熟知其家乎?" 曰: "不知也. 進賜旣與親熟, 豈未嘗知其家耶?" 李曰: "偶未致意耳." 自後厥漢絶跡不來, 李自念蕩敗家産, 盡輸於一賊漢, 累代宗祀, 許多家眷, 將擧委邱壑, 而族黨鄉隣, 妻子僮僕, 怨怒誚責, 其何辭可解? 且念平生桀驁之性, 豈肯寒乞兒苟活耶? 百爾思之, 唯有一死, 乃快於心, 遂決意捨命. 翌日早起, 直走漢江, 脫去衣冠, 大叫數聲, 奔入水中, 水浸背腹, 已不勝凜慄, 不覺縮身, 退

---

24) 歎: 동양본에는 '嘆'으로 표기.

步, 佇立靜思曰: "實難自死, 莫如爲人所打[25]死." 翌日朝, 大飮酒爛醉, 錦
衣烏靴, 金鉤橫帶, 八尺長身, 昂然大步, 直至鐘街, 人人大驚, 視以爲神人,
而李方揀取衆中偉幹獰貌, 似有勇力者, 直前搏之, 飛脚大踢, 其人一聲跌
仆, 急起疾走, 追之不及, 李甚慨恨. 又環視衆中, 有可勝己者, 將赴之, 佇
立睢盱, 狀若狂者, 目之所觸, 莫不潰然迸走, 街中[26]空無一人. 李雖欲爲
人所打死, 而人方畏爲李所打死, 死可得乎? 日已暮矣, 大悵而歸. 夜臥無
寐, 欲死之外, [27]無他念矣. 又思曰: '莫如入人內家, 狎戲其妻妾, 則打死必
矣.' 翌朝又飮酒服着, 遊歷大街, 見一屋新麗, 直入至中門, 而無阻擔[28]者.
遂突至內廳, 只有一少婦, 年可二十餘, 花容月態, 手梳雲鬟, 視之略[29]不
驚動, 問曰: "何人入人內室乎? 豈非狂者耶?" 李不答直上廳, 把女手擁頭
接口, 女不甚牢拒, 而亦無一人在傍呵之者, 李極怪之, 問曰: "汝夫何在?"
女曰: "問夫何爲? 世豈有如許事? 醉狂雖不足較, 自有法司, 其速去!" 李
曰: "第言汝夫所在! 我非眞醉也. 自有情事, 不得已作此." 婦曰: "所謂情事
何事?" 李曰: "吾本舊日宣傳官也. 爲賊人所欺, 盡失家産, 決意就[30]死, 而
不能自死, 要人打殺, 故累作此等事, 而終無下手者. 今汝夫又不在, 死亦
至難, 將奈何?" 咄咄不已. 婦人大笑曰: "信乎狂矣! 世[31]豈有求死如此者
乎? 公果武班淸宦, 則以此風骨, 豈虛死耶? 我亦有情事, 不得已者欲圖他
適, 而忽與公遇, 豈非天耶?" 李問其情事, 婦曰: "妾夫本譯官也. 有正妻在
室, 而聞妾之美, 又娶爲次妻, 已四年矣. 始率置一屋之內, 妻悍極妬, 而夫

---

25) 所打: 동양본에는 '托'으로 잘못 표기.
26) 中: 동양본·고도서본에는 '上'으로 표기.
27) 동양본에는 '更'이 더 나옴.
28) 擔: 동양본·고도서본에는 '搪'으로 표기. '搪'이 맞음.
29) 略: 동양본에는 '畧'으로 표기.
30) 就: 동양본에는 '致'로 표기.
31) 世: 동양본에는 탈락.

已衰老[32], 不堪其勃磎, 買得此屋, 使妾移居. 夫始也, 往來宿食[33], 非無眷
戀之意, 畏妻之妬, 數日後, 足跡[34]甚俙, 只有數婢相守, 無異寡居[35]. 昨年
夫以首譯隨行赴燕[36], 適以事, 滯留燕[37]京, 今已周年未歸, 音信[38]杳然,
莫知歸期. 獨守空房, 形影相弔, 喫着無闕, 而世念索然, 春風秋月, 悽傷自
悼而已. 今婢輩, 以無人照檢, 相繼而去, 只有老婢相伴, 而亦多不常常在
家. 情事酸苦如此, 人生幾何, 而守此衰朽不相干之人, 酷受悍婦嫉妬, 夏
之日冬之夜, 獨泣空閨之中, 如許情事, 與被賊欺奪, 而求死不得者, 何間
焉? 自念賤身, 異於士族, 不可徒然枯死, 正欲別圖, 而忽有此奇逢, 分明天
意, 矜憐我兩人, 我實願從, 公亦何過慮耶?"李聞其言, 始也惻然, 繼而[39]
欣然, 徐曰: "汝言亦善矣. 然顧無可歸, 唯有一死耳!"婦曰: "非丈夫也! 然
此會非偶, 豈無便順之道? 願自愛無枉平生." 因起入室, 捧出酒肴, 親酌以
勸, 李旣悅其色, 且感其言, 隨勸飮醉, 酒興頗逸, 携女入室, 畫屛錦衾, 花
茵繡枕, 蜂貪蝶戀, 極其繾綣, 枯草沾雨, 死灰復燃, 彼此喜可知也. 自是以
後, 因常留住, 其生其死, 一任天公. 婦亦欲絶夫家, 不復畏忌, 但治珍衣美
食以養. 李介瘦顔, 日漸豊麗, 夜則來宿, 晝則出遊, 奄過一月, 死念漸消,
生樂轉甚, 而女之風聞, 亦自難掩. 已而譯官旋歸, 書信先到, 厥婦欲使李
避去, 李恥[40]不敢歸, 遲回未決, 而譯官已到高陽店, 其家屬治具出迎, 譯
官問其妻曰: "次室之不來何也?"曰: "次室自有別人, 何關於君?"譯官驚問
其故, 妻細傳所聞, 譯官怒氣如山, 推擲盃盤, 急鞴駿馬, 腕懸利刀, 疾馳入

---

32) 衰老: 동양본·고도서본에는 '老衰'로 표기.
33) 宿食: 동양본에는 '食宿'으로 표기.
34) 跡: 동양본에는 '迹'으로 표기.
35) 동양본에는 '者'가 더 나옴.
36) 燕: 동양본에는 '北'으로 표기.
37) 燕: 동양본에는 탈락.
38) 信: 동양본에는 '問'으로 표기.
39) 而: 동양본에는 '以'로 표기.
40) 恥: 동양본에는 '耻'로 표기.

來, 將欲一劒幷剪, 蹴開大門衝突, 直入大呼曰:"何物賊漢入我室, 偸我妻? 速出喫劒!"忽有一人, 推窓當戶, 官[41]服輝煥, 貌若神仙, 披開衣襟, 露示其胸, 嬉怡而笑曰:"吾今日眞得死所矣. 汝刺我[42]胸!"意氣安閑[43], 略[44]不動容, 譯官纔擧顔, 不覺懍然, 震慴若侯景之見梁武, 氣縮口呿, 都立癡呆, 不能出一語, 但嗟咄數聲, 忽擲金[45]謂李曰:"家宅妻財, 任君自爲."惘然出去, 不復回顧. 婦時藏在壁間, 窺見其狀, 出謂[46]李曰:"庸奴何能爲乎? 然可速去耳!"走上樓捧出一横, 中有天銀三百兩, 曰:"吾父亦富室, 吾嫁時, 父以此財資送, 而吾深藏秘之, 夫未嘗知, 而父死已久, 無可與謀生者, 今幸有主, 此可爲資本."且挈出一籠, 開示其中, 金玉珠貝, 首飾雜佩, 及錦繡衣服, 曰:"此亦數百金, 苟善運籌, 何患不富? 速命僕馬載之!"明曉, 李遂以兩奴兩馬載之滿馱, 置女其上, 李隨其後, 馳歸鳳山. 譯官莫敢從[47]之, 而其妻幸其去, 唯恐發狀, 如欲推還, 阻抑寢之. 李以其資, 盡復所賣之土, 且轉運居, 積數年成富室. 復上京求仕, 深懲前日, 務極周詳, 甄復出六, 次次序陞, 累陞雄鎭, 至節度使. 厥女與之同居, 俱享福祿甚盛.

41) 官: 동양본에는 '冠'으로 표기.
42) 我: 동양본에는 '此'로 나옴.
43) 閑: 동양본에는 '閒'으로 표기.
44) 略: 동양본에는 '畧'으로 표기.
45) 金: 다른 이본에는 '劍'으로 표기. '劍'이 맞음.
46) 謂: 동양본에는 '爲'로 잘못 표기.
47) 從: 동양본에는 '躍'로 표기.

거사가 명혈을 잡아주어 아름다운 처를 얻게 하다

성거사星居士는 가산嘉山 사람이다. 출가 전의 성은 장씨이고 승명은 취
성驟騂이다. 일찍 고아가 되어 십오 세에 강릉 오대산 월정사로 출가했
다. 머리를 깎고는 법승法僧, 법사이면서 아직 법호를 받지 못한 승려 운雲대사의 제자가
되었다. 총명하고 영특해 뭇 스님 중에서도 특출하니 대사가 매우 아꼈
다. 대사가 언제나 다음과 같이 말했다.

"내 의발1)은 마땅히 취성에게 물려줄 것이다."

삼장2) 경전의 글들을 모두 다 가르쳐주었지만 유독 책 세 권만은 장
롱 속 깊이 감춰두고 보지 못하게 했다.

하루는 대사가 금강산 유점사 스님 회의에 참석하려고 떠나면서 취

---

1) 내 의발(衣鉢)은~물려줄 것이다: 선원에서 전법(傳法)의 표가 되는 가사와 바리때를 후계
자에게 전하던 일에서 만들어진 말로서 스승이 자신의 법(法)을 후계자에게 전하는 것.
2) 삼장(三藏): 경(經)·율(律)·논(論). 석가모니가 한 설법을 모은 경장(經藏), 교단이 지켜야
할 계율을 모은 율장(律藏), 교리에 관해 뒤에 제자들이 연구한 주석 논문을 모은 논장(論藏)
을 합하여 삼장이라 한다.

성에게 말했다.

"일 년 안에 돌아올 테니 너는 마음을 다잡고 공부에 전념하거라. 장롱 속에 넣어둔 책 세 권은 절대 꺼내 봐서는 안 된다."

그러고는 길을 떠났다.

취성은 여러 제자와 함께 산문까지 가서 대사를 배웅해드리고 돌아왔다. 취성은 매우 의아한 생각이 들었다.

'사부께서 감춰놓은 책 세 권은 얼마나 기이한 글이길래 제자가 한 번 보는 것조차 허락하지 않으실까?'

취성은 사부가 안 계신 틈을 이용해 책을 꺼내서 열람해 보았다. 그건 불경이 아니고 지리서였다. 위로는 하락[3]부터 아래로는 성력星曆, 별자리를 기준으로 한 역법, 오행음양의 수와 구궁팔괘[4]의 법 등이 현묘하게 두루 갖춰져 있고 길흉이 다 드러나 있었다. 모두가 천고에 전하지 않던 비결이었다.

그걸 본 취성은 점점 깊이 빠져들었다. 불경은 읽지 않고 오로지 이 책들만 읽어가니 불과 반년도 안 되어 그 오묘한 경지를 터득했다. 온종일 산행을 해도, 용맥[5]이 일어나고 가라앉는 것과 풍수가 모이고 흩어지는 것이 손바닥 안처럼 훤하게 눈에 들어왔다. 세상에 없는 신령한 기술을 이미 자기 스스로 얻었다고 여겼다. 인간세상 부귀를 손에 침 뱉듯 얻을 수 있을 것 같아서 마침내 환속하려는 마음을 먹었다.

그러다 하루는 문득 정신이 들었다.

---

3) 하락(河洛): 하도낙서(河圖洛書)의 준말. 하도는 복희 때 황하에서 나왔다는 도형, 낙서는 하(夏)의 우왕(禹王)이 홍수를 다스릴 때 낙수(洛水)에서 나온 신귀(神龜)의 등에 있었다는 무늬로, 우왕이 이에 의거하여 구류(九類), 즉 홍범구주를 지었다 한다.

4) 구궁팔괘(九宮八卦): 문왕(文王)이 만든 후천팔괘도(後天八卦圖)와 구궁도(九宮圖)를 합한 것이다. 구궁도는 ① 감(坎, ☵, 북), ② 곤(坤, ☷, 남서), ③ 진(震, ☳, 동), ④ 손(巽, ☴, 동남), ⑤ 중궁(中宮, 중앙), ⑥ 건(乾, ☰, 서북), ⑦ 태(兌, ☱, 서), ⑧ 간(艮, ☶, 북동), ⑨ 이(離, ☲, 남)이다. 즉 구궁도는 팔괘도를 방위와 관련하여 배열한 것이다. 숫자는 구궁도의 순서다. 역술과 점술에서 아주 중요하게 활용한다.

5) 용맥(龍脈): 풍수지리에서, 산의 정기가 흐르는 산줄기. 그 정기가 모인 자리가 혈(穴)이 된다.

'부처님 가르침 공부는 바른 마음을 최상으로 삼지. 내가 출가 십 년 동안 반점의 잡념도 갖지 않았는데 갑자기 사악한 마음이 일어났으니, 이는 스승님의 가르침을 따르지 않아서다. 부처님의 가르침을 무용지물로 보고 풍수가의 방술에 현혹되는 것이 어찌 수행을 그르치는 게 아니겠는가? 사부께서 이 사실을 아시면 나는 무거운 꾸중을 면치 못할 것이다.'

향을 피우고 부들방석 위에 가부좌를 틀고 앉았다. 손으로는 염주를 돌리고 입으로는 부처의 게송을 외웠다.

얼마 안 있어 대사가 돌아왔다. 대사는 취성을 불러 꾸중했다.

"네가 너의 죄를 알렷다!"

취성이 계단 아래로 내려가 꿇어앉아 말했다.

"소자 사부님을 섬긴 지 십 년이 되었지만 그동안 털끝만큼도 불순한 일을 하지 않았습니다. 제가 우매하여 무슨 죄를 지었는지 잘 모르겠습니다."

대사가 크게 책망하며 말했다.

"수행 공부에 그 조목이 셋이니, 몸과 마음과 뜻이다. 너는 내 가르침을 배반하고 잡술에 탐닉했다. 불가의 적멸을 싫어하고 세속 부귀를 흠모했으니 십년공부를 하루아침에 무너뜨려버렸다. 그런 죄를 지었으니 한순간도 여기에 머물게 할 수 없다. 속히 산에서 내려가거라!"

마침내 몽둥이질을 하고는 쫓아내버렸다.

취성이 곰곰이 생각해봐도 사문沙門에 용납되지 못한다면 고향으로 돌아가는 길밖에 없었다. 강릉에서 서울에 이르기까지 지나온 산천의 명혈名穴 대지大地는 손으로 다 꼽을 수가 없었다. 그래서 용절6)과 좌향,

---

6) 용절(龍節): 풍수에서 용은 산세를 말한다. 용절은 산이 이어진 결절 혹은 마디 부분을 지칭한다.

소사와 납수[7]를 자세히 기록해 주머니 속에 넣고는 곧바로 도성 문안으로 들어갔다. 점지해둔 곳을 팔아먹으려고 성시를 두루 돌아다니며 만나는 사람에게마다 그 이야기를 했다. 사람들이 듣고는 터무니없는 일이라며 누구도 사려 하지 않았다.

취성이 속으로 한탄하며 가산으로 향했다. 평산平山에 이르니 신었던 짚신이 다 떨어졌다. 발이 한 자가 넘는지라 길가에서 파는 신은 모두 맞지 않았다. 부르튼 발 때문에 조금씩 조금씩 걸어서 몇 리를 가니 마을이 하나 나타났다. 거기에 한 상인喪人이 있었다. 그가 신발이 없어 발이 상한 취성에게 큰 신을 주었다. 취성이 매우 감격하여 물었다.

"친상親喪인가 싶은데 안장安葬을 하셨는지요?"

"산지를 정하지 못한 채 어느덧 반년이나 지났는데도 온전한 하관을 하지 못하고 있지요."

취성이 말했다.

"제가 풍수를 조금 아는데 주인께서 제 말을 믿으신다면 마땅히 혈 하나를 잡아드려 신발을 주신 후의에 보답하고자 합니다."

상인이 그 이야기를 듣고 크게 반기며 중당으로 맞이하고 후하게 대접했다. 거사는 상인과 함께 가다 십여 리도 못 가서 혈 하나를 찾아내고는 상인에게 말했다.

"이 혈은 정말 명혈입니다. 백자천손이 그 음덕을 속히 받을 것입니다. 주인께서도 비록 지금은 가난하지만 일 년도 안 돼서 큰 부자가 될 것이요, 삼년상을 마친 뒤에는 과거에 급제할 것입니다."

그러고는 헤어졌다.

상인은 평산 이씨의 선조인데 장례를 지낸 이후로 드러난 징조가 취

---

7) 소사(消砂)와 납수(納水): 풍수 이론으로서, 산이 위치한 방향이 건물이나 묘택에 주는 영향을 판단하는 방법이다. 속담에, 소사를 할 줄 모르면 화사여마(禍事如麻, 화가 셀 수 없이 일어남)며, 납수를 할 줄 모르면 백사견귀(百事見鬼, 온갖 일에서 귀신이 보임)라 한다.

성이 말한 바와 똑같았다.

취성은 가산 갈산 아래에 도착해서 오두막집 몇 칸을 지었다. 집 뒷산 절벽에는 작은 구멍 하나가 있었다. 매일 아침 진언을 외우면서 손으로 구멍 안을 만지면 쌀 두 되가 저절로 나오니 그것으로 아침밥과 저녁밥을 지었다.

숙천肅川 백운산에 안씨 형제가 살았다. 일찍 고아가 되어 친척도 없으니 나이 서른이 지났는데도 장가를 들지 못하고 있었다. 생계가 매우 어려워 형제 모두 남의 집 머슴 노릇을 했다. 취성이 백운산 아래를 지나가는데 때마침 유월이라 길에서 소나기를 만났다. 헐레벌떡 촌가를 찾아갔는데 마침 안수재가 머슴살이를 하는 집이었다. 취성이 오랫동안 문 앞에 서서 비가 개기를 기다리고 있었지만, 산속 해는 이미 저물고 비의 기세는 누그러지지 않았다. 취성이 주인에게 하룻밤 묵고 가게 해달라고 청했지만 주인은 욕설을 퍼부으며 허락하지 않았다. 안수재가 한창 소여물을 먹이고 있다가 나와서 취성에게 말했다.

"이 댁 뒤에 있는 조그만 집이 제집입니다. 누추하지만 저와 함께 가시겠습니까?"

취성이 답했다.

"비가 내리는 깊은 골짜기엔 호랑이가 횡횡하는데 밤에 노숙을 하면 반드시 죽을 겁니다. 다행이 유숙을 허락하시니 수재님은 사람 살리는 부처님이시군요."

안수재가 취성을 자기 집으로 모시고 갔다. 집을 깨끗이 치우고 앉게 하고는 그 동생을 불러 말했다.

"우리 형제 저녁밥을 이곳으로 갖고 와라."

동생이 즉시 주인댁으로 가서 상 두 개를 차려 왔다. 상 하나는 거사에게 바치고 다른 상 하나는 형제가 같이 먹었다.

다음날에도 여전히 비가 내려 취성은 떠날 수가 없었다. 이러구러 삼사일이 지나도 비는 그치지 않았지만, 안수재가 대접하는 것이 전날과 다름없이 한결같았다. 시작부터 끝까지 조금도 해이해지지 않았으며 고달파하는 기색도 없었다.

다섯째 날에야 비가 그쳤다. 취성이 떠나기 전에 물었다.

"부모의 산소는 어디에 있는지요? 한번 보고 싶군요."

안수재가 말했다.

"거사님께서는 풍수에 능통하신가요?"

"거칠게 아주 조금은 알지요."

안수재가 즉시 취성과 함께 선영으로 갔다. 취성이 주산主山으로 올라가 용혈의 기세와 수구水口를 살펴보았다. 다음으로 혈처에 올라가서 입수入首와 명당을 관찰하고는 말했다.

"형국은 아주 아름다워 가히 길지라 하겠습니다. 다만 이같이 점혈을 정확히 찾지 못했으니 빈천함을 어찌 면할 수 있었겠습니까? 무릇 이 혈은 매우 광활하여 토체8)를 소탕했다고 하겠습니다. 이러한 혈은 중앙을 쓰지 말아야 합니다. 중앙에 하관을 하면 움푹 가라앉게 됩니다. 흙이 비면 가라앉는 건 당연한 이치지요. 무릇 흙이란 그 뿔을 쓰는데, 뿔은 화火에 해당합니다. 경전에 '화火가 토土를 생生한다'고 하지 않았습니까?"

마침내 뿔 하나의 머리 부분을 선택해 그 좌향9)을 정하고 길일을 택했다. 다시 정할 때 취성이 말했다.

"수재께서 가장 원하는 바가 무엇인지요?"

"제가 사람 자식으로 장차 윤기를 폐하여 대를 끊게 되었으니 불효가 큽니다. 짝을 얻는 일이 가장 급합니다."

---

8) 토체(土體): 산의 정상 부분이 평평한 산을 풍수에서는 토체라고 부른다.
9) 좌향(坐向): 묏자리나 집터 등의 등진 방위에서 정면으로 바라보이는 방향.

취성이 상생법[10]으로 혈을 닫고 안장을 한 뒤 안수재에게 말했다.

"팔월 아무 날에 미인이 천금을 가지고 스스로 나타날 것입니다. 그와 짝이 되면 가난을 벗어날 수가 있습니다. 십 년도 안 되어 자손들이 집을 가득 채울 것입니다."

안수재가 물었다.

"조상의 덕이 그리 빨리 나타나나요?"

"용기龍氣가 멀지 않아서 그렇습니다. 내가 십 년 뒤에 꼭 다시 오겠습니다. 그사이 비록 온갖 술사가 무덤을 훼손하려 해도 절대 옮기지 마십시오."

그러고는 작별하고 떠나갔다.

팔월 아무 날에 안씨 형제가 함께 집에 있었다. 정오 무렵, 어떤 사람이 포대기를 두르고 마을에서 걸어나오다가 안씨 집 문 앞에 도달하여 물었다.

"여기가 안수재 댁입니까?"

"그렇습니다."

그 사람이 다시 말했다.

"형제가 함께 사시는데, 형의 이름은 아무고 동생의 이름은 아무이시지요? 아직 짝을 얻지 못하셨나요?"

안수재가 말했다.

"그렇소만. 그건 왜 묻는지요?"

그 사람은 대뜸 방안으로 들어가 두르고 있던 포대기를 풀어 내려놓고는 안씨를 향해 말했다.

"저는 본읍 좌수 곽 아무의 딸입니다. 부모님께서는 제 나이 스물에

---

10) 상생법(相生法): 나무가 불을 나게 하고〔木生火〕, 불이 흙을 나게 하며〔火生土〕, 흙이 쇠를 나게 하고〔土生金〕, 쇠가 물을 나게 하며〔金生水〕, 물이 나무를 나게 하는 것〔水生木〕을 말한다.

이웃 동네 오씨와 정혼을 약속하셨지요. 내일이 혼인날입니다. 그런데 유월 아무 날부터 제 꿈속에 신인이 나타나 이렇게 말씀했어요.

'나는 백운산 신령이다. 하늘이 맺어준 네 인연은 백운산 아래 안 아무에게 있도다. 안 아무는 지금 동생과 함께 살고 있는데 배우자가 아직 없다. 네가 안씨 댁으로 가서 그와 부부가 된다면 백년의 신세가 편안하고 부유하며 화락할 것이다. 그러나 오씨와 혼인을 하면 네 평생은 반드시 망쳐질 것이다.'

꿈에서 깨어나 속으로 의아해하기만 했는데 다음날 또 똑같은 꿈을 꾸었습니다. 그뒤로 신령이 꿈에 나타나지 않는 날이 없었어요. 그러나 규방 처자인 이 몸은 한 발자국도 문밖으로 나간 적이 없었습니다. 또 꿈속 일을 부모님께 말씀드리는 것도 어려워 주저하다 오늘에 이르렀습니다.

내일이면 혼례를 올려야 하는 형편인데 신령의 꿈이 이처럼 간곡하니, 결코 가만히 앉아서 해가 뜨기를 기다릴 수 없을 것 같았어요. 백번 생각하다 마침내 꾀를 하나 냈지요. 남자옷을 입고 새벽을 틈타서 문을 나와 수없이 넘어지고 자빠지며 간신히 여기에 이르렀습니다. 삼생의 인연은 무겁고 한때의 비난은 하찮은 법이라 이렇게 바른길을 버리고 권도를 따랐습니다. 부끄러움을 안고 수치를 참으며 부르지도 않으셨는데 스스로 왔으니 음탕하다 여기실 수도 있겠습니다. 하지만 첩은 남자가 아니라 여자랍니다. 오직 군자의 처리를 기다리겠습니다."

안씨가 이 말을 듣고는 기이하게 여겼다. 그리고 속으로 탄식하며 말했다.

"거사님은 정말 신인이 틀림없구나!"

마침내 곽처자와 성혼례를 올리려 했다. 형이 동생에게 양보하며 말했다.

"나는 이미 너무 나이가 들었다. 네가 짝으로 맞이하거라."

동생이 말했다.

"형님 연세가 마흔도 안 되었고, 또 동생이 형보다 먼저 장가간다는 건 절대 불가한 일입니다."

어쩔 수 없이 형이 처녀를 짝으로 삼았다. 날을 잡아 예를 올리니 그 즐거움을 가히 알만 했다.

삼일이 지나자 곽씨는 가져왔던 가벼운 보석들을 꺼내 팔아 수천 금을 넉넉하게 얻었다. 가계가 부유하고 풍족해지니 구하지 않았는데도 동생의 혼담이 들어왔다. 형제가 다 짝을 얻고 자녀도 많이 낳으니 이웃 사람들이 다들 칭찬하고 축하했다.

십 년 후 과연 취성이 찾아왔다. 안씨 형제가 엎어질 듯 나가 맞이하며 신명神明인 양 대했다. 취성이 말했다.

"그대들이 짝을 얻고 부자가 되었으며 슬하 자녀도 많으니 발복은 크다고 하겠습니다. 다만 사람이 부유하고 풍족해져도 글을 하지 않으면 천해집니다. 이제 다시 묏자리를 옮겨 문장가가 배출되도록 해야겠습니다."

전 묏자리의 왼편 모서리에서 혈 하나를 찾아내 예를 갖추어서 이장했다. 취성이 말했다.

"이 산소의 자손들은 대대로 이 고을 최고의 가문을 이룰 것이고, 웅장한 문장가와 큰 문필가가 대대로 끊이지 않을 것입니다. 장원급제자와 높은 벼슬아치도 줄을 이을 겁니다."

그뒤 영험이 부계[11]처럼 들어맞았다.

---

11) 부계(符契): 나뭇조각이나 두꺼운 종잇조각에 글자를 새기거나 쓰고 증인(證印)을 찍은 뒤에 두 조각으로 쪼갠 것. 한 조각은 상대에게 주고 다른 조각은 자기가 보관해 서로 맞추어 증거로 삼을 수 있게 했다. 신표 또는 부절(符節)이라고도 한다.

得美妻居士占穴

星居士嘉山人也. 俗姓張, 僧名就星. 早失怙恃, 十五出家, 削髮於江陵
五臺山月精[12]寺, 爲法僧雲大師之弟子, 聰明穎悟, 卓出衆闍梨[13], 大師極
愛之, 常曰: "衣鉢當傳就星." 三歲[14]經文, 無不教授, 而惟有三卷書, 深藏
篋中, 不使看之. 一日大師將赴金剛山楡站寺袈裟會, 謂就星曰: "余之歸,
不出一年, 汝須着心工夫, 而篋中所藏三卷書, 愼勿出見也!" 遂飛錫而去,
就星與衆弟子, 拜送于山門而歸, 心甚疑訝曰: "師父所藏三卷書, 是何等奇
文, 而不使弟子一覽乎?" 乘間搜出披閱, 則非佛經, 乃地理書也. 上自河洛,
下至星曆, 五行陰陽之數, 九宮八卦之法, 玄妙悉備, 吉凶俱著, 儘千古不
傳之秘訣. 就星看來, 轉可[15]沉感[16], 全廢佛經, 專讀此書, 不過半載, 精通
其妙, 鎭日山行, 龍脉之起伏, 風水之聚散, 暸如指掌, 森然在目, 自以爲吾
已得不世之神術, 人間富貴, 唾手可得, 遂有退俗之心. 一日忽自悟曰: '釋
敎工夫, 正心爲上, 我出家十年, 曾無半点雜念矣. 邪心卒[17]發, 不遵師敎,
弁髦釋家之法敎, 沈惑堪輿之方術, 豈不有妨於修行乎? 且師父知之, 難免
重譴.' 遂自焚檀香, 趺坐蒲團, 手轉項珠, 口念佛偈矣. 未幾大師還歸, 呼就
星曰: "汝知汝罪乎?" 就星下塌跪對曰: "小子服事師父, 已十閱春秋, 而實
無毫髮不順之事, 誠愚昧不知其作何罪也." 大師大責曰: "修行之工, 其目
有三, 身也, 心也, 意也. 汝輩馳古敎, 眈看雜方, 厭佛家之寂滅, 慕世俗之
富貴, 十年工夫, 一朝壞了, 其罪固不可一刻留置, 汝遂火速下山!" 遂重杖
逐出之. 就星自度不容於沙門, 乃向故鄕而還. 自江陵抵京城, 所經山川名

---

12) 精: 동양본·고도서본에는 '靜'으로 표기.
13) 闍梨(사리): 아사리(阿闍梨)의 약칭. 승도(僧徒)의 스승을 말함. 그 뜻은 정행(正行)이니, 능
히 제자(弟子)의 품행을 규정(糾正)할 수 있다는 말. 또는 궤범사라고도 한다. 여기서는 스님이
란 뜻이다.
14) 歲: '藏'을 잘못 표기한 것임. 동양본에는 '藏'으로 옳게 표기.
15) 可: 동양본에는 '加'로 표기. '加'가 맞음.
16) 感: 다른 이본에는 '惑'으로 표기. '惑'이 맞음.
17) 卒: 동양본에는 '猝'로 표기.

穴大地, 指不勝摟, 乃細錄其龍節坐向與消砂納水, 藏之囊中, 直入都門, 欲賣其所占[18]處, 遍行城市, 逢人輒說, 聞者皆歸之虛誑, 無一願買者. 醉星心竊恨歎[19], 遂向嘉山, 行至平山[20], 所着繩鞋盡弊, 而足大一尺餘, 路傍所賣者, 皆不適足. 足已繭矣, 寸寸前進, 蕫行數里許, 至一村, 有一喪人, 見其無鞋, 而足傷, 乃以一巨鞋進之, 居士心甚感之, 問曰[21]: "主人應有親喪, 果已安葬耶?" 答曰: "山地尙未定, 荏苒半載, 不得完窆矣." 居士曰: "余粗解風水, 主人如信吾言, 當占一穴, 以報賜屨之厚意." 喪人聞而大喜, 卽延入中堂, 接待甚厚. 居士乃與喪人偕行, 不過十許里[22], 占得一穴, 謂主人曰: "此穴眞是名穴也. 百子千孫, 且發蔭甚速, 主人雖貧, 不踰年, 當爲巨富, 服闋之後, 又爲科甲矣." 遂相別而去, 其喪人卽平山李氏祖先也. 下葬後, 應驗, 一如居士之言. 居士到嘉山葛山之下, 搆數間茅屋, 屋後山壁有一小孔, 每朝念眞言, 以手探孔中, 則二升米自出, 以此朝夕炊飯[23]云. 蕭川白雲山, 有安姓人兄弟者, 早孤無親, 年過三十, 未有室家[24], 資生[25]甚艱, 兄弟俱爲人家雇傭矣. 居士行過白雲山下, 時適六月, 道遇急雨, 忙投村家, 乃安秀才入傭之家也. 居士久立門前, 以待雨霽, 而山日已暮, 雨勢不止, 居士請借一宿於主人, 主人叱辱不許, 安秀才方飯牛, 出見居士謂曰: "此家後小屋[26]卽吾家也. 如不嫌其薄陋, 與吾同去, 未知如何?" 居士曰: "雨中深峽, 虎豹橫行, 夜若露宿, 其死必矣. 幸逢賢秀才, 許以同留, 可

18) 占: 다른 이본에는 '告'로 표기.
19) 歎: 동양본에는 '嘆'으로 표기.
20) 行至平山: 동양본에는 탈락.
21) 曰: 동양본에는 탈락.
22) 許里: 동양본에는 '里許'로 표기.
23) 飯: 동양본에는 탈락.
24) 室家: 동양본에는 '家室'로 표기.
25) 生: 동양본에는 잘못 달락.
26) 屋: 동양본에는 '室'로 표기.

謂活人佛也." 安乃引至其²⁷⁾所, 灑掃延坐, 呼其弟曰: "吾兄弟夕飯, 持來于
此." 弟安²⁸⁾卽往主人家, 持二床飯而來, 一床進于居士, 一床兄弟共食之.
至翌日雨下如一, 居士不得行, 如是三四日, 雨終不霽, 安秀才之接待, 一
如前日, 終始不懈, 畧無苦色. 至第五日, 雨始止, 居士將行問曰: "秀才之
親山, 在於何處? 願得一見." 安曰: "居士能通堪輿乎?" 居士曰²⁹⁾: "畧知糟
粕矣." 安卽與居士, 往見其先塋. 居士先上主山, 觀其龍勢與水口, 次登穴
處, 察其入首與³⁰⁾明堂, 乃曰: "局勢則甚美, 可謂吉地, 而但失穴如此, 安
得免貧賤乎? 大抵此穴甚廣濶, 乃是掃蕩土體也. 如此之穴, 不可當中, 而
穸當中則凹矣. 土空則陷理之常也. 凡土者, 用其角, 角者火也. 經不云火
生土乎?" 乃更占³¹⁾一角之頭, 定坐向, 擇吉日, 而當³²⁾開井時, 居士曰: "秀
才所願何者爲先?" 安曰³³⁾: "吾爲人子, 將至廢倫絶嗣, 不孝大矣. 得配最
急矣." 居士遂以相生法裁穴, 安葬後謂安曰³⁴⁾: "八月某日, 當有美人, 持千
金自來, 作配可以發貧, 不出十年, 子孫滿堂矣." 安曰: "發蔭若是速耶?" 居
士曰: "龍氣不遠故也. 吾³⁵⁾當於十年後復來, 其間雖有千百術士毁之, 愼勿
遷動." 仍別去. 至八月某日, 安之兄弟俱在家, 果於午間, 有一人背負一褓,
自洞內轉入, 到安家門, 問曰: "是安秀才家也³⁶⁾?" 曰: "然." 其人曰: "兄弟
相依, 而兄名某也. 弟名某也. 尚未得配耶?" 秀才曰: "然矣. 何以問之?" 其
人乃入房中, 解置所負之褓向安曰: "吾本邑座首郭某之女也. 年方二十, 而

27) 至其: 동양본에는 '其至'로 잘못 표기.
28) 安: 동양본에는 탈락.
29) 曰: 동양본에는 탈락.
30) 與: 동양본에는 탈락.
31) 占: 동양본에는 '点'으로 잘못 표기.
32) 當: 동양본에는 탈락.
33) 曰: 동양본에는 잘못 탈락.
34) 曰: 동양본에는 잘못 탈락.
35) 吾: 동양본에는 탈락.
36) 也: 동양본에는 '耶'로 표기.

父母定婚於隣洞吳姓人, 將行禮於明日矣. 自六月某日, 夢中[37]有神人來謂曰: '我卽白雲山神靈也. 汝之天緣, 在於白雲山下安某, 安某今方兄弟同居, 而未有配偶[38]. 汝若往安家, 與作夫婦 則百年身世, 安富和樂, 若與吳家成婚, 必當誤汝平生.'云云. 夢覺心竊訝惑, 其翌[39]夜又如是, 自此無日不現夢, 而身爲閨中處子, 跬步不出門外, 亦難以夢事告于父母, 趑趄至今. 明日則勢將成禮, 而神夢若是丁寧, 則決不可坐待日至. 百爾思之, 遂出一計, 得着男服, 乘曉出門, 十顚九仆, 間關至此, 而三生之緣重, 一時之嫌小[40]. 故捨經從權, 包羞忍恥, 不聘自來, 殆若鶉奔[41], 妾非男子, 乃是女子[42]. 惟君子處之." 安聞而異之, 心自歎曰: '居士眞神人也.' 乃與郭處子欲成婚禮, 兄讓於弟曰: "我已年紀晩晩, 汝其作配也." 弟曰: "兄年未[43]滿四十, 且先弟後兄, 大是不可也." 兄不得已妻之. 卜日行禮, 其喜可知. 過三日, 郭氏乃解出所帶輕寶, 次第出賣, 恰爲數千金. 家計富足, 其弟之婚, 不求自至. 兄弟俱娶, 多生子女, 隣里之人, 莫不稱賀. 十年後, 居士果至其家, 安生兄弟, 顚倒出迎, 待以神明, 居士曰: "君輩旣娶且富, 子女繞膝, 發福則大矣. 但人雖富足, 無文[44]則賤矣. 當更遷窆, 俾出文章." 遂占一穴於前壙之左角, 乃備禮移葬, 居士曰: "此山之子孫, 世世爲本鄕之甲族, 雄文巨筆, 代不乏絶, 科甲連出, 簪纓相繼矣." 其後應驗, 如合符契云.

---

37) 中: 동양본에는 탈락.
38) 偶: 동양본에는 '耦'로 표기.
39) 동양본에는 '日'이 더 나옴.
40) 嫌小: 동양본에는 '小嫌'으로 표기.
41) 鶉奔(순분): 보통 새들은 사냥꾼에게 쫓겨 날아가도 반드시 제자리로 돌아오는데, 유독 메추리만은 그렇지 않다. 메추리는 사냥꾼이 쫓아가면 달아나서 더욱 멀리만 가므로 일정한 거처가 없다. 『자서字書』에 이르기를, "밤이면 떼를 지어 날고 낮이면 풀 속에 잠복한다" 하였으니, 이는 음탕한 여자의 행동에 비유된다. 즉 '순분'은 바람이 나서 집을 나가는 여자의 행실을 말한다.
42) 子: 동양본에는 '人'으로 표기.
43) 未: 동양본에는 '不'로 표기.
44) 文: 동양본에는 '人'으로 잘못 표기.

지혜로운 여종이 남편을 골라 큰 보물을 얻다

오 아무는 양산 사람이다. 사람됨이 못나 짚신을 삼아서 생계를 꾸려 갔는데, 짚신 모양은 전혀 볼품이 없었다. 서울의 한 소년이 그 신을 보고는 우스개로, "이 짚신 서울 갖고 가면 백금은 받겠는데"라고 했다. 오 씨는 그걸 진담으로 알고 짚신 일곱 죽옷, 그릇 따위의 열 벌을 묶어 세는 단위을 묶어 짊어지고 서울로 올라갔다. 길가에 풀어놓고서 사람들이 값을 물으면 한 냥이라 대꾸하니 모두 비웃으며 지나갔다. 며칠 동안 시장에 앉아 있었지만 한 짝도 팔지 못했다.

재상가 여종이 있었다. 용모가 어여쁘면서도 영리하고 지혜로웠는데 방년 열여섯 살이었다. 그녀는 일찍부터 스스로 짝을 구하겠다고 공언하고 쉽게 혼인을 허락하지 않았다. 하루는 오씨가 짚신을 늘어놓은 곳을 우연히 지나갔다. 터무니없이 비싼 값 때문에 사는 사람이 없는 것을 보고는 속으로 이상하게 여겼다. 사흘을 연이어 가서 보았는데 그대로였다. 오씨에게 말했다.

"내가 몽땅 사겠어요. 모두 얼마지요?"

"일곱 죽에 칠십 냥입니다."

"나를 따라와 돈을 받아 가져요."

오씨가 그러겠다 하고 짚신을 짊어지고 가다가 한 곳에 이르렀다. 집은 넓고 화려한데 대문이 드높았다. 여종은 자기 거처인 행랑으로 오씨를 데려갔다. 오씨는 앉자마자 짚신 값을 달라고 했다. 여종이 말했다.

"내일 아침에 드릴 테니 하룻밤 주무시고 가세요."

그러고는 좋은 술과 맛있는 안주를 내왔다. 이어 저녁상을 차려왔는데 그릇이 정결하고 음식이 진기했다. 먼 시골에서 채소나 먹던 사람이 평생 처음 구경하는 음식들이라 젓가락질 몇 번 만에 다 먹어치웠다. 저녁이 되자 여종이 말했다.

"손님이 이왕 여기 오셨으니 오늘밤 저와 같이 자는 게 어때요?"

오씨가 당황하여 말했다.

"말인즉 좋지만 어찌 감히 바라겠습니까?"

여종이 불을 끄고 옷을 벗었다. 운우의 즐거움이 한바탕 끝났다.

여종은 날이 밝기도 전에 일어나 농을 열고 새 옷을 꺼냈다. 오씨에게 목욕을 하게 하고는 새 옷으로 갈아입게 했다. 풍모가 당당해졌다.

"저는 이 댁에서 심부름하는 여종이에요. 당신은 이미 제 남편이 되었으니 대감님께 인사를 올리세요. 절대 뜰아래에서는 절하지 마세요."

"그러지요."

여종이 즉시 들어가 알렸다.

"쉰네가 지난밤에 지아비를 얻었습니다. 현신 드릴까요?"

재상이 대꾸했다.

"그러냐? 어서 들어와 보여라."

오씨는 곧바로 대청으로 올라가 절을 했다. 시중들던 사람들이 오씨를 끌어내리려 했지만, 오씨는 꿈쩍하지 않고 서서 말했다.

"난 이래 봬도 향족鄕族, 시골에서 대대로 살아온 양반이오. 비록 비부쟁이계집종의 남편. 비부婢夫가 되었지만 절대 뜰아래서는 절할 수 없소."

재상이 웃으며 말했다.

"아무가 신랑감으로 고를 만한 사람이구나!"

그뒤로 행랑살이를 하게 되었다. 하루는 여인이 말했다.

"당신은 세상 물정을 몰라요. 돈을 써보면 안목이 저절로 열리고 가슴이 트일 거예요."

그러면서 돈 한 꾸러미를 내주었다.

"이 돈을 가지고 나가서 다 쓰고 돌아오세요."

저녁 무렵 오씨가 돌아왔다.

"배가 고프지 않으니 술이나 떡도 사먹고 싶지 않았소. 하루종일 돌아다녀도 돈 쓸 곳을 못 찾아 한 푼도 못 쓰고 왔다오."

"길에 거지들이 많을 텐데 왜 그들에게 돈을 주지 않았나요?"

"그 생각은 미처 못했소."

다음날 다시 돈 한 꾸러미를 차고 나서서는 여러 거지를 모아놓고 돈을 뿌려주었다. 거지들이 앞다투어 돈을 주워가는 모습이 가관이었다. 오씨에게는 그 일이 일과가 되었다. 그러나 곰곰이 생각해보니 허다한 돈을 거지에게 그냥 줘버리는 것은 부질없기 짝 없었다. 활터의 한량들을 사귀었다. 그들에게 날마다 술과 고기를 사서 대접하니 곧 막역한 사이가 되었다. 이어 가난한 집에서 독서하는 궁핍한 선비들과도 교유하여 아침저녁 양식을 도와주고 혹 필묵 비용도 대주었다. 그러니 사람들이 "오씨는 정말 요새 사람이 아니야!"라고 했다.

여인은 남편이 『사략史略』간략한 중국 역사책, 『삼략三略』장양(張良)이 황석공(黃石公)으로부터 받았다는 병서, 『손무자孫武子』손무가 지은 병서. 『손자』 등을 배워 그 대강의 뜻을 이해하게 했다.

어느덧 수만 전을 썼다.

여인이 말했다.

"당신은 마땅히 활쏘기를 익혀 이름 날리는 길을 도모해야 해요."

오씨는 본래 건장한 사나이였고 여러 한량과 함께 궁술을 연마하여 철전[1]이나 세전[2] 등을 모두 멀리 쏠 수 있었다. 또 무경칠서[3]도 통달한 지라 무과에 응시하고 급제해 홍패紅牌, 과거에 급제한 사람에게 내리던 증서를 받았다. 여인은 집안사람들이 알지 못하도록 홍패를 감추고는 오씨에게 말했다.

"제가 모아둔 돈이 십만에 불과한데 당신이 이미 칠만이나 썼네요. 이제 삼만 정도가 남았는데 당신, 행상을 해봐요."

"내가 어떤 물건을 사고파는 방법을 어떻게 아오?"

"올해 대추 농사가 흉년이 심하게 들었는데 호서 지방 아무 고을만 대추가 잘 열렸다 해요. 그것을 몽땅 사오세요."

오씨는 그 말에 따라 아무 읍으로 갔다. 가을 농사에 흉년이 심하게 들었으니 들판에는 낫을 댈 곡식이 없었고 수많은 사람이 연이어 쓰러져 있었다. 그걸 본 오씨는 불쌍하여 손이 가는 대로 돈을 모두 나누어 줘버리고 돌아왔다.

여인이 말했다.

"적선은 물론 훌륭한 일이에요. 하지만 우리도 돈이 곧 떨어질 판인데 그러면 어떻게 살아가나요?"

다시 만 전을 주며 말했다.

"팔도 면화 농사가 다 흉년인데, 유독 해서 지방 몇 고을만 괜찮다고

---

1) 철전(鐵箭): 무쇠로 만든 화살을 통틀어 이르는 말. 육량전, 아량전, 장전(長箭) 따위가 있다.
2) 세전(細箭): 조선 세종 때 개발된 화살로 아기살이라고도 한다. 세장전보다 짧고, 차세전(次細箭)보다 화살대가 굵다. 화살은 대나무로 만들었다.
3) 무경칠서(武經七書): 일곱 가지 중요한 병서. 『육도六韜』『손자』『오자』『사마법司馬法』『삼략三略』『위요자尉繚子』『이위공문대李衛公問對』 등을 말한다.

하네요. 그곳으로 가서 면화를 사오세요."

오씨가 다시 해서 땅으로 갔지만 호서 땅에 갔을 때처럼 하고는 빈손으로 돌아왔다. 여인이 말했다.

"돈이 이제 만 전뿐이에요. 남은 돈을 다 긁어모아 드리니 이것으로 헌옷가지를 사서 함경도로 가서 삼베와 인삼, 짐승의 가죽 등속과 바꾸어 오세요. 다시는 전처럼 낭비하지 말고요."

오씨는 시장에 가서 헌옷가지 수십 바리를 사서 싣고 함경도로 들어갔다. 그곳 땅은 면화가 잘 재배되지 않으니 면화가 금과 같이 귀했다. 그래서 사람들이 면화로는 옷을 만들어 입지 못하고 따뜻한 겨울인데도 추위에 떨어야 했다. 오씨는 돈을 물 쓰듯 하여 손이 무척 커진지라 안변에서 육진에 이르기까지 헐벗은 사람들에게 옷가지를 다 나눠주었다. 남은 건 치마와 바지 각 한 벌뿐이었다. 스스로 탄식했다.

"내가 돈 십만 전을 축냈구나. 가득 채워 왔다가 빈손이 되었으니 무슨 얼굴로 집사람을 다시 본단 말인가? 차라리 호랑이 뱃속에 장사를 지내는 게 낫지!"

밤중에 혼자 산중으로 들어갔다. 절벽을 오르고 비탈길을 타며 깊은 골에 이르렀는데, 홀연 수풀 빽빽한 곳에서 등불이 반짝였다. 그 집을 찾아가 문을 두드리며 재워달라고 청했다. 노파가 문을 열고 나와서 말했다.

"이 깊은 밤 이렇게 깊은 산골에 어인 일로 오셨나요?"

노파가 맞이하고는 들어가 밥상을 내왔는데 접대가 은근했다. 오씨는 할미에게 갖고 있던 바지와 치마를 주었다. 할미가 무척 기뻐하며 그 자리에서 옷을 갈아입어보고는 백배사례를 드렸다. 상에 놓인 나물이 인삼인 것을 본 오씨가 물었다.

"이 나물은 어디서 얻었나요?"

"가까운 곳에 도라지밭이 있어 매번 나물을 캐와 해먹지요."

"캐다놓은 게 있나요?"

할미가 수십 단을 보여주었는데 모두 인삼이었다. 작은 것은 손가락만하고 큰 것은 발목만했다.

갑자기 문밖에서 짐 부리는 소리가 들렸다.

할미가 말했다.

"우리 아이가 왔네요. 저애는 태어났을 때 양 겨드랑이에 작은 날갯죽지가 돋아 있었지요. 가끔 날아서 벽 위에 붙기도 했답니다. 제 아비가 쇠꼬챙이를 달궈서 지졌으나 날개는 다시 돋아났지요. 자라서는 용력이 월등해 그냥 있다가 아무래도 화가 미칠 것 같아서 이 깊은 산골로 들어와 사냥을 하며 살아가고 있어요. 아비는 이미 돌아가고 저애 혼자 남았답니다."

이어 아들을 향해 말했다.

"귀한 손님이 때마침 오셨으니 들어와 절을 올려라. 손님께서 내게 치마와 바지를 주셔서 몸을 가리게 되었으니 진실로 은인이시다."

아들이 즉시 들어와 절을 올렸다. 다음날 아침 오씨가 할미에게 물었다.

"도라지밭을 한번 구경할 수 있겠습니까?"

할미가 오씨와 함께 산마루를 넘어서 한곳을 가리켰는데, 온 산이 다 인삼으로 뒤덮여 있었다. 크고 작기가 비록 같지 않았지만 그중에는 동자삼童子蔘, 어린아이 모양의 산삼도 많았다. 온종일 캐니 대여섯 바리가 되었다. 오씨가 물었다.

"산중에 말이 없으니 이걸 어떻게 운반한답니까?"

그러자 할미의 아들이 대답했다.

"제가 원산까지 짊어다드리겠습니다. 원산부터는 말에 싣고 가세요."

오씨는 그 말을 따라 말을 빌려 인삼을 싣고 집으로 돌아왔다. 그간의 일을 아내에게 다 이야기해주니 아내가 기뻐하며 말했다.

"당신이 적선을 많이 해서 하느님이 보물을 주신 거랍니다. 당신이 오늘 돌아오신 것 역시 우연이 아닙니다. 내일이 대감님 회갑이지요. 조정의 공경이 모두 모이실 텐데, 당신이 여러 공께 절을 올리면 그 인연으로 관직을 얻는 게 어렵지 않겠지요."

다음날 아침 아내가 굵은 것으로 인삼 다섯 뿌리를 골라 대감께 바치며 말했다.

"쇤네 지아비가 행상을 나갔다가 이 물건을 얻어왔기에 대감님께 바칩니다."

재상이 크게 기뻐하며 오씨를 불러오게 했다. 여인은 남편으로 하여금 미리 마련해둔 사립絲笠, 명주실로 싸개를 해서 만든 갓과 철릭[天翼], 무인의 정식 복장을 착용하고 들어가게 했다. 재상이 물었다.

"이게 무슨 복장인가?"

"소인이 몇 해 전 무과에 급제했는데, 장사로 생업을 삼은 까닭에 홍패를 숨겨두고 대감께는 미처 여쭙지 못했습니다."

"신수가 훤하구나!"

이윽고 여러 공이 차차 도착하여 인삼을 보고 물었다.

"이런 희귀한 물건을 대감 혼자서만 맛볼 수 있소? 우리에게도 한 뿌리 줘보시오."

"얻은 게 이것뿐인데 어찌 나눠드릴 수 있겠습니까?"

오씨가 옆에 있다가, "소인 행장에 인삼이 조금 남아 있습니다. 조금씩 나눠드려 조그만 성의를 표할까 합니다" 하고 여러 공에게 인삼을 세 뿌리씩 바치니 모두 역시 크게 기뻐하면서 재상에게 물었다.

"저 사람이 누굽니까?"

"제가 아끼는 여종의 남편이지요. 신분은 향족이고 무과 출신입니다."

여러 공이 물었다.

"대감댁 종의 남편으로 저만한 무변이 아직 초사初仕 한자리도 못했다
니 대감 책임이 아닌가요?"

"저 사람이 무과에 급제한 걸 나도 오늘에야 알았습니다."

날이 이미 저물자 공들은 모두 취하여 흩어졌다.

오씨는 인삼을 팔아서 수십만 전을 얻었다.

여러 공이 서로 끌어주니 오씨는 얼마 안 돼 무겸선전관4) 벼슬을 받
고 차차 승진하여 수사水使, 수군절도사에 이르렀다.

오씨는 아내를 속량해주고 한평생 같이 살다가 죽었다 한다.

獲重寶慧婢擇夫

吳某梁山人也. 爲人庸蠢, 捆屨資生, 而屨樣甚麤. 洛下年少, 適見其屨,
戲謂曰: "此屨在京, 則價直百金." 吳認以爲眞, 捆出七竹, 負入京中, 解置
路傍, 人或問之, 則曰: "價是一兩!" 皆笑而去. 數日坐市, 不得賣一隻. 時
有一宰相家婢子, 容貌嬋娟, 性度敏慧, 年方二八, 不肯許婚, 嘗言自擇可
人以作其配. 一日偶過吳列屨之處, 見其呼價之太過, 人無買者, 心竊異之,
三數日連往見之, 則一直如此. 於是謂吳曰: "吾當盡賣5), 價爲幾何?" 吳曰:
"七竹價七十兩!" 婢曰: "與吾偕往, 持價而去何如?" 吳諾之6). 遂負屨而隨
至一處, 第宅宏麗, 門閭高大. 婢引入其所居之廊, 坐定, 吳索屨價, 婢曰:
"明朝當出, 姑留一宿." 仍進美酒佳肴, 俄而又進夕飯, 器皿精潔, 饌品珍
妙, 遐鄕菜腸, 平生初見, 數匙而盡之. 及暮婢曰: "客旣來此, 今夜與吾同
裯如何?" 吳惶怵曰: "言則佳矣. 何敢望乎?" 婢遂滅火解衣, 雲雨一場而罷.
未明而起, 開籠出新衣, 澡浴而衣之, 相貌亦桓桓矣. 婢曰: "吾是此家使喚

4) 무겸선전관(武兼宣傳官): 무신겸선전관(武臣兼宣傳官). 무겸(武兼).
5) 賣: 동양본에는 '買'로 표기. '買'가 맞음.
6) 諾之: 동양본에는 '曰諾'으로 표기.

婢也. 子旣爲吾夫, 當現謁于大監主, 愼勿拜下也!" 吳曰: "諾." 婢卽入告
曰: "小婢夜得一夫, 當現身矣." 宰相曰: "然乎? 斯速入現!" 吳直入升廳而
拜, 侍者將吳下, 吳植立不動曰: "吾是鄕族也! 雖作婢夫, 決不可下庭拜
也!" 宰相笑曰: "宜爲某婢之所揀也!" 遂出留廊底. 一日婢曰: "子甚不慧,
若用錢, 則眼目自大, 胸次必濶." 乃給一緡曰: "持此而去, 用盡而歸." 至暮
吳還曰: "吾肚不飢, 酒餠不必買喫, 終日周行, 無他用錢處, 不費一文而來
矣." 婢曰: "路上多乞人, 何不給之?" 吳曰: "此則未及思矣!" 翌日又佩一緡
而出, 聚會衆丐, 散擲地上, 丐皆爭持, 其狀可觀. 逐日以爲常, 尋思之, 許
多靑趺, 空給乞丐, 無義莫甚. 乃往交射場閑[7]良輩, 買酒買肉, 日日分饋,
便成莫逆, 繼而與蓬蓽讀書之窮儒寒士, 往來結交, 或助朝夕之供, 或資筆
墨之費, 人皆曰: "吳某誠非今世人也." 婢使往學史略[8]三畧孫武子等書, 粗
解其大旨. 於焉之頃, 費數萬錢矣. 婢曰: "子須學射, 以圖成名之道." 吳本
是健夫, 又與諸閑[9]良, 善爭敎射法, 鐵箭細箭, 俱能遠射, 武經七書, 亦能
通曉, 及赴試登第, 抱一紅牌, 婢[10]潛藏紅牌, 不令家人知之, 因謂吳曰:
"吾所儲置之錢, 不過十萬, 而子之前後所用, 殆近七萬, 今餘三萬矣. 子須
行商也[11]." 吳曰: "吾何知何物之可貿乎?" 婢曰: "見今棗農大歉, 惟湖西某
邑棗樹結實, 子須盡貿而來也." 吳依其言, 行至某邑, 秋事大歉, 野無掛鎌,
人多顚連, 吳生見而憐之, 隨手而盡散歸來, 婢曰: "積善則固大矣. 但吾錢
將罄, 將何以聊生?" 又給一萬緡曰: "綿農八道皆歉, 獨海西如干邑稍登,
須往這處, 貿綿以來也." 吳又至海西, 如湖西時事, 空手而還, 婢曰: "吾錢
只餘萬緡, 今當傾儲以給, 須以此盡貿弊衣等物, 入北道, 換布蔘皮物而來.

---

7) 閑: 동양본에는 '閞'으로 표기.
8) 略: 동양본에는 '畧'으로 표기.
9) 閑: 동양본에는 '閞'으로 표기.
10) 婢: 동양본에는 잘못 탈락.
11) 也: 동양본에는 '矣'로 표기.

勿復如前浪費也!” 吳往市上, 貿得弊衣, 載[12]數十馱, 入咸鏡界. 北道, 木
棉本不宜土, 其貴如金, 人不得授衣, 冬暖而猶呼寒. 吳曾[13]用錢如水, 手
段甚濶, 自安邊至六鎭, 盡給無衣之人, 所餘者只裳袴各一件. 乃嘆曰: “吾
費人十萬錢財, 實往虛還, 何面目復見家人乎? 寧葬於虎豹之腹!” 夜半獨
入山中, 拚崖緣磴, 轉到深處, 忽見萬樹叢中, 燈光耿耿, 尋其家叩門[14]請
宿, 有老嫗開門而出語曰: “如此深夜, 如此絶峽, 客[15]何以到?” 遂延入饋
飯, 接待慇懃, 吳乃以所持袴裳給之, 嫗大喜, 卽地解着, 百拜致辭. 吳見
饌[16]中所進之菜, 乃人蔘也[17]. 問曰: “此菜從何處得來乎?” 嫗曰: “此近有
吉更田, 故每採來作菜.” 吳曰: “又有採置者乎?” 嫗出示數十丹, 皆是人蔘,
而小者如指, 大者如脛矣. 俄而門外有釋負聲, 嫗曰: “吾兒來矣. 兒生之初,
腋下兩傍, 俱有小翅, 往往飛付壁上, 其父煅[18]鐵灸之, 翅猶復生, 及長勇
力絶倫, 在平時, 則易及於禍, 故携入深峽, 行獵資活, 而其父已死, 吾獨在
世矣.” 仍曰: “尊客適至, 汝須入拜也. 此客與我裳袴, 得以掩體, 誠恩人也.”
其人卽入拜. 翌朝謂嫗曰: “吉更田可得一見乎?” 嫗與吳偕行踰一嶺, 至一
處指示之, 人蔘遍一山矣. 遂盡日採之, 大小雖不同, 而其中亦多童子蔘,
恰爲五六馱矣. 吳曰: “山中無馬, 將何以輸去?” 嫗之子曰: “吾當擔至圓山,
圓山[19]以後, 子須駄去.” 吳如其言, 貰馬輸來歸其家, 備道顚末於其妻. 妻
喜曰: “子之積善多, 故天以寶物與之. 今日還家, 亦不偶然, 明日卽大監主
回甲生辰也. 滿朝公卿皆來會, 子若衆拜於諸公, 則夤緣做官, 何難之有?”
翌朝, 擇出稍大者五本, 入獻于大監曰: “妾夫行商次出去, 適得此物, 故奉

12) 載: 동양본에는 잘못 탈락.
13) 曾: 동양본에는 탈락.
14) 동양본에는 '而'가 더 나옴.
15) 客: 동양본에는 잘못 탈락.
16) 饌: 동양본에는 '饒'로 표기.
17) 也: 동양본에는 탈락.
18) 煅: 다른 이본에는 '鍛'으로 표기. 서로 통용됨.
19) 圓山: 동양본에는 탈락. 고도서본에는 '元山'으로 표기.

獻于大監樓下."宰相大喜, 招吳入現, 婢已備置紗²⁰⁾笠帖裡, 令吳着之而
入, 宰相曰: "此何服也?"吳曰: "小人年前爲武科, 而商賈資生, 故匿置紅
牌, 未及告于大監矣."宰相曰: "身手亦赳赳矣!"而已²¹⁾諸公次第而至,
見²²⁾人蔘曰: "如此稀貴之物, 大監不可獨嘗. 何不入²³⁾我一莖乎?"宰相曰:
"所得只此, 何以派及乎?"吳方在傍, 乃曰: "小人歸橐, 又有餘蔘, 當分獻
之, 畧表微誠."出其家, 各以三莖, 拜獻于諸公, 諸公亦大喜問曰: "彼何人
斯²⁴⁾?"宰相曰: "此吾愛婢之夫, 而地處則鄕族也. 又爲武科出身矣."諸公
皆曰: "大監宅婢夫, 有如此武弁, 而尙未得初仕一窠, 豈非大監之責耶?"
宰相曰: "其人之爲武科, 吾亦今始知之矣."日旣昃, 諸公盡醉而散. 吳斥賣
其蔘, 得錢累十萬. 諸公互相汲引, 未幾得除武兼宣傳官, 節次推遷, 官至
水使. 贖妻爲良, 偕老而終云²⁵⁾.

---

20) 紗: 동양본에는 '細'로 표기.
21) 而已: 동양본에는 '已而'로 표기.
22) 見: 동양본에는 '現'으로 잘못 표기.
23) 入: 동양본에는 '分'으로 표기. '分'이 맞음.
24) 斯: '耶'의 오기인 듯함.
25) 동양본에는 '云'이 더 나옴.

궁지에 몰린 김승상이 의로운 기생을 만나다

숙종 때 재상이었던 김우항[1]은 나이 마흔여덟이 될 때까지 벼슬을 하지 못했다. 가도家道가 몰락하니, 황폐한 집은 달팽이 같았고 생계를 꾸려가는 것은 거미줄 같았다. 아침저녁 끼니를 잇지 못했고 옷과 버선 은 온전한 게 없었다.

딸이 다섯이나 있었는데 혼기가 차서도 하나도 시집을 보내지 못했 다. 마침 한 선비의 아들과 그의 딸 사이에 혼담이 오갔고 거의 성사가 되어갔다. 그런데 생각해보니 자기 한몸밖에 가진 것이 없고 친척도 없 으니 어디 사정을 호소해볼 데도 없었다. 그러니 어떻게 혼수를 보내고

---

1) 김우항(金宇杭, 1649~1723): 1669년 사마시에 합격, 1681년 식년 문과에 을과로 급제했다. 기사환국으로 남인이 집권하자 사직했는데, 일찍이 송시열과 함께 유배된 이상(李翔)을 변호 한 일로 철산에 유배되었다가 곧 풀려났다. 1694년 갑술옥사로 소론이 집권하자, 다시 기용되 어 부수찬·수찬·부교리·교리·필선·집의(執義) 등을 역임했다. 이듬해 경상도 관찰사가 되고, 회양부사·전라도 관찰사 등을 역임하며 진휼(賑恤) 정책을 잘해 칭송을 받았다. 그뒤 개성유 수, 이조참판, 대사헌, 예조참판, 경기도 관찰사, 형조·병조·이조판서, 우의정을 역임했다. 평 생을 청빈하게 살았으며 사람들로부터 장자(長子) 또는 완인(完人)이라 불렀다.

단장을 시키겠는가? 깊은 밤마다 탄식하고 거의 먹지도 자지도 못하다시피 하며 몇십 일을 보냈다. 그때 문득 무관인 먼 친척 하나가 단천 태수로 있다는 사실이 떠올랐다. 항렬이 조금 높으니 가서 돈푼이나 얻어 오면 일이 조금 풀릴 것 같기도 했다. 부끄러운 일임을 잘 알지만 어쩔 도리가 없었다. 사람들에게 겨우 돈을 빌려서 노자로 삼았다. 느린 망아지 한 마리를 빌리고 종을 앞세워 천릿길을 한데서 먹고 자면서 가니 단천읍에 이르렀다.

관문에서 태수 뵙기를 청했으나 문지기에게 쫓겨났다. 아무나 함부로 들어오는 것을 금하라는 관청의 명령이 이미 내려왔기에 감히 들일 수 없다 했다. 김우항이 여러 번 꾸짖었지만 끝까지 받아주지 않고 아예 상대해주지도 않았다. 어느덧 해가 기울어 어두워졌다. 그는 객점으로 돌아가 잠을 잤다. 다음날 아침 다시 가서 문을 두드렸지만 들어갈 수가 없었다.

김우항은 분개해 돌아가려고도 했지만 이미 쏜 화살을 거둘 수는 없었다. 밤에는 객점에서 자고 해가 뜨면 관문으로 가서 들여보내주기를 청한 지 한 달이 지났지만 틈을 얻지 못했다. 노자도 다 떨어졌다. 객점 주인에게 돈을 많이 꾸어서 주인은 김우항이 타고 온 말을 전당으로 잡았다. 고민이 되어 머리가 다 아팠지만 진퇴양난이었다. 주인이 그 사정을 알고 이렇게 조언했다.

"내일 원님께서 사창社會에 나가 조미2)를 점검하는데 객점 앞을 지나시게 되어 있지요. 길가에서 기다리다가 얼굴을 한번 뵙는 게 어떨까요?"

김우항이 그러겠다 하고는 다음날 아침 그 말대로 했다. 과연 태수가

2) 조미(糶米): 옛날 국가에서 춘궁기 때 기민들에게 꾸어주었던 환곡을 가리킨다.

탄 남여[3]가 나타났고 나졸들이 벽제[4]를 했다. 김우항이 재빨리 부르짖었다.

"내가 여기 묶여 있은 지가 오래되었습니다!"

태수가 머리를 끄덕이며 물었다.

"무슨 연고인가?"

김우항이 그 이유를 다 말했다. 말이 채 끝나기도 전에 태수가 말했다.

"공사公事가 한창이라 너와 이야기할 겨를이 없다. 일단 기다려보거라."

그러고는 종을 돌아보며 말했다.

"동각으로 모시고 가서 기다리고 있거라."

김우항은 즉시 종을 따라 공당公堂으로 가서 앉았다. 날이 저물었는데 밥도 먹지 못했다. 기갈을 견디기 어려웠다. 저녁이 되니 태수가 돌아와 좌정했다. 김우항이 말했다.

"제가 종일 먹지를 못해 정신이 없습니다. 요기나 하게 밥이나 좀 주십시오."

"술과 안주를 가져와라!"

잠시 뒤 술을 맡은 관비官婢가 주둥이 깨진 작은 술병을 올리고 미역한 조각을 술안주로 가져왔다. 하루종일 굶은지라 반드시 좋은 술과 살진 고기를 내올 것이고, 그러면 한번 크게 씹어 주린 배를 채울 수 있으리라 기대했기에 김우항은 이 모양을 보고 화가 치솟았다. 벌떡 일어나 상을 발로 차서 땅바닥에 엎어버렸다. 그러고는 태수를 향해 외쳤다.

"사람 대접 이리하는 게 아닙니다!"

---

3) 남여(藍輿): 의자와 비슷하고 뚜껑이 없는 작은 가마. 승지나 참의 이상의 벼슬아치가 탔다.
4) 벽제(辟除): 지위가 높은 사람이 행차할 때, 구종(驅從) 별배(別陪)가 잡인의 통행을 금하던 일.

그러자 태수 역시 화를 냈다.

"내가 너보다 높은 항렬인데, 내가 준 음식에 어찌 이런 짓을 한단 말인가!"

즉시 관노비를 불러 문밖으로 쫓아내게 했다.

그리고 아전을 불러 말했다.

"고을에 명을 내려, 만일 낯선 사람을 재워주는 자가 있으면 가혹한 벌을 받을 거라고 전하라!"

김우항이 분을 머금고 객점으로 돌아오니 객점 주인도 문을 닫아걸고 받아주지 않았다. 말조차 저당잡혔으니 하는 수 없이 종과 함께 다른 객점으로 가보았으나, 전의 객점과 똑같이 대했다. 무릇 백여 군데가 모두 그랬다. 날은 이미 저물고 비는 퍼부었다. 마침내 읍리에서도 궁벽한 곳에 이르렀다. 수풀 사이에서 잠시 쉬어가려는데, 그 옆에 도혈陶穴, 옹기를 만들기 위해 흙을 파낸 곳에 지은 집이 하나 있고 돗자리로 만든 문이 있었다. 가죽신 만드는 장인의 집이었다. 김우항이 장인에게 말했다.

"길은 먼데 날이 저물었으니 하룻밤 재워주시구려."

장인은 김우항을 마다하지 않았다. 아마도 토굴이 일반 백성의 살림집과 달라 호령이 미치지 못한 듯싶었다.

김우항이 한동안 앉아 있었는데 비는 그치지 않았다. 이경二更에 가까워지니 구름이 걷히고 달이 나타났다. 달빛이 돗자리 문 사이로 들어오니 털끝까지 또렷이 볼 수 있었다. 김우항은 배가 많이 고프고 심신이 뒤숭숭해졌다. 새삼 분하고 한스러워 눈을 붙일 수가 없었다. 그때 발소리가 점점 다가오더니 돗자리 문밖에 이르러 멈췄다. 그가 목을 빼고 보니 한 여자가 서 있었다. 얼굴이 빼어나고 또렷한 미목眉目이 눈부셨다. 여자가 문을 두드리며 말했다.

"이 댁에 서울 손님이 계신가요?"

김우항은 태수가 보낸 사람일 것 같아 장인을 불러 숨겨달라고 했다.

그러자 여인은 "어찌 저를 속이려 하시나요?" 하며 문을 밀치고 곧바로 들어왔다. 그는 피할 수가 없었다. 여인은 "괜찮습니다. 걱정하지 마세요"라며 그를 안심시켰다. 그가 까닭을 물으니 여인이 대답했다.

"첩은 읍중에서 술을 관장하는 기생입니다. 태수께서는 언제나 손님에게 보리술과 미역만 마시고 먹게 하십니다. 첩은 태수께서 그처럼 인색하게 굴고 사람을 업신여기는 게 싫었습니다. 그러나 그걸 모두 기꺼이 받아 먹고 마시니, 소첩은 그들이 천한 장부라 웅대한 기상이 없다고 생각해왔죠. 오늘 상공께서는 비록 배고프고 목마른 지경이지만 능히 일어나서 그걸 차버렸으니 가히 그 비범함을 알 수 있었습니다. 그런 기상이라면 어찌 부귀하지 못할 것을 걱정하겠습니까?"

김우항은 거듭 사례했다. 한 여종이 칠합漆盒을 가져오니 기생은 그것을 그의 앞에 놓았다. 밥과 국, 고기와 간장이 모두 정결했다. 그는 수저를 들고 눈 깜빡할 사이에 다 먹어치웠다. 모두 먹을 만했다. 그가 뼛속 깊이 감격에 사무쳐 거듭 칭찬했다. 기생이 말했다.

"이미 모시고 말씀 나누는 걸 허락하셨으니 누추한 제집에 가서서 곡진한 정을 함께하길 원합니다."

김우항이 그 말에 따랐다. 기생의 집은 푸른 창 붉은 문에, 벽은 산초 열매를 섞어 발랐고[5] 담장은 하얀 칠을 했으며 당률唐律로 주련[6]을 붙였다. 골동품들도 즐비했다. 청동화로에 향을 피우니 향기가 가득 퍼지고 등불과 촛불이 휘황하니 수놓은 문양이 찬란했다. 기생은 화려한 방석 위에 그를 앉게 하고는 정을 보이고 본심을 쏟아냈다. 이어 물었다.

"천 리 밖 사람에게 오신 건 무슨 일 때문이십니까?"

---

5) 벽은 산초~섞어 발랐고: 초벽(椒壁), 산초는 열매가 많이 열리므로 자손의 번성을 축원하는 뜻으로 바름.
6) 주련(柱聯): 기둥이나 바람벽 등에 장식으로 그림이나 글씨를 써넣어 거는 것.

김우항이 그 사정을 다 말해주니 기생이 눈썹과 이미를 찡그리며 자못 불쌍히 여기는 표정이었다. 밤이 깊어갔다. 기생은 그를 이끌어 동침했다. 운우지정의 흔적이 잠자리에 낭자했다.

동틀 무렵, 기생이 먼저 일어나 상자에서 번질번질한 옷 한 벌을 꺼내주니 김우항은 거절하지 못했다. 옷은 그의 몸에 꼭 맞았다. 그는 연연해하는 듯 쉽게 떠나지 못하고 거의 몇 달을 머물렀다. 기생이 물었다.

"상공은 여기 오래 머물려 하십니까?"

"처자가 굶주리고 종들도 야위어 내가 돌아오길 기다리느라 눈이 빠질 지경인 걸 모르는 바 아니네. 하지만 내게도 오래된 생각이 있네. 빈손으로 돌아가면 가족들을 볼 면목이 없는데 행낭에 돈 한푼 없으니 어찌 천 리 밖으로 몸을 끌고 가겠나? 그만 돌아가려 해도 그러지 못하는 것이니, 이것이 내가 머뭇머뭇하며 시간만 보내는 이유라네."

"대장부란 마땅히 당세에 힘을 써야지 어찌 바깥 형편에 얽매여 세월만 보내겠습니까? 고인도 뽕나무 아래에서 모의[7]를 하지 않았습니까? 첩이 비록 여자이지만 어찌 지식이야 없겠습니까. 노잣돈은 첩이 이미 마련해두었답니다."

기대한 것보다 돈이 훨씬 많으니 김우항은 매우 기뻐했다. 다음날 아침 말 두 필이 밖에서 울었다. 김우항이 물으니 기생이 말했다.

---

7) 뽕나무 아래에서 모의: 『춘추좌씨전』 희공 23년편에 나온다. 진(晉)나라 공자(公子) 중이(重耳)가 제(齊)나라로 가자 제나라 환공은 중이의 인물을 보고 딸 강씨를 아내로 삼게 했다. 중이는 그곳에서의 삶에 만족하여 안주하려고 했다. 중이의 종자들은 그래서는 안 된다고 생각하여 제나라를 떠나려고 '뽕나무 아래에서 모의'를 했다. 그때 강씨를 시중드는 여자가 뽕을 따다가 뽕나무에 올라가 그 모의하는 말을 듣고 강씨에게 보고했다. 그러자 강씨는 그 여자를 죽이고 중이에게 말했다. "당신은 천하에 웅비할 대망을 가지고 계신데, 그것을 엿들은 자가 있어 죽였습니다." 중이는 "나는 그럴 생각이 없소"라 대답했다. 그러자 강씨는 "빨리 떠나세요. 사랑에 끌려 생활에 만족하고 있으면 공명을 이루지 못한답니다"라고 말했다. 그래도 중이가 떠나려 하지 않으니 강씨는 중이에게 술을 먹여 떠나게 했다. 이렇게 떠난 중이가 결국 진나라 문공이 되었다. 여기서 기생은 자신을 강씨에 견주었다.

"공을 위해 마련한 것입니다."

그가 감히 바랄 수 없는 것이었다며 고맙다 했다.

기생이 말했다.

"한 마리는 공께서 타시고 다른 한 마리에는 제가 선물로 드리는 옷가지를 실어 가세요."

그러고는 화롱畫籠 두 짝에 고운 베와 담비 가죽, 가발, 은화 등을 담아 싣고 빨리 출발하라고 재촉했다. 김우항이 눈물을 뿌리며 작별을 고했다. 그 의리에 감복하고 그 정에 이끌려 도중에 북쪽을 향해 연연해하지 않는 순간이 없었다. 집으로 돌아와서는 가져온 물건으로 혼수를 마련해 혼례를 올렸다.

이해 가을 과거에 김우항도 장원급제하여 옥당8)에 들어갔다. 마침 숙종께서 급히 숙직하는 유신들을 불렀다. 김우항도 명을 받고 들어가 임금을 뵈었다. 임금이 말했다.

"지금 북도에 가뭄과 홍수가 연이어 발생해 흉년이 계속되고 있도다. 게다가 먼 지방에는 조정의 명령이 행해지지 않고 수령도 탐욕스러워 백성들의 살을 벗기고 뼈를 부수고 있다. 네가 짐의 명을 받아서 암행어사로 읍내에 들어가 잘잘못을 가려라. 짐의 명을 어기지 말라."

김우항이 황공해하며 명을 받들고 즉시 누더기옷으로 갈아입었다. 미행微行으로 북관으로 들어가 촌가에서 걸식하며 백성들의 생활을 살폈다.

하루는 날이 저물 무렵 단천에 이르렀다. 기생의 옛 은혜를 생각하고 감회에 젖었으나 먼저 그 집으로 가서 짐짓 그 마음을 살펴보려 했다. 문 앞에 당도해서 기생을 불렀다.

---

8) 옥당(玉堂): 홍문관의 별칭. 또는 홍문관의 부제학 이하 교리(校理)·부교리·수찬·부수찬 등 홍문관의 실무를 담당하던 관원을 총칭한다.

"밥 한술만 주시오. 밥이 없으면 돈이라도 한푼 주시오."

이러기를 몇 번 하니, 기생이 창 너머로 듣고 놀라서 기뻐하며 머리채도 다듬지 않은 채 후다닥 마루에서 내려왔다. 미처 신도 못 신고 김우항을 맞이해 들어오게 하고는 물었다.

"어찌하여 이렇게 되셨어요?"

김우항이 길게 한숨을 쉬었다.

"말을 하자면 끝이 없네. 그때 작별하고 가다가 중도에 도적을 만나서 노자와 말 등을 다 빼앗겼다네. 처자를 볼 면목이 없어 집으로 돌아가지 못하고 이리저리 배회하며 걸식으로 연명하니 의지할 데가 없었지. 넓고 넓은 이 세상에 그래도 의지할 만한 데로는 당신만한 사람이 없어 이렇게 다시 왔네. 하지만 마음이 흔들려 감히 곧장 들어가지 못하고 부르기만 했다네."

"산 넘고 물 건너 오시느라 기갈이 심하시겠네요. 어떻게 요기를 하게 해드릴지요? 제가 막 저녁을 먹고 있었습니다. 한술씩 나눠 드시어요."

그러고는 그를 이끌어 한상에 앉아 밥을 먹었다. 밥을 다 먹자 기생은 새 옷 한 벌을 입혀주며 말했다.

"이것은 공을 위해 지은 것으로, 심부름꾼에게 부치려 한 지가 오래되었습니다. 하지만 소식이 끊겨 아직까지 보내지 못하고 있었답니다. 뜻밖에 오늘 그 작은 정성을 이루게 되었네요."

김우항이 떨어진 옷을 벗어서 묶어 아랫목 위쪽에 두니 기생이 말했다.

"솜이 다 해지고 베도 성한 곳이 없어 다시 입기 어려운데, 그걸 어디다 쓰시려고요?"

그러고는 창을 밀쳐 열고 헌옷을 밖으로 던져버렸다. 김우항이 급히 마루에서 내려가 그걸 다시 가져왔는데 마치 잃어버릴까봐 두려워하는 눈치였다. 기생이 다시 헌옷을 낚아채서 던져버렸다. 그러면 김우항이 즉시 다시 가져오기를 세 번이나 했다. 기생이 그를 한참 보고 있다가 발끈 화를 내며 말했다.

"첩은 정성을 다해 대접하는데, 당신께서는 도리어 거짓으로 꾸미려 하니 무슨 까닭입니까?"

김우항이 깜짝 놀라 물었다.

"지금 무슨 말을 하는 건가?"

"공께서 이미 새 옷을 입으셨는데 억지로 그렇게까지 애써서 다 떨어진 옷을 버리지 않으려는 건 장차 쓰임새가 있어서일 겁니다. 암행어사가 아니시면 무엇이겠습니까?"

그러고는 소매를 떨치고 일어났다.

김우항이 웃으며 만류했다.

"내가 과연 급제해 그 자리를 받았고 이렇게 너를 만났다. 그런데 내가 너에게 어찌 '나 어사로다' 하고 자랑할 수 있겠는가?"

그제야 기생의 마음이 풀렸다. 기생이 물었다.

"앞으로 본군 태수를 어찌하시럽니까?"

"그건 나도 어렵게 생각하는 바다. 태수는 병든 백성들에게 온갖 탐학한 짓을 했으니 그 죄상을 이루 다 열거하기 어렵다. 내 만약 그 죄악을 밝혀내 그를 쫓아내서 몰락하게 하면 이는 친척 간의 돈독함을 버리는 것이다. 그렇다고 숨겨주고 두둔해 알고도 말하지 않는다면, 이는 나랏일을 생각하지 않는 짓이니 어찌하면 좋을꼬?"

기생이 말했다.

"만일 임금님께 이런 일을 아뢰면 결국 법에 크게 걸려들 것입니다. 그러면 사람들은 반드시 이렇게 말할 거예요. 공이 분을 품고 노여움을 키워 그렇게 했다고요. 또 그냥 방치하고 문제삼지 않으면 사적인 관계 때문에 공적인 일을 망치는 셈이 됩니다. 이들 모두 결단코 행해서는 안 될 일입니다. 공께서 몰래 태수를 만나 그 죄를 따지고 스스로 떠나도록 권유하는 게 좋겠습니다. 일거양득이니 어찌하시겠습니까?"

김우항이 대꾸했다.

"너는 나보다 나은 구석이 많구나!"

기생은 그에게 붓을 잡고 태수의 불법행위를 열거하게 했다. 창고 곡식을 빼앗고 백성들의 재산을 착취한 일 등등을 낱낱이 기록했다. 그날 밤 기생은 그를 안내하여 몰래 동헌으로 들어갔다. 동헌에 앉아 있던 태수는 김우항을 보고 깜짝 놀랐다. 아마도 그가 급제한 사실을 알고 있는 것 같았다. 금방 일어나 벌벌 떨며 말했다.

김우항이 말했다.

"귀하신 분이 어찌 여기까지 오셨소?"

"내가 명을 받들고 북방으로 와서 마침내 귀부에 이르러 아무도 모르게 뵙습니다. 그동안 안녕하셨습니까?"

태수가 황공하여 몸을 움츠리고 무릎을 꿇으며 절을 했다. 손발도 떨었다.

김우항이 말했다.

"귀부에 와서 정치를 살펴보았습니다. 원성이 길에 가득하니 귀를 막아도 소용이 없었습니다. 서로의 불행을 이미 논할 수 없을 지경이 되었군요. 얼마나 정치를 포악하게 했길래 이 지경이 됐습니까?"

태수가 머뭇머뭇하며 말했다.

"바라건대 소관의 죄상을 들어보겠소이다."

김우항이 적어온 것을 보여주자 태수가 말했다.

"이렇게 분명한 증거가 있으니 변명할 수가 없군요. 원컨대 어사께선 같은 조상을 둔 의리를 생각해 대죄만은 면하게 해주시오."

김우항이 말했다.

"내가 어찌 하나하나 다 열거하여 그대에게 폐고廢錮, 일생 동안 벼슬을 하지 못하게 하는 것의 처분을 하겠습니까? 하나 내가 안찰사라는 중요한 책무를 받았기에 사사로운 정의 때문에 한 읍 백성들이 계속 고초를 겪게 할 수는 없습니다. 바라건대 내일 안으로 사직의 장계를 올리고 즉시 물러나십시오. 그러지 않으면 봉고파직[9]하고 임금께 아뢸 것입니다."

태수가 감사해하며 말했다.

"공의 아량과 덕량은 썩은 풀을 되살아나게 하고 말라비틀어진 뼈에 살이 돋게 합니다. 감히 명을 어기겠습니까?"

그 말을 듣고 김우항이 나갔다.

다음날 아침 과연 태수는 병을 핑계삼아 향리로 돌아갔다. 김우항도 차차 떠날 준비를 하면서 기생에게 말했다.

"너를 데리고 돌아가 좋은 집에서의 인연을 이어가고 싶다. 그러나 옥당 벼슬은 맑기가 물과 같아서 끼니조차 잇기가 어렵다. 만일 너로 하여금 배고픔의 탄식을 하게 한다면 이건 내 과오다. 관직이 좀 높아져 녹봉이 늘고 공적이 쌓이면 마땅히 다시 만날 날이 올 것이다."

기생이 말했다.

"첩이 어찌 상공께 누가 되기를 바라겠습니까? 마땅히 높은 뜻을 받들겠습니다."

김우항은 일을 마치고 돌아갔다. 하루는 다시 옥당에서 숙직했다. 이때 숙종께서는 춘추가 높아 눈병이 생겼는데, 밤마다 숙직하는 신하들을 불러 편안하게 한가한 이야기를 나누고 고금 역사를 논했다. 또 여항에 떠도는 이야기도 들으며 시간을 보냈다. 신하들은 각기 자신이 보고 들은 것을 아뢰었고 마침내 김우항의 차례가 되었다. 그는 아뢸 말이 없다고 했지만 임금이 강권했다.

"네가 이미 북방으로 안찰사 직을 수행하고 왔으니 반드시 겪은 바가

---

9) 봉고파직(封庫罷職): 어사나 감사가 못된 짓을 많이 한 고을의 원을 파면하고 관가의 창고를 봉하여 잠금. 또는 그런 일.

있을 것이다. 어찌 그것을 이야기하지 않는가?"

김우항이 엎드려 대답했다.

"비루하고 자질구레한 이야기를 어찌 감히 아뢰겠습니까?"

임금이 말했다.

"군신의 사이는 집안의 부자 사이와 같으니, 말하지 못할 게 뭐가 있는가?"

김우항은 즉시 단천에서의 일을 조목조목 아뢰었다. 토방에서 기생을 만나고 기생이 밥을 준 대목에서는 임금이 작은 대나무살 부채를 들어 연이어 어상御床을 두드렸다. 말을 마련해 여장을 갖추어 보내준 대목에 이르러서는 여러 번 무릎을 쳤다. 또 다 떨어진 옷을 다시 주워오는 모습을 보고 기생이 김우항이 암행어사가 된 것을 알아차린 대목에 이르러서는 부채가 다 부러졌다. 마지막으로 밤을 타서 태수를 만나고 향리로 돌아가도록 권유하고 기생에게 뒷날을 약속한 대목에서는 마침내 임금이 승지를 급히 불러 전지傳旨를 써서 함경도 관찰사에게 명하기를, 단천에서 술을 관장하는 기생 아무를 즉시 유신 김우항의 집으로 올려보내고서 아뢰라 했다.

함경도 관찰사는 과연 임금의 명대로 기생에게 돈과 비단을 후하게 주어서 김우항의 집으로 보냈다. 기생은 김우항과 부인을 친아버지처럼 섬겼고 종들은 하나같이 은혜와 믿음으로 부렸다. 재물도 잘 다스려 부족함이 없게 했다. 그가 조정으로 들어가 자리를 잡게 된 데에도 기생의 도움이 컸다 한다.

金丞相窮途遇義妓

肅廟朝金相國宇杭, 年至四十八, 猶守布素, 家道旁落, 荒舍如蝸, 活計若蛛, 朝晡不繼, 衣褐不完. 有五女, 年俱及筓, 一未嫁, 適有一措大, 爲其子與公女議[10]婚, 已有成言, 而公自念身外實無長物, 且無親戚, 無處控訴, 顧何以資送粉粧[11]乎? 每中夜自嘆, 寢食殆廢者, 幾旬朔. 忽憶其疎親一武官現任端川太守, 於己稍尊, 欲往投之, 沽丐錢財, 庶可有濟, 極知愧恧, 亦無奈何. 於是遍懇于人, 艱得貸息, 以備資斧[12], 又貰一款段[13], 使一蒼頭控之, 露宿風餐, 千有餘里, 及至端之邑治. 款門請見, 則反爲閽吏所搪, 謂以禁人擅入, 已有官令, 故不敢輒納. 公屢加訶叱, 而終不聽受相持. 有頃日已薄曛, 回至傳舍就[14]宿, 明朝又往叩之, 亦不得入. 公不勝憤慨, 欲待自回, 而已發之矢, 不可中輟, 只得夜宿旅店, 晝詣官門請入者, 恰過一朔, 猶不得間. 盤纏已竭, 多暇貸於居停主人, 主人以公所乘馬爲質, 公憂悶如擣, 進退不得. 主人知其狀, 慁之曰: "明日知府, 當詣社倉, 親檢糶米, 路出店前, 何不候于路左, 一見其面乎?" 公然之. 翌朝試如其言, 使君果以便輿出, 皁卒呵擁, 公疾呼曰: "我滯此多時!" 使君首肯曰: "何故?" 公條悉其由, 言未已, 使君曰: "方有公事, 未暇與語, 第俟之." 顧謂一隷曰: "汝可引入東閣, 待我之回." 公卽隨至公堂坐, 到日昃, 未嘗供飯, 飢渴難支. 夕使君乃還坐定, 公告曰: "吾終日不食, 神思昏暈, 願以飯饘饋之, 以撑朽腸." 使君曰: "試以酒肴來饋." 少焉掌酒官娥, 以缺口一小壺進, 復以海藿[15]一片, 爲壓酒之需. 公竟日飢餒, 初謂必以美酒肥肉餉之, 準擬大嚼以塞饞口, 及見此, 怒氣騰騰, 急起蹴之, 踣於地, 仍謂使君曰: "待人不當若此!" 使君亦怒曰: "我是汝尊行, 我之所饋, 何敢若是?" 亟令公隷, 驅出門外. 又呼吏胥曰: "爾

---

10) 議: 동양본에는 '講'으로 표기.
11) 粉粧: 동양본에는 '粧奩'으로 표기.
12) 資斧(자부): 여행중에 산이나 들에서 잘 때, 가시덤불을 베는 데 쓰는 도끼. '여비(旅費)'라는 뜻으로 쓰임.
13) 款段(관단): 느린 망아지.
14) 就: 동양본에는 '倣'로 표기.
15) 海藿(해곽): 미역.

須申命一境, 有如[16]許此怪鬼寄食[17]者, 則當被酷罰!" 公含憤[18]而回至舊店[19], 則主人拒門不納, 馬亦被搶, 公無如之何. 獨與蒼頭, 又之他舍, 亦如前之爲, 凡百餘所, 無不皆然. 日已昏黑, 雨又如注, 遂到邑里將窮處, 要暫歇於林莽之間, 其旁[20]有陶穴, 中有席門, 乃皮鞋匠所居也. 公謂匠曰: "日暮道遠, 願借宿一宵." 匠亦不拒, 蓋窨穴異於廬舍, 故號令不能及也. 公少坐, 雨不霽, 將近二鼓, 雲消月靑[21], 晶光射人, 入於席門之隙, 毫芒可鑑. 公腸[22]肚飢甚[23], 心神散落, 且憤且恨, 不能交睫. 忽聞跫音漸邇, 至席門外而止, 公引領而看, 則有一女子, 顔色殊衆, 明媚動目, 叩門而言曰: "此窨中, 有洛客否?" 公疑其爲太守所使, 呼匠令秘之, 女曰: "何瞞我?" 直排門而入, 公無所避. 女指公曰: "是矣無恐." 公問其故, 女曰: "妾卽邑中掌酒妓也. 太守每以麥酒及海藿, 與人飮啜, 妾嘗憎疾其吝財而輕人, 然受此饋者, 皆甘受輒飮, 妾以爲此皆賤之爲丈夫也, 故無甚奇偉之氣也. 今者相公雖在飢困, 枯涸之際, 能起而蹴之, 可知其非凡鳥也. 以若志氣, 何患不富貴耶?" 公再三遜謝. 復有一丫鬟, 戴髹盒而至, 妓卽致于公前, 則飯羹菽鹽, 皆極精潔[24]. 公下箸眈食, 頃刻而盡, 無非可口者. 公極口稱頌, 銘感至骨. 妓曰: "旣許陪話, 請暫屈弊廬, 以伸情曲." 公從之, 至其舍, 綠窓朱戶, 椒壁粉墻, 對貼唐律, 滿堆古董, 以銅爐爇龍, 乳芬澤襲人, 燈炧煒煌, 文繡璀璨, 妓令坐畫氈, 抽情吐本[25], 仍問曰: "千里投人所幹何事?" 公爲道其狀, 妓

---

16) 有如: 동양본에는 '如有'로 표기.
17) 食: 다른 이본에는 '宿'으로 표기.
18) 憤: 동양본에는 '情'으로 잘못 표기.
19) 店: 동양본에는 '庄'으로 표기.
20) 旁: 동양본에는 '傍'으로 표기.
21) 靑: 동양본에는 '淸'으로 표기.
22) 腸: 동양본에는 '腸'이 탈락.
23) 甚: 동양본에는 '困'으로 표기.
24) 潔: 동양본에는 '擊'으로 표기.
25) 本: 동양본에는 '繡'로 표기.

顰眉蹙額, 似有矜憐之色. 夜將就闌[26], 妓攝公與之同衾而寢, 殢雨弱雲, 狼藉枕席. 黎明妓先起, 從緗箱中, 出粲[27]衣一襲授公, 公不能卻, 乃穿就穩稱于身. 公留戀不能[28]釋, 淹滯幾近數朔, 妓譬之曰: "相公寧久於此乎?" 公曰: "非不知妻子凍餒, 僮僕黃瘦, 待我不來, 望眼欲冷, 而我亦思之熟矣. 非徒空手而歸, 無面見家小, 方此行橐, 枵然實無靑趺, 何能致身於千里之外? 可謂欲罷不得, 此吾所以委決, 不下趑趄度日者也." 妓曰: "大[29]丈夫當用力於當世, 豈可沉淪於外, 以送流年耶? 古人有謀於桑下者, 妾雖女流, 豈無知識耶? 所謂資斧, 妾已有理會者." 公大喜過望. 詰朝有二馬鳴於外, 公問之, 妓曰: "爲公辦幹." 公謝以不敢, 妓曰: "一則公自乘之, 一則妾略[30]以衣裳驢之, 可備後車." 仍以二隻畫籠, 實以嫩布貂皮鬐髢銀貨載之, 趣公行. 公揮淚而別, 服其義而領其情, 在途未嘗不北首眷戀. 及還第, 卽以所齎物辦需成親[31]. 是歲秋闈, 又擢魁[32]科, 賜及第出身, 俄入玉署, 持被靑綾[33]. 肅廟促召在直儒臣, 公應命入對, 上曰: "見今[34]北道[35]荐荒, 水旱相仍, 加以地方絶遠, 朝令不行, 守宰貪婪, 椎膚剝髓, 汝其乘馹[36][37], 按廉潛行邑里臚列臧否, 無墮予命!" 公承命感惶, 卽以懸鶉衣衫, 微行入關, 乞食村廬, 詞察政績. 一日將暮, 至端川, 感妓舊恩, 欲先訪之, 又欲騙之, 以觀其志, 乃赴其門首, 呼曰: "請丐一飯, 如無有, 與我一錢." 如是者再, 妓

---

26) 闌: 동양본에는 '蘭'으로 표기.
27) 粲: 동양본에는 '燦'으로 표기.
28) 能: 동양본에는 '卻, 乃穿就穩稱于身, 公留戀不能' 부분이 탈락.
29) 大: 동양본에는 '大'가 탈락.
30) 略: 동양본에는 '略'이 탈락.
31) 成親(성친): 친척을 이룬다는 뜻으로, 결혼을 달리 일컫는 말.
32) 魁: 동양본에는 '魁'가 탈락.
33) 靑綾(청릉): 옥당에 청색 비단을 치므로 옥당을 청릉이라 한다. 또는, 관복을 가리킨다.
34) 今: 동양본에는 '午'로 표기.
35) 道: 동양본에는 '路'로 표기.
36) 馹: 동양본에는 '傳'으로 표기.
37) 乘馹(승일): 왕명을 받은 벼슬아치가 어딘가에 갈 때 역마를 잡아타던 일. 왕명을 받든다는 뜻이다.

隔窓聞之, 不覺驚喜, 雲鬢不整, 汲汲下堂而出[38], 未及穿鞋, 旣見公提携
而入曰: "何故如此?" 公長吁曰: "言之不盡! 自失[39]散以後, 半路遇偸兒,
攘奪盤費及馬匹, 羞見妻子, 不得還家, 飄蕩道路, 乞食延喘, 無可依賴, 悠
悠此世, 唯可依望者, 無如汝者, 復來攪擾[40], 不敢輒入, 故爲叫噪." 妓曰:
"奔湊跋涉[41][42], 飢餒應甚, 何以療腹, 我方按夕飯, 纔吃一匙, 可共之." 乃
引公與之同卓而食. 食已, 妓更以新衣一部衣之曰: "我爲公製此, 欲付信使
者久, 而雁飛魚沉[43], 尚未憑送矣. 不意今日, 少遂微誠." 公脫下弊衣, 束置
突上, 妓曰: "敗絮殘布, 綻缺無餘, 不可復着, 安用此爲?" 仍拓窓, 舉而抛
於外, 公急下堂取之, 如恐不及, 妓又攫而投之, 公隨卽拾取, 如是者三, 妓
注視公差久, 勃然作色曰: "妾唯以誠虔, 仰接夫子, 夫子反以假意粧撰何
也?" 公愕然曰: "何謂也?" 妓曰: "公旣着新衣, 而苦心血誠, 不棄弊衣者,
將以有用也. 豈[44]非繡衣耶!" 仍絶袂而起, 公笑而挽住曰: "吾果登第, 方叨
是職, 而逢汝, 豈可自詫曰: '吾御史也哉?'" 妓卽釋然, 又請曰: "將如本郡
太守何?" 公曰: "此吾所以疑難者也. 太守貪虐病民, 罄竹難書[45]. 我若抉
摘過惡, 至於黜落, 則是無敦睦之風也. 若隱忍掩護, 知而不言, 則是不恤
國事也. 何爲而可?" 妓曰: "若以此奏撤, 終至抵法, 則人必謂公含憤畜怒
而發也. 若置而不論, 以私滅公, 此皆斷不可行也. 公若潛見太守, 數以罪

38) 동양본에는 '迎'이 더 나옴.
39) 未及穿鞋, 旣見公提携而入曰, 何故如此, 公長吁曰, 言之不盡, 自失: 동양본에는 '公曰, 分'으로 표기.
40) 擾: 동양본에는 탈락.
41) 涉: 동양본에는 '雁'로 표기.
42) 跋涉(발섭): 산을 넘고 물을 건너감.
43) 雁飛魚沉(안비어침): 기러기나 고기는 멀리 있는 지인에게 소식을 전하는 존재다. 그것들
이 날아가고 가라앉았다는 것은 소식 전하는 역할을 하지 않아 소식이 끊겼다는 뜻이다.
44) 동양본에는 '其'가 더 나옴.
45) 罄竹難書(경죽난서): 옛날에는 대나무가 종이 역할을 했다. 초(楚)나라와 월(越)나라에서
생산되는 모든 대나무 잎을 사용해 나쁜 행실을 기록하는데, 악행이 너무 많아 다 쓰기 어렵
다는 뜻이다.

戾論之, 使去則可⁴⁶⁾謂兩得其中以爲如何?"公曰: "過我多矣!"妓呼公掇
筆, 仍枚擧太守不法之事, 乾沒倉穀, 刀蹬民財等狀, 使公繕錄. 當夜妓引
公, 暗入東閣, 太守方坐, 見公大驚, 盖已知公釋褐也. 仍起戰慄曰: "貴駕
奈何至此?"公曰: "吾奉命北至⁴⁷⁾, 仍到貴府, 潛來伏謁, 未審別來無恙." 太
守惶縮膜拜⁴⁸⁾, 手脚慌亂. 公曰: "自到貴境, 詗⁴⁹⁾探政績, 則怨讟載路, 掩
耳不得, 彼此不幸, 已不可論⁵⁰⁾, 未知行何悖政而至此?"太守囁嚅曰: "願
聽小官罪類." 公以所錄遞示, 太守曰: "明證斯存, 辨白不得, 願使星 特念
同根之義, 俾免大罪如何?"公曰: "我豈刺口論列陷公於廢錮之科哉? 然吾
旣忝按廉之重, 不可使一邑之民, 緣吾私誼, 一受苦楚. 望須於明日內, 三
呈辭單⁵¹⁾, 卽卽解歸! 不然則封庫登聞." 太守謝曰: "公之包容德量, 使腐草
續春, 枯骨復肉, 敢不唯命?"公乃出. 翌朝太守, 果稱病歸田. 公將行謂妓
曰: "吾揭欲將汝以歸, 重續金屋⁵²⁾之緣, 而奈玉署一唧其淸如水, 苜蓿闌
干, 藜莧不充. 若使汝有啼飢之嘆, 則是余之責也. 稍待官尊祿肌⁵³⁾, 事力
稍集, 當有會合之日." 妓曰: "妾豈可仰累於相公也? 當一聽尊旨." 公竣事
而還. 一日復鎖直瀛洲, 時肅廟春秋晼晩, 以眼眚不豫, 每夜悉召禁直諸臣,
怡然閑話, 商確古今, 且及閭巷諺俚之語, 以爲消遣⁵⁴⁾之策, 諸僚各以所見
聞, 仰奏畢次及公, 公對以無可仰徹者. 上强之曰: "汝旣巡廉北方, 必有所
踐歷, 盡言之?"公俯伏對曰: "鄙瑣不敢敷陳." 上曰: "君臣之間, 如家人父

---

46) 可: 동양본에는 탈락.
47) 至: 동양본에는 '出'로 표기.
48) 膜拜(막배): 땅에 무릎을 꿇고 손을 들어 절함.
49) 詗: 동양본에는 '調'로 표기.
50) 論: 동양본에는 '旣'로 표기.
51) 辭單(사단): 사직(辭職)을 청하는 단자(單子).
52) 金屋(금옥): 화려하고 아름다운 집.
53) 肌: 다른 이본에는 '肥'로 표기. '肥'가 맞음.
54) 遣: 동양본에는 '受'로 표기.

子, 何所不言?" 公卽以端川事條對, 至陶穴逢妓進食, 上仍擧竹角[55]小扇,
連擊御床, 次至備馬送行一款, 擊節頗數, 復至因收弊衣, 知其爲御史, 扇
爲盡碎, 最後至乘夜見太守, 諭以治歸, 及對妓證以後約, 上乃亟宣召承[56]
旨書傳旨, 諭關北伯, 端川府掌酒妓某, 不日治送于儒臣金宇杭家, 卽爲啓
問[57]云云. 北伯果依聖敎, 厚贐錢帛, 送妓于公家. 妓事公及夫人如嚴君,
使婢僕, 一以恩信, 治産業, 無匱乏. 公之立朝布置, 多妓所助云云[58].

55) 角: 동양본에는 '筲'으로 표기.
56) 承: 동양본에는 '丞'으로 표기.
57) 問: 다른 이본에는 '聞'으로 맞게 표기.
58) 云: 동양본에는 '云'이 탈락.

조풍원이 사립문에서 옛친구를 찾다

풍원부원군豐原府院君 재상 조현명1)이 어릴 적이었다. 집이 창의동彰義洞에 있었는데 이웃에 김시신金時愼이란 사람이 살았다. 그는 안동의 큰 집안 출신으로 조현명과 나이가 같아 아침저녁으로 붙어 놀았다. 또 한 아이가 있었는데 간혹 김시신을 따라와 놀곤 했다. 스스로 시신의 족당族黨이라 했다. 얼마 안 있어 조현명의 집은 자각봉紫閣峯 쪽으로 이사했다. 서로가 남북으로 떨어져 소식이 뜸해졌다. 하지만 김시신이 간혹 찾아오기도 했기에 성년이 되어 급제하기까지 옛날 우정은 변치 않았다. 조현명이 딸을 얻으니 김시신의 아들과의 혼인을 허락했다. 그러나 혼인을 시키기 전에 김시신이 갑자기 죽었다. 조현명은 삼 년을 기다렸다가 폐백을 받고 혼인을 시켰다.

세월은 빨리 흘러 어느덧 조현명은 백발이 성성해지고 벼슬도 골고

---

1) 조현명(趙顯命, 1690~1752): 조선 영조 때 상신(相臣). 이조판서, 우의정 등 요직을 거쳐 영의정이 되었다. 탕평책을 지지해 영조의 정책 수행에 적극 협조했다. 청렴함으로 유명하며 효행으로도 널리 알려졌다.

루 역임했다. 하루는 사위가 부친의 무덤을 옮겼다. 그 상여가 한강 북쪽을 지날 때 조현명도 교외로 나가 술을 따르고 제문을 지어 애도를 표했다. 옛날 놀던 친구들이 거의 다 떠나가고 외롭기만 했다. 처참한 마음에 눈물을 닦으며 그때 일들을 돌아보니 문득 김시신의 족당이라던 그 아이가 떠올랐다. 궁금해서 사위에게 상세히 물어보니, 사위는 한참 생각하다가 갑자기 생각난 듯 말했다.

"그분은 성함이 만행晩行인데 지금 가난하여 집을 꾸려가는 데 어려움을 겪고 있답니다. 백악산 아래 집을 짓고서 과일을 팔아 생계를 꾸려가고 있습니다."

조현명이 크게 기뻐하며 즉시 길잡이를 부르고 사위로 하여금 그 집으로 안내하게 했다. 집을 찾아가보니 만행이 오두막에 한가하게 앉아 있었다. 만행은 갑자기 두 종이 길 안내하는 소리를 듣고 급히 사립문 안으로 자리를 옮겨 길잡이에게 물었다.

"이곳까지 왕림하신 재상이 누구시냐?"

"조판부趙判府 대감이십니다."

"네가 잘못 찾아온 것 같다."

"생원님이 김 아무 어른 아니십니까?"

"그렇긴 하다만 나는 너의 어르신과 평소 안면이 전혀 없다. 또 귀천이 아득히 차이가 나는데 어찌 나를 찾아오시겠는가?"

말이 채 끝나기도 전에 뭇 종이 이끄는 교자 하나가 문에 당도했다. 만행이 계단을 내려가 맞이하니 조현명이 교자에서 내려 손을 잡으며 말했다.

"나를 기억하겠느냐?"

"모르겠습니다."

마루로 모시니 그가 말했다.

"오십 년 전, 자네와 함께 파피리를 불며 죽마를 타고 노느라 땀을 뻘 뻘 흘렸지. 그뒤로 바다와 뽕나무밭이 여러 번 바뀌어 친구 중 태반이 황천길을 떠났네. 우리 두 늙은이만 남아 홀연히 마주하게 되었으니 가히 천고의 기이한 만남이구나."

만행도 비로소 그날들이 기억났다. 서로 평생 살아온 일을 이야기하니 얼음 속 호박씨가 보이듯 아교와 옻이 다시 붙는 듯했다.

조현명이 말했다.

"이런 만남에 술이 없을 수 없지. 술 한 병만 가져오면 좋겠네."

만행이 여종을 시켜서 돈을 꾸어 술을 사오게 했다. 이웃 점사 주인은 조현명의 수레를 보고는 아낌없이 금방 술을 꾸어주었다.

술을 한 잔씩 마시고 집의 처마 밑을 보니 '수백垂白'이라고 쓰인 편액이 있었고, 댓돌 위에는 누런색 국화가 곱게 피어나 있었다. 붓을 들어 벽에 다음과 같이 썼다.

> 수백당 앞에 황국화 피었는데
> 사립문 앞 옛친구를 인도하는구나
> 강가에서 사형士衡, 김시신의 자(字)의 관을 통곡으로 보내고
> 오늘 그대 만나서 술 한잔을 권하네

그러고는 종이를 가져오게 하여 백미 열 석과 돈 백 금의 체지帖紙, 돈이나 물품을 받은 증거로 상대에게 주던 표를 만들어주며 말했다.

"이는 외상 술값을 갚을 돈이라네."

이어 진탕 마시고 돌아갔다. 그러고는 이조 서리를 불러 말했다.

"내 동창 친구 하나가 있는데 머리가 세도록 이룬 게 없다네. 몸가짐을 조심하고 행실이 곧으니 장작감2) 자리가 비거든 반드시 추천하게."

서리가 그 말대로 처리했다. 만행은 한번 벼슬을 받고 나서 금오랑을 제수받았다. 지금까지 장동壯洞 김씨들은 이 이야기를 많이 하면서 조현

명을 풍류재상風流宰相이라 일컫는다.

趙豐原柴門訪舊友

豐原府院君趙相國顯命之爲童艸也. 家居彰義洞, 近隣有金時愼者, 安東望閥也. 與公年紀相甲乙, 晨夕追隨, 而又有一小兒, 或隨時愼來戲, 自言時愼之族黨. 未幾公家三遷于紫閣峯, 南涯北角, 晨星3)落落, 而時愼則時或來造, 以至成冠, 登第不替舊好. 及公生女, 許配時愼之子, 親事未完, 時愼遽夭, 公待年受幣4), 以成瓜葛5). 荏苒光陰, 公髮星星, 位躋調勻6). 一日玉潤7)遷襄其父, 翣8)輀9)經于洛汭, 公出郊澆奠, 操文盡哀, 因念舊遊零星, 形影相弔, 悽愴䑛淚, 點檢前事, 始怳惚記得時愼之族黨小兒, 而猶在疑眩. 詳問于玉潤, 玉潤良久沉吟, 忽大悟曰: "斯人也, 名傚晚行, 見今窮, 不能爲家, 結廬於白岳山下, 賣果資業." 公大喜, 卽召前導, 使玉潤昭指其家, 因起身專訪, 晚行方閑坐蝸舍, 忽聞雙隷呵導, 轉入柴扉, 仍驚問隷曰: "枉此者, 是何10)相位?" 隷曰: "趙判府大爺." 曰: "汝誤尋到此, 必須回去11)!" 隷曰: "生員主非姓金諱某者耶?" 曰: "是則是矣. 然我本與汝大爺素

2) 장작감(將作監): 고려 때부터 토목(土木)이나 영선 따위의 일을 맡아보던 관아.
3) 晨星(신성): 새벽별. 효성. 소수(少數)나 희소(稀少)의 비유.
4) 幣(폐): 결혼하기 전에 신랑이 신부에게 보내는 비단. 신부가 시부모님을 처음으로 뵐 때 큰절을 하고 올리는 대추나 포 따위나 예물.
5) 瓜葛(과갈): 덩굴이 벋어 서로 얽힌 오이와 칡이라는 뜻으로, 혼인으로 이루어진 인척을 이르는 말.
6) 調勻(조균): 고도서본은 '秉軸'으로 표기. '병축(秉軸)'은 정치권력을 장악한 사람이란 뜻이다.
7) 玉潤(옥윤): 사위.
8) 翣(삽): 운불삽. 상여의 양옆에 세우고 가는 제구.
9) 輀(이): 수염을 늘어뜨린 듯한 장식이 있는 장례차.
10) 何: 동양본에는 탈락.
11) 去: 동양본에는 '出'로 표기.

昧, 且貴賤懸[12]殊, 詎有委造[13]也?"言未已, 前輩班列, 騶從羣擁, 一轎到門, 晚行下階迎之, 公下車執手曰:"汝能記我否?"曰:"未也."乃携入堂上, 且[14]曰[15]:"憶五十年前, 我與若, 吹蔥騎竹, 汗漫同遊, 伊來滄桑累易, 朋儔殆盡鬼錄, 獨我兩翁, 兀然相對, 可謂千古奇會也[16]!"晚行始識破其由, 相敍平生閱歷, 氷犀交透, 膠柒復合, 公曰:"此會不可無酒, 幸得一壺來!"晚行乃使一婢赤脚, 稱貸沽酒, 隣肆見長者車轍, 不靳暫貸, 仍相飮一盃. 見堂楣有垂白之扁, 砌上黃菊正嫩, 乃濡筆題壁曰:"垂白堂前黃菊開, 柴門前導故人來, 江干哭送士衡(時愼字)柩, 今日逢君酒一盃"書罷索紙, 列寫十斛雲子, 百金靑趺爲帖, 而給之曰:"聊賞[17]汝杖頭[18]之債耳."仍盡歡而歸, 卽召銓部[19]曰:"我有一同窓故人, 白首無成, 飭躬砥行, 須待將作監有缺, 必注擬[20]."吏如其言. 晚行自一命, 轉除金吾郎. 至今壯洞之金, 多言此事, 以公爲風流宰相云.

---

12) 懸: 동양본에는 '顯'으로 표기.
13) 委造(위조): 꾸불꾸불한 골목길로 찾아감.
14) 且: 동양본에는 탈락.
15) 동양본에는 '回'가 더 나옴.
16) 也: 동양본에는 탈락.
17) 賞: 동양본에는 '償'으로 표기. '償'이 맞음.
18) 杖頭(장두): 장두전(杖頭錢). 술을 사는 돈.
19) 銓部(전부): 이조전랑. 인사 관리를 맡음.
20) 擬(의): 의망(擬望). 후보자를 천거함. 관원을 임명할 때 세 사람의 후보자를 추천하던 일. 임금은 추천자 명단을 참조해 임명을 결정했다.

송씨 양반이 궁지에서 옛 종을 만나다

옛날에 송씨 사족이 있었다. 오랫동안 벼슬이 끊겨 종실과 지파 사람들은 거의 몰락하고 청상과부와 혈혈단신 아들만이 남아 쓸쓸히 살고 있었다. 막동이란 어린 종이 있었는데 집안일을 주관해 바깥어른이 해야 할 일들을 다 처리해주었다. 그런데 어느 날 갑자기 그도 사라져버려 집안사람들이 혀를 차고 아쉬워했다. 그 종적을 찾을 길이 묘연했다.

삼사십 년이 흘렀다. 아들이 홀로 장성했지만 살림살이는 더 어려워졌다. 자기 힘으로는 생계를 이어가기조차 어려워, 관동 한 읍에 원님으로 있는 친지에게 의탁해볼까 하고 길을 나섰다. 고성군에 이르렀는데 날이 저물고 객점은 멀었다. 인가를 찾아 산등성이 하나를 넘으니 산 아래쪽에 우물 하나를 함께 쓰는 수많은 가구가 있었다. 푸른 기와가 물 흐르듯 이어져 있고, 산과 계곡 경치가 빼어난 곳에는 정자와 누대가 서 있었다. 내려가서 물어보니 그 동네 수장은 승선承宣 최씨란 사람이었다.

송생이 그 집 대문으로 가서 뵙기를 청했다. 한 소년이 송생을 맞이해 방에 머물게 했다. 자리를 채 정돈하지도 않았는데 하인이 최승선의 말을 전했다.

"마침 무료하시던 차 심회를 풀 곳이 없어 손님을 모셔서 이야기나 나누었으면 하십니다."

송생이 그 제안을 받고 따라 들어가니 한 노인이 기다리고 있었다. 턱살이 많고 이마가 넓었으며 두 눈은 형형했다. 송생을 보고 예를 표했는데 용모와 법도가 단정했다. 초 심지를 잘라가며 이야기를 나누었다. 삼경三更이 다가오자 최승선은 좌우를 물리고 문을 단단히 걸어 잠갔다. 그러고는 관을 벗고 송생을 향해 엎드려 절을 하고서 울부짖으며 죄를 지었으니 벌을 내려달라고 청하는 것이었다. 송생이 깜짝 놀라 우물쭈물하다가 물었다.

"영공께서 이 무슨 해괴한 짓을 하십니까?"

최승선이 말했다.

"소인이 바로 댁의 옛 종놈 막동입니다. 주인님의 두터운 은혜를 입고도 몰래 도망을 치고 숨었으니 첫번째 죄입니다. 혼자되신 마님께서 수족같이 잘 대해주셨는데 그 성의를 받들지 못하고 영원히 저버렸으니 두번째 죄입니다. 성姓을 거짓으로 칭하고 세상을 속여 벼슬을 누렸으니 그것이 세번째 죄입니다. 지위가 이미 높아졌는데도 연락을 드리지 않은 것이 네번째 죄입니다. 서방님께서 왕림하셨는데 적을 대하는 것처럼 대접했습니다. 그게 다섯번째 죄입니다. 아, 다섯 가지나 죄를 짓고서 어찌 세상에 떳떳하게 설 수 있겠습니까? 부디 서방님께서 꾸중하시고 매질하셔서 쌓은 죄의 만분의 일이라도 갚게 해주십시오."

송생은 송구한 마음에 어찌할 줄을 몰랐다.

최승선이 말했다.

"주인과 종의 의리는 부자 군신의 사이와 조금도 차이가 없지요. 인정어린 마음을 저버렸고 차림도 엉망이 되어버렸으니 차라리 목숨을 바쳐 이 한을 갚고 싶습니다."

"설사 영공의 말씀대로 하더라도 돌아보건대 지나간 옛일은 물이 흘러간 듯 구름이 떠나간 듯한 것입니다. 왜 다시 끄집어내 주인과 손님 모두를 거북하게 만드십니까? 그냥 편안하게 앉아 한담이나 나눕시다."

최승선은 송씨 종가의 크고 작은 집안 안부를 물었다. 옛일 이야기에 감회가 새로워 서로 탄식을 금치 못했다. 송생이 물었다.

"영공께서는 어릴 때부터 기량이 정말 크셨습니다. 그래도 필부로 시작해 어떻게 집안을 이렇게 일으켰습니까?"

최승선이 대답했다.

"이야기하자면 참으로 경복난진[1]입니다. 소인은 어려서부터 종노릇을 했는데 가만히 살펴보니 상전 댁 명운은 기울어 다시 일어날 가망이 없는 것 같았습니다. 평생 굶주림과 추위를 면하지 못할 줄 알고 하루는 생계를 꾸려갈 대략의 계획을 세워 창졸간에 도망을 쳤지요. 뜻은 높고 담은 커서 결코 천한 종놈으로 늙지는 않으리라 맹세했습니다. 마침내 현달했지만 후손이 없는 최씨 집안 행세를 했습니다. 처음에는 경화京華 지역에 살면서 재물을 늘려갔지요. 몇 년 사이에 몇천 금을 모았습니다. 그래서 영평永平, 지금의 경기도 포천군으로 내려가서 두문불출하고 독서를 하며 몸가짐을 삼가니 향리 사람들이 사부士夫의 행실을 한다고 칭찬했지요.

또 재산을 나눠주어 가난한 사람들의 마음을 샀습니다. 후하게 대접해 부자들의 입도 막았습니다. 이어 서울 협객 무리에게 화려한 말안장을 갖추게 하고 유명한 사람 이름을 사칭하며 연이어 저를 방문하게 하니, 읍인들이 저를 더욱 믿어주었지요. 사오 년 뒤에는 철원으로 이사했습니다. 그전처럼 저 자신을 수양하니 철원 사람들도 저를 향촌 사족으로 대접해주더군요. 그제야 한 무관의 딸을 맞이해서 다시 장가를 든다

---

1) 경복난진(更僕難盡): 주객 간에 이야기가 길어져 시중드는 종을 번갈아 들여도 이야기가 끝나지 않음. 할 이야기가 많다는 뜻이다.

고 했습니다. 아들과 딸을 낳았지만 혹시 일이 발각될까봐 회양淮陽으로 이사했고 얼마 안 있어 다시 이곳으로 옮겨온 것입니다. 회양 사람들은 철원 사람들에게 묻고 고성 사람들은 회양사람들에게 물으니, 이런 식으로 말이 분주히 전해져 마침내 제가 갑족甲族으로 추대된 것입니다. 또 소인이 요행으로 명경과에 급제해 승문원[2]에 들어갔습니다. 정언正言, 지평持平을 거쳐 대홍려大鴻臚, 예조의 관직로서 통정通政으로 뽑혀 병조참지兵曹參知와 동부승지同副承旨에까지 이르렀습니다. 어느 날, 끊기 어려운 것은 사람의 욕심이요, 쉽게 이지러지는 것은 만월이라는 생각이 떠올랐습니다. 벼슬 올리기를 그만두지 않으면 신이 노하고 사람이 시기해 낭패를 당할 것만 같았습니다. 결심하여 과감히 물러났습니다. 다시는 한 발자국도 티끌세상을 밟지 않았지요. 한가하게 전원을 노닐고 성은을 노래 했습니다. 아들 다섯과 딸 둘을 낳아 모두 좋은 집안과 혼인을 시켰으니 제집의 전후좌우 집들은 모두 인척들의 것이지요. 장남은 문과에 급제해 은율 원으로 나가 있고, 둘째는 학문과 덕행으로 조정의 추천을 받아 침랑[3]을 제수받았지만 나아가지 않았습니다. 그다음 아들도 성균관에 들어가 있습니다. 소인은 이제 칠십이 넘어 자손이 집안에 가득하고 해마다 만 섬이나 받아 매일 일천 전이나 쓰고 있습니다. 제 분수와 힘을 헤아려볼 때 어찌 만족하지 못하겠습니까? 그러나 여전히 상전의 은혜를 갚지 못한 게 자나깨나 마음에 걸렸습니다. 매번 찾아뵙고자 했지만 일이 탄로날 것이 두려웠고, 또 가난한 처지를 좀 도와드리려 해도 길이 없으니 한탄만 했을 따름이지요. 이로 말미암아 언제나 양심의 가책을 느끼고 후회를 하며 정신 나간 듯 혼자 중얼거려왔죠. 오늘 하느님이 기

---

2) 승문원(承文院): 성균관·교서원(校書院)과 합칭해 삼관(三館)이라 했다. 사대(事大, 중국)와 교린(交隣, 일본·여진) 문서를 관장하고 중국에 보내는 외교 문서에 쓰이는 이문(吏文)의 교육을 담당했다.
3) 침랑(寢郞): 조선시대에, 종묘·능·원(園)의 영(令)과 참봉(參奉)을 통틀어 이르는 말.

회를 주셔서 서방님이 이곳에 왕림하게 해주셨으니 소인은 이제 죽어도 눈을 감을 수 있게 되었습니다. 감히 서방님을 몇 달간 머무시게 하고 하찮은 정성을 보이고자 합니다. 다만 별다르지 않은 나그네가 갑자기 환대를 받게 되면 주위의 의혹을 사겠지요. 황송하옵니다만, 낮에는 인척으로 소인의 가문을 빛내주시고 밤에는 상전과 주인으로 돌아가 명분을 바로잡고자 합니다. 제 소원을 들어주시겠습니까?"

송생이 그러겠다 했다. 이야기가 끝나니 벌써 새벽이었다. 자제들과 문하생들이 연이어 들어와 문안을 드리니 최승선이 말했다.

"지난밤에 참 기이한 일이 있었다. 잠이 오지 않아 송생과 집안 이야기를 하는데, 송생이 내 재종질再從姪, 육촌 형제의 아들이 아니겠나! 관향과 파가 분명하니 조금도 의심할 바가 없구나. 내가 옛날에 서울에 있을 때 송생의 부친과 함께 노닐면서 공부했으니 그 정이 형제와 같았지. 그뒤 사오십 년 동안 불행히도 세상을 떠나시고 길도 멀어 소식이 끊기니, 홀로 남은 아드님이 어디 계신지 듣지 못했다. 이제야 상봉하니 감회가 곱절이나 간절하구나."

자제들이 크게 기뻐하며 형님 동생이라 부르고 산의 정자와 물가의 누대, 우거진 대나무 사이로 데려갔다. 풍악으로 나날을 보내고 술 마시고 시 짓기로 한 달을 넘게 보냈다. 송생이 돌아가려 하자 최승선이 말했다.

"만금을 드리겠으니 농토와 집을 마련하시고 가까운 일가에 넉넉히 나눠주시기 바랍니다."

송생도 크게 기뻐했다. 수레와 말에 물건을 가득 싣고 먼길을 번들거리며 돌아왔다. 논밭을 사고 집도 다시 마련하니 졸지에 큰 부자가 되었다. 송생을 아는 사람들은 모두 기이하게 여겼다.

송생에게 한 사촌동생이 있었다. 그는 아무 하는 일 없이 돌아다니는 건달로 남을 혹독하게 음해하곤 했다. 최승선에게 부자가 된 내력을 집요하게 물으니, 찾아간 아무개 원님이 도와주었다고 둘러댔다.

건달이 믿지 않고 다른 날 또 물으니 최승선은 길가에서 은단지를 주 웠다고 했다. 건달이 이 말을 믿을 리 있겠는가? 마침내 술을 빚어 최승 선을 불러서 함께 마셨다. 술이 오르자 건달은 갑자기 목놓아 통곡했다. 최승선이 이상하게 여겨 물으니 건달이 말했다.

"내가 일찍이 부모를 잃고 형제도 없어 오직 형님에게만 의지해왔는 데, 형님이 나를 거리의 행인같이 대접하니 어찌 슬프지 않겠습니까?"

"내가 무슨 박대를 했단 말인가?"

"마음속을 보여주지 않으니 어찌 박대가 아니란 말입니까? 재물을 얻 은 사연을 왜 끝내 말해주지 않습니까?"

"재물 모은 사연을 알지 못한 게 그렇게도 한이 된다면 당장 다 말해 주지!"

그러고는 자세히 이야기를 다 해주었다. 그러자 건달은 크게 화를 냈다.

"형님은 그런 치욕을 참으며 도망간 종놈한테서 뇌물을 받았습니다. 그러고는 형님이라 부르고 삼촌이라 불러대며 강상을 어지럽혔으니 어 찌 대단한 치욕이 아니겠습니까? 내가 지금 당장 고성으로 달려가 그 종놈의 패악상을 모두 폭로해 형님이 당한 오욕을 씻어내고 어지러운 세상의 기강을 바로잡겠습니다!"

건달은 말이 끝나기가 무섭게 신을 신고 곧바로 동대문 밖을 향해 달 려갔다.

최승선이 크게 걱정되어 급히 걸음 빠른 자를 고용해 승선 집으로 편 지를 보냈다. 일의 사정을 상세하게 알려주고는 실언을 한 자기 허물도 자책했다. 심부름꾼이 도착했을 때 최승선은 여러 사람과 술 마시며 바 둑을 두고 있었다. 편지를 다 읽고 두려운 기색을 보이기는커녕 오히 려 껄껄 웃고는 일어나며 말했다.

"젊을 때 조그마한 기술을 배워둔 게 오히려 후회스러운걸."

사람들이 물으니, "전에 조카가 왔을 때 사람 고치는 기술에 대해 이야기한 적이 있지. 그때 내 침술을 우연히 자랑하게 되었는데, 조카가 매우 기뻐하면서 동생에게 미친병이 있다며 꼭 보내서 치료를 받아야겠다 했다네. 실은 우스갯말이었는데 지금 보내온다니 오늘내일 도착할걸세. 자네들 모두 집으로 돌아가 숨죽이고 문을 닫아걸어 미친놈이 날뛰지 못하게 하게나"라고 답했다. 사람들이 매우 두려워하며 흩어졌다. 모두 귀가해서, "승선 댁에 미친놈이 온다네!" 하며 바깥출입을 못하게 했다.

얼마 안 있어 건달이 와 불같이 성을 내며 고함을 질렀다.

"아무개는 우리집 종놈이다. 아무개는 우리집 종놈이다!"

동네 사람들이 모두 낄낄 웃으며 말했다.

"정말 미친놈이 내려왔네!"

최승선은 편안히 앉아서 미동도 하지 않았다. 그러고는 건장한 노비 수십 명을 일제히 불러다 건달을 둘러싸 결박하게 했다. 그러고는 집 뒤 창고에 가두어 침을 놓기 편하게 만들었다. 얼마 뒤 향리 사람들도 다들 모여들었다. 최승선이 눈썹을 찡그리며 말했다.

"조카가 이처럼 심한 병이 들었을 줄 몰랐네. 거의 고질병이 되었어!"

동네 사람들도 말했다.

"참 안됐네. 명문가 소년이 어쩌다 이런 마음병을 얻었지? 우리가 미친 사람을 많이 보았지만 이처럼 심한 경우는 처음이네."

밤이 깊어지자 자리가 흩어졌다. 최승선은 혼자 큰 바늘 하나를 가지고 건달이 갇혀 있는 곳으로 갔다. 건달이 입을 벌리고 온갖 욕설을 퍼부었다. 최승선은 들은 체도 하지 않고 바늘로 건달을 마구 찔렀다. 살가죽과 살이 찢겨나갔다. 고통을 이기지 못한 건달은 살려달라 애원했다. 최승선이 또 한번 더 깊게 찔렀다. 건달이 애걸복걸했다. 그제야 최승선이 정색을 하며 크게 꾸짖었다.

"내가 스스로 본분을 지키고 먼저 그간의 내력을 털어놓았으면 마땅히 좋은 말로 상대해줘야지, 이제 와서 갑자기 아픈 곳을 드러내 나를 망하게 하려는가? 나는 아무것도 가지지 못한 채 밑바닥에서 일어난 사람이야! 그런 내가 꾀가 없어 너 같은 졸렬한 놈에게 당할쏘냐? 처음에는 검객을 보내 중도에서 너를 죽이려 했지만 선대의 은혜를 특별히 생각해 생명만은 살려주려 한 것이다. 네가 마음을 고쳐먹기만 하면 마땅히 부자로 만들어주겠지만, 어리석게도 여전히 전날의 실수를 고집한다면 나는 사람 죽인 서툰 의원에 불과하겠지. 네가 스스로 결정해라!"

건달이 그 두터운 호의에 감동했을 뿐 아니라 그 이로움과 해로움도 잘 따져서 말했다.

"후회하고 고치지 않으면 개자식입니다."

최승선이 말했다.

"내일 새벽부터 반드시 나를 삼촌이라 불러라. 사람들이 물어보거든 넌 반드시 이러이러하다고 답해라."

건달이 말했다.

"감히 명령을 어기겠습니까? 설사 아버지라 부르라 해도 기꺼이 따르겠습니다."

최승선이 나가서는 자제들을 불렀다.

"조카의 병이 다행히 골수까지 깊이 들어가지 않아 성의를 다해 침술을 시행하니 신령한 효험이 있었다. 기름진 음식을 많이 주어 허한 기운을 보충해야 한다."

다음날 아침 최승선이 자제들과 여러 종을 불러 건달을 보였다. 건달은 기쁜 표정으로 절을 하며 말했다.

"숙부님이 치료해준 뒤로 정신과 기운이 개운해지고 병의 뿌리가 깨끗이 뽑힌 것 같습니다. 며칠 조용한 방에 편안히 누워서 조리하고 싶습니다."

최승선이 울면서 말했다.

"하늘이 장차 송씨의 귀신들을 굶게 하지는 않으시려는가보다. 내가
어제 차마 못할 짓을 했지. 너의 살갗을 마구 찔렀어. 참으로 골육상잔
이었다!"

그러고는 새 옷을 입혀주고 사랑채로 데리고 가서 성의를 다해 어루
만지고 먹여주었다. 이윽고 동네 사람들이 모여들었다. 최승선이 건달
로 하여금 면면이 절하며 알현하게 했다. 건달은 코가 땅에 닿도록 절하
며 말했다.

"어제는 병이 크게 도져서 제가 무슨 짓을 했는지 모르겠습니다. 여러
어르신께 해괴한 짓을 하지는 않았는지요?"

이후 건달은 예의에 맞는 용모로 매우 공경하는 태도를 보였다. 최승
선이 오륙 개월을 한가로이 지내게 하고 돈꿰미 삼천 관을 함께 보내니
건달이 평생토록 감사하게 여겼다. 그리고 이 일을 결코 발설하지 않았
다 한다.

宋班窮途遇舊僕

古有官族宋氏, 久替簪纓, 宗支諸人, 幾盡淪喪, 只有孀婦孤兒, 零丁孤
子, 有一小僮莫同, 幹理家務, 以替外庭. 一日忽逃[4]去, 闔門嗟惜, 莫詗其
迹[5]. 過三四十年後, 其孤兒長成, 貧窮轉甚, 不自能存[6], 欲往投于關東一
邑倅親知者. 路出高城郡, 日暮店遠, 遙[7]尋人烟, 踰一崗, 崗下千家同井,

---

4) 逃: 동양본에는 '逸'로 표기.
5) 迹: 동양본에는 '跡'으로 표기.
6) 不自能存: 동양본·고도서본에는 '不能自給'으로 표기.
7) 遙: 동양본에는 '遠遷'으로 표기.

碧瓦欲流, 溪山艶冶, 亭榭參差, 乃就而問之, 則洞之豪者崔承宣也. 生踵
門請謁, 有一少年秀才, 肅生而入館于一舍. 坐未定, 一靑衣傳承宣言曰:
"靜聞無以陶寫[8], 邀客位, 入座請款." 生隨敎踵至, 有一老人豊頤廣纇, 兩
眼燁燁有光, 見生致禮. 容儀端整, 剪燭談話, 將及三更, 承宣屛左右緊閉
門, 仍免冠拜伏于生之前, 號泣請罪. 生莫知端倪, 吃了一驚曰: "令公何故,
作此駭怪之擧乎?" 承宣曰: "小人卽貴奴莫同也. 厚蒙主恩, 暗地逃竄, 一
罪也. 娘娘守寡, 待如手足, 而莫體盛意, 永世忍訣, 二罪也. 冒姓誑世, 限
占祿仕, 三罪也. 身旣榮貴, 不續音信, 四罪也. 相公辱臨, 待如敵己, 五罪
也. 負此五罪, 何以自[9]立於世乎? 幸相公責之答之, 以贖[10]積罪之萬一
焉[11]." 生瞿然無所用措, 承宣曰: "主僕之義, 與父子君臣, 不等一間. 今此
恩情阻隔, 體貌掣碍[12], 卽欲無生以償[13]此恨." 生曰: "設如公言, 顧今時移
事往水流雲空, 何必提起, 使賓主俱困? 願安坐閑話." 承宣卽問宋宗之大
小族黨無恙與否, 道故感新, 相與興喟. 生曰: "令公自幼, 誠有器局, 叵耐
匹夫, 何得起家至此?" 承宣曰: "正是更僕難盡. 小人童幼執役, 竊覰主家,
命運否替, 興復無期, 自知一生不免飢寒, 日計畧有經營, 倉卒逃出, 而志
高膽雄, 誓不老於輿儓之賤, 乃假冒於崔門之有顯閥, 而無后者. 初[14]居京
華, 潛殖貨財, 數年之頃, 得數千百金. 乃退居永平, 杜門讀書, 謹勅持身,
鄕里已稱以士夫之行. 又散財而買貧民之心[15], 厚賚而箝[16]富豪之口, 繼使
洛城遊俠之徒, 華其鞍馬, 詐冒顯者之姓名, 聯絡來訪, 邑人益信之. 又

---

8) 陶寫(도사): 속마음을 토로하다.
9) 自: 동양본에는 탈락.
10) 贖: 동양본에는 '稱'으로 잘못 표기.
11) 焉: 동양본에는 탈락.
12) 掣碍(체애): 구애되다.
13) 償: 동양본에는 '價'으로 잘못 표기.
14) 初: 동양본에는 탈락.
15) 心: 동양본에는 탈락.
16) 箝: 동양본에는 '箱'으로 잘못 표기.

四五年後, 移鐵原, 修己如昔, 鐵人又待以一鄕之士族. 始乃聘一弁官女, 盖稱再娶也. 生子生女, 而或慮事覺, 又移居于淮陽. 少焉又轉移于此郡. 淮人問諸鐵人, 高人問諸淮人, 奔走相傳, 推我爲甲閥, 而小人以明經, 幸竊科第, 分隷槐院, 歷正言持平, 而旋以大鴻臚擢通政叅知騎省, 同副喉院. 一日, 忽念難節者人慾也, 易缺者圓滿也. 若又冥升不已[17], 則神怒人猜, 僨誤可慮. 故決意勇退, 更不踏紅塵一步, 優遊田園, 歌詠聖澤, 而五子二女, 皆與顯族結姻, 弊庄前後左右, 都是姻婭之家. 長子以文科, 方在殷栗任所, 次子以學行登道剡, 授寢郞而不仕, 次登國庠[18]. 小人年踰七十, 子孫滿堂, 歲收萬斛, 日食千錢, 量分度力, 詎不自足, 而但念主恩未報, 寤寐如結, 每欲趍謁, 恐或發露, 又欲周貧, 恨無門路, 此所以潛自疚懷, 悅惚獨語者, 而今天借其便, 相公來臨, 小人死且瞑目矣. 敢留相公數朔, 用副微悃, 而但以尋常行客, 忽被款厚, 則惹生傍觀之惑, 惶恐敢欲晝以稱姻戚以耀門閥, 夜以定主僕以正[19]名分, 未知肯納否?" 生許之. 言訖天已曙矣. 子弟門生迭進問候, 承宣曰: "昨夜有奇事, 偶因愒[20]睡, 使宋生敍氏族, 正爲吾再[21]從姪, 貫派昭然, 信非誣矣. 吾昔在京華時, 與其父追遊同學, 情好如同胞, 伊來四五十年, 不幸有存沒之感, 兼以道路修敻, 聲音莫憑, 未聞六尺之孤安在, 今者相逢, 倍切傷感." 子弟輩大喜, 稱兄呼弟, 相携於山亭水榭, 茂林脩竹之間, 以絲竹爲日用, 觴詠爲課程. 居月餘, 生欲辭歸, 承宣曰: "謹以萬金壽之, 須廣謀田宅, 與近族分飽." 生大喜, 而車馬輜重, 照耀長程, 及歸家, 求田問舍, 猝成素封[22], 知生者莫不異之. 生有一從父弟, 自

17) 冥升不已(명승불이): 『주역』 마흔여섯번째 괘 '승(升)'의 상육(上六)에 나오는 '깊고 그윽한 곳에 이르니 쉼 없는 정진이 이롭다(冥升, 利于不息之貞)'란 구절에서 온 말이다.
18) 國庠(국상): 성균관.
19) 正: 동양본에는 '定'으로 표기.
20) 愒: 동양본에는 '渴'로 표기.
21) 再: 동양본에는 탈락.
22) 素封(소봉): 천자(天子)로부터 받은 봉토는 없으나 재산이 많아 제후와 비할 만한 큰 부자.

是潑皮, 最尤陰毒. 苦問生潤屋之由, 生曰: "某知縣周恤."云. 潑皮不信, 他日又問, 生曰: "路傍偶得銀甕." 潑皮那裡肯信? 乃釀酒邀生共飲, 醉倒如泥, 潑皮忽大哭. 生怪詰之, 潑皮曰: "我早失怙恃, 終鮮兄弟, 唯依從兄, 從兄遇我如路人, 寧不悲乎?"生曰: "我有甚薄待?" 潑皮曰: "不通情曲, 豈非薄待? 生財之由, 終不肯直言, 何也?"生曰: "汝不知我生財之由, 至成怨恨, 我當實告!" 仍細述其詳, 潑皮大怒曰: "兄長包羞忍恥, 反受叛奴之厚賂, 呼兄呼叔[23], 亂其綱常, 豈非大段羞恥[24]乎? 我當直走高城, 悉暴此奴悖狀, 一以雪兄長汙衊, 一以扶衰世[25]綱紀!"言已納履, 而走直向東門外."生大懼, 急雇善步者, 馳書于承宣, 語故詳悉, 又引失言之咎. 兼程而至, 則承宣方與諸公飲博, 及呈書閱看, 畧無怖色, 大笑而起曰: "却悔少日學得小技."諸人問之, 承宣曰: "日者, 宋姪[26]之來, 語到醫人之術, 我偶詫素工鍼治之技, 姪[27]大喜言渠有一弟狂易, 當專送治療云. 余謂戲言, 今果送之, 今明間, 當抵此, 諸君須各歸家, 屏息關門, 毋使狂者自橫也."諸人大懼而散, 各自歸家, 一洞爲之斂跡曰: "承宣家有狂夫來!"居無何, 潑皮性如烈火, 胡叫亂嚷而至曰: "某也, 吾之奴也! 某也, 吾之奴也[28]!"一洞大笑曰: "眞箇狂夫來矣!"承宣安坐不動, 令健奴數十輩齊出圍而結縛, 卽拘囚於家後庫中, 以便針治. 已而鄕里諸人又會, 承宣顰眉曰: "不圖此姪[29], 若是嬰疾, 幾成貞痼!"諸人曰: "可惜! 名家少年, 有此心恙! 吾輩見狂者多矣, 未有若此之甚者."云云. 夜深席散, 承宣持一大針, 獨造潑皮見囚處, 潑皮張口肆辱, 承宣全不採聽, 以針亂刺, 皮肉盡綻, 潑皮不堪痛楚, 願活縷命. 承

---

23) 叔: 동양본에는 '弟'로 표기.
24) 恥: 동양본에는 '辱'으로 표기.
25) 동양본에는 '之'가 더 나옴.
26) 姪: 동양본에는 '侄'이라 잘못 표기.
27) 姪: 동양본에는 '侄'이라 잘못 표기.
28) 某也 吾之奴也: 동양본에는 탈락.
29) 姪: 동양본에는 '侄'이라 잘못 표기.

宣一向深刺, 潑皮萬端哀乞, 承宣乃正色厲責曰: "我自守本分, 先陳來歷, 則固當好言相對, 而今忽摘發釁累, 計欲泪滅乃已乎? 我白地刱開, 豈無智慮, 而被汝庸愚者所敗耶? 初欲以劍客邀擊汝于中路, 而特念先世之恩, 姑存性命, 汝若革心改圖, 則當成一富兒, 若迷執前失, 則我不過爲殺人之庸醫, 唯汝自裁." 潑皮感其忠厚, 量其利害, 乃曰: "如不悛改, 便爲狗子!" 承宣曰: "自今昧爽, 必呼我以叔, 諸人如有所問, 則汝必答以如此如此!" 潑皮曰: "敢不唯命? 雖呼爺, 亦甘心矣." 承宣乃出, 呼子弟語曰: "宋姪[30]病祟, 幸不深在膏肓, 盡意施針, 當奏神效, 須厚備膩味以補虛耗." 翌朝承宣率子弟諸僕入見潑皮, 潑皮喜且拜曰: "自叔父療治以後, 神氣淸明, 病根快去, 更願安臥靜室, 調養數日." 承宣泣曰: "天將不餒宋氏鬼耶. 我昨日忍所不忍, 亂刺汝膚, 可謂骨肉相殘!" 因衣以新衣, 携出外舍, 盡意撫饋. 居無何鄕里聚集, 承宣使潑皮, 面面拜謁, 潑皮磬折[31]唯謹[32], 且曰: "昨日疾大作, 不省所爲, 能無悖慢於諸丈乎?" 自是潑皮禮貌甚恭, 閑住五六月, 以緡錢三千送之. 潑皮終身感戴, 不敢以此事有洩云.

---

30) 姪: 동양본에는 '侄'이라 잘못 표기.
31) 磬折(경절): 석경(石磬)처럼 몸을 90도로 꺾어 삼가 공경하는 예를 표하는 것. 석경은 옛날의 악기로서 모양이 기역자처럼 생겼다.
32) 동양본에는 '勤'이 더 나옴.

베풀기 좋아하는 김생이 후에 보답을 받다

청주 선비 김세항金世恒은 빈손으로 집안을 일으켜 몸소 천금을 벌었다. 일찍이 주성州城 북문 밖을 지나가다가 성 밑에서 떠돌이 거지를 발견했다. 거지는 거적 옆에서 통곡하고 있었는데 자꾸 거적을 들춰 보고는 중얼거리며 우는 것이었다. 김생이 말을 멈추고 물으니 이렇게 말했다.

"저는 어머니와 떠돌며 구걸을 했습지요. 그러다 읍내 인가의 협실에 머물며 밥을 얻어먹었는데, 어머니께서 갑자기 돌림병에 걸리셨죠. 집주인이 쫓아내니 여기서 돌아가셨어요. 제가 빈털터리여서 염을 하고 묻어드릴 길이 없어 망연자실합니다."

그러고는 울부짖고 발을 굴렀다.

그 말을 듣고 김세항은 그를 불쌍히 여겨, 성안으로 들어가 돈 열댓 냥을 꾸어 종에게 가져다주게 했다.

집으로 돌아오고 며칠 뒤 상복을 입은 사람이 마을 어귀에서 절을 하고 소원을 빌었다.

"하늘이시여, 저 댁 자손이 번성하고 영화가 세상에 빛나도록 해주소서!"

김세항이 듣고는 종을 시켜 상복 입은 사람을 쫓아내게 했다.

그뒤 거지는 성안 아전 집에 들어가 머슴살이를 하며 재산을 모아 마침내 부자가 되었다. 김세항이 죽고 나서 자손들이 비석을 세우려 할 때, 그 사람이 자청해 돌을 깎아 보은의 뜻을 표했다 한다.

또 하루는 김세항이 집에 있을 때였다. 매우 추운 겨울날이었는데, 어떤 상인喪人이 옷을 얇게 입고 벌벌 떨며 들어왔다. 김세항이 찾아온 용건을 물었더니 이렇게 대답했다.

"저는 이천이 고향인데 객지인 문의文義에서 부친상을 당했습니다. 시신을 염습하여 고향으로 모실 길이 전혀 없어 이렇게 돈푼이나 얻으려고 왔습니다."

김세항이 그를 측은히 여겨 말했다.

"이리 추운 날 나가면 반드시 얼어죽을 거요. 얼마나 원하시오?"

그러고는 삼십 냥을 주어 초상을 치르게 했다. 상인이 황송해하고 놀라며 아무 말도 못하고 뚫어지게 바라보기만 했다.

김세항이 말했다.

"급히 안 돌아가도 되면 여기서 자고 가는 게 어떠시오?"

"부친상을 당하고 염도 못한 자식이 어찌 한시가 급하지 않겠습니까?"

머리를 조아리고는 서둘러 떠나갔다.

김세항이 자손들에게 말하지 않으니 집안사람 중에는 이 일을 아는 사람이 없었다. 김세항이 죽고 나서 그 아들이 과거를 보려고 거벽巨擘, 과거 답안지를 전문적으로 대신 지어주던 사람을 태우고 성에 들어갔다. 그러나 권세가에게 거벽을 빼앗겼다. 김생은 분통을 이기지 못하고 고향으로 향했다. 저녁 무렵 죽산竹山의 백암白巖에 이르렀는데, 한 초췌한 유생이 먼저 와 있다가 김생을 보고 물었다.

"행색을 보니 틀림없이 과거를 보러 가는구려. 과거 날이 머지않았는데 어찌 도리어 내려오시오?"

김생이 대답했다.

"향시에 응하고자 하오."

유생이 사는 곳을 물었다.

"청주에 살지요."

유생이 다시 물었다.

"청주에 사시면 혹 모산茅山의 김 아무 생원을 모르시오?"

"그분은 제 선친이라오."

유생이 놀라 기뻐하며 말했다.

"언제 돌아가셨소?"

"삼 년이 지났다오."

유생이 눈물을 펑펑 흘리며 몇 해 전에 은혜 입은 일을 이야기해주었다.

"초상을 치르고서 길은 멀고 우환이 연이어 닥치니 찾아뵙지를 못했습니다. 그러나 반드시 보은을 해야 한다는 마음은 가슴에 새겨두고 있었지요. 올해 가을 초시에는 귀 문중에서 반드시 과거를 볼 분이 있을 듯하여 가만히 따라가 보답할 계획을 세우고 청주로 향했지요. 그러나 도중에 병이 들어 한 달여를 머물게 되었지요. 이제 조금 나아져서 바로 그 뜻을 이야기하려 했습니다. 무리를 해서라도 길을 떠나 간신히 여기에 도달했습니다. 다행히 집사님을 만났으니 하늘이 도와주신 게지요."

김생이 듣고 생각해보니 보은의 뜻을 품고 먼길을 찾아온 걸 보면 틀림없이 학식 깊은 선비일 듯했다. 그래서 과거장에 갔다가 낭패당한 사연을 상세히 이야기했다.

유생이 말했다.

"일이 이렇게 된 게 우연이 아니군요."

밤이었지만 즉시 말을 빌려 출발해서 날이 밝기 전에 과거장에 도착했다. 사람들이 거의 다 입장했으나 문은 닫혀 있지 않았다. 두 사람은 과거장 말석에 앉았다. 이틀간 시험을 보며 글을 지어 써냈다. 초장에 장원을 했고 종장에도 역시 장원을 했다.

그 유생은 서생徐生이었다. 김생은 서생과 함께 집으로 돌아와 여러 날을 함께 지냈다. 서생에게 새 옷 한 벌을 지어주었다. 서생은 사양했지만 억지로 입고 가게 했다. 집으로 떠나갈 때에는 몰래 행낭 속에 돈 백 냥을 넣어주었다. 서생은 집에 도착해서야 그 사실을 알고 그 돈을 노잣돈과 함께 모두 돌려보내며 말했다.

"내가 이걸 받으면 보답의 뜻이 사라집니다."

회시 보는 날이 되자, 서생은 다시 김생과 함께 과거장으로 들어가서 김생이 연이어 장원급제를 하게 했다.

김생 형제들도 가훈을 따라 어렵고 가난한 사람들을 도우니 자손이 번성하고 연이어 과거에 급제했다 한다.

金生好施受後報

淸州士人金世恒者, 赤手起家, 身致千金. 嘗出行, 過州城北門外, 見城底有一流丐, 傍藁苫而哭, 頻頻開視, 且語且哭, 金駐馬問之, 則對曰: "與母轉乞, 寄食於府內人家夾室, 母忽遘厲, 家主逐出, 奄忽於此, 赤尸無以斂埋, 罔措罔措." 因以號踊. 金聞而憐之, 入城內, 貸錢十五緡, 使奴傳給矣. 歸家後數日, 有一衰服者, 拜祝于巷口曰: "天使彼宅, 子孫滿堂, 榮華奕世."云云. 金聞之, 使奴[1]逐之. 伊後乞兒, 入雇於府內吏胥家, 畜聚財産,

1) 奴: 동양본에는 잘못 탈락.

因致富饒. 金之死後, 其子孫將立石, 其人自請磨其石[2], 以表報恩之意云. 金嘗在家, 冬日極寒, 有一棘人, 薄着呼寒而入, 金問其來由, 棘人曰: "本以利川之人, 遭父喪於文義客地, 形勢萬無斂屍返葬之道, 故行乞錢錢矣." 金惻然曰: "當此嚴沍, 行必凍死. 所乞幾何?" 仍出錢三十緡與之, 使歸治喪, 棘人怳惚[3]驚怪, 熟視無言, 金曰: "若不忙急, 經宿以去如何?" 棘人曰: "親喪未斂之人, 豈不時急乎?" 因稽首僕僕而去. 金初不以此事, 言于子姪, 故家人[4]亦無知者. 金死後, 其子欲觀庭[5]試, 駄巨擘入城, 則巨擘爲勢家所奪, 金不勝憤痛, 因卽還鄉, 暮抵竹山白岩店舍[6], 則有一憔悴儒生, 先入此店, 見而問之曰: "觀君行次[7], 必是科行, 而科日不遠, 何爲下來也?" 金生曰: "欲赴鄕試耳." 儒生問居住, 金曰: "居在淸州." 儒生曰: "居淸州, 則毛山村金生員名某, 或知之否?" 金曰: "是吾先親也." 儒生且驚且喜曰: "何年下世乎?" 金生曰: "已過三霜矣." 儒生泫然下淚, 具陳年前受恩之事曰: "自其返喪以後, 程道稍遠, 憂故連綿, 未得更造門屛, 而必報之心, 銘在肝肺. 今秋大比[8], 意必有貴門中觀光[9]之人, 竊爲隨從報效之計, 發向淸州, 中路病淹月餘, 今才少療, 方欲往陳其由, 强策前進, 艱辛到此, 幸逢執事, 此亦天借其便也." 金聞而思之, 則彼以報恩之意, 遠路委訪, 則必是巨儒[10]. 仍詳言其科事狼狽[11]之由, 儒生曰: "然則[12]事不偶然." 卽爲貰馬, 罔夜馳進, 未明抵試所, 則幾盡入場, 而門姑不閉矣. 二人坐於場屋之末, 兩日之試,

2) 동양본에는 '物'이 더 나옴.

3) 怳惚: 동양본에는 '惝怳'으로 표기.

4) 人: 동양본에는 잘못 탈락.

5) 庭: 동양본에는 '監'으로 표기.

6) 舍: 동양본에는 잘못 탈락.

7) 次: 동양본에는 '裝'으로 표기.

8) 大比(대비): 진사 초시(初試).

9) 觀光(관광): 과거 보러 감.

10) 동양본에는 '也'가 더 나옴.

11) 狽: 동양본에는 '貝'로 잘못 표기.

12) 然則: 동양본에는 탈락.

作之書之, 初場居魁13), 終場亦魁14)捷. 其儒生卽徐生也. 金生仍與徐生還家, 屢旬留連, 製給新衣一襲, 徐固辭不受, 而强使着之, 裝送其家之時, 潛裹百緡錢於行擔中矣. 徐歸家後始覺, 卽以百緡及路需所餘, 盡送之曰: "吾若受此饋, 則報答之意, 果安在哉?" 及其會圍15), 徐又偕入場中, 使金魁叅於蓮榜. 金生兄弟, 亦克遵家訓, 周窮恤貧, 子孫昌盛, 科甲連疊云.

13) 魁: 동양본에는 '魁'로 표기. '魁'가 맞음.
14) 魁: 동양본에는 '魁'로 표기. '魁'가 맞음.
15) 會圍(회위): 회시(會試).

해서 원이 시신을 감추어 은혜를 갚다

충청도에 유씨 성을 가진 선비가 있었다. 과거를 보러 상경했다가 낙방하고 무료하던 차였다. 송도松都에 명승고적이 많다는 말을 듣고는 송도로 가서 곳곳을 유람했다.

하루는 성안을 이리저리 노닐다가 쏟아지는 소나기를 만나 길가 집의 문 앞으로 피신했다. 비는 끝내 그치지 않았는데 날이 저무니 근심스러운 지경이 되었다. 그때 문득 한 어린 여종이 안에서 나와 말했다.

"어디서 오신 나그네이신지요? 비가 이렇게 내리니 잠시 들어오셔서 쉬었다 가시지요."

"이 집은 누구 댁이고 남정네는 왜 없느냐?"

"주인어르신은 장사하러 나가신 지 몇 년이나 되었답니다."

"그렇다면 바깥 나그네가 어찌 안으로 들어간단 말이냐?"

"이미 들어오시란 말씀이 있었으니 이상하게 생각지 마세요."

선비가 여종을 따라서 안으로 들어갔다. 한 미인이 있었는데 나이는 스무 살 정도였고 자색이 빼어나 사람의 정신을 혼미하게 만들었다. 미인이 유생에게 방안으로 들어오라면서 말했다.

"나그네께서 비를 피하시느라 오래 서 계시는 게 편치 않아 감히 이렇게 청했습니다."

유생이 감사해하며 말했다.

"서로 초면인데 이렇게 관대한 대접을 해주시니 뭐라 감사의 말씀을 드려야 할지요."

이윽고 저녁밥이 나왔다. 밥을 다 먹고는 촛불을 밝히고 마주보며 담소를 나누었다. 시간이 지날수록 정념이 일어났다. 어깨를 가까이 하고 무릎을 대었다. 마음대로 희롱을 하다가 동침하고 운우지정을 즐겼다. 다음날도 머물렀다. 하루이틀 하다가 열흘이 되었다.

상인은 떠날 때 이웃에 사는 친구에게 자기 집을 잘 살펴달라고 부탁해두었다. 친구는 언제나 찾아와서 안부를 물어주었다. 유생이 오래 머무니 그 행적이 자연 드러났다. 친구는 기미를 눈치채고 상인에게 사람을 보내 소식을 전하여 집으로 돌아오게 했다. 상인은 기별을 듣고 밤길을 무릅쓰고 말을 달렸다. 송도에 이르렀을 때는 밤이 깊어 어느덧 삼경三更이었다. 곧바로 집으로 가서 담장을 넘어 들어갔다. 창틈으로 엿보니 아내가 한 소년과 촛불을 밝히고 마주앉아 태연히 우스갯소리를 하고 있었다. 상인은 급히 창을 밀치고 들어갔다. 불시에 남편이 나타나니 여인의 얼굴은 사색이 되고, 유생은 겁이 나 얼떨떨해 정신을 잃을 지경이었다. 상인이 말했다.

"당신은 뭐하는 사람인데 감히 남의 집에 들어와 남의 아내와 마주앉아 있나?"

유생이 한참 동안 정신을 수습하고는 그간의 사연을 대략 이야기했다. 상인의 아내는 아무 말도 못하고 고개를 숙이고 있을 뿐이었다. 상인이 처에게 말했다.

"네가 저놈과 죽을죄를 지었으니 당장 죽어야 마땅하다. 하나 내가 먼길을 와서 목이 무척 마르다. 얼른 술과 고기를 사오너라!"

주머니를 뒤져 돈을 꺼내주었다. 아내가 꼼짝 못하고 돈을 가지고 나가서 술과 고기를 사왔다. 상인이 아내에게 술을 따르게 하여 마셨다. 술 한 잔을 유생에게 주었다.

"너도 장차 죽을 목숨이니 일단 이 술부터 마셔두어라."

그러고는 찼던 칼을 뽑아 고기를 썰어 씹었다. 또 칼끝에다 고깃조각을 꽂아서 유생에게 주었다. 유생은 술을 받아 마시고 고기도 먹었다. 술잔이 세 번 돌자 상인이 말했다.

"내가 마땅히 이 칼로 너를 찔러 죽여야 하지만 불쌍히 여겨 목숨만은 특별히 살려준다. 주위에 얼씬거리지 말고 당장 떠나거라!"

유생은 백배사례를 하고 나서 머리를 감싸고 쥐새끼 숨듯 도망쳐 곧바로 경성으로 향했다.

상인이 아내에게 물었다.

"네 죄를 알겠느냐?"

아내는 엎드려 눈물을 쏟으며 온갖 방법으로 살려달라 애걸했다. 상인이 다시 말했다.

"마땅히 너를 죽여서 그 죄를 바로잡을 것이로되 목숨이 불쌍하기로 일단 살려준다. 만약 또다시 이런 일이 있으면 절대로 용서하지 않을 것이다. 갈기갈기 찢어죽이겠다!"

아내가 머리를 바닥에 두드리며 고마워했다.

상인은 아내에게 불을 끄고 편히 쉬라 하고는 즉시 친구 집으로 가서 사람을 보낸 까닭을 물었다. 친구가 대답했다.

"자네 집에 외부인이 들락거리는 낌새가 있어 알렸지."

"그 사람이 아직 있는 것 같은가?"

"분명 못 떠났을걸?"

상인은 친구와 함께 곧바로 자기 집으로 다시 갔다. 동쪽 하늘은 밝아오지 않았는데 문이 아직 닫혀 있었다. 문밖에 서서 문을 열게 하고 안방으로 들어갔다. 아내만 있을 뿐 다른 사람은 없었다. 집안을 두루 살펴봐도 적막하여 그림자조차 보이지 않았다.

친구는 잘못 듣고 경솔하게 말했다고 생각해 자신의 행동을 후회했다. 몹시 황당하고 무안했다. 상인이 말했다.

"자네 혹 잘못 들은 게 아닌가? 그래, 그럴 수도 있지 뭐. 자네가 오히려 나와 너무나 절친해서 그런 연락을 했겠지. 잘못이 있으면 다스리고 없으면 그대로 두면 그만이니 걱정하지 말게나. 젊은 계집이 홀로 자니 염려가 생기지 않을 데가 없을 테지. 앞으로도 잘못 들을까 걱정하지 말고 전처럼 잘 살펴주게. 그게 내 소망이라네."

친구는 그 말이 진심에서 우러난 것인 줄로만 알고 감동했으며 도리어 고맙다는 말까지 했다. 상인은 친구를 배웅하고 날이 밝아오자 출발했다. 아내에게는 신신당부하며 은혜와 위엄을 함께 보여주었다. 그러니 아내도 다시는 바람을 피우지 못했다.

유생은 다음해 봄에 급제해 몇 년 뒤에는 황해도 한 고을의 원이 되었다. 어느 날 촌백성 한 사람이 달려와서 자기 아버지가 송도 상인 아무와 다투다가 맞아 죽었다고 고발했다. 상인의 이름을 들어보니 자기 목숨을 살려준 바로 그 사람이었다. 그 촌과 관아 사이의 거리가 불과 십여 리밖에 되지 않았다. 검시를 하고자 출발 나팔을 세 번이나 불었는데 갑자기 원이 말했다.

"내가 두통으로 정신이 어질어질하여 못 가겠구나. 날도 어두워졌으니 내일 아침에 가보자."

그리고 행차를 멈췄다.

이날 밤 비밀리에 통인通引 가운데 심복을 불러 말했다.

"내가 너를 어떻게 대접했느냐? 네가 나를 위해 정말 어려운 일이라도 능히 힘써 주선할 수 있겠느냐?"

"사또께서 소인을 집안사람처럼 보살펴주신 은덕이 끝이 없는데 어찌 물불을 가리겠습니까?"

"너 오늘 아무 촌에 살인 사건이 났다는 걸 들었느냐?"

"들었습니다."

"오늘밤 아무 촌으로 몰래 들어가 그 시신을 꺼내 돌에 묶어 마을 뒤 방둑 못에 던져넣을 수 있겠느냐?"

"마땅히 분부대로 하겠습니다."

"읍내의 큰 개 한 마리를 죽여 짊어지고 가서 시체를 얹어둔 상 위에 대신 올려놓고 이불을 덮어 시체 모양으로 만들어두어라. 날이 밝기 전에 돌아와 보고하되 이 말은 절대 입 밖에 내서는 안 된다."

통인이 명을 받고 물러나 과연 동틀 무렵 돌아와서 지시대로 처리했다고 보고했다. 원은 통인을 물러나 기다리게 하고 스스로 일을 시작했다. 불을 밝히고 바삐 달리게 해 아무 촌에 이르렀다. 원고와 피고를 불러들여 힐문하고 형리를 시켜 검시하게 했다. 형리가 들어갔다가 나와서 말했다.

"정말 괴상한 일도 다 있습니다. 시체는 어디 갔는지 없고 죽은 개 한 마리만 이불에 덮여 있습니다."

원이 크게 놀라는 체하며 말했다.

"그럴 리가 있느냐?"

몸소 들어가 살펴보니 과연 형리의 말대로였다. 원고에게 따졌다.

"네 아비 시체는 어디다 숨겨두고 죽은 개를 두었단 말이냐! 이게 웬 해괴망측한 일이냐?"

원고는 두 눈이 동그래지고 심신이 뒤죽박죽되어 말이 나오지 않았다. 한참 뒤 이렇게 해명했다.

"제 아버지의 시신을 방에 모셨습니다만, 관가의 검시가 끝나지 않아 이불만 덮어드린 채 지키지는 않고 외청에서 밤을 지냈습지요. 변괴가 이 지경에 이르렀으니 그 까닭을 모르겠나이다."

원이 말했다.

"네가 네 아비를 다른 곳에다 숨겨두고 맞아 죽었다고 무고하고, 옥사를 일으켜 네가 진 빚을 면하려 했도다!"

그리고 혹독한 신문을 하려 하니 그가 울부짖으며 억울하다 했다. 원이 말했다.

"네가 억울하다 하지만 시체가 없으니 어떻게 검시를 하여 옥사를 이루겠는가? 시체를 찾아오면 검시를 하리라."

이어 그 이유를 적어 군문에 보고했다. 통인에게는 후한 상을 내리고 그를 자식처럼 사랑해주었다. 그 사람은 아버지의 시체를 찾지 못해 다시는 관가에 고발할 수 없었다.

송도 상인은 운좋게 죽음을 모면하고 출옥했다. 그러나 그 까닭은 알 수 없어 속으로만 의아해할 따름이었다. 원도 상인을 부르지 않았으니 서로의 소식은 전처럼 막혀서 통하지 못했다.

육칠 년 후 유생은 아무 읍 원으로 부임했다. 상인이 사는 읍과 가까운 곳이었다. 고을에 부임하고서 사람을 보내 상인을 몰래 불러와 평생의 일을 털어놓았다. 상인은 처음에 알아보지 못하다가 아무 해 자기가 사람 목숨을 구해준 일에 이르러서야 비로소 깨닫고 놀랐다. 또 시체를 감추어 죽음을 모면하게 한 일을 이야기하는 대목에 이르러서는 크게 감사해하며 눈물을 흘렸다.

"소인이 일찍이 대인의 목숨을 살렸지만 그뒤 대인이 다시 소인의 생명을 구해주셨으니 이 은혜, 이 은덕은 이 몸이 가루가 될지언정 잊기 어렵겠나이다."

이로부터 서신을 주고받으며 늙을 때까지 소식을 끊지 않았다 한다.

匿屍身海倅償恩

湖中有士人柳姓者. 嘗赴擧上京, 下第無聊, 聞松京多勝景舊蹟, 卽爲下
去, 處處遊覽. 一日閑步於城內, 適聚雨如注, 生避立於路傍家門, 雨終不
止, 日已向夕, 政爾愁悶. 忽有一小丫鬟, 自內出曰: "未知何方客子[1], 而雨
勢如此, 請入內留歇焉." 生曰: "此家誰氏之家, 而何無男丁也?" 曰: "主人
則行商在外者數年矣." 曰: "然則外客何以入內乎?" 曰: "旣有請入之聲[2],
不必爲嫌矣." 士卽隨入內, 有一美人, 年可二十餘, 姿色絶艷, 令人神魂迷
蕩, 延生入室曰: "貴客避雨久立, 心甚不安, 敢此請邀." 生遜謝曰: "初不相
知, 荷此款遇, 感謝何極." 已而進夕飯, 飯後仍明燭, 相對談笑, 移時情竇互
開, 偎肩促膝, 姿[3]意戲謔, 相與昵枕合歡. 其明日仍留, 一日二日, 將至一
旬矣. 商人出去時, 囑其隣居一友, 着實看檢其家事, 故其人常常來問其安
否. 生旣久留, 形迹自露, 其人察[4]幾微, 專人通奇, 使之還家, 商人聞此奇,
罔夜疾馳, 及抵松京, 夜已三鼓矣. 直向其家, 踰墻而入, 穴窓而窺, 其妻與
一少年, 明燭對坐, 戲笑自若. 商人遽推窓而入, 出其不意, 其女則面無人
色, 生則慌怵喪魂, 商人曰: "汝是何人, 敢突入人家, 與吾妻對坐乎?" 生定
神良久, 畧陳其由, 其妻低頭含口而已. 商人謂其妻曰: "汝與彼, 俱犯死罪,
當卽殺之, 而吾旣遠來, 喉渴頗甚, 亟買酒肉來!" 卽探囊中出錢給之, 其妻
不能違, 持錢出去, 市酒肉而來, 商人使其妻斟酒自飮, 以一盃賜生曰: "汝
雖將死之人, 第飮此酒." 仍拔所佩刀, 切肉啗之, 又以刀尖, 揷給肉片, 生受
飮一盃, 以口進啗. 過三盃後, 商人曰: "吾當以此刀斫汝, 而憐汝殘命, 特
爲容貸, 汝卽出去[5], 勿留近處!" 生百拜致謝, 包頭鼠竄而走, 直向松京[6].

---

1) 子: 동양본에는 '主'로 표기.
2) 聲: 동양본에는 '敎'로 표기.
3) 姿: 다른 이본에는 '恣'로 표기. '恣'가 맞음.
4) 동양본에는 '其'가 더 나옴.
5) 去: 동양본에는 탈락.
6) 松京: '京城'으로 표기해야 함.

商人謂其妻曰: "汝今知罪否?" 其妻伏地流涕, 萬端乞命, 商人曰: "吾當殺
汝, 以正其罪, 而人命可矜, 姑許貸頭, 汝若更有[7]此事, 當寸斬不赦矣." 其
妻叩頭拜謝. 商人使之滅燭安寢, 卽往其友家, 問其專人之故, 答曰: "君家
似有外人交通之迹, 故果爲通奇矣." 曰: "其人尙在否?" 曰: "必不去矣." 卽
與其友, 至其家, 則東方未明, 門戶尙局, 入[8]於門外, 使之開門而入于內堂,
則只有其妻, 而無人在者. 遍尋家中, 寂無形迹, 其友反悔其誤聞而輕言,
心甚悅惚[9]無聊, 商人曰: "君或誤聽, 亦非異事. 以君我情密之故, 有此通
奇, 有則治之, 無則置之, 亦自不妨, 何必咄嘆[10]? 第少婦獨宿, 慮無不到,
日後勿以誤聞爲慮, 如前照管, 是所望也." 其友感其言出[11]衷曲, 還爲致
謝. 商人卽送其友, 待曙[12]還發, 申囑其妻, 恩威竝至, 其妻更不敢作奸矣.
生於翌年春間登第, 數年後得海西一邑宰, 忽有村氓來告, 以其父與松商某
人相詰, 被打致死云. 及聞松商姓名, 則乃自家活命人也. 其村距邑治, 不
過十里許, 將欲出往檢屍, 三吹訖[13], 忽曰: "吾適頭痛神眩, 不可作行, 日
且迫昏, 明朝當[14]出往." 仍爲停行. 是夜密招通引中心腹人謂曰: "吾之遇
汝, 果何如? 汝能爲我出力, 雖至難之事, 可以辦得乎?" 對曰: "官家視小人
如家人, 恩德出常, 雖水火安可避也?" 曰: "汝聞今日某村有殺人事否?" 曰:
"聞之矣." 曰: "汝能於今夜, 潛往某村, 取其屍抱石, 投之於[15]村後防築中
否?" 曰: "當如敎矣." 曰: "汝出去時, 打殺邑中一大狗, 負之而去, 置之屍

7) 更有: 동양본에는 '有更'으로 잘못 표기.
8) 入: 동양본에도 '入'으로 표기하고 있으나, 立의 오기임.
9) 悅惚: 동양본에는 '惝恍'으로 표기.
10) 嘆: 동양본에는 '歎'으로 표기.
11) 出: 동양본에는 탈락.
12) 曙: 동양본에는 '署'로 잘못 표기.
13) 三吹訖: 동양본에는 탈락.
14) 當: 동양본에는 탈락.
15) 於: 동양본에는 탈락.

床, 以被覆之如屍體撲[16], 而未明前來告, 切勿出口可也!" 通引領命而退,
果於昧爽時來告, 以如敎處置, 使之退待. 仍卽起坐[17], 治發火速馳進, 及
到某村, 招入元告元隻, 詰問後, 使刑吏開檢, 則刑吏旣入旋出曰: "甚是怪
事, 尸体不知去處, 有一死狗, 覆之以被."云. 官大驚曰: "寧有是理?" 親入
審視, 則果如刑吏之言, 推問元告曰: "汝父尸體, 藏於何處, 以死狗代置,
抑[18]何故[19]也?"元告兩目瞪然, 心神迷亂, 不能出[20]語. 良久, 供曰: "父尸的
在室中, 以官家未檢之故, 只以被覆之, 而不爲防守, 但於外廳經夜矣. 變
怪至此, 不知其故矣!" 官答曰: "爾必隱匿爾父於他所, 稱以致死, 誣告成
獄[21], 要免債徵也!" 欲加嚴訊, 其人叫呼稱屈, 官曰: "汝雖稱屈, 尸体不在,
何以檢驗成獄? 待爾尋得尸体, 始可行檢." 仍以其由, 論報營門, 厚賞通引,
愛之如子矣. 其人以不得尸体, 更不敢告官. 松商幸而免死出獄, 然莫知其
由, 心自訝惑而已. 官亦不招見松商, 彼此聲息, 如前阻隔矣. 過六七年後,
又任某邑宰, 與松商所在邑, 隣境也. 莅官後, 遣人訪問, 潛招松商, 敍其平
生, 商人初不相識, 及言其某年貸人命之事, 然後始乃驚悟, 又言其藏尸免
檢之事, 商人大感泣曰: "小人曾活大人之命, 而向來事大人還貸小人之命,
此恩此德, 糜粉難忘." 自是往來書信, 至老不絶云.

---

16) 撲: '樣'으로 표기해야 함.
17) 起坐(기좌): 좌기(坐起). 관청의 우두머리가 일 처리를 시작함.
18) 抑: 동양본에는 탈락.
19) 故: 동양본에는 탈락.
20) 出: 동양본에는 탈락.
21) 誣告成獄(무고성옥): 일을 거짓 꾸며 옥사(獄事)를 일으킴.

지사가 명혈을 점지해 은덕을 갚다

　이공이 어느 읍의 원 노릇을 할 때였다. 읍내 이씨 양반 집 가장이 집을 나가서 삼 년이 지나도록 돌아오지 않았다. 집에는 아내와 아들뿐이었는데 흉년을 만나니 삼순구식에 곧 굶어죽을 지경에 이르렀다. 이공이 그들을 불쌍히 여겨 빈번히 도와주었기에 살아남을 수 있었다. 임기를 끝내고 돌아온 이공은 친상親喪을 당했다. 한창 산의 묏자리를 찾고 있을 무렵 한 선비가 찾아와서 조문했다.

　"저는 아무 읍의 아무입니다. 밖으로 돌아다니며 잡술을 시행하느라 오랫동안 집에도 가지 못했습니다. 공의 인자한 다스림으로 저희 식구들이 살아났습니다. 그 은덕에 감동하여 꼭 보답하려 했습니다. 듣기에 공께서 친상을 당하셨는데 아직 하관을 못하고 계시다더군요. 정해둔 산지가 없으시면 제가 풍수를 약간 아니 혈을 하나 얻어서 바치겠습니다."

　다음날 주인과 함께 집 뒤편 광교산1) 기슭으로 올라가 내룡2)을 좇다가 산자락에 이르렀다. 선비가 휠휠 손을 흔들며 춤을 추거늘 이공이 이상하게 여겨 물으니 선비가 답했다.

"이곳이 크나큰 땅이니 멀리 가서 구할 필요가 없습니다. 이곳에 묘를 쓰면 두 아들은 마땅히 아경[3]이 될 것이요, 후손 역시 번성할 것입니다."

주인은 그 말에 따라 장사를 치렀다. 그뒤 두 아들은 모두 참판이 되었고 지금껏 먼 후손들까지 번성하고 높은 벼슬도 끊이지 않는다 한다. 그 선비는 바로 이의신李義信이라 한다.

또 한 지사地師가 있었는데 풍수에 밝았다. 일찍이 시골로 가다가 한 점사에 투숙했는데 주인이 상중이었다. 주인은 초면인데도 정성 들여 지사를 대접했다. 아침저녁 좋은 음식을 주니 지사가 그 후의에 감동했다. 밥 한 그릇의 은덕에 보답하고자 장사를 지냈는지 물었다.

"한창 산을 구하고 있지만 아직 정하지는 못했습니다."

"제가 풍수를 조금 아는데 장지를 정해드릴까요?"

"불감청고소원[4]이지요. 저희 집은 가산이 조금 여유가 있어 달리 구하는 건 없습니다. 다만 제 나이가 오십이 넘었는데도 아들이 없습니다. 대 이을 아들을 얻을 땅을 점지하셔서 대가 끊이지 않도록 해주신다면 그것만큼 다행스러운 일은 없겠지요."

지사가 마을 뒤편 한 곳에 이르러 혈을 정해주며 말했다.

"이곳은 아들 셋을 연이어 낳을 땅이니 써보시지요."

그러고는 땅을 파서 묘혈을 만들었다. 한 늙은 스님이 지나가다가 지사를 조용한 곳으로 불러서 말했다.

---

1) 광교산(光敎山): 지금의 수원시와 용인시 사이에서 경계를 이루는 산이다. 산자락을 넓게 벌리고 수원시를 북에서 싸안은 형상을 하고 있는 수원시의 진산이다. 주위에 큰 산이 없는 평야지대에 있으며 수원 시민들에게 물을 대어주는 역할을 해왔다.
2) 내룡(內龍): 종산에서 내려오는 산줄기를 뜻하는 풍수지리 용어.
3) 아경(亞卿): 경(卿)의 아래 벼슬. 육조(六曹)의 참판·좌우윤(左右尹) 등을 일컫는다.
4) 불감청고소원(不敢請固所願): 감히 청하지는 못할 일이나 본래부터 간절히 바라던 바.

"삼우 5) 전에 초상이 날 땅에 왜 사람을 묻으려 하시오?"

지사가 대답했다.

"이 일은 스님이 알 바가 아니지요."

장사를 치르고 나서 주인과 약속을 하였다.

"십 년이 되면 다시 오겠습니다. 그사이에 반드시 아들 셋을 낳을 겁니다."

그러고는 떠나갔다. 주인이 반우 6)에 이르러 돌아오니 그 아내가 위급한 병환이 들어 죽었다. 삼년상을 지내고 다시 장가가서 젊은 부인을 맞이하니 연이어 세 아들을 낳았다. 십 년 뒤 과연 지사가 다시 찾아왔다. 주인이 아내를 잃은 일에 대해 지사에게 허물을 돌리니 지사가 웃으며 말했다.

"당신 부부가 해로했다면 잉태나 할 수 있었겠소? 본처를 잃지 않았다면 어찌 농장지경弄璋之慶. 아들을 얻은 즐거움을 보았겠소? 그게 바로 내가 땅을 가려 점지한 바라오."

占名穴地師報德

李公某, 爲某邑倅時, 邑底有李姓兩班, 家長出外, 三年不還, 獨有妻孥, 而時7)值歉荒8), 三旬九食, 將至餓死之境, 李倅憐之, 頻加周恤, 得以延活. 及遞歸之後, 遭親喪, 方欲求山營窆, 一日有一士人來弔曰: "某卽某邑某某也, 外治雜術, 久未9)還家, 賴公仁政, 家屬得活, 含恩感德, 思欲一報, 今公

---

5) 삼우(三虞): 사람이 죽어서 장사지낸 뒤 사흘째 되는 날 지내는 제사. 보통 제사를 지낸 뒤에 산소에 가서 가족들이 성묘를 한다.
6) 반우(返虞): 장사를 지낸 뒤에 신주(神主)를 집으로 모셔오는 일. 반혼(返魂).
7) 時: 동양본에는 탈락.
8) 歉荒(겸황): 흉년이 들어 민생이 황폐함.
9) 未: 동양본에는 '矣'로 잘못 표기.

遭艱, 未及過窆, 山地如無所占, 則某粗解地理, 占得一穴, 而獻之."翌日遂
與主人, 登家後光敎山麓, 逐龍走至山端, 手舞翩翩, 李公怪而問之, 士人
曰:"此是大地, 不必遠求. 用此則二子當爲亞卿, 後孫亦當昌盛矣."主人依
其言過葬. 其後二子, 俱爲叅判, 至今雲仍繁衍, 簪纓不絶, 其士人卽李懿
信云. 又有一地師, 精於堪輿, 嘗作鄕行, 投宿於一村舍, 其主人乃棘人也.
一見款待之, 善饋朝夕, 地師感其厚意, 欲報一飯之德, 問其過葬與否, 棘
人曰:"方求山未定."地師曰:"某粗解風水, 欲占葬地否?"棘人曰:"不敢請
固所願也. 吾家計稍饒, 無他所求, 而年過五十, 尙無一子, 若占得得嗣之
地, 毋至絶嗣之境則幸也."地師至村後一處占穴曰:"此是連生三子之地.
君其用之."因穿土作壙, 有一過去老僧, 招謂地師於靜處曰:"何乃葬人於
三虞前有喪之地乎?"地師曰:"此非汝所知"因[10]爲過葬後, 與主人約曰:
"十年當復來, 其間必生三男."遂去, 及其返虞而歸, 主人之妻, 患急瘄而
死, 過三霜後, 繼娶年少之婦, 延[11]擧丈夫子三人. 十年後, 地師果復來, 主
人以喪配歸咎, 地師笑曰:"君內外偕老, 懷孕無路, 若不斷絃, 何以弄璋?
此吾所以擇地, 而占之者也."

<hr />

10) 因: 동양본에는 '固'로 표기.
11) 延: 다른 이본에는 '連'으로 표기.

신인이 가난한 선비를 불쌍히 여겨 궤짝 속 은을 빌려주다

경성 모화관 뒤편 양가에 열두 살 된 아이가 편모와 살았는데 가난하여 엿을 팔아 생계를 꾸려갔다. 무과 과거 날이 되자, 흰 엿을 엿판 가득 싣고 과거장으로 갔다. 때가 일러 과녁 뒤에 엿판을 내려놓고 누웠더니 잠이 들었다. 꿈속에 한 노인이 나타나서 말했다.

"몇 번째 과녁 뒤에 은 삼천 냥이 묻혀 있다. 은의 주인은 남산동 이씨 양반이지. 그 집 문밖에 앵두꽃이 한창 피어 있을 것이다. 그 집으로 가서 은을 주고, 빌렸다는 수표를 받아와서 다시 그곳에다 묻거라. 그러면 너도 가난을 벗어날 길이 생길 것이다. 시간을 놓치지 말고 즉시 파가지고 가거라!"

아이가 깨어보니 꿈이었다. 황홀하여 헤아리기 어려웠다. 반신반의하며 주저하다 다시 희미하게 잠이 들었다. 노인이 또 나타나서 재촉했다. 아이가 놀라 깨닫고는 급히 집으로 가서 호미를 가지고 와 꿈속 노인이 말한 과녁 뒤를 파보았다. 불과 세 치도 안 내려갔는데 과연 은이 가득한 궤짝이 나왔다. 열어보니 은조각들이 꽉 차 있었다. 수천 냥은 되어 보였다. 즉시 은 궤짝을 짊어지고 남산동으로 갔다. 과연 이씨 양반집이 있었는데 문밖에 앵두꽃이 만발하여 신인의 말 그대로였다. 집으로 들어가 보니 담은 바스라지고 벽이 무너져 비바람조차 막지 못하고 있었다. 이생은 옷이 남루하고 모습이 초췌했다.

아이가 은 궤짝을 내려놓고 꿈속 이야기를 해주고는 은을 빌렸다는 수표를 써달라고 했다. 이생이 은을 달아보니 과연 삼천 냥이었다. 이생은 사연을 상세히 듣고 나서 수표를 써주었다. 그걸 묻어두고 다시 오라 했다.

아이는 신인의 말씀대로 수표를 궤짝 속에 넣어 파낸 곳에다 다시 묻었다. 그러고는 이생의 집으로 돌아왔다.

이생이 말했다.

"내가 너를 위해 살림을 꾸려주고 노모를 봉양하도록 할 테니 이리로 와 함께 살자꾸나."

이생이 은으로 집과 논밭을 구입하고 또 집 한 채를 더 사서 아이에게 살게 하고 일상생활에 필요한 것들을 다 마련해주었다. 부인도 얻어 살림을 차리게 하니 아이가 편안하게 세월을 보낼 수 있었다.

얼마 안 있어 이생도 과거에 급제하고 좋은 자리를 두루 역임했다. 지방 고을의 목사牧使도 여러 번 지냈는데 그때마다 아이를 데리고 가서 관가의 재물을 함께 누렸다. 몇 년 뒤, 이생이 평안감사로 부임하여 은 창고를 살피다가 으슥한 곳에서 궤짝 하나를 찾아냈다. 궤짝은 텅 비었는데 다만 자기가 써준 수표가 들어 있었다. 그걸 꺼내 보고는 크게 놀라고 탄식하며 말했다.

"신인께서 내가 빈궁하다고 아이를 시켜 이 은을 꾸어주셨구나! 신인이 아니셨던들 내가 여기까지 어찌 이를 수 있었겠나?"

마침내 봉급으로 받는 은으로 정확하게 반납했다. 그 아이에게도 재물을 후하게 주어 역시 부자로 만들어주었다 한다.

憐窮儒神人貸櫃銀

京城慕華館後, 一良家兒, 年[1]二十, 與偏母居生, 家貧以賣糖爲業. 適値武試, 滿貯白糖於槩器, 持往試場, 則時尚早, 取[2]糖器於貫革後, 臥而假寐, 夢中有老人來謂曰: "第幾貫革後[3], 有埋銀三千兩, 而銀主卽南山洞李姓兩班, 其家門外, 櫻桃花盛開, 尋往其家, 準納銀兩, 受其貸用手票[4], 還埋其處, 則於汝亦有脫貧之道, 須勿過時, 卽速掘去!" 其兒睡覺則夢也. 恍惚難測, 將信將疑. 客且之際, 又爲昏寐, 則老人又來催促, 兒乃驚悟, 急回家, 持鋤來, 掘其第幾貫革後, 不過三寸許, 果有盛銀櫃子, 取視則銀片滿貯, 重可爲數千兩, 卽負其銀櫃, 直往南山洞, 則亦有李姓人家, 門外櫻桃花方盛開, 果如神言. 遂入其家, 敗垣頹壁, 不蔽風雨. 李生出來, 衣服襤[5]褸, 形容憔悴, 兒卸下銀櫃, 具告夢中[6]事, 請受貸銀手票[7], 李生秤銀, 果爲三千兩. 詳聞其由然後, 書給貸銀手票[8], 使之還埋後卽來. 兒依神言, 置手票[9]於櫃中, 埋於掘銀處, 又來李生家, 生謂曰: "吾當爲汝營産奉汝老母, 來此同住, 可也." 生以銀買舍買庄, 又買一家, 使兒居之, 日用凡百, 亦皆備給, 娶婦成家, 穩度歲月. 未幾李生登第, 歷敭華顯, 累典州牧, 每率其兒以往, 同享官廩矣. 幾年後, 任關西伯, 反閱銀庫, 則最深處一櫃, 空空無物, 而中藏自家貸用手票[10], 取而見之, 大驚歎[11]曰: "神人以吾貧窮之故, 使兒指示, 先貸此銀, 若非神人, 吾何以至此乎?" 遂以自家俸銀, 準數充納, 厚給其兒, 亦爲富家翁云.

---

1) 年: 동양본에는 '近'이 더 나옴. '近'이 들어가는 것이 자연스러움.
2) 取: 다른 이본에는 '置'로 표기. '置'가 맞음.
3) 後: 동양본에는 탈락.
4) 票: 동양본에는 '標'로 표기.
5) 襤: 동양본에는 '藍'으로 잘못 표기.
6) 中: 동양본에는 탈락.
7) 票: 동양본에는 '標'로 표기.
8) 票: 동양본에는 '標'로 표기.
9) 票: 동양본에는 '標'로 표기.
10) 票: 동양본에는 '標'로 표기.
11) 歎: 동양본에는 '嘆'으로 표기.

재상이 은인을 좋은 고을 원님으로 정해 은혜를 갚다

　옛날에 유씨인 진사가 있었는데 가난하여 끼니조차 이어가기 어려웠다. 더구나 흉년이 드니 생계를 꾸릴 길이 전혀 없었다. 긴 여름날을 맞이해서는 닷새 내내 부엌에 불을 피우지 못했다. 기갈이 심해 사랑방에 드러누워 있었다. 안방이 적막하고 사람소리가 들리지 않은 지 오래되었다. 유진사가 이상하게 여기고 일어나서 들어가보려 했으나 기운을 차릴 수가 없었다. 기어서 안으로 들어가보니, 아내가 무언가를 씹고 있다가 그가 들어오는 걸 보고 황망히 숨기고는 부끄러운 표정을 지었다. 유진사가 말했다.

　"당신 혼자만 무얼 먹고 있다가 나를 보고 숨기는 거요?"

　"먹을 수 있는 물건이라면 어찌 차마 혼자만 먹겠습니까? 아까 어지러워 넘어질 뻔했는데 수박씨가 벽에 말라붙어 있는 게 보이더라고요. 그걸 떼어내 깨물어보니 빈 껍질이었어요. 그래서 한참 탄식하던 중에 당신이 들어와 저도 모르게 얼굴이 붉어졌답니다."

　그러고는 손에서 빈 수박씨를 내보이니 서로 더불어 탄식할 뿐이었다.

조금 뒤 문밖에서 여종을 부르는 소리가 났다. 아내가 말했다.

"누가 문밖에서 종을 부르나요? 한번 나가보세요."

유진사가 기어서 나가보았다. 한 관노비가 문 앞에 서 있다가 유진사가 나오는 걸 보고는 절을 올리며 말했다.

"여기가 유진사님 댁인가요?"

"그렇네만."

"진사님 성함이 아무 자 아무 자가 맞으신지요?"

"그렇다네."

"진사님께서 아무 능陵 참봉參奉에 수망¹⁾되어 몽점²⁾을 받으셔서 망통望筒, 삼망을 기록한 명단을 가지고 간신히 찾아왔습니다."

소매 속에서 망통을 내보이는데 과연 자기 이름이 틀림없었다. 그러나 전관銓官이 누군지도 모르는 유진사에게 이번 추천은 참으로 뜻밖의 일이어서 꿈인 듯 생시인 듯 한참 어리둥절해했다.

"이 사람은 틀림없이 나와 동명이인일 걸세. 자네가 여길 잘못 찾아온 거야. 다른 곳을 찾아 자세히 알아보게나. 우리집은 몹시 가난하고 세상과 인연도 끊은지라 온 성안을 돌아봐도 내 이름을 아는 사람이 없을 걸세. 그러니 전관이 나를 추천했을 리가 있겠는가?"

그러고 들어오니 아내가 물었다.

"누가 찾아왔어요?"

유진사가 사연을 이야기해주었다. 그러자 아내가 놀라며 기뻐했다.

"그렇다면 이제 우리도 살아날 수 있겠네요!"

---

1) 수망(首望): 임금에게 어떤 관직의 후보자를 세 명 추천하는데 이를 삼망(三望)이라 하며, 이때 제1번에 오른 것을 수망이라 한다.
2) 몽점(蒙点): 임금이 추천된 후보자 가운데 한 사람의 이름에다 직접 점을 찍어서 뽑는 것을 낙점(落點)이라 한다. 신하가 그 낙점의 은혜를 입는 것을 몽점이라 한다.

"백번 생각해보아도 그럴 이치가 없다오. 진사로 벼슬을 얻을 사람은 먼저 다른 사람이 이름을 알려줘야만 명단에 오를 수 있는데, 나를 추천할 사람이 세상에 어디 있겠소?"

서로 말을 주고받으며 반신반의하고 있는데, 그 관노비가 또 와서 불렀다. 유진사가 나가니 그가 말했다.

"소인이 이조吏曹에 가서 상세히 알아보았습니다. 진사님이 분명합니다. 선대의 직함과 진사하신 연도가 또렷이 증명되오니 만에 하나라도 의심할 게 없습니다."

유진사도 그제야 믿게 되었다.

"내가 비록 벼슬을 제수받긴 했지만, 밥을 먹지 못한 지가 여러 날째라 몸을 움직이기조차 어렵다. 어떻게 가서 사은숙배謝恩肅拜, 임금의 은혜에 감사하며 절을 올리는 일할 수 있겠나?"

관노비가 즉시 시장에 가서 쌀과 반찬을 사고 땔감을 조금 구해왔다. 급한 대로 먼저 죽을 쑤어 마시게 하여 마른 속을 부드럽게 했다. 이어 쌀 한 말과 땔감을 실어오고 반찬거리를 좀 가져왔다. 연이어 죽을 마시니 비로소 눈에 무언가가 보이고 걸을 기운이 생겼다. 관노비에게 말했다.

"자네의 구완에 힘입어 살아날 길을 얻긴 했다. 하지만 머리부터 발끝까지 걸친 것이라곤 없으니 장차 어떻게 숙배를 드리러 가겠는가?"

관노비가 즉시 옷가게에 가서 의관을 빌려왔다. 또 그를 시켜 친지 집으로 편지를 보내 관복을 빌려오게 했다.

축하하는 사람들이 하나둘 찾아오고 축하를 전하는 종들이 줄을 이었다. 썰렁했던 지난날과는 너무나 달라졌다.

유진사가 사은숙배한 후 숙직을 마치고 나오니 즉시 돈과 쌀이 지급되었다. 쌀 열 말과 땔나무 한 바리를 경서원京書員, 경재소에 주재하는 아전에게 납입하여 집으로 보냈다.

이조판서에 대해 알아보니 이공 아무개였다. 그는 자기와 당색이 다를 뿐 아니라 평소 아무 안면이 없던 사람이었다. 그런데 마침 이조판서와 절친한 유진사의 동창 한 명이 그가 궁핍하여 거의 죽을 지경에 이르렀다는 소문을 듣고 있는 힘을 다해 주선했다. 이조판서도 듣고는 매우 불쌍히 여겨 다른 사람을 다 물리치고 유진사를 수망에 올렸던 것이다.

그로부터 몇 년 뒤 유진사도 크게 출세하여 요직을 두루 거쳐 드디어 이조에 들어갔다. 때마침 간성杆城 원 자리가 비었다. 간성은 풍요로운 고장이라 위로는 재상부터 아래로 친척에 이르기까지 그 자리를 구하는 사람이 자못 많아 결정하기가 어려웠다. 다음날이면 개정³⁾해야 하기에 심히 고민이 되었다. 부인이 그의 안색을 보고 걱정이 되어 묻기에 말해주었다. 부인이 말했다.

"대감께 참봉 벼슬을 주선하신 이조판서 집안은 지금 어떠합니까?"

"이조판서 어른은 이미 돌아가시고 그 아들들은 조적朝籍에 올랐거나 음사蔭仕로 나아갔으니 고을 원이 되기에 합당하나 집들이 다 청빈하다오."

"대감께서 그 사람을 간성 원으로 삼아주지 않으신다면 배은망덕이 될 겁니다. 청탁이 많아도 부디 주저하지 마시고 그 사람을 수망으로 올려야만 가히 벼슬을 주신 옛 은혜에 대한 보답이 되겠지요. 대감, 수박씨 씹던 그날을 어찌 생각하지 않으십니까?"

유진사가 듣고 크게 깨달았다.

"그렇게 하리다."

다음날 도정都政에 전 이조판서의 아들 이 아무개를 간성 원에 수망으

---

3) 개정(開政): 정사(政事)를 연다는 뜻으로, 특히 중외(中外)의 모든 문무관의 인사 기록인 정안(政案)에 따라 관리를 인사이동 시키는 일.

로 올려 몽점을 받게 했다 한다.

擬腴邑宰相償舊恩

古有柳姓進士, 家貧朝不謀夕. 又値歉歲, 無以資生, 時當長夏, 連五日未炊, 飢困弥甚, 頹臥外舍矣. 內堂寥闃, 久無人聲, 柳怪之, 起而欲入, 不能作氣, 匍匐而至于內, 則妻方以物口嚼, 見其入, 慌忙掩匿, 面帶羞色, 柳曰: "君何獨喫某物, 見我掩匿乎?" 妻曰: "吾若有物可喫, 豈忍獨嘗乎? 俄於昏倒之際⁴⁾, 見西瓜核, 枯付壁上, 取而剖嚼, 則乃空殼, 方爲恨歎, 見君入來, 不覺椒然." 仍於手中出示西瓜空核, 相與歔欷. 少頃門外有呼婢聲, 其妻曰: "彼何人斯踵門呼婢? 可卽出見." 柳匍匐出見, 則有一隷立於門前, 見柳出來, 拜謁後, 仍問⁵⁾曰: "此是柳進士宅乎?" 曰: "然." 曰: "進士主名字, 某字某字乎?" 曰: "然." 曰: "進士主入於某陵參奉, 首望蒙点, 故望筒持來, 而艱辛尋到矣." 卽自袖中, 出示望筒, 果是自家姓名, 然素不知銓家之爲誰某, 今此檢擬, 實是意外, 如夢如眞, 疑怪良久曰: "此必與我, 同姓名人矣. 汝誤尋到此也. 須往他處, 詳細訪問也. 吾家至貧, 與世相絶, 環顧城中, 無一知我名者, 豈有自銓曹照望之理乎?" 仍還入, 妻問⁶⁾: "何人尋來耶?" 柳語其來由, 妻驚喜曰: "若然則庶可延活矣!" 柳曰: "百爾思量, 萬無是理, 進士之初仕者, 必有先容公誦然後, 可得照望, 而世豈有爲我言者乎?" 相與酬酢, 疑信相半, 其隷又來呼婢, 柳又出見, 則曰⁷⁾: "小人往吏曹詳探, 則分明是進士主也. 先代職名, 登庠年條, 歷歷可驗, 萬無一慮矣." 柳

---

4) 之際: 동양본에는 '時'로 표기.
5) 問: 동양본에는 '門'으로 잘못 표기.
6) 동양본에는 '曰'이 더 나옴.
7) 曰: 동양본에는 탈락.

始[8] 乃信之曰: "吾雖除官, 方今絶食者屢日, 不能起動, 將何以肅謝乎?" 其
隷卽往于市, 貿米饌束柴, 而使之先炊粥飲, 潤其枯腸, 繼貿斗米馱柴, 如
干饌物而來, 柳連喫粥飲, 目始有見, 氣能行步, 謂其隷曰: "賴汝救飢, 幸
得生道, 然自頭至足, 無一所着, 將何以出肅乎?" 其隷卽往衣廛, 所着衣冠,
皆得貿來. 又使其隷, 寄書于親知家, 借官[9]服以來, 致賀之人, 稍稍來見,
伻賀者, 亦踵門, 比諸前日, 炎涼判異. 柳肅謝後出直, 卽以錢米計給, 京書
員所納之數,[10] 以十斗米一馱柴, 入送家中. 探問吏判, 則乃李公某也. 非
但他色, 素無聲息. 適有柳同硏友, 與吏判切親, 聞其窮餓濱死, 力誦銓家,
銓家聞, 甚矜惻, 排衆首擬云. 伊後數年後[11], 柳又大闡, 歷敭淸顯, 遂秉銓
時, 適杆城有窠, 杆是饒邑, 上自卿宰, 下至親戚, 求之者甚衆, 難以取舍,
明將開政, 心甚悶然, 夫人見其顏色, 怪而問之, 柳具言其由, 夫人曰: "大
監爲糸奉時, 吏判家, 今果何如[12]?" 曰: "其時吏判, 已卒逝, 其子數人, 皆
登朝籍, 亦有蔭仕, 可合郡守者, 而家甚淸寒云." 夫人曰: "大監若不以此人
爲杆城, 則可謂背恩忘義矣. 干囑雖多, 愼勿苟且, 決以此人首擬然後, 可
以報昔日筮仕之恩, 大監何不思嚼瓜核之事耶?" 柳聞之大悟曰: "然矣." 翌
日政, 以李某首擬杆城, 而蒙點云.

8) 始: 동양본에는 탈락.
9) 官: 동양본에는 '冠'으로 표기.
10) 다른 이본에는 '又'가 더 나옴.
11) 後: 동양본에는 탈락.
12) 何如: 동양본에는 '如何'로 표기.

과거 보러 가던 장생이 바다에 표류하다

제주 사람 장한철이 초시에 합격하여 회시를 보려고 친구 김생과 뱃사공 등 스물네 명과 함께 배에 올랐다. 바람은 순조롭고 바다는 넓어 배가 나는 듯 빨리 나아갔다. 문득 서쪽 하늘을 보니 붉은 해가 잠시 새 어나오는 듯하다가 안개구름 기운이 파도 사이에서 일어났다. 구름 그림자와 햇살이 번쩍이며 뒤섞였다. 갑자기 구름이 오색영롱한 빛을 내며 공중으로 떠올랐다. 구름 아래로 어떤 물건이 돌출하며 높이 솟았다. 높은 누각 같았지만 멀어서 분간할 수가 없었다. 한참 뒤 해는 겹겹이 구름 속에 숨고 누각 모양이 변해 만 층의 성곽 모양이 되었다. 층층의 성은 반짝이는 파도 위에 펼쳐졌다가 어느덧 사라졌다. 신기루였다. 사공이 놀라 말했다.

"비바람이 몰아칠 징조니 방심하지 마십시오!"

이윽고 사나운 바람이 몰아치고 폭우가 쏟아지니 외로운 배는 파도 속으로 들어갔다 나왔다 끝없이 떠내려가는 것이었다. 배 안 사람들은 기절하여 인사불성이 되기도 하고 혹은 완전히 드러누워 통곡을 하기

도 했다. 밤이 되어 어두워지니 지척조차 분간이 되지 않았다. 배 밑에
는 물이 많이 새어 들어왔고 선상에는 물동이의 물을 쏟아붓듯 비가 내
렸다. 배 밑의 물은 이미 허리까지 차올랐다. 배 안 사람들이 다들 죽을
일만 남았다고 생각하니 장생이 위로했다.

"동풍이 매우 세니 우리 배가 날아가듯 하루에 천리는 가네. 지도를
보니 유구국이 탐라의 동쪽 삼천 리 밖에 있다네. 오늘밤 안에는 반드시
유구국에서 밥을 해먹을 수 있을 걸세."

모두들 크게 기뻐하며 일어나 순식간에 물을 다 퍼냈다.

사흘 밤낮이 지나니 비바람이 조금 잠잠해졌다. 그러나 수평선만 보
일 뿐 땅끝은 보이지 않았다. 김생과 여러 사공은 장생에게 험담을 퍼부
었다.

"과거 욕심 때문에 죄 없는 우리를 죽게 했으니 우리가 죽은 뒤에 당
신의 혼도 곤경에 빠뜨려 이 원수를 갚을 게요!"

장생이 부드러운 말로 위로하고는 억지로 밥을 짓게 해 밥이 잘되고
못되는 것으로 길흉을 점쳐보자 했다. 밥은 과연 잘되었다. 여러 사람들
에게 조금 위로가 되었다.

잠시 뒤 큰 안개가 사방을 막았지만 배는 그래도 바람을 받아 저절로
어디론가 나아갔다. 날이 저물자 갑자기 이상한 새 한 마리가 울면서 지
나갔다.

사공이 말했다.

"저건 물새인데 낮에는 바다 위를 떠돌다가 저녁이면 물가로 돌아가
쉬지요. 오늘 저녁 새가 돌아가니 물가가 멀지 않음을 알 수 있겠네요."

모두들 기뻐서 날뛰고 희희낙락했다.

밤이 깊어지자 안개가 걷히고 하늘이 맑아지며 바람이 잦고 달이 휘
황찬란했다. 중천에 큰 별이 떠서 그 광채가 바다에 내리쬐니 상서로운
기운이 공중에 가득했다. 남극노인성[1]이었다.

다음날 날이 밝지도 않았는데 안개가 또 일어나더니 정오가 되어서야 개었다. 살펴보니 배는 작은 섬의 북쪽에서 바람을 따라 그 섬을 향해 가고 있었다. 배에 탄 사람들이 발을 구르며 기뻐했다.

배에서 내려 언덕 높은 곳으로 올라가 사방을 둘러보니 섬은 동서가 좁고 남북이 길었다. 둘레가 사오십 리는 되는 듯했지만 사는 사람은 없었다. 한 길가에 맑은 샘이 있었는데 물맛이 달고 시원했다. 온 섬에 잡목이 울창했고 두충杜沖 나무와 소나무, 잣나무도 많았다. 암석 사이에는 서까래만한 대나무도 많았다. 노루, 사슴이 무리를 이루어 다니고 까막까치들이 수풀 위를 맴돌았다. 섬 가운데 세 봉우리가 빼어났는데 높이는 능히 오륙십 장은 될 만했다. 샘물들의 수원은 가운데 봉우리였는데, 그곳에서 굽이치며 내려온 시내가 긴 내를 이루다가 동쪽 바다로 흘러갔다.

문득 큰 귤 하나가 상류에서 떠내려왔다. 시내를 따라 일 리쯤 올라가니 과연 귤나무 한 쌍이 있었다. 푸른 나뭇잎이 그늘을 만들고 붉은 과실들은 서로를 비추고 있었다. 사람들이 우르르 달려들어 따먹고 나머지는 싸서 돌아왔다. 들쥐를 잡고 산약초를 캐며 땔나무를 마련하고 물도 길어왔다. 바닷물을 끓여 소금을 만들었다. 또 바닷속으로 들어가 전복 이백여 개를 캐어 초막 아래 쌓아두었다.

행장을 뒤져보니 쌀 한 말과 조 여섯 말이 남아 있을 뿐이었다. 그것은 스물아홉 명이 며칠 먹을 양식에 불과했다. 그래서 산약초를 잘게 썰어 거기다 곡식을 조금씩 섞어 밥을 지었다. 생전복 회도 치니 아주 맛이 있었다.

뱃사람으로 하여금 대나무를 잘라 장대를 만들게 하고 옷을 찢어 깃

1) 남극노인성(南極老人星): 남극 부근의 하늘에 있는 별. 중국에서는 사람의 수명을 맡아보는 별이라 하여 이것을 보면 오래 산다고 함.

권3 | 501

발을 만들어서는 높은 봉우리 꼭대기에다 세웠다. 또 땔나무를 봉우리에 쌓고 불을 질러 왕래하는 뱃사람들에게 표류한 사람들이 있다는 것을 알리고 와서 구하도록 했다.

사오일이 지났다. 한 사공이 큰 전복 하나를 따 왔기에 껍질을 까보니 진주 한 쌍이 들어 있었다. 광채가 눈을 쏘는 듯하고 크기는 제비 알만 했다.

함께 간 상인이 말했다.

"이거 내게 주게나. 돌아가면 오십 냥 주지."

사공이 값을 다투니 저녁이 되어서야 백 금으로 성사를 시키고 수표를 만들었다.

얼마 안 있어 범선 한 척의 그림자가 동쪽 하늘 끝에서부터 다가왔다. 뱃사람들 모두가 땔나무를 더 올리고 불을 지펴 연기를 피워올려서 불빛을 내었다. 모두 봉우리 꼭대기에서 대나무 장대를 휘두르고 고함도 질렀다.

날이 저물 무렵에야 배가 가까이 이르렀다. 배 위에 있는 사람들은 머리에 푸른 두건을 쓰고 검은 상의를 입었으며 아랫도리에는 걸친 게 없는 걸로 보아 왜인인 것 같았다. 그러나 그 배는 섬을 지나치며 조금도 구해주려는 뜻을 보이지 않았다. 모두 울부짖으며 크게 통곡하니 그 소리가 바다와 하늘에 울려퍼졌다.

갑자기 그 배에서 작은 배가 나와서 섬에 닿았다. 배 위에는 십여 명이 타고 있었다. 그들이 언덕에 올라왔는데, 긴 칼을 허리에 차고 있었고 아주 사나운 기색이었다. 그들은 사람들 가운데로 비집고 들어와서 어느 나라 사람이냐고 글을 써서 물었다.

장생이 답했다.

"우리는 조선 사람으로 표류하다 여기에 이르렀다오. 자비심으로 우리 목숨을 구해주길 바라오. 상공께선 어느 나라에서 오셨고, 지금 어디로 가고 계시오?"

"우리는 남해 사람으로 서역으로 가고 있다. 너희가 가진 보물을 내놓으면 살려줄 것이나 그러지 않으면 다 죽여버릴 테다!"

장생이 대꾸했다.

"이 섬에는 보물이 나지 않습니다. 또 표류하다 배의 물건들을 모두 바다에 던져버리고 만사일생萬死一生하였으니 이 몸뚱이 외에 어떤 물건이 남아 있겠소?"

그 무리가 서로 보고 뭐라고들 하는데 말소리가 그냥 구시렁거리기만 하는 것 같아 알아들을 수가 없었다.

얼마 뒤 그들이 칼을 꺼내들고 고함을 질렀다. 장생을 발가벗겨 나무에 거꾸로 매달았다.

나머지 사람들도 옷을 벗겨 매달고는 주머니를 모두 뒤져 진주 한 쌍과 생복을 빼앗았다. 그들은 양식과 옷가지만 남기고 떠벌리면서 작은 배에 올라타 떠났다. 그러자 사람들은 서로 묶인 것을 풀어주었는데 마치 죽다가 다시 살아난 듯했다. 사람들이 봉우리의 깃발을 내리고 연기도 피우지 않으려 하자 장생이 말했다.

"왕래하는 배들이 모두 해적은 아닐 것이오. 남국 사람들은 왜구처럼 잔인하지는 않으니 우릴 건져줄 사람이 반드시 있을 게요. 목이 멘다고 어찌 밥을 먹지 않겠소?"

사공이 말했다.

"저 남쪽 바다, 구름 안개 사이에 아득하게 보이는 게 유구국이 틀림없습니다. 그 거리가 아마도 칠팔백 리밖에 안 될 것 같습니다. 북풍이 불어주면 밥 세끼 먹을 동안 닿을 수 있으리니 어찌 여기 가만히 앉아서 굶어죽겠습니까?"

모두 좋아하며 산으로 올라가 나무를 베어 돛대와 노를 만들고 배 만들 판목들을 장만했다. 삼일이 안 되어 서남쪽 먼바다에 큰 배 세 척이 보였다. 그 배는 동북 방향으로 곧바로 나아가고 있었다. 깃발을 휘두르고 연기를 피워올리며 끊임없이 부르짖고 통곡하고 애걸했다. 그러다가 합장하고 이마를 땅바닥에다 찧으며 절을 했다. 그러자 그 배에서 다섯 사람이 작은 배를 타고 와 정박했다. 모두 붉은색 베로 머리를 두르고 비췻빛 비단 군복을 입었다.

그중 한 사람은 수염과 머리털을 깎지 않고 머리에는 원건圓巾, 말총으로 엮어 만든 둥근 관모을 쓰고 있었다. 글을 써서 물었다.

"당신은 어느 나라 사람이오?"

"조선 사람으로 표류하여 이곳까지 왔소이다. 부디 자비를 얻어 고국으로 돌아갈 수 있기를 바랍니다."

원건을 쓴 자가 다시 물었다.

"당신 나라에 타향살이하는 중국 사람의 수를 댈 수 있겠소?"

장생은 이들이 명나라 유민이라 여기고는 글로 써서 대답했다.

"황조皇朝의 유민이 과연 우리나라에 많이 도망했지요. 우리나라는 그들을 모두 후하게 대접하고 그 자손들에게는 벼슬을 주었으니 그 사례를 다 기록하기 어렵습니다. 상공께서는 어느 나라에 계신지요?"

"나는 대명大明 사람으로 안남국으로 옮겨가 산 지가 오래되었다오. 지금 콩을 팔러 일본으로 가고 있는데 당신들이 본국으로 돌아가려 한다면 모름지기 나를 따라 일본으로 가야겠지요."

장생이 눈물을 흘리면서 글을 썼다.

"우리 또한 명나라의 신하지요. 임진왜란 때 왜구가 우리 조선을 어육으로 만들어 도탄에 빠지게 했으니 누가 능히 물불에 빠진 우리를 건져서 보금자리 위에 올려주었겠습니까? 우리를 다시 살려주신 것은 어찌 명나라의 은혜가 아니겠습니까? 아! 통재라! 갑신 삼월 하늘이 무너진 변란명나라의 멸망을 뜻함은 아직도 말로 표현할 수 없을 지경입니다. 동방의 우리는 충신 의사義士의 마음을 가졌으니 한 하늘을 이고 어찌 살아가고 싫겠습니까? 그러나 부모가 돌아가셔도 효자가 능히 따라 죽지 못하는 것은 천명이 같지 않고 존망에 다름이 있기 때문입니다. 만리 밖 바다를 떠다니다가 다행히도 오늘 상공을 뵈었으니 한갓 사해의 형제일 뿐 아니라 한집안의 신하가 아니겠습니까?"

원건을 쓴 자가 보니 슬퍼 오열하는 뜻이 글에 넘치므로 붓을 들어 비점批點, 문장 가운데 중요하거나 잘된 곳 옆에 찍는 점을 찍어가면서 읽어갔다. 다 읽고는 장생의 손을 다정하게 끌었다. 나머지 사람들도 모두 이끌고 함께 작은 배에 올랐다. 바다 가운데로 나아가서 큰 배로 갈아탔다.

배에서는 향기로운 차와 맑은 소주를 내놓았고 진한 죽도 주었다. 장생 등 스물아홉 명을 두 방에 나누어 들게 했다.

장생이 원건을 쓴 사람의 성명을 물으니 임준林遵이라 했다. 장생이 임준에게 말했다.

"배 위에는 머리털을 깎지 않고 관을 쓴 사람도 있고 삭발을 하고 머리를 싼 사람도 있는데, 왜 이렇게 다른 모습인가요?"

"명나라 사람 중에서 안남국으로 도망 온 사람들이 많지요. 머리를 깎지 않은 스물한 명은 모두 명나라 사람이라오."

정박했던 작은 섬의 이름을 물어보니 유구국 지방의 호산도虎山島라 했다.

장생이 선박을 둘러보았다. 배는 거대한 집과 같았다. 방이 수없이 많았고 난간과 창과 문이 이어지고 중첩되었다. 그릇 집기와 병풍 서화도 모두 지극히 정묘했다.

임준은 장생을 배 안으로 인도했다. 층계를 내려가니 배의 너비는 백여 보步고 길이는 그 두 배였다. 한편에는 텃밭을 만들어 채소를 많이 심어두었다. 닭과 오리는 사람이 다가가도 놀라거나 날아가지 않았다. 또다른 편에는 땔나무가 많이 쌓여 있고 잡다한 그릇 등속도 보관되어 있었다.

또 한 물건은 크기가 열 섬들이 돌항아리만했는데 위는 둥글고 아래는 모가 나 있었다. 옆에 구멍이 하나 있는데, 손가락만한 나무못으로 그것을 막아두었다. 못을 뽑으니 물이 용솟음쳐 나왔다.

임준이 말했다.

"이건 물그릇이라오. 그릇에 차 있는 물은 써도 마르지 않고 더 부어도 넘치지 않지요."

또 층계를 따라 내려가니 곡식과 수놓은 비단과 온갖 물건이 보관되어 있었다. 한쪽을 막고 양과 개와 돼지 등속을 키우는데 마구 섞여 있었다.

층계를 따라 더 내려가니 배의 바닥이 나왔다. 배는 사 층인 셈이었다. 사람은 맨 위층에서 지냈으니 방들이 서로 이어져 있었다. 그 아래세 층은 사이사이 시렁을 만들어 온갖 물건을 다 쌓아두었으니 어떤 쓰임새에도 다 충당되었다.

배 밑에는 작은 배 두 척을 감춰두었다. 그중 한 척은 아까 타고 온 것이었다. 배 밑바닥에 물을 넣어 작은 배를 띄우고 또 널문을 달아 바다로 통하게 했다. 반은 물속에 잠기고 반은 물 위로 드러나니 작은 배들이 이로 드나들었다. 널문을 열고 닫으면 바닷물이 배 밑으로 들어와 물통 안을 돌아서 배 밖으로 쏟아져 나가는데 마치 폭포수가 떨어지는 듯했다. 물통의 길이는 두 길 정도고 둘레는 한 아름 남짓했는데 위는 굵고 아래는 가늘어 나팔 같았다. 가운데는 비어 있고 밖은 곧으며, 아래에 두 개의 고리가 있었다. 그 고리를 안고 왼쪽, 오른쪽으로 돌리면 단가短歌 소리가 나며 배 밑의 물통 속 물이 배출되었다. 참으로 기묘한 재주였다.

임준은 그걸 자세히 보게 하지는 않았다. 사다리를 타고 이층을 올라가니 배의 위층이 나왔다. 올라가고 내려가는 길이 달랐다.

다음날 서남풍이 크게 일어 파도가 산더미 같았지만 사람들은 어려워하는 기색이 없었다. 흰 베돛을 높이 다니 배가 나는 듯 나아갔다. 밤을 새우며 갔다.

안남인 방유립方有立이란 사람이 장생에게 말했다.

"당신네 나라 사람 중에서 향빙도香憑島에 들어와 사는 자가 있다는 걸 아오?"

"모른다오."

"옛날 내가 그 섬에 표류했지요. 섬은 청려국靑藜國에 있었는데 그 섬 안에 조선촌이 있었어요. 그곳 김태곤金太坤이란 사람이 말해주었지요. 자기 사대조 할아버지가 조선인인데, 청나라에 잡혀가 남경까지 흘러들 어갔다가 명나라 사람을 따라 그곳까지 피신했다 하더라고요. 거기서 집을 짓고 아내를 얻었으니 자손이 번성했다 해요. 또 태곤의 조부가 의 술에 정통하여 인심을 얻으니 가세가 풍족해져 높은 산등성이에다 누 대를 지었지요. 멀리 고국 쪽을 바라보며 슬프게 울었는데, 후대 사람들 이 그곳을 '망향대望鄕臺'라 부른다지요."

임준이 조선의 풍속과 인물, 의관, 산천과 지방에 대해 물으니 장생이 알려주었다.

"우리나라는 기자箕子께서 베풀어주신 교화에 따라 유교를 숭상하고 이단을 배척하며 예악형정禮樂刑政으로 나라를 다스려요. 사람들은 효제 충신으로써 행실을 바르게 하니, 이에 사백 년 동안 배양한 인재가 수없 이 많고 문장과 도학의 선비들은 역사가 다 기록하기 어려울 정도지요. 의관은 은나라와 주나라의 옛 제도를 본받아 약간 고쳤고, 문장은 명나 라의 것을 집대성했지요. 산으로는 일만이천 봉의 금강산이 있고 물로 는 삼포2) 오강五江이 둘렀으며 땅은 몇천 리나 되는지 알 수 없지요. 귀

---

2) 삼포(三浦): 부산포(釜山浦, 지금의 동래)·내이포(乃而浦, 혹은 제포薺浦, 지금의 경남 웅 천)·염포(鹽浦, 지금의 울산)를 말한다. 조선은 건국 후 무질서하게 입국하는 왜인들을 통제하 기 위해 1407년 부산포와 제포를 개항하고, 1426년에는 염포까지 개항해 이른바 삼포개항을 단행했다. 삼포의 개항장에는 왜관(倭館)을 설치해 교역 및 접대의 장소로 삼았다.

국의 풍토와 의관문물衣冠文物은 어떠한지요?"

그 사람들은 서로 돌아보며 떠들썩할 뿐 끝내 대답을 하지 않았다. 그로부터 그 사람들이 필담을 할 때는 '너희 나라'라 하지 않고 '귀국貴國'이라 일컬었고, '너희'라 하지 않고 반드시 '상공相公'이라 불렀다.

다음날 보니 큰 산이 동북쪽에 나타났다. 한라산이었다. 그리 멀지 않아 보여서 여러 사람이 너무나 기쁜 나머지 방성통곡하며 말했다.

"슬프다. 우리 부모님, 처자식들이 저 산에 올라서 보고 계시겠지!"

임준이 그 까닭을 글로 써서 물으니 장생이 이렇게 설명해주었다.

"우리는 모두 탐라국 사람이라오. 가산家山이 가까이에 있어 이같이 한다오."

임준과 그 무리가 수작하는 걸 살펴보니 떠들썩하게 서로 다투는 것 같았다. 명나라 사람들이 한쪽에 둘러서고 안남국 사람들은 다른 구석에 둘러서서는 고함을 지르고 패악을 부리는데, 화난 눈으로 으르렁거렸다. 안남국 사람들이 임준 쪽을 향하여 곧 싸움을 시작할 태세였는데, 임준 쪽은 안색을 누그러뜨리고 화해하려 했다. 이렇게 서로 대치하느라 정오가 지났다. 임준이 말했다.

"옛날 탐라국 왕이 안남국 태자를 죽였지요. 안남국 사람들은 상공이 탐라국 사람인 사실을 알고 모두 죽이고자 했지요. 저희가 만방으로 타일러 겨우 그 뜻을 돌리긴 했지만 그래도 원수와 같은 배를 타고 갈 수 없다 하니 상공과는 이제 길을 나누겠습니다."

대개 세상에 전하는 바로는 제주목사가 유구국 태자를 죽였다 하는데, 실은 안남국이었던 것이다. 임준은 급히 우리 사람들에게 배를 내주어서 장생 등 스물아홉 명을 나누어 타게 하고는 파도머리에서 울며 보내주었다.

뱃길을 달리하며 가다가 해 질 무렵에 길을 잃었다. 어린아이가 어머니를 잃은 듯 어디로 가야 할지 몰랐다. 다음날 오후가 되니 바람이 거

세졌다. 배가 나는 듯 나아가기는 했지만 캄캄한 대양으로 표류해갈 뿐
이었다. 어두운 구름이 모이는 듯하더니 갑작스러운 비가 크게 내렸다.
황혼 무렵 노어도鷺魚島의 서북쪽에 이르렀다. 그곳은 당초에 바람을 만
나 표류를 시작한 곳이었다. 밤은 깊은데 드높은 파도가 하늘까지 치솟
았다. 바다에서 태풍이 일어났다. 뱃사람이 통곡하며 말했다.

"이곳은 바닷길이 가장 험한 곳입니다. 수많은 작은 섬과 위태로운 암
초들이 파도 위로 돌출하여 파도가 매우 거칠지요. 바람이 잔잔한 날조
차도 배들이 난파하여 침몰하기도 하는데, 지금은 광풍이 바다를 뒤집
고 성난 파도가 하늘까지 닿았으니 이는 반드시 망할 땅입니다."

모두 휘항揮項, 추울 때 머리에 쓰던 모자으로 머리를 두르고 굵은 줄로 허리를
감았는데 감다가는 울고 울다가는 또 감았다. 죽고 나서 몸과 얼굴에 상
처가 나지 않게 하기 위해서였다.

장생도 혼비백산하여 통곡하고자 하나 소리가 나오지 않았다. 한참
뒤에야 크게 부르짖고는 피를 토하고 기절하여 인사불성이 되었다. 옛
날 제주에서 표류하다 죽은 김진룡과 김만석이란 사람이 앞에 나타나
고 기이한 형체의 귀신들도 온갖 모양으로 눈에 붙었다. 또 소복 입은
한 미인이 나타나 음식을 바쳤다. 정신을 차려 눈을 뜨니 그 모두가 꿈
이었다.

두 사공이 뱃머리로 기어가서 키를 잡으려다가 바람에 날려 바다에
떨어져 죽었다. 갑자기 갑판의 판자들이 부서지는 소리가 쩌렁쩌렁 울
렸다. 사람들이 모두 실성하고 애달프게 부르짖었다.

"배가 이미 부서졌다!"

서로 형님, 삼촌이라 부르니 배에 탄 사람 중에 형제 숙질이 많은 까
닭이었다.

김생이 장생을 끌어안고 통곡했다.

"바닷속 외로운 혼이 당신 말고 누구에게 의지하겠습니까?"

그러고는 장생과 자기 몸을 줄로 하나로 묶었다.

오래 기다렸지만 배가 침몰하지 않아 고개를 들어보니 큰 산 하나가 앞에 우뚝 서 있었다. 배가 이미 그 산에 다가가 들어갔다 물러났다 하니 산도 나타났다 사라졌다 했다. 사나운 파도가 해안을 덮쳤다. 파도는 은으로 만든 집채인 양 공중으로 튀어올랐다가 부서졌다. 밤은 어둡고 안개도 자욱하니 지척을 분간하기 어려웠다. 어렴풋이 보니 사람들이 앞다투어 뛰어내리고 있었다. 아마 다들 헤엄을 칠 줄 아는 듯했지만 장생은 전혀 헤엄을 칠 줄 몰랐다. 그러나 어찌할 겨를도 없이 그냥 뛰어내렸다. 허리 아래가 암초 꼭대기에 걸려 손발을 마구 부여잡고 기고 하여 오십여 보를 가니 이미 바닷가 언덕에까지 나와 있었다. 언덕에 기대앉아도 나간 혼이 돌아오지 않는 것 같았다. 사방에 아무도 보이지 않는데 여러 사람이 파도 사이로 헤엄을 치며 나와서는 바닷가에 엎어졌다. 사람은 한참 뒤에 일어나 앉아 바다 쪽을 바라보며 통곡했다.

"우리는 헤엄을 칠 줄 알아 살아났지만 가련한 장생은 어쩔 수 없는 지경이 되었네. 무슨 면목으로 제주로 돌아갈까?"

장생이 이미 죽은 줄 알고 그러는 것 같았다.

장생이 큰 소리로 불러 말했다.

"나 여기 있다네!"

여러 사람이 장생을 끌어안고 통곡하며 말했다.

"우리는 사오 리를 헤엄쳐 만 번 죽을 지경을 드나들다 겨우 살아났네. 상공은 아득히 허약한 체질에 헤엄을 칠 줄도 모르는데 어떻게 우리보다 먼저 이 언덕에 올랐단 말이오?"

장생이 겪은 바를 상세히 이야기해주었다. 모두 감탄하며 기이하게 여겼다.

처음 배를 탄 사람이 스물네 명이었는데 지금 언덕에 올라온 자는 겨우 열 명이었다. 열네 사람이 물에 빠져 죽은 것이었다.

밤은 더욱 어두워지고 바람도 사나워졌다. 배고픔과 추위가 심해졌다. 마을을 찾아 나섰다. 석벽을 더위잡고 벼랑을 타며 물고기 꿰듯 늘어서서 올랐다. 장생은 발을 헛디뎌 천 길 깊은 구렁으로 떨어져서 정신을 잃었다. 이윽고 겨우 정신을 차렸다. 한 발 한 발 언덕을 올라가서 보니 뱃사람들은 이미 멀리 가버린 뒤였다.

갑자기 한 움큼의 들불이 밝아졌다 어두워졌다 하며 멀어지는 듯 가까이 오는 듯 십여 리를 따라왔다. 불빛은 붉으락푸르락 하다가 아득히 사라져버렸다. 사방을 둘러봐도 다만 거친 들판이라 적막할 뿐 사람 흔적이 없었다. 비로소 도깨비불에 홀린 것을 알았다.

진퇴양난이었다. 언덕에 기대앉아 있는데 갑자기 개 짖는 소리가 들려왔다. 소리가 난 쪽으로 가다가 어느 고을 어귀에 이르렀다. 한 사공이 섬사람들을 거느리고 횃불을 들고 나오다가 장생을 만나자 크게 반가워했다.

그들과 함께 마을로 가니, 사람들이 옷을 말리고 죽을 내왔다. 거기까지 이른 사람은 여덟 명뿐이었다. 두 명이 낭떠러지에서 떨어져 죽은 것이었다. 사람들이 다 기절하여 누워버렸다.

다음날 아침 비로소 의식이 돌아와 섬사람에게 물어보았다. 이 섬은 신지도新智島에 속하고 북쪽 땅과는 백여 리가 되고 서남쪽 제주와는 칠백 리가 되었다. 섬의 폭은 삼십 리쯤 되었다.

섬사람들이 아침밥과 저녁밥을 주며 사나흘 동안 간병해주었다.

같은 배를 탔다가 죽은 열여섯 사람의 제사를 지내주었다. 그러고는 잡신을 모신 사당으로 가서 무사히 돌아가게 해달라고 빌었다.

한 할미가 장생을 초대하여 처마 밑에 앉게 하고는 소복 입은 여인으로 하여금 밥을 바치게 했다. 놀랍게도 그녀는 장생이 풍파 가운데 기절했을 때 음식을 바쳤던 여인의 모습과 같았다. 장생이 그 기이함에 매우 감탄했다. 자기가 머무는 집 주인에게 물어보니 그녀는 조씨趙氏 댁의 며느리였고 할미는 그 어머니였다. 올 나이 스무 살이었는데 홀로된 지 몇 년이 되었다고 했다. 장생이 꿈속 일의 기이함을 이야기하니 주인이 말했다.

"제게 매월이라는 여종이 있었지요. 몇 해 전에 조씨 댁에 팔려갔는데, 그 여종에게 다리를 놓게 하면 일을 성사시킬 수 있을 겁니다."

며칠 뒤 주인이 매월과 함께 와서 말했다.

"아까 매월이 전한 말을 들어보니 조씨가 꿈속의 사연에 대해 듣고는 정감이 생긴 듯 별로 강하게 거부하지 않았다 합니다. 이는 허락하는 것이지요. 하물며 그 어미가 오늘밤 산사에서 재를 지낸다니 손님께서 투향偷香, 향을 훔친다는 뜻으로, 남녀 간의 비밀스러운 정사를 말함하시기에 오늘밤이 제격이지요."

마침내 매월에게 이리저리하라고 가르쳤다. 이날 밤 장생이 그 집으로 갔다. 창문 아래에 매화 한 그루가 있었는데 달도 이미 기우니 꽃 그림자가 하늘거렸다. 장생은 꽃나무 아래에 가만히 서서 밤이 깊어지기를 기다렸다. 움직이던 것들이 이미 다 잠든 듯 오직 작은 삽살개만이 짖어댔다. 매월이 개 짖는 소리를 듣고는 문을 열고 웃으며 나와 장생을 이끌고 집안으로 들어갔다. 달빛이 들창에 비쳐 들창이 휘황찬란했다. 조씨 여자는 침상에서 이불을 얼싸안고 있다가 놀라 일어나 앉았다. 엄격한 말로 매섭게 거절하니 절대 허락하지 않을 듯했다. 그러다 은근한 이야기를 듣고는 추파秋波, 미인의 맑고 아름다운 눈길를 보이고 말꼬리를 내리기도 했다. 혹은 부끄러움을 드러내고 혹은 일부러 화를 내는 듯 억지 욕을 했다.

"매월이 년이 저를 팔았네요. 죽일 년!"

동침을 하니 정신이 일렁거리는 듯 화내고 욕하는 소리는 뚝 그쳤고 견권지정繾綣之情, 마음속에 굳게 맺혀 잊지 않는 정을 숨기기 어려웠다.

정사를 마치자 여인은 옷을 차려입고 일어나 머리 손질을 했다. 장생을 바라보고 웃으며 말했다.

"가련한 매월이가 밖에 있다가 얼어죽겠어요. 불러들여야겠지요?"

장생이 매월을 불렀다. 방안으로 들어온 매월이 여인에게 웃으며 물었다.

"처음엔 죽인다고 책망하더니 나중에는 얼어죽을까 걱정하셨나요?"

여인이 부끄러워 대꾸하지 못했다.

한참 뒤 어촌에 닭이 울었다. 동녘이 밝아오고 있었다. 손을 부여잡고 이별하려 했다. 목이 메어 아무 말도 할 수가 없었다.

뱃사공은 순풍이 불어와 순조로이 떠날 수 있겠다고 보고했다. 장생이 배에 오르자, 배가 내달리니 이틀 만에 강진에 도착하고 드디어 도성에 이르렀다. 회시에 응시하였지만 낙방해 고향으로 돌아갔다.

작년 음력 동짓달에 배를 타서 이듬해 오월에야 비로소 돌아간 것이다. 함께 표류하다 돌아간 사람은 일곱 명이었다. 그중 네 명은 이미 죽었고 한 명은 병상에 있다 했다.

그로부터 몇 년 뒤 장생은 과거에 합격했다. 벼슬이 고성군수에 이르렀다 한다.

赴南省張生漂大洋

濟州人張漢哲[3]以鄕貢, 赴禮部會圍, 與友人金生及舟子二十四人登船. 風順海濶, 其疾如飛, 忽看西天, 赤日午透, 一抹烟雲之氣, 起自波間, 雲影日彩, 明滅相盪, 俄而雲成五彩, 半[4]浮半空, 雲下, 若有物突兀, 而高起依俙, 若層樓高閣, 而遠不可辦矣. 良久日隱重雲, 樓閣之形變成萬堞, 層城

---

3) 哲: '喆'로 표기해야 함.
4) 半: 동양본에는 '㐄'으로 표기.

極目, 橫亙於銀波之上, 逾時而廊開無所睹, 此乃蜃樓也. 篙師驚曰: "是爲風雨之徵, 愼勿放心也!" 已而獰風怒號, 急雨滂沱, 孤舟出沒, 漂泊無涯, 舟中人或有昏倒不省者, 或有堅臥痛哭者, 夜色昏黑, 咫尺莫卜, 舟底則水多漏入, 船上則雨如翻盆, 船中水深已沒半腰, 舟中人自分必死, 張生乃權辭曰: "東風甚急, 孤蓬[5]如飛, 一日千里, 吾觀地圖, 以知琉球國在耽羅之東, 海路三千里, 今夜必炊飯於琉球國矣." 衆乃大喜, 蹶然而起, 頃刻卸水. 度了三晝夜, 風雨稍定, 但見水天相接, 不見端倪[6]. 金生及諸篙師, 皆咎張生曰: "以君浪生科欲, 使我無罪之人, 擧將判命, 我死之後, 當困君之魂以雪此讐!" 張生用好[7]言慰之, 强令炊飯, 以飯之善否, 占其吉凶, 飯果善, 就諸人稍慰. 少頃大霧四塞, 船猶隨風自去, 不知其所去[8]. 日將夕, 忽有異禽飛鳴而過, 舟子曰: "此水鳥也. 晝而浮遊海上, 暮[9]必歸宿洲渚, 今日暮而禽始歸, 可知洲渚之不遠." 衆皆欣踊喜笑. 及至夜深, 霧開天晴, 風息月明, 中天有大星, 光芒射海, 瑞彩盈空, 疑是南極老人星也. 翌日天未明, 霧又作, 至午開霽, 見船在小島之北, 而隨風漸近於島矣. 滿船喜踊, 下舟登岸, 登高望之, 則此島東西狹, 而南北長, 幅圓可四五十里, 而無居人, 有一道淸泉, 味極甘爽, 滿島雜木蓊蔚, 多杜冲松栢, 岩石之間, 多如椽之竹, 獐鹿成群, 烏鵲繞林. 島中有三峯競秀, 高可五六十丈, 泉源出自中峯, 曲曲爲長溪, 東入于海, 忽有一大橘, 自上流浮來. 乃沿溪而上一里許, 果有雙橘樹, 綠葉成陰, 朱實交暎, 諸人亂摘噉之, 包其餘而歸. 掘野鼠採山藥, 採薪汲水, 煮海爲鹽. 又入水採全蝮[10]二百餘箇, 積于草幕下. 搜檢行槖, 只有一斗稻米六斗粟米, 不過二十九人數日之粮, 乃細剉山藥, 糅之以米穀少

---

5) 蓬: '篷'으로 표기해야 맞음.
6) 端倪(단예): 단(端)은 산꼭대기, 예(倪)는 물가. 맨 끝. 아주 먼 끝.
7) 用好: 동양본은 '好用'으로 잘못 표기.
8) 去: 동양본에는 '屆'로 표기.
9) 동양본에는 '而'가 더 나옴.
10) 全蝮: 동양본에는 '鰒漁'로 표기. '鰒漁'가 맞음.

許, 炊作饗殘, 又膾生鰒, 味甚適口. 又使舟子, 伐竹爲竿, 裂衣爲旗, 立于高峯之上, 又積柴峯頭而燃之, 使往來舟楫, 知有漂人而來救也. 過了四五日, 一舟子採得一大鰒, 剖其甲而雙珠, 明彩射目, 大如燕卵, 偕行商人曰: "以此給我, 則還國後當以五十縄[11]酬之." 舟子爭價, 至夕, 乃以百金爲約成券. 居無何, 一点帆影來自東溟之外, 舟人皆增薪取[12]火以起烟光, 揮竹竿於峯上, 聯衆聲而大呼, 日將夕, 船漸近, 而船上人, 頭戴靑衣[13], 上穿黑衣, 下無所着, 乃倭人也. 彼船過島而去, 落落無相救之意, 舟人叫呼大哭, 聲動海天, 忽自彼船發送小船, 泊於本島, 船上人十餘丁, 登島岸, 腰帶長劍, 氣色暴戾, 攔入人叢中, 書問爾何方人, 張生答曰: "朝鮮人漂流到此, 乞垂慈悲, 活我衆命! 不知相公何國人[14], 今向何處?" 彼答曰: "俺南海佛, 將向西域, 爾以寶物禳我, 或有可生, 否則死[15]!" 張生答曰: "本島素不産寶, 且逢漂流, 萬死一生, 船上物件, 皆已投海, 身外安有隻物?" 彼人輩, 相與喧噪, 而語音侏離不可曉. 良久彼人揮劍咆哮, 赤脫張生衣服, 倒懸于樹上, 又取諸人脫衣縛倒, 遍探其囊中, 獲雙珠及生鰒, 只留粮米衣服, 相與咻噪, 乘小艇而去. 於是諸人自相脫縛, 如得再生. 諸人欲去峯上旗竿及烟火, 張生曰: "往來舟楫, 未必盡是水賊, 南國之人, 不若[16]倭奴之殘忍, 必有拯活者, 何可因噎廢食?" 舟子曰: "彼南海雲烟間, 蒼茫而見者, 必是琉球國也. 其遠似不過七八百里, 若得北風之送帆, 三殘而可往, 豈可坐此餓死?" 衆皆曰: "甚好!" 乃登山斫木以備檣棹, 修戢船板. 未及三日, 忽見西南遠海, 有三隻大船, 直向東北過去, 乃揮旗起烟, 叫呼不絶, 號哭乞憐, 合

11) 縄: 동양본에는 '金'으로 표기.
12) 取: 동양본에는 '吹'로 잘못 표기.
13) 靑衣: '靑巾'의 오자로 짐작됨.
14) 人: 동양본에는 탈락.
15) 死: 동양본에는 잘못 탈락.
16) 不若: 동양본에는 '無'로 표기.

手叩頭, 彼船中五人乘小艇來泊, 皆以絳[17]色畫布裹其頭, 身着翠錦狹袖.
有一人鬚髮不剪, 頭戴圓布[18], 以書問曰: "爾是何國人?" 對曰[19]: "以朝鮮
人漂海到此, 乞蒙慈悲得返故國." 着巾者復問曰: "爾國有中土人流落者,
可數以對否?" 張生疑是大明遺民, 書答曰: "皇朝遺民, 果多逃入我國者,
我國莫不厚遇, 錄用其子孫, 不可殫記, 未知相公在何國?" 答曰[20]: "俺大
明人, 遷居安南國久矣. 今因販豆, 將往日本, 爾欲還本國, 須隨俺抵日本."
張生涕泣而書曰: "吾屬亦是皇明赤子也. 壬辰倭亂[21], 陷我朝鮮魚內我塗
炭我, 其能拯我於水火之中, 措我於袵席之上者, 豈非皇明再造之恩乎? 噫
嘻痛矣! 甲申三月崩天之變, 尙何言哉? 以我東忠臣義士之心, 孰欲戴一天
而生也? 然而父母之亡, 孝子不能殉從者, 以其天命不同, 存亡有異也. 今
於萬里萍水, 幸逢相公, 非徒四海之兄弟, 同是一家之臣子?" 着巾者讀之,
悲咽之意, 溢於色辭, 援筆點之, 且讀且點, 讀畢卽款款然, 携張生之手, 並
引諸人, 共登小艇, 泛彼中流, 轉上大船, 以香茶白燒酒饋之, 又進饘粥, 分
置張生等二十九人於二房, 張生問着巾者姓名, 乃林遵也. 問遵曰: "船上有
不剪髮着冠者, 有削髮裹頭者, 何不同也?" 遵曰: "明人逃入安南國者甚多,
不剪髮二十一人, 皆明人也." 問所泊小島名, 乃琉球國地方虎山島也. 張生
周覽船制, 則船如巨屋, 房室無數, 聯軒交欄, 疊戶重闥, 器玩什物, 屛幛書
畵, 俱極精妙. 林遵引張生入船腹, 由層梯而降, 則船廣百餘步, 其長倍焉.
一邊多葱畦蔬圃, 鷄鴨自近人不驚飛, 一邊多積柴薪, 或雜器用之屬, 又有
一物, 其大如十石缸, 而上圓下方, 旁通一孔以朱漆, 木釘之大如指者, 塞
其孔, 拔其釘, 則水出如涌, 林遵曰: "此水器也. 盈器之水, 用之不渴[22], 添

---

17) 絳: 동양본에는 '江'으로 잘못 표기.
18) 布: 동양본에는 '巾'으로 표기. '巾'이 맞음.
19) 曰: 동양본에는 탈락.
20) 曰: 동양본에는 탈락.
21) 亂: 동양본에는 '冠'으로 잘못 표기. '寇'로 표기해야 맞음.
22) 渴: 동양본에는 '竭'로 잘못 표기.

之不溢."云. 又由層梯而下, 則米穀錦繡百貨藏焉, 而限其一邊區而別之,
多作羊押羔圈, 狗彘之屬, 或友或群[23]. 又由層梯而下, 則乃船之底也. 盖
船制共爲四層, 人在上層, 房屋相連, 其下三層, 間架井井, 百物並畜, 百用
俱通. 船底藏二小艇, 其一卽俄者所乘[24]者也. 船底儲水, 容泛小艇, 而又
有板門通于海, 半沒水中, 半露波上, 小艇由是出入, 板門開閉之時, 海水
通入于船底, 而旋自水桶中, 瀉出船外, 如懸瀑焉. 盖水桶長二丈餘, 圓經
一拱餘, 而上巨下細如囉叭, 而中通外直, 下有雙環, 抱其雙環, 左旋右斡,
吟作短歌之音, 則船底之水, 自水桶中瀉出, [25]其奇巧. 彼人不許詳看, 由
梯而上躡二層, 則已在船之上層, 一上一下, 其路不同焉. 翌日西南風大作,
波濤如山, 彼人輩無難色, 高張白布帆船往如飛, 達夜而行. 安南人方有立
問張生曰: "爾國人, 有流落于香偁島 者,知否?" 張生曰: "未知." 有立曰[26]:
"昔余漂入此島, 島在靑藜國島中, 有朝鮮村, 村中有金太坤者, 自言渠四世
祖朝鮮人作俘于淸, 流入南京, 隨明人避世于此, 築室娶婦, 子孫繁衍, 且
居人稱道太坤之祖, 精通醫技, 能得人情, 家計豐殖, 而築臺高岡, 遙望故
國, 而悲泣, 故後人名之曰, '望鄕臺.' 林遵問我國俗人物衣冠山川地方, 張
生答曰: "我國襲箕子遺化, 崇尙儒敎, 觝排異學, 國以禮樂刑政爲治, 人以
孝悌忠信爲行, 於是乎四百年培養之餘, 人才[27]蔚興, 文章道德之士, 史不
勝書, 衣冠則損益殷周之舊制, 集成皇明之文章, 山有萬二千峯之金剛, 水
有三浦五江之襟帶, 地方不知幾千里. 可得聞貴國之風土衣冠文物[28]乎?"
彼人輪看之喧噪不已, 竟無所答, 自此彼人筆談, 不曰'爾國', 必稱'貴國',
不曰'爾們', 必稱'相公'矣. 翌日, 見大山在東北, 乃漢拏山也. 見若不遠, 諸

23) 群: 동양본에는 '羣'으로 표기.
24) 乘: 동양본에는 '秉'으로 잘못 표기.
25) 동양본에는 '極'이 더 나옴.
26) 曰: 동양본에는 탈락.
27) 才: 동양본에는 '材'로 잘못 표기.
28) 物: 동양본에는 '章'으로 잘못 표기.

人喜極放聲號哭曰: "哀, 我父母妻子, 陟彼岵矣!" 林遵書問其故, 張生答曰: "吾屬皆耽羅人也. 家山在近, 故如是矣." 卽見林遵與彼人酬酌, 而相與喧噪有爭鬨之狀, 明人環立一邊, 安南人環立一邊, 高聲肆惡怒[29], 怒目咆喝, 向林遵輩, 若將鬪, 林遵輩則有緩頰和解之色. 如是相持, 日已過午, 林遵曰: "昔耽羅王殺安南太子, 故安南人知相公爲耽羅人, 皆欲手刃, 俺等萬方勉諭, 僅回其意, 而猶以爲不可與讐人同舟以濟, 相公當自此分路矣." 蓋世傳濟州牧使殺琉球太子云者, 乃安南耳. 林遵悉[30]發我人船, 分載張生等二十九人, 泣送潮頭, 分路去了, 殆若日暮迷路, 嬰兒失母, 莫知所向也. 午後風急, 船行如飛, 漂向黑山大洋而已. 陰雲凝合, 急雨大作, 黃昏到鷺魚島之西北, 乃當初遇風漂流處也. 夜深洪濤春天, 颶風簸海, 舟人哭曰: "此地海路最險, 亂嶼危巖, 突出波上, 波濤極猛, 雖無風之日, 舟或破沒, 今狂風捲海, 怒濤接天, 此乃必亡之地也." 諸人皆以揮項包其頭, 巨繩纏其腰, 且纏且哭, 蓋欲死後, 不使身面觸[31]傷也. 張生亦驚魂飛越, 欲哭而聲不出, 仍大呼, 嘔血昏倒不省, 卽見濟州前日漂死人金振龍金萬石在前, 其他奇形怪鬼, 千百其態, 皆接于眼. 又有一美娥縞服進食, 乃勵精開眼, 則皆夢也. 二舟子匍匐舴頭, 將欲救鷗, 爲風所飄, 落水而死, 俄而船板破坼之聲動海, 諸人失聲哀呼曰: "船已破矣!" 相與呼兄呼叔, 蓋同舟諸人, 多兄弟叔姪[32]故也[33]. 金生抱張生而哭曰: "海天孤魂, 捨君誰依?" 遂引繩與張生合纏兩身. 久待而船不破, 擧頭視之, 有大山斗立于前, 俄而舟已近山, 進退出沒, 而見怒濤擊岸, 銀屋翻空, 夜黑霧合, 不見咫尺, 依俙見諸人爭先跳下, 蓋自恃潛泅之術, 而張生則全昧此法, 卽蒼[34]黃跳下, 自腰以下, 胃掛於石嶼

29) 怒: 동양본에는 탈락.
30) 悉: 동양본에는 '急'으로 표기. '急'이 맞음.
31) 觸: '觸'으로 표기해야 함.
32) 姪: 동양본에는 '侄'로 표기.
33) 也: 동양본에는 탈락.
34) 蒼: 동양본에는 '倉'으로 표기.

之頭, 手足亂攪匍匐, 而行五十餘步, 則已出岸際, 依岸而坐, 35)魂未定, 四
顧無人, 只見諸人從波間, 潛泳出來, 僵仆岸邊. 良久各起, 團坐望海而哭
曰: "吾輩之生, 皆賴潛泅, 可憐張生付之無可奈何之境, 何面目歸見濟州
乎?" 盖知張生已死而然矣. 張生大呼曰: "吾來36)在此!" 衆人抱張生而哭
曰: "吾等潛泳四五里, 出入萬死獲一生, 相公渺然弱質, 且昧此術, 安得先
我登岸乎?" 張生備述所經, 衆皆嗟異. 初登船者二十四人, 到今登岸者纔
十人, 可知落水死者爲十四人也. 時夜黑風獰, 飢寒轉甚, 乃尋覓人村, 拚
壁緣崖, 魚貫而登, 張生跌足倒墮於千仞深塹, 昏絶, 移時, 收拾精神, 步步
登岸, 舟人已去遠矣. 忽有野火一把, 明滅熒煌, 若遙37)若來, 遂隨行十餘
里, 火光赤而靑, 悠然而滅, 四顧荒野, 闃無人跡, 始知爲鬼火所引也. 進退
不得, 依邱而坐, 忽聞犬吠聲, 隨聲而行, 至一巷口, 果然一篙師率島中人,
燃炬而出, 逢張生大喜, 仍與偕歸村家, 燎衣進粥, 到此者只八人, 乃知落
崖死者又二人. 於是衆皆昏倒, 翌朝始有省識, 詰于島人, 則本島隷新智島
鎭, 北距本國爲百餘里, 西南距濟州爲七百里, 島之幅員爲三十里. 島人供
其朝夕, 養病三數日, 祭了同舟渰死者十六人, 轉到叢祠, 祈了善還. 有老
嫗邀張生坐廡下, 使素服美娥進食, 怳然若風波中昏倒時進食之娥也. 張生
甚嗟異, 問于居停主人, 則是趙氏女, 而老嫗卽其母. 今年二十, 寡居已有
年云. 張生告以夢中之異, 主人曰: "吾有一婢, 名曰, 梅月, 而年前見賣於
趙家, 若使此婢居間, 則事可諧矣. 又數日, 主人偕梅月來謂曰: "俄聞梅月
所傳, 趙女聞夢中之事, 若有情感, 而別無峻拒, 是許之也. 況其母今夜修
齋山寺, 客之偸香, 政在今宵矣!" 遂敎梅月以如此如此. 是夜張生至其家,
見窓下有一樹梅花, 山38)月已斜, 花影婆娑, 佇立花下, 夜色將深, 群動已

35) 동양본에는 '神'이 더 나옴.
36) 來: 동양본에는 '乃'로 표기. '乃'가 맞음.
37) 若遙: 동양본에는 탈락.
38) 山: 동양본에는 탈락.

息, 唯有短尨吠客, 梅月聞犬吠聲, 呀然啓門而出, 引張生入室, 澗月在窓, 室櫳晃然而見趙女, 擁衾在床, 驚起而坐, 嚴辭峻拒, 若將不容, 及聞慇懃說話, 秋波乍轉, 話頭漸39)低, 或含羞露態, 或佯怒强罵曰: "梅月賣我, 可殺哉!" 及其同衾昵枕, 神魂蕩漾, 而怒罵之聲已絶, 繾綣之情難掩. 雲雨已畢, 女攬衣而起, 手整雲鬟, 笑看張生而語曰: "可憐梅月在外凍甚, 何不招入耶?" 張生呼梅月, 入室而笑謂女曰: "初何責其可殺, 後何憐其凍甚?" 其40)女嬌羞不答. 已而水村鷄鳴, 東天向曙, 握手相別, 哽咽不能語矣. 翌日舟子告順風, 可以利涉, 張生乃登舟趲程, 二日到康津, 轉入都下, 戰藝41)南省42), 飮墨後還43)鄕, 以昨年仲冬乘船, 於翌年五月始還, 漂流得還者七人, 四人已化, 一人病臥云. 伊後幾年, 張生登科, 至高城郡守云44).

39) 漸: 동양본에는 '漸'으로 표기.
40) 其: 동양본에는 탈락.
41) 戰藝(전예): 거접(巨接)이라고도 한다. 조선시대에 서당에서 연중행사로 하던 글짓기 대회. 여름철에 정자·누대·산사 등에 모여 시부(詩賦) 등을 지어 실력을 겨루었는데, 고려시대의 12도(徒)가 절간을 빌려 하과를 한 데서 비롯되었다. 조선시대에도 사학(四學)·향교(鄕校) 등 관학은 물론 서당 등 사숙(私塾)에서도 성행했다. 여기서는 과거 응시를 뜻한다.
42) 南省(남성): 국자감 시험. 이는 곧 진사 시험인데 고려 덕종이 처음으로 실시했다. 부(賦)와 6운(韻) 및 10운 시(詩)를 평가했으며 그후에는 이를 성균시라고도 하고 남성시라고도 했다. 서두에서 장한철이 초시에 합격하고 회시에 응시하려 했다는 내용이 나오므로 여기서는 회시로 보아야 한다.
43) 還: 동양본에는 탈락.
44) 동양본에는 '云'이 더 나옴.

측원을 들은 재상이 옛일을 기억하다

　옛날에 한 재상이 있었는데 서생 시절에 매우 가난했다. 하루는 성균 관 과거를 보러 가는데 어린 종으로 하여금 책 상자를 지고 앞서게 했 다. 이현梨峴에 이르러 종이 길가에서 꽤나 긴 물건 하나를 주워 바쳤다. 질긴 종이로 열 번이나 싼 것이었다. 열어보니 금봉채金鳳釵, 봉황을 새긴 금비녀 였다. 모양이 기묘하여 값을 매길 수가 없을 것 같았다.

　생이 말했다.

　"이건 틀림없이 주인이 실수로 떨어뜨린 것일 테니 분명 찾으려고 다 시 올 게다."

　그러고는 길가에 서서 기다렸다. 이윽고 긴치마를 입은 여자가 허겁 지겁 달려와서는 그 옆에 이르러 좌우를 살펴보는데 무얼 찾는 모양이 었다. 생이 의아해하며 종에게 물어보게 하였다.

　"뭘 하느라 서두르오?"

　"금비녀를 잃어버려 이렇게 찾고 있습니다."

　생이 다시 종을 시켜 금비녀의 모양과 길이와 굵기를 물어보고 또 그걸 무엇으로 쌌는가 물어보게 했다. 여자가 모두 꼭 들어맞게 대답했다. 생이 소매 속의 것을 내어주니 여자가 놀라 기뻐하며 엎드려 흐느꼈다. 여자가 생의 관향과 이름과 거주지를 물었지만 생은 말해주지 않고 떠났다.

그뒤 생은 과거에 급제해 수십 년간 안팎의 화려한 관직을 지내니 조금도 막힘이 없었다. 한번은 이조판서로 종묘에 행차하는 임금을 따라갔다가 어느 서리의 집에서 쉬게 되었다. 집이 매우 좁아 사랑과 안방이 붙어 있어서 안방의 소리가 다 들렸다. 앉아 있는데 문득 안방에서 기도 소리가 들려왔다. 가만히 들어보니 가느다란 부인의 목소리였다.

축원하기를, "옛날 이현에서 금비녀를 돌려주신 어르신, 부디 신령님이 도와주시어 삼공육경三公六卿 다 하게 하옵시고 자손이 가득하고 장수와 부귀를 두루 누리게 하옵소서" 하였다. 이조판서는 유생 때의 일을 돌이켜 생각하고 좌우에 명하여 그 주인집 서리를 불러오게 했다. 서리가 마루 아래에 엎드리니 이조판서가 말했다.

"안방에서 기도하는 사람이 있는데 무슨 사연인고?"

서리가 두려워하며 대답했다.

"무지한 여자가 높으신 분을 알아보지 못하고 치성 드리는 소리가 들리게 했습니다. 황공하고 황공하옵나이다."

"이러는 데는 반드시 이유가 있을 것이다. 사실대로 말하지 않으면 벌을 면치 못할 것이로다!"

서리가 머뭇머뭇하다가 말했다.

"비록 비루하고 쓰잘 데 없는 일이지만 감히 그대로 고하겠나이다. 삼십 년 전의 일입지요. 소인의 처는 어느 왕실 댁과 친하게 지냈지요. 그 부인마님께서 소인의 처에게 큰돈을 주시면서 금비녀를 사오게 하여 혼수로 삼고자 했습니다. 그런데 소인의 처가 비녀를 사서 오다가 실수로 길에 떨어뜨렸습니다. 뒤늦게 깨닫고 돌아가 찾는데 한 서생께서 그걸 주워 갖고 있다가 돌려주셨지요. 그래서 소인의 처는 무거운 벌을 면할 수 있었습니다. 오늘이 있게 된 것은 모두 그 은혜 덕분입니다. 오늘이 바로 비녀를 잃어버렸던 날입니다. 해마다 이날이 되면 반드시 떡과 음식과 술과 안주를 마련해 신령님께 그분의 복을 빌어드렸는데 지금까지 그만두지 않고 있습니다."

이조판서가 말했다.

"내가 바로 그 비녀를 돌려준 사람이네. 내가 그날을 기억하지 못하고 있었는데 지금 자네 말을 들어보니 비로소 오늘인 줄 알겠네. 그러고 보니 나의 부귀영달이 모두 자네 처의 정성 덕분인 것 같네!"

서리가 크게 기뻐하며 들어가서는 처에게 나와 알현하게 했다. 처가 급급히 나와 간절히 감사를 올리며 놀라 기뻐하면서 울었다.

그로부터 이조판서 댁에 옛친구처럼 왕래하게 되었다 한다.

聽祝語宰相記往事

古有一宰相, 爲書生時甚貧. 一日赴泮試, 使小僮負白笈前行, 至梨峴, 僮於路上拾一物甚長獻之, 以堅靭之紙, 十襲包裹, 開視之, 乃金龍釵也. 制度奇巧, 其直不貲, 生曰: "此必有人誤墮, 當復來尋." 遂立途[1]側, 以俟之, 俄有一女, 以長裙蒙其身, 汲汲促步, 而至其傍, 左右諦視, 若有所求, 生疑之, 使僮問之曰: "何故栖遑?" 女[2]曰: "適失金釵, 故如是耳." 生復使僮, 詳探[3]其制樣長短巨細及所裹何物, 女人悉對, 無不符合, 生出諸懷袖與之, 女驚喜泣下, 叩生姓貫居住, 生不答而去. 其後生釋褐登科, 數十年,

---

1) 途: 동양본에는 '塗'로 잘못 표기.
2) 동양본에는 '人'이 더 나옴.
3) 探: 동양본에는 '問'으로 표기.

歟內外華膴, 不少鈍[4]滯, 及判吏部也. 從幸廟宮, 暫歇一吏胥家, 家甚楄陋, 外舍與內屋相接, 語音相通. 吏部方閑坐, 忽聞內屋有祈禱聲, 潛聽之, 則乃昵昵婦女語也. 祝曰: "昔日梨峴還金釵之爺爺, 神其扶佑, 使之爲公爲卿, 子孫滿堂, 壽富兼全."云云. 吏部回憶章甫[5]時事, 命左右, 招其家主吏胥[6], 吏胥[7]俯伏堂下, 吏部曰: "適才內屋所禱者何事?" 吏胥[8]惴恐, 對曰: "無知匹婦, 不識尊威, 致勤俯聽, 惶悚惶悚." 吏部曰: "不必如是, 事必有以, 若不從實以告, 則罪當不饒!" 吏囁嚅而言曰: "雖涉鄙瑣, 敢不直告? 三十年前, 小人之妻, 親狎於一戚畹[9]宅矣. 其婦[10]人娘娘, 以重價給小人之妻, 貨金釵, 以爲婚需, 故小人妻, 方市釵而往, 偶失墮於途, 晚始覺之, 還視之則有一章甫, 適捨[11]而還之, 小人之家, 獲免重戾, 得有今日, 莫非其恩. 是日卽失釵之辰也. 每年遇今日, 必以餠餌酒果, 禱神祈福, 至今不廢矣." 吏部曰: "還釵之人卽余也! 然渾未記爲何日, 今聞爾言, 始知爲今日也. 吾之富貴榮達, 安知非由於汝妻之精誠所感也!" 吏胥[12]大喜, 入語其妻, 使之出謁, 其妻急急出來, 僕僕致謝, 驚喜而泣. 自後往來於吏部家如故舊云.

4) 鈍: 동양본에는 '純'으로 표기.
5) 章甫(장보): 중국 은나라 시대에 머리에 쓰던 예관. 검은빛이 나는 베로 만들었으며, 공자 이후로는 유관(儒冠)으로 쓰였다. 유생이나 선비를 지칭하는 말이다.
6) 吏胥: 동양본에는 '胥吏'로 표기.
7) 吏胥: 동양본에는 '胥吏'로 표기.
8) 吏胥: 동양본에는 '胥吏'로 표기.
9) 戚畹(척원): 임금의 내척과 외척을 말함.
10) 婦: 동양본에는 '夫'로 표기.
11) 捨: '拾'으로 표기해야 함.
12) 吏胥: 동양본에는 '胥吏'로 표기.

묘소 정비하는 날 제성주가 현몽하다

성주^{星州} 문관 정석유[1]가 급제하기 전이었다. 본 고을 사또의 아우가 매죽당^{梅竹堂}에서 과거 공부를 하고 있었다. 매죽당 앞에는 지이헌^{支頤軒}이 있었다.

어느 날 정석유가 변소에 다녀오는데 오경^{五更}을 알리는 북소리가 들렸다. 달빛이 매우 밝아 지이헌에 올라 배회하며 시를 읊조리는데 홀연 한줄기 음습한 바람이 얼굴에 불어오니 머리털이 쭈뼛 섰다. 급히 집으로 돌아가는데 중문에 이르기도 전에 붉은 도포에 오모^{烏帽, 벼슬하지 않고 시골}에 숨어 사는 사람들이 쓰던 검은 빛깔의 모자를 쓴 한 관인이 서쪽 담장 대나무숲 속에서 나오는 것이 보였다. 그의 얼굴은 생기가 가득했고 아름다운 수염은 서너 자나 되는 것 같았다. 그가 정석유에게 말했다.

"그대를 만나보려 한 지가 오래되었으니 잠시만 머물게나."

---

1) 정석유(鄭錫儒, 1689~?): 자는 중진(仲珍), 호는 향은(香隱). 홍일(弘鎰)의 아들로 1737년 별시문과에 병과로 급제하여 봉상시주부(奉常寺主簿)를 역임했다. 명민유재(明敏有才)라는 평가를 받았다.

정석유는 그가 귀신일 거라 짐작했지만 손을 들고 읍하며 말했다.

"밤이 깊은데 여기서 뜻하지 않게 관인을 만나 뵙습니다. 거주하시는 곳을 삼가 여쭙습니다."

그가 원통해하는 듯한 기색으로 말했다.

"동서남북 정처가 없으니 하필 거주를 물어 뭐하겠나? 나의 이름을 알고 싶다니 내 관직명을 말함세. 나는 제목사諸牧使라 하네. 그대에게는 지주地主, 고을 수령. 땅의 영주(領主)가 되니 선생안先生案, 각 관아의 전임 관원의 이름과 직명, 생년월일, 출신 가문 등을 적은 책을 살펴보시게."

"그런데 무슨 일 때문에 저를 보고자 하십니까?"

그가 말했다.

"나는 본래 고성현固城縣 상민이라네. 임진왜란이 일어났을 때 의병을 일으켜 왜적을 토벌하자 조정에서는 나에게 이 고을의 목사 벼슬을 내렸다네. 그러나 얼마 되지 않아서 죽고 말아 공명을 크게 떨치지는 못했지. 바다를 건너가 적의 진영을 쳤고 정진鼎津, 함안(咸安)에 있었던 정암진(鼎岩津)으로 추정됨에서 적을 맞아 적은 수로 많은 적을 대적했지. 약한 군중으로 강한 군대를 제압했으니 목을 베거나 생포하여 격파한 것이 족히 후세에 드러날 만하다네. 그러나 그때의 문서들이 없어져 국사에 전해지지 않았으니 뒷사람들이 제목사가 대장부라는 사실을 더이상 알지 못하게 되었네. 혼백은 오래가고 원한은 무궁한 것이니 수백 년이 지나도 혼령이 떠나가지 못하네. 구름 짙고 달 밝은 저녁이면 출몰하여 누구에게라도 억울함을 말하려 하니 그대를 만나보고자 한 것도 이 때문이라네. 하늘이 내게 몇 년의 시간만 더 주셨다면 왜의 편갑片甲, 갑옷 조각. 싸움에 진 군사을 하나도 돌아가지 못하게 했을 걸세. 창 한 자루와 말 한 필로 백만 왜적 속으로 돌진해 적장의 머리를 베고 깃발을 빼앗아오는 일은 오직 나만 할 수 있으니, 정기룡2) 같은 사람들이 어찌 내게 대적하겠나? 내가 기룡을 편비編裨, 각 영문(營門)의 부장(副將)처럼 보았을 뿐 아니라 기룡도 나를 장수로 섬겼지. 그러나 기룡은 마침내 훈명勳名을 이루었고 통제사가 되어 사람들의 칭송을 들었으나, 나는 그렇지 못했으니 이는 운명일 것이네. 무릇 대장부가 도적을 무찌르지 못해서 기린각3)에 얼굴을 올리지 못한 다면 말일세. 역사에 이름을 전하지 못하고 후세에 그 뜻이 드러나지 못하니 비록 죽어서 백천만 년이 지나도 그 원한은 없어지지 않을 걸세."

그러고는 허리춤에서 칼을 꺼내 보여주며 말했다.

"이것이 내가 군중에 있을 때 썼던 칼이지. 이 칼로 왜적의 편장編將, 대장의 아래에 딸린 부하 장수. 편비을 베기도 했다네."

칼은 길이가 한 자가량 되었다. 칼등에는 핏자국이 희미하게 남아 있었는데 달빛 아래 번쩍였다.

그가 길게 한숨을 쉬며 비분강개하니 피가 얼굴로 올라왔다. 이마와 뺨 사이에 붉은 기운이 점점이 드러났고 성긴 수염은 제비 꼬리가 나뉘는 것처럼 떨렸다. 그가 또 말했다.

"우연히 시 한 수가 떠오르니 들어보게나."

그러고는 시를 읊었다.

긴 산 따라서 구름 흘러가고
먼 하늘 달이 함께 외롭구나
적막한 성산 객사에는

---

2) 정기룡(鄭起龍, 1562~1622): 조선 중기의 무신. 시호는 충의(忠毅). 곤양정씨(昆陽鄭氏)의 시조. 1586년 무과에 급제했다. 1590년 경상우도병마절도사 신립(申砬)의 휘하에 들어가 훈련원 봉사(奉事)가 되었다. 1592년 임진왜란 때 별장(別將)으로 승진해 우방어사 조경(趙儆)을 따라 종군, 거창에서 왜군을 격파했다. 금산(錦山) 싸움에서 포로가 된 조경을 구출하고서 곤양의 수성장(守城將)이 되었다. 상주성을 탈환했으며 정유재란이 일어나자 고령에서 적장을 생포하고 성주·합천·초계·의령·경주·울산을 수복했다.
3) 기린각(麒麟閣): 전한(前漢)의 궁전 이름. 무제가 기린을 얻었을 때 마침 전각이 다 지어져서 전각 안에 기린의 화상을 그려 붙이고 기린각이라 했다. 선제가 곽광 등 공신 열한 명의 초상화를 그려 벽에 걸었다.

그윽한 혼이여 있는가 없는가

또 말하기를, "유^幽 자는 유심^{幽深}하다 할 때의 유 자라네"라고 설명했다. 정석유가 말했다.

"시가 매우 고상하군요. 무엇을 뜻하는 시인지 감히 여쭙습니다."

"바라건대 잊지 말게나, 잊지 말게나. 시의 뜻은 마땅히 알 자가 있을 것이네."

이윽고 말했다.

"나는 떠나네."

몇 발자국 걸어가더니 또 말했다.

"바라건대 잊지 말게나, 잊지 말게나."

그러고는 홀연히 사라졌다.

정석유는 매우 기이하게 여겼다.

다음날 선생안을 살펴보니 이런 기록이 있었다.

'제말은 계사년^{1593년} 정월에 도임하여 4월에 파직되어 돌아갔다.'

그때 상서^{尙書} 정익하⁴⁾가 경상도 관찰사로 있었다. 그는 정석유가 제말을 만났다는 이야기를 듣고 정석유를 영중으로 불러와 세세하게 물어서 그 실상을 알게 되었다. 정석유는 이런 말도 해주었다.

"제말은 이런 말도 해주었습니다. 자신의 묘가 칠원^{漆原, 경상남도 함안군 칠원}면 모촌에 있는데 자손이 없어 제사를 받지 못하고 황폐하고 더럽혀진 상태로 방치되고 있으니, 어찌 가슴이 아프지 않겠느냐고 말입니다."

정감사가 기이하게 여기며 말했다.

"내가 재임중이라면 능히 장계를 올릴 수 있겠지만 지금은 이미 파직

---

4) 정익하(鄭益河, 1688~?): 1721년 증광 문과에 병과로 급제했다. 경상도 관찰사·대사간·대사성·함경도 관찰사·지의금부사(知義禁府事) 등을 두루 역임하고, 1755년 형조판서에 이르렀다. 시호는 충헌(忠獻)이다.

되어[5] 위로 아뢰기 어렵네. 그렇지만 묘소를 정비해서라도 혼을 위로해 드려야겠네."

마침내 본읍에 명하여 무덤을 개수하고 흙을 북돋우고 나무를 심어 주었다. 또 묘지기로 세 집을 붙여두었다.

이보다 며칠 전, 그 고을 사또 어사적魚史迪이 낮잠을 자는데 홀연 꿈에 오사모烏紗帽를 쓰고 관복을 입은 사람이 찾아와서 말했다.

"이번에 감사께서 내 묘를 정비하려 하는데 읍의 사또만 모르고 계시오? 부디 나를 위해 그 점을 유념해주시오."

이윽고 감영에서 공문이 도착했는데 제말의 분묘를 정비하라는 내용 이었다. 사또가 기이하게 여기고는 법에 따라 분묘를 정비해주었다 한다.

治墳墓諸星州現夢

星州文官鄭錫儒, 未第之時, 與本倅之弟, 方治講工於梅竹堂, 堂前又有 支頤軒. 一日更鼓五下, 鄭錫儒起如廁還, 月色甚明, 上支頤軒, 徘徊吟諷, 忽一陣陰風吹面, 髮竪, 急回未及中門, 見一官人絳袍烏帽, 從西墻叢竹間 出. 視其面, 生氣騰騰, 而美髥可三四尺, 謂鄭曰: "欲見子[6]久矣. 其少[7]留." 鄭心知其爲鬼, 擧手揖曰: "不意深夜遇官人於此, 敢問居住." 其人慨然曰: "東西南北, 自無定處, 何必問居住? 欲知我姓名, 有官稱曰, 諸牧使, 於子 爲地主, 子可考先生案?" 鄭曰: "然則欲見我者何事?" 其人曰: "我本固城縣 常民也. 當壬辰之亂. 起兵討倭, 朝廷特除本州牧使, 未久[8]身死, 功名不大 施, 其歷海斫營, 鼎津迎賊, 寡敵衆, 弱制强, 其所斬獲摧破者, 亦足以暴於

5) 이미 파직되어: 위에서는 재직중이라 했기에 서로 맞지 않다.
6) 子: 동양본에는 잘못 탈락.
7) 少: 동양본에는 '步'로 잘못 표기.
8) 未久: 동양본에는 '久未'로 잘못 표기.

後世. 然其時文檄泯沒, 國史不傳, 後人不復知諸牧使大男, 長逝者魂魄, 寃恨無窮, 歷數百載, 精靈不化, 出沒於雲陰月夕, 抑鬱而與誰語, 欲與子相見者此也. 天若假我數年, 可使倭片甲不返, 單槍匹馬, 衝突百萬, 斬將搴旗, 惟我是能, 如鄭起龍諸人, 豈敵我者哉? 不唯我視起龍如褊裨, 起龍亦以將帥事我, 起龍則卒立勳名, 致位統制使, 爲人所稱艷, 我則未能也. 是命也. 夫大丈夫不能殲盡賊奴, 圖像麟閣, 名不傳於靑史, 志不暴於後世, 雖死而歷百千萬年, 寃其可旣乎?" 仍拔腰間劒以示曰: "此吾在軍時所使也. 嘗斬倭褊將⁹⁾耳." 劒長尺餘, 而脊上, 腥血糢糊, 月下閃爍動光. ¹⁰⁾長吁慷慨, 血上面纇頰間, 点点有大紅氣, 疎鬈張動如燕尾之分. 且謂鄭曰: "偶有詩, 子盍聽?" 乃吟曰: "山長雲共去, 天逈月同孤, 寂寞星山館, 幽魂也有無." 又曰: "幽字則幽深之幽字也." 鄭曰: "詩亦高矣. 敢聽¹¹⁾詩意何志." 答曰: "願無忘. 願無忘. 當有知者¹²⁾." 已而曰: "我去矣." 行數步復曰: "願無忘. 願無忘¹³⁾." 忽不見, 鄭君極異之. 明日取考先生案, 則有曰¹⁴⁾: '諸沫, 癸巳正月到任, 四月罷歸.'云. 時鄭尙書益河按嶺南, 聞鄭君遇諸沫事, 邀致營中, 細問得¹⁵⁾其實. 鄭君且言: "諸沫又言: '吾墓在漆原某¹⁶⁾村, 今無子孫, 無復香火之設, 荒穢不治, 豈不傷哉?'云" 鄭使異之曰: "吾若在任, 則可以狀聞, 而今已罷職, 不可上聞, 然當修植以慰¹⁷⁾魂." 遂命本邑, 改治墳墓¹⁸⁾, 封植¹⁹⁾樹木, 又置守墓三戶, 前期數日, 其邑倅魚史迪, 晝寢, 忽夢一

---

9) 將: 동양본에는 '裨'로 표기.
10) 동양본에는 '遙'가 더 나옴.
11) 聽: 동양본에는 '請'으로 표기.
12) 동양본에는 '也'가 더 나옴.
13) 願無忘: 동양본에는 탈락.
14) 有曰: 동양본에는 '曰有'로 잘못 표기.
15) 得: 동양본에는 탈락.
16) 某: 동양본에는 '其'로 잘못 표기.
17) 慰: 동양본에는 '尉'로 잘못 표기.
18) 墓: 동양본에는 '墶'으로 표기.
19) 封植(봉식): 흙을 북돋아 초목을 심음.

人烏紗朝服來告曰: "今者監司, 將修吾墓, 邑宰獨不知乎? 幸爲我留心."
已而巡營關文來到, 命治諸星州墳墓, 邑宰亦異之, 修治如法云.

권정읍이 무당에게 내려 사랑을 이야기하다

순창 기생 분영粉英은 칠십여 세였는데 본디 의녀[1]로 있다가 늙어서 퇴직해 고향으로 돌아와 있었다. 늙었지만 자태가 풍만했고 얼굴에 윤기가 돌았으며 말하고 웃는 것이 여유롭고 품격이 있었다. 고을 사또가 노래를 부르게 하니, 맑고 깨끗하며 태연하고 유연하여 늙은이의 목소리라고 믿기 어려웠다. 고을 사또가 물었다.

"내가 들으니 기생들은 모두 정인情人이 있어 죽을 때까지 잊지 못한다던데 정말 그러한가?"

"그러하옵니다. 소인도 평생 잊지 못하는 서방님이 계시지요."

"그게 누군가?"

"정읍井邑 현감을 지내고 안국동安國洞에 살았던 권익흥[2]이 그분입니다. 권공은 키가 크고 마른 편이었지요. 술을 무척 좋아하셨고 풍모나

---

1) 의녀(醫女): 조선시대에 간단한 의술을 익혀 내의원과 혜민서에서 심부름하던 여자. 뒤에 차차 기생처럼 대우받아 의기(醫妓)라고도 불렸다.
2) 권익흥(權益興, 1653~?): 문신. 본관은 안동(安東). 자는 기백(起伯).

말재주가 사람을 움직이는 편은 아니었지요. 우연히 소인을 사랑하게 되면서 정을 두텁게 주었지만 잠자리를 같이할 때에는 특별히 친근하달 것도 없었습니다. 다만 괴이한 것은 우리가 하루라도 동침하지 않을 수 없었다는 것입니다. 하루라도 서로 보지 않으면 마음이 어수선하고 즐겁지 않았으니, 서로 사랑하는 정이 어느 정도였는지 짐작할 수 있지요.

공께서 돌아가시자 저는 세상 재미를 잃고 더이상 살아갈 수가 없을 것만 같았습니다. 비록 평소처럼 가무와 풍류의 자리에도 억지로 따라가기는 했지만 제 마음은 이미 식은 재처럼 싸늘해져 있었습니다. 귀하신 재상 나리님들과 부잣집 어르신들이 온갖 치장을 다 갖추고서 번갈아 저를 즐겁게 해주시려 했지만, 그 무엇에도 도무지 마음이 일어나지 않았지요. 날이 가고 달이 가도 제 일념은 오직 권공만을 향했지요. 달을 보아도 생각하고 술을 마주해도 생각하며 걷잡을 수 없는 눈물을 얼마나 흘렸는지 모릅니다. 매번 눈물을 흘리며 간절히 슬퍼할 때면 반드시 꿈에 나타나시기도 했지요.

일찍이 서소문 밖 무너진 다리 옆에서 한 선비를 만나 노래 두세 곡을 불렀더랬습니다. 그러고는 함께 그 댁으로 가보니 집주인은 없고 여종이 사랑채로 맞이하여 불을 켜주고 기다리게 했지요. 제가 너무 피곤하여 옆에 있던 이부자리에 누우려 하는데 홀연 어두워졌습니다. 이윽고 권공이 모관毛冠 털가죽으로 만든 방한모을 쓰고 다 해진 옷을 입고 큰 신을 끌고서 문을 열고 들어왔습니다. 제 등을 어루만지며 이렇게 말씀하셨지요.

'네가 왔구나.'

제가 안부를 물으니 평소처럼 흐뭇해하셨지요. 권공께서는 초상 발인 때의 일들을 말씀해주셨는데 꽤나 길게 하셨지요. 또 말씀하셨습니다.

'네가 나에 대한 일념을 저버리지 않은 걸 다 안다. 내가 마음속으로 매우 감동했다.'

그러고는 오랫동안 처연하게 있다가 시신에서 심한 냄새가 나는 것 같아 여쭈었지요.

'공의 체취가 어찌 이렇습니까?'

'죽은 지 오래된 사람인데 어찌 안 그럴 수 있겠나?'

그 외에도 이야기가 자못 많았지만 다 기억하지 못합니다. 한참 뒤 권 공이 깜짝 놀라며 말씀하셨죠.

'조용! 조용히 해봐!'

귀를 기울여 들으시더니 침착하게 일어나며 말씀하셨어요.

'닭이 우니 나는 가야 한다.'

두 손에 신발 한 짝씩 들고서 빠르게 달려나갔습니다. 저도 치마를 걷어올리고 뒤를 따라갔는데 곧바로 대문 밖으로 나가시는 모습이 꼭 나는 듯했습니다. 큰길에 이르자 모습이 가물가물해졌는데 갑자기 공중으로 솟아오르더니 학처럼 날아서 점차 아득해지고 곧 사라졌습니다.

저는 저도 모르게 실성통곡했는데 한참 뒤 놀라 깨어보니 꿈이었습니다.

처량하게 울다 목이 메어 일어나 앉았습니다. 등불은 이미 꺼졌고 같이 갔던 사람들은 모두 다 돌아가고 아무도 없었습니다. 주인 역시 돌아오지 않았더군요. 바람이 창틈 사이로 불어오는데 텅 빈 방은 적막하기만 했습니다. 묏새가 어지럽게 우짖는 소리만 들려올 따름이었습니다. 앉아서 울고 있으니 어느새 날이 새었지요. 걸으면서도 통곡하며 집으로 돌아왔습니다.

그뒤 남대문 안으로 이사를 했는데 남별궁[3]에서 큰 굿을 한다는 소문을 들었지요. 여염집 부녀자 중에서 구경 간 사람만도 천여 명은 되었습니다. 저도 여염집 여자처럼 꾸미고 여종 하나를 데리고 갔지요. 무당이 꽃을 흔들고 요령을 울리며 빙글빙글 돌고 훌쩍훌쩍 뛰며 춤을 추었습니다. 그러다 그 무당이 갑자기 사람들 천여 명 사이를 헤치고 곧바로 저에게 다가왔습니다. 그러고는 두 손을 마주잡고서 눈을 부릅뜨고 바라보며 마구잡이로 말을 하는 것이었어요.

'너 분영이 아니냐?'

저는 크게 놀랄 뿐 영문을 알지 못했습니다. 한참 뒤 무당이 말했습니다.

'나 권정읍이다. 네가 어떻게 여기까지 왔느냐? 내 평생 술 좋아하는 건 너도 알지? 왜 나에게 술 한잔 권하지 않느냐?'

굿을 주관하는 사람을 찾아가 물어보고서야 그 굿을 권공의 동생 권익륭權益隆 댁에서 벌인 것임을 알게 되었습니다. 제가 여염집 여자처럼 차리고 왔는데도 무당이 이처럼 알아보니 놀랍고 괴이했습니다. 하지만 그 굿판이 권공을 위한 것임을 알고 나니 부끄러운 마음은 눈같이 사라지고 슬픈 감회가 구름처럼 일어났습니다. 다시 앞으로 나아가 무당을 잡고 한 번 통곡했다가 땅에 엎드려 머리를 조아리니, 구경하던 사람들이 모두 크게 놀랐습니다. 이윽고 제가 그 자리에 있던 여종을 돌아보고서 엽전 몇 꾸러미를 꺼내주며 홍로주[4]를 사오게 했습니다. 홍로주맛은 매우면서도 조화롭고 맑지요. 술을 깨끗한 그릇에 가득 채웠습니다. 또 돼지머리를 사오게 해 그 가운데에 칼을 꽂아서 술과 함께 쟁반에 담아 가운데 자리에 올렸습니다.

---

3) 남별궁(南別宮): 서울 중구 소공동(小公洞)에 있던 별궁. 태종 때 경정공주(慶貞公主)의 남편 평양부원군(平壤府院君) 조대림(趙大臨)에게 이 땅을 주고 나서부터 속칭 '소공주댁(小公主宅)'이라 했는데, 선조 때 의안군(義安君) 성(城)의 신궁이 되면서 남별궁이라고 부르게 되었다.
4) 홍로주(紅露酒): 일명 송화천로주(松花天露酒). 5월에 송화를 따서 양지에서 말린다. 찹쌀 다섯 말을 곱게 가루를 내고 송화 다섯 되, 물 세 말을 진하게 달여 찌꺼기를 걸러내고 찹쌀가루와 섞어 죽을 쑤어 식힌 다음 누룩가루 일곱 되와 섞어 담는다. 5일 후에 멥쌀을 푹 찌고 송화물 다섯 말을 진하게 달여서 섞은 다음 식으면 누룩가루 석 되와 섞어 항아리에 넣는다. 14일 후에 항아리를 열어 쓴다.

무당은 옷을 갈아입고 꽃을 흔들며 제게 다가왔습니다. 울기도 하고 웃기도 하며 온갖 이야기를 들려주었습니다. 옛날에 있었던 일들을 다 말하는데 조금도 틀리지 않더군요. 완연히 권공이 다시 살아 돌아온 듯했습니다.

제가 한마디 들을 때마다 통곡을 하니, 옆에서 듣던 사람들이 다들 몹시 비통해하며 눈물을 흘렸습니다.

저녁이 되어서야 굿이 끝나 돌아왔습니다. 저는 마음과 정신에 주인이 없어진 듯 슬픔과 애달픔만이 가슴에 가득찼습니다. 그래서 당장 자결하고 권공을 따라가고만 싶었습니다.

이날 밤은 달이 밝았습니다. 어두커니 앉아 그 달을 바라보며 가슴을 치고 대성통곡했습니다. 목메어 오열하고 통곡하다 그쳤다가 또다시 통곡하니 두 눈이 퉁퉁 부었습니다.

다음 날 저녁, 잠을 청했지만 아직 잠들지 못하고 있는데, 권공이 관복을 차려입고 엄연히 문을 열고 들어와 앉아 있는 것이 보였습니다. 저는 그것이 권공의 혼령인 줄 알았지만 기쁨을 이길 수 없어 털끝만큼도 두려워하지 않았습니다. 잠자리로 들어가 동침하니 예전의 느낌과 똑같았지요. 이렇게 몇 년간 왕래했습니다. 그간의 이야기는 신령스럽고 괴이한 것이 매우 많지만 다 말씀드릴 수가 없네요.

그뒤 제가 세력 있는 댁으로 들어가고 나서는 더이상 왕래하지 않으셨지요. 꿈에 나타나는 일도 드물어졌답니다."

說風情權井邑降巫

淳昌妓粉英, 年七十餘, 本以醫女, 老退還鄉, 雖老而姿貌豊潤, 言笑閑媚. 本倅命之歌, 音韻淸亮悠揚, 非老者喉聲. 本倅問曰: "吾聞妓輩, 必有情人, 終身未忘者, 然否?" 對曰: "然. 小人亦有平生未忘之夫." "問誰也?"

曰: "安國洞, 權井邑益興, 是也. 權公長身癯形, 頗嗜酒, 風姿言談, 無甚動人. 偶悅5)小人, 屬情甚厚, 至於枕席, 親狎之際, 別無嬿昵殊尤者. 獨怪, 其兩情槾合, 無一不可, 一日不相見, 心已騷然不樂, 卽其相愛之情可知. 及公歿, 英頓無世間悰緒, 忽忽若不可以生者, 歌舞風流之場, 雖隨例强赴, 此心已索然若死灰, 卿宰之貴, 綺紈之黨, 雖修飾迭進調娛, 而百端6)都不在心, 日往月邁, 一念牢結, 惟是權公, 對月則思, 對酒則思, 無從之涕, 不知幾度下. 每下疚懷, 必現於夢, 曾於西小門外圮橋邊7), 有一士8)夫, 相邀與數三嫗9)者, 同往則家主不在, 婢子延之外舍, 點燈以待, 英憊甚, 傍有寢具, 將身就伏, 忽爾冥然, 已而權公毛冠弊衣, 曳巨履開門而入, 拊英之背曰: '汝來耶?' 英問候, 欣感如平昔, 權公自言初喪發引時事, 其言甚長, 且曰: '汝於我, 一念不忘, 吾知之, 而心甚感之.' 仍悽然久之, 覺有尸臭, 甚逼人, 英曰: '公之臭氣, 何若是耶?' 曰: '死久之人, 安得不然?' 10)說頗多, 而不能記語, 良久, 權公忽聳驚曰: '勿語勿語!' 側耳聽之, 悠11)然而起曰: '鷄鳴, 吾去矣.' 雙手挈一履, 疾走出去, 英搴裳隨之, 直出大門, 見公去如飛, 及達大衢, 已杳然矣. 俄而騰上空裡, 翔翥如鶴, 漸入杳冥, 無所覩12)矣. 英不覺失聲痛哭, 遂驚悟, 乃一夢也. 凄咽起坐, 燈火已滅, 同伴盡去, 主人亦未返, 風透踈牖, 空室闃寂, 但聞衆鷄喁唶亂鳴而已. 坐泣達曙, 行哭至家. 厥後移居南門內, 聞南別宮, 大設神祀, 閭閻婦女往觀者千數, 英以閭閻粧束, 率一婢往焉. 巫搖艿鳴鈴, 盤回翻舞, 忽披開千百人, 直赴於英, 兩手接

5) 悅: 동양본에는 '說'로 표기.
6) 而百端: 동양본에는 '百端而'로 잘못 표기.
7) 邊: 동양본에는 탈락.
8) 동양본에는 '大'가 더 나옴.
9) 嫗: 동양본에는 '謳'로 표기. '謳'가 맞음.
10) 동양본에는 '言'이 더 나옴.
11) 悠: 동양본에는 탈락. 교토대본에는 '倏'으로 표기. 문맥상 '倏'이 맞음
12) 覩: 동양본에는 '睹'로 표기.

待[13], 瞠視亂語曰: '爾非粉英耶?' 粉英大驚, 莫知其故, 久之, 巫曰: '吾乃權井邑也. 爾胡爲至此[14]? 吾平生嗜酒, 爾所知也. 何不勸我一盃?' 英訪諸主事者, 始知此設, 盖出於權井邑弟益隆家. 英始以閭閻來見, 巫如此, 不勝驚怪, 及知爲權公, 愧情雪融, 悲懷雲興, 更前持巫, 一慟頓地, 觀者莫不大驚. 已而英顧其婢於座, 貸出數貫銅, 買得紅露, 旨烈和美淸, 儲滿淨器. 又買猪頭, 挿刀其中, 共安于盤, 致之中座, 巫更衣搖芭而進, 一涕一笑, 談說翩翩, 歷歷宿昔事, 無少差爽, 宛然權公復作矣. 英每聞一言, 則輒哭, 傍人聞者, 莫不酸鼻流涕. 向夕罷歸, 英心神無主, 悲哀塡胸, 直欲引決下從, 是夜月明, 英向月而坐, 搥胸大哭, 嗚嗚咽咽, 哭而止, 止而復哭, 雙目盡腫, 翌日之夕, 欲睡未睡之際, 便見權公官[15]服儼然開戶入坐, 英知其爲精靈, 而不勝欣懽[16], 毫無懼慴, 昵枕共寢, 一如平昔, 如是往來, 幾歲餘, 其間言說, 靈怪者, 甚多, 不可殫論. 後因英爲勢家所納, 不復往來, 而見於夢者亦稀云.

---

13) 待: 동양본에는 '持'로 표기. '持'가 더 적당함.
14) 至此: 동양본에는 '此至'로 표기.
15) 官: 동양본에는 '冠'으로 표기.
16) 懽: 동양본에는 '歡'으로 표기.

풍월 읊은 선비, 형장을 받다

시골에 한 선비가 있었는데 글을 잘하지 못했지만 풍월은 좋아했다. 본읍 사또가 가뭄을 만나 기우제를 지내니 이런 시를 지었다.

태수께서 친히 비를 비니
만백성이 모두 기뻐하는구나
깊은 밤 창문을 열고 보니 달이 밝기만 하도다

어떤 사람이 그것을 일러바치자, 사또는 관가를 조롱했다고 잡아와 서는 볼기를 때렸다.
또 시를 지었다.

열일곱 자 시를 지었다가
볼기 열다섯 대를 맞았네
만언소를 지었다면 박살났겠지

사또가 그걸 듣고 크게 노여워하며 감영에 보고했다. 그러자 토민土民으로서 감히 관장을 능멸한 죄로 멀리 북도로 유배당했다. 그 외삼촌이 찾아와서 작별하자 또 시를 지었다.

> 수천 리 먼 땅으로 떠나가니
> 어느 때 다시 볼 수 있으리
> 악수하며 주룩주룩 흐르는 눈물은 세 줄기라

이는 그 외삼촌이 애꾸눈이었던 까닭이다. 외삼촌이 시를 보고 노발대발하며 떠나갔다.

이 선비야말로 식자우환이었다. 처음에는 시 한 수를 지어 관가에서 곤장을 맞았고 두번째 시를 짓고는 감영 유배를 당했다. 세번째 시를 지어서는 외삼촌의 노여움을 샀으니, 문자에 삼가지 않는 사람들이 경계하지 않을 수 있겠는가!

受刑杖措大風月

有一鄉曲措大, 短文詞, 而好風月. 邑倅遇旱禱雨, 乃作詩曰: ‘太守親祈雨, 萬民皆喜悅, 半夜推窓見明月’ 人有告之者, 邑倅以爲嘲戱官家, 捉來杖臀. 又作詩曰: ‘作詩十七字, 打臀十五度, 若作萬言疏撲殺’ 邑倅聞之之大怒, 論報營門, 勘以土民, 凌辱官長律, 遠配北道, 其渭陽[1]來別, 又作詩曰: ‘遠別數千里, 何時更相見, 握手淚潸然三行’ 盖其舅眇一目故也. 舅見其詩, 大怒而去. 彼措大者, 眞所謂識字憂患, 始也一作詩, 而受官杖, 再作詩, 而

---

1) 渭陽(위양): 본디 위수(渭水)의 북녘을 뜻하는 지명인데, 『시경』의 「진풍」의 “나는 외숙을 배웅하며, 위수의 북녘에 이르네(我送舅氏, 曰至渭陽)”라 한 것에서 외삼촌을 뜻하게 되었다.

被營配, 三作詩, 而逢舅怒, 人之不愼於文字上者, 可不戒哉!

음분으로 가난한 홀아비가 복을 얻다

옛날에 세 남자가 홀아비로 살았다. 딸린 가족도 없어 지팡이와 나막신을 마련해 함께 산수를 두루 구경하고 빼어난 명승지를 탐방하기로 했다.

어느 날, 발길이 닿은 외진 곳에서 화장도 하지 않고 깨끗하게 차려입은 세 여인을 만났다. 세 여인은 용모와 얼굴이 빼어나게 아름다웠는데, 개울가에서 빨래를 하고 있었다. 그래서 이렇게 물었다.

"어찌 이리도 예쁜 사람들이 깊은 산골짝에서 살아가오?"

여인들이 말했다.

"저희는 일찍 과부가 되고 의지할 곳도 없어져 집을 나왔습니다. 구름처럼 떠돌다가 이 산속에서 살게 되었답니다."

또 물었다.

"당신들 세 사람과 우리 셋이 짝을 이루어 함께 살면 어떻겠소?"

"그러지요."

그래서 각자 손을 이끌고 집으로 가서는 함께 베개를 베고 잤다.

그중 한 사람은 장사壯士였다. 동침을 막 시작하여 두 사람의 몸이 달아올랐다. 홀연 여인의 음부 속 뭔가가 양물陽物을 단단히 묶고 끌어당기니 그 힘이 엄청나게 셌다. 양경陽莖이 거의 뽑힐 지경이어서 잠시도 더 지탱하기가 어려울 것 같았다. 하지만 온 힘을 다해 양경을 여인의 음부에서 뽑아냈다. 개의 내장 같은 것이 양물 끝에 얽혀 나왔다. 그것을 말아서 잠자리 아래에 두고는 다시 그 일을 하니, 같은 우환은 일어나지 않았다.

여인에게 물었다.

"저 육선[1]은 무슨 물건인가?"

여인이 말했다.

"저도 잘 모르겠어요. 저희 세 사람은 시집을 가서 하룻밤을 지내기만 하면 남편들이 갑자기 죽더군요. 여섯 번이나 그랬답니다. 천하에 이렇게 필자가 사나운 여자가 어디 있겠어요? 그래서 우리는 서로 맹세했지요. 다시는 혼인하지 말고 깊은 산으로 들어가 함께 살면서 세상과의 인연을 다 끊자고요. 오늘 뜻밖에 서방님을 만났으니 진짜 천생배필이어서 삼생의 인연을 능히 맺을 수 있을 것 같아요. 저 두 사람은 틀림없이 불에 뛰어든 불나방이 되었거나 호랑이에게 던져진 가련한 고깃덩이가 되었을 것입니다."

날이 밝기를 기다렸다가 두 여자의 집으로 가보니, 과연 남자 둘이 죽어 있었다. 시신을 두껍게 싸서 묻어주었다. 두 여자도 장사를 따르고 싶어했다. 장사가 말했다.

"내가 비록 기력이 조금 있긴 하나 어젯밤에 거의 죽다가 살아났는지라 정신을 수습하기 어렵네. 인삼 두 냥만 복용하면 중기[2]를 보강하여 슬슬 일을 치를 수 있겠지."

---

1) 육선(肉線): 여성의 질 구멍을 통해 실타래처럼 빠져나온 내부 장기 조직.

여인들이 각자 나가서 인삼을 캐어 광주리를 가득 채웠으니 그 수가 매우 많았다. 그중에는 아이만큼 큰 인삼이 있었다. 그걸 복용하고 며칠이 지나서 한 여인과 동침을 했다. 양물이 빨려들어가는 것이나 육선이 얽혀 나오는 게 전날과 똑같았다.

며칠 뒤, 남은 한 여자와 동침했는데 마찬가지였다. 마침내 세 여자와 한집에 살게 되었다. 인삼을 판매하니 재산도 몇 만 금에 이르렀다.

어떤 사람이 그들의 종적을 수상히 여겨 관가에 알리니 본읍 사또가 잡아들여 곡절을 물었다. 장사는 사실대로 다 이야기해주었다. 사또가 말했다.

"그 육선은 모두 어디 있는가?"

장사가 대답했다.

"혹시나 약에 쓰일까 하여 모두 말려두었습니다."

사또가 말했다.

"그것의 이름은 음분산陰粉散이다. 오직 천하절색의 몸에만 있는 것이지. 보통 사람이 죽을병을 얻어 백약이 무효할 때 이것을 가루로 만들어 조금만 복용하면 반드시 살아나지. 고질병도 깨끗이 나으며 정신과 기운도 보통 때처럼 회복하니 환혼석3)이나 회생단4)과 다름없다. 너에게는 쓰일 데가 없지만 다른 사람에게는 지극한 보물이니 관가에서도 공짜로 빼앗을 수 없다. 육선 한 줄기에 천 꾸러미로 계산하여 삼천 금을

2) 중기(中氣): 비장(脾臟)과 위(胃), 즉 비위(脾胃)의 정기. 위나 비장 위에는 폐, 심장, 간 등이 있고, 아래쪽에는 신장, 방광, 소장, 대장 등이 있다. 중기가 튼실해지면 위쪽 장부의 정기와 아래쪽 장부의 정기가 조화를 잘 이룬다.
3) 환혼석(還魂石): 문옥(紋玉) 또는 봉황단(鳳凰蛋)이라고도 한다. 색은 적갈색이며, 가루는 노란색이다. 무늬가 나뭇결 모양으로 아주 아름답다. 오직 중국 태산의 서쪽에서만 채취된다. 육부를 정화시키고 오장을 진정시키며 간을 보호하고 위에 유익하여, 장기적으로 사용하면 힘이 생기고 몸이 건강해진다 한다. 또 추위와 더위를 타지 않게 되며, 몸이 가벼워져 천리를 갈 수 있게 되는 등 신선의 경지에 이른다고도 한다. 최고의 보약으로 통한다.
4) 회생단(回生丹): 까무러쳐 의식을 잃은 사람에게 의식을 복구할 수 있도록 먹이는 알약.

줄 테니 납품하거라."

그뒤 중국 사람이 육선의 기운을 보고 와서는 백금 한 수레를 주고
사갔다 한다.

得陰粉窮鰥福緣

昔有三人鰥居, 無家累, 料理節屨, 約與作伴, 周覽山水, 探奇搜勝. 至一
窮僻處, 有素粧三女子, 容色絶佳, 洴澼溪畔, 乃問曰: "爾是何物美姝, 生
此絶峽?" 女曰: "吾等早寡無依, 出家雲遊, 方在此山之中." 又問曰: "爾三
人, 與我三人作配, 同居何如?" 女曰: "諾." 遂各携手歸家, 聯枕而宿. 其中
一人壯士也, 雲雨纔始, 兩情方歡, 忽自陰中, 緊束陽物, 牽持甚力, 陽莖幾
發, 不可暫支, 乃盡力抽之, 有物若狗腸者, 絡陽頭而偕出, 捲置席下, 遂再
擧之, 無此患矣. 問女曰: "彼肉線何物也?" 女曰: "不知也. 吾三人, 適人經
一宵, 則夫輒死, 如是者六, 誠天下之薄命也. 相與約誓, 不復改適, 伴居深
山, 與世相絶, 不意今日得逢君子, 眞是天定之匹, 可結三生之緣, 而彼兩
人, 必作撲燈之蛾, 可憐投虎之肉." 待天明, 往視兩女之家, 則兩人果偕亡
矣. 乃厚褁瘞之. 其兩女, 皆願從之, 壯士曰: "吾雖粗有氣力, 昨夜幾死僅
生, 神精殆難收拾, 若服人蔘數兩, 則可以補中氣, 徐徐行事." 女各出採置
之蔘, 所採盈筐, 數極夥, 然而其中亦有大如童蔘者, 乃服之, 數日後, 與一
女同裯, 陽物之吸納, 肉線之絡出, 一如前日. 又數日後, 又御一女, 又如是,
遂與三女同室居之. 販賣其蔘, 財至累鉅. 有人訴其踪跡之殊常, 邑倅捉來,
問其委折, 壯士以實對之, 倅曰: "肉線皆在否?" 壯士曰: "意或有藥用處, 皆
乾置之矣." 倅曰: "此名陰粉散也. 唯天下絶色者有之, 凡人得死病, 雖百藥
無效, 以此作末, 服少許, 則必生, 沈痾[5]夫袪, 神氣如常, 無異還魂石回生

5) 沈痾(침아): 침고(沈痼)와 동의어로, 오래도록 낫지 않는 고질병을 말한다.

丹, 而汝則無用處, 人之至寶, 官亦不可白奪, 一條肉線, 折價一千緡, 以
三6)千金交易而納之." 其後唐人望氣求之, 輸白金一車而買去云.

6) 동양본에는 '三'이 더 나옴.

노래 높이 부르는 양상호걸

　참판 유심[1]이 일찍이 딸의 혼사를 정하고 혼구를 성대하게 갖추어 안방 다락 위에 두었다. 다락에는 맛있는 술이 가득 든 큰 술항아리가 있었다.

　하루는 유심이 안방에서 자고 있는데 갑자기 무슨 노랫소리가 들리는 듯했다. 자세히 들어보니 다락 위에서 나는 소리 같았다. 깜짝 놀라 급히 여종에게 촛불을 켜서 비추게 하고 여러 노비를 불러와 다락 위로 올라가 살펴보게 했다. 다락에는 몸집이 큰 놈이 덥수룩한 머리에 얼굴이 벌개질 정도로 술에 취해서는 옷보자기에 기대앉아 있었다. 한 손에는 표주박을 들고 다른 한 손으로는 아랫배를 두드리면서 사람을 빤히

---

1) 유심(柳淰, 1608~1667): 유심(柳淰)이 맞다. 호는 도계(道溪). 영경(永慶)의 증손. 아버지는 전창위(全昌尉) 정량(廷亮)이며, 어머니는 선조의 딸 정휘옹주(貞徽翁主)다. 1613년(광해군 5) 계축옥사로 가산이 적몰되고, 유배당한 아버지를 따라 호남에 있다가 1623년 인조반정으로 풀려나왔다. 경상도 관찰사, 평안도 관찰사, 예조참판, 도승지 등을 역임했다. 글씨에 뛰어났으며, 특히 송설체에 능했다.

쳐다보며 읊조렸다.

　　백사장에 기러기 내려앉고
　　강촌에 날이 저무는데
　　고깃배 돌아오고
　　갈매기 졸고 있네
　　어디선가 들려오는 한줄기 긴 피리 소리
　　취한 꿈 깨우도다

　늘어진 곡조가 울려퍼져 집 대들보가 흔들리는 것 같았다. 아무것도 들리거나 보이지 않는 듯 노래하고 또 노래하니, 집안사람들이 놀라지 않을 수 없었다. 결박한 채로 다락의 창 아래로 떨어뜨려 마당 가운데로 끌고 갔다. 완전히 취해 고꾸라져서는 물어도 아무 대답을 못했다. 날이 밝아와 살펴보니 멀지 않은 곳에 사는, 평소 행실이 깨끗하지 않던 상민이었다.
　유공이 웃으며 말했다.
　"이는 도적 중 호걸이라."
　마침내 풀어주고 쫓아버렸다.

唱高歌樑上豪傑
柳㑨判諗[2], 嘗定女婚, 盛備婚具, 置於內堂樓上, 而樓中又有大瓮, 滿儲旨酒. 一日柳寢於內室[3], 忽有歌聲, 如在耳邊, 諦聽之, 發自樓上. 柳公大

2) 諗: '㑫'이 맞음.
3) 室: 동양본에는 '堂'으로 표기.

驚, 急蹶起婢子, 燃燭照之, 呼召衆婢, 上樓看之, 則有一大漢, 髯髮赤面,
醉倚衣袱, 一手持瓢, 一手鼓脾, 凝睇睨人, 而歌曰: "平沙落鴈, 江村日暮,
漁舟歸, 白鷗眠, 何處一聲長笛, 醒醉夢" 慢調, 寥亮[4]屋樑可憾[5], 歌而又
歌, 畧無聞覩, 上下莫不驚駭. 結縛投下樓窓, 致之中庭, 兀然醉倒, 認之而
不對. 黎明視之, 是居在不遠之地, 常民之素不潔者也. 柳公笑曰: "此是盜
賊中豪傑." 遂解而逐之.

4) 寥亮(요량): 소리가 높고 명랑하게 울려퍼짐.
5) 憾: 동양본·파수편에는 '撼'으로 표기. '撼'이 맞음.

정절 규수 길정녀, 강포한 자에게 저항하다

길정녀吉貞女는 평안도 영변 사람이다. 아버지는 영변부 향관鄕官, 향청의 좌수나 별감 등을 말함이었는데 그녀는 그 서녀였다. 부모가 모두 돌아가시자 삼촌에게 몸을 의탁했다. 나이가 스무 살이 되었는데도 시집을 가지 못하고 길쌈과 바느질을 하며 스스로 생계를 꾸려가고 있었다.

이보다 전에 경기 인천 땅에 신명희申命熙란 사람이 살고 있었다. 그는 소년 시절에 이상한 꿈을 꾸었다. 어떤 노인이 대여섯 살가량의 여자아이를 데리고 왔다. 그 아이의 얼굴에 입이 열한 개나 있어 괴이하게 여겼다. 노인이 생에게 말했다.

"이 아이가 뒷날 그대의 배필이네. 마땅히 죽을 때까지 해로할 걸세."

깨어나 생각해보니 너무나 기이했다.

신생은 마흔 살이 지나 부인을 잃었다. 부엌일을 할 사람이 없어 처량하기만 했다. 첩을 얻으려고도 했지만 매번 일이 어긋나 이루지 못했다.

때마침 친구가 영변부사로 있어 신생은 그를 찾아가서 놀았다. 하루는 꿈을 꾸었는데 또 전에 본 노인이 입이 열한 개인 여자를 데리고 왔다. 여자는 그간 장성해 있었다.

"이 아이가 이미 다 자랐으니 이제 자네에게 시집보내네."

신생이 더욱더 괴이하게 여겼다.

안채에서 부사에게 가는 베를 구입해달라 하자 아전이 말했다.

"이곳 향관 댁 처녀가 최고 품질의 가는 베를 짠다고 경내에 소문이 자자하지요. 곧 짜던 베를 마무리한다니 잠시만 기다리십시오."

얼마 뒤 베를 사서 바쳤는데 얼마나 가늘었던지 베가 사발 하나에 다 들어갈 정도였다. 섬세하고 정결하여 세상에서 보기 드문 것이었으니 보는 사람마다 기이하다며 감탄을 아끼지 않았다.

신생은 그녀가 서출인 걸 알고는 은근히 첩으로 얻을 마음을 먹었다. 그리고 처녀의 집과 절친한 읍 사람과 잘 사귀어 중매를 서게 했다. 그녀의 삼촌도 좋게 생각하니 신생은 즉시 폐백을 준비하고 예를 갖추어 그 집으로 갔다. 그녀는 베를 잘 짤 뿐 아니라 자태와 얼굴이 매우 아름다웠다. 행동거지도 차분하고 우아하니 완연히 서울 대갓집의 예의와 법도를 갖추고 있었다.

신생은 기대에 넘쳐 크게 기뻐했다. 그리고 꿈에 본 열한 개의 입^{十一口}이 '길吉' 자가 되는 것을 비로소 깨달았다. 하늘이 정해주신 연분에 깊이 감동하니 정의情義가 더욱 돈독해졌다.

신생은 몇 달 동안 머물다가 고향으로 돌아가며 오래지 않아 길정녀를 맞이해 가겠다고 약속했다. 그러나 고향에 돌아오자마자 많은 일이 생기는 바람에 어느덧 삼 년이 지나도록 약속을 지키지 못했다. 관하關河, 변경 지대의 산하는 멀고 먼데 소식마저 끊어지니, 그녀의 친척들은 모두 신생을 더이상 믿을 수 없다 하고는 그녀를 몰래 다른 사람에게 팔아넘기기로 모의했다. 그녀는 몸가짐을 더 단단히 하며 문과 마당을 출입할 때조차도 반드시 조심스럽게 살폈다.

당시 그녀가 살던 고을과 운산雲山은 산등성이 하나를 사이에 두고 있었는데, 운산에는 그녀의 당숙이 살았다. 이때 운산 사또는 젊은 무관으로, 첩을 두려고 매번 읍 사람들에게 물어보고 있었다. 당숙이란 자는 그녀를 바치려고 관부를 드나들며 치밀하게 모의를 하고 이미 혼인날까지 잡아두었다. 사또에게 비단 등속을 요청해 그녀에게 주고는 혼인날 입을 의상을 짓게 할 요량이었다. 당숙은 그녀를 찾아가서 은근하게 안부를 묻고 말했다.

"우리 아들 장가들일 날이 얼마 안 남았다. 신부의 옷을 지어야 하는데, 우리집에는 바느질할 사람이 없지 않니? 네가 잠시 와서 도와주면 좋겠구나."

그녀가 대답했다.

"제 서방님이 요새 감영에 와 계신다는군요. 제 나들이는 그분의 말씀에 따라야 해요. 당숙님 댁이 비록 가깝지만 다른 고을에 있으니, 결코 제 마음대로 갈 수가 없어요."

당숙이 말했다.

"신생의 허락을 얻어오면 허락하겠지?"

"그럼요."

당숙은 집으로 돌아가서 신생의 필체를 위조하여 친척과 돈독하게 지내도록 힘써야 하니 가서 도와주라는 내용의 편지를 썼다.

그 무렵 조관빈[1]이 평안감사로 있었는데 신생이 그와 인척이 되는지라 감영에 가서 머물고 있었다. 길정녀의 당숙은 신생이 오랫동안 오지 않자 이미 그녀를 버린 것이라 여기고는 이처럼 계교를 꾸몄던 것이다.

---

1) 조관빈(趙觀彬, 1691~1757): 아버지는 노론 사대신 중 하나인 조태채다. 1714년 증광문과에 급제했다. 1723년 신임사화에 화를 당한 아버지에 연좌되어 흥양현(興陽縣)에 유배되었다가, 1725년 노론이 집권하자 풀려나왔다. 호조참판·예조판서를 거쳐 1742년 평안도 관찰사를 지낸 뒤, 1744년 호조판서로 있으면서 영의정 김재로와의 불화로 면직되었다. 공조판서·형조판서·강화유수·대제학 등을 역임했다.

그녀는 위조 편지를 받고 부득이 가지 않을 수 없었다. 옷 마름질과 바느질을 하며 며칠을 보내면서도 그녀는 그 집 남자들과는 만나 이야기하지 않았고 오직 자기 일에만 열심이었다.

하루는 당숙이 사또를 자기 집으로 맞이했다. 사또가 몰래 그녀를 구경하게 하여 자기 말을 믿게 하려는 심산이었다. 그녀는 비록 그가 온다는 말을 듣기는 했지만 그런 뜻이 있는 줄 어찌 알았겠는가?

저녁이 되어 불을 켜자 당숙의 큰아들이 그녀에게 말했다.

"누이는 언제나 벽만 보고 있으면서 등불을 켜니 어떻게 된 일인가? 여러 날 수고를 많이 했으니 잠시 쉬면서 마주보고 이야기나 하자."

그녀가 말했다.

"저는 피곤하지 않아요. 그냥 앉아서 이야기해도 귀가 있으니 다 들을 수 있어요."

당숙의 아들이 장난기를 보이고 웃음을 지으며 앞으로 나아갔다. 그녀를 돌려 앉히려 하니 그녀가 정색을 하고 화를 냈다.

"아무리 가까운 친척이라도 남녀가 유별한데, 어찌 이다지 무례하게 굴어요?"

이때 사또는 창틈에 눈을 대고 있다가 그 얼굴을 힐끗 한번 보고는 크게 기뻐했다. 그녀는 화를 삭이지 못하고 창을 열고 뒷마루로 나와 앉았지만 더욱 분한 생각이 들었다. 홀연 창밖에서 남자의 목소리가 들려왔다.

"저런 얼굴은 처음 보는걸. 서울의 미인조차 대적하기 어렵겠네."

그녀는 비로소 그가 사또인 걸 알았다. 심장이 뛰고 기가 막혀 한참 기절해 있다가 일어났다. 다음날 하던 일을 다 뿌리치고 돌아가려 하자 당숙은 그제야 사실대로 말했다.

"그 신생이란 자는 가난하고 늙어서 오래잖아 저승 사람이 될 게다. 집도 아득히 멀어 한번 떠나가 오지도 않으니 널 버린 게 분명해. 너는 젊은 나이에 얼굴도 고우니 마땅히 부잣집으로 시집가야지. 본읍 사또는 젊고 무관으로 이름이 났으니 앞길이 만리 같아. 어찌 희망 없는 사람을 기다리느라 평생을 그르치려 하느냐?"

당숙은 달콤한 말로 유혹하기도 하고 괴상한 논리로 위협하기도 했다. 하지만 그럴수록 그녀는 더욱 분한 마음이 일어나 더욱더 강하게 대들면서 적자와 서자를 차별하지 말라고 항의했다.

당숙은 다른 꾀도 떠오르지 않고 사또로부터 벌을 받을까 두렵기도 했다. 그래서 여러 아들과 짜고 일제히 가서 그녀를 붙잡아 앞에서 당기고 뒤에서 밀며 끌고 와서 골방에다 가두었다. 자물쇠를 단단히 채우고 겨우 음식이나 넣어주며 기다렸다가, 혼인날이 되면 사또가 겁탈이라도 하게 하려는 심산이었다.

그녀는 골방 안에서 울부짖고 절규하며 욕을 했다. 아무것도 먹지 않은 지 여러 날이 지났다. 모습이 초췌해지고 기력이 떨어져 몸을 움직이는 것조차 힘들어졌다.

옆을 살펴보니 방안에 삼이 많이 자라나 있었다. 그걸 가져다가 가슴부터 다리까지 동여맸다. 장차 있을 변을 막기 위해서였다. 그리고 생각을 바꾸었다.

"흉악한 도적들의 손에 헛되이 죽느니 차라리 도적을 찌르고 함께 죽어 내 원한을 갚는 게 낫겠다. 그러자면 억지로라도 먹어서 먼저 기운을 차려야지."

처음 갇힐 때 그녀는 식칼 하나를 챙겨 허리춤에 숨겨두었는데, 아무도 이를 몰랐다. 그녀는 계책을 세우자 당숙을 불러 말했다.

"이제 내 힘이 다 떨어졌으니 시키는 대로 다 할게요. 먹을 것을 좀 넉넉히 주세요. 오래 굶은 걸 보충해야겠어요."

당숙은 반신반의하면서도 매우 반가워했다. 맛있는 반찬에 밥을 많이 담아 연신 문틈으로 넣어주며 달래기도 하고 꾀기도 했다. 이틀 동안 잘 먹자 기력이 완전히 되살아났다. 그날이 바로 혼인날이었다.

사또는 도착해서 사랑채에 머물고 있었다. 당숙은 비로소 문을 열고 그녀를 끌어내려 했다. 그녀는 문 안쪽에 몸을 붙이고 있다가 문이 열리자마자 칼을 들고 뛰쳐나갔다. 당숙의 큰아들을 마주치자마자 칼을 내리쳤는데 그는 외마디를 지르며 고꾸라졌다. 그녀는 고함을 지르고 발길질하며 남녀노소 가리지 않고 마주치는 사람마다 칼로 찍었다. 동서로 충돌하니 그 누가 막을 수 있겠는가? 머리가 깨지고 얼굴이 찢어져 땅바닥에 유혈이 낭자했지만 감히 그 앞을 막아설 사람이 없었다.

그 광경을 본 사또는 넋이 나가고 간담이 떨어졌다. 문밖으로 도망칠 겨를도 없어 다만 방안에서 문고리만 굳게 붙잡고 어쩔 줄 모르고 있었다. 그녀가 문짝을 차고 손발을 함께 들어 온 힘을 다해 문을 치니 방문이 박살났다. 그녀가 크게 꾸짖었다.

"너는 나라의 두터운 은혜를 입어 이 고을 수령 자리를 누리고 있다. 그러니 온 힘을 다해 백성들을 도와 임금님 은혜에 보답해야 했다. 그런데도 백성에게 잔혹하게 굴고 여색만 탐하여 본읍의 흉악한 사람과 결탁해서 사대부의 소실을 위협하고 겁탈하려 했다. 이는 짐승의 소행으로 천지가 용납지 못할 짓이다! 장차 너에게 죽임을 당할 몸, 내 손으로 먼저 너를 죽이고 나도 함께 죽으리라!"

말이 매섭기가 칼날 같고 준열한 기개는 서릿발 같았다. 절규하고 꾸짖는 소리가 사방에 진동하니, 집을 백 겹이나 둘러싸고 구경하던 사람들이 모두 혀를 차며 찬탄했다. 어떤 사람은 분하여 팔을 휘젓기도 하고 어떤 사람은 눈물을 줄줄 흘리기도 했다.

이때 당숙과 그 아들은 숨어서 감히 나오지 못했다. 사또는 방안에서 엎드려 머리를 조아리고 두 번 절하며 애걸했다.

"사실은 부인의 정절이 이와 같이 굳은 걸 모르고 저 도적놈에게 속아 이 지경에 이르렀소. 꼭 저 도적놈을 죽여 부인께 사죄할 테니 제발

날 용서해주오!"

그러고는 즉시 아전에게 명하여 그 당숙을 잡아오게 했다. 그가 잡혀 오자 분풀이를 하고 욕을 퍼부으면서 무거운 곤장을 때리니, 살점이 찢어지고 피가 튀겼다. 그제야 겨우 방에서 나올 수 있었으니 말을 급히 몰아 관아로 돌아왔다.

이때 이웃 사람이 그녀의 집에 알려 즉시 와서 그녀를 데려가게 했다. 그리고 일의 전말을 신생에게도 알렸다.

감사는 그 소식을 듣고 매우 놀라고 또 노여워했다. 영변부사는 무인이었기에 운산 사또의 부탁에 따라 여자가 칼을 꺼내들고 사람을 찍었다는 식으로 감영에 보고하고 중죄로 다스릴 것을 청했다. 그러나 감사는 공문을 보내 엄하게 문책하고 즉시 조정에 장계를 올려 운산 사또가 평생토록 벼슬하지 못하게 했다. 그녀의 당숙 부자를 잡아와서는 엄히 신문하고 형을 내리고서 절해고도로 유배시켰다. 그리고 종 여럿을 보내 그녀를 감영으로 맞이해 크게 칭찬하고 후한 상을 내렸다.

신생은 즉시 그 첩과 함께 상경해 애오개에서 살다가 몇 년 뒤 인천 옛집으로 옮겨갔다. 그녀는 집안일을 잘 다스려 부자가 되었다 한다.

拒强暴閨中貞烈

吉貞女, 西關寧邊人也. 其父本府鄕官, 而女卽其庶女也. 父母俱沒, 依其從父, 年二十而未嫁, 以織絍針線, 自資養焉. 先時京畿仁川地, 有申生命熙者, 年少時, 得一異夢, 有老翁携一女, 年可五六歲, 而面上有口十一, 可驚怪, 翁謂生曰: "此他日君之配也. 當與終老." 乃悟[2]甚異之. 年踰四十, 喪其室, 中饋無主, 意緒凄涼, 亦嘗約娉卜姓, 而每齟齬未諧. 適有知舊, 出

2) 悟: 동양본·파수편에는 '寤'로 표기.

宰寧邊, 生往從遊焉. 一日又夢, 前見老翁, 率其女十一口者來, 而已長成矣. 曰: "此女已長, 今歸之君矣." 生愈怪之. 自內衙命府吏, 貿3)納細布, 吏曰: "此有鄕官處女, 織細布爲極品, 名於境內, 今所織將斷手云, 姑俟之." 已而買納, 其細盈鉢, 而纖潔精緻, 世所罕有, 見者莫不奇歎. 申生知其爲庶, 便有卜納之意, 厚結女4)人之與女家親切者, 使之居間, 女之從父, 樂聞之, 生5)卽備幣具禮, 造其家, 非特織紝之工, 姿容甚美, 擧止閑冶, 菀有京洛冠冕家儀度, 生大喜過望, 始寤6)十一口爲吉字也. 深感天定有素, 情義益篤. 留數月, 辭歸故鄕, 約以非久迎歸, 旣還, 事多牽制, 荏苒三年, 未得踐言. 關河迢迢, 音信亦斷, 女之群從族黨, 皆謂申生不可復恃, 潛謀賣送他人, 女操持彌篤, 雖戶庭出入, 亦必審焉. 時女所居之鄕, 與雲山地, 只隔一崗7), 而女之從叔居焉. 是時雲山倅, 武官年少者也. 亦欲置別房, 每詢於邑人, 從叔者欲以此女應之, 出入官府, 謀議綢繆, 且已涓吉矣. 又請於倅以錦繡8)等物, 傳授於女, 使作婚日衣裳. 從父9)遂來訪, 慇懃存問, 仍曰: "吾子娶婦, 期日不遠, 亦欲裁新婦之衣10), 而家無裁縫者, 願爾暫來相助." 女答曰: "我有君子, 來留巡營, 我之去留, 須待其言, 叔家雖近, 旣是他邑, 則決不可率意去來." 叔曰: "若得申生之諾, 則可許否?" 女曰: "然." 叔還家, 僞作申生之書, 勉以敦族, 促其往助. 盖其時趙尙書觀彬, 方按西關, 生有連姻11)之誼, 往留焉. 叔以其久而不來, 謂已棄之, 設計如此, 女旣得僞書, 不獲已往焉. 刀尺針線之勞, 已數日, 而女未嘗與其家男子接話, 唯勤於所

3) 貿: 동양본에는 '貰'이라 잘못 표기.
4) 女: 파수록·청구야설·학산한언 등에는 '邑'으로 표기. '邑'이 맞음.
5) 生: 동양본에는 탈락.
6) 寤: 동양본·파수록·청구야설에는 '悟'로 표기. '悟'가 맞음.
7) 崗: 동양본에는 '岡'으로 표기.
8) 繡: 동양본·파수록·청구야설에는 '綺'로 표기.
9) 父: 동양본·파수록·청구야설에는 '叔'으로 표기. '叔'이 맞음.
10) 동양본에는 '裳'이 더 나옴.
11) 姻: 동양본에는 '婚'으로 표기.

事. 一日從叔邀其倅, 將使偸窺, 以質其言. 女雖聞其來, 安知其有意? 及暮擧火, 叔之長子謂女曰: "妹嘗[12]面壁就燈, 此何意也? 爲勞多日, 可暫休, 相對話語." 女曰: "我[13]不知疲, 但坐言, 我有耳自聽." 其子嬉笑而前, 將女斡之, 使回坐, 女作色怒曰: "雖至親, 男女有別, 何無禮至此耶?" 是時, 倅屬目窓隙, 幸一覿面, 大驚喜, 女則怒不已, 推窓而出, 坐後廳, 憤念殊甚, 忽聞窓外有男子聲曰: "此吾所刱見, 雖京中佳麗, 未易敵也." 女始知爲倅也. 心掉[14]氣結, 昏倒良久而起. 及明將撥棄奔歸, 叔始以實告, 且曰: "彼中生者, 家貧年老, 非久泉下之人. 家且絶遠, 一去不來, 其見棄明矣. 以汝妙齡麗質, 自當歸於富家. 今本邑[15]倅, 年少名武, 前途萬里, 汝何可待望絶之人, 以誤平生?" 甘言詭辭, 且誘且脅, 女憤愈加, 氣愈厲, 罵愈切, 不復論嫡庶之分, 叔計無所生, 且恐得罪於倅, 與諸子謀, 齊進捉女, 前挽後推, 囚之於夾室, 嚴其局鐍, 僅通飮食, 以待期日, 令倅惋納. 女但於室中, 號泣叫罵, 不復食[16]者累日, 形悴氣漸, 不能作氣, 而旁見室中, 多生麻, 取而纏身, 自胸至脚, 將以防變也. 而已改慮曰: "與其徒死凶賊之手, 曷若殺賊, 與之俱死, 以償吾冤? 且可强食先養吾氣耳." 始女見囚時, 得一食刀, 藏在腰間, 人未知也. 計旣定, 謂叔曰: "今力已屈矣. 唯命是從, 幸厚饋我以療久飢." 叔半信半疑, 然心甚喜, 但以大飯美饌, 從隙連進, 所以慇誘之者甚至. 女食兩日, 氣已充壯, 而其日[17]卽婚日也. 倅來留外室, 叔始[18]啓戶[19]引出, 女方帖身戶內, 見戶開, 持[20]刀躍出, 迎擊其長子, 一聲跌仆, 女乃號

12) 嘗: 파수록·청구야설·학산한언에는 '常'으로 표기. '常'이 맞음. 동양본에는 '嘗'으로 잘못 표기.
13) 我: 동양본에는 탈락.
14) 掉: 동양본에는 '悼'이라 잘못 표기.
15) 邑: 동양본에는 탈락.
16) 食: 동양본에는 탈락.
17) 日: 동양본·파수록·청구야설에는 '夕'으로 표기.
18) 동양본에는 '始'가 탈락.
19) 戶: 동양본에는 '門'으로 표기.
20) 持: 동양본에는 탈락.

呼跳踢, 不計男女長幼, 遇則斫之, 東西隳突, 夫²¹⁾復能禦? 頭破面壞, 流血滿地, 無一人敢立於前者. 倅見之, 神魂飛越, 肝膽俱墮, 未暇出戶, 但於戶內, 牢縛窓環, 莫知所為. 女蹴踏戶闥, 手足俱踴, 奮力擊窓, 窓戶盡破, 極口大罵曰: "汝受國厚²²⁾恩, 享此專城, 當竭力拊民, 圖酬吾君, 而今乃殘虐生靈漁色²³⁾, 是急締結本邑之凶民, 威㥘士大夫之小室, 是禽獸之所不為²⁴⁾, 天地之所不容! 我將死汝, 手必殺汝, 與之俱死!" 爽言如鋒刀, 烈氣如霜虛²⁵⁾, 叫罵之聲, 震動四隣, 觀²⁶⁾者皆至繞屋百匝, 莫不嘖嘖嗟嘆²⁷⁾, 有為之扼腕者, 有為之泣下者. 是時, 叔之父子, 匿不敢出, 倅但於室中屈伏, 頓顙再拜哀乞, 稱以: "實不知別室之貞烈如此, 而為此賊民所誑, 以至此境, 當殺賊以謝別室, 萬望有恕!" 卽喝其吏, 搜索其叔, 旣至, 忿²⁸⁾罵重杖, 至血肉披離. 始菫出戶, 疾驅歸官. 時隣人已通于其家, 卽來迎去, 逐具其事顚末, 走告申生. 巡使聞之大驚且怒, 而²⁹⁾寧邊府使時武人也, 循雲山之囑, 以女拔刀斫人, 報營, 請重治, 巡使行關嚴責, 卽啓罷, 雲山倅終身禁錮, 捉致其從叔父子, 嚴施刑訊, 流絶島, 盛其僕從, 迎女至營, 深加賞³⁰⁾激, 厚贈留之. 申生卽與其妾³¹⁾上京, 居於阿峴, 數年歸仁川舊居³²⁾, 女勤於治家, 遂至富饒³³⁾.

---

²¹⁾ 夫: 학산한언에는 '誰'로 표기. 문맥상 '誰'가 맞음.

²²⁾ 厚: 동양본에는 탈락.

²³⁾ 漁色(어색): 색탐이 많아 여자를 좋아한다는 것을, 마치 어부가 물고기를 탐내 물에서 고기 낚는 것에 견주어 이르는 말이다.

²⁴⁾ 爲: 동양본·파수록·청구야설에는 '如'로 표기.

²⁵⁾ 虛: 동양본·파수록·청구야설에는 '雪'로 표기. 문맥상 '雪'이 맞음.

²⁶⁾ 觀: 동양본에는 '覩'로 표기.

²⁷⁾ 嘆: 동양본·파수록에는 '歎'으로 표기.

²⁸⁾ 忿: 동양본에는 '忽'로 잘못 표기.

²⁹⁾ 而: 동양본에는 탈락.

³⁰⁾ 賞: 동양본에는 '償'으로 잘못 표기.

³¹⁾ 妾: 동양본에는 '妻'로 표기.

³²⁾ 동양본에는 '云'이 더 나옴.

³³⁾ 女勤於治家, 遂至富饒: 동양본에는 탈락.

권
4

아내에게 회초리질을 한 선비가 이웃 사람을 교화하다

옛날에 한 촌사람이 농사를 지으며 살았다. 가을이 되면 곡식을 많이 쌓아둘 정도였지만 성품이 매우 깨끗하지 못하고 도벽이 있어 이웃 사람 대부분이 알았다.

이웃에 한 양반이 살았는데 청빈하게 책만 읽는 선비였다. 집에는 네 벽만 덩그러니 서 있을 뿐, 자주 먹을 게 떨어졌다. 때는 한창 가을이었는데 끼니 걱정이 배가 되었다. 입에 풀칠을 하고자 가산을 모두 팔아먹어 남은 것이라고는 솥 하나뿐이었다. 거기에 불씨가 끊긴 지도 몇 달이나 되었다.

하루는 그 촌사람이 양반집의 솥을 도둑질하려고 밤을 틈타 엿보았다. 그 집 부인이 부엌에서 불을 밝히고 죽을 쑤고 있었다. 한참 뒤 부인이 크고 작은 사발을 꺼냈다. 먼저 큰 사발에 죽을 가득 담고 작은 사발에도 남은 죽을 담았지만 반도 채우지 못했다. 작은 사발은 토화로(土火爐, 토좌(土銼). 흙으로 만든 화로 혹은 가마) 위에 올려두고 큰 사발을 받들고 나가서 선비에게 내밀었다. 선비는 배고픔을 참으며 책을 읽고 있다가 갑자기 아내가 죽그릇을 내놓는 걸 보고 놀랐다. 어디서 난 곡식으로 죽을 쑤었는지 물었다. 아내가 대답했다.

"마침 쌀 다섯 홉이 생겨 죽을 쑤었어요."

선비가 말했다.

"우리집의 쌀 다섯 홉은 옥보다 더 귀한 것인데 그게 어디서 나왔단 말이오?"

아내가 얼굴 가득 부끄러운 표정을 지으며 우물쭈물 대답하지 못했다. 선비가 집요히 물었다.

"어디서 났는지 알지 못하면 절대 먹지 않겠소!"

아내는 선비의 고집을 익히 아는지라 부득이 사실대로 고했다.

"우리집 문 앞 아무개의 논에 올벼가 익은 것 같아 인정人定. 밤에 통행을 금하기 위해 종을 치던 일 뒤에 그 이삭을 한 움큼 베어 볶으니, 쌀 다섯 홉이 되어 죽을 쑤었어요. 억만 번 부득이한 데서 한 일이기는 하나 그 부끄러움을 어찌 다 이야기하겠습니까? 나중에 그 사람에게 옷을 지어주어서 사정을 이야기하고 옷값을 받지 않으면, 오늘밤 지은 불미스러운 죄를 조금은 갚을 수 있을 것입니다. 제발이지 한술 드세요."

선비가 얼굴색을 달리하며 크게 소리질렀다.

"하늘이 만민을 낳아주심은 반드시 그 힘으로 먹고살라고 하는 것이라 선비와 농부, 공인과 상인 각자가 다 그 직책이 있는 것이오. 곡식 알알에 맺혀 있는 저 사람의 고생이 독서하는 선비의 배고픔과 무슨 관계가 있겠소? 부인의 불결한 행실이 이 지경에 이르렀으니 한심한 마음을 억누를 수 없소. 회초리질로 경계하지 않을 수 없소. 속히 회초리를 꺾어오시오!"

아내가 감히 명을 어길 수 없어 분부대로 회초리를 꺾어주니 선비가 회초리질을 했다. 선비는 회초리질을 세 번 하고서는 죽사발을 물리치면서 죽을 버리라 소리질렀다. 부인이 지시를 어길 수 없어 토화로 위에

뒀던 사발까지 가져가 으슥한 곳에다 버리고 방으로 돌아와 흐느껴 울었다.

사실 벼를 베어온 논이란 지금 이 집을 몰래 엿보고 있는 자가 경작하는 곳이었다. 그 사람은 일의 자초지종을 다 보고 감복하지 않을 수 없었다. 양심이 넉넉하게 일어나 평생의 염치없던 습관이 전부 녹고 닳아 없어졌다. 즉시 자기 집으로 돌아가 아내에게 농사지어 거둔 것 중 가장 좋은 쌀 몇 되를 퍼서 죽 두 사발을 끓이게 했다. 그러고는 친히 죽사발을 받들고 선비의 집으로 갔다. 선비가 놀라고 괴이하게 여겨 물었다.

"깊은 밤 죽을 가져다주니 참 뜻밖의 일이오. 명분 없는 쌀을 어찌 먹을 수 있겠소?"

고집스레 물리치며 받지 않으니 촌사람이 마침내 꿇어앉아 고했다.

"소인은 아까 도둑질을 하려다가 생원님의 처분이 광명정대한 것을 보았습니다. 그러고는 바로 그 자리에서 감화를 받아 지금까지 저질러온 저의 잘못을 크게 깨달았습니다. 지금 청명하고 올바른 마음으로 죽을 가져왔으니 부디 사정을 굽어살피시어 저를 옛날의 소인으로 보지 않아주신다면 천만다행이겠습니다. 더욱이 이 죽은 더러운 물건이 아니라 제가 직접 농사지은 쌀로 쑨 것입니다. 소인이 어찌 불결한 물건으로써 고죽군[1] 댁을 더럽히겠습니까?"

그러고는 엎드려 머리를 두드리며 지극한 정성으로 죽을 들라고 권했다. 선비가 생각했다.

'이 사람이 비록 불량한 사람이었기는 하지만 지금 행동거지를 보니

---

1) 고죽군(孤竹君): 백이와 숙제의 아버지. 은나라의 고죽군은 세상을 떠나면서 왕위를 큰 아들인 백이보다 지도력이 있다고 생각되는 막내 숙제에게 물려주려 했다. 그렇지만 숙제는 장남인 형이 왕위를 계승해야 한다며 사양했고, 백이는 부왕의 유언을 따르는 것이 자식 된 자의 도리라며 그대로 지킬욜 니있다. 이 시실욜 알게 딘 숙제 역시 그 니괴를 띠났다. '고죽군'은 대의를 추구하며 청렴결백하고 염치를 아는 사람을 뜻한다.

마음을 고쳐먹어 가히 칭찬받을 만하다. 이미 청렴하고 결백한 양민으로서 가난한 선비에게 죽을 가져왔으니 그 죽은 잘못을 고친 착한 마음에서 나온 것이다. 고집하며 거절하고 받아주지 않는다면, 그가 선행을 하는 길을 막는 것이니 진중자[2]와 다를 바 없겠지.'

그리하여 마침내 받아먹었다. 그 사람은 다른 한 그릇을 안방으로 들여보냈다.

이로부터 촌사람은 기꺼운 마음으로 정성을 다해 양반을 따랐다. 그리고 양반댁 행랑으로 이사를 와서 문서 없는 종이 되어 양반을 상전처럼 받들고 지켜주었다. 정성을 다 바쳐 밭을 갈고 땔나무를 했다.

이로부터 그 양반댁 가세도 점점 풍족해졌다 한다.

責荊妻淸士化隣氓

古有一村漢以農爲業, 秋多積穀, 而性甚不潔, 輒有手荒之病[3], 殆四隣之所共知. 隣居一兩班, 以讀書淸貧之士, 四壁徒立, 尋常屢[4]空. 而時當仲秋, 艱食又倍, 所謂家産盡入於斥賣糊口之資, 所餘只一食鼎而[5], 絶火亦屢[6]月矣. 一日厥漢欲盜其食鼎, 而乘夜窺之, 則其宅夫人, 方擧火於廚, 烹

---

2) 진중자(陳仲子): 전국시대 제(齊)나라 오릉에 살았던 진중자를 지칭한다. 『맹자』에 그와 관련된 이야기가 실려 있다. 진중자는 오릉에 청빈하게 살면서 굶주렸다. 그의 성품을 보여주는 일화로, 자기 어머니가 요리해준 거위고기를 먹었다가 그 고기가 부당하게 집에 들어온 고기임을 확인하고는 토해냈다는 이야기가 있다. 너무 경직된 태도로 청빈한 삶을 추구한 셈이다. 이런 진중자의 태도에 대해 맹자는 "중자가 어찌 능히 청렴했다 하겠는가?"라며 다소 비판적인 태도를 취했다.
3) 手荒之病(수황지병): 수황증(手荒症). 도벽.
4) 屢: 동양본에는 '累'로 표기.
5) 동양본에는 '已'가 더 나옴.
6) 屢: 동양본에는 '累'로 표기.

煮作粥, 久而後, 遂用大小二椀, 先盛於大椀[7], 小椀[8]則盛以餘汁未半, 而置於土銼之上, 以破瓢覆之, 奉大椀出進於士人. 士人方[9]耐飢讀書之時, 忽見貧妻進粥, 驚問作粥之資, 出於何處, 妻答曰: "適得五合米, 作粥矣[10]." 士人曰: "吾家五合米, 不啻如玉, 出於何處?" 其妻滿面羞澀, 不能卽對, 士人苦問曰: "不知其出處, 則吾必不食!" 其妻熟知其士人之固執, 不得已直告曰: "門前某漢之畓, 早稻向黃, 故俄者人定[11]後, 手折其穗一握, 炒之得五合之米[12], 作粥以來, 而此出於萬萬不獲已, 懇怪何言? 日後, 當縫給厥漢之衣, 遂言其由, 不取其價, 則今夜不美之罪, 或可少贖, 幸下筯之千萬仰祝." 士人作色大叱曰: "天生萬民, 必食其力, 士農工賈, 各有其職矣[13]. 彼漢之粒粒辛苦, 何關於讀書士飢[14]不飢? 而夫人不潔之行, 一至於此, 不勝寒心, 不可不一[15]撻誠之! 斯速折[16]楚來也!" 其妻不敢違越, 如敎折來, 遂撻之. 三楚, 叱退粥椀, 使之棄地, 夫人不敢違越, 並銼上椀, 棄於屛處, 入房內硬[17]咽泣下. 蓋某漢之畓, 卽來此窺伺者所耕作也. 厥漢備見首末, 不勝感服[18], 良心油然感發, 平生不廉之習, 全然消磨, 卽還其家, 卽使其妻, 出所收農穀中玉米數升, 爛二椀粥, 親手奉往進之於士人, 士人驚怪曰: "深夜饋粥, 甚是意外, 而無名之米[19], 豈可食之?" 固退不受, 厥漢遂跪告曰: "小人, 俄以穿窬之行, 窺見生員主處分, 若是光明正大, 小人卽地

7) 椀: 동양본에는 '碗'으로 표기.

8) 椀: 동양본에는 '碗'으로 표기.

9) 方: 동양본에는 탈락

10) 矣: 동양본에는 탈락.

11) 人定: 동양본에는 '人靜之'로 표기.

12) 五合之米: 동양본·동경대본에는 '米五合'으로 표기.

13) 矣: 동양본·동경대본에는 탈락.

14) 동경대본에는 '與'가 더 나옴.

15) 一: 동양본에는 탈락.

16) 折: 동양본에는 탈락.

17) 硬: 동양본에는 '哽'이라 표기. '哽'이 맞음.

18) 感服: 동경대본에는 '服感'으로 표기.

19) 米: 동양본·동경대본에는 '粥'으로 표기.

感化, 大覺前非, 今以淸明秉彝之心, 持粥物以來, 幸俯察情由, 勿以舊小人視之, 千萬幸甚. 況此椀可[20])需, 實非穢物, 出自農穀, 小人豈敢以不潔之物, 冘於孤竹君宅乎?" 因匍匐叩頭, 至誠勸進, 士人以爲: '彼雖不良之人, 今見擧動, 其革心可賞, 彼旣以淸白良民, 饋貧士, 玉米[21])出於改過之善心, 而牢拒不受, 則沮其爲善之路, 便同於陵[22])之節矣.' 遂取飮之, 厥漢遂以一器, 進入於內堂. 自此以後, 厥漢心悅誠服, 畢竟徙家於厥班宅廊下, 遂作無文書奴子, 扶護上典, 耕[23])田刈柴, [24])盡[25])其誠, 其班家勢, 亦稍稍饒勝云[26]).

20) 可: 동양본·동경대본에는 '所'로 표기.
21) 米: 동양본·동경대본은 '粥'으로 표기.
22) 於陵(어릉): 진중자를 지칭함.
23) 耕: 동양본에는 '畊'으로 나옴.
24) 동경대본에는 '曲'이 더 나옴.
25) 盡: 동양본에는 '曲'으로 표기.
26) 동경대본에는 '云'이 더 나옴.

소장수와 가난한 스님이 현명한 판관을 만나다

신을 삼아 팔아서 생계를 꾸려가는 산승이 있었다. 하루는 마麻를 사려고 돈 두 냥을 차고 청주 장으로 갔다. 도중에 망태기 하나를 주웠는데 안에 돈 스무 냥이 들어 있었다. 스님은 장에 가던 사람이 잃어버린 것이라 생각하고 망태기를 등에 지고 갔다. 마 값 두 냥도 그 망태기에 같이 넣어서 주인과 안면 있는 음식점에 맡겨두었다. 그러고는 시장 안을 두루 돌아다니며 돈 잃어버린 사람을 찾아보았다. 얼마 뒤 소장수 한 사람이 다른 소장수에게 말했다.

"내가 밑천 사십 냥을 가지고 소 두 마리를 사려 했소. 한 마리는 아까 다녀온 시장에서 샀고, 다른 한 마리는 이 장에서 사려고 오늘 새벽 아무 객점에서 밝기 전에 출발했소. 소 등에 스무 냥을 실었는데 이 장 입구에 도착하고서야 돈을 잃어버린 걸 알게 되었소. 어디에 떨어졌는지 알 수가 없소. 장으로 몰려오는 사람들이 끊이지 않으니 누가 주워 갔는지, 또 누구에게 물어보아야 할지 도무지 모르겠소."

그러고는 이마를 찡그리며 고민했다.

스님은 그가 돈 주인임을 알고 액수를 물었다. 그는 스무 냥이라고 대답했고 어디에 담았는지 물으니 새끼 망태기라 했다. 스님은 그와 함께 망태기를 맡겼던 점사로 돌아와 망태기를 돌려받았다. 그리고 소장수에게 망태기를 주기 전에 두 냥을 꺼내며 말했다.

"이 돈은 소승의 마값이오. 원래 들어 있던 스무 냥을 돌려주겠소."

소장수는 스무 냥을 세어보고서 홀연 말을 바꾸었다.

"그 두 냥도 내 것이오. 아까는 소 값 스무 냥만 말하고 베 값 두 냥은 잊고 말하지 못했소."

소장수가 두 냥을 고집하며 포기하지 않으니 스님이 말했다.

"이것은 소승의 마 값이라오. 소승이 정말 돈을 챙기려는 마음이 있었다면 어찌 스무 냥을 다 챙기지 않고 두 냥만 욕심을 내겠소? 초관[陣官, 조선시대 병사 집단인 초(哨)를 통솔하던 종9품 관직]님은 아까 분명히 스무 냥을 잃어버렸다고 말해놓고 이제 와서 소승의 마 값 두 냥을 보고서 홀연 베 값을 덧붙여 아까는 잊었다고 말을 바꾸었소. 그게 말이 되오? 산승은 아무 흑심 없이 길에 떨어져 있던 돈을 주워 주인에게 돌려주었소. 그런데 초관님은 불량한 꾀를 내고 어불성설로 산승이 잠시 넣어두었던 마 값을 자기 베 값이라 속여 가로채려 하니, 여기 가득 모인 사람들에게 부끄럽지도 않으시오?"

소장수가 말했다.

"내가 아까 스무 냥이라고 한 건, 다만 소 값이 중대하기에 큰 액수만 말한 것이오. 베 값은 사소하게 덧붙여지는 돈이라 황겁결에 떠올리지도 못하다가 액수를 헤아릴 때에야 비로소 깨달았소. 천하에 정말 천한 도둑놈이 있다 하더라도 이미 산부처님 같은 분을 통해 소 값을 되찾고 또다시 가련한 돈을 빼앗아 자기 것으로 취할 리가 있겠소? 그러나 황겁결에 잠시 잊었다 하여 어찌 그 정녕한 돈을 남에게 빼앗길 수 있겠소?"

주위 사람들이 보니 스님과 소장수가 각기 다른 말을 하는데 둘 다 말이 되는 것 같기도 했다. 그래서 누가 옳다고 말해줄 수 없으니 마침내 관가로 함께 가서 옳고 그름을 판정받기로 했다.

이때 관아 사또는 홍양묵(洪養默, 18세기 후반~19세기 전반의 인물. 시문집인 월암만고(月巖漫稿)를 남겼다)이었다. 양쪽이 마주하여 자기 주장을 펼쳤다. 사또가 다 듣고 먼저 소장수에게 타일러 가르쳤다.

"네가 잃어버린 돈은 명백하게 스물두 냥이었고 산승이 얻은 돈은 꼭 스무 냥뿐이다. 그러니 네가 잃어버린 스물두 냥은 틀림없이 다른 사람이 주웠을 것이고, 산승이 주운 것은 네 돈이 아니다. 너는 네 돈을 주운 사람을 널리 찾아서 스물두 냥인지 꼼꼼히 점검하고 나서 찾아가거라."

다음으로 산승에게 타일러 가르쳤다.

"스님이 얻은 것은 명백하게 스무 냥뿐이오. 저 사람이 잃어버린 돈은 스물두 냥이라 하오. 그러니 스님이 주운 스무 냥은 틀림없이 다른 사람이 잃은 것이오. 저 소장수가 잃어버린 돈은 스님이 관여할 것이 아니오. 스님도 진짜 돈 주인을 널리 탐문하여 그 잃어버린 돈이 꼭 스무 냥인지 꼼꼼히 점검하고 나서 내주시오."

그리고 물러가라고 분부했다.

송사가 끝나고 두 사람은 같이 장으로 돌아왔다. 소장수는 머리를 숙이고 아무 말이 없었으니 마치 혼이 나간 사람 같았다. 스님이 크게 말했다.

"관가 판결이 이렇게 났으니, 내가 주운 스무 냥은 돌려주지 않는 게 마땅하다. 그러나 산승이 보기에 돈 주인은 저 사람이 분명하다. 내가 석가 부처님 제자로서 어찌 부당한 돈을 취하겠는가?"

마침내 소장수에게 돈을 주며 말했다.

"차후에는 마음을 고쳐먹고 산승처럼 고독하고 약한 사람이라고 해서 도리에 어긋난 일일랑 하지 마시오."

시장 사람들이 모두 산승의 결백함을 찬양하면서 가히 그 산승에 그 사또라 했다.

治牛商貧僧逢明府

山僧之織屨業生者, 以買麻次, 帶二兩銅, 往淸州市. 路中忽得一網橐, 橐中有二十兩錢, 僧以爲赴市者遺失, 背負往市, 而渠麻價二兩, 亦添入於橐中, 留付於知面飮食廛, 周行市中, 將爲廉探其[1]失錢者以給矣. 俄而牛商一人, 語其同類曰: "我以四十金[2]本錢, 將買二牛, 而一隻則先買於某市, 一隻則欲買於此市, 今曉自某店瞑發, 而[3]二十金餘錢, 則付於牛背矣. 今到市門, 始覺見失, 未知落於何處, 而歸市者不止, 未知得之者何人, 其將問於何人." 仍悶然蹙頞. 僧知其爲錢主也. 遂問錢數, 則曰: "二十兩也." 問其所藏, 則曰: "繩網橐也." 僧遂與之, 偕往於所留之廛, 遂[4]以網橐出付於牛商, 而出其二兩曰: "此則小僧之麻價也. 只以元錢二十兩還給." 牛商詳計二十[5]之數, 而忽爲[6]變辭曰: "厥銅二兩, 亦吾物也. 俄者只以牛價二十兩爲言, 而布價二兩, 則忘未及之." 固執不捨, 僧曰: "此小僧之麻價也. 小僧苟有食錢之心, 則何不食二十兩, 只以二兩[7]銅生慾耶? 哨官主俄者明白言二十兩見失, 而今見小僧麻價銅二兩, 忽然變辭以布價錢加入, 而忘却云者, 其可成說乎? 山僧則本無黑心, 收拾[8]在道之物, 而還給於不覓之地, 哨官以不良之計, 發之爲不成之說, 以山僧麻價之一時借添, 謂之以自家布價

1) 其: 동양본·동경대본에는 탈락.
2) 金: 동양본·동경대본에는 '兩'으로 표기. '兩'으로 표기해야 함.
3) 而: 동양본에는 탈락.
4) 遂: 동양본에는 탈락.
5) 동경대본에는 '兩'이 더 나옴.
6) 爲: 동양본에는 '然'으로 표기.
7) 只以二兩: 동양본에는 잘못 탈락.
8) 拾: 동양본에는 '給'으로 잘못 표기.

之加入, 有此橫勒之擧, 滿場⁹⁾所視, 能不愧顏?" 牛商曰: "俄以二十兩發言
者, 只爲牛價之重大, 擧大數, 率爾之發¹⁰⁾, 而至於布價, 以些少追入之物,
全然忘却於遑忽¹¹⁾, 及見加數, 始乃覺之, 寧有天下賤漢, 旣索牛價於生佛
之人, 而又奪可憐之物, 將作己有耶? 豈以忘却於遑忙之故, 仍爲見失其丁
寧之物耶?" 衆人所見, 僧商兩言, 俱爲成說, 人不能可否, 遂同入卞官. 官
是洪侯養黙也. 兩造對卞, 各陳其由, 官聽罷, 先諭牛商曰: "汝矣所失, 明
是二十二兩, 而僧之所得, 不過二十¹²⁾兩錢, 則汝矣所失二十二兩銅, 必爲
他人之拾, 而僧之所得, 非汝之物是如. 汝其¹³⁾廣求得汝錢者, 詳檢其數
之¹⁴⁾爲二十二兩¹⁵⁾, 然後推取是遣." 次諭山僧曰: "汝矣所得, 段明是二十
兩錢, 而彼之所失, 段爲二十二兩云, 則汝矣所得, 二十兩銅, 必是他人之
失, 彼商之所¹⁶⁾失, 非汝之¹⁷⁾關是如. 汝亦廣問其眞箇錢主, 詳檢其數之爲
二十兩錢, 然後出給之矣¹⁸⁾." 分付退出, 決訟之後, 兩隻偕出市中, 牛商則
垂頭無言, 有若喪魂之人, 而僧則大言曰: "官決如是, 所得二十兩, 宜乎不
給, 然而¹⁹⁾山僧所見, 錢主要不出彼, 豈有釋迦²⁰⁾弟子, 取人不當之物哉?"
遂許與牛商曰: "此後則革悖心法, 勿以山僧之孤弱, 施之以違格政事也."
一市人, 孰不讚襄山僧之潔白哉? 可謂有是僧有是官.

9) 場: 동양본에는 '席'으로 표기.
10) 동양본에는 '言'이 더 나옴.
11) 於遑忽: 동양본에는 탈락.
12) 十: 동양본에는 잘못 탈락.
13) 其: 동경대본에는 '見'으로 표기.
14) 之: 동양본에는 탈락.
15) 兩: 동양본에는 탈락.
16) 所: 동경대본에는 탈락.
17) 之: 동양본에는 탈락.
18) 矣: 동양본·동경대본에는 '意'로 잘못 표기.
19) 而: 동양본·동경대본에는 '以'로 표기.
20) 迦: 동경대본에는 '伽'로 표기.

옛 주인을 겁박한 종들이 형을 받다

　한양 사는 한 양반이 먼 지방에 추노하러 갔다. 그 고을 원과는 평생 친구여서 관아에 앉아 호적을 조사해보았다. 노비들은 백여 명에 이를 정도로 매우 번성했고 대부분 부유하게 살고 있었다. 관가의 힘을 빌려 그 우두머리 십여 명을 잡아와서는 남녀를 가리지 않고 화명花名, 옛날에 노비문서에 적힌 이름을 화명이라 했다에 오른 자에게 천금으로 속량하게 하고 열흘의 기한을 주었다. 그러자 노비들은 조금도 헐뜯거나 원망하는 기색 없이 상전에게 실정을 고했다.

　"주인과 종 사이는 부자지간과 같습니다. 소인들의 선대 조상은 주인님을 감히 배반하려 한 게 아니었지요. 흉년이 들자 이리저리 떠돌다가 여기까지 굴러들어 아들딸을 낳고 손자 증손자까지 보게 되어 오늘날 백여 명에 이르렀습니다. 상전님이 내려주신 특별한 은택에 힘입어 장사에서 이윤을 많이 얻고 농사도 잘 지어 마침내 부자가 되었습니다. 아버지와 조부님이 들려주신 말씀이 떠오릅니다. 모 댁 교전비轎前婢로 있다가 타향으로 떠돌게 되어 안팎의 여러 자손이 지금 이렇게 불었는데,

상전댁과 연락이 끊긴 지가 벌써 몇 년이나 되었다 하셨습니다. 그 말씀이 어제 들은 것처럼 또렷하게 제 귓가를 맴돕니다. 오늘 상전님께서 내려오셨으니 실로 부모님을 다시 뵌 것만 같습니다. 비록 관가의 지공支供, 음식 따위를 대접하여 받듦. 필요한 물품 따위를 줌이 있겠지마는 사람 사이의 정과 도리로 보아 소인들도 어찌 직접 공양을 받들고 싶지 않겠습니까? 엎드려 애걸합니다. 소인의 집으로 행차하시어 소인의 인정과 도리를 풀게 해주시면 황송한 기쁨이 엄청나겠습니다. 저희 집은 여기서 삼십 리밖에 되지 않으니 육족六足, 발이 모두 여섯 개라는 뜻으로, 말과 마부를 이르는 말의 수고로 반나절이면 당도할 것입니다."

상전도 그 말을 믿고 다음날 길을 떠났다. 늙은 종 등 십여 명이 길 중간에서 기다리고 있다가 말 머리에 늘어서서 절을 했다. 그러고는 앞뒤를 호위해주어 곧바로 종의 집에 도달했다. 종의 집은 안팎에 대문이 있고 집채들이 모두 웅장했다. 마을 안에 다른 사람의 집은 없고 노비들의 친척들만 한마을을 이루고 있었다.

마침내 마루 위로 양반을 모시고 다담상을 내왔다. 노비들이 일제히 나와서 인사를 올리니 그 수가 삼사백 명은 되었다. 그중에는 가난하여 속량을 하지 못하고 따라가서 다시 종노릇을 하겠다는 사람도 수십 명이 되었다.

상전은 날마다 술과 고기를 배불리 먹으며 방심하고 한가롭게 열흘쯤을 보냈다. 다음날이 속량하기로 한 날이었다. 이날 밤 사경四更쯤, 건장한 종 수백 명이 상전이 있는 방을 여남은 겹이나 에워쌌다. 장정 열 명은 방안으로 들이닥쳐 상전을 잡아매고 칼로 위협하며 말했다.

"얼른 관가에 편지를 써라! 집에 급한 일이 생겨 직접 하직 인사도 못 드리고 곧바로 떠난다고 써라. 그러지 않으면 너의 목숨은 이 칼에 달렸다!"

종 중에서 문자를 조금 아는 사람이 양반이 편지를 어찌 쓰는지 지켜보고 있었으니 어떻게 변통해볼 길도 없었다. 고식지계姑息之計로 어쩔 수 없이 시키는 대로 편지를 쓰고서 이름자를 적을 때, 그들이 알지 못하도록 연월年月 아래에다 '휘흠돈[1]'이라 쓰고 즉시 봉하여 그 무리에게 주었다. 무리 중 한 사람이 날듯이 달려가 관가에 바쳤다.

관에서 편지를 뜯어보았는데 연월 아래 '휘흠돈'이란 세 글자에 이르러 크게 의아했다. 한참 동안 심사숙고하다 홀연 깨달았다. 대개 '휘흠'은 오랑캐에게 잡혀간 송나라의 두 황제를 가리키니, 이 양반이 그 종놈들에게 욕을 당하고 있다는 뜻이었다.

편지를 가져온 놈은 칼을 씌워 옥에 가두고 교졸을 많이 풀어 급히 그 마을로 보냈다. 한편으로 그 양반을 동헌으로 모셔오도록 하고, 다른 한편으로 노비안에 이름이 오른 자는 노소를 막론하고 모두 묶어오라고 엄하게 명령하여 보냈다. 교졸들이 날듯이 그 집에 이르렀다. 양반은 과연 우두머리 노비의 집에 묶여 있었고, 장정 한 무리가 문과 마당을 둘러싸고 있었다. 교졸들은 급히 양반을 풀어주고 말에 태워 관아로 보냈다. 또 노비들을 모두 결박해 관아로 몰고 갔다.

무리 중에서 일을 꾸민 우두머리들은 모두 감영에 보고하여 사형에 처하고, 나머지는 죄의 경중에 따라 하나하나 엄하게 다스렸다. 양반에게는 말을 주어 한양으로 돌아가게 했으며, 노비들의 재산은 몰수해 기록하고 모두 양반의 행차에 실어 보냈다.

---

1) 휘흠돈(徽欽頓): 북송(北宋)의 마지막 두 황제 휘종(徽宗)과 흠종(欽宗)이 금(金)나라에 포로로 끌려가 죽었는데, 주인공이 자신이 처한 위험을 암시하려고 '휘흠(徽欽)'이라 쓴 것이다. 돈(頓)은 편지 끝에 상대방에게 경의를 표시하고자 쓰는 말로 머리를 조아린다는 뜻이다.

劫舊主叛奴受刑

京居一班, 推奴於遐方, 而與其本官爲平生親友, 坐於衙中, 考閱帳籍, 奴甚繁盛, 至於百餘口, 而箇箇饒居. 以官威, 捉來其居首十餘漢, 沒捧男女花名, 定贖千金, 以一句爲限, 而厥奴輩, 小無咎怨之色, 以實情告其上典曰: "奴主卽父子也. 小人先世非敢背主, 凶年漂[2]泊, 轉到于此, 生子生女有孫及曾, 今至爲百餘口, 而特蒙上典主垂恤之澤, 利於興販, 得於作農, 遂爲饒民, 而常念父祖遺來之言, 則以某宅轎前婢, 流落他鄉, 內外諸孫, 今此許多, 而阻隔上典宅問安, 已爲幾許年云者, 歷歷如昨日之聞, 今者上典主下臨, 實若父母之復見, 雖有官供, 在小人情理, 豈不欲躬自奉供乎? 伏乞行次於小人之家, 以敍小人輩情理, 惶恐幸甚, 且相距不過一舍[3], 六足之勞, 不費半日矣." 上典然之, 明日往焉. 老奴數十輩等候於中路, 馬頭羅拜, 前後擁護, 直抵奴家, 內外大門及家舍, 皆雄偉, 洞中無他人家, 奴輩族戚, 自作一村矣. 遂迎坐於堂上, 進以大茶啖, 男女奴僕, 一齊現身, 其[4]麗無慮三四百口, 而其中貧不應贖, 願從爲奴者, 亦近數十家. 厥上典, 日飽酒肉, 放心閑臥, 將近一旬, 明卽收贖定日也, 是夜四更量, 數百名健奴, 圍其上典所在房, 前後十匝, 又壯丁數十名, 擁入房中, 執捉上典, 拔劍脅之曰: "急急作簡於官家, 而以家有緊故, 未能躬辭, 自此徑歸之意, 措語可也! 不然則命懸此劍!" 其中又有略解文字者, 臨書見之, 實無變通之路, 以姑息之計, 不得不從其言, 裁書而至名字, 則彼所不知, 年月之下, 書以徽欽頓, 卽爲封緘, 傳授厥輩, 厥漢送其黨中一人, 飛奔呈官. 官開封見之, 至年月下徽欽頓三字, 大生疑訝, 尋思良久, 忽然覺得. 盖徽欽卽趙宋[5]二帝, 而被拘於虜中者也, 意其班見辱於厥漢輩. 遂枷囚來漢, 大發校卒, 急往某

2) 漂: 동양본에는 '瓢風'로 표기.
3) 舍(사): 30리.
4) 其: 동양본에는 '一'로 잘못 표기.
5) 趙宋(조송): 송나라의 시조가 조광윤(趙光胤)이기에 송나라를 '조송'이라 한 것이다.

里, 一邊奉其行次還衙, 一邊以奴爲名者, 無論老少, 沒數縛來事, 嚴飭出送. 校卒輩飛到其家, 其行次果然見縛於首奴之家, 而一隊壯丁圍匣門庭矣. 校卒急解厥班之縛, 騎馬送官, 且厥奴輩一并結縛, 驅入於官庭. 厥輩中造謀首犯者, 枚擧報營, 斷以一律[6], 其餘衆漢從輕重, 一一嚴治. 厥班則給馬還京, 厥奴輩家産, 沒數記上, 并爲駄送於厥班行中.

6) 一律(일률): 사형에 해당하는 죄.

궁핍한 선비가 탄환 상인을 만나 죽음을 면하다

호남에 한 생원이 살았다. 일찍 부모를 여의었고 형제 친척도 없었으며, 중년에 아내를 잃어 자식도 없었다. 집이 늘 빈궁하니 변변찮은 음식도 이어가기가 어려웠다. 세상을 살아갈 즐거움이 전혀 없으니 문득 자살을 결심했다. 그러나 죽을 길도 얻지 못하고 있었다.

때마침 사나운 암호랑이가 속리산에서 내려와 장성長城 갈재[葛峙], 전라북도 정읍에서 전라남도 장성 방면으로 이어지는 재에 숨어 있었다. 대낮에도 횡행하며 사람 물어 죽이기를 오이 베어먹듯 했다. 그래서 갈재에 행인이 끊긴 지가 한 달이 넘었다.

이 소문을 들은 생원이 죽을 곳을 얻었다고 생각하며 갈재 아래로 가서 날이 저물기를 기다렸다가 고개를 올라갔다. 고갯마루까지는 삼십리 길이었다. 암석이 험준하고 수목이 빽빽하여 촉도난[1]이요, 양장지험

---

1) 촉도난(蜀道難): 촉(蜀)나라 길은 험준하여 가기가 어렵다는 뜻. 이백이 지은 악부 가사이며 비파 곡조 이름이다. 이 악부는 촉 땅의 내력, 사세의 험준함 등을 그렸고, 당 현종(唐玄宗)의 서행(西幸)이 불리함을 풍자했다고도 한다. 인생살이가 험난함을 비유하기도 한다.

羊腸之험, 양의 창자처럼 길이 꼬불꼬불하고 험하다는 뜻이라 할 만했다.

생원은 고갯마루에 다다르자 다리를 쭉 펴고 앉아 호랑이가 나타나서 물어주기를 기다렸다. 그때 홀연 한 사나이가 짐을 산더미같이 지고 올라왔다. 그는 생원이 혼자 앉아 있는 것을 보고는 길섶에 짐을 내려놓고 반갑게 절을 하더니 은근히 말했다.

"소인이 짊어지고 온 물건은 철환鐵丸 쇠로 잘고 길둥글게 만들어, 엽총 따위에 재어 쓰는 탄알이지요. 산짐승이 사람을 해친다기에 그놈을 잡아 없애려고 철환을 지고 다닙니다. 때마침 이곳을 지나게 되어 밤이 되기를 기다렸다가 온 것이지요. 소인이 그놈의 머리를 박살내고 허리를 꺾어 행인의 피해를 없애고자 했습니다. 그런데 생원님이 깊은 밤 혼자 여기에 앉아 계신 걸 보니 소인보다 먼저 그런 생각을 하신 것 같습니다. 소인 혼자 힘으로도 무난한 일인 듯싶지만 생원님과 힘을 합한다면야, 그놈은 썩은 쥐나 병아리 새끼와 뭐가 다르겠습니까? 소인은 이리이리할 테니 생원님은 저리저리하십시오."

생원은 당황하여 즉시 대답하지 못했다. 철환 장사는 바위 위 한 아름이나 되는 나무를 뽑아들고 가장 높은 봉우리로 날듯이 올라갔다. 그러고는 나무를 휘두르며 내려오니 그 소리가 천지를 뒤흔들었다.

생원이 속으로 중얼거렸다.

'저 사람은 내가 힘이 셀 거라 생각하고 일을 함께하자 했다. 하지만 사실 나는 힘이 없고, 오히려 신세가 가난하고 처량하여 호랑이에게 물려 죽으려고 왔지.'

그런 까닭으로 생원은 조금도 두려워하거나 겁내지 않고 태연히 앉아서 기다렸다. 얼마 뒤 과연 호랑이 한 마리가 나무 휘두르는 소리에 깜짝 놀라 발끈 일어났다. 수풀 사이를 뛰어넘고 절벽을 건너뛰어 매처럼 솟아오르고 화살처럼 달려서 순식간에 마주 바라보이는 곳까지 왔다. 그러나 목이 곧은 짐승이 내리막길을 너무 급하게 내려오다가 큰 나뭇가지에 부딪혔다. 그만 옆구리와 궁둥이 사이가 두 나무 사이에 꽉 끼어버려 나아가지도 물러나지도 못했다. 더욱이 새끼를 배어 배가 불러서 빠져나오기가 더욱 어려웠다.

생원은 호랑이에게 물려 죽을 심산이었으니 무엇이 두려웠겠는가? 서서히 앞으로 다가가 호랑이의 머리를 쓰다듬고 수염을 매만지며 마치 애완동물처럼 다뤘다. 호랑이는 머리를 숙이고 눈을 가늘게 뜨고는 감히 거역하지 못하고 오히려 애걸하는 듯했다. 생원이 백방으로 어루만지고, 뺨을 갖다대고, 혹은 머리를 입안으로 밀어넣어 호랑이가 자신을 물 수 있도록 온갖 방법을 다 썼다. 하지만 호랑이는 끝내 해치려 들지 않았다.

생원은 칡넝쿨을 많이 끊어 동아줄을 만들었다. 용마루만한 것은 굴레로 만들어 머리에 씌우고 넓적다리만한 것은 재갈로 물려 나무에 맸다. 마침내 호랑이를 들어 두 나무 사이에서 빼내 다른 나무에다 옮겨 맸다. 호랑이는 정신을 잃고 어리어리하여 거의 죽은 모양이었다. 그러자 생원은 호랑이의 턱 밑에 앉았다.

철환 장사는 산 위에서 생원이 천천히 호랑이를 묶어서 끌고 가는 것만 보았지, 호랑이가 두 나무 사이에 끼었던 것은 보지 못했다. 황급히 내려와 다시 절을 하며 말했다.

"호랑이 한 마리쯤은 전혀 겁내지 않으시다니요! 살아 있는 호랑이의 머리에 굴레를 씌우고 입에 재갈을 물리시니, 그런 일은 옛글에도 없고 요즘 글에도 없습니다. 소인이 짊어지고 온 것이 철환 마흔 말인데 생원님께 비교하면 삼척동자 같으니, 참으로 무서운 힘입니다."

호랑이를 죽여 벗긴 가죽을 철환 짐 위에 올렸다. 두 사람은 함께 주점으로 내려가서 호랑이 고기를 삶고 술을 사서 밤새도록 술잔을 주거니 받거니 했다. 아침이 되자 서로 술을 따라주며 작별을 고했다. 호랑이 가죽은 생원에게 주니, 생원은 한사코 받지 않으려 했다. 철환 장사는 전대 속에서 돈 열 냥을 꺼내 생원에게 주었다. 생원은 그 반만 받았다. 철환 장사는 작별이 너무나 서운하여 거의 눈물을 흘릴 지경이었다.

생원은 닷 냥을 가지고 쓰러져가는 집으로 돌아왔다. 서글픔은 더해만 갔다. 욕되게 살기보다는 차라리 깨끗하게 죽는 게 나을 것 같았다. 갈재에서의 호랑이 일은 생각할수록 괴이했다. 복 없는 사람은 달걀 속에도 뼈가 있다 하더니, 궁박한 팔자 탓인지 죽는 것도 너무나 어려웠다.

하루는 우연히 집안의 문권文券 하나를 발견했다. 윗대에 도망한 노비들이 영광 법성도法聖島, 전라남도 영광군 북서해안에 있는 섬에 살고 있는데 자손들이 번창하여 백여 가구에 이른다는 것이었다. 그런데 생원의 몇대 전 선조부터 추노할 계획을 세웠지만 사나운 그들이 두려워 감히 길을 나서지 못했다.

생원은 드디어 죽을 곳을 얻었다며 흔쾌하게 생각했다. 다음날 아침, 소매 안에 그 문권을 넣고 혼자 훌쩍 길을 떠났다. 며칠 뒤 법성도로 들어가니 그곳 노비들은 과연 소문대로 부유하게 살고 있었다. 곧바로 우두머리 종의 집으로 가서 문권을 보여주며 오천 냥을 내놓으라고 크게 호령했다. 성화같이 재촉하며 삼일 안에 바치라고 떼를 썼다. 황망히 허둥지둥하는 행실이나 급하게 호령하는 모양새가 영락없는 미친놈이었다. 노비 무리는 짐짓 물 흐르듯 신속하게 응답했지만 감춘 속마음을 누가 알겠는가?

삼일째 되던 날 생원은 혼자 앉아 있었다. 갑자기 밖에서 사람소리가 나는 듯하더니, 장정 오륙십 명이 다들 몽둥이를 들고서 생원이 거처하는 방을 철통같이 에워쌌다. 그 낌새를 보니 반란이 이미 정해진 것 같았다. 생원은 자나깨나 죽고자 하는 일념뿐이었고 언제나 그 방편을 얻지 못한 것을 한스러워 했다. 그러니 이 지경을 당해 숙원을 이루게 되었으니 무슨 두려움이 있었겠는가? 촛불을 밝히고 앉아 변란이 일어나기만을 고대했다.

얼마 뒤 한 사나이가 문을 열고 들어오려다 움찔하며 물러섰다. 그러더니 넙죽 절을 하며 말했다.

"생원님께서 어떻게 여길 오셨습니까?"

생원이 놀라며 물었다.

"너는 누구냐?"

사나이가 말했다.

"갈재에서 하룻밤 고생을 같이한 지 어느덧 삼 년이 지났네요. 생원님은 혹 소인을 기억하시지 못할지도 모르지만, 소인이 어찌 생원님의 얼굴을 잊겠습니까?"

그러고는 급히 둘러싼 자들을 불러들여 큰 소리로 말했다.

"너희는 속히 생원님께 대명[2]하라! 만일 내 말을 듣지 않으면 너희는 뼈도 못 추릴 것이다!"

사나이는 갈재에서 호랑이 잡은 일을 처음부터 끝까지 자세하게 이야기해주었다. 노비들이 금방 벌벌 떨었다. 사나이는 생원에게 이런 이야기를 들려주었다.

"저것들은 교화될 수 없는 바다 섬 것들이지요. 강상의 도리가 소중한 줄 모르고 함부로 망측한 음모를 꾸미기도 했습니다. 소인을 백 리밖으로 끌어들이니 소인도 저들의 일에 잘못 얽혀서 이런 행동을 하게 되었습니다. 칼로 목을 베야 마땅할 저것들의 죄는 더 말할 필요가 없겠지만, 소인의 죄 역시 더한 극형을 받아 마땅하지요. 하나 넓고 넓은 도량을 지니신 생원님께서 짐승과 다를 바 없는 것들의 일에 어찌 개입하시겠습니까? 오천 냥[3]은 사실 변통하기가 어렵습니다. 저것들이 갖고 있는 것을 다 모으면 이천 냥은 무난하게 될 것입니다. 소인이 직접 모아서 댁으로 갖다 바치겠습니다."

---

2) 대명(待命): 벼슬아치가 과실이 있거나 상소(上疏) 등을 올렸을 때 임금의 처분이나 명령을 기다림.
3) 냥: 원문에는 '雨'과 '金'이 혼용되었다. 문맥상 '냥'으로 통일한다.

사나이는 그 자리에서 노비들에게 엄중하게 명령했다. 닷새 뒤에 이천 냥을 모아 건장한 말 십여 필에 실어 일시에 출발했다. 양반에게는 별도로 좋은 안장을 얹은 말을 타게 했다. 사나이는 짐을 운반하는 졸개들을 관장해 채찍을 잡고 뒤를 따르며 생원의 댁까지 가서 돈을 바쳤다. 다음날 거듭 절하고 아쉬운 마음으로 떠나갔다.

생원은 마침내 이천 냥으로 아내를 다시 얻고 집도 마련했다. 땅을 사서 농사를 지어 마침내 부자가 되었으며, 아들 여덟과 딸 셋을 두었으니 자손이 대대로 번창했다.

지금도 그 일족은 허풍동盧風洞에 살고 있다 한다.

逢丸商窮儒免死

湖南有一生員, 早喪父母, 旣無兄弟族戚, 中年喪妻, 又⁴⁾無一子女. 家素貧窮, 菽水難繼, 實無生世之況, 輒欲自處, 而亦不得其路. 適其時一惡雌虎, 自俗離山出來, 藏伏於長城葛峙, 白晝橫行, 噬人如瓜, 行人之斷絶, 已有月矣. 生員聞之, 以爲得其死所, 遂委行嶺下, 待昏上嶺, 峭嶺之高, 盖三十里長矣. 巖石危險, 樹木蒙密, 可謂蜀道之難, 羊腸之險矣⁵⁾. 至于最上峭, 伸脚而坐, 以待虎狼之來噬. 忽有一丈夫, 背負如山之擔, 行至上峭, 猝見生員之獨坐, 卸擔於路左, 欣然納拜, 慇懃告之曰: "小人所負之物, 卽鐵丸也. 以山物之殺害人命, 業欲除之, 今持鐵丸, 路適出此, 故遂卜其夜, 以至於⁶⁾此, 計在碎其頭, 折其腰, 以爲爲行⁷⁾人除害之地, 而卽見生員主, 深夜獨坐於此, 其意亦先獲小人之心也. 以小人獨力, 實亦無難, 而況與生員

---

4) 又: 동양본에는 탈락.
5) 矣: 동양본에는 탈락.
6) 於: 동양본에는 '于'로 표기.
7) 동양본에는 '路'가 더 나옴.

主幷力, 則彼物無異枯鼠腐雛, 小人當如此如此, 生員[8]亦如此如此." 生員
唐荒, 未卽對, 厥商手[9]拔石角上一圍木, 飛上於上峯之絶頂, 揮打而下, 聲
震天地, 生員心語曰: "彼雖謂我有力, 與之同事, 而我則本無力, 以窮獨身
世, 實欲啖死於虎口者也." 是以小[10]無恐劫[11], 泰然坐待矣. 少頃果有一豹
虎, 大驚揮木之聲, 勃然而起, 跳越林木, 奔馳絶壁, 鷹騰箭疾, 一瞥之間,
已至於相見之地, 以其直項之獸, 驅之於走坂之急, 觸之於大木連理之間,
以脅之下尻之上, 牢碍於兩木之間, 進不得, 退不得, 兼以孕雛腸滿, 又不
得自[12]拔. 生員之本意, 實欲嚙之於虎口, 何畏之有? 遂徐徐前進, 撫其頭,
探其鬐, 視若愛玩之物, 其虎低眉細目, 不敢拒逆, 有若乞憐者. 然生員遂
百方摩撫, 或以頰接之, 或以頭納之, 欲其嚙之, 千方百岐, 而終不敢害之.
於是生員多折[13]葛蔓作一索, 大如楝, 結之爲勒, 加之於首, 以一股之大鉗
之, 繫之於木, 遂擧其虎, 拔之於兩木之間, 移繫於他木, 而虎則失魂喪魄,
圍圍若半死樣, 生員則坐於虎口下矣. 彼丸商, 俄自山上, 只[14]見生員緩緩
牽[15]虎之行, 而兩木間事, 未及見之, 忙忙下來, 更爲納[16]拜曰: "固已知[17]
生員主無慮一虎, 而至於勒[18]生虎之[19]首, 鉗[20]生虎之[21]口, 可謂古文無

8) 동양본에는 '主'가 더 나옴.
9) 手: 동양본에는 '遂'로 잘못 표기.
10) 小: 동양본에는 '少'로 표기.
11) 劫: 동양본에는 '㤼'으로 표기.
12) 自: 동양본에는 탈락.
13) 折: 동양본에는 '托'으로 잘못 표기.
14) 只: 동양본에는 탈락.
15) 牽: 동양본에는 '牟'로 잘못 표기.
16) 納: 동양본에는 탈락.
17) 固已知: 동양본에는 탈락.
18) 勒: 동양본에는 탈락.
19) 동양본에는 '勒'이 더 나옴.
20) 鉗: 동양본에는 탈락.
21) 동양본에는 '鉗'이 더 나옴.

今文無, 小人所負, 亦鐵丸四十斗, 而比之於²²⁾生員主, 不啻三尺之童, 可
不懼哉?" 遂殺虎剝皮, 加之於丸擔之上, 與兩²³⁾班同爲下來, 坐於店幕, 烹
虎醸酒, 終夜酬酌, 至朝醒酒作別, 以虎皮獻²⁴⁾與生員, 生員牢拒之, 丸商
自俗中, 出十金銅納之, 生員遂²⁵⁾强取其半, 乃作別, 丸商大悵之, 幾爲落
淚. 生員以五百銅, 歸來破屋, 去益悲楚, 生而辱不如死而榮, 而葛嶺惡虎
之事, 思之甚怪, 無福者可謂鷄卵有骨, 窮命所關, 死亦極難. 一日偶閲家
中得一文記²⁶⁾, 盖有先代逃亡之婢, 盤居於²⁷⁾靈光法聖島, 生産繁衍, 多至
百餘家, 而自生員數世之前, 雖有推贖之計, 以彼强盛, 畏不敢發. 生員以
爲快得死所, 翌朝袖携本文記, 以單獨一身, 飄然發程, 第幾日, 訪之法聖
之²⁸⁾島, 則厥奴富盛, 果如所聞. 直到其居首者家²⁹⁾, 卽以文劵出示, 大發
咆喝, 督之以五千兩收贖, 急於星火, 期於三日內捧納, 遑忙之擧, 號令之
急, 便一狂人. 彼³⁰⁾輩亦³¹⁾佯應如流, 而中心所藏, 人孰知之? 第三日, 生員
獨坐, 忽聞外間, 人聲洶洶, 有五六十壯丁, 各持一棒, 圍匝所居房, 鐵桶相
似, 觀其事機, 反形³²⁾已具, 然而求一念, 癏痗恒結, 而每恨未得其便, 今當
此境, 可酬宿願, 有何懼劫? 明燭而坐, 苦待其變矣. 少頃一丈夫, 開戶³³⁾將
入, 忽然退縮, 欣然納拜曰: "生員主來歟?" 生員驚問曰: "汝是誰也?" 厥漢
曰: "葛嶺上一夜同苦, 遽過三年之久, 生員主或³⁴⁾不識小人, 而小人則豈忘

22) 於: 동양본에는 탈락.
23) 兩: 동양본에는 '厥'로 표기.
24) 獻: 동양본에는 탈락.
25) 遂: 동양본에는 탈락.
26) 記: 동양본에는 '紀'로 표기.
27) 於: 동양본에는 탈락.
28) 之: 동양본에는 탈락.
29) 家: 동양본에는 탈락.
30) 彼: 동양본에는 '被'로 잘못 표기.
31) 亦: 동양본에는 '雖'로 표기.
32) 反形(반형): 반란의 형상.
33) 戶: 동양본에는 '門'으로 표기.
34) 동양본에는 '者'가 더 나옴.

生員主顔面耶?” 急招其圍匝者大言曰: “汝輩速速待命也! 苟不要我, 汝輩
必無孑遺!” 仍以葛嶺捉虎事, 細述首尾, 羣奴一時戰慄. 厥漢遂詳告生員
曰: “彼輩以海島化外之物, 不識綱常之重, 敢有叵測之謀, 要小人於百里之
外, 而小[35]人亦誤入人事, 有此今行, 彼輩刀斬之罪, 已無可論, 而小[36]人
之罪, 尤極當斬, 然而生員主以恢廓大度, 何足有介於禽獸無異之物耶?
五千金實無變通, 而傾渠[37]之有, 則二千兩無難, 小人當親自收集, 領納於
宅矣.” 卽其地, 董飭羣奴, 五日後, 收得二千金, 駄之於十餘匹健馬, 一時治
發, 兩班則騎之, 以別般好鞍馬[38], 厥漢爲驅率之領袖, 執鞭護後而來納於
生員主宅, 明日再拜惜別而去, 生員遂以二千金物, 娶妻定家室, 買土得産
業, 猝[39]爲一富家, 而八子三女, 世世繁衍[40], 至今族居於虛風洞云.

<hr/>

35) 小: 동양본에는 '少'로 표기.
36) 小: 동양본에는 '少'로 표기.
37) 渠: 동양본에는 탈락.
38) 治發, 兩班則騎之, 以別般好鞍馬: 동양본에는 탈락.
39) 猝: 동양본에는 '牢'로 표기.
40) 衍: 동양본에는 '綿'으로 표기.

호남 선비가 점을 믿고 여인을 탐하다

　　호남 선비 이기경[1]은 과거 준비하는 선비 중에서 재주가 있는 사람이었지만 여러 번 낙방했다. 그래도 반드시 급제하려고 논밭을 다 팔아 이번 과거에 결단을 내고자 했다. 유명한 점쟁이에게 가서 물으니 이렇게 말했다.

　　"이번 과행科行에 죽을 액운이 있습니다. 만약 죽지 않는다면 과거에 급제합니다."

　　이생이 죽음을 모면하는 길을 간곡히 물으니 점쟁이가 말했다.

　　"도중에 소복 입은 여인을 만나 그 여인을 얻으면 죽음을 모면할 수 있지요."

　　이생이 한양으로 떠난 지 며칠이 지났다. 앞에 큰 내가 나타났는데 냇

1) 이기경(李基敬, 1713~?): 본관은 전의(全義). 호남 전주에 살았다. 1739년 정시문과에 장원급제하고 나서 다시 문과중시에 갑과로 급제했다. 1757년에는 승지가 되고, 이듬해에 예조참의에 오르고 강원감사에 제수되었다. 1762년에 대사간이 되고, 1768년에는 동래부사가 되었다. 1771년에 한성우윤(漢城右尹)이 되었다.

물 주변 수양버들 아래에서 여자들이 빨래를 하고 있었다. 그 곁에는 예쁘고 젊은 한 여인이 소복을 입고 서 있었다. 그녀는 앞길을 바라보다가 말을 탄 사람이 다가오는 것을 발견하고는 몸을 돌려 도망가버렸다. 이생이 그 모습을 보고 속으로 이상하게 여겨 말을 천천히 몰아 따라갔다. 소복 입은 여인은 어느 집 대문 안으로 들어갔다. 이생도 따라 들어가 문에다 말을 매어두고 마루로 올라가 주인에게 절했다. 주인은 백발노인이었다. 이생이 말했다.

"과거를 보러 가는 길인데 노자가 떨어졌습니다. 여관에서 잘 수가 없어 귀댁으로 왔습니다. 하룻밤 재워주시기 바랍니다."

노인은 흔쾌히 허락하고는 종을 불러 손님에게 저녁밥을 올리고 말은 마구간에 매고 먹이를 주라 했다. 이생은 다행히도 그 집에서 묵을 수 있었다. 집을 둘러보니 내외를 구분하는 담장이 매우 높아 날개가 붙어 있지 않은 한 넘기 어려울 것 같았다. 아무리 생각해도 방법이 안 떠올라 내내 밤잠을 이루지 못했는데 벌써 날이 밝아왔다. 이생은 꾀를 냈다. 병이 들었다며 누워서는 해가 높이 떠도 일어나지 않았다.

주인옹이 지팡이를 짚고 와서 보니 이생이 신음소리를 낸다. 주인옹이 걱정하며 친절한 말로 위로했다.

"병세가 이러하니 떠나기 어렵겠소이다. 여관은 다 황량하여 몸조리하기가 어려울 것이오. 우리집이 가난하지 않으니 아무 염려 말고 며칠 더 머물며 몸조리하다 가시오."

이생은 더 머물게 되어 다행이기는 했다. 하지만 하루해가 저물도록 심사숙고해도 담을 넘을 계책을 마련하지 못했다. 날이 어두워지자마자 안채로 들어가는 중문은 아주 단단하게 잠겼다. 밤에 일어나 배회하면서 담장 밑을 보니 마구간 판장2) 아래에 사람 몸 하나가 겨우 들어갈 만한 작은 구멍이 나 있었다. 기어가서 목을 빼 머리를 넣어도 좌우가 꽉 조였다. 간신히 들어가보니 서쪽 방안에는 등불이 환하게 켜져 있고,

부인의 책 읽는 소리가 낭랑하게 들려왔다. 동쪽 방에는 불이 밝혀져 있지만 사람소리는 들리지 않았다. 살그머니 창문 아래로 가서 손가락에 침을 묻혀 구멍을 내고 안을 들여다보았다. 벽 아래에 깨끗한 이불과 요가 깔려 있고 사람은 없었다. 필시 그곳이 소복 입었던 여인의 방일 것 같아 몸을 가볍게 날려 마루로 올라가 몰래 문을 열고 들어갔다. 등불을 불어 끄고 방 한구석에 엎드렸다. 한참 뒤 책 읽는 소리가 그치더니 여인이 동쪽 방으로 와서 문을 열고는 그 자리에 서서 말했다.

"불이 저절로 꺼졌을까? 기름도 많이 부어두어 오래갈 텐데 왜 꺼진 거지?"

여인은 연거푸 "이상하다, 이상해" 하다가, "아이 종이 제 어미 제사지내러 갔지. 그걸 생각하지 못했구나" 했다. 의심이 좀 누그러지자 여인은 즉시 들어와서 금침 위에 앉았다. 잠시 뒤 옷을 벗고 이불 속으로 들어가 잠을 청하려 했다. 그때 이생이 작은 목소리로 말했다.

"제발 부인은 나를 좀 살려주시오."

부인은 한참 의심하던 차에 갑자기 남자 목소리를 들으니 깜짝 놀라서 이불을 끌어안고 웅크렸다. 낮은 목소리로 물었다.

"누구세요?"

이생이 말했다.

"나는 사랑채에 머물고 있는 손님이라오."

"무슨 마음으로 깊은 밤 이 밀실에 들어온 건가요?"

이생은 그제야 과것길을 떠나기 전 점쟁이에게 들은 말을 이야기해주었다.

"이번 과것길에 소복 입은 여인을 얻으면 반드시 과거에 급제하고, 얻

---

2) 판장(板墻): 나무 기둥을 일정한 간격으로 세우고 기둥과 기둥 사이의 위·중간·아래 세 곳에 가로로 인방(引枋)을 붙이고 인방에 널빤지를 붙여 만든 담.

지 못하면 내가 죽는다 하였소. 나는 꼭 과거에 급제하고 싶고, 또 꼭 살 궁리를 해야 하기에 오늘밤 죽음을 무릅쓰고 여기에 들어온 것이오. 내가 사느냐 죽느냐는 오직 부인의 한말씀에 달렸으니, 제발 나를 좀 살려주시오."

여인은 이야기를 듣고서 묵묵히 한참 동안 아무 말도 없이 있었다. 그러다가 길게 한 번 한숨을 쉬고는 말했다.

"어제 마음이 울적하여 종들이 빨래하는 것을 구경하려고 잠시 냇가에 나갔다 뜻밖에 손님을 만났으니 이 역시 천생연분이겠지요. 사람이 살고 죽는 것은 천명에 달렸으니 어찌 가볍게 죽을 수 있겠어요?"

그러고는 동침을 허락하고 말했다.

"어젯밤 제 꿈에 황룡이 가슴과 배 위에 서렸어요. 이번 과거에 당신은 반드시 이름을 크게 떨칠 것입니다. 영광스럽게 돌아오는 길에 부디 저를 버리지 마시고 꼭 데려가주세요."

이생이 알았다고 했다. 운우지정을 다 나누고 사랑으로 돌아와 한숨 자니, 날이 이미 밝아왔다. 노옹이 또 지팡이를 짚고 와서는 정성스레 문병했다. 이생이 말했다.

"주인 어르신 은혜를 입고 이틀 동안 몸조리하니 이제 병이 다 나았습니다. 오늘 출발할 수 있겠습니다."

노옹과 작별하고 상경하여 과거를 보았는데 과연 장원급제를 했다. 삼일유가[3]를 하고 장차 호남으로 돌아가려 했다.

여인은 시아버지에게 자주 물었다.

"이번 과거에 누구누구가 급제했나요?"

노옹이 또박또박 열거하니 이생의 이름이 그 가운데에 있었다. 여인

---

3) 삼일유가(三日遊街): 과거에 급제한 사람이 사흘 동안 시험관과 선배 급제자와 친척을 방문하던 일.

이 크게 기뻐하며 화려한 옷 한 벌을 새로 짓고 잔치 준비를 성대히 했다. 날마다 길거리로 사람을 보내 호남 신은 新恩, 과거에 새로 급제한 사람이 내려온다는 소식이 있는지 탐문하게 했다.

하루는 과연 그 행차를 만나니 사람을 보내 모셔왔다. 주인옹이 먼저 치하를 하고 있는데, 곧이어 소복을 벗고 화사한 옷으로 갈아입은 부인이 안에서 나와, 시아버지에게 두 번 절하고 자기가 죄를 지었다며 말했다.

"며느리로서 아버님을 봉양하며 백년을 함께하고자 했으나, 일이 크게 어긋나 이 지경에 이르렀습니다."

그러고는 처음 이생을 만나 훼절하고 서로 앞날을 약속한 사연을 자세히 고했다. 며느리가 잔을 가득 채우고 꿇어앉아 시아버지에게 바치며 말했다.

"이 며느리 이제 아버님을 하직합니다. 부디 이 잔을 받으시고 만수무강하소서."

드디어 두 번 절하고 물러나왔다. 준비한 교자를 타고 이생과 함께 출발하여 날듯이 나아가 이생의 집에 당도했다.

그뒤 이생은 관직이 이품에까지 이르렀다.

信卜說湖儒探香

湖南士人李基敬, 科儒之[4]實才也. 屢[5]擧不中, 而必欲得之, 盡賣田土, 決得失於一擧, 趣名卜而叩之, 卜者曰: "今行有死之厄, 若不死, 則可以決科." 李也固問其免死之道, 卜者曰: "道中如逢素服女人, 必得此女, 可以免

---

4) 之: 동양본에는 탈락.
5) 屢: 동양본에는 '累'로 표기.

死." 李也發行上京, 行幾日, 大川當前, 川邊垂陽之下, 有女洴澼, 傍有美少婦素服而立, 望見前路, 有人騎馬而來, 遂回身而走. 李也見之心異之, 緩驅而追踵之, 素服者入于一家大門中. 又趍入焉, 繫馬於門, 升堂而拜主人, 主人白髮老翁也. 李曰: "今此科行, 路費斷絶, 無以宿旅店, 願就高庄[6], 借一宿焉." 老人欣然[7]許之, 喚奴子具其夕飯, 馬繫于槽而喂之. 李生幸留宿焉, 環視[8]其家, 內外墻垣, 極其高峻, 除非身具[9]羽翼, 難以踰越, 計不知所出, 達夜不得寐, 窓已曙矣. 心生一計, 託病而[10]臥, 日已高而不發, 主翁扶杖而來見, 李也詐作呻吟[11]之聲, 主翁悶之, 以好言慰之曰: "病狀如此, 難以前進, 逆旅荒踈, 不可調病, 吾家不貧, 加留數日, 益加調攝[12], 小勿[13]嫌." 李也雖幸加留, 一日竟晷, 尋思不得其策. 日纔暮[14], 內中門已嚴鎖矣. 夜起彷徨, 周視墻底, 則內廡板墻下, 有小竇, 劣可容身, 遂匍匐延頸納頭, 左右攧那, 艱辛而入, 則西房之內, 燈光[15]明晃[16], 婦人讀書[17]之聲琅琅, 東房雖有燈火, 寂無人聲. 潛進窓下, 指頭點唾, 鑽穴而窺之, 則壁下設素衾枕, 果無人焉. 意[18]此必是素服女之房, 輕身上廳, 暗暗開門而[19]入, 吹滅燈火, 潛伏房之一隅, 良久讀書[20]之聲訖, 其婦人轉向東房而來, 開門却立

6) 庄: 동양본에는 '堂'으로 표기.
7) 欣然: 동양본에는 '然欣'으로 잘못 표기.
8) 視: 동양본에는 '現'으로 잘못 표기.
9) 具: 동양본에는 '俱'로 표기.
10) 而: 동양본에는 탈락.
11) 呻吟: 동양본에는 '吟呻'으로 잘못 표기.
12) 攝: 동양본에는 '護'로 표기.
13) 동양본에는 '爲'가 더 나옴.
14) 暮: 동양본에는 '暝'으로 표기.
15) 光: 동양본에는 '火'로 표기.
16) 明晃: 동양본에는 '晃明'으로 표기.
17) 書: 동양본에는 '冊'으로 표기.
18) 意: 동양본에는 탈락.
19) 而: 동양본에는 탈락.
20) 書: 동양본에는 '冊'으로 표기.

曰: "此火何故自滅也? 多添燈油, 可以久存者, 何故無端自滅?" 連聲 "怪哉怪哉". "童婢某也, 爲渠母祭出送矣. 送之誠不思矣". 似有疑懼之意旋, 卽入來, 坐於繡[21]枕之上, 少頃, 卽解衣開衾, 將欲就睡, 李也乃於口中微微作聲曰: "願夫人活我." 夫人方疑懼之次, 忽聞男子之[22]聲, 乃大驚, 擁衾而坐, 亦低聲問之曰: "汝是何人?" 李也曰: "我卽外舍留宿之客也." 女人曰: "汝以何心, 深夜密室之中, 潛身入來也?" 李也始述赴擧之路, 問於卜者, 謂以: "今行如得素服女人, 則必當決科, 不然則必死, 我以決科之慾, 且爲圖生之計, 今夜冒死入來, 其生其死[23], 惟在夫人之[24]一言, 惟夫人活我." 其女聞之, 黙黙[25]無語良久, 長吁一聲乃曰: "吾於昨日, 心懷鬱[26]寂, 欲觀婢女[27]輩之洴澼, 暫出川邊, 不意逢着客主, 此亦天生緣分也. 人之生死, 亦繫天命, 何得輕死?" 遂許同枕. 且曰: "吾夜間[28]之夢, 黃龍屈盤於胸腹之上, 今番應擧, 必得大闡, 榮歸之路, 幸勿棄我, 必[29]率我而去." 李生許諾. 雲雨旣[30]畢, 潛身出去, 睡一場, 天已曙矣. 老翁又扶杖而來, 辛勤問病, 李生曰: "幸蒙主翁之恩, 兩日調治, 病氣已療, 今可發行矣." 遂辭老翁, 上京觀光, 果得[31]嵬捷, 三日遊街, 將還湖南. 其女人頻問其舅曰: "今番之科, 誰某得恭?" 老翁歷數之, 李生果恭其中. 女人大喜之[32], 新製華衣一襲, 大

21) 繡: 동양본에는 '鋪'로 표기.
22) 之: 동양본에는 탈락.
23) 其生其死: 동양본에는 '其死其生'으로 표기.
24) 之: 동양본에는 탈락.
25) 黙: 동양본에는 '然'으로 표기.
26) 鬱: 동양본에는 '宛'으로 표기.
27) 女: 동양본에는 탈락.
28) 夜間: 동양본에는 '昨夜'로 표기.
29) 必: 동양본에는 '而'로 표기.
30) 旣: 동양본에는 '已'로 표기.
31) 得: 동양본에는 탈락.
32) 之: 동양본에는 탈락.

設宴具, 日送人於街路33)上, 探問湖南新恩下來之期. 一日果逢其行34), 使
人請入, 主翁先致賀語35), 少頃, 夫人脫去素衣36), 換着華服, 自內出來, 再
拜見舅, 且請罪曰: "媳婦奉養舅主, 以待百年後, 事乃大謬, 到此地境." 因
細述其由37), 初逢着李生38)毁節相約之事. 滿斟一盃, 跪進之曰: "媳婦從此
辭矣. 願尊舅進此盃, 壽齊南山." 遂再拜辭退, 備待39)轎子, 與李生一齊幷
發, 將翶將翔, 偕歸其家. 李生其後, 官至二品.

33) 路: 동양본에는 탈락.
34) 行: 동양본에는 '人'으로 표기.
35) 語: 동양본에는 '意'로 표기.
36) 衣: 동양본에는 '服'으로 표기.
37) 由: 동양본에는 탈락.
38) 生: 동양본에는 '土'로 표기.
39) 待: 동양본에는 탈락.

기생의 말을 들은 패륜아가 급제하다

옛날에 한 재상이 평안감사가 되었다. 열세 살 된 아들이 있었는데 용모가 준수하고 재주가 많아 아버지가 무척 아꼈다. 감영에는 아들과 동갑이면서 재색을 겸비한 기생이 있었다. 아들의 방을 드나들며 문묵文墨, 시문을 짓거나 서화를 그리는 일의 일을 거들게 하니, 해가 넘도록 서로 교합하여 사랑이 더욱 긴밀해졌다.

감사가 임기를 마치고 돌아가게 되었다. 둘은 차마 쉽게 헤어지지 못하고 손을 잡고 눈물을 흘리다 결국 작별했다. 상경 후 아버지는 집안이 어지러워 공부에 집중하기 어렵겠다며 생으로 하여금 산사로 책을 싸가서 독서하게 했다. 생은 산사에서 몇 달을 머물렀는데 그 기생이 생각나 도저히 그냥 있을 수가 없었다.

하루는 홀연히 혼자 도망쳐 관서關西로 향했다. 평양에 이르러 기생의 집을 찾아가니, 기생은 없고 그 어미만 있었다. 어미가 처음에 알아보지 못하자, 생은 자기가 누구라고 이야기해주고서 그녀가 어디 있는지 물었다. 그 어미가 말했다.

"우리 딸은 사또의 수청을 들고 있다네. 사또님이 엄청나게 사랑하시기에 잠시도 밖으로 나가게 하지 않으신다네. 자네가 먼길을 오긴 했지만 내 딸을 만날 수는 없을 걸세."

생이 이야기를 듣고는 크게 낙담했다. 그러자 기생의 어미가 말했다.

"먼길을 왔으니 당장 돌아가지 말고 며칠 머물다 가게나."

생이 말했다.

"천릿길을 와서 얼굴도 한번 못 보고 그저 돌아간다면 오지 않은 것만 못하오. 제발 나를 위해 꾀를 좀 내어 한 번만이라도 얼굴을 보게 해주시오. 그러기만 하면 여한이 없겠소."

때는 한겨울이어서 어미가 말했다.

"눈비가 내리면 성내 백성들이 감영 안으로 들어가 눈을 치운다네. 그때 눈 치우러 가는 촌민들 틈에 섞여 들어가면 운좋게 얼굴이나 한번 볼 수 있을지 모르겠네."

생은 그렇겠다 하고 그 말에 따라 잠시 기다렸다. 어느 날 밤 홀연 큰눈이 내려 감영 백성들이 모두 들어가 눈을 치우게 되었다. 생도 대삿갓을 쓰고 허리에 새끼줄을 감고 손에 빗자루를 들고는 백성들 사이에 섞여 감영 안으로 들어갔다. 눈 치우는 데는 뜻이 없고 다만 빈번히 대삿갓을 들어올리고 마루 위를 쳐다보았다. 수청 드는 기생들이 나와 구경을 하다가 생의 행동거지가 느린 것을 보고는 서로 손가락질하며 깔깔 웃었다. 생은 고개를 들어 한번 보고는 그 기생이 무리 속에 있는 것을 발견했다. 기생도 역시 그를 한번 보고는 몸을 돌려 안으로 들어가서 다시는 나오지 않았다.

생은 길게 탄식하며 돌아와 기생의 어미에게 말했다.

"나는 그 정을 잊지 못해 걸어서 이곳까지 왔소. 그런데 따님은 날 한번 보고 피해버려 다시 볼 수 없게 되었소. 어찌 이리도 무정할 수 있소?"

그러고는 서로 마주보고 탄식했다.

이생은 엎치락덮치락 잠을 이루지 못했다. 눈 덮인 온누리에 달이 밝고 북풍도 매서운데, 홀연 노랫소리가 들려왔다. 노랫소리는 멀리서부터 점점 다가왔다.

눈 그치고 구름 흩어져 북풍은 차가운데
초나라 강과 오나라 산으로 가는 길이 어지럽구나[1]

목소리가 맑고 간드러졌다. 집 쪽으로 오다가 드디어 문으로 들어와 그 어미를 불렀다.

"모 서방이 오셨는데 어디 계신가요?"

생이 그 소리를 듣고 문을 열고 뛰쳐나가보니 그 기생이었다. 손을 이끌고 방으로 들어와 상사의 정을 풀고 먼길 온 뜻을 위로했다.

또 기생이 말했다.

"제가 사또의 총애를 받는 기생으로 잠시도 자리를 비울 수 없지만 서방님이 오신 줄 알고도 어찌 한번 보지 않을 수 있겠어요? 오늘이 아버지 제삿날이라 하고 간곡하게 부탁하여 하루 저녁 말미를 얻었어요. 날이 밝으면 다시 들어가야 한답니다. 우리가 만날 수 있는 시간은 오늘 밤뿐이랍니다. 이후로는 비록 다시 오셔도 만날 길이 없으니 어찌 한스럽지 않겠습니까? 차라리 지금 도망쳐서 영원히 함께하는 소원을 이루

---

1) 雪晴雲散北風寒, 楚水吳山道路難: 가지(賈至, ?~772)의 「상주로 부임해 가는 이시랑을 전송하며送李侍郎赴常州」의 일부다. 가지는 당나라 시인으로 자는 유린(幼隣)이다. 안사(安史)의 난이 일어났을 때, 현종을 수행하여 촉(蜀)으로 들어가 책문을 썼는데 현종이 매우 흡족해했다. 악주사마(岳州司馬)로 쫓겨나 있던 삼 년 동안 이백과 만났다. 시의 전문은 다음과 같다. "눈 그치고 구름 흩어져 북풍은 차가운데(雪晴雲散北風寒)/ 초나라 강과 오나라 산으로 가는 길이 어지럽구나(楚水吳山道路亂)/ 오늘 그대를 보내니 부디 마음껏 취하세(今日送君須盡醉)/ 내일 아침이면 그리워해도 길만 아득하겠지(明朝相憶路漫漫)"

는 게 좋지 않겠습니까?"

생이 답했다.

"좋다. 네 말이 참으로 옳다!"

기생은 상자를 열고 금은보화, 비녀, 귀고리, 비단 옷가지 등을 꺼내 가벼운 짐을 만들었다. 그러고는 어미에게 알리지도 않고 야반도주를 했다. 은산殷山, 평안남도 순천군에 있는 지명 땅에 이르러 자그마한 집을 사고 가져간 보물들을 팔아 생계를 꾸려갔다.

하루는 기생이 생에게 말했다.

"우리가 이곳으로 도망 와 다행히 소원을 이루긴 했지만 영원히 이런 식으로 살 수는 없겠지요. 더욱이 서방님은 재상 댁 귀한 아드님 아니세요? 천한 기생을 사랑하는 마음을 이기지 못해 부모를 돌아보지도 않고 이 땅에 숨어 사니 윤리와 기강을 어지럽힌 죄가 큽니다. 장차 어떻게 하면 자립할 수 있을까요?"

생이 그 말을 듣고는 비로소 정신이 번쩍 들며 크게 깨달았다.

"그럼 어쩌면 좋겠소?"

기생이 말했다.

"과거를 보는 것밖에 속죄할 길이 없지요. 서방님이 아직 읽지 않은 책은 무엇인가요?"

기생은 읽지 않은 책들을 구해와서 읽기를 권했다. 생이 조금이라도 나태해지면 반찬을 줄이고 고달프도록 공부를 권하며 밤낮으로 잠시도 쉬지 못하게 했다. 그리고 다른 책들도 두루 구해주었다.

이렇게 몇 년이 지난 어느 날, 기생이 생에게 말했다.

"서방님 스스로 헤아려보기에 배포가 얼마나 커졌나요? 이제야 과거 공부를 할 수 있을 것 같지요?"

생이 말했다.

"나도 공부를 하고 싶기는 하지만 과문科文의 규칙이나 격식을 모르니 어찌하면 좋소?"

　기생은 읍에서 글 잘 짓는 사람이 지은 글과 근년 과장의 과문들을 구해와 그것을 모방하여 지어보라 했다. 생은 본디 글재주가 있는 사람이고 또 수년간 열심히 책을 읽었다. 그랬기에 글이 날마다 좋아져 짓는 글마다 뛰어난 작품 아닌 것이 없었다. 그가 지은 글들을 베껴 글 잘 짓는 사람에게 평가해달라고 부탁했는데 다들 칭찬 일색이었다. 기생이 말했다.

　"이제 그럭저럭 과거를 보실 수 있겠어요?"

　생이 말했다.

　"볼 만하오."

　때마침 대비지과大比之科, 대비. 3년에 한 번씩 거행되는 과거가 있어 기생은 여장旅裝을 잘 꾸려주며 생을 배웅했다. 생은 상경하여 여관에 머물렀다. 과거가 열린 날 꼭두새벽에 여러 유생을 따라 과거장으로 들어갔다. 과거 글제를 보고는 그 자리에서 종이를 펼치고 과문을 써서 가장 먼저 제출했다. 공교롭게도 그때의 명관命官, 조선시대에 전시(殿試)를 주재하던 시험관은 생의 아버지였다. 명관이 생의 글을 일등으로 뽑으니, 임금도 그 글을 보고 역시 칭찬했다. 임금이 비봉2)을 떼어보니 이름은 알지 못하겠으나 그 아버지의 이름이 명관의 이름과 같았다.

　임금이 명관을 돌아보며 말했다.

　"경의 아들이 급제했구려."

　답안지를 주니 명관이 받아 보았다. 정말 아버지의 이름이 자기 이름과 같았고 직함은 전前 평안감사로 되어 있었다. 그걸 본 명관은 눈

---

2) 비봉(秘封): 봉명(封名), 피봉(皮封). 과거 응시자가 시험 전에 자기가 쓸 시지를 구입해 자신의 관직·성명·나이·본관·주소, 아버지·할아버지·증조부의 관직 및 이름, 외할아버지의 관직·성명·본관을 다섯 줄에 걸쳐 쓴 다음 그 위에 풀로 종이를 붙여 보이지 않도록 봉한 부분. 혹은 그렇게 하는 것.

물을 줄줄 흘렸다. 임금이 이상하게 여겨 물으니, 명관이 일어나 엎드려 말했다.

"신에게 아들 하나가 있었는데 죽은 지 십 년이 되었나이다. 이 사람이 누구인지 정말 모르겠사옵니다."

마침내 이름을 불러 입시하라 하니 생이 어탑 앞으로 나아가 엎드렸다. 임금이 친히 묻자 생은 자초지종을 상세하게 일일이 다 아뢰었다. 옆에서 이야기를 들은 명관은 비로소 자기 아들이 죽지 않았음을 알게 되었다. 임금이 아주 기특하게 여기고 기이하게 생각하여 특별히 풍악을 내려주고 명관으로 하여금 솔방3)하고 귀가하게 했다. 본도 본읍에서 행회4)하게 하여 그 기생을 교자에 태워 올려보내게 하고 생으로 하여금 영원히 소실로 삼게 했다.

聽妓語悖子登第

昔一宰相, 爲平安監司. 有小子年十三5), 美容貌多才藝, 其父偏愛之. 6) 營妓中有與之7)同年者, 亦有才色, 使8)入居子9)舍以供文墨之戲, 踰年相與交合10), 情愛甚密. 及其父瓜11)歸, 不忍相離12), 相與13)握手, 涕泣而別. 上

3) 솔방(率榜): 과거에 급제한 사람이 임금에게 사은숙배할 때 집안의 선진자(先進者)가 따라가서 지도하는 일.
4) 행회(行會): 관아의 우두머리가 조정의 지시와 명령을 부하들에게 알리고 그 실행방법을 의논하여 정하기 위해 모이던 일. 또는 그런 모임.
5) 爲平安監司. 有小子年十三: 동양본은 '有獨子而'로 표기.
6) 동양본에는 '其宰爲平安監司, 率去而'가 더 나옴.
7) 之: 동양본에는 '之'가 탈락.
8) 동양본에는 '之'가 더 나옴.
9) 子: 동경대본에는 '于'로 표기.
10) 與交合: 동양본에는 '處'로 표기.
11) 瓜: 동양본에는 '邇'로 표기.
12) 離: 동양본에는 '離'로 잘못 표기.
13) 相與: 동양본에는 탈락.

京後, 其父以家中多撓, 難以專工, 裹書袱送[14]山寺, 讀書. 留數月, 思想厥妓, 不能忍住. 一日, 忽單身逃出, 向關西而走, 到平壤, 尋訪厥妓[15]之家, 厥妓則不在[16], 只有其母. 初不相識, 乃自言其誰某, 而問其女何在, 則其母曰: "女也方爲使道隨廳, 使道偏寵之, 暫時不許出, 今雖遠來, 無以得見矣." 生聞之殊甚落膽, 妓母曰: "今旣遠來, 姑留數日, 不如還歸去也." 生曰: "千里跋涉, 不得一面, 無端空歸, 不如不來. 請媼爲我設計, 俾得一見[17]面, 則吾之[18]願畢矣." 時當冬序, 厥媼曰: "若營中雨雪, 則城內諸民入去掃雪, 其時或可混村民輩掃雪之行, 僥倖見[19]一面[20]乎?" 生然之, 姑從其言待之矣. 忽一夜大雪, 營底民人盡入掃雪, 生頭戴箬笠, 腰束藁索, 手[21]持一箒, 混入營中, 意不在掃雪, 而只頻頻擧箬笠, 而瞻望堂上, 時隨廳妓輩, 出而觀玩, 見其擧止緩慢, 相與指笑之, 生擧頭一瞻, 瞥見厥妓亦在其中, 厥妓亦一見, 而旋卽回身入去, 更不出來. 生長嘆[22]而歸, 語妓母曰: "我則不能忘情, 徒步下來, 而渠則一見回避, 不得更見, 何其無情之若是?" 相與嗟

---

14) 裹書袱送: 동양본에는 '負笈'으로 표기.

15) 妓: 동경대본에는 '女'로 표기.

16) 裹書袱送山寺, 讀書. 留數月, 思想厥妓, 不能忍住. 一日, 忽單身逃出, 向關西而走, 到平壤, 尋訪厥妓之家, 厥妓則不在: 동양본은 이 부분을 이렇게 상세히 묘사했다. "使之負笈山寺, 俾勤三餘之工, 生讀書山房, 而一日之夜, 大雪初霽, 皓月滿庭, 獨倚欄檻, 悄然回顧, 萬籟收聲, 千林闃, 若雲間獨鶴, 失群而悲鳴, 岩穴孤猿, 喚侶而哀號. 生於此時, 心懷愀然, 關西某妓, 忽然入想, 其姸美之態, 端麗之容, 森然在目, 相思之懷, 如泉湧出, 欲忘而不忘, 終不可抑, 因坐而苦候晨鐘, 不使倍人知之, 獨自發行, 卽向關西大路而行. 翌日, 諸僧及同窓之人, 大驚搜索, 終無形影, 告于其家, 擧家驚惶, 遍尋山谷, 而不覺, 意謂虎豹所噬, 悲寃呼痛之狀, 無以形言矣. 生間關作行, 行幾日, 董到浿城, 卽訪其妓之家, 則妓不在焉." 동양본의 이 부분은 『계서야담溪西野談』권4 「고유일재古有一宰」의 해당 구절(『한국문헌설화전집』1, 민족문화사, 275면)과 거의 동일하다.

17) 동경대본에는 '其'가 더 나옴.

18) 之: 동경대본에는 탈락.

19) 見: 동경대본에는 탈락.

20) 面: 동경대본에는 '見'으로 표기.

21) 手: 동경대본에는 탈락.

22) 嘆: 동경대본에는 '歎'으로 표기.

嘆[23]. 轉輾不寐, 時雪月照耀, 北風寒冽, 忽聞歌聲, 自遠而近, 歌曰: "雪晴
雲散北風寒, 楚水吳山道路難" 聲音淸絶嫋娜, 轉向其家而來, 入門而呼其
母曰: "某書房來而見在何處?" 生聞之, 推戶躍出, 乃厥妓也. 遂携手入室,
敍其相思之情, 慰其[24]遠來之意. 且曰: "吾爲使道近幸之妓, 頃刻不得暫
離, 而旣知書房主之來, 安得不一番相見乎? 吾詐稱亡父之祭, 懇乞一夕之
暇, 天明則復當入去矣. 兩情相會, 只今夜而已. 此後, 雖或復來, 更無相面
之路, 豈非可恨? 不如從此潛逃, 永遂于飛之願, 不亦樂乎?" 生答曰: "好
矣. 汝言誠是矣!" 厥妓遂遍搜箱篋, 持其銀金寶貝簪珥之屬, 綾羅錦繡衣裳
之類, 裹作輕任, 不告其母, 遂與生, 夜半逃出, 遂向殷山地, 買小屋而居之,
賣輕裝而資生焉. 一日妓謂生曰: "吾輩逃命在此, 雖幸遂願, 不可永作此
狀. 況書房主以宰相宅貴重之子, 不勝一賤妓溺愛之情, 不顧父母, 亡匿此
土, 其爲得罪於倫紀者多矣. 將何以自立乎?" 生聞其言, 始乃瞿然大悟曰:
"然則爲之奈何?" 妓曰: "惟有科擧一路, 可以贖罪. 書房主前日未讀書[25]何
書耶?" 遂購其書以來, 勸使讀之, 若少惰, 則必減其膳而苦勸之, 晝夜不暫
息. 又遍求他書, 如是數年, 妓謂生曰: "書房主自量腹中之物如何? 今始可
以做科工矣." 生曰: "雖欲做之, 不知科文程式奈何?" 妓乃遍求邑中善文者
之所作, 及近年科場之文, 使依倣做之. 生本有才華, 又數年勤讀, 文勢日
進, 所做諸篇, 無非佳作. 又使之謄出數本, 試考於善文者, 莫不稱讚. 妓曰:
"今則庶可觀科乎?" 生曰: "可矣." 適有大比之科, 妓乃優備資裝以送, 生遂
上京, 住於旅舍, 科日曉頭, 隨諸生入場, 望見懸題, 操紙筆立書而呈, 卽[26]
一天也. 其父適以命官, 擢其文爲第一, 上覽之亦加稱讚, 御手圻秘封, 乃
是名不知, 而觀其父名, 則卽是命官也. 上顧命官曰: "卿之子登第矣." 投示

---

23) 嘆: 동경대본에는 '欺'으로 표기.
24) 戶躍出, 乃厥妓也. 遂携手入室, 敍其相思之情, 慰其: 동경대본에는 탈락.
25) 書: 동경대본에는 '者'로 표기.
26) 卽: 동경대본에는 '則'으로 표기.

其券, 命官取而視之, 則父名則雖同, 而職啣則云是前平安監司也. 見訖泫
然流涕, 上怪問之, 命官起伏對曰: "臣果有子, 而死已十年矣, 誠不知此何
人也." 遂命呼名召上, 進伏榻前, 而親問之, 生自初至終, 詳細一一直奏, 命
官亦在傍聽, 始知其子之不死矣. 上大奇異之, 特命賜樂, 使命官前率歸家,
行會本道本邑, 治送厥妓, 乘轎上來, 永作小室焉.

부인의 꾸중을 듣고 쓴 노진재의 편지

광주廣州에 뜻을 이루지 못한 가난한 선비 한 사람이 있었다. 그는 글을 못하고 활도 못 쏘았다. 지체와 문벌이 낮고 집안도 가난했는데, 힘써 농사짓지도 않으니 그저 아내의 도움으로 살아갔다. 한양에 대대로 아는 집안이나 인척이 좀 있어 삼십여 년간 출입했지만 사귈 만한 인물이나 재주가 없었으니 일개 관인과도 교우를 맺지 못했다. 그 처가 꾸짖었다.

"한양을 출입하는 선비가 절반은 착실히 공부하여 벼슬자리를 얻고 그렇지 않으면 권세 있는 사람들과 교제하여 그들을 의지할 곳으로 삼지요. 그런데 당신은 글귀가 어두우니 과거에 급제하여 벼슬 얻는 것은 논할 바 아니라 하더라도 말입니다. 삼십 년 한양 출입에 절친한 사람이 하나라도 있어야 하거늘 한 번도 찾아와주는 사람조차 없으니 첩이 매우 이상하게 여깁니다. 혹 주색에 빠지거나 잡기雜技를 한 것은 아닌가요?"

선비는 그 말에 일리가 있다며 참으로 부끄럽게 여기니 무슨 말을 해야 할지 몰랐다. 한참 동안 가만히 있다가 이렇게 속여 대답했다.

"내가 풍병중추신경에 탈이 나 생기는 병 있는 사람도 아닌데 삼십 년 한양 출입을 헛되이 했겠소? 모 성 아무개와 젊었을 적부터 친밀한데, 그가 나의 곤궁함을 늘 걱정해 자기가 평안감사가 되면 한밑천 주겠다고 약속했소. 그 사람이 재작년에 등과해 지금은 응교조선시대 홍문관·예문관의 정4품 관직로 있소. 내가 상경할 때면 언제나 그 사람 집에 머물렀는데 조만간 반드시 그 힘을 얻을 수 있을 거요."

부인이 그 말을 듣고는 매달 초하루와 보름에 시루떡을 차려놓고 "아무개가 꼭 평안감사가 되게 해주옵소서" 하며 하늘에 축원했다. 매번 아무개가 승품직위가 종3품 이상의 품계에 오름. 평안감사는 종2품이다했는지 물었고 그럴 때마다 남편은 아직 많이 멀었다고 둘러댔다.

육칠 년 후, 부인은 왕래하는 친척에게서 아무개가 평안감사가 되었다는 이야기를 들었다. 때마침 선비는 상경하고 없었다. 부인은 남편이 돌아오기를 기다리다가 맨발로 달려나가 맞이하며 물었다.

"모 관이 드디어 평안감사가 되셨답니다! 왜 가서 만나보지 않습니까? 내일 출발하셔요!"

선비는 그 말을 듣고 걱정이 몰려와 견딜 수가 없었다. 그래서 이런 거짓말을 했다.

"도임한 지 얼마 되지 않아 뒷날을 기다려야지 왜 그리 조급하게 구오?"

부인이 그 말을 믿었다. 그리고 석 달이 지나서 다시 재촉했다.

"왜 안 가세요?"

"말이 없잖소?"

그러자 말을 세내어 왔다. 선비가 또 평계를 댔다.

"몸이 아프오."

그 처가 말했다.

"그러면 사람을 보내요."

"누가 나를 위해 천릿길을 가주겠소?"

처가 말했다.

"이웃 마을 아무개와 약속을 했어요. 노자도 다 준비해두었어요."

선비는 더욱 걱정이 깊어졌다. 편지 쓸 종이가 없다고 거짓말했다. 처가 큰 편지 종이 한 장을 내밀었다. 선비가 온갖 핑계를 대고 백방으로 회피하려 해도 어쩔 수가 없었다. 밤사이 골똘히 생각한 끝에 마침내 염치 불구하고 편지의 겉봉에다 이렇게 썼다.

"기영[1] 절하[2] 하집사[3] 입납入納, 편지를 드린다는 뜻 노진재[4] 상후서上候書, 웃어른께 안부를 묻는 편지를 보냄."

안쪽에는 이렇게 썼다.

"소생은 우활하고 황당한 유생으로 기구한 형편에 몰려 운니雲泥, 구름과 진흙. 차이가 매우 심함을 비유하는 말의 차이를 알지 못하고서 감히 평소 친분이 없는 재상께 이렇게 서신을 올리나니 대감께서 얼마나 의아해하실지 모르겠습니다. 실상을 다 기록하니 널리 헤아려주시기를 엎드려 바라나이다."

별지에는 이렇게 썼다.

소생은 우활한 신세에 마음가짐을 산만하게 하여 젊은 시절 학문할 기회를 놓치고 가산을 경영하는 데 소홀했습니다. 아울러 꼭 필요하지 않

---

1) 기영(箕營): 조선시대에 평양 감영을 달리 이르던 말. 도의 관찰사가 기거하는 관청을 감영이라 한다.
2) 절하(節下): 장수(將帥)를 높여 이르던 말. 여기서는 관찰사를 높이는 말.
3) 하집사(下執事): 주인이나 높은 사람을 대신해 일을 주관하는 사람을 집사라 한다. 가령 혼인식을 준비하면서 양가가 편지나 물품을 주고받을 때는 주인에게 직접 주지 않고 집사에게 준다. 그래서 편지나 축의금을 보낼 때, '하집사'라고 쓴다.
4) 노진재(露眞齋): '속마음을 드러내는 집'이란 뜻으로, 선비가 자신의 호로 지은 것이다.

은데도 한양을 출입하면서 노닐며 남은 술잔과 식은 밥조차 꺼리지 않았습니다. 일 년 이 년 이리저리 살아왔으니 처자가 몰락해도 소 닭 보듯 보아 넘기고 약간 있는 농토도 황폐해지게 내버려두었습니다. 동네 사람들이 천하게 여겨 포기하고 친척도 무시했습니다. 다만 아내의 현명함에 의지하니 제사를 받들고 자녀를 기르는 것이 겨우 모양새를 갖추게 되었습니다. 그러니 소위 가장이란 없는 것과 마찬가지였습니다. 지금까지 이렇게 살아온 세월이 어느덧 삼십 년입니다.

하루는 집사람이 소생을 꾸짖었습니다. 소생이 여러 해 동안 한양으로 가서 노닐었는데도 높은 사람 한 사람과도 교유하지 못했다고 말입니다. 비록 아녀자가 한 말이었지만 사실 변명할 말이 없었습니다. 합하^{정1품 벼}슬아치를 높여 부르던 말께서는 유생 시절부터 지체와 문벌, 가문의 명망으로 보아 반드시 크게 되실 것 같았습니다. 그런고로 합하의 성함을 끌어와 말을 꾸며서 처를 위로했습니다.

"아무개는 실로 나와 절친한 사이인데 평안감사가 되면 집과 전답을 마련해주겠다고 분명히 약속하셨지."

이렇게 처를 속인 것이 육칠 년 전의 일입니다. 정말 일시의 미봉책에서 나온 말인데, 늙은 처는 진담인 줄 알고 믿어 의심치 않았습니다. 한번 그 일이 있고 나서, 시루떡과 밥을 올려 축원하고 목욕재계하고 기도를 올린 것은 모두 합하께서 평안감사가 되게 해주십사 빌고자 함이었습니다.

합하께서 등과하시고 나서부터 더욱더 정성을 들이고 더 간절히 기대하며 "모 대인께서 무슨 벼슬을 하시게 되었나요?" 하고 매번 물었습니다. 소생은 합하의 얼굴도 못 뵈었지만 이미 해놓은 말이 허망해지는 게 두려워 "작년에는 어떤 벼슬을 하시고 올해는 어떤 가자⁵⁾를 하셨다"고 일일이 대답하며 정말 서로 친밀한 듯 행세했습니다. 그러나 얼마 전 집사람이 친척을 통해 대감께서 평안감사로 나가셨다는 소문을 듣고서 소생으로 하여금 가서 걸태[6]를 해오라 했습니다. 그러니 소생의 번뇌가 어떠했겠습니까? 말이 없다고 하니 말을 구해와 대기시켰고, 몸에 병이 났다 하니 사람을 써서 보내자 했습니다. 심지어 편지 종이가 없다 하니 큰 편지 종이를 구해주었습니다. 이 지경에 이르니 제 고민과 답답함이 배가 되었습니다. 정말 모든 것을 중단시키려 하기도 했지만 앞에 말한 것들이 허망하게 탄로날 것이 걱정되었습니다. 또 편지를 쓰자니 대감과 저는 평소 모르는 사이라 이 역시 어떠했겠습니까? 소생은 지금 번뇌하는 절박한 마음으로 부득이 전말을 드러내옵니다. 그러니 합하께서는 불쌍히 여기시어 널리 헤아리고 용서해주시길 바랍나이다.

편지를 다 써서 부인에게 주니, 부인은 즉시 이웃 종을 불러서 노자를 계산하여 주고는 곧바로 일어나 배웅했다. 그 사람이 평양에 도착했을 때는 영문이 열려 있어 편지를 올릴 수 있었다. 감사는 봉투를 열어보고 두세 번 읽고 또 읽었다.

평안감사는 홍문관 시절 이후로 매달 초하루와 보름이면 꿈속에서 어느 집으로 갔다. 그때마다 양반집 같은 데서 부인이 정결하게 목욕하고 맑은 물로 시루떡을 쪄서 두 손 모아 하늘을 향해 이렇게 축원하는 것을 보았다.

"아무개가 꼭 평안감사가 되게 해주옵소서."

아무개는 바로 자기 이름이었다. 마음속으로 매우 이상하게 여겼지만 그 까닭을 알 수가 없었다. 그런데 지금 선비의 편지를 보니 꿈자리와 부합하는지라 멍하니 크게 깨닫는 바가 있었다. 한편으로는 사정이 가련하고 다른 한편으로는 그 정성에 감동해 편지를 갖고 온 종을 불러

---

5) 가자(加資): 조선시대에, 관원들의 임기가 차거나 근무 성적이 좋은 경우 품계를 올려주던 일. 또는 그 올린 품계.
6) 걸태(乞駄): 염치를 돌아보지 않고 남의 짐바리를 달라고 요청하는 것. 도움을 청하는 일.

앞으로 가까이 오게 했다. 그러고서 그 댁이 어떻게 지내는지, 어디 아픈 데는 없는지, 자제들은 장성했는지 낱낱이 묻고 상세히 알아보아 진짜 죽마고우인 것처럼 보이게 했다. 종은 속으로 이렇게 생각했다.

'그 생원님이 과연 한양에 절친한 친구가 계셨구나. 비록 궁벽한 시골에 살고 계시지만 어찌 공경하지 않을 수 있을까?'

감사는 종을 숙소에 머물게 하고 진수성찬을 대접하게 했다. 이틀 후에 감사가 종에게 말했다.

"너의 댁 생원님은 내 죽마고우이기에 마땅히 재물을 보내려 한다. 그러나 네가 짊어지고 가기에는 무거워 감영을 통해 보내겠다. 너희 생원님은 약과를 무척 좋아하기에 지금 한 궤를 보내니 네가 먼저 보아라."

그리고 뚜껑을 열어보게 하니 과연 유과였다. 뚜껑을 다시 덮어 기름종이로 싸고 가는 줄로 묶어 봉하고 관인을 찍었다. 또 종에게 부모가 있는지 물어보고서는 대약과 스물다섯 개를 따로 싸주며 부모에게 가져다주라 했다. 노자를 넉넉히 챙겨주고 편지도 주면서 서둘러 돌아가게 했다.

종이 돌아올 때가 점점 가까워지자 부인의 기대는 더욱 간절해졌다. 하지만 선비는 허무맹랑한 일을 벌여둔 셈이라, 우환이 만 갈래나 되어 문득 병 아닌 병이 들었다.

하루는 처가 황급히 알렸다.

"아무개 종이 돌아와요!"

이윽고 종이 사립문 밖에 도달하니, 처는 마루 앞에 나가 섰다. 하지만 선비는 감히 문을 열지 못하고 문틈으로 몰래 살피기만 했다. 종이 들어오는데 등에 봉물을 지고 있었다. 한참 의심을 하고 있는데, 그가 안마당에서 절을 올렸다. 부인은 그에게 먼저 무사히 다녀온 것을 위로하고, 다음으로 짊어진 것이 무슨 물건인지 묻고는 황급하게 평안감사가 보내온 답신을 찾아서 선비에게 건네주었다. 피봉에는 "노진재 집사

^{執事} 회납⁷⁾, 기백⁸⁾ 사장^{謝狀, 고맙다고 사례하는 편지}"이라 쓰여 있고, 안쪽에는 이렇게 쓰여 있었다.

"멀리서 휘음⁹⁾을 받고 얼굴을 대하듯 읽었네. 더욱이 동정을 알 수 있었고 아름다운 모습을 떠올리니 즐거웠네. 제^弟는 도임한 지 얼마 되지 않아 일이 바쁘니 그 번거로운 수고를 어떻게 다 말할 수 있겠는가? 관하^{關河, 변경 지대의 산하}가 천리나 머니 여기까지 왕림하기는 어렵겠지. 하지만 뒷날 한양 집에 왕림하는 날을 기다려 긴긴 이야기를 나눌 수 있을 걸세. 불비^{不備, 다 갖추어지지 아니함. 흔히 한문 편지의 끝에 씀}. 양과 한 궤를 함께 보내네."

선비는 팔팔하게 생기가 돌아서는 사대부의 기상을 보여주려 했다. 일어나 창을 밀치고 종을 불러 말했다.

"천리 먼길 다녀오느라 노고가 많았다."

종이 말했다.

"다행하게도 하념^{下念, 윗사람이 아랫사람을 염려하는 마음}을 입어 무사히 다녀왔으니 무슨 수고가 있었겠습니까? 사또님의 관대한 배려가 소인의 어머니를 위한 약과에까지 이르렀으니 생원님의 은덕 아닌 게 없사옵니다."

마침내 감사의 분부와 접대가 이러이러했다는 것을 한바탕 다 아뢰었다. 또 따로 싼 약과를 꺼내 그 부모에게 드리니 선비가 크게 생색냈다.

선비가 안으로 들어가 궤를 열고 약과를 꺼내 한입 먹어보니 평생 처음 먹어보는 맛이었다. 부부가 서로 쳐다보며 그 놀라운 맛을 칭찬했다. 그리고는 차차 풀어보니 약과는 불과 두 겹이었고 궤 속에 가운데층이 있고 그 가장자리에 손가락이 들어갈 정도의 구멍이 있었다. 그걸 열어

---

7) 회납(回納): 도로 바치거나 돌려줌. 편지나 꾸러미의 겉봉에, 회답의 편지 또는 회례로 보내는 꾸러미라는 뜻으로 받을 사람의 이름 뒤에 쓰는 말.
8) 기백(箕伯): 조선시대 평안도 관찰사 혹은 평안감사를 일컫는 말.
9) 휘음(徽音): 아름다운 덕행과 언어에 따른 좋은 평판. 혹은 그것을 적은 편지.

보니 천은天銀, 품질이 제일 좋은 은 한 말이 들어 있는 게 아닌가! 그 값을 계산해보니 만 금이 넘을 것 같았다. 선비 부부는 크게 놀라고 기뻐 몸이 세 길이나 뛰어오르는 것도 몰랐다.

선비는 은을 팔아 땅을 샀으며 마침내 광주의 갑부가 되었다 한다.

被室謫露眞齋折簡

廣州一揩大, 不文不武, 地卑家貧, 不能力農, 以內助支過. 而以若干世誼戚誼之在京, 三十年出沒洛下, 而以人望才華之一無可取, 不得結交[10]於一箇官人. 其妻訕之曰: "士子之遊京者, 居半以着實[11]工夫, 賭取科官[12]之地, 否則納交於利勢之家, 以爲依托之地, 而至若夫子, 則旣無文字, 科宦非所可論, 三[13]十年洛[14]下, 宜有一箇情交, 未嘗[15]有一張存問, 妾心疑怪, 無或酒色之眈[16]惑耶? 雜技之外入耶?" 揩大實恥其言之[17]有理, 而無辭可答, 沉吟良久, 乃瞞答曰: "吾非病風[18]之人, 三十年遊洛[19], 豈徒然哉? 果有某姓某人, 自少親密, 而悶我窮困, 恒曰, 若爲西伯, 則給我一家産云. 其人再昨年登科, 今爲應教, 吾之上京, 必留是人之家, 早晚必得其力矣." 其[20]夫人聞之, 每於朔望用甌祝天, 以某人之爲西伯, 每問某人之陞品與否, 其夫則每以尙遠諉之. 過六七年後, 適因親黨之來往, 得聞某人之爲西

---

10) 交: 동양본에는 탈락.
11) 實: 동양본에는 '意'로 표기.
12) 官: 동양본에는 '宦'으로 표기.
13) 三: 동양본에는 '而'로 표기.
14) 洛: 동양본에는 '落'으로 잘못 씀.
15) 嘗: 동양본에는 '常'으로 잘못 씀.
16) 眈: 동양본에는 '沈'으로 표기.
17) 之: 동양본에는 탈락.
18) 病風(병풍): 풍병(風病).
19) 洛: 동양본에는 '落'으로 잘못 표기.
20) 其: 동양본에는 탈락.

伯, 而措大時適上京矣. 待其還, 跣足出迎曰: "某官今爲西伯云! 何不往見? 須以明日發行!" 措大聞之不勝悶迫, 乃佯曰: "到任屬耳, 稍俟後日, 何用躁躁[21]?" 妻信之, 過三朔後, 其妻促之曰: "何不往也?" 曰: "無馬也." 已得貰馬, 則曰: "身病也." 其妻曰: "然則須送人也." 曰: "誰爲我作千里之行乎?"[22] 妻曰: "已約某[23]隣之某漢, 盤纏亦已備置矣." 措大悶甚, 亦諉[24]以無簡[25], 其妻乃以一大簡授之. 措大東推西托, 百般圖避, 而無可奈何, 乃終夜籌思, 遂冒沒, 裁一簡皮封曰: '箕營節下下執事入納, 露眞齋上候書' 裏面曰云云: "小生以迂怪儒生, 畸窮所迫, 不辦雲泥有隔, 敢此修候於素昧宰相, 未知大[26]監訝惑何如. 實狀載胎錄, 下諒伏望." 別紙云: "小生以迂濶身世, 散慢恾[27]心, 少失文學, 世乏産業, 兼之不繁出入[28]遨遊京洛, 殘盃冷飯不嫌, 苟且一年二年, 如此如彼, 零星妻子, 歸之於秦越[29]之視, 如干稼穡, 屬之於笆籬之邊. 鄕黨賤棄, 親戚排擯, 只賴室人賢哲, 祭祀之奉, 子女之育, 猶以成樣, 所謂家長, 有若無矣. 如是者, 三十年于玆矣. 一日, 室人以小生之積年遊[30]京, 不得一長者交遊, 每致嘖言, 雖以婦人[31]之言, 實無可答, 閣下自儒時, 地閥門望, 必將大做, 故遂擧閣下之名[32], 餙辭以慰妻曰: "某人實與我膠漆, 而且有丁寧之約曰, 若爲西伯, 則惠以一庄壑云云." 以此瞞之, 此盖六七年前事也. 實出於一時彌縫之計, 而老妻則認爲眞

---

21) 躁躁: 동양본에는 '操操'로 표기.
22) 동양본에는 '其'가 더 나옴.
23) 某: 동양본에는 '其'로 표기.
24) 諉: 동양본에는 탈락.
25) 동양본에는 '稱頉'이 더 나옴.
26) 大: 동양본에는 '台'로 표기.
27) 恾: 동양본에는 '㤉'로 표기. '㤉'가 맞음.
28) 出入: 동양본에는 탈락.
29) 秦越(진월): 진나라와 월나라. 소 닭 보듯 서로 무관심한 관계.
30) 遊: 동양본에는 '留'로 표기.
31) 人: 동양본에는 '女'로 표기.
32) 之名: 동양본에는 "姓啣"으로 표기.

談, 信之無疑. 一自其後, 甌飯之祝, 沐髮之禱, 皆願某人之爲[33]西伯, 自執事[34]登科以後, 精誠愈勤[35], 企待[36]愈切. 每問: '某大人, 今至何官?' 生至於執事, 實無半面之雅, 而惟恐前言之[37]歸虛, 以去年某官, 今年某資, 一一答之, 有若眞箇親密者. 然頃者因其親族, 遂聞大[38]監之出按西伯, 要使小生親往乞馱, 小生之煩惱, 當如何哉? 托以無馬, 則備馬以待之, 托以身病, 則雇人以送之, 甚至托以無簡, 則出一大簡與之. 到此情地, 一倍悶隘. 誠欲中止, 則前言之虛妄綻露, 且欲修書, 則大[39]監之素昧何哉? 小生今以迫[40]隘悶[41]惱之意, 不得已悉暴顚末, 惟執事哀憐之諒恕之." 書畢, 授之內君, 內君卽招隣漢, 計給盤纏, 卽地起送. 厥漢到平壤, 營門洞開, 納上書簡. 巡相坼見, 再三循環, 蓋西伯自玉堂之後, 每以朔望, 夢至一家, 見一班家, 夫人精潔沐浴, 淸水甌餠, 合手祝天曰: "使某人爲平安監司."云. 某人卽自家姓名也[42]. 心甚怪之, 不識[43]其故矣. 今見此書, 與夢兆符合, 怳然大覺. 一是情地可憐, 一是精誠可感, 遂招來奴近前, 其宅生涯之[44]如何, 疾病[45]之[46]有無, 兒稚之[47]長養, 條條下問, 一一詳探, 眞若竹馬故舊樣, 其奴之心, 亦曰: '某生員主, 果有京洛好親友矣. 雖窮居鄕曲[48], 豈不可畏哉?' 巡相使其奴

33) 爲: 동양본에는 탈락.
34) 執事(집사): 합하(閤下)와 대감(大監)이란 호칭이 혼용되고 있다.
35) 愈勤: 동양본에는 탈락.
36) 동양본에는 '愈往'이 더 나음.
37) 之: 동양본에는 탈락.
38) 大: 동양본에는 '台'로 표기.
39) 大: 동양본에는 '台'로 표기.
40) 迫: 동양본에는 '悶'으로 표기.
41) 悶: 동양본에는 '煩'으로 표기.
42) 也: 동양본에는 탈락.
43) 識: 동양본에는 '知'로 표기.
44) 之: 동양본에는 탈락.
45) 疾病: 동양본에는 '病否'로 표기.
46) 之: 동양본에는 탈락.
47) 之: 동양본에는 탈락.
48) 曲: 동양본에는 '谷'으로 표기.

留之下處, 饋以盛饌, 過二日, 巡相招厥漢曰: "汝宅生員主, 果是葱竹之交,
宜有財物之惠, 而以汝卜重, 不得付送, 當自營駄送, 而汝之生員主, 偏嗜
藥果, 故今以一樻送之, 汝其視之." 使之開盖, 果油蜜果也. 遂掩盖, 裹以油
紙, 結以細繩, 封而踏印. 且問來奴之有父母, 以二十五大藥果, 別裹以給,
使歸遺其父母. 厚給盤纏, 並書札出付[49], 使之促還. 其奴歸期漸近, 夫人
懸望甚切, 而措大則以其所爲虛無孟浪, 憂患萬端[50] 便成不病之病. 一日
妻忙告之[51]曰: "某奴歸矣!" 斯須之頃, 近至[52]柴門之外, 老妻出立軒外,
而措大則不敢開戶, 穴隙窺之, 厥漢果爲入來, 而背上有封物所負. 方在
疑信之際, 厥漢納拜內庭, 夫人先慰行役之無事, 次問所負何物, 忙索答
札與之, 措大皮封曰: '露眞齋執事回納, 箕伯謝狀' 裏面曰: "遠承徽音,
披閱如對, 矧審動止, 一享[53]佳勝. 弟苽任屬耳. 公務多端, 撓惱何言? 關
河千里, 雖難枉臨, 第待[54]日後. 卽臨京第, 則實多長話之可敍. 不備. 藥
果一樻伴呈." 措大大發生氣氳氳, 以士大夫氣像自處, 推窓起坐, 呼來奴
曰: "遠涉千里, 其勞良苦." 厥漢曰: "幸蒙下念, 無事往還, 何敢言勞? 且
蒙使道寬厚, 至有小人母藥果之饋, 莫非生員主德澤." 遂以使道分付之
如是接待[55], 如此如此[56], 一場仰白. 以別裹藥果出饋其父母, 兩班之生
色, 大矣. 措大遂入內, 解樻出一立喫之, 此是平生初喫之物也. 夫婦相
顧, 稱其味異常, 次次捲之, 則藥果不過二重, 而樻中又有中層, 邊有一指
可容之穴, 開之則實以天銀子一斗, 計其直, 果[57]萬金有餘, 措大夫婦大

---

49) 동양본에는 '之'가 더 나옴.
50) 萬端: 동양본에는 탈락.
51) 동양본에는 '之'가 더 나옴.
52) 동양본에는 '於'가 더 나옴.
53) 享: 동양본에는 '向'으로 표기.
54) 待: 동양본에는 '俟'로 표기.
55) 동양본에는 '之'가 더 나옴.
56) 如此如此: 동양본에는 '如是'로 표기.
57) 果: '過'로 표기해야 함.

驚喜, 不覺踴身三丈. 措大遂賣銀買土, 至爲廣州甲富云.

나주 여인이 신문고를 쳐 남편의 억울함을 호소하다

나주에 한 선비가 있었는데 집이 가난해 노복도 없이 스스로 농사를 지었다. 그 처와 딸도 시골 상민들과 내외를 하지 않았다.

문 앞에 채마밭이 있었다. 선비의 딸은 비녀 꽂을 나이가 지났는데 밭에서 몸소 호미질을 했다. 그 옆에 상한常漢, 상놈의 밭이 있었다. 그가 같은 때 호미질을 하다가 넌지시 하는 말로 처녀를 희롱하니, 처녀가 화를 내며 말했다.

"나는 양반이고 당신은 상한인데 어찌 감히 나를 희롱하는가?"

그가 말했다.

"너 같은 양반은 우리집 마루 밑에 우물우물[1]하다."

처녀가 분노하여 바로 집으로 돌아와 간수澗水를 마시고 죽었다. 그 아버지는 딸을 핍살逼殺, 사람을 위협하거나 강박하여 죽음에 이르게 함한 죄로 상한을

---

1) 우물우물: '우물우물'은 조금 큰 벌레나 동물 따위가 한데에 매우 많이 모여 굼뜨게 자꾸 움직이는 모양을 나타내는 말이기도 하다. 양반의 딸은 '우물우물'이 자기 가족을 벌레에 비유한 말이라 더욱 심한 모욕감을 받은 것이다.

관가에 고발했다. 관에서 상한을 잡아가 엄하게 다스리고 옥에 가두고 는 고음[2]을 받들어 한 달에 세 번 동추[3]했다.

그 사람은 잘못도 없는데[4] 옥에 갇힌 것을 원통해하여 밤낮으로 눈물을 흘리고 울부짖다가 두 눈이 모두 멀어버렸다. 그 처는 동서로 구걸하여 옥바라지를 했지만 계속 뒷바라지하기는 어려웠다. 결국 가산을 모두 팔아 돈 두어 관을 만들어 와서 남편에게 주며 말했다.

"제 힘도 다하여 뒷바라지하기가 어렵네요. 간신히 돈 두 관을 구해왔어요. 저는 한양으로 가서 신문고를 치려 합니다. 그동안 이 돈으로 연명하세요. 제발 죽지는 마세요. 반드시 돌아올게요."

서로 부둥켜안고 통곡하며 이별했다. 상한의 처는 전전걸식하며 한양에 도착했다. 이때 임금은 경희궁에 거처했는데, 그녀는 대궐 아래로 가서 길옆 술 파는 집 일을 해주며 거기에 살았다. 사람 됨됨이가 근면하고 성실해 매사에 칭찬을 들었다. 특히 술집 주인 노파가 그녀를 매우 좋아했다.

하루는 여자가 주인 노파에게 물었다.

"제가 들으니 대궐 안에 신문고라는 것이 있는데, 원통한 일이 있는 사람이 그걸 친다 하더라고요. 어떻게 하면 신문고를 칠 수 있을까요?"

주인 노파가 말했다.

"무슨 원통한 일이 있길래 신문고를 치려 하느냐?"

그녀가 일의 전말을 상세하게 이야기하며 감정이 북받쳐 구슬프게 울었다. 주인 노파가 가련하게 여기어 술 마시러 온 대궐 군사에게 그녀

---

2) 고음(侤音): 관(官)에 다짐하는 문서로, 대개 소송 결과 패소한 사람이 관의 판결대로 이행할 것을 다짐하는 문서다.
3) 동추(同推): 관원이 합동으로 죄인을 추문하는 일. 초검관(初檢官)과 복검관(覆檢官)이 합동하여 죄인을 신문했다. 살인사건이 발생한 경우 시체를 검안하는데, 첫번째 검안인 초검과 복검의 차이가 없으면 이것으로 판결하고, 차이가 있으면 삼검하여 초검·복검·삼검의 결과를 종합하여 처리했다.
4) 잘못도 없는데: 처녀가 상한의 농담을 다소 과장적으로 받아들여 죽었다고도 할 수 있다.

의 원통한 실상을 이야기해주었다. 그러고는 신문고를 한번 칠 수 있도록 주선해달라 부탁했다. 마침내 그녀가 들어가서 신문고를 치니, 대궐 안이 놀라 어수선해져 그녀를 잡아 형조로 보내서 진술을 받게 했다. 이 배吏輩가 듣고는 원통한 일이라 생각하고 그 사정을 애달파하여 원정[5]을 잘 써서 올렸다. 임금이 읽어보고 크게 감탄하여 어사御使를 보내 자세히 조사해 처리하게 했다. 형조의 관문[6]이 먼저 감영에 도착하니 소문이 나주에까지 들렸다. 옥졸이 그 소식을 듣고 급히 달려가 죄수에게 말했다.

"아무야! 아무야! 네 처가 상경해 신문고를 쳐서 어사가 사건을 조사하러 방금 내려온다 하는구나!"

그 사람이 듣고 "그러냐?" 하며 자기도 모르게 벌떡 일어나 앉으니 두 눈이 동시에 보였다.

어사가 내려와서 문서를 자세히 보고 이전 판결을 뒤집자 그는 무사히 감옥에서 나왔다.

訟夫冤[7]錦城女擊鼓

羅州有一士人[8], 家貧無婢僕, 自樹農業. 而其妻與女亦尋常, 與鄕人無內外之別. 門前有菜田數畝, 其女子年則過笄, 而手自鋤菜. 其隣又有常漢之田, 厥漢亦同時鋤菜, 以微言侵侮其處女, 處女怒曰: "我則兩班, 汝則常漢, 何敢侵侮我乎?" 厥漢曰: "如汝兩班, 吾家廳底井井多[9]矣." 處女忿怒,

5) 원정(原情): 사인(私人)이 원통한 일, 억울한 일 또는 딱한 사정을 국왕 또는 관부에 호소하는 문서.
6) 관문(關文): 조선시대에 상급 관청에서 하급 관청에 시달하던 공문서.
7) 冤: 동경대본에는 탈락.
8) 人: 동양본에는 탈락.
9) 井井(정정): '井井'은 '우물우물'을 훈차 표기한 것이다.

卽還其家, 飮滷水而死. 其父發告以常漢逼殺其女之罪, 誣訴官家, 自官捉
致厥漢, 嚴治牢囚, 勤捧侤[10]音, 而月三同推. 厥漢痛其非辜囚在[11]獄中,
日夜涕泣, 兩目俱盲. 其妻東西求乞, 以資獄供, 更無以[12]繼給之[13], 遂盡
賣家産辦得[14]數貫, 往給其夫曰: "吾今力盡, 無以相資, 艱得二貫以來, 方
將上京[15]擊申聞鼓, 其間須以此錢繼命, 愼無[16]死也[17], 必[18]待吾還也." 遂
相持痛哭而別, 轉轉乞食達于京師. 時慶熙宮爲[19]時御所, 尋至闕下, 爲路
傍酒家之傭雇. 爲人誠慤勤實, 每事稱意, 其酒家甚喜之. 一日謂酒家老嫗
曰: "吾聞申聞鼓在闕中, 有寃者擊之云, 何由得一擊也?" 主嫗曰: "汝有何
寃而欲擊之耶?" 其嫗[20]乃細述顚[21]末, 仍悲泣不自勝, 主嫗憐之, 因禁中
卒隷之來飮酒者, 備述此嫗[22]寃苦之狀, 使之周旋, 得以一擊, 厥嫗[23]遂入
擊之, 闕內驚撓[24], 捉送厥嫗[25]于秋曹, 使之捧供以入刑曹. 吏輩聞之, 亦
寃其事, 而哀其情, 善述原情而奏之, 上覽之, 大加歎賞, 命差御史, 往審理
之. 刑曹關文爲先到營, 先聲已及於[26]羅州, 獄卒聞之[27], 急走來呼獄囚曰:

---

10) 侤: 동경대본에는 '考'로 표기.
11) 勤捧侤音, 而月三同推, 厥漢痛其非辜囚在: 동양본에는 탈락.
12) 以: 동양본에는 탈락.
13) 동양본에는 '道'가 더 나옴.
14) 得: 동양본·동경대본에는 '錢'으로 표기.
15) 동양본·동경대본에는 '欲'이 더 나옴.
16) 無: 동양본에는 '勿'로 표기.
17) 也: 동양본·동경대본에는 탈락.
18) 必: 동양본·동경대본에는 '以'로 표기.
19) 爲: 동양본에는 탈락.
20) 嫗: 동양본에는 '女'로 표기.
21) 顚: 동양본에는 '轉'으로 잘못 표기.
22) 嫗: 동양본에는 '女'로 표기.
23) 嫗: 동양본에는 '女'로 표기.
24) 撓: 동양본에는 탈락.
25) 嫗: 동양본에는 탈락.
26) 於: 동양본에는 탈락.
27) 之: 동양본에는 탈락.

"某阿某阿, 汝妻上京, 擊申聞鼓, 審理御史, 今方下來云矣!"厥漢聞之大呼曰: "然乎?"不覺蹶然起坐, 兩目俱開. 御史下來, 細閱文簿, 一反前案, 得以無事出獄[28].

28) 동양본에는 '云云'이 더 나옴.

옛 습관대로 강물 속에서 곰과 싸우다

노귀찬盧貴贊이란 자는 재상집의 종이었다. 죄를 짓고 도망쳐 여주에 살면서 뱃사공 일을 생업으로 삼았다. 평소 패악스럽고 막돼먹으니 나쁜 뱃사공으로 인근에 알려졌다.

하루는 장사치들을 배에 싣고 한양으로 향하고 있었다. 배가 강가를 스쳐지나가는데, 키가 작고 골격도 볼품없는 한 선비가 나타났다. 머리는 반백이었고 입고 있는 삼베옷이 무겁게 느껴질 정도로 약해 보였다. 그는 등에 푸른 봇짐을 지고 손에는 막대를 쥔 채 강가에 서서 외쳤다.

"날 좀 태워주어 늙은 다리를 쉬게 해주시오."

귀찬이 얼굴을 들어 바라보고는 아래쪽 나루를 턱으로 가리키며 말했다.

"저 언덕에 가서 기다리든지!"

선비가 그 말대로 얼른 강가로 뛰어갔다. 배를 따라가지 못할까 걱정되어서였다. 숨을 헐떡거리며 아래쪽 나루에 도착해서 기다렸다. 귀찬이 다가왔다가 보지도 않고 배를 저어 내려갔다. 선비가 또 부르니 귀찬은 더 아래쪽에 있는 나루를 가리켰다. 선비가 또 강가를 따라 뛰었다. 숨이 가빠 죽을 것만 같았다. 지팡이를 짚고 아래쪽 나루에 서 있는데 귀찬이 또 못 본 체하고 배를 저어 내려갔다. 이러기를 세 번이나 했지만, 귀찬은 끝내 선비를 태워줄 생각이 없는 것 같았다.

선비는 여전히 배를 따라 걸어갔다. 선비는 흘깃 보고 배가 강가에서 대략 스무 걸음 정도 떨어진 것을 확인하고서는 몸을 조금 웅크렸다가 큰 소리를 질렀다. 어느새 선비가 배 안에 올라타 있었다. 배 안에 있던 사람들이 깜짝 놀랐다. 귀찬은 처음에 선비가 하찮은 존재라 생각하고 홀대했지만 그의 용맹을 보고는 엎드려 죽을죄를 지었다고 빌었다. 선비는 대답하지 않고 앉아서 봇짐을 풀었다. 그러고는 한 자 정도 되는 작은 총을 꺼내 화약을 집어넣고 불을 들고서 동쪽 뱃머리로 가 앉았다. 그리고 귀찬을 꾸짖었다.

"너는 저 서쪽 뱃머리로 가서 나를 향해 꿇어앉거라!"

귀찬은 감히 찍소리도 못하고 서쪽 뱃머리 아래로 가 꿇어앉아서 감히 선비를 쳐다보지도 못했다. 선비는 총을 들고 귀찬의 미간을 정확하게 겨누어 쏘려는 시늉을 했다. 쏘려 하다가 쏘지는 않고 일부러 늦추니 귀찬의 얼굴은 흙빛이 되었다. 오직 두 손을 곧추 모아 죽을죄를 지었다는 말만 되풀이하며 꼼짝달싹도 못했다. 선비는 두 눈을 부릅뜨고 한참 동안 바라보고만 있었다. 별안간 총을 쏘니 대낮에 엄청난 소리가 나고 귀찬은 고꾸라졌다. 배 안에 있는 사람들도 모두 놀라고 당황해 귀찬이 이미 죽었다 여기고도 감히 아무 말도 못했다. 선비는 서서히 작은 총을 넣고 봇짐을 다시 묶었다. 그러고는 귀찬 쪽으로 가서 목을 들어올려 숨기운을 살폈다. 귀찬은 한참 뒤 소생했다. 온몸에 아무런 상처도 없었지만 대머리가 되어 상투가 간 곳을 몰랐다. 선비가 귀찬에게 배를 대라고 명했다. 선비는 배에서 내려 강가 높은 곳에 앉았다. 귀찬에게도 하선하라 하여 귀찬이 배에서 내렸다. 엎드려라 하니 엎드렸고, 바지를 내리고 볼기를 드러내라 하니 귀찬이 볼기를 드러냈다. 명령을 내리자마자 즉시 그대로 따랐다. 선비가 손에 든 매를 들어올려 귀찬의 볼기를 세 번 내려쳤다. 세 번 다 다른 곳을 쳤는데, 매가 살 속을 파고들어 보이지 않다가 매가 나오고 나서야 살에서 피가 솟아올라 뚝뚝 떨어졌다. 귀찬이 다시 기절했다가 또 소생했다.

마침내 선비가 수염을 휘어잡고 큰 소리를 질러 귀찬을 꾸짖었다.

"너는 공주 금강 이李사공의 이야기를 듣지 못했느냐? 하루에 한 사람을 일곱 번 건네주고 다시 도로 실어왔어도 조금도 귀찮은 내색을 하지 않았다."

그러고는 강가의 산을 가리키며 말했다.

"너도 죽으면 묻히겠지? 저곳이 이사공이 죽어 묻힌 곳이다. 자손이 크게 번창하니 지금까지 금강을 왕래하는 사람들은 문득 저곳을 가리키며 '저곳이 이사공의 묘다'라고들 한다. 오늘 내 두 다리가 저리고 물집이 생겨나 너무 아파서 한 걸음도 더 걷기 어려웠다. 네게 태워달라 부탁했거늘 너는 나를 태워주지 않았지. 무릇 태워주지 않으면 그만이지 왜 세 번이나 아래쪽 나루를 가리키고는 그곳으로 내려가라 하여 나를 고달프게 만들고 기만했느냐? 어찌 그리도 심하게 굴 수 있느냐? 차후로는 절대 이 같은 악독한 짓을 하지 말거라! 오늘은 운좋게 나를 만난 고로 목숨을 살렸지만 다른 사람이라면 어찌 너를 살려주겠느냐?"

귀찬은 머리를 두드리며 쉴새없이 은덕에 감사드렸다.

때마침 당나귀를 타고 지나가는 사람이 있었다. 그 모습이 학문과 덕행이 뛰어난 선비 같았는데 젊었다. 그는 선비가 귀찬을 다스리는 것을 보고는 읍하고 앞으로 나와 말했다.

"통쾌합니다! 통쾌해요! 이놈은 일찍이 배에서 나를 곤경에 빠뜨린 놈입니다. 나를 배에 태웠다가 고의로 다시 내리게 하고 돛을 높이 올려 도망쳐버렸지요. 나는 어쩔 수 없이 군색히 걸어서 가느라 과거 날에 늦을 뻔했습니다. 돌아올 때 다시 두미斗尾. 북한강과 남한강이 만나는 곳. 두물머리에서 이놈을 만났지요. 이놈은 나에게 동행하자 하고는 나를 물속에 거꾸로 집어넣었지요. 이놈은 헤엄을 잘 쳐서 가벼운 오리처럼 물속으로 들어 갔다 나왔다 하며 두려움이 없다는 것을 보이고, 또 물속에 서서 팔을 뻗어 나에게 욕을 퍼부었지요. 나는 분노가 치밀어올랐지만 어찌할 수 없었어요. 지금 선생께서 이놈을 응징해주시니 소자의 옛 치욕이 조금 이나마 녹았습니다."

선비는 대답하지 않고 용문산경기도 양평 용문면과 옥천면 사이에 있는 산으로 훌쩍 떠났는데 나는 듯한 걸음이었다. 귀찬은 사람들에게 들려서 집으로 옮겨졌다. 몸조리한 지 몇 년 만에 겨우 움직일 수 있었다. 머리털도 점차 자라났지만, 매맞아 볼기에 남은 검푸른 흉터는 마치 뱀 세 마리가 비스듬히 누워 있는 듯했다.

이로부터 귀찬은 뱃사공 일을 그만두고 하는 일 없이 떠돌며 울울불락했다. 그뒤 재상가에서 도망간 죄를 용서해주니 다시 옛날처럼 한양을 왕래했다.

하루는 밤에 종로 거리를 걷다가 술집에 들어가서 잔뜩 취했다. 나오다가 순라군에 잡혔는데, 귀찬이 나졸을 발로 차 가슴에 상처를 냈다. 여러 나졸이 일제히 달려들어 결박하고 대장에게 보고하니, 대장이 귀찬을 잡아들이라 했다. 대장은 버럭 성을 내며 말했다.

"통금을 어긴 것만 해도 용서받기 어려운 죄인데, 거기다 나졸을 차서 상처까지 입혔으니 얼마나 죄가 크냐? 반드시 죽여야 마땅하도다!"

대장은 볼기를 몹시 세게 치려 하다가 볼기에 큰 흉터가 세 개 있는 것을 보았다. 대장은 평소 뱀을 싫어하여 뱀과 비슷한 모양조차도 보지 않으려 했다. 그래서 종사관에게 맡겨 죄인을 다스리게 했다. 그런 이유로 매질이 조금 느슨해져 귀찬은 몸을 피해 다시 여주로 돌아올 수 있었다. 그뒤로 삼 년 동안은 감히 밖으로 나가지를 못했다.

하루는 귀찬이 강 상류를 거슬러올라갔다. 상류에는 우뚝 솟아 강이 내려다보이는 '백암白巖'이란 절벽이 있었다. 어떤 초동이 달려와 귀찬에게 말했다.

"저 바위 꼭대기에 큰 곰이 있는데 지금 자고 있어요. 무척 살진 곰이라, 그 고기라면 백 명이 배불리 먹을 수 있겠어요."

귀찬이 급히 배를 저어 바위 아래에 이르렀다. 상앗대를 짚고 곧바로 바위 위로 올라갔다. 곰이 깊이 잠든 틈을 타 온 힘을 다해 후려쳤다. 곰은 깜짝 놀라 일어나서는 거대한 돌을 뽑아 내던지고 입을 크게 벌리고 포효하며 곧바로 귀찬을 향해 돌진했다. 귀찬이 도망치니 곰은 끝까지 쫓아갔다. 귀찬이 배를 저어 강 가운데에 이르러 돌아보니 곰은 이미 선미船尾를 잡고 있었다. 귀찬이 상앗대를 들어서 또 치니 곰이 그 상앗대를 빼앗아 꺾어버렸다. 귀찬이 다른 상앗대로 치자 곰은 이번에도 상앗대를 빼앗았다. 귀찬이 배 안에 있던 것들을 다 던지고 나니 이제 배에는 남은 것이 없었다. 마침내 귀찬이 빈손으로 섰다. 곰이 배를 움켜잡았다. 배가 곧 뒤집어질 것 같았다. 귀찬이 황급히 피하려 했다. 귀찬은 자기가 헤엄을 잘 친다고 믿고 물속으로 몸을 던졌다. 곰도 따라서 물속으로 들어갔다.

이때 강 좌우로 구경꾼들이 구름같이 모여들었다. 사람과 곰이 물속으로 들어갔는데 조용하기만 할 뿐 아무 흔적도 보이지 않았다. 그러다 배에서 이 리 정도 떨어진 곳에서 갑자기 파도가 세차게 일어나니 용들이 싸우는 것만 같았다. 잠시 뒤 귀찬이 떠올랐는데 시체였다. 곰이 얕은 곳으로 나와 사람처럼 섰지만 누구도 감히 가까이 가지 못했다. 곰은 서서히 지평현砥平縣, 경기도 양평 지제면 일대 쪽으로 사라져갔다. 그뒤 소문에 추읍산趨揖山, 경기도 양평군에 있는 산에서 곰 한 마리가 엽총에 맞아 죽었다 하는데 바로 그 곰이라 한다.

肆舊智熊鬪江中[1]

盧貴贊者, 以宰相家奴, 得罪叛走, 逃在驪州, 以刺船爲業. 然素悖慢無賴, 以惡船人, 聞於沿江. 一日載商賈發船向京師, 掠岸而過, 有一措大短小骨羸, 髮半白, 衣葛若不勝者, 背負青裌褁, 手持一筑, 立岸上呼曰: "願載我, 少歇老脚也." 貴贊擧面而視[2], 頤指下渡曰: "待彼岸!" 措大如其言, 循岸疾[3]走, 惟恐其不及於船也. 氣喘喘, 至下渡, 立而俟之. 貴贊及渡, 又不見也, 放船而下, 措大又呼之[4], 貴贊又指下渡, 措大又循岸[5]走, 氣喘喘, 欲死, 依杖而立[6]下渡, 貴贊又如不見也, 放船而下. 如是者三, 而貴贊卒無意載措大. 措大猶逐船而行, 睨視船去岸畧二[7]十步, 措大少縮身, 一聲發劃, 倏身已在船中[8], 舟中人大驚. 貴贊初以一措大忽之, 及見其勇, 俯伏請死, 措大不答, 坐船之東頭, 解裌褁, 出小砲僅尺餘, 於時飽裝[9]取火, 而還坐東頭, 喝貴贊曰: "汝往坐彼西頭下, 向吾面而跪!" 貴贊不敢出[10]一聲, 退去西頭下, 跪坐, 不敢仰視, 惟頻頻睗視措大. 措大擧砲, 正向貴贊眉額, [11] 將放不放, 故爲持重, 貴贊面如土色, 惟合手向上, 口不絶死罪, 身亦不敢少動. 措大睜開雙眼, 黙視兩久, 瞥然放下, 聲在白日, 貴贊已倒, 舟中人皆驚惶, 知貴贊已死, 亦無敢言者. 措大徐納其小砲, 而還束之然後, 就貴贊,

---

1) 中: 동양본에는 '聲'으로 표기.
2) 而視: 동양본에는 '視而'로 표기.
3) 疾: 동양본에는 '病'으로 잘못 표기.
4) 貴贊及渡, 又不見也, 放船而下, 措大又呼之: 동양본에는 탈락.
5) 동양본에는 '而'가 더 나옴.
6) 立: 동양본에는 탈락.
7) 二: 동양본에는 '三'으로 표기.
8) 中: 동양본에는 '上'으로 표기.
9) 飽裝(포장): 규장각본에는 '재약(載藥)'이라 되어 있으니, '화약을 장전하다'라는 뜻으로 해석된다.
10) 出: 동양본에는 탈락.
11) 동양본에는 '丸'이 더 나옴.

扼[12]擧其項, 喉[13]氣息, 久而乃甦. 渾身無傷, 惟其頭禿, 瞽不知去處. 措大
呼貴贊, 使[14]泊船, 措大乃下船, 登岸之高處而坐, 使貴贊下船, 貴贊下船,
又使伏[15], 貴贊伏[16], 又使解袴露臀, 貴贊露臀而伏, 聽命惟謹. 措大擧手
中杖, 三打貴贊之臀. 各異其處, 杖沒于肉, 不見, 杖出然後, 血始逆流淋漓,
貴贊復絶而甦, 措大乃將鬚厲聲, 責貴贊[17]曰: "汝不聞公州錦江李沙工之
說乎? 一日七渡人而[18]七還渡, 少無倦色." 其人指江上山而謂之曰: "爾死
必葬. 此沙工死, 葬其處, 子孫大繁, 至今往來錦江者, 輒指而[19]語曰: '此李
沙工之墓也.' 今吾兩足繭沙, 水泡泡起而痛甚, 寸步甚艱, 故求載于汝[20],
而汝不我載. 夫不欲載則已矣, 三指下渡, 又下, 其困我, 而欺我, 若是甚
乎? 此後則勿復作惡如是! 今幸逢吾, 故饒汝性命, 誰肯活汝乎?"貴贊叩
頭[21], 稱恩德不[22]已. 時適有騎驢而過者, 貌若秀士而[23]年少, 見[24]措大之
治貴贊, 揖而前曰: "快哉! 快哉! 是嘗困我于船者, 旣載我而以計還下, 而
張帆逃去, 我徒步窘行, 幾不及於試期, 及還又遇于斗尾, 謀於同行, 執之
納倒水中, 厥漢能泅水出沒, 若輕鳧, 示其無畏, 立於水中, 以臂辱我, 我雖
忿怒撑中, 而無可奈何, 今先生治之, 小子疇昔之恥, 少雪矣."措大不答, 飄
然向龍門山而去, 其步如飛. 貴贊昇歸家調治, 幾歲餘, 始乃起動, 頭髮亦
鬆然漸長, 然臀上杖痕, 色靑赤, 如三蛇橫斜, 自是, 貴贊棄船業惰遊, 亦自

---

12) 扼: 동양본에는 탈락.
13) 喉: 동양본에는 '候'로 표기. '候'가 맞음.
14) 동양본에는 '之'가 더 나옴.
15) 동양본에는 '地'가 더 나옴.
16) 동양본에는 '地'가 더 나옴.
17) 責貴贊: 동양본에는 탈락.
18) 而: 동양본에는 탈락.
19) 而: 동양본에는 탈락.
20) 동양본에는 '船'이 더 나옴.
21) 叩頭: 동양본에는 탈락.
22) 不: 동양본에는 '無'로 표기.
23) 而: 동양본에는 탈락.
24) 동양본에는 '其'가 더 나옴.

鬱鬱不樂. 其後宰相家赦叛罪, 復來往[25]京師如舊. 嘗夜行至鍾街上, 入屠肆[26], 醉酗而出爲羅[27]卒所獲, 貴贊踢羅[28]卒傷胸, 衆邏卒齊立[29]縛之, 聞于大將, 大將拿貴贊入, 盛怒曰: "冒夜禁[30]行, 已是難赦之罪, 而況踢傷羅[31]卒, 何等大罪, 必可殺也!" 將重杖, 見臀有三大痕, 大將性惡蛇, 猶不欲見其似者, 付從事官, 而治之, 以是得少緩, 貴贊躲焉, 復歸驪州, 三年不敢出. 一日貴贊遍往上流, 上流有絕巘, 壁立穹然, 而臨于江者曰: '白巖.' 有樵童走謂貴贊曰: "此巖絕頂有大熊, 方睡, 甚肥, 其肉可飽百人." 貴贊急掉船抵巖下, 因以手篙直上其巖, 乘熊之睡熟, 盡力擊之, 熊大驚起, 拔巨石滾下, 因大鼓吻咆哮, 直向貴贊, 貴贊走, 熊逐之. 貴贊棹船至中流, 回頭見之, 熊已在船尾, 貴贊又舉手篙擊之, 熊[32]迎奪其篙, 折而反[33]擲之, 貴贊又以他篙擊之, 熊又奪之, 貴贊盡撤舟中之械, 無以繼之, 貴贊乃徒手立, 熊乃攫船, 船將覆, 貴贊惶急欲避匿, 自恃其善泅, 翻身入水, 熊亦入于水. 是日江左右, 觀者如雲, 人與熊入于水, 寂然無跡[34], 俄而去船處二里許, 波濤洶湧, 狀若龍戰, 少[35]頃貴贊浮出, 乃尸也. 熊則出于淺處[36]而人[37]立, 人莫敢近者. 熊徐徐向砥平縣去. 後聞趙揖山中, 有熊爲獵砲所中死, 卽是熊云.

---

25) 來往: 동양본에는 '往來'로 표기.
26) 屠肆(도사): 조선시대에 고기를 팔던 곳. 백정들이 주로 운영했지만 임진왜란 이후 군인, 관장(官匠), 관의 노비 들도 생계유지를 위해 운영하기도 했다. 여기서는 술집을 뜻한다.
27) 羅: 동양본에는 '邏'로 표기.
28) 羅: 동양본에는 '邏'로 표기.
29) 立: 동양본에는 '出'로 표기.
30) 夜禁: 동양본에는 '禁夜'로 표기.
31) 羅: 동양본에는 '邏'로 표기.
32) 동양본에는 '羆'이 더 나음.
33) 反: 동양본에는 탈락.
34) 跡: 동양본에는 '迹'으로 표기.
35) 少: 동양본에는 '小'로 표기.
36) 處: 동양본에는 '波'로 표기.
37) 人: 동양본에는 탈락. 탈락시키는 것이 자연스러움.

수풀 속 소가 누운 곳에 명혈을 정하다

옛날 충청도 땅에 한 선비가 있었는데 친산^{親山}의 면례^{緬禮, 무덤을 옮겨서 다}시 장사를 지냄를 위해 여러 해 일을 도모했다. 그러다가 박상의^{朴尙義}라는 사람이 당대 유명한 풍수가란 소문을 들었다. 겸손한 말과 후한 예물로 그를 집으로 맞이해 별당에 모시고 수륙진미로 음식 대접을 후하게 했다. 희귀하고 얻기 어려운 종류의 물건 등 간절히 구하는 것들도 빠짐없이 대령했다. 말 한마디나 일 하나라도 그 뜻을 조금도 어기지 않았으니 거의 연단¹⁾이 형가²⁾를 받들듯 했다. 온 힘을 다해 삼 년을 하루같이 성의를 쌓되 조금도 해이해지지 않았다.

한겨울 어느 날 박상의가 주인에게 말했다.

---

1) 연단(燕丹, ?~기원전 226): 전국시대 연왕(燕王) 희(喜)의 태자. 이름이 단(丹)이다. 진시황제에게 원한이 있어 형가(荊軻)를 시켜 진시황제를 죽이려다 실패했다. 진나라가 침공하자 연나라 임금이 그를 베어 바쳤다.
2) 형가(荊軻, ?~기원전 227): 전국시대의 자객. 위나라 사람으로, 연나라 태자인 단의 부탁을 받고 진시황제를 암살하려 했으나 실패하고 죽임을 당했다.

"지금 묏자리를 구하러 갈 만하오."

주인은 크게 반가워하며 말과 안장을 대령하고 행구를 성대하게 장만해 나란히 길을 떠났다. 노성魯城, 지금의 논산군 노성면 땅 경천역 아래에 이르자 말을 두고 걸어서 산을 올랐다. 반도 못 가서 박상의는 갑자기 배가 아파 더이상 갈 수 없다면서 말했다.

"이 병은 생미나리 나물과 살아 있는 말의 간을 먹어야만 나을 수 있소이다."

주인이 말했다.

"그건 집으로 돌아가야만 마련할 수 있겠네요."

그러자 박상의가 대꾸했다.

"백마의 간이 더 좋은 약인데, 주인이 탄 말이 백마지요. 왜 그걸 때려잡아 간을 내주지 않소?"

주인이 듣고는 불같은 노여움이 확 일어나 참을 수가 없었다. 마부와 종을 불러 박상의를 잡아 내리게 하고는 그 죄를 따졌다.

"내가 친산의 면례를 하고자 했다. 그래서 네가 산을 보는 눈이 매우 높다는 소문을 듣고 우리집으로 맞이해 여러 해 동안 받들었던 것이다. 네가 말하기만 하면 즉시 따랐고, 지극히 작은 일에서도 감히 어긴 적이 없었다. 옳지 못한 점이 많이 보이고 마음을 거스르는 일이 있어도 부모 대사를 위해 성의를 쌓아야 했다. 내 뜻을 굽혀 참아온 것이 삼 년이나 되었으니 내 성의가 지극하지 않다 할 수 없을 것이다. 오늘 이 귀한 구산求山, 묏자리를 찾음 걸음에 갑자기 복통을 핑계 대니 너의 소행은 극히 흉악하다. 또 살아 있는 말의 간이나 생미나리 나물 운운한 것은 더욱더 해괴망측하다. 그래도 나는 아직 너를 거역하지 않았으니 집으로 돌아가자고 한 데서 내 뜻을 가히 알 수 있을 것이니라. 저 말을 잡는 것은 어려운 일은 아니지만 그 역시 집으로 돌아가고 나서야 가히 도살할 수 있다. 네가 필히 여기서 때려잡자고 하니, 네가 잡고 싶으냐 아니면 내가 직접 잡아야 하겠느냐! 이같이 자기 기술을 믿고 멋대로 교만하게 구는 놈은 한번 뼈아프게 응징하여 다시는 이런 습성을 함부로 내지 못하도록 하는 게 마땅하다!"

드디어 박상의를 발가벗기고 단단히 결박해 소나무 아래에 매달아놓고는 노복들을 데리고 산을 내려가버렸다.

노성 땅에 사는 윤창세尹昌世라는 선비가 우연히 산행을 하다가 먼 곳에서 사람소리 비슷한 것을 들었다. 그 소리를 찾아 조금씩 나아가니 사람 살려달라는 소리가 수풀 사이에서 나오는 것 같았다. 급히 달려가서 살펴보니, 과연 한 사람이 벌거벗겨진 채 나무 끝에 매달려 온몸이 얼어 거의 죽을 지경에 이르러 있었다. 윤선비는 깜짝 놀라 불쌍히 여기며 결박을 풀어 내려주었다. 자기가 입고 있던 옷을 벗어 입혀주고 그의 손을 잡아끌어 자기 집으로 내려왔다. 온돌을 따뜻하게 덥히고 두꺼운 이불과 요를 깔아주고 따뜻한 물로 씻기고 미음을 먹여주니 그제야 회생했다. 그가 박상의인 줄은 물어서 알았다.

윤선비 역시 친산 면례를 위해 때마침 묏자리를 널리 구하던 중이었다. 박상의는 살려준 은혜에 감격해 윤선비에게 말했다.

"산지를 얻고자 하오?"

윤선비가 말했다.

"감히 청할 수는 없지만, 진실로 그게 소원이라오."

"일단 나를 따라와보시오."

동행하여 모 산에 다가가 그 산을 가리키며 말했다.

"이 산속에 명혈이 있지요. 그곳은 아무개에게 주고자 했던 땅이오. 여기에 면례를 행하면 큰 복이 있을 것이오."

그러고는 점혈占穴은 해주지 않고 떠나가버렸다.

윤선비는 비록 명묘 대지를 얻긴 했지만 혈처가 어디 있는지 알 수 없었다. 여러 번 지사地師를 얻어 산과 계곡을 오르내렸지만 끝내 정혈正

穴, 진짜 혈. 명당 혈. 명당의 머리 부분을 얻지 못했다.

　하루는 지사 여러 명을 이끌고 자기는 소를 타고 갔다. 혈을 정하고자
했는데 지사마다 말이 달라 시비가 분분하여 끝내 정할 수가 없었다. 그
무렵 타고 갔던 소가 사라졌다. 사방 구석구석 찾아보니 소는 수풀 속에
누워 있었다. 끌어도 일어나지 않고 때려도 움직이지 않았다. 발을 옮기
며 입으로 한곳을 파는 것이 마치 가리키는 뜻이 있는 듯했다. 윤선비는
그제야 깨닫고 소에게 말했다.

　"네가 누워 있는 곳이 이 산의 정혈이냐? 과연 정혈이라면 내가 마땅
히 이곳에 재혈[3]을 할 테니 너는 즉시 일어나거라."

　소는 마치 청을 들어주듯 즉시 일어났다. 윤선비는 여러 사람의 의견
을 다 무시하고 소가 누웠던 곳에다 재혈을 했다. 친산을 이장하니 그곳
이 바로 노성 유봉산酉峯山이었다.

　그뒤 윤선비가 다섯 아들을 두었으니 팔송[4]의 형제였다. 자손이 번
창하여 벼슬 소식이 자자하고 명공거경名公巨卿이 대대로 이어졌다. 노성
에서 갑족甲族이었을 뿐 아니라 나라 안에서도 거족巨族이 되어 짝할 사
람이 없다 했다.

　일찍이 윤창세는 여름날 산이나 들판을 갈 때 소가 폭염 속에 헐떡이
는 것을 보면 반드시 나무 그늘 안으로 옮겨 매주었다. 그런고로 마침내

3) 재혈(裁穴): 옷을 만들기 전에 옷감 위에 분필로 그리고 가위질로 부분 부분을 재단하듯, 혈
로 결정된 곳을 재단하여 관이나 시신의 위치와 방향을 정하는 것.
4) 팔송(八松): 윤황(尹煌, 1571~1639)의 호. 윤황은 본관은 파평(坡平)이다. 조부는 돈(暾)이
고, 아버지가 창세(昌世)다. 1597년 알성문과에 을과로 급제해 병조·예조의 좌랑, 예조정랑을
거쳐 북청판관이 되었지만 광해군의 정치가 문란해지자 시골에 은거했다. 1626년에는 다시
벼슬을 했으며 정묘호란이 일어나자 주화(主和)를 반대해 이귀(李貴)·최명길(崔鳴吉) 등 주화
론자의 유배를 청했다. 주화는 항복이라고 했다가 왕의 노여움을 사 삭탈관직되어 유배의 명
을 받았으나 삼사의 구원으로 화를 면했다. 그뒤 대사성, 이조참의를 지냈다. 병자호란이 일어
나자 정묘호란 때와 같이 척화를 주장하다가 채유후(蔡裕後)와 전식(全湜)의 탄핵을 받았다.
사람됨이 강의(剛毅)하고 기절(氣節)이 있다는 평을 들었다.

이처럼 소의 보은을 받았다 한다.

定名穴牛臥林間

　昔有湖西一士人, 爲親山緬禮, 積年經營, 聞朴尙義之爲當世名風水, 卑辭厚幣, 迎置 5)家中, 奉以別堂, 厚其供饋, 水陸之珍, 山海之錯, 惟6)令進排稀異之物難得之種, 極意求索, 以副其請, 一言一事, 未嘗少咈其意, 殆同燕丹之奉荊軻7). 務積誠意, 三年如一日, 不敢少8)懈. 時當深冬, 朴也謂主人曰: "今可作求山之行矣." 主人大喜, 準待鞍馬, 盛備行具, 幷騎而往. 行至魯城敬天之下, 捨馬而步入山, 未半, 朴也忽稱腹痛9), 不可作行, 仍曰: "此病食生芹菜, 及生馬肝, 方可治療"云. 主人曰: "然則回至家中, 可以周旋"云. 朴也曰: "白馬肝, 尤是良藥, 見今主人所騎之馬, 是白馬也. 盍椎殺而出肝也?" 其主人請罷10), 業火大發, 不可忍耐, 遂呼馬夫及僕從, 捉下朴也. 數其罪曰: "吾爲親山緬禮, 聞汝山眼甚高, 故迎致家中, 多年供奉, 凡汝有言, 言下卽從, 不敢少違. 多見不是之處, 逆心之事, 而爲親大事, 不可不務11)積誠意, 故屈意忍住, 今至三年, 則吾之誠意, 不可謂不至也. 今於求山之行, 忽稱腹痛者, 汝之所爲, 極爲痛惡, 至於生馬肝生芹菜云云, 尤極駭痛, 而吾猶不敢違拒, 要與回家者, 吾意亦可見也. 彼馬之屠, 亦非難事, 而此亦回家然後, 可以屠殺者12), 汝必欲在此椎殺, 汝欲屠乎13)? 我

---

5) 置: 동양본·동경대본에는 '致'로 표기.
6) 惟: 동경대본에는 '唯'로 표기.
7) 軻: 동양본·동경대본에는 '卿'으로 표기.
8) 少: 동경대본에는 '小'로 표기.
9) 痛: 동경대본에는 '病'으로 표기.
10) 罷: 동양본에는 '破'로 잘못 표기.
11) 務: 동경대본에는 '勝'으로 표기.
12) 者: 동양본에는 탈락.
13) 乎: 동양본에는 '人'으로 잘못 표기.

親自屠殺乎? 如此恃術驕濫之漢, 不可不一番痛懲, 俾不得復肆如此氣習!"
遂剝下衣服, 緊緊結縛, 赤條條地, 掛於松[14]樹下, 仍率其奴僕, 下山去了.
魯城居士人尹昌世, 偶作山行, 忽聞遠遠地, 似有人聲, 遂尋聲而進, 漸聞
活人之聲, 出於樹木間, 急往觀[15]之, 則果有一人, 渾身無衣, 掛在樹端, 全體
皆凍, 幾至死境. 尹士大驚哀憐, 解下結縛, 脫自己所服之衣, 衣之, 携手下
來, 至于其家, 溫蒸房堗, 厚鋪衾褥, 灌以溫水, 饋以米飮, 始得回生, 問知其
爲朴尙義. 尹士亦欲親山緬禮, 方在廣求之中, 朴也感其再生之恩, 謂尹曰:
"欲得山地乎?" 尹士曰: "不敢請也, 固所願也." 朴曰: "第隨我來." 同行, 至某
山中, 指示曰: "此[16]中有名穴, 卽欲擇給於某人者. 行緬禮, 則當大發福."

仍不爲占穴, 卽爲辭去. 尹士雖得名墓大地, 穴處, 不知的在何處, 屢得
地師, 上下山谷, 而終不得正穴. 一日, 率衆多地師, 騎牛而往, 又欲定穴,
而人各異言, 是非紛挐, 終莫能質定. 如是之際, 所騎之牛, 不知去處. 四散
窮搜, 則牛臥在樹木之中, 牽之不起, 打之不動, 足攪口穿, 似有指示之意,
尹士始悟, 告于牛曰: "汝之臥處, 是此山之正穴乎? 果是正穴, 則吾當以此
處裁穴, 汝須卽起動." 牛似若依請, 仍卽起來. 尹士遂排衆議, 以牛臥處裁
穴, 移葬親山, 此卽魯城西峯山也. 其後, 尹士, 連擧五子, 卽八松兄弟, 伊
後, 子孫昌盛, 絓組喧赫, 名公巨卿, 代不乏人, 不但爲魯城甲族, 遂爲國內
大族, 人鮮與匹云. 尹昌世[17]嘗於夏日, 無論山野之行, 見牛之在暑炎中喘
喘者, 必移繫於[18]樹陰之中, 故終亦食牛之報如此云.

14) 松: 동양본에는 탈락.
15) 觀: 동양본·동경대본에는 '看'으로 표기.
16) 동양본에는 '山'이 더 나옴.
17) 昌世: 동양본에는 '士'로 표기.
18) 於: 동양본에는 '牛'로 표기.

늙은 훈장이 태를 빌려 아들을 낳다

옛날에 서울 사는 한 선비가 무슨 일로 영남에 갔다가 돌아오는 길에 태백산에서 길을 잃었다. 주막은 지나쳤는데 날은 저물어오기에 한 촌집에 투숙하려 했다. 그 집 안팎은 모두 기와집이라 서울 집들과 차이가 없었다. 주인을 뵙고 하룻밤을 청하니 용모가 수려하고 수염과 머리털이 반백인 주인이 흔쾌히 허락했다.

저녁밥을 주고서 주인이 물었다.

"연세는 얼마나 되시며 자녀는 두었나요?"

선비가 대답했다.

"제가 아직 서른도 안 되었는데 자식은 열 명 가까이 됩니다. 한 번만 잠자리를 해도 자식이 생겼습니다. 집은 가난한데 자식만 가득하니 도리어 우환이지요."

주인은 자못 부러워하는 기색을 보이더니 이어 탄식하며 말했다.

"사람이 어떻게 그리도 복이 많으시오?"

선비가 웃으며 말했다.

"우환 중에서도 크나큰 우환인데 어찌 복이라 말할 수 있겠습니까?"

주인이 말했다.

"내 나이 육십이 지났는데도 아직 자식 하나를 낳지 못했소. 쌓아둔 곡식이 만석인들 세상에 무슨 즐거움이 있겠소? 나에게 아들 하나만 있다면 아침에 밥 먹고 저녁에 죽을 먹어도 한이 없을 것이오. 방금 손님 말씀을 들으니 어찌 부러운 마음이 없겠소?"

다음날 선비가 작별을 고하고 떠나려 했다. 그러자 주인이 만류하며 닭을 삶고 개도 잡아 음식 대접을 후하게 했다. 밤이 되자 좌우를 물리치고 선비를 협실로 데리고 가서는 조용히 말했다.

"내가 간곡하게 할 말이 있소이다. 내가 부잣집에 태어나 자라서 이렇게 머리가 하얘지기까지 곤경을 모르고 지냈으니 나에게 그 이상 무슨 소원이 있겠소? 그러나 자궁¹⁾이 기박하여 평생 자식 하나 낳아 키워보지 못했소이다. 후사를 만들려고 방마다 첩을 두었고 또 지극정성으로 기도하고 약도 써보았소. 하지만 평소 자식을 잘 낳을 법한 여자조차 임신을 하지 못했으니, 상유²⁾가 다 된 지금까지 고독하기만 하다오. 요즈음도 첩 셋을 두었고 모두 스무 살 내외인데 역시 희소식은 없구려. 다른 사람의 자식한테서라도 아버지 소리 한번 들으면 죽어도 눈을 감을 수 있겠소. 오늘 동침할 때마다 즉각 잉태된다는 손님 말씀을 들었소이다. 부디 손님의 복력에 의지해서라도 차태³⁾의 방법을 시도해보려 하는데 어떠시오?"

---

1) 자궁(子宮): 십이궁의 하나. 십이궁은 사람의 생년월일과 시를 별자리에 배당한 것이다. 명궁(命宮), 형제궁(兄弟宮), 처첩궁(妻妾宮), 자궁(子宮), 재백궁(財帛宮), 질액궁(疾厄宮), 천이궁(遷移宮), 노복궁(奴僕宮), 관궁(官宮), 전택궁(田宅宮), 복덕궁(福德宮), 부모궁(父母宮) 등이 십이궁인데, 그중 '자궁'은 자식과 관련된 사항을 말해준다.
2) 상유(桑楡): 뽕나무와 느릅나무를 뜻하는데, 지는 해가 이들 나무의 가지에 걸린다고 하여 저녁을 가리킨다. 흔히 끝 단계나 만년을 비유한다.
3) 차태(借胎): 태(胎)를 빌린다는 뜻이니 다른 여인을 얻어 임신하게 하는 방법이다. 그러나 여기서는 남자의 정자를 빌리는 것을 뜻한다.

선비는 놀라서 말했다.

"이게 무슨 말씀이십니까? 남녀유별의 예법은 지극히 엄중한 것입니다. 지아비가 있는 여자의 간통에 대한 법은 매우 엄격하지요. 비록 일생 동안 알지 못하는 사이라도 감히 그런 마음을 품어서는 안 되거늘, 하물며 며칠 동안 주인과 손님의 사이로 있었는데 어찌 차마 그런 말씀을 하십니까? 여관 상민의 부인도 불가한 일이거늘 하물며 사대부의 별실이 그럴 수가 있겠습니까?"

주인이 말했다.

"첩들은 천한 것들이고 내가 말을 먼저 꺼냈으니, 조금도 꺼림칙해할 게 없소이다. 또 밤이 깊어 아무도 없으니 뒤에 자식을 낳은들 누가 이 사실을 알겠소? 이 말은 내 속마음 깊은 곳에서 우러나온 것이니 털끝만큼도 꾸밈이나 속임이 없소이다. 부디 이 늙은이의 신세를 가엽게 여겨 부탁을 들어주십시오. 자식 없어 궁지에 몰린 사람이 늘그막에 자식 낳았다는 기쁜 소식을 듣게 해주시면 몇 번이고 다시 환생해도 그 은혜를 어떻게 다 갚겠습니까? 존객에게는 적선이 되고 나에게는 무궁한 은혜를 입는 것이 되겠소이다. 양쪽에 이보다 더 좋은 일이 없을 것이니 어찌 사양만 하겠소이까?"

선비는 한참 골똘히 생각했다. 그가 간청한 것이지 자기 스스로 간통한 것은 아니고, 또 그가 진정으로 한 말이기에 달리 염려할 것은 없을 듯했다. 그리고 비록 겉치레로 여러 번 거절하기는 했지만, 사람이라면 어찌 남녀 사이의 욕정이 없을 수 있겠는가? 그래서 말했다.

"도리를 헤아리면 만만불가萬萬不可하나, 주인의 청이 이리 간절하시니 명대로 하려 합니다. 그래도 제 마음은 지극히 불안하오이다."

그 말을 들은 주인은 크게 기뻐하며 손을 모으고 감사를 표했다.

"이제 손님의 은덕에 기대 아버지 소리를 들을 수 있게 되었소이다!"

마침내 여러 첩에게 연유를 이야기했다. 세 밤을 첩 셋이 돌아가며 모시고 잠자리에 들었다. 첩들도 반드시 아들을 낳을 것이라 기대하고는 선비의 성명과 거주지를 물어 속으로 외웠다.

세 밤을 자고서 작별하고 떠나려 하자, 주인이 선물을 후하게 주었다. 하지만 짐이 무겁다고 모두 사양하고 산을 나와서 서울 집으로 돌아갔다.

선비는 자식이 많은 까닭에 집안을 꾸려가기가 정말 어려웠다. 며느리도 들어오고 손자까지 생기니 식구가 삼십 명이 넘었다. 몇 칸 안 되는 오두막집은 무릎을 들여놓기조차 어려웠고, 삼순구식三旬九食, 가난하여 서른 날에 아홉 끼니밖에 못 먹는 일과 십년일관十年一冠, 가난하여 십 년 만에 관 하나를 마련하는 것도 변통하기 어려웠다. 마침내 여러 아들을 분가시켜 처가살이를 하게 하고, 늙은 부부와 장남만 함께 살았다.

어느덧 스무 해가 지난 어느 날이었다. 선비는 무료하게 아무 일도 없이 앉아 있었다. 그런데 홀연 잘생긴 소년 셋이 준마를 타고 차례대로 들어와 계단을 거쳐 마루까지 올라와 절을 하고 머리를 조아렸다. 입은 옷이 화려하고 행동거지가 단아했다. 선비는 황망히 답배하며 물었다.

"손님들은 어디서 오셨소? 일면식도 없는 것 같은데."

세 소년이 말했다.

"우리는 생원님의 아들입니다. 생원님은 모년 아무 땅에서 있었던 이러저러한 일을 기억하지 못하시나요? 우리는 그 밤에 잉태된 자식들입니다. 모두 같은 달에 태어났고 생일은 앞뒤로 조금씩 차이가 나는데 올해 열아홉 살이 되었습니다. 어릴 때는 노인의 자식인 줄만 알았는데, 십여 세가 되자 모친께서 곡절을 자세히 말씀해주셔서 우리가 생원님의 자식인 줄 알게 되었습니다. 그렇지만 생원님께서 어느 곳에서 살고 계신지 알 수 없었고 또 십여 년 양육의 은혜도 극히 무거운지라 차마 하루아침에 노인에게서 등을 돌릴 수는 없었습니다. 노인께서 돌아가시기를 기다렸다가 생원님을 모시려는 계획을 세웠지요. 열다섯 살 되던 해, 같은 날에 신부들을 맞이해 그 집에서 신부례를 올렸습니다. 재작년에 노인이 팔십일 세가 되었는데 이월이 되자 아무 병도 없이 돌아가셨지요. 후하게 빈소를 차리고 염을 하고서 길지를 잘 잡아 예에 따라 하관해드렸습니다. 삼년상을 치러서 그 은혜에 보답하기도 했고요. 이제 상담[4]도 끝났기에 모친의 기억에 의지해 우리 삼 형제가 고삐를 나란히 하여 상경했습니다. 이제야 겨우 뵙게 되었네요."

선비는 황연히 크게 깨닫고 그들의 안색을 세심히 살펴보았다. 과연 모두가 서로 닮아 있었다. 이 일을 처자와 며느리 등에게 말해주고 각각 절을 하고 뵙게 하도록 했다. 그리고 말했다.

"너희 어머니는 올해 몇 살이냐? 모두 탈없이 잘 지내고?"

세 아들이 각각 대답했다. 그들이 또 말했다.

"생원님의 가계를 대략 살펴보니 말이 안 되는 것 같습니다. 마침 행낭에 갖고 온 것이 있습니다."

종으로 하여금 행낭을 풀어 돈 몇 냥을 꺼내주게 했다. 쌀과 땔나무를 사오게 하여 아침과 저녁에 먹을 것을 마련하게 했다. 그 밤에 세 아들이 조용히 말했다.

"생원님의 춘추는 이미 높으시고 서방님도 일찍 학업을 포기하셨으니 과거와 벼슬을 기대하기 어려운 것 같습니다. 또 송곳 세울 만한 땅도 없어 가을인데도 곡식 항아리가 비었으니, 빈손으로 텅 빈 땅에서 어떻게 생활을 꾸려갈 수 있겠습니까? 차라리 고향으로 돌아가 여생을 도모하는 것이 어떠하십니까?"

선비가 말했다.

"나 역시 낙향할 뜻은 있었지만, 그곳에는 땅도 집도 없으니 어찌하겠느냐?"

---

4) 상담(祥禫): 대상(大祥)과 담제(禫祭)를 아울러 이르는 말. 담제는 3년의 상기(喪期)가 끝난 뒤 상주가 일상으로 되돌아감을 고하는 제례 의식이다.

세 아들이 말했다.

"노인께서는 몇만 금을 가진 부자이셨는데 다른 친척이 없었습니다. 돌아가시고 나서는 그 재산이 모두 우리 것이 되었습니다. 이곳 집을 팔고 온 가족이 다 가셔도 근심 없이 풍족하게 살 수 있을 겁니다."

선비가 다 듣고서 크게 기뻐하며 말했다.

"그렇다면야 무슨 걱정이 있겠느냐?"

마침내 말과 가마를 세내고 날을 잡아 길을 떠났다. 그 집에 이르러서는 세 첩과 세 며느리를 만나보았다.

선비는 큰 집에 들어가고, 세 아들은 각기 어머니를 모시고 이웃집에 나누어 살았다. 며칠 뒤 선비는 제물을 준비해 노인의 묘에 가서 곡을 했다. 나머지 처가살이하던 자식들도 차차 데려와 재산을 나눠주고 한 마을에 살게 하니 전후좌우로 모두 수십여 집이 되었다.

선비는 세 첩의 집을 돌아가며 옛 인연을 이어갔고 호의호식하며 여생을 보냈다. 노인의 제사는 세 아들이 죽을 때까지 그만두지 않았다 한다.

老學究借胎生男

古有京居一士人, 因事往嶺南地, 轉入太白山中, 迷路, 越店, 日色向昏, 遂投宿於一村舍, 其家內外, 俱是瓦屋, 無異京第. 求見主人, 請寄宿, 其主人儀容甚偉, 鬚髮半白, 快許之. 饋之夕飯, 主人問曰: "年歲幾何, 而有子女否?" 士人曰: "年未三十, 而子則殆近十. 盖一經房事, 則輒生子矣. 家素淸貧, 而子姓滿室, 還爲憂患矣." 其主人顯有欽艶之色, 仍嘆曰: "何許人有如許福力耶[5]?" 士人笑曰: "憂患中大憂患[6], 何足以福力稱之耶?" 主人曰:

5) 耶: 동양본에는 '乎'로 표기.
6) 憂患: 동양본에는 '患憂'로 표기.

"年過六十, 尙未産育, 雖積穀萬石, 有何世況乎? 使我若[7]有一子, 則[8]朝飯夕粥, 亦無恨矣. 今聞尊言, 豈無欽羨之意乎?" 其翌, 士人欲爲辭去, 主人挽之, 烹鷄磔狗, 豊[9]其供饋, 至夜. 屛[10]退左右, 引士人, 入狹室[11], 從容語之曰: "吾有衷曲可告之事矣. 吾生長於富家, 今至[12]老白首, 不識艱窘之狀, 復何所願? 而第子宮奇窮, 平生不育一子, 爲其廣嗣, 偏房副室, 亦非不多矣[13], 祈禱醫藥, 靡不用極, 雖平日宜子之女, 亦未有娠, 桑楡漸迫, 奄[14]成窮獨. 今亦家蓄三妾, 年皆二十內外, 而亦無喜消息, 雖他人之[15]子, 一聞呼爺之聲, 死可瞑目矣. 今聞尊座一交卽孕云, 願藉客主之福力, 欲施借胎之方, 未知如何?" 士人[16]驚訝曰: "是何言歟? 男女之別, 禮法[17]至重, 有夫通奸, 法意莫嚴, 雖一生素昧之間, 不敢萌心, 況數日主客之誼, 何忍發口? 逆旅常漢之婦, 猶不可, 況士夫之別室乎?" 其主人曰: "渠雖[18]賤物, 且自我發說, 則少無可嫌. 夜深人靜, 日後生子, 誰得知之? 言由心腹, 毫無飾詐, 幸憐此漢之身世, 卽賜俯從, 使此無子之窮, 老得聞生子之喜報, 則生生世世, 此恩如何可報? 在尊爲積善之事, 在我爲無窮之恩, 事之兩便, 莫過於此, 安用固[19]辭爲也?" 士人尋思良久, 以爲渠旣懇請, 異於自己潛通, 且旣出渠之眞情, 似無他慮, 雖以外面人事, 再三辭拒, 男女大慾, 人孰無

---

7) 若: 동양본에는 탈락.
8) 則: 동양본·동경대본에는 '而'로 잘못 표기.
9) 豊: 동경대본에는 '勤'으로 표기.
10) 屛: 동양본에는 '竝'으로 표기. '屛'이 맞음.
11) 入狹室: 동양본에는 탈락.
12) 今至: 동경대본에는 '至今'으로 표기.
13) 矣: 동양본·동경대본에는 탈락.
14) 奄: 동양본에는 '掩'으로 잘못 표기.
15) 之: 동양본에는 탈락.
16) 동양본에는 '大'가 더 나옴.
17) 法: 동경대본에는 '防'으로 표기.
18) 雖: 동양본·동경대본에는 '是'로 표기.
19) 固: 동양본에는 '苦'로, 동경대본에는 '姑'로 표기.

之? 乃曰: "揆諸道理, 萬萬不可, 而主人之請, 如是懇摯, 惟[20]命是從, 而吾心則極不安矣." 主人聽罷大喜, 攢手稱謝曰: "今賴客主之德, 可聞呼爺之聲矣!" 遂語其由於諸妾, 三夜三妾, 輪回侍寢, 其三妾, 亦意必生子, 問士人之姓名居住, 暗記于心中. 三宿之後, 仍爲告別, 主人厚有贈遺, 皆辭以卜重, 仍爲出山, 還歸京第. 其士以多子之故, 調度[21]極難[22], 有婦有孫, 食口恰過三十, 數間茅屋, 無以容膝, 三旬九食, 十年一冠, 亦難變通, 遂分散諸子, 使之贅居, 只老夫妻及長子同居. 居然過二十春秋, 一日無聊閑坐, 忽妙少年三人, 騎駿馬聯翩而來, 升階上堂[23], 納頭便拜, 士人見其衣服華麗, 擧止端雅, 乃慌忙答拜問曰: "客主自何而來? 前日似無一面之雅矣." 三少年曰: "我等卽生員[24]之子也. 生員主, 不記某年某地, 如是如是之事乎? 吾輩俱是伊夜所孕之子也. 並皆同月生, 而日子稍有後先, 今年爲十九歲矣. 幼少時, 只知爲老人之子, 及至十餘歲, 母親細言[25]其曲折, 始知爲生員主之子. 然生員主旣不知住在何處, 且十餘年養育之恩, 極爲隆重, 不忍一朝背之, 欲待老人之下世, 爲歸侍之計. 十五歲, 同日娶婦, 行新婦禮於其家, 再昨年二月, 其老人年八十一, 無病而化, 厚其殯斂, 擇吉地, 依禮營窆, 服喪三年, 以報其恩, 今則祥禫已訖, 故玆憑母親之所記, 兄弟三人[26], 聯轡上京, 今纔來謁矣." 士人怳然大悟, 細察顔色, 則果皆酷肖. 遂將此事, 言于妻子及子婦等[27], 使之各各拜現, 且曰: "汝之母, 今年爲[28]幾何? 而皆得無恙否?" 三子各各對之. 又曰: "畧察生員主家計, 萬不成說, 行中

20) 惟: 동경대본에는 '唯'로 표기.
21) 調度(조도): 정도에 맞게 살아가는 계교. 사물을 정도에 맞게 처리함.
22) 難: 동경대본에는 '艱'으로 표기.
23) 上堂: 동양본에는 '堂上'으로 표기.
24) 동양본에는 '主'가 더 나옴.
25) 言: 동양본에는 '語'로 표기.
26) 兄弟三人: 동양본에는 '三人兄弟'로 표기.
27) 等: 동양본·동경대본에는 탈락.
28) 爲: 동양본에는 탈락.

適有携來者." 使奴子, 解行橐, 出錢幾兩, 使之貿米貿柴以爲朝夕之需. 其夜三子, 從容語曰: "生員主, 春秋旣高, 書房主, 亦早年失學, 科宦似無其望, 又地無立錐, 秋空甔石29), 赤手白地, 何以資生? 不如落鄕, 以度餘年如何?" 士人曰: "吾亦有意落鄕, 而其於無田土庄舍30)何哉?" 三子曰: "某村老人, 是屢鉅31)萬富人, 身故而無他族戚, 其財産盡爲吾輩之有, 斥賣家舍, 盡室行次, 則可以裕足無憂矣." 士人聽罷, 大喜曰: "然則何妨?" 遂貰馬貰轎, 卜日起程, 至其家, 見三妾32)及三婦. 其33)士人, 入處大家, 其三子, 各奉其母, 析居于隣舍. 過數日後, 士人備祭物, 往哭于富翁之墓. 其他贅居之子, 次次率來, 分産同居, 前後左右, 摠數十家. 其士人, 周廻34)輪宿三妾之家, 以續舊緣, 好衣好食以度餘年. 其富翁之祭, 終三子之身不廢云.

---

29) 甔石(담석): 항아리에 담은 곡식 한 섬.
30) 田土庄舍: 동경대본에는 '田庄土舍'로 표기.
31) 鉅: 동양본에는 '巨'로 표기.
32) 妾: 동양본에는 '妻'로 표기.
33) 其: 동양본에는 탈락.
34) 廻: 동양본에는 '回'로 표기.

시골 무변이 대신 목숨을 바치다

판서 신여철[1]은 기사환국[2] 후 남인이 집권하자 대장 자리에서 해임되어 집에 기거하고 있었다. 갑술년[3]에 이르러 임금이 후회하는 낌새를 보이고 곤전坤殿, 왕후. 여기서는 인현왕후 민씨을 복위시킬 기미가 있었으니, 신공이 며칠 전 그 사실을 미리 알았다. 신공은 해임된 대장 자리에 다시 올라 환국을 도모하려 했다. 남인이 그것을 몰래 알아채고 여러 방면으로 염탐해 활 잘 쏘는 사람 서너 명을 뽑았다. 그리고 화살촉에 독약을 발

---

1) 신여철(申汝哲, 1634~1701): 본관은 평산(平山), 자는 계명(季明), 호는 지족당(知足堂). 효종 때 성균관에 입학했다가 효종이 북벌을 하고자 훈척의 자제들에게 무예를 닦게 하니 유생을 이끌고 무예를 연마했다. 무과에 급제해 충청도수군절도사·평안도병마절도사를 지냈으며, 병조참판을 거쳐 1680년 경신출척 때는 총융사가 되어 서인 편에서 활동했다. 1694년 갑술옥사 때 의금부판사로 장희재를 처벌했다. 공조판서·형조판서 등을 지냈으며, 당쟁이 격화되던 시기에 병권의 요직을 거치며 서인 편에서 정치적으로 큰 역할을 했다.
2) 기사환국(己巳換局): 1680년의 경신출척으로 실세한 남인이 기사년인 1689년에 서인을 몰아내고 재집권한 일. 숙종의 계비 인현왕후 민씨가 왕비로 책립되고 여러 해가 지나도록 후사를 낳지 못하자, 숙종은 궁녀 장옥정을 다시 궁으로 불러들여 후궁으로 삼았는데 장씨가 왕자 윤(昀)을 낳자 정치적 격변이 일어났다. 왕자 윤의 출생 여파로 서인이 몰락하고 남인이 실세로 등장하게 되었는데 이를 기사환국이라 한다.

라 중도에서 사살하려는 계획을 세웠다.

신공의 마을에 무변 한 사람이 있었다. 시골에서 올라온 이후로 집안이 더욱 가난해지니 온 식구가 굶주려 얼굴이 부옇게 떠 있었다. 무변은 밤낮을 가리지 않고 신공의 집을 찾아왔다. 신공의 집도 넉넉하지는 못했지만 매번 그에게 술과 밥을 주고 간혹 양식과 반찬도 챙겨주었다. 무변 역시 서인이라 여러 해 동안 억눌려서 녹봉 몇 말도 얻지 못하고 있었다.

하루는 신공이 무변을 불러 말했다.

"오늘 마침 적적하여 소일하기가 심히 어렵네. 나와 장기놀이나 하는 게 어떤가? 장기는 잡기이니 내기를 걸지 않으면 재미가 없지. 내가 지면 마땅히 천금을 주겠네. 자네가 지면 반드시 내 말에 따라주게나."

무변은 그렇게 하겠다 했다. 첫번째 대국에서는 신공이 졌다. 그날 저녁 신공은 무변의 집으로 천금을 보냈다. 무변은 일시의 농담으로 생각하고 있었는데 정말로 돈을 흔쾌히 보내오니 크게 놀랐다. 그다음날 신공은 무변을 불러 다시 대국을 하며 말했다.

"어제 한 판 진 게 분하여 견딜 수 없네. 오늘 다시 한 판 두어 어제의 수치를 갚겠네."

두번째 대국에서는 무변이 졌다.

"오늘은 소인이 졌습니다. 내기대로 해야겠는데 사또께서 무슨 말을 따르라 하실지 알 수가 없습니다. 원컨대 가르쳐주십시오."

---

3) 갑술년(甲戌年): 이해 갑술옥사가 일어났다. 갑술옥사는 1694년 서인이 남인을 몰아내고 정권을 장악한 사건으로 갑술환국이라고도 한다. 숙종은 남인을 물리치고 남구만을 영의정, 박세채를 좌의정, 윤지완을 우의정에 각각 기용하여 소론 정권을 성립시켰다. 노론측도 폐비 민씨가 복위된 것을 비롯하여, 송시열·민정중·김익훈·김수흥·조사석·김수항 등이 복관되는 등 기사환국 이전의 상태로 돌아갔다. 남인측은 민암·이의징이 사사되고, 권대운·목내선(睦來善)·이현일·장희재 등 다수가 유배되었다. 그리고 왕비 장씨마저도 희빈(禧嬪)으로 강등되었다. 이 사건으로 남인은 세력을 잃고서 이를 만회하지 못했다.

그러자 신공이 말했다.

"곧 가르쳐줄 테니 일단 우리집에 머물면서 저녁을 먹고 한 방에서 같이 자게나."

무변은 감히 명을 어길 수 없어 그 집에 머물렀다.

신공은 깊은 밤에 밀지를 받고 대장 자리에 제수된지라 새벽에 대궐로 가서 병부[4]를 받아야 했다. 신공은 갑옷과 투구 두 벌을 꺼내 먼저 무변에게 입고 쓰라 하고 자기도 무장했다. 노복에게는 말 두 필에다 안장을 얹어 대령하라 명했다.

무변은 신공의 명인지라 부득불 따르지 않을 수 없었다. 하지만 괴상하고 의심스러운 것이 많아 황당함을 헤아리기가 어려웠다. 그래서 물었다.

"사또와 소인이 장차 무얼 하려고 이 깊은 밤에 갑옷을 입고 투구를 씁니까? 말을 몰아서 어디로 가려 하시는지요? 의혹을 억누르지 못하여 감히 이렇게 여쭙니다."

신공이 말했다.

"장차 갈 곳이 있으니 그대가 어찌 알겠는가? 그냥 내 말만 따르게. 곧 알게 될 테니까."

마침내 새벽 파루[5] 소리를 듣고 아침밥을 배불리 먹었다. 그러고 나서 신공은 평소 타던 말을 무변에게 타게 하고 자기는 다른 말로 바꾸어 탔다. 무변을 앞서게 하고 신공은 뒤를 따라 이어서 대궐 쪽으로 나

---

4) 병부(兵符): 조선시대에 군대를 동원하는 표지(標識)로 쓰이던 둥글납작한 나무패. 한 면에 '발병(發兵)'이란 두 글자를 쓰고 또다른 한 면에 관찰사, 절도사 등의 이름을 기록했다. 그런 다음 가운데를 쪼개 오른쪽은 그 책임자에게 주고, 왼쪽은 임금이 보관했다. 후에 임금이 군대를 동원할 필요가 있을 때 교서(敎書)와 함께 내리면, 책임자가 두 쪽을 맞춰보고 틀림없다고 인정되면 군대를 동원했다.
5) 파루(罷漏): 서울 도성에서 인정(人定) 이후 야간 통행을 금했다가 새벽이 되어 다시 허락할 때, 종각의 종을 서른세 번 치던 일. 오경삼점(五更三點)에 쳤다.

아갔다. 관상감觀象監 고개를 지났다. 남인은 신공이 새벽에 그 길을 지나리라 짐작하고 미리 활 잘 쏘는 자들을 매복시켜놓고 있었다. 그들은 활을 당긴 채 기다리고 있다가 온몸에 갑옷을 입고 투구를 쓰고 준마를 타고서 앞뒤로 호위를 받으며 지나가는 무변을 보았다. 그리고 그가 신공이라 짐작하고 화살을 쏘았다. 활소리가 나자마자 무변이 거꾸러졌다. 신공은 그 틈을 이용해 재빨리 말을 달려 그곳에서 벗어났다. 흉악한 무리가 그제야 그가 진짜 신공인 줄 알고 박랑사에서 잘못 맞힌 것처럼[6] 후회했다. 그러나 마릉馬陵에서 일제히 화살을 발사한 것에 미치지 못하니[7] 어쩔 수가 없었다.

신공은 화를 모면하고 대궐로 들어가 병부를 받았다. 군사와 나라의 대권이 신공에게 돌아가 남인을 모두 축출하고 서인을 두루 등용했다. 신공은 관곽과 수의를 갖추어 후하게 무변의 장사를 지내주었으며 그 가족들도 자주 돌보아주었다. 무변의 아들에게는 삼년상 끝내기를 기다렸다가 군문후료軍門厚料. 넉넉한 급료를 받는 군직를 주선해 일생을 잘 보내게 해주었다.

---

6) 박랑사(博浪沙)에서 잘못 맞힌 것처럼: 장자방(張子房, 張良, ?~기원전 186)이 기원전 218년 역사를 보내 철퇴로 박랑사(博浪沙, 허난성 우양현)에서 진시황제를 쳐죽이게 했다. 철퇴는 진시황이 아니라 뒤따르던 부거(副車, 예비 수레)를 박살냈다.

7) 마릉(馬陵)에서 일제히~미치지 못하니: 손빈(孫臏)과 방연(龐涓)은 동문이었다. 방연은 손빈에게 "우리는 동문으로서 누가 공을 세우든 공을 함께 나누어 갖자. 만약 약속을 지키지 않을 경우 나는 화살 만 개를 맞아 죽겠다"라고 맹세했다. 그러나 방연은 손빈의 재주를 시기하여 손빈의 다리를 자르고 유폐하려 했다. 그뒤로 둘은 적이 되어 거듭 전투를 하게 되는데, 마지막 전투에서 손빈은 방연이 저녁 무렵이면 위나라의 마릉에 도착하리라 짐작했다. 마릉은 길이 좁고 험악해 매복하기 좋았다. 손빈은 군사들을 이곳에 매복시켰다. 저녁때가 되어 방연이 마릉에 도착하자 매복한 손빈의 군사들이 화살을 쏟아부었다. 과연 방연은 자기가 약속한 대로 화살 만 개를 맞고 죽었다.

郷先達替人[8]送命

申判書汝哲, 己巳後, 因午人之用事, 解將任, 家居. 至甲戌, 天心有悔悟之端, 坤殿有復位之機, 申公先數日, 預先知之, 而申公將起廢拜將任, 仍以換局, 而羣南亦暗察其機, 多岐偵探, 預約善射者數三人, 傳藥于矢, 要於中路, 以爲射殺之計. 申公洞裏, 有武弁一人, 自鄕上來, 家甚貧窶[9], 百口頷顑[10], 無論晝夜, 每來相訪. 申公雖家食不敷, 而每饋以酒食, 或助以粮饌, 而其弁亦西人之類, 故多年積屈, 未沾斗祿. 一日申公邀致此弁曰: "今日適寂寥, 消遣甚難, 與我博戲何如? 博者雜技也, 無所賭則無味, 吾輸則當致千金, 君輸則必從吾所言而爲之也." 其弁許之. 試一局, 申公輸之[11], 其夕卽送千金于其家, 其弁意以爲一時弄談, 不意其如是快施, 大驚異之. 其翌又邀此弁, 又設博局曰: "昨輸一局, 不勝憤嘆, 今日又賭[12]一局, 以雪前恥也." 遂對局, 其弁輸焉, 乃曰: "今日則小人輸焉. 賭當施行, 未知使道敎小人從何言乎? 願指敎焉." 申公曰: "吾從當有指敎, 第姑留吾家, 食夕飯同宿吾舍也." 其弁不敢違命, 遂留焉. 夜半申公以密旨拜大將, 曉當赴闕受符. 遂出甲冑二件, 使其弁穿之戴之[13], 申公亦全身披掛[14], 又命奴僕, 速備[15]二匹座馬以待之. 其弁以申公之命, 雖不得不黽勉從之, [16]疑怪萬端, 恟慌莫測, 仍問曰: "使道與小人, 深夜披掛, 將欲何爲? 又使輔馬, 將往何處乎? 不勝疑惑, 敢此仰叩." 申公曰: "將有往處, 君何以[17]知之乎? 第

---

8) 人: 동양본에는 '入'으로 잘못 표기.
9) 窶: 동양본에는 '窐'으로 표기.
10) 頷顑(함함): 굶주려서 얼굴이 누렇게 뜬 것.
11) 之: 동양본에는 '焉'으로 표기.
12) 賭: 동양본에는 '睹'로 잘못 표기.
13) 戴之: 동양본에는 탈락.
14) 披挂(피괘): 군장(軍裝)을 하다. 갑옷을 입다. 무장하다.
15) 備: 동양본에는 '䩞'로 잘못 표기.
16) 동양본에는 '而'가 더 나옴.
17) 以: 동양본에는 탈락.

從吾言, 從當知之." 遂趁曉漏, 飽喫朝飯, 牽出自家平日所嘗騎之馬, 使其弁騎之, 申公則換他馬騎之, 使其弁在前, 申公在後, 聯翩馳進闕下. 過觀象監峴, 午黨偵知申公今曉當由此路而進, 預爲埋伏善射者, 彎弓以待之, 見彼弁之[18]全身披掛騎駿馬, 前後擁衛而過去, 認以爲申公, 遂發矢, 弓響動處, 其弁應弦而倒, 申公乘其隙, 急急馳馬, 而過之. 凶黨始認以眞箇申公, 雖[19]悔博浪之誤中, 而未及馬陵之齊發, 無可奈何. 遂得免禍, 入闕受符, 軍國大權, 遂都歸於申公. 仍盡逐午黨, 進用西人. 又備棺槨衣衾, 厚瘞其弁, 其家屬又頻頻顧恤, 其子待闋服, 付之軍門厚料, 以終其身云.

---

18) 之: 동양본에는 탈락.
19) 雖: 동양본에는 탈락.

늙은 과부가 은 항아리를 파내어 집안을 일으키다

옛날 여염집에 한 과부가 살았는데 젊어서 남편을 잃고 슬하에 두 아들만 두었다. 집안이 가난하여 아침에 저녁을 생각할 수 없을 정도였다. 집은 육각현六角峴, 인왕산 기슭 필운대 옆의 고개 아래에 있었는데 뒤쪽 마당은 채마밭을 일굴 만했다.

하루는 나물을 심어서 생계의 방편으로 삼으려고 밭을 갈고 다듬고 호미질을 하는데 쨍그랑 소리가 났다. 돌이 네모반듯한 찬합 뚜껑 모양을 하고 있었다. 삽으로 그 옆의 흙을 파내고 돌을 들어올려보니 아래에 큰 항아리 하나가 있었고 속은 은화로 가득했다. 급히 덮개돌을 얹고 다시 흙을 덮어 묻고 밟아서 평평하게 만들었다. 집안사람에게 이야기를 하지 않으니 그 일에 대해서는 아무도 알지 못했다.

집이 너무나 가난했지만 두 아들을 가르치는 데는 근면과 정성을 다했다. 그러니 아들들은 차례로 뜻한 바를 이뤄 문필에 여유가 있었고 도리와 체면을 알았다. 어느새 이서배吏胥輩의 아름다운 자제가 되어 각각 재상가 겸종이 되었다. 일 처리에 영리하고 문필도 뛰어나며 정신이 밝고 한결같으니 재상 역시 총애했다. 얼마 안 있어 형은 혜청惠廳, 조선시대에 대동미, 베, 돈의 출납을 맡은 관아 서리書吏가 되고 동생은 탁지度支, 호조(戶曹) 서리가 되어 가세가 조금 여유로워졌다. 과부 어머니는 늙어도 아무 탈이 없었고 영양榮養, 자식이 지위와 명망이 높아져 부모를 영화롭게 봉양함을 누렸다. 손자 역시 일고여덟 명이 되었는데 성장하여 혹자는 겸종이 되고 혹자는 상인이 되기도 했다.

하루는 그 어머니가 자손과 며느리 들을 불러모아 은을 묻어놓은 후원으로 데려갔다. 흙을 파게 하고 뚜껑을 들어 보여주니 모두 크게 놀라며 말했다.

"여기에 은이 묻혀 있는 것을 어떻게 아셨나요?"

노모가 말했다.

"내가 삼십 년 전에 채마밭을 일굴 요량으로 땅을 고르고 호미질을 하는데 이 돌이 드러났다. 흙을 파내고 덮개를 들고 안을 살펴보니 항아리에 은이 가득차 있었다. 그때는 생계가 매우 딱했고, 그걸 파내서 팔면 부자가 되리라는 걸 모르지도 않았다. 그러나 너희는 아직 강보에 싸여 있고 지각이 부족한지라, 그렇게 하면 안정되지 못한 습관이 들어 부잣집 모양만을 보고 세간의 어려운 일들을 알지 못할 터였다. 호의호식해 배고픔과 추위를 알지 못하고서 사치스러운 습관만 키우고 교만한 품성을 배양한다면 어찌 머리를 숙이고 물어 배우겠으며 스승의 학업을 따르려 하겠느냐? 주색에 탐닉하고 잡기에 빠질 터였다. 그래서 이 것은 우연한 물건이라 보아도 못 본 것으로 하고 다시 묻었다. 너희로 하여금 배고픔과 추위가 우려할 만한 것이며 재물이 아까운 것임을 알게 하고, 잡기에 생각이 미칠 겨를이 없게 하려 했다. 또 감히 주색에 뜻을 두지 않도록 하여 공부에만 힘쓰고 부지런히 생업에 힘쓰게 하려 했다. 다행스럽게도 이제 너희가 성공했고 나이도 들어 각자 할일이 있고, 가업에도 조금 여유가 생겼으며 입지도 단단해졌다. 그러니 은을 파내어 써도 사치하거나 낭비할 걱정은 없는 듯하고 밖으로 나돌 우환도 없을 것이다. 그런고로 너희가 이것들을 팔아 일용에 보태도록 하려 하느니라."

이로부터 차차 은을 팔아 수만 전을 얻어 마침내 큰부자가 되었다. 늙은 과부는 선한 일 베풀기를 좋아해 배고픈 사람은 먹여주고 헐벗은 사람은 입혀주었다. 친척 중 가난한 사람, 혼례나 장례를 치르지 못하는 사람이 있으면 모두 넉넉하게 도와주었다. 또 겨울날이면 버선 수십 벌을 지어 가마를 타고 나갔다. 버선을 신지 못한 걸인이 있으면 반드시 주었으니, 대개 엄동에 가장 견디기 어려운 것이 언 발이기 때문이었다. 또 친지 집들을 돌아다니며 빈궁한 자의 급한 일을 도와주고, 초가지붕을 잇지 못한 사람은 이어주고, 기와집 기와가 무너진 사람에게는 다시 고칠 수 있도록 값을 치러주었다.

늙은 과부는 여든이 지나서 병 없이 죽었다. 두 아들도 각각 일흔이 지나 서리 일에서 물러났다. 벼슬은 동지[1]에 이르렀고 삼대가 관직에 추증됐다. 그뒤로 자손이 대대로 번성했으니 혹자는 무과에 급제하고 혹자는 주부主簿, 문서와 부적(符籍)을 주관하던 종6품 관직나 찰방察訪, 역참을 관장하던 문관 종6품 외관직을 역임했고 혹자는 군문軍門에 오래 있으면서 첨사僉使, 종3품 무관 벼슬나 만호萬戶, 종4품 무관 벼슬를 지내기도 했다 한다.

掘銀瓮老寡成家

昔有閭閻一寡女, 靑年喪夫, 只有乳下二子. 家計食貧[2], 朝不謀夕[3]. 其家在六角峴下, 後有園, 可以治圃者. 一日爲種菜資生計, 方欲耕治揮鋤之

1) 동지(同知): 원래는 중추부(中樞府)의 종2품인 동지중추부사(同知中樞府事)를 뜻했으나, 뒤에는 직함이 없는 노인에 대한 존칭으로 쓰였음. 여기서는 후자의 뜻임.
2) 食貧: 동경대본에는 '甚貧'으로 표기. '甚貧'이 맞음.

際, 錚然有聲, 見一石, 方正, 大似盒盖樣, 始用鍬鈷之屬, 除其傍土, 擧石
而視之, 則下有大甕一座, 銀貨滿其中. 遂急掩其盖石, 復取土而埋之, 踏
而平之, 又不向家人說道, 人無有知之者. 家雖至貧, 而敎誨二子, 極其誠
勤, 次第成就, 文筆優餘, 知道理識事體, 奄爲吏胥輩佳子弟, 遂各爲宰相
家傔從. 以其人事伶俐, 有文有筆, 精白一心, 其宰相亦寵愛之. 未幾兄爲
惠廳書吏, 弟爲度支書吏, 家勢稍饒. 其母寡女, 老而無恙, 備享榮養, 孫子
亦七八人成長者, 或爲傔從, 或爲廛人. 一日其母, 會其子孫及婦女, 詣[4]後
園埋銀之所, 使之破土, 擧盖以示之, 諸人皆大驚曰: "銀之埋此, 何以識得
乎?" 其老母曰: "吾於[5]三十年前, 意欲治圃, 親自修地揮鋤之際, 此石露出,
故去土而擧盖視之, 則銀滿一甕. 其時生計艱窘, 非不知掘出賣之, 則可作
富家, 而第念汝輩尙在襁褓, 知覺未長, 趁向靡定習, 見其家富之樣, 不知
世間有艱難之事, 好衣好食, 飢寒不識, 長其侈習, 養其驕性, 其肯屈首於
問學, 從師之業乎? 沈溺於酒色, 外入於[6]雜技, 卽是倘來事也, 故視若不
見, 仍爲埋置, 使汝輩知飢寒之可憂, 財物之可惜, 無暇念及於雜技, 不敢
生意於酒色, 俾得孜孜於文墨之事, 勤勤於契濶之業. 今則[7]汝輩幸已成就,
年旣[8]長大, 各有所業, 家業稍饒, 立志旣固, 雖掘銀而用之, 似無侈汰浪費
之慮, 又無外馳走作之患, 故指示汝輩, 使之散賣日用矣." 自是以後, 次次
發賣, 得數萬錢[9], 遂爲巨富, 而其老[10], 好作善事, 飢者食之, 寒者衣之, 親

3) 朝不謀夕(조불모석): 아침에 저녁 일을 헤아리지 못한다는 뜻으로, 당장을 걱정할 뿐 앞일
을 생각할 겨를이 없음을 이르는 말.
4) 詣: 동양본에는 '指'로, 동경대본에는 '諸'로 표기.
5) 於: 동양본에는 탈락.
6) 於: 동양본에는 탈락.
7) 今則: 동양본에는 탈락.
8) 旣: 동양본에는 '已'로, 동경대본에는 '記'로 표기.
9) 數萬錢: 동양본에는 '錢數萬'으로 표기.
10) 동경대본과 동양본에는 '寡'가 더 나옴.

戚之窮困[11], 不能婚葬者, 皆厚助之. 又於冬日, 必作襪數十, 乘轎而出行, 見乞人無襪者, 必與之, 盖以寒苦之最難堪者, 足凍故也. 又周行於所親知家, 貧窮者, 每周其急, 草屋之未盖者, 使之乘屋, 瓦家之傾頹者, 使之修改, 計價而給之. 其老寡, 年過八十, 無[12]病而逝, 其二子, 各年過[13]七十, 老退吏業, 官至同知. 追榮其三代, 其後代代子孫繁盛, 或登武科, 歷主簿察訪, 或以軍門久勤, 經僉使萬戶云.

11) 困: 동양본·동경대본에는 탈락.
12) 無: 동경대본에는 '毋'로 표기.
13) 過: 동양본에는 탈락.

현명한 어머니가 자식에게 의병을 일으키게 하다

병마절도사 김견신金見臣은 용만龍灣, 의주(義州)의 옛 이름 장교였다. 어머니는
비녀도 꽂지 않은 나이에 동향의 모씨와 혼인을 약속하고 납채[1]를 받
았는데, 얼마 지나지 않아 그가 병으로 죽었다. 김견신의 어머니는 비록
초례를 올리지 않았으나 폐백은 받았기에 다른 곳에 시집갈 수 없다 생
각했다. 그래서 부고를 듣고 즉시 발상[2]하여 가서는 정성과 공경을 다
해 시어른을 모셨다.

삼사 년이 지난 뒤, 친정 부모를 뵙고자 귀녕歸寧, 친정에 가서 부모를 뵙을 했
다. 동네 부자 김 아무개는 수십만 거부였다. 때마침 홀아비로 살고 있
었는데 그녀가 정렬하고 현숙하다는 소문을 듣고 후처로 삼고자 했다.

---

1) 납채(納采): 신랑집에서 신부집에 혼인을 청하는 의례. 혼례는 신랑집에서 신부집에 혼인의
뜻을 전달함으로써 시작된다. 신부집에서 이를 허락하면 그뒤에 사람을 시켜 그 채택을 받아
들일 것을 청하는 의식을 행하는데, 이것이 납채의 시작이다. 이때 신랑집에서는 기러기를 예
물로 사용하기도 한다.
2) 발상(發喪): 상례(喪禮)에서, 죽은 사람의 혼을 부른 뒤에 상제(喪制)가 옷을 갈아입고 곡을
하여 초상난 것을 발표하는 일.

그녀의 아버지를 찾아가서는 만금을 폐백으로 바치고 사위가 되게 해 달라고 간청했다. 그녀의 아버지는 평소 빈궁했기에 만금이란 말을 듣고 군침이 돌았다. 하지만 딸의 정절을 떠올리니 말을 꺼내기 어려울 것 같아 사양하며 말했다.

"폐백이 정말 후하기는 하오. 그러나 딸아이가 수절하려는 마음이 너무나 굳기에 그 뜻을 무너뜨릴 수 없소이다."

김 아무개는 거듭 간청했지만 끝내 허락받지 못하고 마침내 떠났다.

그 댁은 평소 가난한 집이라 안방과 사랑방이 멀지 않았다. 여자는 안방에 있다가 이야기를 들었다. 손님이 떠나기를 기다렸다가 부친을 불러 물었다.

"아까 오신 손님께서 뭐라고 하셨어요?"

아버지가 말했다.

"별다른 이야기 안 했다."

여자가 여러 번 캐물으니 아버지가 실토했다.

"한 말이 있기는 하지만, 네게 그 말을 전하기가 뭐하구나."

여자가 다시 간곡하게 물으니 답했다.

"만금을 주고 너를 처로 삼고자 한단다."

"소녀 빈궁하신 아버지가 언제나 매우 걱정되었지만 도와드릴 길이 없었지요. 만금은 정말 큰돈입니다. 그 돈만 있으면 아버지께서 평생 호사스럽게 사실 수 있지요. 그게 어찌 소녀의 지극한 소원이 아니겠습니까? 우리는 천한 신분이라 수절을 따질 필요도 없습니다. 하물며 저는 납채만 받았을 뿐 죽은 남편과 합궁하지도 않았습니다. 그의 얼굴조차 알지 못하니 평생토록 수절하는 건 아무 의미가 없습니다. 아버지는 얼른 그 사람에게 돌아오라고 청하여 허락하세요."

이 말을 들은 아버지는 바깥사랑으로 나가서 급히 김 아무개에게 사람을 보내 돌아오라고 청했다. 딸의 말대로 혼인을 허락하니 김 아무개는 크게 기뻐하며 즉시 만금을 보냈다. 그리고 택일하여 초례를 올리고 부부가 되었으니, 그가 바로 견신의 아버지다.

그녀는 김 아무개의 가문에 들어가 은혜와 위엄으로 친척들을 이끌고 노비들을 거느렸다. 손님을 대접하고 가산을 다스리는 데도 하나하나 정연한 법도가 있으니, 집안의 법도가 더욱더 바로 서고 재산이 점점 불어났다.

얼마 안 있어 아들을 낳았으니 그가 김견신이었다. 견신이 자라남에 그를 가르치는 데도 법도가 있었으니, 나중에 견신은 용만 장교를 수행했다.

때는 신미년^{1811년} 겨울이었다. 가산 도적 홍경래가 난을 일으킨 때 견신의 나이 서른한 살이었다. 때마침 견신은 보직이 없어 집에서 한가하게 지내고 있었다. 어머니가 견신을 불러서 말했다.

"지금 나라가 많이 어지럽고 도적이 도내에서 봉기했는데, 너는 대장부가 되어 편하게 수수방관만 하느냐? 상책은 군사를 불러모아 의병을 일으켜 적을 무찌르는 것이요, 중책은 스스로 군문으로 나아가 영문^{營門}의 지휘를 따르는 것, 하책은 군오에 편입하여 온 힘과 노력을 다하는 것이다. 어찌 다른 사람 일 보듯이 가만히 집에 앉아만 있느냐?"

그러자 견신이 답했다.

"삼가 명을 받들겠나이다."

견신은 집안 재산을 내놓아 민중들을 불러모아 군복을 짓고 기계를 만들어 의병 수천 명을 거느리고 순무사^{巡撫使, 조선시대 반란과 전시(戰時)의 군무를 맡아보던 임시 벼슬}의 진영으로 갔다. 정주성^{定州城} 밖에 진을 치고 의義에 의거해 적을 토벌하니 목을 베고 사로잡은 수가 많았다. 적병들이 감히 서쪽으로 내려오지 못하고 정주를 치고 들어간 데에도 이 사람의 공이 컸다.

성이 함락되던 날 곧바로 도적 소굴로 들어가 어두운 세력들을 몰아냈다. 관찰사가 그 공을 아뢰니 나라에서 크게 가상히 여기어 내금장과 선전관^{宣傳官} 등의 관직을 연이어 제수했다. 이어 충청병사^{忠淸兵使}와 별군직을 시키고 나서 개천^{价川} 군수를 제수했다. 개천은 의주 도내의 읍이다.

금의환향하여 판여^{板輿, 판자로 둘러막고 발을 늘인 가마}로 어머니를 모시고 녹봉으로써 봉양하니 도내에서 흠모하지 않은 사람이 없었다.

倡義兵賢母晶子

金兵使見臣, 龍灣將校也. 其母年未笄, 許婚於同鄕某姓人受采, 未幾其夫病死, 金母以爲, 雖未之³⁾醮, 旣受其幣, 不可他適, 仍聞訃, 卽發喪而赴, 仍奉舅姑, 極其誠敬. 過三四年, 爲覲其父母, 作歸寧行, 洞里富人金某者, 卽數十萬巨富也, 時適鰥居, 聞其女人⁴⁾之貞烈賢⁵⁾淑, 欲爲繼娶, 往見其女之父, 請以萬金爲壽, 願爲之婿, 其女之父, 素是貧窮, 聞萬金之說, 雖是⁶⁾流涎, 想其女之烈節, 誠無以發說, 遂謝之曰: "幣誠厚矣. 女兒之守節甚苦, 不可奪志矣." 金某屢次懇請, 而終不之諾, 金某遂謝去. 其家⁷⁾素是貧家, 內外不甚遠, 其女子在內竊聽之⁸⁾, 待客之去, 呼其父而問之曰: "俄者客來, 所言云何?" 其父曰: "別無所言." 其女屢度迫問, 其父乃曰: "雖有云云, 不可向汝傳說矣." 其女又懇問, 乃曰: "欲以萬金, 娶汝爲妻矣." 其女曰: "父親貧窮, 小女之心, 尋常悶迫, 而無計奉助矣. 今萬金, 誠大財也. 得此則父親平生, 可以好好生活, 豈非小女之至願乎? 且吾輩賤儔, 豈有所謂守節? 又況只受其采而已, 未嘗與之合, 而未識亡夫之面目, 守此終身, 亦無意味, 願父親, 速請其人回來, 仍爲許之⁹⁾也." 其父聞¹⁰⁾此言, 仍出外舍, 急使¹¹⁾

---

3) 之: 동양본에는 탈락.
4) 人: 동양본에는 탈락.
5) 賢: 동양본에는 탈락.
6) 是: 동양본·동경대본에는 '甚'으로 표기.
7) 家: 동경대본에는 '子'로 잘못 표기.
8) 之: 동경대본에는 '言'으로 표기.
9) 許之: 동경대본에는 '之許'로 표기.
10) 聞: 동양본에는 '問'으로 잘못 표기.

人追之, 請金某回來, 依女言許之, 金某大喜, 隨卽輸送萬金, 擇日醮禮, 仍作夫婦, 金某卽見臣之父也. 其女入金某之門, 御親戚率婢僕, 恩威竝行¹²⁾, 接賓客治産業, 井井有法, 家道益興, 財産漸饒. 未幾生子, 卽金見臣也. 見臣年稍長, 敎之有道. 隨行於灣府將校¹³⁾. 時當辛未冬, 嘉山賊景來之亂, 見臣年三十一, 時適無任, 閑住家中, 其母招見臣謂之曰: "今國家多¹⁴⁾亂, 賊變起於道內, 而汝以丈夫, 自¹⁵⁾寧可以袖手傍觀乎? 上可以¹⁶⁾招聚軍兵起義討賊, 中可以自詣軍門, 聽營門之指揮, 下可以編於軍伍, 戮力效勞, 豈可視同他人之事, 而安坐於家也?" 見臣曰: "謹聞命矣," 遂發其家財, 呼召¹⁷⁾民衆, 制軍服作器械, 率義兵幾千人, 仍¹⁸⁾往詣巡撫中營. 結陣於定州城外, 仗義討賊, 多所¹⁹⁾斬獲. 賊兵之不敢西下, 蹴²⁰⁾入定州者, 此人之功居多. 及其城陷之日, 直搗巢穴, 蕩其氛翳. 道臣上其功, 國家大致嘉尙, 連拜內禁將宣傳官等職, 仍又直拜忠淸兵使, 又拜別軍職. 後又拜价川守, 价²¹⁾卽義州之道內邑也. 錦衣還鄕, 以板輿奉其母, 養以官廩, 其道內諸人, 莫不欽羨云.

---

11) 使: 동양본에는 '舍'로 잘못 표기.
12) 行: 동양본·동경대본에는 '施'로 표기.
13) 校: 동경대본에는 탈락.
14) 多: 동양본에는 '大'로 표기.
15) 自: 동양본·동경대본에는 '身'으로 표기.
16) 以: 동양본에는 탈락.
17) 召: 동경대본에는 '招'로 표기.
18) 仍: 동양본·동경대본에는 탈락.
19) 所: 동양본에도 '所'로 표기하고 있으나, 동경대본에는 '少'로 표기. '少'가 맞음.
20) 蹴: 동양본에는 '蹔'으로 표기.
21) 동경대본에는 '川'이 더 나옴.

새벽마다 불상에 치성 드린 결실

옛날 한 선비가 있었는데 성이 이씨였다. 명경업[1]을 준비하여 식년式
年, 삼 년마다 보았던 정기 과거시험 초시에는 합격했고 회시會試, 초시 급제자가 서울에 모여 이
차로 보는 시험는 다음해 봄에 있을 예정이었다. 회강會講, 초시 합격자를 대상으로 보는
강경(講經) 시험을 익히고자 친구 서너 명과 함께 책을 가지고 북한산 중흥사
中興寺로 갔다. 그리고 조용하고 구석진 방을 가려 깨끗하게 청소하고 들
어가서 오직 외우고 읽는 데만 전념했다.

이선비는 꼭두새벽마다 목욕하고 머리를 빗고 불당에 가서 향을 살
랐다. 불상을 향해 절을 하고 기도했는데, 친구들은 그때마다 놀리고 비
웃었다. 그래도 이선비는 들은 척도 하지 않고 정성을 다해 치성을 드렸
다. 바람 불고 눈 내리며, 어둡고 비 내리는 밤이라도 한 번도 빼먹지 않
았다.

---

1) 명경업(明經業): 고려시대에 경학에 밝은 인재를 선발했던 과거의 한 과목. 제술업보다는
비중이 낮았으나 다른 잡업보다 중시되어 제술업과 더불어 양대업이라 불렸다.

한 친구가 그를 속여먹으려고 불당으로 먼저 가서 불상 뒤에 몸을 숨기고 기다렸다. 조금 뒤 이선비가 와서 향을 사르고 기도를 했는데 기도하는 말이 이러했다.

"평생소원은 오직 과거에 급제하는 것이옵니다. 조금도 게으르지 않게 경건한 마음으로 성실히 축원하고 있사옵니다. 엎드려 비옵건대 신령하신 부처님, 자비를 내리시고 널리 도와주시는 힘을 베푸시어 내년 봄 과거에 꼭 합격하게 해주시옵소서. 칠대문[2]을 미리 가르쳐주셔서 그것에만 전념하여 익힐 수 있도록 해주십시오."

그 친구가 부처님 흉내를 냈다.

"그대의 정성이 한결같고 흐트러지지 않으니 참으로 가상하구나. 내년 봄 회시에 나올 장들을 내가 먼저 가르쳐주노라. 주역은 모 괘卦, 서경은 모 편篇, 시경은 모 장章, 논어는 모 장, 맹자는 모 장, 중용은 모 장, 대학은 모 장이 나올 것이다. 그대는 모름지기 전력을 다하여 이 부분들만 공부하거라. 그러면 순통[3]은 걱정 없을 것이도다."

이선비는 엎드려서 공경을 다하여 들었다. 그러고는 재배하고 감사해하며 말했다.

"부처님께서 신령을 내리시어 이런 가르침을 주시니 은택이 하늘과 같나이다."

그뒤로 이선비는 다른 장은 읽지 않고 오로지 밤낮으로 그 장들만 외웠다. 그러느라 잠자고 밥 먹는 것까지 잊었고 소주小註까지 다 외워버렸다.

---

2) 칠대문(七大文): 강경시에서는 사서삼경에서 각각 한 대문(大文)을 뽑아 암송하게 했는데, 그것이 칠대문이 되었다.
3) 순통(純通): 조선시대에 강경 시험을 볼 때, 대체로 순(純)·통(通)·조(粗)·약(略)·불(不)의 다섯 등급 혹은 순통(純通)·순조(純粗)·순략(純略)·불통(不通)의 네 등급으로 성적을 매겼다. 순통이란 이 가운데 성적이 우수한 자를 말한다.

그 친구는 비록 처음에는 속이고 조롱하려는 의도에서 그런 흉내를 냈으나 뜻하지 않게 이선비는 정말 부처님의 가르침을 받았다 생각하고 굳게 그 말을 믿었다. 이 지경에 이르니 진정 자기 때문에 과거를 망칠 수도 있을 것 같았다. 속임수에 빠진 모양과 어리석은 행동거지를 보니 한편으로는 가소롭고 또 한편으로는 측은하여 이렇게 말했다.

"부처께서 비록 칠대문 장들을 가르쳐주셨지만 부처가 영험하신지 아닌지는 정말 알 수 없네. 그런데 부처의 그 말씀만 믿고 그 부분만 외우니, 만일 내년 봄 회강이 다른 장에서 나온다면 그야말로 한량없는 낭패가 아닌가? 자네가 이치에도 맞지 않은 일을 굳게 믿는 것이 어찌 이리도 심한가?"

이선비가 대꾸했다.

"정성스러운 뜻이 쌓이면 신명도 감응하여 이런 기적 같은 예고를 해주시지. 어찌 신령이 안 계실 리가 있겠나? 자네는 많은 말 말게. 내년 봄 일을 일단 지켜보게나."

친구는 애가 타고 답답한 마음을 이길 수 없어 사실을 고해바쳤다.

"자네의 기도는 미친 것이거나 어리석은 짓일세. 내가 한때 자네를 희롱하려는 마음에서 불상 뒤에 숨어 있다가 부처 목소리를 흉내내 칠대문을 뽑아서 일러주었네. 부처가 알려주신 게 아니라 내가 한 짓이라네. 뜻하지 않게 자네가 이처럼 굳게 믿어서 온갖 말을 해도 돌이키기 어려우니 어찌 이리도 우둔하고 어찌 이렇게 미혹되는가? 내가 정말 후회가 되네. 자네는 모름지기 칠서를 두루 읽어 회강 때 낭패당하지 않도록 하는 게 지극히 좋을 걸세."

이선비가 말했다.

"그렇지 않다네! 내 한결같은 정성은 천지가 함께 굽어보아주시고 신명이 밝혀주시는 바라. 천지신명께서 회강 때 출제될 장을 알려주시어 미리 외우고 익히게 하시려 했다네. 하지만 그걸 번거롭게 직접 알려주시기는 거북해 자네로 하여금 대신 전한 것일세. 그건 마치 시동 尸童, 제사에서 신위(神位) 대신 앉히던 어린아이이 신의 말씀을 전하는 것이나 공축 工祝, 축관(祝官). 제사를 관장하던 관리이 정성스레 고하는 것과 같은 일이지. 이로 말미암아 논하자면, 자네는 비록 희롱하는 마음에서 행동했지만 그것은 자네 스스로 한 것이 아니라네. 진실로 하늘이 시키신 일이요, 진실로 신이 명하신 일이니 자네의 말은 즉 천신의 말이라네. 설사 조롱하는 말이나 비웃음이 사방에서 몰려와도 내가 들어줄 리 만무하네."

이로부터 이선비는 문을 닫아걸고 손님을 사절했다. 그리고 방에 혼자 앉아 칠대문 부분만 속으로 외우고 입으로 읽었다.

다음해 봄 회강 날이 되었다. 이선비는 들어가 강석講席에 앉았다. 잠시 뒤 장막 안에서 강지講紙가 나왔다. 급히 강장⁴⁾을 보니 모두 칠대문에서 나왔고 지난겨울 외웠던 바로 그 장이었다. 이선비는 기쁨을 이기지 못했고 다시 생각할 필요도 없었다. 즉시 높은 소리로 크게 외우니 글자 하나 토씨 하나조차도 틀리지 않았다. 기진맥진할 정도로 외우니 마치 가벼운 수레가 익숙한 길을 달리는 듯, 준마가 가파른 언덕을 달리는 듯했다. 칠시관⁵⁾이 모두 크게 칭찬하며 번갈아가며 무릎을 쳐서 부채가 모두 떨어질 정도였다. 각자 찌를 꺼내보니 칠 순통純通으로 급제하게 되었다. 명경과가 개설되고 나서 처음 있는 일이었다 한다.

致精誠課曉拜佛像

昔有一士⁶⁾, 姓李人⁷⁾. 做明經業, 發解式年初試, 會試⁸⁾在於翌春, 爲習會

---

4) 강장(講章): 임금 앞에서 강할 때나 강경시를 행할 때 임금이나 시관(試官)이 지정한 경서(經書) 가운데 한 장(章).
5) 칠시관(七試官): 문과 시험의 시험관으로 의정(議政) 한 명, 독권관으로 정2품 이상 두 명, 대독관으로 종2품 네 명, 이렇게 총 일곱 명인 데서 붙은 이름이다.

講之工, 約親友數三人, 携冊往會於北漢之中興寺, 揀一靜僻之室, 淨掃而入處, 以爲專意誦讀之計. 李每於曉頭, 梳頭浴身, 往佛堂[9], 向佛像焚香再拜, 暗暗祈祝, 諸親友每每[10]譏笑, 而李也聽之, 藐藐專誠致勤, 雖風餐雪虐, 天陰雨濕之夜, 未或一廢. 其中一友, 意欲誑之, 先李也, 而[11]往佛堂, 藏身於佛軀之後, 以待之, 少焉李也, 果來, 焚香祈禱, 其祝辭盖曰: "平生所願, 唯[12]在一科, 虔誠嘿祝, 不敢少懈, 伏願靈佛, 俯垂慈悲之心, 陰施普施之力, 俾捷明春科, 而七大文, 預爲指示, 以爲專一講習之地"云云. 其友詐作佛語曰: "觀汝精誠, 一直不懈, 極爲嘉尙, 明春會試, 所當出之講章, 吾當先告. 易之某卦, 書之某篇, 詩之某章, 論之某章, 孟之某章, 庸之某章, 學之某章, 當出矣. 汝須專力誦此, 可以無慮純通矣." 李也俯伏恭聽, 聽已, 又再拜致謝曰: "佛降神靈, 有此指敎, 恩澤如天"云云. 自是以後, 不讀他章, 只讀七大文, 晝夜誦習, 忘寢廢食, 至於小註幷皆突誦. 其友始雖以欺嘲之意, 有此假托之擧, 而不意其認以眞箇佛敎, 酷信至此, 誠有由我致敗之嘆[13]. 其見欺之狀, 愚駭[14]之擧, 一則可笑, 一則可悶, 其友人謂之曰: "佛雖指敎[15]七章, 而佛之靈否, 固未可知, [16]但信佛語, 只誦七大文, 如明春會講之[17]講[18]章, 或出於此外, 則豈非無限狼狽耶? 君何酷信不經之事, 至此甚乎?" 李曰: "誠意所積, 神明亦感, 有此預告之異, 豈有無靈之理哉? 君勿多言, 第觀明春事也." 友人

6) 동경대본에는 '人'이 더 나옴.
7) 人: 동경대본에는 '仁'으로 표기.
8) 試: 동양본·동경대본에는 '講'으로 표기.
9) 동양본에는 '而'가 더 나옴.
10) 每: 동양본에는 탈락.
11) 而: 동양본·동경대본에는 탈락.
12) 唯: 동양본·동경대본에는 '準'으로 표기.
13) 嘆: 동경대본에는 '歎'으로 표기.
14) 駭: 동경대본에는 '駿'로 표기. '駭'가 맞음.
15) 敎: 동경대본에는 탈락.
16) 동양본·동경대본에는 '君'이 더 나옴.
17) 之: 동경대본에는 탈락.
18) 講: 동양본에는 탈락.

不勝悶迫, 吐實告之曰: "君之祈禱[19], 非狂則癡, 故吾以一時戲弄之心, 藏身于佛軀之後, 假托佛語, 而拈七大文告之, 此非佛告也, 卽吾之所爲[20]也. 不意君篤信如是, 萬言難廻, 何其愚蠢之極, 而迷惑之甚耶? 吾誠悔之無及, 君須通讀七書, 無至臨講見敗之地, 至可至可." 李曰: "不然! 吾之一片精誠, 天地之所共鑑, 神明之所共燭, 天地神明欲預告, 會講時所出之章, 使之前期講習, 而[21]旣不能諄諄然面命, 故使君而[22]代傳此, 猶尸傳神語, 而工祝致告之意也. 由是論之, 君則雖出於戲弄之擧, 而[23]非君之所自爲[24]也, 天實使之, 神實命[25]之, 君之語卽天神之語也. 雖譏語嘲笑[26], 四面沓至, 萬無回聽之理矣." 自是閉[27]戶謝客, 獨坐一室[28], 心誦口讀, 只是七大文. 翌春[29]會講時, 李入坐講席, 少焉講紙自帳裏出來, 急急開視講章, 則書出七大文, 而卽昨冬所講之章也. 李不勝大喜, 不復運思, 卽爲高聲大讀, 幷音釋前註, 不差一字一吐一口, 氣盡誦之, 如輕車之驅熟路, 駿馬之走峻坂. 七試官, 大加稱賞, 交相擊節, 至於扇墮皆落. 遂各出通栍[30], 以七純[31]通登第, 自設明經科以後, 初有之云.

---

19) 祈禱: 동경대본에는 '禱祈'로 잘못 표기.
20) 爲: 동경대본에는 '告'로 표기.
21) 동경대본에는 '豈'가 더 나옴.
22) 而: 동경대본에는 탈락.
23) 而: 동양본에는 탈락.
24) 爲: 동양본에는 '謂'로 잘못 표기.
25) 命: 동양본에는 '明'으로 표기.
26) 譏語嘲笑: 동양본·동경대본에는 "群(동경대본: 羣)譏衆嘲"로 표기.
27) 閉: 동양본에는 '開'로 잘못 필사.
28) 室: 동경대본에는 '時'로 표기.
29) 翌春: 동양본에는 탈락.
30) 栍: 동경대본에는 '牲'으로 잘못 표기.
31) 純: 동경대본에는 '絶'로 잘못 표기.

밥 먹을 때마다 민어르신을 불러 은덕을 칭송하다

태의太醫 안효남[1]은 일찍부터 공경公卿 사대부와 교유하여 이름이 알려졌다. 효종이 병이 들자 여러 번 약을 올렸는데 효험이 있어 첨지에 특별 제수되었다. 늙어서는 해서海西 재령載寧으로 돌아가 아흔 살에 죽어 장례를 치렀다.

그로부터 십 년 뒤인 신해년1671년 대기근 때였다. 여양驪陽 민상공[2]이 황해감사로 있었는데, 안효남은 일찍이 여양 집안에서 일을 한 적이 있었다. 어느 날 밤, 여양의 꿈에 안효남이 찾아왔다. 여양은 그가 죽은 줄 모르고 평상시처럼 반기며 회포를 풀었다. 안효남이 말했다.

"올해에 큰 홍수가 나서 저희 집안의 백여 명이 구렁텅이에 뒹굴게

---

1) 안효남(安孝男, 1572~1661): 1606년 증광시 의과 급제했다. 1625년 내의(內醫)가 되고 1628년 침의가 되었다. 절충장군 통정대부 첨지로 호조참의(戶曹參議)에 추증되었다.
2) 민상공(閔相公): 민유중(閔維重, 1630~1687). 본관은 여흥(驪興). 자는 지숙(持叔), 호는 둔촌, 시호는 문정(文貞). 인현왕후의 아버지. 1650년 증광문과에 급제해 예문관을 거쳐, 1674년 호조판서가 되었다. 1681년 딸이 숙종의 계비가 되자 여양부원군(驪陽府院君)이 되었다. 노론에 속했으며, 경서에 밝아 사림에서 명망이 높았다.

되었습니다. 어르신께서 가엾게 여기는 마음으로 구하여 살려주소서."

여양이 불쌍히 여기고 응낙했다. 그의 가족들은 지금 어디 있느냐고 물으니 이렇게 대답했다.

"천손賤孫은 이름이 세원世遠인데 재령 유동柳洞에서 살고 있습지요."

주고받는 말이 채 끝나기도 전에 하품을 하고 기지개를 켜며 깨어나 보니 꿈이었다. 매우 기이하게 여기고는 촛불을 가져오게 했다. 일어나 이불을 두르고 앉아 '재령 유동 안세원' 일곱 자를 써서 기억했다. 이튿날 본군에 발관發關, 상관이 하관에게 공문을 보내는 일을 하였다.

"안효남의 손자 안세원이 모 촌에 살고 있다 하니, 즉시 그 사람을 보내거라."

본군 수령이 관문關文, 조선시대에 상급 관청에서 하급 관청에 시달하던 공문서을 보고는 안세원이 죄를 지어 잡아오라는 것이라 생각하고, 즉시 차사差使를 보내 성화같이 감영으로 압송했다. 여양이 보고 웃으며 앞으로 오게 하여 조용히 물어보니 하나하나가 다 꿈속 말과 부합하여 털끝만큼도 다르지 않았다. 마침내 꿈속에서 안효남과 만난 일을 이야기해주고는 곡식 오십 석과 기타 잡물을 체하帖下, 관아에서 일꾼이나 상인에게 돈이나 물건을 줄 때 증표로 종이에 적어주는 일하여 주었다. 진휼사로 감영에 온 각 읍 수령들도 이야기를 듣고 모두 기이하게 여기고는 그 의로움을 흠모해 그들이 각기 준 물건도 적지 않았다. 여양은 그것들을 모두 그 집으로 보내주게 했으니 세원 집안의 백여 명이 모두 온전히 살아났다. 또 남은 재물로 땅을 마련하여 조상의 제사를 받들도록 했다.

그뒤로 안씨 집안의 사람들은 노소 구분 없이 밥을 먹을 때마다 먼저 축원을 드렸다. 손을 곧추세우고서 "이 밥은 누가 주신 것인가?" 하면, 모두가 "민감사 큰 어르신! 민감사 큰 어르신!"이라고 제창하고서야 비로소 밥을 먹었다. 마침내 이것이 가법家法이 되어 손자, 증손자 이후에도 계속 그리했다. 사람들이 혹 무슨 이유로 이렇게 하느냐 물으면, "선조들부터 이렇게 하는 고로 감히 그만둘 수 없지요. 사실 무슨 이유로 이렇게 하는지는 모르오"라고 대답했다. 민감사의 성명을 물어보아도 역시 누군 줄 알지 못했다 한다.

誦恩德每飯稱閔爺

太醫安孝男, 早遊公卿士大夫間, 有名. 孝廟違豫[3], 屢進藥, 輒有效, 特除僉知. 歸老[4]于海西之載寧, 年九十而沒[5], 仍葬焉. 伊後[6]十年, 歲辛亥大饑時, 驪陽閔相公, 按海西節. 安盖嘗有勞於[7]驪陽家者. 一夜驪陽忽[8]夢安君來訪, 不知其已死, 欣然敍阻如平日, 安曰: "歲大浸, 闔族百口, 將塡壑, 願大爺特垂哀憐, 而救活之." 驪陽矜惻而諾之. 又問若家屬, 今在何處, 曰: "賤孫名世遠, 居[9]在載寧之柳洞."云. 酬酢未了, 欠伸而[10]覺, 乃一[11]夢也. 大異之, 遂呼燭而起, 擁衾而坐, 卽書載寧柳洞安世遠七字, 以識之. 其翌日發關本郡曰: "某之孫某, 居某村者, 卽爲起送." 本郡倅[12], 見關文[13], 意世遠有罪捉來, 卽發差使, 星火押送于營, 驪陽見而笑之, 使之前, 從容問之, 一一與夢中語相符, 不爽毫釐. 遂語以安君夢告事, 仍帖給五十穀[14]米, 其他雜物, 亦稱是, 各邑守令之以賑事來營下者, 聞之, 皆異其事[15], 而欽

---

3) 違豫(위예): 병이 남.
4) 歸老: 동경대본에는 '老歸'로 표기.
5) 沒: 동양본에는 '歿'로 표기.
6) 後: 동경대본에는 '年'으로 잘못 표기.
7) 勞於: 동경대본에는 '於勞'로 잘못 표기.
8) 忽: 동양본에는 탈락.
9) 居: 동양본에는 '去'로 잘못 표기.
10) 而: 동양본에는 탈락.
11) 一: 동양본에는 탈락.
12) 倅: 동경대본에는 '守'로 표기.
13) 見關文: 동경대본에는 '開關見文'으로 표기.
14) 穀: 동경대본에는 '斛'으로 표기. '斛'이 맞음.
15) 皆異其事: 동경대본에는 '其異事端'으로 표기.

其義, 亦各有所饋遺, 其數[16]不些. 驪陽遂命悉輸置于其家, 世遠百口, 得以全活, 且以其餘置田, 奉其祖之祀. 自是以後, 安家老幼, 每飯必先[17]祭, 又上手祝曰: "是誰賜也?" 齊曰: "閔監司[18]大爺! 閔監司[19]大爺[20]!" 如是而後敢食. 遂成家法, 至孫曾亦然. 人[21]或問其何故如此, 則曰: "自[22]祖先以來如是, 故不敢廢, 而實不知何故." 問閔監司[23]姓名, 則亦不知爲誰某云.

---

16) 數: 동경대본에는 탈락.
17) 先: 동경대본에는 탈락.
18) 司: 동경대본에는 '使'로 표기.
19) 司: 동경대본에는 '使'로 표기.
20) 閔監司大爺: 동양본에는 탈락.
21) 人: 동경대본에는 탈락.
22) 曰 自: 동경대본에는 탈락.
23) 司: 동경대본에는 '使'로 표기.

양반 아이가 짚등우리 안에 거꾸로 매달리다

　모 군 읍내에 한 양반 아이가 있었다. 가세가 몰락하고 부모도 다 돌아가시니 외롭고도 고달프게 살아갔다. 그래도 글자를 조금 읽을 줄 알아 같은 군 이방의 집에 가서 장부를 정리해주고서 근근이 입에 풀칠했다.

　읍내에 개천이 있었는데, 개천 건너편에는 한 민가가 있었다. 그 집에 장성한 여자가 있었는데 혼처를 정하지 못했다. 하루는 그 부모가 친척 혼사에 참석하느라 집을 비우고, 그녀는 혼자 집안에서 빨래를 하고 있었다. 양반 아이는 전부터 그녀를 흠모하고 있던 차였다. 그녀가 혼자 있는 걸 알고는 그 집으로 몰래 가서 뒤에서 그녀의 허리를 안았다. 그녀가 말했다.

　"도련님의 뜻은 잘 알아요. 저 역시 상놈의 짝이 되기보다는 양반의 짝이 되는 게 영광이지 않겠어요? 하나 지금 이렇게 무례하게 행동할 필요는 없답니다. 제가 마음으로 이미 허락했으니 부모님이 돌아오시면 혼인을 의논하고 택일하여 예에 따라 혼인식을 올려요. 돌아가셔서 잠시만 기다려주세요."

양반 아이도 그 말이 옳다고 여겨 응낙하고 돌아갔다.

부모가 돌아오자 여자는 사정을 이야기했다. 그리고 장차 길일을 얻어 예를 올리기로 했다.

여자의 외족外族, 어머니 쪽의 일가 중에는 먼 친척 되는 한 사내가 있었다. 그는 그녀의 용모를 좋아해 여러 번 청혼했지만 그녀 집안에서는 끝내 들어주지 않았다. 그녀가 양반 아이와 약혼을 했다는 소문을 듣고 하루는 양반 아이를 유인해 가서 팔다리를 묶고 버선으로 입을 틀어막고는 짚둥우리 속에다 거꾸로 매달아놓았다. 양반 아이가 보이지 않아 여자는 이방의 집에 가서 물어보았지만 찾을 수 없었다. 여자는 크게 의심하며 즉시 외족 사내의 집으로 갔다.

"네가 아무 도련님을 어디다 숨겨놓았니? 얼른 내보내드려!"

사내가 큰 소리로 변명하고 욕설까지 퍼부었다. 그녀는 들은 체도 않고 집 안팎을 살살이 뒤졌지만 보이지 않았다. 뒷마당으로 들어가서 짚둥우리를 헤쳐보았다. 그랬더니 거기에 양반이 거꾸로 매달려 있었다. 얼굴은 죽을상이고 숨이 막 끊어질 듯했다. 급히 안아서 끌어내 먼저 입속에서 버선을 빼내고 팔다리 묶은 것을 풀어주었다. 양반을 업고 집으로 돌아가 편안히 누이고 어머니께 숨을 고르게 해주라 하였다. 그러고는 곧바로 관가로 가서 그 전말을 구구절절 이야기하니 관가에서 감탄하며 크게 칭찬했다.

관가에서는 차사를 보내 사내놈을 잡아와서 엄한 형벌을 내리고 멀리 유배를 보냈다. 혼수를 넉넉히 주고 양반 아이가 소생하기를 기다렸다가 혼인을 올리게 했다 한다.

班童倒撞藁草中[1]

某郡邑[2]內, 有一班童. 家勢零替, 父母俱沒[3], 零丁孤苦, 而粗知文字,每往依於本郡吏房家, 替⁴⁾其文簿之勞, 僅僅糊口. 邑內有一川, 越川邊有一民家, 其家有女長成, 而姑未定婚. 一日其父母爲觀其親戚婚事, 一時俱⁵⁾去, 只其女在家中漂澼. 班童自前習見, 而心慕之⁶⁾, 瞰其女之獨在, 潛往其家, 自後抱其女腰, 其女曰: "我知道令⁷⁾之意矣. 吾⁸⁾其與⁹⁾常漢作配, 得配於兩班, 則¹⁰⁾豈不榮華歟? 今不必如是無禮, 我已心許之, 待父母還, 當議婚擇日, 依禮成婚, 歸而¹¹⁾姑待之." 班童然其言, 遂諾而歸. 其父母歸, 其女以其委折告父母, 將涓吉行禮. 其女外族遠寸有某漢, 悅其女之容貌, 屢度求婚, 而女家終不聽, 今聞其女與¹²⁾班童約婚, 一日誘致班童, 摯其手足, 以襪塞口, 倒撞於藁艸¹³⁾積堆¹⁴⁾之中. 一日¹⁵⁾其¹⁶⁾女不見班童, 往吏房家問之, 亦不在焉, 大生疑惑, 卽走其外族¹⁷⁾某漢之家, 謂之曰: "汝家藏置某道令於何處? 斯速出送!" 其家大言發明, 又加罵詈, 厥女略¹⁸⁾不¹⁹⁾採聽, 遍搜其家內外, 皆不見, 轉入後庭, 散其藁堆, 則班童果然倒在其中²⁰⁾, 面如

<hr />

1) 中: 동경대본에는 탈락.
2) 郡邑: 동양본·동경대본에는 '邑郡'으로 표기.
3) 沒: 동양본·동경대본에는 '歿'로 표기.
4) 替: '贊'의 뜻으로 쓴 것이므로 '贊'으로 바꾸는 것이 맞음.
5) 俱: 동경대본에는 '其'로 표기.
6) 之: 동경대본에는 탈락.
7) 동양본에는 '主'가 더 나옴.
8) 吾: 동양본에는 '與'로 잘못 표기.
9) 其與: 동경대본에는 '與其'로 표기.
10) 則: 동양본·동경대본에는 탈락.
11) 而: 동경대본에는 '以'로 표기.
12) 동양본에는 '某'가 더 나옴.
13) 艸: 동경대본에는 '草'로 표기.
14) 堆: 동양본에는 '土'로 잘못 표기.
15) 一日: 동경대본에는 탈락.
16) 其: 동경대본에는 '厥'로 표기.
17) 族: 동양본에는 '戚'으로 표기.
18) 略: 동양본에는 '畧'으로, 동경대본에는 '若'으로 표기.
19) 不: 동양본에는 잘못 탈락.
20) 동양본에는 '矣'가 더 나옴.

死狀, 喉音欲絶, 急爲抱出, 先發塞口之襪, 次解手足之縛, 背負歸來, 安置
其家, 使其母調息之, 渠則直入官庭, 節節詳告其首尾, 官家大加稱嘆. 厥
漢發差捉來, 嚴刑遠配, 優給婚需, 俾待班童之甦醒, 而成婚焉.

향변이 통제사를 따라간 뒤

　용인龍仁에 한 무인이 있었다. 의지와 기개가 비범하고 권모술수가 뛰어났다.

　하루는 통제사가 새로이 제수되어 곧 조정을 하직하고 떠난다는 소문을 들었다. 그래서 준립駿笠, 융복을 입을 때 쓰던 갓과 호수虎鬚, 갓에 꽂던 흰 새털, 동개筒箇, 활과 화살을 꽂아 넣어 등에 지도록 만든 물건와 도편刀鞭, 무장할 때 갖추는 칼과 채찍 등을 갖추고 준마 한 필도 구입했다. 통제사 일행이 앞길을 지나갈 때, 무인은 융복과 탁건橐鞬, 활주머니와 화살 주머니을 갖추고 길가로 나와 맞이했다. 통제사가 그를 보고 물었다.

　"뭐하는 사람인고?"

　무인이 몸을 굽히고 앞으로 나아가 말했다.

　"사또께서 통영으로 부임하신다는 소문을 들었습니다. 소인도 모시고 가길 원하기에 감히 이렇게 알현하나이다."

　통제사가 그를 보니 용모가 준수하고 목소리도 크고 힘이 있었다. 옷과 말도 휘황한지라 웃으며 허락했다. 후배비장後陪裨將, 높은 벼슬아치를 호위하며 뒤따르는 비장 수십 명 중 눈으로 비웃지 않는 사람이 없었지만, 무인은 조금도 개의치 않았다. 날마다 통제사를 수행하며 여러 비장과 함께 아침저녁으로 문안을 올렸다.

통제사가 통영에 도착한 다음날 조회가 끝나자, 영리營吏들이 군관 좌목판座目板, 차례를 적은 목록을 올렸다. 통제사가 비장들을 둘러보면서 말했다.

"그대는 누구의 청으로 왔는가?"

"소인은 모 대감의 청으로 왔나이다."

또 물으면 그다음 사람이 대답했다.

"소인은 모 대감 댁 사람이옵니다."

차례대로 다 묻고서 끝으로 무인에게 물었다.

"그대는 어떻게 왔는가?"

"소인은 사또께서 용인을 지나시는 도중에 알현하고 따라왔나이다."

통제사는 고개를 끄덕이며 청한 바의 긴요함과 그렇지 않음에 따라 방임房任, 지방관아에서 육방(六房)이 맡던 일의 우열을 결정했다. 그리고 마지막 남은 변변찮은 자리를 일단 무인에게 배정했다.

얼마 안 있어 서울에서 따라온 자들은 방임의 녹봉이 박하다고 떠나거나 혹은 총애를 시기하여 사직하고 나가니, 그 빈자리가 점점 무인에게 옮겨갔다. 통제사는 여러 달 동안 무인에게 일을 맡겨 그가 어떻게 일처리를 하는지 자세히 살펴봤다. 무인은 견문과 학식에 통달하고 매사 부지런하고 성실하니 인품과 재주, 그리고 도량이 모두 서울에서 따라온 자들과는 달랐다. 그러자 통제사는 무인을 더욱 신뢰하여 그에게 좋은 자리와 요긴한 임무를 도맡겼다. 그러나 무인은 환차換差, 여기서는 금전상의 착오나 차이를 말함를 많이 냈기에 다른 비장들이 번갈아 통제사에게 이를 간언했다. 하지만 통제사는 조금도 흔들리지 않고 무인을 더욱더 가까이 여기며 믿고 그가 감영의 여러 업무를 두루 살피게 했다.

임기가 다해가던 어느 날 밤, 무인은 알리지도 않고 도망을 쳤다. 그러자 여러 비장이 일제히 통제사를 알현하고 말했다.

"사또께서는 소인들을 믿지 않으시고 중도에서 따라온 근본조차 알수 없는 자를 지나치게 믿으셨습니다. 감영의 돈을 모두 그자의 손에 맡기셨는데 이제 하룻밤 사이에 도망쳐버렸으니, 세상에 이런 허랑한 일이 또 있습니까?"

조롱하는 비웃음소리가 좌우에서 번갈아 들렸다.

통제사가 여러 비장에게 각 창고에 남아 있는 재물을 점검하게 하니모두 비어 있었다. 통제사는 망연자실하여 다만 천장만 바라보고 탄식할 따름이었다.

얼마 뒤 임기가 끝나 돌아가려 하는데, 경신년을 맞이하여 조정에 환국[1]이 일어났다. 남인이 모두 배척되고 물러나니, 통제사도 남인이라연줄을 다 잃어 벼슬 얻을 길이 없었다. 몇 년 동안 벼슬을 하지 못하니가계가 몰락하여 서울 집을 팔고 남대문 밖 이문동 里門洞으로 나와 살게되었다. 그리 되자 옛날 친하던 비장들은 단 한 명도 와보지 않았다. 아침저녁 끼니를 여러 번 거르니 걱정이 되었으며, 울적하고 슬퍼져서 날마다 앞창을 열고 큰길만 내려다보았다.

하루는 준마를 탄 어떤 사람이 말에 한 짐을 지우고 종자 대여섯 명을 거느리고 남대문을 향해 오고 있었다. 그가 어느덧 이문동 입구로 들어와 곧바로 통제사의 집 대문 안으로 들어와 얼른 말안장에서 일어나 말에서 내렸다. 계단을 걸어 마루로 올라와 방으로 들어와 통제사에게 절을올렸다. 통제사도 답배를 하고 자리잡고 앉았다. 그 사람이 먼저 물었다.

---

1) 환국(換局): 경신대출척. 1680년 남인이 정권에서 축출되고 서인이 정권을 잡은 사건으로 경신환국이라고도 한다. 남인은 1674년 예론에서 승리해 정권을 잡았으나 이어 왕위에 오른 숙종의 신임을 받지 못하고 있었다. 서인들이 허적의 서자인 허견과 종실인 허복창 삼 형제가 역모를 꾀한다고 고변했다. 이로써 허적 일가와 남인의 우두머리 윤휴가 처형되고 관련된 남인들이 대거 축출되었으며, 정권은 다시 완전히 서인 손에 돌아갔다. 이 사건을 계기로 조선의 정치는 여러 당파가 참여하는 붕당정치에서 일당전제의 형태로 바뀌었다.

"사또, 소인을 모르시겠습니까?"

통제사가 놀라며 말했다.

"모르겠소만."

"사또께서는 예전에 통제사로 부임해 가시던 길에 사또를 뵙고 따라간 자를 기억 못하시겠습니까? 소인이 바로 그 사람이나이다."

통제사가 그제야 분명히 알아보았다. 곤궁한 지경에 처해 있으니 그가 감영 재물을 모두 도둑질해 몰래 도주한 죄를 꾸중할 겨를도 없이 찾아준 것만으로도 고마워하며 물었다.

"자네 그간 어디로 갔다가 이제 무슨 까닭으로 찾아왔는가?"

그가 대답했다.

"소인은 생면부지의 사람으로 스스로를 추천하여 사또를 수행해 갔습니다. 뭇사람의 조롱과 비웃음이 온갖 곳에서 터져나와도 사또께서는 하나도 새겨듣지 않으시고 저를 아끼고 신임해주셨지요. 소인이 돈어豚魚, 돼지와 물고기로, 미련하고 못난 사람을 비유하는 말가 아닌 이상 어찌 감사하지 않았겠습니까? 그러나 세상 형편을 살펴보니 그때 사또님은 오래지 않아 이런 신세가 될 것 같았지요. 약간 남은 녹봉을 가지고 귀가한들 몇 년이나 쓸 수 있었겠습니까? 그런고로 소인이 사또를 위해 꾀를 한 가지 마련해 은덕에 보답하고자 했습니다. 그런데 사또께 먼저 말씀드리면 필시 허락하지 않으실 것 같아 속이는 것이 죄가 되는 줄 알았지만 돌아볼 겨를이 없었습니다. 감영의 재물들을 모처로 몰래 옮겨가서 특별한 곳에 장원을 만들고 제반 경영을 이제 다 정돈하였습니다. 사또께서 거기로 가시어 여생을 보내시라고 감히 청하러 왔습니다. 사또께서 스스로 헤아려보셔도 이런 세상에서는 벼슬길도 막혀 기갈과 곤란이 더 심해질 것이니, 어찌 울적하게 여기 오래 사시겠습니까? 사또, 부디 잘 생각하십시오."

통제사는 그 말을 듣고 한참 골똘히 생각하다 그 말에 일리가 있는 것을 깨닫고 마침내 허락했다. 그러자 무인은 데리고 온 여러 노복에게 밥상 둘을 차리게 해 하나는 사또에게 바치고 또하나는 안방으로 들여보냈다.

사흘을 머물면서 집안 물건들을 수습하고 가마를 준비하니, 통제사는 부인과 함께 일제히 길을 나서 무인을 따랐다. 출발한 지 며칠 만에 산골짜기로 들어가 산등성이를 넘으니 큰 고개가 앞에 나타났다. 통제사는 두렵고 의심스럽기도 했지만 이 지경에 이르렀으니 어찌할 수도 없었다. 무인이 먼저 고개 위로 올라가 말에서 내렸고, 통제사도 따라 올라가 말에서 내렸다. 바라보니 산이 사방을 둘러쌌는데 평야가 광활하고 기와집이 즐비했으며 곡식이 들판에 가득했다.

무인이 한곳을 가리키며 말했다.

"저곳이 사또께서 거처하실 댁입니다."

또 그 옆을 가리키면서 말했다.

"저기는 소인이 거처할 집입니다. 저기부터 여기까지의 논밭은 사또 댁에서 거두실 것이요, 여기부터 저기까지의 논밭은 소인이 거둘 것입니다."

통제사는 그걸 보고 눈과 마음이 황홀해져 비로소 얼굴에 미소를 지었다. 고개를 내려와 집으로 가보니 방들이 깨끗하게 정돈되어 있고 구조도 기묘했다. 안방으로 들어가 보아도 역시 그러했으며, 모든 창고는 잠겨 있었다. 무인이 우두머리 노비를 불러 분부했다.

"네 상전께서 오늘 오셨다. 너희는 모두 나와 뵈어라."

그러자 건장한 노비 십수 명이 일제히 나와서 절을 올렸다. 또 여종을 부르니 역시 그렇게 했다. 각 창고의 열쇠를 가져오라 하여 통제사에게 드리고 일일이 열어 보이며 말했다.

"이곳은 아무 곳간이고, 또 이곳은 아무 창고입니다."

곡식과 마른풀이 창고마다 가득 채워져 있었다. 다시 안방으로 들어가보니, 크게는 장롱과 솥에서부터 작게는 날마다 쓰는 잡물에 이르기까지 갖춰놓지 않은 것이 없었다.

통제사는 크게 기뻐하며 좋아했다. 무인은 자기 집도 구경하기를 청했다. 집의 칸수는 비록 적으나 깨끗이 정돈된 것은 다를 바 없었다.

이로부터 밤이나 낮이나 오가며 장기놀이도 하고 함께 들판의 곡식들도 구경하니, 서로 즐거워하는 마음에 격의가 없었다.

하루는 무인이 말했다.

"사또께서 이미 여기 함께 살게 되셨으니 이제 사또와 소인을 구별하여 무얼 하겠습니까? 청컨대 서로 평교平交. 신분의 높고 낮음을 따지지 않고 대등한 친구로 사귐함이 어떠합니까?"

통제사도 반기니, 그 둘은 그렇게 평생토록 편안히 한가롭게 지냈다.

鄕弁自隨統帥[2]後

龍仁有[3]一武夫[4], 志氣磊落, 又多權術. 一日聞新除統帥[5], 不日將辭朝, 乃具駿笠虎鬚筒箇刀鞭之屬, 又買駿馬一匹, 及統帥[6]行過前路, 武人乃具戎服槖鞬, 出迎路左, 統帥顧問曰: "彼何人?" 斯武人鞠躬前進曰: "聞使道將赴任統營, 故小人願爲隨往, 敢此來現." 統帥[7]視其人容貌俊偉, 聲音洪暢, 衣馬亦輝煌, 笑而許之, 後陪裨將, 無慮數十人, 無不目笑之, 武人小不爲嫌, 日日隨行, 與諸[8]裨輩, 朝夕問安. 統帥[9]上營, 翌日朝仕後, 營吏以軍

2) 統帥(통수): 통솔함. 또는 부하를 통솔하는 장수. 통제사를 달리 이르는 말.
3) 有: 동경대본에는 탈락.
4) 夫: 동양본·동경대본에는 '人'으로 표기.
5) 帥: 동양본에는 '師'로 표기.
6) 帥: 동양본에는 '師'로 표기.
7) 帥: 동양본에는 '師'로 표기.
8) 諸: 동경대본에는 탈락.
9) 帥: 동양본에는 '師'로 표기.

官座目板呈上, 統帥10)環顧諸裨輩曰: "君則以何人之請而11)來也?" 對曰: "小人某大監之請也." 又問, 其次對曰: "小人某大監宅人也." 次第盡問, 末及武人曰: "君則何爲而來也12)?" 對曰: "小人卽龍仁中路, 自現而隨來者也." 統帥13)點頭, 隨所請之緊歇, 劃房任之優劣, 最晚只餘一14)薄窠, 姑以武人差之. 未幾自京來者, 或以任薄, 而求去, 或以妬寵, 而辭去, 所闕之窠, 稍稍移劃於武人. 屢月任事, 詳察所爲, 則見識通達, 做事勤幹, 人品才局, 俱非15)自京隨來者類, 於是益信, 任之腴窠緊任. 多或換差, 所親裨將輩交謁更諫, 一不動意, 益加親信, 營中諸務, 盡爲兜攬. 瓜期漸迫, 忽於一夜, 不告而走, 於是諸裨將, 一齊入現曰: "使道不信小人輩, 而偏信不知根着中路隨來者, 一營錢財, 盡付渠手, 今乃一夜潛逃, 世間寧有如許虛浪之事乎?" 譏笑之聲, 左右迭發. 主帥16)使諸裨, 點檢各庫留在, 則無不蕩然, 主帥17)茫然失圖, 只仰屋長歎18)而已. 未幾瓜滿遞19)歸時, 當庚申之際, 朝著換局, 午人盡爲斥退, 此帥20)亦南人也, 盡失攀援, 仕官21)無路, 落斥數年, 家計剝落, 斥賣京第, 出居南門外里門洞, 舊日親裨, 無一人來見者. 朝夕屢空, 憂愁鬱悒, 日開前窓, 俯瞰大道. 一日, 見有人乘駿馬卜馬一駄, 從者五六人, 向南門而上者, 俄而直入里門洞22)口, 直入自家大門內23), 滾鞍下

10) 帥: 동양본에는 '師'로 표기.
11) 而: 동양본에는 탈락.
12) 也: 동양본에는 탈락.
13) 帥: 동양본에는 '師'로 표기.
14) 餘一: 동경대본에는 탈락.
15) 非: 동경대본에는 '備'로 잘못 표기.
16) 帥: 동양본에는 '師'로 표기.
17) 帥: 동양본에는 '師'로 표기.
18) 歎: 동양본에는 '嘆'으로 표기.
19) 遞: 동경대본에는 '遆'로 표기.
20) 帥: 동양본에는 '師'로 표기.
21) 官: 동양본·동경대본에는 '宦'으로 표기.
22) 동양본에는 '巷'이 더 나옴.
23) 內: 동양본에는 탈락.

馬, 乘階上廳入房, 而拜見之, 統帥24)答拜坐25)定, 其人先問曰: "使道不知小人乎?" 統帥26)愕然曰: "果不知也." 其人曰: "使道不記年前統制27)使到任之行, 中道迎謁而隨去者乎? 小人卽其人也." 統帥28)始乃大覺, 未暇責其盡輸營物不告逃走之罪, 當此窮途, 喜其來訪, 遽問曰: "君於其間, 往何處, 今何故來訪耶?" 其人曰: "小人以八29)面不知之人, 自薦而隨往, 羣譏30)衆笑, 四面沓至, 使道一不採聽, 偏愛任信31), 小人頑非豚魚, 豈不知感乎? 第觀時勢, 使道非久當此境界, 以如干廩俸之餘, 爲歸家幾年之用乎? 故小人爲使道, 別辦一計, 爲報德之地, 而若先告於使道, 則使道必不許之, 故小人果知欺罔之爲罪, 而亦不暇恤焉. 潛輸營財往某處, 得一別區, 設置庄所, 諸般經紀, 今已整頓, 故敢來請使道往居其家, 以終餘年. 使道自量今居, 此世仕宦路阻, 飢困轉甚, 安能鬱鬱久居此乎? 願使道熟計之." 統帥32)聞言, 尋思半晌, 儘覺其言有味, 遂許之. 於時, 武人命率來諸僕, 精具飯湌二床, 一則進於使道, 一則進於內間. 留三日, 收拾家藏, 備具轎子, 遂與夫人一齊起行, 隨武人, 發行幾日, 轉入山谷中, 逾越山脊, 前當太嶺, 統帥33)心雖疑懼34), 而到此地頭, 亦無如之何矣. 武人先登嶺上下馬, 統帥35)亦追到下馬, 見四山周遭, 平野廣潤, 瓦屋櫛比, 禾稼滿野, 武人指示曰: "此使道所處之家." 又指其傍曰: "此小人所居之家, 一坪田畓, 自某至

---

24) 帥: 동양본에는 '師'로 표기.
25) 坐: 동경대본에는 '座'로 표기.
26) 帥: 동양본에는 '師'로 표기.
27) 制: 동경대본에는 '帥'로 표기.
28) 帥: 동양본에는 '師'로 표기.
29) 八: 동경대본에는 '一'로 표기.
30) 羣譏: 동경대본에는 '群議'로 잘못 필사.
31) 任信: 동양본·동경대본에는 '信任'으로 표기.
32) 帥: 동양본에는 '師'로 표기.
33) 帥: 동양본에는 '師'로 표기.
34) 懼: 동경대본에는 '懼'로 표기.
35) 帥: 동양본에는 '師'로 표기.

某, 是使道宅所當收者, 自某至某³⁶⁾, 是小人所當收者." 統帥³⁷⁾見此, 心目恍惚, 笑顔始開. 遂下嶺入其家, 房室精灑, 制度奇妙, 入見內舍, 亦然前列, 各庫盡爲封鎖, 武人招首奴分付曰: "汝之上典主, 今此來臨, 汝輩等各入現身." 於是豪奴十數人, 一齊現謁, 又召女婢, 亦如之. 命納各庫開金, 遂與統帥³⁸⁾ 輪³⁹⁾行開示曰: "此則某庫, 此則某封." 米穀藁艸⁴⁰⁾, 充積庫中. 復入內舍, 則大自櫃籠釜鼎等物, 細至日用雜物, 無不畢具. 於是統帥⁴¹⁾大勸⁴²⁾樂之. 武人又請往見渠家, 間架雖小⁴³⁾, 而精灑則無異矣. 自此日夕往來⁴⁴⁾, 或相與博戲, 或共往觀稼, 歡情無間. 一日武人曰: "使道旣在此中⁴⁵⁾, 今安用使道小人爲哉? 請相⁴⁶⁾與爲平交何如?" 統帥⁴⁷⁾亦喜之, 優遊終老.

36) 某: 동양본에는 탈락.
37) 帥: 동양본에는 '師'로 표기.
38) 帥: 동양본에는 '師'로 표기.
39) 輪: 동경대본에는 '轎'로 나옴.
40) 艸: 동양본·동경대본에는 '草'로 표기.
41) 帥: 동양본에는 '師'로 표기.
42) 勸: 동양본에는 '歡'으로 표기. '歡'이 맞음.
43) 小: 동경대본에는 '少'로 표기.
44) 來: 동양본에는 '見'으로 표기.
45) 中: 동양본에는 탈락.
46) 相: 동양본에는 탈락.
47) 帥: 동양본에는 '師'로 표기.

통인이 원의 뺨을 때려 내쫓다

호남의 한 원이 법령에 엄하고 형벌이 가혹했다. 그래서 사람들이 모두 벌벌 떨며 아침마다 저녁에 어떻게 될 지 걱정했다. 갈빗대를 포개어 숨을 쉬고 발을 모은 채 꼼짝 못했다.

하루는 수리首吏, 지방 관아의 여섯 아전 중 으뜸. 이방 아전가 관속들을 모아 한 가지 꾀를 냈다.

"관가의 정사가 뒤엎어지고 형벌이 잔혹하여 하루 동안 벼슬자리에 있으면 하루 동안의 피해가 생겨난다. 이렇게 몇 년을 지내면 우리만 살아남지 못하는 게 아니라 촌마을 전체가 흩어질 걸세. 이러고도 어찌 마을이라 할 수 있겠나? 왜 그를 쫓아낼 궁리를 하지 않나?"

그중 한 아전이 말했다.

"이러이러하게 하면 어떨까요?"

그 말을 듣고 모두 크게 반가워했다.

"그 계교가 참 묘하도다!"

마침내 충분히 의견을 나누고 나서 약속을 하고 흩어졌다.

하루는 원이 아침에 일어나 사관仕官, 부하가 매달 초하룻날 상관을 알현하는 일을 끝내고, 공무가 없어 혼자 앉아 책을 보고 있었다. 갑자기 나이 어린 통인 通引, 수령의 잔심부름을 하던 구실아치이 다가오더니 손바닥으로 뺨을 때렸다. 원이 크게 화가 나서 다른 통인을 불러 그를 잡아내라 하니, 여러 통인이 서로 얼굴만 쳐다볼 뿐 명을 따르는 자가 없었다. 급창吸唱, 관아에서 원의 명을 전달받아 큰 소리로 다시 전달하는 종과 사령使令, 관아에서 심부름하던 사람을 불렀지만 역시 아무도 응하지 않고 입을 가리고 웃으며 말했다.

"안전주案前主, 하급 관리가 상급 관리를 존대하여 쓰는 말께서 실성을 하셨나요? 통인이 안전주의 뺨을 때릴 리가 있습니까?"

원은 본래 조급증이 있는데다 거듭 분노가 쌓여 창을 두드리고 책상을 치며 크게 외치고 어지럽게 부르짖었다. 행동거지가 해괴망측하고 말이 두서없는지라 통인들이 책실冊室, 현감의 사적인 일을 돕거나 자제를 가르치던 사람에게 달려가 보고했다.

"안전주께 갑자기 병환이 생겨 안정을 잃고 심하게 발광하시니 그 정도가 대단하십니다."

자제들과 다른 책실들이 다급히 올라가보았다. 원이 일어났다 앉았다 혹 손으로 안석을 치고 혹 발로 창문을 차며 요동쳤다 가만있다 미친듯 소리쳤다 하니 모든 게 이상했다. 원은 책실이 올라오는 것을 보고 통인이 뺨을 때린 일이며 관속들이 명을 어긴 일을 이야기하는데 분기를 못 이겨 말에 두서가 없었다. 또 울화가 크게 치밀어 오르니 눈동자가 모두 충혈되었고 온몸에 땀이 흘러내리며 입에는 거품을 물고 있었다. 이 모양을 본 책실은 원에게 미친병이 생겼다는 것을 십분 의심하지 않을 수 없게 되었다. 또 통인이 뺨을 때렸다는 것도 비록 눈으로 직접 보지는 못했지만 이치로 헤아려볼 때 있을 수 없는 일인 듯했다. 자제들이 조용히 다가가서 말했다.

"편안히 앉으시어 정양靜養, 몸과 마음을 편하게 하여 피로나 병을 다스림을 하십시오.

통인들이 비록 몰지각하여 예의를 모른다 하더라도 어찌 원의 뺨을 때릴 리가 있겠습니까? 병환이 드신 듯합니다."

원이 또 분노를 참을 수 없어 크게 욕했다.

"넌 내 자식이 아니다! 너 역시 통인 무리를 위해 핑계를 대느냐? 당장 나가 다시는 내 앞에 나타나지 말거라!"

자제들이 읍내 의원을 불러 진맥하고 약을 복용하게 하려 했다. 원이 뿌리치며 말했다.

"내게 무슨 병이 있다고 약을 먹이느냐?"

의원에게 욕하고 약을 물리치며 하루종일 펄쩍펄쩍 뛰어다니니 책실 이하 사람들이 모두 원이 병들었다고 여겼다. 그러니 누가 다시 그 말을 듣고 믿어주겠는가? 오늘도 이러하고 내일도 이러하니 잠도 못 자고 먹지도 못해 진짜로 미친병이 들었다. 읍촌 관리와 백성들 중에서 이를 모르는 자가 없었다.

감사가 소문을 듣고 즉시 임금에게 보고를 올려 원을 파면시키니 원은 어쩔 수 없이 행장을 꾸려 상경하게 되었다. 지나가다 감사를 만나니 그가 물었다.

"신절愼節, 남의 병을 높여 이르는 말이 있다고 들었는데, 지금은 좀 어떠하오?"

원이 대답했다.

"저는 정말로 병든 게 아닙니다."

그러고는 한창 일의 전말을 이야기하려 하니, 감사가 갑자기 손을 저어 막으며 말했다.

"병이 다시 도졌구려! 속히 길을 떠나시오."

원은 이야기를 다 하지도 못하고 물러나와 집으로 돌아왔다. 조용히 그때 일을 생각하니 분하고 한스러운 마음을 억누를 수 없었다. 하지만 이야기를 시작하면 옛 병이 다시 도졌다며 의원을 부르고 약을 처방하려 하니 끝내 말할 수가 없었다.

노년에 이르자 이제는 세월이 많이 흘러 다 옛일이 되었기에 다시 이야기해도 옛 병이 도졌다고 하지는 않겠지, 생각했다. 그래서 여러 아들을 불러모아놓고 말했다.

"아무 년 모 읍 원을 할 때 통인이 내 뺨을 때렸다고 한 것을, 너희는 아직도 내가 미친병에 걸렸기 때문이라 믿고 있느냐?"

여러 아들이 깜짝 놀라며 서로 돌아보고 말했다.

"아버지 병이 오랫동안 괜찮았는데 오늘 갑자기 다시 도졌으니 장차 이를 어쩐담?"

자못 근심하며 초조해하는 모습을 보이니 원은 더이상 말하지 못하고 크게 한번 웃고는 그만두었다. 죽을 때까지 분을 품은 채 끝내 그 마음을 털어놓지 못했다 한다.

逐官長知印打頰

湖南一守宰, 政令嚴急, 刑罰苛酷, 人皆惴惴, 不保朝夕, 累脇而息, 重足而立[1]. 一日首吏聚官屬而謀之曰: "官家政事顚倒, 刑罰殘酷, 一日莅官[2], 誠有一日之害, 若過幾年, 則非但吾輩將無遺類, 村里擧皆離散[3], 如是而何以爲邑乎? 盍謀所以逐之?" 就中一吏曰: "如此如此則何如?" 衆皆大喜曰: "此計大妙!" 遂爛熳相約而散. 一日其倅, 朝起, 受仕官訖, 適無公事, 獨坐看書, 不意年少[4]通引, 近前擧掌, 打其頰, 其倅大怒, 呼他通引, 使之捽下, 諸通引面面相顧, 無一從令者. 又呼吸唱使令輩, 擧皆不應, [5]掩口笑

---

1) 重足而立(중족이립): 무서워서 발을 모은 채 꼼짝 못하고 서 있음.
2) 莅官(이관): 벼슬자리에 있는 것.
3) 離散: 동경대본에는 '散離'로 표기.
4) 年少: 동경대본에는 '少年'으로 표기.
5) 동양본에는 '皆'가 더 나옴.

曰: "案前主失性乎? 豈有通引手打案前主[6]頰之理乎?" 其倅本以燥急之[7]性, 重以憤怒撐中, 推窓擲案, 大叫亂嚷, 擧止駭妄, 言語胡亂, 通引輩奔告冊室曰: "案前主忽生病患, 不能安靜, 大發狂譫, 見方大段."云. 其子弟及他冊室[8], 蒼黃上來, 則其倅乍起乍坐, 或手打几案, 或足擲窓戶, 動止狂嚷, 萬分殊常. 見冊房人之上來, 語其通引打頰, 官屬拒令之事, 而憤氣所使, 語無倫脊, [9]以心火大動, 眼睛皆赤, 遍身流汗, 滿口流沫. 冊室[10]輩見此貌樣, 狂病之發, 十分無疑. 且以通引事言之, 旣非目覩, 揆以常理, 似無是事, 遂從容近前[11]告曰: "大人且安坐靜養. 通引輩雖沒知覺無人事, 寧有打頰之理? 似涉病患矣." 其父[12]倅, 又不勝憤[13]忿大罵曰: "汝非吾子也! 汝亦爲通引輩分疏乎? 速速出去, 更勿現形也!" 其子乃邀邑中醫人, 請診脉服藥, 其倅拒之曰: "吾有何病, 而欲使之服藥乎?" 罵[14]醫却藥, 終日跳踉[15], 自冊房以下, 皆認以病患, 誰復聽信其言乎? 今日如是, 明日如是, 忘寢廢食, 眞成狂病, 邑村官民, 無不知之. 監司聞之, 卽爲狀罷, 不得已治行上京. 歷見監司, 監司問曰: "聞有愼節, 今則如何?" 其倅曰: "某非眞病也." 方欲引出某事之顚末, 監司遽揮手却[16]之曰: "厥症更發矣! [17]速速起程也." 未敢畢說而辭退還歸其家. 靜思其時之事, 不勝忿恨, 而纔欲發說, 輒歸之以舊病復發, 便欲邀醫問藥, 終不敢發諸口頭. 及至衰暮之境, 以爲今則年深

---

6) 主: 동양본에는 탈락.
7) 之: 동양본에는 탈락.
8) 室: 동경대본에는 '房'으로 표기.
9) 동양본·동경대본에는 '且'가 더 나옴.
10) 室: 동양본에는 '房'으로 표기.
11) 從容近前: 동양본·동경대본에는 '近前從容'으로 표기.
12) 父: 동양본·동경대본에는 탈락.
13) 憤: 동양본·동경대본에는 '忿'으로 표기.
14) 罵: 동양본에는 '買'로 잘못 표기.
15) 跳踉(도량): 뛰어오르다. 펄쩍펄쩍 뛰다.
16) 却: 동양본·동경대본에는 '止'로 표기.
17) 동경대본에는 '須'가 더 나옴.

歲久, 已屬先天[18], 雖復發說, 寧或歸之於舊病乎? 乃會諸子語之曰: "某[19] 年莅某邑時, 通引輩打頰之事, 汝輩今亦以狂症知之乎?" 諸子輩愕然[20]相 顧[21]曰: "大人此證[22], 許久不發, 今忽復肆, 此將奈何?" 顯有憂悶焦迫之 狀, 其人遂不敢復言, 仍爲大笑而止. 終其身, 含忿而不能明其心云.

18) 先天(선천): 지나간 옛날의 일.
19) 某: 동양본에는 '昔'으로 표기.
20) 然: 동양본·동경대본에는 '爾'로 표기.
21) 顧: 동경대본에는 '告'로 잘못 표기.
22) 證: 동양본에는 '症'으로 표기.

유감을 품은 가난한 무변이 재상의 가슴에 올라타다

옛날에 한 무변이 있었는데 다른 친지는 없었고 다만 한 재상 댁에 출입하게 되었다. 여러 해 동안 매일 열심히 봉사하여 오직 벼슬 한 자리를 얻으려 했다.

재상은 이조판서와 병조판서를 지냈고, 세 아들도 모두 급제하여 장남은 승지, 차남은 옥당, 막내는 한림을 역임했다. 하지만 무변의 운명이 기박한지 한 번도 그 효험을 얻지 못했다. 벼슬자리가 생기기는 했지만 어떤 때는 세력가의 청탁에 눌렸고, 어떤 때는 여러 대 친분이 있는 사람에게 빼앗겨 말망末望, 벼슬아치를 추천하는 삼망(三望) 가운데 끝자리에도 끼지 못했다. 그러나 무변은 원망하지 않고 더욱 자주 나아가 뵙고 스스로를 맹상군[1]의 지기知己나 되는 듯 여겼다.

그러던 어느 날 재상이 갑자기 풍병을 앓게 되었는데 몇 달 사이 더

---

1) 맹상군(孟嘗君): 전국시대 제(齊)나라 공족. 맹상군은 인재를 좋아해 그의 집에서 먹고사는 문객이 삼천 명이나 되었던 것으로 유명하다.

심해져서 일어나지를 못했다. 무변은 그 집에 머물면서 병 수발에만 몰두했다. 한 달이 지나고 또 한 달이 지나가는데도 조금도 흐트러지지 않은 채 약을 달이고 옷을 입히고 벗기기를 모두 친히 살피고 받들었다. 재상은 허다한 문객과 겸종이 곁에 있었지만 그들이 모두 영리하고 민첩한 무변만 못하다며 그를 잠시도 곁에서 떨어져 있지 못하게 했다. 그러니 무변은 밤에도 옷을 입은 채 잠시 눈을 붙일 따름이었다. 대소변을 보거나 앉고 누울 때도 부축하기를 털끝만큼도 게으르게 하거나 싫어하는 마음을 티 내지 않았고 고달픈 내색도 하지 않았다.

재상의 병증은 점점 더 심해져서 말을 더듬고 목소리도 잘 내지 못해 옆 사람이 알아듣기가 어려울 지경이 되었다. 거기다 다른 병도 더불어 생기니 온 집안이 허둥지둥 연일 밤을 지새웠다. 그러던 어느 날 밤, 세 아들이 피곤을 이기지 못해 쉬러 돌아갔고, 겸종과 노비들도 모두 피곤하여 잠이 들었다. 방안에는 무변 혼자만 남게 되었다. 자리를 지키고 앉아서 자기 신세를 생각하니 처량함을 억누를 수가 없었다. 자기는 재상에게 가깝기로 따지면 자식이나 조카도 아니고, 천하기로 따지면 종도 아닌데 문하에 출입한 지 근 십 년이 되어도 조금의 혜택도 받지 못했다. 그러다 갑자기 재상이 병이 들어 열 달이나 되어가니 지금까지 애쓴 게 다 허사가 되는 것이 아닌가. 효성스러운 자식과 손자도 자기보다 못할 텐데, 세상에 이같이 가련하고 가소로운 일이 있단 말인가? 또 생각하건대 병세가 만분 위태로워 재상의 생명이 경각에 달려 있으니 앞으로 희망은 거의 사라진 것 같았다.

분하고 한스러운 마음이 일어났다. 길게 탄식하고 몇 마디 고함을 지르고는 재상의 가슴 위에 걸터앉았다. 그러고는 차고 있던 칼을 뽑아 재상의 목을 겨누면서 따졌다.

"내가 너의 집과 전생에 무슨 업보의 인연이 있길래 여러 해 고생하고 한 톨의 보답도 받지 못하느냐? 병이 든 지 여러 달, 온 정성을 다해 간병했거늘 소위 네 자식이라는 승지, 한림 무리가 나처럼 이렇게 지극정성을 다해 구호했느냐? 그런데도 내 은덕에 조금도 감사하는 뜻이 없고 미안한 기색조차 보이지 않으니 너 같은 놈은 어찌 빨리 죽지도 않느냐?"

그러고는 칼을 집어넣고 방 한구석으로 물러나 앉았다.

재상이 비록 말은 못했지만 정신은 말짱했다. 그가 하는 짓을 보고, 또 그 말을 듣고는 분통을 이기지 못했지만 어찌할 수도 없었다. 조금 뒤 여러 자식이 와서 문안을 드렸다. 방금 그 일을 당한 재상은 병중에 분노까지 일어나 숨을 헐떡거렸다. 승지가 무변에게 물었다.

"숨을 헐떡이시는 게 어제보다 더 안 좋아지신 것 같네. 무슨 실섭失攝, 몸조리를 잘하지 못함이 있으신가?"

무변이 대답했다.

"특별히 실섭한 건 없습니다. 아까 소변을 보시고 나서 잠이 드신 듯했는데 갑자기 기침을 몇 번 하고 깨어나셨지요. 그뒤로 숨쉬는 것이 이렇게 되셨죠."

재상이 들으니 생판 거짓말이라 더욱 분함을 이기지 못했다. 말을 하려 해도 소리를 낼 수가 없어 한 손으로 자기 가슴을 가리키고 다른 손으로는 무변을 가리키며 자못 할말이 있는 듯한 시늉을 했다. 재상은 아까 무변이 한 괘씸한 소행을 알리려 한 것이지만, 다른 사람이 이를 보고 어찌 그 마음을 알 수 있겠는가? 다만 무변의 오랜 노고를 잠시도 잊을 수 없으니 뒷날 잘 보답해주라고 미리 부탁하는 줄 알고 모두 대답했다.

"친히 가르치지 않으시더라도 이 무변의 은덕을 갚기 위해서라면 몸을 베어주고 살을 도려내준들 어찌 아깝겠습니까? 마땅히 온 힘을 다해서 성취하는 바가 있도록 돕겠습니다."

재상은 그 말을 듣고 연이어 손을 휘젓고는 다시 자기 가슴과 무변을

가리켰다. 그러나 천만번 그렇게 한들 아들들이 그 본뜻을 어떻게 알겠
는가? 다만 병중에 헛손질을 한다고 여길 따름이었다.

 이튿날 재상은 일어나지 못했다. 장례를 치르고 세 아들은 서로 번갈
아가며 무변을 칭찬하고 치켜세웠다. 그리고 다른 사람을 만날 때마다
벼슬 청탁을 해주었다. 무변은 그해 겨울 도정²⁾에서 선전관을 제수받
았고 승진하여 여러 고을의 원을 지냈으며, 마침내 곤수병마절도사와 수군절도
사를 부르던 말에 이르렀다 한다.

憾宰相窮弁據胸

 昔有一弁, 無他親知, 只得出入於一宰相家, 且有年矣. 逐日勤仕, 專主
一席. 其宰相迭掌兩銓, 三子皆登第, 長爲承旨, 次爲玉堂, 季爲翰林, 而命
途奇窮, 一未見效. 雖有當窠, 或爲勢家之請所壓, 或因屢世³⁾親誼⁴⁾所奪,
低望亦未見擬, 而厥弁不敢怨, 尤進謁惟謹, 自以爲孟嘗君知己. 其宰相忽
患風證, 屢朔沈篤不起⁵⁾, 其弁逐來留其家, 專意侍疾. 閱月跨朔, 一直不懈
藥餌之煎煞, 衣服之脫着, 皆親自看檢供俸, 雖有許多⁶⁾門客及傔從, 其宰
相以爲他人, 皆不如此弁之伶俐敏捷, 須臾不使離側, 夜亦和衣暫睡而已,
便尿之放, 坐臥之際, 亦必躬自扶持, 毫無倦厭⁷⁾之意, 苦悶之色. 其症漸漸
沈苦, 言語訥澁⁸⁾, 傍人莫能諦聽. 別症層生, 擧家遑遑, 連日達夜之際¹⁰⁾,
一夜則三子不勝疲困, 各歸休息, 傔從奴隸, 擧皆困眠, 房中只有武弁一人,

2) 도정(都政): 벼슬아치의 치적을 종합심사해 그 결과에 따라 벼슬을 높여주거나 좌천시키거
나 파면하는 일.
3) 동경대본에는 '之'가 더 나옴.
4) 동양본에는 '者'가 더 나옴.
5) 不起: 동양본·동경대본에는 탈락.
6) 許多: 동양본·동경대본에는 '他'로 표기.
7) 倦厭: 동양본·동경대본에는 '厭戁'으로 표기.
8) 澁: 동양본·동경대본에는 '澔'로 잘못 표기.

相守而坐, 嘿念自家身世, 不勝悲凉. 渠於此宰相, 親非子侄, 賤非僕隷,
且出入門下, 幾近十年, 一未蒙恩, [10]一病十朔徒效勞[11], 孝子慈孫, 不能
過此, 世間寧有如許哀憐可笑之事乎? 又念病勢, 萬分危重, 實有頃刻之
慮, 更無餘望於他日, 仍生忿[12]恨之心, 長嘆[13]數聲, 遂據坐宰相之胸膛,
拔佩刀擬其頸而數[14]之曰: "吾於汝家有何前生[15]業緣, 而屢年勤苦, 未見
分效, 今者屢朔[16]病患, 專誠侍疾, 所謂汝子承旨翰林輩, 豈有如我之至誠
扶護者乎? 然而一無感德之意, 不安之色, 如此之漢, 胡不遄死?" 仍匣刀,
而退坐於一隅. 其宰相口雖未言, 精神則自如, 觀其所爲, 聽其言語, 不勝
憤痛, 亦無奈何. 少[17]焉諸子輩上來問候, 其宰纔經俄者光景, 病中添以忿
怒, 氣息喘喘, 承旨問于武弁曰: "病患比俄者, 有氣喘之意, 未知有何失攝
而然歟?" 武弁曰: "別無失攝, 俄者放小便一次後, 似有入睡之意, 忽咳嗽
數聲而覺, 覺後氣息如是矣." 宰相聞此, 無非白地[18]做謊[19], 尤不敢[20]忿
忿, 雖欲有言, 而不能成聲, 誠無奈何, 仍以手指自家胸膛, 又以手指武弁,
顯有欲言之意[21]. 宰相心中, 則形容俄者武弁之所爲, 而傍人之觀之者, 豈
能知心中之事乎? 只認以彼弁積勞, 不能暫忘, 日後善處之道, 預爲付托而
然, 齊聲對曰: "雖非親敎, 此弁恩德, 雖割身剜肉, [22]有何[23]可惜? [24]當極

9) 際: 동양본에는 '餘'로 표기.
10) 동양본·동경대본에는 '而'가 더 나옴.
11) 동양본·동경대본에는 '苦'가 더 나옴.
12) 忿: 동양본에는 '憤'으로 표기.
13) 嘆: 동경대본에는 '歎'으로 표기.
14) 동양본에는 '目'이 더 나옴.
15) 前生: 동경대본에는 탈락.
16) 동경대본에는 '閏月' 부분이 더 나옴.
17) 少: 동양본에는 '小'로 잘못 표기.
18) 白地(백지): 아무 턱도 없이. 생판으로.
19) 謊: 동경대본에는 '慌'으로 표기.
20) 敢: 동양본·동경대본에는 '堪'으로 표기. '堪'이 맞음.
21) 意: 동경대본에는 '色'으로 표기.
22) 동양본에는 '豈'가 더 나옴.

力拯濟, 俾有所²⁵⁾成就矣." 其宰聽之, 連以手揮之, 又指胸膛及武弁, 雖萬
番如是, 諸子輩, 何以知其本意乎? 只得諉以病中虛擲之手矣. 其翌, 其宰
仍不起, 過葬後, 三子交相吹噓, 逢人輒托, 其冬都政拜宣傳官, 仍爲序
陞²⁶⁾, 屢典州郡, 官至閫帥云.

23) 何: 동양본에는 탈락.
24) 동경대본에는 '謹'이 더 나옴.
25) 所: 동양본·동경대본에는 탈락.
26) 序陞(서승): 관리들의 근무 성적, 재직 연수, 품행 등을 평가해 품계와 벼슬을 올림. 동양본
에는 '陞'으로 잘못 표기.

평안감사가 옛이야기를 털어놓은 흉악한 중을 잡다

판서 황인검[1]이 평안감사로 있을 때, 도내 모 군에 살인 사건이 일어 났으나 몇 년째 범인을 잡지 못하고 있었다. 그 읍의 한 양반 여인이 혼인 한 지 얼마 안 되어 남편이 병들어 죽자, 장례를 치르고서 묘 옆에 초막을 짓고 혼자서 묘를 지켰다 한다. 아침저녁으로 곡을 할 때는 곡진히 슬퍼 하고 조석 제수를 올릴 때도 정성을 다했다. 묘와 마을의 거리가 멀지 않 으니 길을 가다 그 광경을 본 사람 중에 슬퍼하지 않은 이가 없었다.

어느 날 그 여인이 누군가에게 찔려 죽었다. 본읍에 가서 검시해보니 칼을 사용한 것이 분명했다. 그러나 흉악한 놈을 잡지 못해 누구의 소행 인지 알 수가 없었다.

황판서는 소싯적에 산사에서 책을 읽었는데 그때 한 승려와 가깝게

---

1) 황인검(黃仁儉, 1711~1765): 본관은 창원(昌原). 자는 경득(敬得). 1747년 식년문과에 을과 로 급제했다. 예조참판을 거쳐 공조판서·한성부판윤·이조판서를 역임하고 평안도 관찰사가 되었다. 병조판서·홍문관제학에 이어 다시 이조판서에 임명되었으나 곧 사직하고 병사했다. 관료생활을 하는 내내 청렴결백해 집이 몹시 가난했다.

지냈다. 승려는 황판서가 하산하고 나서도 자주 성에 들어와 그를 만났으며, 만날 때면 필히 며칠을 머물며 담소를 나눴다. 승려는 판서가 평안감사가 되고 나서도 찾아왔는데 판서는 그를 책실册室, 관아의 공부방에 머물게 하고 공무가 없을 때면 밤낮을 가리지 않고 함께 담소했다. 그때도 억울한 일을 해결하지 못한 것이 떠올라 '중은 구름처럼 떠도는지라 반드시 풍문으로 들은 것이 있겠지' 하고 속으로 생각했다. 하루는 조용히 승려에게 물었다.

"모 읍에 여차여차한 사건이 있는데, 범인이 도망을 가버려 다년간 수배했으나 아직 잡지 못했다네. 자네는 출가자이니 길거리에 떠도는 소문이라도 혹시 들은 게 없는가?"

승려는 들은 바가 없다고 대답했지만 세세히 기색을 살피니 자못 의심스러운 구석이 있었다. 밤이 깊어지자 주위 사람들을 다 물리치고 그의 손을 잡고 무릎을 맞대며 물었다.

"내가 자네와 소싯적부터 지금까지 수십 년을 사귀어오면서 정분이 지극하고 정과 의리가 두터워 간담상조肝膽相照할 수도 있지. 그러니 자네가 내게 털끝이라도 숨길 필요가 있겠나? 모름지기 보고 들은 것들을 일일이 상세하게 말해주게나. 밤이 깊어 인적이 끊겼고 옆에 듣는 사람도 없어 자네 입에서 나온 말은 모두 그대로 내 귀에 들어갈 뿐이니 밖으로 새어나갈 리가 있겠나?"

여러모로 설득했다. 승려는 평소의 정분을 생각하고 그날 밤의 정담을 들어보니 말해줘도 해가 없을 것 같았다. 비로소 실상을 모두 털어놓았다.

"내가 연전에 왕래하던 길에 여자를 한번 마주쳤는데 갑자기 욕정의 불이 일어났네. 여자가 혼자인데다 연약해 보여 쉽게 생각하고 밤을 틈타 기세 있게 뛰어들어 겁탈하려 했지. 하지만 여자는 필사적으로 저항했다네. 그녀가 따르지 않는 것에 분노가 치밀어 계도戒刀, 비구가 늘 가지고 다니는 작은 칼를 꺼내 찔러 죽이고 즉시 도망쳤다네."

말이 끝나자마자 황판서는 큰 소리로 주위 사람을 불러 승려를 끌어
내게 했다. 그러고는 그 죄를 따지고 때려죽여서 수년 간 맺힌 열부의
원한을 풀어주었다.

당시 의론하는 사람들은 혹은 어려운 일을 해냈다고도 하고, 혹은 박
정했다고도 했다 한다.

捉凶僧箕城²⁾伯話舊

黃判書仁儉爲平安監司時, 道內某郡³⁾有殺獄, 而不得正犯者有年. 盖其
邑班族婦女, 成婚未幾, 其夫病死, 其婦女窆葬之後, 搆草廬於墓側, 獨往
守墓, 晨夕哭泣, 必盡其哀, 朝暮饋奠, 必致其誠, 其墓距其家, 不遠, 而道
路觀者, 莫不哀之. 一日, 爲不知何許人所刺殺, 本邑聞卽來檢, 用刀之驗
分明, 而凶身不得捉, 不知何⁴⁾人所爲. 黃判書少時讀書山寺, 與一僧相親
密, 下山後, 頻頻入城來現, 來則必留數日, 與之談諧. 及爲西伯, 其僧又往
拜焉. 留置冊室, 每於公餘, 無論晝宵, 必與之談笑, 而每以寃獄之不得成
案爲念, 意謂雲遊之僧, 必有風聞之事. 一日, 從容謂僧曰: "某邑有如此如
此之疑獄, 而正犯在逃, 多年跟捕, 尙未推捉, 汝是出家之人, 道路流傳之
言, 或有得聞者⁵⁾否?" 其僧雖以無所入聞仰對, 而細察氣色, 頗有可疑. 夜
深之後, 屏退左右, 執手觸⁶⁾膝, 謂之曰: "吾與汝交, 自少及今, 屢十年餘⁷⁾,
契分甚密, 情義相輸, 肝膽相照, 汝於吾, 豈可一毫相隱? 須從所見所聞,

---

2) 城: 동양본에는 탈락.
3) 某郡: 동양본에는 탈락.
4) 동경대본에는 '許'가 더 나옴.
5) 者: 동양본에는 탈락.
6) 觸: 동양본·동경대본에는 '促'으로 표기.
7) 年餘: 동경대본에는 '餘年'으로 표기.

一一詳言之. 夜深人靜, 傍無聽者, 言出汝口, 卽入吾耳, 寧有漏洩[8]之理?"
多般遊說, 厥僧思平日之情誼, 聞今夜之情談, 言之似無害, 遂盡吐其實狀
曰: "小僧果於年前, 往來之路, 一番撞見, 慾火忽盛[9], 侮其孤弱, 乘夜突入,
欲强汚之, 其婦人抵死力拒, 小僧忿其不從, 遂抽戒刀, 而刺殺之, 仍卽亡
去矣." 言訖, 黃判書卽大聲呼左右, 曳出此僧, 數其罪, 而撲殺之,[10]以[11]雪
其烈婦多年之寃. 當時議者, 或以爲難, 或以爲薄情云.

8) 洩: 동경대본에는 '泄'로 표기.
9) 盛: 동경대본에는 '成'으로 표기.
10) 동양본에는 '厚給其葬需' 부분이 더 표기.
11) 以: 동양본에는 탈락.

전라감사가 옥사를 다시 살펴 원한을 풀어주다

어느 해에 모 재상이 전라감사로 있을 때였다. 하루는 선화당에서 고을의 원과 밤 깊도록 이야기를 나누다 원을 물러가게 했다. 그리고 구실아치와 사령들에게도 물러가도록 명령하고 나서 막 잠자리에 들려 했다. 홀연 너무나 처절한 여자의 곡성이 멀리서부터 점차 가까이 들려오더니 삼문三門 안으로 들어와 그쳤다. 그리고 발소리가 나더니 어떤 사람이 계단을 지나 마루로 올라와서는 문을 열고 들어왔다. 고개를 들어보니 아직 비녀를 꽂지 않은 여자였다. 노란 저고리에 붉은 치마를 입었는데 얼굴이 빼어나게 어여뻤다. 이상하게 여겨 물었다.

"너는 사람이냐, 귀신이냐? 무슨 일로 왔느냐?"

여자가 대답했다.

"소인은 본관 이방의 딸이옵니다. 가세에 조금 여유가 있을 때 어머니가 돌아가시자, 소인의 아버지는 후처를 다시 얻어 아들 하나를 낳았습니다. 계모의 동생이 있었는데 소인 집의 재물을 탐내어 강탈해갈 생각을 했습니다. 하지만 소녀가 집에 있고 소인의 아버지는 소녀를 각별히 아끼시는 까닭에 흉계를 실행하기 어려웠습니다. 한 달 전 소인의 아버지가 관가의 분부를 받고 타지로 출장을 가게 되었는데 가고 오는 시간을 계산하니 오륙일은 걸릴 것 같았지요. 계모와 그 동생이 공모를 하여 저에게 다듬이질을 하라며 지게문 밖으로 나오라 했습니다. 그러고서는 몰래 등뒤에서 목침으로 소인의 머리를 치니 즉각 땅에 넘어져 머리가 터져 죽었습니다. 그러자 그들은 이 옷으로 제 시신을 염하고 관에 넣어 십 리 밖 관청 길가에 묻었으니 그 흙이 아직도 마르지 않았습니다. 소녀의 아버지가 일을 마치고 돌아와서 소녀를 찾았지만 보이지 않아 계모에게 물으니, 계모는 '당신 떠나고 며칠 뒤 홀연 복통을 심하게 앓더니 하루도 안 되어 죽었어요'라고 둘러댔습니다. 소인의 아버지는 사정을 알지도 못하고 다만 일장통곡을 할 따름이었습니다. 엎드려 비옵나이다. 사또께서 부디 소녀의 이 원한을 풀어주시길 감히 이렇게 우러러 아뢰옵나이다."

감사가 그 아버지의 성명을 묻고, 또 계모와 동생의 성명을 묻고 나서 말했다.

"내가 마땅히 네 원한을 풀어주겠다."

그녀가 두 번 절을 하고 물러났다. 그러니 곡성도 더이상 들리지 않고 발소리도 나지 않았다.

감사는 촛불을 가져오라 하고 일어나 앉았다. 원에게 통인을 보내 급히 오라고 명했다. 원은 조금 전까지 영문에서 감사를 모시고 이야기를 나누었는데, 밤이 깊었고 또 배불리 먹고 취해 돌아온 터라 바로 옷을 벗고 막 잠들려던 참이었다. 정신이 몽롱한 지경인데 사또의 분부라며 급히 오라는 본영 통인의 말을 듣고 깜짝 놀라 일어나서 말했다.

"알 수 없도다! 잠깐 사이에 무슨 큰일이 일어났다고 이렇게 급히 부르시는고?"

관복을 거꾸로 입고 다급하게 가보니 감사가 촛불을 밝히고 앉아 기다리고 있었다. 들어가 무슨 급한 일인가 물으니 감사가 말했다.

"시급하게 검시檢屍할 일이 생겼다네. 즉시 십 리 밖 관청 길가로 가서 날이 밝기를 기다렸다가 검시를 하고 돌아오게나."

그러면서 종잇조각을 던져주었다. 원이 보니 이름을 적은 종잇조각이었다. 원은 즉시 관아로 돌아와 건장한 장교와 군사들을 이끌고 가서 종잇조각에 이름이 적힌 사람들을 불시에 체포해 긴 칼을 씌우고 단단히 잠갔다. 그러고는 십 리 떨어진 길가에 있는 새 무덤으로 가서 흙을 파내고 관을 열어 시체를 평지에 꺼내놓고 천천히 검시했다. 열대여섯 살 여자의 시체였는데 얼굴빛이 살아 있는 것 같았다. 얼굴 앞쪽에는 아무 상처도 없어서 시체를 뒤집어보았다. 뒷면의 두개골이 찢어지고 터져서 피와 골수가 아직 마르지도 않은 상태였다. 시체를 검안한 장부를 작성해서 보고했다.

감사가 시신을 염한 옷을 살펴보니 어젯밤 본 것과 같았다. 이방과 후처, 후처의 동생을 잡아다 각각 엄하게 심문했다. 남매는 감히 변명하지 못하고 죄를 모조리 자백하니 둘 다 때려죽였다. 이방은 집안을 잘 다스리지 못한 죄를 물어 유배를 보냈다. 영읍 대소 백성 중에 그 신명함을 칭송하지 않은 이가 없었다.

雪神冤完山尹檢獄

昔年某台, 爲全羅監司. 一日約本官夜話于宣化堂, 夜深後, 本官辭退, 監司旣下退令, 方纔就寢[1], 忽聞有女子哭聲, 甚[2]悽絶, 自遠而近, 入于三門之內, 哭聲遂止, 而似有人跡[3], 次次陞階, 上廳開門而入[4]. 擧頭視之, 乃

---

1) 寢: 동양본·동경대본에는 '枕'으로 표기. '寢'이 맞음.
2) 甚: 동경대본에는 '其'로 표기.
3) 跡: 동경대본에는 '迹'으로 표기.

未笄女子. 黃衣紅裳, 姿色亦殊, 怪問之曰: "汝是人耶? 鬼耶? 何爲而來?"
其女對曰: "小人卽本官吏房之女也[5]. 家勢稍饒, 母死而[6]小人之父, 更娶
後妻, 生一子, 又有繼母之同生, 利小人家之財物, 有傾奪之意[7], 而只爲小
女在家, 小人之父, 又偏愛小女, 故其計莫售. 月前小人之父, 以官家分付,
出往他[8]所, 計其往返, 當爲五六日矣. 小人繼母與其同生, 共爲謀議, 詐令
小人, 出戶搗砧, 暗從背後, 舉木枕而擊腦, 卽刻仆地, 腦裂而死. 於是斂以
此衣, 入于棺中, 埋之於十里官路之傍, 土尙未乾. 小女之父, 竣事歸來, 尋
小女[9]不見, 問于後妻, 則答以君去數日, 忽焉[10]胸腹急痛, 不終日而死. 小
人之父, 不知委折, 只一場痛哭而已. 伏乞使道, 爲小女得洩此冤, 敢此[11]
仰達." 監司[12]遂問其父之姓名, 又問其繼母同生之姓名, 仍曰: "吾當爲汝
伸冤." 其女遂再拜而退, 不聞哭聲, 又不聞足跡. 遂呼燭起坐, 送通引于本
官, 急速進來. 本官纔自營門, 從容陪話, 至於夜深, 又醉飽而歸, 方解衣入
睡, 神魂朦朧之中, 忽聞上營通引, 以使道分付, 使之急速進來, 大驚起來
曰: "不知! 俄間有何許大事, 而有此急召?" 遂顚倒衣裳[13], 蒼黃進來, 則監
司明燭坐待, 入現問有何急事, 監司曰: "有時急開檢之事, 須卽地發往官十
里路傍, 待天明行檢以[14]來." 仍以小錄投示之, 本官視之, 乃錄名小紙也.
本官卽爲還衙, 發健校壯卒, 依小紙錄名, 出[15]不意而掩捕之, 嚴鎖長枷,

4) 入: 동양본에는 탈락.
5) 也: 동경대본에는 탈락.
6) 而: 동경대본에는 탈락.
7) 동경대본에는 '思'가 더 나옴.
8) 往他: 동양본에는 '他往'으로 잘못 표기.
9) 女: 동양본에는 '人'으로 표기.
10) 忽焉: 동양본에는 탈락.
11) 此: 동양본에는 탈락.
12) 司: 동경대본에는 '使'로 표기.
13) 裳: 동양본·동경대본에는 '冠'으로 표기.
14) 以: 동경대본에는 '而'로 표기.
15) 동양본·동경대본에는 '其'가 더 나옴.

驅往¹⁶⁾十里路傍新塚, 發掘其¹⁷⁾墳土, 破棺開檢, 出屍體於平地, 次次開檢,
則乃是十五六歲女子, 面色如生, 仰面¹⁸⁾無一傷處, 飜屍而見, 合面¹⁹⁾則頭
腦裂破, 血髓尙未乾. 遂具屍帳, 乃告. 見其小斂衣裳, 如昨夜所見. 遂捉²⁰⁾
吏房及其後妻之同生者²¹⁾, 箇箇嚴訊, 其女娚妹, 無敢發明, 一一承服, 遂
幷打殺之, 吏房則責其不能齊家²²⁾之罪, 而流配之, 營邑大小民人, 莫不稱
其神明焉.

16) 동양본·동경대본에는 '官'이 더 나옴.
17) 其: 동양본·동경대본에는 탈락.
18) 仰面(앙면): 검안시 시체의 앞면을 가리킴.
19) 合面(합면): 검안시 시체의 뒷면을 가리킴.
20) 동양본·동경대본에는 'ㅅ'이 더 나옴.
21) 者: 동양본·동경대본에는 탈락.
22) 家: 동양본에는 탈락.

최창대가 급제하고 사랑의 언약을 어기다

부학^{副學} 최창대[1]는 일찍 문장이 성숙하여 이름을 세상에 드날렸을 뿐 아니라 용모도 출중하고 풍채도 사람을 설레게 했다. 아직 급제하지 못한 시절, 늦은 봄 알성과^{謁聖科, 임금이 문묘(文廟)에 참배한 뒤 성균관에서 보던 과거를 본}다는 명이 내렸다. 최창대가 일 때문에 나귀를 타고 길을 가다 어느 동네를 지나고 있었다. 홀연 모르는 사람이 나귀 앞으로 나와 머리를 숙이고 절을 하기에 물었다.

"누구시오? 나는 기억이 없소만."

그 사람이 말했다.

"소인은 지전^{紙廛} 상인으로 아무개라 합니다. 한 번도 문안인사를 드린

---

1) 최창대(崔昌大, 1669~1720): 본관은 전주(全州). 자는 효백(孝伯), 호는 곤륜(昆侖). 영의정 명길(鳴吉)의 증손이고 영의정 석정(錫鼎)의 아들이다. 1687년 생원시에 합격하여 진사가 되었고, 1694년 별시문과에 병과로 급제했다. 이조참의, 부제학 등을 역임했다. 문장에 뛰어나 박세채·김창협에 비교되었고, 제자백가와 경서에 밝아 당시 사람에게 추앙을 받았으며, 글씨에도 능했다. 문집으로 『곤륜집昆侖集』을 남겼다.

적은 없습니다. 간절한 가슴속 사정을 말씀드리고 싶은데 조용한 곳이 아니면 진정을 간곡하게 다 이야기할 수가 없습니다. 저 집이 소인의 집입니다. 황송하오나 행차께서 잠시 들어가 쉬어 가시기를 감히 청하나이다."

최창대는 그 말을 기이하게 여기고 나귀에서 내려 그 집 사랑으로 들어갔다. 방들이 깨끗하게 정돈되어 있었고 벽에는 서화가 가득했다. 자리를 잡고 앉자 상인이 몸을 굽히고 앞으로 나와서 말했다.

"소인에게 딸자식이 하나 있는데 겨우 열여섯 살입니다. 적게나마 자색이 있고 재주와 견식도 어느 정도 갖추었는데, 평생소원이 소년 명사의 첩이 되는 것이어서 아직 정해진 혼처가 없습니다. 어젯밤 딸의 꿈에 정초正草, 과거시험에 쓰던 종이 한 장이 갑자기 날아올라 황룡으로 변하여 공중을 향해 날아갔답니다. 깨어나 기이하게 여기고서 꿈속에서 용으로 변해 날아간 종이를 찾아내 열 장을 봉해두고는 '이번 과거에 이 종이로 응시하는 사람은 반드시 높은 성적으로 급제할 것이니, 그 사람을 내 스스로 선택해 이 종이를 드리고 그의 소실이 되리라' 하고 혼자 생각했답니다. 소인의 집이 마침 큰길가에 있기에 이른 아침부터 행랑 한 칸을 깨끗이 청소하고 창에 발을 내리고 종일토록 앉아 왕래하는 사람을 살폈습니다. 때마침 서방님 행차가 지나가는 것을 보고 급히 소인을 부르더니 행차를 모셔오라 했습니다. 그래서 이렇게 당돌하게 청했던 것입니다."

잠시 뒤 큰 음식상이 들어왔는데 음식이 모두 호사스럽고 화려했다. 또 상인의 딸이 나와서 모습을 보이니 화용월태이며 진정 경국지색이었다. 눈과 눈썹이 맑고 선명했으며 행동거지가 여유 있고 단아하니 여염집 천한 여자와는 달랐다. 상인이 꿇어앉아 정초 한 장을 바치며 말했다.

"이것이 소인의 딸이 꾼 꿈에서 용으로 변한 종이입니다. 과거 날이 가까워졌습니다. 서방님께서 여기에 답안을 써서 내시면 반드시 장원급제하실 것이니 모름지기 창명唱名, 과거 급제자의 이름을 큰 소리로 외치는 일하는 날 미천함을 싫다 하지 마십시오. 그리고 가마꾼을 보내셔서 제 딸을 데려가 기추箕箒, 쓰레받기와 비. 곧 처첩이 되어 남편을 섬김를 받드는 첩으로 삼아 평생의 소원을 이루게 해주시기를 천만 축원하나이다."

최창대는 여색의 출중함을 벌써 흠모하게 된데다 꿈의 징조가 비상한 것이 기뻐 기꺼이 허락했다. 그러고는 정녕 굳게 언약하고 떠났다.

과거 날에 최창대는 그 정초를 가지고 과거장으로 들어갔다. 떠오르는 생각대로 붓을 휘두르니 잠깐 사이에 시권을 바쳐 장원 자리를 차지했다. 임금 앞에서 이름이 불렸으며 어사화를 꽂고 음악까지 하사받았다. 그의 아버지 의정공2)이 임금께 후배後拜, 임금에게 읍을 먼저 하고서 절하는 것하고 나오니 신선의 풍악이 하늘에 울려퍼지고 영광이 온 세상에 찬란히 빛났다. 자기 집에 이르니 헌초조선시대에 정2품 이상의 관리가 타던 수레가 문안에 가득하고 하객이 마루에 빽빽했다. 가동歌童과 무녀가 앞뒤로 늘어섰고 진수성찬이 좌우에 뒤섞였다. 관현악소리가 흥을 돋우고 광대들은 재주를 보이니 구경꾼이 담처럼 둘러서서 마당에 가득할 뿐 아니라 온 마을에 넘쳐났다.

어느덧 날이 저물어 손님들이 조금씩 흩어졌다. 최창대는 비록 지난번의 굳은 언약을 마음속에 새겨두고 잊지 않고 있었지만, 젊은이로서 생각이 주도면밀하지 못해 결국 아버지에게 사연을 감히 고하지 못했다. 또 바쁘고 어수선하여 스스로 알아서 주선하지도 못했다.

이같이 주저하며 한탄하고 있는데 갑자기 대문 밖에서 애절한 곡성이 들려왔다. 한 사람이 가슴을 치면서 방성통곡하며 대문 안으로 쳐들

2) 의정공(議政公): 정승을 높여서 이른 말. 여기서는 최창대의 아버지인 최석정(崔錫鼎, 1646~1715)을 말한다.

어오려 하니, 종들이 온갖 방법을 다 동원해서 쫓아냈다. 그러면 그 사람은 또 통곡하면서 너무나 원통한 일이 있어 선달先達님께 하소연해야 한다고 소리치며 결사적으로 뚫고 들어오려 했다.

대인 의정공이 그 말을 듣고 참으로 해괴하다고 여겼다. 사람을 보내 통곡을 그치게 하고 다가가 물어보게 했다.

"너는 무슨 원통한 일이 있기에 경사스러운 날 댁에서 이 같은 해괴 망측한 행동을 하는가?"

그 사람이 울며 절하고 소리를 삼키며 대답했다.

"소인은 지전 상인 아무개라 합니다."

그러고는 자신의 딸이 용꿈을 꾼 일과 최창대와 언약한 일의 전말을 세세하게 이야기했다. 그리고 말했다.

"소인의 딸은 과거 날이 되자 아침부터 먹지도 않고 오직 방榜 소식만 기다리며 서방님이 급제하셨는지 자꾸만 물었습니다. 그래서 소인이 거듭 길가로 나가 알아보았는데 과연 서방님께서 장원급제하셨음이 의심할 바 없이 확실했습니다. 딸에게 기쁜 소식을 전하니 딸은 아주 기뻐하며 오직 서방님께서 가마를 준비해 데리러 온다는 소식이 오기만을 기다렸습니다. 그러나 보아하니 날이 곧 저물려 하는데 아무 소식이 없었습니다. 딸은 누웠다 일어났다 바보가 된 듯 미치광이가 된 듯 더이상 다른 말은 하지 못하고 오직 길게 탄식할 따름이었지요. 소인이 차마 그 모습을 보고만 있을 수 없어 여러모로 타일렀습니다.

'창명하는 날에는 으레 많이 어수선하고 하객도 문안에 가득하다. 응대하는 것만으로도 너무나 번거로울 테니 한가한 일을 생각할 겨를이 없어서 그럴 거다. 서방님이 잠시라도 널 잊기야 하겠느냐? 정말로 이상한 일은 아니니라. 잊지는 않았지만 매우 바빠 주선하지 못하고 계신 것이니 의심하지 말거라. 내가 그 댁에 가서 축하를 드리고 동정을 살펴보고 나서 생각해도 늦지 않을 게다.'

그러니 딸이 말했죠.

'속마음에 간직하고 있다면 어수선하다고 잊을 리가 있겠어요? 깊은 정이 있으면 아무리 바쁘더라도 가마를 보내 데려가는 건 사람을 시키기만 하면 되는 일입니다. 그런데 그럴 겨를조차 없겠어요? 서방님의 마음속에는 이미 소녀가 없는 까닭에 이같이 소식이 없는 것입니다. 남이 이미 나를 잊고 데려갈 뜻이 없어졌는데, 내가 먼저 살피는 것은 부끄러운 일입니다. 내가 가서 살피고 그제야 억지로 데려간다면 그 역시 무슨 재미가 있다고 말하겠어요? 백년을 함께 즐기며 살아가는 것은 정의情意에 기대는 것이거늘, 사랑의 맹세가 아직 식지도 않았는데 이렇게 달라지니 어찌 앞날을 기대할 수 있겠어요? 제 뜻은 이미 굳어졌습니다. 더이상 말씀하지 마셔요.'

그러고는 방안으로 들어가 자결했습니다. 소인의 비통함과 원한이 가슴에 가득차고 애달픔과 원통함이 하늘에 닿아서 감히 이렇게 쫓아와 고하나이다."

최재상은 이 말을 듣고 크게 놀라며 참혹함을 이기지 못해 오랫동안 아무 말도 하지 못했다. 마침내 아들을 불러 꾸짖었다.

"이 얼마나 중대한 일인데 네가 그 사람과 언약을 하고도 변하여 그 사람을 배반했느냐? 세상에 어찌 이리도 풍류를 모르고 신의도 없는 인간이 있단 말이냐? 박정함이 심하도다! 쌓인 원한이 지극하도다! 나는 처음부터 네가 크게 될 거라 기대했는데 이번 일을 보니 넌 별 가망이 없다. 네가 앞으로 무슨 일을 주선할 수 있을 것이며 무슨 벼슬을 할 수 있단 말이냐!"

그치지 않고 혀를 끌끌 차더니 또 말했다.

"즉시 제사상을 성대히 갖추고 제문을 지어라. 네 죄를 안다고 그 죄를 적고 지난 일이 후회막급이라고 사죄하고서 시신 앞에서 통곡해라. 빈소를 마련하고 시신을 염하는 절차도 다 네 스스로 하여 유감이 없도록 해라. 언약을 어긴 죄를 조금이라도 씻어 눈을 감지 못하는 한을 위로함이 지극히 옳고 지극히 옳도다!"

또 관곽과 수의를 구입하고 매장하는 비용을 넉넉히 지급하여 후하게 장례를 치르게 했다.

최창대는 그뒤 벼슬이 부학에 이르렀으며 일찍 죽었다.

崔崑崙[3]登第背芳盟

崔副學昌大, 非但文華夙就, 才名溢世, 而容貌出衆, 風彩動人. 未第時節, 屆暮春, 謁聖有命, 因事騎驢而出, 行過某坊, 忽有不知何許人, 趁詣驢前, 納頭便拜, 崔問: "汝是何人? 吾未記得也." 其人曰: "小人卽紙廛市人姓名某也. 未曾一次問安, 而竊有衷曲可白之事, 非從容, 則無以盡情. 小人之家, 卽此家也, 極知惶悚, 而敢請行次, 暫入休憩焉." 崔異其言, 遂下驢, 入其外舍. 房室瀟灑, 書畵[4]滿壁, 坐定, 其廛人鞠躬前進[5]曰: "小人有一女息, 年纔二八, 薄有姿色, 畧具[6]才識, 而平生所願, 欲爲少年名士之副室, 故尙未有定婚處矣. 昨夜渠夢, 正草一場, 忽地飛揚, 而[7]化作黃龍, 向空飛騰而去, 覺而異之, 搜得夢中化龍之紙, 十襲封置, 自以爲: '今番科擧, 以此紙觀光者, 必占高第, 將自擇而[8]授之, 仍作小室.'云. 而小人家, 適在大路傍, 自早朝, 淨掃行廊一間, 垂簾于外窓, 終日出坐, 覘[9]往來之人, 適見書房主行次過去, 急招小人, 願邀行次, 故所以唐突敢請也." 少焉, 進一大卓,

3) 崑崙(곤륜): 최창대의 호인 '곤륜(昆侖)'을 지칭함.
4) 書畵: 동경대본에는 '畵書'로 표기.
5) 前進: 동경대본에는 '進前'으로 표기.
6) 具: 동양본에는 '俱'로 표기.
7) 而: 동양본에는 '乃'로 표기.
8) 而: 동경대본에는 '以'로 표기.
9) 覘: 동양본·동경대본에는 '觀'으로 표기.

飲食皆奢麗. 又出現其女子, 花容月態, 眞是傾[10]城之色, 而眉目淸朗, 擧止閑雅, 類非閭閻間[11]賤物. 其廛人又跪進一張正草曰:"此是小人之女夢龍之紙也. 科日行且近矣. 書房主以此呈券, 則必當魁捷, 須於唱名之日, 勿以卑微爲嫌, 卽備轎軍, 率去此女, 永作箕箒之奉, 遂平生之願, 千萬至祝."崔旣慕女色之出羣[12], 且喜夢兆之非常, 遂滿口[13]許之, 丁寧牢約而去. 及當科日, 崔携其正草入場, 抽思揮毫, 頃刻寫呈, 遂占魁元, 御前唱名, 揷花賜樂, 其大人議政公後拜出來, 仙樂喧天, 榮光耀[14]世. 至其家, 軒軺塡門, 賀客盈堂, 歌童舞女, 羅列前後, 珍羞綺饌, 交錯左右, 管絃助歡, 優倡[15]呈技, 觀者如堵, 盈庭溢巷. 於焉之間, 日色向昏, 賓客稍散. 崔雖心不忘向日丁寧之約, 而終是少年人事, 知慮未周嚴[16], 不敢告其由於大人, 且緣紛忙悤擾, 自下周旋, 亦未及焉. 方且趑趄, 恨嘆[17]之際, 自大門外, 忽有哭聲甚哀, 只見一人椎胸放聲, 直犇入大門內, 下隷[18]百般驅逐, 而其人尤[19]且哭且語, 謂有至寃之事, 將白活[20]於先達主云, 而限死鑽入, 其大人議政公聞之, 不勝駭怪, 使其人止哭, 而近前, 問以:"汝有何許寃痛之事, 而當此宅中慶賀之日, 作此駭怪抹摋之擧乎?"其人且泣且拜, 呑聲而對曰:"小人卽紙廛市人姓名誰某者也."因將渠女夢龍之事, 及與崔相約之事, 細述始末, 且曰:"小人女, 及當科日, 自朝不食, 惟榜聲是待, 頻探其書房主

<hr />

10) 傾: 동양본에는 '頃'으로 잘못 표기.
11) 間: 동양본·동경대본에는 '家'로 표기.
12) 羣: 동양본·동경대본에는 '群'으로 표기.
13) 滿口(만구): 두말없이.
14) 耀: 동양본에는 '羅'으로 잘못 표기.
15) 優倡: 동경대본에는 '倡優'로 표기.
16) 周嚴(주엄): 주도면밀함. 찬찬하여 빈틈이 없음.
17) 嘆: 동양본에는 '歎'으로 표기.
18) 동양본·동경대본에는 '輩'가 더 나옴.
19) 尤: 동양본·동경대본에는 탈락.
20) 白活: '발괄'이라 읽음. 관청에 올리는 소장(訴狀)·청원서·진정서 등. 억울한 사정을 글로 하소연함.

登科與否, 故小人連爲探之道路, 則宅書房主, 果爲壯元及第, 的實無疑, 仍傳喜報於渠, 渠乃歡天喜地, 唯[21]待備轎率去之報, 看看日將暮, 而無消息, 則小人女乍臥乍起, 如癡如狂, 更無他語, 唯[22]長嘆[23]數聲. 小人[24]不忍見其狀, 多般曉之曰: '唱名之日, 例多紛擾, 賀客盈門, 酬應浩繁, 無暇念及於閑[25]漫之事, [26]書房主之暫爲忘却? 固亦[27]不是異事, 雖或不忘, 而緣忙未及周旋, 亦無怪焉. 吾當往賀某宅, 仍探動靜, 亦爲未晚矣.' 其女曰: '如或中心藏之, 則寧有因撓忘却之理? 如有深[28]情, 則雖甚忽[29]忙, 備轎率去, 不過一分付間事, 豈無其暇乎? 其書房主, 心中已無小女, 故尙無消息, 人旣忘[30]我, 無率去之意, 則自我先探, 不亦[31]羞乎? 緣我往探, 雖或電勉率去, 亦有何滋味之可言乎? 百年同歡, 情意是恃, 而芳盟未寒, 有此渝變, 更又何望於他日乎? 吾意已決, 勿復更言.' 仍入房內, 自結而死, 小人悲恨塡胸, 哀冤徹天, 敢此奔告."云云. 崔相聞之, 大致驚駭, 不勝慘惻, 良久無言, 乃招其子責之曰: "此是何等大事, 而汝旣與彼相約, 有此背渝, 世豈有如此沒風流無信義之人乎? 薄情甚矣! 積冤極矣! 吾初意, 則期汝以遠到, 以此事見之, 無足可觀, 何事之可辦, 何官之可做乎!" 咄咄不已, 又曰: "卽爲盛備奠需[32], 爲文一通[33], 備述知罪, 催[34]謝追悔莫及之意, 往哭於屍前,

21) 唯: 동경대본에는 '惟'로 표기.
22) 唯: 동경대본에는 '惟'로 표기.
23) 嘆: 동양본에는 '歎'으로 표기.
24) 동경대본에는 '仍'이 더 나옴.
25) 閑: 동양본·동경대본에는 '閒'으로 표기.
26) 동양본·동경대본에는 '其'가 더 나옴.
27) 亦: 동양본·동경대본에는 탈락.
28) 深: 동양본에는 '探'으로 잘못 표기.
29) 忽: 동경대본에는 '悤'으로 표기.
30) 忘: 동양본에는 '亡'으로 잘못 표기.
31) 不亦: 동경대본에는 '亦不'로 표기.
32) 奠需(전수): 제사에 소요되는 물건. 제사상.
33) 奠需, 爲文一通: 동양본에는 탈락.
34) 催: 동양본·동경대본에는 '摧'로 표기. '摧'가 맞음.

³⁵⁾殯殮之節, 亦爲躬³⁶⁾檢 俾得³⁷⁾無³⁸⁾憾, 少贖負約之罪, 用慰不瞑之恨, 至可至可³⁹⁾!" 又爲⁴⁰⁾優給棺槨衣衾⁴¹⁾, 葬埋之需, 使之厚埋. 其後崔官至副學而早卒.

---

35) 동양본·동경대본에는 '其'가 더 나옴.
36) 躬: 동양본에는 '窮'으로 표기.
37) 得: 동양본·동경대본에는 탈락.
38) 동양본·동경대본에는 '餘'가 더 나옴.
39) 至可: 동양본에는 탈락.
40) 爲: 동양본·동경대본에는 탈락.
41) 衾: 동양본에는 탈락, 동경대본에는 '裳'으로 표기.

차천로가 흥에 겨워 그림 병풍에 제시를 쓰다

월사[1] 이상공李相公이 명나라 사신으로 갈 때 종사관통신사를 따라가던 벼슬으로 뽑힌 사람들은 당대 최고였다. 오산五山 차천로[2]는 문장가로 들어갔고 석봉石峯 한호[3]는 명필가로 따라갔다.

1) 월사(月沙): 이정구(李廷龜, 1564~1635)의 호. 이석형의 현손이며 윤근수의 문인이다. 이른 시기부터 남다른 문학적 자질을 보였다. 중국어에 능통하여 어전통관(御前通官)으로 명나라 사신이나 지원군을 접대할 때 조선 조정을 대표해 중요한 외교적 활약을 했다. 1601년 동지 사의 서장관으로 명나라에 다녀왔으며, 1604년 세자책봉주청사로 명나라에 다녀오는 등 여러 차례에 걸쳐 중국을 왕래했다. 중국 문인들의 요청으로 『조천기행록朝天紀行錄』을 간행하기도 했다. 장유·이식·신흠과 더불어 이른바 한문사대가로 일컬어졌다.
2) 차천로(車天輅, 1556~1615): 자는 복원(復元), 호는 오산(五山), 귤실(橘室), 청묘거사(淸妙居 士). 아버지는 차식(車軾)이고 동생은 차운로, 형은 차은로(車殷輅)다. 서경덕의 문인이다. 1577 년 알성문과에 병과로 급제해 개성교수를 지냈고, 1583년 문과중시에 을과로 급제했다. 명나 라에 보내는 대부분의 외교문서를 담당해 문명을 명나라에까지 떨쳐 동방문사(東方文士)라는 칭호를 얻었다. 특히 시에 능하여 김만중은 『서포만필』에서 한호의 글씨, 최립의 문장과 함께 송도삼절(松都三絶)이라 일컬었다.
3) 한호(韓濩, 1543~1605): 호는 석봉(石峯), 청사(淸沙). 1567년 진사시에 합격했다. 글씨로 출 세해 사자관으로 국가의 여러 문서와 명나라에 보내는 외교문서를 도맡아 썼고, 중국에 사절 로 갈 때도 서사관으로 파견되었다. 흡곡현령과 가평군수를 지냈다.

일행이 심양瀋陽에 이르러 한 소문을 들었다. 어떤 부자가 만금을 주고 채색해서 단장한 병풍 하나를 구입했는데, 비단이 찬란하고 황금색과 푸른빛으로 칠한 것이 휘황했다 한다. 그래서 천하에 유명한 화가를 초빙하여 홍도紅桃, 벽도碧桃와 그 사이에 앵무새 한 쌍을 그리고는 천하 문장가와 명필가를 구해 화제畫題, 그림에 써넣는 시를 비롯한 각종 글를 써넣으려 하는데 사람을 못 구하고 있다 했다. 그러다가 촉蜀 땅의 두 선비가 명필로 천하에 이름을 떨치고 있다는 소문을 듣고는 후한 폐물을 가지고 초빙하러 갔는데 아직 돌아오지 않았다 했다. 병풍은 그 집에 있는데 보고자 하는 사람에게는 반드시 보여준다 했다. 차천로와 한호는 시상이 도도히 떠오르고 필흥筆興, 글씨를 쓰거나 그림을 그릴 때 일어나는 흥취이 왕성하게 일어나니 그냥 있을 수가 없었다. 청하여 그걸 보니 화본畫本, 그림을 그리는 바탕이 되는 감이나 종이과 장황粧䌙, 비단을 발라서 화첩을 꾸민 것이 일찍이 보지 못한 것이었고 그림 역시 실물과 아주 비슷했다.

병풍을 직접 보니 더욱더 흥을 억누를 수 없었다. 오산이 석봉에게 말했다.

"제가 화제를 읊을 테니 붓을 휘두르시지요! 소위 촉 땅의 문필이 나와 선생보다 나을 리 없을 것입니다."

주인이 없는 것을 알아차리고 석봉이 먹을 갈아 먹물에 붓을 적시니, 오산이 입술을 떨고 목구멍을 울렸다. 제시로 칠언절구 한 수를 그 위에 썼다.

복사꽃 한모양 색은 다르니
동풍에 물어봐도 그 뜻 모르네
다행히도 그 사이에서 새가 말했지
짙은 복사꽃 옅은 복사꽃에 비치었다고

석봉이 일필휘지하고는 즉시 수레를 몰아 연경으로 향했다. 잠시 뒤 주인이 병풍에 쓰인 것을 보고 크게 화를 내며 말했다.

"내가 만금을 아끼지 않고 이 병풍을 꾸며놓고 천하제일 문장과 명필을 구하여 가문 대대로 전할 보물로 삼고자 했네. 그림은 다행히 얻었지만 문장과 명필은 못 얻어 촉 땅 선비들이 오기를 기다리고 있었는데, 웬 조선인이 간도 크게 내가 없는 틈을 타서 나의 지극한 보물을 이렇게 더럽혔단 말이냐?"

혀를 끌끌 차고 탄식하며 분노하고 욕을 퍼부었다.

잠시 뒤 촉 땅에서 온 두 선비가 도착하여 보고는 이미 다른 사람이 손을 댄 것을 알았다. 한참 동안 뚫어지게 바라보다가 즉시 일어나 마루 아래로 내려가 공손히 재배의 예를 올리고 감탄했다.

"이는 진정 천하 문장과 명필이로소이다! 우리는 그에 훨씬 미치지 못하니 감당할 수가 없소이다."

그러고는 붓을 놓고 물러났다.

주인은 비로소 그들이 진짜 명필이요, 명문임을 깨닫고 크게 기뻐하며 사례금을 두둑하게 준비했다. 사행이 돌아오기를 기다리고 있다가 두 사람을 청해 맞이하고 백배사례하며 폐백을 듬뿍 주었다.

이로부터 오산과 석봉은 그 이름을 대국에 떨쳤고 천하에 이들을 대적할 사람이 없었다 한다.

車五山乘輿題畵屛

月沙李相公, 朝天時, 從事極一代之選, 車五山天輅以文章預焉, 韓石峯濩以名筆從焉. 行至瀋陽, 聞一富人, 以萬金粧彩屛一坐, 錦綵燦爛, 金碧輝煌, 乃[4]邀天下名畵, 畵紅碧兩桃, 桃間畵鸚鵡一雙, 方求天下文章與名筆, 欲寫畵題, 而未得其人. 聞蜀中有二士, 以名筆擅名天下, 方資厚幣往請, 姑未還, 而其屛則在於其家, 人有求見者, 必出示云. 車及韓聞之, 詩思滔滔, 筆興勃勃, 不可遏住. 仍請求觀, 畵本及粧續, 曾所未見之緞, 畵亦逼眞, 見此又不勝其興, 五山謂石峯曰: "我詠畵題, 君須揮灑5)也! 所謂蜀中文筆, 未必勝於吾與君也." 遂瞰其無人, 石峯磨墨濡毫, 五山鳴吻鼓喉, 題七絶一首于其上曰: "一樣桃花色不同, 難將此意問東風, 其間幸有能言鳥, 爲報深紅映6)淺紅." 石峯一揮而盡, 仍卽驅車向燕京. 少7)焉其主人來見其塗抹, 大怒曰: "吾不惜8)萬金, 粧此9)屛, 方求天下第一詩文10)與筆畵, 以爲傳家之寶, 畵則幸得, 而詩與筆, 政待蜀士之來, 何物朝鮮人, 渠敢大膽, 偸我不在, 汚我至寶如此哉?" 方咄咄而嘆, 憤憤而罵, 少11)焉蜀中兩士來, 見他人已先着, 熟視良久, 卽起下堂恭行再拜之禮嘆曰: "此眞12)天下文章與名筆也! 吾輩則風斯下矣. 不敢當也." 仍閣筆而退. 其主人方認是眞箇名筆與文章, 大喜, 厚備潤筆之資, 待使行回還, 邀請車韓兩人, 百拜致謝, 厚遺幣帛. 自是五山石峯之名, 擅於大國, 無敵於天下云.

4) 乃: 동양본에는 탈락.
5) 揮灑(휘쇄): 붓을 휘두른다는 뜻으로, 글씨를 쓰거나 그림을 그리는 것을 말함. 휘필. 휘호.
6) 映: 동양본에는 '暎'으로 표기.
7) 少: 동양본에는 '小'로 잘못 표기.
8) 惜: 동양본에는 '揩'로 잘못 표기.
9) 동양본에는 '一'이 더 나옴.
10) 文: 동양본에는 탈락.
11) 少: 동양본에는 '小'로 잘못 표기.
12) 동양본에는 '是'가 더 나옴.

무과에 응시한 선비가 말로써 시관을 굴복시키다

　과거를 준비하는 선비 하나가 무강[1]에 응시했는데 마침 백이숙제의
채미지가[2]가 출제되었다. 시관이 물었다.

　"고사리는 다만 그 줄기를 먹는다. 고사리 먹는 사람은 누군들 그 줄
기를 꺾어 먹지 않을까마는, 백이숙제만이 유독 그 뿌리를 캐어먹은 뜻
은 어디에 있는가?"

　선비가 대답했다.

　"선생은 진짜 몰라서 묻습니까? 아니면 알면서 시험삼아 묻는 겁니
까? 고사리의 줄기를 먹는 것은 고금이 동일하니 어찌 백이숙제만 몰랐

---

1) 무강(武講): 무과 시험 과목에는 무예와 무강 두 가지가 있었다. 그중 무강은 『육도』『삼략』
『손자』『오자』『울료자』『사마법』『이위공문대』 등 무경칠서에서 문제를 내 장수로서 지녀야
할 군사전략에 대한 능력과 의리를 시험했다.
2) 채미지가(採薇之歌): 백이숙제가 고사리를 캐며 불렀다는 노래인 「채미가」. "저 서산에 오름
이여, 그 고사리를 캐도다. 포악함으로 포악함을 바꿈이여, 그 잘못을 모르는도다. 신농 우순
하우(夏禹)의 도가 홀연 사라짐이여, 나는 어디로 돌아갈꼬?(登彼西山兮, 採其薇矣, 以暴易暴兮,
不知其非矣, 神農禹夏忽焉沒兮, 我安適歸矣)"

겠습니까? 주周나라 사람이 고사리를 먹음에 그 줄기를 먹는 것이 마땅하지만 백이숙제가 고사리를 먹음에 그 줄기를 먹는 것은 마땅하지 않고 뿌리를 먹는 것이 마땅하지요. 주나라 하늘에서 내린 비와 이슬이 그 줄기를 적시니, 주나라 곡식을 먹지 않기로 한 백이숙제가 어찌 그 줄기를 먹을 수 있겠소? 이런 까닭으로 주나라 줄기를 버리고 은나라 뿌리를 캤으니, 이는 곧 은나라 선비로서 은나라 노래를 부르고 은나라 절개를 지켰던 것이지요. 알지 못하겠습니다. 선생께 여쭙습니다. 백이숙제의 절개로 고사리의 줄기를 캐먹는 것이 옳습니까, 옳지 않습니까?"

시관의 물음은 '채採, 캐다' 한 글자로 선비를 기롱하여 그 말문을 막아보려는 것이었을 뿐 별다른 의문의 단서를 갖추지는 않았다. 그런데 궁통穹通하고 이치에 맞는 선비의 대답이 자기가 짐작한 것보다 훨씬 나으니 크게 놀랐다. 그래서 다른 것을 다시 물었다.

"백이가 굶어죽은 날이 간지干支로 계산하면 어느 간干이고 어느 지支인가?"

"경오일庚午日입니다."

시관이 물었다.

"무슨 근거로 그러한가?"

"법화경에 이런 구절이 있지요. '무릇 사람이 먹지 않을 때 죽는 날은 남자가 칠 일째, 여자가 구 일째다'라고요. 은나라 주왕이 망한 날이 갑자일甲子日이었으니, 백이숙제도 갑자일부터 굶기 시작했겠지요. 그로부터 갑甲, 을乙, 병丙, 정丁, 무戊, 기己, 경庚이 되니, 경오일이 곧 법화경이 말한 남녀의 기한이 되므로 이로써 알 수 있나이다."

시관이 매우 기특하게 여겨 무예의 높고 낮음을 따져보지도 않고 그가 무강에서 제일이라며 그를 장원으로 뽑아주었다.

武擧騁辭屈試官

一擧子應武講, 適拈夷齊採薇之歌, 考官問: "薇之爲物, 只食其體, 食薇者, 孰不折取其體? 而夷齊則獨採其根, 其義何居?" 擧子曰: "先生其眞不知而問之耶? 抑亦知而試問也否? 薇之食體, 古亦今也, 豈有夷齊獨不知也? 周人之食薇, 宜乎其體, 而夷齊之食薇, 獨不宜其體, 而宜乎根也. 周天雨露, 滿濕其體, 以夷齊不食周粟之義, 豈肯食其體也? 是以棄其周體, 採其殷根, 遂以殷士歌殷歌[3]終殷節, 未知, 先生以伯夷之節折薇, 而食體則可乎? 不可乎?" 考官之問, 則以採之一字, 不過欺[4]弄武夫, 以見其語塞而已. 不曾有別般可疑之端矣. 穹通有理之答, 忽[5]出於自家所料之外, 大驚遂更問曰: "伯夷餓死之日, 以干支計之, 在於何干何[6]支?" 曰: "庚午日也." 考官曰: "何所據也?" 擧子曰: "法華經云: '凡人之不食而斃者, 男則七日, 女九日.' 商紂之亡, 在於甲子日, 宜夷齊之自甲子日廢食, 而甲乙丙丁戊己庚, 則庚午之日, 卽法華經所謂男女之限, 是以知之." 試官大異之, 不計武技之高下, 以講義之第一, 擢爲魁甲.

3) 동양본에는 '而'가 더 나옴.
4) 欺: 버클리대본과 동양본에는 '籨'로 표기하고 있으나 오기이기에 바로잡음.
5) 忽: 동양본에는 탈락.
6) 何: 동양본에는 탈락.

홀아비 양반이 농간을 부려 이웃집 과부를 얻다

옛날에 한 향반鄕班이 있었는데 중년에 짝을 잃고 가난하여 후처를 얻지 못하고 있었다. 문이 마주보이는 집에는 평민 과부가 살았는데 친척, 자녀는 없으나 집이 제법 잘 살았다. 향반은 그녀를 첩으로 두고 싶어 여러 길로 중매를 내세웠다. 하지만 그녀는 나이가 많고 집도 가난하지 않아 재가하려는 마음이 없었다. 그래서 온갖 방법으로 유혹해도 끝내 들어주지 않았다.

하루는 향반이 평소 가깝게 지내는 이웃 권농1)을 초대해서 말했다.

"내가 저 과부를 데려와 별실로 삼으려 해도 그녀가 끝내 따르지 않으니 어쩔 수 없지. 자네에게 계교 하나를 알려줄 테니 이러이러하게 해주게나."

권농이 허락하고 갔다.

---

1) 권농(勸農): 조선시대에 말단 행정구역인 면(面)의 행정업무 담당자. 조선시대에 들어와 향리 대신 사족(士族)이 담당하게 됨으로써 사족 중심의 지방 통치체제를 굳혀갔지만 조선 후기에 이르러 사족이 이를 기피하자 부유한 양인(良人)이 담당함.

때는 농사철이었다. 첫새벽에 권농이 과부의 집 대문을 두드리면서 말했다.

"오늘 내가 모심기를 하려는데 주인댁 소를 꼭 좀 빌려야겠소."

과부는 재력에 여유가 생기고부터 다른 사람의 힘을 빌리지 않았고, 또 온갖 종류의 기물을 다 갖춰놓고는 남에게 하나도 빌려주지 않으니 마을 사람들이 다 싫어했다. 권농의 말을 들은 과부가 이렇게 대답했다.

"우리도 오늘 모심기를 해서 못 빌려주겠네요."

권농은 불문곡직하고 곧바로 외양간으로 가서 소를 끌고 가버렸다. 그녀는 분노를 이기지 못해 옷 입을 겨를도 없이 고쟁이 차림에 맨발로 권농을 쫓아갔다. 향반은 그녀가 문밖으로 나가는 것을 보고 벌거벗고 그녀의 집안으로 들어가 그녀의 이불을 덮고 누웠다. 과부는 권농을 뒤쫓아가서 소를 빼앗아 돌아오면서 무수히 욕을 해댔고, 권농은 따라오면서 소를 빌려달라고 간절히 빌었다. 그녀는 계속해서 권농을 꾸중하고 욕했다.

이러는 사이 날은 점점 어두워졌다. 이웃 사람들이 시끄럽게 다투는 소리를 듣고 모두 나와 구경을 하려고 과부의 집 앞으로 몰려왔다. 이웃 사람들은 다 권농의 편이었다. 모두 권농을 위해 한마디씩 거들었다. 그럴수록 과부는 여전히 발악을 해대니 온 마당이 떠들썩했다.

향반은 아무것도 입지 않고 발가벗은 채로 이불을 두르고 일어나 앉았다. 어깨와 팔뚝을 드러내고 침관寢冠, 잠잘 때 쓰는 모자을 비뚜름하게 쓰고는 창문을 밀치며 크게 외쳤다.

"어떤 이상한 놈이 감히 여기까지 와서 시끄럽게 구느냐!"

권농이 올려다보고 이웃 향반임을 확인했다. 즉시 가까이 가서 배알하며 말했다.

"생원님께서 이 댁에 오셔서 주무시는 줄 몰랐습니다."

구경하던 사람들은 다들 서로 쳐다보면서 놀라서 실망하기도 하고 조롱하며 비웃기도 하다가 다 흩어져버렸다. 그리고 쉬쉬하며 말했다.

"저 여자가 수절한다 거짓말하고는 몰래 저 양반과 정을 통해온 지 오래된 것 같구나!"

과부 역시 뜻밖의 일이 곳곳에서 터지니 한편으로 놀라고 또 한편으로는 욕설을 퍼부었다. 그러나 훼절했다는 비난에 대해서는 변명할 말이 없었다. 향반은 느긋하게 일어나 의관을 정돈하고 어슬렁어슬렁 돌아갔다.

과부는 원통함을 이기지 못해 관가에 고소했다. 관가에서 향반을 불러 일의 전말을 따져 물으니, 양쪽의 말이 이쪽은 틀림없다 하고 저쪽은 어림없다 하여 진위를 가리기가 어려웠다. 그래서 이웃 사람들을 불러 증언을 들어보니 모두가 똑같은 말을 하여 더이상 의심할 수가 없었다. 마침내 이렇게 분부했다.

"이러쿵저러쿵 논할 필요가 없도다. 과부가 개가하는 것은 이상한 일이 아니로다. 저 사람이 양반이니 첩이 되는 데 무슨 어려움이 있겠나? 홀아비와 과부 양쪽이 그 짝을 얻었으니 좋기만 한 일이다. 다시는 고소하지 말고 함께 살지어다."

여자는 더이상 원통하다는 말을 한 마디도 할 수 없었다. 관가 문을 나오자마자 향반을 흘겨보면서 이렇게 욕했다.

"이 지경에 이르렀으니 부득불 같이 살 수밖에. 이런 억지를 부리는 생원님은 과연 천하제일 도둑놈이구려!"

鰥班弄計卜隣寡

古有一鄕班, 中年喪禍, 家貧不得繼娶. 其對門家, 有民家[2]寡女, 無親戚子女, 家貲稍饒. 鄕班有意於卜妾[3], 多岐通媒, 而厥女亦年旣老大, 家産不

---

2) 家: 동양본에는 탈락.

貧, 無意於更嫁, 誘之萬端, 終不回聽. 一日厥班, 招其隣居勸農之素相親
熟者, 語之曰: "吾欲得彼寡女, 以爲別室, 而厥女終不聽從, 無可奈何, 今
授汝一計, 汝須如此[4]如此[5]." 厥[6]農許諾而去. 時當農節, 早晨, 勸農來叩
寡女之門, 語寡女曰: "今日吾將移秧, 主人之牛, 必爲見借." 寡女自是財力
裕足, 不藉他力, 凡屬器物, 一不借人, 一鄕之人, 無不疾之, 聞勸農之言曰:
"吾亦今日移秧, 不可借牛." 勸農不問[7]曲直, 卽入牛牢, 而牽出, 厥女不勝
忿怒, 未遑衣服, 單袴跣出, 追去, 厥班瞯厥女之出門, 以赤身直入厥女之
家, 蒙寡婦[8]之衾而臥. 寡女[9]追及勸農, 奪[10]牛而歸, 無數罵之, 勸農故爲
追來, 懇借不已, 厥女一向罵辱. 如是之際, 日漸晩矣, 左右隣里, 聞其爭
鬪[11]之聲, 盡出觀之, 滾到寡女家前. 其隣里無非勸農之偏也, 人皆爲勸農
一言, 而厥女一向發惡, 滿庭喧聒[12]. 厥班條條[13], 赤身擁衾起坐, 露出肩
膊, 斜戴寢冠, 推窓大聲曰: "何許怪漢, 敢此來喧聒!" 勸[14]農仰視之, 乃隣
居某生員也. 卽趍進拜謁曰: "小人實不知生員主來宿此家也." 觀光諸人,
無不相顧, 有駭惡之者, 有譏笑之者, 一幷散去. 又暗暗相語曰: "厥女假稱
守節, 潛通彼班者, 想已久矣!" 其寡婦亦事出意[15]外, 一邊錯愕, 一邊詈
罵[16], 毁節之辱, 無辭可辨. 厥班晏然而起, 更整衣冠, 緩緩歸去. 寡女不勝

----

3) 妾: 동양본에는 '妻'로 표기.
4) 此: 동양본에는 '是'로 표기.
5) 此: 동양본에는 '是'로 표기.
6) 厥: 동양본에는 '勸'으로 표기.
7) 問: 동양본에는 '聞'으로 표기.
8) 婦: 동양본에는 '女'로 표기.
9) 동양본에는 '之'가 더 나옴.
10) 奪: 동양본에는 탈락.
11) 爭鬪: 동양본에는 '鬪爭'으로 표기.
12) 聒: 동양본에는 '話'로 표기.
13) 條條(조조): 아무것도 붙어 있지 않다는 뜻.
14) 勸: 동양본에는 '厥'로 표기.
15) 意: 동양본에는 '慮'로 표기.
16) 詈罵: 동양본에는 '罵詈'로 표기.

冤憤, 呈訴于官, 官召致厥班, 詰其顚末, 兩造之言, 此曰丁寧, 彼曰暗昧,
無以卞其眞僞, 乃招其隣里, 以衆訂驗, 同然一辭, 更無可疑, 遂乃分付曰:
"無論如此如彼, 寡女之改嫁, 不是異事, 彼是班族, 爲妾何妨? 鰥夫寡婦,
兩得其耦, 亦是好事, 更勿呈訴, 與之同居." 厥女更不敢一聲稱冤, 纔出官
門, 疾視厥班罵之曰: "到此地頭, 不得不同居, 而生員主之臆志, 可謂天下
大黨賊漢爾."

박문수가 시골 선비를 속이고 급제하다

영성군靈城君 박문수[1] 형제는 문장력이 부족했지만 요행히도 생원과 진사를 뽑던 과거 초시에 합격했다. 그의 형이 걱정하며 말했다.

"우리 형제 모두 문장이 부족하지. 기구器具도 없고 매문매필買文買筆, 글 잘 짓고 쓰는 사람을 사는 것도 어려운데 회시會試는 다가오니 어떻게 과거를 볼 까?"

그러자 박문수가 말했다.

"과거장의 문필이 모두 우리 형제의 문필이니, 당일 시권試券을 바치는 데 무슨 걱정이 있겠소?"

그러고는 날마다 성내를 출입하여 두루 다니면서 모 고을의 모 선비

---

1) 박문수(朴文秀, 1691~1756): 병조정랑에 올랐다가 1724년 노론이 집권할 때 삭직되었다. 1727년 정미환국으로 소론이 기용되자 다시 사서(司書)에 등용되었다. 이인좌의 난이 일어나 자 전투에서 세운 공로로 경상도 관찰사에 발탁되었다. 이어 분무공신 이등을 받고 영성군(靈 城君)에 봉해졌다. 도승지, 병조판서, 함경도 관찰사, 어영대장, 병조판서, 예조판서를 역임했 다. 정치적으로는 소론에 속했지만 탕평책을 지지했다. 그가 암행어사로 활약했던 행적이 설 화에 많이 전한다.

가 거벽巨擘, 답안지 내용을 대신 지어주던 사람이고, 모 고을의 모 유생은 서수書手, 글씨 쓰는 데 능숙한 사람인데 그들 모두 초시를 거치지 않은 모입冒入, 자격 없는 사람이 몰래 들어가는 것자임을 알아냈다. 그리고 골짜기를 건너고 꼬부랑길을 따라가 그들을 만나보고 얼굴을 익혔다.

과거 날, 형제는 각기 시권 한 장씩을 가지고 가장 먼저 과거장 안으로 들어갔다. 통로에 앉아 있다가 모입자가 들어오는 것을 발견하고는 문득 일어나 맞이하며 말했다.

"법을 어기고 함부로 들어오는 것이 미안하지 않소?"

서너 차례 이렇게 하니 모입자와 모입자를 고용한 주인은 얼굴을 붉히면서 외수외미畏首畏尾, 머리도 두려워하고 꼬리도 두려워함. 즉 두려워 위축됨하며 모르는 척해달라고 애걸했다. 박문수가 말했다.

"우리 형제의 시권을 짓고 써주면 무사하리라."

그리고 또 말했다.

"이 사람은 나와 형의 거벽이요, 저 사람은 나와 형의 서수라."

이렇게 각각 배정하니, 거벽과 서수는 찍소리도 못하고 각각 시권을 펴고 한 사람이 부르고 또 한 사람이 받아써서 잠깐 사이에 완성했다. 문장은 한 점도 더 찍을 필요가 없을 정도로 아름다웠고 글씨도 어디 하나 흠이 없었다. 그리하여 회시에도 형제가 나란히 합격했다.

그뒤 증광시에서 박문수는 또 초시에 합격했다. 회시 볼 일이 더욱 난감해졌다. 그때 호서 지방의 한 선비가 책문策文, 시사 문제에 대한 대책을 진술하는 과거문의 문제 훈장을 하다가 향시에 합격하고 상경해서 여관에 머물고 있다는 소문을 듣고 그를 찾아갔다. 그에게 자기도 회시에 응시할 것이라 하면서 공부한 것을 요약정리하지 않으면 안 되는데, 서로 실력을 높일 수 있게 도와주는 동접同接, 함께 공부하는 사람이 없어 고민하던 차였다고 말했다. 장문에 뛰어나다는 명성을 들었다며 시 몇 수를 지어 함께 익히기를 원한다 하니 그 사람이 허락했다.

박문수는 글 짓는 능력이 부족했지만 외우는 재주는 있어 눈으로 보기만 해도 금방 외웠다. 친한 사람에게 책제策題, 과거에서 책문을 지을 때 내주던 제목(題目) 하나를 지어달라 부탁하며 외웠다. 다음날 선비를 찾아가서 이렇게 말했다.

"회시 날이 점차 가까워지니, 오늘부터는 날마다 책제 하나씩을 내봅시다."

시골 선비가 말했다.

"내가 비록 책문은 대략 지을 수 있지만 책제 내는 것은 서울 사람 안목이 더 나을 것 같으니, 그대가 내는 게 어떠하오?"

박문수는 거듭 사양하다가 책 여러 권을 열람하기 시작하며 구상을 하는 척했다. 한참 주절대다가 비로소 불러주어 쓰게 하다가, "오늘은 이미 늦었소이다. 내일 다시 만드는 게 어떻겠소?" 하고는 떠났다.

또 친한 사람이 지은 책문을 얻어 중두2) 이상을 외웠다. 다음날 다시 가서 선비와 생각을 대략 짜내고 글로 써보았다. 이렇게 사오일을 하니 시골 선비는 처음에는 박문수가 서울 소년이라며 얕잡아보았다가 책제를 내고 짓는 것을 보고는, 문장이 풍부하고 넉넉하며 문체도 선명하고 아름다워 분명 웅문거필雄文巨筆, 위대한 문장가인 줄로만 알고 자기도 모르게 망양지탄望洋之嘆, 넓은 바다를 보며 탄식함. 자신보다 뛰어난 인물을 보며 자신의 부족함을 탄식하는 모습했다.

하루는 책제를 내고 한창 구상하고 있는데 털벙거지를 쓴 종이 숨을 헐떡이며 뛰어와 물었다.

"박서방님이 어디 계시나이까?"

박문수가 보니 자기 집 종이었다. 그는 계속 헐떡이며 황급하게 아뢰

---

2) 중두(中頭): 과거문 중 하나인 책문에서, 중간에서 논지를 한 번 바꾸어 다른 말을 서술하는 부분. 책문은 '신대(臣對)…'로 시작하여 허두(虛頭), 중두(中頭), 축조(逐條), 설폐(說弊), 구폐(救弊), 편종(篇終) 여섯 조목으로 구성된다.

었다.

"마님께서 갑자기 흉복통을 일으키셔서 위태로움이 경각에 달려 있사옵니다. 서방님께서 급히 가보셔야겠습니다!"

박문수가 시골 선비에게 말했다.

"내 처의 병은 고질병으로 한번 도지면 열흘 이상은 앓습니다. 마땅히 급히 가서 의원에게 보이고 약을 쓰고 나서 동정을 살펴보고 다시 오리다."

그러고는 작별 인사를 하고 떠났다. 이것은 모두 핑계였다.

십여 일이 지나 박문수가 다시 와서 말했다.

"아내의 우환이 이제 차도가 조금 있지만 그래도 염려를 놓지 못하겠습니다. 회시 날이 얼마 남지 않았는데 다시 글을 지을 수 없으니 너무나 한탄스럽습니다. 모름지기 회시 날 과거장 밖에서 만나 함께하는 게 어떻겠습니까?"

시골 선비 역시 박문수를 고수로 우러러보기에 같은 자리를 잡으면 필히 이익이 있으리라 여기고는 흔쾌히 그러자 했다. 회시 날이 되자 박문수는 돗자리와 정초 한 장을 가지고 과거장 문밖에 앉아 있었다. 시골 선비가 오는 것을 힐끗 보고는 못 본 체하고 혹은 고개를 돌리고 혹은 다른 사람과 이야기를 나누면서 선비가 다가와 말을 걸지 못하게 했다. 이 모습을 보고 선비가 탄식했다.

"서울 사대부는 정말 믿을 사람이 못 되는군. 이미 서로 분명히 약속을 해놓고서 이렇게 과거장 앞에서 으스대니, 이건 내가 자기 시험에 방해가 될까 우려해서겠지?"

마침내 그 옆으로 가서 먼저 말을 걸었다.

"사람이 오는 걸 보고도 왜 외면하시오? 같은 자리에서 주선하기로 이미 약속해놓고 이리도 냉담하게 따돌리려는 것은 무슨 까닭이오?"

박문수도 속으로는 오히려 이 사람이 자기와 같이 들어가지 않겠

하면 어쩌나 걱정했지만, 겉으로는 억지로 허락하는 듯한 표정을 지으
며 들어가 한자리에 같이 앉았다. 얼마 안 있어 책제가 나오고 각자 초
를 잡기 시작했는데 반도 못 쓰고 박문수가 시골 선비에게 말했다.

"얼마나 지었소?"

"중두까지 썼소이다."

그러고는 답안지를 보여주며 말했다.

"잘못되고 모자란 점이 있으면 상세히 가르쳐주시오."

박문수는 자기가 쓴 초는 글자마다 먹을 발라 다른 사람이 알아보지
못하도록 하고서 방석 밑에 넣었다. 그리고 선비가 초한 것을 반쯤 보고
는 그것을 가지고 일어나며 말했다.

"소변이 매우 급하니 조금만 기다려주시오. 내가 초한 것은 방석 아래
에 있으니 꺼내 보시고."

그러고는 일어나 나가서 소변을 보는 척하다가 친한 사람의 우산 아
래 휘장 안으로 몸을 피해 들어가 선비의 시권을 펴놓고 베꼈다. 대개
증광시에서는 정초를 두루 쓰는 까닭에 글이 이상하고 난잡해도 구애
되지 않았다. 축조逐條, 책문의 한 조목 이하는 또다른 사람이 지은 것을 베껴
시권을 제출했는데 결국 높은 성적으로 합격했다.

박문수는 무신란3) 때 종사관군영이나 포도청에 딸린 종6품 벼슬으로 양무훈揚武勳,
공신의 한 등급에 기록되고 영성군에 봉해졌으며 관직은 판서에 이르렀다.
평생 권모술수가 많았으며 해학에 능했다. 암행어사로 좋은 일을 많이
해서 지금까지 이름을 얻고 있다 한다.

---

3) 무신란(戊申亂): 무신년인 1728년 안동 등지에서 소론 이인좌와 정희량(鄭希亮) 등이 영조
와 노론 세력을 타도하고자 일으킨 난. 충청도에서는 이인좌가 중심이 되었기에 이인좌의 난,
영남에서는 정희량이 주도했다는 이유로 정희량의 난이라고도 한다.

騙鄉儒朴靈城登科

靈城君朴文秀兄弟, 皆不足於文筆, 而僥倖聯叅於監試解額[4], 其兄憂之曰: "吾兄弟皆無文無筆, 又無器具, [5]可以買文買筆, 會圍將近, 何以觀光[6]哉?" 靈城曰: "一場文筆, 皆吾兄弟文筆也. 當日呈劵, 何憂之有哉?" 遂日日出入, 跡遍城內, 探得某鄉之某士巨擘, 某鄉之某儒書手, 而皆無初試冒入者, 抃豀曲逕, 求見巨擘書手, 一識其面. 及當試日, 兄弟各持試卷[7]一張, 首先入場, 坐於路傍, 見冒入者入來, 則輒起迎而語曰: "犯禁冒入, 無乃未安乎?" 如是者凡四次, 其主人及冒入者, 滿面通紅, 畏首畏尾, 懇乞其官村無事, 朴曰: "吾兄弟試劵, 作之書之, 則可幸無事矣." 仍曰: "此則吾兄之巨擘, 此則吾兄之寫手." 各自排定, 其擘及筆, 不敢出一聲, 各展試劵, 一人呼之, 一人書之, 頃刻寫出, 文不加點, 筆亦無欠[8], 遂得聯壁[9]於會榜, 其後增廣, 靈城又得初試, 而會試則尤無以觀光際, 聞湖西一儒, 爲策文接長, 得鄉解, 而上京, 留旅舍, 往訪之, 語以: "當赴會圍[10], 工不可不略[11]爲收拾, 而苦無同接相長之益, 得聞高名, 嫺於長文, 願同做若干首, 以爲肄習之地." 其人許之. 靈城雖短於製述, 自有記誦之才, 寓目輒誦, 乃從相親人, 倩策題一道, 黙記于心中, 翌日又往曰: "會日漸近, 可自今日始工試出一策題也." 鄉儒曰: "吾雖略[12]解策工, 而至[13]於策題, 則京華眼目似勝, 尊須出之如何?" 再三推諉, 靈城始遍閱諸冊, 若搆思樣, 沉吟半晌, 始乃呼寫, 寫畢

<hr />

4) 解額(해액): 향시에 합격한 사람들의 수. 초시 합격자의 수. 또는 그 명단.

5) 동양본에는 '難'이 더 나옴. '難'이 들어가는 것이 맞음.

6) 觀光(관광): 과거를 보러 가는 일. 또는 그 과정을 이르던 말.

7) 卷: 동양본에는 '劵'으로 표기. '劵'이 맞음.

8) 欠: 동양본에는 '次'로 표기.

9) 壁: 동양본에는 '璧'으로 표기. '璧'이 맞음. '聯璧'은 형제가 동시에 과거에 급제한 것을 뜻함.

10) 동양본에는 '會'가 더 나옴.

11) 略: 동양본에는 '畧'으로 표기.

12) 略: 동양본에는 '畧'으로 표기.

13) 而至: 동양본에는 '至而'로 표기.

乃曰: "今已日晚, 自明始做如何?" 遂辭去. 又要所親人倩, 中頭已上默記
于中, 其翌, 又往與之會做, 畧費思索, 旋卽寫出. 如是, 四五日, 鄕儒初則
以京華少年, 藐視之, 及見其出題及所作, 文華富贍, 詞采爛熳, 便一雄文
巨筆, 自不覺望洋之嘆. 一日則方且出題構思之際, 有一毛笠下人, 氣喘喘
走來, 問: "朴書房主何在?" 朴視之則乃自家奴子也. 喘喘然¹⁴⁾慌¹⁵⁾忙告曰:
"內上典, 急患胸腹痛, 實有頃刻難保之慮, 請書房主, 火速行次焉!" 朴乃謂
鄕儒曰: "室人此症, 係是本症, 一發必至十餘日, 委痛, 不可不急急往見,
問醫用藥, 第往觀動靜, 更當來做."云云. 遂辭去, 此盖托辭¹⁶⁾也. 過了十餘
日, 始乃又訪曰: "室憂今雖少差, 猶未可¹⁷⁾釋慮. 且會期無餘, 無以更做,
極爲悵嘆. 須於會日, 相期於場外, 以爲同接¹⁸⁾之地如何?" 鄕儒亦仰以高
手, 意以爲若得同坐, 必有利益, 欣然諾之. 及當會日, 靈城携一空石¹⁹⁾一
正草, 坐於場中門外, 目見其²⁰⁾鄕儒之往來, 而視若不見, 或²¹⁾回面, 與²²⁾
他人語, 不爲接談, 其儒見如此貌樣, 嘆曰: "京華士大²³⁾夫, 誠無足恃矣.
旣丁寧相約, 而臨場顯有訑訑之色, 恐其有害於自家之科事, 而然否?" 遂
躬往其傍, 先自接語曰: "見人之來, 而外面何也? 同場周旋, 旣有宿約, 而
如是冷落, 顯有外之之意何也?" 靈城心中, 則唯恐其人之不同入, 而外面
假示黽勉許之之意, 遂入場同坐一席, 未幾題出, 各自起草, 未半, 靈城謂
鄕儒曰: "做得幾許?" 曰: "做至中頭矣." 仍出示之曰: "如有疵病, 須詳教

---

14) 喘喘然: 동양본에는 '其奴'로 표기.

15) 慌: 동양본에는 '遑'으로 표기.

16) 托辭: 동양본에는 '辭'를 '盖'로 잘못 표기. '托辭'는 핑계.

17) 可: 동양본에는 탈락.

18) 接: 동양본에는 '場'으로 표기.

19) 空石(공석): 과장에 들어가 까는 자리. 아무것도 담겨 있지 않은 빈 가마니.

20) 其: 동양본에는 탈락.

21) 或: 동양본에는 탈락.

22) 與: 동양본에는 '如'로 표기.

23) 大: 동양본에는 탈락.

之." 朴將自己所草, 摺置於方席之下, 而每字以墨塗抹, 使他人莫能諦視[24], 畧觀鄕儒之草, 未半, 券[25]持而起曰: "小便甚急, 諸[26]少俟之. 吾之所草者, 在於方席之下, 須出而見之也." 遂起身, 若放溺樣, 避坐於所親人雨傘之下, 揮帳之中, 親自展券寫之, 盖增廣[27]正草歷書之, 故雖怪拙荒雜, 無所拘焉. 逐條以下, 則又騰他人所作, 仍爲呈券, 又得高中[28]. 至戊申亂, 以從事官, 錄揚武勳, 封靈城君, 官至判書, 而平生多權術, 善詼諧, 以善行繡衣, 至今得名云.

---

24) 視: 동양본에는 '識'으로 표기.
25) 券: 동양본에는 '卷'으로 표기. '卷'이 맞음.
26) 諸: 동양본에는 '請'으로 표기. '請'이 맞음.
27) 廣: 동양본에는 '會'로 표기.
28) 高中(고중): 과거시험에 좋은 성적으로 합격하다.

사명을 받은 이상서가 기생을 두고 다투다

판서 이익보[1]는 모 대감과 동갑이고 같은 동네에서 살았으며, 어려서부터 같이 배웠고 장성해서는 학업을 같이했다. 성균관에 들어가고 급제한 것도 같은 해였고 한림과 옥당에도 같이 뽑혔다. 지체와 문벌, 태도와 차림, 글솜씨와 명망에서도 사람들은 그들의 우열을 가리지 못했다.

이대감과 친구가 옥당에서 함께 숙직할 때였다. 서로 낫다고 자부하며 아래가 되지 않으려 하니 마침내 이런 약속을 했다.

"우리는 어릴 때부터 어른이 될 때까지 같지 않은 게 하나도 없어서 우열을 가릴 수가 없었지. 소문을 들으니 남원에 아무개 기생이 있다는데 나라에서 제일가는 미인이라더군. 그 기생을 먼저 얻는 쪽이 이기는

---

1) 이익보(李益輔, 1708~1767): 본관은 연안(延安). 자는 사겸(士謙). 1739년 알성문과에 병과로 급제했다. 1749년에 충청도 관찰사로 나가 치적을 쌓고 1752년에 좌승지에 임명되었다. 고성군수·예조참의·공조참판·도승지·예조참판·경상도 관찰사·병조판서·수어사·이조판서를 거쳐 좌참찬이 되었다.

걸로 하세."

얼마 안 있어 친구는 전라좌도 경시관京試官, 3년마다 각 도에서 과거를 시행할 때 서울에서 보낸 시험관이 되었다. 이는 탈이 생긴 다른 사람을 대신하는 것이었는데 시험일이 임박해 있었다. 다음날 조정에 하직하고 떠날 예정이었으며, 시험이 열리는 곳은 남원읍이었다.

이대감이 때마침 숙직을 하고 있다가 이 소식을 듣고 깜짝 놀라며 탄식했다. 자기가 먼저 곧바로 날아가고 싶었지만 어찌할 도리가 없었다. 심히 개탄하며 '지금 형편으로 보면 친구에게 으뜸 자리를 빼앗기게 생겼으니 이를 어쩐담?' 하면서 혀를 찼고, 분통이 터질 것 같아 밤새도록 잠을 이루지 못했다.

다음날 새벽, 친구는 시관試官이 되어 하직 인사를 하고 의기양양하게 이대감이 숙직하는 곳으로 찾아와 그의 기를 꺾어주려 했다. 그는 큰 소리로 떠벌렸다.

"오늘 이후로 내가 자네를 이길 수 있겠네그려."

이대감은 억지로 크게 이야기하긴 했지만 머리가 숙여지고 기운을 빼앗긴 듯 자기도 모르는 사이에 위축되었다.

조금 뒤 홀연 '입직옥당入直玉堂, 옥당에 입직하고 있는 이 아무개는 입시하라'는 명이 내려졌다. 엎어질 듯 달려가 뵈니, 임금이 봉서 한 장과 유척鍮尺, 놋쇠로 만든 표준 자. 암행어사의 증표, 마패 등을 하사했다. 이대감은 크게 기뻐하며 필시 호남 암행어사일 것이라 짐작하고 즉각 남대문 밖으로 나가 봉서를 열어보았다. 과연 호남좌도 암행어사였다. 날짜를 계산해보니 친구는 모일에 남원에 도착할 것 같은데, 자기가 당일 안으로 출발해서 이틀에 갈 길을 하루에 걸어서 빨리 달리면 모 친구보다 조금 먼저 도착할 수 있을 것 같았다. 종인從人과 비장에게는 명령을 내려 알려줄 겨를이 없어 급히 본가에 알렸다. 그리고 먼저 약간의 노자를 가지고 호위병 한 명과 종 한 명만 데리고 도보로 떠났다. 종인과 비장, 노자와 옷 등속은 뒤이어 남원으로 곧바로 보내라고 했다.

사정을 집에 알려주고 두 배의 속도로 뒤쫓아가서는 모일 정오에 남원읍에 도착했다. 경시관의 행동거지를 탐색해보니 그날 아침에 겨우 들어왔다 했다. 급히 염탐하여 서너 건을 발각해내어 객사에서 직접 출두했다.

이때 위로는 관가와 경시관으로부터, 아래로는 읍촌 아전과 백성에 이르기까지 암행어사의 기별도 듣지 못하고 졸지에 출두를 당하니 모두 당황하고 다급해했다. 온 읍이 온통 뒤죽박죽이었다. 이방과 좌수를 잡아들이고 각 창색倉色, 창고의 일을 맡아보는 사람들을 치죄하고 나서 본읍에서 수청 기생 몇 명을 선발하여 들이라 명했다. 좌목座目, 자리의 차례를 적은 목록을 살펴보니 그 기생의 이름이 없었다. 호장을 잡아들여 물었다.

"남원은 나라의 색향色鄕이요, 어사는 제일 높은 별성別星, 중앙 정부에서 지방에 파견하는 관원을 두루 일컬음이로다. 그러나 오늘 수청 기생의 구색은 전혀 갖춰지지 않았으니 모름지기 속속 다시 선발하여 들이거라!"

어사의 분부를 누가 감히 어기겠는가? 다시 선발하여 들였는데 역시 그 기생의 이름은 없었다. 어사가 크게 화가 나 호장과 수노, 그리고 으뜸 기생까지 모두 잡아들여 꾸짖고 물었다.

"내가 너희 읍에 아무개 기생이 있는 걸 아는데, 그 기생이 다시 선발한 수청 기생으로도 여전히 들어오지 않았으니 읍의 일 처리가 너무나 소홀하도다! 아무개 기생을 속히 대령하렷다!"

호장 등이 말했다.

"아무개 기생은 경시관 사또 수청을 들고 있는데, 잠시라도 곁을 떠나지 못하게 하시는 까닭에 선발하여 들이지 못했나이다."

그러자 어사는 더욱 화를 내며 삼우장三隅杖, 세모난 매을 특별히 만들어오라고 명했다. 그리고 호장과 수노와 으뜸 기생을 형틀에 앉혀 묶게 하고는 소리질렀다.

"너희 무리가 그 기생을 어디에 감춰놓고 경시관 수청을 핑계삼아 끝내 보이지 않는가? 만만 해괴하고 만만 무엄하도다! 즉각 대령하지 않으면 너희 무리는 형장 아래서 죽게 될 것이다!"

그러고는 매질 잘하는 자를 뽑아서 열 대 안에 때려죽이라고 명했다. 위풍이 늠름하고 호령이 추상 같으니 온 읍 사람들이 몸서리쳤다. 호장과 수노와 으뜸 기생의 집안사람들과 지방 각 부군의 향리, 장교, 군노와 사령들이 모두 경시관 하처下處, 점잖은 손님이 객지에서 묵는 집로 몰려가 눈물을 흘리며 호소했다.

"세 사람의 생명이 지금 경각에 달려 있습니다. 엎드려 애걸하건대 경시관 사또께서는 불쌍히 생각해주시어 사람 살리는 은덕을 크게 베풀어주옵소서. 잠시 아무개 기생을 내어주시면 어사또께 잠깐 보여 벌을 면하고, 어사또의 위엄이 조금 누그러지기를 기다렸다가 저녁 무렵을 틈타 다시 데려와 수청을 들게 하겠사옵니다. 부디 잠시 외출을 허락해주시어 장차 죽을 목숨들이 온전할 수 있도록 해주시기 천만 축원하고 축원하나이다."

경시관은 죄 없는 그들이 죽는 것을 차마 보고 있을 수만은 없었다. 또 아무개 기생을 내보내주지 않아 어사가 정말 그들을 때려죽이면 자기가 혐의를 쓸 수도 있어 원한을 살 수도 있다고 생각했다. 어사라는 사람이 누군지는 모르지만 기생 하나 때문에 평생 껄끄러울 일을 만든다면 그 역시 불미스러운 일이었다. 그래서 기생을 내어주며 말했다.

"너희가 죽을 것을 염려하여 특별히 잠시 내어주니, 어사에게 보이고 나서 즉각 데려와야 하느니라."

그들이 대단히 기뻐하며 백배사례하면서 말했다.

"높으신 덕이 하늘 같아서 끊어질 목숨을 보존하게 되었습니다. 한번 보이고 나서 어찌 데려오지 않겠나이까?"

마침내 기생을 데리고 가서 어사에게 보였다. 어사는 크게 기뻐했다. 기생을 보니 과연 절세미인이었다. 아전과 노비들을 내보내고 주위 사람들을 다 물리쳤다. 대청 가운데 큰 병풍을 둘러치고 기생을 안으로 끌고 들어가 난만히 희롱했다. 운우의 일이 끝나자 가마를 들이게 하여 자신이 타고 기생은 뒤를 따르게 하여 곧바로 경시관의 하처로 향했다. 대청 가까이 가서 부채로 얼굴을 가리고는 가마에서 내렸다. 친구의 자
字를 부르며 말했다.

"이제 과연 어떠한가? 내가 드디어 통쾌하게 이겼다네."

경시관은 암행어사 출두 소식을 듣긴 했으나 어사가 어떤 사람인 줄은 알지 못하고 있었다. 자기가 내려올 때 이대감은 옥당에서 숙직하고 있었으니 오늘 이렇게 행차한 것이 더욱더 뜻밖이었다. 그는 오늘 예상 밖의 만남에 경악했다. 또 기생을 선점당해 으뜸 자리를 빼앗겼으니 더욱더 분통을 이길 수가 없었다. 얼굴빛이 흙색이 되어 거의 기절할 뻔했다.

대개 임금이 이대감과 친구가 서로 약속한 일을 들은 까닭에 경시관이 하직하는 날 이대감을 암행어사로 특별히 보내 쟁춘爭春, 봄을 다투다. 여기서는 기생을 차지하려 경쟁하는 것하게 했던 것이라 한다.

御使命李尙書爭春

李判書益輔, 與某台, 生同庚, 居同巷, 幼同學, 長同業, 以至上庠登第, 無不同年, 內²⁾翰³⁾瀛館⁴⁾, 亦皆同選. 地閥儀表, 文翰物望, 人莫能甲乙. 李台與某友, 伴直於玉署, 互相自勝, 莫肯相下, 乃相約曰: "吾輩自幼及長,

2) 內: 동양본에는 탈락.
3) 內翰(내한): 한림(翰林).
4) 瀛館(영관): 홍문관.

無一不同, 無以定其優劣. 聞南原有妓名某者, 爲國中一色云, 以此妓先着鞭者, 爲第一."云云 未幾, 某友爲全羅左道京試官, 而乃是他人有頉之代. 試日迫近, 明將辭朝, 試邑卽南原也. 李台適在直中, 聞之大驚嘆, 直欲卽地飛去, 而無可奈何, 深致慨嘆, 以爲: '今則勢將遜某5)友一頭, 此將奈何?' 咄咄憤痛, 達宵不寐. 其翌曉, 某友爲試官下直, 歷入直所, 意氣6)揚揚, 顯有壓倒之意, 大言夸張曰: "從今以後, 吾可以勝君矣." 李台雖强作大談, 而垂頭喪氣, 自不覺氣縮縮7)然. 少頃, 忽有入直玉堂李某, 入侍之命, 乃顚倒赴召, 則自上授封書一度, 及鍮尺馬牌等物. 李台大喜, 意必湖南繡衣, 卽刻直出南門外, 坼見封書, 則果是湖南左道暗行御史. 計其日子, 則某友當於某日入南原, 必於當日內起程, 倍道疾馳, 方可以先某友入去矣. 從人褌將未暇知委, 急報家中, 先持若干盤纏, 率伴倘一奴子一, 徒步發行, 從人褌將及盤纏衣服, 則從後直送于南原地. 事報于家中, 兼程8)趲進, 某日午時, 抵南原邑, 探京試官行止, 則今朝9)纔入來云. 遂急急廉探10), 得數三件事, 直爲出道於客舍. 伊時上自官家及試官, 下至邑村吏民, 未聞御史先聲, 猝地出道, 皆蒼黃忙急, 一邑震蕩. 遂拿入吏房座首, 各倉色, 署署治罪後, 自本邑, 定入隨廳妓幾名, 而見其座目, 則無厥妓之11)名. 遂拿入戶長, 問之曰: "南原乃國內色鄕, 御史是第一別星, 而今者隨廳妓, 全不成樣, 須速速換定以入也!" 御史分付, 誰敢違越? 乃換定以入, 而亦無厥妓名字. 御史大怒, 戶長及首奴首妓, 一幷拿入喝問曰: "吾知汝邑有妓名某者, 而再換隨廳, 猶未來, 汝邑擧行, 萬萬慢忽! 某妓須斯速現身也!" 戶長等曰: "某妓,

---

5) 某: 동양본에는 '其'로 잘못 표기.
6) 氣: 동양본에는 '飛'로 잘못 표기.
7) 縮: 동양본에는 '之'로 잘못 표기.
8) 兼程(겸정): 두 배의 속도로 길을 가다. 길을 서둘러 가다.
9) 동양본에는 '方'이 더 나옴.
10) 探: 동양본에는 탈락.
11) 之: 동양본에는 '姓'으로 표기.

京試官使道, 已定隨廳, 不使須臾離側, 故不得定入"云云, 御史愈往愈怒, 令別造三隅杖, 戶長首奴妓[12]等, 縛坐於刑機上, 厲聲曰:"汝輩將此妓, 藏於何處, 假托京試官隨廳, 終不現身乎? 萬萬駭痛, 萬萬無嚴! 若不卽刻待令, 汝輩將死於刑杖之下!"遂令選善杖者, 限以十度內, 打殺, 威風凜凜, 號令如霜, 擧邑戰慄. 戶長首奴首妓家, 擧族及三班官屬, 並詣京試官下處, 涕泣號訴曰:"三人性命, 今在頃刻, 伏乞京試官使道, 特垂哀憐之念, 大施活人之德, 暫令[13]出給某妓, 則謹當現身於御史道, 以免罪責, 少待御史道威令之稍定, 趂夕間, 某條, 還爲率來, 使之隨廳, 暫許出給, 俾完三人將死之殘命, 千萬至祝至祝."京試官不忍厥輩之無罪將死[14], 又念若不出給某妓, 而御史果打殺某漢, 則不無由我之嫌, 亦有埋冤之慮, 且所謂御史不知爲誰某, 而若因一妓之故, 遂成平生之嫌, 則亦是不美之事, 遂出給厥妓曰:"吾特念汝輩之將死, 暫此出給, 現身後, 須卽率來也."厥輩歡天喜地, 百拜致謝曰:"上德如天, 殘喘得保, 一番現身之後, 何敢不率來乎?"遂[15]將此妓, 現身于御史, 御史大喜, 見之則果是絶代妙色也. 遂[16]下吏奴輩, 屛[17]退左右, 圍繞大屛風[18]於大廳之中, 携厥妓入于其中, 爛熳作戲, 雲雨旣畢, 命入肩輿, 而[19]使某妓隨後, 直向京試官下處, 而以扇[20]遮面, 直至廳上下輿, 字呼其友曰:"今果何如? 吾果快勝矣."京試官雖聞御史之出道, 實不知御史之爲何人, 而李台則自家下來, 時入直玉堂也, 今日之行, 尤是不意, 今者料外逢着, 喫了一驚, 且念其妓之先着, 已讓一頭, 尤不勝憤痛, 面色

---

12) 妓: 동양본에는 탈락.
13) 令: 동양본에는 '命'으로 표기.
14) 死: 동양본에는 탈락.
15) 遂: 동양본에는 '遠'으로 잘못 표기.
16) 동양본에는 '解'가 더 나옴.
17) 屛: 동양본에는 '幷'으로 잘못 표기.
18) 風: 동양본에는 탈락.
19) 而: 동양본에는 탈락.
20) 扇: 동양본에는 탈락.

如土, 幾乎氣絶云. 盖自上亦聞李台與某友相約之事, 故於京試官下直之日, 特遣繡衣, 俾得以爭春云.

권
5

염의사가 금강산에서 신승을 만나다

염시도廉時道는 아전으로, 한양 수진방壽進坊, 지금의 서울 종로구 수송동에 살았다. 평소 성품이 신실하고 청렴했으며, 허적[1]의 겸종으로서도 총애와 신임을 듬뿍 받았다.

허적이 하루는 시도에게 말했다.

"내일 새벽에 심부름 갈 곳이 있으니 일찍 오거라."

시도는 동료들과 함께 술을 마시고 도박을 하느라 밤늦게야 깊은 잠에 빠져서 날이 밝아온 것도 모르고 있다가 급히 일어나 달려갔다. 제용감[2]을 지나 치현鴟峴에 이르렀다. 길가 빈터에 고목 한 그루가 있었고, 그 나무 아래 풀이 무성한 곳에서 푸른 보자기 하나가 보였다. 다가가서

---

1) 허적(許積, 1610~1680): 조선 숙종대의 대신. 자는 여차(汝車), 호는 묵재(黙齋). 우의정, 좌의정, 영의정을 지냈다. 남인의 거두로 1678년에는 상평통보를 만들어 사용하게 했다. 1680년 서자 견(堅)의 역모 사건에 휘말려 사사되었다.
2)제용감(濟用監): 조선시대에 각종 직물 따위를 진상하고 하사하는 일이나 채색이나 염색, 직조하는 일 따위를 맡아보던 관아. 지금의 서울 중학동에 있었다.

보니 아주 단단하게 싸여 있었는데 들어보니 매우 무거웠다. 그걸 허리춤에 차고 달려갔다. 사동(寺洞) 허적의 집에는 좀 늦게 도착하여 그 죄를 벌해달라 했다.

허적이 말했다.

"이미 먼저 온 다른 아전을 보냈다. 네게 무슨 죄가 있겠느냐?"

시도가 대청 아래로 물러나 묶인 보자기를 끌러보니 은 이백십삼 냥이 겹겹이 싸여 있었다. 시도가 스스로 생각했다.

'이건 많은 돈이다. 그 주인이 이걸 잃고 얼마나 걱정을 하고 있을까? 그러니 내가 숨기고 가져서는 안 되지. 또 무단 횡재는 사람에게 길조가 아니야. 집으로 가져가는 것이 불가한 일이라면 상공께 드리는 것이 좋겠다.'

은을 가지고 가서 사연을 말씀드리고 그걸 바치겠다 하자 허적이 말했다.

"네가 얻은 것을 왜 나에게 주느냐? 또 네가 취하지 않은 것을 나라고 취하겠느냐?"

시도가 부끄러운 마음으로 물러났는데 허적이 갑자기 다시 불렀다.

"내가 며칠 전에 들었는데 광성부원군3) 댁이 은 이백 냥짜리 병조판서 댁 말을 사려 한다더라. 이 은이 혹 그 은 아닌가 하는 생각이 드는구나. 네가 가서 물어보아라."

병조판서는 청성 김공4)이었다. 시도가 그 말씀을 듣고 다음날 가서 뵈었다.

"귀댁에 혹 잃어버린 물건이 있으신지요?"

---

3) 광성부원군(光城府院君): 부원군은 조선시대에 왕비의 친아버지나 정1품 공신에게 주던 작호다. 광성부원군은 숙종의 장인 김만기(金萬基, 1623~1687)로, 『구운몽』을 지은 김만중의 친형이다.
4) 청성(淸城) 김공: 김석주(金錫胄, 1634~1684)를 말함.

김공이 말했다.

"없네그려."

그러고는 마루 아래 사내종에게 말했다.

"아무개 종이 말을 몰고 갔는데 이틀이 지나도록 아직 돌아왔다는 보고가 없으니 웬일이냐?"

사내종이 말했다.

"아무개 종이 죄를 지었다며 감히 뵙지를 못하고 있나이다."

김공이 노여워하며 말했다.

"그게 무슨 말이냐? 속히 잡아오너라!"

사내종이 아무개 종을 잡아와서는 마당 앞에 꿇게 했다. 종이 절을 올리면서 말했다.

"소인의 죄는 만번 죽어도 용서받기가 어렵나이다."

김공이 까닭을 물으니 종이 대답했다.

"소인이 재동 광성군 댁에 가서 말 값을 받아오다가 잃어버렸나이다."

김공이 크게 노하여 말했다.

"종놈이 이렇게 속임수를 쓰다니! 네가 농간을 부리는구나. 돈을 다 쓰고 와서 나를 속이는 것이렷다?"

급히 큰 곤장을 가져오게 하니 장차 박살내 죽일 요량이었다. 그때 시도가 잠시 형을 중단하고 은을 잃어버린 사연을 이야기해보도록 청했다. 김공이 진정하고 다시 물으니 종이 말했다.

"말을 몰아 광성군 댁에 도착하니, 상공께서 말을 빨리 몰아보게 하시고는 '과연 준마로다!'라 하셨습니다. 또 그 살지고 윤택한 것을 칭찬하시며 '이 말을 네가 먹였느냐?' 하고 물으셨습니다. 제가 '그렇습니다' 하고 대답하니 상공께서 탄복하시며, '남의 집 노복으로서 너처럼 충성스럽고 돈독한 자가 있다니 진실로 기쁜 일이로다!' 하셨습니다. 저를 앞으로 부르시더니 '너 술 마실 줄 아느냐?' 하고 물었습니다. 제가 '그

렇습니다' 하고 대답하니, 상공께서는 즉시 큰 그릇에 맛이 독한 홍로주
紅露酒를 가져오게 하시어 연이어 석 잔을 내려주셨습니다. 그 자리에서
은 이백 냥을 지급해주시고 또 십삼 냥을 더 주시면서, "이것은 네가 말
을 잘 먹인 데 대한 상이로다" 하셨지요. 소인이 하직 인사를 드리고 나
오자 날은 이미 저물어 있었습니다. 취기가 심해 발걸음을 옮길 수가 없
었습니다. 얼마 뒤 길가에 드러누워버렸는데 그곳이 어딘지 분간할 수
가 없습니다. 밤이 깊어서야 술이 조금 깼는데 갑자기 종소리가 들려왔
습니다. 그래서 억지로 일어나 돌아왔지만 은 보자기를 떨어뜨렸다는
걸 알아차리지 못했습니다. 이런 죄를 범했으니 죽어 마땅하다는 것을
스스로 알기에 주저주저하며 감히 알현할 수가 없었습니다."

시도가 비로소 은을 주워 와서 알현한 사연을 이야기하고는 즉시 은
을 가져와 바쳤다. 봉지封誌, 보자기 속 내용물에 대한 기록와 은의 수가 잃어버린
것과 같았다.

김공이 크게 감탄하며 말했다.

"자네는 요즘 사람이 아닐세. 이것이 본디 잃어버린 물건이기에 그 반
을 자네에게 상으로 주려 하니 부디 사양하지 말게나."

시도가 웃으며 말했다.

"소인이 재물을 탐하는 마음이 있었더라면 당초 몰래 가지고서 말하
지 않았어도 누가 알았겠습니까? 제가 그걸 갖지 않은 것은 오직 마음
이 더럽혀질까 걱정했기 때문입니다. 그러니 어찌 상을 받고자 하는 마
음이 있었겠습니까?"

김공은 소름이 끼친 듯 얼굴을 고치고는 더이상 상을 주겠다는 말은
하지 못하고 거듭 찬탄만 할 뿐이었다. 그리고 술을 가져오게 하여 그의
노고를 치하했다. 죄를 지은 종도 아무 일 없이 풀려났다.

시도가 하직 인사를 드리고 나오는데, 한 어린 소녀가 뒤따르며 "잠시
만 멈춰주십시오"라고 외쳤다. 시도가 돌아보며 그 이유를 물으니 소녀

가 말했다.

"아까 은을 잃어버린 사람은 제 오라비입니다. 제가 오라비에 의지해
서 살아왔는데 오늘 제 오라비가 어르신에 의지해서 살았습니다. 아,
이 은혜를 무엇으로 갚을 수 있을는지요? 제가 안방에 들어가 사정을
이야기했더니 부인께서도 극히 탄복하시고 술과 안주를 내리라고 하시
기에 잠시 머무시기를 청하는 것입니다."

즉시 행랑채 아래에 자리를 마련하고 바로 큰 밥상을 받들고 나오는
데 맛있는 음식과 술이 즐비했다. 시도는 배불리 먹고 돌아왔다.

경신년경신대출척이 일어난 해에 이르러 허적은 죄를 지었다고 사사되었다.
시도가 뛰어들어가서 약그릇을 빼앗아 약을 나누어 마시려 하자 의금
부 도사가 끌어내 쫓아버렸다.

허적이 죽자 시도는 미쳐 날뛰고 통곡했다. 세상살이를 이어가려는
생각을 접고 집을 버리고는 방랑하며 산수 간을 노닐었다.

족형 한 명이 강릉에 살고 있어 찾아갔더니 이미 스님이 되어 간 곳
을 알 수 없었다. 그래서 풍악산으로 들어가 표훈사에 이르러 그곳에 사
는 스님들께 물었다.

"제가 귀의하고자 합니다. 꼭 고승을 만나 스승으로 삼고자 하는데 어
느 분이 계신지요?"

그러자 모두 "묘길상 뒤 외로운 암자를 지키고 계신 분이 살아 있는
부처님이지"라 했다. 시도가 가보니 과연 한 스님이 가부좌를 틀고 선정
禪定에 들어 있었다. 시도가 나아가 엎드려 정성을 다해 모실 뜻을 이야
기하고 머리를 깎아달라 청했는데 그 말이 간절했다. 그러나 스님은 듣
지도 보지도 않았다. 시도는 엎드려 일어나지 않았다. 날이 저물어 저녁
이 되었다. 스님이 갑자기 말했다.

"시렁 위에 쌀이 있는데 왜 밥을 짓지 않느냐?"

시도가 일어나보니 과연 쌀이 있었다.

시킨 대로 밥을 지어 먹었다. 밤이 깊어지자 시도는 다시 앞으로 나아가 엎드린 채 아침까지 그대로 있었다. 스님이 또 밥을 지으라고 명했다. 이렇게 오류일이 지났지만 스님은 끝내 다른 말을 하지 않았다.

시도는 마음이 조금 누그러져서 암자에서 나와 산책하다가 암자 뒤에 몇 칸 떳집이 있는 것을 발견했다. 안으로 들어가니 열여섯 살쯤 되어 보이는 처녀가 있었는데 미모가 뛰어났다. 시도가 욕정을 억누르지 못하고 달려가 끌어안고 그녀를 범하려 했다. 처녀가 품속에서 작은 칼을 꺼내 자결하려 했다. 시도는 놀라고 겁이 나서 하던 짓을 멈추었다. 어디서 왔느냐고 물으니 처녀가 대답했다.

"저는 동구 밖 마을에 사는 처녀랍니다. 오빠는 이 산으로 출가하여 암자 스님을 스승으로 삼았지요. 제 어머니는 암자 스님을 신인神人으로 생각해 딸의 운명을 물었나봅니다. 사오 년의 큰 액이 있는데, 만약 인간 세상을 등지고 이 암자의 방에서 살면 가히 액운을 벗어날 수 있고 좋은 인연을 만난다 했지요. 어머니는 그 말을 믿고 이곳에 떳집을 짓고서 오직 저와 함께 지내는 것을 몇 년간의 계획으로 삼으셨습니다. 어머니는 지금 잠시 마을에 가 계신데 하필 이때 갑자기 사람의 협박을 받아 사경에 빠지게 되셨습니다. 이 어찌 바로 그 대액이 아니겠습니까? 부모의 명이 없으니 죽어도 더러움을 받진 않을 겁니다. 그러나 이 일 역시 우연이 아니니, 신승이 말씀하신 아름다운 인연이란 이를 일컫은 게 아니겠습니까? 남녀가 이미 서로를 접했으니 제가 다시 어디로 시집 가겠습니까? 마땅히 맹세코 따르겠습니다. 다만 어머니 돌아오기를 기다려 확실히 결혼하는 게 좋지 않겠는지요?"

시도는 그 말이 기특하다 여기고 그 말을 따르기로 했다. 작별하고 암자로 돌아오니, 스님은 여전히 아무 말이 없었다. 이 밤에 시도는 오로지 그녀만을 떠올렸지, 도를 들으려는 생각은 아예 없었다. 다음날 처녀의 모친이 허락하기만을 기다릴 뿐이었다. 아침이 되어 잠에서 깨어나니 스님이 갑자기 호되게 꾸짖었다.

"어디서 굴러온 망측한 놈이 나를 이처럼 어지럽게 하는가? 내 반드시 죽여버리고 말리라!"

스님이 육환장六環杖, 승려가 짚는, 고리가 여섯 개 달린 지팡이을 들어 내치려 하자, 시도가 낭패하여 도망을 쳤다. 암자 밖에서 한참 동안 우두커니 서 있으니, 스님이 다시 앞으로 불러서 따뜻한 말로 타일렀다.

"네 꼴을 보아하니 넌 출가할 사람이 아니다. 암자 뒤에 사는 처녀는 끝내 네게로 돌아올 것이다. 다만 너는 지금 바로 떠나거라. 조금도 주저하지 말아야 하느니라. 비록 아주 작은 놀랄 일이 있다 하더라도 복록이 그로부터 시작될 것이다."

스님은 '이성득전작교가연[5]' 여덟 자를 써주었다. 시도는 눈물을 흘리며 하직 인사를 하고 떠났다.

표훈사에 도착하여 앉은 자리가 채 따뜻해지기도 전이었다. 기포군譏捕軍, 조선시대에 강도나 도둑을 체포하는 일을 한 군사이 뛰어들어와 시도를 단단히 묶고 머리에 자루를 씌우고서 말에 싣고 달렸다. 며칠 만에 한양에 도착해 칼을 씌우고 수갑과 차꼬를 채워 옥에 가두었다. 대개 이때 허적의 옥사와 연루된 사람들에게 모조리 형벌을 가했고 가까웠던 겸종들도 붙잡아 들였는데, 시도의 이름도 공초供招, 조선시대에 죄인이 범죄 사실을 진술하는 일에 긴밀하게 들어 있었기 때문이었다.

의금부가 심문을 하는데 청성이 옥사를 담당하는 여러 재상과 나란히 앉아 있었다. 나졸들이 시도를 끌고 들어왔다. 이때 신문할 죄인들이 많아 청성은 그가 시도인 줄 살피지 못했다. 일차 평문平問, 형구를 사용하지 않고 죄인을 심문하는 일을 하고 나서 죄인을 옥에 가두었다. 그때 마침 청성에게

---

5) 이성득전작교가연(以姓得全鵲橋佳緣): "두 성(姓)이 오작교의 아름다운 인연을 완전히 하다"라는 뜻. 남녀의 만남을 예언한 것이다. '以'는 '二'로 고쳐써야 한다.

밥을 갖고 온 여종이 바로 은을 잃어버렸던 종의 누이였다. 그녀는 시도가 귀신처럼 칼을 쓰고 있는 것을 보고 너무나도 놀라서 돌아와 부인에게 고했다. 부인은 너무나 불쌍한 생각이 들어 청성에게 편지를 써서 그 사실을 알렸다. 그제야 청성은 사태를 깨닫고 즉시 시도를 데려오게 하여 대략 심문하니 혐의가 없었다. 청성이 말했다.

"이 사람은 본디 의사義士이니, 그의 심사를 내가 깊이 잘 안다오. 어찌 역모에 가담했겠소?"

그러고는 즉시 풀어주게 했다.

시도가 옥문을 나서는데 예전에 은을 잃어버렸던 종이 새로 지은 옷을 가지고 와서 기다리고 있었다. 그리고 시도를 자기집으로 데려가서 정성을 다해 접대했다. 또 노자와 말 한 필을 주면서 행상을 하도록 했다.

이때 시도는 허적의 생질 신후재申厚載가 상주목사로 있다는 소문을 듣고 가서 알현했다. 마침 견우와 직녀가 서로 만날 수 있도록 오작교를 놓아준다는 칠월 칠석이었다. 상주 경내에 들어갔는데 날이 저물었다. 말이 갑자기 질주하더니 좁은 길을 거쳐 한 촌가로 들어갔다. 시도가 뒤처진 채로 따라 들어가보니 말은 이미 마구간에 매여 있고, 뜰에서는 한 여자가 실을 잣고 있다가 그를 피해 집안으로 들어가버렸다. 시도가 말고삐를 풀려 하는데, 한 할미가 안에서 나와 말했다.

"고삐를 꼭 풀려고만 하오? 말은 제 돌아갈 곳을 알지요."

시도가 멍하니 그 뜻을 깨닫지 못한지라 절을 하고 청해 물었다.

"일찍이 뵌 적이 없기에 주모께서 가르치시는 바를 알지 못하겠소. 말이 돌아갈 곳을 안다는 건 무슨 뜻이오?"

할미가 시도를 맞이해 앉게 하고 말했다.

"내 장차 말해주겠소."

그때 갑자기 창밖에서 흐느끼는 소리가 들려왔다. 할미가 말했다.

"왜 우느냐? 너무 기뻐 우는게로구나."

시도는 더욱 영문을 알 수 없었다. 그 이유를 이야기해달라 간청했다. 할미가 말했다.

"아무 해에 객은 금강산 작은 암자 뒤에서 한 처녀를 만나지 않았소?"

"그렇습니다만."

"그 애가 내 딸이라오. 지금 울고 있는 게 그 아이요. 또 암자의 스님이 누군 줄 아시오? 그대의 강릉 족형이라오. 그분은 신승인데 평소 모든 걸 꿰뚫어보고 사람의 장래를 알아맞히는데 조금도 틀림이 없었다오. 그분이 일찍이 내 딸을 가리키며 나에게 말했소. '이 처녀는 내 족제인 염 아무개와 인연이 있어. 지금부터 수년간 큰 액이 있으니 내게 와서 의지하면 가히 그 액을 벗어나고 스스로 혼인을 이룰 수 있지. 그러나 그곳에서 같이 살 수는 없을 것이고 같이 살 곳은 영남의 상주 땅이 될 걸세. 아무 년 아무 달 아무 해야.' 그래서 내가 딸을 데리고 스님한테 가서 액을 넘기려 하고 있었는데, 그때 과연 그대가 왔다 갔던 것이오. 내가 때마침 나가 있어 보지는 못했지. 그뒤 암자 스님은 어디론가 옮겨가 간 곳을 모른다오. 내 자식도 이곳 절방에 와서 살고 있는데 내가 따라와 이곳에 있는 거라오. 오늘에 이르러 그대가 반드시 올 줄 알았지."

그러고는 딸에게 나오라 하니 과연 풍악산에서 봤던 처녀였다. 얼굴은 더욱 아름다워졌다.

시도는 자기도 모르게 감격하고 또 마음 아파했다. 여자도 서러움과 기쁨이 뒤섞여 눈물만 흘릴 따름이었다. 저녁밥이 나왔는데 진귀한 반찬이 풍성하니 모두 미리 준비한 것들이었다. 이날 저녁 비로소 부부가 되니 스님이 예언한 바 여덟 자가 모두 맞아떨어졌다.

시도는 며칠 머물고 나서 상주목사를 알현하고 그간에 일어난 일들의 전말을 말해주었다. 상주목사가 매우 기이하게 여기고 후한 선물을 내렸다.

이때 시도는 전처가 세상을 떠난 지 오래되어 먼 친척에게 부탁해서 집을 지키게 하고 있었다. 시도는 여자와 여자의 모친과 함께 한양으로 돌아가 옛집에서 다시 살게 되었다. 시도의 이름이 벼슬아치들 사이에 알려지고 청성도 그를 지극히 돌봐주었기에 집이 자못 부유해졌다. 모두 염의사廉義士라 칭찬했다.

시도는 처와 더불어 복福과 수壽를 두루 누리다가 향년 팔십여 세가 되어 죽었다. 그 자손들이 지금까지도 안국동에 살고 있다 한다.

廉義士楓岳逢神僧

廉時道吏胥也. 居在漢師[6]壽進坊. 性素信實廉介, 爲許相積之傔從, 甚見寵信. 一日, 許謂時道曰: "明曉有使喚處, 必早來." 其夜時道與其徒飮博, 就睡甚濃, 不覺日已明矣. 急起奔走, 路過濟用監鷗峴, 見路傍空垈, 立一古木, 木下茂草間[7], 有靑袱露出, 就見則封裹甚密, 擧之甚重, 佩之腰下, 走到社洞許家, 以晩來請罪許曰: "已用他吏先到者, 汝何罪焉?" 時道退[8]於廳下, 開視封裹[9], 則有銀二百十三兩, 內袱重襲. 時道自言曰: '此重貨也. 其主失之, 其心之憂遑如何? 而我[10]可[11]掩, 而有之乎? 且無端橫財, 在小民, 非吉祥也. 旣不可携歸於家, 不如納之相公.' 遂將銀, 就許告之故, 而請納, 許曰: "爾之所得, 何有於我? 且爾之不取, 我何取之耶?" 時道憖而退, 俄而許召謂曰: "數日前, 吾聞兵判家馬其價二百兩[12]銀, 而光城府院君

---

6) 師: 고대본에는 '陽'으로 표기.
7) 間: 국도본에는 '門'으로 잘못 표기.
8) 退: 국도본·고대본에는 '到'로 표기.
9) 裹: 국도본에는 '製'로 표기.
10) 동양본에는 '何'가 더 나옴.
11) 可: 고대본에는 '何'로 표기.
12) 兩: 동양본·국도본·고대본에는 탈락.

家, 將買13)云. 豈非此銀耶14)? 汝試往問之." 兵判卽靑15)城金公也16). 時道
依其言, 翌日往17)謁, 仍曰: "貴宅, 或有18)所失物耶?" 金公曰: "無有也." 遽
呼廳下蒼頭曰: "某奴持馬去19), 已兩日, 而尙無回報, 何也?" 蒼頭曰: "某
奴, 稱有罪, 不敢進現耳." 金公嗔曰: "此何言也? 速捉入!" 蒼頭押一奴, 跪
於庭前, 且拜且言曰: "小人有罪, 萬死難赦." 金公問其故, 奴曰: "小人往齋
洞光城宅, 受馬價, 而忽失之矣." 金公大怒曰: "奴之詐至此, 汝乃弄奸,
沈20)沒而來, 誑我也!" 亟呼大杖, 將撲殺之, 時道仍請暫停刑, 而俾陳失銀
之由, 金公寤21)而更訊, 奴曰: "始持馬, 到光城宅, 相公命奴盤馬馳驟曰:
'果奇駿也.' 且嘉其肥澤曰: '此馬爾之所喂耶?' 對曰: '然.' 相公歎曰: '人家
奴僕, 有如此忠篤者, 誠可嘉也.' 仍呼之前曰: '爾能飮乎?' 曰: '能.' 相公命
一大椀酌紅露旨烈者, 連賜者三, 卽計給銀二百兩, 且加22)以十三兩曰23):
'此賞爾善喂24)馬也.' 小人辭出, 日已夕矣. 醉甚不能成25)步行, 未幾倒臥
路傍, 不知爲26)何處, 向夜微醒, 忽聞鍾聲, 遂强起而歸, 不知銀封所落, 罪
犯如此, 自知當死, 所以苟且, 不敢現." 時道始陳27)得銀來謁之由, 卽歸取
銀以進, 封誌及數, 果如所失者, 金公大歎異28)之曰: "汝非今世人. 然此本

<hr />

13) 동양본·국도본·고대본에는 '之'가 더 나옴.
14) 耶: 동양본에는 '乎'로 표기.
15) 靑: '淸'이 맞음.
16) 也: 동양본에는 탈락.
17) 고대본에는 '其宅現'이 더 나옴.
18) 有: 동양본에는 탈락.
19) 去: 고대본에는 탈락.
20) 沈: 고대본에는 '浸'으로 표기.
21) 寤: 동양본·고대본에는 '悟'로 표기.
22) 동양본에는 '下'가 더 나옴.
23) 曰: 동양본에는 탈락.
24) 喂: 고도서본에는 '養'으로 표기.
25) 成: 국도본·고대본에는 탈락.
26) 爲: 국도본·고대본에는 탈락.
27) 陳: 고대본에는 '進'으로 잘못 표기.
28) 異: 고대본에는 탈락.

已失之物, 今以其半賞汝, 汝其勿辭." 時道笑曰: "使小人有貪財之心, 當自取不言, 其誰知之? 旣非其有, 惟恐或浼, 何有於賞?" 金公悚然改容, 不復言賞銀事, 唶嗟[29]重複, 呼酒勞之. 奴罪得以[30]快釋, 時道辭出, 有一年[31]少女, 從後疾呼曰: "願丞少留." 時道顧問其由, 女曰: "俄者亡金者, 吾之兄也. 吾依而[32]爲[33]生, 今賴丞得生, 此恩當何以報? 吾入言[34]于內, 夫人極歎之, 命賜酒饌, 所[35]以請由[36]也." 卽設席廊下, 旋入擎出大一盤, 羅以珍羞美醞, 時道醉飽以歸. 及庚申, 許以罪賜死, 時道突入持藥器, 欲分飮之, 都事曳出逐之. 許旣死, 時道狂奔號慟, 無復世念, 仍棄家, 放浪, 遨遊山水. 有族兄在江陵地, 往訪則已爲僧, 不知[37]去處. 仍遊楓岳, 至表訓寺, 問居僧曰: "吾欲依歸, 必得高僧爲師, 誰可者?" 咸曰: "妙吉祥後孤菴守座, 卽生佛也." 時道往見, 果有一僧, 趺坐入定, 時道前伏, 俱陳誠心服事之意, 且請剃髮, 辭旨懇切, 僧無聞覩, 時道伏不起, 日已昏暮, 僧忽曰: "架上有米, 何不炊?" 起視, 果有米, 炊[38]食如命, 夜後前伏至朝, 僧又命之食. 如是者五六日, 僧終不言, 而時道意稍弛, 出菴逍遙, 見菴後有茅屋數間, 入其中, 只見一幼女, 年可二八, 甚有姿色, 時道不禁婉戀之情, 遽前抱持, 欲犯之, 女於懷袛間, 拔出小刀, 欲自裁, 時道驚怵遂止. 問其所從來, 女曰: "吾本洞口外村女也. 男兄出嫁[39]於此山師菴僧, 母以菴僧神人, 問女之命, 以女有

29) 唶: 고대본에는 '歎'으로 표기.
30) 以: 고대본에는 탈락.
31) 年: 동양본·고도서본에는 탈락.
32) 依而: 동양본·국도본·고대본에는 '倚以'로 표기.
33) 爲: 고대본에는 '得'으로 표기.
34) 言: 동양본에는 '告'로 표기.
35) 所: 고대본에는 '何'로 잘못 표기.
36) 由: 동양본·국도본·고도서본·고대본·가람본에는 '留'로 표기.
37) 知: 고대본에는 잘못 탈락.
38) 起視, 果有米, 炊: 동양본에는 탈락.
39) 嫁: 동양본·국도본·고대본에는 '家'로 표기. '家'가 맞음.

四五年大厄, 若絶棄人間事, 來寓於此菴之房則可以⁴⁰⁾度厄, 且有佳緣. 母
信其言, 縛茅於此, 獨與女留住 爲數年計, 母今暫還洞居, 而邊爲人所迫,
在此死境, 是豈所謂大厄耶? 旣無父母之命, 雖死何可受汚? 雖然此事非
偶, 神僧佳緣之言, 亦⁴¹⁾必爲此. 男女旣一相接, 更何他歸? 當矢心相從, 但
俟母之歸, 明白成親, 不亦善乎?" 時道異其言從之, 辭歸菴中, 僧又無所言.
是夜時道, 一心憧憧, 只在此女, 無復聞道之意, 專俟翌朝母言之許. 及朝
睡起, 僧忽起立大詬曰: "何物怪漢, 撓我至此? 必殺乃已⁴²⁾!" 取六環杖, 將
奮擊之, 時道狼狽而走, 佇立菴外, 久之, 僧招至前, 溫言諭之曰: "觀汝狀
貌, 非出家之人, 後菴之女, 終⁴³⁾必爲汝之歸⁴⁴⁾. 但從此直去, 少⁴⁵⁾勿踟躕,
雖有小驚, 福祿自此始矣." 書給八字, '以姓得全鵲橋佳緣', 時道涕泣辭出.
至表訓寺, 坐⁴⁶⁾席未暖, 忽有譏捕軍, 突⁴⁷⁾入緊縛囊頭, 馱載驅疾⁴⁸⁾, 不數
日抵京, 其三木下獄, 蓋是時許獄多株連⁴⁹⁾, 追捉親近傔從, 而時道緊入招
辭故也. 及金吾鞫坐, 淸城⁵⁰⁾與按獄諸宰列坐, 邏卒捉時道入焉. 時就訊者
多⁵¹⁾, 淸城不省其爲⁵²⁾時道也⁵³⁾. 一次平問後下獄, 適淸城傳餐婢卽⁵⁴⁾亡
金⁵⁵⁾奴妹也. 見時道鬼形着枷, 大驚歸告夫人, 夫人大矜惻, 抵簡於淸城,

40) 以: 동양본에는 탈락.
41) 亦: 동양본에는 탈락.
42) 乃已: 국도본·고대본에는 '已而'로 표기.
43) 終: 동양본에는 탈락.
44) 歸: 고대본에는 '婦'로 잘못 표기.
45) 少: 동양본에는 탈락.
46) 坐: 동양본에는 '座'로 표기.
47) 突: 고대본에는 탈락.
48) 驅疾: 동양본에는 '疾驅'로 표기.
49) 株連(주련): 연루자를 모조리 형벌에 처함.
50) 淸城: '靑城'과 '淸城'이 혼용되고 있음.
51) 多: 고대본에는 탈락.
52) 其爲: 국도본·고대본에는 '中有'로 표기.
53) 也: 동양본·국도본에는 탈락.
54) 婢卽: 고대본에는 탈락.
55) 亡金(망금): 금이 아니라 은을 잃어버렸기에 '亡銀(망은)'이 되어야 한다.

以警告, 淸城始覺, 卽命押入時道, 略詰無驗, 乃曰: "此本義士, 其心事, 吾所深悉, 豈與於逆謀耶?" 卽命解[56]釋. 時道纔出門, 亡金奴, 將新鮮衣服, 已候之[57]矣. 遂同歸其家, 接待極其意, 給行資及馬匹, 使之行商爲業矣. 際聞許之甥姪申厚載爲尙州牧使往謁焉[58]. 適七月七日, 所謂牽牛織女之[59]相逢烏鵲成橋之日也. 旣入州境, 適日暮, 馬疾馳而去, 從僻路, 入一村家. 時道落後隨入則馬已繫在廏中[60], 而[61]見一女, 理織絲於中庭, 避入屋中, 時道欲解馬[62]紲, 則有嫗自內出曰: "何必解紲? 馬則知所歸矣." 時道茫然, 莫曉其意, 拜且請曰: "未曾[63]拜見, 莫省主母之所諭, 謂以馬知所歸者, 何也?" 嫗邀之坐曰: "吾將言之." 忽聞憁裡[64], 有哽咽聲, 嫗曰: "何泣也? 豈喜極而然耶?" 時道益疑之, 亟請厥由, 嫗曰: "豈[65]於某歲[66], 客遇一[67]女於金剛山小菴之後耶?" 曰: "然." 嫗曰: "此吾女也. 今泣者是也. 亦知菴僧之所自來耶? 此則君之江陵[68]族兄也. 素以神僧徹視無際, 知人將來, 毫釐无差, 嘗指吾女謂我曰: '此女與吾族弟廉某, 有因緣, 而第從今以後, 有數年大厄, 若來依於我, 可以度厄, 而自致成婚[69]. 然亦未同室, 其同室, 在於嶺南尙州地, 某年某月某日也.' 吾故將女就僧, 欲[70]度厄, 而君果

56) 解: 국도본·고대본에는 탈락.
57) 之: 동양본에는 탈락.
58) 동양본·국도본·고도서본·고대본에는 '時'가 더 나옴.
59) 之: 동양본·국도본·고대본에는 탈락.
60) 中: 국도본·고대본에는 탈락.
61) 而: 국도본·고대본에는 '顧'로 표기.
62) 馬: 국도본·고대본에는 탈락.
63) 曾: 동양본에는 '嘗'으로 표기.
64) 裡: 국도본·고대본에는 '外'로 표기.
65) 豈: 동양본에는 '君'으로, 고도서본에는 '客'으로 표기.
66) 歲: 동양본·고도서본에는 '年'으로 표기.
67) 一: 동양본에는 '此'로 표기.
68) 江陵: 국도본·고대본에는 탈락.
69) 婚: 동양본·국도본·고대본에는 '姻'으로 표기.
70) 欲: 국도본·고대본에는 탈락.

來過, 吾適出未及見. 厥後僧菴[71][72]菴移去, 不知所向, 吾之子, 亦來寓此
地寺宇, 吾故隨來在此, 及至此日[73], 固知君之必來也." 因呼女出來, 果是
楓山所覩者也. 顏狀益[74]豊美, 時道不覺感愴[75], 而女悲喜交至, 揮涕而已.
勸進夕飯, 珍饌盛列, 皆豫備者也. 是夕遂成親, 僧所言八字之符, 皆驗矣.
時道留數日, 往謁尙牧, 言其事顚末, 尙牧大異之, 厚贈遺之. 時[76]時道之
前妻, 死亡已久矣, 而家則托族人守之, 時道遂[77]與某[78]女及母歸京, 復居
于舊宅. 時道之名, 播於縉紳, 而淸城之所以顧護者甚至, 家頗富饒, 皆稱
以廉義士. 與其妻, 俱享福[79]壽, 時道年八十餘死. 今其子[80]孫[81], 尙在安
國洞[82][83].

71) 僧菴: 국도본에는 탈락.
72) 菴: 동양본·고대본에는 '棄'로 표기. '棄'가 맞음.
73) 日: 국도본에는 탈락.
74) 益: 동양본에는 탈락.
75) 愴: 동양본에는 '激'으로 표기.
76) 時: 고대본에는 탈락.
77) 遂: 국도본·고대본에는 탈락.
78) 某: 동양본에는 '其'로 표기. '其'가 맞음.
79) 가람본·성대본·고대본에는 '延'이 더 나옴.
80) 子: 국도본·고대본에는 '諸'로 표기.
81) 子孫: 동양본에는 '孫裔'로 표기.
82) 洞: 동양본에는 '坊'으로 표기.
83) 국도본·고대본에는 '也'가 더 나옴.

관찰사 오윤겸이 영랑호에서 설생을 만나다

　광해조 때 설생(薛生)이란 사람이 청파에 살았다. 그는 문장이 풍부하고 기절(氣節)을 숭상했다. 과거를 준비했으나 운수가 좋지 않아 합격하지 못했다.

　일찍이 추탄(楸灘) 오윤겸[1]과 매우 친했다. 계축년 폐모의 변괴[2]가 일어나자 설생은 개연히 오윤겸에게 말했다.

　"윤리와 기강이 사라졌으니 벼슬은 해서 뭐하겠나? 나와 함께 유람이

<hr />

1) 오윤겸(吳允謙, 1599~1636): 1617년 일본으로 건너가 임진왜란 때 잡혀갔던 포로 백오십
　명을 데리고 왔다. 이조판서, 우의정, 좌의정, 영의정을 역임했다.
2) 폐모(廢母)의 변괴: 광해군 때 있었던 폐모론(廢母論)으로, 선조의 계비이고 영창대군의 어
　머니인 인목대비를 폐하고 궁궐에서 쫓아내야 한다는 논의다. 인목대비는 김제남의 딸로서
　의인왕후(懿仁王后)가 죽자 왕비로 책봉되어 1606년 영창대군을 낳았다. 그로 인해 왕위 계승
　을 둘러싼 문제가 발생했다. 유영경 등 소북(小北)은 세자인 광해군이 서자이며 둘째 아들이
　라 하여 영창대군을 옹립하고자 했고, 대북(大北)은 광해군을 지지하여 당쟁이 확대되었다. 광
　해군이 즉위하자 정권을 잡은 대북이 반역죄를 씌워 영창대군을 축출했고 김제남도 죽였다.
　이것이 계축옥사다. 이 시점에서 이이첨 등 대북이 '폐모론'을 제기했다. 1617년 인목대비는
　대비의 호를 못 쓰게 되고 서궁(西宮)에 유폐되었다. 1623년 인조반정으로 복호(復號)되어 대
　왕대비가 되었다.

나 떠나지 않겠나?"

오윤겸은 부모님이 살아 계시기에 멀리 떠날 수 없다며 사양했다. 한 달 뒤 설생의 집에 가보니 설생은 이미 떠나 어디로 갔는지 알 수 없었다.

인조반정 이후 갑술년에 오윤겸은 관동 관찰사가 되어 순행하다가 간성에 이르렀다. 영랑호에 배를 띄웠는데 홀연 안개와 파도, 아득한 구름 사이로 배를 저어 오는 사람이 있었다. 가까이 와서 보니 설생이었다.

오윤겸은 매우 놀라 설생을 배 안으로 맞이했다. 그가 마치 하늘 구름 사이에서 내려온 사람인 양 반겼다. 거처하는 곳을 물으니 설생은 이렇게 대답했다.

"내가 사는 곳은 양양 관아로부터 동남쪽으로 육칠십 리 떨어진 회룡굴回龍窟이란 데지. 깊고 궁벽한 곳이라 사람의 발걸음이 거의 닿지 않는다네. 이곳에서 그리 멀지 않아 갔다 오는 데 한나절도 안 걸리니 함께 가보지 않겠나?"

공이 그를 따라갔다. 어스름 무렵 산기슭에 이르러서 스님들이 타는 가마를 타고 계곡으로 들어갔다. 험한 산길 몇 리를 지나니 깎은 듯한 푸른 절벽이 우뚝 서 있었다. 그 형세가 기이하고 웅장해 사람의 눈을 놀라게 했다. 중간이 성문처럼 갈라져 있고 좌우로 맑은 시냇물이 쏟아져 나왔는데 그 석문 옆이 회룡굴이었다.

돌길은 낭떠러지를 오른쪽으로 돌며 올라가는데 굴곡이 심하고 가팔랐다. 칡덩굴과 나뭇가지를 부여잡고 나아가니 비로소 굴이 나왔다. 몸을 구부렸다 매달렸다 하며 들어가보니 별천지였다.

그곳은 땅이 매우 넓고 토질도 비옥하여 거주하는 사람들도 많았다. 뽕나무와 삼나무가 그늘 동산을 만들었고 배와 대추나무는 숲을 이루었다.

설생의 거처는 굴 한가운데 있었는데 지극히 화려하고 그윽했다. 공을 마루로 인도해 산해진미를 올렸다. 기묘한 과실들이 지극히 향기롭고 달콤했으며, 인삼은 팔뚝만큼 굵었다.

서로 이끌며 밖으로 나갔다. 수풀과 산봉우리, 샘물과 뭇 돌의 기괴하고 웅장하고 화사한 모습은 이루 다 형언하기 어려웠다. 오윤겸은 마치 방장산 신선이 살고 있다는 곳에 들어온 듯 황홀하여 자기가 벼슬살이를 하고 있는 것이 추하게 느껴졌다.

오윤겸이 설생에게 말했다.

"산수가 맑고 깨끗해서 정말 마땅히 은자가 지낼 만하네그려. 가계가 풍족하지 않을 텐데 산중에 이런 것들을 어떻게 마련했나?"

설생이 웃으며 대답했다.

"내 일찍이 왕래하며 노닌 데가 이곳만이 아니라네. 내가 속세에서 도망쳐나온 뒤부터 내키는 대로 유람하며 구경하느라 하루도 한가한 날이 없었지. 서쪽으로는 속리산에 들어가보았고 북쪽으로는 묘향산까지 갔으며 남쪽으로는 가야산, 두류산 승지를 찾았지. 무릇 동방의 산천 가운데 특별히 절경으로 알려진 곳은 거의 다 가보았다네. 마음에 드는 곳이 있으면 무성한 숲을 베어내 집을 지었고, 황무지는 개간해서 농사를 지었지. 혹은 일 년을 살다가 혹은 삼 년을 살다가 흥이 다하면 다른 곳으로 옮겨갔지. 이런 이유로 내가 거처한 곳 중에는 산의 기이함과 물의 절묘함, 그리고 논과 집의 넓고 화려함에서 이곳보다 열 배는 더한 곳도 많다네. 다만 세상 사람 중에는 아는 이가 거의 없지."

오윤겸이 설생의 종들을 보니 모두 준수하고 아름다웠다. 많이들 악기를 익히고 있었는데 물어보니 모두 첩의 자식들이었다. 가무를 하는 미희도 여남은 명 되었는데 모두 오묘하게 아름다웠다. 그래서 오윤겸이 더욱 기이하게 여겼다.

오윤겸은 설생의 득의한 모습을 보면서 티끌세상에 얽매인 자기를 되돌아보며 한숨을 쉬고 흐느꼈다. 시를 지어 설생에게 주었다.

거기서 이틀을 머물고는 떠나오면서 설생에게 부탁했다.

"뒷날 반드시 한양으로 와서 나를 방문해주게나."

그로부터 삼 년 뒤 과연 설생이 오윤겸을 찾아왔다. 오윤겸은 그때 전조詮曹, 문관의 인사를 맡은 이조(吏曹)와 무관의 인사를 맡은 병조(兵曹)를 두루 이르던 말를 잡고 있어 설생에게 벼슬을 추천하려 했다. 그러자 설생은 수치스럽게 여기고 작별인사도 없이 떠나버렸다.

오윤겸이 휴가를 얻어 설생을 만나고자 고개를 넘어 회룡굴에 갔다. 그러나 그곳은 이미 폐허가 되어 있었고 설생은 어디로 갔는지 알 수가 없었다. 사람 중에도 아는 이가 없었다. 오윤겸이 그 기이한 행적에 크게 탄식하고 애석한 마음으로 돌아왔다.

吳按使永湖逢薛生

光海時, 有薛生者, 居靑坡. 富3)辭藻尙4)氣節, 業科數奇不利5). 嘗6)與楸灘吳公允謙甚善, 癸丑廢母變作, 生慨然謂楸灘曰: "倫紀滅矣, 焉用仕子? 能與我同遊7)乎8)?" 楸灘9)辭以父母在不可遠去, 閱月復過, 生已去, 不知所之. 逮反正後, 甲戌, 吳公按節關東, 巡到杆城, 泛舟永郎湖, 忽於烟濤杳靄之間, 有拏舟而來者, 及近10)視之, 乃薛生也. 公大驚延入舟中, 喜極若從雲霄11)墮, 問其所居地, 曰: "我居12)在襄陽治13)之東南, 可六七十里, 名曰:

---

3) 富: 고대본에는 잘못 탈락.
4) 尙: 동양본에는 '高'로 표기.
5) 利: 고대본에는 잘못 탈락.
6) 嘗: 고대본에는 '尙'으로 잘못 표기.
7) 遊: 국도본·고대본·동양본·동경대본에는 '隱'으로 표기.
8) 乎: 고대본에는 '于'로 잘못 표기.
9) 楸灘: 고대본에는 잘못 탈락.
10) 及近: 국도본·고대본에는 '近及'으로 잘못 표기.
11) 동양본에는 '間'이 더 나옴.
12) 고대본에는 '住'가 더 나옴.
13) 治(치): 치소(治所). 관부가 설치되어 있는 곳.

‘回龍窟.’ 深僻人跡罕到, 但距此不遠, 不半日可往還, 請公同往.” 公從之,
薄晚¹⁴⁾抵山屛, 導從用僧肩輿入谷, 崎嶇數里, 有蒼岸阧立如削, 奇形壯勢
駭目, 而中坼城門, 左右淸流瀉出, 石門之旁¹⁵⁾, 乃回龍也. 石路自崖坼處,
右折而上, 屈曲巉岩, 援¹⁶⁾葛攀木而進, 始有窟焉. 懸身偏僂, 而入, 旣入¹⁷⁾
則別洞天也. 地甚寬平, 土田膏沃, 人居亦多, 桑麻翳薈, 梨棗成林. 生之居,
當窟內之中心¹⁸⁾, 極華邃, 引公上堂, 薦以山味珍蔬, 奇果香甘甚¹⁹⁾異, 人
蔘正果, 肥大如臂. 相携出遊, 林巒泉石²⁰⁾, 奇怪壯麗, 不可名狀. 公悅然若
入方壺, 自覺軒冕²¹⁾之爲穢也. 公謂生曰: “山水淸流²²⁾, 固隱者之所宜有,
家計不饒, 山中何以辦此?” 生笑²³⁾曰: “吾嘗遊處往來之地, 不獨此也. 吾
自逃世以來, 恣意遊觀, 未嘗一日閑, 西入俗離, 北窮妙香, 南搜伽倻頭流
之勝, 凡東方山川之以絶特聞者, 足殆遍焉. 遇適意處, 輒芟茂而築焉. 闢
荒而耘焉, 居或一年, 或三年, 興盡輒移而之他, 以此²⁴⁾吾之所居, 山之奇,
水之絶, 田廬之華曠, 十倍於此者亦多, 但世人莫有知者.” 公見生之從僕,
皆俊美²⁵⁾, 多習於管絃, 問之皆生之妾子, 美姬歌舞者²⁶⁾十數, 皆妙麗, 公
益奇之. 見生得意, 自顧塵累爲之, 歔欷出涕, 作詩贈之. 留至二日, 始啓行,
約生曰: “後必訪我於京師.” 其後三年, 生果²⁷⁾來公, 公適柄銓曹, 欲薦而爵

---

14) 晚: 고대본에는 ‘暮’로 표기.
15) 旁: 국도본·고대본·동양본에는 ‘傍’으로 표기.
16) 援: 고대본에는 ‘探’로 잘못 표기.
17) 旣入: 동양본에는 탈락.
18) 心: 고대본에는 잘못 탈락.
19) 甚: 고대본에는 잘못 탈락.
20) 국도본·고대본·동양본에는 ‘泉石’을 ‘石泉’으로 표기.
21) 軒冕(헌면): 고관이 타던 초헌과 머리에 쓰던 면류관. 벼슬살이하는 것.
22) 流: 국도본·고대본에는 ‘開’로 잘못 표기.
23) 笑: 고대본에는 탈락.
24) 此: 국도본·고대본에는 탈락.
25) 美: 고대본에는 잘못 탈락.
26) 者: 고대본에는 잘못 탈락.
27) 국도본·고대본·동양본에는 ‘過’가 더 나옴.

之, 生恥之不辭而去. 公乘暇踰岺[28], 訪生於[29]回龍窟, 則已爲墟矣, 生則不知所去[30], 人無[31]知者, 公大歎異, 惆悵而返去[32].

28) 岺: 국도본·고대본·동양본에는 '嶺'으로 표기.
29) 於: 동양본에는 탈락.
30) 所去: 국도본에는 '去所'로, 고대본에는 '去處'로 표기.
31) 국도본·고대본에는 '亦'이 더 나옴.
32) 국도본·고대본에는 '去'가 탈락, 동양본에는 '云'으로 표기.

여막 옆의 효감천과 호랑이

　성종 때 호남 흥덕현興德縣 화룡리化龍里에 오준[1]이란 사람이 있었는데 사족士族이었다. 지극한 효성으로 어버이를 섬겼고 어버이가 돌아가시자 영취산에 장사를 지내고서 묘 옆에 여막을 지었다. 매일 흰죽 한 그릇만 먹고 구슬프게 곡하니 듣는 사람도 눈물을 흘렸다. 제사를 지낼 때는 항상 현주玄酒, 제사 때 술 대신 쓰는 냉수를 올렸다. 산골짜기 가운데 샘이 있었다. 물맛이 참 맑고 달았는데 집에서 오 리나 떨어진 곳이었다. 오준은 반드시 직접 호리병을 갖고 거기까지 가서 물을 길어 왔는데 비바람이 불거나 춥고 더워도 조금도 해이해지지 않았다.

　어느 날 저녁, 무슨 소리가 들렸다. 그 소리는 산속에서부터 나서 우레처럼 온 산을 흔들었다. 아침에 일어나보니 여막 옆에 샘물이 솟아나고 있었다. 물맛이 청결하고 달고 차니 산골짜기 샘물과 똑같았다. 산골

---

1) 오준(吳浚, 1444~1494): 신림면(新林面) 외화리(外化里) 출생. 부모에 대한 효성이 지극하다 하여 천거되고 군자감직장(軍資監直長)에 제수되었으나 부임하지 않았다. 그가 죽고 나서 그 효성을 기리고자 창효사(彰孝祠)가 건립되었다.

짜기로 가보니 그 샘은 이미 말라 있었다. 이로부터 마당의 샘물을 떠서 쓰니 멀리까지 가서 물을 길어 오는 수고가 덜어졌다. 읍 사람들이 그 샘을 효감천孝感泉이라 불렀다.

여막이 깊은 산속에 있으니 거기에는 호랑이와 승냥이가 살았고 도적들도 그곳을 소굴로 삼아 집안사람들이 걱정을 많이 했다. 소상小祥, 사람이 죽은 지 1년 만에 지내는 제사이 지난 어느 날, 갑자기 호랑이 한 마리가 나타나 여막 앞에 웅크리고 앉았다. 오준이 타일러 말했다.

"네가 나를 해치고자 하느냐? 피할 수 없으니 네가 하고 싶은 대로 하거라. 다만 나는 아무 죄도 없다."

호랑이가 문득 꼬리를 흔들고 머리를 숙이면서 엎드려 꿇어앉으니 마치 공경을 표하는 듯했다. 오준이 말했다.

"해치지 않을 거라면 왜 떠나지 않느냐?"

호랑이가 즉시 문밖으로 나가서 엎드리고는 가지 않았다. 매일 이같이 하니 마침내 집에서 기르는 개나 돼지처럼 어루만지고 놀리기도 했다. 매달 초하루와 보름이 되면 호랑이는 반드시 큰 사슴 한 마리를 잡아왔다. 간혹 멧돼지도 여막 앞에 갖다놓아 제수로 바치게 했다. 이러기를 일 년 동안 한 번도 빠뜨리지 않았다. 맹수와 도적들도 이에 자취를 감췄다.

오준이 삼년상을 마치고 집으로 돌아가니 비로소 호랑이도 떠났다.

이 외에도 그의 효성에 감동한 기이한 일이 매우 많았지만, 샘과 호랑이에 대한 이야기가 가장 두드러진다.

그때 관찰사가 이 사실을 조정에 아뢰니 성종께서 특별히 정려旌閭, 충신, 효자, 열녀 들이 살던 동네에 정문(旌門)을 세워 표창하는 일를 내리도록 하고 속백束帛, 가례(嘉禮) 때 쓰던 비단을 하사했다. 오준은 예순다섯 살에 죽었는데 사복정司僕正, 궁중의 가마나 말을 맡아보던 관청의 관리으로 추증되었고 읍 사람들이 향현사鄕賢祠에 배향했다.

廬墓側孝感泉虎

成廟朝[2]時, 湖南興德縣化龍里, 有吳浚[3]者, 士族也. 事親至孝, 親沒, 葬於靈鷲山, 結廬墓側, 日啜白粥一甌, 哭泣之哀, 聽者隕[4]涕. 祭奠[5]常設玄酒, 而有泉在山谷中, 極淸甘, 距家五里, 吳君必親自提壺汲之, 不以風雨寒署少懈. 一夕有聲, 發自[6]山中, 如電[7][8]轉, 一山盡撼, 朝起視之, 則有泉湧出廬側, 淸潔[9]甘洌, 一如谷泉, 往視谷泉, 已渴[10]矣. 遂取用庭泉, 得免遠汲之勞, 邑人名之孝感泉. 廬在深山之中, 虎豹之所宅, 盜賊之所萃, 家人甚憂之. 旣過小祥. 一日[11], 忽見一大虎, 蹲坐于廬[12]前, 吳君誡之曰: "汝欲害我耶? 旣不可避, 任汝所爲, 但我無罪." 虎便棹[13]尾低頭, 俯伏而跪, 若致敬者, 然吳君曰: "旣不相害, 又何不去?" 虎卽出門外, 伏而不去, 日以爲常, 至於撫弄, 若家畜犬[14]豚, 而每當朔望, 虎必致一大鹿, 或山猪於廬前, 以供祭需, 周年而不一闕, 猛獸盜賊, 仍以屛跡. 及吳君闋服還家, 而虎始去. 其他孝感異跡甚重, 而泉虎事, 特其最著者[15]也. 其時道臣[16]上

---

2) 朝: 고대본에는 탈락.
3) 興德縣化龍里, 有吳浚: 국도본·고대본·일사본·가람본·동경대본에는 '縣有興德里, 有化龍居吳俊'으로 표기.
4) 隕: 고대본에는 '殞'으로 표기.
5) 祭奠(제전): 제사를 말함.
6) 自: 고대본에는 잘못 탈락.
7) 電: 국도본·고대본·동양본·일사본·가람본에는 '雷'로 표기.
8) 고대본에는 '相'이 더 나옴.
9) 淸潔: 고대본에는 탈락.
10) 渴: 동양본·일사본·가람본·동경대본에는 '竭'로 표기.
11) 一日: 동양본에는 탈락.
12) 廬: 동양본에는 '墓'로 표기.
13) 棹: 동양본에는 '掉'로 표기. '掉'가 맞음.
14) 犬: 고대본·가람본에는 '鷄'로 표기.
15) 者: 국도본·고대본·동양본·일사본·가람본에는 탈락.
16) 道臣(도신): 관찰사.

聞於朝¹⁷⁾, 成廟特命旌閭賜束帛. 吳君年¹⁸⁾六十五卒, 贈司僕正, 邑人享之
鄕賢祠.

17) 국도본에는 '庭'이, 고대본에는 '廷'이 더 나옴.
18) 年: 고대본에는 탈락.

아버지 목숨을 늘리려는 정성이 하느님을 감동시키다

이종희李宗禧는 전의全義 사람이다. 그가 아홉 살 때 온 가족이 병에 걸려 부모와 종들이 일시에 병들어 누웠는데 혼자 아프지 않았다. 아버지 광국光國이 오래전부터 아파 열이 내려가지 않고 이틀 동안이나 기가 막히고 온몸에 냉기가 퍼져갔지만 살펴줄 사람이 없었다. 그는 혼자 허둥대다가 병든 여종을 일어나게 하여 미음을 끓이게 했다. 그걸 마시고서 칼로 네 손가락을 잘라서 사발 속에 피를 받으니 피가 사발에 가득 고였다. 젓가락으로 부친의 입을 열고는 피를 잘 저어 입에 부었다. 부친이 피를 반 그릇쯤 마시자 벌써 숨이 돌아 콧구멍으로 미미하게나마 새어나왔다. 종희가 놀라 기뻐하며 한 그릇을 다 마시게 하니 아버지가 마침내 소생했다.

다음날 신시申時, 오후 3시에서 5시 사이쯤 아버지가 다시 전처럼 숨이 막히니 종희가 울부짖으며 하늘에 기도했다. 그러고는 안석案席 위에 대고 여러 손가락을 마구 자르니 피가 많이 흘러나왔다. 병든 여종이 그걸 보고 놀라 울부짖으며 종희를 끌어안았다. 그러자 종희가 그녀를 뿌리쳐 밖으로 내보내고 집안사람들을 놀라게 하지 말도록 했다. 죽에다 피를 타서 한 그릇을 드리려 했다. 막 죽을 드리려 하는데 공중에서 자기를 부르는 소리가 들려왔다.

"종희야, 너의 정성이 하늘을 감동시켰다. 명부冥府, 사람이 죽은 뒤에 간다는 세계에서 네 아버지를 살려줄 것을 허락했다. 이제 비통해하지 말고 마음을 놓거라."

집 안팎에 병들어 누워 있던 사람들도 모두 그 소리를 들었다. 모두 "장단長湍 생원의 목소리다!" 했다. 장단 생원은 오래전에 죽은 종희의 외조부 윤겸尹謙이었다.

종희의 아버지는 살아났고 열도 내려갔다. 날마다 점점 좋아져 마침내 완쾌되었다. 그 어머니 역시 연이어 치료되었다.

종희의 일에 대해 이야기하지 않는 사람이 없었다. 마을 사람들이 본읍에 그 이야기를 알렸다. 원이 매우 기특하게 여겨 그 효행을 감영에 보고했다. 관찰사 이성룡李聖龍이 복호復戶, 충신이나 효자 등에게 부역을 면제해주는 일를 내려주고 조정에 아뢰어 마을에 정려문이 세워졌다.

延父命誠動天神

李宗禧全義人也. 九歲值[1]闔室遘病, 其父母婢僕, 一時病臥, 獨宗禧未痛. 其父光國, 痛已久, 而未退熱, 氣窒者二日, 全身蹶冷, 而無省視者, 宗禧獨自遑遑, 蹴起病婢, 急煮[2]米, 飮訖, 將刀斫破四指, 血注椀中, 滿[3]椀殷赤, 用箸啓父之齒, 攪和連灌, 用半椀, 已有氣息, 微微出鼻口, 兒驚喜, 遂

---

1) 値: 동양본에는 '遭'로 표기.
2) 煮: 고대본·가람본에는 '煎'으로 나옴.
3) 滿: 동양본에는 '而'로 잘못 표기.

盡用一椀, 父乃甦. 其4)翌日向晡5), 氣又窒如前, 兒呼泣禱天, 又亂斫衆指
於6)几上, 血大出, 一病婢見之, 驚呼扶擁, 兒亟揮之使去, 毋驚動家衆, 和
血於粥, 又進一椀. 方進粥時, 忽聞空7)中有呼云: "宗禧, 汝誠感天上8), 冥
府已許汝父之生, 汝其放心, 勿悲痛." 家中內外病9)臥者, 莫不聞之, 皆曰:
"長湍生員聲也!" 長湍生員, 卽宗禧之外祖尹謙10), 其死已久矣11). 其父
得生, 卽退熱, 日向蘇完, 而其母亦繼療. 宗禧事無不稱道, 里人遂狀報
於12)本邑, 邑倅大奇之, 列其孝行於監營, 道伯李聖龍命給復 問13)于朝,
旌其14)閭.

4) 其: 동양본에는 탈락.
5) 晡(보): 신시(申時).
6) 於: 동양본에는 탈락.
7) 空: 국도본·고대본·동양본·일사본·가람본에는 '室'로 표기.
8) 天上: 국도본·고대본·가람본·동경대본에는 '上天'으로 표기.
9) 病: 동양본에는 '痛'으로 표기.
10) 謙: 국도본·고대본·일사본·가람본에는 '濂'으로 표기. '濂'이 맞음.
11) 국도본·고대본·일사본·동경대본·가람본에는 '而'로 표기.
12) 於: 고대본·일사본·가람본에는 '于'로 표기.
13) 問: 국도본·고대본·동양본·일사본·가람본·동경대본에는 '聞'으로 표기.
14) 동양본에는 '門'이 더 나옴.

금 항아리를 얻고 두 부인이 서로 양보하다

부솔副率 김재해金載海는 학문으로 이름을 알렸다. 일찍이 집 한 채를 구입했는데 집값이 오륙십 냥이었다. 그 집의 원래 주인은 과부였다. 김재해가 이사를 가서 보니 담장이 무너져 있었다. 담을 다시 세우려고 땅을 파게 하던 중 항아리 하나를 얻었다. 그 속에 금 이백 냥가량이 들어 있었다. 과부가 옛 주인이기에 처에게 편지를 서서 그 까닭을 말하고 돌려주게 했다. 과부가 크게 감동하고 또 신기하게 여겨 몸소 김재해의 집에 와서 말했다.

"이것이 비록 제 옛집에서 나왔다 해도 사실은 오랜 옛날부터 묻혀 있던 것이지요. 저 역시 어찌 그 사실을 숨기고 제 것으로 삼겠습니까? 청컨대 귀댁에 반을 드리면 어떻습니까?"

김재해의 아내가 말했다.

"제가 만약 반이라도 가질 마음이 있었다면 곧바로 취했지 어찌 옛 주인에게 돌려주었겠습니까? 저 역시 부인의 물건이 아닌 줄 알기는 합니다. 그런데 저는 남편이 있고 족히 집을 꾸려갈 만합니다. 이 물건이 없어도 가업을 보존할 만하지요. 그러나 부인은 집안을 지탱해줄 사람이 없어 가사를 꾸려가기가 힘이 듭니다. 부디 사양하지 마세요."

이렇게 고집하며 받지 않았다. 그러니 과부도 더이상 말할 수가 없었다. 금을 가지고 돌아가긴 했지만 김공의 깊은 덕에 감동하여 죽을 때까지 이를 잊지 못했다.

得金缸兩夫人相讓

金副率載海, 以學問知名. 嘗買得[1]一宅, 價可五六十兩. 本主寡婦也. 金旣移[2]入, 以墻垣[3]頹圮, 將築之, 命揷開址, 忽得一[4]缸, 中有金可二百兩. 以寡婦是舊主人, 令其妻作書告之其[5]故而還之, 寡婦大感且異之, 躬詣金室謂曰: "此雖出吾之舊宅[6], 實久遠埋藏之物, 吾亦何可掩爲己物? 請與貴宅分半如何?" 金內曰: "吾若有分半之心, 可以直取, 何可歸之[7]本主? 吾亦知非夫人之物, 而吾則外有君子, 足以理家, 雖無此物, 足保家業, 夫人無他持門者, 難爲經紀家事, 幸勿辭焉." 固辭不受, 寡婦不敢復言, 雖持歸, 而感金公之德至深, 沒身不忘.

---

1) 得: 고대본·가람본에는 탈락.
2) 移: 동양본에는 '已'로 잘못 표기.
3) 垣: 동양본에는 '屋'으로 표기.
4) 국도본·고대본에는 '大'가 더 나옴.
5) 其: 국도본·고대본·동양본·일사본·동경대본·가람본에는 탈락.
6) 宅: 국도본·고대본·일사본·가람본에는 '家'로 표기.
7) 之: 국도본·고대본·일사본·가람본에는 '其'로 표기.

산삼을 캔 두 약장수가 함께 죽다

성이 김씨인 평민이 영평永平에 살았는데 산삼을 캐서 생계를 꾸려갔다. 하루는 두 사람의 무리와 함께 백운산 가장 깊은 곳으로 들어갔다. 높은 곳으로 올라가서 내려다보니 아래쪽에 깎아 세운 듯한 암벽이 사면을 둘러싸고 있어 마치 말ㅏ의 안쪽 같았다. 그 가운데 산삼이 소복이 나 있었는데 아주 좋아 보였다.

세 사람은 놀랍기도 하고 반갑기도 하여 어쩔 줄을 몰랐다. 그러나 내려갈 길이 없었다. 풀을 엮어서 번롱樊籠, 새장. 여기서는 새장 모양의 탈것을 만들고 그것을 칡 끈으로 매었다. 김씨를 그 안으로 밀어넣어 앉게 하고는 번롱을 드리워 내렸다. 김씨가 마음껏 산삼을 캐어 십여 개의 묶음을 만들고 그것들을 번롱 안에 넣으면 두 사람은 위에서 끌어올렸다. 산삼을 다 캐어 올리자 두 사람은 그걸 나누어 가지고 번롱은 내버려둔 채 가버렸다.

김씨는 다시 올라올 수가 없었다. 사방을 둘러보니 깎아 세운 듯한 절벽이 백 장丈은 될 것 같았다. 날개가 돋지 않는 한 거기서 나갈 수도 없을 것 같았다. 먹을 게 없어서 남은 산삼만 먹었다. 굵기가 팔뚝만한 것도 있었다. 육칠일 동안 불에 익힌 음식을 먹지 않아도 기운이 매우 굳세어졌다. 밤이 되면 바위 밑에서 자며 온갖 꾀를 내보았지만 벗어날 계책이 없었다.

하루는 바위 위를 아득히 바라보는데 수목이 옆으로 쓰러지며 비바람 소리 비슷한 소리가 들려왔다. 조금 뒤 거대한 이무기 한 마리가 나타났다. 머리는 큰 항아리만하고 두 눈은 횃불 같았다. 꿈틀꿈틀하며 내려와 곧바로 김씨가 누워 있는 곳으로 다가왔다. 김씨는 필시 죽을 거라 생각했다. 그러나 큰 이무기는 그 앞을 가로질러서 번롱을 내렸던 벽 쪽으로 향했다. 길이가 십여 장은 될 듯했는데 꼬리를 김씨 앞에 내려놓고 계속 흔들어댔다. 김씨가 생각했다.

'이 이무기가 사람을 보고도 물지 않고 이처럼 꼬리를 흔드니 나를 구해주려는 게 아닐까?'

마침내 허리띠를 풀어서 이무기의 꼬리에 단단히 묶고 그 위에 올라타 엎드리고는 꽉 움켜잡았다.

그 꼬리 끝을 한번 휘두르니 어느새 김씨의 몸은 절벽 위에 있었고 이무기는 수풀 속으로 들어가버려 간 곳을 알 수가 없었다. 김씨는 그가 신물神物임을 알았다.

마침내 왔던 길을 따라 산을 내려갔다. 두 사람이 큰 나무 아래에 쪼그리고 앉아 있었다. 김씨가 멀리서 말했다.

"자네들 아직 여기에 있는가?"

둘 다 대답하지 않았다. 곁으로 다가가보니 죽은 지 오래였다. 그러나 산삼은 모두 그대로 있었다.

김씨는 그 까닭을 알 수 없었다. 서둘러 산을 내려와 두 사람의 집에 알렸다.

"내 두 분과 함께 산삼을 캐서 돌아오는데 구토를 하고 설사를 하더니만 둘 다 돌아가셨소. 독이 든 것을 잘못 먹어 그런 게 아닐까 하오.

캐낸 산삼은 똑같이 나누었지만 내 어찌 차마 그걸 가져가겠소?"

그러고는 산삼을 양가에 다 나눠주어 장례 비용으로 쓰게 하고 자기
는 하나도 가지지 않았다. 그리고 이 일에 대해 입을 다물고 말하지 않
았다. 양가 사람들은 평소 김씨를 믿었기에 아무도 의심하지 않았다. 시
신을 맞이하여 장례를 잘 치렀다.

그후 김씨는 나이가 구십이 넘어서도 소년처럼 건장했다. 아들 다섯
을 낳았는데 모두 재산을 많이 모았고 손자들과 증손들도 번창해 고을
의 으뜸이 되었다.

김씨는 본디 이담석李聃錫 집안의 노비였는데 값을 치르고 양인이 되
었다. 그는 백 살 가까이 병 없이 살다가 죽었다. 임종에 이르러서야 비
로소 여러 아들에게 그 일을 이야기해주고서 말했다.

"무릇 사람의 생사와 부귀는 하느님께서 꿰뚫어보시지 않는 게 없느
니라. 너희는 저 두 사람처럼 나쁜 생각을 하여 신의 노여움을 사는 일
이 절대 없도록 하거라."

採山蔘二藥商幷命

有民金姓人, 居在永平, 以採蔘[1]爲業. 一日與其徒兩人, 入白雲山最[2]深
處, 登高俯臨, 則下有岩壁, 四面削立如斗, 其中人蔘叢聚甚美, 三人不勝
驚喜, 而須無逕路可緣, 遂結[3]草作樊, 繫以葛索, 推[4]金姓, 坐其中, 懸樊而
下. 金恣意採取, 作十餘束, 置樊中, 兩人從上汲引. 採垂盡, 兩人將蔘分

---

1) 蔘: 국도본·고대본·일사본·가람본에는 '藥'으로 잘못 필사.
2) 最: 국도본·일사본에는 '寂'으로, 고대본·가람본에는 '寂寞'로 표기.
3) 結: 고대본·가람본에는 잘못 탈락.
4) 推: 동양본에는 '椎'로 잘못 표기.

取[5], 棄樊而去[6]. 金不可復出[7], 四顧, 絶壁削立百丈, 除非挿羽, 無以出.
又無可食, 只得採食餘蔘, 或有大如臂者. 不火食六七日, 氣甚充實. 夜則
宿於岩底, 百計量度, 超出無策. 一日望見岩上, 林木披靡, 有聲如風雨, 俄
見一大蟒, 頭如巨缸, 兩目如炬, 蜿蟺下來, 直赴金之臥處, 金自以爲[8]必死,
而[9]大蟒橫過其前, 直向樊索所下之壁, 其長可十餘丈, 而置尾於金之前,
掉之不已, 金自思曰: '此蟒見人不噬, 而掉尾如此, 豈有意於救我耶?' 遂解
其[10]腰帶, 緊縛其蟒[11]尾, 跨伏而牢持, [12]其端一揮, 不覺其身之已在壁上,
而蟒則入林, 不知去處. 金知其爲[13]神物, 遂尋舊路下山, 則兩人皆[14]蹲坐
大樹下, 金邀謂曰: "爾輩尙留在耶?" 皆不答, 至前視之, 死已久, 而其[15]蔘
則無一遺失. 金莫知其故, 急急下山, 告于兩家曰: "吾始[16]與兩人採[17]蔘同
歸, 嘔泄[18]皆死, 豈誤食毒物而然耶? 所採蔘雖均分, 而吾何忍取之[19]?" 盡
分給兩家, 以充葬需, 無一所[20]取[21], 亦杜口不言此事, 兩家素信此人, 皆
不疑, 迎尸善葬. 厥後金姓人, 年過九十, 强壯如少年, 生子五人, 皆積厚[22]

---

5) 取: 고대본에는 '聚'로 잘못 표기.
6) 去: 동양본에는 탈락.
7) 出: 국도본·고대본·일사본·가람본에는 '回'로 표기.
8) 爲: 국도본·고대본·동양본·일사본·가람본에는 '謂'로 표기.
9) 而: 고대본·일사본·가람본에는 탈락.
10) 其: 국도본·고대본·일사본·가람본에는 탈락.
11) 蟒: 동양본에는 탈락.
12) 국도본에는 '其'가 더 나옴.
13) 爲: 동양본에는 탈락.
14) 皆: 동양본에는 탈락.
15) 其: 동양본에는 탈락.
16) 始: 동양본에는 '初'로 표기.
17) 採: 동양본에는 '采'라고 잘못 표기.
18) 泄: 국도본·일사본에는 '唯'로 나오고, 고대본·가람본에는 '嘔'로 표기.
19) 之: 동양본에는 탈락.
20) 所: 국도본·고대본·일사본·가람본에는 탈락.
21) 국도본·고대본·일사본·가람본에는 '而'가 더 나옴.
22) 厚: 국도본·고대본·동양본·일사본·가람본에는 '栗'으로 표기. '栗'이 맞음.

富厚, 孫曾繁衍, 雄於閭里. 本李聃錫家僕, 皆贖爲良人. 金近百[23]無病而死, 臨死時, 始言其事於衆子曰: "凡人死生富貴[24], 天神莫不鑑臨, 汝輩切勿生惡念, 以觸神怒如兩人者也."

---

23) 百: 일사본에는 '有百'으로, 고대본·가람본에는 '有'로 표기.
24) 富貴: 국도본·고대본·일사본·가람본·동경대본에는 '貧富'로 표기.

권5 | 779

천금을 희사한 홍순언의 의기

역관 홍순언(洪純彦)은 만력(萬曆, 중국 명나라 신종 시절의 연호. 1573~1620)년 병술, 정해년에 절사[1]를 따라 북경에 갔다. 이 무렵 청루(靑樓, 창기(娼妓)를 두고 술을 팔고 매음을 하는 집) 하나가 새로 생겼는데, 대문 위에다 '은 천 냥이 없으면 들어오지 마시오'라고 쓴 현판을 달아놓았다. 중국의 탕자들도 값이 비싸 감히 들어갈 엄두를 내지 못했다.

소문을 듣고 홍(洪)역관이 생각했다.

'명성이 이렇게 높은 걸 보면 그 안에 있는 여자는 분명 천하일색이겠지. 경성경국(傾城傾國)할 여자라면 은 천 냥도 아깝지 않아.'

시험삼아 문안으로 들어가 자세히 물어보았다. 듣자 하니 여인은 놀며 단장만 하는 창가(娼家)의 여자가 아니라 아무개 시랑[2]의 딸이었다. 시랑은 공금 수만금을 사사로이 쓰고 감옥에 갇혀 재판을 받느라 가산을

---

1) 절사(節使): 동지·신년·성절 따위와 같이, 해마다 제철이나 명절에 조선에서 중국으로 보내는 사신. 조선 초기에는 절일마다 사신을 보냈으나 조선 인조 22년 이후부터는 일 년에 한 번 동지를 전후하여 보냈으므로 동지사(冬至使)라 일컫기도 한다.

탕진하고 친척에게도 돈을 추징하게 했다. 그러나 삼천 금이 부족해 목숨으로 갚는 것 말고는 다른 방법이 없었다.

그에게는 아들이 없고 외동딸만 있었는데 자색과 재주가 뛰어났다. 그 딸이 슬픔과 원통함을 이기지 못해 자기 몸을 팔아 돈을 벌어서 남은 돈을 충당하고자 했다. 아버지의 생명을 구하고자 부득이 이 거사를 도모한 것이었다.

홍역관이 사정을 듣고는 가련히 여겨 감히 그 여인을 만나게 해달라고 요구하지 않았다. 그리고 곧바로 문밖으로 나가서 동행하던 사람들이 가지고 있던 은을 모두 모아 천 냥을 만들어 청루로 보냈다. 그러고는 사행을 따라 떠났다.

여인은 자기 몸을 더럽히지도 않고 공짜로 천 냥을 얻어서 공금을 충당하고 장차 죽을 아버지의 목숨을 구했다. 하늘만큼 높고 바다처럼 깊은 은덕에 감격하고 이를 마음에 깊이 새겨 잠시도 잊지 않았다.

여인은 청루생활을 그만두고 본가로 돌아갔다. 그뒤 상서尙書 석성石星의 두번째 아내가 되었다. 비단을 특별히 짜서 매 필마다 '報恩보은' 두 글자를 수놓아 행인 편에 신신당부하여 보내기를 해마다 거르지 않았다.

임진왜란 때 왜구가 동쪽으로 쳐들어오자 선조는 도성을 떠나 의주로 피란한 뒤 대국에 사신을 보내 도와줄 것을 청했다. 이때 홍역관 역시 따라갔다. 석상서는 그때 병부상서의 자리에 있었다. 홍역관의 드높은 의리에 대해서는 부인에게 익히 들어왔다. 또 홍역관이 들어온다는 소문을 들은 부인이 상서에게 주선을 해주도록 간곡히 부탁하기도 했다. 석상서는 황제에게 소식을 고했고, 황제는 조정에 특별히 명하여 제독 이여송으로 하여금 장군 삼십여 명과 병마 수만을 특별히 거느리고

2) 시랑(侍郞): 당나라 시대 중서(中書)·문하(門下) 두 성(省)의 장관을 가리켰으나 그뒤에는 육부(六部)의 차관을 지칭했다.

가서 조선을 구하도록 했다. 또 양곡을 주고 은을 상으로 내려서 살아갈 방도를 마련할 바탕으로 삼게 했다.

마침내 조선은 왜구의 난리를 평정하고 궁궐을 깨끗이 하고 나서 임금의 수레를 서울로 모셔올 수 있었다. 진실로 신종神宗 황제께서 소국을 사랑하시어 재조번방再造蕃邦, 천자의 제후국으로 다시 만들어줌의 은덕을 베풀어주심이 보통보다 몇만 배 더하다 하겠다. 그렇게 해주신 데에는 석상서 부인의 도움 역시 대단했다 한다.

捐千金洪象胥義氣

譯官洪純彦, 當萬曆丙戌丁亥年間, 隨節使, 行入皇京. 時有新起一青樓, 而門楣上, 懸一牌書, 以非銀千兩, 不許擅入, 中華蕩子輩3), 皆以價重之故, 不敢4)生意. 洪譯聞之, 意謂: '聲價若是重大, 所貯女子, 必是天下一色, 如果傾城而傾國, 則千5)銀6)何足惜也?' 試爲入門, 詳細訪7)問, 則此非遊冶之娼家女, 卽某侍郎之女子, 而某侍郎逋公錢累8)萬金9), 方枷囚於錦獄, 擬10)以一律, 蕩盡家産, 徵及姻族, 而所不足尙三千金, 償命之外, 更無他道. 旣無子姓, 只有一箇11)女子, 而姿色才華, 超出等儕, 其女子, 不勝悲寃, 欲爲賣身得金備納餘錢, 救得父命之計, 不得已有此擧云云. 洪譯聞之, 矜憐其

---

3) 輩: 동양본에는 '弟'로 표기.
4) 敢: 동양본에는 '復'로 표기
5) 고대본·가람본·성균관대본에는 '金'이 더 나옴.
6) 銀: 동양본에는 '金'으로, 가람본·성균관대본에는 '金銀'으로 표기.
7) 訪: 고대본·가람본·성균관대본에는 '放'으로 잘못 표기.
8) 累: 국도본·고대본·동양본·일사본·가람본·성균관대본에는 '厘'로 표기.
9) 金: 고대본에는 탈락.
10) 擬: 고대본·가람본·성균관대본에는 탈락.
11) 箇: 국도본·고대본·일사본·가람본·성균관대본에는 '介'로 표기.

情景, 不敢[12]求見其女子, 直爲出門, 搜得行中諸人所儲之銀, 厥數滿[13]千, 輸送靑樓後, 仍隨使行[14]出來矣. 其女子旣不汚身, 空得千金, 充納公錢, 救活將死之父[15]命, 感頌恩德天高海深, 銘佩在心, 不能暫忘, 仍罷靑樓, 歸于本家. 後爲石尙書星繼娶, 別織錦緞, 每匹輒繡報恩二字, 每於行人之便, 申勤付送, 課歲不廢. 至壬辰倭寇之東搶也, 宣廟播遷龍灣, 專价請援於大國, 伊時洪驛[16]又爲隨往, 石尙書, 時帶兵部尙書, 習聞洪譯之高義於夫人, 且夫人聞洪譯之入來, 懇乞尙書, 要其周旋, 石尙書, 上告皇帝, 下托朝廷, 特遣李提督如松, 率將軍三十[17]餘員, 兵馬幾萬名, 以救之. 又降粮[18]穀賞銀以爲接濟之地, 竟得掃平寇亂, 肅淸宮禁, 鑾輿返京. 此固是神宗皇帝, 字恤小國, 再造藩屏之恩之[19]德, 出尋常萬萬, 而石尙書夫人, 亦多有力云云[20].

12) 敢: 동양본에는 '爲'로 표기.
13) 滿: 고대본·가람본·성균관대본에는 '萬'으로 잘못 표기.
14) 行: 고대본·일사본·가람본·성균관대본에는 탈락.
15) 父: 국도본·고대본·일사본·가람본에는 탈락.
16) 驛: '譯'의 오기.
17) 十: 동양본에는 '千'으로 표기.
18) 粮: 동양본에는 '糧'으로 표기.
19) 之: 국도본·고대본·일사본·가람본·성균관대본에는 탈락.
20) 云: 동양본에는 탈락.

두 처를 얻은 권진사의 복된 인연

옛날 안동에 권진사가 살았다. 일찍 진사가 되었지만 집이 무척이나 가난했다. 게다가 아내를 잃어 자녀도 없었다. 종도 없어 몸소 종의 일까지 해야 했으니 궁색하여 스스로 생활을 꾸려가기가 어려웠다.

이웃에 상민 출신 과부가 살았는데 얼굴이 자못 아름답고 집도 부유했다. 젊었을 때 남편을 잃고 다시 시집가지 않겠다고 맹세하여 언제나 몸가짐을 정결하게 했다. 그러니 동네 불량배들도 감히 건드릴 마음을 먹지 못했다.

권진사는 이웃에 살아 사정을 익히 알았으니 여러 번 중매쟁이를 보내 동정을 살폈다. 하지만 과부가 그 말을 듣고도 막막히 아무 반응을 보이지 않아 어찌할 수가 없었다.

하루는 권진사가 마당을 거닐고 있는데, 때마침 과부가 지나가다가 문득 말을 걸었다.

"진사님 요즘 편안하십니까? 한동네에 살면서 한 번도 왕래를 못했네요. 오늘 좀 조용하니 저녁은 저희 집에 오셔서 드시는 게 어떠세요?"

권진사는 늘 그녀에게 마음이 있었지만 아직 뜻을 이루지 못하고 있었다. 뜻밖에도 과부가 그런 말을 하니, 이는 이른바 '동몽[1]이 나에게 요구하는 것'으로 어찌 기쁘고 다행스러운 일이 아니겠는가? 권진사가 두말없이 허락했다.

날이 저물기를 기다려 그 집으로 가니 과부는 흔쾌히 권진사를 맞이하여 마루로 올라갔다. 저녁밥을 먹고는 더불어 앉아 담소를 나누었다. 그러다 갑자기 과부가 말했다.

"진사님, 상투와 땋은 머리를 풀고 저와 옷을 바꿔 입으며 잠시 즐겁게 놀아보는 게 어떠세요?

권진사는 그 의중을 헤아리지는 못했지만 싫다 하기도 뭐하여 따르기로 했다. 과부가 손을 잡고 방으로 들어가 자리 가운데 누웠다. 그러고는 "진사님, 먼저 주무시고 계셔요. 제가 속이 급해서 볼일 좀 보고 올게요" 하고 나갔다. 과부는 시간이 꽤 지났는데도 돌아오지 않았다.

권진사는 의심스럽고 괴이하기도 하여 엎치락뒤치락 잠을 이루지 못했다. 삼경三更 무렵 갑자기 창밖에서 어수선한 소리가 들려왔다. 여러 사내가 일제히 난입해 권진사를 이불로 싸서 꽁꽁 묶어 짊어지고 거리로 나갔다. 수십 리를 가다가 한 대문 안으로 들어갔다. 깨끗한 방을 가려 그를 내려놓고 묶은 걸 풀어주었다. 권진사는 불량배들이 과부를 겁탈하려고 이런 일을 벌였음을 짐작했지만 그다음 하는 짓을 살펴볼 요량으로 아무 소리도 내지 않고 내버려두었다. 조용히 동정을 살펴보니 그곳은 본읍 이방의 집이었다.

잠시 뒤 이방이 들어와서 쌀죽을 권하며 놀란 마음을 가라앉히라 했다. 권진사는 이불을 단단히 덮어쓰고 권하는 쌀죽은 완강하게 거부하

---

1) 동몽(童蒙): 어리고 몽매한 자. 『주역』의 '匪我求童蒙, 童蒙求我, 志應也(내가 동몽에게 요구하는 것이 아니라, 동몽이 나에게 요구하는 것이니, 뜻이 통했다)'에서 온 말이다. 과부가 권진사를 먼저 초청한 것을 빗댄 말이다.

며 먹지 않았다.

이방이 말했다.

"오늘밤은 많이 놀라고 겁이 나 안정이 안 될 테지. 어지러운 마음을 편히 하는 데는 잠이 제일이야."

이방에게는 딸이 하나 있었는데 계년에 아직 시집을 가지 않았다. 딸에게 권진사와 한방에서 함께 자며 놀란 가슴을 위로해 편안히 해주고 사리도 깨우쳐주도록 했다.

오랫동안 홀아비로 지내온 권진사가 깊은 밤 고요한 때 비녀 꽂지 않은 처녀와 한방에서 자게 되니 아무 일 없이 그냥 보낼 리가 있겠는가? 처녀는 이불을 끌어안고 방으로 들어와 베개를 나란히 하고 누웠다. 간간이 좋은 말로 위안해주고 이불을 들어 얼굴도 맞대보고 몸도 어루만져주었다. 권진사가 그 손을 끌어 한 이불 아래 눕게 하여 젖통도 만지고 입도 맞추니 무척 수상했다. 처녀는 의심스럽고 괴이했지만 이미 과부를 데려왔다고 알고 있으니 다른 염려는 할 필요 없을 것 같았다. 오직 그 환심을 얻으려고 서로 희롱하기만 했다.

생각도 못하는 사이 양다리를 꽉 껴안더니 서로 어지럽게 얽혔다. 처녀는 황당하고 놀라 겁이 났지만 유약한 몸으로 강건한 기운을 어찌 당하겠는가? 감히 소리도 내지 못하고 머리 숙이고 명을 따를 따름이었다.

한바탕 운우가 끝나자 처녀는 날이 밝기도 전에 즉시 뛰쳐나갔다. 부끄러워 죽고 싶었지만 부모에게 털어놓을 수도 없었다.

권진사는 해 뜨기를 기다렸다가 이불을 떨치고 일어나 창을 열어젖혔다. 이방을 불러오게 하고는 큰 소리로 꾸짖었다.

"네가 네 딸을 기추2)의 부인으로 나에게 바치고자 한다면 조용히 아

---

2) 기추(箕箒): 쓰레받기와 비. 기추의 부인이란, 쓰레받기와 비를 잡은 여인이란 뜻으로 남의 아내를 말한다.

뢰어 가부를 들으면 될 터이지, 어찌 감히 깊은 밤 어두운 곳에서 양반을 위협하고 묶어 와서 네 딸과 동침하게 한단 말이냐? 그게 무슨 도리고 어디 사람의 일이라 하겠느냐? 내 이 일을 관가에 고하면 네 죄가 어느 지경까지 이를지 아느냐?"

이방은 처음에 과부를 묶어 온 줄로만 알았지 어찌 양반을 잘못 묶어 왔다고 짐작이나 했겠는가. 이방은 분부를 듣고는 황공하여 죽을 것만 같았다. 머리를 들어보니 평소 친하던 권진사였다. 이방은 일이 뜻밖으로 터져서 어찌할 바를 몰랐다. 과부를 협박해 묶어 오려다 양반을 잘못 잡아 왔으니 두 죄를 동시에 범하여 만 번 죽어도 오히려 가벼운 셈이었다.

땅에 엎드려 전전긍긍하면서 고했다.

"제가 죽을 때가 다 되었습니다. 용서 받지 못할 죄를 저질렀으니 살리시든지 죽이시든지 공손히 처분을 기다리겠나이다."

이렇게 애걸을 해대니 권진사가 의관을 요구하여 갖추고 말했다.

"네 죄상을 살피건대 죽어도 속죄하기 어렵다. 그러나 내 이미 네 딸과 하룻밤 인연을 맺었으니 인정상 어쩔 수 없지. 십분 참작하여 특별히 용서해준다. 다만 노비들과 재산의 절반을 네 딸에게 주고 말과 가마를 갖추어 네 딸을 오늘 우리집으로 보내거라!"

이방은 죽었다 살아난 듯, 아주 기뻐하며 다행스럽게 여겼다. 머리를 조아리고 감사를 드리며 오직 명을 따르겠다 했다.

권진사는 아침을 기다려 밥을 먹고 나서 천천히 걸어서 집으로 돌아왔다. 그 이웃 과부도 와서 뵙고는 말했다.

"저는 남편을 잃고 나서 재가는 절대 하지 않겠다고 맹세했지요. 마음을 단단히 먹었기에 어떤 말도 저를 돌이키진 못했지요. 일전에 풍문으로 들은 말이 있었어요. 본부 이방이 아무 날 밤에 저를 겁박하고 도둑질해 갈 거라는 소문이었지요. 그 말을 듣고는 놀라고 당황했지요. 제 몸은 이미 과부가 되어 힘이 없는데 그 지경에 이른다면 죽는 것 말고는 다른 방법이 없을 것 같았습니다. 그러나 사람의 생명은 지극히 중요한 것이니 어찌 헛되이 죽겠습니까? 그리고 포악한 놈에게 욕을 당하느니 이웃 양반에게 절개를 버리는 게 더 낫겠다고 생각했습니다. 더욱이 진사님은 저를 마음에 두시지 않았습니까? 그래서 진사님을 제집으로 모셔서 옷을 바꿔 입게 하여 여자로 단장하게 하고, 저는 화를 피해 도망하여 하룻밤의 액을 모면할 수 있었던 거지요. 진사님은 비록 잠깐 횡액을 당하시긴 했지만 이것을 인연으로 처녀를 얻었으니 그 역시 다행스러운 일 아니겠습니까? 그러나 저는 수절 과부로서 이웃 양반의 손을 이끌어 집으로 불러들였고 옷을 바꿔 입었습니다. 평생의 정절을 남김없이 다 잃어버렸으니 오늘부터 진사님과 함께 살아야겠습니다."

잠시 뒤 이방이 보낸 딸이 도착했다. 궁색한 홀아비 신세였던 권진사는 하루아침에 두 첩을 얻었으니 이는 바라던 바를 훨씬 넘는 것이어서 무척이나 기뻤다. 이웃 과부는 가난하지 않았고 이방도 딸에게 아주 많은 재산을 주었기에, 권진사는 두 첩을 거느리게 되었지만 졸지에 부자가 되어 평생을 편안하게 누렸다. 자손 역시 번성했다 한다.

得二妾權上舍福緣

安東古有權進士, 早年上庠[3], 家計至貧, 又喪配耦, 旣無子女, 又乏僮指, 身兼奴僕[4], 窮不能自存. 隣有常漢寡女, 姿色稍麗, 家貲[5]頗饒, 青年喪夫, 矢不他適, 精潔持身, 村里惡少輩, 亦不敢生意. 權旣[6]隣居, 習知其狀,

---

3) 上庠(상상): 진사가 된다는 뜻.
4) 僕: 동양본에는 '婢'로 표기.
5) 貲: 국도본·고대본·일사본·가람본에는 '資'로, 동양본·국도본에는 '貨'로 표기.
6) 旣: 고대본·가람본·성균관대본에는 '其'로 잘못 표기.

屢送媒婆, 以探動靜[7], 厥寡[8]聽之藐藐, 誠莫可奈何. 一日權散步庭中[9], 適厥寡過去, 而[10]忽言曰: "進士主, 近日平安否? 一洞居生, 未嘗往來, 今適從容, 今日夕飯來喫吾家爲好"云云[11]. 權常所留意, 而[12]未及諸焉, 今厥寡所言, 寔出望外, 眞所謂童蒙求[13]我, 寧不喜幸? 遂滿口許諾, 待日昃, 躬往其家, 厥寡欣然迎接, 延之上廳[14], 饋以夕飯, 與之共坐談笑, 厥寡忽曰: "進士主, 解髻編髮, 與吾換衣裳, 以爲一時嬉娛如何?"權莫曉其意, 而不能違拒, 依所言爲之, 厥寡遂携手入房, 臥之稠[15]中, 又曰: "進士主, 先爲就寢, 吾則裡急, 放便後, 當入來"云. 而仍爲出去, 久不回來, 權滿心疑怪, 轉輾[16]不寐, 忽於三更量, 窓外有喧嘩[17]之聲, 棠丈夫, 一齊攔入, 蒙之以衾, 緊緊結縛, 負而出街, 行數十里許, 入一大門, 擇[18]一間淨室, 卸擔而解其縛. 權固料其惡少輩, 欲怵[19]掠厥寡之計, 而要觀下回, 不做一聲, 任其所爲, 而黙察動靜, 則乃本邑吏房家也. 少頃吏房入來, 勸以米粥, 以爲壓驚, 權緊蒙衾被, 不露顔面, 所勸米粥, 亦牢拒不飮[20]. 吏房曰: "今夜則必驚怵[21]未定, 心緒散亂, 姑使之安意就睡[22]." 有一女息, 年及笄, 而未嫁者, 使之同宿一房, 以爲慰安驚懷, 喩以事理之地. 權自是久鰥之餘, 當此深夜靜

7) 靜: 국도본·고대본·일사본·가람본에는 '靖'으로 잘못 표기.
8) 국도본·고대본·일사본·가람본에는 '婦'가 더 나옴.
9) 庭中: 국도본·고대본·동양본·일사본·가람본에는 '中庭'으로 표기.
10) 而: 동양본에는 탈락.
11) 云: 동양본에는 탈락.
12) 而: 고대본에는 탈락.
13) 求: 국도본·고대본·일사본·가람본에는 '救'로 잘못 표기.
14) 廳: 동양본에는 '座'로 표기.
15) 稠: 다른 이본에는 '裯'로 표기. '裯'가 맞음.
16) 輾: 국도본·동양본·일사본·가람본에는 '展'으로 표기.
17) 嘩: 국도본·고대본·일사본에는 '譁'로 표기.
18) 擇: 동양본에는 '掃'로 표기.
19) 怵: 고대본에는 '刦'으로 표기.
20) 飮: 동양본에는 '飯'으로 표기.
21) 怵: 고대본·동양본에는 '刦'으로 표기.
22) 睡: 국도본·고대본·동양본·일사본·가람본·성균관대본에는 '眠'으로 표기.

寂之時, 得逢未笄處女, 同處一房, 寧有無事虛度之理乎? 其處女, 携衾入房, 聯²³⁾枕同宿, 而間以好言慰撫之, 擧衾接面, 撫其身体²⁴⁾, 權引手携入, 共處一衾, 撫乳合²⁵⁾口, 極其殊常, 其處女, 雖極疑怪, 旣認以寡女之怇來, 豈有他慮? 務欲得其歡心, 相與戲謔, 不意中緊抱兩脚, 狼藉搆會, 其處女, 雖甚倘悅驚怇, 以若柔弱之質, 怎當强壯之氣? 不敢發聲, 俯首從命. 一場雲雨已畢²⁶⁾, 不待天明, 卽爲出去, 羞媿²⁷⁾欲死, 而亦不能說道於其²⁸⁾父母. 權待日出, 擁衾起坐, 堆²⁹⁾開前牕, 招來吏房, 大聲叱責曰: "汝欲以汝女, 納爲箕箒之婦³⁰⁾, 則從容稟告, 聽其³¹⁾肯否³²⁾而已, 何敢暗地深夜, 怇縛兩班, 與汝女使之同寢者, 此何道理? 此何人事? 吾若以此³³⁾告官, 則汝罪將至於³⁴⁾何境乎?" 吏房始認以寡女之³⁵⁾縛來, 詎料班民之誤縛耶? 聞其分付, 已不勝惶怇³⁶⁾, 而擡首見之, 則³⁷⁾平日所³⁸⁾親權進士宅³⁹⁾, 事出不意, 罔知所措. 寡女之怇縛, 兩班⁴⁰⁾之誤捉, 兩罪俱發, 萬死猶輕, 伏地戰兢, 告

---

23) 聯: 동양본에는 '連'으로 표기.
24) 体: 국도본·고대본·일사본·가람본·성균관대본에는 '體'로 표기.
25) 合: 국도본·고대본에는 '含'으로 표기.
26) 一場雲雨已畢: 국도본·일사본·가람본·성균관대본에는 '偶是東房花燭, 一場之期也'로, 고대본에는 '偶是洞房, 一場之期也'로 표기.
27) 媿: 국도본·고대본·일사본·가람본·성균관대본에는 '愧'로 표기.
28) 其: 국도본·고대본·일사본·가람본·성균관대본에는 '渠'로 표기.
29) 堆: 고대본·가람본에는 '推'로 표기. '推'가 맞음.
30) 婦: 국도본·고대본·일사본·가람본·성균관대본에는 '妾'으로 표기.
31) 국도본·고대본·일사본·가람본·성균관대본에는 '我意向之'가 더 나옴.
32) 否: 국도본·고대본·일사본·가람본·성균관대본에는 '不肯'으로 표기.
33) 此: 국도본·고대본·일사본·가람본·성균관대본에는 잘못 탈락.
34) 於: 동양본에는 탈락.
35) 之: 동양본에는 탈락.
36) 怇: 고대본·동양본에는 '劫'으로 표기.
37) 동양본에는 '卽'이 더 나옴.
38) 所: 국도본·고대본·일사본·가람본·성균관대본에는 '素'로 표기.
39) 宅: 국도본·고대본·동양본·일사본·가람본·성균관대본에는 '也'로 표기.
40) 兩班: 동양본에는 '班民'으로 표기.

以: "死期將迫, 躬犯罔赦之罪, 生之殺之, 恭竢[41]處分"云. 哀乞不已, 權仍
索取衣冠, 語之曰: "究汝罪狀, 死不足贖, 而旣與汝女, 有一夜之緣, 亦不
無[42]人情, 當十分參酌, 特爲安恕[43]. 然汝之庄穫[44]産業, 必折半以給汝女,
汝女亦須備轎馬[45], 當日治送于本宅爲可[46]可. 吏房死中得生, 萬分喜幸,
稽首稱謝, 唯令是聽. 權待其朝, 食後, 緩步歸家, 其隣寡女[47], 亦爲來會,
言曰: "吾自喪夫以後[48], 誓不更嫁, 立心旣固, 萬言難回矣. 日前風傳, 本
府吏房, 將於某夜, 行盜劫之事云, 聞甚驚悚, 而身旣寡弱, 若至此境, 則一
死之外, 更無他道. 然而人命至重, 豈可浪死? 且念與其逢辱於强暴[49], 無
常[50]毁節於隣班, 又孰知進士主之留意於吾[51]? 故果誘致吾家, 換着衣裳,
假粧女人之貌, 身卽逃禍, 幸免當夜之厄, 而進士主則雖經一時之[52]橫厄,
因緣此會, 又得一處女, 亦豈非幸歟? 然吾以守寡女之[53], 無端與隣班, 携
手而入, 換衣而着, 平生貞節, 毁敗無餘, 今則將與進士主, 同居以生"云云.
少焉吏房治送其女, 權進士以窮鰥身世, 一朝得二小星[54], 大喜過望. 幷率
二妾, 而隣寡旣不貧, 且吏房之分財, 甚饒足, 以此猝成富家翁, 安享平生,
子孫[55]亦盛云云.

---

41) 竢: 동양본에는 '竣'으로 잘못 표기.
42) 不無: 고대본·가람본·성균관대본에는 '無不'로 표기.
43) 恕: 국도본·고대본·동양본·일사본·가람본·성균관대본에는 '徐'로 잘못 표기.
44) 庄穫(장확): 장획(臧獲). 장(臧)은 남자 종, 획(獲)은 여자 종.
45) 轎馬: 국도본·고대본·일사본·가람본·성균관대본에는 '馬轎'로 표기.
46) 국도본·고대본·일사본·가람본·성균관대본에는 '爲'가 더 나음.
47) 女: 동양본에는 '婦'로 표기.
48) 後: 동양본에는 탈락.
49) 念與其逢辱於强暴: 동양본에는 '逢强暴之辱'으로 표기.
50) 常: 국도본·고대본·동양본·일사본·가람본·성균관대본에는 '寧'으로 표기. '寧'이 맞음.
51) 於吾: 국도본·고대본·일사본·가람본·성균관대본에는 탈락.
52) 之: 국도본·고대본·일사본·가람본·성균관대본에는 탈락.
53) 女之: 국도본·고대본·동양본·일사본·가람본·성균관대본에는 '之女'로 표기. '之女'가 맞음.
54) 小星(소성): 『시경』의 「소성편小星篇」은 첩이 본처가 조금도 질투하지 않는 것을 고맙게
여겨 지은 시이므로, 전하여 첩을 뜻하게 되었다.
55) 孫: 동양본에는 '姓'으로 표기.

가난을 편하게 여기며 십 년간 『주역』을 읽다

사인士人 이 아무의 집은 남산 아래 있었다. 이생은 가난해도 평안히 지내며 독서를 좋아했다. 하루는 아내에게 말했다.

"내 십 년 동안 『주역』을 읽으려 하오. 당신 나에게 소려蔬糲, 채소와 궂은쌀. 또는 궂은쌀로 지은 밥를 대줄 수 있겠소?"

아내가 그러겠다 했다.

이생은 문을 열고 방으로 들어가 방문을 단단히 봉쇄했다. 구멍 같은 창은 밥사발 하나가 겨우 들어갈 정도였는데 그곳으로 아침저녁으로 밥을 넣어달라 했다. 그로부터 그치지 않고 『주역』을 읽었으니 밤낮 잠시도 멈추지 않았다.

칠 년째 되던 날, 창문 틈으로 살펴보니 머리가 반짝이는 스님이 창밖에 쓰러져 있었다. 깜짝 놀라 나가보니 자기 아내였다.

이생이 물었다.

"이게 어떻게 된 일이오?"

아내가 대답했다.

"제가 먹지 못한 지가 닷새째랍니다. 칠 년 동안 음식을 마련하느라 터럭 하나도 남지 않았습니다. 이제 힘이 다해가고 있으니 어떡하겠습니까?"

이생이 탄식하며 문을 나섰다. 곧바로 국부國富 홍동지洪同知의 집으로 찾아가 그에게 말했다.

"당신과 나는 평소 안면은 없소이다. 하지만 쓸 곳이 생겼으니 나에게 삼만 금을 빌려주겠소?"

홍동지가 한참 살펴보다가 허락하며 말했다.

"백여 짐이나 되는 물건을 어디에다 두려 하오?"

"오늘 안에 우리집으로 실어다주시오."

그러고는 집으로 돌아왔다. 얼마 뒤 짐을 실은 수레, 말 들이 도착하더니 어둡기 전에 짐이 모두 옮겨졌다.

이생이 아내에게 말했다.

"이제 돈이 생겼으니 내 다시 『주역』을 읽으며 십 년 기한을 채우려 하오. 당신 이 돈을 불려 아침저녁을 이어갈 수 있겠소?"

"그게 뭐가 어렵겠어요?"

이리하여 이생은 다시 방으로 들어가 전처럼 글을 읽었다.

이생의 아내는 값이 쌀 때 물건을 사서 비쌀 때 팔았다. 또 가산을 다스리니 삼 년 사이에 돈은 수만금이 되었다. 『주역』 읽기를 끝낸 이생이 책을 덮고 나와서 그 돈을 싣고 홍동지의 집으로 갔다. 돈을 모두 주니 홍동지가 말했다.

"내 돈은 삼만을 넘지 않았으니 그 이상은 받을 수 없소이다."

"내가 당신의 돈으로 이익을 늘려 여기에 이르렀소. 그러니 이것은 당신의 돈이오. 나라고 어찌 취할 수 있겠소?"

홍동지가 고사하며 말했다.

"그건 빌려드린 것이지 빚으로 드린 게 아니오. 그러니 어찌 이자를 말하겠소? 삼만 냥 본전만 받겠소이다."

이생은 어쩔 수 없이 나머지 돈을 도로 가지고 돌아왔다. 아내와 함께 집을 거두어 관동 땅 깊은 골짜기로 들어갔다. 터를 드넓게 개척해 큰 집을 새로 짓고 자그마한 마을 집들도 널리 지었다. 백성들을 모아 들어와 살게 하니 어느덧 하나의 큰 촌락을 이루었다. 잡초를 베어내고 황무지를 개간하니 모든 곳이 기름진 땅이었다. 해마다 곡식 수천 석을 거두었으니 의식이 풍족했다. 그래서 일생을 편안하게 지낼 수 있었다.

임진왜란이 일어나 백성들이 어육魚肉처럼 난도질당할 때도 이생의 촌락만은 전쟁의 피해를 입지 않았다. 그곳이야말로 산속 무릉도원이었다 한다.

安貧窮十年讀書[1]

士人李某家, 在南山下, 安貧好讀書, 謂其妻曰: "吾欲十年讀周[2]易, 君能繼我蔬糲否?" 妻諾之. 李生遂閉[3]戶入室, 封鎖甚固, 穴窓董容一盂, 俾饋朝夕之飯, 讀易不撤, 晝夜無間斷. 至七年, 從牕[4]隙窺之, 有一光[5]頭僧, 頹臥牕[6]外[7], 驚怪, 出戶視之則[8]乃[9]其妻也. 生曰: "此何狀也?" 妻曰: "吾不食, 已五日矣. 七年中饋, 一髮不留, 今則勢到弩末[10]奈何?" 生歎息出門,

---

1) 書: 다른 이본에는 '易'으로 표기. '易'이 맞음.
2) 周: 국도본·고대본·일사본·가람본·성균관대본에는 탈락.
3) 閉: 고대본·가람본에는 '開'로 표기. '開'가 맞음.
4) 牕: 국도본·고대본·동양본·일사본·가람본·성균관대본에는 '窓'으로 표기.
5) 光: 동양본에는 '禿'으로 표기.
6) 牕: 국도본·고대본·동양본·일사본·가람본·성균관대본에는 '窓'으로 표기.
7) 牕外: 고대본에는 탈락.
8) 則: 국도본·고대본·일사본·가람본·성균관대본에는 '卽'으로 표기.
9) 乃: 국도본·고대본·일사본·가람본·성균관대본에는 탈락.
10) 弩末(노말): 힘이 아주 쇠약해지고, 남아 있던 힘도 다 떨어짐. 노(弩)는 어떤 장치를 이용해 화살이나 돌을 잇달아 쏠 수 있는 무기인데, 그 끝이 힘이 약한 것에 비유한 말이다.

直至國富洪同知家, 謂洪曰: "君與吾, 雖是素昧, 吾有用處, 君肯貸我[11]三萬金否?" 洪熟視良久, 許之曰: "百餘駄之物, 區處於何處乎?" 生曰: "今日內駄送于吾家也." 遂歸家, 俄而車[12]輸馬載, 未暮畢至, 生謂妻曰: "今旣有錢矣. 吾欲更爲讀易[13), 以滿十年之限, 君能取殖此錢, 以[14)繼朝哺否?" 妻曰: "此何難也?" 於是生還入室中, 依舊咿唔. 妻貿賤賣[15)貴, 兼治産業, 三年之間, 剩錢爲屢萬矣. 生讀畢, 始[16)掩卷而出, 駄其錢, 往洪家盡[17)給之, 洪曰: "吾錢不過三萬, 此外不可受也[18)." 生曰: "吾以君錢, 殖利至此, 此亦君之錢也[19), 吾何可取之?" 洪固辭曰: "此乃貸也, 非債也, 何論餘利? 只受三萬兩[20)本錢." 生不得已還持其剩[21)錢而來, 與其妻撤家, 入關東深炭[22)中, 大拓基址, 新搆甲第, 廣置閭舍, 募民入處, 居然成一大村落矣. 闢草菜, 開荒蕪, 無非膏腴之地, 歲收穀幾千石, 衣食豊足, 一生安過. 壬辰之亂, 生民魚肉, 而生之一村, 獨不經兵燹, 此是山[23)桃源云[24).

---

11) 我: 동양본에는 '錢'으로 표기.
12) 車: 고대본에는 '連'으로 잘못 표기.
13) 易: 고대본에는 탈락.
14) 以: 고대본·가람본·성균관대본에는 '此'라고 잘못 표기.
15) 賣: 고대본에는 '買'로 잘못 표기.
16) 始: 국도본·고대본·일사본·가람본·성균관대본에는 탈락.
17) 盡: 국도본·고대본·일사본·가람본·성균관대본에는 '以利 添'으로 표기.
18) 也: 고대본에는 탈락.
19) 也: 동양본에는 탈락.
20) 兩: 국도본·고대본·일사본·가람본·성균관대본에는 '金'으로 표기.
21) 剩: 동양본에는 '利'로 표기.
22) 炭: '峽'의 오기.
23) 고대본·가람본·성균관대본에는 '乃知武陵'이 더 나옴.
24) 云: 고대본·가람본·성균관대본에는 '也'로 표기.

우스개 잘하는 사람이 잠깐 부쳐 살다

　새원[1] 직장直長 이종순李鍾淳이 당직할 때 도사都事 한용용韓用鏞이 상방[2]
직소直所, 숙직하는 곳에 와서 만났다. 이때 직장 최홍대崔弘岱가 입직入直하여
제조[3]의 분부를 받고 기생의 엉덩이에 스무 번 태형을 가하려 하자, 이
종순이 애써 만류했다.

　최홍대가 말했다.

　"옛날 청천青泉 신유한申維翰이 연일현延日縣 현감으로 있을 때 때때로 순
영巡營을 찾아뵈었다지. 어느 날 기생이 법을 어겨 안찰사가 태형을 가하
려 하니, 청천이 태형을 가하지 말라고 간절히 청했지. 그래서 안찰사가
말했지. '그 죄는 용서할 수 없다네.' 청천이 '저 기생은 지극히 중요한
보물을 갖고 있는데, 사또께서는 어찌 차마 태형을 가한단 말입니까?

---

1) 새원(璽院): 상서원(尙瑞院). 조선시대에 옥새나 부패(符牌), 절월 등을 맡아보던 관아.
2) 상방(尙方): 임금이 일상생활에서 쓰는 물건을 보관하는 곳. 상방(上方)이라고도 한다.
3) 제조(提調): 큰일이 있을 때 임시로 임명되어 그 관아의 일을 총괄 지휘하던 종1, 2품 관원.

옛말에 이르기를 기화^{奇貨, 진귀한 보물이나 재화}에는 거처해야 한다⁴⁾ 했습니다. 하관^{下官}이 그 가운데 거처하고 싶습니다' 하자, 옆에 있던 한 기생이 비웃으며 말했지. '진사께서 이 사당⁵⁾에 거처하고자 하신다면 장차 어디에다 지으시겠습니까?' 그러자 청천이 '네 말이 괴상하구나. 잠깐 우거하는데 어찌 사당을 짓겠는가?'라 했다지. 자네의 뜻도 청천과 같은가?"

이종순이 한용용에게 말했다.

"자네가 모름지기 만류해주게."

한용용이 대꾸했다.

"자네가 왜 계속 만류하지 않고 나로 하여금 만류하게 하는가?"

이종순이 말했다.

"나는 원거인^{原居人, 원래부터 거처하는 사람}이지만 자네는 우거인^{寓居人}이잖은가?"⁶⁾

자리에 있던 사람들이 모두 포복절도했다.

善戱謔一時寓居

玅院直長李鍾淳, 當直, 都事韓用鏽, 來會于尙方直所. 時直長崔弘垈, 入直, 以提調分付, 將笞妓二十臀⁷⁾, 李力挽之, 崔曰: "昔申晴⁸⁾泉維翰, 監

<hr />

4) 기화에는 거처해야 한다: 기화가거(奇貨可居). 진기한 물건이나 사람은 당장 쓸 곳이 없더라도 훗날을 위해 잘 간직해두면 큰 이득을 본다는 뜻. 『사기史記』 「여불위열전呂不韋列傳」에 나오는 말이다. 여기서는 한문 자체의 뜻에 따라 '거(居)'를 '거처하다'라고 해석해야 뜻이 통한다.

5) 사당: 원문은 조상의 신주를 모시고 제사를 지내는 집을 뜻하는 '사당(祠堂)'이지만, 매춘을 하는 여사당(女寺黨)을 뜻하는 '사당(寺黨)'으로 읽어야 한다.

6) 원문에 이런 간주가 적혀 있다. '한용용은 원주(原州)에 사는 재경 여환(旅宦, 객지에서 벼슬살이하는 사람)이기 때문에 그랬다(韓居在原州, 在京旅宦故云).'

7) 臀: 동양본에는 '臂'로 잘못 표기.

8) 晴: '靑'의 오기.

延日縣, 時⁹⁾往謁巡營, 妓適犯科, 按使方笞之, 晴¹⁰⁾泉固請勿治, 按使曰: '其罪不可恕也.' 晴¹¹⁾泉曰: '彼有至寶, 使道何忍笞之? 古語曰, 奇貨可¹²⁾居, 下官欲居其中." 旁¹³⁾有一妓笑曰: '進賜¹⁴⁾如欲居此祠堂, 將何處營造乎?' 晴¹⁵⁾泉曰: '怪哉, 爾言, 一時寓居, 安用祠堂爲也?' 云云. 君之意 亦如晴¹⁶⁾泉否?" 李顧謂¹⁷⁾韓曰: "君須挽之." 韓曰: "君何不挽, 而使我挽之乎?" 李曰: "吾則原居人, 君是¹⁸⁾寓居人." (韓居在¹⁹⁾原州 在京旅宦²⁰⁾故²¹⁾云²²⁾) 一座²³⁾絶倒²⁴⁾.

---

9) 晴: '青'의 오기.
10) 晴: '青'의 오기.
11) 晴: '青'의 오기.
12) 可: 고대본·가람본·성균관대본에는 '下'로 잘못 표기.
13) 旁: 국도본·고대본·동양본·일사본·가람본·성균관대본에는 '傍'으로 표기.
14) 고대본·가람본·성균관대본에는 '主'가 더 나옴.
15) 晴: '青'의 오기.
16) 晴: '青'의 오기.
17) 謂: 국도본·고대본·일사본·가람본·성균관대본에는 탈락.
18) 是: 국도본·고대본·일사본·가람본에는 '則'으로 표기.
19) 在: 국도본·고대본·일사본·가람본·성균관대본에는 탈락.
20) 宦: 고대본에는 '館'으로, 가람본에는 '官'으로 잘못 표기.
21) 宦故: 동양본에는 '故宦'으로 잘못 표기.
22) 동양본에는 '云'이 더 나옴.
23) 고대본·가람본에는 '上皆'가 더 나옴.
24) 고대본·가람본에는 '矣'가 더 나옴.

문유채가 출가하여 벽곡하다

문유채文有采는 상주 사람으로 행실이 착했다. 일찍이 부친상을 당하자 삼 년간 여묘생활을 하며 집에 발을 들여놓지 않았고 삼년상이 끝나고 나서야 집으로 돌아왔다. 돌아와보니 아내 황씨가 행실을 잘못하여 딸 하나를 낳아 같이 살고 있었다. 문유채가 황씨를 쫓아내자 그녀는 도망쳐 숨어버렸다. 황씨의 가족들은 문유채가 그녀를 죽였다고 의심하여 관가에 고발했다. 관가에서는 진실을 밝히지 못하고 칠 년간 문유채를 가두었다.

상서 조정만趙正萬이 목사가 되었을 때 그 억울함을 알고 황씨를 잡아와서 곤장을 쳐 죽이고 문유채를 풀어주었다. 문유채는 곧 출가하여 산사에서 머물며 벽곡법辟穀法, 곡식을 안 먹고 솔잎, 대추, 밤 등을 날것으로 먹는 섭생법을 수행했다. 십여 일 동안 아무것도 먹지 않고 대여섯 되를 한꺼번에 먹었다. 걷는 것이 나는 것과 같아 하루에 사백 리를 걸었고 겨울이나 여름이나 홑옷 한 벌로 지내도 추위와 더위를 느끼지 않았다. 그는 항상 나막신을 신고 사방을 돌아다녔지만 옥 같은 외모와 붉은 뺨에, 법도가 단아하니 보는 사람마다 좋아했다.

경술년 겨울 해주 신광사神光寺에 이르렀는데 때마침 큰 눈이 내렸다. 문생은 홑겹의 바지저고리를 입고도 추운 기색이 없어 스님들이 이상하게 여겼다. 음식을 내주어도 사양하고 먹지 않았다. 잠을 잘 때는 스님들이 따뜻한 곳으로 이끌었지만 사양하며 차가운 곳을 고집했고 혼자 앉아 새벽까지 자지 않았다.

눈비가 그치지 않아 삼일간 머물렀는데 먹지도 자지도 않았다. 스님들은 그가 이인異人임을 짐작하고 일제히 말했다.

"이 절이 비록 가난하기는 하지만 어찌 잠시 손님 대접할 자산이야 없겠습니까? 그런데도 생원님은 삼일 동안 머물면서 아무것도 드시지 않으니 우리 절 중들이 무슨 죄라도 지었습니까? 원컨대 들어나 봅시다."

문생이 웃으며 말했다.

"저 역시 많이 먹습니다. 여러 스님께서 꼭 저를 먹이고자 하신다면 각각 한 움큼씩 쌀을 모아 가져오세요."

스님 수십 명이 각기 약간씩 쌀을 내니 한 말은 되었다. 그걸로 밥을 지어주었다. 문생은 손을 씻고 그 밥을 한 덩이로 만들어 삼키고는 장조림을 씹었다. 잠깐 사이에 밥을 다 먹어치우니 여러 스님이 모두 놀라고 괴이하게 여겼다.

밥을 다 먹은 문생이 떠났다. 우두머리 스님이 잘 걷는 자를 뽑아 그 뒤를 따라가보게 했다. 문생은 석담서원石潭書院, 율곡 이이가 제자를 가르쳤던 해주의 서원에 이르러 배알하고 심원록尋院錄, 서원을 찾은 사람들이 방문 목적과 인적사항 등을 기록하는 명부에 서명했는데, 스님이 그걸 보고 비로소 그가 문유채임을 알게 되었다. 문유채의 발걸음이 회오리바람처럼 빨라, 스님이 따라잡지 못하고 돌아갔다.

문생은 평소에 언제나 패랭이를 쓰고 갈의를 입고 나막신을 신고서

날듯이 걸었다. 성품이 조용하여 시끄러운 곳을 싫어했기에 궁벽한 곳
빈 암자가 아니면 거처하지 않았다.

가을에서 겨울로 접어들 무렵 산꼭대기 버려진 절에 들어간 적이 있
는데 눈이 쌓여 길이 막혔다. 소식이 끊기니 모든 스님이 "처사가 필히
얼어죽었을 걸세"라고들 말했다. 봄이 와 눈이 녹자 즉시 찾아가보았다.
문생은 홑적삼에 낙엽을 두껍게 깔고서 자세를 바르게 하고 숙연히 앉
아 있었다. 안색은 오히려 좋아졌고 춥거나 배고픈 기색이 없었다. 홀로
동떨어진 암자에 앉아 염송하는 소리가 금석金石소리처럼 쟁쟁했는데
혹 듣는 사람이 있으면 즉시 멈췄다.

경전 공부하는 스님이 어려운 구절을 함께 의논하려 하면 "그냥 읽을
뿐이지 그 뜻은 모른다오"라고 답했다. 끝내 더불어 말을 나누지 않으려
했으니 그의 이해가 얕은지 깊은지 헤아릴 수가 없었다.

백화白華, 경북 상주와 충북 영동에 걸쳐 있는 백화산에서 마하摩訶, 금강산 마하연로 거처를
옮기고 얼마 안 있어 서거했다. 배점拜岾 금강산에 있는 고개 이름. 절고개에다 호장
蒿葬, 객지에서 사망해 교외에서 임시로 치르는 장례을 했는데 여러 해가 지나도 고향으로
이장해주는 사람이 없었다 한다.

김백련[1]이 말했다.

"풍산의 어느 스님한테 들었는데, 방에 혼자 있던 문생이 하루는 여러
스님에게 가까이 오지 말라 했다오. 한밤에 집의 벽이 떨며 갈라지는 벼
락 같은 소리가 들리자 실내는 대낮처럼 밝아졌고 그 빛이 큰방까지 퍼
졌소. 스님들이 모두 놀라서 나가보니 문생의 눈은 이미 감겨 있었다오.
해화解化, 도가에서 장생의 비밀을 닦고 육신을 버리고 혼백만 빠져나가 신선이 되는 방법했던 것이
라오."

---

1) 김백련(金百鍊, 1548~1592): 본명은 김여물(金汝岉). 선조 때의 충신이며 무관이었다. 임진
왜란 때 임금의 특명으로 신립(申砬)의 부장(副將)이 되어 충주 방어에 나섰다가 탄금대 싸움
에서 전사했으며, 영의정에 추증되었다.

과연 그 말대로 이른바 '크게 쉬는 곳'으로 간 것이다. 을묘년 서관^{西關}.
서도(西道). 황해도와 평안남북도 지방을 일컫는 말 행차 때 문생도 같이 갔으나 곧 돌아
왔다.

금선대_{金仙臺}는 한무외²⁾가 곽치허_{郭致虛}를 만났던 곳이다.

문생도 『전도록_{傳道錄}』을 보았을까? 그가 읽었다는 중국 책은 『동화
편』³⁾인 것을 알 수 있다.

내⁴⁾가 『팽조경』⁵⁾을 읽어보니, 청정선생^{靑精先生}이라는 득도자는 하루
오백 리를 가고 한 해가 다 가도록 먹지 않으며 하루에 아홉 번도 먹을 수
있다 한다. 명나라 장삼봉⁶⁾은 하루에 천 리를 가고 몇 달간 벽곡하기도
하며, 하루에 몇 말을 먹고도 한겨울 눈 속에 누울 수 있다 한다. 이 모두
는 복기⁷⁾가 가져온 것으로 내련금단⁸⁾과는 그 길이 매우 다르다.

문생이 수행한 것도 바로 그 도가 아닌가 한다. 이 도로 해화할 때는

---

2) 한무외(韓無畏, 1517~1610): 조선 중기의 도사(道士). 청주 출생. 호는 용현진인(帒玄眞人)·
득양자(得陽子). 사대부가의 선비로 열여덟살 때 청주의 관기(官妓)와 가까이 지내다가 그 남
편을 죽이고 관서(關西)의 영변으로 도피했다. 거기서 희천교생(熙川校生) 곽치허(郭致虛)를
만나 연단비방(鍊丹祕方)을 배워 득도했다. 『해동전도록海東傳道錄』에 의하면 그 연단계보는
중국의 전진교조(全眞敎祖) 종리권(鍾離權)으로부터 승(僧) 자혜(慈惠)·명법(明法)과 권청(權
淸)·김시습·윤군평(尹君平)·곽치허·한무외로 전해졌다 한다. 순안에서 제자들을 가르치는 한
편, 허균과 교제하여 신선이 되는 연단법을 전해주었다. 팔십 평생 병을 앓은 적이 없으며 눈
동자가 빛나고 수염과 머리카락이 칠흑같이 검었다 한다. 순안에서 앉은 채로 죽어 장사지냈
는데, 오륙 년 뒤 그와 친한 사람이 묘향산에 가니 조금도 늙지 않은 얼굴로 있었으며, 일설에
는 오대산에서 연단해화(鍊丹解化)했다고도 한다. 죽기 직전에 『해동전도록』을 지어 우리나라
연단 수련의 계보와 요체를 전했다.
3) 동화편(東華篇): 동화옥편(東華玉篇). 도가의 경전인 『황정경黃庭經』. 일명 『태제금서太帝金書』.
4) 내: 이 작품은 신돈복(辛敦復)이 지은 『학산한언鶴山閑言』에서 그대로 옮겨온 것이니, '나'는
신돈복을 지칭한다고 볼 수 있다.
5) 팽조경(彭祖經): 중국 상고시대 삼황오제 중에서 오제의 한 명인 전욱의 현손이 팽조다. 팽
조는 요, 순, 하 왕조를 거쳐 온 말인 주왕 때 이미 767세가 되었는데, 그뒤로 800살 때까지 살았
다고 전한다. 그는 세상에서 양생의 도리를 가장 잘 알고, 가장 오래 살았던 사람으로 알려졌다.
그의 양생술을 후인들이 정리한 것이 『팽조경』이다.
6) 장삼봉(張三丰): 명나라 요동 의주(懿州) 사람. 이름은 전(全) 혹은 군실(君實)이고, 호가 삼
봉이다. 명나라 초기의 도사다.

으레 집이 무너지는 소리가 난다.

文有釆出家辟穀

文有釆尙州人也. 有至行. 曾居父憂, 廬墓三年, 跡不到家, 服[9]闋始歸, 則其妻黃氏失行, 産一女, 文生黜之, 黃仍逃匿[10], 黃之族[11], 疑生殺之, 詣官告訴[12], 不得其實, 拘囚七年. 趙尙書正萬爲牧使, 時知其寃, 譏捕[13]得黃女, 杖殺之, 生遂放釋. 仍出家[14]接止山寺, 行辟穀法, 不食十餘日, 一食輒進五六升, 行步如飛, 日行四百里, 冬夏一單衣, 不知寒暑, 常[15]着木屐, 流周[16]四方, 然玉貌紅頰, 儀度端雅, 見者皆悅之. 庚戌冬, 至海州神光寺, 時大雪, 生服單衣袴, 而略[17]無寒色, 僧皆異之. 及設食, 辭而不食, 夕將寢, 僧引就煖處, 又辭而處冷地, 獨坐撒曉不寐. 時雨雪不止, 留三日, 而不食不眠, 僧輩皆知爲[18]異人, 齊進言曰: "此寺雖貧, 豈無一時供賓之資? 而生

---

7) 복기(服氣): 도가에서는 기(氣)를 형체의 기본으로 간주한다. 그러므로 복기를 수양의 기본으로 삼는다. 복기는 숨을 내쉬고 들이쉬는 방법, 즉 토납법(吐納法)이다. 죽은 기운을 입으로 내뿜고 새 기운을 코로 들이마셔 신선이 되는 방법이다.

8) 내련금단(內鍊金丹): 호흡법인 복기가 주를 이루는 내단(內丹)을 말한다. 그러나 문맥상 여기서는 호흡을 통하는 내련금단이 아니라 외련금단(外鍊金丹)이어야 한다. 외련금단이란 도사(道士)가 정련한 황금의 정(精)으로 만든 환약을 먹으며 신선이 되려고 노력하는 방법이다.

9) 服: 동양본에는 '脫'로 표기.

10) 국도본·고대본·가람본에는 '親族'이 더 나옴.

11) 之族: 국도본·고대본·일사본·가람본에는 '家'로 표기.

12) 訴: 동양본·일사본·가람본·청구야설에는 '訊'으로 표기.

13) 譏捕(기포): 조선시대에 강도나 도둑을 체포하던 일. 포도청이나 오군문에서 이를 맡아보았다.

14) 家: 동양본에는 탈락.

15) 常: 국도본·고대본·청구야설·일사본·가람본에는 '甞'으로 잘못 표기.

16) 流周: 동양본에는 '周流'로, 국도본·가람본·성균관대본에는 '周遊'로 표기.

17) 略: 고대본·동양본에는 '畧'으로 표기.

18) 爲: 국도본·고대본·일사본·가람본에는 '謂'로 잘못 표기.

員留三日不食, 寺僧有何得罪? 願聞之."生笑曰: "我亦多食, 諸僧必¹⁹⁾欲食我, 各以一掬米, 合炊以來."數十僧, 各出米若干, 可一斗, 作飯以進, 生洗手就飯作塊, 舉而²⁰⁾吞之, 旋啜煮醬, 須臾而盡²¹⁾, 諸僧莫不驚怪. 生食畢將去, 首僧發一健步者, 蹤其後, 生至石潭書院, 拜謁而題名尋院錄, 始知爲²²⁾文有采. 生行步迅速飄倏²³⁾, 僧不可追, 遂歸云. 生居常戴蔽陽子²⁴⁾, 衣葛布, 着木屐, 而其行如飛. 性甚靜, 厭喧鬧, 非僻處空菴²⁵⁾, 則不處焉²⁶⁾. 秋冬之交, 一上絶頂廢寺, 而雪積路塞, 便無聲息, 諸僧皆云: "處士必凍死."及至回春²⁷⁾雪瀜, 卽往訪之, 則生以單布²⁸⁾衫, 厚積²⁹⁾落葉, 蕭然危坐, 顔色敷腴, 無凍餒色, 獨坐孤菴, 念誦之聲, 鏗如金石, 或有聞者卽撤. 有經師, 欲與論難, 答曰: "只能讀, 不知其旨."終不與酬酌, 莫能測其³⁰⁾淺深. 自白華移處摩呵³¹⁾, 未幾而逝, 蒿葬于拜岾, 已多年, 而無返葬之人云. 金百鍊曰: "聞楓山³²⁾僧言, 文生一日獨處一房, 命衆僧勿近, 夜半忽聞屋壁震坼, 若霹靂聲, 而³³⁾室內通明如白晝, 光徹大房, 僧徒盡³⁴⁾驚就見, 則文

19) 必: 동양본에는 탈락.
20) 而: 국도본·고대본·일사본·가람본에는 '以'로 표기.
21) 盡: 고대본에는 '進'으로 잘못 표기.
22) 爲: 국도본·고대본·일사본·가람본에는 '有'로 잘못 표기.
23) 倏: 국도본·고대본·일사본·가람본에는 '倏'로 잘못 표기.
24) 蔽陽子(폐양자): 패랭이·평량자·차양자(遮陽子). 대오리로 엮어 만든 삿갓. 신분이 낮은 사람이나 상제가 썼다.
25) 菴: 동양본에는 '庵'으로 표기.
26) 焉: 동양본에는 '爲'로 잘못 표기.
27) 至回春: 국도본·고대본·일사본·가람본·청구야설에는 '春回'로, 동양본에는 '至春回'로 표기.
28) 布: 동양본에는 '衣'로 표기.
29) 積: 고대본·가람본에는 탈락.
30) 其: 국도본·고대본·일사본·가람본에는 탈락.
31) 呵: 동양본 등에는 '訶'로 표기. '訶'가 맞음.
32) 山: 고대본·성균관대본에는 '岳'으로 표기. '岳'이 맞음.
33) 而: 고대본에는 탈락.
34) 盡: 동양본에는 '震'으로 표기.

生目已瞑, 盖解化也." 其所謂大休歇處[35], 果如其言, 而乙卯西關之行, 其
亦去, 而卽還也. 金仙臺卽韓無畏遇郭致虛之處也. 文生豈亦見傳道錄乎?
其所讀唐板, 可知爲東華篇也. 余見彭祖經, 稱靑精先生得道者, 日過五百
里, 能終歲不食, 亦能一日九食, 明初張三未, 日行千里, 辟穀數月, 亦能日
啖數斗, 隆冬臥雪中, 此皆服氣所致, 與內鍊金丹, 門路懸別. 文生所修, 豈
此道耶[36]? 以此解化, 例有屋裂[37]聲.

---

35) 大休歇處(대휴헐처): '크게 쉬는 곳'이란 뜻으로, 불가나 도가에서 완벽하게 깨닫고서 어떤
번뇌나 망상도 없이 편안하게 존재하는 곳을 뜻한다.
36) 耶: 동양본에는 탈락.
37) 裂: 동양본에는 '列'로 잘못 표기.

채선비, 발분하여 힘써 공부하다

영광靈光에 채씨 선비가 있었다. 자못 열심히 공부했으나 끝내 이룬 바가 없었다. 늦게 아들 하나를 두었는데 글을 가르치지 않았고, 자라서 대를 잇기만을 바랐다. 아들이 다 성장하기도 전에 아버지가 죽었지만 집이 자못 부유하여 배우지 않고도 능히 가업을 지킬 수 있었다.

하루는 이정里正이 찾아와 도첩[1]을 보이며 글의 뜻을 물었다. 채생이 한참 동안 바라보다가 도로 던져주며 모르겠다 했다. 이정이 혀를 차며 말했다.

"명색이 선비의 자식이면서 글자도 하나 알지 못하는가? 선비의 자식이 이러하다면 개나 양과 무엇이 다를까!"

채생은 부끄러움과 한스러움을 이기지 못해 한마디도 할 수 없었다.

이때 채생의 나이가 마흔이었다. 어린아이들에게 글을 가르치는 훈

---

1) 도첩(都牒): 도첩(度牒)을 지칭하는 듯하다. 도첩은 고려시대와 조선시대에 관청에서 출가한 승려에게 발행해주던 공인장(公認狀)으로 도패(度牌)라고도 한다. 예조에서 발급한 승려의 신분증명서로서, 승려가 죽거나 환속하면 나라에 반납해야 했다.

장이 이웃에 살았다. 채생이 즉시 『사략史略』 초권을 끼고 가서 가르쳐달라고 청했다. 훈장이 물었다.

"그대 나이에 어찌 처음 배운단 말이오?"

채생이 대답했다.

"나이는 비록 늦었지만 글자를 알게 되면 다행이겠소. 나를 가르쳐만 주시오."

훈장이 천황씨天皇氏 한 줄을 가르치되 글자와 뜻을 함께 가르쳤다. 채생은 읽자마자 잊어버렸다. 또 가르치면 또 잊어버렸다. 훈장이 말했다.

"이러니 가르칠 수 없소."

그러면서 사양하니, 채생이 일어나 절을 하며 계속 간곡하게 가르쳐달라고 청했다. 다시 가르쳐주니 하루종일 씨름하며 겨우 깨치고서 돌아갔다.

그러고는 삼일이 지나서야 다시 왔다. 훈장이 물었다.

"왜 이렇게 늦게 왔소?"

"익히지 못했을까봐 걱정이 되었소."

"몇 번이나 읽었소?"

"녹두 석 되로 세었을 뿐이오."

다 외우자 지황씨地皇氏와 인황씨人皇氏를 가르쳤다. 읽는 것이 자못 문리文理에 맞았다. 다음날은 곧바로 왔다. 녹두의 개수가 반 되로 줄어들었다. 그다음날은 더 나아지고 좋아졌다. 지극정성으로 분발한 결과 문규文竅, 글의 뜻과 이치가 보이는 구멍가 저절로 열린 것이었다. 『사략』 반 권을 읽으니 문리가 크게 통달했다. 일곱 권을 읽고 나서 다시 『통감通鑑』 전질을 모두 읽으니 외우는 것이 능숙해졌고 사서삼경에도 널리 통했다.

칠 년 동안 책을 읽고서 사서의2)로 진사에 합격했고, 오 년 더 읽고는

---

2) 사서의(四書疑): 사서 가운데 의심이 갈 만한 곳의 글 뜻을 설명시키는 과거시험의 한 가지.

명경과에 급제했다. 이때 나이가 쉰두 살이었다.

얼마 있지 않아 현감으로 가게 되었다. 채생은 이정을 찾아갔다. 그러나 그는 이미 죽었고 아들이 있었다. 아들에게 말했다.

"네 아버지의 모욕이 없었다면 내가 오늘 어찌 여기에 이를 수 있었겠는가? 그 은혜가 실로 크다."

그러고는 이정의 아들을 임소로 데려가 몇 달 머물게 하고는 음식을 후하게 대접했다. 그가 돌아갈 때는 몇 짐이나 되는 선물을 주어 보냈다.

蔡士子發憤力學

靈光有一蔡姓士人. 業文頗勤, 終無所成. 晩有一子, 不復敎書, 所望者3), 成長繼嗣4)也. 子未及長, 而父死, 然家頗饒, 不學而5)能守6)世業. 一日里正來示都牒7), 請問8)辭旨, 蔡取看久之還擲, 辭以不知, 里正唖曰: "名爲士子, 而乃不知一字耶? 如許士子, 何異犬羊?" 蔡不勝慚恨, 不敢出一聲. 時年四十, 隣有訓蒙學長, 蔡生卽挾史畧9)初卷, 詣而請學, 學10)長曰: "君年豈初學之時耶?" 蔡生曰: "年雖晩, 識字則幸矣. 子但敎我." 學長敎以天皇氏一行, 兼字與義, 生讀訖, 輒忘之, 又敎又忘, 學長曰: "此不可敎11)." 辭之, 蔡生起拜固請, 乃復敎, 終日屹屹, 僅得曉去. 至三日始來, 學長曰:

---

3) 者: 국도본·고대본·일사본·가람·성균관대본에는 탈락.
4) 국도본·고대본·일사본·가람본·성균관대본에는 '者'가 더 나옴.
5) 而: 고대본·성균관대본에는 탈락.
6) 守: 고대본·성균관대본에는 '修'로 잘못 표기.
7) 牒: 고대본·가람본·성균관대본에는 '諜'로 잘못 표기.
8) 問: 동양본에는 '簡'으로, 청구야설에는 '聞'으로 표기.
9) 畧: 국도본·고대본·일사본·가람본·성균관대본에는 '略'으로 표기.
10) 學: 고대본에는 잘못 탈락.
11) 국도본·고대본·동양본·일사본·가람본·성균관대본에는 '也'가 더 나옴.

"何遲也?"生曰:" 患未能熟¹²⁾." 曰:"讀幾遍?"生曰:"但以菉豆三升,爲計矣."旣皆誦訖, 又敎地皇氏人皇氏, 讀頗順理. 翌日卽來, 而菉斗¹³⁾之數, 減至半升, 其後日漸就長, 盖至誠所發, 文竅自開故也. 讀至半卷, 文理大達. 旣讀盡七卷, 又讀通鑑全秩, 誦之精熟. 旣博通四書三經. 讀凡七¹⁴⁾年, 而以四書疑, 中進士. 又五年, 以明經登第¹⁵⁾, 時年五十二也. 未久調縣宰, 生訪里正, 已死而¹⁶⁾有子在矣, 召而謂之曰:"我非汝父之辱, 何以至此? 恩¹⁷⁾實大矣." 遂率赴其任, 留之屢月, 供饋甚厚, 及其歸也, 給以數馱.

12) 고대본·성균관대본에는 '讀'이 더 나옴.
13) 斗: 다른 이본에는 '豆'로 표기. '豆'가 맞음.
14) 七: 국도본·고대본·일사본·가람본·성균관대본에는 '三'으로 표기.
15) 第: 고대본·가람본에는 '科'로 표기.
16) 而: 고대본·동양본·가람본·성균관대본에는 탈락.
17) 恩: 고대본·가람본·성균관대본에는 '息'으로 잘못 표기.

시골로 물러난 정광성이 복을 누리다

양파공陽坡公 정태화[1]의 선친 지돈령知敦寧 공[2]이 늙어 수원 쌍부촌雙阜村으로 물러났다. 양파공은 그 장자로서 영의정으로 국가 안위를 수십 년간 책임지고 있었지만 자신의 장자 참의공參議公 재대載垈와 번갈아가며 돈령공을 보살폈다.

양파공은 성품이 검소하니 덮던 목면 이불은 오래되어 심하게 낡았다. 항상 참의공에게 말했다.

"내 죽고 나서 소렴小斂, 시체에 새로 지은 옷을 입히고 이불로 쌈할 때는 반드시 이 이불을 써라."

깔고 앉은 요가 해지자 한쪽으로 옮겨 앉으며 여종으로 하여금 깁도록 했다.

---

1) 정태화(鄭太和, 1602~1673): 효종 때의 대신으로, 문과에 급제하여 여섯 번이나 영의정을 지냈다. 성격이 원만하여 재직시에 조정의 인화에 공헌했다.
2) 지돈령(知敦寧) 공: 지돈령부사. 조선시대 돈령부의 정2품 벼슬. 여기서는 정광성(鄭廣成, 1576~1655)을 말한다.

돈령공은 자제들을 엄격하게 가르쳤다. 둘째 아들인 좌의정 치화致和가 관서 관찰사가 되어, 가는 김에 인사를 드리려고 찾아왔다. 때마침 가을 수확기였는데 공이 말했다.

"네 형은 아들이 있어 아들이 대신 갔다. 하지만 너는 아들이 없으니 마땅히 손수 가서 수확을 감독하거라."

의정공議政公 치화는 감히 마다하지 못하고 논두렁 위에 일산을 펴고 종일토록 앉아서 감독을 태만히 하지 않았다. 그러니 지금까지 아름다운 일로 일컬어지고 있다.

돈령공은 복록이 모두 완전했으니 장자는 영의정이 되고 차자는 경기감사가 되었다. 이때 삼남인 참판 만화萬和가 급제했는데, 양파공이 새로 급제한 아우를 거느리고 수원으로 가서 부친을 뵙게 되었다.

영의정이 나가면 그곳 관찰사[3]가 배행하는 것이 상례였다. 그래서 조지[4]에 이렇게 기록했다.

"영의정이 부모님 뵙는 일로 수원 지방에 나가니, 경기감사 정 아무도 영의정을 배행하는 일 때문에 나감."

경사로운 일로 형제 세 명이 일시에 머리에 꽃을 꽂았다.

우리나라 풍속에 매번 과거에 경사가 있을 때는 비록 관직이 높은 자라도 과거에 먼저 급제한 선배가 이름을 불러서 진퇴를 하게 했다. 이때 돈령공은 비록 슬하 자식의 경사이긴 했지만 엄연히 움직이지 않았고 타인도 감히 영의정을 부를 수가 없었다. 일가 중에 영리한 첩이 있어 이렇게 말해주었다.

"오늘은 비록 영의정이라 할지라도 어찌 감히 진퇴하지 않을 수 있겠습니까? 아무도 불러주는 분이 없으니 제가 부르도록 하겠습니다."

---

3) 그곳 관찰사: 여기서는 경기감사.
4) 조지(朝紙): 승정원에서 처리한 일을 매일 아침 적어서 반포하던 일. 혹은 그것을 적은 종이. 조보(朝報)라고도 한다.

그러고는 높은 소리로 "영의정 신은래新恩來요" 하고 부르니 그제야 양파공이 머리를 조아리고 총총걸음으로 나아갔다.

그 영광의 번성함이 이와 같았다. 그후 근 백 년간 재상을 대물림했고 자손이 번창했으며 높은 벼슬이 끊이지 않았다. 이 모두가 돈령공 집안의 가법家法이 삼가 두터웠기 때문이며 근검함을 대대로 지킨 결과였다.

退田野鄭知敦享福

陽坡鄭公太和, 先君知敦寧公, 退老水原桼5)皁村, 陽坡以其長子, 身爲上相, 佩國家安危數十年. 陽坡長子, 衆議公載坴, 替侍左右, 動靜致養. 公性儉素, 所覆木綿衾, 年久弊甚, 嘗語衆議公6)曰: "吾身後小斂, 當用此衾." 所坐褥弊, 則移坐一邊, 令婢補綻. 敎子弟甚嚴, 其仲子左議政致和, 曾爲關西7)伯往辭焉. 適當秋穫, 公語之曰: "汝兄有子替行, 汝無子, 宜往看秋穫." 議政公8)不敢辭, 張盖輦上9), 終日坐檢不怠, 至今稱爲美10)事. 敦寧公福履俱全, 長子爲領議政11), 次子爲京畿監司12), 時第三子衆判萬和登第, 陽坡率其弟新恩及第, 歸覲水原, 上相出, 則道臣例當陪行, 書於朝紙曰: "領議政覲親事, 水原地出去, 京畿監司鄭某, 領議政陪行事出去." 兄弟三人, 一時簪花, 我國風俗, 每於慶科13), 雖官尊者, 有先進, 則輒呼而14)進退

5) 桼: 성균관대본에는 '幸'으로 표기.
6) 公: 동양본에는 탈락.
7) 關西: 동양본에는 '西關'으로 표기.
8) 公: 고대본에는 탈락.
9) 上: 동양본에는 탈락.
10) 爲美: 국도본·고대본·일사본·가람본에는 탈락.
11) 議政: 동양본에는 '相'으로 표기.
12) 京畿監司: 동양본에는 '畿伯'으로 표기.
13) 慶科: 국도본·고대본·동양본·일사본·가람본·청구야설에는 '科慶'으로 표기.
14) 而: 동양본에는 탈락.

之, 是時敦寧公, 雖遇膝下之慶, 儼然不動, 他人不敢呼出上相. 有一家¹⁵⁾
側室性慧者曰: "今日雖議政¹⁶⁾, 安可不進退乎? 人無呼者, 我當呼之¹⁷⁾."
高聲領議政呼新恩¹⁸⁾來, 陽坡遂¹⁹⁾俛首趨而進, 其榮耀²⁰⁾盛滿如此. 其後
近百歲, 世襲卿²¹⁾相, 子姓²²⁾蕃昌, 冠冕²³⁾延綿²⁴⁾, 此皆敦寧公, 家法謹厚,
勤儉世守之效也.

---

15) 국도본·일사본·가람본·성균관대본에는 '之'가 더 나옴. 고대본에는 '室之'로 표기.
16) 政: 고대본·가람본에는 탈락.
17) 之: 동양본에는 탈락.
18) 恩: 국도본·고대본·동양본·성균관대본·일사본·가람본에는 탈락.
19) 국도본·고대본·일사본·가람본·청구야설·성균관대본에는 '至'가 더 나옴.
20) 耀: 동양본에는 '輝'로 표기.
21) 卿: 동양본에는 '宰'로 표기.
22) 姓: 고대본·동양본·일사본·가람본·청구야설·성균관대본에는 '孫'으로 표기.
23) 冠冕(관면): 높은 벼슬.
24) 延綿: 국도본·고대본·동양본·일사본·가람본·성균관대본·청구야설에는 '綿延'으로 표기.

목소리를 듣고 죽을 때를 아는 사람

신만申曼의 자는 만청曼倩이다. 그는 뜻이 커서 무엇에 얽매이지 않았고 사람의 병을 잘 고쳐 한번 보기만 해도 죽을지 살지를 알았다.

일찍이 설날에 부학副學 이지항李之恒의 부인인 고모께 세배를 드리러 갔다. 때마침 이지항의 집안사람 중 한 명도 세배를 하러 왔다. 부인이 문 쪽에 앉았고 손님은 마루에 앉아 있었다. 방에 누워 있던 신만이 손님과 고모가 주고받는 말소리를 듣고는 방안에서 크게 소리를 질렀다.

"마루에 계신 분이 누구이신 줄은 모르지만 사월에 죽을 것이오!"

고모는 새해 아침부터 불길한 말을 한 것이 민망하여 조카를 꾸짖었다.

"이 아이가 미쳤나!"

그러고는 손님을 위로했다. 손님도 그 성명을 익히 아는지라 다만 억지로 웃으며 말했다.

"저분이 신생원이죠?"

그러고는 작별인사를 하고 떠났다.

부학의 손자인 유수留守 이진수李震壽가 그때 겨우 열 살이었는데 이렇게 물었다.

"아까 숙부님 말씀이 참 이상했어요. 왜 약을 써서 그분을 살려주지 않는 거죠?"

신만이 웃으며 답했다.

"이놈 참 기특하구나! 그 사람을 살려주고 싶으냐? 그럼 『의감醫鑑』을 가져오너라."

그러나 마침 집에는 그 책이 없었다. 이공은 나이가 어려 책을 빌려올 수도 없었으니 우물쭈물하다가 다시는 이야기를 꺼내지 않았다. 이해 사월 과연 그 사람은 죽었다.

그뒤 신만에게 물어보니 이렇게 대답했다.

"그 사람은 산증1)을 앓고 있었는데 이미 목소리에까지 나타났지요. 날짜를 계산해보니 사월 사이에 산기가 머리까지 올라갈 것 같았고 그러면 반드시 죽게 되지요. 그래서 그렇게 말했던 것이라오."

이공이 일찍이 말했다.

"그 사람이 때마침 신의神醫를 만났지만 살 수 있는 법을 묻지 않았으니 죽은 것도 마땅하다."

識2)死期申舟村知音

申曼3)字曼倩, 落拓不羈, 善醫人, 一見知其死生. 曾於歲首, 往拜其姑

---

1) 산증(疝症): 고환, 부고환, 음낭 등의 질환으로 일어나는 신경통과 요통 및 아랫배와 불알이 아픈 병.
2) 고대본에는 '申'이 더 나옴.
3) 동양본에는 '號舟村' 부분이 더 나옴.

母, 李副學之恒夫人, 適有李家族人歲拜者, 夫人當門而坐, 客坐廳上[4], 申僵臥房中, 聞客與其[5]姑母酬酌之音, 申從房內厲聲曰: "廳中[6]之客, 未知爲誰, 而四月將死矣!" 其姑母, 悶其元朝作不吉語, 輒呵之曰: "此兒狂乎?" 因慰安[7]客, 客亦知其姓名, 故但强笑曰: "此是申生員[8]乎?" 遂辭去. 副學之孫, 留守李公震壽, 年纔[9]十歲, 問曰: "俄者申叔之言可異, 何不命藥而活之[10]?" 申笑曰: "此兒奇哉! 欲活人乎? 取醫鑑來." 適家無是書, 李公年幼, 未得借來, 遂因循, 更不提, 是年四月, 其人果死, 其後問於申, 答曰: "其人患疝[11]症, 已形於聲音[12], 計其日月, 似當於四月間, 疝氣逆上至頭, 則必死, 故爲言云. 李公嘗言: "其人適遇神醫, 而不問可生之道, 其死宜[13]矣."

4) 上: 동양본에는 '中'으로 표기.
5) 其: 동양본에는 탈락.
6) 中: 고대본·가람본에는 탈락.
7) 安: 동양본에는 탈락.
8) 申生員: 국도본·고대본·일사본·가람본에는 '生員, 姓申名某'로 표기.
9) 纔: 동양본에는 '終'으로 잘못 표기.
10) 之: 동양본에는 탈락.
11) 疝: 국도본·일사본에는 '訕'으로 잘못 표기.
12) 音: 국도본·고대본·일사본·가람본에는 '奇'로 잘못 표기.
13) 宜: 고대본·가람본·성균관대본에는 '固當然'으로 표기.

음사를 부수니 귀신이 목숨을 구걸하다

　조령 산마루에 잡신을 모신 사당이 있었다. 자못 영험이 있어 예전이나 지금이나 영남 관찰사들이 그곳을 지날 때면 반드시 수레에서 내려 두 손을 들고 땅에 엎드려 절하고는 돈을 갹출하여 신에게 굿을 해주었다. 그러지 않으면 뒤이어 기이한 화를 당했다.

　그리 오래되지 않은 옛날에 한 관찰사가 있었는데 성품이 굳세고 결단력이 있어 한 번도 화복禍福 때문에 두려움을 느낀 적이 없었다. 그가 부임할 때 이 사당 아래를 지나니 장교와 아전들이 앞다투어 알현하고 옛일을 아뢰었다. 그러나 관찰사는 다 요망하고 허황한 이야기라며 말을 달려 한걸음에 지나쳐갔다. 소 울음소리가 들릴 정도로 멀지 않은 곳에 이르렀는데 과연 거센 바람과 갑작스러운 비가 수레 쪽으로 몰려오니 모두 크게 두려워했다. 그러자 관찰사는 마부에게 그 사당에 불을 지르게 하고 명을 어기는 자는 목을 자르겠다 했다. 모두 억지로 따랐는데, 순식간에 조정藻井, 물풀을 그린 천장과 조맹雕甍, 조각을 새긴 용마루나 기와이 횃불에 타서 모두 싸늘한 재가 되었다. 이어 말을 재촉해 조심하며 나아가서 문

희관 聞喜館에서 하룻밤을 묵었다.

꿈에 한 노인이 나타나서 명함을 내밀며 말했다.

"나는 조령의 산신이오. 사람이 없는 산중에서 제삿밥을 누린 지가 매우 오래됐소. 당신은 예를 올리지도 않고 우리 보금자리까지 훼손했으니 내 당신의 큰아들을 죽게 하여 원한을 갚겠소."

관찰사가 꾸짖으며 말했다.

"우귀牛鬼 사신蛇神이 음사淫祠, 잡신을 제사하는 사당에 깃들었도다. 내 순안하라는 명을 받들고 요망한 것을 제거하여 해독을 떨쳐냄으로써 직분을 다하고자 했거늘, 네가 감히 당돌하게 대들고 삿된 주장을 펼치면서 나를 놀라고 두렵게 하려 들다니!"

귀신은 화를 내며 떠나갔다.

곧 부하들이 그를 깨우며 말했다.

"큰 도령이 여독旅毒으로 갑자기 위태로워졌습니다!"

관찰사가 가서 살펴보니 이미 구할 수 없는 지경이 되어 있었다. 통곡하고 염을 하고 나서 본영에 이르렀다.

이날 밤 귀신이 또 꿈에 나타나 말했다.

"이전의 과오를 회개하지 않고 우리 영령을 굶주리게 한다면 당신의 둘째 아들 역시 죽을 것이오."

관찰사는 동요하지 않고 의연히 전처럼 귀신을 꾸짖어 물리쳤다. 잠이 채 깨기도 전에 집안사람들이 둘째 낭군이 갑자기 죽었다고 알려왔다. 관찰사가 또 비통하게 애도하고 상을 치렀다.

얼마 안 있어 또 귀신이 나타났다.

"하나둘 떼어내니 당신 자식들만 줄어들 것이오. 셋째 아들이 다음 차례라오. 그냥 죽게 해버리면 너무 가혹할 것 같아 특별히 먼저 알려주는 것이오. 조속히 우리 사당을 지어주기만 하면 화를 면할 것이오!"

관찰사는 여전히 조금도 흔들리지 않았다. 귀신의 말투가 더욱더 거세지고 만반으로 협박을 하고 말로 현혹하기도 했다. 관찰사가 크게 노하여 손수 칼로 베어버리려 했다.

그러자 귀신이 마당으로 물러나 엎드리며 말했다.

"저는 이제부터 영원히 돌아가면 의지할 데가 없어집니다. 저는 사람에게 화복을 가져다주지 못합니다. 다만 사람의 화복을 미리 알 수는 있지요. 어르신의 두 아드님은 원래 요절하게 되어 있었고 귀부鬼符, 저승사자가 잡아갈 사람의 명부도 다가오고 있었던 고로 제가 하늘의 공功을 훔쳐 위협했습니다. 그러나 셋째 아드님은 마땅히 십려의 주화를 조균1)할 것이니 어찌 감히 범할 수 있겠습니까? 오늘 황당한 말을 하고 공갈을 한 일은 고주孤注, 노름꾼이 나머지 돈을 다 걸고 마지막 승부를 겨루는 것를 낸 것인데, 어르신께서는 올바름을 지키고 굽히지 않으시니 속이기가 어려웠습니다. 이제 헌하軒下, 남을 높여 부르는 말를 영원히 떠나겠습니다."

관찰사가 말했다.

"네가 황량한 사당에 거처하며 천겁의 세월을 지내왔는데, 내 어찌 잠시라도 그걸 부수어 걷어치우려 했겠는가? 내가 너에게 화가 났던 이유는 네가 요술로 사람을 제압하려 했기 때문이다. 지금 네가 요망한 사정을 스스로 이야기하니 불쌍히 여기고도 남음이 있다. 당장 너의 집을 다시 지어 잃어버린 물건이 한 가지도 없도록 하겠다. 만약 또 행인들을 괴롭히고 이전의 악함을 고치지 않으면 즉시 부숴버리고 영원히 관대하게 대하지 않을 것이다."

귀신이 감동하여 흐느끼며 떠났다.

관찰사는 사당을 다시 세우고 꿈에서 본 귀신의 모습을 빚어놓았다. 그뒤로 귀신에 대한 걱정은 사라졌다. 관찰사의 셋째 아들은 오래 살면서 지위가 높아졌으니 귀신의 말과 똑같았다 한다.

---

1) 십려(十鑢)의 주화(鑄貨)를 조균(調勻): 분명한 뜻을 알 수 없음.

毁淫祠邪鬼乞命

鳥嶺之巓, 叢祠在焉. 頗靈異, 前後觀察[2]嶠嶺[3]者, 逕于此, 必下輿膜拜, 釀錢賽神, 否者踵躍奇禍. 近古有一方伯, 剛果堅確, 未嘗以禍福, 怵於心. 其之任也, 過祠下, 將吏交謁, 更進以故事白, 方伯斥其妖誕, 一馳而度, 行未到牛鳴地[4], 果有迅風急雨, 集于車下, 衆大懼, 方伯令騶者, 焚其廟, 違者殺之[5], 衆皆勉强從之, 俄而藻井雕甍, 俱爲一炬冷灰. 仍趣駕戒行, 宿于聞喜館, 夢一老人來刺曰: "我鳥嶺之神, 香火空山, 廟食百世, 君旣不爲禮, 又燬其巢, 吾當陰誅君之長子, 果報此冤[6]." 方伯叱曰: "牛鬼蛇神, 占據淫祠, 我奉命巡按, 除妖[7]祛害, 以修[8]其職, 爾敢唐突控[9]訴[10], 簧鼓邪說, 冀欲驚懼乎?" 鬼怒而去, 左右攪寢曰: "大郞君, 因路憊纏病, 忽至沉劇!" 方伯往省[11], 則已不可救矣. 哭而殯之, 轉赴本營, 是[12]夜鬼[13]又入夢曰: "君如不[14]悔前失, 妥[15]我英靈, 則君之次子, 又當不祿[16]." 方伯毅然不動, 叱退如前, 睡未覺, 而家人又告二郞君暴逝, 方伯又痛悼尨喪. 居無何, 鬼又

2) 동양본에는 '使'가 더 나옴.
3) 嶠嶺(교령): 국도본·고대본·동양본에는 '嶺嶠'로 표기. '嶠'은 높은 산인데, 조선시대에 조령 옆의 '주흘산'을 지칭했다. '영(嶺)'은 조령을 지칭했다. 그래서 '교남(嶠南)'이나 '영남(嶺南)' 모두 영남 지방을 뜻했다. 여기서 '교령(嶠嶺)'은 영남 지방을 뜻한다.
4) 牛鳴地(우명지): 소의 울음소리가 들릴 정도의 가까운 거리.
5) 之: 동양본에는 탈락.
6) 冤: 동양본에는 '鬼'로 잘못 표기.
7) 妖: 고대본에는 '要'로 잘못 표기.
8) 修: 고대본에는 '脩'로 표기.
9) 控: 국도본·일사본·가람본에는 '按'으로 잘못 표기.
10) 控訴: 고대본·가람본에는 '按訪'으로 표기.
11) 省: 동양본에는 '見'으로 표기.
12) 是: 국도본에는 '星'으로 잘못 표기.
13) 鬼: 국도본에는 탈락.
14) 고대본에는 '不'이 더 나옴.
15) 妥: 고대본·일사본·가람본에는 '安'으로 표기.
16) 不祿(부록): 죽음.

來曰:"一摘再[17]摘, 君之子葉[18], 漸稀矣. 第三郎, 又當次, 第被殛, 而事旣酷烈, 特來先告, 須速營我廟, 用免此禍!"方伯無少撓奪, 辭氣漸厲, 鬼萬般脅勒, 眩幻其說, 方伯大怒, 欲手刀之, 鬼退伏于庭曰:"僕從此, 永無依[19]歸矣. 僕不能禍福[20]人, 而惟能揣知人禍福, 尊家雙玉, 命當夭札, 鬼符且至, 故僕貪天之功, 自示威柄[21], 而至若第三郎, 君爲[22]當調勻十鑪鑄貨, 豈敢[23]有犯也? 今此謊說恐動, 計出孤注, 而大人守正不回, 難欺其方, 胤玆以裔, 永辭軒下矣."方伯曰:"汝久捿荒祠, 閱盡千劫, 我豈欲[24]造次撤毁? 而深怒於汝[25]者, 以其欲妖術制人也. 今汝自述妖狀, 剩有惻怛, 當重搆汝宅, 不使一物失所, 而若又侵毒行人, 不悛前惡, 當卽毁破, 永不饒寬耳."鬼感泣而去, 方伯更[26]建廟宇[27], 塑其夢顯之像, 自後迄無鬼患, 方伯之第三子, 年位俱隆, 一符鬼言云.

---

17) 再: 동양본에는 '二'로 표기.
18) 葉: 동양본에는 '業'으로 표기.
19) 依: 동양본에는 탈락.
20) 국도본·고대본·일사본·가람본에는 '於'가 더 나옴.
21) 威柄(위병): 위협하고 권력으로써 사람을 마음대로 좌우할 수 있는 힘을 보이다.
22) 爲: 고대본·동양본·일사본·가람본에는 '位'로 표기.
23) 敢: 고대본에는 잘못 탈락.
24) 欲: 국도본·고대본·일사본·가람본에는 탈락.
25) 於汝: 동양본에는 탈락.
26) 고대본 · 가람본에는 '以'가 더 나옴.
27) 宇: 고대본에는 탈락.

관가 마당에서 짖어댄 의로운 개가 주인에게 보답하다

영남 하동 땅에 한 수절 과부가 있었는데 어린 딸과 어린 여종 하나와 함께 살았다. 어느 날 밤 이웃에 사는 모가비^{사당패 또는 산타령패 따위의 우두머리}가 담장을 넘어 침실로 들어와 겁탈을 하려 하니 과부가 목숨을 걸고 거세게 저항했다. 모가비는 과부를 한칼에 찔러 죽이고 이어서 딸과 여종까지 죽이고 도망쳤다. 집에는 다른 사람이 없었으니 사람들이 알지 못했다. 세 시신이 방에 버려졌으나 지극한 원한을 드러낼 길이 없었다.

관문 밖에 갑자기 개 한 마리가 나타나서는 왔다갔다 머뭇머뭇했다. 문지기가 쫓아내면 잠시 물러났다가 다시 다가오며 끝내 피하여 도망가지 않았다. 여러 번 이러니 사또가 그걸 알고는 개가 가는 대로 내버려두라 했다. 개는 곧바로 관문으로 들어와 동헌 앞으로 나아가서는 머리를 들고 짖어댔는데 마치 하소연할 게 있는 것처럼 보였다.

사또가 한 장교에게 개를 따라가보라고 명했다. 개는 즉시 관문을 나가서 한 작은 집에 이르렀다. 방문은 굳게 닫혀 있었고 사람소리라고는 들리지 않아 적막했다. 개가 장교의 옷을 물어 끌며 방문 쪽으로 갔다.

장교가 이상하다 여기고 방문을 열어보았다. 방안에는 시신 세 구가 있고 바닥에 유혈이 낭자했다.

장교는 크게 놀라 돌아가서 그 사실을 보고했다. 관에서는 검시를 하려고 화급히 달려가 가까운 이웃에 임시로 거처를 마련했다. 공교롭게도 그곳은 모가비의 집이었다. 모가비는 사또가 자기 집에 온 것을 보고는 당황하여 달아나 숨으려 했다. 하지만 개가 모가비 앞으로 곧바로 달려가 모가비를 물었다.

사또가 이상하게 여기고는 말했다.

"이 사람이 네 원수냐?"

개가 고개를 끄덕였다.

사또가 모가비를 잡아서 엄히 치밀하게 심문하니 몽둥이 한 번 들지 않았는데도 낱낱이 실상을 자백했다.

사또는 즉시 감영에 보고하고 모가비를 곤장을 쳐 죽였다.

그리고 세 시신을 후하게 매장해주었다. 개가 묘 옆으로 달려가더니 한바탕 구슬피 짖어대다 죽었다. 마을 사람들은 묘 앞에다 개를 묻어주고 '의구총義狗塚'이라는 비를 세워주었다.

옛날 선산의 의구義狗는 주인을 따라 밭에 갔는데, 날이 저물 무렵 주인이 술에 취해 돌아오다가 밭 가운데 쓰러져 잠이 들었다. 때마침 들불이 일어나 주인이 누워 있는 곳까지 번지려 했다. 개는 꼬리에 냇물을 적셔 주인 곁에다 뿌려 불을 껐지만 힘이 다하여 죽고 말았다. 주인은 깨어나서야 비로소 그 사실을 알았다. 그 땅에는 지금도 의구총이 있다. 아, 선산의 개는 주인을 구하기 위해 죽음을 두려워하지 않았다. 진실로 주인에게 보답하는 의리를 보였다.

하동의 개는 처음에 사또에게 억울함을 호소했고 나중에는 원수에게 분을 풀어 그 원수를 갚고 자기 목숨을 바쳤다. 이와 같은데도 그 누가 짐승을 무지하다 하겠는가? 선산의 개와 비교해도 더 나은 면이 있다

하겠다.

영남 지방은 사대부의 고장인데, 역시 의로운 개도 많이 나도다!

吠官庭義狗報主

嶺南河東地, 有一守節[1]寡婦女, 只與[2]一幼女一童婢同居矣. 一日[3]夜, 隣居某甲, 踰墻入寢內, 欲强劫之, 寡女抵死牢拒, 某甲[4]一劍刺殺之, 幷殺其女與婢而[5]去. 其[6]家無他人, 人無知者, 三屍在房, 至冤莫暴. 官門外, 忽有一狗, 來往躑躅, 閽者逐之, 則乍去旋來, 終不避走, 如是者屢, 官家知之, 怪其狀, 使之任其所之[7], 狗直入官門[8], 至東軒前, 仰首叫喤, 若有所訴. 官家命一校, 隨狗往見之, 狗卽[9]出官門 行[10]至[11]一小屋, 房門深閉, 寂無人聲, 狗牽校衣, 向房門去. 校疑之, 開戶視之, 則房中有三箇[12]屍, 流血滿席, 校大驚, 歸告其由, 官欲爲檢尸[13], 火速馳[14]往, 依[15]幕於比隣, 適某甲之家[16]也. 某甲見[17]官家臨其家, 蒼黃趨避[18], 狗直走某甲之前, 咬嚙某甲. 官家怪之問曰: "此是汝

---

1) 節: 국도본·동양본·일사본·가람본에는 잘못 탈락.
2) 與: 동양본에는 '有'로 표기.
3) 日: 고대본·가람본에는 탈락.
4) 某甲(모갑): 모가비의 음역.
5) 而: 국도본·고대본·일사본·가람본·성균관대본에는 탈락.
6) 其: 고대본·가람본·성균관대본에는 탈락.
7) 之: 국도본·고대본·일사본·가람본·성균관대본에는 '爲'로 표기.
8) 門: 동양본에는 '庭'으로 표기.
9) 卽: 국도본·고대본·일사본·가람본·성균관대본에는 탈락.
10) 行: 국도본·고대본·청구야설·일사본·가람본·성균관대본에는 잘못 탈락.
11) 국도본·고대본·일사본·가람본·성균관대본에는 '十數里'가 더 나옴.
12) 箇: 고대본·가람본에는 탈락. 동양본에는 '介'로 표기.
13) 尸: 국도본·고대본·동양본·청구야설·일사본·가람본·성균관대본에는 '屍'로 표기.
14) 동양본에는 '驪'가 더 나옴.
15) 依: 동양본에는 탈락.
16) 家: 동양본에는 '第'로 표기.
17) 見: 동양본에는 '是'로 잘못 표기.

之讐人乎?" 狗點頭, 官家遂捉下某甲, 嚴加盤問, 不下一杖, 箇箇[19]首實. 卽[20]
報營杖殺之, 厚埋其屍, 狗走至墓旁[21], 一場悲叫而斃. 村人埋其狗於墓[22]前,
題其碑曰: "義狗塚." 昔善山義狗, 隨其主, 往于[23]田, 其主侵暮[24]醉歸, 僵臥於
田中. 適野火起, 將延燒於臥處, 狗以川水濡尾, 漬其旁[25]得滅火, 力盡而斃, 其
主覺而知之, 此地至今有義狗塚. 噫, 善山狗之救主死, 而不恤自死, 誠得報[26]
主之義, 而河東狗則初旣訴冤[27]於官家[28], 末又逞憤於讐人, 賴以[29]報其仇
而[30]償其命, 孰謂禽獸之無知, 而乃若是乎? 比諸善山拘, 亦勝矣. 嶺南雖是
士[31]夫之冀北, 而亦何多義狗也!

18) 趍避: 고대본에는 '避走'로 표기.
19) 箇箇: 동양본에는 '介介'로 표기.
20) 實 卽: 고대본·가람본·성균관대본에는 '尾 卽吐事實'로 표기.
21) 旁: 국도본·고대본·동양본·청구야설·일사본·가람본·성균관대본에는 '傍'으로 표기.
22) 墓: 동양본에는 '廟'로 잘못 표기.
23) 고대본에는 '前'이 더 나옴.
24) 侵暮: 동양본에는 탈락.
25) 旁: 국도본·고대본·동양본·청구야설에는 '傍'으로 표기.
26) 報: 고대본·일사본·가람본·성균관대본에는 '敎'로 표기.
27) 訴冤: 고대본·가람본·성균관대본에는 '冤訴'로 표기.
28) 家: 동양본에는 '庭'으로 표기.
29) 賴以: 국도본·고대본·일사본·가람본·성균관대본에는 탈락.
30) 而: 국도본·고대본·일사본·가람본·성균관대본에는 탈락.
31) 국도본·고대본·일사본·가람본·성균관대본에는 '大'가 더 나옴.

관서 관찰사가 기생을 말에 태워 보내다

양녕대군은 세종의 형이다. 일찍이 관서 지방에 놀러갔다 오겠다고 보고드리자, 세종이 작별하며 여색을 삼가라고 특별히 훈계했다. 대군이 그 말을 삼가 받들며 떠났다. 임금이 관서 관찰사들에게 명하기를, 만약 대군이 가까이하는 기생이 있거든 그 기생을 치전馳傳, 급한 용무에 쓰는 거마으로 올려보내라 했다.

대군은 임금의 가르침을 받들어 여러 읍에서 방기房妓를 물리치도록 엄하게 명했다. 그러나 관찰들과 수령들은 이미 임금의 명을 받은지라 아름다운 기생들을 모아서 갖가지 방법으로 대군을 유혹했다.

대군이 정주定州에 이르렀을 때였다. 소복을 입은 한 기생이 소리 내어 슬피 울고 있었다. 그 모습을 본 대군은 마음이 동했다. 사람을 몰래 보내 기생을 샛길로 불러오게 했다. 대군은 귀신조차 알지 못하리라 생각하고 밤에 기생과 동침했다. 그러고는 시 한 구절을 지어주었다.

명월도 수놓은 베개는 훔쳐보지 않는데

밤바람 무슨 일로 비단 장막 걷어올리나

대개는 은밀하고 그윽한 뜻을 말한 것이었다.

이튿날 관찰사는 역마로 그 기생을 올려보냈다. 임금은 기생에게 밤낮 그 시를 노래하여 익히도록 했다.

대군이 돌아오자 임금이 맞이하여 위로하고는 말했다.

"작별할 때 여색을 경계하라 했던 말을 기억하십니까?"

대군이 말했다.

"소신이 성교聖敎를 삼가 받들었으니 어찌 감히 잊었겠습니까? 감히 가까이한 기생이 없습니다."

그러나 임금은 "우리 형님 수막繡幕, 수를 놓아 장식한 장막 빽빽한 가운데서도 깊이 삼가시고 돌아오셨으니 기쁜 마음으로 축하드립니다. 아름다운 여인 하나 얻어 왔으니 그녀를 드리겠습니다" 했다. 그러고는 궁중에 잔치를 열어 기생으로 하여금 그 시를 노래하게 하고 대군을 모시도록 했다. 대군은 밤에 그녀와 동침했던지라 얼굴을 알아보지 못했다. 그 시를 듣고서야 비로소 계단을 내려가 땅에 엎드려 처벌을 기다렸다. 임금도 계단을 내려가 대군의 손을 잡고 웃었다.

마침내 그 기생을 대군에게 보냈다. 기생이 아들을 낳았는데 그 어미의 본관을 알지 못하므로 '고정정考定正, 살펴서 바로잡는다는 뜻'이라 불렀다. 지금의 이영하李令夏가 그 후손이다.

고정정은 그 행실이 미친 듯했다. 어육을 사와서 마음에 들지 않으면 삶거나 익힌 후라도 돌려주어버렸다. 그래서 물건을 억지로 바꾸는 것을 속칭 '고정정 바꾸기考定正交易'라 부르게 되었다.

참의 이영하가 일찍이 부인과 바둑을 두다가 물려달라고 억지를 부리니 부인이 말했다.

"당신이 고정정이오? 어째서 매번 물리는 겁니까?"

그러자 이영하가 노하여 말했다.

"어찌 바둑 두는 일로써 남의 조상을 매도한단 말이오!"

이런 일이 있었기에 이영하가 과거에 급제했을 때 '늙은 처와 바둑을 두다老妻推枰'로 희제를 삼았다[1] 한다.

關西伯馹騎馳妓

讓寧大君, 英廟之[2]兄也. 嘗呈告遨遊於[3]關西[4], 世宗臨別[5]申戒女色, 大君祗謝[6]而去. 上命關西道臣, 大君如有狎近[7]之妓, 使之馳傳[8]以上. 大君奉聖敎, 嚴勅列邑, 屛去房妓. 方伯守令, 旣奉上命, 故募得美妓, 使之百般揶揄. 大君至定州, 有一妓, 素服號哭, 大君見而悅之, 使人潛作階[9]逕而招之, 自以爲鬼所不知, 夜與狎焉. 贈一律[10]有曰: "明月不須窺繡枕, 夜風何事捲羅幃", 盖道其隱密幽深[11]之意也. 其翌日[12]道伯遂以馹騎馳送, 上命[13]日夜習歌其詩, 及大君歸, 上迎勞, 因曰: "別時戒色之言, 頗記憶否?" 大君曰: "小臣謹奉聖敎, 何敢忘之? 不敢有所近耳." 上曰: "吾兄能於繡幕叢中, 深戒而還, 爲是嘉悅, 購得一佳姬以待耳." 仍設宴禁內, 令妓歌

1) 희제(戱題)를 삼았다: 양반이 과거에 급제하면 크고 작은 축하 잔치를 열었다. 그런 자리에서는 즐거운 분위기를 돋우고자 희작시(戱作詩)도 지었을 법한데 그런 시의 제목을 희제라 한다.
2) 英廟之: 국도본·고대본·일사본·가람본·성균관대본에는 '世宗長'으로 표기.
3) 於: 국도본·고대본·동양본·일사본·가람본에는 탈락.
4) 關西: 국도본·고대본·일사본·가람본·성균관대본에는 '西關'으로 표기.
5) 別: 동양본에는 '則'으로 잘못 표기.
6) 謝: 국도본·고대본·일사본·가람본에는 탈락.
7) 狎近: 동양본에는 '近狎'으로 표기.
8) 傳: 동양본에는 '騎'로 표기.
9) 階: 고대본에는 '堦'로 표기.
10) 동양본에는 '詩'가 더 나옴.
11) 幽深: 고대본·가람본에는 '深幽'로 표기.
12) 日: 국도본·고대본·동양본·일사본·가람본에는 탈락.
13) 命: 고대본·가람본에는 잘못 탈락.

其詩以侑之, 大君旣夜而昵近, 初不識其面目, 聞其詩, 下階伏地待罪[14],
上自下階[15], 握手而笑, 遂以妓歸之. 生子不識其母[16]鄕貫, 命之曰: '考定
正[17].' 今李令夏其後也. 考定正[18], 以狂宗, 貿魚肉而不好, 則雖烹熟[19]還
退, 故俗稱强易爲考定正[20]交易. 李僉議令夏, 嘗與其夫人圍碁[21], 强請還
退[22], 其夫人曰: "君是考[23]定正? 何爲每每還退乎?" 李怒曰: "何以圍碁[24]
之故, 而罵人之祖乎?" 是故李登第, 以[25]老妻推枰, 爲[26]戲題云.

---

14) 罪: 동양본에는 잘못 탈락.
15) 階: 고대본에는 '堦'로 표기.
16) 其母: 국도본·고대본·일사본·가람본·성균관대본에는 잘못 탈락.
17) 考定正: 국도본·고대본·일사본·가람본·성균관대본에는 '古正副正'으로 표기.
18) 考定正: 국도본·고대본·일사본·가람본·성균관대본에는 '古正副正'으로 표기.
19) 熟: 고대본에는 '孰'으로 잘못 표기.
20) 考定正: 국도본·고대본·일사본·가람본·성균관대본에는 '古正副正'으로 표기.
21) 碁: 국도본·고대본·일사본·가람본·성균관대본에는 '棊'로 표기.
22) 退: 동양본에는 잘못 탈락.
23) 考: 고대본·일사본·가람본에는 '古'로 표기.
24) 碁: 국도본에는 '棋'로, 고대본·일사본·가람본·성균관대본에는 '棊'로 표기.
25) 以: 동양본에는 '而'로 표기.
26) 爲: 동양본에는 탈락.

청주 원이 권모술수로 도둑을 잡다

이지광 李趾光은 백성을 잘 다스려 이름을 날렸는데 특히 소송판결을 귀신같이 했다. 그가 청주 원으로 있을 때 한 스님이 와서 하소연을 했다.

"저는 아무 곳에 사는 중으로 종이를 팔아 생계를 이어가고 있나이다. 오늘 시장에 백지 한 덩어리를 지고 오다가 쉬려고 길가에 짐을 벗어 놓았습니다. 잠시 뒤 돌아보니 종이 덩어리가 간 곳이 없었습니다. 사방으로 찾아보았지만 끝내 찾을 수 없었지요. 장사 밑천을 잃어버려 돌아갈 희망이 사라졌습니다. 엎드려 비오니 그걸 찾아주시어 남은 목숨을 살려주십시오."

이지광이 말했다.

"네가 잘 지키지 못하여 수많은 사람 사이에서 잃어버렸으니 찾아주고자 한들 어디에다 물어보겠느냐? 번거로이 시끄럽게 굴지 말고 즉시 물러가거라."

조금 뒤 이지광은 일이 있어 수레를 준비시켜 십 리 밖으로 나갔다가

어스름에 관아로 돌아왔다. 길가에 있는 장승을 보고 손으로 가리키며
말했다.

"저것은 뭐하는 놈인데 사또 행차 앞에서 오만불손하게 우뚝 서 있기
만 한단 말이냐!"

하인들이 말했다.

"저것은 사람이 아니라 장승입니다."

"장승이라 하더라도 거만한 것은 거만한 것이다. 잡아와 밖에 구류해
두고 날 밝기를 기다리자. 밤을 틈타 도망칠 염려가 있으니 삼반관속三
班官屬, 지방 각 부군의 아전, 장교, 관노, 사령의 총칭들은 관문에서 대령하고 있는 자를
제외하고는 모두 지키고 있는 게 좋을 것이다!"

관하인들은 일제히 그러겠노라 응답은 했지만 모두 슬며시 어이없다
는 웃음을 지으며 누구도 지키고 있지 않았다. 이지광은 이들이 그럴 줄
짐작하고서 밤이 깊어지자 영리한 통인으로 하여금 장승을 다른 곳에
몰래 옮겨두게 했다.

다음날 아침 일찍 관아를 열고 나졸들을 호령해 장승을 잡아오라고
분부했다. 나졸들이 그 자리로 쫓아가보니 붉은 수염 장군장승은 이미
오유선생[1]이 되어 있었다. 그제야 겁을 내며 근처를 두루 살펴보았다.
사또의 호령이 성화같아 나졸들은 부득이 장승을 잃어버리게 된 사정
을 말하고 처벌을 기다렸다. 이지광이 짐짓 분노한 얼굴빛을 지으며 말
했다.

"관속이 되어서 사또의 명을 어기고 숙직하지 않아 결국 장승을 잃어
버렸도다! 벌을 내리지 않을 수 없다. 수리首吏 이하 모두는 즉각 종이 한
묶음씩을 대령하라! 만약 들이지 못하는 자가 있으면 태형 이십 대로

---

1) 오유선생(烏有先生): '오(烏)'는 '어찌'의 뜻이니, '오유(烏有)'는 '어찌 있는'의 뜻이 된다. '오
유선생'은 '어찌 있을 수 있는 선생이겠느냐?', 즉 '상식적으로 도저히 있을 수 없는 사람'이라
는 뜻이다. 『사기史記』에서 사마상여(司馬相如)가 만든 말이다.

대신하겠다!"

이에 삼반관속들은 모두 종이를 바쳤는데 잠깐 사이에 관아 마당에 종이가 가득 쌓였다.

곧장 어제 와서 호소했던 스님을 불러들이게 하고 그중에서 그가 잃어버린 종이를 찾아내게 했다. 스님이 가지고 있던 종이에는 원래 표시가 있어서 그 표시를 보고 찾아내니 한 덩어리가 되었다. 이지광이 말했다.

"이제 네 종이를 다 찾았으니 속히 갖고 나가거라. 차후에는 조심하여 잘 지켜서 이런 대수롭지 않은 일이 다시는 일어나지 않도록 해라."

스님이 백배사례를 올리고 떠났다.

이지광은 이어서 그 종이 묶음이 나온 곳을 조사했는데, 시장 변두리에 사는 한 무뢰한이 훔친 것이었다. 무뢰한은 종이 묶음을 자기 집에 옮겨두었는데 마침 관가에서 종이를 납품하라고 독촉해서 종잇값이 치솟자 모두 팔아먹은 것이었다. 그 무뢰한을 잡아들여 치죄하고 그 값을 추징해 종이를 사온 관속들에게 나누어주었다. 나머지 종이 묶음은 납품한 사람들에게 각자 자기 것을 가져가게 했다.

이리하여 한 읍의 아전과 백성 모두 그의 신묘함에 탄복했다.

淸州倅[2] 權術捕盜

李趾光, 以善治名, 決訟如神. 莅淸州時, 有一衲人訴曰: "某以某處僧, 賣紙資生, 今日場市, 負一塊白紙來憩市旁[3], 暫爲釋負矣, 旋卽回顧, 則紙塊已不知去處[4], 四面搜索, 終莫能得, 失此資業, 萬無還歸[5]之望, 伏乞推

2) 동양본에는 '以'가 더 나옴.
3) 旁: 국도본·고대본·청구야서·일사본·가람본·성균관대본에는 '傍'으로 표기.
4) 處: 국도본에는 '定'으로 잘못 표기.
5) 歸: 고대본·가람본·성균관대본에는 '鄕'으로 표기.

給, 活此殘命"云云. 李曰: "汝不能善守, 而見失於人海之[6]中, 雖欲推給, 將問於何處乎? 須勿煩聒, 卽爲退去." 頃之, 因事命駕於十里之地, 薄昏還衙, 見路旁[7]長丞, 以手指之曰: "此是何物, 官行之前, 乃敢偃蹇長立乎!" 下隷曰: "此非人也. 卽長丞也." 李曰: "雖是長丞, 亦是[8]倨傲, 使之拿來, 拘留於外, 以待明朝, 而亦不無乘夜逃躱之慮, 三班官屬, 除官門待令外, 一幷守直可也!" 官隷輩, 雖齊[9]聲應答, 而皆面面竊笑, 無一[10]人守直者. 李固揣[11]知其如此, 及至[12]深夜, 使伶俐[13]通引, 暗地移[14]置於他處. 翌日早起開衙, 號令羅卒, 使之拿入, 羅卒奔往其處, 則朱髥將軍, 已化爲烏有先生矣. 始生疑㤼, 遍索近處, 官家號令, 急於星火, 羅卒輩[15]不得已, 見失之由, 入告待罪, 李乃佯作忿[16]怒之色曰: "身爲官屬, 不遵官令, 不善守直, 竟爲失之, 不可無罰! 自首吏以下, 各納罰[17]紙一束, 卽刻待令, 如有不納者, 當以笞二十度代之!" 於是三番下人, 盡皆納紙, 須臾積置官庭, 卽令招昨日入訴之僧, 使之卞別渠所失之紙於此中, 僧紙本有所標, 隨其標[18], 隨手探出, 數滿一塊, 李曰: "旣索汝紙, 須速出去! 此後小心謹守, 毋作如此歇后[19]." 其僧百拜致謝而去. 李因[20]覈[21]其紙束所從來, 則卽市邊居一無賴漢所竊

6) 之: 고대본·일사본·가람본·성균관대본에는 탈락.
7) 旁: 국도본·고대본·청구야서·일사본·가람본·성균관대본에는 '傍'으로 표기.
8) 是: 동양본·일사본·가람본에는 '甚'으로 표기.
9) 齊: 국도본·고대본·일사본·가람본·성균관대본에는 탈락.
10) 一: 고대본·가람본에는 탈락.
11) 揣: 동양본에는 탈락.
12) 至: 고대본·일사본·가람본·성균관대본에는 '此'로 표기.
13) 俐: 동양본에는 '例'로 잘못 표기.
14) 地移: 동양본에는 탈락.
15) 輩: 동양본에는 탈락.
16) 忿: 고대본·동양본에는 '憤'으로 표기.
17) 罰: 동양본에는 탈락.
18) 隨其標: 동양본에는 탈락.
19) 歇后(헐후): 대수롭지 않음. 고대본·가람본은 '后'를 '後'로 표기.
20) 동양본에는 '作'이 더 나옴.
21) 동양본에는 '數'가 더 나옴.

取者. 輸置渠家, 適當闕紙督納之時, 紙價甚翔, 遂盡發賣矣. 仍[22]捉入厥漢, 治其罪, 而徵其價, 分給買來之官屬, 其餘紙束, 幷令所納諸人, 各自取去, 於是一邑吏[23]民, 皆伏其神矣.

22) 仍: 고대본·동양본·일사본·가람본·성균관대본에는 '乃'로 표기.
23) 吏: 국도본·고대본·일사본·가람본·성균관대본에는 '人'으로 표기.

박도령이 혼수를 얻으려고 표문을 지어 바치다

옛날 홍주읍洪州邑, 충청남도 홍성군 홍성면에 박도령이 살았다. 일찍이 부모를 잃고 몹시 가난했기에 여러 해 동안 품을 팔며 생계를 꾸려갔다. 나이가 서른이 넘었는데도 장가를 들지 못하다가 마침내 혼처가 생겼다. 그러나 아무것도 가진 게 없어 한 푼도 마련할 수가 없었다. 부득이 사륙문[1]을 지어 본관 사또에게 바쳤다. 그 글은 다음과 같다.

부친과 조부 때부터 본래 가난했으니
서른 넘은 나이에 장가드는 것이 이미 부끄럽습니다

혼사가 정해지면 부조하는 것이 관례이니
감히 바라옵건대 다소간 처분을 내려 도와주소서

---

1) 사륙문(四六文): 변려문(騈儷文). 중국의 육조와 당나라 때 성행한 한문 문체. 문장 전편이 대구로 구성되어 읽는 이에게 아름다운 느낌을 주며, 넉 자로 된 구와 여섯 자로 된 구를 배열하기 때문에 사륙문이라고도 한다.

하민下民의 마음을 통촉해주시어
특별히 사또의 덕을 입게 해주소서

삼가 생각건대 저는

인사를 제대로 살피지 못한 것이 많아
가문에서도 저를 달가워하지 않습니다

가슴속이 우매하여도
대략 열댓 줄의 반절음 정도는 알지만[2]

두 주먹 불끈 내밀어봐도
애당초 변통할 한두 푼도 없습니다

지금껏 마땅한 혼처가 없었던 까닭은
처궁[3]에 살이 많이 끼어서일 뿐만이 아닙니다

안약정約正과 김풍헌風憲
이들은 모두 제가 그들의 딸에게 장가들기를 원치 않았고

2) 대략 열댓~정도는 알지만: 우매하지만 대략은 안다는 문맥으로 봤을 때 자신이 무지한 사람이지만 어느 정도는 글줄을 안다는 의미로 쓴 듯하다. 반절음은 한자음을 나누는 방식으로 여기서는 운자를 가리킨 것으로 보인다. 한시 등의 운문을 짓기 위해서는 한자의 운을 외우는 것이 중요한데 그 가운데 가장 기본이 되는 것이 보통 "동동강지미어우(東冬江支微魚虞)……"로 시작하는 상평성 15운과 하평성 15운을 합친 평성 30운이다. 즉 가장 기본이 되는 30운 가운데서도 시작점인 상평성 15운 정도는 안다는 표현을 써서 대략 글줄은 지을 줄 안다고 말한 것으로 보이는데, 이 역시 분명치는 않다.
3) 처궁(妻宮): 남자의 사주에서 처첩궁의 약칭으로, 점성가들이 인간의 길흉을 판단하는 12궁 가운데 하나다. 처첩의 아름다움과 추함이나 성질, 건강, 인연의 후박 등을 설명한다.

허좌수座首와 권별감別監
저들은 또한 저를 사위 삼는데 뜻이 없었습니다

머리 위에 상투 튼 지 이미 오래이니[4]
사람들은 혹 제가 상처한 것은 아닌지 의심하고

다리 사이에 불알 두 짝이 진작 다 자랐으니
누군들 자식 없음을 원통해하지 않겠습니까

과붓집 외동딸 사위 되는 것은
평소 간절한 소원이었으나 틀어졌고

대신 댁 계집종 남편 되는 것은
한양과 먼 향리에 사는 처지라 글렀습니다

그래서 이러지도 저러지도 못하는 사이
매번 올해 다음해 하면서 허송세월하게 되었습니다

사람들 빽빽이 있는 넓은 장소에서는
술을 마시지 않아도 얼굴이 달아올랐고

혼자서 잠드는 텅 빈 방안에서는

---

4) 머리 위에~이미 오래이니: 혼인하지 않았으므로 상투를 틀면 안 되지만, 나이든 사람이 남
으로부터 무시당하지 않기 위해 상투를 틀어올리곤 했는데 그것을 '건상투'라 했다. 주인공도
건상투를 했는데, 남들은 주인공이 상투를 틀었는데도 아내가 없으므로 상처한 것이 아닌가
의심한 것이다.

온돌이 따뜻해도 마음은 시렸습니다

일찍이 강보에 싸인 갓난아이에 지나지 않았으니
송나라 신종의 천생연분이 어디에 있단 말이며[5]

아직도 옷자락 아래 진미성교(性交)를 가리킨다를 알지 못하니
양나라 처사의 인생이 가련합니다[6]

심사가 울적할 적에
어찌 권부인의 놀음[7]이 없겠습니까

아이들을 만나게 되면
늙은 도령이라 부르는 통에 난감합니다

호랑이와 이리는 새벽에 기세가 참으로 궁하고
생쥐는 어두워지면 홀연 튀어나옵니다[8]

---

5) 송나라 신종(神宗)의~있단 말이며: 송나라 신종이 사랑한 여인과 관련된 고사인 듯하나 미
상이다. 신종은 조욱(趙頊, 1048~1085)으로 북송의 6대 황제다. 왕안석을 등용해 국정을 개혁
한 것으로 유명하다.
6) 양나라 처사의 인생이 가련합니다: 양나라 처사란 중국 남조(南朝) 양나라 여강(廬江) 첨현
(灊縣) 사람인 하윤(何胤, 446~531)을 가리킨다. 그는 학문에 조예가 깊었는데 불교를 깊이 신
봉하여 처첩을 두지 않고 살았다. 이에 처자 없이 산 하윤의 인생을 박도령 자신의 인생과 연
계하여 말한 것이다.
7) 권부인의 놀음: 권부인(拳夫人)은 한 무제의 후궁이었던 조첩여(趙婕妤)의 별칭이다. 조첩
여는 날 때부터 오른 주먹을 펴지 않았는데 무제가 손을 펴서 곡옥을 얻고 나서야 손이 차츰
펴졌다고 하여 권부인이라 불렀다. 그러나 여기서는 이를 가리키는 것이 아니라 주먹 부인, 즉
수음(手淫)을 돌려 말한 것으로 보인다.
8) 호랑이와 이리는~홀연 튀어나옵니다: 호랑이나 이리 같은 맹수도 해가 뜨면 신세가 궁해
지고 생쥐 같은 미물도 때를 만나면 활개를 친다는 뜻으로, 장가들지 못하고 때를 만나지 못
한 자기 신세를 비유한 말이다.

복자하와 단목사처럼[9]
목과 복의 성[10]은 비록 같지만

양산군과 화음주로
음양의 본관은 다릅니다[11]

이제 겨우 열여섯 아기씨는
다른 남자를 경험해보지 않았음을 참으로 알겠고

사십에 가까운 노신랑은
정녕코 아내가 없노라고 반드시 말합니다

사주단자를 물리지 않으니
다른 사람이 이간질할 수 없음을 스스로 절절히 기뻐하고

삼당[12]이 서로 부합하니
이는 이른바 하늘이 정한 배필이라는 것입니다

---

9) 복자하(卜子夏)와 단목사(端木賜)처럼: 복자하는 공자의 제자로, 성은 복, 이름은 상(商)이
며 자하는 그의 자다. 단목사는 공자의 제자로 성은 단목, 이름은 사이며 자는 자공(子貢)이다.
10) 목(木)과 복(卜)의 성: 단목사의 목(木)과 복자하의 복(卜)을 합치면 박도령의 성씨인 박
(朴)이 된다.
11) 음양의 본관은 다릅니다: 음양은 남녀를 가리키는 것으로, 목과 복의 성을 받은 것은 같다
는 앞 구절과 연계해볼 때 박도령과 마찬가지로 신부 될 사람 역시 박씨인데 서로 본관은 다
르다는 말인 듯하다. '양산 박씨'가 있으니, 양산군은 경남 양산을 지칭한다 하겠지만, 화음주
가 어디인지는 미상이다.
12) 삼당(三堂): 당(堂)은 팔촌 안쪽의 친족을 뜻한다. 삼당은 친척·인척·외척 팔촌 이내를 지칭
할 듯하다.

다만 지금 불알 두 짝 말고는 가진 것이라곤 없으니
이는 온 고을 사람이 알고 있는 사실입니다

여주에 사는 사촌형은
과연 혼자 힘으로 저를 도와줄 형편이 못 되고

가평에 사는 친척 어르신은
매번 중년에 장가드는 것이 매우 절실하다고 부추기십니다

신부 쪽은 이미 뼈만 남은 양반이니
육덕을 입기는 어려운 형편이고[13]

이쪽 또한 망해가던 도깨비[14] 같은 신세이니
술잔을 구할 수가 없습니다

빌리면 충분히 입을 수 있으니
도포는 우선 놔두더라도

---

13) 육덕(肉德)을 입기는 어려운 형편이고: 육덕은 남녀가 육체적으로 결합할 때 살에서 느끼는 쾌감을 가리킨다. 신부가 깡마르고 신부집 역시 가난하여 넉넉하지 못한 상황을 아울러 표현한 것으로 보이는데, 한편으로는 전후 문맥상 혼례에 필요한 물품을 장만하지 못하는 상황을 열거하고 있다. 따라서 신부집 역시 가난하여 고기 장만하는 것을 기대할 수 없다는 말을 육덕이라는 성적 은어로 표현한 것이 아닌가 한다.
14) 망해가던 도깨비: 원문은 '推亡之獨脚'으로, '퇴망(推亡)'은 망하는 것을 밀어낸다는 뜻이다. 『서경書經』 「상서尚書 중훼지고仲虺之誥」에 "망하는 것을 밀어내고 보존하는 것을 튼튼히 해야 나라가 번창할 것입니다(推亡固存, 邦乃其昌)"라 했다. 이는 박도령이 거의 망해가다가 그나마 망하지 않고 근근이 지탱해온 신세임을 비유한 말이다. '독각(獨脚)'은 도깨비를 가리키는 것으로, 사람 구실도 제대로 못하는 자기 신세를 비유한 말이다.

예는 폐할 수 없으니
신부집에 보내는 폐백은 장차 어찌하오리까

몇 년을 한 생각으로 혼례 준비를 해왔는데
지금은 온갖 일이 우환거리입니다

어르신들 술대접 빚은
장차 감당할 길이 없고

신혼 때 소금이며 장을 장만할 근심은
이전에 겪어보지 못한 일입니다

푼돈도 오히려 손에 넣지 못했으니
관대冠帶 빌릴 비용을 지급하지 못하는 것이 또한 난감하고

한 자 길이의 무명옷도 애당초 몸에 걸쳐본 적이 없으니
옷감 준비하지 못하는 것이 더욱 근심스럽습니다

장님의 아들이 여인을 보쌈하여[15] 결혼하게 했으니
지평 관원의 명성이 자자하고

무당의 딸과 간통하여 희롱했으니
횡성 사또의 작태에 혀를 차게 됩니다[16]

---

15) 보쌈하여: 원문은 '겁혼(㤼婚)'으로 여인을 강제로 겁박해 와서 혼인하는 풍습을 가리키는
말이다. 우리나라의 상황에 맞는 보쌈이라는 말로 표현했다.

전에는 소부가 있었고 뒤에는 두모가 있었으니[17)
관가에서 백성을 자식처럼 돌본 일 또한 많습니다

안으로는 원망하는 여자가 없고 밖으로는 홀아비가 없게 하라[18)
조정에서 이러한 내용을 신칙한 적이 한두 번이 아닙니다

배삭조[19)에 기재된 것 외에
반드시 너덧 말쯤 잉여분이 있을 것이고

제번포除番布, 번 드는 것을 면제받는 대가로 관가에 내던 면포로 적립한 것 가운데
어찌 예닐곱 되가량 쓸 수 있는 것이 없겠습니까

노 애공의 절교[20)는 오래전 일이지만
이는 또한 세세하게 생각해보셔야 할 것이고

---

16) 장님의 아들이~차게 됩니다: 지평은 경기도 지평(砥平)이며 횡성은 강원도 횡성(橫城)이다. 당대에 장님의 아들, 무당의 딸과 관련된 일이 회자되었던 듯한데, 현재로서는 자세한 사항을 알기 어렵다. 다만 문맥과 상황을 따져볼 때, 앞의 지평 관원은 불우한 처지라 할 수 있는 장님의 아들이 결혼을 할 수 있도록 도움을 준 경우이고, 뒤의 횡성 사또는 민간 여인을 자신이 차지한 경우다. 즉 지금 홍천 사또 또한 지평 관원을 본받아 자기와 같이 불우한 사람을 도와줄 것이요, 횡성 사또처럼 민간 여인을 빼앗아가는 작태는 보이지 말라는 뜻으로 이런 말을 한 듯하다.
17) 전에는 소부가~두모가 있었으니: 소부(召父)는 소신신(召信臣)이며 두모(杜母)는 두시(杜詩)로, 모두 한(漢)나라 때 전후로 남양태수(南陽太守)가 되어 선정을 베풀었다. 당시 백성들은 이들을 칭송하여 "전에는 소부가 있었고, 뒤에는 두모가 있었다"라 했다. 『한서漢書』 권89 「순리전循吏傳 소신신召信臣」, 『후한서後漢書』 권31 「두시열전杜詩列傳」.
18) 안으로는 원망하는~없게 하라: 부부의 도는 중한 것이므로 혼기가 지나도록 시집 장가를 들지 못하는 이가 없도록 하는 일이 왕도정치라는 말이다. 『맹자』 「양혜왕梁惠王 하下」에 태왕의 시대에는 "안에는 남편이 없어서 독수공방하며 원망하는 여자가 없었고, 밖에는 아내 없이 혼자서 사는 홀아비가 없었다(內無怨女, 外無曠夫)"라 했다.
19) 배삭조(排朔條): 배삭이란 원역(員役)들에게 매달 급료로 무명이나 베를 지급하는 것을 가리킨다. 일종의 급료 장부와 같다.

맹상군의 출처²¹⁾는 더욱 어려운 일이겠으나
삼가 바라옵건대 다다익판²²⁾케 하옵소서

옛 성인이 어찌 저를 속였겠습니까
백성은 여색과 함께하는 것을 기뻐하나이다²³⁾

후생이 장차 어디로 가리이까
수령칠사에서 호구를 반드시 늘리는 것이 포상을 받는 일입니다²⁴⁾

20) 노(魯) 애공(哀公)의 절교(絶交): 공자의 제자 자장(子張)이 노 애공을 보고 나서 이레가 지났는데도 예우를 하지 않자 '섭공호룡(葉公好龍)'의 이야기를 남기고 떠나갔다는 이야기가 한(漢)나라 유향(劉向)의 『신서新序』「잡사雜事」에 나온다. 섭공자고(葉公子高)가 용을 지나치게 좋아해서 집안 이곳저곳에 용을 새겨 장식해놓자 진짜 용이 내려와서 머리를 내밀고 꼬리를 서렸는데, 섭공이 이를 보고는 대경실색하여 달아났다 한다. 이는 섭공이 진정으로 용을 좋아한 것이 아니라 용 같으면서도 용 아닌 것을 좋아한 것(是葉公非好龍也, 好夫似龍而非龍者也)이라는 내용이다. 즉, 애공이 인재를 좋아하는 척만 했지 진정으로 인재를 좋아한 것은 아니라는 뜻으로, 사또는 노 애공을 본받지 말고 박도령 자신을 잘 도와주어야 한다는 취지로 언급한 말이다.
21) 맹상군(孟嘗君)의 출처: 맹상군이 인재를 진심으로 대우했던 일을 가리킨다. 제나라 사람 풍환(馮驩)이 맹상군의 문객으로서 중시되지 못하자 세 번이나 자기 칼자루를 두들기면서 노래를 불렀다고 한다. 처음에는 "긴 칼아 돌아갈지어다. 밥상에 고기가 없구나" 하고, 두번째에는 "긴 칼아 돌아갈지어다. 외출함에 수레가 없구나" 하고, 세번째에는 "긴 칼아 돌아갈지어다. 살 집이 없구나" 했다. 그러자 맹상군이 그때마다 그가 요구한 바를 다 들어주었다. 이에 풍환이 맹상군을 위해 온 마음을 다해 일했다. 『사기』 권75 「맹상군열전孟嘗君列傳」.
22) 다다익판(多多益辦): 다다익선과 유사한 말이며, 많으면 많을수록 일 처리가 쉽다는 뜻으로 혼례에 부조를 많이 해줄 것을 청한 말이다. 한고조가 한신과 더불어 수하 장군들이 군사를 몇 명이나 통솔할 수 있는지를 놓고 논하다가, 한신에게 "그대는 몇 명을 거느릴 수 있는가?"라고 묻자 한신이 "많으면 많을수록 일을 처리하기 쉽다"라고 답한 데서 나온 말이다. 『한서漢書』 권34 「한신전韓信傳」.
23) 옛 성인이~것을 기뻐하나이다: 『맹자』 「양혜왕梁惠王 하下」의 다음 내용을 가리킨다. 왕이 "과인은 병통이 있으니, 여색을 좋아합니다"라 하자, 맹자가 "옛적에 태왕이 여색을 좋아하시어 그 후비를 사랑했습니다. 『시경』에 이르기를 '고공단보가 아침에 말을 달려와서 서쪽 물가를 따라 기산(岐山) 아래에 이르러 이에 강녀(姜女)와 더불어 와서 집터를 보았다' 했습니다. 이때를 당하여 안에는 원망하는 여자가 없고 밖에는 홀아비가 없었으니, 왕께서 만일 여색을 좋아하시거든 백성과 함께하신다면 왕 노릇 하심에 무슨 어려움이 있겠습니까"라 했다.

오월 전에 폐백을 올릴 수 있게 해주신다면
감히 백배를 올리고 나서 전안지례²⁵⁾를 지내지 않겠습니까

양기陽氣가 부족하니
비록 남의 지아비 되기는 부끄러우나

사또께서 도와주시는 음덕은 잊기 어려울 것이니
온 힘을 다해 은혜를 갚으리이다

　본관 사또는 이 글을 보고 정리情理가 불쌍했을 뿐 아니라 그 변려문의 정밀함과 교묘함을 매우 가상하게 여겼다. 특별히 돈꿰미와 쌀부대를 지급하여 혼수에 보태게 하고 능히 처를 얻어 거기서 살아가게 했다 한다.

　이정제²⁶⁾의 아들 창원²⁷⁾은 나이 마흔의 궁핍한 선비로 과거 합격자

---

24) 후생이 장차~받는 일입니다: 박도령 자신이 사또의 도움으로 결혼을 하게 되면 다른 곳에 가지 않고 이곳 홍주에서 자식을 낳고 잘살게 될 것이므로, 이렇게 관내 호구를 늘리는 것 역시 수령이 해야 할일로 후에 포상을 받을 일이라는 뜻이다. 수령칠사란 농잠을 흥성하게 한다는 농상성(農桑盛), 호구를 늘린다는 호구증(戶口增), 학교를 일으킨다는 학교흥(學校興), 군사를 정비한다는 군정수(軍政修), 부역을 고르게 한다는 부역균(賦役均), 송사(訟事)를 간략하게 한다는 사송간(詞訟簡), 간사하고 교활한 아전 등을 제거한다는 간활식(奸猾息)이다. 관찰사는 절도사와 함께 이 칠사를 기준으로 수령을 평가하여 표창하거나 벌을 주었다.
25) 전안지례(奠雁之禮): 혼례를 뜻하는 것으로, 신랑이 신부집에 기러기를 가지고 가서 상 위에 놓고 절하는 예이다. 산 기러기를 쓰기도 하나 흔히 나무로 만든 것을 썼다.
26) 이정제(李廷濟, 1670~1737): 자는 중협(仲協), 호는 죽호(竹湖). 1699년 사마시를 거쳐 이듬해 춘당대문과에 병과로 급제하고, 소론으로서 정언·지평·사간 등을 거치면서 이유·김창집 등 노론 계열의 중신을 탄핵하다가 파직되기도 했다. 1723년 노론 축출에 가담했다가 1725년 노론의 집권으로 삭직되었다. 1728년 경기도 관찰사에 임명되어 대사헌·형조판서·호조판서 등을 역임하고 지중추부사에 이르렀다. 스무 살에 경서와 사기에 통달했으며 사십여 년을 관직에 있으면서 오직 청렴함과 강직함으로써 왕을 보필했다.

명단에 이름을 올린 적이 없었다. 또 끌어주는 사람도 없는지라 초사^初仕, 처음으로 하는 벼슬의 의망[28]에도 추천받은 적이 없었다.

때마침 병조판서가 자기 마을 출신이었는데 도정[29]에 사산감역관[30] 두 자리가 생겼다. 창원은 만분의 일의 요행을 바라며 장편 변려문 한 편을 지어 바쳤다. 병조판서는 비록 일면식도 없었지만 같은 마을 출신이라 그 빈궁한 사정을 익히 들어 불쌍하게 여기고 있었다. 그 표[31]를 보니 글이 골계^{滑稽}에 가까웠지만 대구가 정교하고 교묘했다. 그래서 도정에서 다른 사람들을 밀어내고 그를 첫째 의망에 올려 창원이 벼슬을 얻게 해주었다. 그 표는 다음과 같다.

글 실력은 게꽁지처럼 짧으나 현달을 간절히 바랍니다

<hr>

27) 창원(昌元): 야담이라 역사적 사실과 꼭 부합하지는 않겠으나, 참고로 살펴보면 다음과 같다. 『사마방목司馬榜目』을 보면, 표문의 주인공인 이창원은 자가 도문(道文)으로 1694년에 출생해 1735년 마흔두 살에 생원시에 합격했다. 또한 『승정원일기』를 보면 영조 조에 이창원이라는 인물이 여러 관직을 역임한 것으로 나오는데 동일 인물이 또 있는 듯해 확정할 수는 없다. 1762년 10월 7일 기사에 "좌승지 이익원(李翼元)의 육촌형인 전 부사(府使) 이창원이 죽었다"라는 부분의 이창원은 확실히 표문의 주인공인 이창원을 가리킨다. 이익원의 증조는 이이재(李以載)인데 이창원의 증조 역시 이이재이기 때문이다. 『승정원일기』의 앞 기사들을 참고하면 이창원이 밀양부사(密陽府使)를 역임한 것은 틀림없다. 종합해보면 마흔이 넘어서야 벼슬길에 나선 이창원을 모티브로 이러한 야담이 생겨난 것이다. 또한 이창원이 생원시에 합격한 무렵을 전후로 병조판서에 있었던 사람은 윤유와 조상경(趙尙絅)인데, 윤유는 소론이고 조상경은 노론이므로 역사적 사실로 보면 이 야담에서 병조판서는 윤유일 것이다. 또한 표문에는 "노론과 소론끼리는 정의가 통하지 않으니 이조판서께서 저와 다른 당색인 것을 어찌하겠습니까"라는 말이 나온다. 윤유가 병조판서일 무렵 이조판서였던 사람은 김재로(金在魯)와 송인명(宋寅明)으로 김재로는 대표적인 노론이고 송인명은 소론이면서 탕평책을 지지했던 인물이다. 따라서 역사적 사실로 보면 이 야담에서의 이조판서는 김재로일 것이다.
28) 의망(擬望): 관원을 임명할 때 후보자 세 사람을 추천하던 일. 임금은 추천자 명단을 참조해 결정했다.
29) 도정(都政): 도목정사(都目政事). 벼슬아치의 치적을 종합 심사하여 그 결과에 따라 벼슬을 높여주거나 좌천시키거나 파면하는 것.
30) 사산감역관(四山監役官): 조선시대에 한성부(漢城府) 주위에 있는 산의 성첩(城堞)·수목 등을 보호하는 일을 담당하던 군직(軍職).

견항진^{犬項津}에 결원이 생겼으니 전차해주시기를 바랍니다 ³²⁾

오직 대감께서 저를 가여워하고 불쌍히 여겨주시는 것이
바로 소생에게는 명줄이고 복줄입니다

삼가 생각건대 소생은

야트막한 산 끊어진 언덕의 나머지 줄기 같은 신세요
짠내 나는 좀벌레³³⁾의 잔약한 새끼 같은 신세입니다

육품 벼슬의 선징^{先徵}은
일찍이 북경에서 높아져 온 콧대를 어루만지고³⁴⁾

---

31) 표(表): 신하가 자기 심중을 나타내 임금에게 올리는 문장 형식의 하나. 조선시대에 과거 중장(中場)의 시험과목으로 채택되었다. 표문은 신하가 국왕에게 올리는 표문과 외교문서로서의 표문으로 나뉜다. 세부적으로 하표(賀表)·사표(謝表)·청표(請表)·진정표(陳情表)·진봉표(進奉表)·걸표(乞表)·양표(讓表)로 나눌 수 있다. 하표는 왕의 즉위나 세자의 책봉 등 국가 또는 왕실의 경사가 있을 때 이를 축하하는 글이고, 사표는 관직의 제수·승진 또는 물품의 하사에 대해 감사의 뜻을 표하는 글이다. 청표는 임금에게 특정한 조처를 요청하는 글이며, 진봉표는 특정한 물품이나 책을 올리며 잘 헤아려주기를 바라는 글이다. 걸표는 내직에서 외직으로 보내줄 것을 청하거나 치사(致仕)를 요구하는 글이며, 양표는 특정 관직의 제수를 사양하는 글이다. 표문의 문체는 산문으로 쓰인 한(漢)·진(晉) 시대의 고체(古體)와 당·송 이후에 사류변려문으로 저술된 당체와 송체가 있다. 우리나라의 경우 사류변려문 형식이 주종을 이루었다.

32) 견항진(犬項津)에 결원이~전차(塡差)해주시기를 바랍니다: 견항진은 한강 광나루 부근의 물목을 일컫는 이름이다. 전차(塡差)는 결원이 발생한 자리를 보충하는 것을 가리킨다. 견항진을 담당하는 감역관 자리를 내려달라고 요청한 것이다.

33) 짠내 나는 좀벌레: 염전에서 농간을 부리는 상인을 '염두(鹽蠹)'라고 비하하는 단어도 있으므로, 이는 자신을 격하하여 표현한 말로 볼 수 있다.

34) 육품 벼슬의~콧대를 어루만지고: 6품 벼슬을 하는 선징이 누구를 지칭하는지 확실치 않으나, 문맥상 작자와 가까운 누군가를 가리키는 것으로 보인다. 또한 '북경에서 높아져 온 콧대' 역시 무슨 뜻인지 알 수 없다. 혹 작자와 가까운 지인이 북경에 사신으로 다녀온 일이 있고 그로 인해 콧대가 높아졌다는 것을 이렇게 표현한 것인지도 모르겠다.

한방에서 같이 사는 마누라는
항상 도성 남문 쪽에 높이 걸린 솟을대문을 자랑합니다³⁵⁾

그저 봄 강철³⁶⁾ 같은 기박한 운수였기에
대번에 가을 망태^{網太}의 나이가 차버렸습니다³⁷⁾

인물이 걸출하여
백관의 일을 감당할 수 있을 것이라 자부했는데

운명이 기구하여
여태 초사 자리도 얻지 못했습니다

윤운중의 관대를 한번 입어보니
박수복^{朴守僕}이 힐끔힐끔 보는 것이 부끄럽고³⁸⁾

능참봉³⁹⁾의 운수를 미리 헤아렸으나

---

35) 한방에서 같이~솟을대문을 자랑합니다: 아내가 친정집의 부유함과 문벌을 과시한다는 뜻이다.
36) 봄 강철(强鐵): 여기서 봄은 초목이나 과실이 다 자라나지 못한 미성숙한 상태를 가리킨다. '강철지추(强鐵之秋)'라는 고사성어는, 강철이라는 동물이 지나가면 초목이 번성하고 과실이 다 익어가는 가을도 도로 봄이 되어버린다는 뜻으로 다 되어가는 상황이 방해를 받아 잘못되는 것을 가리킨다. 즉 '봄 강철'이란 풀리지 않는 운수를 비유한 말이다.
37) 대번에 가을~나이가 차버렸습니다: 문맥상 팔자가 기박하여 벼슬을 하지 못하고 벌써 나이 마흔이 차버렸다는 의미인 듯하다. 가을 망태(網太)는 마흔의 나이를 지칭하는 듯한데, 망태의 의미가 불명확하여 확정할 수는 없다.
38) 윤운중(尹雲中)의 관대를~것이 부끄럽고: 문맥상 윤운중은 아마 이창원의 지인일 것 같다. 이창원이 벼슬을 하고 있는 윤운중의 관대를 한번 얻어 입어보았더니 성균관 수복(守僕)이었을 것으로 짐작되는 박수복이 관복을 입은 이창원의 모습을 힐끔힐끔 쳐다보았다. 이창원은 그것이 부끄럽다는 의미이다.

오판수吳判守가 단언했던 말은 증험이 없습니다[40]

남들은 다 녹봉을 받아먹는데
책을 가져다 팔아먹고 사는 유학幼學 신세가 애잔하고

자식이 장차 장가를 드는데
저를 높여 부를 때 생원[41]이라 할 테니 비통스럽습니다

대소과를 모두 동접[42]들에게 양보했으니
저만 홀로 풍년의 거지꼴이 되었고

집안을 위한 계책은 오직 후손에게 기대하니
남들은 혹 이름난 절의 고불이 될 것이라 기대합니다[43]

깊고 그윽한 한림원에
한림이 된 윤경尹慶처럼 되기는 이내 생에 이미 글렀고

39) 능참봉(陵參奉): 종9품 벼슬. 비록 낮은 벼슬이지만 조선 국왕의 왕릉을 관리한다는 상징성 때문에 고위관료로 진출하는 데 유리하게 작용했을 뿐 아니라 관직에 발을 들여놓은 자들의 청직(淸職)으로 인식되기도 했다. 능참봉은 양반이어야 했고 생원과 진사 중에서 연륜이 있는 자가 임명되었다.
40) 능참봉의 운수를~증험이 없습니다: 문맥상 오판수도 아마 이창원의 지인일 테다. 오판수가 일전에 이창원이 능참봉이 될 운수가 있다고 단언했으나 지금껏 벼슬자리를 얻지 못하고 있는 처지라 오판수의 말이 증험되지 못했다는 의미다.
41) 생원: 생원시에 합격한 사람을 부르는 호칭이지만, 조선 후기에 와서는 나이 많은 선비를 존칭할 때 성씨에 붙여서 쓰기도 했다.
42) 동접(同接): 같은 서당이나 같은 스승 아래에서 함께 공부한 친구. 과거 응시를 앞두고 선비들이 한곳에 모여 시험을 준비하고자 만든 동아리를 뜻하기도 한다.
43) 남들은 혹~것이라 기대합니다: 남들이 자신을 향해 후손 덕을 보면서 호의호식할 거라고 말한다는 뜻이다. '고불(古佛)'은 부처라는 뜻도 되지만, 조선시대에 사대부들 사이에서 아버지를 지칭하는 단어이기도 했으므로 중의적인 의미를 갖는다.

청량한 옥호 같은 흉금을 지닌
화서가 별제[44]로[45] 있는 모습을 눈앞에서 보노라니 부럽습니다

다만 조정에서 헤아려주시지 않기에
매번 벼슬길에 나가려 하면 오히려 더뎌지니 한스럽습니다

부친께서는 말끝을 흐리시고 숙부는 모른 체하시니
저를 당겨줄 연줄이 없고

형은 술에 빠져 있고[46] 아우는 병이 잦으니
힘을 내줄 자가 누구이겠습니까

집에 판서가 계시나[47]
미관말직도 얻지 못했고

대를 이어갈 자식들은 현달한 놈이 없으니
형님이 양자로 간 것이 도리어 부럽습니다[48]

---

44) 별제(別提): 정6품 및 종6품으로 형조, 호조, 교서관, 상의원, 군기시, 예빈시 등의 관청에
각각 한 명이나 두 명이 속해 있었다.
45) 청량한 옥호(玉壺)~화서(華瑞)가 별제로: 옥호가 사람의 성품을 말하는 것은 남조(南朝)
송나라의 시인 포조(鮑照)의 「대백두음代白頭吟」에 "충직하기론 붉은색 밧줄이요, 청정하기론
옥병 속 얼음일세(直如朱絲繩, 淸如玉壺氷)"라고 한데서 온 것이다. 별제 벼슬은 빙고(氷庫)에도
있었으므로 화서라는 사람이 빙고 별제로 있었던 듯하다.
46) 형은 술에 빠져 있고: 조현명의 『귀록집歸鹿集』 17권에 이창원의 부친 이정제의 시장(諡
狀)이 「판서이공시장判書李公諡狀」이라는 이름으로 실려 있다. 시장에 따르면 이정제의 아들
이자 이창원의 형인 현감 이경원(李景元)은 이정제보다 앞서 요절했다. 표문의 서술과 실제 사
실이 어느 정도 연관이 있다 하겠다.
47) 집에 판서가 계시나: 이창원의 부친인 이정제의 최종 벼슬이 판서였으므로 자기 부친이
판서라는 의미다.

관왕묘關王廟에서 점을 쳐보고

일이 년 안에 자못 길할 것임을 증험했고

같은 마을에 사는 벗이 관상을 보고

매양 서른에 운이 조금 트일 것이라고 말했습니다

다행히 병조판서께서는

바로 저와 같은 마을의 어른이십니다

부자 관계 같은 사이는 윗집 어른과 이씨 대감이고

형제 관계 같은 사이는 참봉공과 정랑입니다[49]

제가 문하를 드나들 적에

항상 혈육과 같이 보아주는 은혜를 기대했으니

공께서 병조에 좌정하심에

명함을 고치고자 하는 바람을 거의 이루게 되었습니다[50]

덕을 베풀어주시기를 항상 마음속으로 바라고 있으니

48) 형님이 양자로~도리어 부럽습니다: 김진규(金鎭圭)의 『죽천집竹泉集』 33권 「행이조판서증
영의정충숙이공묘표行吏曹判書贈領議政忠肅李公墓表」가 이 문장에 대한 방증이 된다. 이 묘표
의 주인공인 이세화(李世華)는 이이재(李以載)의 아들이다. 이이재는 표문을 지은 이창원의 아
버지인 이정제(李廷濟)의 조부이기도 하다. 즉 이세화와 이정제는 친척 관계다. 묘표에 따르면
이세화의 아들 이정진(李廷晉)이 아들이 없어 사촌 아우인 이정제의 아들 이형원(李亨元)을 양
자로 들였다 한다. 표문에서 말하는 양자로 간 형님은 바로 이형원이다.
49) 부자 관계~참봉공(參奉公)과 정랑(正郎)입니다: 윗집 어른, 병조판서의 계씨(季氏), 참봉
공, 정랑 등이 모두 병조판서의 지인들인데 이러한 사람들과 자신이 부자나 형제 관계처럼 친
하다는 의미다.

풍산수 [51]처럼 벼슬길에 나아가는 것은 어느 때에나 될는지요

여러 해 전부터 번번이 헛발질했으니
채호주 [52]처럼 벼슬 제수 받으리라 오로지 믿고 있습니다

공좌부의 삭수^{朔數, 벼슬자리에 있는 기간}가 이미 찼으니
가감역^{假監役}이 마땅히 자리를 옮길 것이라는 사실을 비록 들었으나

노론과 소론끼리는 정의가 통하지 않으니
이조판서께서 저와 다른 당색인 것을 어찌하겠습니까

오직 이번에 사산감역 두 자리가 빈 것은
바로 소생에게 천재일우의 기회입니다

이렇듯 좋은 기회를 만나니
어찌 노처녀에게 남자를 깨물고 냄새 맡듯 하는 행동을 금하겠습니까

벼슬을 얻어 나리로 불려서

---

50) 제가 문하를~이루게 되었습니다: 비록 병조판서가 이창원과 일면식이 없었다는 기술이
있으나, 표문 말미에 "친구 간에 평소 우의가 돈독했으니 벗의 어린 자식을 어찌 차마 잊고 버
려둘 수 있으시겠습니까"라는 부분으로 볼 때, 양 집안 사이에 교류가 있었음을 짐작할 수 있
다. 따라서 이창원 역시 부친이 병조판서의 집안을 드나들 때 배종하여 따라갔을 가능성이 있
고, 그렇게 이창원이 병조판서의 문하를 출입할 때는 병조판서를 부친과 다름없이 여겼던 것
이다. 명함을 고친다는 것은 벼슬을 하게 됨으로써 자기 명함에 적힐 직함을 고친다는 뜻이다.
51) 풍산수(豊山守): 정확히 누구를 가리키는지는 미상이다. 『용재총화慵齋叢話』에 콩과 보리
도 구별하지 못하는 어리석은 종실 풍산수의 일화가 있기는 하나, 딱히 이 경우를 가리키는지
는 알 수 없다.
52) 채호주(蔡湖州): 인조와 효종 때의 문신인 채유후(蔡裕後, 1599~1660)를 가리킨다. 호주는
그의 호다. 문명(文名)이 높아 여러 차례 문형(文衡)을 담당했으며 청요직을 두루 역임했다.

평생토록 생짜배기 서방 신세에 머무는 일을 면하기를 바랍니다

마누라가 종놈을 꾸짖듯 저를 욕하는 이유는
바로 과거 때마다 낙방했기 때문이고

신세가 정처 없는 것은
실로 다른 사람들은 모두 관직을 얻었기 때문입니다

백금은 마조53)를 떠나자마자
어버이를 봉양할 곡식조차 떨어졌고

중우仲羽는 이미 지방관 자리를 떴으니
노복에게 품삯으로 줄 곡식은 누가 가져다준답니까54)

이에 절박한 사정으로
감히 전형銓衡하는 자리에 아뢰옵니다

이른바 평소 미천한 출신인 저를
다만 이끌어 당겨주시고

---

53) 마조(馬曹): 미관말직을 가리킨다. 진(晉)나라 왕휘지(王徽之)가 거기도위(車騎都尉) 환충
(桓沖)의 기병참군(騎兵參軍)으로 있을 때 환충이 묻기를 "경은 무슨 조(曹)에 소속되어 있소?"
라 하자, 왕휘지가 "아마도 마조인 듯합니다"라고 했다는 데서 나온 말이다. 마조는 말을 관장
하는 관청을 뜻한다. 소식은 「차운장안도독두집시次韻張安道讀杜集詩」에 "큰 문장은 용 잡는
솜씨이지만 미관말직은 아마도 마조인 듯해(巨筆屠龍手, 微官似馬曹)"라 했다. 『진서晉書』권80
「왕휘지전王徽之傳」『분류동파시分類東坡詩』권17.
54) 백금(伯禽)은 마조를~누가 가져다준답니까: 백금과 중우(仲羽)는 모두 저자의 지인으로
보인다. 지금 친한 지인들도 모두 관직에 있지 않아 자신의 생계를 도와줄 사람이 없다는 말
이다.

저희 집안 윗대 어른들에 대해서는
따질 것이 못 됩니다[55]

소망이 이에 이르렀으나
공명을 바랄 수는 없겠고

실상이 심히 가련하나
혹자는 몰염치함을 무릅썼다고 할 것입니다

오사모[56]와 흑각대[57]는
김화숙金和叔이 전에 차던 것이 이제 한가롭게 놀고 있고

홍단령[58]과 청창의[59]는
아지씨[60]가 미리 준비해둔 지 이미 오래되었습니다[61]

행여 도정都政, 도목정사하는 날에
특별히 벼슬에 임명해주시는 은혜를 입는다면

55) 이른바 평소~못 됩니다: 불쌍한 자신을 이끌어주기를 바라면서 자기 윗대 조상과 병조판
서 집안과의 관계에 대해서는 굳이 생각하지 않아도 된다는 약간의 반어적 표현이다. 집안 어
른들끼리는 친하시지만 그런 건 따질 것이 못되고 그저 제 미천한 상태만을 살펴주십사 하는
겸사로 해석된다.
56) 오사모(烏紗帽): 관복을 입을 때 쓰는, 사(紗)로 만든 검은 빛깔의 벼슬아치 모자. 단령을
입을 때 쓴다. 현재는 구식 혼례나 폐백을 드릴 때 신랑이 쓴다.
57) 흑각대(黑角帶): 검은빛이 나는 뿔을 재료로 하여 만든 허리띠. 주로 종3품 이하의 문무 관
리의 조복(朝服)이나 제복(祭服)에 착용되었다.
58) 홍단령(紅團領): 조선시대에 조관(朝官)이 입던 관복. 임진왜란 이후에는 흑단령을 입었다
가 후에 다시 홍단령을 입었다.
59) 청창의(靑氅衣): 푸른 창의. 창의는 벼슬아치가 평상시에 입던 웃옷. 소매가 넓고 뒤 솔기
가 갈라져 있다.
60) 아지씨(阿只氏): 집안사람인 아가씨를 가리키는 범칭.

정청 [62]의 사령이 노복을 부리는 소리에
돈 몇 꿰미를 보내드리는 게 어찌 아까울 것이며

산지기 군사가 문안하러 갈 때에
술 한 병을 보내는 것이 무에 어렵겠습니까

공도公道가 바야흐로 넓어지니
먼 지방의 무사들도 모두 거두어 채용했습니다

친구 간에 평소 우의가 돈독했으니
벗의 어린 자식을 어찌 차마 잊고 버려둘 수 있으시겠습니까

이에 감히 중언부언하오니
두번째나 세번째로 의망하지는 말아주소서 [63]

만일 정말로 관직을 구했다가 관직을 얻게 된다면
감히 은혜를 알고서 은혜에 보답하지 않겠습니까

맡은 바 직무이니

---

61) 오사모와 흑각대는~이미 오래되었습니다: 오사모, 흑각대, 홍단령, 청창의는 모두 관리의
복식이다. 김화숙이 차던 것이 한가롭게 논다는 것은 김화숙이라는 사람이 맡고 있던 벼슬자
리가 비어 있다는 뜻으로 그 자리에 자신을 넣어달라는 말이다. 아지씨는 자신보다 높은 위치
의 나이 어린 여인을 가리키는 말인데 누구를 가리키는지는 명확하지 않다. 다만 문맥상 벼슬
을 내려주기만 하면 관복은 이미 다 준비해두었다는 뜻으로 보인다.
62) 정청(政廳): 인사행정을 담당한 이조·병조의 관원이 궁중에서 정사를 보는 곳.
63) 두번째나 세번째로 의망하지는 말아주소서: 조선시대에는 이조 및 병조에서 인사를 행할
때 세배수로 인원을 천거하여 올렸는데 이를 삼망(三望)이라 한다. 즉 첫번째로 추천을 해달
라는 말이다.

어찌 한성부에서 신칙하기를 기다려 산림을 순시하겠으며[64]

은택이 망극하니
마땅히 연희궁[65]에서 소나무를 베지 못하도록 엄히 감독하겠습니다

乞婚需朴道令呈表(付乞官表)

洪州邑, 古有朴道令, 早喪怙恃, 家勢赤[66]立, 多年入雇. 年過三十, 尙未嫁[67]娶[68], 而適有一婚處, 然赤手空拳, 分錢難辦, 不得已做一四六之文, 呈于本官曰:

自父祖本來艱難, 已魄三十後長嫁

定婚姻例事扶助, 敢冀多少間處分

洞燭[69]下情, 特被上德

伏念民

人事多白[70], 家門不靑

五臟土迷, 粗知十五行反切

---

64) 말은 바~산림을 순시하겠으며: 사산감역관 자리를 얻게만 된다면 한성부에서 신칙하기 전에 알아서 산림을 잘 순시하고 감독하겠다는 말이다.
65) 연희궁(延禧宮): 본래는 세종 때 왕실의 이궁(離宮)으로 지어졌으며, 도성 밖 서쪽으로 십오 리 떨어진 곳에 있었다. 『청구야담』이 지어진 조선 후기에는 전각은 모두 없어지고 그 자리에 영조의 후궁이자 사도세자의 생모인 영빈이씨(暎嬪李氏)의 묘인 수경원(綏慶園)이 조성되었다 한다.
66) 赤: 고대본·가람본에는 '亦'으로 잘못 표기.
67) 嫁: 동양본에는 '晉'으로 표기.
68) 嫁娶: 국도본·고대본·일사본·가람본·성균관대본에는 '娶婚'으로 표기.
69) 燭: 국도본·고대본·일사본·가람본·성균관대본에는 '屬'으로 표기.
70) 白: 가람본에는 '曰'로 필사되어 있음.

兩拳火出, 初無一二分變通

至今婚處之不宜, 非但妻宮之多殺

安約正金風憲, 此皆不願於娶渠

許座首權別監, 彼亦無意於婿我

頭上之加冠已久, 人或疑其喪妻

脚間之同甲夙成, 孰不寃其無子

寡婦家獨女婿, 平生之至願蹉跎

大臣宅兒婢夫, 遐方之蹤跡跉踉

所以上下寺不及[71], 每被今明年虛過

稠人廣座[72]中, 酒不飮而面熱

獨宿空房裡, 埃雖暖[73]而心寒

曾未過襁褓中孩兒, 宋神宗之天緣何在

尙不知衣裾下珍味[74], 梁處士之[75]人生可憐

心懷惡時, 豈無拳夫人之戲

兒童逢處, 難堪老都令之稱

虎狼之晨勢正窮, 鼷鼠之昏處忽出

卜子夏段[76]木賜, 木卜之姓字雖同

陽山郡華陰州, 陰陽之貫本則異

才二八之阿只氏[77], 固知未及經人

近四十之老新郎, 必曰丁寧無室

---

71) 上下寺不及: 위로도 아래로도 모두 미치지 못함. 이러지도 저러지도 못함.
72) 座: 국도본·고대본·동양본·일사본·가람본·성균관대본에는 '坐'로 표기.
73) 暖: 동양본에는 '煖'으로 표기.
74) 衣裾下珍味(의거하진미): 성교(性交)를 가리킨다.
75) 之: 고대본·가람본에는 탈락.
76) 段: 『논어』 등에 의거할 때, '端'으로 바로잡아야 함.
77) 氏: 국도본·고대본·동양본·일사본·가람본·성균관대본에는 '女'로 표기.

四柱不退, 切自喜人無間言

三堂相符, 是所謂天定配匹

第今兩闈外無物, 實是九面內所知

驪州從兄, 果無獨辦之形勢

加平族丈, 每挑中婚之已切

彼旣骨餘之兩班, 難蒙肉德

此亦推亡之獨脚, 未需酒盃

借足以着之, 道袍姑舍

禮不可廢也, 納幣將何

幾年一念之經營, 今日百事之憂患

先進輩酒饌債, 將來無堪當之方

新婚時鹽醬憂, 已往非經歷之事

分錢尙未入手, 冠帶貰不給亦難

尺布初無掛身, 衣袴次未備尤悶

瞽子之怵婚取成, 藉藉[78]砥平官之聲譽

巫女之和奸作戱, 咄咄橫城倅之風情

前有召父後有杜母, 官家之子視亦多

內無怨女外無曠夫[79], 廊廟之申飭非一

排朔條下記外, 必有四五斗之剩餘

除番布上秩中, 豈無六七升之堪用

魯哀公之絶交久矣, 此亦細細參商

孟嘗君之[80]出處尤難, 伏乞多多益辦

前聖豈欺余哉, 百姓悅好色之與共

---

78) 藉藉: 국도본에는 '藉'으로, 동양본에는 '籍籍'으로 표기.
79) 曠夫(광부): 아내가 없는 홀아비. 혹은 아내에게 충실하지 못한 남편.
80) 之: 고대본·가람본에는 탈락.

後生將焉往也, 七事褒[81]戶口之必增

俾當五月前上龜, 敢不百拜後奠雁

陽剛[82]不足, 縱媿爲人少天

陰德難忘, 庶幾極力報地. 云云.

本官見之, 非但情理之可矜, 深嘉其[83]儷文之精工, 特爲題[84]給錢貫米包, 以助其需, 得以娶妻居生云爾.[85]

李廷濟之子昌元, 以四十窮儒, 名不掛榜, 又無攀援, 未嘗一擬於初仕矣. 時適兵判, 出於一洞之內, 而其都政有四山監役二窠, 昌元萬分一, 乃生倖望, 遂賦長儷一篇以呈之, 兵判以同閈之故, 雖[86]未嘗一識其面, 而夙聞其貧窮之狀, 而曾所矜念矣. 見其表, 詞近滑稽, 對耦精工, 遂於都[87]政, 排衆首擬, 得以筮仕云. 其表曰[88]:

文短蟹尾 望切顯達, 窠缺犬項冀加塡差

惟大監哀之憐之, 卽小生命也福也

伏念小生

殘山斷壠[89]之餘脉, 鹽臭蠹種之屠孫

六品先徵, 常捫北京懸來之鼻

81) 七事褒(칠사포): 수령칠사.
82) 陽剛(양강): 남자의 강건한 기질이나 힘.
83) 其: 동양본에는 탈락.
84) 爲題: 동양본에는 탈락.
85) 성균관대본에는 '付乞官表'가 더 나옴.
86) 雖: 동양본에는 탈락.
87) 都: 동양본에는 탈락.
88) 曰: 국도본·고대본·일사본·가람본·성균관대본에는 '云'으로 표기.
89) 斷壠: 동양본에는 '短隴'으로, 성균관대본·고대본에는 '壠斷'으로 표기.

一室賢助, 恒誇南門高掛之閨

徒緣春强鐵之數奇, 遽爾秋網太[90]之年滿

人物勃若, 自許百執事可堪

命途嗟那, 尙此初付職不得

尹雲中之冠帶試着, 朴守[91]僕之窺見堪羞

陵衆奉之運數先推, 吳判守之質言無驗

人皆食祿, 發賣冊幼學哀殘

兒將娶妻, 上尊號生員愁痛

大小科盡讓於同接, 我[92]獨作豐年乞人

門戶計[93]惟望於後承, 人或期名寺古佛

木天[94]深邃, 尹慶之翰林此生已休

玉壺淸凉, 華瑞之別提卽景[95]堪羨

特因朝家之不數, 每恨仕路之尙遲

翁歇后[96]叔不知, 連臂[97]無路

兄長醉弟多病, 出力其誰

家有尙書, 未獲一命之沾祿[98]

代無顯物, 還羨伯氏之過房

關王[99]示識[100], 曾驗一二年之頗吉

---

90) 網太(망태): 그물로 잡은 명태(明太).

91) 고대본에는 '守'가 더 나옴.

92) 我: 고대본·가람본에는 탈락.

93) 計: 동양본에는 탈락.

94) 木天(목천): 당나라 비서각의 별칭. 가장 크고 높았기에 붙은 이름이다.

95) 卽景(즉경): 바로 그 자리에서 보는 광경이나 경치. 고대본에는 '京'으로 나옴.

96) 歇后(헐후): 대수롭지 않다. 말끝을 흐리다.

97) 連臂(연비): 간접적인 연줄로 하여 서로 알게 되는 일.

98) 沾祿(첨록): 벼슬을 얻다.

99) 王: 고대본·가람본·성균관대본에는 '主'로 잘못 표기.

100) 識: 가람본·성균관대본에는 '纖'으로 잘못 표기.

洞友觀相, 每說三十運之稍通

幸玆西銓相公, 卽我同閈尊長

猶子視父上宅爺季[101]氏台, 如兄若弟叅奉公正郎位

門下出入, 常仰視骨肉之恩

兵曹座定, 庶遂改名字之願

常乞德於胸裡, 豊山守之入仕何時

輒虛發[102]於年來, 蔡湖州之除職專恃

公座簿朔數已滿, 縱聞假監役之當遷

老少論情誼不通, 其奈大冢宰之異色

惟今番四山二窠, 卽小生千載一時

逢此好機, 寧禁老處女之囁嚅

稱曰進賜, 庶免生書[103]房之終身

室家之嗔罵如奴, 正坐科科落榜

身勢之住處無地, 實緣人人得官

伯禽才離馬曹, 養親之菽豆垂罄

仲羽已解魚綬[104], 廩婢之黍稷誰輸

玆將切迫情由, 敢以銓次告課

所謂平生微分, 第援爲之

至若一家尊行, 不足數也

所望至[105]此, 不可爲希覬功名

101) 季: 동양본 등 다른 이본에는 '李'로 표기. '李'가 맞음.
102) 虛發(허발): 활이나 총 따위를 쏘아서 맞히지 못함. 제 목적을 이루지 못할 공연한 짓이나 걸음을 함.
103) 書: 고대본에는 '庶'로 잘못 표기.
104) 綬: 문맥상 '綬'로 표기해야 함.
105) 至: 동양본에는 '只'로 잘못 표기.

其情甚憐[106], 抑或謂冒沒廉恥

烏紗帽黑角帶, 金和叔之前着方閑

紅團領靑氅衣, 阿只氏之豫備已久

倘[107]於都政之日, 特蒙差除之恩

政廳使令喚婢之聲, 數貫[108]錢何惜

山直[109]軍士問安之奏, 一甁酒無難

公道方恢, 遐方之武士亦皆收錄

朋友素密, 故人之稗[110]子豈忍忘遺

玆敢重言復言, 毋擬副望末望

如果求職得職, 敢不知恩報恩

職務所關, 巡山豈待漢城府申飭

恩澤罔極, 禁松當於延禧宮絶嚴.

106) 憐: 동양본에는 '矜'으로 표기.
107) 倘: 고대본에는 '尙'으로 표기.
108) 貫: 고대본에는 탈락.
109) 山直(산직): 왕실에서 땔나무를 하며 삼림을 감독하던 사람.
110) 稗: 국도본·고대본·동양본에는 '稚'로 표기.

전 벼슬아치 정현석이 옛 동료에게 희문을 지어 바치다

사과司果, 조선시대 오위五衛의 정6품 무관직 정현석鄭顯奭의 이전 벼슬은 참봉[1]이
었다. 계축년에 도감[2] 감조관監造官, 국가에서 하는 일을 관리·감독하는 벼슬이 되어
그 공로로 육품으로 승진했다. 하지만 허사과[3]에 부직付職되어 병진년에
이르기까지 다른 벼슬자리를 얻지 못했다. 그때 동료 서너 명도 함께 오
래도록 벼슬이 오르지 않았다.

정사과는 '증구료배해문贈舊僚俳諧文'이라는 제목으로 사륙변려문 한 편
을 지었는데 말이 우스갯소리에 가까웠다. 비록 옛 동료에게 바친다
했지만 사실은 자기의 불편한 심사를 드러낸 것이었다. 그 글은 다음
과 같다.

---

1) 참봉(參奉): 조선시대에 각 능(陵)이나 각 원(園), 종친부(宗親府) 등에 딸린 종9품 벼슬.
2) 도감(都監): 고려시대와 조선시대에 국상(國喪)이나 궁궐 공사 등 국가의 중대사를 관장하
게 할 목적으로 임시로 둔 관청.
3) 허사과(虛司果): 외방(外方)의 사과 벼슬이지만 녹봉은 주지 않는 자리. 혹은 그 직에 있는
사람. 매년 6월과 12월에 병조판서가 시험해서 선발했음.

직책을 부여할 때 마치 대궐의 신선을 기다리듯
비록 이런 망상은 하지 않지만[4]

과거급제가 혹 공도公道, 공평하고 올바른 도리를 벗어나기도 하니
오히려 요행을 바랍니다[5]

하필 영달의 길을 단념할 것이 있겠습니까
우선은 서둘러 낙향하지 마십시오

생각건대 형께서는

일찍 상사 신분에 올라
새로이 남행[6]에 나아갔습니다[7]

책策·표表·시詩·부賦·의의[8] 등 각종 문체에 실로 재주가 있었지만

---

4) 직책을 부여할~하지 않지만: 청요직(靑要職)에 제수되는 망상은 하지 않는다는 뜻이다. 대궐의 신선이란 청요직을 가리키는 것으로, 당나라 때 상서성의 제조(諸曹)를 선조(仙曹)라 했는데 이후에는 좋은 관직을 가리키는 말로 쓰였다.
5) 과거급제가 혹~요행을 바랍니다: 문과에 급제하는 것이 꼭 공정한 도리로만 이루어지는 건 아니므로 혹 요행으로 급제하기를 바란다는 뜻이다.
6) 남행(南行): 과거를 거치지 않은 문음자제(門蔭子弟)나 은일지사(隱逸之士)를 관직에 임명하던 제도. 문관은 동쪽, 무관은 서쪽에 서지만, 이 제도에 의해 발탁된 벼슬아치인 음관은 남쪽에 섰기에 남행이라 불렸다.
7) 일찍 상사(上舍)~남행에 나아갔습니다: 이 사륙문은 옛 동료의 처지를 서술하고 있는 듯하지만 사실 정현석 본인의 이야기다. 상사(上舍)는 생원진사시에 합격한 사람을 가리키고 남행은 조부나 부친의 공로로 음관이 되는 것을 가리킨다. 『사마방목』과 『음안蔭案』에 따르면, 정현석은 1844년에 진사시에 합격하고 이후 음관으로 후릉참봉(厚陵參奉)이 되어 벼슬살이를 시작했다.
8) 의의(義疑): 과거 글의 한 형식.

절일제·도기과·정시·알성시에 해마다 낙방했습니다

어렵사리 회양목 호패⁹⁾는 얻었지만
홍당지¹⁰⁾에 이름이 적히는 것이 오히려 지지부진했습니다

참봉은 애초 구했던 자리가 아니니
갑작스레 잠자리에서 병을 얻은 것이었고¹¹⁾

벼슬맛은 당최 보지도 못했으니
자못 꿈에서 환랑을 맛본 것과 같았습니다¹²⁾

지난번에는 상존호도감¹³⁾에
부사용^{副司勇} 나리로 참여했습니다¹⁴⁾

---

9) 회양목 호패: 조선시대에 16세 이상의 남자가 차던 호패의 하나로 조선 후기에는 생원·진
사가 착용했다. 여기서는 생원진사시에 합격한 것을 가리킨다.
10) 홍당지(紅唐紙): 문과에 급제했을 때 내리는 교지를 쓰는 붉은색 종이. 여기서는 문과급제
를 가리킨다.
11) 참봉은 애초~얻은 것이었고: 갑작스레 잠자리에서 병을 얻었다는 말은 "자다가 얻은 병이
이각(離却)을 못한다"라는 속담을 표현한 것인 듯하다. 이 속담은 갑자기 얻은 병이나 재액이
쉽게 떨어지지 않는다는 뜻이다. 이 사륙문은 겉으로는 옛 동료의 상황을 설명하는 듯하지만
사실 저자 자신의 상황을 말하고 있다. 앞서 정현석의 이전 벼슬이 참봉이었다는 말이 있으므
로, 원하지도 않던 참봉이라는 낮은 벼슬에 머물러 있었던 사실을 서술한 듯하다. 『승정원일
기』를 참고하면, 정현석은 1846년에 후릉 참봉이 되었다. 이후 1849년에 의영고봉사(義盈庫奉
事)로 신분이 바뀌었다.
12) 벼슬맛은 당최~것과 같았습니다: 꿈에서 환랑(歡郞)을 맛본다는 말은 "꿈에서 서방 맞은
격"이라는 속담을 표현한 것인 듯하다. 이 속담은 욕망을 실제로 다 채우지 못하여 어딘가 섭
섭하고 서운한 상태 또는 분명하지 않은 존재를 가리킬 때 사용된다. 낮은 벼슬에 있으면서
제대로 벼슬하는 맛을 누려보지 못한 정현석의 상태를 비유한 것으로 보인다.
13) 상존호도감(上尊號都監): 왕·왕후·대비 또는 선왕·선왕후 등에게 시호(諡號)·휘호(徽號)
등의 호를 높이고자 임시로 설치한 기구였다. 존호도감·존숭도감(尊崇都監)·가상존호도감(加
上尊號都監)·추상존호도감이라고도 한다.

옥책과 금보[15]를 만드느라
일방[16]에서 감조관으로 일을 담당했고

사모와 목화[17]를 착용하고
석 달 동안 사역원에서 부지런히 근무했습니다

이에 별단 別單, 임금에게 올리는 문서에 덧붙이는 문서나 인명부을 적어 들여
대번에 육품에 오르는 전교를 받게 되었습니다[18]

주부 主簿며 좌랑 佐郎이며 묘령이며 능령 자리는[19]
우선 동방삭이 밤 까먹듯 해치울 줄 알았고[20]

---

14) 지난번에는 상존호도감에~나리로 참여했습니다: 『승정원일기』를 참고하면, 1853년 8월 13일에 추상존호도감의 감조관으로 정현석이 임명되었는데, 다음날인 14일 감조관들의 실직이 없으므로 군직을 내려야 한다는 추상존호도감의 계청(啓請)에 따라 정현석 등을 부사용에 임명한 사실이 있다.

15) 옥책(玉冊)과 금보(金寶): 임금 또는 후비(后妃) 등의 존호를 올릴 때 송덕문을 새긴 것을 옥책이라 하고, 존호를 새긴 도장을 금보라 한다.

16) 일방(一房): 임시 기구인 도감이 설치되면, 대체로 도감을 총괄적으로 지휘하는 도제조와 그 아래 도제조를 돕는 제조(提調)들이 있고, 일을 총괄하는 기구로서 도청(都廳)과 실무를 분담하는 일방(一房), 이방(二房), 삼방(三房) 등의 각방(各房)이 있어 각각 당상(堂上)과 당하관 실무 책임자인 낭청이 배치되며, 그 아래 실무를 수행하는 감조관 등 여러 하급 행정직, 기술직, 그리고 노비인 도예(徒隷)들이 배치된다.

17) 사모(紗帽)와 목화(木靴): 관리가 사모관대로 불리는 관복을 착용할 때 쓰는 관모와 신발이다.

18) 이에 별단을~받게 되었습니다: 『승정원일기』를 참고하면, 1853년 10월 10일에 존호도감에서 별단을 임금에게 적어 보고하자, 임금이 전교를 내려 도감의 일을 보느라 고생한 사람들에게 상급을 내렸는데 이때 정현석 등의 감조관들은 육품으로 승품되었다. 이전에 정현석이 9품이었으니, 일시에 품계가 세 단계나 오른 것이다.

19) 묘령(廟令)이며 능령(陵令) 자리는 : 묘령은 왕실의 사묘(祠廟)를 관장하는 관리들의 장이고, 능령은 능묘(陵廟)를 관장하는 관리들의 장이다.

20) 우선 동방삭이~줄 알았고: 속담에 있는 말이다. 동방삭이 밤을 먹다가 귀찮으면 반만 먹는다는 뜻으로 어떤 일을 조급하게 반만 하는 경우를 가리킨다. 여기서는 열거한 관직들을 빠른 속도로 지나게 될 줄 알았다는 뜻으로 쓰였다.

현감이며 군수며 부사며 목사 자리는
차례대로 차첨지가 오이 따듯 하게 될 줄 알았습니다[21]

그런데 이를 어찌합니까 허사과에 몸이 빠져버렸으니
녹봉미 한 말로 배를 채울 가망이 없어졌습니다[22]

이전에 연달아 세 자리를 주선해준 것은[23]
비록 영의정 어르신의 선심이지만

지금 단 한 번도 거론되지 않는 이유는
모두 잡기인들의 발이 빠르기 때문입니다[24]

---

21) 차례대로 차첨지(車僉知)가~줄 알았습니다: 이는 진도(珍島) 차첨지놀이에서 유래한 표현
이다. 일명 외따먹기놀이라고도 하는데, 이 마당극에서 차첨지는 오이를 기르는 사람이고 오
이밭의 오이 노릇은 동네 여인들이 맡는다. 차첨지의 구호에 맞추어 여인들은 오이가 열리고
익는 시늉을 하며, 마침내는 차첨지가 막대기로 오이를 휘젓고 손가락으로 통겨보고서 잘 익
은 오이 몇 개를 따가게 된다. 여기서는 차첨지가 자기 뜻대로 오이를 키우고 따가듯 손쉽게
승진할 줄 알았다는 뜻으로 쓰였다.

22) 녹봉미 한~가망이 없어졌습니다: '녹봉미 한 말'은 '두록(斗祿)'을 번역한 것으로 박봉을
뜻하니, 이 구절은 박봉의 관직조차도 바랄 희망이 없다는 뜻이 된다. 이는 "진(晉)나라 도잠
(陶潛)이 팽택현령(彭澤縣令)으로 있을 적에 군(郡)에서 파견한 독우(督郵)의 시찰을 받게 되
었다. 이에 아전이 도잠에게 의관을 갖추고 독우에게 인사해야 한다고 하자, 도잠이 탄식하면
서 '내가 쌀 다섯 말 때문에 허리를 꺾어 향리의 어린아이에게 굽실거릴 수는 없다(我不能爲五
斗米, 折腰向鄕里小兒)'라고 하였다. 이윽고 수령의 인끈을 풀어놓고 고향으로 돌아갔다"고 한
고사(『진서晉書』 권94 「도잠열전陶潛列傳」)에서 유래한 말이다.

23) 이전에 연달아~주선해준 것은: 『음안蔭案』에 따르면, 허사과에 지체되어 이 사류문을 작
성하기 전까지 정현석이 맡은 벼슬자리가 후릉참봉(厚陵參奉), 의영고봉사(義盈庫奉事), 부사
용 세 자리였다. 이중 의영고봉사는 금부도사와 서로 자리를 바꾼 적이 있다.

24) 모두 잡기인들의~빠르기 때문입니다: 잡기인(雜岐人)은 잡기관(雜岐官)을 가리키는 것으
로, 문과나 무과 또는 잡과나 시취(試取)와 같은 정식 통로를 통해 관직에 오른 사람들이 아닌
기타 방법으로 관청에 들어가 공무를 담당하던 각종 인원을 뜻한다. 보통 천문, 의학, 역학 등
에 종사하는 기술관이었으며 이들이 정직(正職)으로 승품되는 것이 논란거리이기도 했다. 발
이 빠르다는 것은 "질족자선득(疾足者先得)"에서 온 말로 발 빠른 자가 먼저 얻는다는 뜻이다.
즉 잡기관들이 자기보다 앞서 손을 써서 벼슬자리를 다 채간다는 뜻이다.

낭청을 뽑을 때 고정된 격식에 구애받지 말라 해도
나중 난 뿔이 더욱 우뚝한 것만 매번 보고[25]

계사할 때 전함은 허용하지 말라 해도
바깥에 판 우물을 홀로 길어 가는 대로 내버려두었습니다[26]

구차하게 도목정사를 낼 때 복직을 차별하니
아전과 삼전은 사고기 차지하는 짓을 번번이 합니다[27]

참으로 음직을 바라다가 턱이 떨어졌으니[28]
무릇 몇 년 세월을 손쓸 수가 없었습니다

아! 게와 그물을 몽땅 잃어버리니[29]

---

25) 낭청을 뽑을~매번 보고: 격식에 구애받지 않고 폭넓게 낭청을 뽑는 경우가 와도 자신은 후배들에게 뒤처져서 뽑히지 못했다는 말이다. 속담에는 후배가 자기보다 앞서가는 것을 두고 "나중 난 뿔이 우뚝하다"라고 한다.

26) 계사(計仕)할 때~대로 내버려두었습니다: 계사는 관직에 있었던 날짜를 계산하여 승급시켜주는 것을 가리키며, 전함(前啣)은 전에 관직에 있었던 사람을 가리킨다. 전함 출신을 관직에 서용하는 경우는 많았다. 이 문장은 승급하는 사람을 고를 때 전함 출신은 포함시키지 말라는 말이 있어 관직을 얻을 수 있는 가능성이 많아졌으나, 정작 자신에게는 관직이 돌아오지 않고 남들이 다 채어가는데도 어쩔 도리가 없다는 말이다. 바깥에 판 우물을 유독 길어 간다는 말은 당시의 속언인 듯한데, 아마도 지금의 "같이 우물 파고 혼자 먹는다"는 속담과 유사한 의미일 것이다.

27) 아전(亞銓)과 삼전(三銓)은~번번이 합니다: 아전과 삼전은 각각 이조참판과 이조참의를 가리키는 말이며, 사고기[私肉]는 여러 사람이 차지해야 할 물건을 혼자 차지하는 것을 비유적으로 이르는 말이다. 인사를 담당하는 이조의 참판과 참의가 사리사욕만 채우느라 자신에게는 벼슬을 주지 않았다는 뜻으로 보인다.

28) 턱이 떨어졌으니: "턱이 떨어지는 줄 모른다"는 속담을 차용한 것으로, 어떤 일에 몹시 열중하여 정신이 없음을 비유한 말이다.

29) 게와 그물을 몽땅 잃어버리니: '해망구실(蟹網俱失)'이라는 사자성어로 이익을 보려다가 도리어 밑천까지 잃는 상황을 가리킨다.

쇠불알을 기다려보지만 기약이 없습니다[30]

관방은 어느 때나 혁신되려는지[31]
기다리는 사람 배꼽에 소나무가 생기겠습니다[32]

벼슬길은 도처가 죄다 벽에 막힌 듯하니
끝장입니다! 머리가 파뿌리가 되겠습니다

뭇사람이 벼슬 구하는 것을 막기 어려우니[33]
눈 찌를 막대기 가지고 있지 않은 이가 없습니다[34]

어떻게 해볼 계책이 전혀 없으니
중이 어찌 제 손으로 머리를 깎을 수 있겠습니까

예전부터 개미처럼 탑을 모으는 공력을 들였는데[35]

---

30) 쇠불알을 기다려보지만 기약이 없습니다: "쇠불알 떨어지면 구워먹기"라는 속담을 표현한
말이다. 노력은 하지 않고 살아 있는 소의 불알이 저절로 떨어지기를 마냥 기다리기만 한다는
뜻으로, 노력도 없이 요행만 바라는 헛된 짓을 비웃는 속담이다.
31) 관방(官方)은 어느 때나 혁신되려는지: 관방은 관리들이 지켜야 할 규범이나 규례를 가리
키는 말이다. 정상적인 규례가 지켜지지 않아서 힘을 쓰는 사람만 관직을 채어가고 자신에게
는 관직이 돌아오지 않는 상황을 탄식하고 있다.
32) 기다리는 사람~소나무가 생기겠습니다: "배꼽에 노송 나거든"이란 속담을 표현한 말로,
자신이 죽어 배꼽에서 소나무가 자라나 노송이 되는 것이 거의 불가능하듯 어떤 상황이 불가
능함을 뜻한다.
33) 뭇사람이 벼슬~막기 어려우니: 원문은 "衆求難防"으로 통상적으로 쓰는 "衆口難防"의 '口'를
'求'로 바꾸어 현상황을 비유했다.
34) 눈 찌를~이가 없습니다: "눈 찌를 막대기" 또한 속담에 있는 말로, 비록 보잘것없는 막대
기일지라도 사람의 눈을 찔러 앞을 못 보게 할 수 있는 수단으로는 충분하다는 뜻이다. 즉, 벼
슬을 구하는 숱한 사람이 다 자기만의 연줄 등 수단을 가지고 있다는 말이다.
35) 개미처럼 탑을~공력을 들였는데: "개미가 금탑 모으듯"이라는 속담을 표현한 말로, 재물
이나 노력 따위를 알뜰하게 조금씩 쌓아나간다는 뜻이다.

닭 쫓다가 울타리 바라보는 탄식을 면하지 못했습니다

벗들이 업신여기고 놀리니
다행히 콧구멍 두 개를 잘 마련했고[36]

비복들이 원망하고 한탄하니
부지불식간에 쌍심지가 솟구쳐오릅니다

별 볼 일 없는 음직은 벼슬길이 막힌 것과 진배없으나
어찌 양철평의 땅 한 평을 쓰겠습니까[37]

상책은 단공[38]의 계책만한 것이 없으나
본디 땡전 한푼도 없습니다[39]

비록 달리는 소가 꼬리를 뻗치는 것과 같으나[40]

---

36) 다행히 콧구멍~잘 마련했고: "콧구멍 둘 마련하다가 다행이라" "콧구멍이 둘이니 숨을 쉬지"라는 속담을 표현한 것으로, 몹시 답답하고 기가 찬 상황에서 그나마 콧구멍이라도 둘이니 하나가 막혀도 숨은 쉰다는 뜻이다.

37) 어찌 양철평의~평을 쓰겠습니까: 별 볼 일 없는 관직을 벗어나려면 뇌물이라도 써야겠지만 그렇게는 할 수 없다는 말이다. 양철평(梁鐵坪)은 현재 서울시 은평구 녹번동 일대로 거기 있던 낮은 고개를 양철현(梁鐵峴), 고개 앞에 펼쳐진 들판을 양철평이라 했다. 아마도 정현석이 양철평에 땅을 소유하고 있었던 듯하다.

38) 단공(檀公): '단공상책(檀公上策)'을 말하며, 위기를 신속하게 모면하는 것을 비유한 말이다. 단공은 남조(南朝) 송나라 때의 장군 단도제(檀道濟)다. 그는 위(魏)나라와 싸우다 불리해지자 군사를 퇴각시켰는데, 왕경칙(王敬則)이 말하기를 "단공의 삼십육계 가운데 도망친 것이 상책이었다"고 한 데서 비롯한 말이다. 『남제서』 권26 「왕경칙전王敬則傳」. 보통 조정에서 물러나는 것을 두고 이 표현을 많이 사용했다.

39) 상책(上策)은 단공의~한푼도 없습니다: 벼슬길도 막혀서 이제 물러나 낙향하여 은거하고 싶지만 돈 한푼도 없어 그마저도 어렵다는 뜻이다. 땡전은 원문에 "당전(唐錢)"으로 되어 있는데, 특별히 중국 돈을 지칭한다기보다 돈 자체를 지칭하는 것으로 보인다.

후회하는 노루가 배꼽을 물어뜯지 않을 수 있겠습니까[41]

가을달과 봄바람에도 대수롭지 아니하니
금강산도 식후경이기 때문이요

녹수와 청산으로 돌아가려니
한양성이 마치 꿈속에 있는 듯합니다

누각에 올랐는데 사다리를 치워버린 것과 같으니[42]
두 절 개가 위 절에도 아래 절에도 미치지 못하며[43]

굿을 볼 때는 계면떡이 나오기를 기다리니

---

40) 비록 달리는~것과 같으나: 자세한 의미는 미상이나, 혹 '우마주(牛馬走)'를 표현한 말은
아닌가 한다. 우마주란 소나 말처럼 분주히 달리며 일을 보는 낮은 신분이라는 뜻으로 보통
자신을 겸칭할 때 사용되던 말이다. 즉 '꼬리를 뻗치고 달리는 소나 말처럼 보잘것없는 사람
이지만'의 뜻으로 사용된 것으로 볼 수 있다. 동양본에서 "走牛"를 "牛走"로 표기한 것을 보아
도 그럴 가능성이 있다. 또 "닭의 볏이 될지언정 소의 꼬리는 되지 마라"는 속담에서 뜻을 가
져와 뻗친 꼬리에 중점을 두면, 현재 남의 밑에서 꼬리 신세가 되어 분주히 고생하고 있는 처
지를 비유하는 뜻도 될 수 있다.
41) 후회하는 노루가~수 있겠습니까: 사람에게 쫓기는 사향노루가 제 배꼽 향내 때문에 이렇
게 되었다고 생각하여 자기 배꼽을 물어뜯으려 하지만 이미 때가 늦었다는 이야기에서 온 말
로 후회해도 소용없다는 뜻이다.
42) 누각에 올랐는데~것과 같으니: "상루거제(上樓去梯)"라는 고사성어로 옴짝달싹할 수 없는
처지에 놓인 것을 비유한 말이다. 삼국시대 때 유기(劉琦)가 자신의 곤궁한 신세에 대한 대처
방안을 제갈량에게 물었으나 제갈량이 대답해주려 하지 않자, 제갈량을 불러 후원을 감상한
다음 누각에 올라가 사람을 시켜 사다리를 치워버리게 했다. 그리고 제갈량에게 "지금 위로는
하늘에 이를 수 없고 아래로는 땅에 이를 수 없습니다. 말이 그대의 입에서 나와도 내 귀로 들
어갈 뿐이지요. 저에게 한말씀 해주실 수 있겠습니까?"라 하자 제갈량이 그에게 계책을 알려
주었다.(『삼국지』촉지(蜀志)「제갈량전諸葛亮傳」). 이 고사는 비밀스러운 대화나 오도 가도 못
하는 상황을 가리킬 때 사용되었다.
43) 두 절~미치지 못하며: "두 절 개 같다"는 속담을 표현한 말로 두 절로 얻어먹으러 다니던
개가 두 곳에서 모두 밥을 얻어먹지 못했다는 뜻이다. 갈팡질팡하다가 결국 아무것도 이루지
못하는 상황을 비유한 것이다.

뒤에 열릴 장터의 떡이 클지 작을지 어찌 알겠습니까[44]

소는 하늘이 무너져도 솟아날 수 있으니
기다릴 수 있거니와[45]

물고기는 물에서 노니는 것을 즐거워하니
이것을 버려두고 어디로 가겠습니까[46]

삼가 바라노니 정사년[47] 춘삼월에
특별히 갑과 제일등에 뽑히시기를

문전에 들리는 기쁜 소식에
똥배 나온 아랫것이 놀라 자빠질 것이고

44) 굿을 볼~어찌 알겠습니까: 뒷날의 소득을 기대하여 지금 주저할 것이 아니라 지금 당장 성공할 수 있도록 끝장을 보아야 한다는 말이다. 앞 구절은 "굿 구경을 하려면 계면떡이 나오도록"이라는 속담을 표현한 것으로, 계면떡은 무당이 굿을 끝내고 음복을 위해 나누어주는 떡을 가리킨다. 즉, 무슨 일에 착수했으면 끝장을 보아야 한다는 뜻이다. 뒤 구절은 현재 속담에는 없으나 아마도 당시에 이러한 속언이 있었던 듯하다.

45) 소는 하늘이~수 있거니와: 아무리 힘든 상황이라도 벗어날 구멍이 있으므로 참고 기다릴 수 있다는 뜻이다. 소는 하늘이 무너져도 솟아난다는 것은 지금의 "하늘이 무너져도 솟아날 구멍이 있다"와 같은 말로, 당시에는 "하늘이 무너져도 소가 솟아날 구멍이 있다"라는 말로 존재했던 듯하다. 『여유당전서』 제1집 「잡찬집雜纂集」 24권 「동언東諺」에 "하늘이 막 무너지려 할 때에도 소가 솟아나올 구멍이 있다(天之方蹶, 牛出有穴)"는 속담을 소개하고 있으며, 그 소주(小註)에 "비록 큰 환난을 당해도 혹 살아날 길이 있음을 말한 것이다(言雖大難, 亦或有生路)"라 했다.

46) 물고기는 물에서~어디로 가겠습니까: 보통 물고기가 물에서 자유롭게 노니는 것은 걸림 없이 자신이 있을 곳을 얻어 자유롭게 지내는 것을 비유하나, 이 글 전체의 흐름상 여기서는 벼슬할 사람은 벼슬을 해야 한다는 뜻으로 쓰였다.

47) 정사년(丁巳年): 원문은 "정년(丁年)"이다. 이 글의 서두에 병진년(1856, 철종 7)까지 허사과에 적체되어 있었다는 말이 있는데, 병진년의 다음해가 바로 정사년(1857, 철종 8)이다.

길거리 신래 부름에
초헌다리를 한 선배가 흥이 나서 뛸 것입니다[48]

육조의 판서 자리와 양관[49]의 제학 자리는
조만간에 기약할 수 있을 것이고

사도[50]의 유수 자리와 팔도의 감사監司 자리는
지푸라기 줍듯 얻을 수 있을 것입니다

평교자[51] 타고서 파초선 부치며
의정부 대문을 열어젖힐 수 있을 것이고

사발마다 낙장[52]이 가득하고
영수각[53]에서 숙배하게 되실 것입니다

이에 옛 동료의 좋은 정의로
늙은 광대가 덕담 바치듯 하는 말씀을 올리오니

48) 길거리 신래~뛸 것입니다: 문과에 새로 급제한 사람을 신래라 했고, 신래는 선배 관원 앞에서 신래 부름[呼新來, 唱新來]이라는 절차를 거쳐야 했다. 그 절차는 대략 선배 관원이 거리에서 신래의 이름을 연이어 부르면 신래는 이름을 부를 때마다 맞이하는 시늉을 하는 것이었다. 이때 신래는 앞으로 나아갔다가 뒤로 물러났다가를 수백 번 반복했고 얼굴에는 붓으로 낙서를 당하는 등 갖은 고초를 겪었다. 초헌다리는 고관들이 타는 초헌(軺軒)에 앉았을 때처럼 앉는 자세를 말한다.
49) 양관(兩館): 예문관(藝文館)과 홍문관(弘文館)을 아울러 일컫는 말.
50) 사도(四都): 한성부를 제외하고 경관직 유수(留守)가 주재하던 곳으로, 수원부(水原府), 광주부(廣州府), 개성부, 강화부를 가리킨다.
51) 평교자(平轎子): 종1품 이상 당상관이 타던 가마로 앞뒤로 두 사람씩 네 사람이 메던 가마다.
52) 낙장(酪漿): 소나 양의 젖. 기로소에서 제공된 것으로 추정된다.
53) 영수각(靈壽閣): 영수각은 일흔 살이 넘는 정2품 이상의 문관들을 예우하고자 만든 기로소에 있던 누각으로 어첩(御帖)을 보관했으며, 이곳에서 기로소에 든 관원을 위한 연회를 열었다.

두 눈을 번거롭게 하실 것 없이
일소一笑에 부치는 것도 무방하리이다

이때 중군54) 홍선洪璿이 향리에 칩거하고 있다가 그 글을 보고 배해俳諧로 답한다는 것으로 명분을 삼고 또 한 편을 지었으니 다음과 같다.

대응은 무가 오면 무로 하고 문文이 오면 문으로 하는 것이니
어찌 감히 그대에게서 내고 돌이키겠는가55)

벼슬은 더디 할 만하면 더디 하는 것이고 빨리 할 만하면 빨리 하는 것이니56)
그저 남들이 비웃거나 욕하거나 내버려둠이 마땅하네

말은 또한 아름다워야 하고
글은 마땅히 지을 줄 알아야 하네57)

54) 중군(中軍): 조선시대의 종2품 무관직으로 각 군영의 대장.
55) 대응은 무(武)가~내고 돌이키겠는가: 문관직이든 무관직이든 조정에서 내리는 벼슬대로 그 직무를 수행할 역량을 갖추고 있어야 하며, 자기 마음대로 벼슬을 좌지우지할 수 없다는 뜻이다. 앞 구절은 문무 어디에나 대비할 자세를 갖추고 있다는 뜻을 가진 "문이 오면 문으로 대응하고 무가 오면 무로 대응한다(文來文對, 武來武對)"는 중국 속담을 차용한 것이다. 뒤 구절은 『맹자』「양혜왕梁惠王 하下」의 "너에게서 나온 것이 너에게로 되돌아간다(出乎爾者, 反乎爾者)"라는 구문의 어법을 차용한 것이다. 본래는 자신의 행위대로 돌려받는다는 뜻인데, 여기서는 자기 마음대로 내었다 돌이켰다 할 수 있겠느냐는 의미로 조금 다르게 쓰였다.
56) 벼슬은 더디~하는 것이니: 원문의 "遲則遲速則速"은 『맹자』「공손추公孫丑 상上」의 "벼슬할 만하면 벼슬하고, 그만둘 만하면 그만두고, 그 나라에 오래 머무를 만하면 오래 머무르고, 속히 떠나야 할 만하면 속히 떠났다(可以仕則仕, 可以止則止, 可以久則久, 可以速則速)"라는 구문을 차용한 것이다.
57) 말은 또한~알아야 하네: 정현석의 글에 대한 답을 하면서 말과 글이란 마땅히 이러해야 하니 자신이 그렇게 한번 지어보겠다는 서두 격으로 한 말이다.

생각건대

그대는 세상에 맨몸뚱이로 선 것 같은 신세요
머리가 허연 음관이라[58]

그대가 얻은 한만閑漫한 관직 같은 경우
시렁 밑에서 쉬이 얻는 숟가락과는 다르고[59]

크고 좋은 고을의 수령이 되는 것에 이르러서는
하늘 위에 방망이 달기처럼 어려운 법[60]이라 생각되네

삼가 생각건대 지루한 참봉 자리에서
육품 자리로 견복[61]되기란 더욱 어려운 일일세

---

58) 머리가 허연 음관(蔭官)이라: 정현석의 머리가 일찍부터 백발이었던 듯하다. 이는 이보다
조금 아래에 "학발이 별과 같다"라는 부분을 통해서도 추측해볼 수 있다. 보통 학발은 머리가
흰 사람을 지칭하며 부모를 가리키는 말로도 자주 쓰인다. 그러나 정현석의 부친 정기화(鄭琦
和)는 정현석이 음직에 나아가기 훨씬 전인 1840년에 사망했고, 『음안』에 따르면 정현석은 봉
사 벼슬을 하던 1849년 10월에 상을 당하여 관직에서 잠시 물러난 사실이 있다. 이는 모친상
인 것으로 생각되므로 학발이 부모라고 보기는 어려울 듯하다. 따라서 이 글에서의 흰머리는
모두 정현석을 지칭한 것이라고 생각된다.
59) 시렁 밑에서~숟가락과는 다르고: "살강 밑에서 숟가락 얻었다"라는 속담을 표현한 것이
다. 이 속담에는 본래 남이 빠뜨린 물건을 쉽게 얻어서 횡재했다고 좋아하다가 임자가 나타나
헛되이 좋아한 것이 되었음을 빈정대는 뜻이 담겨 있다. 시렁 밑의 숟가락 자체는 얻기 쉬운
물건을 뜻한다. 즉, 변변찮은 신세로 그 정도 되는 관직이라도 얻었으니 이는 얻기 쉬운 물건
이 아니라는 뜻이다.
60) 하늘 위에~어려운 법: "하늘에 방망이를 달겠다"라는 속담을 표현한 것으로, 실현 불가능
함을 뜻한다.
61) 견복(甄復): 벼슬에서 물러나 있는 사람을 다시 감별·심사하여 복직시키는 것을 가리킨
다. 『음안』에 따르면, 정현석은 봉사 벼슬을 하던 1849년 10월에 상을 당하여 관직에서 물러났
다가 1853년에 복직되어 육품에 올랐으므로 견복이라는 표현을 쓴 것이다.

홑이불은 손가락으로 셈하느라 누차 해졌으니
처음 바람은 제용감 봉사奉事와 상서원 직장이었고[62]

돈 만 꿰미를 허리에 두를 것을 매번 생각했으니
다음 차례는 강서 현령과 청도 군수였지[63]

말똥을 우물에 던져넣으니[64]
백정 놈의 버들가지에 부끄러웠고[65]

학발鶴髮, 머리가 흰 사람이 별과 같으니
농부의 짚 풀에 탄식했네[66]

62) 홑이불은 손가락으로~상서원 직장(直長)이었고: 정현석이 9품 봉사 자리에 있을 때 항상 누워서 이불 위에 자신의 품계가 올라갈 것을 셈하느라 이불이 해졌다는 말이다. 제용감은 왕실에 필요한 옷이나 식품 등을 관장한 관서이고, 상서원은 국왕의 새보·부신(符信) 등을 관장하던 관서다. 봉사는 8품, 직장은 7품 관직이다.

63) 돈 만~청도 군수였지: 정현석이 인간세상의 부귀를 모두 누리기를 꿈꿨다는 말이다. 허리에 돈 만 꿰미를 차고 강서 현령과 청도 군수가 되는 것은 양주학(楊州鶴) 고사를 활용한 것이다. 이는 인간세상의 부귀영화를 모두 누리겠다는 말로, 옛날에 사람들이 모여서 각자 소원을 말했는데, 한 사람은 많은 돈을 갖는 것이 소원이라 하고, 한 사람은 학을 타고 하늘에 오르는 것이 소원이라 하고, 한 사람은 양주자사(楊州刺史)가 되는 것이 소원이라 했다. 이를 듣고 있던 한 사람이 자신은 돈 십만 관을 허리에 차고서 학을 타고 양주 고을의 하늘을 날아오르는 것이 소원이라 했던 데서 나온 것이다. 『연감유함淵鑑類函 조부삼鳥部三 학鶴』.

64) 말똥을 우물에 던져넣으니: "굴우물에 말똥을 쓸어넣듯 하다"라는 속담을 표현한 말이다. 이는 가망 없는 일에 밑천을 한없이 쓸어넣는 것을 비꼰 속담으로, 정현석이 가망 없는 벼슬자리에 정력을 쏟아부은 것을 풍자한 말이다.

65) 백정 놈의 버들가지에 부끄러웠고: 정확한 의미는 미상이나, 아마도 "백정도 올가미가 있어야 한다"는 속담과 유사한 뜻인 듯하다. 이 속담은 장사에는 밑천이 있어야 한다는 뜻으로 아무런 준비 없이는 어떤 일도 이룰 수 없음을 비유한 것이다. 앞 구절의 뜻과 연계해볼 때, 아무런 밑천 없이 벼슬자리를 탐내는 것은 부질없는 짓임을 말하고 있는 듯하다.

66) 농부의 짚풀에 탄식했네: 정확한 의미는 미상이나, 앞 구절에서 학발을 언급한 것으로 보아 농부가 짚풀로 밀짚모자를 만들어 쓴 것을 지칭한 듯하다.

이에 감조관의 임무를 마치자
다행히 품계를 올려주어 수고로움에 보답해주는 은혜를 입었네

그러나 부사과[67]의 한갓 쓸데없는 첩지만 남았으니
바로 납속당상[68]과 진배없고

오두미의 변변찮은 녹봉도 아울러 잃었으니[69]
도리어 무록대부[70] 신세일세

득실이 어찌 복일 줄 알겠는가
굳이 잉어가 뛴다고 미꾸라지가 뛸 것은 없다네[71]

앞서거니 뒤서거니 하니 어찌 따질 것이 있겠는가

---

67) 부사과(副司果): 오위에 딸린 종6품의 무관(武官) 벼슬. 녹봉을 주기 위한 직으로, 현직에 있
지 아니한 문관, 무관, 음관 및 잡직에 있는 사람들로 뽑았음.
68) 납속당상(納粟堂上): 기근이나 병란 때 많은 수량의 곡물을 헌납하고 받은 당상관 자리를
가리킨다. 납속은 국가재정의 확보를 위해 수시로 행해졌는데 이때 받는 관직은 실직이 아니
라 명목상의 벼슬이었다. 현재 정현석이 받은 6품 허사과도 실제 관직이 아니라 녹봉도 없는
명목상의 관직이므로 납속당상에 비유한 것이다.
69) 오두미(五斗米)의 변변찮은~아울러 잃었으니: 오두미는 아주 적은 녹봉을 가리킨다. 도잠
이 일찍이 팽택 현령(彭澤縣令)으로 있을 때, 아전이 도잠에게 의관을 갖추고 독우를 뵈어야
한다고 했다. 도잠이 탄식하며 말하기를 "나는 오두미의 하찮은 녹봉 때문에 허리를 굽혀서
향리의 소인을 정성으로 섬길 수 없다" 하고는 마침내 현령의 인끈을 풀어 던지고 떠나버렸던
데서 온 말이다. 아울러 잃어버렸다는 말은 이전에 참봉 등의 낮은 벼슬에 있을 때는 그나마
실직(實職)이라 녹봉이 나왔지만 이제는 녹봉이 나오지 않는 허사과에 제수됨으로써 실직에
이어 녹봉도 아울러 잃게 되었다는 말이다.
70) 무록대부(無祿大夫): 국가에서 관직만 주고 녹봉을 지급하지 않는 관리를 무록관이라 했
는데, 지금 정현석의 신세가 이와 다를 바가 없으므로 무록대부라 칭한 것이다.
71) 득실이 어찌~것은 없다네: 지금 당장의 득실이 복일지 아닐지는 알 수 없다는 말로 당장
에 관직을 얻고 잃는 것에 일희일비하면서 남을 쫓지 말라는 뜻이다. 뒤 구절은 "숭어가 뛰니
망둥이도 뛴다"는 지금의 속담과 같은 의미로 남이 하니 자기도 따라 하는 당시의 세태를 비
꼰 말이다.

말이 가니 또한 소가 가는 것만 끝내 본다네[72]

이에 공정한 도리로 정목政目이 발표되는 때를 당하여
고달픈 몸이 벼슬자리에 나아갈 날을 기다리네

운수가 막히고 터지는 것을 어찌 논하겠는가
백년의 남가일몽에서 깨어남을 탄식한다네[73]

벼슬길이 막힘을 스스로 웃노니
만 가지 상념이 석양 바람에 날아가버린다네[74]

명예와 이익 다투는 곳을 복사꽃 살구꽃 피는 곳이라 여기니
관모 내던진 사람[75]을 그대는 일찍이 보지 못했던가

72) 앞서거니 뒤서거니~끝내 본다네: 이 역시 관록에 있어 앞서거니 뒤서거니 하는 것은 큰
의미가 없으니 남들처럼 관직에 연연하며 부화뇌동하지 말라는 뜻이다. 말이 가니 또한 소가
가는 것을 본다는 것은 당시 세태가 그런 꼴만 보인다는 뜻으로, "말 갈 데 소 간다"는 속담을
표현한 말이다. 이 속담은 가지 말아야 할 데를 간다는 뜻이다.
73) 백년의 남가일몽에서 깨어남을 탄식한다네: 남가일몽은 덧없는 인생을 비유하는 말이다.
당나라 때 순우분(淳于棼)이라는 사람이 대낮에 괴목나무 아래에 누워 술이 취해 잠들었는데,
꿈속에서 괴안국(槐安國)에 들러 공주에게 장가들어 남가태수(南柯太守)를 지내는 등 온갖 부
귀영화를 누렸다. 그러다가 잠에서 깨어나보니 꿈속 괴안국이 바로 나무 밑둥의 개미굴이었
다는 고사에서 유래했다. 여기서는 관직생활이 잘 풀리든 그렇지 않은 모두가 남가일몽과 같
다는 뜻으로 쓰였다.
74) 만 가지~바람에 날아가버린다네: 석양 바람에 날아가버린다는 것은 정지상의 시구절의 하
나인 "飛去夕陽風"을 차용한 것이다. 이규보의 『백운소설』에 나온다. 원문의 "西陽"은 "夕陽"과 같
은 말이다. 여기서 숱한 상념들은 석양 바람에 날아가는 것처럼 부질없다는 뜻으로 쓰였다.
75) 관모 내던진 사람[擲帽之人]: 미련 없이 관직을 벗어던지고 전원에 은거한 도연명을 가리
킨다. 그의 「칠월야행강릉도중작七月夜行江陵途中作」 시에 "관모 던지고 옛 터전으로 돌아가
벼슬에 얽매이지 않으리라(投冠旋舊墟, 不爲好爵縈)"라 했다.

사돈집 잔치에 감 놓아라 배 놓아라 하니[76]
끝내 누가 치마가 넓은 손님이겠는가[77]

어찌 그대 스스로를 아는 것보다 내가 더 잘 안다는 생각으로 이 글
을 썼겠는가
단지 오직 그대가 잘하라는 글을 보여준 것이라네[78]

나의 이 발원은 진실로 자비심에서 나온 것이니
나무아미타불을 염송한 공덕을 비로소 알겠고[79]

나의 이 덕담은 혹 조롱하거나 치켜세우는 것에 가깝지만
동방삭의 배우 짓[80]보다는 훨씬 낫다네

한번 배불리 먹는 것도 본디 운수소관인 법이니

---

76) 사돈집 잔치에~놓아라 하니: "사돈집 잔치에 감 놓아라 배 놓아라 한다"는 속담을 표현한
말로 남의 일에 공연히 끼어든다는 의미다. 다른 사람들에게 표문을 지어보이며 관직생활을
운운한 정현석을 비꼬는 말이다.
77) 끝내 누가~넓은 손님이겠는가: "치마폭이 넓다" "치마가 열두 폭인가"라는 우리 속담을
표현한 말로 남의 일에 쓸데없이 간섭하고 참견한다는 뜻이다.
78) 어찌 그대~보여준 것이라네: 원문의 "勝自知"와 "惟汝諧"는 각각 편지글이나 왕의 교서 등
에 관용적으로 쓰이던 말인데 이를 원용하여 문장을 구성한 것이다. "勝自知"는 보통 "내가
나를 알고 있는 것보다 그대가 나에 대해 더 잘 안다"는 뜻으로 쓰이는데, 이 구절에서는 이
글의 저자인 홍선이 "내가 어찌 정현석 그대가 그대 자신을 아는 것보다 내가 그대를 더 잘 안
다는 생각을 가지고 이 글을 지은 것이겠는가"라는 뜻으로 쓰였다. "惟汝諧"는 왕이 지방관을
임명하는 교서 등에서 "오직 그대는 그대의 직무를 잘 수행하라"는 뜻으로 쓰는 말인데, 본디
『서경』「순전舜典」의 "그대는 가서 그대의 직무를 잘 수행하라(往哉汝諧)"고 한 데서 온 말이
다. 이는 정현석 너나 잘하라는 뜻으로 한 말이다.
79) 나무아미타불을 염송한~비로소 알겠고: "나무아미타불"은 "도로아미타불"의 의미로 쓰였
다. 도로아미타불이 된 정현석의 사정을 내가 비로소 알겠다는 의미도 들어 있다.
80) 동방삭(東方朔)의 배우 짓: 한(漢)나라 때 인물인 동방삭은 본디 해학에 뛰어나 배우와 같
은 작위적인 연출이나 언어유희를 통해 상대방을 깨우쳐주는 일이 많았다.

하필이면 산탈이니 집탈이니 따질 것이 있겠는가[81]

비록 열 번 살고 아홉 번 죽을 정도로 위태로운 지경에 이르렀지만
천방지축 날뛰기는 어려울 것일세

이는 진실로 동병상련의 정이요
바로 울고 싶은 사람 뺨 때려주는 격이라네

돌부처도 머리를 끄덕여주기를 바라니[82]
우선은 미래를 관망할 것이요

금인의 함구[83]를 오직 생각할 것이니
기왕지사는 논하지 마시게

젊었을 적에는 앞을 향해 나아가리라 자부하면서
안탑제명[84]을 기약했더니

---

81) 본디 운수소관인~것이 있겠는가: 한번 잘되는 것도 모두 운수가 있는 것이니 어떤 탓으로 잘못된 건지는 따질 것이 없다는 뜻으로 쓰인 듯하다. 산탈은 조상의 묏자리를 잘못 써서 받는 재앙이고, 집탈은 집터를 잘못 잡아 받는 재앙이다.
82) 돌부처도 머리를 끄덕여주기를 바라니: 『덕포유고德浦遺稿』 등의 당대 문헌에 이와 유사한 문구들이 더러 등장하는 것으로 보아 당시에 이런 말이 있었던 듯하다. 문맥상 돌부처조차도 고개를 끄덕여줄 정도로 그대의 소원이 지당하고 또한 그렇게 이루어지기를 바란다는 뜻으로 쓰인 듯하다.
83) 금인(金人)의 함구(緘口): 금인함구(金人緘口) 또는 금함(金緘)이라는 용어로 쓰인다. 공자가 주(周)나라로 가서 후직(后稷)의 묘에 들어갔더니 묘 오른편 섬돌 앞에 쇠로 만든 사람이 있었는데 그 입을 꿰매었고 그 등에는 "옛날에 말을 삼갔던 사람"이라는 글이 새겨져 있었다는 데서 온 말이다. 경거망동하지 말고 말을 삼가라는 뜻이다.
84) 안탑제명(雁塔題名): 안탑(雁塔)은 당나라 때 현장법사(玄奘法師)를 위해 세운 탑으로 서안(西安) 자은사(慈恩寺)에 있다. 당나라 때 과거에서 합격하여 진사가 되면 이 탑에 이름을 써넣었기에 안탑제명이란 말이 만들어졌다.

지금은 복직에 규칙이 없어
사슴 가죽에 가로 왈曰 자와 같네[85]

그대는 전의 말은 농담일 뿐이라고 말하지 말게
나는 응당 본래부터 그러했던 것과 같이 여긴다네[86]

이는 대개
병을 먼저 앓아본 사람이 의원이고
표문 짓는 재주 가진 선비이기 때문이라네[87]

하나를 들으면 열을 아니
왼손으로 방울을 드는 것과 무엇이 다르며[88]

일에는 모두 증거가 있으니
우사[89]가 붓을 잡고 역사를 기록하는 것과 같다네[90]

---

85) 지금은 복직에~자와 같네: 조정에서 사람을 복직시키는 데 무규칙한 상황이라 이랬다저 랬다 한다는 뜻이다. 뒷구는 "녹비에 가로 왈"이라는 속담을 표현한 것으로, 사슴 가죽에 쓴 가로왈曰 자는 가죽을 잡아당기는 대로 일日 자도 되고 왈曰 자도 된다는 뜻으로, 일정 한 주견이 없이 이랬다저랬다 함을 비유한 말이다.
86) 나는 응당~같이 여긴다네: 원문의 "若固有之"는 『맹자』「진심盡心 하下」의 "순임금이 천자 가 되어서는 그림 그린 옷을 입고 거문고를 타며 두 여자가 모시는 것을 본래부터 그랬던 것 처럼 자연스럽게 여겼다(及其爲天子也, 被袗衣鼓琴, 二女果, 若固有之)"라는 구절을 차용한 표현 이다. 정현석의 앞서 지었던 글을 농담이 아니라 본래 그랬던 것으로 여긴다는 뜻이다.
87) 이는 대개~선비이기 때문이라네: 앞 구절은 "병을 먼저 앓아본 사람이 의원이다"라는 속 담을 그대로 쓴 것으로, 먼저 경험해본 사람이 잘 안다는 뜻이다. 뒤 구절 역시 이러한 관용어 가 현재 전해지지 않으나 이와 유사한 의미라고 생각된다. 즉 이 글을 지은 홍선이 정현석의 상황을 먼저 겪어봤기에 정현석의 사정을 잘 안다는 뜻이다.
88) 왼손으로 방울을~무엇이 다르며: 아마도 당시에 이러한 말이 있었던 듯한데 무당이 굿을 하거나 점을 치는 것을 지칭하는 듯하다.
89) 우사(右史): 고대 중국에서 천자의 언행을 기록하는 사관(史官)을 우사(右史), 좌사(左史) 라 불렀다. 우사는 임금의 행동을 기록한 반면 좌사 혹은 주서(注書)는 임금의 말을 기록했다.

마침내 인자한 마음에서 발현되는 바를 미루어
특별히 의지할 곳 없는 그대를 불쌍히 여기노니

그대가 감히
일생 동안 내 은혜를 잊지 않으면서
백배치사하지 않겠는가

춘당대[91)]에서 공정하게 치르는 과거가 닥쳤으니
삼가 장원급제하기를 기원하고

조정에서 인재를 얻을 아름다움을 생각하노라니
고가대족古家大族이 더욱 귀하네

呈舊僚鄭司果戲墨

鄭司果顯奭, 以前啣叅奉, 癸丑年, 用都監監造官[92)], 勞陞六品, 付虛司
果, 至丙辰[93)], 尙未得復職, 而其時同僚三四人, 亦一体[94)]沈滯. 鄭司果以
呈舊僚[95)]俳諧文爲題, 而做四六一篇, 語近俳優. 雖以呈舊僚爲言, 而實則

---

90) 하나를 들으면~것과 같다네: 모두 이 글을 지은 홍선 자신을 두고 한 말로 보인다. 즉 정현
석이 자신의 글에서 한 가지를 이야기하면 홍선은 그것을 통해 열 가지를 알아내 홍선 자신의
글에 투영했고 홍선의 글에는 모두 인용한 전고들이 있어 역사 기록처럼 정확하다는 뜻이다.
91) 춘당대(當春臺): 창경궁 안에 있는 대(臺)인데, 여기서는 춘당대시를 가리킨다. 춘당대시
는 조선시대에 식년시 외에 비정규적으로 실시된 문·무과의 하나다. 왕실이나 국가에 경사가
있을 때 임시로 행하는데, 과거시험을 국왕이 창경궁 내 춘당대에 친히 와서 보였기에 춘당대
시라 일컬었다.
92) 官: 고대본에는 탈락.
93) 辰: 동양본에는 '戌'로 표기.
94) 体: 국도본·고대본·동양본·일사본·가람본에는 '體'로 표기.
95) 僚: 고대본·가람본에는 탈락.

自鳴其一已不⁹⁶⁾平⁹⁷⁾心事也. 其辭云云:

付職如待闕仙, 雖無妄⁹⁸⁾想

及第或出公道, 猶有倖望

何必念絶榮途, 且莫徑⁹⁹⁾尋鄕路

惟兄

早升上舍, 新進南行

策表詩賦義疑之每文實才¹⁰⁰⁾, 節製¹⁰¹⁾到記¹⁰²⁾庭謁¹⁰³⁾之逐年虛度

僅¹⁰⁴⁾得黃楊木牌號, 尙遲紅唐紙題名

叅奉初不求爲, 猝然寢獲生病

宦味都無見者, 殆若夢嘗歡郞

迺者上尊號都監, 叅以副司勇進賜

玉策¹⁰⁵⁾金寶, 次知監造官一房

紗帽木靴, 勤仕司譯院三朔

屬玆別單書入, 遽荷陞六傳敎

主簿佐郞廟令陵令, 爲先東方朔削栗

96) 不: 동양본에는 탈락.
97) 平: 고대본·가람본에는 '半'으로 잘못 표기.
98) 妄: 고대본·일사본·가람본·성균관대본에는 '忘'으로 잘못 표기.
99) 徑: 동양본에는 '經'으로 잘못 표기.
100) 實才(실재): 글재주가 있는 사람.
101) 節製(절제): 절일제(節日製). 조선시대 성균관·지방 유생을 대상으로 인일(人日)·상사(上巳)·칠석(七夕)·중양(重陽)에 실시한 시험. 대책(對策)·표(表)·전(箋)·잠(箴)·송(頌)·제(制)·조(詔)·논(論)·부(賦)·명(銘) 가운데 한 편을 선택하여 쓰게 했다.
102) 到記(도기): 성균관 유생의 성실도를 파악하고자 식당에 들어간 횟수를 적던 부책(簿冊). 아침저녁 두 끼를 1도(到)로 하고, 50도가 되면 봄과 가을에 열리는 과거를 보게 했다.
103) 庭謁(정알): 정시(庭試)와 알성시.
104) 僅: 동양본에는 '董'으로 표기.
105) 策: 문맥상 '冊'으로 표기해야 함.

縣監郡守府使牧使, 次[106]第車僉知摘苽[107]

奈此虛司果陷身, 無望斗祿米充腹

向來連三窠區處, 縱賴領閤丈善心

今焉無一箇擧論, 都緣雜岐[108]人疾足

郎廳勿拘常格, 每見後出角尤高

計仕不許前唧, 任他外鑿井獨汲

偸政出以別復, 亞三銓私肉輒爲

正蔭望之落頤, 凡幾年措手不得

嗟蟹網之[109]俱失, 佇牛囊而無期[110]

官方何時更張, 待者臍生松樹[111]

宦路到處全壁, 已矣頭爲葱根

衆求難防[112], 人莫不有杖刺眼

百計沒策, 僧何能自手削頭

---

106) 次: 고대본·가람본에는 탈락.

107) 苽: '瓜'로 표기해야 함. 진도(珍島) 차첨지놀이에 근거하여 수정함. 車僉知摘瓜(차첨지적과): '차첨지가 오이를 따다'라는 뜻인데, 진도 '외따기놀이[摘瓜戲]'에서 비롯한 말이다. 외따기놀이는 일종의 마당극인데, 차첨지의 오이밭에 오이 노릇을 하는 동네 여인들이 등장하여 놀이를 한다. 차첨지는 자기 오이가 잘 크라고 오줌(물)을 뿌려주기도 하고 북돋워주기도 하는데 그러면 여인들이 오줌(물)을 그냥 맞거나 여인들의 치마가 들춰지기도 한다. 또 차첨지가 "외야 꽃 맺어라" "외야 순 뻗어라" "외야 열려라"라고 외치면 여인들이 그런 시늉을 하며 논다. 마침내 차첨지는 막대기로 오이를 휘젓고 손가락으로 퉁겨보고 잘 익은 오이 몇 개를 따 간다. 이어서 동네 심술보가 나와 오이밭에서 심술을 부리기도 한다.

108) 岐: 동양본에는 '技'로 표기.

109) 之: 국도본·고대본·일사본·가람본·성균관대본에는 '而'로 표기.

110) 佇牛囊而無期(저우낭이무기): "쇠불알 떨어지면 구워먹기"라는 속담을 표현한 말이다. 노력은 하지 않고 살아 있는 쇠불알이 저절로 떨어지기를 기다리기만 한다는 뜻으로, 노력도 없이 요행만 바라는 것을 지칭한다.

111) 待者臍生松樹(대자제생송수): '배꼽에 노송 나거든'이란 속담에서 나온 말로, 죽은 사람의 무덤에 소나무가 자라나 노송이 되는 것이 거의 불가능하듯, 어떤 상황의 불가능성을 뜻한다.

112) 衆求難防(중구난방): '중구난방(衆口難防)'에서 입 구(口)를 구할 구(求)로 바꾸어 희화화함.

自[113]來如蟻會塔之功, 未免逐鷄望籬[114]之歎[115]

儕友侮弄, 賴是鼻兩孔善裁

婢僕怨咨, 不覺眼雙柱[116]突上

殘蔭[117]無異枳塞, 安用梁鐵一坪

上策莫如檀公, 素[118]乏唐錢單分

縱若走牛[119]之亘尾, 得無悔齎之噬臍

秋月春風等閑, 金剛景亦是食後

綠水靑山歸去, 漢陽城如在夢中

登樓若至去梯, 兩寺狗上下不及[120]

觀賽待出繼絪, 後市餠大小何知

牛[121]出顙天, 可以待矣

魚樂遊水, 捨此何之

惟願丁[122]年[123]春三, 特叅甲科[124]第一

門前報喜, 顚倒糞腹下任

街上呼新[125], 跳躍輆脚先進

---

113) 自: 국도본·고대본·일사본·가람본에는 '以'로 표기.
114) 逐鷄望籬(축계망리): 글자 그대로 해석하면 '닭을 쫓다가 울타리를 바라보다'인데, 우리 속담인, '닭 쫓던 개 지붕 쳐다보듯'을 이렇게 표현했다.
115) 歎: 동양본에는 '嘆'으로 표기.
116) 柱: 국도본·고대본·동양본·일사본·가람본·성균관대본에는 '炷'로 표기. "눈에 쌍심지를 켜다"라는 속담을 뜻하기에 '炷'가 맞음.
117) 殘蔭: 고대본에는 '蔭殘'으로 잘못 표기. '잔음(殘蔭)'은 형세가 기울어져 가는 음직.
118) 素: 동양본에는 '果'로 표기.
119) 走牛: 동양본에는 '牛走'로 표기.
120) 兩寺狗上下不及(양사구상하불급): '두 절 집 개 노상 굶는다'는 속담.
121) 고대본에는 '頭'가 더 나음.
122) 丁: 동양본에는 '一'로 표기.
123) 丁年(정년): 천간(天干)이 정(丁)인 해.
124) 甲科(갑과): 과거에서 성적순으로 나눈 등급 중 최고 등급. 그중 첫째는 장원(壯元)으로 종6품을 내렸고, 둘째 방안(榜眼), 셋째 탐화에게는 정7품을 주었다.
125) 呼新(호신): 막 급제한 사람을 부르는 예.

六曹判書¹²⁶⁾兩館提學, 朝暮可期

四都留守八道監司, 草芥如拾

平轎蕉扇¹²⁷⁾, 可開議政府大門

滿椀酪漿, 至爲靈壽閣肅拜

玆將舊僚好誼, 庸效老倡德譚

二眼勿煩, 一笑何妨

時洪中軍墇, 蟄伏鄕廬, 見其文, 以答俳諧爲名, 而又做一篇, 其辭曰:

對以武來武文來文, 豈敢出反乎爾

仕可遲則遲速則速, 只宜笑罵從他

言亦復佳, 詞當解撰

念

赤立¹²⁸⁾身世¹²⁹⁾, 白首蔭官

以若謾¹³⁰⁾職閑司¹³¹⁾, 類非架底匙易得

及其雄州巨牧¹³²⁾, 自分天上椎¹³³⁾難縣¹³⁴⁾

竊惟叅奉仕支離, 尤難六品窠甄復

單衾屢弊於指計, 初願則濟用奉事尙瑞直長

---

126) 判書(판서): 조선시대 육조의 으뜸 벼슬로 정2품.
127) 蕉扇(초선): 파초잎으로 만든 부채
128) 赤立(적립): 텅 비어서 아무것도 없는 모양. 또는 몹시 가난함.
129) 世: 고대본에는 '勢'로 잘못 표기.
130) 謾: 문맥상 '漫'으로 표기해야 함.
131) 謾職閑司(만직한사): 한사만직(閑司謾職). 일이 많지 않아 한가로운 벼슬자리.
132) 雄州巨牧(웅주거목): 땅이 넓고 물산이 많은 고을.
133) 椎: 동양본에는 '推'로 잘못 표기.
134) 縣: 국도본·고대본·동양본·일사본·가람본·성균관대본에는 '懸'으로 옳게 표기.

萬貫[135]每思於腰纏[136], 次第是江西縣令淸道郡守

馬糞投[137]井, 愧屠漢之柳枝

鶴髮如星, 嗟[138]農夫之麥草

屬玆監造之[139]竣役, 幸蒙陞敍之酬勞

副司果空帖徒存, 便同納[140]粟堂上

五斗米殘廩幷失, 還是[141]無祿大夫

得失安知福乎, 不必鯉躍而鮪躍

先後何足計也, 終見馬之亦牛之

肆當公道政目之時, 佇期寒酸進身之日

何論身數之否泰[142], 嗟百年南柯夢覺來

自笑宦途之蹇屯, 伊萬念西陽風飛去[143]

名利場[144]看作桃杏, 曾未見擲帽之人

查頓宴分排梨柿, 竟誰是廣裳之客[145]

何圖勝自知之念, 特示惟汝[146]諧之文

發願寔出於慈悲, 始覺南彌陀功果

德譚或近於嘲謷, 絶勝東方朔俳優

135) 貫: 동양본에는 '食'으로 잘못 표기.
136) 腰纏(요전): 허리에 매어 갖고 다니는 재물.
137) 投: 국도본·고대본·가람본·일사본에는 '捉'으로 잘못 표기.
138) 嗟: 동양본에는 '嘆'으로 표기.
139) 之: 국도본·고대본·가람본·일사본에는 탈락.
140) 納: 고대본에는 잘못 탈락.
141) 是: 동양본에는 '見'으로 잘못 표기.
142) 否泰(부태): 『주역』의 괘들로서, 여기서는 막힌 운수와 터진 운수를 뜻한다.
143) 西陽風飛去(서양풍비거): '비거석양풍(飛去夕陽風)'을 잘못 옮김. 석양 바람에 구름 산이
날아간다는 뜻으로, 흔적도 없이 사라진다는 의미다. 이규보가 지은 『백운소설』에 정지상의
시구절이라고 나온다.
144) 名利場(명리장): 세인이 명예와 이익을 추구하는 장소.
145) 客: 동양본에는 '客'으로 잘못 표기.
146) 汝: 동양본에는 '余'로 표기.

自是一飽亦數存, 何必山頤家頤

雖[147]至十生而九死, 有難天方地方

此誠同病相憐之情, 便是欲哭被打之格

石佛之点頭是望, 且觀未來

金人之緘口惟思, 勿論已往

少也晉步之自許, 期雁塔之題名

今焉復職之猶難[148], 等鹿皮之曰字

君無日前言戲耳, 我則當若固有之

玆盖, 先病者醫, 製表才士[149]

聞而知十, 何異左手擧鈴

事皆證參, 有同右史載筆[150]

遂推仁心所發, 特憐墙壁無依

敢不, 一生未忘, 百拜致謝

當春臺[151]秉公之試, 竊祝及第壯元

念朝廷得人之休, 尤貴古家大族

---

147) 雖: 동양본에는 '乃'로 표기.
148) 猶難: 국도본·고대본·동양본에는 '無規'로 표기. '無規'가 맞음.
149) 表才士(표재사): 사륙문을 민첩하게 잘 짓는 사람. 대구를 잘 맞추는 재주가 있는 사람.
150) 載筆(재필): 붓을 잡고 역사를 씀.
151) 春臺(춘대): 춘당대.

병에 연운이 있는 걸 알아 좋은 약을 처방하다

구리개에 한 약방이 있었다. 하루는 다 떨어진 옷에 짚신을 신어 흡사 향원[1]인 듯한 늙은 학구學究, 학문에만 열중해 세상 물정 모르는 사람가 갑자기 들어와 방구석에 앉았다. 그는 아무 말도 하지 않고 시간이 지나도 떠나지 않았다. 주인이 괴상히 여기고 물었다.

"어디서 오신 손님이오? 무슨 일로 오셨소?"

학구가 말했다.

"내가 어떤 길손을 여기서 만나기로 약속하여 지금 몹시 기다리고 있다오. 그런데 당신 약방에서 너무 오래 있게 되어 마음이 매우 불안하오."

주인이 말했다.

"불안할 게 뭐가 있나요?"

---

1) 향원(鄕愿): 시골 사람들로부터 덕 있는 사람이라고 칭송을 받기는 하나 행동이 따르지 못하는 사람. 『논어』『맹자』 등에 나온다.

밥때가 되자 주인이 밥을 먹자고 청했지만 응하지 않고 문밖으로 달려나갔다. 주머니의 돈으로 가게에서 밥을 사 먹고 다시 돌아와서 전처럼 가만히 앉아 있기만 했다.

이렇게 여러 날이 지나도 기다린다는 사람은 끝내 오지 않았다. 주인은 이상하게 여겼지만 감히 쫓아낼 수가 없었다.

문득 한 서인이 와서 말했다.

"제 아내가 출산을 하다가 갑자기 쓰러져 인사불성이 되었습니다. 제발 좋은 약을 조제하여 위급한 사람을 구해주십시오."

주인이 말했다.

"네가 무식하여 매번 약 파는 사람이 의술에도 능통하다 착각하고 이렇게 와서 요구하지만 나는 의원이 아니다. 어찌 증상에 맞춰 약을 쓸 수 있겠나? 의원을 찾아가서 약방문을 지어오면 조제해주겠다."

서인이 "본래 의원 계신 곳을 모르니 제발 한 번만 약을 지어 사람을 살려주십시오" 하니 학구가 억지로 말했다.

"곽향정기산[2] 세 첩을 먹으면 즉시 나을 것이라."

주인이 웃으며 말했다.

"그건 비울증痞鬱症, 가슴이 답답해지는 병을 해소하는 거라오. 산증産症에 그걸 쓴다는 것은 숯에다 얼음을 섞는 것과 같으니 당신은 입에 붙은 말을 그냥 내뱉고 있구려."

그러나 학구는 자기가 한 말을 고집했다.

서인은 "일이 급합니다요! 그 약이라도 제발 제조해주십시오" 하고는 값을 묻더니 돈을 던져주었다. 주인은 부득이 저울을 달아 조제해주었다.

저녁 무렵 또 한 서인이 와서 말했다.

---

2) 곽향정기산(藿香正氣散): '곽향'은 약초 이름. '정기산'은 처방명으로, 감기, 발열 등의 해열을 위한 처방이다.

"저는 아무개의 이웃에 사는데, 아무개의 처가 출산을 하다가 기절했을 때 이곳에서 좋은 약을 얻어 다행히도 소생했다 했습니다. 여기 용한 의원이 계시겠지요. 그분을 뵈러 왔습니다. 제 아들이 세 살인데 천연두를 앓아 지금 위태로운 지경입니다. 여기서 좋은 약을 구하면 소생시킬 수 있겠지요. 제발 용한 약으로 살려주십시오."

학구가 말했다.

"역시 곽향정기산 세 첩을 들게 하시오."

주인이 말했다.

"서인배들은 약을 복용한 적이 없으므로 서인 중에서 건장한 자에게는 혹 이 약이 효험이 있을지 모르겠소. 그러나 강보에 싸인 아이에게 이 약을 먹이는 것은 정말 부당하오. 더욱이 병의 증세가 천양지차 아니오?"

그러나 서인이 고집하고 또 간청하니 주인도 어쩔 수 없이 지어주었다.

얼마 뒤 서인이 와서 과연 그 자리에서 효험을 얻었다 했다.

이로부터 풍문을 듣고 찾아온 사람들이 문 앞에 줄을 섰다. 학구는 곽향정기산으로 처방하지 않은 적이 없었으니 그 효과는 북과 북채가 호응하는 것보다 빨랐다.

그로부터 거의 몇 달 동안 학구는 떠나지 않았고 기다리는 손님 역시 오지 않았다.

하루는 한 재상의 아들이 튼실한 나귀를 타고 문안으로 들어왔다. 주인이 마루에서 내려가 영접했다. 물 뿌리고 청소하느라 온 집안이 분주했지만 학구만은 혼자 나무 궤짝 위에 앉아 털끝조차 움직이지 않았다.

재상의 아들이 말했다.

"부친의 병이 점점 깊어지고 오래가오. 벌써 몇 달이나 되었는데 백약이 무효라 원기가 점차 떨어지고 있소. 어제 영남의 한 유의儒醫, 유학에 정통

^한 의사를 맞이해 약을 조제하게 했는데, 그는 해묵은 뿌리와 썩은 풀로는 힘을 얻기 어렵다 했소. 그러고는 직접 약방에 가서 새로 채취한 약재를 골라 법에 맞게 묘하게 제조한다면 효험을 볼 수 있다 했소. 그래서 이렇게 방문한 것이니 주인장은 좋은 품질의 약재를 극진히 잘 가려서 처방에 따라 약을 지어주기 바라오."

그러고는 소리를 낮춰 물었다.

"저 궤짝 위에 앉아 있는 자는 누구요?"

주인은 "요즘 이상한 일이 있었지요"라며 그때까지 있었던 이야기를 해주었다. 재상의 아들은 옷깃을 바르게 하고 학구 앞으로 가서 부친의 증상을 설명해주고 좋은 처방을 청했다. 학구는 얼굴을 고치지 않고 다만 이렇게 말했다.

"곽향정기산이 제일 좋소."

재상의 아들은 몰래 비웃으며 일어나 원래 받아왔던 처방문대로 지은 약을 받아 가지고 돌아갔다. 종들에게 그 약을 달이게 하여 부친에게 갔다. 이야기가 학구의 일에 미치자 아들은 일소에 부쳐버렸다.

재상이 말했다.

"곽향정기산이 필시 조제법에는 맞지 않는다 해도 한번 복용해보는 게 어떻겠느냐?"

그러자 아들과 문인, 종 들이 교대로 들어와 말했다.

"몹시 지친 상태이신데 어찌 소모시키고 흩어지게 하는 것을 복용하신단 말입니까? 절대 명을 받들 수 없습니다."

재상은 더이상 말하지 않았다.

얼마 뒤 처방에 따라 지은 약을 달여 올리자 재상이 말했다.

"먹은 게 내려가지 않는구나. 잠시 침실에 두거라."

밤이 되자 재상은 그 약을 몰래 쏟아버렸다. 그리고 시중드는 사람에게 곽향정기산 세 첩을 큰 노구솥에 함께 넣어 달이게 하고는 다시 세

번에 나누어 복용했다.

다음날 아침 일어나보니 정신이 맑고 기운이 솟아났다. 병의 뿌리가 이미 뽑힌 듯했다. 아들이 문안인사를 드리자 재상은 이렇게 말했다.

"숙질宿疾이 이미 내 몸에서 다 떨어졌다!"

아들이 말했다.

"그 의원은 정말 화타華佗나 편작扁鵲 같은 사람입니다."

재상이 대꾸했다.

"아니야! 어느 곳 사람인 줄은 모르지만 약사에 있던 그 학구야말로 정말 신의神醫야."

재상은 약탕을 버린 일이며 곽향정기산을 달인 일을 다 이야기해주고는 말했다.

"몇 달 동안 깊어진 내 병을 하루아침에 깨끗이 낫게 해주었으니 그 은혜가 막대하다. 네가 직접 가서 맞이해오너라."

그 아들이 명을 받들고 가서 학구에게 감사의 뜻을 지극히 보이고 함께 자기 집으로 가기를 청했다. 학구는 옷을 털고 일어나 말했다.

"내 성문 안으로 잘못 들어와 이런 더러운 말을 듣게 되었도다. 내 어찌 장막 속 빈객이 되겠는가?"

마침내 훌쩍 떠나가버렸다.

재상의 아들은 무안해하며 돌아가 그 일을 고했다. 재상은 그가 시속을 벗어난 굳센 선비라며 더욱더 감탄했다.

얼마 뒤 임금의 상태가 좋지 않아 점점 위독해졌다. 이름난 의원들도 어찌할 바를 모르니 온 조정이 당황해 초조해했다. 그 재상은 이때 약원제조藥院提調, 궁중의 의약을 맡아보던 내의원 별칭를 맡고 있었는데, 때마침 학구의 일에 감동했던 터라 진맥을 하러 들어가서 임금께 아뢰었다.

"그 약은 반드시 유익한 것이 아니라 하더라도 해로운 건 없나이다."

곧 약을 달여 임금께 바치라 명했다. 그러자 임금이 다음날 나았다.

임금이 매우 감탄하고 기이하게 여겨 학구를 찾아가보라 했지만 끝내
찾을 수가 없었다.

식자는 말한다.

"그는 이인일 것이다. 대개 의서에서는 연운年運이 순환한다고 한다.
같은 시기에는 온갖 병이 다 다르지만 그 뿌리는 연운이 부리는 것이다.
진실로 그 연운을 알아 그에 맞는 약제를 투여하면 서로 부합하지 않는
병이라 하더라도 두루 효험을 볼 수 있는 법이다. 근세 의술을 업으로
하는 자들은 이 이치를 전혀 모르는 고로 병에 따라 약을 쓸 뿐이니 말
초만 고치고 근본은 그대로 두는 것이다. 그 때문에 맹랑하게 사람을 죽
여왔도다. 그 학구는 임금에게 병이 있을 것을 미리 알았고 이 조제가
아니면 구하기 어렵기에 그러한 일들에 가탁해 임금에게 자연스럽게
도달하게끔 한 것이다."

投良劑病有年運
　銅峴有一藥鋪. 一日有老 學究, 弊衣草屨[3], 貌似鄉愿, 突如而入, 坐於
室隅, 口無一言, 移晷不去, 主人怪問曰: "何處客主, 以何事來臨?" 學究曰:
"某與客, 約會于此, 故今方苦企, 淹[4]留貴肆, 心切[5]不安." 主人曰: "何不安
之有?" 至食時, 主人請飯, 則不應之, 走出門外, 以囊錢買飯于市鋪, 而[6]復
來, 凝坐如前. 如是數日, 所待之友[7], 終不見至. 主人雖竊怪之, 而亦不敢
辭却也. 忽有一庶人曰: "妻方臨産, 猝然僵臥[8], 不省人事, 願得良劑, 以救

3) 屨: 고대본·가람본·성균관대본에는 '鞋'로 표기.
4) 淹: 동양본·가람본에는 '奄'으로 표기.
5) 切: 국도본·고대본·동양본·청구야설·일사본·가람본에는 '㤀'로 표기.
6) 而: 동양본에는 탈락.
7) 友: 고대본·가람본·성균관대본에는 '人'으로 표기.
8) 臥: 고대본·동양본·일사본·가람본·성균관대본에는 '仆'로 표기.

此急." 主人曰: "爾輩無識, 每謂販藥者, 能通醫述⁹⁾, 有此來問, 然我非醫也, 焉知¹⁰⁾對症投劑乎? 若往問醫人¹¹⁾, 出方文以來, 則當製給矣." 庶人曰: "本不識醫師門巷, 望以一劑活人." 學究勒說曰: "若服藿香正氣散三帖, 則卽愈矣." 主人笑曰: "此是消痞解鬱之方, 若投産病, 則便同氷炭, 君徒習於口而發也." 學究固執前言, 庶人曰: "事已急矣! 雖此劑萬望製給." 因問價投錢, 主人不得已枰量與¹²⁾之. 向夕又有一庶人來謁曰: "某與某甲隣居¹³⁾, 某甲妻, 方産垂絶, 幸得良藥于此鋪, 得以回甦, 此必有良醫, 故欲謁耳. 某之子, 方三歲, 患痘瘡, 方危劇¹⁴⁾, 望以珍劑救活." 學究曰: "亦服藿香正氣散三帖." 主人曰: "庶人輩, 未嘗服藥, 故其¹⁵⁾强壯者, 或以此藥收效, 而至於襁褓之兒, 決不當服此, 況其症形不啻千里之差乎?" 庶人固請, 主人又與之. 旣而庶人來告, 果得立效. 自是聞風者, 踵門而至, 學究莫不以藿香正氣散應之, 無不良已捷於捊鼓. 殆近數月, 學究未嘗去, 所俟客, 亦不至. 一日有一¹⁶⁾宰相之子, 乘健驢入門, 主人下堂迎¹⁷⁾之¹⁸⁾, 洒掃惟勤, 擧家奔走先¹⁹⁾後, 而學究獨坐木櫃上, 不動一毫. 宰相子曰: "親癠沉綿, 已經數月, 百藥無效, 元氣漸下. 昨邀嶺南一儒醫, 命補劑, 而醫言陳根腐草, 難以得力, 須親造藥肆, 故²⁰⁾擇新採之劑, 依法妙劑, 可望收效云. 故有此親訪, 主人須極擇良品, 接²¹⁾方製

---

9) 述: 다른 이본에는 '術'로 옳게 표기.
10) 焉知: 동양본에는 '爲'로 잘못 표기.
11) 醫人: 동양본에는 '良醫'로 표기.
12) 與: 동양본에는 '投'로 표기.
13) 甲隣居: 동양본에는 '隣'으로 표기.
14) 劇: 동양본에는 '遽'로 표기.
15) 其: 동양본에는 '甚'으로 표기.
16) 一: 국도본·고대본·일사본·가람본에는 탈락.
17) 국도본에는 '迎'이 탈락. 고대본에는 이 뒤에 '接'이 더 나옴.
18) 국도본에는 '接'이 더 나옴.
19) 先: 동양본에는 '前'으로 표기
20) 故: 국도본·고대본·동양본·일사본·가람본에는 '別'로 표기. '別'이 맞음.
21) 接: 다른 이본에는 '按'으로 표기. '按'이 맞음.

藥²²⁾." 宰相子低聲²³⁾問曰: "彼坐横子上者誰也?" 主人曰: "此間有異事." 遂述前狀, 宰相子乃²⁴⁾整襟, 詣其前, 備告其親症候, 仍請良方, 學究無所改容, 但曰: "藿香正氣散, 最佳." 宰相子暗笑而起, 貼藥而回, 仍使傔輩煎藥, 復向其親, 語及學究事, 而一笑矣, 宰相曰: "此藥未必不是當劑²⁵⁾, 試服之如何?" 其子及門人傔輩, 交進告曰: "積敗之餘, 何可服消散之劑? 決不敢奉命." 宰相默然. 旣以熨藥以進, 宰相曰: "所食不下, 姑置臥內." 迨夜仍暗覆之, 使左右潛製藿香正氣散三貼, 混以²⁶⁾爲一以²⁷⁾大鐺, 合而煎之, 分三服之. 詰朝起坐, 則²⁸⁾神淸氣逸, 病根已釋, 其子候起居, 則曰: "宿痾已祛體矣!" 其子曰: "某醫眞和扁也!" 宰相曰: "非也! 藥肆之學究, 未知何方人, 而眞神醫也²⁹⁾!" 仍言覆藥, 而煎服正氣散之事, 又曰: "數朔貞³⁰⁾疾, 一朝氷釋, 恩莫大焉, 汝須親往, 迎之可也." 其子承³¹⁾命而彼³²⁾, 極致感謝之意, 仍請偕往鄙家, 學究拂衣而起曰: "吾誤入城闉. 致此汚衊之言, 吾豈作幪中之賓³³⁾耶?" 遂飄然而去. 宰相子³⁴⁾, 撫然而退, 歸告其由, 宰相益嘆³⁵⁾其耿介拔俗之士矣. 旣而上候違豫, 轉輾沉篤, 良醫迷其所向, 擧朝莫不焦遑. 其宰相時任藥院提調³⁶⁾, 適感學究事, 因入診, 口達上曰: "此劑未

22) 藥: 동양본에는 '之'로 나옴.
23) 低聲: 국도본·고대본·일사본·가람본에는 잘못 탈락.
24) 乃: 고대본에는 탈락.
25) 劑: 동양본에는 '製'로 표기.
26) 以: 국도본·고대본·동양본·일사본·가람본에는 '而'로 표기.
27) 以: 동양본에는 탈락.
28) 則: 고대본에는 탈락.
29) 也: 동양본에는 탈락.
30) 貞: 고대본·가람본·성균관대본에는 '貟'로 표기.
31) 承: 고대본에는 '丞'으로 잘못 표기.
32) 彼: 국도본·고대본·동양본·일사본·가람본에는 '往'으로 표기. '往'이 맞음.
33) 賓: 동양본에는 '客'으로 표기.
34) 宰相子: 고대본·가람본에는 잘못 탈락.
35) 嘆: 국도본·고대본·동양본·일사본·가람본에는 '歎'으로 표기.
36) 調: 국도본·고대본·동양본·일사본·가람본·청구야설은 '擧'로 표기.

必有益, 亦無所害.” 仍命煎入進御, 而翌日乃瘳, 上益嗟[37]異之, 令物色[38], 而訪之, 終不可得. 識者曰: “此異人也. 盖醫書有年運之循環, 一時之間, 百病雖異, 而其根則年運之所使也. 苟知其[39]年運, 而投入襯合之劑, 則雖不相當之症, 無不有效. 近世業醫者, 全昧此理, 故但隨症而試藥, 治其末, 而[40]捨其本, 所以麥[41]浪殺人也. 此學究, 必預知上躬之當有㒒度, 而非此劑, 則無以能救, 故假此以[42]自達耳.”

37) 嗟: 동양본에는 ‘嘆’으로 표기.
38) 上益嗟異之, 令物色: 저본에는 ‘上益嗟異令之物色’으로 표기했으나, 다른 이본에는 위와 같이 옳게 표기함. 국도본·고대본·동양본·일사본·가람본·청구야설에는 ‘之令’으로 표기.
39) 其: 동양본에는 탈락.
40) 而: 고대본·일사본·가람본·청구야설에는 탈락.
41) 麥: 국도본·고대본·일사본·가람본·청구야설에는 ‘孟’으로 표기. ‘孟’이 맞음.
42) 以: 고대본·가람본에는 탈락.

가인을 잃고 박복이라 탄식하다

　이업복李業福은 겸종의 무리였다. 어릴 때부터 언문 패관소설을 잘 읽었다. 그 소리는 노래 부르는 듯 원망하는 듯하고 웃는 듯 슬퍼하는 듯했다. 간혹 호방하게 호걸처럼 행동하기도 하고 어여쁜 미인의 자태를 보이기도 했으니, 책의 경지에 따라 그 모습을 드러낸 것이었다. 당시 부호들은 모두 그를 초대하여 글 읽는 것을 즐겼다.

　한 이서吏胥 부부가 업복의 기예를 몹시 좋아하여 그를 데리고 있으면서 길러주었다. 업복을 친척처럼 대우하여 집안에 드나드는 것도 허용했다. 이서에게는 비녀를 꽂지도 않은 딸이 하나 있었다. 단아한 아름다움이 빼어나 꽃처럼 빛나고 옥처럼 온화했다.

　업복은 심신이 흐리멍덩해진 듯 그녀에 대한 감정을 가라앉힐 수 없어 매번 추파를 던져 그녀를 유혹했다. 그녀는 그때마다 정색을 하고 응해주지 않았다. 하루는 이서 부부가 명절을 맞아 집안사람들을 거느리고 묘소로 올라가니, 딸 혼자만 규방에서 자게 되었다. 빗장을 단단하게 걸어 잠갔지만 업복은 담장을 넘어 몰래 침소로 들어갔다. 그녀는 바야흐로 잠들어 있었다. 업복이 옆에 누워 허리를 껴안자 그녀가 놀라서 벌떡 일어나 말했다.

"너 누구냐?"

"아무개입니다."

그녀가 분노하여 놋쇠 촛대로 업복을 때리며 말했다.

"너는 우리 아버지와 어머니가 보살펴주신 정은 생각하지 않고 개돼지 같은 행동을 하려 하느냐?"

업복이 몸을 앞으로 내밀어 매를 맞으며 말했다.

"낭자가 내리시는 벌은 달기가 꿀 같네요."

그녀는 더욱 노하며 사납게 내리쳤다. 얼굴 피부가 벗겨지고 상처가 났지만 업복은 부드러운 목소리와 은근한 얼굴로 곡진히 풀어주려 했다.

그녀는 본성이 여리고 약했다. 게다가 안쓰러운 마음도 들어 침상에 몸을 던지고는 말했다.

"네 마음대로 해라."

업복은 마음껏 음란하게 희롱했다. 추악한 형상이 극에 달했다. 그녀가 용모를 추스르고 일어나 말했다.

"소원을 이뤘으면 여기 머물지 말고 당장 나가라."

업복은 서둘러 그곳을 빠져나갔다.

다음날 아침 집안사람들이 모두 돌아왔다. 업복은 그녀의 모친에게 안부인사를 드렸는데 여인이 그 옆에 있었다. 옥 같은 얼굴에 참담한 빛이 내렸고 미간에는 수심이 가득했다. 한 송이 어여쁜 꽃이 아침 찬비를 맞은 듯 그 모습이 가련했다.

물러나온 업복은 그녀가 더욱 삼삼해졌다. 마침내 연애편지 한 통을 써서 틈을 엿보아 그녀에게 보냈다. 동원東園에서 만나기를 기약하는 내용이었다.

그녀는 약속한 날에 나타나 멍한 표정으로 혼잣말을 하는데 정신을 제대로 차리지 못하는 것 같았다.

업복이 말했다.

"낭자의 행동거지가 어찌 이리 이상한가요?"

그녀가 대답했다.

"서왕모가 사신을 보내 '네가 남의 유혹과 협박을 받아 더러운 모욕을 잔뜩 받았으니 큰 바탕이 이미 이지러졌구나. 원한의 빚이 실로 많으니 선부仙府로 돌아와 속세 인연을 영원히 끊으라'라고 하셨다. 내 장차 사신을 따라 떠나려 한다."

업복이 웃으며 말했다.

"사자使者가 어디 있다고 그래요?"

그녀가 자기 옆을 가리키며 말했다.

"사자 여기 있지."

그러고는 허공을 향해 웃으며 쉴새없이 말을 했다. 자기 옥가락지를 벗어서 남에게 주는 시늉을 했고, 남의 신발을 벗겨 신어보는 시늉을 하기도 했다. 온갖 모습을 다 보였지만 주위는 고요할 뿐 보이는 사람은 없었다.

업복이 물었다.

"낭자는 지금 누구와 이야기하고 있나요?"

그녀가 웃으며 대답했다.

"요지瑤池에서 오신 사자."

업복은 무서워져서 밖으로 나와버렸다.

이로부터 그녀는 하루종일 혼잣말만 했는데 모두 사자와 관련된 것이었다.

여인이 하루는 새벽에 일어나 종적을 감춰버렸다. 부모는 업복이 화의 발단이라는 것은 모르고 그녀의 종적을 찾았지만 끝내 찾지 못했다.

업복은 그녀의 신수가 기박하여 그랬노라고 말하곤 했다.

失佳人數歎[1]薄倖

李業福傔輩也. 自童穉[2]時, 善讀諺書稗官, 其聲或如歌, 或如怨, 或如笑, 或如哀, 或豪逸, 而作傑士狀, 或婉媚, 而做美娥態, 盖隨書之境, 而各逞其能也. 當時豪富之流[3], 皆招而聞之. 有一吏胥夫婦, 酷貪此技, 哺養業福, 遇如親黨, 許以通家. 胥吏有未笄一女, 端麗特秀, 爛乎[4]如花, 溫其如玉, 業福心[5]癡神[6]蕩[7], 不能定情, 每以秋波挑之, 女輒正色不應. 一日胥吏遇節日[8], 闔家上塚, 獨宿閨裡, 扃鐍其[9]嚴, 業福踰墻, 潛入臥內, 女方酣[10]眠. 業福乃臥其側, 摟抱其腰, 女大驚蹶起曰: "汝是何人?" 曰: "某也." 女怒而[11]鑰燈[12]檠打之曰: "汝罔念我爺孃之情摯, 欲爲狗彘之行乎?" 業福挺身受杖曰: "娘子之罰, 其[13]甘如飴." 女愈怒猛擊, 以至面門剚傷, 業福但以柔聲婉色曲解之. 女性本荏弱, 且生慈悲之心, 投身于床曰: "任汝爲之." 業福乃恣意淫弄, 極其醜狀. 女[14]斂容而起曰[15]: "旣愜汝願, 快去勿留." 業福電

1) 歎: 동양본에는 '嘆'으로 표기.
2) 穉: 동양본·청구야설에는 '稚'로 표기.
3) 流: 고대본·가람본·성균관대본에는 '類'로 표기.
4) 乎: 동양본에는 탈락.
5) 心: 고대본에는 '神'으로 표기.
6) 神: 고대본에는 '心'으로 표기.
7) 蕩: 동양본에는 '傷'으로 잘못 표기.
8) 日: 동양본에는 '曰'으로 잘못 표기.
9) 其: 국도본·고대본·동양본·청구야설·일사본·가람본·성균관대본에는 '甚'으로 표기.
10) 酣: 고대본·가람본에는 '甘'으로 표기.
11) 而: 국도본·고대본·동양본·청구야설·일사본·가람본·성균관대본에는 '以'로 표기.
12) 燈: 동양본에는 '灯'으로 표기.
13) 其: 동양본에는 탈락.
14) 女: 동양본에는 탈락.
15) 曰: 동양본에는 탈락.

勉而出. 翌朝家人盡還, 業福候起居于女之母, 女侍其傍, 玉顔慘恢, 香愁
鎖眉, 如一枝艷花, 朝帶寒雨, 容態可憐. 業福退而愈不忘, 乃寫一緘芳信,
乘間潛送于女, 蓋約會東園也. 女果如期而[16]至, 怳惚獨語, 神不[17]守舍,
業福曰: "娘子擧止, 奈[18]何異常?" 女曰: "適聞[19]西王母遣使傳語曰: '汝被
人誘脅, 厚受汚衊, 大質已虧, 怨債實多, 其令歸隷仙府, 永謝塵緣.'云. 故
將欲隨使者而去耳." 業福笑曰: "使者安[20]在?" 女指其旁[21]曰: "使者在此."
因向空笑語, 娓娓不倦, 旋脫自己玉指環, 作授人狀, 又若脫人履鞋, 試穿
自己之足, 情態[22]千億, 而闃不見一人, 業福曰: "娘子與誰款洽[23]?" 女笑
曰: "瑤池使者也." 業福大懼[24]而出. 女自是, 竟日獨語, 皆不出使者說也.
一日晨起, 忽不知所之, 父母亦莫省業福爲禍階[25], 踪跡[26]之, 而終莫能得.
業福嘗言渠數薄倖[27], 如是云云[28].

---

16) 而: 동양본에는 탈락.
17) 국도본·고대본·일사본·가람본·성균관대본에는 '可'가 더 나옴.
18) 止 奈: 고대본·가람본에는 탈락.
19) 聞: 동양본에는 '間'으로 표기.
20) 安: 국도본·고대본·일사본·가람본에는 '何'로 표기.
21) 旁: 국도본·고대본·동양본·청구야설·일사본·가람본에는 '傍'으로 표기.
22) 態: 동양본에는 '懸'으로 잘못 표기.
23) 款洽(관흡): 말이 친절하고 정성스러움.
24) 懼: 국도본·고대본·동양본·청구야설·일사본·가람본에는 '懼'로 표기.
25) 階: 고대본·청구야설·일사본·가람본에는 '堦'로 표기.
26) 踪跡: 국도본·고대본·일사본·가람본에는 '跡踪'으로 표기.
27) 倖: 동양본에는 탈락.
28) 云: 국도본에는 탈락.

자기 몸을 다 맡긴 여협이 목숨을 버리다

참판 이광덕[1]의 호는 관양冠陽이다. 임금의 명을 받아 북관北關, 함경북도 지방 땅의 실정을 살피려고 길을 떠났다. 자취를 숨기고 온갖 어려움을 겪으면서 수령의 잘잘못과 풍속의 거칢과 순박함을 모두 수집하려 했다.

장차 함흥에 이르러 자기 정체를 드러내고 일들을 해결하려 했다. 저녁 무렵 여러 사람과 성안으로 들어가보니 거주민들이 "오늘 암행어사가 도착한대!" 하고 떠들며 분주히 돌아다니는 것이었다.

이공이 의아함을 풀지 못하고 말했다.

"한 도를 두루 다녔지만 나를 알아보는 자가 없었는데, 오늘 이리도 떠들썩한 것은 종자從者 중 누설한 자가 있어 그런 게 아닌가?"

---

1) 이광덕(李匡德, 1690~1748): 본관은 전주. 노론과 소론의 당쟁이 심할 때 중간에서 극렬분자들의 미움을 받았다. 1729년 전라도 관찰사를 역임했다. 1741년 동생 광의(匡誼)가 천거(薦擧)의 폐해를 논하다가 의금부에 투옥되자 이에 연좌되어, 정주(定州)와 해남 등지로 유배되었다. 이듬해 풀려나 한성부좌윤에 임명되었으나 취임하지 않고 과천(果川)에서 은거했다.

다시 성곽 밖으로 나가서 무리를 추궁했지만 단서를 찾지 못하고 며칠 지나서 성안으로 들어갔다. 바야흐로 암행어사 출두를 하고 공무를 판결하고는 읍의 아전에게 물었다.

"너희 접때 내가 올 것을 어떻게 알았느냐?"

아전이 대답했다.

"온 성이 떠들썩하긴 했지만 누구 입에서 먼저 나왔는지는 알지 못하옵니다."

이공이 말의 근원을 찾아 보고하라고 명했다. 아전이 물러나와 낱낱이 살펴보니 일곱 살짜리 어린 기생 가련可憐이 맨 먼저 말한 자였다. 들어가 사실을 고하니 이공은 가련을 데려오게 하여 물었다.

"너는 강보에서 나온 지도 얼마 안 되었는데 어떻게 사성使星, 임금의 명을 받고 지방으로 일을 보러 가는 관원을 알아볼 수 있었는고?"

가련이 대답했다.

"천인의 집은 길가에 있습니다. 전날 창문을 열고 살펴보니 거지 둘이 길가에 나란히 앉아 있었지요. 그중 한 거지는 옷과 신발이 때가 묻고 해졌는데 두 손은 매우 희고 보드라워 보였습니다. 그래서 저 혼자 '추위에 떨고 굶주리면서 일하는 무리라면 손에 굳은살이 박히고 피부가 검을 텐데 어찌 저럴 수 있을까?' 하고 의아해했지요. 그때 그 거지가 옷을 벗어 이를 잡고 다시 입으려 했습니다. 그러자 옆에 있던 거지가 옷을 끌어 입혀주는 모양새가 예에 맞고 아주 공손하니 정녕 겸종이 귀인을 대하는 것 같았습니다. 그런 까닭에 저는 손이 흰 거지가 암행어사일 거라고 굳게 믿고 집안사람들에게 이야기해주었지요. 잠시 사이에 그 소식이 떠들썩하게 전해져 온 성안에 다 퍼졌습니다."

이공은 그 영민함을 매우 기특하게 여겨 사랑하고 예뻐했다. 돌아갈 때는 시 한 편을 지어주니 기생도 공의 문화文華와 됨됨이에 감복해 몸을 의탁할 뜻을 지녔다. 나이가 계년笄年이 되었는데도 일편단심을 지켜

오직 공만을 기다릴 뿐 다른 사람에게 몸을 허락하지 않았다. 그러나 공은 그 사실을 알지 못했다.

공은 어떤 사건에 연루되어 함경도로 귀양 가서 한 관사에 머물게 되었다. 기생이 거기로 가서 공을 모시며 잠시도 떠나질 않았다. 공도 그 정성에 매우 감동했다. 그러나 죄인의 몸이라 여색을 가까이할 수 없다고 생각했기에 사오 년을 함께 지냈으면서도 한 번도 어지러운 지경에 이르지 않았다. 기생도 더욱더 공의 위엄 있는 풍도에 탄복하고 성실함을 감탄하고 존중하게 되었다. 공은 언제나 다른 곳에 시집가라고 명했지만 기생은 죽기를 작정하고 듣지 않았다.

기생은 강개하고 뇌락磊落, 마음이 너그럽고 작은 일에 얽매이지 않다 했다. 제갈공명의 출사이표[2]를 즐겨 외웠다. 맑은 날 밤 달이 밝으면 공을 위해 창을 하기도 했는데, 목소리가 맑고 쟁쟁해 마치 백학이 허공에서 우는 것 같아 눈물이 가슴을 적시곤 했다. 공도 따라서 한 절구를 읊조렸다.

함관의 여협 만두사[3]여
두 출사표 나를 위해 드높이 불러주지
그 노래 삼고초려에 이르면
쫓겨난 신하 만 줄기 맑은 눈물 흘리네

어느 날 공은 귀양살이를 끝내고 돌아가는 은혜를 입었다. 장차 돌아갈 무렵에야 비로소 둘은 견권의 정[4]을 맺었다.

---

2) 출사이표(出師二表): 장군이 출병할 때 임금에게 그 뜻을 적어 올리는 글이 출사표다. 제갈공명은 두 차례 출사표를 썼는데, 「전출사표」 「후출사표」라 하며 둘을 합쳐 '출사이표'라고 부른다.
3) 만두사(滿頭絲): '머리 가득 실'이란 뜻이다. 여인의 아름다움을 지칭하는 표현 가운데 '머리가 구름 같다' '머리가 실타래 같다'는 표현이 있다. 여인의 풍성한 머릿결을 뜻한다.
4) 견권(繾綣)의 정: 마음속에 굳게 맺혀 잊히지 않는 정. 여기서는 육체관계를 말한다.

공이 기생을 타이르며 말했다.

"내가 며칠 있으면 떠난다. 너를 데리고 가고 싶지만 죄를 용서한다는 명만 받았을 뿐이니, 기생을 수레 뒤에 싣고 가는 짓을 나는 차마 못하겠다. 내 향리로 돌아가고 나서는 반드시 온 힘을 다하여 너를 우리집으로 데려갈 테니 조금 늦어진다고 한스러워하지 말거라."

기생은 기뻐서 눈을 반짝이며 흔쾌히 응낙했다.

그러나 공은 돌아간 지 얼마 되지 않아 병으로 죽었다. 부음을 들은 기생은 제단을 배설하고 오래 통곡하고서 자결했다. 집안사람들이 그를 길가에 장사지내주었다.

뒷날 박문수가 북관 안찰사가 되어 무덤 아래를 지나다가 그 비문에, '함관咸關 여협女俠 가련의 비碑'라고 써주었다.

托終身女俠捐5)生

李僉判匡德, 號冠陽. 承命廉訪北關, 秘跡潛影, 備嘗艱難, 盡探守宰之臧否, 風俗之頑柔. 將到咸興, 露跡決事, 乃與數人, 暮入城內, 只見居民奔走叫譟曰: "繡衣今日將到!" 李公訝惑不定曰: "遍行一道, 未6)有識破我者, 今此喧7)聒, 或緣於從者之有泄8)耶?" 乃還出郭外, 窮詰諸伴, 未有端緖. 過了數日, 復入城內, 方始出道, 判決公務, 且問邑吏曰: "爾曹曩9)日, 何由知我來?" 吏曰: "滿城喧傳, 未知先出於何人之口." 李公命採報言根, 吏10)退而窮探,

5) 捐: 고대본·일사본·가람본·성균관대본에는 "損"으로 잘못 표기.
6) 未: 동양본에는 '末'로 잘못 표기.
7) 喧: 고대본·동양본·일사본·가람본·성균관대본에는 '誼'으로 표기.
8) 泄: 국도본·고대본·동양본·일사본·가람본·성균관대본·청구야설에는 '洩'로 표기.
9) 曩: 동양본에는 '向'으로 표기.
10) 吏: 고대본에는 '李'로 잘못 표기.

則實七歲小妓可憐先唱也[11]. 入悉其狀, 李公令可憐近前曰: "爾纔離襁褓,
何能辨得使星?" 對曰: "賤人家在街頭, 向日推窓而窺, 則有二乞丐, 幷坐
路側, 而這裡[12]一丐衣屨, 雖垢弊, 雙手甚是白軟, 故自疑曰: '凍餒執役之
類, 固當胼胝黝黑, 詎能如此也?' 訝惑之際, 那丐解衣捫虱, 旋卽欲着, 則
其旁[13]一丐, 攝而衣之, 執禮甚恭, 正若傔僕之於貴者, 故始乃牢信其爲繡
衣, 備告家人, 則頃刻喧傳, 以至一城紛拏." 云云. 李公大異其穎悟, 極其愛
憐. 及還贈以一詩, 妓亦服公之文華器宇, 有托身之意. 年旣及笄, 猶自守
紅, 惟待公[14], 言誓不許人, 而公則實未能知也. 迨夫公坐事, 竄咸[15]關, 寓
住一吏舍, 妓親往趍侍, 昕夕不舍[16], 公亦深感其誠, 然[17]自分身罹罪[18]戾,
不可昵近女色, 與之周旋者, 四五年, 未嘗及亂, 妓益服公之偉度欽歎孚感.
公嘗令他適, 而抵死不聽. 妓慷慨磊落, 喜誦諸葛孔明出師二表, 每淸夜月
朗, 爲公一唱, 音吐淸硜, 如白鶴唳[19]空, 爲之泣下霑臆, 隨吟一絶曰: "咸
關女俠滿頭絲, 爲我高歌兩出師, 唱到草廬三顧地, 逐臣淸淚萬行垂." 一日
公蒙賜還之恩, 將還, 始得縲絏, 而公曉之曰: "吾行有日, 雖欲將汝偕焉,
宥命屬耳, 載妓後車, 吾所不爲, 歸田後, 必當力[20]致汝于家, 毋恨稍遲." 妓
喜[21]動眉睫, 慨然領諾, 而公歸, 未幾因病捐館, 妓聞凶音, 設祭[22]長慟, 引

11) 也: 동양본에는 탈락.
12) 裡: 고대본·가람본·성균관대본에는 '裏'로 표기.
13) 旁: 국도본·고대본·동양본·일사본·가람본·성균관대본·청구야설에는 '傍'으로 표기.
14) 公: 고대본·가람본·성균관대본에는 탈락.
15) 咸: 동양본에는 '北'으로 표기.
16) 舍: 고대본·동양본·일사본·가람본·성균관대본·청구야설에는 '捨'로 표기
17) 然: 동양본에는 탈락.
18) 罪: 고대본·일사본·가람본·성균관대본에는 탈락.
19) 唳: 동양본에는 '戾'로 표기.
20) 力: 동양본에는 탈락.
21) 妓喜: 고대본·가람본·성균관대본에는 '喜喜妓'로 잘못 표기.
22) 祭: 고대본·가람본에는 '奠'으로 표기.

決而逝, [23]家人葬于道側. 後朴文秀出按北臬[24] 過其下, 題其[25]碑曰: '咸
關女俠可憐之碑[26]'.

23) 국도본·고대본·동양본·일사본·가람본·청구야설에는 '其'가 더 나옴.
24) 臬: 고대본·가람본에는 '道'로 표기.
25) 동양본에는 '墓'가 더 나옴.
26) 碑: 국도본에는 '墓'로 표기. 고대본·가람본에는 '碑' 다음에 '云'이 더 나옴.

지혜로운 여종, 사람을 알아보고 남편감을 고르다

옛날 한 참정(參政)이 있었다. 모친을 봉양하고자 했으나 공사(公私)의 일이 늘 쌓여 있어 곁에서 모실 겨를이 없었다. 여종 하나를 두었는데 나이가 겨우 계년이었다. 용모와 자태가 어여뻤으며 총명하고 지혜로워 모친의 뜻을 잘 받들었다. 배가 고픈지 부른지, 몸이 추운지 따뜻한지를 잘 알아 알맞게 조처했고, 앉으나 누우나 움직이거나 쉬거나 기미를 따라 잘 보살폈으니 모친이 좋아했다. 참정은 그녀 덕분에 모친을 기쁘게 할 수 있었고 집안사람들 또한 노고를 대신할 수 있어 그녀를 끔찍이 아꼈다. 그녀에게 내린 상도 헤아릴 수가 없었다.

여종은 장랑(長廊) 안에 방 하나를 따로 두어 서화 등을 아주 정결하게 갖춰두고 잠시라도 틈이 나면 쉴 수 있는 공간으로 삼았다. 장안 부호의 자제 중 청루(靑樓)에 드나드는 자들은 앞다투어 천금을 주고 여종에게 장가들어 참정의 총애를 받을 수 있는 발판으로 삼고자 했다. 그러나 여종은 사방에서 들어오는 청혼을 단호하게 거절하며 일심으로 맹세하기를, '천하에 내 마음을 둔 사람이 아니면 차라리 빈방에서 기꺼이 늙어가겠노라' 했다.

하루는 여종이 부인의 심부름을 끝내고 친가에서 기거하고서 돌아오는 길에 갑자기 소낙비를 만났다. 황급히 집으로 돌아와보니 쑥대머리에 얼굴에 때가 얼룩덜룩한 거지 하나가 문 앞에서 비를 피하고 있었다. 여종은 한눈에 그가 비상한 인물임을 알아차렸다. 자기 방으로 데려와서 말했다.

"여기 잠시만 있어요."

다시 나가서는 빗장을 걸어 잠그고 안방으로 갔다. 거지는 짧은 시간 동안 온갖 생각을 다 했지만 어떤 단서도 찾을 수 없었다. 그냥 일이 되어가는 대로 맡기고 다음에 어떤 일이 일어날지 보기로 했다.

잠시 후 여종은 방으로 다시 돌아와 거지를 자세히 살펴보고 기쁜 빛을 감추지 못했다. 땔나무를 사와서 물을 데우고 목욕 준비를 해준 다음 거지에게 온몸을 잘 씻게 했다. 저녁으로 진수성찬을 내어와 걸신을 쫓아냈다. 그림 그려진 그릇과 붉은색 소반은 신기루인 양 현란했다.

날이 깜깜해지고 거리의 인경소리가 들려오자 두 사람은 수놓은 비단 이불 아래로 들어가 머리를 맞댔다. 완연한 춘몽이 일어나니 난새가 넘어지고 봉황이 엎어졌다.

새벽이 되자 여종은 거지에게 상투를 틀고 관을 쓰게 했다. 깨끗한 옷을 입히니 몸에 잘 맞아서 과연 풍모가 훤칠하고 기상도 활달해 보였다. 지난날 초라했던 모습은 찾아보기 어려웠다.

여종이 또 부탁했다.

"마나님과 참정님을 뵈올 때 혹 물으시는 게 있거든 반드시 이리저리 대답하세요."

거지는 기꺼이 그러겠다 했다.

즉시 참정을 알현하니 참정이 말했다.

"이 아이가 전부터 짝을 구하더니 오늘 졸지에 인연을 맺었구나. 분명

뜻에 맞는 사람일 게야."

거지를 가까이 오게 해서 물었다.

"너는 무슨 일을 하느냐?

"소인은 약간의 돈과 재물로 사람을 부려서 재물을 늘리지요. 팔도의 물건값이 다 달라 때를 잘 살펴 이익을 좇습니다."

참정이 크게 기뻐하며 그를 깊이 믿게 되었다.

이로부터 거지는 잘 입고 풍족하게 먹으면서도 아무 일도 하지 않았다. 여종이 말했다.

"사람은 이 세상에 태어나 각기 제 일을 해야 해요. 그런데 당신은 배불리 먹기만 하고 아무 일도 하지 않으니 장차 어떻게 살아가려 합니까?"

거지가 대꾸했다.

"꾀를 내어 살 도리를 마련하려면 은돈 열 말은 있어야겠수다."

"제가 당신을 위해서 주선해보지요."

그러고는 내당에 들어가 틈을 보아 부인께 간청했다. 부인이 참정에게 말을 전하니 참정은 불쌍히 여기는 마음으로 허락해주었다.

거지는 백금을 갖고 서울 시장에 가서 잠깐 입었기에 해지지 않은 옷가지를 모두 사들여 한길에 쌓아놓고 함께 다니던 남녀 거지들을 모두 불러서 그것들을 입게 했다. 또 강교江郊, 강이 있는 교외의 거지들도 모아서 똑같이 해주었다. 그리고 가깝고 먼 지방을 찾아가 정처 없이 떠도는 무리를 빠짐없이 모두 보살피려고 옷가지를 말에 싣고 사람을 사서 짐지게 하여 팔도를 두루 돌아다니며 다 나누어주었다. 이제 남은 건 말 한 필과 옷 몇 벌뿐이었다.

그는 남은 옷으로 깔개를 만들어 말 등에 깔고 길을 떠났다. 때는 한가을이라 맑은 달이 막 떠오르고 있었다. 엷은 안개가 낮게 드리운 평평한 들판으로 길이 나 있었는데 행인이 없었다. 채찍질을 하여 길을 재촉하다가 아무데고 닿는 곳에 머물고자 했다.

가다보니 큰 다리가 있고 다리 아래에서 빨래하는 소리가 들려왔다. 사람소리도 났다. 깊은 밤 광야에 도깨비인가 의심이 들었다. 말에서 내려 난간에 기대 다리 아래를 살펴봤다. 영감과 할미가 옷을 벗고 맨몸을 드러낸 채 입고 있던 옷가지를 빨다가 사람이 내려다보는 기척에 놀랐다. 맨몸이 부끄러워 손을 휘저어 피하면서 몸둘 바를 몰라 했다.

그는 그들을 다리 위로 올라오게 해 갖고 있던 옷가지를 다 주어 입게 했다. 영감과 할미는 눈물을 흘리며 거듭 고맙다고 인사하고 거지에게 자기 집에서 자고 가라고 간청했다.

그 집은 서까래를 서넛 올린 달팽이집 같은 것으로 비바람을 겨우 피할 수가 있었다. 거지는 밖에다 말을 매고 집안으로 들어가 앉았다. 영감과 할미는 분주하게 먹을 것을 마련해 왔다. 거친 밥에 쓴 나물이었지만 배불리 먹었다. 자려고 침구를 달라 하니 영감과 할미는 서까래 사이에서 바가지같이 생긴 것을 꺼내주며 "이걸 베고 주무시지요" 했다.

거지는 그 말에 따라 바가지를 베고 누웠다. 어두운 곳에서 손으로 바가지를 문질러보았다. 쇠나 돌은 아니고 흙이나 나무와도 달랐다. 천천히 꼼꼼하게 문질러보아도 그게 무엇인지 알 수가 없었다.

갑자기 누군가 부르는 소리가 들리더니 울타리 밖이 떠들썩해졌다. 몹시 위엄 있고 사나운 기색이 있는 걸로 보아 귀한 사람이 문밖에 찾아온 것 같았다. 갑자기 한 졸개가 명을 받고 들어와서 그 바가지를 빼앗아 가려 했다.

거지가 말했다.

"내가 베고 있는 것을 남에게 줄 수는 없는 법이오."

졸개 여러 명이 이어 들어와 빼앗으려 했지만 거지는 한결같이 거절했다. 얼마 지나지 않아 귀인이 몸소 들어와 힐문했다.

"네가 이 그릇 사용법을 어찌 안다고 이처럼 보물로 여기느냐?"

"이미 내 손에 들어왔으니 의리상 소홀히 남에게 줄 수 없거니와 사용법은 모른다오."

귀인이 말했다.

"이건 재물을 늘리는 굉장한 보물이지. 금가루나 은 부스러기를 그 속에 넣고 흔들면 금방 그릇에 가득찰 것이다. 너는 반드시 삼 년 기한을 기다렸다가 그걸 동작 나루에 던져버려야 한다. 다른 사람이 알아차리지 못하도록 해야 해. 조심해서 실수가 없도록 해라."

거지는 너무나 기뻐 소리를 지르다 깨어나보니 평소 꾸던 한 조각 꿈이었다. 하늘은 새벽빛으로 변했다. 영감과 할미는 벌써 일어나 있었다.

거지가 말했다.

"이 바가지를 제 말과 바꿨으면 합니다."

영감이 유순하게 사양하며 말했다.

"이 물건은 한푼어치 가치도 없는 것인데 어찌 감히 준마와 바꿀 수 있겠습니까?"

그는 옷을 벗어 벽에 걸어놓고 말은 문틀에 매어두었다. 주인 영감의 다 떨어진 옷을 달라 하여 입고 거적으로 그 바가지를 싸서 메고 나왔다. 길을 가며 걸식하니 다시 전과 같은 거지꼴이 되었다. 천리 험한 길을 걸어 여러 날 만에 한성에 들어와 곧바로 참정 댁을 바라보고 걸었다. 그러다 문득 이렇게 중얼거렸다.

"문을 나설 때는 은화 수만 냥을 가져갔는데 돌아오는 오늘밤은 다 떨어진 옷가지뿐이니 남들 이목에 거리낄까 두렵구나. 잠시 기다렸다가 봉홧불이 오르고 인경이 울리기 전 고요한 틈을 타서 들어가는 게 좋겠지."

마침내 술집에 몸을 숨기고 밤이 깊어지기를 기다렸다가 집으로 절름거리며 들어갔다. 행랑채 문은 반쯤 닫혔고 방문은 굳게 잠겨 있었다. 거지는 어둡고 으슥한 곳에 숨을 죽이고 있었다. 이윽고 여종이 안에서 나와 빗장을 걸면서 말했다.

"오늘도 거리에 종이 울리는구나. 내 이 두 눈깔을 갖고도 사람 됨됨이를 알아보지 못했으니 이 지경에 이르러 후회한들 무슨 소용이 있겠나?"

거지는 가는 기침소리를 내어 자기가 왔음을 알렸다. 여종이 깜짝 놀라 말했다.

"누구요?"

"나요."

"어디 갔다 이제야 오셨나요?"

"어서 문이나 열어주고 불 좀 켜시오."

그는 지고 온 것을 끌고 방으로 들어갔다. 촛불 아래에서 서로 마주하니 야위고 때 긴 얼굴에 남루한 옷이 전날보다 배나 더 비참했다. 여종은 한숨을 삼키며 나가서 때늦은 밥을 준비해 왔다. 함께 배불리 먹었다.

이날 새벽종이 울리자마자 여종은 거지를 차서 깨웠다. 가벼운 보화들만 단단히 싸서 짊어지고 도망쳐 은을 잃어버린 죄를 모면하려는 것이었다. 그러나 거지는 눈을 부릅뜨고 소리질렀다.

"내 차라리 먼저 실토하고 벌을 받을지언정 어찌 서로 이끌고 도망쳐서 화禍의 그물을 거듭 만들겠소?"

여종이 노여워하며 말했다.

"당신은 마누라 하나도 지키지 못하는 주제에 어찌 남까지 곤경에 빠뜨리려 하십니까? 날마다 매를 맞고 욕을 들어도 여전히 대장부의 말을 하시겠어요?"

"당신이 미혹한 의견을 고집한다면 내 마땅히 참정공께 먼저 고하여 조금이나마 자신自新, 제 스스로 지난 허물을 뉘우쳐 깨닫고 새길로 들어섬하겠소."

여종은 어쩔 수 없어 분한을 억누르고 다시 내실로 들어갔다.

거지는 바가지를 꺼내 여종의 상자 속에 있던 은조각을 그 안에 집어넣었다. 몰래 천지를 향해 축원하고 힘껏 흔들고서 뚜껑을 열어보니 백설 같은 질 좋은 은이 바가지 속에 가득했다. 그걸 방에서 가장 깊숙한 곳에 다 부었다. 흔들고 또 흔들어 부은 곳에 또 부으니 어느새 은이 천장에 닿았다. 그걸 넓은 보자기로 덮어두고는 베개를 베고 잠이 들었다.

여종이 한참 뒤에 나와서 보니 방구석에 뭔가가 가득 쌓여 있었다. 괴이함을 이기지 못해 보자기를 걷어보니 편편이 하얀 은이 산더미같이 쌓여 있었다. 몇천 말이나 될지 알 수가 없었다. 놀라 벙어리인 양 입이 벌어지고 눈이 휘둥그레졌다. 한참 있다가 정신을 수습하고 물었다.

"이 물건들이 다 어디서 나왔어요? 어찌 이리도 많아요?"

거지가 웃으며 대답했다.

"소견 좁은 아녀자가 대장부 꾀하는 일을 어찌 알리오?"

그러고는 서로 웃고 떠들며 앉아서 새벽이 오기를 기다렸다.

그는 새 옷으로 갈아입고 참정을 뵈었다. 처음에 참정은 집에 있던 돈을 다 끌어모아 주었는데 거지가 한번 집을 나가서는 오랫동안 그림자조차 보이지 않아 마음속으로 심히 의아해했다. 어제 저녁에는 한 겸종이 거지가 낭패한 모습으로 돌아오는 걸 보고 참정에게 다 고해바쳤다. 참정은 경악하여 가슴에 구멍이 난 듯 밤잠을 제대로 이루지 못했던 참이었다. 그가 화려한 옷을 차려입고 앞으로 와서 인사를 하자 참정은 긴가민가하면서도 장사가 잘되었는지 급하게 물었다.

거지가 말했다.

"대감님 댁 도움을 받아 이문을 크게 보았습니다. 이십 말 은돈을 바쳐서 이자와 본전 불린 것을 갚겠나이다."

참정이 말하기를, "내 어찌 이자까지 쳐서 받겠느냐? 본전만 갚아라. 혼탁한 말을 다시는 하지 말거라" 하니 거지도 "소인은 죽더라도 이자를 드리지 않을 수가 없습니다" 하고는 은돈을 짊어지고 와서 마당가에 내려놓았다. 은돈이 정말 납일臘日, 동지 뒤 셋째 술일(戌日) 전에 내린 눈과 같았으니 가히 삼사십 말은 될 것 같았다.

참정은 평소 돈을 좋아하는 사람이라 그것을 흔쾌히 받았다. 여종은 열 말을 참정의 모친께 드려 작은 정성을 표시했다. 또 여러 부인에게도 수십 말을 나눠주었다. 그 나머지 겸인이며 비복에게도 몇 일鎰씩 나눠 주니 온 집안사람이 모두 감탄하고 부러워했다.

참정은 지난밤 그가 남루한 모습으로 돌아왔다고 말한 겸종이 그를 모함하려 한 것이라 여기고 모친에게 아뢰었다.

"그 종놈이 이 여종을 깊이 시기하여 얼토당토않게 말을 꾸며댔네요. 비단옷 입은 걸 누더기를 걸쳤다 하고 전대에 황금이 가득찬 걸 낭패하여 돌아왔다고 거짓말했으니 그 심보가 정말 고약합니다."

마침내 그 겸종을 크게 꾸짖으니 겸종은 억울하다고 말했지만 그 억울함을 풀지는 못했다. 참정은 그를 내치라고 명했다.

이로부터 거지는 날로 부자가 되고 달로 넉넉해졌다. 여종은 속량해서 백년을 즐겁게 살았다. 자손도 번창하여 벼슬에 오른 자도 있었다.

과연 바가지는 삼 년 뒤 제를 지내고 나서 동작 나루에 던졌다 한다.

擇夫婿慧婢識人

古有一叅政, 志養萱闈, 而公擾私務, 鎭日叢集, 未暇左右恒侍. 家畜一婢, 年纔及笄, 容姿豊艶[1], 性度聰慧, 善承萱闈之志, 飢飽寒煖[2], 隨宜管領, 坐臥動息, 相機扶攝, 萱闈以是而自適, 叅政以是而悅親, 家人以是而代勞, 愛護偏篤, 賞與無筭[3]. 婢於長廊之內, 別[4]設一房, 書畫什物, 俱極齊

---

1) 艶: 동양본에는 '饒'로 표기.
2) 煖: 동양본에는 '暖'으로 표기.
3) 筭: 동양본에는 '少'로 표기.
4) 別: 동양본에는 '則'으로 잘못 표기.

楚, 以備少隙燕息之所. 長安豪富子弟, 從事靑樓者, 競欲以千金一娶, 希
爲[5]媒寵於叅政, 婢四處牢拒, 一心自矢曰: “若非[6]天下有心人, 寧甘老空
房.” 一日婢領了夫人之命, 修起居于親黨, 及其復路, 忽逢聚[7]雨, 忙還其
家, 則有一丐蓬頭垢面, 避雨于門首. 婢一省而知非常, 携入于自己房櫳,
囑曰: “爾姑留此.” 因轉[8]出而鎖[9]其局, 蹌蹌入內閨. 那丐一刻萬想, 莫料
端倪, 而姑任其狀, 欲聽下回. 少焉出而入室, 詳看那丐, 喜容可掬. 先買束
柴, 溫水設沐[10], 使丐全身洗滌, 且饋暮飯美羞珍饌, 蹴破朽腸之神, 盡[11]
皿[12]朱盤, 眩若滄海之市[13]. 日已曛[14]黑[15], 街鍾亂動, 遂交頸於錦裌繡裯
之中, 宛轉春夢, 顚鸞倒鳳. 黎明使丐椎髻成冠, 又衣以鮮服 穩稱其體, 果
然儀容雋爽, 氣宇軒豁, 非復昔日之愁疲也. 又囑曰: “君可入現於夫人及叅
政, 而如有動問, 必對以如此如此.” 丐滿口領諾. 卽謁叅政, 叅政曰: “此婢
昔擇其耦, 今也忽地結褵, 必見[16]可意人也.” 乃使丐近前曰: “汝所業甚
麽?” 曰: “小的將些錢貨, 使人殖貨, 八路變幻貴賤, 相時射利.” 叅政大喜深
信. 自是, 丐美衣豊食, 不事一事, 婢曰: “人生斯世, 各有所幹, 而飽食無爲,
將如謀生何哉?” 丐曰: “若欲料理資生, 須得十斗銀子乃可.” 婢曰: “我當爲
君周旋.” 因入內堂, 乘間懇于夫人, 夫人轉言於[17]叅政, 叅政慨然然諾. 丐

---

5) 希爲: 국도본·동양본·청구야설·일사본·가람본·성균관대본에는 ‘爲希’로 표기.
6) 千金 一娶, 希爲媒寵於叅政, 婢四處牢拒, 一心自矢曰, 若非: 고대본에는 잘못 탈락.
7) 聚: 다른 이본에는 ‘驟’로 표기. ‘驟’가 맞음.
8) 轉: 동양본에는 ‘傳’으로 표기.
9) 鎖: 동양본·일사본·가람본·성균관대본·청구야설에는 ‘鑠’로 표기.
10) 設沐: 동양본에는 ‘沐浴’으로 표기.
11) 盡: ‘畫’로 표기해야 함.
12) 皿: 고대본·일사본·가람본·성균관대본에는 ‘血’로 잘못 표기.
13) 滄海之市(창해지시): 푸른 바다에 생긴 시장. 일종의 신기루라 볼 수 있다.
14) 曛: 고대본에는 ‘昏’으로 표기.
15) 曛黑: 가람본에는 ‘昏里’로 표기.
16) 見: 동양본에는 ‘是’로 표기.
17) 於: 동양본에는 ‘于’로 표기.

將此百金, 都買洛肆乍着不弊[18]之衣, 積於天衢[19], 盡招平日同與乞丐之若男若女, 總以其衣衣之, 且聚江郊[20]乞兒, 亦如之, 且[21]尋遠鄉近州, 流離飄蕩之類, 以無漏大庇爲心, 馬以駄之, 雇以擔之, 循八路而[22]盡之, 只餘一匹馬及數[23]襲衣. 因作襧擔, 藉[24]於馬背而[25]行. 時當中[26]秋, 霽月如[27]上, 淡烟橫野, 平郊通路, 四無行旅, 揮鞭促程, 聽其所止[28]而欲止. 路遇大橋, 橋下[29]有洪澼之聲, 雜[30]人語響, 深宵曠野, 疑其木客[31], 因[32]下馬, [33]據橋探視橋下, 則有一翁一媼, 解衣露體, 澣其所着之[34]衣, 驚人俯視, 媿其赤身, 揮手趍避, 無所措躬[35], 乃招出橋上, 罄其所儲之衣以衣之. 是翁是媼, 鳴謝僕僕, 懇請邀入, 止宿于其家, 則數椽蝸舍, 僅[36]庇風雨. 丐繫馬于外, 入室而坐, 翁媼奔走, 幹辦以饋, 麤飯苦菜[37]. 一飽而欲宿, 請借枕具, 則翁媼乃於椽桶之間, 搜出一匏瓠曰: "可以枕此." 丐依[38]言而臥, 乃於黑窣之地, 用手捫匏, 則旣非金石, 又異土木, 謹細捫摩, 而認他不得. 忽有呼

18) 弊: 고대본에는 '蔽'로 표기.
19) 衢: 동양본에는 '街'로 표기.
20) 郊: 고대본에는 '都'로 표기.
21) 且: 국도본·고대본·동양본·일사본·가람본·성균관대본·청구야설에는 '次'로 표기.
22) 而: 고대본에는 탈락.
23) 數: 고대본·가람본·성균관대본에는 탈락.
24) 藉: 동양본에는 '籍'으로 표기.
25) 而: 고대본에는 탈락.
26) 中: 대부분 이본에는 '仲'으로 표기. '仲'이 맞음.
27) 如: 국도본·고대본·동양본·일사본·가람본·성균관대본·청구야설에는 '初'로 표기. '初'가 맞음.
28) 止: 동양본에는 '之'로 표기.
29) 下: 동양본에는 탈락.
30) 雜: 국도본·동양본·일사본·가람본·성균관대본·청구야설에는 '襍'으로 표기.
31) 木客(목객): 도깨비. 산정(山精).
32) 因: 동양본에는 '困'으로 잘못 표기.
33) 동양본에는 '而'가 더 나옴.
34) 之: 국도본·고대본·일사본·가람본·성균관대본에는 탈락.
35) 躬: 동양본에는 '窮'으로 표기.
36) 僅: 고대본에는 '近'으로 잘못 표기.
37) 국도본·고대본·동양본·일사본·가람본·성균관대본·청구야설에는 '丐'가 더 나옴.
38) 동양본에는 '其'가 더 나옴.

喝³⁹⁾之聲, 喧聒籬外, 甚有威猛, 如貴者之踵門. 俄有一卒應令而入, 欲奪此匏, 丐曰: "是我所枕, 不可輒與人明矣." 數卒繼以攫取, 丐一向拒之. 居無何, 貴人躬入而詰⁴⁰⁾之曰: "汝詎知適用此器, 而如是自寶耶?" 丐曰: "旣入我殼, 義不輕許, 而⁴¹⁾實昧適用之術." 貴者曰: "此殖貨之良寶, 若以散金碎銀, 納其中而搖之, 則頃刻滿器, 汝必待三年之期, 抛⁴²⁾之于銅雀津, 無使他人覷知⁴³⁾, 愼勿疏虞." 丐大喜而叫, 乃尋常片夢也. 時天色向曙, 翁媼已起, 丐曰: "願以鄙蠡, 易此匏." 翁娓娓而却曰: "此物不直一錢, 敢售駿馬也?" 丐脫其衣而掛壁, 繫其馬於門楣, 反求主翁鶉衣, 掛于身上. 又以一藁席, 包其匏, 擔而出. 乞食於行路, 依然復爲乞兒樣子. 間關⁴⁴⁾千里, 屢⁴⁵⁾日入城, 直望叅政家而造焉, 忽地心口相語曰: '當日出門, 萬萬銀貨⁴⁶⁾, 今夜歸家, 弊弊衣裳, 恐有碍於見聞, 姑待烽後鍾前, 瞰其閴寂而入無妨也.' 乃藏身於酒肆, 少俟夜闌, 瞥入其家, 則廊門半掩, 房戶牢鎖. 丐因屛氣息, 迹⁴⁷⁾於昏黑深隩, 俄而婢自內而出, 推扃而入曰: "今日街鍾亦云鳴矣, 吾一雙銀海, 不識人品, 致此噬臍⁴⁸⁾, 奈將何爲?" 丐微嗽⁴⁹⁾一聲, 使知其來, 婢驚曰: "誰也?" 曰: "吾也." 曰: "何往何來?" 曰: "開門燃燈." 乃挈其負而入室, 相對燭下, 則羸垢之容, 襤褸之服, 比諸宿昔倍爲愁慘, 婢吞聲⁵⁰⁾出門備晚食, 而一飽共歠. 是夜晨鍾纔動, 婢蹴丐而起, 重裹輕寶, 欲爲竊負而

<hr>

39) 喝: 동양본에는 '喎'으로 표기.
40) 詰: 동양본에는 '語'로 표기.
41) 而: 동양본에는 '以'로 표기.
42) 抛: 동양본에는 '投'로 표기.
43) 知: 고대본·가람본·성균관대본에는 '之'로 표기.
44) 間關(간관): 길이 험하여 걷기 힘든 모양
45) 屢: 동양본에는 '累'로 표기. '屢'가 맞음.
46) 貨: 국도본·고대본·동양본·일사본·가람본·성균관대본에는 '貲'로 표기.
47) 迹: 동양본에는 '跡'으로 나옴.
48) 噬臍(서제): 그릇되고 나서는 후회해도 소용없다는 뜻. 사람에게 쫓겨 궁지에 빠진 노루가 배꼽의 향내 때문이라고 생각하여 배꼽을 깨물었다는 데서 나온 말.
49) 嗽: 고대본·가람본·성균관대본에는 탈락.
50) 聲: 국도본·고대본·일사본·가람본·성균관대본에는 '歎'으로 표기.

逃, 以免亡銀之罪, 丐瞋目厲聲曰: "我寧首實獲戾, 豈可相携逸去, 重添禍
網也?" 婢怒曰: "君縱不能庇一妻, 詎因由我困人, 日逢笞罵, 而猶作丈夫
語耶?" 丐曰: "卿若一執迷見, 我當先告于僉政, 少效自新." 婢更無奈何, 纏
恨含憤, 却入內屋. 丐乃出匏子, 且得片銀[51]於婢子之篋裡, 納于其中, 暗
祝天地, 用力搖晃, 開口視之, 則白雪也. 似[52]紋銀充滿一匏, 因注於屋
漏[53]中最凹處, 搖之又搖, 注上添注, 俄頃之間, 與屋子齊高[54], 始[55]以廣
袱[56]遮[57]掩, 高枕而睡. 婢良久而出, 忽見有物, 塡塞房隅, 不勝怪訝, 褰帷
而視, 則片片白銀, 堆積如京, 不知其[58]幾千十斗也. 始驚如啞, 口呿目瞠,
俄纔定情曰: "此物從何而至, 又何其夥也?" 丐笑曰: "宵小兒女, 焉知丈夫
之做事也?" 因與帶笑相戲, 坐而待晨, 換着新衣, 伏謁於僉政. 始僉政罄一
家之儲, 以付于丐, 丐一出, 而[59]久無形影, 心甚訝[60]惑, 忽於昨夕, 一僕撞
見丐之狼狽而歸, 備告僉政, 僉政愕爾缺懷, 夜未穩睡, 及見丐, 滿着燦燦
衣服, 趍謁於前, 僉政已在疑信之中, 亟問汝興販已完否, 丐曰: "多荷貴宅
俯助, 獲利甚優, 請納二十斗銀子, 俾完子母之息." 僉政曰: "我豈受利息
也? 只償本銀, 切勿更溷." 丐曰: "小的可死, 利息不可不納." 因戴負輸置于
庭除[61], 正如臘前厚雪, 可爲三四十斗[62]. 僉政素是嗜利, 欣欣[63]領受. 婢

---

51) 片銀: 동양본에는 '銀片'으로 표기.

52) 似: 동양본에는 '以'로 표기.

53) 屋漏(옥루): 집이나 방에서 가장 깊숙하여 어두운 곳.

54) 高: 고대본에는 '告'로 잘못 표기.

55) 始: 고대본·가람본·성균관대본에는 탈락.

56) 袱: 국도본·고대본·동양본·일사본·가람본·성균관대본에는 '裸'로 표기.

57) 遮: 동양본에는 탈락.

58) 其: 고대본·가람본·성균관대본에는 탈락.

59) 而: 동양본에는 탈락.

60) 訝: 고대본에는 '疑'로 표기.

61) 除: 동양본에는 '際'로 표기.

62) 斗: 고대본에는 '年'으로 잘못 표기.

63) 欣: 고대본·동양본·일사본·가람본에는 '然'으로 표기.

又以十斗獻于萱闈, 因⁶⁴⁾伸微誠. 又以數十斗, 分納于諸夫人, 其餘僬隷藏
穫, 舉得數鎰⁶⁵⁾, 舉家歎⁶⁶⁾羨, 嘖嘖不已⁶⁷⁾. 衆政乃寤⁶⁸⁾ 疇昔之⁶⁹⁾夜, 一僬
之備述丐襤褸之狀者, 的是搆陷, 亟告萱闈曰: "此僬深猜⁷⁰⁾此婢, 搆捏殊
甚, 錦衣紈袴者, 勒謂鶉懸, 橐盈黃金者, 勒謂敗還, 究其心肚, 實非佳人."
乃厲⁷¹⁾責那僬, 僬一辭稱屈, 而不得伸, 亟令斥之. 丐自是, 日富⁷²⁾月贍, 贖
婢從良, 百年湛樂, 子姓繁延, 至有登朝籍⁷³⁾, 而⁷⁴⁾匏器, 則果於三年之後,
祭而投之于銅⁷⁵⁾津云.

64) 因: 국도본·고대본·동양본·일사본·가람본·성균관대본·청구야설에는 '庸'으로 표기.
65) 舉得數鎰: 고대본에는 탈락.
66) 歎: 국도본·동양본·일사본·가람본·성균관대본·청구야설에는 '嘆'으로 표기.
67) 不已: 국도본·고대본·일사본·가람본·성균관대본에는 '已而'로 표기.
68) 寤: 고대본·동양본에는 '悟'로 표기.
69) 疇昔之: 동양본에는 '昨'으로 표기.
70) 猜: 동양본에는 '是'로 잘못 표기.
71) 厲: 동양본에는 탈락.
72) 日富: 고대본에는 탈락.
73) 籍: 고대본에는 '著'로 잘못 표기.
74) 而: 동양본에는 탈락.
75) 국도본·고대본·동양본·일사본·가람본·성균관대본에는 '雀'이 더 나옴.

이후종이 효행과 의리를 다하다

이후종 李後種은 청주의 수군水軍이었다. 믿음과 의리가 있다고 고을에 이름이 났다.

한 사대부가 후종이 천역賤役에 올라 있는 것을 알고는 수군절도사에게 편지를 보내 면하게 해주려 했다. 후종이 그 소문을 듣고 찾아뵙고 말했다.

"듣자오니 공께서 제가 군역을 면하도록 수사님께 간구하신다는데 그러한지요?"

"그러하다네."

"그건 불가합니다. 제가 이렇게 찾아뵌 것은 그걸 그만두시게 하고자 해서입니다. 제발 그러지 말아주십시오. 만일 저같이 한창 나이에 힘있는 사람들이 나라의 군역 면하기를 도모한다면 어떻게 군액을 충당할수 있겠습니까? 하물며 저 같은 소민이 군역을 안 한다는 것은 있을 수가 없는 일이지요."

이러며 자신이 군역을 면하지 않도록 간청했다. 그는 나이가 육십이 되어도 군역에 응하여 태만하지 않았다.

그 아버지의 동생 중에 거사居士, 출가하지 않고 수행하는 사람가 있었는데 늙어서 처자가 없었다. 후종은 그를 자기 집에 모시고는 게으름 피우지 않고 잘 봉양했다. 거사가 병을 오래 앓아 대소변도 가리지 못했는데 후종은 언제나 변기를 시냇가에 가지고 가서 깨끗이 씻었다. 지나가는 마을 사람들이 그걸 보고 물었다.

"어째 부녀자에게 씻도록 하지 않고 몸소 씻는 거요?"

"제 처는 의리로 만난 타인이기에 골육의 정이 없을지도 모르지요. 만약 마음속으로 그걸 더럽게 느끼는데도 억지로 씻게 한다면 성심껏 봉양하는 게 아니겠지요. 그래서 제가 직접 씻는답니다."

한번은 그 아버지가 다른 사람에게 보리 열 말을 꾸어주었다. 가을에 그 값을 계산하는데 마침 그해는 보리가 귀하고 쌀이 흔한지라 쌀로 스물다섯 말이나 되었다. 보리를 꾸어간 사람은 가난해서 그걸 다 마련하지 못하고 일단 쌀 스무 말을 가져와 갚았다. 후종이 밖에 갔다 돌아와 이 말을 듣고 놀라서 말했다.

"보리는 질이 안 좋고 쌀은 좋은 것이니, 지금 쌀 열 말을 받는 것도 지나친 일입니다. 그런데도 보리 열 말 꾸어주었다고 쌀 스물다섯 말을 받는다니 이게 무슨 말입니까?"

그러고는 아버지에게 쌀 열 말만 받도록 간청했다.

보리를 꿔간 사람이 말했다.

"다섯 말을 감해주시는 것만 해도 족합니다."

그래도 후종이 그치지 않고 역설하니 아버지가 그 말을 따라서 쌀 열 말만 받았다.

후종이 젊었을 적에 삿갓 만들기를 업으로 삼았다. 그 아버지는 삿갓을 시장에 내다팔았다. 어느 날 갑자기 후종이 일을 거두고 더이상 삿갓을 만들지 않았다. 걱정이 된 아버지가 이웃에 사는 사대부에게 하소연했다.

"제 아들놈이 삿갓을 만들다가 무단히 손을 놓아버렸으니 제발 어떻게 좀 다스려주십시오."

사대부가 불러서 물으니 후종이 이렇게 대답했다.

"소인이 삿갓을 만들면 소인의 아버지는 그걸 시장에 팔아왔습니다. 물건을 팔 때 그 값을 많이 받으려 하는 것은 인지상정입니다. 값을 흥정하실 때면 간혹 아버지께서 사나운 자들로부터 욕을 듣기도 하시니 이는 제 손으로 제 아비를 욕되게 하는 셈이지요. 부모를 봉양할 수 있는 일이 없다면야 어찌 감히 그 일을 그만두겠습니까? 지금 힘써 농사를 지으면 봉양할 수가 있습니다. 그래서 그 일은 그만둔 것입니다."

일찍이 가뭄을 만났다. 도랑을 막고 물을 모아 모내기하려 했지만 그날 밤 마을 사람이 물을 터서 자기 못자리에 물을 댔다. 아버지가 분노하여 욕을 퍼부었다. 그러자 후종이 애써 말리며 말했다.

"자기 못자리에 물을 대려 하는 건 인지상정입니다. 그리고 그 사람 못자리가 우리 논 위에 있었다면 물을 대려고 해도 못 댔을 겁니다. 이제 물을 터버렸으니 물은 거슬러올라가지 못하는 법입니다. 그 사람을 욕한들 무슨 소용이 있겠습니까?"

李後種力行孝義

李後種, 淸州水軍, 信義著於鄕里. 有一士夫, 知其隷於賤役, 欲抵書水使而免之, 後種聞之, 一日來謁曰: "聞公懇水使[1], 免我軍役然否?" 士夫曰: "然." 後種曰: "不可. 吾爲此來謁, 而欲止之, 願公勿爲也. 國家軍役, 如我年富力强之人, 若圖免, 則何以充軍額? 況我小民, 不可以無役." 仍力挽不

---

1) 국도본에는 '使道'가 더 나옴.

免, 年至六十, 應役不怠. 其父之弟, 有爲居士者, 老而無妻子, 後種舉置其家, 善養無懈, 其人久病, 便液不禁, 後種每持其側[2], 襺浣濯溪邊, 村人之[3]過者, 見曰: "何不令婦女洗之, 親自濯之?" 後種曰: "吾妻以別人義合, 恐無[4]骨肉之情, 若或心移[5], 强爲之, 則非誠心奉養之意, 故親自爲之耳." 其父嘗屬人十斗麥, 秋來計其直, 是年麥貴而稻賤, 故爲二十五斗, 貸者貧不能盡修, 先以租二十斗來償, 後種自外來, 聞之驚曰: "麥惡稻[6]美, 今受十斗租[7]已過矣. 乃以十斗麥, 受二十五斗稻, 是何言也?" 因懇[8]其父, 只以[9]受十斗, 貸者曰: "若除五斗穀則足矣." 後種力言不已, 其父從之, 只受十斗. 後種少以造笠爲業, 其父輒賣於市. 一日忽然撤業不造, 其父悶之, 訴於隣居士夫曰: "吾子造笠, 無端斷手, 請治之." 士夫招問[10], 答曰: "小人造笠, 小人之父, 輒賣於市, 賣買而欲受準價, 人之常情, 爭價之際, 或爲强暴者所詬辱, 則此以手貽[11]辱吾父也. 無他業, 可以養親者, 則亦何敢廢? 今力農, 而養之, 故撤之耳." 嘗遇暵[12], 董甕溝洫, 而儲水移秧, 是夜村人決[13]水, 灌其苗. 其父怒呼辱之. 後種力諫曰: "欲灌其苗, 人之常情, 其苗在吾田之上, 雖欲決得乎? 況今旣[14]決之後, 不可逆上, 詬人何爲?"

---

2) 側: 동양본에는 '厠'으로 표기. '厠'이 맞음.
3) 之: 동양본에는 탈락.
4) 無: 고대본·가람본에는 잘못 탈락.
5) 移: 국도본·고대본·동양본·일사본·가람본·성균관대본·청구야설에는 '礒'로 표기. 문맥상 '礒'가 맞음.
6) 稻: 동양본에는 '租'로 표기.
7) 租: 고대본·동양본·일사본·가람본·성균관대본·청구야설에는 '稻'로 표기.
8) 국도본·고대본·동양본·일사본·가람본·성균관대본·청구야설에는 '乞'이 더 나옴.
9) 以: 국도본·고대본·동양본·일사본·가람본·성균관대본·청구야설에는 탈락.
10) 동양본에는 '之'가 더 나옴.
11) 貽: 동양본에는 '詒'로 표기.
12) 暵: 가람본에는 '嘆'으로, 고대본에는 '漢'으로 잘못 표기. 청구야설에는 '旱'으로 표기.
13) 決: 고대본에는 '夬'로 잘못 표기.
14) 旣: 동양본에는 탈락.

덕원령이 바둑판에서 이름을 날리다

덕원령德原令은 바둑을 잘 두어 국수國手로 이름을 날렸다.

하루는 어떤 사람이 찾아와서 마당에 말을 매었다. 덕원령이 누구냐고 물으니 그가 이렇게 대답했다.

"저는 향군鄉軍으로 상번上番, 지방의 군인이 서울로 올라가 당번을 하는 일을 하러 갑니다. 평생 바둑을 좋아해왔습니다. 어르신께서 국수란 소문도 들었습니다. 한번 대국해주시기를 청합니다."

덕원령은 흔쾌히 허락했다. 마주앉자마자 그 사람이 다시 말했다.

"대국에는 내기가 없을 수 없습니다. 어르신께서 지시면 번량[1]을 내주십시오. 저는 평생 말을 좋아하는 벽이 있는데, 제가 지면 저기 있는 좋은 말을 드리겠습니다."

덕원령이 흔쾌히 허락했다.

첫째 대국에서 그 사람은 한 집을 졌다. 다음 대국에서도 딱 한 집을

---

1) 번량(番糧): 입번(入番)한 군사에게 주는 식량. 여기서는 입번하지 않는 대신 내는 쌀.

졌다. 그 사람이 자기 말을 바치겠다 하니 덕원령이 말했다.

"재미로 한 것뿐이네. 자네 말을 어찌 받겠나?"

그 사람이 대꾸했다.

"어르신, 저를 식언을 일삼는 사람으로 만드시렵니까?"

그러고는 작별인사를 올리고서 말을 남겨두고 떠났다.

덕원령은 부득이 말을 맡아 길렀다. 두 달이 지나자 그 사람이 다시 찾아왔다.

"당번을 마치고 돌아갑니다. 다시 한번 더 대국해주시기를 청합니다."

그러고는 자기 말 돌려받는 것을 내기로 걸자 하니 덕원령도 허락했다. 이번에는 덕원령이 연이어 몇 국을 졌다. 도저히 따라갈 수가 없었다. 덕원령이 놀라 말했다.

"나는 자네의 적수가 못 되네."

덕원령이 말을 돌려주면서 물었다.

"처음 대국에서는 왜 져주었나?"

그 사람이 웃으며 말했다.

"저는 말을 지극히 아끼지요. 제가 입번하느라 말이 서울에서 지내게 되면 반드시 수척해질 겁니다. 또 마땅히 의탁할 곳도 없었지요. 그래서 작은 기술로 감히 어르신을 속인 겁니다."

덕원령은 속은 것을 분하게 여겼다.

하루는 한 스님이 문을 두드리며 말했다.

"빈도貧道, 승려나 도사가 자기를 낮추어 이르는 말도 이 기예를 조금 아니 한번 대국을 하고 싶습니다."

덕원령이 흔쾌히 허락했다. 마주앉아 바둑알을 놓는데 편편이 떨어져 흩어지는 듯했다. 문득 한 수를 두었는데 덕원령은 도저히 이해할 수가 없었다. 생각에 깊이 잠겨 오랫동안 묘수를 찾아보았다.

스님이 손을 거두고 양해를 구하며 말했다.

"행색이 너무 총망하여 오래 머무를 수가 없습니다."

덕원령은 여전히 아무 말 없이 깊은 생각에 잠겨 있었다. 취한 듯 멍한 듯 긴 시간이 지났는데도 대꾸를 할 수가 없었다. 스님은 절을 하고 떠났다.

덕원령이 한참 있다가 홀연 무릎을 치며 말했다.

"어느 곳에 계신 스님인데 능히 서른여덟 수 뒤를 볼 수 있는 것이오?"

손으로 바둑판을 치고 눈을 들어보니 스님은 이미 떠나가고 없었다. 옆 사람에게 물었다.

"스님은 어디 있나?"

"아까 스님이 여러 번 작별인사를 드렸는데도 어르신께서 응답을 하지 않으셨지요. 스님이 떠나가신 지는 오래됐습니다. 떠나실 적에 문지방에다 뭘 써두고 가셨지요."

가서 보니 이렇게 쓰여 있었다.

'이렇게 두는 바둑도 바둑이라 할 수 있나?'

덕원령의 아들은 청나라 오랑캐에게 볼모로 잡혀갔다. 능원대군[2]이 연경으로 사신을 가게 되어 서교西郊에서 전별연이 열렸다. 덕원령도 그 자리에 참석했는데 대군이 유찬홍[3]에게 대국하기를 명하면서 말했다.

"찬홍이 매번 자기가 덕원령의 맞수가 못 되는 것을 한탄해왔네. 오늘 찬홍이 지면 재산을 내어 덕원의 아들을 속환시켜줄 것이며, 만약 덕원

---

2) 능원대군(綾原大君, 1592~1656): 조선 중기의 종실. 열한 살 때 큰아버지 의안군(義安君) 성(珹)에게 입양되어 능원군에 봉해졌다. 1632년에 능원대군으로 진봉되었다. 병자호란이 일어나자 인조를 따라 세자·백관과 함께 남한산성으로 들어갔다. 그때 예조판서 김상헌과 뜻을 같이하여 척화를 주장하기도 했다. 성품이 매우 온후하고 늘 건실하게 생활해 종실의 모범이 되었다 하며, 그가 죽자 왕도 친히 조상했다 한다. 인조의 아우이자 선조의 손자다.
3) 유찬홍(庾贊弘): 조선 중기의 시인으로 당시 바둑의 국수였다. 역관으로 동지사를 수행하기도 했다.

령이 지면 급을 낮추어 서로 맞두는 게 옳도다."

찬홍 역시 흔쾌히 받아들였다. 대개 덕원령은 여러 조^朝 동안 국수 자리에 있었는데 어느덧 늙었다. 찬홍은 젊었지만 바둑을 잘 두어 <u>스스로</u>도 여유가 있다고 여겨 덕원령과 상대하고 싶었다. 그러나 덕원령은 끝내 격 낮추는 것을 허용하지 않았다. 찬홍도 대국할 때마다 졌으나 그때마다 한스러워하며 불복해온 것이었다. 또 역관들은 재산이 많았기에 대군이 그렇게 말한 것이었다. 찬홍 스스로도 그러기를 원해오던 바였다.

덕원령은 마침내 세숫대야에 물을 떠서 세수를 하고 노지露地, 가리는 것이 없거나 지붕으로 덮여 있지 않은 땅에 바르게 앉았다. 평일에는 다만 한 점만 낮춰주었으나 이날은 네 점을 덜어주기로 했고 찬홍도 그에 따랐다.

여러 번 대국했는데 덕원령이 세 번을 거듭 이겼다. 그래서 찬홍은 덕원령의 아들을 속환시켜주었다. 그뒤 덕원령은 눈이 멀어 바둑을 그만 두었다 한다.

德原令擅名棋⁴⁾局

德原令, 善奕棋, 以國⁵⁾手名. 一日有一人, 繫馬於庭, 令問爲誰, 對曰: "某以鄕軍⁶⁾上番. 平生喜棋⁷⁾奕, 聞老爺稱國手, 願對一局." 令欣然許之, 其人對坐⁸⁾, 輒曰: "對局, 不可不決賭, 老⁹⁾爺輸, 則願繼番粮, 小的見屈, 則平生有馬癖, 繫在良馬, 願納之." 令欣然許之. 旣卒一局, 輸一家, 又卒一

4) 棋: 국도본·고대본·일사본에는 '棊'로 표기.
5) 以國: 동양본에는 '局'으로 표기.
6) 국도본·고대본·일사본·가람본에는 '士'가 더 나옴. 동양본에는 '軍' 대신에 '里'로 표기.
7) 棋: 국도본·고대본·일사본에는 '棊'로, 가람본에는 '碁'로 표기.
8) 對坐: 동양본에는 탈락.
9) 老: 고대본에는 탈락.

局, 又輸一家[10], 其人遂納其馬, 令笑曰: "吾戲耳. 豈受汝馬?" 其人曰: "老爺, 以小的爲食言人耶?" 仍留而[11]辭去. 令不得已[12]留養, 過二朔後, 其人復來[13], 言: "下番[14]將歸, 乞更對一局." 仍請賭還其馬, 令許之. 連輸[15]數局, 頓不可及, 令驚曰: "汝非吾敵手也." 給其馬曰: "初局何爲見屈?" 其人笑曰: "某性愛馬, 入番在京, 馬必瘦[16], [17]又無可托[18]處, 故敢以小技欺公耳." 令恨其見賣. 有僧叩門曰: "貧道亦粗解此技, 願與[19]對局." 令欣然許之, 對坐設棋, 翩翩如零散, 忽落一子, 令不能解, 潛心求索良久, 僧斂手請謝曰: "行色甚忙, 不可久住." 令沉潛默思, 如醉如癡, 久未能答, 僧拜而謝去, 久乃怳然擊節曰: "何處僧, 乃爾能見三十八手?" 手擊棋[20]局, 擧眼視之, 僧已去矣, 問旁[21]人曰: "何在?" 答曰: "向者其僧屢告辭, 老爺不答, 故去已久矣. 去時以筆, 書於門楣而去." 尋見之, 書曰: "這般棋, 乃謂棋[22]耶?"云. 令之子, 見擄於淸虜, 綾原大君, 以使价赴燕, 飮餞西郊, 令在座, 大君令庾贊弘對局曰: "贊弘每以令之不與敵對爲慨恨[23], 今日庾若見屈, 則出財贖還德原之子, 令若見屈, 則降其損格, 與爲敵對[24]可也." 贊弘亦欣然

10) 又卒一局, 又輸一家: 동양본에는 탈락.
11) 국도본·고대본·일사본·가람본에는 '已'가 더 나옴.
12) 已: 국도본·고대본·일사본·가람본에는 탈락.
13) 復來: 동양본에는 '來復'로 표기.
14) 下番(하번): 군사가 당번을 마치고 나오는 것.
15) 輸: 동양본에는 '輒'으로 잘못 표기.
16) 瘦: 고대본에는 '搜'로 잘못 표기. 동양본에는 '矣'가 더 나옴.
17) 又: 동양본에는 탈락.
18) 국도본·고대본·일사본·가람본에는 '之'가 더 나옴.
19) 與: 동양본에는 '无'로 잘못 표기. '与'를 잘못 쓴 것임.
20) 棋: 국도본·고대본·일사본에는 "棊"로, 가람본에는 '碁'로 표기.
21) 旁: 국도본·고대본·동양본·일사본·가람본에는 '傍'으로 표기.
22) 棋: 국도본·일사본에는 "棊"로 표기.
23) 恨: 동양본에는 "嘆"으로 표기.
24) 敵對: 동양본에는 "對敵"으로 표기.

許之. 盖德原令²⁵⁾, 以屢朝國手, 年已耆²⁶⁾艾, 贊弘年少善奕, 自以爲裕, 與相敵, 而令終不肯許減降格, 每對輒輸, 贊弘每恨不服, 且以譯舌饒財, 故大君之言如此, 而贊弘亦所自願者. 令遂盥水洗眼, 露地危坐, 平日只降一格, 是日令損四子, 贊弘亦從之. 對數局 連捷三倍, 贊弘遂贖還其子. 自此眼昏廢棋²⁷⁾云.

---

25) 令: 고대본·가람본에는 탈락.
26) 耆: 耆는 톱풀을 뜻하는 '시'다. 늙음을 뜻하는 '耆'를 잘못 필사한 것이다.
27) 棋: 고대본에는 "棊"로, 가람본에는 "碁"로 표기.

택당이 스님을 만나 『주역』의 이치를 말하다

　이택당[1]은 젊었을 적에 병이 많아 과거를 포기하고 몸조리에 전념했다. 집이 지평砥平, 현재 경기도 양평군 지평면 백아곡白鴉谷에 있었는데 용문산 근처였다. 일찍이 『주역』을 가지고 용문산 내매사乃邁寺에 들어갔다. 책에 깊이 빠져 연구하노라면 어느덧 깊은 밤이 되곤 했다.

　한 스님이 있었는데 나무하고 밥을 지었다. 바리때 하나에 다 떨어진 승려 옷을 입고 있어 다른 스님들은 자기들 무리에 그를 넣어주지 않았다. 택당이 밤마다 등불을 켜고 책을 읽노라면 뭇 스님은 다 잠들고 유독 그 스님만 등불빛을 빌려 짚신을 삼으며 자지 않았다.

　하루는 택당이 새벽까지 깊이 사색에 빠져 있었다. 스님이 입속으로 혼잣말했다.

　"나이 어린 서생이 못 미치는 정신에 억지로 깊은 경지를 구하니 심

---

1) 이택당(李澤堂): 이식(李植, 1584~1647). 택당은 호. 벼슬이 이조판서에 이르렀다. 병자호란 때 김상헌(金尙憲)과 함께 척화파(斥和派)로 청나라에 잡혀갔다 돌아옴.

력만 허비할 뿐이지. 어찌 다시 과거 공부로 마음을 돌리지 않을까?"

택당은 그 말을 몰래 듣고 다음날 스님을 구석진 곳으로 모시고 가서 밤에 들은 바에 대해 물었다.

"스님은 필히 『주역』에 대해 깊이 알고 계시지요? 배우기를 청합니다."

스님이 대꾸했다.

"가난하여 빌어먹고 용렬하기만 한 중이 무슨 지식이 있겠소? 다만 생원님 공부가 너무 깊어져 다칠까 걱정이 되어 한 이야기였지요. 평소 글자조차 모르는데 하물며 『주역』을 어찌 알겠소?"

"그러면 제가 깊은 경지를 구하는 줄은 어찌 아셨는지요? 끝까지 저를 속이실 수는 없을 겁니다. 제발 가르쳐주시지요."

간절히 청하기를 그치지 않으니 스님이 말했다.

"그대는 주역 중 의심나는 곳에 표를 붙여서 구석진 곳에서 나를 기다리고 있으시오."

택당은 매우 기뻤다. 의심나고 이해되지 않는 부분마다 표를 붙여서 수풀 무성한 곳에서나 혹은 다른 스님들이 모두 잠든 틈에 만나 조용히 물었다. 스님은 미묘한 곳까지 파헤치고 분석해주었는데 보통 사람의 생각을 넘어섰다. 택당은 가슴이 시원해져서 마치 구름이 걷혀 하늘을 보는 듯했다.

이렇게 다 배우고 나서 택당은 스님을 스승으로 모셨다. 그러나 대중이 있는 곳에서는 서로 모르는 사이처럼 굴었다.

택당이 하산할 때 스님은 산문 앞까지 내려와 배웅해주었다. 그리고 다음해 정월에 택당의 서울 집을 방문하겠다고 약속했다.

그때가 되니 과연 스님이 찾아왔다. 택당은 그를 안채로 맞이했다. 스님은 삼일간 머무르면서 택당의 운명을 내다보고 그 평생을 논평해주었다. 또 말하기를, "병자년에 병화가 크게 일어날 텐데, 영춘永春, 현재 충북

단양군 영춘면으로 피하면 화를 면할 수 있을 것이오. 아무 해에는 황해도와 평안도에서 공을 다시 만날 것이니 부디 잘 기억해두시오" 하고는 떠나갔다.

병자호란이 일어나자 택당은 자당을 모시고 영춘으로 피난을 가서 편안하게 지냈다. 택당이 재상이 되었을 때였다. 임금의 명을 받고 서관으로 사신을 갔다가 묘향산을 유람하게 되었다. 승려들이 남여를 마주 멨는데 앞쪽에 있던 한 사람이 바로 그 스님이었다. 안색은 용문산에 있을 때와 같이 건장했다. 택당은 매우 기뻤다. 절에 이르러서는 방 하나를 따로 청소하게 해 스님을 맞이하고 손을 잡으니 기쁨이 극에 달했다. 따로 소찬을 갖춰오게 하여 스님을 대접했다. 삼일을 머물면서 성의를 다해 대화를 나누었다. 위로는 나랏일로부터 아래로는 사사로운 집안일에 이르기까지 세세히 빠뜨린 것이 없었다. 아울러 도에 대해서도 들었다.

그때 이별하고 나서는 다시 만나지 못했다 한다.

澤風堂遇僧談易理

李澤堂, 少時多病, 廢學業, 專意調養. 家在砥平白鴉谷, 近龍門山. 嘗携周易, 捿[2]龍門乃邁寺, 沉潛研究, 輒至夜分. 有一僧, 負木取食, 單鉢弊衲, 僧所不齒, 每夜澤堂, 篝燈[3]讀書, 衆僧盡睡, 而獨此僧, 借燈餘光, 織屨[4]不寐. 一日公思索甚苦, 至於侵曉, 僧口內獨語曰: "年少書生, 以不逮之精神, 强欲求[5]索玄微, 徒費心力, 何不移之科工?" 公微聞之, 翌日引僧至僻

---

2) 捿: 동양본에는 '捷'으로 잘못 표기.
3) 篝燈(구등): 배롱으로 덮은 등불. 배롱은 화로에 씌워놓고, 그 위에 젖은 옷 따위를 얹어 말리는 제구.
4) 屨: 다른 이본에는 '屩'로 표기. '屨'가 맞음.
5) 欲求: 고대본·가람본·성균관대본에는 '求欲'으로 잘못 표기.

處, 以夜所聞者詰之, 且曰: "師必深知⁶⁾易者, 請學焉." 僧曰: "貧丐傭⁷⁾僧,
豈有知識? 但見生員工夫刻深, 慮有傷損故云云. 至於文字, 素所蒙昧, 況
易乎?" 公曰: "然則何以云玄微? 師終不可以隱我, 卒敎之." 懇叩不已, 僧
曰: "措大須⁸⁾於⁹⁾易所疑處, 付籤俟我僻處." 公大喜, 將¹⁰⁾所疑晦, 逐一付
標, 約僧於樹林茂密之中, 或衆僧盡睡之際, 從容質問, 僧剖柝微妙, 出人
意表, 公胸中爽然¹¹⁾,如決雲覩¹²⁾天. 旣卒業, 公以師禮待僧, 然在衆中, 漠然
若不相識. 及公下山, 僧送至山門, 期¹³⁾以明年正月, 訪公於¹⁴⁾京師. 及期僧
果至, 公延之內齋, 留三日, 僧¹⁵⁾爲公推命, 論定平生, 且曰: "丙子兵¹⁶⁾禍,
當大起, 必避地於永春可免. 某年又當與公遇於西關, 幸識之." 遂別去. 其
後値丙子之亂, 奉慈堂, 避入永春¹⁷⁾安過. 及位至卿宰, 奉使西關, 遊妙香
山, 僧徒舁藍輿, 其居前¹⁸⁾一¹⁹⁾人, 卽此僧也. 顏色²⁰⁾康壯²¹⁾, 一如在龍門
時, 公甚喜. 及入寺, 別掃一室, 延僧握手, 歡甚. 命別具素饌饗之, 留三日,
極意款討, 上自國事, 下及家私, 細悉無遺, 公亦仍聞道. 旣別, 更不復遇.

---

6) 동양본에는 '周'가 더 나옴.
7) 傭: 동양본에는 '庸'으로 표기.
8) 須: 국도본에는 잘못 탈락.
9) 須於: 동양본에는 탈락.
10) 將: 동양본에는 "持"로 표기.
11) 然: 국도본·고대본·일사본에는 "谿"로, 동양본에는 "灦"로 표기.
12) 覩: 동양본에는 "睹"로 표기.
13) 期: 국도본·고대본·동양본·일사본·가람본·성균관대본에는 "約"으로 표기.
14) 於: 동양본에는 탈락.
15) 僧: 동양본에는 "生"으로 잘못 표기.
16) 兵: 고대본에는 탈락.
17) 春: 국도본에는 "奉"으로 잘못 표기.
18) 前: 고대본·가람본·일사본·성균관대본에는 탈락.
19) 前一: 국도본에는 탈락.
20) 色: 국도본·고대본·동양본·일사본·가람본·성균관대본에는 "狀"으로 표기.
21) 康壯: 고대본에는 탈락.

이진사가 병을 앓고 오묘한 도를 깨닫다

진사 이광호李光浩는 여러 해 고질병을 앓고 있었다. 그걸 고치려고 방서方書, 방술을 적은 책들을 두루 읽었는데 그로 인해 오묘한 도를 깨달았다. 그래서 그에게는 기이한 일이 많이 벌어졌다.

한번은 물을 마시고 마루 위에 물동이를 두고는 몇 차례 뒹굴고 나서 높은 곳에서 몸을 거꾸로 하여 토해냈다. 오장육부를 씻어낸다 했다. 또 멀리 놀러갔다 오겠다 하고는 며칠 동안 쓰러져 죽어 있다가 소생하기도 했다.

하루는 집안사람들에게 말했다.

"내 지금 먼 곳으로 갔다가 한 달쯤 뒤에 돌아올 것이다. 친구에게 내 몸을 대신 지켜달라고 부탁했으니 꼭 잘 대접하거라."

말이 끝나자마자 기절했다. 잠시 뒤 다시 살아 일어나 앉아서는 그 아들에게 말했다.

"자네는 분명 나를 모를 걸세. 난 자네 아버지와 마음이 서로 잘 통하는 벗이라네. 자네 아버지가 때마침 먼 곳을 가게 되어 날 불러서 자기 몸을 지키게 했으니 부디 의아해하지 말게나. 나는 영남 사람이네."

그 말과 행동거지가 이광호와는 달랐다. 이광호의 처자식들은 그를 공경하며 받들어 모셨다. 그는 감히 안방으로 들어오지는 않았다. 이러기를 한 달여, 어느 날 갑자기 그가 땅바닥으로 넘어졌다가 한참 뒤 눈을 뜨고 일어나 앉았다. 다시 그의 말과 행동거지는 이광호의 것이었다.

처와 아이들은 반가워하기는 했지만 이런 일상에 익숙해진 터라 심히 이상하게 여기지는 않았다. 그러나 사람을 놀라게 하는 과격하고 무서운 말과 망령된 주장이 많았다.

효종 때 사건에 연루되어 형을 받았는데 이광호는 피를 흘리지 않고 우유 같은 흰 기름을 흘렸다. 그 친구 사위인 권 아무개가 남당산촌南堂山村(즉, 경강¹⁾이다)에 살고 있었다. 이날 신시申時에 이광호가 권 아무개의 집을 찾아왔다. 주인은 없고 아이들만 있어 붓으로 벽 장자²⁾에 다음과 같이 썼다.

> 한평생 충효에 의지했지만
> 오늘 이런 재앙을 받았네
> 죽은 뒤 정백精魄은 하늘로 올라가
> 신소³⁾의 해와 달처럼 영원하리

쓰기를 마치고 바로 일어나 문밖으로 나갔다. 몇 발자국을 걸어가는가 했는데 모습이 보이지 않았다. 그 집 사람들이 크게 놀라 있는데 곧

---

1) 경강(京江): 뚝섬으로부터 양화도에 이르는 한강 일대.
2) 장자(障子): 방의 아랫간이나 또는 방과 마루 사이를 가리고 막은 미닫이처럼 생긴 문.
3) 신소(神霄): 구소(九霄) 혹은 구천(九天)의 하나로 하늘의 가장 높은 곳이다. 구소는 신소(神霄)·청소(靑霄)·벽소(碧霄)·단소(丹霄)·경소(景霄)·옥소(玉霄)·낭소(琅霄)·자소(紫霄)·태소(太霄)를 말한다.

부고가 왔다 한다.

그전에 이광호는 천불도千佛圖 한 폭을 가지고 있었지만 그것이 기이한 그림인 줄은 몰랐다. 한 스님이 그 기운을 살피고는 찾아와서 서화를 좀 보자고 청했다. 스님이 천불도 앞으로 가서 절을 올리고 꿇어앉아 두 손으로 그림을 받들며 말했다.

"이것은 천하의 절보絶寶입니다. 원컨대 공께서 이걸 보시하신다면 분명 후한 응보가 있을 것입니다."

이광호는 즉시 그것을 주면서 그것을 왜 절보라 하는지 물었다. 스님은 물을 떠와 그림 위에 뿌리고 햇볕에 쬐었다. 그러자 메뚜기만하고 개미만한 천불들의 눈썹과 눈이 모두 살아 움직였다.

스님은 행랑에서 약 한줌을 꺼내주며 말했다.

"이는 신약이랍니다. 매일 아침 냉수에 개어 세 환을 복용하시면 장생하실 뿐 아니라 복록이 융성할 겁니다. 다만 세 환 이상 복용하시면 필히 큰 해가 있을 것이니 삼가십시오."

그 약은 삼씨처럼 검었다. 이광호는 평소 숙질이 있었기에 복용하라는 양만큼 세 번 복용하니 고질병이 말끔히 사라졌다. 검고 누런 피부가 아름답게 윤기가 났으며 몸도 가벼워지고 튼튼해지니 매우 기뻤다. 다 복용하고는 십여 환이 남았는데, 스님의 경고를 잊고 그것들까지 다 갈아 먹어버렸다.

그뒤 스님이 다시 찾아와 크게 탄식하며 말했다.

"내 경고를 따르지 않았으니 화를 면치 못하지!"

이광호가 죽음에 임박했을 때였다. 그 친구가 남쪽에서 올라오다가 직산 길가에서 이광호를 만났다. 이광호는 베로 만든 도포를 입고 느린 말을 타고 있었는데 얼굴색이 처참했다. 가시풀을 깔고 앉아[4] 정겹게 이야기를 나눈 것은 평소와 다를 바가 없었다. 친구가 어디로 가느냐고 물으니 다른 말을 하며 답을 피했다. 서울에 이르러 소문을 들으니 이광호가 죽은 날은 직산에서 악수를 했던 바로 그날 저녁이었다.

李上舍因病悟道妙

進士李光浩, 有積年痼疾, 欲爲醫治, 博考方書, 因悟妙道[5], 多異事. 嘗
飮水, 置一盆於廳上, 臥轉數次, 據高處倒身吐出, 謂之洗滌臟腑. 又嘗稱
遠遊, 僵死數日始甦. 一日, 謂家人曰: "吾今遠出, 月餘當還, 請一親友, 代
守吾身, 必善待之." 言訖氣絶, 食頃復生起坐, 謂其子曰: "君必不知我也,
我[6]與君父心友也. 君父適有遠行, 邀我守身, 幸勿訝焉. 吾嶺南人也." 其
言語擧止, 非李君也, 李君之妻子, 供奉甚謹, 然不敢入內也. 如此月餘, 一
日忽仆地, 而已開眼起坐, 其言語擧止, 卽李君也. 妻兒雖[7]歡欣, 習以爲常,
亦不甚[8]以爲異之也. 然多[9]危言妄說. 孝廟朝坐事受刑, 獨無血, 有白膏如
乳. 李君之友婿權某在南堂山村(卽京江也), 是日晡時, 李君至權家, 主人
不在, 只有兒輩, 取筆, 書于壁上障子上曰: "平生杖忠孝, 今日有斯殃, 死
後昇[10]精魄, 神霄日月長." 書畢, 倏起出門, 行數步, 復不[11]見, 其家大驚,
俄而凶音至云. 先是李君有千佛圖一幅, 不省其爲奇筆, 有一僧, 望氣而至,
請見李君之書畵, 至佛圖, 拜跪雙擎曰: "天下絶[12]寶也. 願公以此施舍, 當

4) 가시풀을 깔고 앉아: 반형(班荊). 가시풀[荊草]을 깔고 앉아 이야기해도 스스럼없는 사이,
   즉 절친한 친구 사이를 말한다. 춘추시대 초나라 오거(伍擧)가 채나라 성자(聲子)와 세교(世
   交)를 맺고 있었는데, 두 사람이 우연히 정나라 교외에서 만나 가시풀을 깔고 앉아서 옛날이
   야기를 주고받았다는 고사에서 유래한다. 『춘추좌씨전』「양공襄公」조.
5) 妙道: 고대본에는 '道妙'로 표기.
6) 我: 국도본·고대본·일사본·가람본에는 탈락.
7) 국도본·고대본·동양본·일사본·가람본에는 '是'가 더 나옴.
8) 甚: 동양본에는 탈락.
9) 多: 고대본·가람본에는 탈락.
10) 昇: 동양본에는 '升'으로 표기.
11) 復不: 동양본에는 '不復'로 표기.
12) 絶: 동양본에는 '奇'로 표기.

爲厚報." 李君卽與之, 且問其爲絶寶者[13], 僧取水噀於幅上, 炤以日光, 則
千佛董如螻蟻者, 眉目皆活動. 僧於囊中探藥一掬授之[14]曰: "此神藥也. 每
朝用冷水, 磨服三[15]丸, 服盡, 非但久視[16], 亦福祿隆盛, 過三[17], 則必有大
害, 愼之." 其藥如麻子而黑. 李君素有宿症, 依服之數三服, 而[18]積痼都
袪, 鬒黃韶潤, 體力輕健, 李君大樂之, 服垂盡餘十[19]數丸, 忽忘僧戒, 幷
磨盡服. 其後僧又至, 大歎[20]曰: "不用吾戒, 其不[21]免哉." 及死, 其友人
自南中[22]來者, 遇李君於稷山路上, 布袍款段[23], 容色悽慘, 班荊而坐, 款
討如平昔, 友人問其所往, 則答以他辭. 至京聞之, 李君死日, 卽稷山握手
之夕也.

13) 者: 동양본에는 탈락.
14) 之: 국도본·고대본·일사본·가람본·성균관대본에는 탈락.
15) 三: 고대본·가람본·성균관대본에는 '之'로 잘못 표기.
16) 久視(구시): 오래 산다는 뜻.
17) 三: 성균관대본에는 '之'로 잘못 표기.
18) 服 而: 국도본·고대본·일사본·가람본·성균관대본에는 탈락.
19) 十: 국도본·고대본·일사본·가람본·성균관대본에는 '七'로 표기.
20) 歎: 동양본에는 '嘆'으로 표기.
21) 不: 국도본·고대본·일사본·가람본·성균관대본에는 잘못 탈락.
22) 南中(남중): 경기도 이남의 땅인 충청도, 전라도, 경상도를 통틀어 말함.
23) 款段(관단): 느린 말.

차천로가 병풍 뒤에서 백운을 부르다

차천로[1]는 문장이 호방했고 시는 더욱 웅장하고 기발했다. 비록 정교한 것과 거친 것이 뒤섞이기는 했지만 한자리에서 만언萬言을 지으니 도도히 막힘없는 재주를 대적할 사람이 없었다.

선조 말에 중국 사신 주지번[2]이 왔다. 주지번은 강남의 재자才子로 풍류가 있었다. 가는 곳마다 남긴 글들이 찬란히 빛나 인구에 회자되었다. 조정에서는 빈사[3]를 엄선했으니, 월사 이정구[4]를 접반사[5]로, 동악 이안눌[6]을 연위사[7]로 삼았다. 보좌하는 관료들도 모두 명가의 뛰어난 문

1) 차천로(車天輅, 1556~1615): 호는 오산(五山)·청묘거사(淸妙居士). 송도(松都) 출신. 식(軾)의 아들이고, 서경덕의 문인이다. 1577년 알성문과에 병과로 급제해 개성교수(開城敎授)를 지냈고, 1583년 문과중시에 을과로 급제했다. 봉상시판관(奉常寺判官)을 거쳐 1601년 교리가 되어 교정청의 관직을 겸임했고, 광해군 때 봉상시첨정을 지냈다. 한호·권필·김현성(金玄成)과 더불어 서격사한(書檄詞翰)이라 불렸으며, 특히 시에 능하여 한호의 글씨, 최립(崔岦)의 문장과 함께 송도삼절(松都三絶)이라 일컬어졌다.
2) 주지번(朱之蕃): 명나라 산동(山東) 사람. 서화에 뛰어났으며, 1595년 장원급제했다. 1606년 조선에 사신으로 왔을 때 선조에게 〈십이화첩도〉를 그려 바쳤다 한다.
3) 빈사(儐使): 사신을 접대하고 안내하여 돕는 관리. 시를 화답하는 능력이 중요했다.

장가였다.

주지번은 연도에서 시를 지어 주고받으며 평양에 이르렀다. 저녁이 되자 기도箕都, 평양의 옛 이름 회고懷古 오언율시 백운百韻을 접빈사의 막하에 내렸다. 그러고는 새벽이 밝아오기 전까지 시를 지어 바치라고 명했다. 이정구는 크게 두려워하며 여러 사람을 모아 의논했다.

모두 말하기를, "바야흐로 밤이 짧은 때인데 한 사람이 능히 할 수 있는 일이 아니지요. 각자 운韻을 나누어 지어서 그걸 모아 한 편을 만든다면 가능할지도 모르겠습니다" 하니 이정구가 말했다.

"사람마다 뜻하는 바가 같지 않으니 각자가 지은 것을 합한다면 어찌 문리文理를 통하게 할 수 있겠소? 이는 한 사람에게 다 맡기는 것만 못하오. 오직 차복원車復元, 복원은 차천로의 자(字)만이 감당할 수 있을 것이오."

마침내 차천로에게 맡기니 그가 말했다.

"이 일은 맛있는 술 한 동이와 큰 병풍 한 좌座, 한경홍8)의 집필이 없으면 불가능합니다."

이정구는 그것들을 갖춰주라고 명했다. 대청에 큰 병풍을 쳐주자 차

---

4) 이정구(李廷龜, 1564~1635): 한문사대가(漢文四大家)의 한 사람. 호는 월사(月沙) 또는 보만당(保晚堂). 윤근수의 문인이다. 문장 가문에서 출생해 가학으로 성장했다. 대제학에 올랐다가 1604년 세자책봉주청사로 명나라에 다녀오는 등 여러 차례에 걸쳐 중국을 오고갔으며, 중국 문인들의 요청으로 백여 장(章)의 『조천기행록朝天紀行錄』을 간행하기도 했다. 병조판서·예조판서와 우의정·좌의정을 지냈다.
5) 접반사(接伴使): 사신이 유숙하는 곳에 임시로 파견되어 사신을 맞아 접대하던 관원. 정3품 이상에서 임명했다.
6) 이안눌(李安訥, 1571~1637): 호는 동악(東岳). 동년배인 권필과 선배인 윤근수·이호민 등과 동악시단(東岳詩壇)이란 모임을 만들었다. 1599년 문과에 급제해 여러 언관직을 거쳐 예조와 이조의 정랑으로 있었다. 1601년 서장관으로 명나라에 다녀오고 나서 성균직강(成均直講)으로 옮겨 봉조하를 겸했다. 홍주목사, 동래부사, 경주부윤, 함경도 관찰사, 예조판서, 충청도도순찰사, 형조판서 등을 역임했으며, 도학(道學)보다는 문학에 힘썼다. 특히 시 짓기에 주력해 문집에 4370수의 방대한 시를 남기기도 했다.
7) 연위사(延慰使): 조선시대에 외국 사신을 영접하던 임시 벼슬. 2품이나 3품의 당상관을 임명했으며 연회를 베풀고 노고를 위로하는 일을 했다.
8) 한경홍(韓景洪): 선조 때 명필 한호(韓濩). 경홍은 한호의 자(字). 호는 석봉(石峯).

천로는 술 수십 잔을 마구 마시고 병풍 뒤로 들어갔다. 한호는 병풍 밖에서 열 장이 이어진 화전지를 펼쳐놓고는 붓을 적셔 기다렸다. 차천로가 병풍 뒤에서 철서진鐵書鎭, 책장 또는 종이쪽이 바람에 날리지 않도록 눌러두던 물건으로 책상을 연거푸 두드리며 음풍吟諷을 고무하더니 이윽고 고성을 질렀다.

"경홍! 쓰시오!"

빼어난 글귀와 준수한 말들이 연이어 쏟아져나왔다. 한호는 부르는 대로 즉시 썼다. 문득 부르짖는 소리가 쩌렁쩌렁하고 뛰어오르는 모양이 풀쩍풀쩍한데, 흐트러진 머리털과 알몸이 병풍 위로 출몰했다. 재빠른 매나 놀란 원숭이도 그에 비할 수 없었다. 입으로 창하는 것이 마치 물이 용솟음치고 바람이 휘몰아치는 듯하니 한호의 속필조차 겨를이 없을 정도였다.

한밤중이 되기도 전에 오언율시 백운百韻이 완성되었다. 차천로는 크게 소리를 한 번 내더니 취해 병풍으로 쓰러졌는데 완전히 벌거벗은 상태였다.

여러 공이 그 시를 취해 머리를 맞대고 한번 읽어보니 기이하고 통쾌하지 않은 데가 없었다. 닭이 울기 전에 통인을 불러 시를 바치게 했다. 주공이 바로 일어나 촛불을 손에 잡고 읽었다. 반도 채 읽지 않았는데 잡고 있던 부채를 두들기다보니 부채가 다 부서졌다. 읊조리는 소리가 밖으로 낭랑하게 울려퍼졌다. 날이 밝자 주지번은 빈사儐使를 만나 혀를 내두르며 감탄하고 칭찬했다.

車五山隔屏呼百韻

車天輅, 文辭浩汗, 而詩又雄奇, 雖精麤相雜, 而立就萬言, 滔滔不窮, 無敢敵者. 宣廟末, 天使朱之蕃來, 朱是江南才子, 雅有風流, 所到之處, 詞翰輝耀, 膽炙人口. 朝家極選儐⁹⁾使, 李月沙爲接伴, 李¹⁰⁾東岳爲延慰, 而其幕佐, 亦皆名家大手. 沿路唱酬, 至平壤, 朱使臨夕, 下箕都懷古五言律詩百韻於儐¹¹⁾幕, 命趁曉未明製進, 月沙大懼, 會諸人¹²⁾議之, 皆曰: "時方短夜, 非一人所能, 若分韻製之, 合爲一篇, 庶可及乎." 月沙曰: "人各命¹³⁾意¹⁴⁾不同, 湊合豈成文理? 不如專委一人, 惟車復元, 可以當之." 遂委之, 天輅曰: "此非旨酒一盆, 大屏風一坐, 兼得韓景洪執筆, 不可." 月沙命具之¹⁵⁾, 設大屏風¹⁶⁾廳中, 天輅痛飮數十鍾, 入於屏內, 韓濩於屏外, 展十張聯¹⁷⁾幅大華牋, 濡筆臨之, 天輅於屏內, 以鐵書鎭, 連叩¹⁸⁾書案, 鼓動吟諷, 而已高聲大唱曰: "景洪書!" 逸句俊語, 絡繹沓出, 濩隨呼卽書, 俄而叫呼震動, 跳蕩踴躍, 髯髮赤身, 出沒於屏風¹⁹⁾之上, 迅鷹驚猿, 不足比之²⁰⁾, 而口中之唱, 水湧風發, 濩之速筆, 猶未暇及²¹⁾, 夜未²²⁾半, 而五律百韻已就矣. 天輅大呼一聲, 醉倒屏風, 頹然一赤身骸髏也. 諸公取其詩, 聚首一覽, 莫不奇快. 鷄未鳴²³⁾, 而²⁴⁾呼通使進呈, 朱公卽起, 秉燭讀之, 讀未半, 而所把之扇, 鼓之盡碎, 諷咏²⁵⁾之聲, 朗出於外, 平朝對儐使, 歎²⁶⁾賞嘖嘖.

---

9) 儐: 동양본에는 '賓'으로 표기.
10) 李: 국도본·고대본·일사본·가람본에는 탈락.
11) 儐: 동양본에는 '賓'으로 표기.
12) 諸人: 고대본에는 탈락.
13) 命: 고대본에는 탈락.
14) 命意(명의): 생각을 나타냄.
15) 고대본·일사본·가람본에는 '設'이 더 나옴.
16) 국도본·고대본·동양본·일사본·가람본에는 '於'가 더 나옴.
17) 聯: 동양본에는 '連'으로 표기.
18) 叩: 동양본에는 '扣'로 표기.
19) 屏風: 국도본에는 '風屏'으로 잘못 표기.
20) 之: 국도본·고대본·동양본·일사본·가람본·성균관대본에는 '也'로 표기.
21) 及: 고대본·성균관대본에는 '盡'으로 잘못 표기.
22) 未: 국도본·고대본·일사본·가람본·성균관대본에는 탈락.
23) 鳴: 동양본에는 '唱'으로 표기.
24) 而: 동양본에는 탈락.
25) 咏: 국도본·고대본·동양본·일사본·가람본·성균관대본에는 '詠'으로 표기.
26) 歎: 고대본·동양본·가람본·성균관대본에는 '嘆'으로 표기.

한석봉이 흥을 타고 병풍에 물을 뿌리다

한호韓濩가 일찍이 조천사[1]를 따라 연경에 갔다. 그때 한 재상이 검은 비단으로 장자障子를 만들어서 화당華堂에 걸어두고 천하 명필을 모아 글씨에 능한 자에게 장차 후한 상을 내리고자 했다. 한호도 가보았는데 장자가 현란한 빛을 내고 있었고 족제비 수염으로 만든 붓이 유리그릇에 담긴 이금泥金, 금가루를 아교에 녹인 것. 서화를 그리는 데 쓴다 속에 놓여 있었다. 글씨로 이름난 사람 수십 명이 서로 쳐다보기만 하고 감히 나서지 못했다.

한호는 글을 쓰려는 흥이 일어나 참지 못하고 나서서 붓을 잡았다. 그러고는 이금 속을 휘젓고 갑자기 붓을 휘둘러 뿌렸다. 장자 가득히

1) 조천사(朝天使): 명나라로 보내는 사행을 말한다. 한편 청나라로 보내는 사행은 '연행사(燕行使)'라 통칭한다. 조천사란 천조(天朝)인 중국에 조근(朝覲, 신하가 조정에 나아가 임금을 뵘)하는 사행이라는 뜻이고, 연행사는 연경에 간 사행이라는 뜻이다. 명나라 때는 '북경'이라 불렀고 청나라 때는 '연경'이라 일컬었다. 조천사는 해마다 정례사행(定例使行)과 임시사행으로 나누어 파견했다. 정례사행은 네 차례 있었다. 대부분 동지를 전후해 보내던 동지사(冬至使), 정월 초하룻날 새해 인사차 보낸 정조사, 명나라의 황제나 황후의 생일을 축하하러 보낸 성절사와 황태자의 생일을 축하하러 보낸 천추사였다.

얼룩이 졌다. 보던 사람들이 크게 놀랐고 주인도 화가 치밀어올랐다.

한호가 말했다.

"걱정하지 마시오. 나 역시 동방 명필로 불린다오."

그러고는 붓을 잡고 일어서서 재빨리 휘둘러 해서와 초서를 섞어가며 그 심경을 극진하게 드러냈다. 장자에 떨어졌던 금니金泥 얼룩들은 모두 글자의 점과 획 속으로 들어갔다. 하나도 빠뜨림이 없었으니 신묘함과 빼어남을 이루 형언하기가 어려웠다. 마루 가득 바라보던 사람들도 부르짖고 감탄하지 않을 수 없었다. 마침내 주인도 크게 기뻐하며 잔치를 열어 대접하고 후한 선물을 주었다. 이로 말미암아 한호의 이름이 중국에 크게 알려졌다.

그 나라 사람이 다음과 같은 글을 썼다.

"안평2)의 글씨는 구포九苞, 봉황의 아홉 가지 깃털 색의 봉황 새끼 같아 항상 구름 하늘의 꿈을 가졌고, 한호의 글씨는 천년 묵은 늙은 여우 같아 조화의 자취를 능히 훔쳤도다."

선조도 한호의 글씨를 매우 사랑했다. 항상 그 글씨를 가져와보게 하고는 많은 상을 내렸고 진수성찬도 여러 번 베풀었다.

그는 마침내 동방 제일 명필이 되었다.

2) 안평(安平, 1418~1453): 조선 초기의 왕족이자 서예가. 이름은 용(瑢), 자는 청지(淸之), 호는 비해당(匪懈堂)·낭간거사(琅玕居士)·매죽헌(梅竹軒). 세종의 셋째 아들이다. 어려서부터 학문을 좋아하고 시문·서·화에 모두 능해 삼절(三絶)이라 불렸으며, 식견과 도량이 넓어 당대에 명망이 높았다. 도성의 북문 밖에 무이정사(武夷精舍)를 짓고 남호에 담담정(淡淡亭)을 지어 수많은 책을 수장했으며 문인들을 초청하여 시회를 베푸는 등 호방하게 생활했다. 그는 당대 제일의 서예가로 유명했는데, 서풍은 고려 말부터 유행한 조맹부를 따랐지만 자기 개성을 마음껏 발휘한 활달한 기풍을 드러내 그의 필법은 조선 전기에 크게 유행했다.

韓石峯乘輿[3]灑一障[4]

韓濩, 嘗隨朝天使, 往燕京. 時有一閣老, 以烏緞, 作一障子, 掛之華堂之上, 集天下名筆能書者, 將厚賞之, 濩亦往焉. 障子煥爛動輝, 而解鼠鬚筆, 沈於琉璃椀泥金之中, 以筆名者, 數十人, 相顧莫之敢進, 濩筆興勃發[5], 不自抑, 進而執筆, 攬弄於泥金之中, 忽揚筆濺之, 灑落滿障, 觀者大驚, 主人大怒, 濩曰: "勿慮焉. 吾亦稱爲東方名筆也." 乃把筆, 起立奮迅揮灑, 眞草相雜, 極其意態, 灑落金泥, 皆在點劃[6]之[7]中, 無一遺漏, 神妙奇逸, 不可名狀, 滿堂觀者, 莫[8]不叫絶恣[9]嗟. 主人乃大喜, 設宴待之, 厚有贈遺, 由是濩名, 大著於中華. 國人題之曰: "安平之筆, 如九苞鳳雛, 常有雲霄之夢, 韓濩之筆, 如千年老狐, 能偸造化之跡." 宣廟甚愛濩筆, 嘗命書入, 賞賜甚多, 珍羞屢下, 遂爲東方筆家之第一.

---

3) 輿: 고대본·일사본·가람본·성균관대본에는 '身'으로 표기.
4) 障: 동양본에는 '陣'으로 표기.
5) 發: 동양본에는 '動'으로 표기.
6) 劃: 고대본·일사본·가람본에는 '畵'로 표기.
7) 點劃之: 동양본에는 '其'로 표기.
8) 莫: 동양본에는 '無'로 표기.
9) 恣: '咨'로 표기해야 함.

산골 백성이 남의 축문을 읽다

옛날에 재상의 아들이 있었다. 길을 나섰다가 깊은 산골에 이르러 날은 저물고 주점은 멀기에 한 농가에 묵게 됐다. 그 집에서는 개와 돼지를 잡아 푸지게 삶고 있었다. 재상의 아들이 이유를 물으니 그날 밤 제사가 있기 때문이라 했다. 밤새도록 시끄러워 눈을 붙일 수가 없었다. 닭이 울자 시끄럽게 부르고 대답하는 소리가 백배는 더해진 것 같았다. 제기를 차리고 제수를 벌여놓는 소리며 곡성에 귀가 따가웠다.

축문을 읽는데 "계유 오월 이십일" 하는 소리가 들렸다. 재상의 아들이 누워서 듣고 있다가 혼자 웃으며 말했다.

"오늘은 갑술년 오월 십육일인데 어째서 작년 오월로 축문을 지었을까?"

의아해하는데 또 "효자 아무" 하는 소리가 들렸다. 공교롭게도 그것은 자기 이름이었다. 또 들어보니 "감히 대광보국 숭록대부 의정부 영의정 겸 영경연 춘추관 홍문관 예문관 관상감사 세자사 시호 아무 공 부군께 밝게 고하노니"라 했다.

재상의 아들은 놀라서 벌떡 일어나 혼잣말을 했다.

"집주인이 옛날 재상의 아들이란 말인가? 그렇다면 어찌 이같이도 몰락했단 말인가? 그런데 직함과 시호가 내 선친과 같으니 이 역시 기이한 일이로다."

또 들어보니 "현비顯妣 정경부인貞敬夫人 아무 관향 아무 씨"라 했다. 돌아가신 모친의 관향, 성씨와 조금도 다름이 없으니 더욱 큰 의심이 일어났다.

제사가 끝나기를 기다렸다가 주인을 급히 불러 말했다.

"네 선세先世께서 무슨 관직을 지내셨더냐?"

주인이 황공해하며 대답했다.

"어찌 관직을 지냈겠습니까? 윗대마다 돌아가실 때까지 금위군1)을 면치 못한 것을 한스러워하셨지요."

또 물었다.

"네 이름은 무엇이냐?"

"아무개입니다."

과연 자신과 같은 이름이 아니었다.

또 물었다.

"네 모친의 성씨가 아무인가?"

"소인의 모친은 어려서 부모를 잃으셨기에 성씨를 모릅니다."

"너는 글자를 읽을 수 있느냐?"

"언문만 깨쳤을 뿐입니다."

"그럼 네가 읽은 축사는 누구에게 써달라 했느냐?"

"소인은 본래 축문 쓰는 법을 몰랐습니다. 어제 어르신네 종이 소인 집에 제사가 있는 걸 알고는 '축문이 있느냐?'고 묻길래, '없다'고 했습

---

1) 금위군(禁衛軍): 고려·조선시대에 궁중을 지키고 임금을 호위·경비하던 친위병.

니다. 그러자 어르신네 종이 비웃으며 '축문 없이 제사지내는 건 제사를 지내지 않는 거나 마찬가지요'라 했지요. 탁주 몇 주발을 대접하며 축식 祝式을 청했더니 어르신네 종이 흰 닥종이 한 장을 꺼내 언문으로 축문을 써서 소인에게 읽어보라 했습죠. 소인이 한번 보니 그리 어렵지 않은지라 기쁨을 이기지 못했습니다. 우리 마을 여러 집 사람들과 그 종이를 귀중하게 보관해두었다가 뒤에 집집마다 돌려가며 읽기로 약속하고 저희 집에서 오늘 새벽에 먼저 시험해본 것입지요."

재상의 아들은 크게 놀라 일의 이치를 깨우쳐주고 즉시 그걸 태워버렸다. 그리고 종을 호되게 꾸짖으니 종이 말했다.

"소인이 상전 댁 기일마다 축문을 익히 들어온지라 외우게 되었습니다. 세상 축식이 모두 똑같다 착각하여 일이 이렇게 되었나이다."

재상의 아들은 마음이 무척 편치 않았지만 어쩔 수가 없었다. 아까 축문의 연월 간지干支를 다시 생각해보니 그날이 작년 자기 선친의 기일인 것이었다.

혹자는 말했다.

"주인은 개 잡고 돼지 잡아 제수를 차리고 축문을 읽어서 다른 귀신을 잘못 청했고, 재상의 아들은 타향 남의 집에서 선친의 제사를 배설해 귀신을 더럽히는 데 이르렀다. 그러니 낭패를 당한 것은 주객이 마찬가지라 더욱 껄껄 웃을 일이로다."

峽氓誤讀他人祝

有一故²⁾相之子, 路出窮峽, 日暮站³⁾遠, 投宿于一農舍, 內⁴⁾內方殺狗屠

---

2) 동양본에는 '宰'가 더 나옴.
3) 站: 국도본·고대본·동양본·일사본·가람본에는 '店'으로 표기.
4) 內: 국도본·고대본·동양본·일사본·가람본에는 '舍'로 표기.

猪, 爛熳烹飪, 故相之子, 詰其由, 則是夜卽庄主之喪餘也. 終夜喧撓5), 不
敢6)交睫, 拖至雞唱7), 叫噪呼應, 百8)倍於前, 設祭陳羞, 哭9)聲聒耳, 及讀祝
辭, 有曰: '癸酉五月二十日.'云. 故相之子, 臥聽暗笑曰: '今日卽甲戌五月十
六日也. 何以往年五月作祝也?' 正自訝惑之際, 又聽: '孝子某.'云云. 巧是自
家同名也. 又聽: '敢昭告于顯考大匡輔國崇祿大夫議政府領議政兼領經筵春
秋館弘文館藝文館觀象監事世子師, 謚某公府君.'云云. 故相之子, 驚起自語
曰: '然則庄主10), 故首閣之子耶11)? 何流落至此12)也? 然職啣及謚號, 與我先
考相同, 亦一異事也.' 又聽: '顯妣貞敬夫人某貫某氏.'云13). 又與自家先妣貫
鄕姓氏, 毫無差爽, 始及14)大疑, 待其撤祭, 亟呼庄主曰: "汝之先世, 曾做何
官?" 庄主惶恐曰: "詎能做官也? 每以終身, 不免禁衛軍爲恨耳." 又問: "爾名
爲誰?" 對曰: "某也." 果非自家同名也. 又問: "爾母姓氏某也15)?" 對曰: "小的
母, 幼失父母16), 未識姓字17)." 又問: "爾能解字否18)?" 對曰: "只曉諺文." 又
問: "爾之祝辭, 從誰代書?" 對曰: "小的生來不識祝法, 昨日19)貴星20)知小的

5) 撓: 동양본에는 '搖'로 표기.

6) 敢: 국도본·고대본·동양본·일사본·가람본·성균관대본에는 '堪'으로 표기.

7) 唱: 국도본·고대본·일사본·가람본·성균관대본에는 '鳴'으로 표기.

8) 百: 국도본·고대본·동양본·일사본·가람본·성균관대본에는 '十'으로 표기.

9) 哭: 국도본에는 '器'으로 잘못 표기.

10) 庄主: 국도본·고대본·일사본·가람본에는 탈락.

11) 耶: 국도본·고대본·일사본·가람본에는 탈락.

12) 국도본·고대본·일사본·가람본·성균관대본에는 '處'가 더 나옴.

13) 국도본·고대본·일사본·가람본·성균관대본에는 '云'이 더 나옴.

14) 及: 국도본·고대본·동양본·일사본·가람본·성균관대본에는 '乃'로 표기. '乃'가 맞음.

15) 也: 고대본에는 탈락.

16) 父母: 국도본·고대본·일사본·가람본에는 탈락.

17) 字: 국도본·고대본·일사본·가람본에는 '氏'로 표기.

18) 否: 국도본·고대본·동양본·일사본·가람본에는 '乎'로 표기.

19) 日: 국도본·고대본·동양본·일사본·가람본에는 '夕'으로 표기.

20) 貴星(귀성): 종을 지칭한다. 『청장관전서』에는 "종(奴)은 귀노(貴奴)라 칭해야지, 귀성(貴
星)이라 해서는 안 된다"고 했다. 옛날 한유의 종 이름이 성(星)이었으므로 뒷사람들이 그로부
터 종을 '성'이라 잘못 지칭했는데, 그래서는 안 된다고 설명했다. 『청장관전서』 27~29권, 「사
소절」 제3 사전 3, '인륜(人倫)'.

家設祭, 問: '有祝乎?' 曰: '無.' 貴星揶揄誹[21]笑曰: '無祝而祭, 與不祭等.'
云. 故饋以數椀濁酒[22], 請學[23]祝式, 貴星索一張白楮, 書下諺文, 令小的
習讀, 小的看過, 不甚難解, 故不勝大喜, 約與一洞諸家, 珍藏此紙, 來後家
家輪回讀之, 而先試於今曉耳." 故相之子, 大駭之, 諭以事理, 卽地焚燒, 大
責其僕, 其僕曰: "小人每於上典宅忌日, 慣聽祝文, 以至習誦, 而意謂世間
祝式, 皆如此, 故果有此事耳." 故相之子, 心甚未安, 而無如之何. 更思俄者
讀祝之年月干支, 則卽[24]去年自家親忌日也. 或云, 庄主之殺狗屠猪, 及其
設祭讀祝, 誤請他人之神, 而以故相之[25]子言之, 設其親祭於殊鄕他家, 而
至於黷神, 主客一般狼狽, 尤覺一噱也.

▓▓▓▓▓▓▓▓

21) 誹: 고대본에는 '排'로 표기.
22) 酒: 국도본·고대본·동양본·일사본·가람본에는 '醪'로 표기.
23) 學: 국도본·고대본·일사본·가람본에는 탈락.
24) 卽: 고대본·일사본·가람본에는 탈락.
25) 之: 국도본·고대본·동양본·일사본·가람본에는 탈락.

재상이 매화의 발을 움켜잡다

　옛날 한 재상이 있었다. 부인의 성품이 엄하고 법도가 있어서 재상이 몹시 어려워하며 부인이 자신을 업신여기지는 않을까 언제나 걱정했다.

　그 집에 매화梅花라는 여종이 있었다. 젊고 예뻐 재상은 매번 건드리고 싶었지만 여종이 부인 곁에만 있어 기회를 잡지 못했다. 간혹 은근히 추파를 던져도 여종은 냉담하기만 했다. 굳세고 바른 부인이 두려웠기 때문이다.

　하루는 재상이 안방에 앉아 있고 부인은 대청에서 집안 살림살이를 하고 있었다. 여종이 부인 심부름으로 방안에 들어와 다락으로 올라갔는데 한쪽 발이 다락문 밖으로 드러나 있었다. 재상이 그 발을 살펴보니 서리가 내린 것처럼 하얬고 초승달처럼 조그맸다. 어여뻐하는 마음을 이기지 못해 손으로 움켜잡으니 여종이 크게 놀라 소리를 질렀다. 부인이 정색을 하고 달려와서 말했다.

　"연로하고 지위가 높으신 대감이 어찌 자중하지 못하세요?"

　재상이 둘러말했다.

"당신 발인 줄 알고 그랬다오."

당시 사람들이 그를 두고 이렇게 읊었다.

　　하룻밤 그리운 생각에 매화가 피어났네(매화는 여종의 이름이고 족足
의 속명이 '발'이라)

　　[하룻밤 매화의 발만 생각했지]

　　문득 창가에 그대가 왔나 하였지(부인의 발인 줄 알았다 했기에 이
렇게 말한 것이다)

　　宰相戲捫梅花足

　　古有一宰相, 夫人性嚴, 有法度, 宰相甚憚之, 常恐或取侮於夫人也. 其
家有一婢, 名做梅花, 少而且美, 宰相每[1]欲挑之, 而婢在夫人[2]左右, 未得
其便, 惟[3]或以秋波慇懃[4], 則婢甚冷落, 蓋畏夫人剛正也. 一日宰相坐內
堂, 夫人在廳事治産, 婢承領夫人之使令, 入房子裡, 轉上樓庫, 而一足垂
在樓門之外, 宰相諦視其足, 則白如凝霜, 小如新月, 不勝憐愛, 以手捫之,
婢大驚且叫, 夫人正色進前曰: "相公年老位高, 何不自重?" 宰相乃權辭曰:
"余誤認[5]以卿卿[6]之足有此, 故犯耳." 時人爲之語曰: "相思一夜梅花發
(梅花婢名 足俗[7]名發), 忽到窓前疑是君(認以夫人足故云云)"

---

1) 每: 동양본에는 탈락.
2) 국도본·고대본·일사본·가람본·성균관대본에는 '之'가 더 나옴.
3) 惟: 동양본에는 탈락.
4) 慇懃: 고대본에는 '殷勤'으로 표기.
5) 認: 고대본에는 탈락.
6) 卿卿(경경): 아내가 남편을 일컫는 말. 여기서는 남편이 아내를 일컬음.
7) 俗: 고대본·성균관대본에는 '俚'로 표기.

어릴 적 약속으로 첨사 자리를 얻다

　백사^{白沙} 이항복[1]이 한가하게 앉아 있는데 맹인 함순명咸順命이 찾아왔
다. 공이 말했다.

　"무슨 일로 비를 무릅쓰고 왔는가?"

　순명이 대답했다.

　"진실로 긴한 일이 아니라면 병든 제가 어찌 비를 맞으며 왔겠습니
까?"

　"자네 청은 잠시 접어두고 먼저 내 청이나 들어주게나."

　판서判書 박서[2]가 어릴 적 백사에게 수학했는데 바로 그때 자리에 있

---

1) 이항복(李恒福, 1566~1618): 1580년 알성문과에 병과로 급제해 승문원부정자가 되었다.
1590년에 호조참의가 되었고, 정여립의 모반사건을 처리한 공로로 평난공신 삼등에 녹훈되었
다. 1592년 임진왜란이 일어나자 왕비를 개성까지 무사히 호위하고, 또 왕자를 평양으로, 선조
를 의주까지 호종했다. 이조참판으로 오성군에 봉해졌다. 병조판서·이조판서, 홍문관과 예문
관의 대제학을 겸하는 등 여러 요직을 거치며 안으로는 국사에 힘쓰고 밖으로는 명나라 사절
의 접대를 전담했다. 영의정·좌의정을 역임했다. 1617년 인목 폐위에 반대하다가 1618년에 관
작을 삭탈당하고 함경도 북청으로 유배되어 유배지에서 사망했다.

었다. 공이 그를 가리키며 물었다.

"이 아이의 운이 어떠하겠나?"

순명이 "음……"하며 한참 자세히 헤아려보고는 말했다.

"이 도련님은 병조판서에 이를 수 있겠습니다."

백사가 탄복하며 말했다.

"네가 운수 읽는 것이 참으로 정교하구나. 이 아이는 그 벼슬에 이를
만하지."

순명이 박서에게 고했다.

"도련님은 갑오 연간에 대사마大司馬, 병조판서가 될 것입니다."

그 무렵 백사의 서자 기남箕男이 박서와 함께 공부하고 있었다.

기남이 말했다.

"만약 자네가 본병本兵, 병조판서의 다른 이름을 맡게 되면 마땅히 나에게 병사3)
벼슬을 주게나."

박서가 웃으며 허락했다.

그뒤 갑오년에 과연 박서는 중권中權, 중요한 자리. 여기서는 병조판서를 말함을 맡았
다. 기남이 찾아가서는 한마디 말도 못하고 나왔다. 그때 박공의 측실
소생 아이가 앞에 있었다. 기남이 그 아이를 이끌고 가서 담장 밖에다
묶어놓고 때리니 병판이 놀라 그 까닭을 물었다.

그러자 이렇게 대답했다.

"나는 오성鰲城, 이항복의 호 첩의 자식으로 병판과 어릴 적에 약속을 했는
데도 병판이 생각해주지 않았지. 하물며 그런 관례를 따를 병판의 첩 자

2) 박서(朴遾, 1602~1653): 호는 후계(後溪). 온양 출신. 1630년 별시문과에 을과로 급제했다.
황해도 관찰사, 병조판서, 대사헌, 공조판서 등을 역임했다. 진향부사(進香副使)로 청나라에 다
녀와 대사헌·지의금부사·우참찬·예조판서 등을 거쳐, 다시 병조판서가 되었다가 재직중 사
망했다.
3) 병사(兵使): 조선시대 서반 무관 외관직이다. 병마절도사는 종2품, 수군절도사는 정3품이
다. 각 도의 군권을 장악했으며 대개는 관찰사가 겸임했다.

식이야 살아간들 무얼 하겠나? 죽여도 아깝지 않네."

박공이 말했다.

"내 어릴 적 자네에게 허락하기는 했지. 그러나 나라의 정격政格, 조정 벼슬 아치의 임면(任免)과 출척(黜陟)에 관한 규정이 엄격하니 서얼을 어찌 감히 병사로 삼을 수 있겠는가?"

기남이 대꾸했다.

"그렇다면 자네는 상소를 올려 어릴 적 약속을 언급하면서 중권의 명에 응하지 못하겠다[4] 하는 것이 마땅할세."

박공이 웃으며 말했다.

"자네 뜻을 알겠네. 백령白翎첨사[5]가 근래에 비었는데, 필히 여기에 자네의 뜻이 있는 것이네!"

기남이 개연히 말했다.

"병사를 준다는 약속을 받았는데 다만 첨사를 얻었으니 아주 마음에 들진 않지만 또한 어찌하리오?"

마침내 백령첨사를 제수받았다.

得僉使兒時有約

白沙李公, 嘗閑[6]坐, 盲人咸順命來謁. 公曰: "何事冒雨而至?" 順命曰: "苟非緊故, 病人那得衝雨而來乎?" 公曰: "姑舍汝所請, 先從吾請可乎?" 朴

---

4) 중권(中權)의 명에 응하지 못하겠다: 중권은 중군(中軍)과 같은 말이다. 군병(軍兵)은 중군, 좌군(左軍), 우군(右軍)으로 나뉘었는데, 그중 중군은 군명(軍命)을 주관했다. 군명을 주관하는 벼슬이 병조판서이니, '중권의 명에 응하지 못하겠다'는 말은 '병조판서 벼슬을 맡지 못하겠다'는 뜻이 된다.
5) 첨사(僉使): 첨절제사(僉節制使). 조선시대에 각 진영에 딸린 종3품 무관 벼슬. 절도사 아래로, 병영에 병마첨절제사, 수영에 수군첨절제사가 있었음.
6) 閑: 국도본·동양본·일사본·가람본에는 '閒'으로 표기.

判事[7]邃, 兒時受學於白沙, 方在座, 公指而問曰: "此兒之命如何?" 順命曰: "唯[8]." 良久[9]細推而言: "此郎可到兵曹判書." 白沙歎曰: "汝之術數精矣. 此兒元來可到此官矣[10]." 順命告朴曰: "甲午年間, 郎君似當爲大司馬矣." 是時白沙庶子箕男, 與朴同學, 箕男[11]曰: "君若主本兵, 宜授我兵使[12]." 朴笑而諾之. 其後甲午, 果入中權, 箕男往見, 不復一言辭出. 時朴公之側室小兒在前, 手携其兒, 縛擊捽曳於墻外, 兵判驚問其故, 答曰: "我以鰲城妾子, 與兵判有小兒時宿約, 而亦不相念, 況此循例兵判之妾子, 雖生何爲? 殺之無惜! 朴曰: "我雖兒時[13]許汝, 邦家政格截嚴[14], 何敢以庶孽爲兵使?" 箕男曰: "然則[15]君宜上疏, 陳其兒時之約, 不膺中權之命可矣!" 朴笑曰: "我識汝意, 白翎僉使, 近作窠, 意必在此!" 箕男慨然曰: "以兵使之約, 只得僉使, 誠可慷, 亦復奈何?" 竟除白翎僉使[16].

7) 事: 국도본·고대본·동양본·일사본·가람본·성균관대본에는 '書'로 표기.
8) 唯: 국도본에는 '雖'로 표기.
9) 고대본·일사본·가람본에는 '而'가 더 나옴.
10) 矣: 고대본·가람본에는 탈락.
11) 與朴同學 箕男: 동양본에는 탈락.
12) 兵使: 고대본에는 탈락. 성균관대본에는 '劍使'로 잘못 표기.
13) 兒時: 국도본·고대본·일사본·가람본에는 탈락.
14) 截嚴: 고대본에는 탈락.
15) 然則: 고대본·가람본에는 탈락.
16) 동양본에는 '卽與朴同學時約'이 더 나옴.

과거 볼 때마다 꿈속에서 장원을 키우다

낙정樂靜 조공[1]이 장원급제를 했을 때 방하동년榜下同年, 같이 과거에 급제한 사람들이 전례에 따라 창방[2] 전에 장원을 찾아와 알현했다.

머리와 수염이 반백인 한 동년[3]이 와서 좌정하고 얼굴을 들어 공을 뚫어지게 바라보고는 웃으며 말했다.

"기이하네 기이해! 장원을 길러서 함께 급제했으니 어찌 늙지 않았겠나?"

---

1) 조공(趙公): 조석윤(趙錫胤, 1606~1655). 자는 윤지(胤之), 호는 낙정재(樂靜齋). 장유·김상헌의 문인이다. 1628년 별시문과에 장원으로 급제하여 시강원사서가 되었다. 1646년 대사성이 되고, 부제학을 거쳐 대사간이 되었다가 다시 이조참의가 되었다. 1649년 김상헌의 적극적인 추천으로 양관 대제학이 되어 『인조실록』 편찬의 책임을 맡았다. 오래도록 문형(文衡)을 장악하고 대간의 지위에 있었으며 성균관의 책임도 맡고 있었다. 일을 당하면 진언을 피하지 않아 때로는 왕의 뜻에 거슬려 남북으로 귀양 갔으나 소신을 굽히지 않는 이정개결(怡靜介潔)한 인물로 당시 사림들의 추앙을 받았다.
2) 창방(唱榜): 과거에 급제한 사람에게 증서를 주던 일. 문무과의 대과에 급제한 사람에게는 홍패를 주고, 소과에 급제한 사람에게는 백패를 주었다.
3) 동년(同年): 같은 때에 과거에 급제한 사람.

공이 물었다.

"무슨 말씀이신가요?"

"나는 호남 사람으로 과거장에서 늙었지요. 젊어서부터 서울로 올라와 과거에 응한 것이 부지기수라오. 매번 길을 떠나 진위振威, 지금의 경기도 평택군 진위면 갈원葛院 땅에 이르면 꿈에 한 아이를 보았고 그러면 반드시 낙방했다오. 이로부터 올라갈 때마다 꿈을 꾸었는데 그 아이는 꿈속에서도 점차 자라났지요. 꿈꿀 때마다 얼굴을 익히니 서로 얼싸안고 웃으며 즐거워하다가도 깨어나서는 또 낙방하겠다는 생각에 마음으로 매우 싫어하게 됐지요. 그래서 숙소를 옮겨 갈원에서 자지 않고 거기서 수십 리 떨어진 곳에서 자보았지요. 그래도 그 꿈을 꾸었어요.

또 길을 바꾸어 안성을 거쳐서 서울로 가보았는데도 갈원을 마주보는 곳에 이르면 문득 그 꿈을 꾸게 되니 끝내 어찌할 도리가 없어 다시 큰길로 갔지요. 아이가 장성하여 성년이 되었을 적에도 여러 번 얼굴을 보고 낯이 익어 서로 친해졌지요. 이번 걸음에도 역시 꿈을 꾸어 반드시 떨어질 거라 예상했는데 홀연 급제했으니 그 까닭을 알 수가 없었지요. 오늘 장원을 알현하니 꿈속 얼굴과 완연히 똑같은지라 이는 정말 기이한 일이라오. 과거의 당락은 하늘의 뜻이 아니겠소?"

養壯元每科必夢

樂靜趙公, 壯元及第, 榜下同年, 例於唱榜前來謁壯頭. 有一同年, 鬚髮頒[4]白者, 來見坐定, 擧顔熟視而笑曰: "異哉異哉! 育養壯元, 而[5]登科, 安得不老?" 公問曰: "何謂也?" 其人曰: "我湖南人, 老於場屋. 自少入京赴擧,

---

4) 頒: 성균관대본에는 '班'으로 표기.
5) 而: 고대본에는 탈락.

不知幾許. 每行到振威葛院地, 夢見一兒, 則必落科, 自是以後, 每行輒夢, 其兒漸長, 每夢已慣其面目, 孩提戲笑, 若相欣然, 旣覺已知其必落, 心甚[6] 惡之. 移其宿處, 雖不宿葛院, 前却葛院數十里而宿, 輒夢之, 又改其路, 由 安城抵京, 每過葛院相對處, 輒夢之, 終無奈何. 還由大路行, 兒及年長而 旣冠, 亦累見顔熟相親, 今行亦夢, 故已科[7]其必落矣, 忽然登第, 莫知其所 以, 今日來謁壯元, 宛然若夢中顔面, 此誠異事. 科第得矣[8], 豈非天耶?"

---

6) 甚: 동양본에는 '其'로 표기.
7) 科: 다른 이본에는 '料'로 표기. '料'가 맞음.
8) 矣: 다른 이본에는 '失'로 표기. '失'이 맞음.

열여섯 살 낭자와 아름다운 인연을 맺다

영조 말 채생蔡生이란 사람은 살림이 가난하여 숭례문 밖 만리재에 살았다. 와옥蝸屋, 달팽이집, 작고 누추한 집은 무너져내리고 단표單瓢, 단사표음(簞食瓢飮), 초라한 음식조차 자주 걸렀다. 그래도 채생의 부친은 용모가 온화하고 기상이 단정하며, 태도는 삼가고 고지식하여 편안하고 조용하게 스스로를 지켰다. 춥고 배고프다 하여 지조를 바꾸지 않으며 오직 그 아들을 엄하게 가르쳐 가통을 이어가고자 했다. 옳지 못한 행실을 보면 오냐오냐하며 포용해주는 법이 없었다. 반드시 발가벗겨 망태기 속에 넣어 대들보에 높이 매달아 마구 때리면서 말했다.

"우리 가문의 흥망이 오직 네 한몸에 달렸다. 혹독한 벌 없이 어찌 잘못을 고치길 바라겠느냐?"

채생은 이때 열여덟 살로 부친은 우수현禹水峴, 서울 도동에서 후암동으로 넘어가는 고개 목睦 훈장의 집에 납채를 보냈다. 혼인하는 날에도 책을 읽는 과제를 내렸고 친영親迎 후에는 날을 정해 잠자리를 허락했다.

하루는 부친이 채생을 불러 말했다.

"한식이 넉 달밖에 안 남았다. 묘제墓祭에는 내 몸소 가야겠지만 네가 성관成冠, 관례를 올리고 성인이 된 것하고 나서 성묘를 하지 않았으니 정리情理에 편치 않구나. 내일 새벽에 길을 떠나거라. 삼일이면 백여 리를 달려 선영에 당도할 게다. 일을 도모할 때는 모름지기 정성을 다하되 절하고 꿇어앉고 출입함에 조금도 소홀함이 없도록 하거라. 길을 가다가 여자와 상여를 만나거든 보지 말고 피하여 마음의 재계에 힘써라."

채생은 순순히 명을 받들어 다음날 새벽에 길을 떠났다. 부친은 문밖까지 나가 당부했다.

"먼길 절대 헛되이 가지 말고 경전 한 권을 묵송하거라. 여관에서는 반드시 절식하고 병에 걸리지 않도록 조심하거라."

채생은 말마다 그러겠노라고 다짐했다. 남문으로 가 네거리를 지나는데 베옷 미투리 행색이 초라했다.

그런데 문득 사납고 건장한 종 대여섯 명이, 금 재갈을 씌우고 수놓은 언치1)를 얹은 말을 끌고 와 길가에서 절을 했다. 채생은 당치않다며 부끄러워하고 얼굴을 붉히며 빠른 걸음으로 도망쳤다. 그러자 종들이 단단히 둘러싸고 예를 갖추어 말했다.

"소인 댁 어르신께서 낭군을 모셔오라 하셨으니 속히 말에 오르소서!"

채생은 의아해하며 머뭇머뭇 말했다.

"자네들은 누구 댁 종인가? 내 주위에는 현달한 친척이 없으니 누가 이렇게 초대를 한단 말인가?"

종들은 더이상 말하지 않고 힘을 모아 채생을 안아올려 억지로 말안장에 앉혔다. 채찍질을 하니 말은 비룡처럼 빨리 달렸다.

채생은 멍한 눈으로 입을 헤벌리고 정신을 수습하지 못했다. 채생이

---

1) 언치: 말이나 소의 안장, 또는 길마 밑에 깔아 그 등을 덮어주는 방석이나 담요.

구슬프게 부르짖었다.

"우리 부모님은 연로하신데 형제도 없다네. 당신네들이 제발 자비심을 베풀어주게! 실낱같은 목숨만 살려주게나!"

노비들은 못 들은 척 말만 몰아갈 뿐이었다.

얼마 뒤 어느 문안으로 달려들어갔다. 작은 문을 몇 개나 지나치니 가운데 웅장한 집이 나타났다. 규모가 엄청나고 처마와 서까래에는 그림이 아로새겨져 있었다.

여러 노복이 채생을 끼고 마루로 올라갔다. 마루 위에는 노옹이 앉아 있었다. 머리에 오사절풍건[2]을 쓰고 명주를 꿴 갓끈을 양턱에 늘어뜨려 한 쌍의 금관자로 묶었다. 대화청금창의[3]를 입었고 허리에는 조아대[4]를 두르고 침향수[5] 의자 위에 높이 앉아 있었다. 여종 대여섯 명은 화사하게 화장하고 어여쁜 옷들을 입고 줄지어 있었다.

채생이 급히 절을 올리고 엉거주춤하고 있으니, 주인옹이 일으켜세우며 인사를 나누었다. 성명과 가문과 나이를 물었다. 채생이 하나하나 대답하니 주인옹은 일이 곧 이루어질듯 기뻐하며 말했다.

"내가 복이 없지는 않은가보구나."

채생은 본래 우둔한지라 영문을 스스로 곰똘히 헤아려볼 생각도, 물어볼 생각도 없었다. 오직 얼굴만 온통 붉힌 채 손을 맞잡고 앉아 있을

---

2) 오사절풍건(烏紗折風巾): 검은 실로 엮어 만든 고깔 비슷한 모자. 관모 좌우에 흰 끈 네 줄이 달려 있어 턱밑으로 맨다.

3) 대화청금창의(大花靑錦氅衣): 큰 꽃이 수놓아진 청색 비단으로 지은 창의. 창의는 벼슬아치가 입는 평복으로 소매가 넓고 뒤 솔기가 갈라져 있다.

4) 조아대(條兒帶): 조선시대에 녹사(錄事)·서리(胥吏)·향리(鄕吏)·별감(別監)·차비(差備)·나장(羅將)·조례(早隷) 등 중인 구실아치들이 매던 띠. 실로 땋아 만들었다.

5) 침향수: 높이가 삼십 미터에 이르는 서향나뭇과의 상록교목. 잎은 긴 타원형이고 고무질이다. 목질부에는 수지(樹脂, 나무의 진)가 없으나 상처를 입거나 썩게 되면 수지가 생겨나서 상처를 보호한다. 수지가 생겨난 나무를 베어 흙속에 묻거나 자연적으로 썩게 해 수지가 없는 부분을 없앤 것을 침향 또는 침향수라 한다. 침향은 최고급 향이다. 물에 가라앉는 향나무라고 해서 침향수라 한다.

따름이었다.

주인옹이 말했다.

"우리 집안은 대대로 역관을 지내며 높은 지위를 누려 집에는 은화가 그득하니 어찌 자족하지 않겠나? 하나 근심스럽게도 이 한몸 외에 딸 하나가 있는데 합근례合졸禮, 신랑신부가 잔을 주고받는 일. 혼례식를 올리기도 전에 사위가 갑자기 죽었네. 청춘을 텅 빈 방에서 지내는 사정이 정말 가련하나, 예법과 남들의 눈과 귀가 막으니 다른 곳으로 시집보내지 못하고 삼년이 흘렀지. 전날 밤 딸자식이 비통하게 소리 내고 구슬프게 울었다네. 한이 서린 소리마다 창자를 마디마디 끊어내는 것 같았으니 길 가는 사람조차 마음 아파할 법했지. 하물며 일 점 골육을 딸에게 모두 의탁한 내 마음은 어떠했겠나? 하루를 참으면 문득 하루의 수심이 일어나고, 백년을 참으면 문득 백년의 즐거움이 없어질 걸세. 내 뜻대로 안 되는 세상살이는 질주하는 말처럼 재빨리 흘러가지. 비록 풍류로 귀를 깨어나게 하고, 수놓은 비단으로 눈을 사치스럽게 하며, 기름진 음식으로 입을 즐겁게 해도 오히려 즐거움이 부족하다고 아쉬워할 텐데, 무슨 이유로 나는 유독 맑은 눈물 흘리며 애원함을 가계家計로 삼는지 모르겠네. 일이 궁박한 지경에 이르렀는데도 계책이 나오지 않았지. 그래서 동복들을 시켜 새벽에 서울 땅에서 기다리고 있다가 처음 만나는 젊은이가 있거든 현명함과 어리석음, 귀함과 천함을 가리지 않고 온 힘을 다해 데려와 가연佳緣을 맺어주고자 했다네. 뜻하지 않게 낭군이 변변찮은 내 딸과의 숙연으로 혼인의 끈을 잇게 되었으니 그 만남이 매우 절묘하네. 홀로 외로이 된 딸을 부디 불쌍히 여겨 건즐巾櫛을 받들도록 해주게나."

채생은 더욱 어리둥절해져서 감히 승낙하지 못했다.

주인옹이 다시 말했다.

"봄밤이 실로 짧아 닭이 이미 울었다네. 원컨대 자네는 날이 밝기 전에 화촉을 밝히게나."

그러고는 채생을 일으켜 행각[6]으로 들어가서 한 자리에 이르렀다. 화원의 둘레가 수백 보는 되었으며 사방은 회칠한 담으로 둘러싸여 있었다. 담장 안 가득히 연못을 팠는데 물가에 조그만 배가 대어 있었다. 배는 겨우 두세 사람이 탈 만했다. 배를 함께 타고 건너가는데 연꽃 봉오리들이 우뚝우뚝 솟은지라 지척을 분간하기가 어려웠다. 기이한 향기 속으로 한참 거슬러올라가니 언덕이 우뚝 솟아 있었다. 알록달록 반짝이는 돌로 축대를 쌓았고 가운데에 계단을 만들어 위로 올라갈 수 있게 되어 있었다. 채생은 배에서 내려 계단을 올랐다. 계단이 끝난 곳에 열두 난간이 있었다. 돗자리가 빛났고 주렴 금박이 영롱했다.

주인옹은 채생을 데리고 들어갔다. 채생이 멈춰 서서 엿보았더니 기이한 풀과 바위, 이름난 꽃과 알록달록한 새가 있어 마치 요지경 속으로 들어가는 것 같았다. 그 황홀함을 이루 다 설명할 수가 없었다.

얼마나 지났을까. 두 청의동자가 채생을 맞이해 이끌어서 따라갔더니 한 홍원紅院, 단청을 알록달록하게 꾸민 별채에 다다랐다.

푸른 사창紗窓 안에는 은촉을 환하게 밝혔고 향 연기가 너울거렸다. 달 같은 자태와 꽃 같은 얼굴의 열여섯 살 낭자가 곱게 화장을 하고 아름답게 차려입고 있었다. 방안에서 발을 돋우고 서 있는 그림자가 보였다 사라졌다 했지만 그것도 그냥 살펴볼 따름이었다.

채생은 주저주저하며 나아갔다. 낭자가 연보蓮步, 미인의 걸음걸이를 비유하는 말를 잠깐 옮기는 듯하더니 아름다운 모습으로 나와 채생에게 공손히 절을 올렸다. 채생도 고개 숙여 답례하고 담요 위에 앉았다. 시비가 음식을 올렸는데 넓은 상 위에 진귀한 음식이 담긴 보물그릇이 가득했다. 채생은 부끄러워 감히 수저를 들지 못했다.

주인옹이 말했다.

---

6) 행각(行閣): 궁궐이나 사찰의 정당(正堂) 앞이나 좌우에 달아 지은 줄행랑.

"딸아이는 나의 부귀를 물려받을 걸세. 자네를 우러러 모시며 끝없이 사랑하고 질투하지 않는다면 가히 백년 환희를 얻을 수 있을 거라네. 모름지기 자네가 그것을 도모해주게나."

채생이 이번에도 선뜻 답을 못하고 있는데 주인옹은 몸을 돌려 나갔다.

한 할미가 칠보 침상 위에 비단 홑이불 두 장을 펴더니 채생에게 휘장 안으로 들어가라 했다. 또 할미는 낭자를 부축해 와서 채생과 나란히 앉게 하고 유소流蘇, 오색의 실로 만든 술. 깃발이나 장막 등에 단다를 늘어뜨려 무늬가 있는 코뿔소 뿔로 눌렀다. 생은 여전히 머뭇머뭇 우물쭈물 정신을 차리지 못하다가, 스스로를 천태의 완랑7)이라 생각하고 또 동정의 유의8)에 견주고는 마침내 촛불을 불어 끄고 동침하니 지극한 애정이 일어났다.

채생은 해가 높이 떠오르고 나서야 깨어났다. 둘러보니 옷가지와 허리띠 등이 다 사라지고 없었다. 놀라 궁금해하며 낭자에게 물으니 낭자가 이렇게 대답했다.

"품에 맞게 옷을 지으려고 감히 몰래 가져갔답니다."

말이 끝나자 할미가 무늬 새겨진 상자 하나를 들고 와서 말했다.

"새 옷을 다 지었답니다. 낭군님, 나와서 입어보세요."

고운 비단옷이 찬란한 빛을 내고 있는데 채생의 몸에 꼭 맞았다. 채생은 크게 기뻐하며 옷을 입고 아침을 먹었다. 주인이 들어와 안부를 물었다. 채생이 머뭇머뭇 말했다.

"어르신께서 한미한 사람을 비천하게 여기지 않으시고 큰 은혜를 정중하게 베풀어주시니, 여기 오래 머물면서 작은 경의라도 표하고 싶습

---

7) 천태(天台)의 완랑(阮郎): 후한의 완조(阮肇)라는 사람이 약초를 캐러 천태산으로 들어갔다가 거기서 선녀를 만나 놀았다는 고사에서 나온 말이다.
8) 동정(洞庭)의 유의(柳毅): 당(唐) 이조위(李朝威)가 지은 전기소설 「유의전」의 주인공으로, 그는 동정의 용녀와 짝을 맺었다.

니다. 그러나 곧 묘제가 있고 앞길은 멀기만 합니다. 조금이라도 더 지체하면 기일 내에 도달하기 어렵습니다. 이제 작별을 고하오니 부디 너그러운 마음으로 양해해주시기 바랍니다."

주인옹이 말했다.

"조상 묘가 여기서 몇 리나 되는가?"

"백 리는 되지요."

"험한 길을 피곤하게 걷는다면 삼일은 걸리겠지. 하지만 준마를 타고 달리면 한나절이면 충분할 걸세. 이틀 더 머물러주게. 부디 이 바람을 물리치지 말게나."

채생이 말했다.

"부친의 가르침이 매우 엄격합니다. 제가 여기서 지체했다가 가벼운 옷에 살진 말을 타고 의기양양 달려간다면 일이 쉬이 발각되고 말 것입니다. 어르신, 다시 생각해주십시오."

주인옹이 말했다.

"내가 다 생각해둔 바가 있다네. 너무 걱정 말고 안심하고 있게나."

사실 채생은 차마 떠날 수가 없었는데 그 말을 들으니 오히려 다행이라는 생각이 들었다. 주인은 채생을 데리고 산정山亭과 수사水榭, 물가의 정자, 송대松臺, 소나무가 서 있는 언덕와 죽전竹田 등으로 가서 눈을 즐겁게 하고 회포를 풀게 했다. 모든 곳이 절경이었다.

주인옹이 말했다.

"내 성은 김金씨이고 지추9) 벼슬을 했다네. 세상 사람들이 내 산업이 나라에서 제일이라며 돌아가면서 과찬하여 내 보잘것없는 이름이 원근에 자못 알려졌지. 자네도 혹 들어본 적이 있는가?"

채생이 대답했다.

9) 지추(知樞): 지중추부사(知中樞府事). 조선시대 중추부의 정2품 무관 벼슬.

"거리의 졸개들이나 밭 가는 농부들조차 귀하신 함자를 들어 알고 있습니다. 저는 천둥이 귀를 울리듯 익히 들어왔습니다."

"나는 후사가 없는 까닭에 원림에다 좋은 일들을 지극하게 만들어 두어 여생의 근심을 잊으려 했네. 그래서 원락院落, 울타리를 두른 큰 집과 누사樓榭가 실로 많아 내 분에 넘친다네. 부디 이 일을 세상 사람에게 발설하여 큰 누를 초래하는 일이 없도록 해주게나."

채생은 그러겠노라고 대답했다.

이틀이 지났다. 채생은 새벽에 일어나 길을 떠났다. 수레와 말이 모두 준비되어 있었고 하인들과 마부들이 호위해주었다. 해가 저물기도 전에 묘소까지 오 리 되는 곳에 이르렀다. 전에 입었던 옷으로 갈아입고 발감개[10]를 하고 들어갔다.

다음날 아침 제사를 지내고 다시 돌아왔다. 몇십 리 가지도 않았는데 거마車馬가 길가에서 기다리고 있었다. 생은 비단옷으로 갈아입고 말을 달려 김 노인의 집으로 들어갔다. 얼마 뒤 자기 집으로 떠나려 하니 김 노인이 말했다.

"춘부장께서는 자네가 걸어오는 줄만 알지 말을 타고 오는 줄은 모를 걸세. 백 리 먼길을 하루 만에 돌아가 허점을 보이면 어쩔 수가 없을 것이네. 여기서 하루를 더 자고 뵙는 것이 낫네."

채생이 향내 나는 규방에서 편안히 지내니 새로운 정이 더욱 흡족했다. 때가 다 되어 이별하는데 눈물 콧물이 얼굴을 적셨다. 낭자가 다가와 언제 다시 만날 수 있는지 물었다. 채생이 말했다.

"부친의 가르침이 엄중하여 집에서 나갈 때는 반드시 가는 곳을 알려드려야 하오. 봄가을 묘제에 나를 다시 보내신다면 마땅히 오늘 같은 만

10) 발감개: 버선이나 양말 대신 발에 감은 무명 베. 막일을 하는 사람이나 먼길을 가는 사람들이 흔히 썼다.

남을 가질 수 있을 거요. 그렇지 못하면 세월만 보낼 수밖에."

낭자는 평범한 과부였다. 말을 하면서 계속 눈물을 흘리니 봉새가 난
새와 이별하는 듯했다[11].

채생은 아직 나이가 어리고 어리석었다. 전부터 부싯돌 넣는 작은 주
머니를 몹시 갖고 싶어했지만 가난하여 얻지 못했는데 김씨 댁에서 주
머니를 주었다. 김씨 댁에서 준 주머니는 화려하게 수가 놓여 있고 만듦
새가 섬세해 진기함이 탐나서 차마 놓아두고 올 수가 없었다.

낭자가 말했다.

"이 주머니를 큰 주머니 속에 감춰 두면 다른 사람이 보지 못할 겁니
다. 옛 옷으로 갈아입으면서 이 물건만 갖고 계시면 어색하기만 할 것입
니다."

그 말을 따라 채생이 베주머니 속에 그걸 집어넣고 집으로 돌아와 복
명했다. 부친은 선영의 안부를 묻고 제사를 잘 지냈는지 물었다. 채생이
자세하게 대답하니 부친은 즉시 책을 읽으라고 명했다. 채생은 입으로
는 글 읽는 소리를 냈지만 마음은 언제나 김씨 댁에 가 있었다.

하루는 부친이 채생으로 하여금 안방에 들어가 자게 했다. 밤이 되어
채생이 아내가 있는 방으로 들어갔다. 깨진 창과 비 새는 처마에 차가운
바람이 뼛속까지 파고드는 것 같았다. 부들자리와 삼베 이불에는 벼룩
과 빈대가 우글거렸다. 아내는 가시나무비녀를 꽂고 몽당치마를 입고서
때 낀 얼굴에 깡마른 몸매로 일어나 맞이해주었다. 채생은 마음에 드는
게 없어 한마디도 하지 않았다. 오직 생각은 김씨 댁의 향기로운 규방에
가 있었다. 전날 즐기며 노닐던 일이 꿈만 같았다.

다시 만날 것을 기약하기 어려워 원미지元微之. 당의 원진(元稹). 미지는 그의 자의

---

11) 봉새가 난새와 이별하는 듯했다: 난새는 봉새를 돕는 신조(神鳥)로, 난새와 봉새는 붙어 있
어야 하는데 헤어져야 한다면 서로 매우 안타깝게 여길 것임을 나타낸 표현이다.

시구를 읊었다.

> 창해滄海를 지나온 사람에게는 물이 되기 어렵고
> 무산巫山을 제외하면 구름이 아니도다

이 시구가 자기 신세와 어쩐지 들어맞는다는 생각이 들어 길게 탄식했다. 이리저리 뒤척이며 잠을 이루지 못하다가 새벽종이 울릴 무렵 겨우 눈을 붙였더니 날이 환하게 밝도록 깨어나지 못했다.

아내가 여명에 먼저 일어나 생각에 잠겨 말했다.

"평소 남편과 금슬이 좋아 곡진한 애정이 언제나 돈독했는데 묘소를 다녀오고 나서는 갑자기 이렇게 냉담해졌다. 필히 정인이 생겨 좋았던 우리 사이에 끼어든 것일 게야."

그러고는 채생의 안색과 옷을 살펴보았지만 뚜렷이 드러나는 게 없었다. 그런데 우연히 채생이 차고 있던 베주머니를 봤더니 전에는 늘 텅 비어 있던 주머니가 가득차 있었다. 의심스러워져서 몰래 그 속을 살펴보니 과연 작은 비단 주머니 안에 화금[12])과 부싯돌이 들어 있고 바둑돌 모양의 은화도 있었다. 아내는 크게 성을 내며 그것들을 침상 위에 쭉 늘어놓고서 채생이 잠에서 깨어나 스스로 부끄러워하기만을 기다렸다.

얼마 안 있어 부친이 큰 소리로 꾸짖으며 들어왔다.

"개돼지 같은 놈이 아직도 자고 있다니! 어느 겨를에 한 자라도 더 읽겠느냐!"

그러고는 문을 열어젖히고 꾸짖었다. 채생은 놀라 일어나 옷을 집어 입었다. 부친이 눈을 돌리다가 침상 위의 작은 주머니를 발견하고는 놀라 분해하는 마음을 이기지 못했다. 채생을 발가벗겨 그물에 넣어 대들

---

12) 화금(火金): 수은을 이용해 뽑아낸 수금(水金)을 불에 구워 수은을 없앤 금.

보에 매달고 온 힘을 다해 때렸다.

　채생은 괴로움을 이기지 못하고 하나하나 다 실토했다. 부친은 더욱 격노하여 발을 쾅쾅 굴렀다. 편지를 써서 이웃집 심부름꾼의 도움을 빌려 김령金令을 불러오도록 했다.

　김령은 떵떵거리며 사는 사람이라 비록 나라의 재상이라도 그를 앉아서 맞이할 수는 없을진대 하물며 일개 시골 훈장이 심부름꾼 달랑 하나 보내 초대해서야 오겠냐마는, 청상과부 딸을 맡기려니 능멸과 핍박을 감수했다. 당장 말을 달려가 알현했다.

　채노인이 큰 소리로 꾸짖었다.

　"당신은 예를 어기고 음탕한 딸의 말만 들어주었으니 스스로 좋지 못한 일을 했소. 뿐만 아니라 이는 우리 아이까지 그릇되게 만든 처사가 아니오?"

　김령이 말했다.

　"사윗감을 찾던 수레가 공교롭게도 귀댁 아드님을 만나 피차 불행해진 것은 이미 어쩔 수 없는 일이 되었다오. 이제는 흘러간 물이요, 사라진 구름이라. 양가의 안일을 서로 간섭하지 않으면 그만이지 어찌 남의 틈과 허물을 잡아서 큰 소리로 드러내려 하십니까?"

　채노인은 대꾸할 말이 없었다.

　김령은 즉시 작별하고 돌아가면서 말했다.

　"이후로는 물고기와 호수 물이 서로를 잊어버리듯이 삼가 피차 탓하지 말도록 합시다."

　그러고는 표연히 떠나갔다.

　일 년이 지난 어느 날, 김령이 비를 무릅쓰고 찾아왔다. 채노인이 말했다.

　"지난날 굳게 약속을 했는데 오늘은 무슨 일로 집안 뜰을 질러온 것이오?"

"마침 교외로 나왔다가 갑자기 소나기를 만났소. 이곳에는 달리 아는 사람도 없어 감히 댁에 들어온 것이라오. 잠시 소나기를 피하고자 하니 부디 양해해주시기 바라오."

채노인도 기뻐하며 말했다.

"내 오랜 비에 혼자 앉아 있으니 울적한 기분을 씻어낼 길이 없었는데 당신을 만나니 한담이라도 나눌 수 있게 되었소."

김령은 예를 갖추어 아주 공손하게 대했다. 이야기가 끊어지지 않고 이어져 소의 털과 누에의 실처럼 조리가 있었다. 그러나 지난날 스친 인연에 대해서는 말이 미치지 않았다.

채노인이 평생 사귄 사람들이란 촌 학당의 수재秀才들에 지나지 않았다. 그들과는 종일 이야기를 나누어도 궁색한 것들만 서로 잰 듯, 판에 박은 듯했다. 그러다가 박식하고 시원시원하며 웃는 얼굴로 호감을 사려고까지 하는 김령을 보자, 채노인은 정말 기뻐 그에게 푹 빠져들고 말았다. 김령은 가만히 그 뜻을 알아차리고는 종을 불러 지시했다.

"내 바삐 다녔더니 배가 고프다. 행장 속 음식을 가져오너라."

종이 좋은 안주와 맛있는 음식을 올렸다.

김령이 큰 술잔에 술을 따라서 꿇어앉아 채노인에게 바쳤다. 채노인은 배에서 소리가 나고 침이 흘렀다. 꿀꺽꿀꺽 마시고 싶었지만 짐짓 사양했다.

김령이 말했다.

"술잔은 평소 모르는 사람 사이에도 권하지요. 우리는 만난 지 이미 오래고 안면도 익혔는데 어찌 나란히 앉은 채로 혼자 마시겠소?"

채노인은 말문이 막혀 술잔을 받았다. 그러고는 한번에 술잔을 다 비웠다. 좋은 술이 가슴속 막힌 것들을 모두 씻어주었으며, 뱃속을 채우고 있던 나물 귀신은 진기한 고기에 차여 박살나버렸는지라 취한 눈은 조수潮水와 같이 되고 가슴속은 시원해졌다.

김령이 실컷 놀고 돌아가려니 채노인이 말했다.

"당신은 참 좋은 술친구요. 꼭 자주 왕림해주시오."

김령이 대답했다.

"오늘 때마침 비가 내린 덕에 다행히도 대작할 수 있었지만, 나는 공무와 사사로운 일로 하루종일 바쁘오. 어떻게 몸을 빼내 다시 올 수 있겠소?"

채노인이 문 앞까지 나가 배웅했다. 방으로 들어와 술김에 가족을 모아놓고 김공은 좋은 사람이라고 한없이 칭찬하다가 곧 쓰러져 잠이 들었다. 다음날 아침 깨어나서는 어제 속은 것을 자못 후회했지만 어쩔 수 없었다.

김령은 집안사람을 시켜 채생 집안의 동정을 살피게 했다. 하루는 집안사람이 돌아와 말했다.

"채씨 댁이 닷새 동안 불을 때지 못하고 사람들이 안팎에 드러누워 있으니 그 모습이 비참하여 가슴이 막힙니다."

김령이 채생에게 편지와 함께 엽전 수천 꾸러미를 보내주었다. 채생의 가족들은 팔짝팔짝 뛰며 반가워했고 서둘러 음식을 마련했다. 채노인에게는 그 사실을 알리지 않고 그냥 빌린 거라고 얼버무렸다. 채노인에게 음식을 바치니, 그는 급히 주린 배를 채우느라 자세히 물을 겨를이 없었다. 하루이틀 끼니를 염려하지 않게 되자 채노인이 비로소 괴이하게 여기고는 물었다. 채생이 그 연유를 모두 말하니 채옹이 화를 냈다.

"차라리 구렁텅이에 나뒹굴지언정 어찌 차마 명분 없는 물건을 받는단 말이냐! 이미 지나간 일이니 토해내기는 어렵고 되갚을 길도 없긴 하지. 다음부터는 절대 어기지 말거라!"

채생은 "예예" 하기만 했다.

알지 못하는 사이에 어느덧 돈이 떨어지니 전과 같이 굶주리게 되었다. 채옹은 성품이 어설프고 변변찮아 생계를 도모하지 못했다. 채생과 어미가 이리저리 보충하고 지탱했지만 어느덧 일 년이 지나자 힘이 다 빠지고 빚은 산더미처럼 쌓여 곧 쓰러져 죽을 것만 같았다.

김령이 이런 형편을 또 알아채고는 다시 쌀 백 말과 돈 백 금을 보내 채생으로 하여금 목숨을 이어가게 했다. 채생도 부모가 굶어죽어가는 모습을 어찌 보고만 있을 수 있었겠는가. 간장이 타들어가는 듯했다. 병경뇌치[13]라 했으니 비록 똥장군을 짊어지는 날품팔이인들 사양하겠는가? 그러던 차에 호의를 가진 사람이 도움을 보내왔으니 두말할 필요가 있을까. 흔쾌히 받아서 부친 앞에 음식을 풍성하게 차려드렸다. 부친은 바야흐로 병들어 혼미한 중이라 오직 음식만 탐했는데 채생이 연일 기름진 음식을 올리니 며칠 만에 나았다. 그뒤로도 계속 맛있는 음식으로 봉양하자 채노인이 물었다.

"이것들은 누구로부터 마련한 것이냐?"

채생이 다시 실상을 고했다. 채옹이 미소 지으며 말했다.

"김령이란 사람은 어찌 우리가 위급할 때마다 도와준단 말이냐? 앞으로는 결코 받지 말거라. 받는다면 내가 회초리질을 할 것이다!"

채생은 그 명도 받아들였다.

부친은 편안히 누워 음식을 먹으며 계옥[14]을 걱정하지 않았다. 그러다 대여섯 달이 지나니 비축해둔 것들이 다 떨어졌다. 근심과 고뇌가 전보다 열 배는 더했다. 고초를 겪으면서 허다한 세월을 보냈다.

채노인은 제삿날을 맞이했지만 제수를 마련할 길이 전혀 없으니 사정이 매우 딱했다. 방구석에 우두커니 앉아 온갖 계책을 마련하느라 애태웠다.

---

13) 병경뇌치(絣罄罍恥): 작은 단지인 병(絣)이 빈 것은 큰 그릇인 뇌(罍)의 수치라는 뜻으로 식량이 떨어져 궁핍함을 비유한다.
14) 계옥(桂玉): 땔나무는 계수나무보다 귀하고, 쌀은 옥보다 귀하다는 뜻으로 땔나무와 쌀을 귀하게 이르는 말이다.

그때 한 종이 돈꿰미 이백 냥을 싸가지고 와서 채생에게 바쳤다. 그는 김령의 종이었다. 이번에는 채생이 부친의 가르침에 따라 사양하려 했다. 그러자 부친이 말했다.

"그분이 어려운 사람을 돕는 마음으로 우리가 제수를 마련하도록 도우시려는데 인정상 다 물리치는 것은 불가하다. 반은 돌려주고 반은 받는 것이 중용에 적절하다."

채생이 가르침대로 했다.

다음날 김령은 채생에게 성대한 밥상을 차려와서 주었다. 채생이 또 물리치려 하니 채노인이 말했다.

"이런 것에는 이미 익숙해졌으니 낭패스럽게 돌려보내지 말거라. 오늘은 염지[15]하는 게 좋겠다. 차후로는 일절 들어오지 못하게 막거라."

그러고는 모여서 맛있게 먹었다. 기막히도록 향긋한 맛에 온 집안사람이 실컷 먹었다. 음식 칭찬하는 소리가 우레 같았다. 김령이 채노인에게 은근히 권하니, 채노인 또한 한 번도 사양하지 않고 곧 흠뻑 취했다.

채노인은 김령에게 문경지교刎頸之交를 허락하고는 채생을 불러 말했다.

"너와 김씨 집안 규수는 본래 초나라와 월나라처럼[16] 멀었지만 문득 진秦나라와 진晉나라처럼[17] 좋은 관계를 갖게 되었다. 하늘이 맺어준 인연이 아니겠느냐? 네가 그 사람을 소홀히 버려서 남의 평생을 망쳐서는 안 되지. 오늘밤이 매우 길하니 하룻밤 자고 돌아오거라. 하나 계속 머물지는 말거라."

채생은 몹시 기뻐 그러겠다 했다. 김령은 채노인에게 거듭 절하며 감

---

15) 염지(染指): 손가락을 솥 안의 국에 넣어 음식맛을 본다는 뜻으로, 남의 물건을 몰래 가짐을 이르는 말.
16) 초나라와 월나라처럼: 전국시대에 초나라와 월나라는 원수 사이였다. 서로 원수처럼 여기는 사이를 비유적으로 이르는 말이다.
17) 진(秦)나라와 진(晉)나라처럼: 진나라와 진나라 두 나라가 대대로 혼인한 사실에서 온 말로, 우의가 두터운 관계를 비유한 말이다.

사를 표했다. 즉시 얼룩말에 채생을 태워 먼저 보내고 자기는 혹 채노인의 마음이 바뀔까봐 머뭇거리고 있다가 해질녘에야 돌아갔다.

다음날 아침 채생이 돌아와보니 채노인은 어제 이야기를 전혀 기억하지 못하고 이상하게 여겨 물었다.

"너는 어인 까닭으로 이른 아침부터 관대를 입었는고?"

채생이 사실대로 대답하니, 채노인은 후회와 부끄러움으로 얼굴을 붉혔지만 채생의 죄를 책망할 수 없었다. 이로부터 채생에게 일을 모두 맡겼다. 채생이 하는 일에 대해 듣고도 별다른 불만을 드러내지 않았고 의식과 제사는 모두 김령에게 의뢰했다.

김령도 날마다 술을 날라 와서 곡진한 이야기를 나누었다. 채노인은 이른 시기부터 가난을 겪어 머리까지 일찍이 허옇게 셌는데, 이제는 가만히 앉아서 의식衣食을 해결하고 또 날마다 어울려 술을 마시니 자못 유유자적하게 되었음을 깨달았다. 지난날의 고생을 돌이켜 생각하니 소름이 돋았다.

하루는 김령이 조용히 말했다.

"공의 아들이 제집에 왕래하는 것이 점점 남의 이목에 걸립니다. 이제부터 발길을 끊고자 합니다."

채노인이 깜짝 놀라며 말했다.

"그러면 몰래 우리 며느리를 집안으로 맞이하여 종적을 감추게 하지요."

"공의 아들이 나이 어리고 벼슬이 없는지라 위로는 부모가 계시고, 아래로는 정실이 있으니 집안에 첩을 두는 것은 절대 불가능합니다."

채노인이 말했다.

"그럼 묘책을 생각해내셔서 우매한 저를 가르쳐주시지요."

김령이 말했다.

"귀댁 옆에다 집 한 채를 따로 지어 아침저녁 편히 왕래하도록 하려는데 고견이 어떠하신지요?"

채노인이 대꾸했다.

"그렇다면 집을 높이 짓지 말고 노비도 많이 두지 말며 창고도 크게 만들지는 마시오. 우리 집안의 청빈함과 검소함을 지켜주기 바라오."

김령은 그러겠다 하고 집으로 돌아와서는 자재를 모아 기와집을 지었다. 그 집이 주변에서 제일가는 집이 되니 채노인의 뜻에는 어긋났다. 채노인은 어찌할 수 없어 간혹 혀를 끌끌 차고 또 김령을 책망했다.

김령이 말했다.

"집은 자손을 키우는 곳이지요. 공은 옥을 안고 구슬을 품었으면서도 세상에 팔지 않은지라 마땅히 자손들이 그 보답을 받게 해야 합니다. 그러니 어찌 고루거각高樓巨閣이 필요하지 않겠습니까?"

채노인이 크게 기뻐하며 더이상 책망하지 않았다.

집이 완성되자 김령은 어두운 밤에 딸을 채생의 집으로 보내 시부모에게 예를 올리게 했다. 이어 새집으로 이사하여 삼일 동안 작은 잔치를 베풀고 닷새간은 큰 잔치를 열어 시부모를 즐겁게 해드리고 종들의 환심을 샀다.

채생이 모친에게 말했다.

"아버지 어머니께서 평생 고생만 하시다가 어느덧 노년에 이르렀는데, 소자 나이 어리고 배움이 변변찮은지라 고을 원이 되는 기쁨을 드리기도 어렵습니다. 사정을 보건대 지금 조금이라도 부모님을 봉양할 수 있는 길은 새집으로 이사가서 편안히 부귀를 누리게 해드리는 것뿐입니다. 제발 제 소망을 받아주십시오."

모친이 말했다.

"내가 옮겨간다 해도 김씨 집안에서 나에 대해 뭐라고 하겠느냐?"

채생이 말했다.

"이것은 김령과 측실의 뜻입니다. 저는 그 말을 옮겼을 따름입니다."

모친은 자못 수긍할 뜻이 있어 채노인에게 사정을 이야기했다.

채노인이 말했다.

"당신이 심기가 쇠약해져 쓸데없는 소리까지 하는구려!"

그 처가 노하여 말했다.

"내가 당신을 따라 살면서 검수도산劒水刀山, 아주 험하고 위험한 지경을 가는 듯 하루도 근심 없는 날이 없었어요. 이제 다행히도 입고 먹는 것을 의지할 곳을 얻어 편안히 거처하며 마음을 놓게 되었으니 둘째 며느리의 은덕이 정말 커요. 게다가 지극정성으로 나를 불러 여생을 봉양한다는데 뭐 해로울 게 있다고 따르지 않는단 말이에요?"

채노인이 말했다.

"당신이나 가시오! 나는 이 궁색한 집을 지키고 있겠소!"

채생의 모친은 날을 잡아 새집으로 옮겨갔다.

채생의 부친이 때때로 새집에 가면 종 수십 명이 문 앞에 나와 절하며 맞이하고 좌우에서 부축하여 곧바로 별당으로 들게 했다. 별당은 가끔 부친이 오면 편히 머물 수 있도록 크게 지은 곳이었다. 별당 안으로 들어가면 시렁에는 책이 가득하고 돌계단에는 화초가 피어 있었다. 사령들이 앞에 가득하여 물 흐르듯 응대했다. 들어가 늙은 아내를 대해도 역시 마찬가지였다. 날이 저물 때까지 앉았다 누웠다 하다보면 차마 돌아가기가 힘들었다. 마침내 억지로 집으로 돌아오면 허물어져가는 집 몇 칸이 여전히 을씨년스럽게 서 있을 뿐이었다.

채노인이 문득 생각했다.

'여생이 얼마 남지 않아 손가락 한번 튕기는 순간에 불과할 텐데 스스로를 고달프게 하는 것이 어찌 이와 같은가?'

급히 채생을 불러 말했다.

"내 홀로 텅 빈 집에 살며 네게 밥을 가져오게 했으니 도리어 폐가 되었구나. 또 가족이 따로 사는 것이 노년에는 더욱 어렵다. 이제 새집에서 함께 살고 싶은데 네 뜻은 어떠냐?"

채생이 크게 기뻐했다. 채노인은 바로 그날 새집으로 옮겨갔고 그뒤로 집안일에는 관여하지 않았다.

김령은 성 가까운 곳에 있는 땅 열 묘畝, 땅 넓이의 단위. 1묘는 30평이다의 토지 문서를 만들어 채생에게 주었다.

채생도 집안일에 얽매이지 않게 되자 오직 과업에만 열중하여 곧 급제했다. 공명이 세상에 빛났다 한다.

結芳緣二八娘子

英廟末, 蔡生者家勢貧窶, 僦居于崇禮門外萬里岾. 蝸舍頹圮, 簞瓢屢空, 而生之父[18], 愷悌謹拙, 恬靜自守, 不以飢寒, 而[19]易其操. 惟嚴訓其子, 欲紹家緒, 見一不是處, 未嘗溺愛包容, 必裸入繩網之中, 高懸樑上, 以亂椎椎之曰: "吾家門戶剝復, 亶係汝一身, 未有酷罰, 何望悛過?" 生時年十八, 委禽[20]於禹水[21]岾睦學究家, 雖結褵[22]之日, 亦令課讀, 親迎之後, 衽席之事, 皆有[23]指日所許. 一日招[24]生曰: "冷節只餘四箇日, 墓祭固宜躬行, 而但汝成冠之後, 猶曠省墓, 於情於理, 俱是未妥[25], 可於明曉, 趲程三日, 而走百有奇[26]里, 則當赴期到塋下, 將事之際, 須用一箇誠字, 拜跪出入, 無

---

18) 父: 고대본에는 잘못 탈락.
19) 而: 국도본·고대본·일사본·가람본에는 탈락.
20) 委禽(위금): 혼인의 절차 중에서, 신랑집에서 신부집으로 기러기 한 마리를 보내는데 이를 '납채' 또는 '새를 보낸다'는 의미에서 '위금'이라고 불렀다.
21) 水: 고대본·성균관대본에는 '守'로 표기.
22) 褵: 동양본에는 '親'으로 표기되어 있는데 '親'이 맞음. '結親'은 '사돈 관계를 맺는다'는 뜻이니, '결친지일(結親之日)'은 결혼식 날이다.
23) 有: 고대본에는 탈락.
24) 招: 국도본·고대본·동양본·일사본·가람본에는 '詔'로 표기.
25) 妥: 국도본·고대본·일사본·가람본에는 '安'으로 표기.
26) 奇: 동양본에는 '幾'로 표기. '幾'가 맞음.

或少忽, 行路如見女伴及喪輀, 必避回不見, 以務心齋." 生僕僕領命. 翌日拂曙而行, 父又出門囑之曰: "長程決勿浪度, 黙誦一經, 逆旅必須節食用免二竪[27], 勉哉勗哉." 生滿口應承, 往于南門, 轉過十字街, 葛衣麻鞋, 行色零星, 忽有五六皂隷豪悍輩[28], 胖健, 携一駿驄骨[29], 金勒繡韉, 拜于路旁[30]. 生羞赧不敢當, 疾足便走, 皂隷團團圍丸[31]曰: "小的家令公, 奉邀郞君, 願速上馬!" 生訝惑囁嚅曰: "君是誰家藏穫[32]? 我也四顧無顯親, 誰有此速去也?" 皂隷更不打話[33], 齊力推擁, 勒使據鞍, 施策打箠, 迅如飛龍, 生目瞠口呿, 不能定精[34], 哀呼悲叫[35]曰: "我庭闈俱耄, 兄弟終鮮! 望君特垂慈悲, 救活縷喘!" 皂隷佯若不聽, 惟事驅騁. 俄頃而[36]馳入一門, 轉過無限小門, 中有廣廈, 渠渠制度宏敞, 楣桶[37]雕繢, 衆僕翼生而升堂, 堂上[38]有老翁, 頭戴烏紗折風巾, 以明珠片纓, 承之兩鬢, 貼了一雙金圈, 身穿大花靑錦氅衣, 腰橫[39]絛兒帶, 高坐[40]於[41]沉香椅上, 五六丫鬟, 眩粧麗服序列, 生忙拜膝席[42], 主翁扶起寒喧, 踵問生姓名閥閱年紀, 生一一便對. 主翁喜動眉睫曰[43]: "[44]吾不薄命."

---

27) 二竪(이수): 병마(病魔). 진(晉)나라 경공(景公)이 병으로 누워 있을 때 병마가 두 아이로 화신하여 왔다는 고사에서 나온 말임.
28) 輩: 국도본·고대본·동양본·일사본·가람본·성균관대본에는 탈락.
29) 驄骨: 국도본·고대본·일사본·가람본에는 '馬'로 표기.
30) 旁: 국도본·고대본·동양본·일사본·가람본에는 '傍'으로 표기.
31) 丸: 국도본·고대본·일사본·가람본·성균관대본에는 '禮'로 표기. '禮'가 맞음.
32) 藏穫: '藏獲'으로 표기해야 함.
33) 話: 동양본에는 '語'로 표기.
34) 精: 성균관대본에는 '情'으로 표기.
35) 叫: 고대본·일사본·가람본·성균관대본에는 '呼'로 표기.
36) 而: 동양본에는 탈락.
37) 楣桶(미통): '楣栴(미각)'의 오식. 처마와 서까래.
38) 上: 동양본에는 탈락.
39) 국도본·고대본·동양본·일사본·가람본·성균관대본에는 '紅'이 더 나옴.
40) 坐: 동양본에는 '座'로 표기.
41) 於: 국도본·고대본·동양본에는 잘못 탈락.
42) 膝席(슬석): 무릎의 반을 앉은 자리에 걸침.
43) 국도본·고대본·동양본·일사본·가람본에는 '然則'이 더 나옴.
44) 이본에는 '然則'이 더 나옴.

生終是⁴⁵⁾愚駭⁴⁶⁾, 究解他不得, 動問他不得, 惟⁴⁷⁾滿面通紅, 拱手侍坐而已⁴⁸⁾. 主翁曰: "吾家, 世以象胥資業, 位添⁴⁹⁾金緋⁵⁰⁾, 家饒銀貨, 詎不自足? 而但身外, 傅⁵¹⁾有一女, 受人儷皮⁵²⁾, 未趁吞禮, 而夫婿遽夭, 靑春空閨, 情事極憐, 而禮守有妨, 瞻聆有碍, 未便他適, 奄至三稔. 女忽於前宵, 悲號哀鳴, 聲聲呑恨, 寸寸斷腸, 雖行路之人, 亦當爲之傷感, 矧余一點骨肉, 都寄此女? 一日忍見, 輒惹一日之愁, 百年忍見, 便無百年之樂. 缺陷世界, 迅如流駛, 雖絲肉⁵³⁾以醒耳, 錦繡以侈眼, 膏腴以悅口, 猶恨取樂⁵⁴⁾無多, 余又何苦⁵⁵⁾, 獨以淸淚爲日用, 哀怨爲家計也哉? 事到窮迫, 計出無奈. 乃使僮⁵⁶⁾僕, 晨候天衢⁵⁷⁾, 毋論賢愚貴賤, 必以初逢一少年丈夫, 極力邀致, 以占佳緣, 不意郎君, 與微息宿繫赤繩, 湊合甚巧, 萬望憐其寡甥使奉巾櫛." 生益覺瞠然, 不敢有應, 主翁曰: "春宵苦短, 鷄人已唱, 願君迨此未明, 以成花燭." 因攝生而起携, 入行閣, 轉到一座, 花園廣周數百步, 四圍以粉墻約之. 墻之內, 滿鑿池塘, 小艇艤其浹, 劣容兩三人, 乃同乘而濟, 菡萏挺立, 尺尋莫⁵⁸⁾辨⁵⁹⁾, 溯入異香中者, 差久塢爓斗立, 以文石築起, 中設階梯, 以

<hr />

45) 是: 동양본에는 '始'로 표기.
46) 駭: 국도본·고대본·동양본에는 '駭'로 표기.
47) 惟: 고대본에는 '唯'로 표기.
48) 而已: 국도본·고대본·동양본·일사본·가람본에는 탈락.
49) 添: 국도본·고대본·동양본·일사본·가람본에는 '忝'으로 표기.
50) 金緋(금비): 금관자와 비단 관복. 관자는 망건에 달아 당줄을 꿰어 거는 것으로, 금관자는 2품 벼슬아치가 단다. 여기서는 그냥 좋은 벼슬을 뜻한다.
51) 傅: 성균관대본에는 '薄'으로 표기.
52) 儷皮(여피): 암수 한 쌍의 사슴 가죽. 옛날 혼례 때 폐백으로 썼다.
53) 絲肉(사육): 음악 풍류와 고기 음식.
54) 樂: 고대본에는 탈락.
55) 苦: 동양본에는 '孤'로, 일사본에는 '若'로 표기. '故'의 오식일 가능성이 큼.
56) 僮: 동양본에는 '童'으로 표기.
57) 天衢(천구): 천상의 통로. 서울의 땅. 동양본에는 '천가(天街)'로 표기.
58) 莫: 고대본에는 탈락.
59) 辦: 다른 이본에는 '辨'으로 표기. '辨'이 맞음.

達其上. 生下舟登堦[60], 堦[61]盡而有十二闌[62]干, 茵席炳爛, 簾箔瑩透. 主翁留生而入, 生停立偸視, 則奇草異石, 名花彩禽, 如入海觀市[63], 恍惚不可名狀. 居無何, 二靑衣[64]邀生而導之, 生踵至一座[65]紅院, 只見碧紗窓裡, 銀燭耿煌, 香烟[66]裊裊, 二八娘子月態花貌[67], 靚粧絃服, 翹立戶內, 隱暎[68]顯晦, 只窺一班, 生容且[69]而進, 娘子蓮步乍動, 宛[70]轉出來, 肅生而入, 拜了一拜, 生沒頭答拜, 偶坐氍毹, 侍婢進饌, 珍味方丈[71], 寶器綜錯, 生羞赧[72]不敢下簪[73]. 主人曰: "稚女富貴, 吾所固有[74], 但仰恃於君者, 若恩情無間, 讒嫉[75]不行, 則可得百年裊藻, 惟君圖之." 生[76]亦不能答, 主人轉身而出, 一媼鋪列兩箇錦裀於七寶床上[77], 請生入帷, 生黽勉而入, 媼又扶娘子, 與生幷坐, 仍下流蘇, 鎭以文犀. 生掣肘[78]矛盾, 猶未定精[79], 更以阮郞天台, 而自解之, 柳毅洞庭, 而自況之[80], 乃噓燭交枕, 情思繾綣. 日高

---

60) 堦: 동양본에는 '階'로 표기.
61) 堦: 동양본에는 '階'로 표기.
62) 闌: 동양본에는 '欄'으로 표기.
63) 海觀市(해관시): 정확한 뜻을 알 수 없다. 요지경으로 추정된다.
64) 靑衣(청의): 신분이 천한 사람이 입던 옷. 종으로 해석한다.
65) 一座: 고대본에는 탈락.
66) 烟: 국도본·고대본·일사본·가람본에는 '煙'으로 표기.
67) 貌: 고대본·가람본·성균관대본에는 '容'으로 표기.
68) 暎: 국도본·고대본·동양본·일사본·가람본에는 '映'으로 표기.
69) 容且: 국도본·고대본·동양본·일사본·가람본·성균관대본에는 '趑趄'로 표기.
70) 宛: 고대본·성균관대본에는 '婉'으로 표기.
71) 方丈(방장): 사방 10자 길이 크기. 넓은 밥상을 뜻한다.
72) 赧: 다른 이본에는 '赧'으로 표기. '赧'이 맞음.
73) 簪: 다른 이본에는 '箸'로 표기. '箸'가 맞음.
74) 국도본·고대본·동양본·일사본·가람본에는 '也'가 더 나옴.
75) 嫉: 동양본에는 '疾'로 표기.
76) 生: 동양본에는 탈락.
77) 床上: 고대본·일사본·가람본에는 '上床'으로 잘못 표기.
78) 掣肘(체주): 팔뚝을 잡아끈다는 뜻으로, 간섭하여 무엇을 자유롭게 하지 못하게 제지한다는 뜻이다.
79) 精: 국도본·고대본·동양본·일사본·가람본·성균관대본에는 '情'으로 표기.
80) 之: 국도본·고대본·일사본·가람본에는 탈락.

三竿[81], 始乃覺寢, 則衣衫袍[82]帶, 無一存焉. 不勝驚訝, 詰[83]于娘[84], 娘[85]
曰: "欲依[86]樣製衣, 敢爲竊去.[87]" 言訖, 媼以一紋箱入曰: "新衣已完, 望郎
君進着." 生見, 綺紈燦燦, 穩稱身子, 大喜穿下, 旋啜早饍, 主人入候起居,
生囁嚅曰: "大爺不鄙寒踵[88], 恩摯鄭重, 非不欲久叩[89]甥館[90], 用表微虔,
而但墓祭在, 卽前途脩[91]遠, 若一刻延拕, 則無以及期, 敢此告別, 仰乞心
諒." 主人曰: "先壟距此幾里?" 曰: "百里有羨." 主人曰: "若間關[92]困步, 則
可費三日, 若一馳駿驖, 則不過半日之程, 願姑留[93]兩日, 無孤此望." 生曰:
"春庭訓戒[94]甚嚴, 余欲[95]奄[96]帶[97]于此, 末乃乘肥衣輕, 揚揚馳驟, 則易致
事覺, 願大爺三思." 主人曰: "吾籌之已熟矣. 可有安[98]帖, 愼勿深慮." 生實
不忍捨, 及聆斯言也, 自[99]爲幸. 主人携生, 而[100]到山亭水榭松臺[101]竹田,

---

81) 日高三竿(일고삼간): '일고삼장(日高三丈)'과 같은 뜻이다. 해가 세 길이나 떠올랐다는 뜻으
로, 날이 밝아 해가 벌써 높이 뜸을 이르는 말이다.
82) 袍: 고대본·가람본·성균관대본에는 '布'로 표기.
83) 詰: 동양본에는 '誥'로 표기.
84) 娘: 고대본에는 '郞'으로 잘못 표기.
85) 娘: 고대본에는 '郞'으로 잘못 표기.
86) 依: 고대본·성균관대본에는 '爲衣'로 표기.
87) 去: 국도본·고대본·동양본·일사본·가람본·성균관대본에는 '出'로 표기.
88) 踵: 국도본·고대본·동양본·일사본·가람본·성균관대본에는 '蹤'으로 표기.
89) 叩: 다른 이본에는 '𠮩'로 표기. '𠮩'가 맞음.
90) 甥館(생관): 상고시대 요임금이 자기 사위인 순임금을 거처하게 하던 곳. 사위가 거처하는
곳을 의미한다.
91) 脩: 고대본·동양본에는 '修'로 표기.
92) 間關(간관): 길이 험하여 걷기 힘든 모양. 걷기 어려운 험한 길.
93) 고대본·가람본·성균관대본에는 '宿'이 더 나옴.
94) 戒: 동양본에는 '誡'로 표기.
95) 欲: 국도본·고대본·동양본·일사본·가람본·성균관대본에는 '若'으로 표기.
96) 奄: 동양본에는 '淹'으로 표기.
97) 帶: 국도본·고대본·동양본·일사본·가람본에는 '滯'로 표기.
98) 安: 고대본·가람본에는 '妟'로 표기.
99) 국도본·고대본·동양본·일사본·가람본에는 '以'가 더 나옴.
100) 而: 동양본에는 탈락.
101) 松臺(송대): 소나무가 서 있는 언덕.

悦眼暢懷, 箇箇[102]幽勝. 主人曰: "余姓金, 做官知樞, 世人相與夸張, 以吾
産業, 爲甲于國內, 故微名頗播遠近, 君或聞之否?" 生曰: "街卒田父[103], 皆
知貴名, 況余飽聞如雷灌耳乎?" 主人曰: "緣吾無嗣, 欲窮極園林勝事, 以
陶寫[104]餘景, 院落樓榭, 實多[105]僭分, 愼勿說與世人, 以獲大戾." 生唯唯.
越二日, 生晨興登程, 輪蹄俱備, 僕[106]御群[107]擁, 日未昃, 已到楸下五里之
地, 乃換着舊衣, 裹足而入. 翌朝行祭, 而復路, 未到幾十里[108]武[109], 車
馬[110]已候路旁[111], 生改穿錦衣, 馳回金家. 因欲還家, 金曰: "貴爺料君有
步, 而不能料君有騎, 百里長程, 一日而還, 則漏罅已出, 補綴不得, 莫
若[112]更過信宿而歸覲." 生穩度香閨, 新情款洽. 如期而別, 涕泗被面, 娘子
進問後會, 生曰: "親敎嚴重, 遊必有[113]方, 倘春秋墓祀[114], 更使余替行, 則
謹當一做今日之規, 不爾, 經歲經年." 娘子便是一般寡也, 言與淚幷, 鳳別
鸞離. 生年妙心癡, 自來大願卽火鐵小囊, 而家貧未得. 及見金家所供繡
刺[115]華麗製裁[116]精緻[117], 乃愛護珍奇, 不忍便捨. 娘[118]曰: "此囊蘊晦大
囊之中, 人難測見. 換着舊衣, 獨携此物, 有甚違戾." 生如言, 納諸布囊. 歸

102) 箇箇: 동양본에는 '介介'로 표기.
103) 父: 동양본에는 '夫'로 표기.
104) 陶寫(도사): 즐거움으로 근심을 이기는 것.
105) 多: 동양본에는 '是'로 표기.
106) 僕: 동양본에는 탈락.
107) 群: 국도본·고대본·동양본·일사본·가람본에는 '羣'으로 표기.
108) 里: 국도본·고대본·일사본·가람본에는 잘못 탈락. 동양본에는 '步'로 표기.
109) 武: 동양본에는 탈락. 동양본에는 '步'로 표기.
110) 車馬: 고대본·가람본에는 '馬車'로 표기.
111) 旁: 국도본·고대본·일사본·가람본에는 '傍'으로 표기.
112) 莫若: 동양본에는 '料君'으로 표기.
113) 有: 고대본에는 잘못 탈락.
114) 祀: 동양본에는 '祭'로 표기.
115) 繡刺: 고대본·성균관대본에는 '刺繡'로 표기.
116) 裁: 동양본에는 '度'로 표기.
117) 緻: 성균관대본에는 '微'로 표기.
118) 동양본에는 '子'가 더 나옴.

家復命, 父亟問先塋安否, 且問修齋誠慢, 生對之甚悉, 卽令[119]讀書. 生口雖咿唔, 心未嘗不到金家也. 一日父敎生[120], 宿于內閨. 生夜入婦室, 破窓漏簷, 寒風透骨, 蒲薦麻衾, 蚤蝎甚熾. 妻荊釵短裙, 垢容瘦尖, 起身而迎, 生苦無適意, 不交一語, 惟念念[121]只在於金家蘭閨. 眼[122]日行樂, 前遊如夢, 後會難期, 因默誦元微之 '曾經滄海難爲水, 除却[123]巫山不是雲[124]'之句, 自覺暗符身勢, 但呼[125]長歎[126], 轉展[127]不寐, 及到曉鍾, 始得交睫, 到日晏未覺. 妻黎明先起, 自想道: '尊章平日, 琴瑟甚調, 情眷恒篤, 忽自楸駕後, 一此冷落, 必有留情別人, 間我舊好也.' 因歷看生之容色衣衫[128], 無所顯露, 因偶見生之所佩布囊, 昔曾空空, 今忽盈盈, 疑雲漸遮, 乃偸驗裡面, 則果有一箇[129]小錦囊中, 實火金火石, 兼有棋[130]子樣銀貨. 妻大怒, 列置床上, 要待生之睡覺自揭. 居無何, 父厲[131]責而入曰: "豚犬尙在睡裡, 何暇讀了一字?" 因開戶叱之, 生驚起攝衣, 父轉目之際, 已撞見床上小囊, 不勝駭痛, 裸生而納諸繩罟之中, 掛于樑上, 用力打下, 生不敢[132]苦楚, 一一吐實, 父一層激怒, 三百曲踊, 折簡隣家借了一力, 使招金令.[133]令自是豪華, 雖宰執學士, 不能坐而輒邀, 況一學士[134], 遣一星而任自招來耶? 徒

119) 令: 동양본에는 '命'으로 표기.
120) 生: 동양본에는 탈락.
121) 念: 고대본에는 탈락.
122) 眼: 성균관대본에는 '囊'으로 표기.
123) 除却: 성균관대본에는 '却見'으로 표기.
124) 고대본·일사본·가람본에는 '雨'가 더 나옴.
125) 但呼: 동양본에는 '短吁'로, 다른 이본에는 '但吁'로 표기. '短吁'가 문맥상 자연스러움.
126) 歎: 동양본에는 '嘆'으로 표기.
127) 展: 동양본에는 '輾'으로 표기.
128) 衫: 동양본에는 '彩'로 표기.
129) 箇: 동양본에는 '介'로 표기.
130) 棋: 동양본에는 '碁'로 표기.
131) 厲: 고대본·가람본·성균관대본에는 '屬'으로 잘못 표기.
132) 敢: 국도본·가람본에도 '敢'으로 표기. 동양본에는 '堪'으로 표기. '堪'이 맞음.
133) 국도본·고대본·일사본·가람본·성균관대본에는 '金'이 더 나옴.
134) 士: 국도본·고대본·동양본·일사본·가람본·성균관대본에는 '究'로 표기.

以媚女歸屬, 甘受凌逼, 刻下馳謁, 父厲聲大責曰: "君一壞禮, 常聽女淫奔, 旣不自好, 又誤吾兒何也?" 金曰: "擇婿之車, 巧丁阿戒[135], 彼此不幸, 已不可, 旣今則水流雲空, 兩家安逸, 不相干涉, 則已矣, 何用摘人釁累, 高聲彰顯乎?" 父無以應[136]? 金卽辭去曰: "胤姣以裔, 魚湖相忘[137], 愼勿相迫." 因飄然而去. 過了一歲, 金冒雨而[138]來造, 蔡老曰: "疇昔牢約, 今胡徑[139]庭?" 金曰: "適出郊坰, 忽値澇霈, 此間無他親知, 敢入貴第, 少避暴雨, 萬望見諒." 蔡老怡然曰: "吾久雨獨坐, 无以陶寫, 逢君可以閑[140]話矣." 金執禮甚恭, 談屑[141]娓娓, 正如牛毛蠶絲, 甚有綜理, 而幷不及葭莩[142]之事. 蔡父生平, 追遊不越乎村學秀才, 終日接語, 惟相較貧窘, 如印一板, 及見金辯博軒偉, 重以諂笑獻媚, 乃大悅心醉? 金黙會其意, 卽叫僕從曰: "余走得肚裏飢, 須將橐裡食物來." 僕從進佳肴珍饈[143], 金滿酌大白, 跪進于蔡老, 蔡老胃開口涎, 正欲轟飮, 而[144]陽斥之, 金曰: "杯[145]酒相[146]屬, 素昧猶然, 況吾曹[147]托契已久, 顔面已[148]厚, 豈忍幷坐而獨酌?" 蔡老語沮一飮, 飮輒盡卮, 靑州從事[149], 滌盡胸膈之魂磊, 梗腸蔬神, 却被珍肉之蹴破, 醉眼如潮, 襟期散朗. 金盡歡而歸, 蔡老曰: "君

135) 阿戒(아계): 다른 사람의 아들을 일컬음.
136) 동양본에는 '答'이 더 나옴.
137) 魚湖相忘(어호상망):『장자』에 나오는 말로, 물고기가 물속에서 물의 존재를 잊어버리듯 어디에도 구애되지 않고 자유로움을 뜻한다.
138) 而: 동양본에는 탈락.
139) 徑: 동양본에는 '經'으로 표기. '經'이 맞음.
140) 閑: 동양본에는 '閒'으로 표기.
141) 屑: 성균관대본에는 '說'로 표기.
142) 葭莩(가부): 갈대 줄기에 있는 아주 얇은 막. '가부지친(葭莩之親)'은 아주 엷은 교분을 뜻한다.
143) 饈: 고대본·성균관대본에는 '羞'로 표기.
144) 而: 동양본에는 탈락.
145) 杯: 고대본·동양본·성균관대본에는 '盃'로 표기.
146) 相: 동양본에는 탈락.
147) 曹: 고대본·가람본에는 '輩'로 표기.
148) 已: 국도본·고대본·일사본·가람본·성균관대본에는 '又'로 표기.

好是一箇[150]酒伴, 必頻賜枉顧." 金曰: "今日天雨, 一借幸得對觴, 而余公務私故, 鎭[151]日紛叢, 安得抽身更到也?" 蔡老送至門首, 乘醉入室, 團聚家小, 盛言金公好處, 旋又昏寢. 平明乃覺, 頗悔昨日爲其所賺, 而不可及矣. 金密使家人, 詗探生家動息, 一日家人回告曰: "蔡家五日不爨, 內外僵臥, 景色慘沮." 金乃移書于生, 送饋數千[152]孔方兄, 生闔家欣踊, 亟備饘飱, 而不令翁知, 道權托稱貸, 進饋于翁, 翁急於充飢, 未暇窮詰. 一日二日, 再食無虞, 蔡老始怪問之, 生備悉[153]其由, 蔡老[154]怒曰: "寧顚倒溝壑, 豈忍坐受無名之物也? 事屬旣往, 旣[155]難吐嘔[156], 且無路可償, 此後則[157]愼勿破戒!" 生唯唯. 於焉之頃, 靑趺已乏, 飢餒依舊, 而蔡老性本踈拙, 不謀產業, 生與母, 撐東補西, 掇下充上, 拖至周歲, 而勢同弩末[158], 債如山積, 死亡迫在呼吸. 金又探得這箇[159]様子, 復以十斛長腰[160]百金鵝眼[161]爲生壽之, 生豈忍見父母垂死? 心灼肺燃, 缾罄罍恥, 雖擔糞賃傭, 何事可辭? 而況人以好意送助乎? 乃欣然迎受, 以侈親廚, 父方病昏涔涔, 惟貪飮食[162], 生連供[163]灉膩, 數

---

149) 靑州從事(청주종사): 좋은 술을 지칭한다. 좋지 않은 술은 평원독우(平原督郵)라 부르고 좋은 술을 청주종사라 부른다. 평원에 격현(鬲縣)이 있고 청주에 제현(齊縣)이 있는데, 좋지 못한 술은 가슴[膈]에서 오르내리고, 좋은 술은 배꼽[臍]까지 내려간다는 뜻에서 만들어진 말이다.
150) 箇: 동양본에는 '介'로 표기.
151) 鎭: 국도본·가람본에도 '鎭'으로 표기. 동양본에는 '盡'으로 표기. '盡'이 맞음.
152) 千: 국도본·고대본·일사본·가람본·성균관대본에는 '十'으로 표기.
153) 備悉: 동양본에는 '悉備'로 표기.
154) 국도본·고대본·일사본·가람본·성균관대본에는 '大'가 더 나옴.
155) 旣: 동양본에는 '實'로 표기.
156) 嘔: 고대본·가람본·성균관대본에는 '口'로 표기.
157) 則: 동양본에는 탈락.
158) 弩末(노말): 힘이 아주 쇠약해지고, 있는 것도 다 떨어짐. 노(弩)는 화살이나 돌을 잇달아 쏠 수 있는 무기인데, 그 끝은 힘이 약한 것에 비유했다.
159) 箇: 고대본에는 '個'로 표기.
160) 長腰(장요): 장요미(長腰米). 중국 절동(浙東) 지방에서 많이 난다는 길쭉한 쌀. 여기서는 쌀.
161) 鵝眼(아안): 중국 남조 송나라 때 주조한, 구멍 뚫린 쇠돈. 여기서는 돈.
162) 飮食: 국도본·고대본·동양본·일사본·가람본에는 '食飮'으로 표기.
163) 供: 동양본에는 탈락.

日乃瘥. 繼以甘旨調養之, 蔡老曰: "此物從誰辦了[164]?" 生又告其狀, 父微笑曰: "金令安得時時周急也? 此後則決勿有受, 受當笞之!" 生又[165]領命. 父高臥飮食, 不愁桂玉者, 且五六箇月, 及夫所儲又罄, 愁惱十倍於前, 荏苒苦楚者, 又許多日月. 蔡老當其喪餘, 蘋藻[166]俱空, 情事催[167]抑, 偶坐室偶[168], 百計熏心. 忽見一僕[169]齎緡錢二百, 來獻于生, 乃金家所餉也. 生準擬父敎, 欲辭之, 父曰: "他以急人之風, 助我祀需, 於情於義, 不可全却, 半完半受, 允合得中." 生如戒. 翌日金盛備食卓, 來饋生, 生又欲却之, 蔡老曰: "旣熟這物, 不可狼狽[170]回送, 今可染指, 自後則一切防塞." 因相與大嚼, 香味雜錯, 一家咸飫, 口碑如雷. 金慇懃勸蔡老, 蔡老一直不辭, 直到泥醉, 許給[171]刎頸[172], 且詔生曰: "汝與金家閨秀, 本自[173]楚越之遙, 忽成秦晉之好, 豈[174]無天緣存[175]耶[176]? 汝不可終爲踈棄, 斷人平生. 今宵甚吉, 可一宿而還, 毋至留連." 生大喜諾諾, 金再拜鳴謝, 亦以班[177]騅送生于家, 自己則或慮蔡老之有二三其心, 故爲遷延, 日曛乃去. 生翌朝[178]返回[179], 蔡老渾不記昨日話頭, 乃怪問曰: "汝緣何, 早整冠帶?" 生以實對, 父悔懊

---

164) 了: 동양본에는 '乎'로 표기.
165) 又: 동양본에는 탈락.
166) 蘋藻(빈조): 물속에서 나서 물 위에 떠 있는 풀과 물속에 잠겨서 물 밖으로 나오지 않는 풀. 여기서는 이런 풀들로 마련한 제수를 뜻한다.
167) 催: 동양본·성균관대본에는 '摧'로 표기.
168) 偶: 다른 이본에는 '隅'로 표기. '隅'가 맞음.
169) 僕: 가람본·성균관대본에는 '憧'으로 표기.
170) 狼狽: 국도본·일사본에는 '浪浿'로, 고대본·가람본·성균관대본에는 '浪貝'로 표기.
171) 給: 국도본·고대본·동양본·일사본·가람본·성균관대본에는 '結'로 표기. '結'이 맞음.
172) 刎頸(문경): 문경지교(刎頸之交). 죽고 살기를 같이하여 목이 떨어져도 함께할 절친한 친구.
173) 自: 고대본·가람본·성균관대본에는 '有'로 잘못 표기.
174) 豈: 국도본·일사본·가람본에는 탈락.
175) 存: 국도본·고대본·일사본·가람본·성균관대본에는 '豈如此'로 표기.
176) 국도본·일사본·가람본·성균관대본에는 작은 글자로 '無字上, 有若字'가 더 나옴.
177) 班: 국도본에는 '斑'으로 표기.
178) 고대본에는 '朝'가 더 나옴.
179) 回: 국도본·고대본·동양본·일사본·가람본·성균관대본에는 '面'으로 표기.

媿赧, 不能罪責. 從此一任於生, 聽其所爲不露些圭稜[180] 而衣食祭祀, 皆
賴于金. 金又日日[181]載酒來造, 討論衷曲. 蔡老早傷於貧, 頭須爲白, 及
未[182]坐衣遊食, 又日與暢飮, 頗覺自適, 追念前日苦海, 體膚起粟. 一日金
從容進言曰: "公子之往來余[183]家, 漸礙人眼, 願從此告絶." 蔡老驚曰: "然
則吾當密迎吾婦于家裡, 藏踪[184]滅跡[185]." 金曰: "公子年少布衣, 上有庭
闈, 下有正室, 決[186]不可畜媵于家." 蔡老曰: "第思妙策, 以詔愚迷." 金曰:
"我[187]欲別築一室于貴第之旁[188], 以便晨夕往來, 未審高見如何." 蔡老曰:
"然則室宇無用高, 婢僕無用多, 庾廩[189]無用富, 以守吾家寒素." 金曰:
"諾." 乃歸家, 鳩材暢建瓦舍, 便成一區甲第, 甚非蔡老志也. 蔡老無由奈
何, 時或咄舌, 繼以讓金, 金曰: "第宅所以長子孫也. 竊觀足下, 抱玉懷珠,
而未需於世, 令子賢[190]婦, 當食其報, 豈無高大門閭耶?" 蔡老大喜而止.
宅成而落之, 金暮夜送女于生家, 禮謁舅姑女君, 因住新舍, 三日小宴, 五
日大宴, 以娛舅姑內外, 僮[191]僕盡得歡心. 生告其母曰: "阿父阿母, 平生
吃[192]苦, 俱迫桑楡, 而迷息年淺學蔑, 難期奉檄[193], 顧今一分志養之道, 只
在移處新舍, 穩享富貴, 願得採納[194]." 母曰: "我若移居[195], 則金家當

---

180) 圭稜(규릉): 말과 행동에 모가 나는 것.
181) 日: 고대본에는 탈락.
182) 未: 국도본·고대본·일사본·가람본·성균관대본에는 '夫'로 표기. '夫'가 맞음.
183) 余: 고대본·가람본·성균관대본에는 '金'으로 잘못 표기.
184) 踪: 국도본·고대본·동양본·일사본·가람본·성균관대본에는 '跡'으로 표기.
185) 滅跡: 국도본·고대본·일사본·가람본·성균관대본에는 탈락. 동양본에는 '踪'으로 표기.
186) 決: 동양본에는 '法'으로 표기.
187) 我: 동양본에는 '吾'로 표기.
188) 旁: 국도본·고대본·일사본·가람본에는 '傍'으로 표기.
189) 庾廩: 동양본에는 '廩庾'로 표기.
190) 賢: 국도본·고대본·일사본·가람본에는 탈락.
191) 僮: 동양본에는 '童'으로 표기.
192) 吃: 동양본에는 '乞'로 표기.
193) 奉檄(봉격): 봉격지희(奉檄之喜). 부모가 살아 있는 동안에 고을의 원이 되는 기쁨.
194) 採納: 고대본에는 '採'로, 성균관대본에는 '採之'로 표기.
195) 居: 동양본에는 '去'로 표기.

謂[196]我[197]何?"生曰: "此金令及側室之意, 而我不過傳命之郵耳." 母頗有肯意, 備告于蔡老, 蔡老曰: "卿卿志氣衰邁, 至有贅說." 其妻怒曰: "我自從尊章劍水刀山, 未嘗一日釋慮, 今幸得衣食之天[198], 安居肆志, 次婦之恩固[199]大矣. 今又虔誠邀[200]我, 以養餘年, 有何齟傷, 而不爲勉從也?" 蔡老曰: "卿卿自去! 我則[201]當守窮廬." 其母乃卜日搬撤, 其父時時往見, 則數十傔僕, 迎拜門首, 左擁右攝, 直[202]入別堂, 堂卽爲其父敞搆, 以便或來住者也. 入堂則圖書滿架, 花卉[203]委砌, 使令滿前, 應對如流, 入對老妻, 而亦如之. 移暑坐臥, 不忍捨去, 末乃勉强還家, 則破屋數間, 依舊蕭散, 忽自念曰: '餘生無幾, 不過一彈指頃, 何庸自苦如此?' 亟招生曰: "吾獨寓空舍, 傳食於汝, 還成一弊. 且室家分張, 晚景尤難. 欲同處[204]新舍, 以便團欒, 於意云何?" 生大喜, 其父乃卽日移占, 庭無間言. 金以負郭[205]十畝立券與生, 生旣無家累, 惟事擧子業, 未幾登第, 功名[206]耀世云.

196) 謂: 국도본·고대본·일사본·가람본에는 '爲'로 표기.
197) 국도본·고대본·일사본·가람본에는 '謂'가 더 나옴.
198) 天: 동양본에는 '大'로 표기.
199) 固: 고대본·성균관대본에는 '姑'로 잘못 표기.
200) 邀: 국도본·고대본·일사본·가람본·성균관대본에는 '激'으로 잘못 표기.
201) 則: 고대본·일사본·가람본·성균관대본에는 '卽'으로 표기.
202) 直: 동양본에는 '卽'으로 표기.
203) 卉: 국도본·고대본·일사본·가람본·성균관대본에는 '竹'으로 표기.
204) 處: 국도본에는 탈락.
205) 負郭(부곽): 성안에서 가까운 곳. 성균관대본에는 '負郭田'으로 표기.
206) 名: 동양본에는 '德'으로 표기.

작은 시회를 만들어 사륙시 짓기를 명하다

옛날 한 방백方伯이 영장[1] · 중군[2] · 통판[3] · 심약[4] · 검률[5]과 그 큰아들 승선[6], 거자[7]인 둘째 아들과 한가한 날 잔치를 열었다. 방백이 말했다.

"가작佳作, 아름다운 작품. 여기서는 시(詩)를 말함이 없으면 어찌 자기 뜻을 말할 수 있으리오? 다만 자리에 있는 모든 제현諸賢이 다 시에 능하기는 어려우니 만약 사륙 한 구씩 입에서 나오는 대로 빨리 이어가면 심히 아름다울 것이로다."

---

1) 영장(營將): 진영장(陣營將). 조선시대 각 진영의 으뜸 장관.
2) 중군(中軍): 조선시대 종2품 무관직으로 각 군영의 대장 또는 사(使)에 버금가는 장관.
3) 통판(通判): 고려시대 지방 관부에 두었던 관직. 문종 때 대도호부제가 성립되었고 예종 때 대도호로 고쳤는데, 이때에 목·판관을 통판이라 했다.
4) 심약(審藥): 조선시대에 궁중에 바치는 약재를 검사하려고 각 도에 파견하던 종9품 벼슬 또는 그 벼슬아치. 전의감이나 혜민서의 의원 가운데서 뽑았다.
5) 검률(檢律): 조선시대에 형조와 지방 관아에서 형률을 맡아보던 종9품 벼슬.
6) 승선(承宣): 고려와 조선시대에 왕명의 출납을 관장한 관직. 후에 설치된 밀직사(密直司)·승정원의 승지(承旨)와 같은 관직.
7) 거자(擧子): 과거에 응시할 수 있는 자격을 갖춘 유생.

모두 좋다 했다. 방백이 먼저 읊었다.

"복사꽃 천 떨기, 버드나무 만 갈래, 한 해의 봄 풍경이네."

그러자 영장이 말했다.

"소관小官은 무인이라 사실 투화[8]나 여엽[9]의 재주가 없습니다. 부디 백량대[10] 칠언시[11]를 본받아 각자 자기 직무를 말해보도록 합시다."

방백이 그러자 하니 영장이 읊었다.

"곤장 열 대 형벌을 두 번 내리니, 도둑을 다스리는 유용한 법이로다."

큰아들 승선이 읊조렸다.

"정삼품, 종이품, 승지承旨 바란다네."

거자인 둘째 아들이 읊었다.

"시詩는 삼상[12], 부賦는 이하[13], 매 초시初試에 방을 붙이네."

중군이 읊었다.

"엽전 열 관, 쌀 다섯 석, 벼슬아치 형편이 매우 박하도다."

통인[14]이 읊었다.

"재난에 찢어지게 가난하여 환곡還穀이 천 석이다. 갚으라고 독촉하느라 몹시도 바쁘구나."

책객[15]이 읊었다.

---

8) 투화(鬪花): 꽃싸움. 미인들이 봄에 기이한 꽃을 많이 꽂는 것으로 승부를 겨루던 놀이.
9) 여엽(儷葉): 잎을 짝짓는 것. 여문(儷文). 넉 자 혹은 여섯 자의 대구로 된 변려문.
10) 백량대(柏梁臺): 한(漢) 무제(武帝) 때 백량대에서 잔치를 벌였을 때 여러 사람이 한 구씩 지어 이를 모아 시를 만들었는데, 그것을 연구(聯句)라 했다.
11) 칠언시(七言詩): 한 구절이 일곱 자인 한시(漢詩). 칠언시는 한 무제가 백량대를 건축하고 낙성 연회에서 여러 신하에게 명하여 지은 칠언 연구에서 시작되었다고 한다.
12) 삼상(三上): 시문을 평하는 등급 중 셋째 등의 첫째 등급. 과거 시문 채점법은, 상·중·하·이상(二上)·이중(二中)·이하(二下)·삼상(三上)·삼중(三中)·삼하(三下)·차상(次上)·차중(次中)·차하(次下)·갱(更)·외(外)의 14등으로 나누어 삼하 이상을 뽑는 것이 관례였다.
13) 이하(二下): 시문을 평하는 등급 중 둘째 등의 셋째 등급.
14) 통인(通引): 지인(知印)이라고도 한다. 조선시대에 수령의 잔심부름을 하던 구실아치.
15) 책객(冊客): 지방 수령이 문서나 회계 따위를 맡기려고 데리고 다니는 사람.

"쌀 한 말, 고기 열 근, 그걸 기록하며 필삭[16]하네."

검률이 읊었다.

"매질 백 대, 도형[17] 삼 년, 공의[18]는 줄여주네."

심약이 읊었다.

"생강 세 조각, 대추 두 개, 아무때나 복용하네."

서로 크게 웃으며 시축詩軸, 시를 적은 두루마리 하나를 만드니, 한 기생이 나서며 말했다.

"소첩만 시도 안 짓고 술과 고기로 배만 불렸으니 원컨대 한 구를 바치고자 하나이다."

모두가 좋다고들 했다. 기생이 말했다.

"밤에 세 판, 낮에 이차二次, 긴긴 시간 싫증도 안 내지."

사람마다 포복절도하며 극히 즐기다가 파했다.

成小會四六詩令

古有一方伯, 與營將·中軍·通判[19]·審藥·檢律, 及其[20]長子承宣, 次子學子, 暇日遊宴, 方伯曰: "不有佳作, 何以言之[21]? 但一座諸賢, 難保箇箇能詩, 若以四六一句, 率口[22]走成, 則甚佳佳." 衆曰: "諾." 方伯先吟曰: "桃千朵柳萬條, 一年春光." 營將曰: "小官武夫, 實無鬪花麗葉之才, 願效栢

16) 필삭(筆削): 새로 쓰거나 또는 이미 쓴 것을 깎아낸다는 뜻으로 역사서 등을 저술하거나 혹은 작품을 교정하면서 빠진 곳은 써넣고 잘못된 것은 지움.

17) 도형(徒刑): 감옥에서 강제노동을 하며 복역하는 형벌.

18) 공의(功議): 공신(功臣) 또는 그 자손의 범죄에 대한 형벌을 감하던 규정.

19) 동양본에는 '冊客'이 더 나옴. '冊客'이 들어가야 함.

20) 其: 동양본에는 탈락.

21) 之: 동양본에는 '志'로 표기. "시는 뜻을 말한 것이다(詩言志)"란 말이 『서경書經』「순전舜典」에 나오므로 '志'가 맞음.

22) 率口(솔구): 입에서 나오는 대로 말한다는 뜻.

梁[23]臺七言詩, 各言其職務." 方伯許之, 營將曰: "棍十箇刑二次, 治盜活法[24]." 長子承宣吟曰: "正三品從二品, 承旨閥望." 次子擧子吟曰: "詩三上賦二下, 每榜初試." 中軍吟曰: "錢十貫米五石[25], 官況至薄." 通引吟曰: "灾百結[26]還千石, 催科[27]劇務." 冊客吟曰: "米一斗肉拾斥[28], 下記[29]筆削." 檢律吟曰: "杖一百徒三年, 功議各減." 審藥吟曰: "薑三片棗二枚, 不拘時服." 相與大笑, 積成一軸, 有一妓進曰: "妾獨無詩, 徒飽酒肉, 願獻一句." 滿座稱佳, 妓曰: "夜三板晝二次, 長時不厭." 人人絶倒, 極歡而罷.

23) 梁: 동양본에는 '樑'으로 표기.
24) 活法: 고도서본에는 '滑手'로 표기.
25) 石: 동양본에는 '斗'로 표기.
26) 百結(백결): 현순백결(懸鶉百結). 가난하여 입은 옷이 갈가리 찢어짐.
27) 催科(최과): 조세 수납을 재촉하는 것.
28) 斥: '斤'으로 표기해야 함.
29) 下記(하기): 글의 아래나 다음에 어떤 사실을 특별히 알리고자 적음. 또는 그 기록.

　우리가 고전에 눈을 돌리는 것은 고전으로 회귀하기 위해서가 아니다. 한국의 고전은 고전으로서 계승된 역사가 극히 짧고 지금 이 순간에도 발견되고 있으며 심지어 어떤 작품은 저 구석에서 후대의 눈길을 간절하게 기다리고 있기도 하다. 우리의 목표는 바로 이런 한국의 고전을 귀환시키는 것이다. 그러니까 고전 안에 숨죽이며 웅크리고 있는 진리내용들을 다시 불러들이고 그것으로 이 불투명한 시대의 이정표를 삼는 것, 이것이 우리의 궁극적인 목적이다.

　문학동네 한국고전문학전집은 몇몇 전문가의 연구실에 갇혀 있던 우리의 위대한 유산을 널리 공유하는 것은 물론, 우리 고전의 비판적·창조적 계승을 통해 세계문학사를 또 한번 진화시키고자 하는 강한 열망 속에서 탄생하였다. 그래서 문학동네 한국고전문학전집은 이미 익숙한 불멸의 고전은 말할 것도 없고 각 시대가 새롭게 찾아내어 힘겨운 논의 끝에 고전으로 끌어올린 작품까지를 두루 포함시켰다. 뿐만 아니라 한국 고전의 위대함을 같이 느끼기 위해 자구 하나, 단어 하나에도 세밀한 정성을 들였다. 여러 이본들을 철저히 비교하는 과정을 거쳐 정본을 확정했고, 이제까지의 모든 연구를 포괄한 각주를 달았으며, 각 작품의 품격과 분위기를 충분히 살려 현대어 텍스트를 완성했다. 이 모두가 우리의 고전을 재발명하는 것이야말로 세계문학의 인식론적 지도를 바꾸는 일이라는 소명감 덕분에 가능했음은 물론이다. 부디 한국의 고전 중 그 정수들을 한자리에 모은 문학동네 한국고전문학전집이 그간 한국의 고전을 멀리했던 독자들에게 널리 읽히고 창조적으로 계승되어 세계문학의 진화를 불러오는 우리의, 더 나아가 세계 전체의 소중한 자산으로 자리하기를 기대해본다.

문학동네 한국고전문학전집 편집위원
심경호, 장효현, 정병설, 류보선

옮긴이 **이강옥**

김해 출신. 서울대학교 국문학과를 졸업하고 같은 대학에서 박사학위를 받았다. 영남대학교 국어교육과 교수로 재직하고 있다. 예일대학교 비교문학과, 뉴욕주립 스토니브룩대학교 한국학과 방문교수를 지냈다. 성산학술상(1999), 천마학술상(2008), 지훈국학상(2015)을 수상했다. 『한국 야담의 서사세계』『한국 야담 연구』『구운몽의 불교적 해석과 문학치료교육』『조선시대 일화 연구』『보이는 세상 보이지 않는 세상』『젖병을 든 아빠, 아이와 함께 크는 이야기』 등을 저술했다.

한국고전문학전집 022

청구야담 상

ⓒ이강옥 2019

1판 1쇄 | 2019년 8월 26일
1판 3쇄 | 2024년 1월 31일

옮긴이 이강옥

책임편집 유지연 | 편집 구민정 | 독자모니터 이희연
디자인 윤종윤 이주영 | 저작권 박지영 형소진 최은진 서연주 오서영
마케팅 정민호 서지화 한민아 이민경 안남영 왕지경 황승현 김혜원 김하연 김예진
브랜딩 함유지 함근아 고보미 박민재 김희숙 박다솔 조다현 정승민 배진성
제작 강신은 김동욱 이순호 | 제작처 영신사

펴낸곳 (주)문학동네 | 펴낸이 김소영
출판등록 1993년 10월 22일 제2003-000045호
주소 10881 경기도 파주시 회동길 210
전자우편 editor@munhak.com | 대표전화 031)955-8888 | 팩스 031)955-8855
문의전화 031)955-3576 (마케팅) 031)955-2671(편집)
문학동네카페 http://cafe.naver.com/mhdn
인스타그램 @munhakdongne | 트위터 @munhakdongne
북클럽문학동네 http://bookclubmunhak.com

ISBN 978-89-546-5543-9 04810
     978-89-546-0888-6 04810 (세트)

www.munhak.com